世界文学綜覧シリーズ　**23**

世界児童文学全集/個人全集・内容綜覧 作品名綜覧 第Ⅱ期

日外アソシエーツ

Bibliography of Foreign
Literature Collections, Part 23

Collections of Children's Literature

&

The Complete Works of Children's Literature

II

Table-of-contents Index

Title Index

Compiled by

Nichigai Associates, Inc.

©2018 by Nichigai Associates, Inc.

Printed in Japan

本書はディジタルデータでご利用いただくことが
できます。詳細はお問い合わせください。

●編集スタッフ● 児山 政彦／新西 陽菜

刊行にあたって

　本書は「世界文学綜覧」シリーズの最新刊であり、「世界児童文学全集・内容綜覧」「同・作家名綜覧」「同・作品名綜覧」（1998年・1999年刊）、及び「世界児童文学個人全集・内容綜覧」「同・作品名綜覧」（2000年刊）の継続版である。本シリーズは、多種多様な文学全集・作品集を集約し、収録内容が通覧でき、また作家名や作品名から特定の作品を検索することのできるツールとして、1986年の刊行開始以来、図書館や文学研究者などから高い評価をもって迎えられている。

　読者の嗜好の多様化に伴い、総合的な児童文学全集の出版は減少傾向にあるが、児童向けに新訳された個人編集の全集、文庫版や新装版のセット、定番のグリム、イソップ、アンデルセンなどの個人全集・作品集は出版され続けている。ただ、特定の作品を読もうとしたとき、特に短篇や詩の場合などは、どの本にその作品が収録されているかを調べるのは意外に困難なことであり、本書はそのような場合に大いに役立つものである。

　本書には全集30種287冊と、37名の作家の個人全集107種455冊の、合計137種742冊を収録した。

　原本調査に基づき収録するという基本方針に変わりはない。調査・編集にあたっては誤り・遺漏がないように努めたが、至らぬ点もあろうかと思われる。お気づきの点はご教示いただければ幸いである。文学研究の一助として、また趣味の読書の際の便利な検索ツールとして、本書が幅広く活用されることを願っている。

　なお、日本の近代文学作品については「現代日本文学綜覧」シリーズが便利である。併せてご利用いただきたい。

2018年10月

日外アソシエーツ

総　目　次

凡　例 ……………………………………………………… (6)

収録全集目次 …………………………………………… (9)

内容綜覧……………………………………………………… 1

作品名綜覧…………………………………………………… 197

作品名原綴索引……………………………………………… 435

凡　例

1. 本書の内容

　　本書は、国内で翻訳刊行された海外の児童文学作品を収録した全集・個人全集の内容細目集とその作品名索引である。

2. 収録対象

　1）1995（平成7）年〜2018（平成30）年5月までに刊行が完結した全集30種287冊、37名の作家の個人全集（選集・著作集・作品集などを含む）107種455冊の、合計137種742冊を収録した。

　2）全て原本の内容に基づいて記載した。従って目次に記載がない項目も採録している。

3. 内容綜覧

　1）内容

　　全集全体の書誌事項、各巻の書誌事項、および収録作品・解説類とその作家、訳者名などを掲載した。収録した作品および解説等の総数は7,909件である。

　2）記載形式

　（1）全集名・作家名・作品名などの表記は原則として原本の表記を採用した。

　（2）頭書・角書・冠称などのほか、原本のルビ等については、文字サイズを小さくして表示した。

　（3）巻数表示は、アラビア数字に統一した。

　3）記載項目

　　全集名／出版者／総巻数／刊行期間／叢書名／編者／注記

　　巻次・巻名／刊行年月日／注記

作品名・論題／著者・訳者・解説者など〔（　）で表示〕／原本
掲載（開始）頁

※解説・年譜・参考文献等は、タイトルの先頭に「＊」を付した。

4）排列

全集名の読みの五十音順とし、同一全集の中は巻数順（巻数がない
ものは刊行年月日順）に排列した。

4. 作品名綜覧

1）内容

内容綜覧に掲載された、作品、作家自身による書簡・日記・作品解
説・前書き・後書き等6,352件を収録した。全集に掲載されていても、
作家以外の人物による解説・解題・年譜・年表・参考文献・著作目
録・索引・注ほか各種資料は収録対象としなかった。

2）記載形式

（1）全集名・作家名・作品名などの表記は原則として原本の表記
を採用した。

（2）頭書・角書・冠称などのほか、原本のルビ等については、文
字サイズを小さくして表示した。

3）記載項目

作品名／〔作品名原綴〕／（作家名）

◇訳者名、挿絵画家名／「収録全集名、巻次または巻名」／出版
者／刊行年／原本掲載（開始）頁

※巻名は巻次がないものに限り表示した。

4）排列

（1）現代仮名遣いにより、作品名の読みの五十音順に排列した。
濁音・半濁音は清音扱い、ヂ→シ、ヅ→スとみなした。拗促音は
直音扱いとし、音引きは無視した。

（2）原本にルビがある作品の読みはそのルビに拠った。また、頭
書・角書・冠称などについては排列上無視した。

(7)

（3）作品名が同じ場合は、作家名の五十音順に排列した。

5．作品名原綴索引

1）原題から、全集収載の邦題（本文の見出し）を指示し、作家名を
括弧で補記した。

2）排列にあたっては、原則として冒頭冠詞は無視し、変音記号類は
すべて無視した。また、キリル文字、ギリシャ文字、数字から始ま
る作品名は末尾にまとめた。

収録全集目次

〔全　集〕

「新しい世界の文学」 全10巻 岩崎書店 1999年7月〜2007年2月 ‥‥‥‥‥‥‥‥‥‥‥‥ 4

「いま読もう！ 韓国ベスト読みもの」 全5巻 汐文社 2005年1月〜2005年3月 ‥‥‥‥‥ 36

「SF名作コレクション」 全20巻 岩崎書店 2005年10月〜2006年10月 ‥‥‥‥‥‥‥‥‥ 38

「おうちをつくろう―クシュラにおくる詩集」 全1巻 のら書店 1993年12月 ‥‥‥‥‥ 41

「こんなとき読んであげたい おはなしのおもちゃ箱」 全2巻 PHP研究所 2003年9月10日 ‥‥‥‥ 43

「海外ミステリーBOX」 全10巻 評論社 2010年1月〜2013年3月 ‥‥‥‥‥‥‥‥‥‥‥ 48

「ガラガラヘビの味―アメリカ子ども詩集」 全1巻 岩波書店（岩波少年文庫） 2010年7月
14日 ‥‥ 57

「教科書にでてくる せかいのむかし話」 全2巻 あかね書房 2016年4月1日 ‥‥‥‥‥‥ 59

「木はえらい―イギリス子ども詩集」 全1巻 岩波書店（岩波少年文庫） 2000年11月17日 ‥‥ 60

「グリム・イソップ童話集―名作20話」 全1巻 世界文化社（心に残るロングセラー）
2004年1月30日 ‥‥‥‥‥‥‥‥‥‥‥‥‥‥‥‥‥‥‥‥‥‥‥‥‥‥‥‥‥‥‥‥‥‥‥‥‥ 63

「こどものための世界の名作」 全3巻 世界文化社（別冊家庭画報） 1994年11月〜1995年
11月 ‥‥ 90

「子どものための世界文学の森」 全40巻 集英社 1994年3月〜1997年7月 ‥‥‥‥‥‥‥ 91

「10歳までに読みたい世界名作」 全24巻 学研プラス 2014年7月〜2016年4月 ‥‥‥‥‥ 107

「10歳までに読みたい名作ミステリー」 全10巻 学研プラス 2016年6月〜2017年3月 ‥‥‥ 110

「小学館 世界の名作」 全18巻 小学館 1997年10月〜1999年4月 ‥‥‥‥‥‥‥‥‥‥‥ 113

「小学生までに読んでおきたい文学」 全6巻 あすなろ書房 2013年10月〜2014年3月 ‥‥‥ 117

「21世紀版 少年少女世界文学館」 全24巻 講談社 2010年10月〜2011年3月 ‥‥‥‥‥‥‥‥ 119

「ショート・ストーリーズ」 全8巻 小峰書店 1996年1月〜2005年5月 ‥‥‥‥‥‥‥‥‥ 123

「世界ショートセレクション」 全5巻 理論社 2016年12月〜2017年2月 ‥‥‥‥‥‥‥‥‥ 128

「世界の名作」 全12巻 世界文化社 2001年4月〜2001年7月 ‥‥‥‥‥‥‥‥‥‥‥‥‥ 129

「世界名作ショートストーリー」 全5巻 理論社 2015年5月〜2016年2月 ‥‥‥‥‥‥‥‥ 131

「世界名作文学集」 全10巻 国土社 2003年11月〜2004年3月 ‥‥‥‥‥‥‥‥‥‥‥‥‥ 132

「読書がたのしくなる世界の文学」 全10巻 くもん出版 2014年12月〜2016年1月 ‥‥‥‥ 138

「ひとりよみ名作」 全2巻 小学館 2015年11月9日 ‥‥‥‥‥‥‥‥‥‥‥‥‥‥‥‥‥‥ 152

「冒険ファンタジー名作選」 全20巻 岩崎書店 2003年10月〜2004年10月 ‥‥‥‥‥‥‥‥ 162

「ポプラ世界名作童話」 全20巻 ポプラ社 2015年11月〜2016年11月 ‥‥‥‥‥‥‥‥‥‥ 165

「ホラー短編集」 全3巻 岩波書店（岩波少年文庫） 2010年7月〜2014年11月 ‥‥‥‥‥‥ 167

(9)

収録全集目次

「ミステリーボックス」 全6巻 ポプラ社（ポプラ社文庫） 2004年7月〜2004年10月 ……… *172*
「みんなわたしの―幼い子どもにおくる詩集」 全1巻 のら書店 1991年10月 …………… *173*
「Modern Classic Selection」 全7巻 文渓堂 1996年8月〜2011年1月 ……………………… *183*

収録全集目次　　エ

〔個人全集〕

アンデルセン, ハンス・クリスチャン

「アンデルセンクラシック 9つの物語」 全1巻 原書房 1999年12月20日 ………………… 7

「アンデルセン傑作集 マッチ売りの少女／人魚姫」 全1巻 新潮社（新潮文庫） 2015
年8月1日 …………………………………………………………………………… 7

「アンデルセンどうわ」 全1巻 のら書店 2005年6月15日 ……………………………… 8

「アンデルセン童話集」 全3巻 岩波書店（岩波少年文庫） 2000年6月16日 …………… 8

「アンデルセン童話集」 全1巻 新書館 2005年8月10日 ………………………………… 9

「完訳 アンデルセン童話集」 全8巻 小学館（小学館ファンタジー文庫） 2009年9月～
2010年4月 ………………………………………………………………………… 10

「アンデルセン童話集」 全2巻 文藝春秋（文春文庫） 2012年7月10日 ……………… 13

「アンデルセン童話集―名作10話」 全1巻 世界文化社（心に残るロングセラー）
2004年1月30日 …………………………………………………………………… 13

「アンデルセン童話全集」 全3巻 西村書店 2011年8月～2013年12月 ……………… 14

「豪華愛蔵版 アンデルセン童話名作集」 全2巻 静山社 2011年11月15日 …………… 16

「アンデルセンのおはなし」 全1巻 のら書店 2018年5月25日 ……………………… 17

「アンデルセンの13の童話」 全1巻 小峰書店 2007年3月15日 ……………………… 18

「アンデルセンの童話」 全4巻 福音館書店（福音館文庫） 2003年11月20日 ……… 18

「子どもに語るアンデルセンのお話」 全2巻 こぐま社 2005年10月～2007年11月 …89

「本当に読みたかったアンデルセン童話」 全1巻 NTT出版 2005年10月26日 ……… 168

「雪の女王―アンデルセン童話集」 全1巻 竹書房（竹書房文庫） 2014年9月4日 …… 184

イソップ

「新編 イソップ寓話」 全1巻 風媒社 2014年4月26日 ………………………………… 26

「クラシックイラストレーション版 イソップ寓話集」 全1巻 童話館出版 2002年2月15日 …28

「いそっぷ童話集」 全1巻 童話屋 2004年8月20日 …………………………………… 29

「イソップのお話」 全1巻 岩波書店（岩波少年文庫） 2000年6月16日 ……………… 29

「イソップのおはなし」 全1巻 のら書店 2010年11月10日 ………………………… 33

「イソップ物語」 全1巻 文溪堂 2005年3月 …………………………………………… 34

「読み聞かせイソップ50話」 全1巻 チャイルド本社 2007年10月1日 ……………… 185

ウェストール, ロバート

「ウェストールコレクション」 全10巻 徳間書店 1994年6月～2014年11月 …………37

エイキン, ジョーン

「心の宝箱にしまう15のファンタジー」 全1巻 竹書房 2006年2月9日 ……………… 88

「ひとにぎりの黄金」 全2巻 竹書房（竹書房文庫） 2013年10月～2013年12月 …… 152

エンデ, ミヒャエル

「だれでもない庭―エンデが遺した物語集」 全1巻 岩波書店 2002年4月25日 …… 136

「だれでもない庭―エンデが遺した物語集」 全1巻 岩波書店（岩波現代文庫） 2015
年8月18日 ………………………………………………………………………… 137

(11)

オ   収録全集目次

オー・ヘンリー

「オー・ヘンリー ショートストーリーセレクション」 全8巻 理論社 2007年4月～
2008年3月 ……………………………………………………………………………… 46

「最後のひと葉—オー＝ヘンリー傑作短編集」 全1巻 偕成社（偕成社文庫）1989年9
月 ……………………………………………………………………………………… 96

カニグズバーグ, エレイン・ローブル

「カニグズバーグ作品集」 全9巻＋別巻1巻 岩波書店 2001年12月～2002年9月 ……… 56

クリスティ, アガサ

「アガサ＝クリスティ短編傑作集」 全3巻 講談社（講談社青い鳥文庫）2001年7月～
2002年7月 …………………………………………………………………………… 3

「クリスティー・ジュニア・ミステリ」 全10巻12冊 早川書房 2007年12月～2008年
8月 …………………………………………………………………………………… 62

グリム兄弟

「語るためのグリム童話」 全7巻 小峰書店 2007年6月～2007年7月 ………… 53

「グリム・コレクション」 全4巻 パロル舎 1996年6月～2001年9月 ………… 63

「完訳クラシック グリム童話」 全5巻 講談社 2000年7月～2000年12月 ………… 64

「グリム童話」 全3巻 冨山房インターナショナル 2004年8月～2004年12月 ……… 67

「完訳グリム童話集」 全7巻 筑摩書房（ちくま文庫）2005年12月～2006年6月 …… 68

「グリム童話集」 全2巻 岩波書店（岩波少年文庫）2007年12月14日 ………… 72

「完訳グリム童話集」 全3巻 講談社（講談社文芸文庫）2008年10月～2008年12月 … 73

「完訳グリム童話集」 全5巻 小学館（小学館ファンタジー文庫）2008年10月～2009
年2月 ……………………………………………………………………………… 76

「グリム童話集」 全1巻 西村書店 2013年2月20日 …………………………… 80

「グリム童話全集—子どもと家庭のむかし話」 全1巻 西村書店 2013年8月6日 …… 80

「グリムの昔話」 全3巻 童話館出版 2000年10月～2001年4月 ………………… 83

「グリムの昔話」 全3巻 福音館書店（福音館文庫）2002年10月15日 ………… 85

「グリムのむかしばなし」 全2巻 のら書店 2017年7月～2017年11月 ………… 87

「初版グリム童話集」 全5巻 白水社（白水Uブックス）2007年11月～2008年3月 …… 124

「1812初版グリム童話」 全2巻 小学館（小学館文庫）2000年6月1日 ………… 133

シェイクスピア, ウィリアム

「シェイクスピア・ジュニア文学館」 全10巻 汐文社 2001年3月～2002年2月 …… 97

「シェイクスピアストーリーズ」 全1巻 BL出版 2015年6月15日 ……………… 98

「シェイクスピア名作劇場」 全5巻 あすなろ書房 2014年5月～2015年1月 …… 98

「シェイクスピア名作コレクション」 全10巻 汐文社 2016年9月 ……………… 99

「シェイクスピア物語」 全1巻 岩波書店（岩波少年文庫）2001年9月18日 ……… 100

「シェイクスピア物語集—知っておきたい代表作10」 全1巻 偕成社 2009年1月 …… 100

シートン, アーネスト・トンプソン

「シートン動物記」 全9巻 福音館書店 2003年6月～2006年5月 ……………… 101

「シートン動物記」 全15巻 童心社 2009年12月～2011年11月 ………………… 102

「シートン動物記」 全3巻 KADOKAWA（角川つばさ文庫）2012年12月～2015年4
月 …………………………………………………………………………………… 104

「ビジュアル特別版 シートン動物記」 全2巻 世界文化社 2018年4月1日 ……… 104

(12)

収録全集目次　　フ

「シートンの動物記—野生の「いのち」、6つの物語」全1巻　集英社（集英社みらい文庫）2013年7月10日 ⋯⋯⋯⋯⋯⋯⋯⋯⋯⋯⋯⋯⋯⋯⋯⋯⋯⋯⋯⋯⋯ 105
「はじめてであうシートン動物記」全8巻　フレーベル館　2002年8月〜2003年3月 ⋯⋯ 148

ショヴォー, レオポルド
「ショヴォー氏とルノー君のお話集」全5巻　福音館書店（福音館文庫）2002年11月〜2003年10月 ⋯⋯⋯⋯⋯⋯⋯⋯⋯⋯⋯⋯⋯⋯⋯⋯⋯⋯⋯⋯⋯⋯⋯⋯⋯⋯ 112

ジョーンズ, ダイアナ・ウィン
「ダイアナ・ウィン・ジョーンズ短編集 魔法？ 魔法！」全1巻　徳間書店（徳間文庫）2015年8月15日 ⋯⋯⋯⋯⋯⋯⋯⋯⋯⋯⋯⋯⋯⋯⋯⋯⋯⋯⋯⋯⋯⋯⋯ 135
「ダイアナ・ウィン・ジョーンズ短編集 魔法！ 魔法！ 魔法！」全1巻　徳間書店　2007年12月31日 ⋯⋯⋯⋯⋯⋯⋯⋯⋯⋯⋯⋯⋯⋯⋯⋯⋯⋯⋯⋯⋯⋯⋯⋯ 135

ダール, ロアルド
「まるごと一冊ロアルド・ダール」全1巻　評論社（評論社の児童図書館・文学の部屋）2000年10月10日 ⋯⋯⋯⋯⋯⋯⋯⋯⋯⋯⋯⋯⋯⋯⋯⋯⋯⋯⋯⋯⋯⋯⋯ 169
「ロアルド・ダール コレクション」全20巻＋別巻3巻　評論社　2005年4月〜2016年9月 ⋯⋯⋯⋯⋯⋯⋯⋯⋯⋯⋯⋯⋯⋯⋯⋯⋯⋯⋯⋯⋯⋯⋯⋯⋯⋯⋯⋯⋯⋯⋯ 192

チャペック, カレル
「カレル・チャペック童話全集」全1巻　青土社　2005年6月20日 ⋯⋯⋯⋯⋯⋯⋯⋯⋯ 59

ドイル, アーサー・コナン
「シャーロック・ホームズ」全15巻　岩崎書店　2011年3月10日 ⋯⋯⋯⋯⋯⋯⋯⋯⋯ 105
「名探偵ホームズ」全8巻　ポプラ社（ポプラポケット文庫）2005年10月〜2011年2月 ⋯⋯⋯⋯⋯⋯⋯⋯⋯⋯⋯⋯⋯⋯⋯⋯⋯⋯⋯⋯⋯⋯⋯⋯⋯⋯⋯⋯⋯⋯⋯⋯⋯ 177
「名探偵ホームズシリーズ」全16巻　講談社（講談社青い鳥文庫）2010年11月〜2012年2月 ⋯⋯⋯⋯⋯⋯⋯⋯⋯⋯⋯⋯⋯⋯⋯⋯⋯⋯⋯⋯⋯⋯⋯⋯⋯⋯⋯⋯⋯⋯ 178
「名探偵ホームズ全集」全3巻　作品社　2017年1月〜2017年7月 ⋯⋯⋯⋯⋯⋯⋯⋯⋯ 181

トルストイ, レフ・ニコラエヴィチ
「トルストイの散歩道」全5巻　あすなろ書房　2006年5月〜2006年6月 ⋯⋯⋯⋯⋯⋯⋯ 144
「トルストイの民話」全1巻　女子パウロ会　2006年9月20日 ⋯⋯⋯⋯⋯⋯⋯⋯⋯⋯⋯ 145

ハウフ, ヴィルヘルム
「冷たい心臓—ハウフ童話集」全1巻　福音館書店（福音館古典童話シリーズ）2001年9月25日 ⋯⋯⋯⋯⋯⋯⋯⋯⋯⋯⋯⋯⋯⋯⋯⋯⋯⋯⋯⋯⋯⋯⋯⋯⋯⋯⋯⋯⋯⋯ 138

ハーン, ラフカディオ
「雪女 夏の日の夢」全1巻　岩波書店（岩波少年文庫）2003年3月18日 ⋯⋯⋯⋯⋯⋯ 184

ビアンキ, ヴィタリー
「ビアンキの動物ものがたり」全1巻　日本標準（シリーズ本のチカラ）2007年6月1日 ⋯⋯⋯⋯⋯⋯⋯⋯⋯⋯⋯⋯⋯⋯⋯⋯⋯⋯⋯⋯⋯⋯⋯⋯⋯⋯⋯⋯⋯⋯⋯⋯⋯⋯ 149

ファーブル, ジャン・アンリ
「ファーブル昆虫記」全6巻　集英社（集英社文庫）1996年5月〜1996年7月 ⋯⋯⋯⋯ 153
「新版 ファーブルこんちゅう記」全7巻　小峰書店　2006年6月15日 ⋯⋯⋯⋯⋯⋯⋯ 155
「ファーブルの昆虫記」全2巻　岩波書店（岩波少年文庫）2000年6月16日 ⋯⋯⋯⋯⋯ 156

(13)

フ   収録全集目次

プロイスラー, オトフリート
　「プロイスラーの昔話」 全3巻 小峰書店 2003年11月～2004年1月 ……………… *157*

ベヒシュタイン, ルードヴィヒ
　「白いオオカミ―ベヒシュタイン童話集」 全1巻 岩波書店（岩波少年文庫） 1990年7
　月2日 ………………………………………………………………………………………… *128*

ヘリオット, ジェイムズ
　「ヘリオット先生と動物たちの8つの物語」 全1巻 集英社 2012年11月30日 ……… *159*

ペロー, シャルル
　「いま読むペロー「昔話」」 全1巻 羽鳥書店 2013年10月31日 ……………………… *35*
　「眠れる森の美女」 全1巻 沖積舎 2004年10月1日 …………………………………… *146*
　「眠れる森の美女―完訳ペロー昔話集」 全1巻 講談社（講談社文庫） 1992年5月15日
　……………………………………………………………………………………………………… *146*
　「眠れる森の美女―完訳ペロー昔話集」 全1巻 筑摩書房（ちくま文庫） 2002年10月9
　日 …………………………………………………………………………………………………… *147*
　「眠れる森の美女―シャルル・ペロー童話集」 全1巻 新潮社（新潮文庫） 2016年2月
　1日 ………………………………………………………………………………………………… *147*
　「ペロー童話集」 全1巻 岩波書店（岩波少年文庫） 2003年10月16日 ……………… *159*
　「ペロー童話集」 全1巻 新書館 2010年12月5日 ……………………………………… *160*
　「ペローの昔ばなし」 全1巻 白水社（白水Uブックス） 2007年7月1日 ……………… *161*
　「ペロー昔話・寓話集」 全1巻 西村書店 2008年11月10日 …………………………… *161*

ポター, ビアトリクス
　「愛蔵版 ピーターラビット全おはなし集」 全1巻 福音館書店 1994年11月30日 …… *150*
　「愛蔵版 ピーターラビット全おはなし集」 全1巻 福音館書店 2007年8月15日 …… *151*

マーヒー, マーガレット
　「魔法使いのチョコレート・ケーキ―マーガレット・マーヒーお話集」 全1巻 福音
　館書店（福音館文庫） 2004年8月20日 ………………………………………………… *169*

ヤンソン, トーベ
　「ムーミン童話シリーズ」 全9巻 講談社（講談社青い鳥文庫） 2013年11月～2015年2
　月 …………………………………………………………………………………………………… *175*

ラ・フォンテーヌ, ジャン・ド
　「ラ・フォンテーヌ寓話」 全1巻 洋洋社 2016年4月5日 ……………………………… *186*

ラング, アンドルー
　「アンドルー・ラング世界童話集」 全12巻 東京創元社 2008年1月～2009年9月 …… *19*
　「ラング世界童話全集」 全12巻 偕成社（偕成社文庫） 2008年6月～2009年4月 …… *186*

ランサム, アーサー
　「ランサム・サーガ」 全12巻24冊 岩波書店（岩波少年文庫） 2010年7月～2016年1月
　……………………………………………………………………………………………………… *190*

リンドグレーン, アストリッド
　「リンドグレーン作品集」 全23巻 岩波書店 1964年12月～2008年9月 ……………… *192*

ルブラン, モーリス
　「アルセーヌ・ルパン名作集」 全10巻 岩崎書店 1997年9月～1998年3月 ……………… *5*

（14）

収録全集目次　　ワ

「文庫版 怪盗ルパン」 全20巻 ポプラ社 2005年2月 ……………………………… 49
「怪盗ルパン全集」 全15巻 ポプラ社（ポプラ文庫クラシック） 2010年1月〜2016年3
月 ……………………………………………………………………………………… 51

レアンダー, リヒャルト
「ふしぎなオルガン」 全1巻 岩波書店（岩波少年文庫） 2010年3月16日 ……………… 157

ロダーリ, ジャンニ
「兵士のハーモニカ─ロダーリ童話集」 全1巻 岩波書店（岩波少年文庫） 2012年4月
26日 ………………………………………………………………………………… 158

ロフティング, ヒュー
「新訳 ドリトル先生シリーズ」 全14巻 KADOKAWA（角川つばさ文庫） 2011年5月
〜2016年8月 ……………………………………………………………………… 141
「ドリトル先生物語」 全13巻 岩波書店（岩波少年文庫） 2000年6月〜2000年11月 …… 142

ワイルド, オスカー
「幸福な王子─ワイルド童話全集」 全1巻 新潮社（新潮文庫） 2003年5月30日 ……… 88

(15)

内 容 綜 覧

アガサ=クリスティ 短編傑作集

講談社
全3巻
2001年7月～2002年7月
（講談社青い鳥文庫）
（花上かつみ訳, 高松啓二絵）

スズメバチの巣 ……………………………… *183*
＊訳者あとがき ……………………………… *205*
＊解説（数藤康雄）………………………… *208*

第1巻 猟人荘の怪事件 ほか
2001年7月15日刊

猟人荘の怪事件 ……………………………… *5*
チョコレートの箱 ……………………………… *33*
首相誘拐事件 ……………………………… *63*
夢 ……………………………………………… *101*
お庭の手いれはどうやるの？ ………… *151*
マーケット＝ベイジングの怪事件 …… *187*
＊訳者あとがき ……………………………… *207*
＊解説（数藤康雄）………………………… *208*

第2巻 メンヘルラー王の怨霊 ほか
2002年1月15日刊

メンヘルラー王の怨霊 …………………… *5*
ベールをかけた貴婦人 …………………… *37*
コーンウォールの毒殺事件 ……………… *59*
消えたダベンハイム氏 …………………… *91*
クローバーのキング ……………………… *121*
百万ドル債券盗難事件 …………………… *155*
二重の罪 ……………………………………… *177*
＊訳者あとがき ……………………………… *207*
＊解説（数藤康雄）………………………… *208*

第3巻 マースドン荘の悲劇 ほか
2002年7月15日刊

マースドン荘の悲劇 ……………………… *5*
イタリア貴族殺害事件 …………………… *33*
潜水艦の設計図 ……………………………… *57*
謎めいた遺言書 ……………………………… *87*
安すぎるマンションの謎 ………………… *107*
〈西方の星〉盗難事件……………………… *137*

新しい世界の文学

新しい世界の文学
岩崎書店
全10巻
1999年7月～2007年2月

第1巻　もちろん返事をまってます（ガリラ・ロンフェデル・アミット作, 母袋夏生訳, 安藤由紀絵）
1999年7月7日刊

もちろん返事をまってます …………… 5
＊訳者あとがき …………………… 146

第2巻　ゴンドワナの子どもたち―自分をさがす旅の話（アレクシス・クーロス作, 大倉純一郎訳, 沢田としき絵）
2000年2月22日刊

＊はじめに（アレクシス・クーロス）……… 3
ゴンドワナの子どもたち―自分をさが
　す旅の話 …………………………… 5
＊訳者あとがき …………………… 154

第3巻　メイフラワー号の少女―リメンバー・ペイシェンス・フイップルの日記（キャスリン・ラスキー作, 宮木陽子訳, 高田勲絵）
2000年6月30日刊

メイフラワー号の少女―リメンバー・
　ペイシェンス・フイップルの日記 …… 5
＊訳者あとがき …………………… 234

第4巻　砂のゲーム―ぼくと弟のホロコースト（ウーリー・オルレブ作, 母袋夏生訳）
2000年8月10日刊

砂のゲーム ………………………… 3

＊訳者あとがき …………………… 103

第5巻　マルーシャ、またね（イリーナ・トクマコーワ作, レフ・トクマコフ絵, 島原落穂訳）
2000年12月5日刊

マルーシャ、またね ………………… 5
＊訳者あとがき …………………… 178

第6巻　ワニがうちにやってきた！（ポール・ファン・ローン作, ジョージーン・オーバーワーター絵, 若松宣子訳）
2001年8月23日刊

ワニがうちにやってきた！ …………… 5
＊ポール・ファン・ローンのじこしょ
　うかい ………………………… 144
＊訳者あとがき …………………… 146

第7巻　ムーン・キング（シヴォーン・パーキンソン作, 乾侑美子訳, 堀川理万子絵）
2001年12月15日刊

ムーン・キング …………………… 5
＊訳者あとがき …………………… 250

第8巻　わたしのほんとの友だち（エルス・ペルフロム作, テー・チョン＝キン絵, 野坂悦子訳）
2002年8月12日刊

わたしのほんとの友だち ……………… 3
＊訳者あとがき …………………… 186

第9巻　レベル4―子どもたちの街（アンドレアス・シュリューター作, 若松宣子訳, 小林ゆき子絵）
2005年9月15日刊

レベル4―子どもたちの街 …………… 5
＊訳者あとがき …………………… 308

4　世界児童文学全集/個人全集・内容綜覧　第II期

第10巻 レベル4・2─再び子どもたちの街へ（アンドレアス・シュリューター作, 若松宣子訳, 小林ゆき子絵）
2007年2月28日刊

レベル4・2─再び子どもたちの街へ ……… 5
＊訳者あとがき ……………………………… 332

> # アルセーヌ・ルパン名作集
> 〔モーリス・ルブラン〕
> 岩崎書店
> 全10巻
> 1997年9月～1998年3月
> （大久保浩絵）

第1巻 アルセーヌ・ルパンの逮捕（長島良三訳）
1997年9月25日刊

アルセーヌ・ルパンの逮捕 ……………… 5
女王の首飾り ………………………………… 53
黒真珠 ………………………………………… 107
＊解説 ルパンの生みの親について（1）
（長島良三）………………………………… 156

第2巻 獄中のアルセーヌ・ルパン（長島良三訳）
1997年11月10日刊

獄中のアルセーヌ・ルパン ……………… 5
影の合図 ……………………………………… 79
＊解説 ルパンの生みの親について（2）
（長島良三）………………………………… 148

第3巻 アルセーヌ・ルパンの脱走（長島良三訳）
1997年12月10日刊

アルセーヌ・ルパンの脱走 ……………… 5
赤い絹のショール ………………………… 75
＊解説 アルセーヌ・ルパンの時代（1）
（長島良三）………………………………… 148

第4巻 アルセーヌ・ルパンの結婚（長島良三訳）
1997年12月15日刊

アルセーヌ・ルパンの結婚 ……………… 5
なぞの旅行者 ………………………………… 91
＊解説 アルセーヌ・ルパンの時代（2）
（長島良三）………………………………… 148

アルセーヌ・ルパン名作集

第5巻 おそかりしシャーロック・ホームズ（長島良三訳）
1998年1月30日刊

おそかりしシャーロック・ホームズ ……… 5
太陽のたわむれ ……………………………… 87
＊解説 ルパンはフランスの勇気と知性
（長島良三）……………………………… 156

第6巻 地獄のわな
1998年1月30日刊

地獄のわな（坂口尚子訳）………………… 5
麦わらのストロー（森永公子訳）………… 91
＊解説 ルパンの本当の身許は？（長島
良三）……………………………………… 148

第7巻 ハートの7（長島良三訳）
1998年2月27日刊

ハートの7（セブン）………………………… 5
アンベール夫人の金庫 …………………… 117
＊解説 一杯くわされたルパン（長島良
三）………………………………………… 156

第8巻 うろつく死神（長島良三, 坂口尚子訳）
1998年2月27日刊

うろつく死神 ………………………………… 5
結婚指輪 ……………………………………… 77
＊解説 「ジュ・セ・トゥ」という雑誌
（長島良三）……………………………… 148

第9巻 白鳥の首のエディス（長島良三, 小高美保訳）
1998年3月30日刊

白鳥の首のエディス（小高美保訳）……… 5
エメラルドの指輪 ………………………… 75
やぎ皮服を着た男 ………………………… 119
＊解説 アルセーヌ・ルパン、シリーズ
としての魅力（浜田知明）…………… 156

第10巻 アルセーヌ・ルパンの帰還（長島良三訳）
1998年3月30日刊

アルセーヌ・ルパンの帰還 ……………… 5
＊解説 ソニアとルパンのなれそめ（長
島良三）………………………………… 156

6 世界児童文学全集/個人全集・内容綜覧 第II期

アンデルセン傑作集マッチ売りの少女／人魚姫

アンデルセンクラシック
9つの物語
原書房
全1巻
1999年12月20日
（山本史郎訳）

アンデルセンクラシック 9つの物語
1999年12月20日刊

第1話　裸の王さま ……………………… 1
第2話　親指姫 …………………………… 11
第3話　ナイチンゲール ………………… 35
第4話　お姫さまとエンドウ豆 ………… 57
第5話　いちずな錫の兵隊 ……………… 59
第6話　人魚姫 …………………………… 72
第7話　火口箱 …………………………… 117
第8話　マッチ売りの少女 ……………… 132
第9話　みにくいアヒルの子 …………… 139
＊訳者あとがき ………………………… 161

アンデルセン傑作集
マッチ売りの少女／人魚姫
新潮社
全1巻
2015年8月1日
（新潮文庫）
（天沼春樹訳）

アンデルセン傑作集 マッチ売りの少女／
人魚姫
2015年8月1日刊

親指姫 …………………………………… 9
人魚姫 …………………………………… 37
赤い靴 …………………………………… 83
マッチ売りの少女 ……………………… 99
ある母親の物語 ………………………… 107
あの女は役たたず ……………………… 121
ふたりのむすめさん …………………… 139
ユダヤ人の娘 …………………………… 145
どろ沼の王さまの娘 …………………… 157
パンをふんだ娘 ………………………… 237
アンネ・リスベス ……………………… 259
おばさん ………………………………… 283
木の精のドリアーデ …………………… 297
アマー島のおばさんに聞いてごらん … 343
歯いたおばさん ………………………… 349
＊解説 女性たちの物語によせて（天沼
　春樹） ………………………………… 374

世界児童文学全集/個人全集・内容綜覧 第II期　7

アンデルセンどうわ

アンデルセンどうわ
のら書店
全1巻
2005年6月15日
（大畑末吉訳, 堀内誠一絵）

※学習研究社1970年刊の復刊

アンデルセンどうわ
2005年6月15日刊

おやゆびひめ ………………………… 6
スズのへいたい ……………………… 56
マッチうりの少女 …………………… 76
マメの上にねたおひめさま …………… 89
はだかの王さま ……………………… 94
みにくいアヒルの子 ………………… 117
＊解説（大畑末吉）………………… 156

アンデルセン童話集
岩波書店
全3巻
2000年6月16日
（岩波少年文庫）
（大畑末吉訳, 初山滋さし絵）

※1986年3月12日刊の新版

第1巻
2000年6月16日刊

おやゆび姫 …………………………… 9
空とぶトランク ……………………… 37
皇帝の新しい着物 …………………… 52
パラダイスの園 ……………………… 64
ソバ …………………………………… 99
小クラウスと大クラウス …………… 104
エンドウ豆の上のお姫さま ………… 134
みにくいアヒルの子 ………………… 138
モミの木 ……………………………… 162
おとなりさん ………………………… 185
眠りの精のオーレさん ……………… 209
＊アンデルセンという人について（大
　畑末吉）…………………………… 237

第2巻
2000年6月16日刊

コウノトリ …………………………… 9
ブタ飼い王子 ………………………… 23
パンをふんだ娘 ……………………… 36
青銅のイノシシ ……………………… 57
天使 …………………………………… 85
人魚姫 ………………………………… 92
ヒナギク ……………………………… 144
ナイチンゲール ……………………… 155
野の白鳥 ……………………………… 181
マッチ売りの少女 …………………… 220
銀貨 …………………………………… 227
ある母親の物語 ……………………… 239
＊アンデルセン童話について（大畑末
　吉）………………………………… 255

8　世界児童文学全集/個人全集・内容綜覧 第II期

第3巻
2000年6月16日刊

赤いくつ ……………………………… 9
びんの首 ……………………………… 25
古い家 ………………………………… 49
鐘 ……………………………………… 69
年の話 ………………………………… 83
さやからとび出た五つのエンドウ豆 …… 105
あの女はろくでなし ………………… 115
ロウソク ……………………………… 135
とうさんのすることはいつもよし …… 143
雪の女王 ……………………………… 157
＊アンデルセンは話の名人 (水上勉) …… 235

アンデルセン童話集
新書館
全1巻
2005年8月10日
（荒俣宏訳, ハリー・クラーク絵）

アンデルセン童話集
2005年8月10日刊

＊イラストレーション・リスト ………… 4
ほくち箱 ……………………………… 9
大クラウスと小クラウス ……………… 25
おやゆび姫 …………………………… 47
旅の道連れ …………………………… 69
皇帝の新しい服 ……………………… 99
幸福の長靴 …………………………… 113
丈夫なすずの兵隊 …………………… 155
父さんのすることに間違いなし ……… 165
コウノトリ …………………………… 175
みにくいアヒルの子 ………………… 189
ひつじ飼いの娘と煙突そうじ人 ……… 207
モミの木 ……………………………… 219
豚飼い王子 …………………………… 235
雪の女王―七つの話からできている物
　語 …………………………………… 247
夜なきうぐいす (ナイチンゲール) ………… 315
マッチ売りの少女 …………………… 341
妖精の丘 ……………………………… 349
古い家 ………………………………… 363
蝶 ……………………………………… 379
人魚姫 ………………………………… 387
ワイルド・スワン …………………… 435
沼の王の娘 …………………………… 463
パラダイスの園 ……………………… 523
絵のない絵本 ………………………… 553
＊解説 アンデルセン生誕二百年の、さ
　さやかな贈りもの (荒俣宏) ………… 611

アンデルセン童話集

完訳
アンデルセン童話集
小学館
全8巻
2009年9月～2010年4月
（小学館ファンタジー文庫）
（高橋健二訳, いたやさとし画）

※1986年刊の復刊

第1巻
2009年9月12日刊

1　火打ち箱 ……………………………… 6
2　小クラウスと大クラウス ………… 24
3　えんどう豆の上にねたおひめ様 … 51
4　小さいイーダちゃんの花 ………… 55
5　親指ひめ ……………………………… 75
6　いたずらっ子 ……………………… 104
7　旅の道連れ ………………………… 110
8　人魚ひめ …………………………… 152
9　皇帝の新しい服 …………………… 204
10　幸運のオーバーシューズ ……… 216
11　ひなぎく …………………………… 286
12　しっかりしたすずの兵隊さん …… 297
13　野の白鳥 …………………………… 309
＊解説 貧しい靴屋の息子に生まれて
　（西本鶏介）………………………… 347

第2巻
2009年10月12日刊

14　楽園の庭 …………………………… 6
15　空とぶトランク …………………… 39
16　こうのとり ………………………… 54
17　青銅のいのしし …………………… 67
18　友情のちかい ……………………… 95
19　ホメロスのお墓のばら一輪 …… 116
20　眠りの精オーレおじさん ……… 120
21　ばらの花の妖精 ………………… 152
22　ぶた飼い王子 …………………… 164
23　そば ………………………………… 177
24　天使 ………………………………… 182

25　夜鳴きうぐいす ………………… 190
26　好きな人 ………………………… 214
27　みにくいあひるの子 …………… 221
28　もみの木 ………………………… 246
29　雪の女王──七つのお話からできて
　いるメルヒェン ………………… 270
＊解説 童話で描かれたアンデルセンの
　人生（西本鶏介）………………… 348

第3巻
2009年11月11日刊

30　にわとこおばさん ……………… 6
31　かがり針 ………………………… 24
32　鐘 …………………………………… 34
33　おばあさん ……………………… 46
34　妖精のおか ……………………… 51
35　赤いくつ ………………………… 67
36　高とび選手 ……………………… 83
37　ひつじ飼いのむすめと、えんとつ
　そうじ屋さん …………………… 88
38　デンマーク人ホルガー ………… 101
39　マッチ売りの少女 ……………… 113
40　とりでの土手からの一場面 …… 121
41　養老院のまどから ……………… 124
42　古い街灯 ………………………… 128
43　おとなりさん …………………… 143
44　ツックぼうや …………………… 166
45　影法師 …………………………… 177
46　古い家 …………………………… 207
47　水のしずく ……………………… 225
48　幸せな一家 ……………………… 230
49　あるお母さんの話 ……………… 239
50　カラー …………………………… 254
51　あま（亜麻）……………………… 261
52　不死鳥 …………………………… 272
53　ある物語 ………………………… 276
54　無言の本 ………………………… 288
55　「ちがいがあります」…………… 293
56　古い墓石（はかいし）…………… 303
57　世界でいちばん美しいばらの花 … 310
＊解説 忘れることがなかった母への感
　謝の心（西本鶏介）……………… 316

アンデルセン童話集

第4巻
2009年12月12日刊

58　年の話 …………………………… 6
59　最後の審判の日に ……………… 25
60　まったくほんとう！ …………… 35
61　白鳥の巣 ………………………… 42
62　上きげん ………………………… 46
63　心からの悲しみ ………………… 56
64　みんな、あるべき所に！ ……… 61
65　食料品屋のこびとの妖精 ……… 80
66　数千年後には …………………… 89
67　やなぎの木の下で ……………… 94
68　ひとつのさやから出た五つのえん
　　どう豆 ………………………… 128
69　天国からの一まいの葉 ……… 137
70　役に立たなかった女 ………… 146
71　最後の真珠 …………………… 165
72　ふたりのむすめ ……………… 171
73　海のはてでも ………………… 176
74　子ぶたの貯金箱 ……………… 181
75　イブと小さいクリスティーネ … 187
76　まぬけのハンス ……………… 212
77　栄光のいばらの道 …………… 224
78　ユダヤ人のむすめ …………… 235
79　びんの首 ……………………… 246
80　賢者の石 ……………………… 268
81　ソーセージのくしのスープ ……… 304
＊解説　失恋の悲しみにたえながら（西
　本鶏介） ……………………… 337

第5巻
2010年1月12日刊

82　ひとり者のナイトキャップ ………… 6
83　ひとかどの者 …………………… 34
84　年を取ったかしの木の最後のゆめ … 50
85　ABC（アベセ）の本 ……………… 64
86　どろ沼の王様のむすめ ………… 77
87　かけっこ ……………………… 161
88　鐘の淵 ………………………… 168
89　悪い王様（伝説） …………… 176
90　風がワルデマル・ドゥとそのむす
　　めたちのことを話します ……… 182

91　パンをふんだむすめ ………… 209
92　塔の番人オーレ ……………… 230
93　アンネ・リスベト ……………… 245
94　子どものおしゃべり ………… 270
95　真珠のかざりひも …………… 276
96　ペンとインキつぼ …………… 291
97　墓の中の子ども ……………… 297
98　農家のおんどりと風見のおんどり … 309
99　「美しい」 ……………………… 316
＊解説　不幸を幸福にかえる童話（西本
　鶏介） ………………………… 333

第6巻
2010年2月10日刊

100　砂丘の物語 ……………………… 6
101　人形つかい …………………… 80
102　ふたりの兄弟 ………………… 91
103　古い教会の鐘 ………………… 96
104　郵便馬車で来た十二人 …… 107
105　まぐそこがね ………………… 117
106　お父ちゃんのすることはいつもま
　　ちがいない …………………… 136
107　雪だるま ……………………… 149
108　あひる園で …………………… 163
109　新しい世紀のミューズ ……… 178
110　氷ひめ ………………………… 192
111　ちょうちょう ………………… 306
112　プシケ ………………………… 313
＊解説　アンデルセン童話としての昔話
　（西本鶏介） ………………… 341

第7巻
2010年3月10日刊

113　かたつむりとばらの木 ………… 8
114　鬼火が町にいると、沼のおばさん
　　が言った ………………………… 15
115　風車（ふうしゃ） ……………… 44
116　銀貨 …………………………… 50
117　ベアグルムの司教とその同族 … 61
118　子ども部屋で ………………… 75
119　金の宝 ………………………… 86
120　あらしが看板をうつす ……… 106

アンデルセン童話集

121 お茶のポット ……………………… 115
122 民謡の鳥 ………………………… 120
123 小さい緑の物たち ……………… 127
124 小妖精とおくさん ……………… 132
125 パイターとペーターとペーア …… 144
126 しまっておいたのはわすれたので
はありません ………………… 156
127 門番の息子 ……………………… 163
128 引っこし日 ……………………… 209
129 夏ばかのまつゆきそう ………… 219
130 おばさん ………………………… 228
131 ひきがえる ……………………… 241
132 名親の絵本 ……………………… 258
133 ぼろきれ ………………………… 311
134 ベーン島とグレーン島 ………… 316
135 だれがいちばん幸福だったか …… 321
＊解説 人生の真実を描いた詩人（西本
鶏介）………………………… 332

第8巻
2010年4月12日刊

136 木の精 ……………………………… 6
137 にわとりばあさんグレーテの一家 ‥ 56
138 あざみのけいけんしたこと ……… 86
139 うまい思いつき ………………… 96
140 幸運は一本の木切れの中に ……… 105
141 ほうき星 ………………………… 111
142 週の七日 ………………………… 122
143 日光物語 ………………………… 128
144 ひいおじいさん ………………… 135
145 ろうそく ………………………… 146
146 とうてい信じられないこと ……… 154
147 家族中みんなの言ったこと ……… 164
148 「おどれ、おどれ、わたしのお人
形さん！」 ……………………… 171
149 「アマーガーのやさい売り女にき
くがよい」 ……………………… 175
150 大きなうみへび ………………… 178
151 庭師と領主 ……………………… 200
152 のみと教授 ……………………… 216
153 ヨハネおばあさんの話したこと … 227
154 げんかんのかぎ ………………… 261

155 体の不自由な子 ………………… 286
156 歯いたおばさん ………………… 307
＊解説 孤独な一生をおくったアンデル
セン（西本鶏介）………………… 333

アンデルセン童話集—名作10話

アンデルセン童話集
文藝春秋
全2巻
2012年7月10日
（文春文庫）
（荒俣宏訳, ハリー・クラーク絵）

※2005年8月新書館刊の文庫版

上
2012年7月10日刊

ほくち箱 ……………………………… 7
大クラウスと小クラウス ……………… 23
おやゆび姫 …………………………… 47
旅の道連れ …………………………… 71
皇帝の新しい服 ……………………… 103
幸福の長靴 …………………………… 117
丈夫なすずの兵隊 …………………… 165
父さんのすることに間違いなし ……… 177
コウノトリ …………………………… 189
みにくいアヒルの子 ………………… 203
ひつじ飼いの娘と煙突そうじ人 …… 223
モミの木 ……………………………… 235
豚飼い王子 …………………………… 253
雪の女王―七つの話からできている物
　語 …………………………………… 265

下
2012年7月10日刊

夜なきうぐいす（ナイチンゲール）…………… 7
マッチ売りの少女 …………………… 33
妖精の丘 ……………………………… 41
古い家 ………………………………… 55
蝶 ……………………………………… 71
人魚姫 ………………………………… 79
ワイルド・スワン …………………… 131
沼の王の娘 …………………………… 159
パラダイスの園 ……………………… 225
絵のない絵本 ………………………… 257
＊解説 アンデルセン生誕二百年の、さ
　さやかな贈りもの（荒俣宏）……… 323

アンデルセン童話集
—名作10話
世界文化社
全1巻
2004年1月30日
（心に残るロングセラー）
（木村由利子訳, 米山永一, 朝倉めぐみ絵）

アンデルセン童話集—名作10話
2004年1月30日刊

＊アンデルセンと物語の世界（木村由
　利子）……………………………… 4
マッチ売りの少女 …………………… 8
おやゆび姫 …………………………… 14
しっかり者のすずの兵隊 …………… 38
もみの木 ……………………………… 46
同じさやのえんどう豆五つ ………… 66
ひなぎく ……………………………… 74
空とぶトランク ……………………… 82
みにくいあひるの子 ………………… 92
はだかの王さま ……………………… 112
人魚姫 ………………………………… 122

世界児童文学全集/個人全集・内容綜覧 第II期　13

アンデルセン童話全集

アンデルセン童話全集
西村書店
全3巻
2011年8月〜2013年12月
（ドゥシャン・カーライ, カミラ・シュ
タンツロヴァー絵, 天沼春樹訳）

第1巻
2011年8月4日刊

＊ハンス・クリスチャン・アンデルセン ‥ 10
古い街灯 ………………………………… 12
かがり針 ………………………………… 21
水のしずく ……………………………… 26
悪い王さま ……………………………… 30
パンをふんだ娘 ………………………… 36
小クラウスと大クラウス ……………… 47
無作法なアモール ……………………… 62
親指姫 …………………………………… 66
人魚姫 …………………………………… 82
ヒナギク ………………………………… 113
皇帝の新しい服 ………………………… 120
がまんづよいスズの兵隊 ……………… 130
野の白鳥 ………………………………… 138
空とぶトランク ………………………… 160
ホメロスの墓の1輪のバラ …………… 169
コウノトリ ……………………………… 172
眠りの精オーレ・ルーケ ……………… 180
バラの花の妖精 ………………………… 198
ブタ飼いの王子 ………………………… 206
ナイチンゲール ………………………… 214
恋人たち ………………………………… 226
赤い靴 …………………………………… 231
高とび選手 ……………………………… 240
デンマーク人ホルガー ………………… 244
養老院の窓から ………………………… 252
亜麻 ……………………………………… 256
ツックぼうや …………………………… 263
古い家 …………………………………… 270
年の話 …………………………………… 283
ほんとうに、ほんとうの話 …………… 297

金の宝 …………………………………… 302
幸福のブーツ …………………………… 314
まぬけのハンス ………………………… 354
走りくらべ ……………………………… 361
ビンの首 ………………………………… 366
ソーセージの串のスープ ……………… 382
年とったカシの木の最後の夢 ………… 402
フェニックス …………………………… 411
風がヴァルデマー・ドゥとその娘たち
のことを語る …………………………… 414
子どものおしゃべり …………………… 432
人形使い ………………………………… 437
郵便馬車で来た12人 …………………… 445
フンコロガシ …………………………… 452
父ちゃんのすることはすべてよし …… 462
スノーマン ……………………………… 470
アヒル園にて …………………………… 478
鐘 ………………………………………… 489
嵐が看板を移す ………………………… 498
ティーポット …………………………… 506
マツユキソウ …………………………… 510
天国の葉 ………………………………… 516
羽ペンとインクつぼ …………………… 521
無言の本 ………………………………… 526
砂丘の物語 ……………………………… 530

第2巻
2012年7月25日刊

火打ち箱 ………………………………… 10
小さなイーダちゃんの花 ……………… 21
楽園の庭 ………………………………… 33
ソバ（黒い麦）………………………… 52
天使 ……………………………………… 56
モミの木 ………………………………… 60
砦の土手からのながめ ………………… 72
雪の女王 ………………………………… 74
妖精の丘 ………………………………… 118
マッチ売りの少女 ……………………… 130
おとなりさん …………………………… 135
幸福な一族 ……………………………… 150
カラー（襟）…………………………… 156
最後の審判の日に ……………………… 161

この世で一番美しいバラ ……………… 170	
深い悲しみ ……………………………… 174	
食料品屋のこびと ……………………… 177	
何世紀か未来には ……………………… 184	
ヤナギの木の下で ……………………… 189	
1つのサヤからとびだした5つのエンド	
ウマメ ……………………………… 209	
最後の真珠 ……………………………… 215	
2人のムスメさん ……………………… 219	
海の果てでも …………………………… 222	
イブと小さなクリスティーネ ………… 226	
ユダヤ人の娘 …………………………… 242	
ひとかどの人 …………………………… 249	
塔の番人のオーレ ……………………… 259	
ABCの本………………………………… 270	
どろ沼の王さまの娘 …………………… 278	
鐘の淵 …………………………………… 326	
アンネ・リスベト ……………………… 331	
美しい！ ………………………………… 345	
チョウ …………………………………… 356	
プシケ …………………………………… 360	
カタツムリとバラの木 ………………… 376	
鬼火が町にいる、と沼おばさんが言っ	
た …………………………………… 380	
風車 ……………………………………… 400	
スキリング銀貨 ………………………… 404	
パイターとペーターとペーア ………… 410	
門番の息子 ……………………………… 416	
お日さまの話 …………………………… 443	
ぼろきれ ………………………………… 448	
ヒキガエル ……………………………… 452	
ニワトリばあさんグレーテの家族 …… 462	
とほうもないこと ……………………… 481	
幸運は1本の木ぎれの中に …………… 488	
7つの曜日たち ………………………… 491	
ロウソク ………………………………… 495	
大きなウミヘビ ………………………… 500	
貯金箱 …………………………………… 514	
玄関のカギ ……………………………… 519	
歯いたおばさん ………………………… 536	
小さな緑のものたち …………………… 552	
ベーン島とグレーン島 ………………… 555	

第3巻
2013年12月24日刊

2人の兄弟 ……………………………… 10	
旅の仲間 ………………………………… 14	
青銅のイノシシ ………………………… 40	
友情の誓い ……………………………… 55	
みにくいアヒルの子 …………………… 68	
ニワトコおばさん ……………………… 82	
おばあさん ……………………………… 94	
ヒツジ飼いの娘とえんとつそうじ屋 … 98	
影法師 …………………………………… 108	
ある母親の話 …………………………… 128	
ある物語 ………………………………… 136	
ちがいがあります ……………………… 144	
古い墓石 ………………………………… 149	
白鳥の巣 ………………………………… 154	
じょうきげん …………………………… 158	
すべて、あるべきところに …………… 164	
役に立たなかった女 …………………… 175	
栄光のイバラの道 ……………………… 185	
賢者の石 ………………………………… 191	
ひとり者のナイトキャップ …………… 210	
真珠のかざりひも ……………………… 226	
墓の中の子ども ………………………… 236	
オンドリと風見鶏 ……………………… 243	
エンドウマメの上に寝たお姫さま …… 248	
古い教会の鐘 …………………………… 252	
新しい世紀のミューズ ………………… 259	
氷姫 ……………………………………… 270	
ベアグルムの司教とその一族 ………… 335	
子ども部屋で …………………………… 343	
民謡の鳥 ………………………………… 350	
小さな妖精と奥さん …………………… 355	
しまっていたのは、忘れていたのでは	
ありません ………………………… 362	
ひっこしの日 …………………………… 367	
おばさん ………………………………… 374	
名づけ親の絵本 ………………………… 383	
だれが一番幸福だったか ……………… 414	
木の精ドリアード ……………………… 420	
アザミの経験したこと ………………… 448	
うまい思いつき ………………………… 455	

アンデルセン童話名作集

ほうき星 ……………………………… 460
ひいおじいさん ……………………… 467
家じゅうのみんなが言ったこと ……… 474
おどれ、おどれ、わたしのお人形さ
　ん！ ………………………………… 478
アマーガーのおばさんに聞いてごらん ‥ 482
庭師と領主 …………………………… 486
ノミと教授 …………………………… 496
ヨハンネばあさんが語ったこと ……… 503
からだの不自由な子 ………………… 522

豪華愛蔵版
アンデルセン童話名作集
静山社
全2巻
2011年11月15日
（矢崎源九郎訳, 立原えりか編・解説, V.
　ペーダセン挿画）

第1巻
2011年11月15日刊

マッチ売りの少女 ………………………… 5
　＊母のおもかげ（立原えりか）………… 13
豆の上に寝たお姫さま …………………… 15
　＊デンマークのグリーンピース（立
　　原えりか）…………………………… 20
みにくいアヒルの子 ……………………… 22
　＊生まれつきと努力と（立原えりか）… 50
ヒナギク …………………………………… 52
　＊けなげな心（立原えりか）…………… 64
空飛ぶトランク …………………………… 66
　＊トルコへの旅（立原えりか）………… 82
すずの兵隊さん …………………………… 84
　＊ハートの嘆き（立原えりか）………… 97
モミの木 …………………………………… 99
　＊若き日のあこがれ（立原えりか）… 122
ナイチンゲール ………………………… 124
　＊歌姫のピアス（立原えりか）……… 152
とびくらべ ……………………………… 154
　＊おはなしの楽しみ（立原えりか）… 161
人魚の姫 ………………………………… 163
　＊絶望のむこうに（立原えりか）…… 222
＊関連地図 ……………………………… 224
＊年譜 …………………………………… 226

第2巻
2011年11月15日刊

親指姫 ……………………………………… 5
　＊人形づくり（立原えりか）…………… 38
コウノトリ ………………………………… 40
　＊わらべ歌と民間信仰（立原えりか）… 54

16　世界児童文学全集/個人全集・内容綜覧　第II期

皇帝の新しい着物（はだかの王さま）⋯⋯56
　＊皇帝の悲哀（立原えりか）⋯⋯⋯⋯⋯69
イーダちゃんのお花 ⋯⋯⋯⋯⋯⋯⋯⋯71
　＊無邪気なころ（立原えりか）⋯⋯⋯92
ブタ飼い ⋯⋯⋯⋯⋯⋯⋯⋯⋯⋯⋯⋯94
　＊なくてはならない仕事（立原えり
　　か）⋯⋯⋯⋯⋯⋯⋯⋯⋯⋯⋯⋯108
赤い靴 ⋯⋯⋯⋯⋯⋯⋯⋯⋯⋯⋯⋯110
　＊少年の日の罪（立原えりか）⋯⋯126
一つのさやからとびでた五つのエンド
　ウ豆 ⋯⋯⋯⋯⋯⋯⋯⋯⋯⋯⋯⋯128
　＊エンドウ豆の思い出（立原えりか）
　　⋯⋯⋯⋯⋯⋯⋯⋯⋯⋯⋯⋯⋯139
火打ち箱 ⋯⋯⋯⋯⋯⋯⋯⋯⋯⋯141
　＊力強さと無鉄砲さと（立原えりか）
　　⋯⋯⋯⋯⋯⋯⋯⋯⋯⋯⋯⋯⋯161
あるおかあさんのお話 ⋯⋯⋯⋯⋯163
　＊国境を越えて（立原えりか）⋯⋯178
野のハクチョウ ⋯⋯⋯⋯⋯⋯⋯⋯180
　＊片方の翼（立原えりか）⋯⋯⋯⋯228
＊アンデルセン―その生涯を追って
　（立原えりか）⋯⋯⋯⋯⋯⋯⋯⋯230

アンデルセンのおはなし
のら書店
全1巻
2018年5月25日
（スティーブン・コリン 英語訳, エドワー
ド・アーディゾーニ 選・絵, 江國香織 訳）

アンデルセンのおはなし
2018年5月25日刊

＊覚え書（スティーブン・コリン）⋯⋯⋯ 3
しっかりしたスズの兵隊 ⋯⋯⋯⋯⋯⋯ 7
皇帝の新しい服 ⋯⋯⋯⋯⋯⋯⋯⋯⋯ 17
小さな人魚 ⋯⋯⋯⋯⋯⋯⋯⋯⋯⋯ 27
空を飛ぶかばん ⋯⋯⋯⋯⋯⋯⋯⋯ 69
シャツの衿 ⋯⋯⋯⋯⋯⋯⋯⋯⋯⋯ 81
お姫さまと豆 ⋯⋯⋯⋯⋯⋯⋯⋯⋯ 87
大クラウスと小クラウス ⋯⋯⋯⋯⋯ 91
さすらう白鳥たち ⋯⋯⋯⋯⋯⋯⋯ 113
みにくいアヒルの子 ⋯⋯⋯⋯⋯⋯ 139
火口箱（ほくちばこ）⋯⋯⋯⋯⋯⋯⋯ 159
おやゆび姫 ⋯⋯⋯⋯⋯⋯⋯⋯⋯ 173
雪の女王 ⋯⋯⋯⋯⋯⋯⋯⋯⋯⋯ 193
かがり針 ⋯⋯⋯⋯⋯⋯⋯⋯⋯⋯ 251
さよなきどり ⋯⋯⋯⋯⋯⋯⋯⋯⋯ 259
＊訳者によるあとがき（江國香織）⋯⋯ 278

アンデルセンの13の童話

> ## アンデルセンの13の童話
> 小峰書店
> 全1巻
> 2007年3月15日
> （ナオミ・ルイス訳, ジョエル・ステュ
> ワート絵, 代田亜香子日本語版訳）

> ## アンデルセンの童話
> 福音館書店
> 全4巻
> 2003年11月20日
> （福音館文庫）
> （大塚勇三編・訳, イブ・スパング・オル
> セン画）

アンデルセンの13の童話
2007年3月15日刊

＊アンデルセンについて（ナオミ・ルイ
　ス）‥‥‥‥‥‥‥‥‥‥‥‥‥‥‥ 6
お姫さまとエンドウ豆 ‥‥‥‥‥‥‥ 12
火打ち箱 ‥‥‥‥‥‥‥‥‥‥‥‥‥ 18
おやゆび姫 ‥‥‥‥‥‥‥‥‥‥‥‥ 30
王さまのあたらしい服 ‥‥‥‥‥‥‥ 46
人魚姫 ‥‥‥‥‥‥‥‥‥‥‥‥‥‥ 56
しゃんとしたすずの兵隊 ‥‥‥‥‥‥ 84
白鳥の王子たち ‥‥‥‥‥‥‥‥‥‥ 94
空とぶトランク ‥‥‥‥‥‥‥‥‥ 112
みにくいアヒルの子 ‥‥‥‥‥‥‥ 122
ナイチンゲール ‥‥‥‥‥‥‥‥‥ 136
雪の女王 ‥‥‥‥‥‥‥‥‥‥‥‥ 152
マッチ売りの少女 ‥‥‥‥‥‥‥‥ 194
雑貨屋のゴブリン ‥‥‥‥‥‥‥‥ 200

※1992年刊の文庫版

第1巻　親指姫
2003年11月20日刊

親指姫 ‥‥‥‥‥‥‥‥‥‥‥‥‥‥ 11
エンドウ豆の上に寝たお姫さま ‥‥‥ 39
火打ち箱 ‥‥‥‥‥‥‥‥‥‥‥‥‥ 44
ヒナギク ‥‥‥‥‥‥‥‥‥‥‥‥‥ 63
ナイチンゲール ‥‥‥‥‥‥‥‥‥‥ 73
一つのさやからとびだした五つのエン
　ドウ豆 ‥‥‥‥‥‥‥‥‥‥‥‥‥ 98
皇帝の新しい服 ‥‥‥‥‥‥‥‥‥ 108
あるお母さんの物語 ‥‥‥‥‥‥‥ 120
妖精の丘 ‥‥‥‥‥‥‥‥‥‥‥‥ 138
ブタ飼い王子 ‥‥‥‥‥‥‥‥‥‥ 156
古い家 ‥‥‥‥‥‥‥‥‥‥‥‥‥ 170
恋人たち ‥‥‥‥‥‥‥‥‥‥‥‥ 190
モミの木 ‥‥‥‥‥‥‥‥‥‥‥‥ 198
雪だるま ‥‥‥‥‥‥‥‥‥‥‥‥ 220
青銅のイノシシ ‥‥‥‥‥‥‥‥‥ 233
パンをふんだ娘 ‥‥‥‥‥‥‥‥‥ 261
天使 ‥‥‥‥‥‥‥‥‥‥‥‥‥‥ 282
野の白鳥 ‥‥‥‥‥‥‥‥‥‥‥‥ 289
＊訳者あとがき　アンデルセンのこと ‥ 329

第2巻　人魚姫
2003年11月20日刊

しっかりものの錫の兵隊 ‥‥‥‥‥‥ 11
ろうそく ‥‥‥‥‥‥‥‥‥‥‥‥‥ 22
みにくいアヒルの子 ‥‥‥‥‥‥‥‥ 30
父さんのすることは、まちがいがない ‥ 57
空飛ぶトランク ‥‥‥‥‥‥‥‥‥‥ 70
ソバ ‥‥‥‥‥‥‥‥‥‥‥‥‥‥‥ 86

銀貨 ……………………………… 92	
旅の仲間 ………………………… 103	
年とったカシワの木の最後の夢(クリ	
スマスのお話) ………………… 152	
墓の中の子ども ………………… 167	
イブと小さいクリスティーネ … 179	
食料品屋の小人 ………………… 206	
羊飼い娘と煙突掃除屋 ………… 216	
まったく、ほんとうです！ …… 230	
年の話 …………………………… 237	
いたずらっ子 …………………… 258	
人魚姫 …………………………… 265	
＊訳者あとがき アンデルセンの童話と	
童話集 ………………………… 321	

第3巻　雪の女王
2003年11月20日刊

マッチ売りの女の子 ………………… 11
高とび選手 ……………………………… 17
小さいイーダの花 …………………… 23
悪い王さま(伝説) …………………… 43
コウノトリ ……………………………… 50
まぬけのハンス(古いお話の再話) … 64
赤い靴 …………………………………… 75
ペンとインク壺 ……………………… 90
眠りの精のオーレ・ルゲイエ ……… 97
「ちがいがあります」 …………… 125
小クラウスと大クラウス ………… 135
「あれは、だめな女だった」 …… 164
バラの妖精 …………………………… 182
びんの首 ……………………………… 195
鐘 ……………………………………… 219
雪の女王─七つの話からできている物
　語 …………………………………… 232
＊画家あとがき アンデルセンの世界
　は、ひとつの宇宙です(イブ・スパン
　グ・オルセン) ………………… 305

第4巻　絵のない絵本
2003年11月20日刊

絵のない絵本 ………………………… 5
＊あとがき(大塚勇三) …………… 189

> **アンドルー・ラング**
> **世界童話集**
> 東京創元社
> 全12巻
> 2008年1月～2009年9月
> (西村醇子監修)

第1巻　あおいろの童話集(H.J.フォード,
　G.P.ジェイコム＝フッド装画・挿絵)
2008年1月30日刊

ヒヤシンス王子とうるわしの姫─ル・プラ
　ンス・ド・ボーモン夫人〔出典〕(ないとうふ
　みこ訳) …………………………………… 7
アラディンと魔法のランプ─アラビアン・
　ナイト〔出典〕(菊池由美訳) ………… 20
マスターメイド─P.C.アスビョルンセンとJ.
　モー〔出典〕(杉本詠美訳) ………… 48
海の水がからいわけ─P.C.アスビョルンセン
　とJ.モー〔出典〕(杉本詠美訳) …… 76
フェリシアとナデシコの鉢─オーノワ夫人
　〔出典〕(田中亜希子訳) …………… 85
白い猫─オーノワ夫人〔出典〕(菊池由美訳) ‥ 102
スイレンと、金の糸をつむぐむすめた
　ち(ないとうふみこ訳) ………… 132
うるわしき金髪姫─オーノワ夫人〔出典〕(西
　本かおる訳) …………………………… 148
ウィッティントンのお話(田中亜希子
　訳) ……………………………………… 173
ふしぎな羊─オーノワ夫人〔出典〕(中務秀子
　訳) ……………………………………… 188
四十人の盗賊─アラビアン・ナイト〔出典〕
　(菊池由美訳) ………………………… 218
ヒキガエルとダイヤモンド─シャルル・ペ
　ロー〔出典〕(杉本詠美訳) ………… 237
いとしの王子─"Cabinet des Fées"〔出典〕
　(菊池由美訳) ………………………… 243
ガラス山の姫ぎみ─P.C.アスビョルンセンとJ.
　モー〔出典〕(杉本詠美訳) ………… 265
アフメド王子と妖精─アラビアン・ナイト〔出
　典〕(ないとうふみこ訳) ………… 281

アンドルー・ラング世界童話集

巨人退治のジャック—チャップブック〔出典〕
（中務秀子訳）……………………… 332
ノロウェイの黒牛—チェンバーズ『スコットラ
ンドの昔話』〔出典〕（杉本詠美訳）……… 343
赤鬼エティン—チェンバーズ『スコットランドの
昔話』〔出典〕（中務秀子訳）…………… 353
＊監修者あとがき（西村醇子）………… 366

第2巻　あかいろの童話集（H.J.フォード，
L.スピード装画・挿絵）
2008年1月30日刊

サンザシ姫—オーノワ夫人〔出典〕（吉井知代
子訳）…………………………………… 7
ソリア・モリア城—P.C.アスビョルンセン〔出
典〕（武富博訳）……………………… 36
不死身のコシチェイの死—ロールストン〔出
典〕（おおつかのりこ訳）……………… 57
黒い盗っ人と谷間の騎士—『アイルランドの
昔話』〔出典〕（おおつかのりこ訳）…… 78
泥棒の親方—P.C.アスビョルンセン〔出典〕（お
おつかのりこ訳）……………………… 100
ロゼット姫—オーノワ夫人〔出典〕（生方頼子
訳）……………………………………… 127
ブタと結婚した王女—ニート・クレムニッツ
訳 ルーマニアの昔話〔出典〕（杉田七重訳）… 154
ノルカ（田中亜希子訳）……………… 174
小さなやさしいネズミ—オーノワ夫人〔出典〕
（宮坂宏美訳）………………………… 185
六人のばか—M.ルモイン ベルギー・エノー州の
昔話〔出典〕（大井久里子訳）………… 206
木の衣のカーリ—P.C.アスビョルンセン〔出典〕
（杉本詠美訳）………………………… 211
アヒルのドレイクスタイル—シャルル・マ
レル〔出典〕（田中亜希子訳）………… 233
ハーメルンのふえふき男—シャルル・マレル
〔出典〕（おおつかのりこ訳）………… 245
金ずきんちゃんのほんとうの話—シャル
ル・マレル〔出典〕（田中亜希子訳）…… 257
金の枝—オーノワ夫人〔出典〕（熊谷淳子訳）… 266
マダラオウ—J.モー〔出典〕（生方頼子訳）… 296
イラクサをつむぐむすめ—シャルル・ドゥラ
ン〔出典〕（武富博訳）……………… 315

ファーマー・ウェザービアード—P.C.ア
スビョルンセン〔出典〕（熊谷淳子訳）……… 330
木のはえた花嫁—J.モー〔出典〕（生方頼子
訳）……………………………………… 346
七頭の子馬—J.モー〔出典〕（生方頼子訳）… 359

第3巻　みどりいろの童話集（H.J.フォー
ド装画・挿絵）
2008年3月25日刊

青い鳥—オーノワ夫人〔出典〕（中務秀子訳）…… 7
ロザネラ姫—ケーリュス伯爵〔出典〕（西本か
おる訳）………………………………… 56
シルヴァンとジョコーサ—ケーリュス伯爵
〔出典〕（西本かおる訳）……………… 67
妖精のおくりもの—ケーリュス伯爵〔出典〕
（おおつかのりこ訳）………………… 80
三匹の子豚（おおつかのりこ訳）…… 88
氷の心—ケーリュス伯爵〔出典〕（ないとうふ
みこ訳）………………………………… 98
魔法の指輪—フェヌロン〔出典〕（生方頼子
訳）……………………………………… 146
金色のクロウタドリ—セビヨ〔出典〕（生方
頼子訳）………………………………… 160
小さな兵士—シャルル・ドゥラン〔出典〕（武
富博子訳）……………………………… 169
魔法の白鳥—クレトケ〔出典〕（おおつかの
りこ訳）………………………………… 202
きたない羊飼い—セビヨ〔出典〕（熊谷淳子
訳）……………………………………… 210
魔法をかけられたヘビ（吉井知代子訳）
………………………………………… 217
身から出たさび—クレトケ〔出典〕（熊谷淳
子訳）…………………………………… 231
コジャタ王—ロシアの昔話〔出典〕（菊池由美
訳）……………………………………… 246
気まぐれ王子と美しいヘレナ—ドイツの昔
話〔出典〕（生方頼子訳）……………… 269
ホック・リーと小人たち—中国の昔話〔出
典〕（大井久里子訳）…………………… 280
三匹のクマの話—サウジー〔出典〕（田中亜
希子訳）………………………………… 289

ヴィヴィアン王子とプラシダ姫—
　"Nonchalante et Pappillon"〔出典〕（武富博
　子訳）……………………………… 295
つむと杯(ひ)とぬい針—グリム〔出典〕（杉
　本詠美訳）……………………………… 336
オオカミとキツネの戦い—グリム〔出典〕
　（大井久里子訳）……………………… 343
三匹の犬—グリム〔出典〕（武富博子訳）…… 352

第4巻　きいろの童話集（H.J.フォード装画・挿絵）
2008年5月30日刊

猫とネズミのふたりぐらし（中務秀子
　訳）……………………………………… 7
北方の竜—クロイツヴァルト『エストニアの昔話』
　〔出典〕（おおつかのりこ訳）………… 13
黄金のカニ—シュミット『ギリシアの昔
　典〕（杉本詠美訳）…………………… 36
竜と竜のおばあさん（大井久里子訳）…… 49
小さな緑のカエル—"Cabinet des Fées"〔出
　典〕（宮坂宏美訳）…………………… 57
七つ頭の大蛇—シュミット『ギリシアの昔話』
　〔出典〕（杉本詠美訳）……………… 75
動物たちの恩返し—クレトケ ハンガリーの昔
　話〔出典〕（杉田七重訳）…………… 83
巨人と羊飼いの少年—フォン・ヴリオキプ ブ
　コヴィナの昔話〔出典〕（吉井知代子訳）…… 103
カラス—クレトケ ポーランドの昔話〔出典〕（吉
　井知代子訳）………………………… 109
六人の男が広い世界をわがもの顔で歩
　く話（熊谷淳子訳）………………… 114
魔法使いの王さま—"Les Fées illusteres"〔出
　典〕（西本かおる訳）……………… 126
ガラスの山—クレトケ ポーランドの昔話〔出典〕
　（菊池由美訳）……………………… 139
緑のサル、アルフィージ（ないとうふみ
　こ訳）………………………………… 146
妖精より美しい金髪姫（杉田七重訳）…… 158
三人の兄弟—クレトケ ポーランドの昔話〔出典〕
　（生方頼子訳）……………………… 171
男の子とオオカミ 守られなかった約束
　—ネイティブ・アメリカンの昔話〔出典〕（菊池
　由美訳）……………………………… 178

死んだ妻—イロコイ族の昔話〔出典〕（杉田七
　重訳）………………………………… 184
白いアヒル（おおつかのりこ訳）……… 188
魔女と召使い—クレトケ ロシアの昔話〔出典〕
　（武富博子訳）……………………… 200
魔法の指輪（中務秀子訳）……………… 231
花の女王のむすめ—フォン・ヴリオロキ ブコ
　ヴィナの昔話〔出典〕（吉井知代子訳）…… 257
飛ぶ船—ロシアの昔話〔出典〕（大井久里子
　訳）…………………………………… 268
霜の王—ロシアの昔話〔出典〕（生方頼子訳）…… 284
魔女—ロシアの昔話〔出典〕（杉田七重訳）…… 292
リング王子—アイスランドの昔話〔出典〕（大
　井久里子訳）………………………… 301
石の舟に乗った魔女—アイスランドの昔話
　〔出典〕（杉田七重訳）……………… 325
とんまなハンス（ないとうふみこ訳）…… 335
かがり針の物語（生方頼子訳）………… 346

第5巻　ももいろの童話集（H.J.フォード装画・挿絵）
2008年7月25日刊

小さな妖精と食料品屋—ハンス・アンデルセ
　ンのドイツ語翻訳〔出典〕（杉田七重訳）……… 7
森の家—グリム〔出典〕（ないとうふみこ
　訳）…………………………………… 15
ひつぎのなかの姫—デンマークの昔話〔出典〕
　（熊谷淳子訳）……………………… 27
仲のいい三人兄弟—グリム〔出典〕（大井久
　里子訳）……………………………… 49
人魚のむすこハンス—デンマークの昔話〔出
　典〕（おおつかのりこ訳）…………… 53
グリップという鳥—スウェーデンの昔話〔出
　典〕（西本かおる訳）……………… 74
スノーフレイク—ルイ・レジェ訳『スラブの昔
　話』〔出典〕（ないとうふみこ訳）…… 90
ずるがしこい靴屋—『シチリアの昔話』〔出典〕
　（西本かおる訳）…………………… 97
カテリーナと運命の女神—ラウラ・ゴンツェ
　ンバッハ『シチリアの昔話』〔出典〕（武富博子
　訳）…………………………………… 110

アンドルー・ラング世界童話集

隠者の手引きで姫をめとった男の話—
『シチリアの昔話』〔出典〕（おおつかのりこ
訳）‥‥‥‥‥‥‥‥‥‥‥‥‥ 122
命の水—フランシスコ・デ・S.マスポンス・イ・ラ
ブロス博士『カタールニャの昔話』〔出典〕（宮
坂宏美訳）‥‥‥‥‥‥‥‥‥‥ 137
きずついたライオン—カタールニャの昔話
〔出典〕（大井久里子訳）‥‥‥ 148
兄と弟—ラウラ・ゴンツェンバッハ『シチリアの昔
話』〔出典〕（児玉敦子訳）‥‥ 160
魔法使いと弟子—デンマークの昔話〔出典〕
（菊池由美訳）‥‥‥‥‥‥‥‥ 177
金のライオン—ラウラ・ゴンツェンバッハ『シチ
リアの昔話』〔出典〕（宮坂宏美訳）‥ 181
ローズマリーの小枝—フランシスコ・デ・S.マ
スポンス・イ・ラブロス博士『カタールニャの昔
話』〔出典〕（中務秀子訳）‥‥ 191
白いハト—デンマークの昔話〔出典〕（生方頼
子訳）‥‥‥‥‥‥‥‥‥‥‥‥ 204
トロルのむすめ—デンマークの昔話〔出典〕
（菊池由美訳）‥‥‥‥‥‥‥‥ 217
エスベンと魔女—デンマークの昔話〔出典〕
（ないとうふみこ訳）‥‥‥‥‥ 232
ミノン・ミネット姫—“Bibliothèque des
Fées et des Génies”〔出典〕（武富博子訳）‥ 257
ゆかいなおかみさんたち—デンマークの昔話
〔出典〕（生方頼子訳）‥‥‥‥ 278
リンドオルム王—スウェーデンの昔話〔出典〕
（杉本詠美訳）‥‥‥‥‥‥‥‥ 284
ちびの野ウサギ—E.ジャコテ訳編『バソト族の
昔話』〔出典〕（大井久里子訳）‥‥ 303
チックの話—シチリアの昔話〔出典〕（杉本詠
美訳）‥‥‥‥‥‥‥‥‥‥‥‥ 324
幸運のドン・ジョバンニ—シチリアの昔話
〔出典〕（おおつかのりこ訳）‥ 351

第6巻 はいいろの童話集（H.J.フォード
装画・挿絵）
2008年9月25日刊

ロバむすめ—“Cabinet des Fées”〔出典〕（西
本かおる訳）‥‥‥‥‥‥‥‥‥‥ 7
ぜったいとけない魔法（杉田七重訳）‥‥‥ 26

泥棒とうそつきのふたり組み（菊池由
美訳）‥‥‥‥‥‥‥‥‥‥‥‥ 52
ヤギ顔のむすめ—クレトケイタリアの昔話〔出
典〕（武富博子訳）‥‥‥‥‥‥ 61
花をつんで起こったできごと—ポルトガル
の昔話〔出典〕（吉井知代子訳）‥‥ 72
ベンスルダトゥの物語—『シチリアの昔話』
〔出典〕（生方頼子訳）‥‥‥‥ 83
魔法使いの馬（武富博子訳）‥‥‥ 99
小さな灰色の男—クレトケドイツの昔話〔出
典〕（杉田七重訳）‥‥‥‥‥‥ 116
ラザルスとドラーケン（生方頼子訳）‥‥ 123
〈花の島々〉の女王—“Cabinet des Fées”〔出
典〕（菊池由美訳）‥‥‥‥‥‥ 130
白いオオカミ（児玉敦子訳）‥‥‥ 143
ボビノ（ないとうふみこ訳）‥‥‥ 156
太守の三人のむすこ（杉本詠美訳）‥‥‥ 165
キルカスのおとめたちの話—“Cabinet des
Fées”〔出典〕（杉本詠美訳）‥‥‥ 211
ジャッカルと泉—E.ジャコテ訳編『バソト族の
昔話』〔出典〕（熊谷淳子訳）‥‥ 237
クマ（吉井知代子訳）‥‥‥‥‥‥ 244
お日さまの子ども（杉田七重訳）‥‥‥ 252
ブク・エテムスクのむすめ—ハンス・ス
トゥメ『トリポリの詩と昔話』〔出典〕（ないと
うふみこ訳）‥‥‥‥‥‥‥‥‥ 261
笑っている目と泣いている目、または
脚の悪いキツネの話—ルイ・レジェ訳『ス
ラブの昔話』（セルビア）〔出典〕（大井久里子
訳）‥‥‥‥‥‥‥‥‥‥‥‥‥ 280
街角の音楽隊—クレトケドイツの昔話〔出典〕
（おおつかのりこ訳）‥‥‥‥‥ 289
人食い鬼—クレトケイタリアの昔話〔出典〕（お
おつかのりこ訳）‥‥‥‥‥‥‥ 296
妖精のあやまち—“Cabinet des Fées”〔出典〕
（ないとうふみこ訳）‥‥‥‥‥ 309
のっぽとふとっちょと目きき—ルイ・レ
ジェ訳『スラブの昔話』（ボヘミア）〔出典〕（菊池
由美訳）‥‥‥‥‥‥‥‥‥‥‥ 329
ブルネッラ（児玉敦子訳）‥‥‥‥ 347

第7巻 むらさきいろの童話集（H.J.フ
ォード装画・挿絵）
2008年11月28日刊

アンドルー・ラング世界童話集

トントラヴァルドのお話—『エストニアの昔話』〔出典〕（中務秀子訳）……………… 7

世界で一番のうそつき—セルビアの昔話〔出典〕（大井久里子訳）……………… 29

三人のふしぎなものごい—セルビアの昔話〔出典〕（中務秀子訳）……………… 37

けものを従えた三人の王子—リトアニアの昔話〔出典〕（吉井知代子訳）……… 53

九羽のクジャクと金のリンゴ—セルビアの昔話〔出典〕（杉本詠美訳）………… 66

リュートひき—ロシアの昔話〔出典〕（ないとうふみこ訳）………………… 84

たまごから生まれた王女—『エストニアの昔話』〔出典〕（武富博子訳）………… 94

スタン・ボロバン—ルーマニアの昔話〔出典〕（杉田七重訳）………………… 110

あるガゼルの物語—スワヒリの昔話〔出典〕（宮坂宏美訳）…………………… 131

あかつきの妖精—ルーマニアの昔話〔出典〕（熊谷淳子訳）………………… 161

野ウサギを集めたイェスパー—スカンジナビアの昔話〔出典〕（大井久里子訳） 207

地下の鍛冶屋—『エストニアの昔話』〔出典〕（おおつかのりこ訳）…………… 225

長鼻の小人の物語（おおつかのりこ訳）……………………………… 235

人食いヌンダー—スワヒリの昔話〔出典〕（杉本詠美訳）…………………… 270

ハッセプの話—スワヒリの昔話〔出典〕（児玉敦子訳）……………………… 291

金の星をつけた子どもたち—ルーマニアの昔話〔出典〕（ないとうふみこ訳）……… 301

地下にかくされた王女—ドイツの昔話〔出典〕（児玉敦子訳）……………………… 317

男になりすました王女—ジュール・ブランとレオ・バシュラン〔出典〕（生方頼子訳） 323

世界を見たかった王子の話—ポルトガルの昔話〔出典〕（児玉敦子訳）………… 357

モガルゼアとむすこ—ルーマニアの昔話〔出典〕（ないとうふみこ訳）……… 369

第8巻　べにいろの童話集（H.J.フォード装画・挿絵）
2009年1月30日刊

美しいイロンカ—ハンガリーの昔話〔出典〕（児玉敦子訳）…………………… 7

ラッキー・ラック—ハンガリーの昔話〔出典〕（熊谷淳子訳）………………… 17

王さまのご健康をおいのりして！—ロシアの昔話〔出典〕（大井久里子訳）……… 34

七人のシモン—ハンガリーの昔話〔出典〕（杉田七重訳）…………………… 44

王子とドラゴン—セルビアの昔話〔出典〕（杉田七重訳）…………………… 69

小さな〈野バラ〉—ルーマニアの昔話〔出典〕（大井久里子訳）………………… 85

笛ふきのティードゥー『エストニアの昔話』〔出典〕（菊池由美訳）…………… 104

パペラレッロ—『シチリアの昔話』〔出典〕（児玉敦子訳）…………………… 125

魔術師のおくりもの—フィンランドの昔話〔出典〕（おおつかのりこ訳）……… 140

宝さがし（ないとうふみこ訳）…… 154

若者と猫—アイスランドの昔話〔出典〕（生方頼子訳）……………………… 181

不死を求めて旅をした王子—ハンガリーの昔話〔出典〕（杉本詠美訳）………… 187

金色のひげの男—ハンガリーの昔話〔出典〕（吉井知代子訳）………………… 206

トリティルとリティルと鳥たち—ハンガリーの昔話〔出典〕（宮坂宏美訳）…… 223

三枚のローブ—ボエスティオン・ウェイン『アイスランドの昔話』〔出典〕（おおつかのりこ訳）…………………………………… 235

びんぼうむすこがピロ伯爵になった話—『シチリアの昔話』〔出典〕（武富博子訳） 252

アイゼンコプフ—ハンガリーの昔話〔出典〕（熊谷淳子訳）………………… 266

ニールスと巨人たち（西本かおる訳）…… 282

羊飼いのポール—ハンガリーの昔話〔出典〕（中務秀子訳）………………… 298

名馬グトルファフシと名剣グンフィエズル—アイスランドの昔話〔出典〕（ないとうふみこ訳）……………………… 312

にせ王子、あるいは、野心家の仕立屋の話（杉本詠美訳）…………………… 329

猫屋敷（生方頼子訳）……………… 351

世界児童文学全集/個人全集・内容綜覧　第II期　**23**

アンドルー・ラング世界童話集

ほんとうの友の見つけ方—ラウラ・ゴンツェ
ンバッハ『シチリアの昔話』〔出典〕（生方頼子
訳）……………………………… 364

第9巻　ちゃいろの童話集（H.J.フォード
装画・挿絵）
2009年3月25日刊

玉運びと魔物—"U.S.Bureau of Ethnology"〔出
典〕（ないとうふみこ訳）………………… 7
玉運び、つとめをはたす—ネイティブ・アメ
リカンの昔話〔出典〕（ないとうふみこ訳）‥21
魔物バニヤップ—"Journal of
Antheropological Institute"〔出典〕（大井久
里子訳）……………………………… 34
ぶつぶつ父さん—"Contes Populaires"〔出典〕
（吉井知代子訳）……………………… 41
ヤラの話—Folklore Brésilien〔出典〕（児玉敦
子訳）………………………………… 58
頭のいい子ウサギ—ネイティブ・アメリカンの
昔話〔出典〕（吉井知代子訳）…………… 74
弱虫のゲイフルドがむくいを受けるま
で—『アイスランドの昔話』〔出典〕（大井久
里子訳）……………………………… 80
ハウボキー—アイスランドの昔話〔出典〕（熊谷
淳子訳）……………………………… 96
末の弟が兄たちを助けた話—Bureau of
Ethnology, U.S.〔出典〕（菊池由美訳）…… 107
クーモンゴーの聖なる樹液—バット族の昔
話〔出典〕（杉田七重訳）……………… 120
よこしまなクズリ—Bureau of Ethnology〔出
典〕（おおつかのりこ訳）…………… 138
人魚と王子—『ラップランドの昔話』〔出典〕
（児玉敦子訳）……………………… 149
ビビとカボ—モンセロン〔出典〕（菊池由美
訳）………………………………… 171
エルフのおとめ—『ラップランドの昔話』〔出
典〕（宮坂宏美訳）………………… 181
馬や牛が人に飼われるようになったわ
け—『ラップランドの昔話』〔出典〕（杉永詠
美訳）……………………………… 192
魔法の首—"Traditions populaires de toutes les
nations (Asie Mineure)"〔出典〕（おおつか
のりこ訳）…………………………… 200

太陽の妹—『ラップランドの昔話』〔出典〕（杉
本詠美訳）…………………………… 214
王子と三つの運命—古代エジプトの昔話〔出
典〕（熊谷淳子訳）………………… 240
キツネとラップ人—『ラップランドの昔話』
〔出典〕（おおつかのりこ訳）…………… 259
猫のキサ—アイスランドの昔話〔出典〕（大井
久里子訳）…………………………… 277
アスムンドとシグニー—『アイスランドの昔
話』〔出典〕（吉田知代子訳）…………… 287
リューベツァール—『ドイツ人の民話』〔出典〕
（ないとうふみこ訳）………………… 295
運命にうち勝とうとした王さまの話—イ
ンド人からの聞き書き〔出典〕（生方頼子訳）
……………………………………… 318
心やさしいワリ・ダード—インド人からの聞
き書き〔出典〕（武富博子訳）………… 340
魚の騎士—フェルナン・カバリェーロ〔出典〕
（杉田七重訳）……………………… 356

第10巻　だいだいいろの童話集（H.J.フ
ォード装画・挿絵）
2009年5月29日刊

勇者マコマの物語—センナの口承伝承〔出典〕
（ないとうふみこ訳）…………………… 7
魔法の鏡—センナの昔話〔出典〕（大井久里子
訳）………………………………… 22
この世で天国を見ようとした王さまの
話—バターン族に伝わる話をキャンベル少佐が聞
き書きしたもの〔出典〕（杉田七重訳）……… 34
ウサギのイスロがグドゥをだました話
—ショナ族の昔話〔出典〕（宮坂宏美訳）…… 42
キツネとオオカミ—アントニオ・デ・トルエバ
〔出典〕（西本かおる訳）……………… 54
イアン・ジーリハが青いハヤブサをつ
かまえた話—『西ハイランド昔話集』〔出典〕
（菊池由美訳）……………………… 65
ふたつの小箱—ソープ〔出典〕（中務秀子
訳）………………………………… 84
魔法の花かんむり—ソープ〔出典〕（児玉敦
子訳）……………………………… 107
かしこい猫—ベルベル人の昔話〔出典〕（吉井
知代子訳）…………………………… 126

泥棒のピンケル—ソープ〔出典〕（熊谷淳子
　訳）……………………………… 147
ジャッカルの冒険—ルネ・バセット『新・ベル
　ベル人の昔話』〔出典〕（杉本詠美訳）……… 166
三つの宝—ルイ・レジェ訳『スラブの昔話』〔出典〕
　（杉本詠美訳）……………………… 176
白い雌ジカ—オーノワ夫人〔出典〕（おおつか
　のりこ訳）…………………………… 194
魚になったむすめ—フランシスコ・デ・S.マス
　ポンス・イ・ラブロス博士『カタルーニャの昔話』
　〔出典〕（児玉敦子訳）……………… 228
フクロウとワシ—"The Journal of the
　Anthropological Institute"〔出典〕（生方頼子
　訳）…………………………………… 246
カエルの精とライオンの精—オーノワ夫人
　〔出典〕（杉田七重訳）……………… 254
ベリャ・フロール姫—フェルナン・カバリェー
　ロ〔出典〕（大井久里子訳）………… 289
真実の鳥—フェルナン・カバリェーロ〔出典〕
　（武富博子訳）……………………… 307
アンドラス・ベイヴ—J.C.ポエシュティオン
　『ラップランドの昔話』〔出典〕（田中亜希子
　訳）…………………………………… 327
白いうわぐつ—エリンケ・セバリョス・キンタナ
　〔出典〕（ないとうふみこ訳）…………… 336

第11巻　くさいろの童話集（H.J.フォード
　装画・挿絵）
2009年7月30日刊

マドシャン—イグナール・クノーシュ博士『トル
　コの昔話』〔出典〕（ないとうふみこ訳）…… 7
青いオウム—"Le Cabinet des Fées"の短縮版
　〔出典〕（中務秀子訳）……………… 20
王女ゲールラウグ—『アイスランドの昔話』
　〔出典〕（杉本詠美訳）……………… 43
小人の王さまロクの話—M.アナトール・フラ
　ンス〔出典〕（おおつかのりこ訳）……… 64
そんな話があるもんか—口承伝承〔出典〕
　（杉田七重訳）……………………… 94
ジャッカルか、それともトラか（菊池由
　美訳）………………………………… 102
くしと首環—アントニー・ハミルトン伯爵〔出典〕
　（大井久里子訳）…………………… 125

クプティーとイマーニ—パンジャブの昔話
　〔出典〕（ないとうふみこ訳）………… 148
みごとな化かし合い—キャンベル少佐 パン
　ジャブの昔話 フィーローズブル〔出典〕（おお
　つかのりこ訳）……………………… 165
緑の騎士—エヴァルド・タング・クリステンセン
　〔出典〕（児玉敦子訳）……………… 178
金色の頭の魚—フレデリック・マクレ『アルメニ
　アの昔話』〔出典〕（熊谷淳子訳）…… 199
ドラニ—キャンベル少佐 パンジャブの昔話 フィー
　ローズブル〔出典〕（児玉敦子訳）…… 212
繻子の医者—"Cabinet des Fées"〔出典〕（田
　中亜希子訳）………………………… 224
ズールビジアの物語—ルイ・マクレ『アルメニ
　アの昔話』〔出典〕（生方頼子訳）……… 241
欲ばりの丸損—キャンベル少佐 フィーローズブ
　ル〔出典〕（宮坂宏美訳）…………… 266
ヘビの王子—キャンベル少佐 フィーローズブル
　〔出典〕（大井久里子訳）…………… 278
機織りの知恵—フレデリック・マクレ『アルメニ
　アの昔話』〔出典〕（熊谷淳子訳）…… 293
ついにおそれを知った若者の話—イグ
　ナーツ・クノーシュ博士『トルコの昔話』〔出典〕
　（武富博子訳）……………………… 298
がまんは一生の宝—フレデリック・マクレ『ア
　ルメニアの昔話』〔出典〕（吉井知代子訳）… 311
物言わぬ王女—イグナーツ・クノーシュ博士『ト
　ルコの昔話』〔出典〕（杉田七重訳）……… 327

第12巻　ふじいろの童話集（H.J.フォード
　装画・挿絵）
2009年9月30日刊

にせ者の王子と本物の王子—ポルトガルの
　昔話〔出典〕（宮坂宏美訳）…………… 7
サルの心臓—エドワード・スティアー法学博士 ス
　ワヒリの昔話〔出典〕（杉田七重訳）……… 22
妖精の乳母—パトリック・ケネディ〔出典〕（吉
　井知代子訳）………………………… 42
失われた楽園—ポール・セビヨ〔出典〕（西本
　かおる訳）…………………………… 51
滝の王—西ハイランドの昔話〔出典〕（武富博
　子訳）………………………………… 58

イソップ寓話

いたずら妖精―ポール・セビヨ〔出典〕（武富博子訳）……………… 81

三つのかんむり―西ハイランドの昔話〔出典〕（児玉敦子訳）……………… 87

ノルウェーの茶色いクマ―西ハイランドの昔話〔出典〕（杉本詠美訳）……………… 106

モティ―パシュトゥの昔話〔出典〕（田中亜希子訳）……………… 124

魚の話―オーストラリアの昔話〔出典〕（ないとうふみこ訳）……………… 139

びんぼうな兄と金持ちの弟―ポルトガルの昔話〔出典〕（熊谷淳子訳）……………… 144

手を切られたむすめ―E.スティアー スワヒリの昔話〔出典〕（杉田七重訳）……………… 161

ジュルングの骨―A.F.マッケンジー編 昔話〔出典〕（児玉敦子訳）……………… 194

木イチゴの虫―Z.トペリウス〔出典〕（大井久里子訳）……………… 204

プルーイネックの大岩―エミール・スーヴェストル〔出典〕（中務秀子訳）……………… 216

ケルグラスの城―エミール・スーヴェストル〔出典〕（大井久里子訳）……………… 229

鳥たちの戦い―『西ハイランド昔話集』〔出典〕（菊池由美訳）……………… 253

泉の貴婦人―『マビノギオン』〔出典〕（ないとうふみこ訳）……………… 276

四つのおくりもの―エミール・スーヴェストル〔出典〕（大井久里子訳）……………… 302

ロク島のグロアーク―エミール・スーヴェストル〔出典〕（おおつかのりこ訳）……………… 318

お人好しのだんなたち―西ハイランドの昔話〔出典〕（おおつかのりこ訳）……………… 337

ズキンガラスと妻―西ハイランドの昔話〔出典〕（生方頼子訳）……………… 345

＊監修者あとがき（西村醇子）………… 354

> 新編
> ## イソップ寓話
> 風媒社
> 全1巻
> 2014年4月26日
> （川名澄訳, アーサー・ラッカム絵）

新編 イソップ寓話
2014年4月26日刊

＊はしがき（川名澄）……………………… 5

1　狐と葡萄 ……………………………… 14

2　金のたまごを産んだ鵞鳥 …………… 15

3　鼠の会議 ……………………………… 16

4　蝙蝠と鼬 ……………………………… 17

5　狐と鴉 ………………………………… 18

6　猫と鶏 ………………………………… 20

7　月とおかあさん ……………………… 22

8　おばあさんとお医者さん …………… 24

9　ヘルメスときこり …………………… 25

10　ライオンと鼠 ………………………… 27

11　鴉と水差し …………………………… 28

12　こどもと蛙 …………………………… 29

13　北風と太陽 …………………………… 30

14　狐とコウノトリ ……………………… 32

15　イルカと鯨と小魚 …………………… 34

16　善と悪 ………………………………… 35

17　樅の木と茨のしげみ ………………… 36

18　ブヨと牛 ……………………………… 38

19　熊と旅人 ……………………………… 39

20　蚤と人間 ……………………………… 40

21　樫の木と葦 …………………………… 42

22　蟹の親子 ……………………………… 44

23　ロバと荷物 …………………………… 46

24　羊飼いのこどもと狼 ………………… 47

25　農夫と息子たち ……………………… 48

26　泥棒と雄鶏 …………………………… 49

27　おとうさんとこどもたち …………… 50

28　年老いたライオン …………………… 51

29　梟と鳥の仲間たち …………………… 52

30　ライオンの皮をかぶったロバ ……… 54

26　世界児童文学全集/個人全集・内容綜覧 第II期

イソップ寓話

31	水浴びをするこども	56
32	ゼウスと亀	57
33	蛙のお医者さん	58
34	飼葉桶のなかの犬	60
35	ふたつの袋	61
36	王さまを欲しがる蛙	62
37	ライオンと猪	64
38	人間とライオン	65
39	亀と鷲	66
40	尻尾のない狐	67
41	遭難した男と海の女神	68
42	ヘルメスと彫刻家	70
43	鍛冶屋と犬	71
44	狐とライオン	72
45	犬と影	74
46	熊と狐	76
47	牛と蛙	78
48	黒い肌	80
49	池のほとりの鹿	82
50	おばあさんと空きびん	83
51	人間とサテュロス	84
52	兎と亀	86
53	猫と雄鶏	88
54	羊と狼と鹿	90
55	山羊と葡萄の木	92
56	猟犬と兎	93
57	ふたつの壺	94
58	狼と鶴	96
59	町の鼠と田舎の鼠	98
60	捕虜になったラッパ吹き	100
61	農夫と狐	101
62	狼と狐と猿	102
63	アプロディテと猫	104
64	雄鶏と宝石	106
65	蟻とキリギリス	108
66	胃袋と手足	109
67	はげあたまの男とブヨ	110
68	猿と駱駝	111
69	旅人とプラタナスの木	112
70	粉屋と息子とロバ	114
71	中年の男とふたりの愛人	117
72	狼と山羊	118
73	木と斧	120

74	男の子と女の子	122
75	ライオンの王国	123
76	天文学者	124
77	農夫と蛇	125
78	子山羊と狼	126
79	ラバ	128
80	恋におちたライオン	129
81	蛙と井戸	130
82	山羊飼いと山羊	132
83	ライオンとゼウスと象	134
84	狼と馬	136
85	笛を吹く漁師	138
86	鷲とコガネムシ	140
87	猿とイルカ	142
88	狼と影	144
89	デマデスと寓話	146
90	人間と馬と牛と犬	147
91	ヘルメスと蟻に咬まれた男	148
92	ぺてん師	149
93	ライオンと狐とロバ	150
94	狐と豹	151
95	ブヨとライオン	152
96	しみったれ	154
97	狩人ときこり	155
98	馬とロバ	156
99	おじいさんと死神	158
100	やもめと農夫	159
101	旅人と運命の女神	161

＊解説 イソップ寓話を読みなおす（川
　名澄）……162
＊参考文献について ……177

イソップ寓話集

クラシックイラストレーション版
イソップ寓話集
童話館出版
全1巻
2002年2月15日
（ラッセル・アッシュ, バーナード・
　ヒットン編著, 秋野翔一郎訳）

クラシックイラストレーション版 **イソップ寓話集**
2002年2月15日刊

＊イソップと挿絵画家たち ·················· 6
ウサギとカメ ·································· 12
カエルと雄牛 ·································· 14
オオカミとツル ······························ 16
ネズミの会議 ·································· 18
恋をしたライオン ···························· 20
クジャクの不満 ······························ 21
オンドリとキツネ ···························· 22
クマとミツバチ ······························ 24
カラスとトリの王様 ·························· 26
北風と太陽 ···································· 28
木とおの ······································ 30
ライオンとけものたち ······················ 32
ネコとオンドリ ······························ 33
町のネズミといなかのネズミ ················ 34
キツネとコウノトリ ·························· 36
ライオンとネズミ ···························· 38
老女と召使い ·································· 40
ロバと子犬 ···································· 42
ふたりのあそび友だち ······················ 44
ネコとオンドリと子ネズミ ·················· 46
オオカミとロバ ······························ 47
アリとキリギリス ···························· 48
ヴィーナスとネコ ···························· 50
山のお産 ······································ 52
キツネとライオン ···························· 54
かいば桶のなかのイヌ ······················ 56
男の子とカエル ······························ 58
キツネとカラス ······························ 59
男と息子とロバ ······························ 60

オオカミとヤギ ······························ 62
キツネとぶどう ······························ 64
ライオンの毛皮を着たロバ ·················· 66
イヌとそのかげ ······························ 68
キツネと仮面 ·································· 69
オンドリと宝石 ······························ 70
羊飼いの少年とオオカミ ···················· 71
金のたまごをうんだガチョウ ················ 72
サルとイルカ ·································· 74
旅人とクマ ···································· 76
どろぼうとオンドリ ·························· 77
天文学者 ······································ 78
ロバとロバひき ······························ 79
バラとちょうちょ ···························· 80
ウサギとキツネとワシ ······················ 82
ブヨとライオン ······························ 83
キツネとヒョウ ······························ 84

いそっぷ童話集

童話屋
全1巻
2004年8月20日
（いわきたかし著, ほてはまたかし画）

いそっぷ童話集
2004年8月20日刊

ありとせみ ……………………………… 8
お百姓さんの宝もの ………………………… 16
らいおんを助けた野ねずみ …………… 20
北風と太陽の力くらべ ………………… 30
田舎のねずみと町のねずみ …………… 36
策におぼれたろば ………………………… 44
山のやぎに逃げられたお百姓 ………… 48
熊が教えてくれたこと ………………… 56
うさぎとかめのきょうそう …………… 60
川でおぼれた子ども ……………………… 70
わしの恩がえし …………………………… 74
せみになりたかったろば ……………… 78
ほら穴からでられなくなったきつね …… 84
恩しらずの旅人 …………………………… 88
欲ばりなお百姓 …………………………… 96
狼が来た！ ………………………………… 102
正直ものの樵 ……………………………… 114
＊編者あとがき（田中和雄）…………… 122

イソップのお話

岩波書店
全1巻
2000年6月16日
（岩波少年文庫）
（河野与一編訳, 稗田一穂さし絵）

※1955年7月30日刊の新版

イソップのお話
2000年6月16日刊

有名なおはなし ………………………… 13
　カラスとキツネ ………………………… 13
　セミとアリ ……………………………… 14
　肉をくわえたイヌ ……………………… 16
　キツネとブドウ ………………………… 16
　野ネズミと家ネズミ …………………… 17
　ライオンとネズミ ……………………… 19
　北風と太陽 ……………………………… 20
　塩を運んでいるロバ …………………… 21
　王さまをほしがっているカエル ……… 22
　棒のおしえ ……………………………… 23
　漁師と大きい魚と小さい魚 …………… 24
　ウサギとカメ …………………………… 25
　旅人とクマ ……………………………… 26
　木こりとヘルメス ……………………… 27
　うそつきの子ども ……………………… 28
キツネ ……………………………………… 30
　キツネとツル …………………………… 30
　マイアンドロス川のキツネ …………… 32
　しっぽを切られたキツネ ……………… 33
　王さまにえらばれたキツネ …………… 34
　おなかをふくらましたキツネ ………… 35
　キツネとイバラ ………………………… 36
　キツネとライオン ……………………… 37
　キツネとワニ …………………………… 37
　キツネとヘビ …………………………… 38
　セミとキツネ …………………………… 39
　ライオンとキツネ ……………………… 40
　キツネとヤギ …………………………… 41
　キツネとヒョウ ………………………… 43

イソップのお話

キツネとイヌ …………………………… 43	オオカミとヤギ …………………………… 85
人とキツネ ……………………………… 44	オオカミとウマ …………………………… 86
鳥I …………………………………………… 46	オオカミとライオン ……………………… 87
海ツバメ ………………………………… 46	オオカミのかしらとロバ ………………… 88
ツバメとヘビ …………………………… 47	オオカミとヒツジ飼い …………………… 89
白鳥 ……………………………………… 48	歯をぬかれたオオカミ …………………… 90
アリとハト ……………………………… 49	イヌとオオカミ …………………………… 91
ネコとニワトリ ………………………… 50	オオカミとヒツジ ………………………… 92
ハチとシャコという鳥と農夫 ………… 50	虫 その他 ………………………………… 94
カラスとヘルメス ……………………… 51	ブヨとライオン …………………………… 94
カササギとカラス ……………………… 52	ブヨと牡ウシ ……………………………… 96
ツバメとカラス ………………………… 53	ミミズとキツネ …………………………… 97
カメとワシ ……………………………… 55	アリ ………………………………………… 97
トビとヘビ ……………………………… 56	ミツバチとゼウス ………………………… 98
鳥さしとシャコ ………………………… 56	ミツバチとヒツジ飼い …………………… 99
オンドリとワシ ………………………… 57	ハエ ………………………………………… 100
ウグイスとツバメ ……………………… 58	二ひきのコガネムシ ……………………… 101
ワシとキツネ …………………………… 59	人間とセミ ………………………………… 102
人間I ………………………………………… 61	セミ ………………………………………… 103
石をひきあげた漁師 …………………… 61	ノミと人間 ………………………………… 104
はじめて見たラクダ …………………… 63	土のつぼと金のつぼ ……………………… 105
ほらふき ………………………………… 64	川と海 ……………………………………… 106
仲のわるい男 …………………………… 64	かべとクギ ………………………………… 106
船旅をする人々 ………………………… 65	ランプ ……………………………………… 107
狩りゅうどとウマに乗った人 ………… 66	人間II ……………………………………… 108
ヒツジ飼いとオオカミ ………………… 67	天文学者 …………………………………… 108
農夫とヘビ ……………………………… 68	農夫とワシ ………………………………… 109
植木屋とイヌ …………………………… 69	ヒツジ飼いと海 …………………………… 111
うらない者 ……………………………… 70	波をかぞえる人 …………………………… 112
のんきな若者とツバメ ………………… 71	けちんぼう ………………………………… 112
子どもとサソリ ………………………… 72	神さまをだました人 ……………………… 113
腹わたをたべた子ども ………………… 72	ラッパ吹き ………………………………… 114
子どもと父親 …………………………… 73	プロメテウスと人間たち ………………… 115
キツネとヒツジ飼い …………………… 75	おくびょうな狩りゅうどと木こり ……… 116
オオカミ …………………………………… 76	金もちと革屋 ……………………………… 117
オオカミと影 …………………………… 76	ミツバチを飼っている人 ………………… 117
オオカミとおばあさん ………………… 78	旅人と枯れ木の根っこ …………………… 118
子ヤギと笛をふくオオカミ …………… 79	おばあさんと医者 ………………………… 119
オオカミと子ヒツジ …………………… 80	農夫とヘビ ………………………………… 120
オオカミとキツネ ……………………… 81	ウシひきとヘラクレス …………………… 121
ヒツジ飼いとオオカミの子 …………… 82	ライオン …………………………………… 122
屋根の上の子ヤギとオオカミ ………… 83	年をとったライオン ……………………… 122
オオカミとイヌ ………………………… 84	ライオンの母親 …………………………… 124

30 世界児童文学全集/個人全集・内容綜覧 第II期

イソップのお話

おりの中のライオン ……………… 124
ライオンとワシ ………………… 125
ライオンとクマ ………………… 126
腹をたてているライオンとシカ …… 127
王さまになったライオン ………… 127
ライオンとカエル ……………… 128
ライオンとイルカ ……………… 129
ライオンとイノシシ …………… 130
ライオンとウサギ ……………… 132
ネズミにおどろいたライオン …… 133
えものの分けかた ……………… 134
ライオンとウサギ ……………… 135
ライオンとロバとキツネ ………… 135
植物 ………………………………… 137
旅人とスズカケの木 …………… 137
バラとケイトウ ………………… 138
ブドウの木とヤギ ……………… 139
山賊とクワの木 ………………… 140
クルミの木 ……………………… 141
アシとカシの木 ………………… 142
カシワの木とゼウス …………… 142
コウモリとイバラとカモメ ……… 143
マムシとイバラ ………………… 144
マツの木と木びき ……………… 146
ザクロの木とリンゴの木とオリーブ
　の木とイバラ ………………… 147
人間III ……………………………… 148
人とライオンが旅をする話 ……… 148
女とニワトリ …………………… 149
農夫とその子どもたち …………… 150
ヒツジ飼いとヒツジ …………… 151
農夫とイヌ ……………………… 152
炭やきと羊毛をさらす人 ………… 153
笛のじょうずな漁師 …………… 154
神さまの木像をこわした人 ……… 156
手くせのわるい子どもと母親 …… 157
ゼウスと人間 …………………… 158
おなかと足 ……………………… 159
病人と医者 ……………………… 159
人殺し …………………………… 160
目の見えない人 ………………… 161
ヒツジ飼いと肉屋 ……………… 162
イヌ ………………………………… 163

ごちそうによばれたイヌ ………… 163
イヌの家 ………………………… 164
イヌとウサギ …………………… 165
おなかのすいたイヌ …………… 165
猟犬と番犬 ……………………… 166
イヌとライオン ………………… 167
イヌとオオカミ ………………… 168
イヌと貝 ………………………… 168
イヌとオオカミの戦争 …………… 169
鈴をつけたイヌ ………………… 170
イヌとオンドリ ………………… 171
イヌとライオンの皮 …………… 173
イヌと主人 ……………………… 174
イヌとヒツジ …………………… 175
ヘルメスの神とイヌ …………… 176
鍛冶屋と子イヌ ………………… 177
人間IV ……………………………… 178
農夫と海 ………………………… 178
農夫と木 ………………………… 179
ノミとすもう …………………… 180
はげ頭のウマ乗り ……………… 180
金のライオンを見つけた人 ……… 181
旅人と運命の神 ………………… 182
へたな琴ひき …………………… 183
金もちと泣き女 ………………… 184
ヘルメスと彫刻家 ……………… 185
若者たちと肉屋 ………………… 186
女主人とヒツジ ………………… 187
旅人とヘルメス ………………… 188
悪いことをする男 ……………… 189
神さまの像を売る人 …………… 191
漁師 ……………………………… 192
ロバ その他 ……………………… 194
山のロバと家のロバ …………… 194
ロバとオンドリとライオン ……… 195
ロバの影 ………………………… 196
神さまの像をのせたロバ ………… 197
ロバとカエル …………………… 198
ライオンの皮を着たロバ ………… 199
ロバと子イヌ …………………… 201
ロバとロバひき ………………… 201
ロバとセミ ……………………… 202
ロバとヤギ ……………………… 203

世界児童文学全集/個人全集・内容綜覧 第II期　31

イソップのお話

ロバとウマ	204	子ヒツジをたべるヒツジ飼い	247
ウマとロバ	205	ライオンと農夫	247
ウマと馬丁	206	くわをなくした農夫	248
人の年	207	水を浴びにいった子ども	250
イノシシとウマと狩りゅうど	208	ディオゲネスとはげ頭の人	250
鳥II	210	若者とウマ	251
カササギ	210	ヤギとヤギ飼い	252
クジャクとツル	212	狩りゅうどとライオン	253
農夫とコウノトリ	213	女主人と召使い	254
カラスと白鳥	214	つかまえられたイタチ	254
カラスとヘビ	215	やぶ医者	256
金のたまごを生むメンドリ	215	ウシ・カエル・ヘビ その他	258
メンドリとツバメ	216	ウシとガマ	258
ワシ	217	沼の中のカエル	259
シャコと狩りゅうど	217	マムシとヒドラ（水ヘビ）	260
ツグミ	218	近所どうしのカエル	261
ツバメとほかの鳥たち	219	ヘビのしっぽとからだ	262
ワシとコガネムシ	220	ふみつけられたヘビ	263
オウムとネコ	222	ヘビとカニ	263
オンドリとシャコ	223	カニとキツネ	264
ワシとカササギとヒツジ飼い	224	子ガニと母ガニ	265
シカ・サル	226	ネズミとカエル	266
シカとライオン	226	ヘビとイタチとネズミ	268
シカとブドウの木	227	ネズミとイタチ	268
かた目のシカ	228	イタチとヤスリ	270
子ジカと父ジカ	229	黒イタチ	270
シカとほらあなのライオン	230	ネコとネズミ	272
子ジカと母ジカ	230	ラクダ・ウサギ その他	273
病気になったシカ	231	ラクダとゼウス	273
家がらを争うサルとキツネ	232	ラクダとゾウとサル	274
王さまになったサル	233	ウサギとカエル	274
サルとラクダ	234	ウサギとイヌ	277
サルと漁師	235	ウサギとキツネ	278
サルとイルカ	236	イノシシとキツネ	278
城をつくるサル	238	ブタとヒツジ	279
サルの子ども	238	モグラと母親	280
サルの剣舞	239	ゼウスとカメ	281
人間V	241	ライオンと牡ウシ	282
山の猟師と海の漁師	241	ウシと車の軸	283
焼物師とロバ追い	242	ウシとヤギ	284
イヌにかまれた人	244	ノミとウシ	284
ヤギ飼いとヤギ	244	ネズミと牡ウシ	286
狩りゅうどとイヌ	246	ウシとライオンの母親と狩りゅうど	287

32 世界児童文学全集/個人全集・内容綜覧 第II期

イソップのおはなし

鳥III ·················	288
農夫とツル ·············	288
クジャクとほかの鳥 ·········	289
オオカミとサギ ···········	290
トビ ·················	291
ヘビとワシ ·············	291
のどのかわいたハト ·········	292
旅人とカラス ············	293
カササギとキツネ ··········	294
ナイチンゲールとコウモリ ·····	294
ヒバリと農夫 ············	295
ハトとカラス ············	297
ダチョウ ···············	297
おくびょう者とカラス ········	299
鳥さしとマムシ ···········	300
コウモリとネコ ···········	301
人間と神 ················	302
幸福と不幸 ·············	302
アリにさされた男とヘルメスの神 ···	303
彫刻家とヘルメス ··········	304
旅人と「ほんとう」 ·········	304
ヘラクレスと富の神 ·········	306
人間とゼウス ············	307
祭のつぎの日 ············	308
冬と春 ················	308
二つの袋 ···············	310
悲しみの神の授けもの ········	310
人間とサチュロス ··········	312
キツネとハリネズミ ·········	313
ゼウスとプロメテウスとアテナと	
モーモス（非難の神）········	314
月の女神と母親 ···········	315
ヘラクレスとアテナ ·········	316
人間のところにいる希望 ·······	318
*あとがき（河野与一）········	319

イソップのおはなし
のら書店
全1巻
2010年11月10日
（小出正吾ぶん, 三好碩也ゑ）

※「イソップどうわ」（学習研究社1970年刊）
の復刊

イソップのおはなし
2010年11月10日刊

ウサギとカメ ·············	6
ヒツジのかわをかぶったオオカミ ···	11
しっぽのないキツネ ·········	14
ぼうのおしえ ············	17
ネズミのかいぎ ···········	19
けちんぼう ·············	21
オオカミと子ヒツジ ·········	22
オンドリとワシ ···········	24
キツネとツル ············	26
ロバとキリギリス ··········	30
王さまをほしがったカエル ·····	32
カシの木とアシ ···········	36
ライオンとイノシシ ·········	38
神さまの木ぞうをはこぶロバ ····	39
北風とたいよう ···········	42
らっぱふき ·············	46
キツネと木こり ···········	48
ライオンとネズミ ··········	51
ワシとカラス ············	53
町のネズミといなかのネズミ ····	56
クジャクとツル ···········	60
ウマとロバ ·············	62
いずみのシカ ············	64
ふえをふくオオカミ ·········	68
キツネとヤギ ············	70
ロバとオンドリとライオン ·····	73
水をあびていた子ども ········	76
おしゃれなカラス ··········	77
アリとハト ·············	81
カエルとウシ ············	84

世界児童文学全集/個人全集・内容綜覧 第II期 **33**

イソップ物語

しおをはこぶロバ ······························ 86
子ガニとおかあさん ························· 89
けびょうのライオン ························· 90
キツネとブドウ ······························· 93
木こりと金のおの ···························· 95
ブヨとライオン ······························· 100
ライオンとクマとキツネ ··············· 103
にくをくわえたイヌ ························· 104
とりとけものとコウモリ ··············· 106
ネコとことりたち ···························· 111
ちちしぼりのむすめ ························· 113
ヒバリのひっこし ···························· 117
カラスと水さし ······························· 121
ライオンのかわをきたロバ ············ 124
アリとキリギリス ···························· 126
ネズミとカエル ······························· 128
ロバとロバひき ······························· 131
クマとたびびと ······························· 133
おとこの子とつぼ ···························· 136
オオカミとツル ······························· 139
ふえのじょうずなりょうし ············ 140
カラスとキツネ ······························· 142
メンドリと金のたまご ···················· 145
こなやとむすことロバ ···················· 146
ヒツジかいの子どもとオオカミ ······ 152
＊解説（小出正吾） ························· 156

┌─────────────────────────────┐
│   イソップ物語   │
│   文溪堂   │
│   全1巻   │
│   2005年3月   │
│ （フランシス・バーンズマーフィー編, │
│ ローワン・バーンズマーフィー絵, 天野 │
│   裕訳）   │
└─────────────────────────────┘

イソップ物語
2005年3月刊

＊訳者のことば ······························· 7
ウサギとカメ ································· 8
キツネとブドウ ······························ 10
カエルと牛 ··································· 12
町のネズミといなかのネズミ ··········· 14
犬とかげ ······································ 16
オオカミと子羊 ······························ 17
病気のライオン ······························ 18
こな屋と息子とロバ ························· 20
イノシシと牙 ································· 22
二人の旅人とオノ ···························· 23
ウサギと猟犬 ································· 24
カシの木とアシ ······························ 26
「オオカミだぁ！」とさけんだ少年 ······· 25
ヘラクレスと馬車ひき ···················· 28
二人の友人とクマ ···························· 29
カラスとキツネ ······························ 30
北風と太陽 ··································· 32
ヘルメスと木こり ···························· 34
キツネと食事をしたコウノトリ ·········· 36
カラスと水がめ ······························ 38
ちちしぼりの少女とおけ ·················· 40
ゼウスと希望のつぼ ························· 41
金のたまごを産んだガチョウ ············ 42
馬とロバ ······································ 44
ロバと塩 ······································ 45
ワシと農夫 ··································· 46
ライオンとウサギ ···························· 47
カニとカニの子 ······························ 48
サルとイルカ ································· 49

キツネとヤギ …………………………… 50
キツネとオオカミと月 ………………… 52
王様をほしがったカエル ……………… 54
オオカミとツル ………………………… 56
アリとキリギリス ……………………… 58
水にうつったシカのかげ ……………… 59
羊の皮を着たオオカミ ………………… 60
ネズミの相談 …………………………… 62

> ## いま読むペロー「昔話」
> 羽鳥書店
> 全1巻
> 2013年10月31日
> （工藤庸子訳・解説）

いま読むペロー「昔話」
2013年10月31日刊

過ぎし昔の物語ならびに教訓 …………… 2
　＊マドモワゼルに捧ぐ（P.ダルマン
　　クール）………………………………… 5
　眠れる森の美女 ………………………… 8
　赤頭巾 ………………………………… 24
　青ひげ ………………………………… 30
　猫の大将 または 長靴をはいた猫 …… 41
　仙女たち ……………………………… 50
　サンドリヨン または 小さなガラス
　　の靴 ………………………………… 56
　巻き毛のリケ ………………………… 69
　親指小僧 ……………………………… 82
＊訳者解説 ペロー『昔話』と三つの謎 …98
　＊眠れる森の美女 …………………… 106
　＊赤頭巾 ……………………………… 122
　＊青ひげ ……………………………… 136
　＊猫の大将 または 長靴をはいた猫 ‥ 152
　＊仙女たち …………………………… 162
　＊サンドリヨン または 小さなガラ
　　スの靴 ……………………………… 172
　＊巻き毛のリケ ……………………… 185
　＊親指小僧 …………………………… 199
＊訳者あとがき ………………………… 209

いま読もう！ 韓国ベスト読みもの

```
┌─────────────────────────┐
│      いま読もう！        │
│  韓国ベスト読みもの      │
│        汐文社            │
│        全5巻             │
│   2005年1月〜2005年3月   │
│ （金松伊監修, ムグンファの会訳）│
└─────────────────────────┘
```

第1巻　おばけのウンチ（クォン ジョンセン
　　作, クォン ムニ絵, 片岡清美訳）
2005年1月刊

おばけのウンチ ……………………… 5

第2巻　ソヨニの手（チェ ジミン作, イ サン
　　ギュ絵, 金松伊訳）
2005年1月刊

ソヨニの手 …………………………… 4
＊あとがき―出会いは縁のおくりもの
　　です（チェ ジミン）…………… 156

第3巻　秘密の島（ペ ソウン作, 金松伊訳）
2005年3月刊

＊ヘラムといっしょに謎解きの旅へ…
　　（ペ ソウン）…………………… 2
秘密の島 ……………………………… 9

第4巻　問題児（パク キボム作, パク キョン
　　ジン絵, 金松伊訳）
2005年2月刊

指のお墓 ……………………………… 5
父さんと大きいおじさん …………… 17
読後感想文の宿題 …………………… 31
転校 …………………………………… 51
問題児 ………………………………… 69
キム ミソン先生 …………………… 91
ホームレスおじさん ……………… 121
オジニ ……………………………… 141
＊あとがき―いつも貧しい人々に眼を
　　向けて（パク キボム）……… 160

第5巻　知るもんか！（イ ヒョンジュ他作,
　　カン ヨペ絵, ムグンファの会訳）
2005年2月刊

子牛とオッパイ（ソン チュニク作, 金松
　　伊訳）……………………………… 5
子牛があけた垣根の穴（ソン チュニク
　　作, 金松伊訳）………………… 13
ポイナおじさん（イ ヨンホ作, 金松伊
　　訳）……………………………… 29
貯金（イ ヨンホ作, 谷口佳子訳）……… 51
少年と大事な自転車（イ ヨンホ作, 角康
　　弘訳）…………………………… 63
真っ赤な夕焼け（イ ヒョンジュ作, 片岡
　　清美訳）……………………… 101
笑わせけん銃（イ ヒョンジュ作, 片岡清
　　美訳）………………………… 113
バカなカボチャの花（イ ヒョンジュ作,
　　片岡清美訳）………………… 131
知るもんか！（イ ヒョンジュ作, 片岡清
　　美訳）………………………… 139
カエルよ（イ ヒョンジュ作, 片岡清美
　　訳）…………………………… 147
遅刻生（チョン フィチャン作, 肥後浩平
　　訳）…………………………… 157
おサルの花靴（チョン フィチャン作, 竹
　　中京子訳）…………………… 165

ウェストールコレクション

ウェストールコレクション
徳間書店
全10巻
1994年6月～2014年11月

〔第1巻〕　海辺の王国（坂崎麻子訳）
1994年6月30日刊

＊作者おぼえがき ………………………… 3
海辺の王国 ………………………………… 5
＊日本の読者のみなさまへ（ミリアム・
ホジソン）…………………………… 256
＊訳者あとがき ………………………… 259

〔第2巻〕　猫の帰還（坂崎麻子訳）
1998年9月30日刊

＊作者おぼえがき ………………………… 7
猫の帰還 …………………………………… 9
＊訳者あとがき ………………………… 257

〔第3巻〕　クリスマスの猫（ジョン・ロレ
ンス絵, 坂崎麻子訳）
1994年10月31日刊

クリスマスの猫 ………………………… 1
＊訳者あとがき ………………………… 123

〔第4巻〕　弟の戦争（原田勝訳）
1995年11月30日刊

弟の戦争 …………………………………… 1
＊訳者あとがき ………………………… 167

〔第5巻〕　かかし（金原瑞人訳）
2003年1月31日刊
※1987年福武書店刊「かかし 今―、やつらがやっ
てくる」の改題

かかし ……………………………………… 1
＊日本の読者のみなさんへ（ロバート・
ウェストール）…………………… 293
＊改版 訳者あとがき ………………… 295

〔第6巻〕　禁じられた約束（野沢佳織訳）
2005年1月31日刊

禁じられた約束 ………………………… 1
＊訳者あとがき ………………………… 252

〔第7巻〕　青春のオフサイド（小野寺健
訳）
2005年8月31日刊

＊著者のメモ ……………………………… 2
青春のオフサイド ……………………… 3
＊訳者あとがき ………………………… 369

〔第8巻〕　クリスマスの幽霊
2005年9月30日刊

クリスマスの幽霊（坂崎麻子訳, ジョ
ン・ロレンス絵）………………………… 7
幼いころの思い出（光野多惠子訳）……… 85
島 …………………………………………… 87
油まみれの魔法使い ………………… 101
＊訳者あとがき（坂崎麻子）…………… 114

〔第9巻〕　真夜中の電話―ウェストール
短編集（原田勝訳）
2014年8月31日刊

浜辺にて ………………………………… 7
吹雪の夜 ………………………………… 27
ビルが「見た」もの ………………… 99
墓守の夜 ………………………………… 125
屋根裏の音 …………………………… 147
最後の遠乗り ………………………… 163
真夜中の電話 ………………………… 187
羊飼いの部屋 ………………………… 213
女たちの時間 ………………………… 253
＊訳者あとがき ………………………… 269

〔第10巻〕　遠い日の呼び声―ウェストー
ル短編集（野沢佳織訳）
2014年11月30日刊

アドルフ ………………………………… 7
家に棲むもの …………………………… 37

SF名作コレクション

ヘンリー・マールバラ …………………… 73
赤い館の時計 ……………………………… 143
パイ工場の合戦 …………………………… 183
遠い夏、テニスコートで ……………… 203
空襲の夜に …………………………………… 245
ロージーが見た光 ………………………… 269
じいちゃんの猫、スパルタン ………… 279
＊訳者あとがき …………………………… 315

```
┌─────────────────────────┐
│                         │
│   SF名作コレクション     │
│       岩崎書店           │
│       全20巻             │
│  2005年10月〜2006年10月  │
│                         │
└─────────────────────────┘
```

第1巻　アーサー王とあった男（マーク・トウェーン原作, 亀山龍樹訳, D.N.ベアード絵）
2005年10月15日刊
※1971年刊SF少年文庫の再刊

アーサー王とあった男 …………………… 5
＊作者と作品について（亀山龍樹）……… 238

第2巻　タイムマシン（H.G.ウェルズ原作, 塩谷太郎訳, 今井修司絵）
2005年10月15日刊
※1972年刊SF少年文庫の再刊

タイムマシン ……………………………… 5
＊作者と作品について（塩谷太郎）……… 188

第3巻　わすれられた惑星（マレイ・ラインスター原作, 矢野徹訳, 若菜等＋Ki絵）
2005年10月15日刊
※1970年刊SF少年文庫の再刊

わすれられた惑星 ………………………… 5
＊作者と作品について（矢野徹）……… 181

第4巻　宇宙怪獣ラモックス（ロバート・ハインライン原作, 福島正実訳, 山田卓司絵）
2005年10月15日刊
※1971年刊SF少年文庫の再刊

宇宙怪獣ラモックス ……………………… 5
＊作者と作品について（福島正実）……… 259

第5巻　なぞの第九惑星（ドナルド・ウォルハイム原作, 白木茂訳, 赤石沢貴士絵）
2005年10月15日刊
※1972年刊SF少年文庫の再刊

38　世界児童文学全集/個人全集・内容綜覧　第II期

なぞの第九惑星 …………………………… 5
＊作者と作品について（白木茂）……… 235

第6巻　宇宙のサバイバル戦争（トム・ゴドウィン原作, 中上守訳, 福地孝次絵）

2005年10月15日刊
※1973年刊SF少年文庫「宇宙の漂流者」の改題

宇宙のサバイバル戦争 ……………………… 5
＊作者と作品について（中上守）……… 239

第7巻　夢みる宇宙人（ジョン・D.マクドナルド原作, 常盤新平訳, ヤマグチアキラ絵）

2005年10月15日刊
※1973年刊SF少年文庫の再刊

夢みる宇宙人 ………………………………… 5
＊作者と作品について（常盤新平）……… 193

第8巻　作戦NACL（光瀬龍作, 寺澤昭絵）

2005年10月15日刊
※1971年刊SF少年文庫の再刊

作戦NACL …………………………………… 5
＊あとがき ……………………………… 197

第9巻　百万の太陽（福島正実作, 御米椎絵）

2005年10月15日刊
※1973年刊SF少年文庫の再刊

百万の太陽 …………………………………… 5
＊あとがき ……………………………… 252

第10巻　時間と空間の冒険―世界のSF短編集（福島正実編, ヤマグチアキラ絵）

2005年10月15日刊
※1971年刊SF少年文庫の再刊

AL76号の発明（I.アシモフ作, 亀山龍樹訳）………………………………… 5
次元旅行（R.A.ハインライン作, 内田庶訳）………………………………… 25
この宇宙のどこかで（チャド・オリバー作, 福島正実訳）………………… 75

未来からきた男（アルフレッド・ベスター作, 内田庶訳）………………… 127
ロボット植民地（M.ラインスター作, 南山宏訳）………………………… 147
＊作者と作品について（福島正実）……… 189

第11巻　宇宙飛行士ビッグスの冒険（ネルソン・ボンド作, 亀山龍樹訳, 和栗賢一絵）

2006年10月15日刊
※1973年刊SF少年文庫の再刊

宇宙飛行士ビッグスの冒険 ………………… 5
＊作者と作品について（亀山龍樹）……… 204

第12巻　木星のラッキー・スター（ポール・フレンチ作, 土居耕訳, ヤマグチアキラ絵）

2006年10月15日刊
※1973年刊SF少年文庫の再刊

木星のラッキー・スター …………………… 5
＊作者と作品について（土居耕）……… 200

第13巻　宇宙の密航少年（R.M.イーラム作, 白木茂訳, ヤマグチアキラ絵）

2006年10月15日刊
※1973年刊SF少年文庫の再刊

宇宙の密航少年 ……………………………… 5
＊作者と作品について（白木茂）……… 201

第14巻　凍った宇宙（パトリック・ムーア作, 福島正実訳, 山田卓司絵）

2006年10月15日刊
※1973年刊SF少年文庫の再刊

凍った宇宙 …………………………………… 5
＊作者と作品について（福島正実）……… 219

第15巻　宇宙の勝利者（ゴードン・ディクスン作, 中上守訳, 橋賢亀絵）

2006年10月15日刊
※1971年刊SF少年文庫の再刊

SF名作コレクション

宇宙の勝利者 ………………… 5
＊作者と作品について（中上守）……… 243

第16巻　タイム・カプセルの秘密（ポール・アンダースン作, 内田庶訳, 若菜等＋Ki絵）
2006年10月15日刊
※1972年刊SF少年文庫の再刊

タイム・カプセルの秘密 ……………… 5
＊作者と作品について（内田庶）……… 216

第17巻　惑星オピカスに輝く聖火（ミルトン・レッサー作, 矢野徹訳, 満場エコ絵）
2006年10月15日刊
※1972年刊SF少年文庫「宇宙大オリンピック」の
改題

惑星オピカスに輝く聖火 ……………… 5
＊作者と作品について（矢野徹）……… 204

第18巻　迷宮世界（福島正実作, 寺澤昭絵）
2006年10月15日刊
※1971年刊SF少年文庫の再刊

迷宮世界 ……………………………… 5
明日は……嵐 ………………………… 159
＊あとがき …………………………… 257

第19巻　アルファCの反乱（R.シルヴァーバーグ原作, 中尾明訳, 今井修司絵）
2006年10月15日刊
※1970年刊SF少年文庫「第四惑星の反乱」の改題

アルファCの反乱 …………………… 5
＊作者と作品について（中尾明）……… 204

第20巻　超世界への旅―日本のSF短編集（福島正実編, 寺澤昭絵）
2006年10月15日刊
※1972年刊SF少年文庫の再刊

遠くはるかに（福島正実作）…………… 5
少女（眉村卓作）……………………… 29
あばよ！　明日の由紀（光瀬龍作）……… 53

無抵抗人間（石原藤夫作）…………… 113
色をなくした町（中尾明作）…………… 131
わたしたちの愛する星の未来は（北川
　幸比古作）………………………… 147
サイボーグ（矢野徹作）……………… 157
白いラプソディー（福島正実作）……… 175
ぼくたちは見た！（眉村卓作）………… 199
悪魔の国から来た少女（福島正実作）…… 225
＊作者と作品について（福島正実）…… 269

おうちをつくろう
―クシュラにおくる詩集
のら書店
全1巻
1993年12月
（ドロシー・バトラー編，岸田衿子，百々
佑利子訳，ミーガン・グレッサー絵）

おうちをつくろう―クシュラにおくる
詩集
1993年12月刊

＊はじめに（ドロシー・バトラー）……… 6
絵本（ロバート・ルイス・スティーヴン
スン）………………………………… 9
ちっちゃな女の子（ローズ・ファイルマ
ン）………………………………… 10
ぼうけん（ハリー・ベーン）…………… 11
小さな風（ケート・グリーナウェイ）…… 11
スミレスイセン…（エリザベス・コーツ
ワース）…………………………… 12
ブルターニュの漁師の祈り ……………… 12
のんきな狩人にあった（チャールズ・
コーズリィ）……………………… 13
夢のソロ・ダンス（ラングストン・
ヒューズ）………………………… 14
だれかいますか？（エリザベス・フレミ
ング）……………………………… 15
ぜんぶ食べよう（ノーマン・リンゼイ）… 16
きょうこそ宿題をするつもり（リ
シャール・ル・ギャリアン）…………… 16
木だったら（レイチェル・フィールド）… 17
おねがいです ……………………………… 18
風の夜（ロドニー・ベネット）………… 18
雑貨屋さん（レイチェル・フィールド）… 19
テーブル・マナー（ジャレット・バージ
ス）………………………………… 20
四月の雨の歌（ラングストン・ヒュー
ズ）………………………………… 20
王子さまの子守歌（サー・ウォルター・
スコット）………………………… 21

ちびガモのお祈り（カーメン・ベルノ
ス・デ・ガストルド）（ルーマー・
ゴッデン訳）……………………… 22
一軒家をのぞくシカ（トーマス・ハー
ディ）……………………………… 23
ねこの葬式（E.V.リュウ）…………… 24
満月（カーラ・クスキン）…………… 25
小さな鳥（マイラ・コーン・リヴィグス
トン）……………………………… 26
クリスマス・キャロル（G.K.チェス
タートン）………………………… 27
いつも（ウォルター・デ・ラ・メア）… 28
小さな祈り ……………………………… 28
毛むくじゃらの犬（ハーバート・アス
クィス）…………………………… 29
ちゅうい ………………………………… 29
ジェニーがキスした（リー・ハント）… 30
心がけ …………………………………… 30
動物の店（レイチェル・フィールド）… 31
生きものをきずつけないで（クリス
ティーナ・ロゼッティ）………… 32
胸はおどる（ウィリアム・ワーズワー
ス）………………………………… 32
ゆりかごの歌（パードリク・コラム）… 33
ペルシアネコのお墓（ミリアム・ヴェ
ダー）……………………………… 34
いちどでも島で夜をすごしたなら……
（レイチェル・フィールド）…… 35
ごちゃまぜ ……………………………… 36
小鳥の歌をきいていた（オリバー・ハー
フォード）………………………… 36
風を見たのはだれだろう？（クリス
ティーナ・ロゼッティ）………… 37
祝福 ……………………………………… 37
点灯夫（ロバート・ルイス・スティーヴ
ンスン）…………………………… 38
教え（ハリー・ベーン）……………… 39
むかしむかし …………………………… 40
おぼえている（ダグラス・ギブソン）…… 41
でんわだぞう（ローラ・E.リチャーズ）… 42
川の流れ（エリナー・ファージョン）…… 43
タンポポ ………………………………… 44
雨（チャールズ・ボウエン）………… 44

おうちをつくろう―クシュラにおくる詩集

風（クリスティーナ・ロゼッティ）········· 45
こけおどし ······························· 45
ホームレスのおばあさん（パードリク・
　コラム）································· 46
夢をしまうところ（ルイズ・ドリスコ
　ル）····································· 48
夜はけっしてとどまらない（エリナー・
　ファージョン）··························· 48
小さな人生の歌（リゼット・ウッドワー
　ス・リース）····························· 49
春っこふざける ··························· 50
ピンクのアザリア（シャーロット・ゾロ
　トウ）··································· 50
笛吹き（シェイマス・オサリバン）········· 51
鳥とけもの（クリスティーナ・ロゼッ
　ティ）··································· 52
虹（ウォルター・デ・ラ・メア）··········· 53
ふたりのよい王さま ······················· 53
とうちゃんが池におっこちた（アルフ
　レッド・ノイズ）························· 54
なにかが雁（がん）につげた（レイチェ
　ル・フィールド）························· 55
小鳥のようになりなさい（ヴィクトル・
　ユゴー）································· 56
信じて（ダグラス・モロック）··········· 56
ろば（G.K.チェスタートン）··········· 57
むかし（ウォルター・デ・ラ・メア）····· 58
神さまぼくの頭にやどってください―
　ソルスベリ主教祈禱 ····················· 59
こどもべやの舞踏曲（パヴァーヌ）（ウィリ
　アム・ジェイ・スミス）················· 60
クロツグミ（ハンバート・ウォルフ）····· 62
ウェンディゴ（人食い鬼）（オグデン・
　ナッシュ）······························· 63
コテージ（エリナー・ファージョン）····· 64
わかものよ（アン・ロビンソン）··········· 65
窓からのりだして（ジェイムズ・ジョイ
　ス）····································· 66
小さいこどもさんにひとこと（エド
　ワード・アンソニー）··················· 67
天の鐘の音（ラルフ・ホジソン）··········· 67
木ぎ（ハリー・ベーン）··················· 68

羽目板のなかのハツカネズミ（イアン・
　セレリヤー）····························· 69
祈り（アッシジの聖フランシス）··········· 70
川をゆく舟（クリスティーナ・ロゼッ
　ティ）··································· 71
あえいおう（ジョナサン・スウィフト）··· 72
いつまでも（テレサ・フーリィ）··········· 72
悪口の歌（イヴ・メリアム）··············· 73
ひなたでのんびり（ジェイムズ・S・
　ティペット）····························· 74
舟はどこへいく？（ロバート・ルイス・
　スティーヴンスン）····················· 75
あたしはローズ（ガートルード・スタイ
　ン）····································· 75
王さまが馬で（チャールズ・ウィリアム
　ズ）····································· 76
雨がだいすきな人（フランシス・ウェル
　ズ・ショー）····························· 78
ほうき（ドロシー・オールディス）········· 78
箱船ではしかの流行（スーザン・クー
　リッジ）································· 79
雁（エリナー・チップ）··················· 80
アヒルが四羽池にいる（ウィリアム・ア
　リンガム）······························· 81
小さなものたち（ジェイムズ・スティー
　ヴンズ）································· 82
本を読む人（ウィルバー・D・ネズビッ
　ト）····································· 83
風のある夜（ロバート・ルイス・ス
　ティーヴンスン）························· 84
おばあちゃん（スパイク・ミリガン）····· 85
冬がすぎれば―ソロモンの歌（聖書）····· 86
アザラシの子守歌（ラドヤード・キップ
　リング）································· 87
ネフェルティティ王妃 ····················· 88
わな（ジェイムズ・スティーヴンズ）····· 89
わたし（ウォルター・デ・ラ・メア）····· 90
きつねの歌（イアン・セレリヤー）········· 91
カエル ··································· 91
ノア船長とうさぎ（ヒュー・チェスター
　マン）··································· 92
銀（ウォルター・デ・ラ・メア）··········· 93
けがれなきもの ··························· 94

ことば (ロバート・ルイス・スティーヴ
　ンスン) ……………………………… 96
ツバメ (クリスティーナ・ロゼッティ) … 96
かわいい小さな人形をもっていた……
　(チャールズ・キングズリー) ………… 97
ジプシー・ジェイン (ウィリアム・ブラ
　イティ・ランズ) ……………………… 98
おおむかしの歴史 (アーサー・ギターマ
　ン) ……………………………………… 99
王さまの馬 (クライヴ・サンソム) ……… 100
春の雨 (マーシェット・シュート) ……… 101
かごのなかのムネアカコマドリ (ウィ
　リアム・ブレイク) …………………… 102
鎮魂 (ロバート・ルイス・スティーヴン
　スン) …………………………………… 103
おやすみの歌 (ジェイムズ・ガスリー) … 103
家の祝福 (アーサー・ギターマン) ……… 104
＊作者紹介 ………………………………… 108

こんなとき読んであげたい
おはなしのおもちゃ箱
PHP研究所
全2巻
2003年9月10日
（赤木かんこ 編著）

第1巻
2003年9月10日刊

＊はじめに―子どもたちに幸福な笑顔を‥ 3
＊本書の使い方―子どもたちに愛情の
　シャワーを降りそそいでください ……… 6
子どものがんばりをはげましたいときに… 1　ネズ
　ミのすもう―『日本のむかし話』(坪田譲
　治著, 櫻井さなえ挿絵) …………………… 14
子どもがよくばりなことをいうときに… 2　宝げ
　た―『日本のむかし話』(坪田譲治著, 川村
　易挿絵) ……………………………………… 24
わがままで我を通そうとするときに… 3　ねこは
　やっぱりねこがいい (ヘレン・ヒル
　作, 光吉夏弥訳, たなかゆうこ挿絵) ……… 30
なかなか片づけができない子に… 4　おさらを
　あらわなかったおじさん (フィリス・
　クラジラフスキー作, 光吉夏弥訳, 川
　村易挿絵) …………………………………… 44
まわりと自分を比べてばかりいる子に… 5　くま
　―ぴきぶんはねずみ百ぴきぶんか
　(神沢利子著) ……………………………… 52
人目や噂ばかりを気にしている子に… 6　ろばの
　耳をもった王子―『南欧童話集』(矢崎源
　九郎著, たなかゆうこ挿絵) ……………… 64
子どもが人のものを勝手に使ったときに… 7　おい
　しいおかゆ (グリム作, 金田鬼一訳,
　たなかゆうこ挿絵) ………………………… 72
子どもが動物をいじめたときに… 8　むかしの
　キツネ―『日本のむかし話』(坪田譲治著,
　川村易挿絵) ………………………………… 75
子どもといっしょに楽しみたいときに… 9　パン
　屋のネコ (ジョーン・エイキン作, 猪
　熊葉子訳, 川村易挿絵) …………………… 78

おはなしのおもちゃ箱

子どもがいじめられて帰ってきたときに… 10　姉
と弟―『日本のむかし話』（坪田譲治著, 櫻
井さなえ挿絵）……………………… 92

思いやりのある子になってほしいときに… 11　松
の木の伊勢まいり―『日本のむかし話』
（坪田譲治著, 川村易挿絵）………… 104

人に真心をつくす意味を教えたいときに… 12　か
べのツル―『日本のむかし話』（坪田譲治
著, 川村易挿絵）…………………… 112

広い視野でものごとを見るよう教えたいときに… 13
カタツムリのつののさき―『笛ふき岩 中
国古典寓話集』（平塚武二編著, 川村易挿
絵）…………………………………… 117

子どもが仲間はずれになって悩んでいるときに… 14
おくびょうなムクドリ（パウル・ビー
ヘル作, 大塚勇三訳, たなかゆうこ挿
絵）…………………………………… 122

落ち着きなく次々と気分が変わる子に… 15　あべ
こべものがたり―『あべこべものがたり 北
欧民話』（光吉夏弥再話, 櫻井さなえ挿
絵）…………………………………… 132

家族のありがたさを教えたいときに… 16　ムフ
タール通りの魔女（ピエール・グリパ
リ作, 金川光夫訳, たなかゆうこ挿
絵）…………………………………… 144

困ったことがあると, すぐに騒ぎたてる子に… 17
おなかをふくらませたキツネ（イ
ソップ作, 赤木かんこ訳, 櫻井さなえ
挿絵）………………………………… 158

子どもの空想力を育ててあげたいときに… 18　ア
イスクリームのお城（G.ロダーリ作,
安藤美紀夫訳, たなかゆうこ挿絵）… 160

きょうだいゲンカばかりするときに… 19　棒の
おしえ（イソップ作, 赤木かんこ訳,
櫻井さなえ挿絵）…………………… 164

力を出しおしみする子に… 20　ださない力―
『笛ふき岩 中国古典寓話集』（平塚武二編著,
川村易挿絵）………………………… 166

いいこと, 悪いことを考えさせたいときに… 21
いくさだったら―『笛ふき岩 中国古典寓話
集』（平塚武二編著, 川村易挿絵）…… 168

早合点して相手を誤解してしまったときに… 22
つまみぐい―『笛ふき岩 中国古典寓話集』
（平塚武二編著, 川村易挿絵）……… 170

じょうずに話せないお友だちがいるときに… 23
サンドラはだまりやさん（シュ
ティーメルト作, 石原佐知子訳, 櫻井
さなえ挿絵）………………………… 173

学校に行くのを, ちょっと不安に思っている子に…
24　みんなで手をかそう（シャス
ティン・スンド作, 木村由利子訳, 川
村易挿絵）…………………………… 176

ほんとうの勇気と賢さを教えたいときに… 25　じ
まんやのインファンタ（エリナー・
ファージョン作, 石井桃子訳, たなか
ゆうこ挿絵）………………………… 182

集中力を育ててあげたいときに… 26　セミとり
じいさん―『笛ふき岩 中国古典寓話集』（平
塚武二編著）………………………… 192

ほんとうの強さを教えたいときに… 27　つよい
ニワトリ―『笛ふき岩 中国古典寓話集』（平
塚武二編著）………………………… 194

やさしい子に育ってもらいたいときに… 28　おじ
いさんと孫（グリム兄弟作, 植田敏郎
訳, 川村易挿絵）…………………… 196

子どもがものを大切にしないときに… 29　むす
びっこぶ（グリム兄弟作, 山室静訳,
櫻井さなえ挿絵）…………………… 199

ほんとうに大切なことを教えたいときに… 30　み
んなたのしい―『笛ふき岩 中国古典寓話集』
（平塚武二編著, 川村易挿絵）……… 202

＊おわりに―子どもを抱きしめて, 読
んであげてください………………… 204

第2巻
2003年9月10日刊

＊はじめに―子どもたちに幸福な笑顔を‥ 3
＊本書の使い方―大事なのは, 子ども
が眠りにつくまでの三十分間, 幸福
であることです ……………………… 6

生きものの命について考えさせたいときに… 1　お
つかいにいったロバ（クーランダー
作, 渡辺茂男訳, 櫻井さなえ挿絵）…… 14

いたずらやひみつが大好きな子に… 2　チック
タック（千葉省三作, 川村易挿絵）…… 17

コツコツ努力することの大切さを教えたいときに… 3
願いの指輪（マーサ・ハロウェイ語
り, 佐藤凉子訳, 川村易挿絵）……… 22

よくばりなことばかり考えている子に… 4　ミダス王は黄金が大好き―ギリシャ神話（赤木かんこ訳, たなかゆうこ挿絵）………30

小さなことにまで配慮ができない子に… 5　くぎ（グリム兄弟作, 国松孝二訳, 川村易挿絵）………33

友だちのいる幸せに気づかせたいときに… 6　小さいお嬢さまのバラ（エリナー・ファージョン作, 石井桃子訳, 櫻井さなえ挿絵）………36

子どもに注意力が欠けているときと感じたときに… 7　沼の中のカエル（イソップ作, 赤木かんこ訳, 川村易挿絵）………46

お金の力を教えておきたいときに… 8　金をうめた森―『ジャータカ物語・不思議なマンゴー』（宮脇紀雄編, 櫻井さなえ挿絵）………48

自分に向いているのは何かを考えさせたいときに… 9　トウモロコシ競走―『アメリカのむかし話』（渡辺茂男訳, 川村易挿絵）………60

弱いものにも大きな力があることを教えたいときに… 10　ライオンとネズミ（イソップ作, 赤木かんこ訳, たなかゆうこ挿絵）………64

子どもに生きる知恵を教えたいときに… 11　北風と太陽（イソップ作, 赤木かんこ訳, 櫻井さなえ挿絵）………66

友だちを思う気持ちを教えたいときに… 12　アディ・ニハアスの英雄（クーランダー作, 渡辺茂男訳, 櫻井さなえ挿絵）………68

見かけで人を判断しがちな子に… 13　招待―『アジアの笑いばなし』（ユネスコ・アジア文化センター編, 松岡享子訳, 川村易挿絵）………74

子どもが友だちと遊びたがらないときに… 14　遊びたがらないお姫さま（リンドグレーン作, 大塚勇三訳, 櫻井さなえ挿絵）………76

後々のことを考えずに行動しがちな子に… 15　キツネとヤギ（イソップ作, 赤木かんこ訳, 櫻井さなえ挿絵）………92

小さなことで意地をはる子に… 16　ハマグリとシギ―『笛ふき岩 中国古典寓話集』（平塚武二編著, 川村易挿絵）………94

まず自分でやってみることを教えたいときに… 17　かにのお父さんとお母さん（イソップ作, 赤木かんこ訳, 川村易挿絵）………96

仲間はずれにされて悩んでいる子に… 18　星のおはじき（安房直子著, 川村易挿絵）………98

平気でうそをついてしまう子に… 19　うそつきの子（イソップ作, 赤木かんこ訳, 櫻井さなえ挿絵）………112

みんなと違うことを悩んでいる子に… 20　マークスは左きき（シュティーメルト作, 石原佐知子訳, 川村易挿絵）………114

子どもに思慮深さを教えたいときに… 21　セミとキツネ（イソップ作, 赤木かんこ訳, 櫻井さなえ挿絵）………120

夢中になれることを見つけてほしいときに… 22　紙の宮殿（パウル・ビーヘル作, 大塚勇三訳, たなかゆうこ挿絵）………122

「うそ」と「ほんとう」の意味を考えさせたいときに… 23　旅人と「ほんとう」―ギリシャ神話（赤木かんこ訳, 川村易挿絵）………132

体を動かして学ぶことの大切さを気づかせたいとき… 24　ためになる本―『笛ふき岩 中国古典寓話集』（平塚武二編著）………134

人の痛みがわかる子に育ってほしいときに… 25　かぼちゃの花―たもつくんのおかあさん（東君平著）………136

ほんとうのやさしさを教えたいときに… 26　トーマスとクリスマスの"ねがいの紙"（シュティーメルト作, 石原佐知子訳）………139

子どもの成長のふしめを考えるときに… 27　いちばんたのしかった誕生日（リンドグレーン作, 大塚勇三訳, 櫻井さなえ挿絵）………142

たのしいお話をせがまれたときに… 28　たのしいゾウの大パーティー（パウル・ビーヘル作, 大塚勇三訳, たなかゆうこ挿絵）………152

こわいお話をせがまれたときに… 29　ネコの王さま―『新編世界むかし話集1 イギリス編』（山室静編著, たなかゆうこ挿絵）………162

分け合うことの大切さを教えたいときに… 30　北欧神話（P.コラム作, 尾崎義訳, 川村易挿絵）………170

人の悪口を平気でいう子に… 31　バラモンとライオン―『世界昔ばなし』（日本民話の会訳, たなかゆうこ挿絵）………177

オー・ヘンリーショートストーリーセレクション

勇気を知恵を持ち行動することを教えたいときに…
32　フォクス氏―『ジャックと豆のつる イ
ギリス民話選』（ジェイコブズ作, 木下順
二訳, たなかゆうこ挿絵）…………… *180*
本当の真心の意味を教えたいときに… 33　だれ
が鐘をならしたか（レイモンド・マク
ドナルド・オールデン作, 中村妙子
訳, たなかゆうこ挿絵）…………… *188*
＊おわりに―おはなしは、漢方薬のよ
うにじわじわと効いていくものです‥ *198*

オー・ヘンリー
ショートストーリー
セレクション
理論社
全8巻
2007年4月～2008年3月
（千葉茂樹訳, 和田誠絵）

第1巻　20年後
2007年4月刊

20年後 ………………………………… 7
改心 …………………………………… *21*
心と手 ………………………………… *47*
高度な実利主義 ……………………… *59*
三番目の材料 ………………………… *85*
ラッパの響き ………………………… *125*
カーリー神のダイヤモンド ………… *151*
バラの暗号 …………………………… *173*
オデュッセウスと犬男 ……………… *193*

第2巻　人生は回転木馬
2007年4月刊

人生は回転木馬 ……………………… 7
愛の使者 ……………………………… *29*
にせ医師物語 ………………………… *45*
ジミー・ヘイズとミュリエル ……… *69*
待ちびと ……………………………… *89*
犠牲打 ………………………………… *123*
一枚うわて …………………………… *141*
フールキラー ………………………… *183*

第3巻　魔女のパン
2007年6月刊

魔女のパン …………………………… 7
伯爵と結婚式の客 …………………… *21*
アイキーのほれ薬 …………………… *43*
同病あいあわれむ …………………… *61*
消えたブラック・イーグル ………… *79*
運命の衝撃 …………………………… *115*

46　世界児童文学全集/個人全集・内容綜覧　第II期

オー・ヘンリーショートストーリーセレクション

ユーモア作家の告白 ……………………… *139*
休息のないドア ……………………………… *171*

第4巻　賢者の贈り物
2007年8月刊

賢者の贈り物 …………………………………… *7*
荒野の王子さま ………………………………… *27*
お金の神さまとキューピッド ……………… *59*
鳴らないピアノ ………………………………… *83*
紫色のドレス …………………………………… *111*
平和の衣 ………………………………………… *131*
騎士道の守り手 ………………………………… *149*
選んだ道 ………………………………………… *181*

第5巻　最後のひと葉
2007年9月刊

最後のひと葉 …………………………………… *7*
水車のある教会 ………………………………… *29*
愛と苦労 ………………………………………… *69*
王女とピューマ ………………………………… *91*
黄金のかがやき ………………………………… *115*
詐欺師の良心 …………………………………… *145*
ラウンドのあいだに …………………………… *169*
ジョン・ホプキンズの完璧な人生 …… *189*

第6巻　マディソン街の千一夜
2007年11月刊

マディソン街の千一夜 ………………………… *7*
都会の敗北 ……………………………………… *31*
いそがしい株式仲買人のロマンス ……… *55*
愛の女神と摩天楼 ……………………………… *73*
パレードのしくじり …………………………… *97*
あやつり人形 …………………………………… *121*
それぞれの流儀 ………………………………… *163*
ジャングルの青二才 …………………………… *185*

第7巻　千ドルのつかいみち
2008年2月刊

千ドルのつかいみち …………………………… *7*
緑のドア ………………………………………… *31*
詩人と農夫 ……………………………………… *57*

記憶喪失 ………………………………………… *79*
カリオープの改心 ……………………………… *121*
桃源郷の避暑客 ………………………………… *151*
金では買えないもの …………………………… *173*

第8巻　赤い酋長の身代金
2008年3月刊

赤い酋長の身代金 ……………………………… *7*
警官と賛美歌 …………………………………… *43*
ビアホールとバラ ……………………………… *65*
ありふれた話 …………………………………… *87*
ピミエンタのパンケーキ ……………………… *123*
五月の結婚 ……………………………………… *159*
「のぞみのものは」 …………………………… *181*

世界児童文学全集/個人全集・内容綜覧　第II期　**47**

海外ミステリーBOX

海外ミステリーBOX
評論社
全10巻
2010年1月～2013年3月

〔第1巻〕　ウルフ谷の兄弟（デーナ・ブルッキンズ作, 宮下嶺夫訳）
2010年1月30日刊
※1984年12月刊の改訳新版

ウルフ谷の兄弟 ……………………… 5
＊訳者あとがき ……………………… 244

〔第2巻〕　とざされた時間のかなた（ロイス・ダンカン作, 佐藤見果夢訳）
2010年1月30日刊
※1990年2月刊の改訳新版

とざされた時間のかなた ………………… 5
＊訳者あとがき ……………………… 299

〔第3巻〕　死の影の谷間（ロバート・C.オブライエン作, 越智道雄訳）
2010年2月28日刊
※『死のかげの谷間』（1985年7月刊）の改訳新版

死の影の谷間 ……………………… 5
＊訳者あとがき ……………………… 318

〔第4巻〕　マデックの罠（ロブ・ホワイト作, 宮下嶺夫訳）
2010年3月30日刊
※1989年4月刊の改訳新版

マデックの罠 ……………………… 5
＊訳者あとがき ……………………… 270

〔第5巻〕　危険ないとこ（ナンシー・ワーリン作, 越智道雄訳）
2010年7月10日刊

危険ないとこ ……………………… 5
＊訳者あとがき ……………………… 332

〔第6巻〕　ラスト★ショット（ジョン・ファインスタイン作, 唐沢則幸訳）
2010年10月30日刊

ラスト★ショット ……………………… 5
＊訳者あとがき ……………………… 329

〔第7巻〕　深く、暗く、冷たい場所（メアリー・D.ハーン作, せなあいこ訳）
2011年1月30日刊

深く、暗く、冷たい場所 ………………… 5
＊訳者あとがき ……………………… 330

〔第8巻〕　闇のダイヤモンド（キャロライン・B.クーニー作, 武富博子訳）
2011年4月10日刊

闇のダイヤモンド ……………………… 5
＊作者あとがき ……………………… 333
＊訳者あとがき ……………………… 336

〔第9巻〕　天才ジョニーの秘密（エレナー・アップデール作, こだまともこ訳）
2012年11月20日刊

天才ジョニーの秘密 ……………………… 1
＊訳者あとがき ……………………… 400

〔第10巻〕　沈黙の殺人者（ダンディ・デイリー・マコール作, 武富博子訳）
2013年3月20日刊

沈黙の殺人者 ……………………… 1
＊訳者あとがき ……………………… 408

怪盗ルパン

```
┌─────────────────────┐
│        文庫版        │
│     怪盗ルパン       │
│  〔モーリス・ルブラン〕 │
│      ポプラ社        │
│       全20巻         │
│     2005年2月        │
│   （南洋一郎文）      │
└─────────────────────┘
```

※1999年11月～2000年3月刊の文庫版

第1巻　怪盗紳士（藤田新策さし絵）
2005年2月刊

大ニュース・ルパンとらわる ……………… 9
悪魔男爵（サタン）の盗難事件 ……………… 41
ルパンの脱走 ……………………………… 83
奇怪な乗客 ………………………………… 127
ぼくの少年時代 …………………………… 163
＊解説 「怪盗ルパン」の魅力（砂田弘）
　………………………………………… 217

第2巻　ルパンの大失敗（佐竹美保さし絵）
2005年2月刊

ルパンの大失敗 …………………………… 9
大探偵ホームズとルパン ………………… 59
消えた黒真珠 ……………………………… 105
ハートの7 ………………………………… 139
＊解説 モーリス・ルブランについて
　（秋山憲司）…………………………… 206

第3巻　ルパン対ホームズ（朝倉めぐみさし絵）
2005年2月刊

＊はじめに（南洋一郎）………………………… 2
金髪美人 …………………………………… 9
ユダヤの古ランプ ………………………… 203
＊解説 怪盗と名探偵の対決（二上洋
　一）……………………………………… 277

第4巻　奇巌城（藤田新策さし絵）
2005年2月刊

＊はじめに（南洋一郎）………………………… 2
奇巌城 ……………………………………… 9
＊解説 出会いのミステリー（佐藤宗
　子）……………………………………… 245

第5巻　消えた宝冠（朝倉めぐみさし絵）
2005年2月刊

＊はじめに（南洋一郎）………………………… 2
消えた宝冠 ………………………………… 9
＊解説 時代やメディアを超えて愛され
　る永遠のヒーロー（住田忠久）……… 246

第6巻　813の謎（佐竹美保さし絵）
2005年2月刊

＊はじめに（南洋一郎）………………………… 2
813の謎 …………………………………… 9
＊解説 あっとおどろく意外な結末（砂
　田弘）…………………………………… 254

第7巻　古塔の地下牢（朝倉めぐみさし絵）
2005年2月刊

＊はじめに（南洋一郎）………………………… 2
古塔の地下牢 ……………………………… 9
＊解説 南洋一郎は天才ではないだろう
　か（瀬戸川猛資）……………………… 230

第8巻　七つの秘密（佐竹美保さし絵）
2005年2月刊

＊はじめに（南洋一郎）………………………… 2
日光暗号の秘密 …………………………… 9
結婚指輪（リング）………………………… 39
三枚の油絵の秘密 ………………………… 81
地獄のわな ………………………………… 119
赤い絹マフラーの秘密 …………………… 143
さまよう死神 ……………………………… 179
古代壁掛けの秘密 ………………………… 209
＊解説 怪盗ルパンは正義派のロマンチ
　スト（西本鶏介）……………………… 238

第9巻　ルパンの大作戦（朝倉めぐみさし絵）

世界児童文学全集／個人全集・内容綜覧　第II期　49

怪盗ルパン

2005年2月刊

＊はじめに（南洋一郎）・・・・・・・・・・・・・・・・・・・・・ 2
ルパンの大作戦 ・・・・・・・・・・・・・・・・・・・・・・・・・・・ 9
＊解説 愛国者ルパン（中尾明）・・・・・・・・・・ 254

第10巻　黄金三角（佐竹美保さし絵）
2005年2月刊

＊はじめに（南洋一郎）・・・・・・・・・・・・・・・・・・・・・ 2
黄金三角 ・・・・・・・・・・・・・・・・・・・・・・・・・・・・・・・・・ 9
＊解説 ルパンと洋一郎（池田洋子）・・・・・ 261

第11巻　三十棺桶島（佐竹美保さし絵）
2005年2月刊

＊はじめに（南洋一郎）・・・・・・・・・・・・・・・・・・・・・ 2
三十棺桶島 ・・・・・・・・・・・・・・・・・・・・・・・・・・・・・・ 9
＊解説 ルパン誕生の背景（戸川安宣）・・・ 245

第12巻　虎の牙（朝倉めぐみさし絵）
2005年2月刊

＊はじめに（南洋一郎）・・・・・・・・・・・・・・・・・・・・・ 2
虎の牙 ・・・・・・・・・・・・・・・・・・・・・・・・・・・・・・・・・ 9
＊解説 時代をこえて読みつがれる力
（浜田知明）・・・・・・・・・・・・・・・・・・・・・・・・・・・ 245

第13巻　八つの犯罪（朝倉めぐみさし絵）
2005年2月刊

＊はじめに（南洋一郎）・・・・・・・・・・・・・・・・・・・・・ 2
古塔の白骨 ・・・・・・・・・・・・・・・・・・・・・・・・・・・・ 9
ガラスびんの秘密 ・・・・・・・・・・・・・・・・・・・・・ 39
海水浴場の密室殺人 ・・・・・・・・・・・・・・・・・・ 63
映画スターの脱走 ・・・・・・・・・・・・・・・・・・・・・ 91
実の母がふたりある男 ・・・・・・・・・・・・・・・ 105
殺人魔女 ・・・・・・・・・・・・・・・・・・・・・・・・・・・・・ 131
雪の上の靴あと ・・・・・・・・・・・・・・・・・・・・・・ 177
マーキュリー像の秘密 ・・・・・・・・・・・・・・・ 235
＊解説 現代ミステリーのすべてがここ
にある（新保博久）・・・・・・・・・・・・・・・・・・ 253

第14巻　魔女とルパン（佐竹美保さし絵）
2005年2月刊

＊はじめに（南洋一郎）・・・・・・・・・・・・・・・・・・・・・ 2
魔女とルパン ・・・・・・・・・・・・・・・・・・・・・・・・・・ 9
＊解説 美女盗賊とルパンの対決（二上
洋一）・・・・・・・・・・・・・・・・・・・・・・・・・・・・・・ 238

第15巻　緑の目の少女（佐竹美保さし絵）
2005年2月刊

＊はじめに（南洋一郎）・・・・・・・・・・・・・・・・・・・・・ 2
緑の目の少女 ・・・・・・・・・・・・・・・・・・・・・・・・・・ 9
＊解説 女性にやさしい怪盗ルパン（砂
田弘）・・・・・・・・・・・・・・・・・・・・・・・・・・・・・・ 254

第16巻　ルパンの名探偵（佐竹美保さし絵）
2005年2月刊

＊はじめに（南洋一郎）・・・・・・・・・・・・・・・・・・・・・ 2
おそろしい復讐 ・・・・・・・・・・・・・・・・・・・・・・・・ 9
国王のラブレター ・・・・・・・・・・・・・・・・・・・・ 41
空とぶ気球の秘密 ・・・・・・・・・・・・・・・・・・・・ 73
金の入れ歯の男 ・・・・・・・・・・・・・・・・・・・・・ 123
トランプの勝負 ・・・・・・・・・・・・・・・・・・・・・ 151
警官の警棒 ・・・・・・・・・・・・・・・・・・・・・・・・・・ 169
ベシュー刑事の盗難事件 ・・・・・・・・・・・・・ 189
＊解説 ルブランのバーネットと南のル
パン（矢野歩）・・・・・・・・・・・・・・・・・・・・・ 238

第17巻　怪奇な家（朝倉めぐみさし絵）
2005年2月刊

＊はじめに（南洋一郎）・・・・・・・・・・・・・・・・・・・・・ 2
怪奇な家 ・・・・・・・・・・・・・・・・・・・・・・・・・・・・・・ 9
＊解説 パリという都市の魅力（長谷川
潮）・・・・・・・・・・・・・・・・・・・・・・・・・・・・・・・ 245

第18巻　ルパンと怪人（佐竹美保さし絵）
2005年2月刊

＊はじめに（南洋一郎）・・・・・・・・・・・・・・・・・・・・・ 2
ルパンと怪人 ・・・・・・・・・・・・・・・・・・・・・・・・・・ 9
＊解説 寄せる波、返す思い（佐藤宗子）
・・・・・・・・・・・・・・・・・・・・・・・・・・・・・・・・・・ 246

第19巻　ルパンの大冒険（朝倉めぐみさし絵）

2005年2月刊

* はじめに（南洋一郎）························ 2
ルパンの大冒険 ······························· 9
* 解説 怪盗紳士のプライド（石井直人）································· 242

第20巻　ルパン最後の冒険（佐竹美保さし絵）

2005年2月刊

* はじめに（南洋一郎）························ 2
ルパン最期の冒険 ··························· 9
* 解説 さよなら、怪盗ルパン、また会う日まで（砂田弘）················· 237

怪盗ルパン全集
〔モーリス・ルブラン〕
ポプラ社
全15巻
2010年1月〜2016年3月
（ポプラ文庫クラシック）

〔第1巻〕　奇巌城（南洋一郎文, 奈良葉二挿画）

2010年1月5日刊
※昭和33年刊の再刊

* この本を読むひとに（南洋一郎）········· 3
奇巌城 ······································· 13
* 解説 『奇巌城』は『ルパン三世』の原点（モンキー・パンチ）··············· 325

〔第2巻〕　怪盗紳士（南洋一郎文, 奈良葉二挿画）

2010年1月5日刊
※昭和33年刊の再刊

* この本を読むひとに（南洋一郎）········· 3
大ニュース＝ルパンとらわる ·············· 14
悪魔（サタン）男爵の盗難事件 ················· 48
ルパンの脱走 ······························· 98
奇怪な乗客 ································· 150
ハートの7 ································· 185
大探偵ホームズとルパン ·············· 262
* 解説 一冊の本との出会い（貫井徳郎）·································· 319

〔第3巻〕　8・1・3の謎（南洋一郎文, 奈良葉二挿画）

2010年1月5日刊
※昭和33年刊の再刊

* この本を読むひとに（南洋一郎）········· 3
8・1・3の謎································· 15
* 解説 法正義から零れ落ちた人々（池上永一）································ 334

〔第4巻〕 古塔の地下牢（南洋一郎文, 奈良葉二挿画）
2010年1月5日刊
※昭和33年刊の再刊

＊この本を読むひとに（南洋一郎）……… 3
古塔の地下牢 ……………………… 13
＊解説 古塔の地下牢を読んで（中村航）…………………………… 302

〔第5巻〕 八つの犯罪（南洋一郎文, 奈良葉二挿画）
2010年3月5日刊
※昭和33年刊の再刊

＊この本を読むひとに（南洋一郎）……… 3
古塔の白骨 …………………………… 14
ガラスびんの秘密 ………………… 52
海水浴場の密室殺人 ……………… 83
殺人魔女 …………………………… 118
雪の上の靴跡 ……………………… 174
皇后のネックレス ………………… 243
さまよう死霊 ……………………… 284
男神（おがみ）像の秘密 ………… 328
＊解説 素顔のルパン（永井するみ）…… 350

〔第6巻〕 黄金三角（南洋一郎文, 奈良葉二挿画）
2010年3月5日刊
※昭和33年刊の再刊

＊この本を読むひとに（南洋一郎）……… 3
黄金三角 …………………………… 13
＊解説（米澤穂信）………………… 322

〔第7巻〕 怪奇な家（南洋一郎文, 奈良葉二挿画）
2010年3月5日刊
※昭和33年刊の再刊

＊この本を読むひとに（南洋一郎）……… 3
怪奇な家 …………………………… 13
＊解説（貴志祐介）………………… 300

〔第8巻〕 緑の目の少女（南洋一郎文, 奈良葉二挿画）
2010年3月5日刊
※昭和34年刊の再刊

＊この本を読むひとに（南洋一郎）……… 3
緑の目の少女 ……………………… 13
＊解説 ミステリ好きの子供たち（辻村深月）…………………………… 328

〔第9巻〕 怪盗対名探偵（南洋一郎文, 中村猛男挿画）
2010年5月5日刊
※昭和34年刊の再刊

＊この本を読むひとに（南洋一郎）……… 3
怪盗対名探偵 ……………………… 13
＊解説 正体不明で神出鬼没の泥棒だけど紳士という相反（初野晴）………… 350

〔第10巻〕 七つの秘密（南洋一郎文, 清水勝挿画）
2010年5月5日刊
※昭和34年刊の再刊

＊この本を読むひとに（南洋一郎）……… 3
日光暗号の秘密 …………………… 14
赤マフラーの秘密 ………………… 66
古代壁掛けの秘密 ………………… 113
三枚の油絵の秘密 ………………… 150
空とぶ気球の秘密 ………………… 202
金の入歯の秘密 …………………… 247
怪巨人の秘密 ……………………… 272
＊解説 この魅力的な世界（光原百合）… 306

〔第11巻〕 三十棺桶島（南洋一郎文, 奈良葉二挿画）
2010年5月5日刊
※昭和34年刊の再刊

＊この本を読むひとに（南洋一郎）……… 3
三十棺桶島 ………………………… 13
＊解説 変わらない男（日明恩）………… 358

〔第12巻〕 虎の牙（南洋一郎文, 奈良葉二
挿画）
2010年7月5日刊
※昭和35年刊の再刊

＊この本を読むひとに（南洋一郎）……… 3
虎の牙 ………………………………… 13
＊解説 僕らには、ルパンがいる！（真
山仁）……………………………… 314

〔第13巻〕 消えた宝冠（南洋一郎文, 柳
瀬茂挿画）
2010年7月5日刊
※昭和36年刊の再刊

＊この本を読むひとに（南洋一郎）……… 3
消えた宝冠 …………………………… 13
＊解説 読書劣等生のヒーロー（金原瑞
人）……………………………… 340

〔第14巻〕 魔女とルパン（南洋一郎文, 柳
瀬茂挿画）
2010年7月5日刊
※昭和36年刊の再刊

＊この本を読むひとに（南洋一郎）……… 3
魔女とルパン ………………………… 13
＊解説 紳士淑女の『魔女とルパン』（天
野頌子）…………………………… 310

〔第15巻〕 ルパン最後の恋（那須正幹文）
2016年3月5日刊
※2012年12月刊の文庫版

ルパン最後の恋 ……………………… 5
ルパンとは何者？（加藤真理子, 高橋美
江訳）…………………………… 232
＊解説（住田忠久）…………………… 240

語るためのグリム童話
小峰書店
全7巻
2007年6月〜2007年7月
（小澤俊夫監訳, 小澤昔ばなし研究所再話,
オットー・ウベローデ絵）

第1巻 ヘンゼルとグレーテル
2007年6月5日刊

かえるの王さま ……………………… 6
猫とねずみのとも暮らし …………… 15
マリアの子 …………………………… 21
こわがることを習いに出かけた若者の
話 ………………………………… 33
おおかみと七ひきの子やぎ ………… 55
忠実なヨハネス ……………………… 62
旅芸人のいたずら …………………… 82
十二人の兄弟 ………………………… 90
兄と妹 ……………………………… 103
ラプンツェル ……………………… 118
三人の糸つむぎ女 ………………… 127
ヘンゼルとグレーテル …………… 134
白いへび …………………………… 151
わらと炭とそら豆の旅 …………… 159
漁師とその妻 ……………………… 162
＊解説 グリム童話を耳で楽しむために
（小澤俊夫）……………………… 179

第2巻 灰かぶり
2007年6月5日刊

ゆうかんな仕立て屋さん …………… 6
灰かぶり …………………………… 25
なぞなぞ …………………………… 42
ホレばあさん ……………………… 49
七羽のからす ……………………… 57
赤ずきん …………………………… 64
ブレーメンの町楽隊 ……………… 72
うたう骨 …………………………… 81
三本の金髪をもった悪魔 ………… 87
手を切られたむすめ ……………… 104

語るためのグリム童話

ものわかりのいいハンス ………………	*121*	ぺてん師と大先生 ……………………	*123*
三つのことば ………………………………	*128*	ヨリンデとヨリンゲル ………………	*129*
かしこいエルゼ …………………………	*136*	三人の幸運児 ……………………………	*137*

テーブルよ 食事のしたく、金ひりろ
ば、こんぼうよ 袋からとびだせ …… *148*
おやゆびこぞう ………………………… *170*
こびとと靴屋 …………………………… *186*
盗賊の婿どの …………………………… *191*
＊解説 グリム兄弟の生涯 前編（小林将
輝）……………………………………… *200*

六人男、世界をのして歩く ………… *144*
おおかみと人間 ………………………… *158*
おおかみときつね ……………………… *162*
かしこいグレーテル …………………… *169*
陽気な兵隊 ……………………………… *177*
＊解説 グリム童話の語り手たち（間宮
史子）………………………………… *208*

第3巻　白雪姫
2007年6月21日刊

コルベスさん …………………………	*6*
名づけ親どの …………………………	*10*
名づけ親になった死に神 ……………	*15*
おやゆびこぞうの旅修業 ……………	*24*
フィッチャーの鳥 ……………………	*36*
ねずの木 ………………………………	*45*
老犬ズルタン …………………………	*66*
六羽の白鳥 ……………………………	*73*
いばら姫 ………………………………	*85*
みつけ鳥 ………………………………	*94*
つぐみひげの王さま …………………	*102*
白雪姫 …………………………………	*114*
はいのうと、ぼうしと、角笛 ……	*134*
ルンペルシュティルツヒェン ………	*145*
黄金の鳥 ………………………………	*155*
フリーダーとカーターリースヒェン	*171*

＊解説 グリム兄弟の生涯 後編（加藤耕
義）…………………………………… *190*

第4巻　金のがちょう
2007年6月21日刊

ふたりの兄弟 …………………………	*6*
小百姓 …………………………………	*53*
みつばちの女王 ………………………	*68*
三枚の鳥の羽 …………………………	*75*
金のがちょう …………………………	*84*
千枚皮 …………………………………	*95*
うさぎの花嫁さん ……………………	*109*
十二人の狩人 …………………………	*114*

第5巻　もの知り博士
2007年6月21日刊

幸せハンス ……………………………	*6*
金色の子どもたち ……………………	*20*
きつねとがちょうたち ………………	*34*
貧乏人と金持ち ………………………	*37*
さえずり、おどるひばり ……………	*47*
がちょう番のむすめ …………………	*62*
若い巨人 ………………………………	*78*
土の中のこびと ………………………	*96*
金の山の王さま ………………………	*107*
からす …………………………………	*122*
かしこいお百姓のむすめ ……………	*137*
命の水 …………………………………	*147*
もの知り博士 …………………………	*161*
瓶につめられたおばけ ………………	*168*
悪魔のすすだらけの兄弟分 …………	*179*
緑色の服を着た悪魔 …………………	*188*
おいしいおかゆ ………………………	*196*

＊解説 グリム童話の版による稿の変遷
（間宮史子）………………………… *200*

第6巻　鉄のハンス
2007年7月7日刊

忠実な動物たち ………………………	*6*
ハンス・はりねずみぼうや …………	*16*
腕利きの狩人 …………………………	*29*
かしこいちびの仕立て屋 ……………	*43*
青いランプ ……………………………	*52*
三人の軍医 ……………………………	*62*
三人の見習い職人 ……………………	*70*

何もこわがらない王子 ……………… 80
キャベツろば ……………………… 94
森のおばあさん …………………… 110
三人兄弟 …………………………… 117
悪魔とそのおばあさん …………… 122
鉄のストーブ ……………………… 131
腕利き四人兄弟 …………………… 146
きつねと馬 ………………………… 157
おどってすりきれた靴 …………… 162
六人の家来 ………………………… 173
鉄のハンス ………………………… 190
旅に出る …………………………… 209
＊解説 昔話独特の語り口（一）（小澤俊
　夫）……………………………… 214

第7巻　星の銀貨
2007年7月7日刊

ろばの子 …………………………… 6
かぶら ……………………………… 16
神さまのけだものと、悪魔のけだもの … 24
天井の梁 …………………………… 28
ものぐさ三人息子 ………………… 32
ひつじ飼いの男の子 ……………… 35
星の銀貨 …………………………… 39
嫁えらび …………………………… 43
ディートマルシュのほら話 ……… 46
なぞ話 ……………………………… 49
怪鳥グライフ ……………………… 52
強力（ごうりき）ハンス ………… 69
森の家 ……………………………… 84
寿命 ………………………………… 97
池の中の水の精 …………………… 102
こびとの贈り物 …………………… 112
巨人と仕立て屋 …………………… 118
お百姓と悪魔 ……………………… 124
あめふらし ………………………… 128
名人どろぼう ……………………… 136
たいこたたき ……………………… 154
水晶の玉 …………………………… 174
マレーン姫 ………………………… 181
黄金の鍵 …………………………… 196

＊解説 昔話独特の語り口（二）（小澤俊
　夫）……………………………… 200

カニグズバーグ作品集

カニグズバーグ作品集
岩波書店
全9巻＋別巻1巻
2001年12月〜2002年9月

第1巻 クローディアの秘密／ほんとうはひとつの話（松永ふみ子訳）
2001年12月5日刊

クローディアの秘密（E.L.カニグズバーグさし絵）………………………… 1
ほんとうはひとつの話 …………………… 209
　ジェイソンを招ぶ（M.メイヤーさし絵）………………………………… 211
　流星の夜（L.シンデルマンさし絵）…… 225
　デブ・キャンプ（G.パーカーさし絵）
　　………………………………………… 247
　ママと天国の真珠の門のこと（G.E.ヘイリーさし絵）………………… 283
＊解説 秘密のヒミツ（斎藤次郎）……… 303

第2巻 魔女ジェニファとわたし／ベーグル・チームの作戦（松永ふみ子訳, E.L.カニグズバーグさし絵）
2002年1月7日刊
※「ベーグル・チームの作戦」は旧題「ローバン・チームの作戦」（1974年刊）の改題

魔女ジェニファとわたし ………………… 1
ベーグル・チームの作戦 ……………… 147
＊解説 向かい風に踏んばって、めげずに（母袋夏生）………………………… 351

第3巻 ぼくと〈ジョージ〉／ドラゴンをさがせ（E.L.カニグズバーグさし絵）
2002年2月5日刊

ぼくと〈ジョージ〉（松永ふみ子訳）……… 1
ドラゴンをさがせ（小島希里訳）……… 185
＊解説 「思春期」という嵐（河合隼雄）
　………………………………………… 339

第4巻 誇り高き王妃／ジョコンダ夫人の肖像
2002年7月5日刊

誇り高き王妃（小島希里訳, E.L.カニグズバーグさし絵）…………………… 1
ジョコンダ夫人の肖像（松永ふみ子訳）
　………………………………………… 217
＊解説 前略 カニグズバーグ様（今江祥智）………………………………… 381

第5巻 なぞの娘キャロライン／800番への旅（小島希里訳）
2002年3月5日刊

なぞの娘キャロライン …………………… 1
800番への旅………………………… 161
＊解説 擬態と脱皮と変身と（野上暁）… 343

第6巻 エリコの丘から（小島希里訳）
2002年4月5日刊

エリコの丘から …………………………… 1
＊解説 「エリコの丘」に埋まっているもの（大平健）…………………… 257

第7巻 Tバック戦争／影—小さな5つの話（小島希里訳）
2002年5月7日刊

Tバック戦争 ……………………………… 1
影—小さな5つの話 …………………… 233
　サメの歯海岸—ネッドの話 ………… 235
　つかまりやすい人—エイヴリーの話 ‥ 263
　織物の村で—アンパラの話 ………… 283
　老人ホームにて—フィリップの話 …… 307
　バートとレイ—ウィリアムの話 …… 361
＊解説 米国史の洗いなおし（鶴見俊輔）………………………………… 395

第8巻 ティーパーティーの謎（小島希里訳）
2002年6月5日刊

ティーパーティーの謎 …………………… 1

＊解説 お茶と奇蹟、もしくは旅と魂
　（藤本和子）………………………… 253

第9巻　13歳の沈黙（小島希里訳）
2001年11月5日刊

13歳の沈黙 …………………………………… 1
＊解説 『13歳の沈黙』と作者カニグズ
　バーグについて（小島希里）………… 293

別巻　トーク・トーク─カニグズバーグ
講演集（清水真砂子訳）
2002年9月27日刊

＊トーク＆トーク ………………………… 3
1　ニューベリー賞受賞講演─『クロー
　ディアの秘密』………………………… 16
＊一九六〇年代 …………………………… 26
2　殺人兵器 ………………………………… 32
＊一九七〇年代 その1 ………………… 58
3　子どもの文学を絵に描（か）く ………… 65
＊一九七〇年代 その2 ………………… 92
4　"わが家"に帰る ……………………… 96
＊一九七〇年代 その3 ………………… 134
5　"中年子ども（middle–aged child）"
　は矛盾語法ではない ………………… 141
6　練達の一形式─スプレッツァトゥラ
　について ……………………………… 156
＊一九八〇年代へ ……………………… 181
7　桃と宇宙の間で ……………………… 186
＊一九八〇年代をしめくくる ………… 224
8　顔の下の仮面 ………………………… 231
＊一九九〇年代へ ……………………… 272
9　ビッグバン、大きな絵、そして手に
　している本 …………………………… 275
＊トーク・トーク ……………………… 315
一九九七年度ニューベリー賞受賞講演
　─『ティーパーティーの謎』………… 323
＊日本の読者さまへ …………………… 349
＊解説 人間（じんかん）を生きのびるため
　に（清水真砂子）……………………… 351

ガラガラヘビの味
─アメリカ子ども詩集
岩波書店
全1巻
2010年7月14日
（岩波少年文庫）
（アーサー・ビナード, 木坂涼編訳, しり
あがり寿イラスト）

ガラガラヘビの味─アメリカ子ども詩集
2010年7月14日刊

イヴ・メリアム ………………………… 11
　詩の食べ方 …………………………… 12
ジャック・プレラツキー ……………… 15
　ホットケーキ・コレクター ………… 16
　おとうと ……………………………… 20
　近所にひっこしてきた子 …………… 22
　カキのクシャミ？ …………………… 25
　鉄のケツがひつよう ………………… 27
　お手玉名人クララちゃん …………… 28
　スパゲッティのたね ………………… 30
マーシー・ハンス ……………………… 33
　発射 …………………………………… 34
レイチェル・フィールド ……………… 37
　摩天楼 ………………………………… 38
　夏の朝 ………………………………… 40
　人による ……………………………… 42
　なにかが雁たちに …………………… 44
　わたしのなんでも屋 ………………… 46
マーガレット・ワイズ・ブラウン …… 49
　どうしてはるがきたってわかる？ … 50
　ひみつのうた ………………………… 52
シェル・シルヴァースタイン ………… 55
　おなじようなもの …………………… 56
　テレビっ子のジミー・ジェット …… 59
　よく考えてみれば …………………… 62
　病気 …………………………………… 64
エミリー・ディキンスン ……………… 67
　わたしは無名！ あなたは？ ……… 68
　秋の朝 ………………………………… 70

いちばん心が通じるのは ················ 72
ウォルト・ホイットマン ··············· 76
　天文学のえらい先生の講演を聴いて ··· 76
ナオミ・シハブ・ナイ ··············· 79
　最初のあの領土はどのくらい遠かっ
　　たか ···························· 80
　走る人 ···························· 82
　小学校の校長先生 ·················· 84
メアリー・エリナ・ウィルキンズ・フ
　リーマン ·························· 87
　ダチョウ ·························· 88
エーモス・ラッセル・ウェルズ ······· 91
　大志をいだいたアリ ··············· 92
オグデン・ナッシュ ················· 93
　ガラガラヘビの味 ·················· 94
　シロアリ ·························· 96
　お尻はつらいよ ···················· 97
　家庭裁判所 ························ 98
　親の意味 ·························· 99
フィリス・マッギンリー ············· 101
　「姉っていつでも」の詩 ············· 102
ヴェイチェル・リンゼイ ············· 105
　小さな女の子から聞いた話 ·········· 106
　雨 ······························ 108
ラルフ・ウォルドー・エマソン ······· 111
　山とリスの話 ···················· 112
オリヴァー・ハーフォード ··········· 115
　妖精とヤマネ ···················· 116
　ワニ ···························· 118
エライザ・リー・フォレン ··········· 121
　まだらもようのモーモーさん ········ 122
エリザベス・マドックス・ロバーツ ···· 125
　ミルクしぼりたて ················· 126
セオドア・レトキー ················· 129
　花捨て場 ························· 130
　牝牛 ···························· 132
カール・サンドバーグ ··············· 133
　スープ ·························· 134
　シャボン玉 ······················ 136
　つるつるっ子 ···················· 137
メアリー・オリヴァー ··············· 139
　夏の一日 ························· 140
ジョイス・キルマー ················· 143

木 ································ 144
ロバート・フロスト ················· 147
　雪落とし ························· 148
　雪の森、日の暮れに ··············· 149
ロバート・ヘイデン ················· 153
　冬の日曜日 ······················ 154
サラ・ティーズデール ··············· 157
　少女へのアドバイス ··············· 158
　キス ···························· 160
　流れ星 ·························· 162
ドロシー・パーカー ················· 163
　美しい薔薇一輪 ··················· 164
　快楽主義の欠点 ··················· 166
イヌイット族 ······················ 167
　おばあさんの歌 ··················· 168
ショショーニ族 ···················· 171
　家族といっしょに移動できなくなっ
　　たおばあさんの歌 ··············· 172
チャールズ・オルソン ··············· 175
　このごろ ························· 176
エイミー・ローエル ················· 177
　踊る熊 ·························· 178
ジョン・モフィット ················· 181
　なにかを見るとき ················· 182
＊あとがきにかえて（アーサー・ビナー
　ド×木坂涼） ···················· 184

教科書にでてくるせかいのむかし話

カレル・チャペック童話全集
青土社
全1巻
2005年6月20日
（田才益夫訳, ヨゼフ・チャペック挿し絵）

教科書にでてくる
せかいのむかし話
あかね書房
全2巻
2016年4月1日
（間所ひさこ再話）

カレル・チャペック童話全集
2005年6月20日刊

第1部　九編の童話（デヴァテロ・ポハーデク）
とヨゼフ・チャペックのおまけのも
う一編 ……………………………… 9
＊カレル・チャペックのまえがき …… 11
第一話　とってもながーい猫ちゃん
の童話 ………………………… 13
第二話　お犬さんの童話 …………… 109
第三話　小鳥ちゃんの童話 ………… 129
ヨゼフ・チャペックのおまけの一編
（第一の盗賊の童話）　大肥満のひ
いお祖父さんと盗賊の話（ヨゼフ・
チャペック著） ……………… 143
第四話　水男（かっぱ）の童話 ………… 173
第五話　第二の盗賊の童話（礼儀正
しい盗賊の話） ……………… 189
第六話　正直なトラークさんの童話 ‥ 213
第七話　とってもながーいお巡りさ
んの童話 ……………………… 241
第八話　郵便屋さんの童話 ………… 281
第九話　とってもながーいお医者さ
んの童話 ……………………… 319
第2部　チャペック童話の追加 ……… 367
魔法にかかった宿なしトラークさん
の話 …………………………… 369
しあわせなお百姓さんの話 ………… 383
＊訳者あとがき ……………………… 393

第1巻　三びきの子ぶた など15話
2016年4月1日刊

＊はじめに（間所ひさこ）………………… 2
三びきの子ぶた—イギリス民話（庄野ナホ
コ挿絵）…………………………………… 6
シンデレラ（ペロー原作, 後藤貴志挿
絵）………………………………………… 12
おやゆびひめ（アンデルセン原作, 松村
真依子挿絵）……………………………… 18
ありときりぎりす（イソップ原作, 鶴田
陽子挿絵）………………………………… 26
赤ずきん（グリム原作, しのづかゆみこ
挿絵）……………………………………… 28
長ぐつをはいたねこ（ペロー原作, 北村
裕花挿絵）………………………………… 34
人魚ひめ（アンデルセン原作, 柴田ケイ
コ挿絵）…………………………………… 42
金のおのぎんのおの（イソップ原作, 岡
本よしろう挿絵）………………………… 50
三びきのやぎのめえめえめえ—ノルウェー
民話（林なつこ挿絵）…………………… 52
はだかの王さま（アンデルセン原作, 脇
本有希子挿絵）…………………………… 58
ラプンツェル（グリム原作, くまあやこ
挿絵）……………………………………… 66
金のがちょう（グリム原作, 柴田ケイコ
挿絵）……………………………………… 74
犬と肉（イソップ原作, 北村裕花挿絵）…… 80
雪の女王（アンデルセン原作, にしざか
ひろみ挿絵）……………………………… 82
アラジンとまほうのランプ—アラビアン・
ナイト（鈴木悠子挿絵）………………… 92
＊お話の解説 ……………………………… 102

世界児童文学全集/個人全集・内容綜覧　第II期　59

第2巻　ジャックと豆の木 など15話
2016年4月1日刊

＊はじめに（間所ひさこ）····················· 2
ブレーメンの音楽隊（グリム原作, 岡本
　よしろう挿絵）····························· 6
マッチ売りの少女（アンデルセン原作,
　江頭路子挿絵）···························· 12
しらゆきひめ（グリム原作, にしざかひ
　ろみ挿絵）······························· 18
北風と太陽（イソップ原作, 脇本有希子
　挿絵）··································· 24
こうふくな王子（オスカー・ワイルド原
　作, 林なつこ挿絵）······················ 26
おおかみと七ひきの子やぎ（グリム原
　作, 北村裕花挿絵）······················ 32
ねむりひめ（ペロー原作, しのづかゆみ
　こ挿絵）································· 38
みにくいあひるの子（アンデルセン原
　作, 鶴田陽子挿絵）······················ 44
ハーメルンのふえふき男（グリム原作,
　庄野ナホコ挿絵）························· 50
ヘンゼルとグレーテル（グリム原作, 松
　村真依子挿絵）···························· 58
ジャックと豆の木―イギリス民話（後藤貴
　志挿絵）································· 66
うさぎとかめ（イソップ原作, 林なつこ
　挿絵）··································· 74
三びきのくま―イギリス民話（岡本よしろ
　う挿絵）································· 76
ピノキオのぼうけん（コッローディ原
　作, くまあやこ挿絵）···················· 82
青い鳥（メーテルリンク原作, 中村まふ
　ね挿絵）································· 92
＊お話の解説 ·························· 102

木はえらい
　―イギリス子ども詩集
岩波書店
全1巻
2000年11月17日
（岩波少年文庫）
（谷川俊太郎, 川崎洋編訳）

※1997年4月15日刊の新版

木はえらい―イギリス子ども詩集
2000年11月17日刊

アラン・アールバーグ（フリッツ・ヴェ
　グナー絵）····························· 11
　男の子（川崎洋訳）···················· 12
　なんで学校に行かなきゃならないの
　　（川崎洋訳）························· 14
　父母懇談会（川崎洋訳）················ 17
　年とった女の先生がいた（川崎洋訳）··· 20
　出席をとります（川崎洋訳）············ 22
　なすりあい（谷川俊太郎訳）············ 26
　女先生の幽霊（川崎洋訳）·············· 28
マイケル・ローゼン（クウェンティン・
　ブレイク絵）··························· 31
　ちょっと出かけてくるわ（谷川俊太
　　郎訳）····························· 32
　ぼくは末っ子なので（川崎洋訳）········ 35
　知ってるぜ（谷川俊太郎訳）············ 38
　物識り博士（川崎洋訳）················ 41
　超異常メニュー（川崎洋訳）············ 44
　超異常ドリンク（川崎洋訳）············ 45
　るっせえなあ（谷川俊太郎訳）·········· 46
　先公（谷川俊太郎訳）·················· 48
　にんまり（谷川俊太郎訳）·············· 50
　目をさます（谷川俊太郎訳）············ 52
　おじいちゃん（谷川俊太郎訳）·········· 54
　貯金箱（川崎洋訳）···················· 56
　この世の終わり（谷川俊太郎訳）········ 59
　ボーイフレンド（谷川俊太郎訳）········ 62
　身の上相談のページから（谷川俊太
　　郎訳）····························· 64

ラブソング（谷川俊太郎訳）............... 66
ママ（谷川俊太郎訳）..................... 69
列車に乗って（谷川俊太郎訳）........... 72
ブライアン・パテン......................... 75
学校病（谷川俊太郎訳）................... 76
体育の先生はターザンを夢見る（谷
川俊太郎訳）........................... 78
ひとこと言いたいことがある（谷川
俊太郎訳）............................. 80
私は誰でしょう？（谷川俊太郎訳）...... 83
説明してよお願いだから（谷川俊太
郎訳）................................... 86
ビリー・ドリーマーのすてきな友達
（川崎洋訳）........................... 88
レーシングカーの模型を取りかえっ
こしたくない（川崎洋訳）............ 90
ママはウサギを飼っちゃだめだって
（川崎洋訳）........................... 92
弟は頭痛の種（川崎洋訳）............... 96
いとこのレズリーのすけすけ胃袋
（川崎洋訳）........................... 100
ぎゅっと（谷川俊太郎訳）............... 103
マイケル・マンデイ（谷川俊太郎訳）.. 104
初恋（谷川俊太郎訳）..................... 106
トミー・トッシュとスージー・リー
ク（谷川俊太郎訳）................... 108
ご不用家族交換します（谷川俊太郎
訳）..................................... 109
オヤジを探す（谷川俊太郎訳）........... 112
新顔（川崎洋訳）......................... 117
規則（谷川俊太郎訳）..................... 120
ねぼけたむくい（谷川俊太郎訳）...... 123
なまいきな若木（谷川俊太郎訳）...... 128
キット・ライト............................. 133
へんてこりんなサービス（谷川俊太
郎訳）................................... 134
デイブ・ダートのクリスマス・プレ
ゼント（谷川俊太郎訳）............... 136
デイブ・ダートの上着のポケット（谷
川俊太郎訳）........................... 138
彼が残したもの（谷川俊太郎訳）....... 141
鏡の詩（谷川俊太郎訳）................... 142

スパイク・ミリガン（スパイク・ミリガ
ン絵）................................... 145
北極の白クマくん（川崎洋訳）........... 146
モンキーくん（川崎洋訳）............... 148
トラさんよ（川崎洋訳）................... 150
ワニ（川崎洋訳）......................... 152
リンゴちゃん（川崎洋訳）............... 154
少年兵の話（川崎洋訳）................... 156
二人の変な男（川崎洋訳）............... 158
子どものいいぶん（川崎洋訳）........... 160
よい一日を！（川崎洋訳）............... 162
ロジャー・マッガウ（サラ・ミッダ絵）.. 165
雪だるま（川崎洋訳）..................... 166
音どろぼう（谷川俊太郎訳）............ 169
ロジャーおじさん（川崎洋訳）......... 172
げっぷ（谷川俊太郎訳）................... 174
夢ぬすびと（谷川俊太郎訳）............ 176
友だちの詩（谷川俊太郎訳）............ 179
木はえらい（谷川俊太郎訳）............ 182
ひらめいた詩人（谷川俊太郎訳）...... 184
良い詩（谷川俊太郎訳）................... 186
これが授業というものだ（川崎洋訳）
.... 188
初めての登校日（谷川俊太郎訳）....... 192
なくした靴下（谷川俊太郎訳）........... 195
楽な金もうけ（谷川俊太郎訳）........... 196
大試合（谷川俊太郎訳）................... 198
＊解説（谷本誠剛）........................ 203

クリスティー・ジュニア・ミステリ

クリスティー・ジュニア・ミステリ
早川書房
全10巻12冊
2007年12月〜2008年8月

第1巻　そして誰もいなくなった（青木久恵訳）
2007年12月25日刊

そして誰もいなくなった …………………… *1*
＊解説（編集部H・K）………………… *371*

第2巻　オリエント急行の殺人（山本やよい訳）
2007年12月25日刊

オリエント急行の殺人 ………………… *1*
＊解説（編集部H・K）………………… *359*

第3巻　メソポタミヤの殺人（田村義進訳）
2008年1月15日刊

メソポタミヤの殺人 ………………… *1*
＊解説（編集部H・K）………………… *321*

第4巻　予告殺人（羽田詩津子訳）
2008年2月25日刊

予告殺人 ………………………… *1*
＊解説（編集部H・K）………………… *401*

第5巻　秘密機関〔上〕（嵯峨静江訳）
2008年3月25日刊

秘密機関 上 ………………………… *1*
＊解説（編集部H・K）………………… *235*

第5巻　秘密機関〔下〕（嵯峨静江訳）
2008年3月25日刊

秘密機関 下 ………………………… *1*
＊解説（編集部H・K）………………… *217*

第6巻　雲をつかむ死（田中一江訳）
2008年4月25日刊

雲をつかむ死 ………………………… *1*
＊解説（編集部H・K）………………… *359*

第7巻　ABC殺人事件（田口俊樹訳）
2008年5月25日刊

ABC殺人事件 ………………………… *1*
＊解説（編集部H・K）………………… *377*

第8巻　ナイルに死す〔上〕（佐藤耕士訳）
2008年6月25日刊

ナイルに死す 上 ………………………… *1*
＊解説（編集部H・K）………………… *251*

第8巻　ナイルに死す〔下〕（佐藤耕士訳）
2008年6月25日刊

ナイルに死す 下 ………………………… *1*
＊解説（編集部H・K）………………… *253*

第9巻　パディントン発4時50分（小尾芙佐訳）
2008年7月25日刊

パディントン発4時50分 ………………… *1*
＊解説（編集部H・K）………………… *385*

第10巻　茶色の服の男（深町眞理子訳）
2008年8月25日刊

茶色の服の男 ………………………… *1*
＊解説（編集部H・K）………………… *424*

グリム・コレクション

グリム・イソップ童話集
—名作20話
世界文化社
全1巻
2004年1月30日
（心に残るロングセラー）
（北川幸比古, 鬼塚りつ子文, 米山永一,
朝倉めぐみ絵）

グリム・コレクション
パロル舎
全4巻
1996年6月〜2001年9月
（天沼春樹訳, ペテル・ウフナール画）

グリム・イソップ童話集—名作20話
2004年1月30日刊

グリム童話集
＊グリム兄弟と物語の世界（北川幸比
　古文）…………………………………… 4
　赤ずきん ……………………………… 8
　おおかみと七ひきの子やぎ ………… 16
　ホレおばさん ………………………… 24
　いばら姫 ……………………………… 32
　白雪姫 ………………………………… 40
　七羽のからす ………………………… 59
　いさましい仕立て屋さん …………… 66
　ヘンゼルとグレーテル ……………… 86
　ブレーメンの音楽隊 ……………… 104
　金のがちょう ……………………… 112
イソップ童話集
＊イソップと物語の世界（鬼塚りつ子
　文）………………………………… 122
　北風と太陽 ………………………… 124
　きつねとぶどう …………………… 126
　うさぎとかめ ……………………… 128
　しおを運ぶろば …………………… 130
　いたずらをする羊かい …………… 132
　町のねずみといなかのねずみ …… 134
　きつねとからす …………………… 136
　おひゃくしょうとむすこたち …… 138
　ライオンとねずみ ………………… 140
　木こりとヘルメス ………………… 142

※3巻までI期収録

第4巻　小人、怪物、大男
2001年9月20日刊

こわがることを習いに、旅に出た男の話‥ 7
森の中の三人のこびと ………………… 31
金の毛が、三本ある鬼 ………………… 47
こびと …………………………………… 65
がたがたの竹馬小僧—ルンペンスティ
　　ルツヒェン ………………………… 75
水女 ……………………………………… 87
土の中の小人 …………………………… 93
ガラスびんの中の、お化け ………… 109
悪魔のすすだらけの兄弟ぶん ……… 123
ハンスはりねずみぼうや …………… 133
青いランプ …………………………… 149
なにもこわがらない王子 …………… 163
ガラスのひつぎ ……………………… 177
怪鳥グライフ ………………………… 195
池の中の水の精 ……………………… 213
小人のおくりもの …………………… 227
水晶の玉 ……………………………… 235
＊訳者あとがき ……………………… 245

グリム童話

```
完訳クラシック
グリム童話
講談社
全5巻
2000年7月～2000年12月
（池田香代子訳, オットー＝ウッベロー
デ挿画）
```

第1巻
2000年7月10日刊

＊はじめに ……………………… 9
KHM1　蛙の王さまあるいは鉄のハイ
　　　ンリヒ …………………… 10
KHM2　猫と鼠の仲 ………………… 16
KHM3　マリアの子 ………………… 21
KHM4　こわがり修業に出た男 ……… 29
KHM5　狼と七匹の仔山羊 ………… 44
KHM6　忠臣ヨハネス ……………… 49
KHM7　うまい取引 ………………… 61
KHM8　奇妙な旅芸人 ……………… 68
KHM9　十二人兄弟 ………………… 72
KHM10　ろくでもない連中 ………… 80
KHM11　兄さんと妹 ………………… 83
KHM12　ラプンツェル ……………… 93
KHM13　森の三人のこびと ………… 100
KHM14　糸紡ぎ三人女 ……………… 108
KHM15　ヘンゼルとグレーテル ……… 112
KHM16　三枚の蛇の葉 ……………… 123
KHM17　白い蛇 ……………………… 129
KHM18　藁と炭とそらまめ ………… 136
KHM19　漁師とかみさん …………… 139
KHM20　勇ましいちびの仕立屋 …… 153
KHM21　灰まみれ …………………… 166
KHM22　謎 …………………………… 178
KHM23　鼠と小鳥とソーセージ …… 183
KHM24　ホレばあさん ……………… 186
KHM25　七羽の鴉 …………………… 192
KHM26　赤ずきん …………………… 197
KHM27　ブレーメンの音楽隊 ……… 203
KHM28　歌う骨 ……………………… 209

KHM29　悪魔の三本の黄金（きん）の毛‥ 213
KHM30　しらみとのみ ……………… 224
KHM31　手なし娘 …………………… 227
KHM32　わきまえハンス …………… 237
KHM33　三つのことば ……………… 243
KHM34　かしこいエルゼ …………… 247
＊訳者あとがき　グリム兄弟の生い立ち
　　　—メルヒェン蒐集まで ……… 254

第2巻
2000年9月10日刊

＊はじめに ……………………… 9
KHM35　天国の仕立屋 ……………… 10
KHM36　テーブルごはんだ、金ひりろ
　　　ば、こん棒出てこい ……… 14
KHM37　おやゆび小僧 ……………… 29
KHM38　狐のおかみさんの結婚 …… 38
KHM39　屋敷ぼっこ ………………… 42
KHM40　盗賊のお婿さん …………… 47
KHM41　コルベスさま ……………… 53
KHM42　名付け親さん ……………… 55
KHM43　トゥルーデばあさん ……… 58
KHM44　死神の名付け親 …………… 60
KHM45　おやゆび太郎の旅 ………… 66
KHM46　フィッチャー鳥 …………… 73
KHM47　杜松（ねず）の木 …………… 79
KHM48　ズルタンじいさん ………… 93
KHM49　六羽の白鳥 ………………… 97
KHM50　いばら姫 …………………… 105
KHM51　めっけ鳥 …………………… 111
KHM52　つぐみ髭の王さま ………… 115
KHM53　白雪姫 ……………………… 123
KHM54　リュックと帽子と角笛 …… 137
KHM55　ルンペルシュティルツヒェン
　　　………………………………… 146
KHM56　いとしいローラント ……… 151
KHM57　黄金（きん）の鳥 …………… 157
KHM58　犬と雀 ……………………… 168
KHM59　フリーダーとカーターリース
　　　ヒェン ………………………… 173
KHM60　二人兄弟 …………………… 185
KHM61　水呑（みずのみ）どん ……… 215
KHM62　蜜蜂の女王 ………………… 223

グリム童話

KHM63　三枚の羽根 ･･････････････････ 227
KHM64　黄金(きん)のがちょう ･･･････････ 232
KHM65　毛むくじゃら姫 ････････････････ 239
KHM66　野兎のお嫁さん ･･････････････ 248
＊訳者あとがき メルヒェン集の作られ
　方〈その一〉どんな話がボツになった
　か ･･････････････････････････････ 252

第3巻
2000年10月10日刊

＊はじめに ･････････････････････････ 9
KHM67　十二人の狩人 ･･･････････････ 10
KHM68　大泥棒とお師匠さん ･･･････････ 15
KHM69　ヨリンデとヨリンゲル ･･･････････ 19
KHM70　運をひらいた三人息子 ･･･････ 24
KHM71　六人男天下をのしてまわる ････ 29
KHM72　狼と人間 ･･･････････････････ 38
KHM73　狼と狐 ･･･････････････････････ 40
KHM74　狐を名付け親にした狼の奥さ
　ん ････････････････････････････････ 44
KHM75　狐と猫 ･･･････････････････････ 46
KHM76　なでしこ ･････････････････････ 48
KHM77　かしこいグレーテル ･･･････････ 55
KHM78　年とったじいさんと孫 ･･･････････ 60
KHM79　水女(みずおんな) ･････････････ 62
KHM80　めんどりちゃんのおとむらい ･･ 64
KHM81　うかれ大将 ･･･････････････････ 67
KHM82　博打うちハンス ･･･････････････ 83
KHM83　幸せなハンス ･･････････････････ 88
KHM84　嫁とりハンス ･･･････････････････ 97
KHM85　黄金(きん)の子どもたち ･･･････ 99
KHM86　狐とがちょう ････････････････ 107
KHM87　貧乏人と金持ち ･･････････････ 109
KHM88　歌うぴょんぴょん雲雀 ･･････ 116
KHM89　がちょう番の娘 ･･･････････････ 127
KHM90　若い大男 ･･････････････････ 138
KHM91　地もぐりぼっこ(エルトメネケ
　ン) ････････････････････････････ 149
KHM92　黄金(きん)の山の王さま ･･････ 156
KHM93　渡り鴉 ････････････････････ 165
KHM94　かしこい百姓娘 ･･･････････････ 174
KHM95　ヒルデブラントじいさん ･････ 180
KHM96　三羽の小鳥 ･･･････････････ 185

KHM97　命の水 ･･････････････････････ 192
KHM98　なんでもお見とおし博士 ･･････ 201
KHM99　ガラス瓶の魔物 ･･･････････ 205
KHM100　悪魔の煤だらけの兄弟分 ･･･ 212
KHM101　熊皮(くまがわ)男 ･････････ 217
KHM102　みそさざいと熊 ･･････････ 224
KHM103　おいしいお粥 ･･････････････ 228
KHM104　かしこい人たち ････････････ 230
KHM105　蛇と鈴蛙の話 ･･･････････ 236
KHM106　かわいそうな粉ひきの小僧
　と猫 ･････････････････････････････ 239
KHM107　二人の旅職人 ･･･････････ 245
＊訳者あとがき メルヒェン集の作られ
　方〈その二〉だれが語り、どう書かれ
　たか ･･････････････････････････････ 262

第4巻
2000年11月10日刊

＊はじめに ･･･････････････････････ 11
KHM108　ハンス坊や針鼠 ･････････ 12
KHM109　死に装束 ･････････････････ 21
KHM110　茨の中のユダヤ人 ････････ 23
KHM111　腕ききの狩人 ･･････････････ 30
KHM112　天国の殻竿 ･･････････････ 39
KHM113　王さまの二人の子ども ･････ 41
KHM114　かしこいちびの仕立屋 ･････ 54
KHM115　お天道さまが照らしだす ････ 59
KHM116　青い灯火(あかり) ･･･････ 62
KHM117　わがままな子ども ･･･････ 69
KHM118　三人軍医 ･･･････････････ 70
KHM119　シュヴァーベン七人衆 ･････ 74
KHM120　三人の見習い職人 ･･･････ 79
KHM121　こわいもの知らずの王子 ･･ 85
KHM122　キャベツろば ･･･････････ 93
KHM123　森のばあさん ･･･････････ 103
KHM124　三人兄弟 ･･･････････････ 107
KHM125　悪魔とおばあさん ･･･････ 110
KHM126　誠(まこと)ありフェレナント
　と誠なしフェレナント ･･･････････ 116
KHM127　鉄の暖炉 ･･･････････････ 124
KHM128　なまけものの紡ぎ女 ･････ 133
KHM129　すご腕四人兄弟 ･････････ 137

世界児童文学全集/個人全集・内容綜覧　第Ⅱ期　**65**

グリム童話

KHM130　一つ、二つ、三つまなこ‥‥ 144
KHM131　きれいなカトリネルエとピ
　フ・パフ・ポルトリー ‥‥‥‥‥‥‥ 156
KHM132　狐と馬 ‥‥‥‥‥‥‥‥‥‥‥ 159
KHM133　踊りつぶされた靴 ‥‥‥‥‥ 162
KHM134　六人の家来 ‥‥‥‥‥‥‥‥ 169
KHM135　白いお嫁さんと黒いお嫁さ
　ん ‥‥‥‥‥‥‥‥‥‥‥‥‥‥‥ 179
KHM136　鉄のハンス ‥‥‥‥‥‥‥‥ 187
KHM137　三人の黒いお姫さま ‥‥‥‥ 200
KHM138　クノイストと三人息子 ‥‥‥ 203
KHM139　ブラーケルの娘 ‥‥‥‥‥‥ 204
KHM140　家の子郎党 ‥‥‥‥‥‥‥‥ 205
KHM141　仔羊と小さな魚 ‥‥‥‥‥‥ 207
KHM142　ジメリの山 ‥‥‥‥‥‥‥‥ 210
KHM143　旅に出る ‥‥‥‥‥‥‥‥‥ 214
KHM144　ろば王子 ‥‥‥‥‥‥‥‥‥ 217
KHM145　親不孝な息子 ‥‥‥‥‥‥‥ 223
KHM146　蕪 ‥‥‥‥‥‥‥‥‥‥‥‥ 224
KHM147　焼きを入れて若返った男 ‥‥ 229
KHM148　神さまの動物と悪魔の動物‥ 232
KHM149　梁 ‥‥‥‥‥‥‥‥‥‥‥‥ 234
KHM150　乞食ばあさん ‥‥‥‥‥‥‥ 236
KHM151　ものぐさ三人兄弟 ‥‥‥‥‥ 237
KHM151＊　ものぐさ十二人衆 ‥‥‥‥ 239
KHM152　牧童 ‥‥‥‥‥‥‥‥‥‥‥ 243
KHM153　星の銀貨 ‥‥‥‥‥‥‥‥‥ 245
KHM154　くすねた銅貨 ‥‥‥‥‥‥‥ 247
KHM155　嫁選び ‥‥‥‥‥‥‥‥‥‥ 249
＊訳者あとがき　メルヒェン集の作られ
　方〈その三〉なんのためのアンソロ
　ジーか ‥‥‥‥‥‥‥‥‥‥‥‥‥ 251

第5巻
2000年12月10日刊

＊はじめに ‥‥‥‥‥‥‥‥‥‥‥‥ 11
KHM156　ぬらぬらぽい ‥‥‥‥‥‥‥ 12
KHM157　雀の父さんと四羽の仔雀 ‥‥ 14
KHM158　ものぐさのくにの話 ‥‥‥‥ 18
KHM159　ディートマルシェンのほら
　話 ‥‥‥‥‥‥‥‥‥‥‥‥‥‥‥ 20
KHM160　なぞなぞ話 ‥‥‥‥‥‥‥‥ 22
KHM161　しらゆきべにばら ‥‥‥‥‥ 23

KHM162　かしこい下男 ‥‥‥‥‥‥‥ 33
KHM163　ガラスの柩 ‥‥‥‥‥‥‥‥ 35
KHM164　ものぐさハインツ ‥‥‥‥‥ 43
KHM165　グライフ鳥 ‥‥‥‥‥‥‥‥ 47
KHM166　怪力ハンス ‥‥‥‥‥‥‥‥ 58
KHM167　天国の水呑百姓 ‥‥‥‥‥‥ 68
KHM168　やせのリーゼ ‥‥‥‥‥‥‥ 70
KHM169　森の家 ‥‥‥‥‥‥‥‥‥‥ 72
KHM170　苦楽をわかつ ‥‥‥‥‥‥‥ 81
KHM171　垣根の王さま ‥‥‥‥‥‥‥ 83
KHM172　かれい ‥‥‥‥‥‥‥‥‥‥ 88
KHM173　さんかのごいとやつがしら‥ 90
KHM174　ふくろう ‥‥‥‥‥‥‥‥‥ 92
KHM175　月 ‥‥‥‥‥‥‥‥‥‥‥‥ 96
KHM176　寿命 ‥‥‥‥‥‥‥‥‥‥‥ 99
KHM177　死神の使い ‥‥‥‥‥‥‥‥ 102
KHM178　プフリーム親方 ‥‥‥‥‥‥ 105
KHM179　泉のほとりのがちょう番の
　女 ‥‥‥‥‥‥‥‥‥‥‥‥‥‥‥ 111
KHM180　イブのまちまちな子ども ‥‥ 125
KHM181　池に住む水女(みずおんな) ‥‥‥‥ 129
KHM182　こびとの贈り物 ‥‥‥‥‥‥ 137
KHM183　大男と仕立屋 ‥‥‥‥‥‥‥ 141
KHM184　釘一本 ‥‥‥‥‥‥‥‥‥‥ 145
KHM185　墓の中のかわいそうな男の
　子 ‥‥‥‥‥‥‥‥‥‥‥‥‥‥‥ 147
KHM186　ほんとうの花嫁 ‥‥‥‥‥‥ 152
KHM187　兎と針鼠 ‥‥‥‥‥‥‥‥‥ 162
KHM188　紡錘(つむ)と杼(ひ)と針 ‥‥‥‥ 167
KHM189　お百姓と悪魔 ‥‥‥‥‥‥‥ 172
KHM190　テーブルのパンくず ‥‥‥‥ 174
KHM191　天竺鼠 ‥‥‥‥‥‥‥‥‥‥ 175
KHM192　泥棒名人 ‥‥‥‥‥‥‥‥‥ 180
KHM193　太鼓たたき ‥‥‥‥‥‥‥‥ 191
KHM194　麦の穂 ‥‥‥‥‥‥‥‥‥‥ 206
KHM195　土(ど)まんじゅう ‥‥‥‥‥ 208
KHM196　リンクランクじいさん ‥‥‥ 215
KHM197　水晶玉 ‥‥‥‥‥‥‥‥‥‥ 219
KHM198　マレーン姫 ‥‥‥‥‥‥‥‥ 224
KHM199　水牛の革の長靴 ‥‥‥‥‥‥ 234
KHM200　黄金(きん)の鍵 ‥‥‥‥‥‥ 240
子どものための霊験譚 ‥‥‥‥‥‥‥‥ 242
　KL1　森の聖ヨセフさま ‥‥‥‥‥‥ 243

66　世界児童文学全集/個人全集・内容綜覧 第II期

グリム童話

KL2　十二使徒･････････････････････････ 248
KL3　薔薇･･･････････････････････････････ 250
KL4　貧しさとつつましさは天国に
　　　いたる ･･････････････････････････ 251
KL5　神さまの食べ物･･･････････････ 254
KL6　三本の緑の小枝･･･････････････ 256
KL7　聖母の盃(さかずき) ･･････････････ 260
KL8　おばあさん･･･････････････････････ 261
KL9　天国の婚礼･･･････････････････････ 263
KL10　はしばみの枝 ･･･････････････････ 266
＊訳者あとがき 挿し絵画家オットー＝
ウッベローデ―メルヒェンとユーゲ
ントシュティール ･････････････････ 268

```
┌─────────────────────────────┐
│         グリム童話             │
│   冨山房インターナショナル        │
│         全3巻                 │
│   2004年8月～2004年12月        │
│      （山口四郎訳）            │
└─────────────────────────────┘
```

第1巻
2004年8月20日刊

星のお金 ････････････････････････････････ 1
キツネとガチョウ ････････････････････････ 4
キツネとネコ ････････････････････････････ 6
わらと炭と空豆 ･･････････････････････････ 9
おひゃくしょうと悪魔 ･･･････････････････ 12
おいしいおかゆ ･････････････････････････ 15
キツネと馬 ･･･････････････････････････････ 17
ミツバチの女王 ･････････････････････････ 20
ならず者 ･････････････････････････････････ 25
小人の妖精 ･･･････････････････････････････ 30
シラミとノミ ･･･････････････････････････ 34
オオカミとキツネ ･････････････････････ 40
赤ずきん ･････････････････････････････････ 45
オオカミと七ひきの子ヤギ ･････････････ 52
大男と仕立屋 ･･･････････････････････････ 59
ブレーメンの音楽隊 ･･･････････････････ 64
七羽のカラス ･･･････････････････････････ 71
三つのことば ･･･････････････････････････ 78
ウサギとハリネズミ ･･･････････････････ 83
かわいそうな粉屋の若者と小ネコ ･･････ 90
ジメリの山 ･･･････････････････････････････ 98
ルムペルシュティルツヒェン ･･･････････ 103
ホレおばさん ･････････････････････････ 110
ヨリンデとヨリンゲル ･･･････････････ 118
三枚の羽根 ･･･････････････････････････ 124
金のガチョウ ･････････････････････････ 132
親指小僧の旅歩き ･･･････････････････ 141
森の家 ･････････････････････････････････ 151
なんでも知ってる博士 ･･････････････ 163
灰かぶり ･･････････････････････････････ 169
＊グリム兄弟と童話と子どもたち ･････ 185

第2巻

世界児童文学全集/個人全集・内容綜覧 第II期　67

グリム童話集

2004年12月18日刊

いばら姫 …………………………… 1
運のいいハンス …………………… 9
親指小僧 …………………………… 20
白いヘビ …………………………… 33
小さい兄と妹 ……………………… 41
雪白とバラ紅 ……………………… 55
ひとつ目、ふたつ目、みつ目 …… 68
ヘンゼルとグレーテル …………… 85
白雪姫 ……………………………… 101
金の鳥 ……………………………… 121
腕っこき四人兄弟 ………………… 136
六人男、世界をのし歩く ………… 147
ゆうかんなちびの仕立屋 ………… 158
《テーブルよ食事のしたく》と《金貨を
　はき出すロバ》と《こん棒よふくろか
　ら》……………………………… 175
長ぐつをはいたおすネコ ………… 195
＊グリム兄弟と童話と子どもたち …… 205

第3巻
2004年12月23日刊

さんざんおどってすり切れたくつ ……… 1
びんぼう人と金持ち ……………… 9
漁師とその妻の話 ………………… 18
カエルの王様、または鉄のハインリヒ … 37
ラプンツェル ……………………… 46
命の水 ……………………………… 55
かしこいおひゃくしょうの娘 …… 68
ツグミのひげの王様 ……………… 76
三本の金のかみを持った悪魔 …… 86
こわがることを習いに旅に出た人の話 ‥ 100
泉のそばのガチョウ番の女 ……… 121
鉄のハンス ………………………… 141
ガチョウ番の娘 …………………… 158
忠臣ヨハネス ……………………… 172
マレーン姫 ………………………… 188
＊グリム兄弟と童話と子どもたち …… 203
＊あとがき（山口四郎）………… 215
＊収録作品一覧 …………………… 217

完訳
グリム童話集
筑摩書房
全7巻
2005年12月～2006年6月
（ちくま文庫）
（野村泫訳）

※1999年10月～2000年4月刊の文庫版

第1巻
2005年12月10日刊

1　蛙の王さままたは鉄のハインリヒ
　（オットー・シュペクター画）………… 9
2　猫とねずみのとも暮らし …………… 22
3　マリアの子 …………………………… 30
4　こわがることを習いに出かけた男の
　話（マックス・フォン・ベッケラート
　画）……………………………………… 41
5　狼と七匹の子やぎ …………………… 72
6　忠義なヨハネス ……………………… 80
7　うまい取り引き ……………………… 100
8　風変わりな旅歩きの音楽家 ………… 113
9　十二人の兄弟 ………………………… 121
10　ならずもの（カール・アッポルト
　画）……………………………………… 134
11　兄と妹（オットー・シュペクター
　画）……………………………………… 143
12　ラプンツェル（オットー・シュペ
　クター画）……………………………… 164
13　森のなかの三人の小人 …………… 178
14　三人の糸紡ぎ女（ハンス・シュペ
　クター画）……………………………… 192
15　ヘンゼルとグレーテル（テーオ
　ドール・ホーゼマン画）……………… 202
16　三枚の蛇の葉 ……………………… 226
17　白い蛇 ……………………………… 235
18　わらと炭とそらまめ ……………… 245
19　漁師とおかみさんの話 …………… 249
20　勇ましいちびの仕立て屋（ヴィル
　ヘルム・フォン・ディーツ画）……… 273

68　世界児童文学全集/個人全集・内容綜覧　第II期

グリム童話集

＊解説 ……………………………… 299
　＊初版と第七版との違い …………… 299
　＊挿し絵について …………………… 310

第2巻
2006年1月10日刊

21 灰かぶり（テーオドール・ホーゼ
　　マン画）………………………………… 9
22 なぞ ………………………………… 32
23 ねずみと鳥とソーセージの話 …… 40
24 ホレおばさん（ルートヴィヒ・リ
　　ヒター画）……………………………… 45
25 七羽のカラス ……………………… 55
26 赤ずきん（ルードルフ・ガイス
　　ラー画）………………………………… 62
27 ブレーメンの音楽隊（ルードルフ・
　　ガイスラー画）………………………… 77
28 歌う骨 ……………………………… 89
29 金の毛が三本ある悪魔 …………… 94
30 しらみとのみ …………………… 111
31 手なし娘 ………………………… 117
32 りこうなハンス ………………… 132
33 三種のことば …………………… 144
34 かしこいエルゼ ………………… 151
35 天国の仕立て屋 ………………… 161
36 〈おぜんよ、したく〉と金出しろば
　　と〈こん棒、出ろ〉（アルベルト・ア
　　ダモ画）……………………………… 167
37 親指小僧 ………………………… 201
38 奥さん狐の結婚式 ……………… 217
39 小人たち（ジョージ・クルック
　　シャンク画）………………………… 226
40 強盗の婿 ………………………… 236
41 コルベスさん …………………… 246
42 名づけ親さん …………………… 250
43 トルーデおばさん ……………… 255
44 死に神の名づけ親（ルートヴィヒ・
　　リヒター画）………………………… 258
45 親指太郎の旅歩き（モーリッツ・
　　フォン・シュヴィント画）………… 269
46 フィッチャーの鳥 ……………… 286
47 びゃくしんの木の話（モーリッツ・
　　フォン・シュヴィント画）………… 295

＊解説 グリム童話は残酷だというけれ
　ど ……………………………………… 325

第3巻
2006年2月10日刊

48 老いぼれズルタン ………………… 9
49 六羽の白鳥 ………………………… 15
50 いばら姫（ヴィルヘルム・ジム
　　ラー画）………………………………… 27
51 みつけ鳥（フランツ・ポッツィ画）‥40
52 つぐみひげの王さま（フランツ・
　　ポッツィ画）…………………………… 51
53 白雪姫（テーオドール・ホーゼマ
　　ン画）…………………………………… 67
54 背のうとぼうしと角笛 …………… 94
55 ルンペルシュティルツヒェン
　　（ジョージ・クルックシャンク画）‥‥ 109
56 恋人ローラント ………………… 118
57 金の鳥（ジョージ・クルックシャ
　　ンク画）……………………………… 127
58 犬とすずめ ……………………… 146
59 フリーダーとカーターリースヒェ
　　ン ……………………………………… 155
60 ふたり兄弟 ……………………… 173
61 小百姓（ジョージ・クルックシャ
　　ンク画）……………………………… 226
62 蜂の女王 ………………………… 241
63 三枚の鳥の羽根 ………………… 246
64 金のがちょう（ジョージ・クルッ
　　クシャンク画）……………………… 254
65 千枚皮 …………………………… 265
66 うさぎのお嫁さん ……………… 279
67 十二人の猟師 …………………… 284
68 泥棒とその親方 ………………… 292
69 ヨリンデとヨリンゲル（ジョージ・
　　クルックシャンク画）……………… 298
70 三人のしあわせ者 ……………… 306
71 六人男、世界をのし歩く ……… 313
＊解説 グリム童話のおもしろさ …… 326

第4巻
2006年3月10日刊

世界児童文学全集/個人全集・内容綜覧 第II期　69

グリム童話集

72	狼と人間	9	105	蛇の話 ……29
73	狼と狐	12	106	かわいそうな粉ひきの若い衆と猫

72　狼と人間 ················ 9
73　狼と狐 ·················· 12
74　狐とおばさま ············ 18
75　狐と猫 ·················· 21
76　なでしこ ················ 24
77　かしこいグレーテル ······ 35
78　年とったおじいさんと孫 ···· 42
79　水の精 ·················· 45
80　めんどりの死んだ話 ······ 48
81　気楽な男 ················ 53
82　ばくち打ちのハンス ······ 79
83　しあわせハンス（オスカー・プ
　　レッチュ画） ············ 86
84　ハンスの嫁とり ·········· 105
85　金の子どもたち ·········· 109
86　狐とがちょう ············ 122
87　貧乏人と金持ち ·········· 125
88　鳴いてはねるひばり ······ 136
89　がちょう番の娘（オスワルト・
　　ジッケルト画） ·········· 151
90　若い大男（ジョージ・クルック
　　シャンク画） ············ 175
91　地のなかの小人 ·········· 195
92　金の山の王さま（ジョージ・ク
　　ルックシャンク画） ········ 206
93　大がらす ················ 222
94　かしこい百姓娘（ルートヴィヒ・
　　リヒター画） ············ 236
95　ヒルデブラントおやじ ······ 246
96　三羽の小鳥 ·············· 256
97　命の水 ·················· 267
98　もの知り博士 ············ 281
99　びんのなかの魔物 ········ 287
100　悪魔のすすだらけの兄弟 ···· 299
101　熊の皮を着た男（ルートヴィヒ・
　　リヒター画） ············ 308
＊解説 グリム童話の読みかた ·········· 331

第5巻
2006年4月10日刊

102　みそさざいと熊 ·········· 9
103　おいしいおかゆ ·········· 15
104　かしこい人たち ·········· 18

105　蛇の話 ·················· 29
106　かわいそうな粉ひきの若い衆と猫
　　（マックス・アダモ画） ······ 34
107　ふたりの旅人 ············ 47
108　ハンスはりねずみ ········ 73
109　きょうかたびら ·········· 86
110　いばらのなかのユダヤ人（ヘルマ
　　ン・シューレンベルク画） ···· 88
111　腕ききの猟師 ············ 105
112　天のからざお ············ 119
113　王さまの子ふたり ········ 122
114　かしこいちびの仕立て屋の話 ···· 142
115　おてんとうさまが明るみに出す ··· 150
116　青い明かり（ジョージ・クルック
　　シャンク画） ············ 154
117　わがままな子ども ········ 166
118　三人の外科医 ············ 168
119　シュヴァーベン人の七人組（エー
　　ドゥアルト・イッレ画） ······ 175
120　三人の職人 ·············· 189
121　こわいもの知らずの王子 ···· 198
122　レタスろば ·············· 211
123　森のなかのばあさん ········ 227
124　三人兄弟（カール・トロースト
　　画） ···················· 233
125　悪魔とそのおばあさん ······ 242
126　真心のあるフェレナントと真心の
　　ないフェレナント ········ 251
127　鉄のストーブ ············ 264
128　なまけ者の糸紡ぎ女 ······ 278
129　わざのすぐれた四人兄弟 ···· 284
130　ひとつ目、ふたつ目、三つ目 ···· 294
＊解説 グリム童話は子どもの本として
　　ふさわしいか ·········· 315

第6巻
2006年5月10日刊

131　きれいなカトリーネルエとピフ・
　　パフ・ポルトリー ·········· 9
132　狐と馬 ·················· 15
133　おどってぼろぼろになった靴 ···· 19
134　六人の家来 ·············· 29
135　白い嫁と黒い嫁 ·········· 47

グリム童話集

136　鉄のハンス　　59
137　三人の黒い王女　　79
138　クノイストと三人の息子　　84
139　ブラーケルの娘　　86
140　うちのやとい人　　88
141　羊と魚　　91
142　ジメリの山　　97
143　旅に出る　　103
144　ろば　　107
145　恩知らずの息子　　116
146　かぶ（ジョージ・クルックシャン
　　ク画）　　118
147　火に焼かれて若返った男　　126
148　神さまのけものと悪魔のけもの　　130
149　おんどりのはり　　133
150　ものもらいのおばあさん　　136
151　ぶしょう者三人　　138
151a　ぶしょうな下男十二人　　141
152　羊飼いの男の子　　149
153　星の銀貨（フェルデナント・ロー
　　トバールト画）　　152
154　ごまかした銅貨　　157
155　嫁選び　　160
156　投げ捨てたくず　　162
157　親すずめと四羽の子すずめ　　164
158　のらくら者の国の話　　172
159　ディトマルシェンのうそ話　　177
160　なぞなぞ話　　180
161　雪白とばら紅（ルードルフ・ガイ
　　スラー画）　　182
162　かしこい下男　　202
163　ガラスのひつぎ　　205
164　なまけ者のハインツ　　219
165　グライフ鳥　　226
166　たくましいハンス　　244
167　天国の小百姓　　261
168　やせっぽちのリーゼ　　263
169　森の家　　267
170　喜びと悲しみを分かちあう（ルー
　　トヴィヒ・リヒター画）　　281
171　みそさざい　　285
＊解説　グリム童話は人間の可能性に対
　　応する　　294

第7巻
2006年6月10日刊

172　かれい　　9
173　さんかのごい と やつがしら　　12
174　ふくろう　　15
175　お月さま　　21
176　寿命　　26
177　死に神の使い　　31
178　プフリーム親方　　36
179　泉のほとりのがちょう番の娘
　　（ルートヴィヒ・リヒター画）　　47
180　エバのふぞろいな子どもたち　　74
181　池に住む水の精（ルートヴィヒ・
　　リヒター画）　　80
182　小人の贈りもの　　94
183　大男と仕立て屋　　100
184　くぎ　　107
185　墓のなかのかわいそうな男の子　　109
186　ほんとうの花嫁　　117
187　うさぎとはりねずみ（グスタフ・
　　ジェース画）　　134
188　紡錘（つむ）と杼（ひ）と針　　146
189　お百姓と悪魔　　153
190　テーブルのうえのパンくず　　156
191　てんじくねずみ（ルートヴィヒ・
　　リヒター画）　　158
192　泥棒の名人（ルートヴィヒ・リヒ
　　ター画）　　168
193　たいこ打ち　　190
194　麦の穂　　214
195　墓の盛り土　　216
196　リンクランクじいさん　　226
197　水晶の玉　　232
198　マレーン姫　　239
199　水牛の皮の長靴　　255
200　金の鍵　　264
子どものための聖者伝　　267
　1　森のなかの聖ヨセフ　　268
　2　十二使徒　　276
　3　ばら　　279
　4　貧しさとつつましさは天国に行き
　　つく　　281

グリム童話集

```
  5  神さまの食べもの ···················· 285
  6  三本の緑の枝（ルードルフ・ガイ
     スラー画）···························· 287
  7  聖母のグラス ························ 297
  8  おばあさん ·························· 299
  9  天国の婚礼 ·························· 302
  10  はしばみの枝 ······················ 306
＊解説 ···································· 308
  ＊グリム兄弟の生涯 ···················· 308
  ＊グリム童話の日本語訳 ················ 311
＊文庫版あとがき（野村泫）·············· 315
```

グリム童話集
岩波書店
全2巻
2007年12月14日
（岩波少年文庫）
（佐々木田鶴子訳, 出久根育絵）

上
2007年12月14日刊

```
オオカミと七匹の子ヤギ ···················· 9
ブレーメンの音楽隊 ························ 18
カエルの王さま ···························· 28
おいしいおかゆ ···························· 37
白雪姫 ···································· 40
しあわせハンス ···························· 61
ひょろひょろ足のガタガタこぞう ·········· 75
いばら姫 ·································· 83
命の水 ···································· 91
親指こぞう ······························ 107
ガチョウ番の娘 ·························· 124
ものしり博士 ···························· 139
歌いながらはねるヒバリ ················ 145
ホレばあさん ···························· 160
兄と妹 ·································· 169
テーブルとロバとこん棒 ················ 185
ラプンツェル ···························· 212
フリーダーとカーターリースヒェン ···· 220
三本の金の毛のある悪魔 ················ 237
漁師とおかみさん ······················ 256
白ヘビ ·································· 274
ツグミひげの王さま ···················· 282
鉄のストーブ ···························· 294
錘（つむ）と梭（ひ）とぬい針 ············ 308
六人の家来 ······························ 316
＊解説 ·································· 335
```

下
2007年12月14日刊

```
赤ずきん ·································· 9
こびとのくつ屋 ·························· 16
```

灰かぶり	20
ワラと炭とそら豆	36
ヘンゼルとグレーテル	40
金のガチョウ	56
ミソサザイとクマ	68
森の中の三人のこびと	75
ガラスびんの中のばけもの	88
三枚の羽	100
ヨリンデとヨリンゲル	109
三つのことば	116
金の鳥	123
まずしい人とお金持ち	139
名人の四人兄弟	150
ロバの王子	162
悪魔のすすだらけの兄弟	173
千匹皮	182
ゆうかんな仕立屋さん	196
六羽の白鳥	217
かしこいお百姓の娘	229
ハチの女王	238
マレーン姫	244
星の銀貨	261
ふたりの兄弟	264
＊解説	319
＊訳者あとがき	327

完訳
グリム童話集
講談社
全3巻
2008年10月～2008年12月
（講談社文芸文庫）
（池田香代子訳, オットー・ウッベロー
デ挿画）

※「完訳クラシック グリム童話」全5巻（2000
年刊）の改訂版

第1巻
2008年10月10日刊

KHM1	蛙の王さま あるいは鉄のハインリヒ	10
KHM2	猫と鼠の仲	18
KHM3	マリアの子	24
KHM4	こわがり修業に出た男	33
KHM5	狼と七匹の仔山羊	54
KHM6	忠臣ヨハネス	61
KHM7	うまい取引	77
KHM8	奇妙な旅芸人	86
KHM9	十二人兄弟	92
KHM10	ろくでもない連中	101
KHM11	兄さんと妹	105
KHM12	ラプンツェル	118
KHM13	森の三人のこびと	127
KHM14	糸紡ぎ三人女	138
KHM15	ヘンゼルとグレーテル	143
KHM16	三枚の蛇の葉	157
KHM17	白い蛇	165
KHM18	藁と炭とそらまめ	173
KHM19	漁師とかみさん	176
KHM20	勇ましいちびの仕立屋	196
KHM21	灰まみれ	214
KHM22	謎	230
KHM23	鼠と小鳥とソーセージ	237
KHM24	ホレばあさん	240
KHM25	七羽の鴉	248
KHM26	赤ずきん	253

グリム童話集

KHM27	ブレーメンの音楽隊	*261*
KHM28	歌う骨	*268*
KHM29	悪魔の三本の黄金の毛	*272*
KHM30	しらみとのみ	*286*
KHM31	手なし娘	*291*
KHM32	わきまえハンス	*303*
KHM33	三つのことば	*313*
KHM34	かしこいエルゼ	*318*
KHM35	天国の仕立屋	*326*
HM36	テーブルごはんだ、金ひりろ	
	ば、こん棒出てこい	*330*
HM37	おやゆび小僧	*352*
KHM38	狐のおかみさんの結婚	*364*
KHM39	屋敷ぼっこ	*371*
KHM40	盗賊のお婿さん	*378*
KHM41	コルベスさま	*385*
KHM42	名付け親さん	*388*
KHM43	トゥルーデばあさん	*391*
KHM44	死神の名付け親	*394*
KHM45	おやゆび太郎の旅	*401*
KIIM46	フィッチャー鳥	*411*
KHM47	杜松の木	*418*
KHM48	ズルタンじいさん	*440*
KHM49	六羽の白鳥	*445*
KHM50	いばら姫	*456*
KHM51	めっけ鳥	*462*
KHM52	つぐみ髭の王さま	*467*
KHM53	白雪姫	*479*
KHM54	リュックと帽子と角笛	*500*
KHM55	ルンペルシュティルツヒェン	
		512
KHM56	いとしいローラント	*519*
＊解説 民の言葉が自体を拓く（池田香		
代子）		*529*

第2巻
2008年11月10日刊

KHM57	黄金の鳥	*10*
KHM58	犬と雀	*24*
KHM59	フリーダーとカーターリース	
	ヒェン	*31*
KHM60	二人兄弟	*46*
KHM61	水呑どん	*89*

KHM62	蜜蜂の女王	*100*
KHM63	三枚の羽根	*104*
KHM64	黄金のがちょう	*111*
KHM65	毛むくじゃら姫	*120*
KHM66	野兎のお嫁さん	*131*
KHM67	十二人の狩人	*134*
KHM68	大泥棒とお師匠さん	*140*
KHM69	ヨリンデとヨリンゲル	*144*
KHM70	運をひらいた三人息子	*150*
KHM71	六人男天下をのしてまわる	*155*
KHM72	狼と人間	*166*
KHM73	狼と狐	*169*
KHM74	狐を名付け親にした狼の奥さ	
	ん	*173*
KHM75	狐と猫	*175*
KHM76	なでしこ	*177*
KHM77	かしこいグレーテル	*187*
KHM78	年とったじいさんと孫	*193*
KHM79	水女	*194*
KHM80	めんどりちゃんのおとむらい	
		196
KHM81	うかれ大将	*200*
KHM82	博打うちハンス	*221*
KHM83	幸せなハンス	*227*
KHM84	嫁とりハンス	*238*
KHM85	黄金の子どもたち	*241*
KHM86	狐とがちょう	*251*
KHM87	貧乏人と金持ち	*253*
KHM88	歌うぴょんぴょん雲雀	*262*
KHM89	がちょう番の娘	*273*
KHM90	若い大男	*288*
KHM91	地もぐりぼっこ（エルトメネ	
	ケン）	*303*
KHM92	黄金の山の王さま	*311*
KHM93	渡り鴉	*323*
KHM94	かしこい百姓娘	*335*
KHM95	ヒルデブラントじいさん	*342*
KHM96	三羽の小鳥	*349*
KHM97	命の水	*357*
KHM98	なんでもお見とおし博士	*369*
KHM99	ガラス瓶の魔物	*374*
KHM100	悪魔の煤だらけの兄弟分	*383*
KHM101	熊皮男	*390*

グリム童話集

KHM102	みそさざいと熊	400
KHM103	おいしいお粥	405
KHM104	かしこい人たち	407
KHM105	蛇と鈴蛙の話	415
KHM106	かわいそうな粉ひきの小僧と猫	419
KHM107	二人の旅職人	426
KHM108	ハンス坊や針鼠	447
KHM109	死に装束	459
KHM110	茨の中のユダヤ人	460
KHM111	腕ききの狩人	469
KHM112	天国の殻竿	481
KHM113	王さまの二人の子ども	483
KHM114	かしこいちびの仕立屋	499
KHM115	お天道さまが照らしだす	506
KHM116	青い灯火	509
KHM117	わがままな子ども	518
KHM118	三人軍医	519
KHM119	シュヴァーベン七人衆	524

＊解説 メルヒェンはなぜ書き換えられたか（池田香代子） …… 531

第3巻
2008年12月10日刊

KHM120	三人の見習い職人	12
KHM121	こわいもの知らずの王子	20
KHM122	キャベツろば	30
KHM123	森のばあさん	43
KHM124	三人兄弟	48
KHM125	悪魔とおばあさん	52
KHM126	誠ありフェレナントと誠なしフェレナント	58
KHM127	鉄の暖炉	69
KHM128	なまけものの紡ぎ女	82
KHM129	すご腕四人兄弟	86
KHM130	一つ、二つ、三つまなこ	95
KHM131	きれいなカトリネルエとピフ・パフ・ポルトリー	112
KHM132	狐と馬	116
KHM133	踊りつぶされた靴	119
KHM134	六人の家来	127
KHM135	白いお嫁さんと黒いお嫁さん	141

KHM136	鉄のハンス	151
KHM137	三人の黒いお姫さま	168
KHM138	クノイストと三人息子	172
KHM139	ブラーケルの娘	173
KHM140	家の子郎党	174
KHM141	仔羊と小さな魚	176
KHM142	ジメリの山	180
KHM143	旅に出る	185
KHM144	ろば王子	188
KHM145	親不孝な息子	196
KHM146	蕪	197
KHM147	焼きを入れて若返った男	203
KHM148	神さまの動物と悪魔の動物	206
KHM149	梁	208
KHM150	乞食ばあさん	210
KHM151	ものぐさ三人兄弟	211
KHM151＊	ものぐさ十二人衆	213
KHM152	牧童	218
KHM153	星の銀貨	220
KHM154	くすねた銅貨	222
KHM155	嫁選び	224
KHM156	ぬらぬらぽい	226
KHM157	雀の父さんと四羽の仔雀	227
KHM158	ものぐさのくにの話	232
KHM159	ディートマルシェンのほら話	234
KHM160	なぞなぞ話	236
KHM161	しらゆきべにばら	237
KHM162	かしこい下男	249
KHM163	ガラスの柩	251
KHM164	ものぐさハインツ	261
KHM165	グライフ鳥	266
KHM166	怪力ハンス	279
KHM167	天国の水呑百姓	292
KHM168	やせのリーゼ	293
KHM169	森の家	296
KHM170	苦楽をわかつ	307
KHM171	垣根の王さま	309
KHM172	かれい	315
KHM173	さんかのごいとやつがしら	317
KHM174	ふくろう	319
KHM175	月	324
KHM176	寿命	327

世界児童文学全集／個人全集・内容綜覧 第II期

グリム童話集

KHM177	死神の使い	331
KHM178	プフリーム親方	334
KHM179	泉のほとりのがちょう番の女	341
KHM180	イブのまちまちな子ども	360
KHM181	池に住む水女	365
KHM182	こびとの贈り物	375
KHM183	大男と仕立屋	379
KHM184	釘一本	384
KHM185	墓の中のかわいそうな男の子	386
KHM186	ほんとうの花嫁	392
KHM187	兎と針鼠	405
KHM188	紡錘と杼と針	412
KHM189	お百姓と悪魔	418
KHM190	テーブルのパンくず	420
KHM191	天竺鼠	421
KHM192	泥棒名人	428
KHM193	太鼓たたき	442
KHM194	麦の穂	463
KHM195	土まんじゅう	464
KHM196	リンクランクじいさん	472
KHM197	水晶玉	477
KHM198	マレーン姫	482
KHM199	水牛の革の長靴	495
KHM200	黄金の鍵	502
子どものための霊験譚		504
KL1	森の聖ヨセフさま	504
KL2	十二使徒	510
KL3	薔薇	512
KL4	貧しさとつつましさは天国に至る	513
KL5	神さまの食べ物	516
KL6	三本の緑の小枝	517
KL7	聖母の盃	522
KL8	おばあさん	523
KL9	天国の婚礼	525
KL10	はしばみの枝	529
＊解説 近代をつきぬけて今届くメルヒェンの真価（池田香代子）		531

完訳
グリム童話集
小学館
全5巻
2008年10月〜2009年2月
（小学館ファンタジー文庫）
（高橋健二訳, 徳井聡司（せんべぇ）イラスト）

※1985年刊の復刊

第1巻
2008年10月25日刊

1	かえるの王さままたは鉄のハインリヒ	7
2	ねことねずみのともぐらし	20
3	マリアの子ども	27
4	こわがることを習いに旅に出た男の話	39
5	おおかみと七ひきの子やぎ	63
6	忠実なヨハネス	71
7	うまいとりひき	90
8	ふしぎなバイオリンひき	101
9	十二人の兄弟	108
10	ならずもの	120
11	兄さんと妹	125
12	ちしゃ	140
13	森の中の三人のこびと	150
14	糸をつむぐ三人の女	162
15	ヘンゼルとグレーテル	169
16	三まいのへびの葉	187
17	白いへび	195
18	麦わらと炭と豆	204
19	漁師とその妻	208
20	勇ましいちびの仕立屋さん	227
21	灰かぶり	246
22	なぞ	263
23	はつかねずみと小鳥と焼きソーセージ	270
24	ホレおばさん	274
25	七羽のからす	282

グリム童話集

26 赤ずきん ……………………… 289
27 ブレーメンの町の楽隊 ………… 298
28 歌う骨 …………………………… 306
29 金の毛が三本あるおに ………… 311
30 しらみとのみ …………………… 327
31 手なしむすめ …………………… 333
32 りこうなハンス ………………… 347
33 三つのことば …………………… 355
34 かしこいエルゼ ………………… 362
35 天国の仕立屋 …………………… 372
＊解説 なぜグリム童話と呼ぶのか（西
本鶏介）………………………… 378

第2巻
2008年11月25日刊

36 「テーブルよ、食事の用意」と「金
貨をはきだすろば」と「こん棒よ、
ふくろから」…………………… 7
37 親指小僧 ………………………… 32
38 きつねおくさまの婚礼 ………… 46
39 こびとたち ……………………… 53
40 盗賊のおむこさん ……………… 60
41 コルベスどの …………………… 68
42 名づけ親さん …………………… 71
43 トルーデおばさん ……………… 75
44 名づけ親になった死に神 ……… 78
45 親指小僧の旅かせぎ …………… 86
46 フィッチャーの鳥 ……………… 96
47 ねずの木の話 …………………… 104
48 老犬ズルタン …………………… 124
49 六羽の白鳥 ……………………… 129
50 いばらひめ ……………………… 141
51 めっけどり ……………………… 148
52 つぐみのひげの王さま ………… 155
53 白雪ひめ ………………………… 166
54 はいのうと帽子と角ぶえ ……… 187
55 がたがたの竹馬小僧 …………… 199
56 恋人ローラント ………………… 207
57 金の鳥 …………………………… 216
58 犬とすずめ ……………………… 232
59 フリーダーとカーターリースヒェ
ン ………………………………… 239

60 ふたりの兄弟 …………………… 255
61 小百姓 …………………………… 302
62 みつばちの女王 ………………… 314
63 三まいの羽 ……………………… 318
64 金のがちょう …………………… 325
65 千まい皮 ………………………… 335
66 小うさぎのおよめさん ………… 347
67 十二人の猟師 …………………… 351
68 ぺてん師とその師匠 …………… 357
69 ヨリンデとヨリンゲル ………… 362
70 三人の幸運児 …………………… 367
71 六人男、世界じゅうを歩く …… 373
72 おおかみと人間 ………………… 385
73 おおかみときつね ……………… 388
74 きつねとおばさん ……………… 393
75 きつねとねこ …………………… 396
＊解説 双子のように仲のよい兄弟（西
本鶏介）………………………… 398

第3巻
2008年12月23日刊

76 なでしこ ………………………… 7
77 かしこいグレーテル …………… 18
78 年とった祖父とまご …………… 24
79 水の魔女 ………………………… 26
80 めんどりの死 …………………… 28
81 のんきもの ……………………… 32
82 道楽ハンスル …………………… 56
83 運のいいハンス ………………… 61
84 ハンスのよめとり ……………… 73
85 金の子どもら …………………… 76
86 きつねとがちょうたち ………… 87
87 貧乏人とお金持ち ……………… 89
88 歌ってはねるひばり …………… 100
89 がちょう番のむすめ …………… 113
90 若い大男 ………………………… 127
91 土の中のこびと ………………… 144
92 金の山の王さま ………………… 154
93 からす …………………………… 168
94 かしこい百姓むすめ …………… 181
95 ヒルデブラントおやじ ………… 190
96 三羽の小鳥 ……………………… 199

世界児童文学全集／個人全集・内容綜覧 第II期　77

グリム童話集

97	命の水	210
98	もの知りはかせ	224
99	ガラスびんの中のおばけ	229
100	悪魔のすすだらけの兄弟ぶん	240
101	くまの皮男	248
102	みそさざいとくま	259
103	おいしいおかゆ	265
104	かしこい人たち	267
105	へびの話	276
106	かわいそうな粉屋の若者と小ねこ	280
107	ふたりの旅職人	289
108	ハンスはりねずみぼうや	312
109	きょうかたびら	323
110	いばらの中のユダヤ人	325
111	うでききの猟師	336
112	天国のからざお	349
113	王さまのふたりの子ども	351
114	かしこいちびの仕立屋	370
115	明るいお天とさまが明るみに出す	378
116	青いランプ	381
117	わがままな子ども	391
118	三人の軍医	392

＊解説 何度も手を加えられたグリム童話（西本鶏介） 398

第4巻
2009年1月27日刊

119	七人のシュワーベン男子	7
120	三人の職人	14
121	何もこわがらない王子	24
122	キャベツろば	37
123	森の中のおばあさん	53
124	三人兄弟	59
125	悪魔と、そのおばあさん	64
126	しょうじきフェレナントと腹黒フェレナント	72
127	鉄のストーブ	85
128	ものぐさな糸くり女	99
129	うでききの四人兄弟	104
130	一つ目、二つ目、三つ目	115

131	きれいなカトリネリェとピフ・パフ・ポルトリー	133
132	きつねと馬	137
133	おどってすりきれたくつ	141
134	六人の家来	150
135	白いはなよめと黒いはなよめ	166
136	鉄のハンス	176
137	三人の黒いおひめさま	196
138	クノイストと三人のむすこ	201
139	ブラーケルのむすめ	203
140	下男	205
141	小ひつじと小さい魚	207
142	ジメリ山	212
143	旅に出る	217
144	小さいろば	221
145	恩知らずのむすこ	230
146	かぶら	232
147	焼かれて若がえった小男	240
148	神さまのけだものと悪魔のけだもの	244
149	うつばり	247
150	こじきばあさん	250
151	三人のものぐさ	252
151	十二人のものぐさ下男	255
152	ひつじ飼いの男の子	262
153	星の銀貨	265
154	くすねた銅貨	268
155	よめえらび	271
156	糸くず	273
157	すずめと四羽の子すずめ	275
158	のらくらものの国の話	282
159	ディートマルシュのほら話	285
160	なぞなぞ話	287
161	ゆきしろとばらべに	289
162	かしこい下男	305
163	ガラスのひつぎ	308
164	ものぐさハインツ	323
165	怪鳥グライフ	330
166	力持ちのハンス	347
167	天国のお百姓さん	362
168	やせっぽちのリーゼ	364
169	森の家	368
170	苦楽をともに	381

グリム童話集

171　みそさざい …………………………… *384*
172　かれい ……………………………… *392*
173　さんかのごいとやつがしら ……… *395*
＊解説 なぜグリム童話は面白いのか
　（西本鶏介）…………………………… *398*

第5巻
2009年2月25日刊

174　ふくろう ……………………………… *7*
175　お月さま ……………………………… *14*
176　寿命 …………………………………… *19*
177　死に神の使い ………………………… *24*
178　プフリーム親方 ……………………… *29*
179　いずみのそばの、がちょう番の女 ‥ *38*
180　エバのまちまちな子どもたち ……… *62*
181　池の中の水の精 ……………………… *68*
182　こびとのおくりもの ………………… *81*
183　大男と仕立屋 ………………………… *87*
184　くぎ …………………………………… *93*
185　はかの中のかわいそうな男の子 …… *95*
186　ほんとのはなよめ …………………… *103*
187　うさぎとはりねずみ ………………… *119*
188　つむとおさと針 ……………………… *127*
189　お百姓さんと悪魔 …………………… *134*
190　食卓の上のパンくず ………………… *137*
191　あめふらし …………………………… *139*
192　どろぼうの名人 ……………………… *147*
193　たいこたたき ………………………… *165*
194　麦の穂 ………………………………… *188*
195　土（と）まんじゅう ………………… *190*
196　リンクランクじいさん ……………… *200*
197　水晶の玉 ……………………………… *206*
198　マレーンひめ ………………………… *213*
199　水牛の皮の長ぐつ …………………… *228*
200　金のかぎ ……………………………… *237*
子どもの聖者伝説 ……………………… *239*
　1　森の中の聖ヨーゼフさま ………… *240*
　2　十二使徒 …………………………… *247*
　3　ばら ………………………………… *250*
　4　貧乏とつつましい心は天国に通じ
　　る ……………………………………… *251*
　5　神さまのごちそう ………………… *255*

　6　三本の緑の小えだ ………………… *257*
　7　聖母のおさかずき ………………… *263*
　8　おばあさん ………………………… *264*
　9　天国の婚礼 ………………………… *267*
　10　はしばみのえだ …………………… *271*
童話集「補遺」…………………………… *273*
　1　かえるの王子 ……………………… *274*
　2　夜なきうぐいすと片目のとかげ … *280*
　3　小がたなを持った手 ……………… *283*
　4　死に神とがちょう番 ……………… *285*
　5　長ぐつをはいた雄ねこ …………… *288*
　6　ハンスばか ………………………… *301*
　7　青ひげ ……………………………… *306*
　8　なしの実は落ちようとしない …… *313*
　9　殺人城 ……………………………… *318*
　10　さしもの職人とろくろ細工職人 ‥ *323*
　11　断編 ………………………………… *236*
　　a　雪の花ひめ ……………………… *236*
　　b　ききめのあるこうやく ………… *326*
　12　忠実な動物たち …………………… *329*
　13　なまけものと働きもの …………… *338*
　14　ライオンとかえる ………………… *342*
　15　傷心聖女 …………………………… *349*
　16　不運 ………………………………… *351*
　17　えんどう豆でためす ……………… *353*
　18　口のきけない病気の子ども ……… *358*
　19　ガラスの山 ………………………… *360*
　20　美しい蛾の話 ……………………… *362*
＊『グリム童話』をより深く知りたい
　人に ……………………………………… *363*
　＊「子どもと家庭のメルヒェン」初
　　版の序文について …………………… *364*
　　＊「子どもと家庭のメルヒェン」
　　　初版の序文（ヴィルヘルム・グリ
　　　ム）…………………………………… *365*
　＊ベッティーナ・フォン・アルニム
　　夫人にささげることばについて …… *378*
　　＊ベッティーナ・フォン・アルニ
　　　ム夫人にささげることば（ヴィ
　　　ルヘルム・グリム）………………… *380*
　＊童話の成立について ………………… *385*
＊解説 グリム童話に学ぶ生き方（西本
　鶏介）…………………………………… *398*

世界児童文学全集/個人全集・内容綜覧 第II期　79

グリム童話集

グリム童話集
西村書店
全1巻
2013年2月20日
（リディア・ポストマ絵, ウィルヘルム
菊江訳）

※新装版

グリム童話集
2013年2月20日刊

踊りぬいて, はきつぶされたくつ………… 7
灰かぶり ……………………………… 13
千色皮 …………………………………… 21
ロバの王子 ……………………………… 27
アメフラシ ……………………………… 33
ヘンゼルとグレーテル ………………… 37
ビンの中のおばけ ……………………… 45
一つ目, 二つ目, 三つ目 ……………… 50
鉄のハンス ……………………………… 57
池の精 …………………………………… 65
ヨリンデとヨリンゲル ………………… 72
金の鳥 …………………………………… 75
森に住む3人の小人 …………………… 84
白雪姫 …………………………………… 90

グリム童話全集
─子どもと家庭のむかし話
西村書店
全1巻
2013年8月6日
（シャルロット・デマトーン絵, 橋本孝,
天沼春樹訳）

グリム童話全集─子どもと家庭のむか
し話
2013年8月6日刊

1　カエルの王さま、または鉄のハイン
　リヒ ……………………………………… 8
2　猫とネズミのとも暮らし …………… 12
3　マリアの子ども ……………………… 14
4　こわがることを習いに出かけた男の
　話 ……………………………………… 18
5　オオカミと7匹の子ヤギ …………… 25
6　忠実なヨハネス ……………………… 28
7　うまい取り引き ……………………… 35
8　きみょうな旅芸人 …………………… 39
9　12人の兄弟 …………………………… 41
10　ろくでなし …………………………… 46
11　兄と妹 ………………………………… 47
12　ラプンツェル ………………………… 54
13　森の中の3人のこびと ……………… 58
14　3人の糸つむぎ女 …………………… 64
15　ヘンゼルとグレーテル ……………… 66
16　3枚のヘビの葉 ……………………… 71
17　白いヘビ ……………………………… 74
18　ワラと炭とソラマメ ………………… 77
19　漁師とその女房の話 ………………… 78
20　勇敢なちびの仕立て屋 ……………… 86
21　灰かぶり ……………………………… 93
22　なぞ ………………………………… 100
23　小ネズミと小鳥と焼きソーセージ
　の話 ………………………………… 102
24　ホレおばさん ……………………… 103
25　7羽のカラス ……………………… 106
26　赤ずきん …………………………… 108

グリム童話全集—子どもと家庭のむかし話

27	ブレーメンの町の音楽隊 ……………	110
28	歌う骨 ………………………………	114
29	金の毛が3本ある悪魔 ……………	115
30	シラミとノミ ………………………	121
31	手なし娘 ……………………………	122
32	りこうなハンス ……………………	127
33	3種類のことば ……………………	129
34	かしこいエルゼ ……………………	131
35	天国の仕立て屋 ……………………	134
36	テーブルよ、食事のしたくを、金を吐きだすロバ、こん棒よ、袋から出ろ ……………………………………	136
37	親指小僧 ……………………………	144
38	奥さまギツネの婚礼 ………………	148
39	家にすむこびとたち ………………	151
40	盗賊のお婿さん ……………………	153
41	コルベスさん ………………………	156
42	名づけ親さん ………………………	157
43	トゥルーデばあさん ………………	158
44	死神の名づけ親 ……………………	159
45	親指小僧の修業の旅 ………………	161
46	フィッチャーの鳥 …………………	166
47	ネズの木の話 ………………………	169
48	老犬ズルタン ………………………	176
49	6羽の白鳥 …………………………	179
50	イバラ姫 ……………………………	183
51	みつけ鳥 ……………………………	186
52	つぐみひげの王さま ………………	188
53	白雪姫 ………………………………	192
54	背嚢と帽子と角笛 …………………	198
55	ルンペルシュティルツヒェン ……	203
56	恋人ローラント ……………………	206
57	金の鳥 ………………………………	209
58	犬とスズメ …………………………	215
59	フリーダーとカーターリースヒェン ……………………………………	217
60	2人の兄弟 …………………………	222
61	まずしい農夫 ………………………	239
62	ミツバチの女王 ……………………	242
63	3枚の羽 ……………………………	244
64	金のガチョウ ………………………	246
65	千枚皮につつまれた姫 ……………	249
66	野ウサギのお嫁さん ………………	254

67	12人の狩人 …………………………	256
68	大どろぼうとその親方 ……………	258
69	ヨリンデとヨリンゲル ……………	260
70	3人の幸運児 ………………………	262
71	6人男、天下をのし歩く …………	264
72	オオカミと人間 ……………………	268
73	オオカミとキツネ …………………	269
74	キツネに名づけ親をたのんだオオカミのおかみさん …………………	271
75	キツネと猫 …………………………	272
76	ナデシコ ……………………………	273
77	かしこいグレーテル ………………	278
78	年よりのおじいさんと孫 …………	280
79	水の精 ………………………………	281
80	メンドリが死んだお話 ……………	282
81	気楽な男 ……………………………	283
82	ばくち打ちのハンス ………………	290
83	幸せなハンス ………………………	293
84	ハンスの嫁とり ……………………	297
85	黄金(きん)の子どもたち …………	298
86	キツネとガチョウ …………………	303
87	貧乏人と金もち ……………………	304
88	歌い、はねるヒバリ ………………	308
89	ガチョウ番の娘 ……………………	313
90	若い大男 ……………………………	318
91	土の中のこびと ……………………	324
92	黄金(きん)の山の王さま …………	327
93	ワタリガラス ………………………	332
94	かしこい農夫の娘 …………………	335
95	ヒルデブラントじいさん …………	338
96	3羽の小鳥 …………………………	340
97	命の水 ………………………………	344
98	なんでも知っている博士 …………	349
99	ガラスビンの中のおばけ …………	351
100	悪魔のすすだらけの兄弟ぶん ……	355
101	クマの毛皮を着た男 ………………	358
102	かきねの王さまミソサザイとクマ ……………………………………	362
103	あまいおかゆ ………………………	365
104	かしこい人たち ……………………	366
105	ウンケのむかし話 …………………	368
106	かわいそうな粉屋の若者と子猫 …	370
107	2人の旅職人 ………………………	372

世界児童文学全集/個人全集・内容綜覧 第II期　**81**

グリム童話全集——子どもと家庭のむかし話

108	ハンスうちのハリネズミ	380
109	小さな死に装束	384
110	イバラの中のユダヤ人	385
111	腕ききの狩人	388
112	天国のから竿	393
113	2人の王さまの子どもたち	394
114	かしこいちびの仕立て屋の話	401
115	お天道さまがあばきだす	403
116	青い明かり	404
117	わがままな子ども	408
118	3人の見習い軍医	409
119	7人のシュヴァーベン人たち	411
120	3人の見習い職人	413
121	こわいもの知らずの王子	416
122	キャベツロバ	420
123	森の中の老婆	425
124	3人の兄弟	427
125	悪魔とそのおばあさん	429
126	真心フェレナントと真心なしフェレナント	432
127	鉄の暖炉	436
128	なまけ者の糸つむぎ女	440
129	腕ききの4人兄弟	442
130	1つ目、2つ目、3つ目	446
131	きれいなカトリネルエとピフ・パフ・ポルトリー	452
132	キツネと馬	453
133	おどってすりきれた靴	455
134	6人の家来	458
135	白い花嫁と黒い花嫁	464
136	鉄のハンス	468
137	3人の黒い王女	475
138	クノイストとその3人の息子	477
139	ブラーケルの娘	477
140	奉公人	478
141	子ヒツジと小さな魚	479
142	ジメリの山	481
143	旅に出る	482
144	ロバ王子	483
145	恩知らずの息子	486
146	カブ	487
147	火に焼かれて若がえったこがらな男	489

148	神さまのけものと悪魔のけもの	490
149	オンドリの梁	491
150	物ごいのおばあさん	492
151	3人のものぐさ	492
151a	12人のものぐさ下男	493
152	ヒツジ飼いの男の子	495
153	星の銀貨	496
154	くすねたヘラー銅貨	497
155	嫁選び	497
156	投げ捨てられた亜麻糸	498
157	親スズメと4羽の子スズメ	499
158	のらくら者の国のむかし話	501
159	ディートマルシェのほら話	502
160	なぞなぞ話	502
161	白雪と紅ばら	503
162	かしこい下男	509
163	ガラスの棺	510
164	ものぐさハインツ	515
165	グライフ鳥	517
166	力もちのハンス	523
167	天国の貧乏な農夫	529
168	やせっぽちのリーゼ	529
169	森の家	531
170	苦楽をわかつ	535
171	かきねの王さま（ミソサザイ）	536
172	カレイ	538
173	サンカノゴイとヤツガシラ	539
174	フクロウ	539
175	月	541
176	寿命	543
177	死神の使いたち	544
178	ブフリーム親方	545
179	泉のほとりのガチョウ番の女	548
180	イブのまちまちな子どもたち	556
181	池にすむ水の精	557
182	こびとの贈り物	562
183	大男と仕立て屋	564
184	くぎ	566
185	墓の中のかわいそうな男の子	566
186	ほんとうの花嫁	569
187	野ウサギとハリネズミ	574
188	つむと杼と針	577
189	農夫と悪魔	579

190	食卓の上のパンくず	580
191	ミニウサギ	581
192	どろぼう名人	584
193	太鼓打ち	590
194	麦の穂	598
195	土まんじゅう	598
196	リンクランクじいさん	602
197	水晶玉	604
198	マレーン姫	606
199	水牛革の長靴	611
200	金のカギ	614
子どもの聖霊伝説		615
1	森の中の聖ヨセフ	615
2	十二使徒	617
3	バラ	618
4	まずしさとつつましさが天国へ導く	619
5	神さまの食べ物	620
6	3本の緑の枝	621
7	聖母の小さなグラス	623
8	おばあちゃん	623
9	天国の婚礼	624
10	ハシバミの枝	625
＊貨幣の単位		626
＊グリム兄弟とグリム童話の誕生（橋本孝）		627

グリムの昔話
童話館出版
全3巻
2000年10月～2001年4月
（矢崎源九郎, 植田敏郎, 乾侑美子訳, 川端強編）

第1巻 野の道編（ウェルナー・クレムケさし絵）
2000年10月20日刊

1	おおかみと七ひきの子やぎ（矢崎源九郎訳）	8
2	いさましいちびの仕立やさん（矢崎源九郎訳）	20
3	ブレーメンのおんがくたい（矢崎源九郎訳）	50
4	みつばちの女王（矢崎源九郎訳）	62
5	三まいの鳥のはね（矢崎源九郎訳）	70
6	おおかみときつね（矢崎源九郎訳）	80
7	きつねと馬（矢崎源九郎訳）	88
8	うさぎとはりねずみ（矢崎源九郎訳）	92
9	麦のほ（矢崎源九郎訳）	104
10	土をまるくもったおはか（矢崎源九郎訳）	108
11	白いへび（植田敏郎訳）	122
12	麦わらと炭と豆（植田敏郎訳）	136
13	おやゆびこぞう（植田敏郎訳）	140
14	小人とくつや（植田敏郎訳）	160
15	金のがちょう（植田敏郎訳）	166
16	ものしりはかせ（植田敏郎訳）	180
17	三人のきょうだい（植田敏郎訳）	188
18	四人のうでのたつきょうだい（植田敏郎訳）	196
19	ホレおばさん（乾侑美子訳）	210
20	七わのからす（乾侑美子訳）	220
21	赤ずきん（乾侑美子訳）	228
22	おいぼれズルタン（乾侑美子訳）	240
23	みつけどり（乾侑美子訳）	246
24	ルンペルシュティルツヒェン（乾侑美子訳）	254

グリムの昔話

25　かしこいグレーテル（乾侑美子訳）
　　　 .... *264*
26　みそさざいとくま（乾侑美子訳）... *272*
27　おいしいおかゆ（乾侑美子訳）...... *280*
28　雪しろとばらべに（乾侑美子訳）... *284*
29　森の家（乾侑美子訳）.................. *302*
30　ながぐつをはいたねこ（乾侑美子
　　 訳）..................................... *318*
＊あとがき（川端強）..................... *332*

第2巻　林の道編
2000年12月10日刊

1　こわいことをおぼえたくて、旅にで
　　かけた男（矢崎源九郎訳、フリードリ
　　ヒ・リヒターさし絵）.................. *8*
2　糸をつむぐ三人の女（矢崎源九郎訳、
　　マルヴィン・ピークさし絵）.......... *36*
3　テーブルよ、ごはんのようい（矢崎
　　源九郎訳、フリードリヒ・リヒターさ
　　し絵）.................................. *44*
4　いばら姫（矢崎源九郎訳、フリード
　　リヒ・リヒターさし絵）............... *76*
5　白雪姫（矢崎源九郎訳、フリードリ
　　ヒ・リヒターさし絵）.................. *86*
6　ヨリンデとヨリンゲル（矢崎源九郎
　　訳、マルヴィン・ピークさし絵）...... *114*
7　金の子ども（矢崎源九郎訳）........ *124*
8　貧乏人と金持ち（矢崎源九郎訳、マ
　　ルヴィン・ピークさし絵）............. *136*
9　ひとつ目、ふたつ目、三つ目（矢崎
　　源九郎訳、マルヴィン・ピークさし
　　絵）.................................... *150*
10　おどりすぎてぼろぼろになった靴
　　（矢崎源九郎訳、フリードリヒ・リヒ
　　ターさし絵）.......................... *172*
11　釘（矢崎源九郎訳）.................. *184*
12　ならずもの（矢崎源九郎訳、マル
　　ヴィン・ピークさし絵）............... *186*
13　ヘンゼルとグレーテル（植田敏郎
　　訳、フリードリヒ・リヒターさし絵）.. *192*
14　名づけ親になった死神（植田敏郎
　　訳、フリードリヒ・リヒターさし絵）.. *212*

15　ガラスびんのなかのおばけ（植田
　　敏郎訳、オットー・ウッベローデさし
　　絵）.................................... *220*
16　ハンスぼうやはりねずみ（植田敏
　　郎訳、オットー・ウッベローデさし
　　絵）.................................... *232*
17　ねことねずみがいっしょに住むと
　　（乾侑美子訳、マルヴィン・ピークさ
　　し絵）.................................. *246*
18　兄さんと妹（乾侑美子訳、ルート
　　ヴィヒ・グリムさし絵）............... *254*
19　漁師とおかみさん（乾侑美子訳、
　　ウェルナー・クレムケさし絵）........ *270*
20　灰かぶり（乾侑美子訳、ルートヴィ
　　ヒ・グリムさし絵）.................... *290*
21　天国へいった仕立屋（乾侑美子訳、
　　オットー・ウッベローデさし絵）...... *306*
22　六人男、世界をのし歩く（乾侑美子
　　訳、ウェルナー・クレムケさし絵）.... *312*
23　小さなろば（乾侑美子訳）.......... *324*
＊あとがき（川端強）..................... *332*

第3巻　森の道編
2001年4月10日刊

1　三つの言葉（矢崎源九郎訳、オッ
　　トー・ウッベローデさし絵）........... *8*
2　十二人の狩人（矢崎源九郎訳、オッ
　　トー・ウッベローデさし絵）........... *14*
3　ガチョウ番の娘（矢崎源九郎訳、
　　オットー・ウッベローデさし絵）...... *22*
4　命の水（矢崎源九郎訳、オットー・
　　ウッベローデさし絵）.................. *38*
5　熊の皮を着た男（矢崎源九郎訳、
　　アーサー・ラッカムさし絵）.......... *54*
6　鉄のハンス（矢崎源九郎訳、オッ
　　トー・ウッベローデさし絵）........... *66*
7　ツグミのひげの王さま（植田敏郎訳、
　　オットー・ウッベローデさし絵）...... *86*
8　金の鳥（植田敏郎訳、オットー・
　　ウッベローデさし絵）.................. *98*
9　しあわせのハンス（植田敏郎訳、
　　オットー・ウッベローデさし絵）...... *116*

84　世界児童文学全集/個人全集・内容綜覧　第II期

10 つむとひと縫い針（植田敏郎訳,
　　オットー・ウッベローデさし絵）…… *128*
11 カエルの王さま、または忠実なハ
　　インリヒ（乾侑美子訳, オットー・
　　ウッベローデさし絵）……………… *134*
12 ラプンツェル（乾侑美子訳, ウォル
　　ター・クレインさし絵）…………… *144*
13 金の毛が三本ある悪魔（乾侑美子
　　訳, オットー・ウッベローデさし絵）‥ *154*
14 手なし娘（乾侑美子訳, オットー・
　　ウッベローデさし絵）……………… *170*
15 かしこいエルゼ（乾侑美子訳, ウォ
　　ルター・クレインさし絵）………… *184*
16 ふたり兄弟（乾侑美子訳, アー
　　サー・ラッカムさし絵）…………… *192*
17 千枚皮（乾侑美子訳, オットー・
　　ウッベローデさし絵）……………… *236*
18 うたってはねるヒバリ（乾侑美子
　　訳, オットー・ウッベローデさし絵）‥ *248*
19 カラス（乾侑美子訳, ウォルター・
　　クレインさし絵）…………………… *262*
20 かしこい百姓娘（乾侑美子訳, オッ
　　トー・ウッベローデさし絵）……… *274*
21 ふたりの旅職人（乾侑美子訳, オッ
　　トー・ウッベローデさし絵）……… *282*
22 池の中の水の精（乾侑美子訳, アー
　　サー・ラッカムさし絵）…………… *304*
23 マレーン姫（乾侑美子訳, オッ
　　トー・ウッベローデさし絵）……… *314*
＊あとがき
　＊訳者のひとりから（乾侑美子）…… *328*
　＊編者あとがき（川端強）…………… *331*

グリムの昔話
福音館書店
全3巻
2002年10月15日
（福音館文庫）
（フェリクス・ホフマン編・画, 大塚勇三
訳）

※1986年刊の文庫版

第1巻
2002年10月15日刊

1 カエルの王さま―または鉄のハイン
　リヒ …………………………………… *11*
2 ネコとネズミのふたりぐらし ……… *21*
3 オオカミと七ひきの子ヤギ………… *29*
4 忠義なヨハネス ……………………… *37*
5 マリアの子ども ……………………… *58*
6 十二人兄弟 …………………………… *70*
7 ならずもの …………………………… *84*
8 兄さんと妹 …………………………… *89*
9 ラプンツェル ………………………… *106*
10 ヘンゼルとグレーテル ……………… *116*
11 糸つむぎ三人女 ……………………… *136*
12 白ヘビ ………………………………… *142*
13 麦わらと炭と豆 ……………………… *153*
14 漁師とおかみさんの話 ……………… *157*
15 勇ましいちびの仕立屋 ……………… *180*
16 灰かぶり ……………………………… *202*
17 謎 ……………………………………… *220*
18 ハツカネズミと小鳥と焼きソー
　セージ ………………………………… *229*
19 ホレおばさん ………………………… *233*
20 七羽のカラス ………………………… *242*
21 こわがることをおぼえたくて旅に
　でかけた男の話 ……………………… *250*
22 ブレーメンの音楽隊 ………………… *275*
23 三枚のヘビの葉 ……………………… *284*
24 手のない娘 …………………………… *294*

グリムの昔話

25 「テーブルよ、ごはんの用意」と、
　金貨をだすロバと、「こん棒、袋から
　でろ」 …………………………… 311
26 親指こぞう ……………………… 339
27 コルベスどん …………………… 355
28 天国の仕立屋 …………………… 359
29 フィッチャーの鳥 ……………… 366
30 ネズの木の話 …………………… 376
31 名づけ親の死神 ………………… 398
32 六羽の白鳥 ……………………… 407
33 オオカミと人間 ………………… 420
34 のらくら国の話 ………………… 423
35 小百姓 …………………………… 426
＊訳者あとがき―グリム兄弟のことな
　ど ………………………………… 442

第2巻
2002年10月15日刊

1 赤ずきん ………………………… 11
2 白雪姫 …………………………… 19
3 金の毛が三本ある鬼 …………… 41
4 三枚の羽 ………………………… 59
5 金のガチョウ …………………… 68
6 千色皮 (せんいろがわ) ………………… 79
7 十二人の狩人 …………………… 93
8 ヨリンデとヨリンゲル ………… 101
9 森の中の三人の小人 …………… 108
10 六人男、世界をのし歩く ……… 121
11 メンドリの死んだ話 …………… 136
12 のんき男 ………………………… 141
13 年とったおじいさんと孫 ……… 170
14 金の子どもたち ………………… 172
15 貧乏人と金持ち ………………… 187
16 歌いながらぴょんぴょんとぶヒバ
　リ ………………………………… 199
17 ガチョウ番の娘 ………………… 216
18 ツグミのひげの王さま ………… 233
19 黄金 (こがね) の山の王さま ………… 245
20 ルンペルシュティルツヘン …… 262
21 カラス …………………………… 271
22 りこうな百姓娘 ………………… 287
23 三羽の小鳥 ……………………… 297

24 ものしり博士 …………………… 308
25 熊かぶり ………………………… 314
26 あわれな粉ひきの若者と小ネコ …… 327
27 ふたりの旅職人 ………………… 338
28 ハリネズミぼうやのハンス …… 363
29 びんの中のおばけ ……………… 377
30 腕のいい狩人 …………………… 390
31 王さまの子どもふたり ………… 405
32 おいしいおかゆ ………………… 428
33 ヒキガエルの話 ………………… 430
34 りこうな、ちびの仕立屋 ……… 435
＊訳者あとがき―グリムの昔話につい
　て ………………………………… 444

第3巻
2002年10月15日刊

1 いばら姫 ………………………… 11
2 幸運なハンス …………………… 19
3 青いランプ ……………………… 33
4 シュワーベンの七人男 ………… 46
5 なにもこわがらない王子 ……… 53
6 りこうなグレーテル …………… 67
7 キャベツ・ロバ ………………… 74
8 悪魔と悪魔のおばあさん ……… 92
9 腕きき四人兄弟 ………………… 102
10 鉄のハンス ……………………… 114
11 踊ってほろほろになった靴 …… 134
12 三人兄弟 ………………………… 145
13 ロバくん ………………………… 149
14 白雪と紅バラ …………………… 159
15 一つ目、二つ目、三つ目 ……… 176
16 怪鳥グライフ …………………… 194
17 森の家 …………………………… 213
18 泉のそばのガチョウ番の女 …… 227
19 池の中の水の精 ………………… 253
20 金の鳥 …………………………… 266
21 大男と仕立屋 …………………… 285
22 ヒツジ飼いの男の子 …………… 292
23 ウサギとハリネズミ …………… 295
24 アメフラシ ……………………… 304
25 星の銀貨 ………………………… 313
26 ジメリの山 ……………………… 316

27	たいこたたき	322
28	どろぼうの名人	346
29	マレーン姫	365
30	金の鍵	381
31	天国に行ったお百姓	383
32	ふたり兄弟	385
＊グリムの昔話（全三巻）さくいん		440

グリムのむかしばなし
のら書店
全2巻
2017年7月〜2017年11月
（ワンダ・ガアグ編・絵, 松岡享子訳）

第1巻
2017年7月5日刊

＊感謝のことば（ワンダ・ガアグ） ……… 3
ヘンゼルとグレーテル ……………………… 7
ねことねずみがいっしょにくらせば …… 41
かえるの王子 ………………………………… 55
なまくらハインツ …………………………… 73
やせのリーゼル ……………………………… 85
シンデレラ …………………………………… 91
六人の家来 …………………………………… 125
＊著者による解説 『グリムのむかしば
　なし』再話にあたって（ワンダ・ガア
　グ） ………………………………………… 158
＊訳者あとがき ……………………………… 171

第2巻
2017年11月10日刊

＊感謝のことば（ワンダ・ガアグ） ……… 3
ブレーメンの音楽隊 ………………………… 7
ラプンツェル ………………………………… 23
三人兄弟 ……………………………………… 41
つむと杼（ひ）と縫い針 …………………… 51
なんでもわかる医者先生 …………………… 67
雪白（ゆきしろ）とバラ紅（べに） ……… 81
かしこいエルシー …………………………… 107
竜とそのおばあさん ………………………… 123
漁師とおかみさん …………………………… 139
＊訳者あとがき―ワンダ・ガアグのグ
　リムについて …………………………… 171

幸福な王子—ワイルド童話全集

幸福な王子
—ワイルド童話全集
新潮社
全1巻
2003年5月30日
（新潮文庫）
（西村孝次訳）

※昭和43年1月15日刊の65刷改版

幸福な王子—ワイルド童話全集
2003年5月30日刊

幸福な王子 ……………………………… 7
ナイチンゲールとばらの花 …………… 27
わがままな大男 ………………………… 41
忠実な友達 ……………………………… 51
すばらしいロケット …………………… 73
若い王 …………………………………… 99
王女の誕生日 ………………………… 125
漁師とその魂 ………………………… 161
星の子 ………………………………… 227
＊あとがき（西村孝次）……………… 259

心の宝箱にしまう
15のファンタジー
〔ジョーン・エイキン〕
竹書房
全1巻
2006年2月9日
（三辺律子訳, 浅沼テイジイラスト）

心の宝箱にしまう15のファンタジー
2006年2月9日刊

ゆり木馬 …………………………………… 7
シリアル・ガーデン …………………… 23
三つ目の願い …………………………… 59
からしつぼの中の月光 ………………… 71
キンバルス・グリーン ……………… 103
ナッティ夫人の暖炉 ………………… 141
魚の骨のハープ ……………………… 181
望んだものすべて …………………… 209
ホーティングさんの遺産 …………… 227
十字軍騎士のトビー ………………… 259
神さまの手紙をぬすんだ男 ………… 287
真夜中のバラ ………………………… 317
ネコ用ドアとアップルパイ ………… 345
お城の人々 …………………………… 363
本を朗読する少年 …………………… 385
＊訳者あとがき ……………………… 405

子どもに語るアンデルセンのお話

人魚姫（松岡享子語り手）………………… *141*
＊お話について—語る人のために ……… *210*

子どもに語る
アンデルセンのお話
こぐま社
全2巻
2005年10月〜2007年11月
（松岡享子編）

〔第1巻〕
2005年10月10日刊

＊はじめに（松岡享子）……………………… *1*
一つさやから出た五つのエンドウ豆
　（平田美恵子語り手）……………… *11*
おやゆび姫（茨木啓子語り手）…………… *25*
皇帝の新しい着物（はだかの王さま）
　（張替惠子語り手）………………… *53*
野の白鳥（中内美江語り手）……………… *69*
豆の上に寝たお姫さま（茨木啓子語り
　手）………………………………… *97*
小クラウスと大クラウス（平塚ミヨ語
　り手）……………………………… *103*
豚飼い王子（山本真基子語り手）……… *133*
天使（内藤直子語り手）………………… *149*
うぐいす（ナイチンゲール）（松岡享子
　語り手）…………………………… *157*
＊語り手たちによる座談会—あとがき
　に代えて …………………………… *187*

第2巻
2007年11月15日刊

＊はじめに（松岡享子）……………………… *1*
火打箱（浅木尚美語り手）………………… *11*
おとっつぁんのすることは、いつもい
　い（平塚ミヨ語り手）……………… *33*
コウノトリ（張替惠子語り手）………… *51*
みにくいアヒルの子（平田美恵子語り
　手）………………………………… *69*
まぬけのハンス（森田真実語り手）…… *103*
マッチ売りの少女（荒井督子語り手）… *117*
しっかり者のスズの兵隊（茨木啓子語
　り手）……………………………… *127*

世界児童文学全集/個人全集・内容綜覧　第II期　**89**

こどものための世界の名作

こどものための世界の名作
世界文化社
全3巻
1994年11月〜1995年11月
（別冊家庭画報）

グリム・イソップ・アンデルセン—ベスト30話（米山永一, 朝倉めぐみ絵）
1994年11月10日刊

＊グリム兄弟と物語の世界（北川幸比古文） ………………………… 4
赤ずきん ……………………………… 8
おおかみと七ひきの子やぎ ………… 16
ホレおばさん ………………………… 24
いばら姫 ……………………………… 32
白雪姫 ………………………………… 40
七羽のからす ………………………… 59
いさましい仕立て屋さん …………… 66
ヘンゼルとグレーテル ……………… 86
ブレーメンの音楽隊 ……………… 104
金のがちょう ……………………… 112
＊イソップと物語の世界（鬼塚りつ子文） ……………………………… 122
北風と太陽 ………………………… 124
きつねとぶどう …………………… 126
うさぎとかめ ……………………… 128
しおを運ぶろば …………………… 130
いたずらをする羊かい …………… 132
町のねずみといなかのねずみ …… 134
きつねとからす …………………… 136
おひゃくしょうとむすこたち …… 138
ライオンとねずみ ………………… 140
木こりとヘルメス ………………… 142
＊アンデルセンと物語の世界（木村由利子文） ………………………… 144
マッチ売りの少女 ………………… 148
おやゆび姫 ………………………… 154
しっかり者のすずの兵隊 ………… 178
もみの木 …………………………… 186
同じさやのえんどう豆五つ ……… 206

ひなぎく …………………………… 214
空とぶトランク …………………… 222
みにくいあひるの子 ……………… 232
はだかの王さま …………………… 252
人魚姫 ……………………………… 262

完訳 愛と感動の物語—特選14編（朝倉めぐみ絵）
1995年4月20日刊

シャルル・ペローより（菊地有子訳）
　サンドリヨンあるいはガラスの小さなくつ ………………………… 4
　親指こぞう ……………………… 22
　ねむれる森の美女 ……………… 42
　長ぐつをはいたねこ …………… 62
オスカー・ワイルドより（谷口由美子訳）
　わがままな大男 ………………… 74
　しあわせの王子 ………………… 86
グリム兄弟より（北川幸比古訳）
　森の家 ………………………… 112
　星の銀貨 ……………………… 130
ロバート・ブラウニングより（矢部美智代訳）
　ハメルンの笛ふき ……………… 134
ヴィルヘルム・ハウフより（福原嘉一郎訳）
　こうのとりになった王さま …… 158
　にせ王子の物語 ……………… 182
　夜鳴きうぐいす ……………… 220
ハンス・クリスチャン・アンデルセンより（木村由利子訳）
　野の白鳥 ……………………… 244
　雪の女王 ……………………… 280
＊解説・原作者と作品について …… 372

夢と幸福の物語—代表（新訳）六話（朝倉めぐみ絵）
1995年11月1日刊

青い鳥（メーテルリンク原作, 矢部美智代文） ………………………… 4
ピーター・パン（バリ原作, 森下美根子文） ……………………………… 94

くるみわり人形（ホフマン原作, 矢崎節
　夫文）……………………………… 178
夏の夜の夢（シェイクスピア原作, 木村
　由利子文）………………………… 266
賢者のおくりもの（オー・ヘンリー原
　作, 谷口由美子文）………………… 298
クリスマスキャロル（ディケンズ原作,
　長与孝子文）……………………… 314
＊解説・原作者と作品について ……… 378

子どものための世界文学の森
集英社
全40巻
1994年3月～1997年7月

第1巻　若草物語（ルイザ・M.オルコット作,
　谷口由美子訳, 小林和子絵）
1994年3月23日刊

＊みなさんへ（谷口由美子）………………… 3
若草物語 ……………………………………… 10
＊解説（谷口由美子）……………………… 136
＊感想文 …………………………………… 139

第2巻　たから島（ロバート・L.スチーブン
　ソン作, 宇野輝雄訳, 梶鮎太絵）
1994年3月23日刊

＊みなさんへ（宇野輝雄）…………………… 3
たから島 ……………………………………… 10
＊解説（宇野輝雄）………………………… 136
＊感想文 …………………………………… 139

第3巻　ガリバー旅行記（ジョナサン・スウ
　ィフト作, 矢崎節夫訳, 河井ノア絵）
1994年3月23日刊

＊みなさんへ（矢崎節夫）…………………… 3
ガリバー旅行記 ……………………………… 10
　こびとの国 ………………………………… 10
　巨人の国 …………………………………… 72
＊解説（矢崎節夫）………………………… 136
＊感想文 …………………………………… 139

第4巻　ひみつの花園（フランシス・E.H.
　バーネット作, 中村妙子訳, 牧村慶子絵）
1994年3月23日刊

＊みなさんへ（中村妙子）…………………… 3
ひみつの花園 ………………………………… 10
＊解説（中村妙子）………………………… 137
＊感想文 …………………………………… 140

子どものための世界文学の森

第5巻　アルプスの少女（ヨハンナ・スピリ作, 大野芳枝訳, 渡辺藤一絵）
1994年3月23日刊

＊みなさんへ（大野芳枝）……………… 3
アルプスの少女 …………………………… 10
＊解説（吉田比砂子）……………………… 136
＊感想文 ……………………………………… 139

第6巻　王子とこじき（マーク・トウェイン作, 竹崎有斐訳, 滝瀬源一絵）
1994年3月23日刊

＊みなさんへ（竹崎有斐）……………… 3
王子とこじき ……………………………… 10
＊解説（内田庶）…………………………… 136
＊感想文 ……………………………………… 139

第7巻　海底二万里（ジュール・ベルヌ作, 今西祐行訳, 八木信治絵）
1994年3月23日刊

＊みなさんへ（今西祐行）……………… 3
海底二万里 ………………………………… 10
＊解説（今西祐行）………………………… 136
＊感想文 ……………………………………… 139

第8巻　トム・ソーヤの冒険（マーク・トウェイン作, 亀山竜樹訳, 熊谷さとし絵）
1994年3月23日刊

＊みなさんへ（亀山竜樹）……………… 3
トム・ソーヤの冒険 ……………………… 10
＊解説（はやしたかし）…………………… 136
＊感想文 ……………………………………… 139

第9巻　赤毛のアン（ルーシー・M.モンゴメリ作, 前田三恵子訳, 山野辺進絵）
1994年3月23日刊

＊みなさんへ（前田三恵子）…………… 3
赤毛のアン ………………………………… 10
＊解説（前田三恵子）……………………… 136
＊感想文 ……………………………………… 139

第10巻　家なき子（エクトル・マロ作, 波多野未記訳, 村上幸一絵）
1994年3月23日刊

＊みなさんへ（波多野未記）…………… 3
家なき子 …………………………………… 10
＊解説（波多野未記）……………………… 136
＊感想文 ……………………………………… 139

第11巻　小公女（フランシス・E.H.バーネット作, 吉田比砂子訳, 池田浩彰絵）
1994年3月23日刊

＊みなさんへ（吉田比砂子）…………… 3
小公女 ……………………………………… 10
＊解説（吉田比砂子）……………………… 136
＊感想文 ……………………………………… 139

第12巻　フランダースの犬（ウィーダ作, 榊原晃三訳, ラベリー・M.ジョーンズ絵）
1994年3月23日刊

＊みなさんへ（榊原晃三）……………… 3
フランダースの犬 ………………………… 10
＊解説（榊原晃三）………………………… 136
＊感想文 ……………………………………… 139

第13巻　長くつ下のピッピ（アストリッド・リンドグレーン作, 須藤出穂訳, 田中槇子絵）
1994年3月23日刊

＊みなさんへ（須藤出穂）……………… 3
長くつ下のピッピ ………………………… 10
＊解説（須藤出穂）………………………… 136
＊感想文 ……………………………………… 139

第14巻　オズのまほうつかい（ライマン・F.バウム作, 山主敏子訳, 新井苑子絵）
1994年3月23日刊

＊みなさんへ（山主敏子）……………… 3
オズのまほうつかい ……………………… 10
＊解説（谷口由美子）……………………… 136

92　世界児童文学全集/個人全集・内容綜覧　第II期

第15巻 シャーロック・ホームズの冒険
（アーサー・C.ドイル作, 中山知子訳, 鈴木義治絵）
1994年3月23日刊

＊みなさんへ（中山知子） 3
まだらのひも 10
青いルビー 82
＊解説（中山知子） 137
＊感想文 140

第16巻 ロビンソン・クルーソー
（ダニエル・デフォー作, はやしたかし訳, 依光隆絵）
1994年3月23日刊

＊みなさんへ（はやしたかし） 3
ロビンソン・クルーソー 10
＊解説（はやしたかし） 136
＊感想文 139

第17巻 ピーター・パン
（ジェイムズ・M.バリー作, 大石真訳, 赤坂三好絵）
1994年3月23日刊

＊みなさんへ（大石真） 3
ピーター・パン 10
＊解説（矢崎節夫） 136
＊感想文 139

第18巻 デブの国ノッポの国
（アンドレ・モロア作, 辻昶訳, 長新太絵）
1994年3月23日刊

＊みなさんへ（辻昶） 3
デブの国ノッポの国 10
＊解説（辻昶） 136
＊感想文 139

第19巻 シートン動物記
（アーネスト・T.シートン作, 藤原英司訳, 平沢茂太郎絵）
1994年3月23日刊

＊みなさんへ（藤原英司） 3
オオカミ王ロボ 10
＊オオカミ王ロボ写真集 134
＊解説（藤原英司） 136
＊感想文 139

第20巻 ファーブル昆虫記
（アンリ・ファーブル作, 舟崎克彦訳・絵）
1994年3月23日刊

＊みなさんへ（舟崎克彦） 3
ファーブル昆虫記 10
　はじめに 10
　セミ 23
　ヒジリタマコガネ 42
　ジガバチ 57
　虫たちとのであい 69
　サムライアリ 79
　カニグモ 90
　カミキリムシ 103
　ミノムシ 118
　おしまいに 130
＊解説（舟崎克彦） 137
＊感想文 140

第21巻 足ながおじさん
（ジーン・ウェブスター作, 吉田真一訳, 馬郡翠絵）
1994年3月23日刊

＊みなさんへ（吉田真一） 3
足ながおじさん 10
＊解説（吉田真一） 136
＊感想文 139

第22巻 ああ無情
（ビクトル・ユゴー作, 菊池章一訳, こさかしげる絵）
1994年3月23日刊

＊みなさんへ（菊池章一） 3
ああ無情 10
＊解説（菊池章一） 136
＊感想文 140

子どものための世界文学の森

第23巻　きょうりゅうの世界（アーサー・
C.ドイル作, 内田庶訳, 池田龍雄絵）
1994年3月23日刊

＊みなさんへ（内田庶）・・・・・・・・・・・・・・・・・・・・ 3
きょうりゅうの世界 ・・・・・・・・・・・・・・・・・・・・・・・ 10
＊解説（内田庶）・・・・・・・・・・・・・・・・・・・・・・・・ 136
＊感想文 ・・・・・・・・・・・・・・・・・・・・・・・・・・・・・・・ 140

第24巻　十五少年漂流記（ジュール・ベル
ヌ作, 瀬川昌男訳, 伊藤展安絵）
1994年3月23日刊

＊みなさんへ（瀬川昌男）・・・・・・・・・・・・・・・・・ 3
十五少年漂流記 ・・・・・・・・・・・・・・・・・・・・・・・・・・ 10
＊解説（瀬川昌男）・・・・・・・・・・・・・・・・・・・・・・ 136
＊感想文 ・・・・・・・・・・・・・・・・・・・・・・・・・・・・・・・ 140

第25巻　ふしぎの国のアリス（ルイス・キ
ャロル作, まだらめ三保訳, 山本裕子絵）
1995年3月28日刊

＊みなさんへ（まだらめ三保）・・・・・・・・・・・・・ 3
ふしぎの国のアリス ・・・・・・・・・・・・・・・・・・・・・・ 10
＊解説（まだらめ三保）・・・・・・・・・・・・・・・・・・ 136
＊感想文 ・・・・・・・・・・・・・・・・・・・・・・・・・・・・・・・ 139

第26巻　三国志─三国志演義（羅貫中作,
三上修平訳, 小林一雄絵）
1995年3月28日刊

＊みなさんへ（三上修平）・・・・・・・・・・・・・・・・・ 3
三国志 ・・・・・・・・・・・・・・・・・・・・・・・・・・・・・・・・・ 10
＊解説（三上修平）・・・・・・・・・・・・・・・・・・・・・・ 136
＊感想文 ・・・・・・・・・・・・・・・・・・・・・・・・・・・・・・・ 139

第27巻　ドラキュラ物語（ブラム・ストー
カー作, 礒野秀和訳, 千葉淳生絵）
1995年3月28日刊

＊みなさんへ（礒野秀和）・・・・・・・・・・・・・・・・・ 3
ドラキュラ物語 ・・・・・・・・・・・・・・・・・・・・・・・・・ 10
＊解説（礒野秀和）・・・・・・・・・・・・・・・・・・・・・・ 136
＊感想文 ・・・・・・・・・・・・・・・・・・・・・・・・・・・・・・・ 139

第28巻　ギリシア神話（トマス・ブルフィ
ンチ作, 箕浦万里子訳, 深沢真由美絵）
1995年3月28日刊

＊みなさんへ（箕浦万里子）・・・・・・・・・・・・・・・ 3
ギリシア神話 ・・・・・・・・・・・・・・・・・・・・・・・・・・・ 10
はじめに ・・・・・・・・・・・・・・・・・・・・・・・・・・・・・・・ 10
天の火をぬすんだプロメテウス ・・・・・・・・・ 15
つぼをあけてしまったパンドラ ・・・・・・・・・ 27
カエルにされた村人たち ・・・・・・・・・・・・・・・ 36
クモにされたアラクネ ・・・・・・・・・・・・・・・・・ 42
スイセンになったナルキッソス ・・・・・・・・・ 49
ゲッケイジュになったダフネ ・・・・・・・・・ 65
金になってしまったごちそう ・・・・・・・・・ 75
ロバの耳になった王様 ・・・・・・・・・・・・・・・ 81
太陽の馬車を乗りまわしたパエトン ・・・ 88
死者の国へつれさられたペルセフォ
ネ ・・・・・・・・・・・・・・・・・・・・・・・・・・・・・・・・ 101
オルフェウスのたてごと ・・・・・・・・・・・・・ 113
クマにかえられたカリスト ・・・・・・・・・・・ 127
＊解説（箕浦万里子）・・・・・・・・・・・・・・・・・・・・ 136
＊感想文 ・・・・・・・・・・・・・・・・・・・・・・・・・・・・・・・ 139

第29巻　シンドバッドの冒険─アラビア
ン・ナイトより（康君子訳, 加納幸代絵）
1995年3月28日刊

＊みなさんへ（康君子）・・・・・・・・・・・・・・・・・・・ 3
シンドバッドの冒険─アラビアン・ナイトより ・・ 10
荷かせぎヒンドバッド ・・・・・・・・・・・・・・・・・ 10
魚のせなかの上で ・・・・・・・・・・・・・・・・・・・・ 16
毒ヘビの谷 ・・・・・・・・・・・・・・・・・・・・・・・・・・ 31
人を食べる巨人 ・・・・・・・・・・・・・・・・・・・・・・ 43
くらとたづな ・・・・・・・・・・・・・・・・・・・・・・・・ 61
サルの町 ・・・・・・・・・・・・・・・・・・・・・・・・・・・ 74
ゾウのはか場 ・・・・・・・・・・・・・・・・・・・・・・・・ 84
黒たんの馬の物語─アラビアン・ナイトより ・・ 101
＊解説（康君子）・・・・・・・・・・・・・・・・・・・・・・・・ 136
＊感想文 ・・・・・・・・・・・・・・・・・・・・・・・・・・・・・・・ 139

第30巻　三銃士（アレクサンドル・デュマ
作, 久米穣訳, 山本耀也絵）
1995年3月28日刊

＊みなさんへ（久米穣）‥‥‥‥‥‥‥ 3
三銃士 ‥‥‥‥‥‥‥‥‥‥‥‥‥‥ 10
＊解説（久米穣）‥‥‥‥‥‥‥‥‥ 136
＊感想文 ‥‥‥‥‥‥‥‥‥‥‥‥ 139

第31巻 ジキルとハイド（ロバート・L.ス
チーブンソン作, 下田紀子訳, 井江栄絵）
1996年7月10日刊

＊みなさんへ（下田紀子）‥‥‥‥‥‥ 3
ジキルとハイド ‥‥‥‥‥‥‥‥‥ 10
＊解説（下田紀子）‥‥‥‥‥‥‥‥ 136
＊感想文 ‥‥‥‥‥‥‥‥‥‥‥‥ 139

第32巻 フランケンシュタイン（メアリ・
シェリー作, 吉上恭太訳, 千葉淳生絵）
1996年7月10日刊

＊みなさんへ（吉上恭太）‥‥‥‥‥‥ 3
フランケンシュタイン ‥‥‥‥‥‥ 10
＊解説（吉上恭太）‥‥‥‥‥‥‥‥ 136
＊感想文 ‥‥‥‥‥‥‥‥‥‥‥‥ 139

第33巻 透明人間（H.G.ウエルズ作, 唐沢
則幸訳, 山本裕子絵）
1996年7月10日刊

＊みなさんへ（唐沢則幸）‥‥‥‥‥‥ 3
透明人間 ‥‥‥‥‥‥‥‥‥‥‥‥ 10
＊解説（唐沢則幸）‥‥‥‥‥‥‥‥ 136
＊感想文 ‥‥‥‥‥‥‥‥‥‥‥‥ 139

第34巻 オペラ座の怪人（ガストン・ル
ルー作, 村松定史訳, 若菜等＋Ki絵）
1996年7月10日刊

＊みなさんへ（村松定史）‥‥‥‥‥‥ 3
オペラ座の怪人 ‥‥‥‥‥‥‥‥‥ 10
＊解説（村松定史）‥‥‥‥‥‥‥‥ 136
＊感想文 ‥‥‥‥‥‥‥‥‥‥‥‥ 139

第35巻 吸血鬼カーミラ（レ・ファニュ作,
百々佑利子訳, 粕谷小百合絵）
1996年7月10日刊

＊みなさんへ（百々佑利子）‥‥‥‥‥ 3
吸血鬼カーミラ ‥‥‥‥‥‥‥‥‥ 10
＊解説（百々佑利子）‥‥‥‥‥‥‥ 136
＊感想文 ‥‥‥‥‥‥‥‥‥‥‥‥ 139

第36巻 名犬ラッシー（エリック・M.ナイ
ト作, 邑田晶子訳, かみやしん絵）
1997年7月23日刊

＊みなさんへ（邑田晶子）‥‥‥‥‥‥ 3
名犬ラッシー ‥‥‥‥‥‥‥‥‥‥ 10
＊解説（邑田晶子）‥‥‥‥‥‥‥‥ 136
＊感想文 ‥‥‥‥‥‥‥‥‥‥‥‥ 139

第37巻 モルグ街の殺人事件（エドガー・
A.ポー作, 金原瑞人訳, 佐竹美保絵）
1997年7月23日刊

＊みなさんへ（金原瑞人）‥‥‥‥‥‥ 3
モルグ街の殺人事件 ‥‥‥‥‥‥‥ 10
＊解説（金原瑞人）‥‥‥‥‥‥‥‥ 136
＊感想文 ‥‥‥‥‥‥‥‥‥‥‥‥ 139

第38巻 タイム・マシン（H.G.ウエルズ作,
小林みき訳, 中釜浩一郎絵）
1997年7月23日刊

＊みなさんへ（小林みき）‥‥‥‥‥‥ 3
タイム・マシン ‥‥‥‥‥‥‥‥‥ 10
＊解説（小林みき）‥‥‥‥‥‥‥‥ 136
＊感想文 ‥‥‥‥‥‥‥‥‥‥‥‥ 139

第39巻 ジャングル・ブック（ジョセフ・
R.キップリング作, 青木純子訳, 村井香葉
絵）
1997年7月23日刊

＊みなさんへ（青木純子）‥‥‥‥‥‥ 3
ジャングル・ブック ‥‥‥‥‥‥‥ 10
＊解説（青木純子）‥‥‥‥‥‥‥‥ 136
＊感想文 ‥‥‥‥‥‥‥‥‥‥‥‥ 139

第40巻 ルパン城（モーリス・ルブラン作,
瑞島永添訳, 篠崎三朗絵）

最後のひと葉―オー＝ヘンリー傑作短編集

1997年7月23日刊

＊みなさんへ（瑞島永添）………………… 3
ルパン城 …………………………………… 10
＊解説（瑞島永添）……………………… 136
＊感想文 ………………………………… 139

最後のひと葉
―オー＝ヘンリー傑作短編集
偕成社
全1巻
1989年9月
（偕成社文庫）
（大久保康雄訳, 三芳悌吉さしえ）

最後のひと葉―オー＝ヘンリー傑作短
編集
1989年9月刊

最後のひと葉 ………………………………… 7
賢者の贈り物 ……………………………… 23
改心以上 …………………………………… 37
桃源郷（アルカディア）の短期滞在客………… 56
警官と賛美歌 ……………………………… 71
家具つきの貸間 …………………………… 87
ゴム族の結婚 ……………………………… 104
ハーグレイブズの二心 …………………… 117
黄金の神と恋の射手 ……………………… 149
赤い酋長の身のしろ金 …………………… 166
紫色のドレス ……………………………… 192
二十年後 …………………………………… 207
＊年譜 ……………………………………… 223
＊解説（大久保康雄）……………………… 227

シェイクスピア・ジュニア文学館

シェイクスピア・ジュニア文学館
汐文社
全10巻
2001年3月～2002年2月
(小田島雄志文, 里中満智子画)

第1巻　物語 ロミオとジュリエット
2001年3月10日刊

＊『ロミオとジュリエット』について
　(小田島雄志) ………………………… 6
ロミオとジュリエット ……………… 11

第2巻　物語 夏の夜の夢
2001年3月20日刊

＊『夏の夜の夢』について (小田島雄志)‥ 6
夏の夜の夢 …………………………… 11

第3巻　物語 ヴェニスの商人
2001年3月20日刊

＊『ヴェニスの商人』について (小田島
　雄志) ………………………………… 6
ヴェニスの商人 ……………………… 11

第4巻　物語 ジュリアス・シーザー
2001年3月20日刊

＊『ジュリアス・シーザー』について
　(小田島雄志) ………………………… 6
ジュリアス・シーザー ……………… 11

第5巻　物語 十二夜
2001年3月20日刊

＊『十二夜』について (小田島雄志) ……… 6
十二夜 …………………………………… 9

第6巻　物語 ハムレット
2001年5月30日刊

＊『ハムレット』について (小田島雄志)‥ 6

ハムレット …………………………… 11

第7巻　物語 オセロー
2001年8月25日刊

＊『オセロー』について (小田島雄志) …‥ 6
オセロー ……………………………… 11

第8巻　物語 リア王
2001年11月5日刊

＊『リア王』について (小田島雄志) ……… 6
リア王 ………………………………… 11

第9巻　物語 マクベス
2001年12月20日刊

＊『マクベス』について (小田島雄志) …‥ 6
マクベス ……………………………… 11

第10巻　物語 テンペスト
2002年2月15日刊

＊『テンペスト』について (小田島雄志) ‥ 6
テンペスト …………………………… 11

シェイクスピアストーリーズ

シェイクスピアストーリーズ
BL出版
全1巻
2015年6月15日
（アンドリュー・マシューズ文, アン
ジェラ・バレット絵, 島式子, 島玲子訳）

シェイクスピアストーリーズ
2015年6月15日刊

＊はじめに（アンドリュー・マシュー
ズ） ……………………………………… 10
夏の夜の夢 ……………………………… 12
ヘンリー五世 …………………………… 28
ロミオとジュリエット ………………… 40
マクベス ………………………………… 54
アントニーとクレオパトラ …………… 68
十二夜 …………………………………… 80
ハムレット ……………………………… 92
あらし ………………………………… 106
＊シェイクスピアとグローブ座 ……… 118
＊アンジェラ・バレット 挿絵を語る … 121

シェイクスピア名作劇場
あすなろ書房
全5巻
2014年5月〜2015年1月
（斉藤洋文, 佐竹美保絵）

第1巻　ハムレット
2014年5月30日刊

ハムレット ……………………………… 1
＊解説（西戸四郎）……………………… 194

第2巻　ロミオとジュリエット
2014年7月30日刊

ロミオとジュリエット ………………… 1
＊解説（西戸四郎）……………………… 180

第3巻　夏の夜の夢
2014年9月30日刊

夏の夜の夢 ……………………………… 1
＊解説（西戸四郎）……………………… 175

第4巻　マクベス
2014年11月30日刊

マクベス ………………………………… 1
＊解説（西戸四郎）……………………… 172

第5巻　十二夜
2015年1月30日刊

十二夜 …………………………………… 1
＊解説（西戸四郎）……………………… 194

98　世界児童文学全集/個人全集・内容綜覧　第II期

シェイクスピア名作コレクション

シェイクスピア 名作コレクション
汐文社
全10巻
2016年9月
（小田島雄志文, 里中満智子絵）

※「シェイクスピア・ジュニア文学館 1〜10」
（2001年3月〜2002年2月刊）の改題、一部
修正

第1巻　ロミオとジュリエット
2016年9月刊

ロミオとジュリエット 1
＊『ロミオとジュリエット』について
（小田島雄志）............................. 151

第2巻　夏の夜の夢
2016年9月刊

夏の夜の夢 1
＊『夏の夜の夢』について（小田島雄
志）...................................... 163

第3巻　ヴェニスの商人
2016年9月刊

ヴェニスの商人 1
＊『ヴェニスの商人』について（小田島
雄志）.................................... 159

第4巻　ジュリアス・シーザー
2016年9月刊

ジュリアス・シーザー 1
＊『ジュリアス・シーザー』について
（小田島雄志）............................. 168

第5巻　十二夜
2016年9月刊

十二夜 1
＊『十二夜』について（小田島雄志）.... 171

第6巻　ハムレット
2016年9月刊

ハムレット 1
＊『ハムレット』について（小田島雄
志）...................................... 172

第7巻　オセロー
2016年9月刊

オセロー 1
＊『オセロー』について（小田島雄志）.. 172

第8巻　リア王
2016年9月刊

リア王 1
＊『リア王』について（小田島雄志）.... 163

第9巻　マクベス
2016年9月刊

マクベス 1
＊『マクベス』について（小田島雄志）.. 169

第10巻　テンペスト
2016年9月刊

テンペスト 1
＊『テンペスト』について（小田島雄
志）...................................... 163

世界児童文学全集/個人全集・内容綜覧　第II期　**99**

シェイクスピア物語

シェイクスピア物語
岩波書店
全1巻
2001年9月18日
（岩波少年文庫）
（ラム作, 矢川澄子訳, アーサー・ラッカムさし絵）

シェイクスピア物語集
─知っておきたい代表作10
偕成社
全1巻
2009年1月
（ジェラルディン・マコックラン著, 金原瑞人訳, ひらいたかこ絵）

シェイクスピア物語
2001年9月18日刊

テンペスト ………………………………… 7
夏の夜の夢 ……………………………… 27
冬物語 …………………………………… 45
お気に召すまま ………………………… 65
ヴェニスの商人 ………………………… 87
リア王 …………………………………… 109
マクベス ………………………………… 129
十二夜 …………………………………… 147
ロミオとジュリエット ………………… 171
ハムレット ……………………………… 193
オセロ …………………………………… 211
＊訳者あとがき ………………………… 229

シェイクスピア物語集─知っておきたい代表作10
2009年1月刊

＊まえがき（ジェラルディン・マコックラン）…………………………… 3
ロミオとジュリエット ………………… 11
ヘンリー五世 …………………………… 29
夏の夜の夢 ……………………………… 49
ジュリアス・シーザー ………………… 73
ハムレット ……………………………… 95
十二夜 …………………………………… 121
オセロ …………………………………… 145
リア王 …………………………………… 173
マクベス ………………………………… 201
テンペスト ……………………………… 223
＊訳者あとがき ………………………… 244
＊シェイクスピア全芝居一覧 ………… 250
＊シェイクスピア名言集 ……………… 251

シートン動物記

シートン動物記
福音館書店
全9巻
2003年6月～2006年5月
（今泉吉晴訳）

第1巻　ジョニーベアー―イエロース
トーンの子グマ
2003年6月20日刊

イエローストーンの子グマ ジョニーベアー ……… 1
＊出典リスト …………………………… 95
＊訳者あとがき ………………………… 96

第2巻　ラギーラグ―ワタオウサギの子
どもの物語
2003年6月20日刊

ワタオウサギの子どもの物語 ラギーラグ ………… 1
＊出典リスト …………………………… 113
＊訳者あとがき ………………………… 114

第3巻　ロボ―カランポーのオオカミ王
2003年6月20日刊

カランポーのオオカミ王 ロボ ………………………… 1
＊出典リスト …………………………… 87
＊訳者あとがき ………………………… 88

第4巻　サンドヒル・スタッグ―どこまで
もつづく雄ジカの足あと
2004年10月20日刊

どこまでもつづく雄ジカの足あと サンドヒル・
スタッグ ………………………………… 3
＊出典リスト …………………………… 111
＊訳者あとがき ………………………… 112

第5巻　レイザーバック・フォーミィ―誇
り高きイノシシの勇者
2004年10月20日刊

誇り高きイノシシの勇者 レイザーバック・
フォーミィ ……………………………… 1
＊出典リスト …………………………… 153
＊訳者あとがき ………………………… 154

第6巻　ペーシング・マスタング―自由の
ために走る野生ウマ
2005年6月25日刊

自由のために走る野生ウマ ペーシング・マス
タング …………………………………… 1
＊出典リスト …………………………… 99
＊訳者あとがき ………………………… 100

第7巻　シルバーフォックス・ドミノ―あ
るキツネの家族の物語
2005年6月25日刊

あるキツネの家族の物語 シルバーフォック
ス・ドミノ ……………………………… 1
＊出典リスト …………………………… 163
＊訳者あとがき ………………………… 164

第8巻　バナーテイル―ヒッコリーの森
を育てるリスの物語
2006年5月20日刊

ヒッコリーの森を育てるリスの物語 バナーテイル ‥ 1
＊出典リスト …………………………… 163
＊訳者あとがき ………………………… 164

第9巻　グリズリー・ジャック―シェラ・
ネバダを支配したクマの王
2006年5月20日刊

シェラ・ネバダを支配したクマの王 グリズリー・
ジャック ………………………………… 1
＊出典リスト …………………………… 163
＊訳者あとがき ………………………… 164

シートン動物記

```
┌─────────────────────────┐
│      シートン動物記        │
│         童心社             │
│         全15巻             │
│   2009年12月〜2011年11月    │
│    （今泉吉晴訳・解説）      │
└─────────────────────────┘
```

〔第1巻〕 オオカミ王ロボ
2009年12月25日刊
※2003年福音館書店刊『カランポーのオオカミ王ロボ』の改訳

オオカミ王ロボ ……………………… 1
＊ムササビ先生と読む「オオカミ王ロボ」（今泉吉晴） ……………… 103
シートンの講演から えものを追うオオカミ ‥ 168
＊あとがき（今泉吉晴） ……………… 174

〔第2巻〕 わたしの愛犬ビンゴ
2010年1月20日刊

わたしの愛犬ビンゴ ………………… 1
＊ムササビ先生と読む「わたしの愛犬ビンゴ」（今泉吉晴） ……………… 97
＊ビンゴ（BINGO）の歌 ……………… 156
＊あとがき（今泉吉晴） ……………… 158

〔第3巻〕 ワタオウサギのラグ
2010年3月10日刊
※2003年福音館書店刊『ワタオウサギの子どもの物語 ラギーラグ』の改訳

ワタオウサギのラグ ………………… 1
＊ムササビ先生と読む「ワタオウサギのラグ」（今泉吉晴） ……………… 135
＊シートンのモリーへの手紙 ………… 166
＊あとがき（今泉吉晴） ……………… 174

〔第4巻〕 銀ギツネのドミノ
2010年3月15日刊
※2005年福音館書店刊『あるキツネの家族の物語 シルバーフォックス・ドミノ』の改訳

銀ギツネのドミノ …………………… 1
＊ムササビ先生と読む「銀ギツネのドミノ」（今泉吉晴） ……………… 223
シートンの講演から はじめてであったオオヤマネコ ……………………………… 247
＊あとがき（今泉吉晴） ……………… 254

〔第5巻〕 リスのバナーテイル
2010年3月15日刊
※2006年福音館書店刊『ヒッコリーの森を育てるリスの物語 バナーテイル』の改訳

リスのバナーテイル ………………… 1
＊ムササビ先生と読む「リスのバナーテイル」（今泉吉晴） ……………… 233
＊シートンが愛した「鳥のようなけもの、リス」……………………………… 250
ヒメシマリスの楽園 …………………… 251
＊あとがき（今泉吉晴） ……………… 254

〔第6巻〕 子グマのジョニー
2010年7月20日刊
※2003年福音館書店刊『イエローストーンの子グマ ジョニーベアー』の改訳

子グマのジョニー …………………… 1
＊ムササビ先生と読む「子グマのジョニー」（今泉吉晴） ……………… 127
＊年表「シートンが歩んだ道」………… 162
＊あとがき（今泉吉晴） ……………… 174

〔第7巻〕 野生のヒツジ クラッグ
2010年9月1日刊

野生のヒツジ クラッグ ……………… 1
＊ムササビ先生と読む「野生のヒツジクラッグ」（今泉吉晴） ……………… 199
シートン小作品ライブラリー ………… 240
　＊「バッファローの風」について …… 240
　バッファローの風 …………………… 241
＊あとがき（今泉吉晴） ……………… 254

〔第8巻〕 イノシシの勇者フォーミィ
2010年10月1日刊
※2004年福音館書店刊『誇り高きイノシシの勇者 レイザーバック・フォーミィ』の改訳

シートン動物記

イノシシの勇者フォーミィ ……………… 1
＊ムササビ先生と読む「イノシシの勇
　者フォーミィ」(今泉吉晴)………… 199
シートン小作品ライブラリー ………… 232
　＊時代の目撃者にして記録者、シー
　　トン ……………………………… 232
　うそをあつめる人 ………………… 233
＊あとがき (今泉吉晴) ………………… 238

〔第9巻〕　カラスのシルバースポット
2010年11月1日刊

カラスのシルバースポット ……………… 1
＊ムササビ先生と読む「カラスのシル
　バースポット」(今泉吉晴) ……… 71
子どものための野生動物の劇 ………… 105
＊あとがき (今泉吉晴) ………………… 190

〔第10巻〕　クマ王モナーク
2010年11月30日刊
※2006年福音館書店刊『シェラ・ネバダを支配し
　たクマの王 グリズリー・ジャック』の改訳

クマ王モナーク ………………………… 1
＊ムササビ先生と読む「クマ王モナー
　ク」(今泉吉晴) ………………… 247
シートン小作品ライブラリー ワピチのたたか
　い ……………………………………… 280
＊あとがき (今泉吉晴) ………………… 286

〔第11巻〕　大草原のウマ ペイサー
2011年4月1日刊
※2005年福音館書店刊『自由のために走る野生ウ
　マ ペーシング・マスタング』の改訳

大草原のウマ ペイサー ………………… 1
＊ムササビ先生と読む「大草原のウマ
　ペイサー」(今泉吉晴) ………… 123
シートン小作品ライブラリー ………… 166
　＊あるカウボーイとのであい ……… 166
　ペイサーのほんとうの最後 ………… 167
＊『シートン動物記』について ……… 170
＊あとがき (今泉吉晴) ………………… 174

〔第12巻〕　コウモリの妖精アタラファ

2011年5月20日刊

コウモリの妖精アタラファ ……………… 1
＊ムササビ先生と読む「コウモリの妖
　精アタラファ」(今泉吉晴) ……… 179
シートン小作品ライブラリー ………… 230
　＊シートンが愛した先住民族の文化‥ 230
　オーナー・スティック ……………… 231
＊あとがき (今泉吉晴) ………………… 238

〔第13巻〕　アライグマのワイアッチャ
2011年7月15日刊

アライグマのワイアッチャ ……………… 1
＊ムササビ先生と読む「アライグマの
　ワイアッチャ」(今泉吉晴) ……… 111
シートン小作品ライブラリー ………… 162
　＊たくましく生きる、町の動物たち‥ 162
　ミューチュア街のネコ ……………… 163
＊あとがき (今泉吉晴) ………………… 174

〔第14巻〕　下町のネコ キティ
2011年9月15日刊

下町のネコ キティ ……………………… 1
＊ムササビ先生と読む「下町のネコ キ
　ティ」(今泉吉晴) ………………… 135
シートン小作品ライブラリー ………… 164
　＊シートンの『森のお話』………… 164
　黄金の髪の、草原の少女 …………… 165
＊あとがき (今泉吉晴) ………………… 174

〔第15巻〕　サンドヒルのシカ スタッグ
2011年11月15日刊
※2004年福音館書店刊『どこまでもつづく雄ジカ
　の足あと サンドヒル・スタッグ』の改訳

サンドヒルのシカ スタッグ ……………… 1
＊ムササビ先生と読む「サンドヒルの
　シカ スタッグ」(今泉吉晴) …… 115
シートン小作品ライブラリー ………… 166
　＊自然がといてみせた、なぞ ……… 166
　ミュールジカは、なぜとぶか？ …… 167
＊あとがき (今泉吉晴) ………………… 174

世界児童文学全集/個人全集・内容綜覧 第II期　103

シートン動物記

```
┌─────────────────────────────┐
│        シートン動物記         │
│          KADOKAWA           │
│           全3巻             │
│     2012年12月～2015年4月     │
│        （角川つばさ文庫）       │
│    （越前敏弥訳, 姫川明月絵）    │
└─────────────────────────────┘
```

※1巻までの出版者：角川書店

〔第1巻〕 オオカミ王ロボ ほか
2012年12月15日刊

ビンゴ わたしの愛犬 ……………………… 5
ギザ耳 あるワタオウサギの物語 ……… 45
灰色グマの一代記 ………………………… 99
オオカミ王ロボ カランポーの支配者 … 187
＊訳者あとがき …………………………… 222

〔第2巻〕 サンドヒルの雄ジカ ほか
2013年10月15日刊

小さな軍馬 あるジャックウサギの物語 … 5
マガモ親子の陸の旅 ……………………… 71
スプリングフィールドのキツネ ………… 91
サンドヒルの雄ジカの足跡 ……………… 139
＊訳者あとがき …………………………… 197
＊シートンの一生 ………………………… 202

〔第3巻〕 クラッグ クートネーの雄ヒ
ツジ ほか
2015年4月15日刊

アルノー ある伝書バトの物語 …………… 5
少年とオオヤマネコ ……………………… 49
あばれ馬のコーリーベイ ………………… 93
クラッグ クートネーの雄ヒツジ ……… 115
＊訳者あとがき …………………………… 222

```
┌─────────────────────────────┐
│        ビジュアル特別版        │
│        シートン動物記         │
│          世界文化社          │
│           全2巻             │
│        2018年4月1日          │
│    （正岡慧子文, 木村修絵）     │
└─────────────────────────────┘
```

上
2018年4月1日刊

オオカミ王ロボ …………………………… 5
アライグマのウエイ・アッチャ ………… 37
栗毛の子馬 ………………………………… 69
銀ギツネ物語 ……………………………… 101
あぶく坊や ………………………………… 133
＊解説 ……………………………………… 164
＊あとがき（正岡慧子） ………………… 166

下
2018年4月1日刊

こぐまのジョニー ………………………… 5
チカリーとキノコ ………………………… 37
峰の王者クラッグ ………………………… 69
コガモの冒険 ……………………………… 101
走れ！ ジャック ………………………… 133
＊解説 ……………………………………… 164
＊あとがき（正岡慧子） ………………… 166

シートンの動物記
—野生の「いのち」、6つの物語
集英社
全1巻
2013年7月10日
（集英社みらい文庫）
（谷村志穂訳, 吉田圭子, 飯野まき, 吉岡
さやか絵）

※「シートンさんのどうぶつ記 1〜3」（創美
社 2009年刊）の改題、加筆・修正

シートンの動物記—野生の「いのち」、6
つの物語
2013年7月10日刊

＊6つの物語の舞台と動物たち ………… 4
ラグとお母さんウサギ（吉田圭子絵）……… 7
おかしな子グマ、ジョニー（吉田圭子
絵）…………………………………… 43
十羽のコガモの冒険（飯野まき絵）……… 65
オオカミの王、ロボ（飯野まき絵）……… 85
スプリングフィールド村のキツネ（吉
岡さやか絵）…………………………… 117
銀の印の、あるカラスの物語（吉岡さや
か絵）…………………………………… 149
＊訳者あとがき ………………………… 176

シャーロック・ホームズ
〔アーサー・コナン・ドイル〕
岩崎書店
全15巻
2011年3月10日
（岡本正樹絵）

※新装版

第1巻　マザリンの宝石事件（内田庶訳）
2011年3月10日刊

第1話　有名な依頼人 ………………… 5
第2話　マザリンの宝石事件 ………… 97
＊コナン・ドイル物語—名探偵ホーム
　ズの生みの親 1（内田庶）………… 157

第2巻　赤毛軍団のひみつ（中尾明訳）
2011年3月10日刊

第1話　赤毛軍団のひみつ …………… 5
第2話　ボヘミアのわるいうわさ事件 … 77
＊コナン・ドイル物語—名探偵ホーム
　ズの生みの親 2（内田庶）………… 149

第3巻　くちびるのねじれた男（内田庶訳）
2011年3月10日刊

第1話　くちびるのねじれた男 ……… 5
第2話　五つぶのオレンジのたね ……… 97
＊コナン・ドイル物語—名探偵ホーム
　ズの生みの親 3（内田庶）………… 157

第4巻　なぞのブナやしき（中尾明訳）
2011年3月10日刊

第1話　なぞのブナやしき …………… 5
第2話　ひとりものの貴族 …………… 83
＊コナン・ドイル物語—名探偵ホーム
　ズの生みの親 4（内田庶）………… 149

第5巻　三人のガリデブ事件（内田庶訳）
2011年3月10日刊

シャーロック・ホームズ

第1話　白面の兵士 ………………………… 5
第2話　三人のガリデブ事件 …………… 75
＊コナン・ドイル物語―名探偵ホーム
　ズの生みの親 5（内田庶）………… 133

第6巻　技師のおやゆび事件（中尾明訳）
2011年3月10日刊

第1話　技師のおやゆび事件 …………… 5
第2話　エメラルドのかんむり ………… 65
＊コナン・ドイル物語―名探偵ホーム
　ズの生みの親 6（内田庶）………… 141

第7巻　なぞのソア橋事件（内田庶訳）
2011年3月10日刊

第1話　なぞのソア橋事件 ……………… 5
第2話　ふく面の下宿人 ………………… 91
＊コナン・ドイル物語―名探偵ホーム
　ズの生みの親 7（内田庶）………… 133

第8巻　背中のまがった男（中尾明訳）
2011年3月10日刊

第1話　背中のまがった男 ……………… 5
第2話　ライゲートの大地主 …………… 57
＊コナン・ドイル物語―名探偵ホーム
　ズの生みの親 8（内田庶）………… 117

第9巻　ボスコム谷のなぞ（内田庶訳）
2011年3月10日刊

第1話　ボスコム谷のなぞ ……………… 5
第2話　花むこしっそう事件 …………… 87
＊コナン・ドイル物語―名探偵ホーム
　ズの生みの親 9（内田庶）………… 149

第10巻　はう男のひみつ（中尾明訳）
2011年3月10日刊

第1話　はう男のひみつ ………………… 5
第2話　三破風館（さんはふかん）のなぞ ……… 71
＊コナン・ドイル物語―名探偵ホーム
　ズの生みの親 10（内田庶）………… 129

第11巻　まだらのひも事件（内田庶訳）

2011年3月10日刊

第1話　まだらのひも事件 ……………… 5
第2話　青い宝石 ………………………… 87
＊コナン・ドイル物語―名探偵ホーム
　ズの生みの親 11（内田庶）………… 157

第12巻　ライオンのたてがみ事件（中尾
明訳）
2011年3月10日刊

第1話　ライオンのたてがみ事件 ……… 5
第2話　吸血鬼 …………………………… 67
＊コナン・ドイル物語―名探偵ホーム
　ズの生みの親 12（内田庶）………… 125

第13巻　名馬シルバー・ブレイズ号（内田
庶訳）
2011年3月10日刊

第1話　名馬シルバー・ブレイズ号 …… 5
第2話　黄色い顔 ………………………… 89
＊コナン・ドイル物語―名探偵ホーム
　ズの生みの親 13（内田庶）………… 149

第14巻　引退した絵具屋のなぞ（中尾明
訳）
2011年3月10日刊

第1話　引退した絵具屋のなぞ ………… 5
第2話　ショスコム荘のなぞ …………… 57
＊コナン・ドイル物語―名探偵ホーム
　ズの生みの親 14（内田庶）………… 117

第15巻　ホームズ最後の事件（内田庶訳）
2011年3月10日刊

第1話　海軍条約のひみつ ……………… 5
第2話　ホームズ最後の事件 …………… 107
＊コナン・ドイル物語―名探偵ホーム
　ズの生みの親 15（内田庶）………… 161

10歳までに読みたい世界名作
学研プラス
全24巻
2014年7月〜2016年4月
（横山洋子監修）

※16巻までの出版者：学研教育出版

第1巻　赤毛のアン—明るく元気に生きる女の子の
物語（ルーシー・モード・モンゴメリ作, 村
岡花子編訳, 村岡恵理編著, 柚希きひろ絵）
2014年7月2日刊

＊物語ナビ ……………………………… 2
赤毛のアン …………………………… 14
＊物語と原作者について（村岡恵理）…… 150
＊なぜ、今、世界名作？（横山陽子）…… 153

第2巻　トム・ソーヤの冒険—元気いっぱいの
少年が巻きおこす大そうどう（マーク・トウェイン
作, 那須田淳編訳, 朝日川日和絵）
2014年7月2日刊

＊物語ナビ ……………………………… 2
トム・ソーヤの冒険 ………………… 14
＊物語と原作者について（那須田淳）…… 150
＊なぜ、今、世界名作？（横山陽子）…… 153

第3巻　オズのまほうつかい—ねがいをかなえ
るため…まほうの国へのふしぎな旅（ライマン・フ
ランク・ボーム作, 立原えりか編訳, 清瀬
赤目絵）
2014年9月9日刊

＊物語ナビ ……………………………… 2
オズのまほうつかい ………………… 14
＊物語と原作者について（立原えりか）
　………………………………… 150
＊なぜ、今、世界名作？（横山陽子）…… 153

第4巻　ガリバー旅行記—こびとの国や巨人の国
を冒険する物語（ジョナサン・スウィフト作, 芝
田勝茂編訳, 大塚洋一郎絵）

2014年9月9日刊

＊物語ナビ ……………………………… 2
ガリバー旅行記 ……………………… 14
　プロローグ　冒険大すき …………… 14
　第一部　こびとの国 ……………… 17
　第二部　巨人の国 ………………… 97
　エピローグ　いろんな国があった …… 148
＊物語と原作者について（芝田勝茂）…… 150
＊なぜ、今、世界名作？（横山陽子）…… 153

第5巻　若草物語—ささえあい、前向きに生きていく
4人姉妹（ルイザ・メイ・オルコット作, 小松
原宏子編訳, あさま基恵絵）
2014年10月26日刊

＊物語ナビ ……………………………… 2
若草物語 ……………………………… 14
＊物語と原作者について（小松原宏子）
　………………………………… 150
＊なぜ、今、世界名作？（横山陽子）…… 153

第6巻　名探偵シャーロック・ホームズ—
犯人はだれだ？ するどい観察眼で事件解決（コナン・
ドイル作, 芦辺拓編訳, 城咲綾絵）
2014年10月26日刊

＊物語ナビ ……………………………… 2
事件File.01　まだらのひも ………… 15
事件File.02　六つのナポレオン ……… 57
事件File.03　ノーウッドの怪事件 …… 103
＊物語と原作者について（芦辺拓）…… 150
＊なぜ、今、世界名作？（横山陽子）…… 153

第7巻　小公女セーラ—気高さをうしなわない小
さなプリンセス（フランシス・ホジソン・バー
ネット作, 岡田好恵編訳, 佐々木メエ絵）
2014年12月22日刊

＊物語ナビ ……………………………… 2
小公女セーラ ………………………… 14
＊物語と原作者について（岡田好恵）…… 150
＊なぜ、今、世界名作？（横山陽子）…… 153

10歳までに読みたい世界名作

第8巻　シートン動物記 オオカミ王ロボ
—野生動物のおどろくべき知恵、そして深い愛情（アーネスト・トンプソン・シートン作, 千葉茂樹編訳, 姫川明月絵）
2014年12月22日刊

＊物語ナビ ……………………………… 2
シートン動物記 オオカミ王ロボ ………… 14
＊シートン動物記「オオカミ王ロボ」番外編
　＊オオカミって、どんな動物？ …… 120
　＊人間とオオカミの関わりは？ …… 122
　＊シートンって、どんな人？ …… 124
　＊シートン動物記って？ ……………… 126
シートン動物記〈おまけのお話〉ギザ耳ウサギ
の冒険 ………………………………… 128
＊物語と原作者について（千葉茂樹） … 142
＊なぜ、今、世界名作？（横山陽子） … 153

第9巻　アルプスの少女ハイジ
—思いやりの心が起こした奇跡（ヨハンナ・シュピリ作, 松永美穂編訳, 柚希きひろ絵）
2015年2月18日刊

＊物語ナビ ……………………………… 2
アルプスの少女ハイジ ………………… 14
＊物語と原作者について（松永美穂） … 150
＊なぜ、今、世界名作？（横山陽子） … 153

第10巻　西遊記
—三蔵法師を守る、孫悟空と仲間が大あばれ！（呉承恩作, 芝田勝茂編訳, 脚次郎絵）
2015年2月18日刊

＊物語ナビ ……………………………… 2
西遊記 …………………………………… 14
＊物語と原作者について（芝田勝茂） … 150
＊なぜ、今、世界名作？（横山陽子） … 153

第11巻　ふしぎの国のアリス
—何が起こるかわからない、へんてこな世界へ！（ルイス・キャロル作, 石井睦美編訳, 森川泉絵）
2015年4月21日刊

＊物語ナビ ……………………………… 2

ふしぎの国のアリス …………………… 14
＊物語と原作者について（石井睦美） … 150
＊なぜ、今、世界名作？（横山陽子） … 153

第12巻　怪盗アルセーヌ・ルパン
—名警部をうならせる、怪盗紳士のあざやかなトリック（モーリス・ルブラン作, 芦辺拓編訳, 清瀬のどか絵）
2015年4月21日刊

＊物語ナビ ……………………………… 2
プロローグ ……………………………… 14
Episode01　怪盗ルパン対悪魔男爵 ……… 27
Episode02　怪盗ルパンゆうゆう脱獄……… 91
＊物語と原作者について（芦辺拓） …… 150
＊なぜ、今、世界名作？（横山陽子） … 153

第13巻　ひみつの花園
—あれた庭をよみがえらせ、花と友情を育てる（フランシス・ホジソン・バーネット作, 日当陽子編訳, 朝日川日和絵）
2015年6月28日刊

＊物語ナビ ……………………………… 2
ひみつの花園 …………………………… 14
＊物語と原作者について（日当陽子） … 150
＊なぜ、今、世界名作？（横山陽子） … 153

第14巻　宝島
—海賊のうめた宝を探しに、冒険に出発！（ロバート・ルイス・スティーヴンソン作, 吉上恭太編訳, 館尾冽絵）
2015年6月28日刊

＊物語ナビ ……………………………… 2
宝島 ……………………………………… 14
＊物語と原作者について（吉上恭太） … 150
＊なぜ、今、世界名作？（横山陽子） … 153

第15巻　あしながおじさん
—ある日、すてきな出会いがおとずれる！（ジーン・ウェブスター作, 小松原宏子編訳, 脚次郎絵）
2015年8月30日刊

＊物語ナビ ……………………………… 2
あしながおじさん ……………………… 14

＊物語と原作者について（小松原宏子）
　……………………………… 150
＊なぜ、今、世界名作？（横山陽子）…… 153

第16巻　アラビアンナイト シンドバッドの冒険—思いもよらぬことが次から次に！ どきどきの冒険物語（みおちづる編著, 飯田要絵）
2015年8月30日刊

＊物語ナビ …………………………… 2
シンドバッドの冒険 ………………… 15
空とぶじゅうたん …………………… 91
＊物語と原作者について（みおちづる）
　……………………………… 150
＊なぜ、今、世界名作？（横山陽子）…… 153

第17巻　少女ポリアンナ—少女の前向きな生き方が、みんなをかえる！（エレナ・ポーター作, 立原えりか編訳, 鯉沼菜奈絵）
2015年10月20日刊

＊物語ナビ …………………………… 2
少女ポリアンナ ……………………… 14
＊物語と原作者について（立原えりか）
　……………………………… 150
＊なぜ、今、世界名作？（横山陽子）…… 153

第18巻　ロビンソン・クルーソー—ただ一人、無人島で生きる…世界一有名なサバイバル物語（ダニエル・デフォー作, 芝田勝茂編訳, 小玉絵）
2015年10月20日刊

＊物語ナビ …………………………… 2
ロビンソン・クルーソー …………… 14
＊物語と原作者について（芝田勝茂）…… 150
＊なぜ、今、世界名作？（横山陽子）…… 153

第19巻　フランダースの犬—犬と少年の、ひたむきな友情物語（ウィーダ作, 那須田淳編訳, 佐々木メエ絵）
2015年12月15日刊

＊物語ナビ …………………………… 2
フランダースの犬 …………………… 14

＊物語と原作者について（那須田淳）…… 150
＊なぜ、今、世界名作？（横山陽子）…… 153

第20巻　岩くつ王—無実の罪でろう屋へ 14年後、冒険と復しゅうが始まる（アレクサンドル・デュマ作, 岡田好惠編訳, オズノユミ絵）
2015年12月15日刊

＊物語ナビ …………………………… 2
岩くつ王 ……………………………… 14
＊物語と原作者について（岡田好惠）…… 150
＊なぜ、今、世界名作？（横山陽子）…… 153

第21巻　家なき子—つらい旅の中でも失わなかった思いやりの心（エクトール・アンリ・マロ作, 小松原宏子編訳, 木野陽絵）
2016年2月23日刊

＊物語ナビ …………………………… 2
家なき子 ……………………………… 14
＊物語と原作者について（小松原宏子）
　……………………………… 150
＊なぜ、今、世界名作？（横山陽子）…… 153

第22巻　三銃士—正義のため、最強の三銃士といっしょに、戦う！（アレクサンドル・デュマ作, 岡田好惠編訳, 山田一喜絵）
2016年2月23日刊

＊物語ナビ …………………………… 2
三銃士 ………………………………… 14
＊物語と原作者について（岡田好惠）…… 150
＊なぜ、今、世界名作？（横山陽子）…… 153

第23巻　王子とこじき—王子とこじきが入れかわり、ロンドンは大パニック！（マーク・トウェイン作, 村岡花子編訳, 村岡美枝編著, たはらひとえ絵）
2016年4月19日刊

＊物語ナビ …………………………… 2
王子とこじき ………………………… 14
＊物語と原作者について（村岡美枝）…… 150
＊なぜ、今、世界名作？（横山陽子）…… 153

第24巻　海底二万マイル—巨大な潜水艦ノーチ
ラス号での、おどろきの日々！（ジュール・ベルヌ
作, 芦辺拓編訳, 藤城陽絵）
2016年4月19日刊

＊物語ナビ ……………………………… 2
海底二万マイル
＊物語と原作者について（芦辺拓）……… 150
＊なぜ、今、世界名作？（横山陽子）…… 153

10歳までに読みたい
名作ミステリー
学研プラス
全10巻
2016年6月〜2017年3月

名探偵シャーロック・ホームズ なぞの赤
毛クラブ（コナン・ドイル作, 芦辺拓編著,
城咲綾絵）
2016年6月28日刊

＊事件ナビ ……………………………… 2
プロローグ ……………………………… 15
エピソード01　なぞの赤毛クラブ ………… 23
エピソード02　くちびるのねじれた男 …… 97
＊物語について（芦辺拓）……………… 166

名探偵シャーロック・ホームズ ガチョウ
と青い宝石（コナン・ドイル作, 芦辺拓編
著, 城咲綾絵）
2016年9月6日刊

＊事件ナビ ……………………………… 2
エピソード01　ブナの木館のきょうふ …… 15
エピソード02　ガチョウと青い宝石 ……… 95
＊物語について（芦辺拓）……………… 166

名探偵シャーロック・ホームズ ホームズ
最後の事件!?（コナン・ドイル作, 芦辺拓
編著, 城咲綾絵）
2016年11月1日刊

＊事件ナビ ……………………………… 2
エピソード01　ボヘミア王のひみつ ……… 15
エピソード02　ホームズの最後の事件!? …… 91
＊物語について（芦辺拓）……………… 166

名探偵シャーロック・ホームズ おどる人
形の暗号（コナン・ドイル作, 芦辺拓編著,
城咲綾絵）
2016年12月27日刊

＊事件ナビ …………………………………… 2
エピソード01　空っぽの家の冒険 ………… 15
エピソード02　おどる人形の暗号 ………… 73
＊物語について（芦辺拓）……………… 166

名探偵シャーロック・ホームズ バスカビルの魔犬（コナン・ドイル作, 芦辺拓編著, 城咲綾絵）

2017年3月14日刊

＊事件ナビ …………………………………… 2
エピソード バスカビルの魔犬…………… 14
＊物語について（芦辺拓）……………… 166

怪盗アルセーヌ・ルパン あやしい旅行者（モーリス・ルブラン作, 二階堂黎人編著, 清瀬のどか絵）

2016年6月28日刊

＊事件ナビ …………………………………… 2
エピソード01　あやしい旅行者 …………… 15
エピソード02　赤いスカーフのひみつ ……… 95
＊物語について（二階堂黎人）………… 166

怪盗アルセーヌ・ルパン あらわれた名探偵（モーリス・ルブラン作, 二階堂黎人編著, 清瀬のどか絵）

2016年9月6日刊

＊事件ナビ …………………………………… 2
プロローグ ………………………………… 15
エピソード01　古づくえの宝くじ ………… 21
エピソード02　あらわれた名探偵 ………… 93
＊物語について（二階堂黎人）………… 166

怪盗アルセーヌ・ルパン 王妃の首かざり（モーリス・ルブラン作, 二階堂黎人編著, 清瀬のどか絵）

2016年11月1日刊

＊事件ナビ …………………………………… 2
エピソード01　王妃の首かざり …………… 15
エピソード02　古いかべかけのひみつ ……… 93
＊物語について（二階堂黎人）………… 166

怪盗アルセーヌ・ルパン 少女オルスタンスの冒険（モーリス・ルブラン作, 二階堂黎人編著, 清瀬のどか絵）

2016年12月27日刊

＊事件ナビ …………………………………… 2
プロローグ ………………………………… 15
エピソード01　砂浜の密室事件 …………… 17
エピソード02　雪の上の足あと …………… 93
エピローグ ………………………………… 164
＊物語について（二階堂黎人）………… 166

怪盗アルセーヌ・ルパン 813にかくされたなぞ（モーリス・ルブラン作, 二階堂黎人編著, 清瀬のどか絵）

2017年3月14日刊

＊事件ナビ …………………………………… 2
エピソード　813にかくされたなぞ………… 14
エピローグ ………………………………… 158
＊物語について（二階堂黎人）………… 166

ショヴォー氏とルノー君のお話集

ショヴォー氏とルノー君の お話集
福音館書店
全5巻
2002年11月～2003年10月
（福音館文庫）
（出口裕弘訳）

※1986～1987年刊の文庫版

第1巻　年をとったワニの話
2002年11月20日刊

ノコギリザメとトンカチザメの話 ………… 7
メンドリとアヒルの話 …………………… 73
年をとったワニの話 ……………………… 169
おとなしいカメの話 ……………………… 229
＊画文一致のショヴォーの「絵」のほ
　う（堀内誠一）………………………… 278
＊ショヴォー再会（三木卓）…………… 280
＊お話集の構成について（編集部）……… 282

第2巻　子どもを食べる大きな木の話
2003年2月20日刊

大きなカタツムリの話 ………………………… 7
ヘビの子の話 ……………………………… 73
子どもを食べる大きな木の話 ………… 125
小さなクマの話 ………………………… 159
オオカミとカメの話 …………………… 211
＊父レオポルド・ショヴォーのこと（オ
　リヴィエ・ショヴォー）……………… 219

第3巻　名医ポポタムの話
2003年5月20日刊

序文 ………………………………………… 7
名医ポポタムの話 ……………………… 11
アザラシの子の話 ……………………… 163
オオヘビとバクの話 …………………… 239
人食い鬼の話 …………………………… 255
＊ショヴォー氏の絵本との出会い（秋
　野亥左牟）……………………………… 320

＊息づかいの発明（別役実）…………… 322

第4巻　いっすんぼうしの話
2003年8月15日刊

大きくなった小さな魚 ……………………… 7
いっすんぼうしの話 …………………… 61
「なめくじ」の話 ……………………… 145
＊ショヴォーの世界（天沢退二郎）……… 207
＊おかしなパパのおかしな絵本（沢野
　ひとし）………………………………… 209

第5巻　ふたりはいい勝負
2003年10月15日刊

三びきのカンガルー ……………………… 11
ぜんぜん、なににも似ていなかった動
　物の話 ………………………………… 27
あべこべの話 …………………………… 40
ありそうもなかった話 ………………… 51
リュクサンブール公園のノミ ………… 70
同じノミの、いたずらと大手柄の話 … 81
ぼくの話 ………………………………… 92
一度も、なんにもおこらなかった男の
　話 ……………………………………… 100
かわいそうな小さな船が、沈没した話 ‥ 109
いたかもしれないゾウの話 …………… 115
オオヘビとカメ ………………………… 120
ふしぎな釣りびと ……………………… 128
小さな、とても小さな男の話 ………… 135
木こりと森の話 ………………………… 143
古い塔の話 ……………………………… 151
ハツカネズミをこわがったネコの話 … 157
ネコと小さな女の子と焼肉の話 ……… 165
オウムの王さまの話と、もうひとつの
　話 ……………………………………… 170
パン・デピスの子ブタ ………………… 181
九・九（く・く）の練習 ……………… 189
シャンゼリゼ大通りのクジラ ………… 196
水を切って進む小さな船 ……………… 201
目がよく見えなくなったゾウの話 …… 203
そのゾウの鼻は、みんなと同じ鼻だっ
　た ……………………………………… 209
黒人の王さまと、おつきの医者 ……… 213

112　世界児童文学全集/個人全集・内容綜覧 第II期

小学館 世界の名作

ほうきおばさん ……………………… 222
大麦あめ ……………………………… 229
バターさん、マカロニさん、チーズさ
　ん ……………………………………… 235
七才から、八才へ ………………… 241
まっすぐ、くずかごへ！ ………… 247
どこかへ飛んでった平手打ちの話 …… 254
ゆううつ ……………………………… 264
足と、石ころの話 ………………… 267
カタツムリのひっこし …………… 275
木でできたワニ …………………… 286
うちの子と、よその子 …………… 292
塀の上のメンドリ ………………… 304
故障 …………………………………… 320
年をとった婦人の肖像画 ………… 323
半熟たまご …………………………… 332
どうして、学校へ上がるの？ …… 337
年をとった子ども ………………… 344
じゃあね ……………………………… 347
＊訳者あとがき …………………… 350
＊ショヴォー探索（編集部）……… 352
＊文庫版のためのあとがき（出口裕弘）
　 ……………………………………… 356

┌─────────────────────┐
│　　小学館 世界の名作　　│
│　　　　　小学館　　　　│
│　　　　　全18巻　　　　│
│　1997年10月〜1999年4月　│
│　　　（西本鶏介監修）　　│
└─────────────────────┘

第1巻　ピーターパン（ジェームズ・バリ原
作, 早野美智代文, 小澤摩純絵）
1997年10月10日刊

ピーターパン ……………………………… 1
＊名作解説 個性豊かなヒーロー、ピー
　ター・パン（西本鶏介）…………… 100
＊作家と作品 子どもの心を持ち続けた
　作家バリ（早野美智代）…………… 102

第2巻　ふしぎの国のアリス（ルイス・キャ
ロル原作, さくまゆみこ文, 永田萠絵）
1997年11月20日刊

ふしぎの国のアリス ……………………… 1
＊名作解説 常識を越えた面白さと子ど
　もへのはげまし（西本鶏介）……… 100
＊作家と作品 子どもたちに歓迎された
　“本当に楽しい”物語（さくまゆみこ）
　 ……………………………………… 102

第3巻　ガリバー旅行記（ジョナサン・スウ
ィフト原作, 矢崎節夫文, 高橋常政絵）
1997年12月20日刊

ガリバー旅行記 …………………………… 1
　小人の国 ………………………………… 4
　巨人の国 ……………………………… 50
＊名作解説 心ときめく冒険の漂流記
　（西本鶏介）………………………… 100
＊作家と作品 するどい風刺でえがく奇
　想天外な冒険物語（矢崎節夫）……… 102

第4巻　オズの魔法使い（L.フランク・バウ
ム原作, やなぎや・けいこ文, 川端英樹絵）
1998年1月10日刊

世界児童文学全集/個人全集・内容綜覧 第II期　**113**

小学館 世界の名作

オズの魔法使い ……………………… *1*
＊名作解説 魔法にも負けない冒険の楽
　しさ（西本鶏介）………………… *100*
＊作家と作品 子どもばかりか、おとな
　の心もつかんだ空想物語（やなぎや・
　けいこ）……………………………… *102*

第5巻　アルプスの少女ハイジ（ヨハンナ・
　シュピーリ原作、ささきたづこ文、矢島眞
　澄絵）
1998年2月20日刊

アルプスの少女ハイジ ………………… *1*
＊名作解説 自然への讃歌とめぐまれな
　い人たちへの愛（西本鶏介）………… *100*
＊作家と作品 美しい自然に育まれた純
　真な心の主人公（ささきたづこ）……… *102*

第6巻　十五少年漂流記（ジュール・ベルヌ
　原作、小沢正文、クラウス・エンジカット
　絵）
1998年4月20日刊

十五少年漂流記 ………………………… *1*
＊名作解説 少年の知恵と勇気の物語
　（西本鶏介）………………………… *100*
＊作家と作品 人々が心を通わせあう理
　想の世界への夢（小沢正）………… *102*

第7巻　家なき子（エクトール・マロ原作、山
　下明生文、木村貴嗣絵）
1998年5月20日刊

家なき子 ………………………………… *1*
＊名作解説 愛の心こそ試練に耐える力
　（西本鶏介）………………………… *100*
＊作家と作品 貧しさの中でけなげに自
　立する子どもの物語（山下明生）…… *102*

第8巻　ほら男爵の冒険（ビュルガー編、平
　野卿子文、ジャン＝フランソワ・マルタン
　絵）
1998年6月20日刊

ほら男爵の冒険 ………………………… *1*

1　わがはい、ロシアへ行く ………… *6*
2　わがはい、トルコへ行く ………… *30*
3　わがはい、ドイツへ帰る ………… *44*
4　わがはい、セイロンへ行く ……… *48*
5　わがはい、地中海へ行く ………… *54*
6　わがはい、サルタン殿下とかけを
　する ………………………………… *58*
7　わがはい、シロクマになる ……… *78*
8　わがはい、南の島へ行く ………… *87*
9　わがはい、ロシアへもどる ……… *98*
＊名作解説 臨場感あふれるほら話（西
　本鶏介）……………………………… *100*
＊作家と作品 3人の作者がいる愉快痛
　快なほら物語（平野卿子）………… *102*

第9巻　トム・ソーヤーの冒険（マーク・ト
　ウェイン原作、三木卓文、リカルド・E.サ
　ンドバル絵）
1998年7月20日刊

トム・ソーヤーの冒険 ………………… *1*
＊名作解説 自由と正義にあふれる冒険
　物語（西本鶏介）…………………… *100*
＊作家と作品 元気とユーモアの人、
　マーク・トウェイン（三木卓）……… *102*

第10巻　幸福の王子／わがままな大男
　（オスカー・ワイルド原作、中山知子文）
1998年8月20日刊

幸福の王子（アンヘル・ドミンゲス絵）…… *5*
わがままな大男（テオ・プエブラ絵）…… *71*
＊名作解説 天使の心を持つ愛の童話
　（西本鶏介）………………………… *100*
＊作家と作品 美しさを求めつづけて自
　由に生きた詩人の心の物語（中山知
　子）…………………………………… *102*

第11巻　フランダースの犬（ウィーダ原
　作、森山京文、いせひでこ絵）
1998年9月20日刊

フランダースの犬 ……………………… *1*

＊名作解説 熱い涙をよぶ愛の文学（西
　本鶏介）……………………………… *100*
＊作家と作品 芸術への情熱で描いた、
　少年と犬との愛（森山京）………… *102*

第12巻　森は生きている（サムイル・マル
　シャーク原作，宮川やすえ文，宝永たかこ
　絵）
1998年10月20日刊

森は生きている ………………………… *1*
＊名作解説 自然と人間のシンフォニー
　（西本鶏介）………………………… *100*
＊作家と作品 民話から生まれ出た詩情
　あふれる物語（宮川やすえ）………… *102*

第13巻　美女と野獣／青い鳥（立原えりか
　文，牧野鈴子絵）
1998年11月20日刊

美女と野獣（ボーモン夫人原作）………… *5*
青い鳥（モーリス・メーテルリンク原
　作）…………………………………… *47*
＊名作解説 ほんとうの幸福を求める心
　の物語（西本鶏介）…………………… *98*
＊作家と作品 美女と野獣 若い女性を
　教育するための物語（立原えりか）… *100*
＊作家と作品 青い鳥 今もつづく幸せ
　さがし（立原えりか）………………… *102*

第14巻　西遊記（呉承恩原作，谷真介文，橋
　本幸規絵）
1998年12月20日刊

西遊記 …………………………………… *1*
＊名作解説 もっとも面白いスーパーマ
　ン古典物語（西本鶏介）……………… *100*
＊作家と作品 長い年月をかけて中国の
　人々が育んだ文学（谷真介）………… *102*

**第15巻　シンドバッドの冒険―アラビア
　ン・ナイトより**（たかしよいち文，ヘスス・
　ガバン絵）
1999年1月10日刊

シンドバッドの冒険 …………………… *1*
　1　一番目の航海 その一 ………… *5*
　2　一番目の航海 その二 ………… *12*
　3　二番目の航海 その一 ………… *16*
　4　二番目の航海 その二 ………… *22*
　5　三番目の航海 その一 ………… *30*
　6　三番目の航海 その二 ………… *41*
　7　四番目の航海 その一 ………… *52*
　8　四番目の航海 その二 ………… *58*
　9　五番目の航海 その一 ………… *66*
　10　五番目の航海 その二 ………… *71*
　11　六番目の航海 その一 ………… *78*
　12　六番目の航海 その二 ………… *83*
　13　七番目の航海 その一 ………… *88*
　14　七番目の航海 その二 ………… *91*
＊名作解説 奔放な空想力にあふれた民
　族のロマン（西本鶏介）……………… *100*
＊作家と作品 シンドバッドの冒険とア
　ラビアン・ナイト（たかしよいち）…… *102*

第16巻　グリム童話（グリム兄弟原作，乾
　侑美子文）
1999年1月20日刊

ヘンゼルとグレーテル（ふりやかよこ
　絵）…………………………………… *4*
おいしいおかゆ（藤川巧二絵）………… *30*
ホレおばさん（アルノルフィーナ絵）…… *34*
ネコとネズミがいっしょに住むと（ニ
　ビオ・ロペス絵）…………………… *46*
いばらひめ（久保田あつ子絵）………… *54*
金のガチョウ（山村浩二絵）…………… *66*
星の金貨（藤原美穂子絵）……………… *80*
長ぐつをはいたネコ（横田ひろみつ絵）… *84*
＊名作解説 母親の心をそなえた童話
　（西本鶏介）………………………… *100*
＊作家と作品 快いリズムと美しい言葉
　の昔話集（乾侑美子）………………… *102*

第17巻　アンデルセン童話（ハンス・クリ
　スチャン・アンデルセン原作，木村由利子
　文，こみねゆら絵）
1999年3月20日刊

世界児童文学全集/個人全集・内容綜覧 第II期　**115**

小学館 世界の名作

しっかりもののすずの兵隊 4
えんどう豆の上にねたおひめさま 20
ひなぎく 26
空とぶトランク 38
お父ちゃんのすることはまちがいない ... 54
さよなきどり 70
＊名作解説 人生の真実を描く童話文学
　（西本鶏介）........................... 100
＊作家と作品 人間味あふれる語り口の
　人生の物語（木村由利子）............. 102

第18巻　イソップ物語（イソップ原作, 川崎洋文）
1999年4月20日刊

肉をくわえた犬（佐藤邦雄絵）............. 4
うそつきの子ども（伴野菜保子絵）......... 6
クジャクとツル（松成真理子絵）.......... 10
キツネとブドウ（ビクトリア・ハリエット絵）................................ 12
野ネズミと町ネズミ（タク・ショウジ絵）.................................. 14
ライオンとウサギ（ビビ・バラシュ絵）... 18
山のロバと家のロバ（原田ヒロミ絵）...... 20
旅人と運命の神（やまむらこあき絵）...... 22
棒のおしえ（さくらちえ絵）.............. 24
ライオンとクマ（デビット・ラム絵）..... 26
おんどりとワシ（吉田利一絵）............ 28
幸福と不幸（KURISU IKU絵）............. 30
塩をはこんでいるロバ（菊池健絵）........ 32
カラスとキツネ（木村法子絵）............ 36
おなかと足（こだんみほ絵）.............. 38
人とライオン（佐藤明子絵）.............. 40
アリとハト（亀川秀樹絵）................ 42
オオカミとキツネ（佐藤邦雄絵）.......... 44
きこりとヘルメス（松成真理子絵）........ 46
カナリヤとコウモリ（水野恵理絵）........ 50
天文学者（平きょうこ絵）................ 52
ロバとおんどりとライオン（タク・ショウジ絵）................................ 54
オオカミとおばあさん（伴野菜保子絵）... 56
ウサギとカメ（アラキヤスオ絵）.......... 58
農夫とワシ（ビビ・バラシュ絵）.......... 62

ライオンとネズミ（佐藤邦雄絵）.......... 64
北風と太陽（津村陽子絵）................ 68
ヤギ飼いとヤギ（平きょうこ絵）.......... 70
キツネとツル（水野恵理絵）.............. 74
金のたまごをうむめんどり（こだんみほ絵）................................ 76
ワシとカササギとヒツジ飼い（原田ヒロミ絵）................................ 78
オオカミとかげ（ワイレム・ジャンセ絵）.................................. 80
けちんぼう（さわのりょーた絵）.......... 82
神さまの像をのせたロバ（村上基浩絵）... 84
キツネとヤギ（タク・ショウジ絵）........ 86
セミとアリ（やまむらこあき絵）.......... 90
おばあさんと医者（佐藤明子絵）.......... 92
カとライオン（国米豊彦絵）.............. 94
人間のところにいる希望（アラキヤスオ絵）................................ 98
＊名作解説 人間らしく生きるためのす
　ぐれた寓話（西本鶏介）............... 100
＊作家と作品 古代ギリシャに生まれた
　寓話文学の先駆（川崎洋）............. 102

116　世界児童文学全集/個人全集・内容綜覧 第II期

小学生までに読んでおきたい
文学
あすなろ書房
全6巻
2013年10月〜2014年3月
（松田哲夫編）

第1巻　おかしな話
2014年3月20日刊

猫の事務所—ある小さな官衙に関する
　幻想（宮沢賢治著）………………… 7
詩人（サマセット・モーム著, 行方昭夫
　訳）……………………………………… 25
時そば（桂三木助演, 飯島友治編）……… 37
ハリー（ウィリアム・サローヤン著, 関
　汀子訳）………………………………… 59
悪魔（星新一著）…………………………… 75
ゾッとしたくて旅に出た若者の話（グ
　リム著, 池内紀訳）…………………… 81
猫の親方あるいは長靴をはいた猫
　（シャルル・ペロー著, 澁澤龍彦訳）… 107
もてなし（トルーマン・カポーティ著,
　河野一郎訳）…………………………… 121
そんなこたないす（ラングストン・
　ヒューズ著, 木島始訳）……………… 137
酒虫（しゅちゅう）（芥川龍之介著）……… 151
壁抜け男（マルセル・エーメ著, 中村真
　一郎訳）………………………………… 169
たたみ往生（中島らも著）……………… 191
夢たまご（半村良著）…………………… 209
手品師（豊島与志雄著）………………… 219
＊解説「普通でなくたっていいじゃな
　い」（松田哲夫）……………………… 235

第2巻　かなしい話
2014年1月30日刊

蜘蛛の糸（芥川龍之介著）………………… 7
天国からの脱落（ディーノ・ブッツァー
　ティ著, 関口英子訳）………………… 17

幸せの王子（オスカー・ワイルド著, 矢
　川澄子訳）……………………………… 31
ジュール伯父（モーパッサン著, 河盛好
　蔵訳）…………………………………… 53
福の神（星新一著）……………………… 73
笑い虫のサム（ウィリアム・サローヤン
　著, 吉田ルイ子訳）…………………… 85
手（シャーウッド・アンダソン著, 大津
　栄一郎訳）……………………………… 101
みにくいアヒルの子（アンデルセン著,
　山室静訳）……………………………… 117
少女（キャサリン・マンスフィールド
　著, 崎山正毅訳）……………………… 145
ガラスの少女像（テネシー・ウィリアム
　ズ著, 志村正雄訳）…………………… 159
胡桃割り（永井龍男著）………………… 183
ある手品師の話（小熊秀雄著）………… 203
生命の法則（ジャック・ロンドン著, 大
　津栄一郎訳）…………………………… 213
＊解説「あるべきものがなくなるとき」
　（松田哲夫）…………………………… 230

第3巻　こわい話
2013年12月30日刊

蛇—永日小品より（夏目漱石著）………… 7
淋しい場所（オーガスト・ダーレス著,
　永井淳訳）……………………………… 13
溺れかけた兄妹（有島武郎著）………… 33
水浴（コストラーニ・デジェー著, 徳永
　康元訳）………………………………… 49
沼（小松左京著）………………………… 69
蝿取紙（エリザベス・テイラー著, 小野
　寺健訳）………………………………… 77
女主人（ロアルド・ダール著, 開高健
　訳）……………………………………… 95
園芸上手（R.クロフト＝クック著, 橋本
　槇矩訳）………………………………… 119
爪（ウィリアム・アイリッシュ著, 阿部
　主計訳）………………………………… 145
復讐（三島由紀夫著）…………………… 165
牡丹燈記（瞿宗吉著, 岡本綺堂訳）…… 185
スフィンクス（エドガー・アラン・ポー
　著, 丸谷才一訳）……………………… 197

小学生までに読んでおきたい文学

なにかが起こった（ディーノ・ブッ
　ツァーティ著, 脇功訳）……………… 209
スミスの滅亡（アルジャーノン・ブラッ
　クウッド著, 南條竹則訳）…………… 221
＊解説「生きている意味を確かめる」
　（松田哲夫）………………………… 238

第4巻　たたかう話
2013年11月30日刊

ナイチンゲール（アンデルセン著, 山室
　静訳）…………………………………… 7
こうのとりになったカリフ（ヴィルヘ
　ルム・ハウフ著, 高橋健二訳）……… 35
力づく（W.C.ウィリアムズ著, 宮本陽
　吉訳）………………………………… 59
注射（森茉莉著）……………………… 69
インディアンの村（アーネスト・ヘミン
　グウェイ著, 高見浩訳）……………… 77
黒猫（島木健作著）…………………… 89
イヴァン・ベリンのあやまち（ヨルダ
　ン・ヨフコフ著, 真木三三子訳）…… 107
勝負事（菊池寛著）…………………… 135
この四十年（ノーラ・ロフツ著, 小野寺
　健訳）………………………………… 147
夜の客（宇野信夫著）………………… 165
西部に生きる男（星新一著）………… 175
盗賊の花むこ（グリム著, 池内紀訳）… 189
ピレートゥー（クリシャン・チャンダル
　著, 謝秀麗訳）………………………… 201
戦の歌（ディーノ・ブッツァーティ著,
　関口英子訳）………………………… 223
＊解説「生きることはたたかうこと」
　（松田哲夫）………………………… 234

第5巻　ともだちの話
2013年10月30日刊

友だち（星新一著）…………………… 7
画の悲み（国木田独歩著）…………… 21
故郷（魯迅著, 竹内好訳）…………… 35
納豆合戦（菊池寛著）………………… 57
牛乳時代（中島らも著）……………… 69

クジャクヤママユ（ヘルマン・ヘッセ
　著, 岡田朝雄訳）……………………… 89
子供の領分（吉行淳之介著）………… 107
シシフシュ（ヴォルフガング・ボルヒェ
　ルト著, 小松太郎訳）………………… 133
みちのく（岡本かの子著）…………… 159
ある小さな物語（モルナール・フェレン
　ツ著, 徳永康元訳）…………………… 177
苺の季節（アースキン・コールドウェル
　著, 横尾定理訳）……………………… 191
ボライ（ラビンドラナート・タゴール
　著, 牧野財士訳）……………………… 201
菊の花（中野重治著）………………… 215
堅固な対象（ヴァージニア・ウルフ著,
　西崎憲訳）…………………………… 227
＊解説「自分と世の中が映る不思議な
　鏡」（松田哲夫）…………………… 243

第6巻　すごい話
2013年10月30日刊

ねずみと小鳥とソーセージ（グリム著,
　池内紀訳）…………………………… 7
ある夜（広津和郎著）………………… 13
冬を越したハチドリ（ウィリアム・サ
　ローヤン著, 関汀子訳）……………… 19
宅妖／小官人―聊斎志異より（蒲松齢
　著, 柴田天馬訳）……………………… 31
　宅妖………………………………… 33
　小官人……………………………… 35
ちんちん小袴（小泉八雲著, 池田雅之
　訳）…………………………………… 37
小鬼のコレクション（アルジャーノン・
　ブラックウッド著, 南條竹則訳）…… 49
夢応の鯉魚（上田秋成著, 石川淳訳）… 65
杜子春（芥川龍之介著）……………… 79
追放者（エドモンド・ハミルトン著, 中
　村融訳）……………………………… 105
ヴァルドマル氏の病症の真相（エド
　ガー・アラン・ポー著, 富士川義之
　訳）…………………………………… 119
蛇精（じゃせい）（岡本綺堂著）…… 141
お月さまと馬賊（小熊秀雄著）……… 167

山彦（マーク・トウェイン著, 瀧口直太
　郎訳）……………………………… *179*
かけ（アントン・チェーホフ著, 原卓也
　訳）………………………………… *197*
岩（E.M.フォースター著, 小野寺健訳）
　…………………………………… *215*
コロンブレ（ディーノ・ブッツァーティ
　著, 竹山博英訳）………………… *227*
＊解説「人間の想像力が生み出したも
　の」（松田哲夫）………………… *242*

```
        21世紀版
  少年少女世界文学館
        講談社
        全24巻
  2010年10月～2011年3月
    （井上靖企画編集）
```

※『少年少女世界文学館』（1986年～1988年
　刊）をもとに再編集

第1巻　ギリシア神話（アポロドーロスほか
　著, 高津春繁, 高津久美子訳, 若菜珪さし絵,
　柳瀬昭雄, 山本洋子カット）
2010年10月14日刊

＊人間味あふれる神々、雄壮な物語性
　―人々に豊かな想像力をあたえつづ
　けた壮大な叙事詩 ………………… *6*
ギリシアの神々 …………………… *11*
　オリュンポスの神々 ……………… *13*
　アポロン ……………………………… *17*
　デメテルの話 ……………………… *25*
　プロメテウスの火とパンドラのつぼ … *39*
英雄物語 …………………………… *45*
　アルゴー号のお話 ………………… *47*
　テセウス物語 ……………………… *69*
　ゴルゴン退治のペルセウス ………… *107*
　ヘラクレス ………………………… *131*
　テーバイ物語 ……………………… *156*
諸国の物語 ………………………… *187*
　へびの恩がえし―メラムプスの予言 … *189*
　太陽の神の戦車を駆る少年パエトン … *200*
　くもになった少女 ………………… *217*
　すいせんになった少年 …………… *225*
　さわったものが金になるお話 ……… *234*
　王さまの耳はろばの耳 …………… *243*
　悲しい恋人のお話―ピュラモスと
　　ティスベ ………………………… *246*
　へびの薬草で生きかえった子供の話 … *254*
＊解説（高津久美子）……………… *262*
＊随筆 人間の素顔にせまるギリシア神
　話（曾野綾子）…………………… *266*

少年少女世界文学館

第2巻　ロビン＝フッドの冒険（ハワード・パイル著, 中野好夫訳, 古賀亜十夫さし絵, 山本洋子カット）

2010年10月14日刊

＊民謡にうたわれ、語りつがれた森の
　英雄—民衆の味方として、自由と正
　義を守りぬく …………………………… 4
ロビン＝フッドの冒険 ………………… 7
＊解説（川崎寿彦）………………………… 308
＊随筆 ロビン＝フッドごっこのしかた
　（橋本治）………………………………… 313

第3巻　ロミオとジュリエット（ウィリアム・シェイクスピア著, イーディス・ネズビット再話, 八木田宜子訳, 徳田秀雄さし絵, 山本洋子カット）

2010年10月14日刊

＊人間への興味が生んだ名作の数々 ……… 4
ロミオとジュリエット ………………… 9
ハムレット ……………………………… 27
テンペスト ……………………………… 43
ベニスの商人 …………………………… 59
真夏の夜の夢 …………………………… 73
冬物語 …………………………………… 89
十二夜 …………………………………… 103
まちがいの喜劇 ………………………… 121
お気にめすまま ………………………… 141
ベローナの二紳士 ……………………… 155
ペリクリーズ …………………………… 179
シンベリン ……………………………… 193
マクベス ………………………………… 211
オセロー ………………………………… 231
＊解説（八木田宜子）…………………… 254
＊随筆 シェイキング・シェイクスピア
　（小田島雄志）………………………… 260

第4巻　ガリバー旅行記（ジョナサン・スウィフト著, 加藤光也訳, 赤坂三好さし絵, 山本洋子, 柳瀬昭雄カット）

2010年10月14日刊

＊ガリバーのゆかいな冒険—そこに光
　る風刺の目 …………………………… 6
ガリバー旅行記 ………………………… 9
　第一部　小人国（リリパット）………… 11
　第二部　大人国（ブロブディンナグ）… 90
　第三部　飛ぶ島（ラピュータ）………… 169
　第四部　馬の国（フウイヌム）………… 227
＊解説（加藤光也）……………………… 288
＊随筆 馬の声（後藤竜二）……………… 296

第5巻　ロビンソン漂流記（ダニエル・デフォー著, 飯島淳秀訳, 吉田純さし絵, 柳瀬昭雄カット）

2010年11月17日刊

＊大西洋の無人島ひとりぽっち！—二
　十八年間生き抜いた人間の痛快な物語… 6
ロビンソン漂流記 ……………………… 9
＊解説（神宮輝夫）……………………… 316
＊随筆 私とロビンソン漂流記（庄野英
　二）……………………………………… 323

第6巻　宝島（ロバート・ルイス・スチブンソン著, 阿部知二訳, 依光隆さし絵, 山本洋子カット）

2010年11月17日刊

＊一枚の地図から生まれた名作——一人
　の少年に託した海の冒険魂 ………… 6
宝島 ……………………………………… 9
＊解説（飯島淳秀）……………………… 306
＊随筆 大いなる冒険魂（アドベン
　チャースピリット）を担って（谷恒
　生）……………………………………… 312

第7巻　クリスマス キャロル（チャールズ・ディケンズ著, こだまともこ訳, 宇野亜喜良さし絵, 山本洋子カット）

2010年11月17日刊

＊おいしそうな匂いのする、クリスマ
　ス賛歌 ………………………………… 4
クリスマスキャロル …………………… 7
＊解説（小池滋）………………………… 232

＊随筆 ロンドンのクリスマス（木村治美）……………………………… 242

第8巻　シャーロック＝ホームズの冒険
（アーサー・コナン・ドイル著, 久米元一, 久米穣訳, 小原拓也さし絵, 山本洋子カット）
2010年11月17日刊

＊観察と分析によって推理する楽しさを！―なぞやトリックに満ちた傑作短編集 …………………………… 4
赤毛クラブの秘密 ………………… 9
消えた花むこ ………………………… 81
ボスコム谷の怪事件 …………… 135
五粒のオレンジの種 …………… 207
＊解説（日暮雅通）……………… 262
＊随筆 永遠の名探偵との出会いと引用句について（各務三郎）…………… 271

第9巻　若草物語
（ルイザ・メイ・オルコット著, 中山知子訳, 日限泉さし絵, 山本洋子カット）
2010年12月16日刊

＊親子の愛、姉妹の愛、隣人の愛……―人間関係の基礎を描く物語 …… 4
若草物語 ……………………………… 7
＊解説（中山知子）……………… 329
＊随筆 そしてみんな大人になった（佐野洋子）……………………………… 336

第10巻　小公子
（フランシス・ホジソン・バーネット著, 村岡花子訳, 伊勢英子さし絵, 山本洋子カット）
2010年12月16日刊

＊愛とまごころと、やさしさと……―けだかい人間愛の物語 ……………… 4
小公子 ………………………………… 7
＊解説（中山知子）……………… 294
＊随筆 夢の中の子ども（立原えりか）… 301

第11巻　トム＝ソーヤーの冒険
（マーク・トウエーン著, 亀山龍樹訳, 中沢潮さし絵, 柳瀬昭雄カット）
2010年12月16日刊

＊正義と勇気、冒険と夢は……―生きかたにつながる作品 ……………… 4
トム＝ソーヤーの冒険 …………… 7
　一　トムの戦場 …………………… 9
　二　おそろしい秘密 ………… 101
　三　たからさがし …………… 215
＊解説（亀井俊介）……………… 310
＊随筆 トムの空想と空想のハック（加島祥造）………………………………… 316

第12巻　あしながおじさん
（ジーン・ウェブスター著, 曽野綾子訳, 高田勲さし絵, 山本洋子カット）
2011年2月17日刊

＊善意と機知とユーモアに満ちて―手紙形式で綴る愛の物語 …………… 4
あしながおじさん ………………… 7
＊解説（中村妙子）……………… 238
＊随筆 『あしながおじさん』と私（河野多恵子）………………………… 245

第13巻　黒猫・黄金虫
（エドガー・アラン・ポー著, 松村達雄, 繁尾久訳, 池田浩彰さし絵, 柳瀬昭雄カット）
2010年12月16日刊

＊推理小説は知的な頭のゲーム―恐怖と怪奇、なぞのポーの世界…… 4
黄金虫（おうごんちゅう）………… 9
黒猫 ………………………………… 111
モルグ街の殺人 ………………… 135
ぬすまれた手紙 ………………… 215
おとし穴と振り子 ……………… 257
＊解説（繁尾久）………………… 282
＊随筆 天才のつくりだしたもの（都築道夫）……………………………… 288

少年少女世界文学館

第14巻　赤毛のアン（ルーシー・モード・モンゴメリー著, 村岡花子訳, 田中槇子さし絵, 山本洋子カット）
2011年1月17日刊

＊愛と笑いと、希望をもって……―生きる力を与えてくれる青春の書 ……… 4
赤毛のアン …………………………………… 7
＊解説（谷口由美子）……………………… 360
＊随筆 プリンスエドワード島をたずねて（林真理子）………………………… 367

第15巻　飛ぶ教室（エーリッヒ・ケストナー著, 山口四郎訳, 赤坂三好さし絵, 杉田圭司カット）
2011年1月17日刊

＊友情と正義と勇気と…… …………… 8
飛ぶ教室 ……………………………………… 11
＊解説（高橋健二）………………………… 310
＊随筆 『飛ぶ教室』と私（阿川佐和子）
………………………………………… 318

第16巻　アルプスの少女（ヨハンナ・スピリ著, 池田香代子訳, 高田勲さし絵, 柳瀬昭雄カット）
2011年1月17日刊

＊もみの木のざわめきに聞く―「希望」の力が切り開く調和の世界 …………… 4
アルプスの少女 ………………………………… 7
＊解説（関楠生）…………………………… 304

第17巻　ああ無情（ビクトル・ユーゴー原作, 塚原亮一訳, 徳田秀雄さし絵, 柳瀬昭雄カット）
2011年1月17日刊

＊愛と正義と勇気を―人間の理想を示す作品 ……………………………………… 4
ああ無情 ……………………………………… 7
＊解説（辻昶）……………………………… 282
＊随筆 私と『レ・ミゼラブル（ああ無情）』（なだいなだ）……………… 295

第18巻　三銃士（アレクサンドル・デュマ著, 新庄嘉章訳, 上総潮さし絵, 山本洋子カット）
2011年2月17日刊

＊みごとに描かれた男の友情、勇気、忠誠心―歴史に名をとどめた人たちを、いきいきと再現 ……………… 6
三銃士 …………………………………………… 9
＊解説（篠沢秀夫）………………………… 332
＊随筆 友を選ばばダルタニャン―『三銃士』の青春（田山力哉）…………… 341

第19巻　十五少年漂流記（ジュール・ベルヌ著, 那須辰造訳, 谷俊彦さし絵, 柳瀬昭雄カット）
2011年2月17日刊

＊未知なるものへの好奇心が生んだ勇気と知恵と冒険の物語 ………………… 4
十五少年漂流記 ……………………………… 7
＊解説（私市保彦）………………………… 330
＊随筆 「理性」のたいせつさを教えてくれた（山田洋次）………………… 337

第20巻　イワンの馬鹿（レフ・ニコラエビッチ・トルストイ著, 木村浩訳, ユーリイ・ワシーリエフさし絵, 柳瀬昭雄カット）
2011年2月17日刊

＊人間の英知にあふれる民話―心のなかにのこる新鮮な感動！ ……………… 4
イワンの馬鹿 …………………………………… 9
人にはたくさんの土地がいるか ……… 91
人はなにによって生きるか …………… 137
受洗の子 …………………………………… 203
小さな火だねでも、大火事になる …… 255
＊解説（木村浩）…………………………… 302

第21巻　ドン＝キホーテ（ミゲル・デ・セルバンテス著, 安藤美紀夫訳, 中沢潮さし絵, 山本洋子カット）
2011年3月17日刊

ショート・ストーリーズ

＊へんてこりんな騎士『ドン゠キホー
　テ』…………………………………… 6
ドン゠キホーテ ……………………… 9
＊解説（安藤美紀夫）……………… 262
＊随筆 ひとりではいられない騎士ド
　ン゠キホーテ（牛島信明）……… 268

第22巻　クオレ（エドモンド・デ・アミー
　チス著, 矢崎源九郎訳, 金斗鉉さし絵, 山本
　洋子カット）
2011年3月17日刊

＊友情、正義、そして愛—少年の日記
　でつづる愛の学校生活 ……………… 6
クオレ ………………………………… 9
＊解説（安藤美紀夫）……………… 370
＊随筆 思い出の中の『クオレ』（畑山
　博）………………………………… 376

第23巻　西遊記（呉承恩著, 君島久子訳, 太
　田大八さし絵, 杉田圭司カット）
2011年3月17日刊

＊奇想天外な『西遊記』………………… 6
西遊記 ………………………………… 9
＊解説（君島久子）………………… 338
＊随筆 火焔山のふもとで（田川純三）… 348

第24巻　三国志（羅貫中著, 駒田信二訳, 井
　上洋介さし絵, 杉田圭司カット）
2011年3月17日刊

＊敗れていった者におくる喝采と涙の
　物語 …………………………………… 6
三国志 ………………………………… 9
＊『三国志』現代に生きる名言・故事・
　ことわざ …………………………… 328
＊歴史の中に見る『三国志』の時代 … 332
＊三国志年表 ………………………… 333
＊解説（立間祥介）………………… 334
＊随筆 『三国志』の旅（尾崎秀樹）…… 343

┌─────────────────────┐
│　　**ショート・ストーリーズ**　　│
│　　　　　　小峰書店　　　　　　│
│　　　　　　全8巻　　　　　　　│
│　　　1996年1月〜2005年5月　　　│
└─────────────────────┘

小さな男の子の旅—ケストナー短編（エー
　リヒ・ケストナー著, 榊直子訳, 堀川理万
　子絵）
1996年1月31日刊

小さな男の子の旅 …………………… 5
おかあさんがふたり ……………… 35
＊訳者あとがき ……………………… 62

心は高原に（ウィリアム・サローヤン著, 千
　葉茂樹訳, 杉田比呂美絵）
1996年6月30日刊

心は高原に …………………………… 5
キングズリバーのいかだ ………… 41
＊訳者あとがき ……………………… 62

うそつきの天才（ウルフ・スタルク著, 菱木
　晃子訳, はたこうしろう絵）
1996年11月18日刊

うそつきの天才 ……………………… 5
シェークvsバナナ・スプリット……… 45
＊訳者あとがき ……………………… 70

風、つめたい風（レズリー・ノリス著, きた
　むらさとし訳・絵）
1999年7月25日刊

風、つめたい風 ……………………… 5
カワセミ …………………………… 39
＊訳者あとがき ……………………… 62

恋のダンスステップ（ウルフ・スタルク著,
　菱木晃子訳, はたこうしろう絵）
1999年10月25日刊

恋のダンスステップ ………………… 5

世界児童文学全集/個人全集・内容綜覧 第II期　**123**

初版グリム童話集

世界へ！ ……………………………… *35*
＊訳者あとがき ………………………… *70*

羽がはえたら（ウーリー・オルレブ著, 母袋夏生訳, 下田昌克絵）
2000年6月14日刊

羽がはえたら ……………………………… *5*
ぼくの猫 ………………………………… *23*
かけっこ ………………………………… *39*
のどがかわいた ………………………… *57*
＊訳者あとがき ………………………… *70*

二回目のキス（ウルフ・スタルク著, 菱木晃子訳, はたこうしろう絵）
2004年10月22日刊

二回目のキス …………………………… *5*
宇宙人はいるのか ……………………… *21*
青い雌牛 ………………………………… *49*

ガイコツになりたかったぼく（ウルフ・スタルク著, 菱木晃子訳, はたこうしろう絵）
2005年5月21日刊

ガイコツになりたかったぼく …………… *5*
スカートの短いお姉さん ……………… *33*
＊訳者あとがき ………………………… *64*

初版グリム童話集
白水社
全5巻
2007年11月〜2008年3月
（白水Uブックス）
（吉原高志, 吉原素子訳）

※1997年刊の再刊

第1巻
2007年11月15日刊

＊訳者まえがき ………………………… *7*
＊序文 …………………………………… *11*
原書第一巻
　一　かえるの王さままたは鉄のハインリッヒ ………………………… *21*
　二　猫とねずみのともぐらし ……… *28*
　三　マリアの子 ……………………… *32*
　四　九柱戯（ボーリング）とトランプ遊び ‥ *38*
　五　狼と七匹の子やぎ（Ludwig Richter挿絵） ……………………… *42*
　六　夜啼きウグイスとめくらトカゲ ‥ *48*
　七　くすねた銅貨 …………………… *50*
　八　ナイフを持った手 ……………… *52*
　九　十二人兄弟 ……………………… *54*
　十　ならずものたち ………………… *61*
　十一　兄と妹（Otto Speckter挿絵）‥‥ *65*
　十二　ラプンツェル（Otto Speckter挿絵） …………………………… *72*
　十三　森の中の三人の小人 ………… *79*
　十四　苦しみの亜麻紡ぎ …………… *85*
　十五　ヘンゼルとグレーテル（Ludwig Richter挿絵） ……………… *88*
　十六　なんでもござれ ……………… *100*
　十七　白い蛇 ………………………… *107*
　十八　旅に出たわらと炭とそら豆 ‥‥ *112*
　十九　漁師とおかみさんの話 ……… *114*
　二十　勇敢な仕立て屋の話（Ludwig Richter挿絵） ………………… *127*
　二十一　灰かぶり（Ludwig Richter挿絵） …………………………… *141*

二十二　子どもたちが屠殺ごっこを
　　　した話 …………………………… *158*
二十三　小ねずみと小鳥と焼きソー
　　　セージ ………………………… *161*
二十四　ホレおばさん ……………… *164*
二十五　三羽のからす ……………… *169*
二十六　赤ずきん（Ludwig Richter
　　　挿絵）……………………………… *173*
二十七　死神とがちょう番 ………… *181*
二十八　歌う骨 ……………………… *183*

第2巻
2007年12月20日刊

原書第一巻
二十九　三本の金の髪の毛をもつ悪
　　　魔の話 ………………………………… *7*
三十　　しらみとのみ ………………… *17*
三十一　手なし娘 ……………………… *23*
三十二　ものわかりのいいハンス …… *31*
三十三　長靴をはいた牡猫（Moritz
　　　von Schwind挿絵）………………… *41*
三十四　ハンスのトリーネ …………… *52*
三十五　親すずめと四羽の子すずめ … *55*
三十六　『おぜんよごはんのしたく』
　　　と金貨を出すろばと袋の棍棒の話 … *61*
三十七　ナプキンと背嚢と砲蓋と角
　　　笛 ……………………………………… *77*
三十八　きつねの奥さま ……………… *83*
三十九　小人たちの話 ………………… *90*
　Ⅰ　小人に仕事をやってもらった靴
　　　屋の話 ……………………………… *90*
　Ⅱ　洗礼の立ち会い人になった女
　　　中の話 ……………………………… *92*
　Ⅲ　子どもを取り替えられた女の
　　　人の話 ……………………………… *93*
四十　　どろぼうのお婿さん ………… *95*
四十一　コルベスさま ………………… *99*
四十二　名付け親（Otto Ubbelohde
　　　挿絵）……………………………… *102*
四十三　奇妙なおよばれ …………… *106*
四十四　死神の名付け親（Ludwig
　　　Richter挿絵）…………………… *108*
四十五　仕立て屋の親指小僧の遍歴 … *112*

四十六　フィッチャーの鳥 ………… *118*
四十七　ねずの木の話（Moritz von
　　　Schwind, Ludwig Richter挿絵）…… *123*
四十八　老犬ズルタン ……………… *144*
四十九　六羽の白鳥（Ludwig
　　　Richter挿絵）…………………… *148*
五十　　いばら姫（Ludwig Richter挿
　　　絵）……………………………… *154*
五十一　めっけ鳥（Franz Pocci挿
　　　絵）……………………………… *159*
五十二　つぐみの髭の王さま（Franz
　　　Pocci挿絵）……………………… *166*
五十三　白雪姫（Ludwig Richter挿
　　　絵）……………………………… *174*

第3巻
2008年2月5日刊

原書第一巻
五十四　馬鹿のハンス ………………… *7*
五十五　ルンペルシュティルツヒェ
　　　ン ………………………………… *11*
五十六　恋人のローラント ………… *15*
五十七　金の鳥 ……………………… *21*
五十八　忠実なすずめの名付け親 … *33*
五十九　白鳥王子 …………………… *38*
六十　　金のたまご ………………… *45*
六十一　すぐに金持ちになった仕立
　　　て屋の話 ………………………… *49*
六十二　青髭（Ludwig Richter挿絵）… *55*
六十三　黄金の子どもたち（Otto
　　　Ubbelohde挿絵）……………… *62*
六十四　ぽけなすの話（Ludwig
　　　Richter挿絵）…………………… *69*
　Ⅰ　白い鳩 ………………………… *69*
　Ⅱ　蜜蜂の女王 …………………… *71*
　Ⅲ　三枚の鳥の羽 ………………… *75*
　Ⅳ　黄金のがちょう ……………… *79*
六十五　千匹皮（Otto Ubbelohde挿
　　　絵）……………………………… *86*
六十六　ドンチャカ騒ぎ …………… *95*
六十七　王さまとライオン ………… *101*
六十八　夏の庭と冬の庭 …………… *105*
六十九　ヨリンデとヨリンゲル …… *111*

初版グリム童話集

七十　オーケルロ ……………………… 116
七十一　ねずみの皮のお姫さま ……… 121
七十二　梨の小僧、落ちゃしない …… 124
七十三　人殺し城 ………………………… 129
七十四　泉の子ヨハネスと泉の子カ
　　スパール ……………………………… 133
七十五　フェニックス鳥 ……………… 138
七十六　なでしこ ……………………… 142
七十七　指物師とろくろ職人 ………… 146
七十八　年とったおじいさんと孫
　　（Otto Ubbelohde挿絵） …………… 148
七十九　水の精 ………………………… 150
八十　めんどりの死 …………………… 152
八十一　鍛冶屋と悪魔 ………………… 156
八十二　三人姉妹 ……………………… 161
八十三　貧しい女の子 ………………… 182
八十四　お姑 …………………………… 184
八十五　断片 …………………………… 187
　（a）　雪の花 ………………………… 187
　（b）　お姫さまとしらみ …………… 187
　（c）　ヨハネス王子の話 …………… 188
　（d）　役に立つ布切れ ……………… 189
八十六　きつねとがちょう ………… 191

第4巻
2008年2月25日刊

＊序文 ……………………………………… 7
原書第二巻
一　貧乏人と金持ち …………………… 13
二　鳴いて跳ねるひばり ……………… 21
三　がちょう番の娘（Ozwald Sickert
　　挿絵）………………………………… 32
四　若い巨人の話 ……………………… 47
五　土の中の小人（Otto Ubbelohde
　　挿絵）………………………………… 62
六　金の山の王さま …………………… 71
七　からす ……………………………… 83
八　賢い百姓娘（Otto Ubbelohde挿
　　絵）…………………………………… 96
九　ガラス瓶の中の化けもの（Otto
　　Ubbelohde挿絵）…………………… 103
十　三羽の小鳥 ………………………… 112

十一　命の水（Otto Ubbelohde挿
　　絵）…………………………………… 121
十二　もの知り博士 …………………… 134
十三　かえるの王子 …………………… 139
十四　悪魔の煤けた相棒（Otto
　　Ubbelohde挿絵）…………………… 144
十五　緑の上着の悪魔 ………………… 151
十六　みそさざいと熊（Otto
　　Ubbelohde挿絵）…………………… 157
十七　おいしいお粥 …………………… 163
十八　忠実な動物たち ………………… 165
十九　蛇の話、かえるの話 ………… 173
二十　あわれな水車小屋の小僧と小
　　猫（Max Adamo挿絵）…………… 176
二十一　からすたち …………………… 184
二十二　ハンス針ねずみぼうや
　　（Otto Ubbelohde挿絵）…………… 190
二十三　経かたびら（Otto
　　Ubbelohde挿絵）…………………… 200
二十四　いばらの中のユダヤ人
　　（Hermann Scherenberg挿絵）…… 202
二十五　腕のいい狩人（Otto
　　Ubbelohde挿絵）…………………… 209
二十六　天のからさお ………………… 220
二十七　王の子ふたり（Otto
　　Ubbelohde挿絵）…………………… 222

第5巻
2008年3月30日刊

原書第二巻
二十八　賢いちびの仕立て屋（Otto
　　Ubbelohde挿絵）……………………… 7
二十九　くもりのないお日さまがこ
　　とを明らかにする（Otto
　　Ubbelohde挿絵）…………………… 14
三十　青い灯火（Otto Ubbelohde挿
　　絵）…………………………………… 18
三十一　わがままな子どもの話 …… 25
三十二　三人の軍医 …………………… 26
三十三　なまけ者と働き者 ………… 31
三十四　三人の職人 …………………… 34
三十五　天国の婚礼 …………………… 41
三十六　長い鼻 ………………………… 44

三十七　森の中のおばあさん（Otto Ubbelohde挿絵）……………… 54
三十八　三人兄弟（Carl Trost挿絵）…… 59
三十九　悪魔とそのおばあさん（Otto Ubbelohde挿絵）……………… 64
四十　誠実なフェレナントと不誠実なフェレナント ………………… 71
四十一　鉄のストーブ（Otto Ubbelohde挿絵）……………… 81
四十二　なまけ者の糸つむぎ女（Otto Ubbelohde挿絵）……………… 93
四十三　ライオンとかえる（Johann Jacob Kirchner挿絵）………… 98
四十四　兵隊と指物師 ………… 104
四十五　美人のカトリネリエとピフ・パフ・ポルトリー ………… 115
四十六　狐と馬 ………………… 119
四十七　踊ってすりきれた靴（Otto Ubbelohde挿絵）……………… 122
四十八　六人の家来（Otto Ubbelohde挿絵）……………… 130
四十九　白い花嫁と黒い花嫁（Otto Ubbelohde挿絵）……………… 140
五十　山男 …………………… 150
五十一　三人の黒いお姫さま（Otto Ubbelohde挿絵）……………… 156
五十二　クノイストと三人の息子… 161
五十三　ブラーケルの娘（Otto Ubbelohde挿絵）……………… 163
五十四　下男 ………………… 166
五十五　小羊とお魚（Otto Ubbelohde挿絵）……………… 168
五十六　ジメリの山 …………… 173
五十七　腹をすかせて死にそうな子どもたち ………………… 178
五十八　ちいさなロバ（Otto Ubbelohde挿絵）……………… 180
五十九　恩知らずの息子 ……… 188
六十　かぶら（Otto Ubbelohde挿絵）……………………… 190
六十一　若く焼きなおされた小男… 197
六十二　神さまの動物と悪魔の動物… 200
六十三　おんどりの梁（はり）……… 203

六十四　乞食のおばあさん ………… 205
六十五　三人のものぐさ兄弟（Otto Ubbelohde挿絵）……………… 207
六十六　悲しみの聖女 ………… 210
六十七　のらくら者の国の話（Otto Ubbelohde挿絵）……………… 212
六十八　ディトマルシュのほら話 … 214
六十九　なぞなぞ話 …………… 216
七十　金の鍵（Otto Ubbelohde挿絵）……………………… 218
＊解説―あとがきにかえて（吉原高志, 吉原素子）………………… 220
＊Uブックス版によせて（吉原高志, 吉原素子）………………… 231
＊索引 ………………………… 232

白いオオカミ
―ベヒシュタイン童話集
岩波書店
全1巻
1990年7月2日
（岩波少年文庫）
（上田真而子訳, 太田大八さし絵）

白いオオカミ―ベヒシュタイン童話集
1990年7月2日刊

白いオオカミ ……………………… 7
もてなしのいい子牛のあたま …………… 25
ねがい小枝をもった灰かぶり ………… 63
魔法をならいたかった男の子 ………… 93
おふろにはいった王さま …………… 111
ウサギ番と王女 …………………… 131
魔法つかいのたたかい …………… 147
ウサギとキツネ …………………… 163
七枚の皮 …………………………… 171
明月（めいげつ）…………………… 189
＊訳者あとがき …………………… 201

世界ショートセレクション
理論社
全5巻
2016年12月～2017年2月
（ヨシタケシンスケ絵）

第1巻 怪盗ルパン 謎の旅行者―ルブランショートセレクション（モーリス・ルブラン作, 平岡敦訳）
2016年12月刊

謎の旅行者 ………………………… 5
赤い絹のショール ………………… 43
塔のうえで ………………………… 93
秘密を明かす映画 ………………… 151
＊訳者あとがき …………………… 204

第2巻 二番がいちばん―ロレンスショートセレクション（D.H.ロレンス作, 代田亜香子訳）
2017年1月刊

二番がいちばん …………………… 5
馬商の娘 …………………………… 29
乗車券を拝見します ……………… 71
ほほ笑み …………………………… 105
木馬のお告げ ……………………… 119
ストライキ手当て ………………… 159
ウサギのアドルフ ………………… 183
＊訳者あとがき …………………… 204

第3巻 世界が若かったころ―ジャック・ロンドンショートセレクション（ジャック・ロンドン作, 千葉茂樹訳）
2017年1月刊

荒野の旅人 ………………………… 5
世界が若かったころ ……………… 29
キーシュの物語 …………………… 71
たき火 ……………………………… 93
王に捧げる鼻 ……………………… 135
マーカス・オブライエンの行方 ……… 149

命の掟 ……………………………… *185*
＊訳者あとがき ………………………… *204*

第4巻 百万ポンド紙幣―マーク・トウェインショートセレクション（マーク・トウェイン作, 堀川志野舞訳）
2017年2月刊

彼は生きているのか、それとも死んだ
　のか？ ……………………………… *5*
ギャズビーホテルに宿泊した男 ………… *29*
実話 一言一句、聞いたとおりに再現し
　たもの …………………………………… *43*
天国だったか？　地獄だったか？ …… *57*
病人の話 ………………………………… *109*
ジム・スマイリーと飛び跳ねるカエル・ *129*
百万ポンド紙幣 ………………………… *147*
＊訳者あとがき ………………………… *204*

第5巻 大きなかぶ―チェーホフショートセレクション（チェーホフ作, 小宮山俊平訳）
2017年2月刊

かわいいひと ……………………………… *5*
オイスター ……………………………… *35*
少年たち―お兄ちゃんとおともだち …… *45*
接吻―暗闇でホッペにチュッ …………… *63*
犬を連れた奥さん ……………………… *107*
ジーノチカ ……………………………… *149*
大きなかぶ ……………………………… *167*
ワーニカ ………………………………… *175*
悲しくて、やりきれない ……………… *187*
いたずら ………………………………… *201*
＊訳者あとがき ………………………… *212*

世界の名作
世界文化社
全12巻
2001年4月～2001年7月

※1969年刊「少年少女世界の名作」シリーズの新装再版

第1巻 青い鳥（メーテルリンク原作, 高田敏子文, いわさきちひろ絵）
2001年4月20日刊

＊よむまえに ……………………………… *4*
青い鳥 …………………………………… *5*
＊解説 「青い鳥」について（滑川道夫）・・ *80*

第2巻 フランダースの犬／母をたずねて
2001年4月20日刊

＊よむまえに ……………………………… *4*
フランダースの犬（ウィーダ原作, 神沢
　利子文, 中谷千代子絵） ……………… *5*
母をたずねて（デ・アミーチス原作, 清
　水たみ子文, 水沢渓絵） ……………… *47*
＊解説 ……………………………………… *80*
　＊その1 「フランダースの犬」につ
　　いて（神沢利子） …………………… *80*
　＊その2 「母をたずねて」について
　　（清水たみ子） ……………………… *82*

第3巻 ファーブル昆虫記（ファーブル原作, 古川晴男文, 熊田千佳慕絵）
2001年4月20日刊

＊よむまえに ……………………………… *4*
ファーブル昆虫記 ………………………… *5*
セミ（トネリコゼミ） …………………… *6*
カミキリムシ（オオカシミヤマカミ
　キリ） …………………………………… *10*
カメムシとそのたまご …………………… *14*
カマキリ―じょうひんなころしや …… *18*
ヒジリオオフンコロガシ ………………… *22*

世界児童文学全集／個人全集・内容綜覧 第II期　129

世界の名作

センチコガネ ……………………… 32
ハナムグリ ………………………… 36
ハシバミオトシブミとそのなかま … 44
キリギリス—夜の音楽 …………… 52
バッタのしぐさあれこれ ………… 56
オオクジャクサン ………………… 60
キバネアナバチ …………………… 66
キンイロオサムシ ………………… 72
＊解説 ファーブルとその作品（古川晴
男） ……………………………… 80

第4巻　ふしぎの国のアリス（ルイス・キャ
ロル原作，まど・みちお文，司修絵）
2001年5月20日刊

＊よむまえに ………………………… 4
ふしぎの国のアリス ………………… 5
＊解説 「ふしぎの国のアリス」につい
て（滑川道夫） ………………… 80

**第5巻　シンドバッドの冒険—アラビア
ン・ナイトより**（阪田寛夫文，三好碩也
絵）
2001年5月20日刊

＊よむまえに ………………………… 4
シンドバッドの冒険 ………………… 5
＊解説（阪田寛夫） ………………… 80

第6巻　オズの魔法使い（バウム原作，岸田
衿子文，堀内誠一絵）
2001年5月20日刊

＊よむまえに ………………………… 4
オズの魔法使い ……………………… 5
＊解説 「オズの魔法使い」について
（滑川道夫） …………………… 80

第7巻　マッチ売りの少女／雪の女王（ア
ンデルセン原作，与田準一文，杉田豊絵）
2001年6月20日刊

＊よむまえに ………………………… 4
マッチ売りの少女 …………………… 5

雪の女王 ……………………………… 21
＊解説（与田準一） ………………… 80

第8巻　十五少年漂流記（ジュール・ベルヌ
原作，さとうよしみ文，小野かおる絵）
2001年6月20日刊

＊よむまえに ………………………… 4
十五少年漂流記 ……………………… 5
＊解説 十五少年漂流記（滑川道夫） …… 80

第9巻　小公子（バーネット原作，立原えり
か文，倉石隆絵）
2001年6月20日刊

＊よむまえに ………………………… 4
小公子 ………………………………… 5
＊解説（立原えりか） ……………… 80

第10巻　宝島（スティーブンスン原作，山元
護久文，池田龍雄絵）
2001年7月20日刊

＊よむまえに ………………………… 4
宝島 …………………………………… 5
＊解説（山元護久） ………………… 80

第11巻　子鹿物語（ローリングス原作，小
林純一文，柏村由利子絵）
2001年7月20日刊

＊よむまえに ………………………… 4
子鹿物語 ……………………………… 5
＊解説（小林純一） ………………… 80

**第12巻　森の家／二人兄弟—グリム童話
より**（［グリム兄弟原作］，植田敏郎文，渡
辺三郎絵）
2001年7月20日刊

＊よむまえに ………………………… 4
森の家 ………………………………… 5
二人兄弟 ……………………………… 27
＊解説（植田敏郎） ………………… 80

世界名作ショートストーリー
理論社
全5巻
2015年5月～2016年2月
（佐竹美保画）

第1巻　モンゴメリ―白いバラの女の子
（モンゴメリ作, 代田亜香子訳）
2015年5月刊

白いバラの女の子 ………………………… 5
ビッグディッパー岬の明かり ………… 15
きっと兄さんが ………………………… 33
ダヴァンポートさんの話 ……………… 49
エリザベスの娘 ………………………… 59
歳月のプレゼント ……………………… 85
エステラの幸せ ………………………… 101
ロックアイランドの冒険 ……………… 127
親切な人 ………………………………… 141
ディックおじさんのうつくしいバラ … 161
＊訳者あとがき ………………………… 181

第2巻　サキ―森の少年（サキ作, 千葉茂樹訳）
2015年5月刊

森の少年 …………………………………… 5
夕暮れ …………………………………… 21
話上手 …………………………………… 33
スレドニ・バシュター …………………… 47
物置部屋 ………………………………… 61
牡牛 ……………………………………… 75
クモの巣 ………………………………… 85
メスオオカミ …………………………… 99
開いた窓 ………………………………… 115
トバモリー ……………………………… 125
アン夫人の沈黙 ………………………… 145
ネズミ …………………………………… 153
グロビー・リントンの変身 …………… 163
罪ほろぼし ……………………………… 181
＊訳者あとがき ………………………… 195

第3巻　モーパッサン―首飾り（モーパッサン作, 平岡敦訳）
2015年7月刊

首飾り …………………………………… 5
手 ………………………………………… 25
シモンのパパ …………………………… 41
酒樽 ……………………………………… 63
クロシェット …………………………… 77
穴場 ……………………………………… 89
マドモワゼル・ペルル ………………… 107
老人 ……………………………………… 145
ジュール叔父さん ……………………… 161
＊訳者あとがき ………………………… 179

第4巻　ヘルマン・ヘッセ―子ども時代より（ヘルマン・ヘッセ作, 木本栄訳）
2015年11月刊

子ども時代より ………………………… 5
クジャクヤママユ ……………………… 45
アウグストゥス ………………………… 63
婚約 ……………………………………… 111
中断された授業時間 …………………… 153
＊訳者あとがき ………………………… 186

第5巻　ポー―黒猫（ポー作, 千葉茂樹訳）
2016年2月刊

黒猫 ……………………………………… 5
週に三度の日曜日 ……………………… 27
楕円形の肖像画 ………………………… 43
落とし穴と振り子 ……………………… 51
スフィンクス …………………………… 87
赤い死の仮面 …………………………… 99
黄金虫（おうごんちゅう） …………… 113
＊訳者あとがき ………………………… 195

世界名作文学集

世界名作文学集
国土社
全10巻
2003年11月〜2004年3月

〔第1巻〕 宝島（ロバート・ルイス・スチーブンソン原作, 白木茂訳）
2004年1月20日刊

宝島 ……………………………… 3
＊解説 『宝島』とその作者（白木茂）… 250

〔第2巻〕 ふしぎの国のアリス（ルイス・キャロル原作, 原昌訳）
2004年2月20日刊

ふしぎの国のアリス ………………… 6
鏡の国のアリス（抄）……………… 159
＊解説 二つの国の『アリス』とその作者（原昌）…………………… 218

〔第3巻〕 トム・ソーヤーの冒険（マーク・トウェイン原作, 吉田新一訳）
2004年1月20日刊

＊まえがき（マーク・トウェイン）……… 2
トム・ソーヤーの冒険 ……………… 3
＊解説 『トム・ソーヤーの冒険』とその作者（吉田新一）…………… 231

〔第4巻〕 オズの魔法使い（ライマン・フランク・ボーム原作, 谷本誠剛訳）
2003年12月25日刊

オズの魔法使い ……………………… 3
＊解説 『オズの魔法使い』とその作者（谷本誠剛）…………………… 205

〔第5巻〕 赤毛のアン（ルーシー・モード・モンゴメリ原作, 前田三恵子訳）
2004年2月20日刊

赤毛のアン ………………………… 3

＊解説 『赤毛のアン』とその作者（前田三恵子）………………… 246

〔第6巻〕 みつばちマーヤの冒険（ワルデマル・ボンゼルス原作, 高橋健二訳）
2004年3月5日刊

みつばちマーヤの冒険 ……………… 3
＊解説 『みつばちマーヤの冒険』とその作者（高橋健二）…………… 197

〔第7巻〕 飛ぶ教室（エーリヒ・ケストナー原作, 植田敏郎訳）
2003年11月25日刊

飛ぶ教室 …………………………… 3
＊解説 『飛ぶ教室』とその作者（植田敏郎）…………………… 233

〔第8巻〕 レ・ミゼラブル（ヴィクトール・ユゴー原作, 榊原晃三訳）
2003年11月25日刊

レ・ミゼラブル ……………………… 3
　第一部　ジャン・ヴァルジャン ……… 9
　第二部　コゼットとマリユス ……… 151
＊解説 『レ・ミゼラブル』とその作者（榊原晃三）…………………… 265

〔第9巻〕 聖書物語（ヘンドリク・ウィレム・バン・ローン原作, 片岡政昭訳）
2003年12月25日刊

＊まえがき—ハンシェーとウィレムに（ヘンドリク・ウィレム・バン・ローン）……………………… 3
聖書物語 …………………………… 7
　第一章　文化遺産 ………………… 11
　第二章　天地創造 ………………… 19
　第三章　開拓者 …………………… 29
　第四章　さらに西へ ……………… 44
　第五章　エジプトでの住まい ……… 54
　第六章　奴隷からの脱出 ………… 56
　第七章　荒野の放浪 ……………… 65
　第八章　新しい牧草地の発見 ……… 71

第九章　カナン征服 …………………… 79
第十章　ルツの話 ………………………… 95
第十一章　ユダヤ王国 …………………… 98
第十二章　内乱 ………………………… 116
第十三章　予言者の警告 ……………… 119
第十四章　没落と追放 ………………… 136
第十五章　帰還 ………………………… 141
第十六章　いろいろな書 ……………… 150
第十七章　ギリシア人の出現 ……… 154
第十八章　ギリシア人の一州となっ
たユダヤ ……………………………… 156
第十九章　革命と独立 ………………… 158
第二十章　イエスの誕生 ……………… 166
第二十一章　洗礼者ヨハネ ………… 178
第二十二章　イエスの幼年時代 …… 185
第二十三章　使徒たち ………………… 188
第二十四章　新しい師 ………………… 192
第二十五章　古い敵たち ……………… 197
第二十六章　イエスの死 ……………… 201
第二十七章　思想の力 ………………… 216
第二十八章　思想の勝利 ……………… 219
第二十九章　教会の設立 ……………… 225
＊解説　『聖書物語』とその作者（片岡
政昭） ………………………………… 234

〔第10巻〕　アラビアン・ナイト（かのりゅ
う編訳）
2004年3月5日刊

船乗りシンドバッドの冒険 …………… 7
船乗りシンドバッドの最初の航海 …… 12
船乗りシンドバッドの二回めの航海 … 19
船乗りシンドバッドの三回めの航海 … 26
船乗りシンドバッドの四回めの航海 … 37
船乗りシンドバッドの五回めの航海 … 50
船乗りシンドバッドの六回めの航海 … 63
船乗りシンドバッドの七回めの航海 … 73
アラジンとふしぎなランプ …………… 89
アリババと四十人の盗賊 …………… 211
＊解説　『アラビアン・ナイト』とその
世界（かのりゅう） ……………… 238

1812初版グリム童話
小学館
全2巻
2000年6月1日
（小学館文庫）
（乾侑美子訳, Otto Ubbelohde, Ludwig
Richter挿絵）

上
2000年6月1日刊

＊訳者まえがき ………………………………… 4
蛙の王さま、または忠実なハインリヒ … 12
猫と鼠がいっしょに住むと …………… 19
狼と七匹の子ヤギ ……………………… 23
ナイチンゲールとメナシトカゲ ……… 28
十二人の兄弟 …………………………… 30
兄さんと妹 ……………………………… 37
ラプンツェル …………………………… 43
森の中の三人のこびと ………………… 50
いやな亜麻紡ぎ ………………………… 56
ヘンゼルとグレーテル ………………… 59
おやすいご用さん ……………………… 71
白い蛇 …………………………………… 78
旅の途中の麦藁と炭と豆 ……………… 83
漁師とおかみさん ……………………… 85
勇敢な仕立屋の話 ……………………… 99
灰かぶり ……………………………… 112
鼠と小鳥とソーセージ ……………… 129
ホレおばさん ………………………… 133
三羽のカラス ………………………… 140
赤ずきん ……………………………… 144
歌う骨 ………………………………… 153
金の毛が三本ある悪魔 ……………… 156
シラミとノミ ………………………… 167
手のない娘 …………………………… 172
りこうなハンス ……………………… 180
長靴をはいた雄猫 …………………… 192
テーブルよ食事の支度と金のロバと袋
の中の棒の話 ……………………… 203
ナプキンと背嚢と大砲帽と角笛 …… 218

1812初版グリム童話

狐奥さまの話 ………………………… 223
こびとの話 …………………………… 229
　I　こびとたちに仕事をしてもらった
　　靴屋の話 ……………………… 229
　II　こびとの名づけ親になった娘の
　　話 ……………………………… 231
　III　子どもを取り替えられた女の話
　　…………………………………… 232
盗賊の花婿 …………………………… 234
仕立職人の親指小僧、修業の旅歩き … 238
フィッチャーの鳥 …………………… 245
ネズの木の話 ………………………… 250
老犬ズルタン ………………………… 270
六羽の白鳥 …………………………… 274
いばら姫 ……………………………… 280
ツグミの鬚の王さま ………………… 286
白雪姫 ………………………………… 292
ルンペルシュティルツヒェン ……… 308
金の鳥 ………………………………… 312
忠実な雀の名づけ親の話 …………… 324
白鳥王子 ……………………………… 328
青髭 …………………………………… 335
ぬけさく話 …………………………… 342
　I　白い鳩 ……………………… 342
　II　蜂の女王 …………………… 344
　III　三枚の羽 ………………… 349
　IV　金の鷲鳥 ………………… 353

下
2000年6月1日刊

千枚皮 …………………………………… 4
フーレブーレブッツ ………………… 14
ライオンを連れた王さま …………… 20
夏の庭と冬の庭の話 ………………… 25
ヨリンデとヨリンゲル ……………… 31
梨の小僧は落ちやしない …………… 37
ナデシコ ……………………………… 43
年をとったおじいさんと孫 ………… 47
鍛冶屋と悪魔 ………………………… 49
貧しい女の子 ………………………… 54
狐と鷲鳥 ……………………………… 56
貧乏人と金持ち ……………………… 58
歌って跳ねるヒバリ ………………… 67

鷲鳥番の娘 …………………………… 80
金の山の王さま ……………………… 94
お百姓の賢い娘 …………………… 106
ガラス瓶の中のおばけ …………… 115
物知り博士 ………………………… 124
悪魔の煤けた兄弟分 ……………… 129
緑の服の悪魔 ……………………… 137
ミソサザイと熊 …………………… 144
おいしいお粥 ……………………… 150
忠実な動物たち …………………… 153
貧しい粉屋の徒弟と小さな猫 …… 161
カラス ……………………………… 168
ハンスわたしの針鼠 ……………… 175
経かたびら ………………………… 187
いばらの中のユダヤ人 …………… 189
賢い小さな仕立屋 ………………… 198
輝くお日さまが、明るみに出してくだ
　さる ……………………………… 206
青い火のランプ …………………… 210
怠け者と働き者 …………………… 218
三人の職人 ………………………… 221
天国の婚礼 ………………………… 231
三人兄弟 …………………………… 236
悪魔とそのおばあさん …………… 240
鉄のストーブ ……………………… 247
怠け者の紡ぎ女 …………………… 261
ライオンとカエル ………………… 267
美しいカトリネリエとピフ・パフ・ポ
　ルトリー ………………………… 273
踊ってすりきれた靴 ……………… 277
六人の家来 ………………………… 286
山男 ………………………………… 298
ブラーケルの娘っ子 ……………… 305
ジメリの山 ………………………… 307
小さなロバ ………………………… 313
神さまの動物と悪魔の動物 ……… 322
棟木 ………………………………… 326
三人の怠け者 ……………………… 329
のらくら者の国のおとぎ話 ……… 332
ディートマルシュのほら話 ……… 335
なぞなぞ話 ………………………… 337
金の鍵 ……………………………… 339
＊おわりに(乾侑美子) …………… 341

134　世界児童文学全集/個人全集・内容綜覧 第II期

ダイアナ・ウィン・ジョーンズ短編集魔法！ 魔法！ 魔法！

ダイアナ・ウィン・
ジョーンズ短編集
魔法？ 魔法！
徳間書店
全1巻
2015年8月15日
（徳間文庫）
（野口絵美訳）

※2007年12月刊「魔法！ 魔法！ 魔法！―ダ
イアナ・ウィン・ジョーンズ短編集」の改
題、再編集、修正

ダイアナ・ウィン・ジョーンズ短編集 魔
法？ 魔法！

2015年8月15日刊

ビー伯母さんとお出かけ ……………… 7
魔法ネコから聞いたお話 ……………… 31
緑の魔石 ……………………………… 75
第八世界、ドラゴン保護区 …………… 89
ピンクのふわふわキノコ ……………… 147
お日様に恋した乙女 …………………… 163
でぶ魔法使い …………………………… 195
オオカミの棲む森 ……………………… 221
ダレモイナイ …………………………… 255
二センチの勇者たち …………………… 307
カラザーズは不思議なステッキ ……… 335
コーヒーと宇宙船 ……………………… 375
クジャクがいっぱい …………………… 413
ジョーンズって娘（こ）………………… 437
ちびネコ姫トゥーランドット ………… 457
＊日本の読者のみなさんへ（ダイアナ・
ウィン・ジョーンズ）……………… 519
＊解説（池澤春菜）…………………… 523

ダイアナ・ウィン・
ジョーンズ短編集
魔法！ 魔法！ 魔法！
徳間書店
全1巻
2007年12月31日
（野口絵美訳, 佐竹美保絵）

ダイアナ・ウィン・ジョーンズ短編集 魔
法！ 魔法！ 魔法！

2007年12月31日刊

ビー伯母さんとお出かけ ……………… 7
魔法ネコから聞いたお話 ……………… 27
緑の魔石 ……………………………… 61
四人のおばあちゃん …………………… 73
オオカミの棲む森 ……………………… 109
第八世界、ドラゴン保護区 …………… 137
クジャクがいっぱい …………………… 183
お日様に恋した乙女 …………………… 203
アンガス・フリントを追い出したのは、
だれ？ ……………………………… 229
でぶ魔法使い …………………………… 259
コーヒーと宇宙船 ……………………… 281
ダレモイナイ …………………………… 311
二センチの勇者たち …………………… 353
カラザーズは不思議なステッキ ……… 375
ピンクのふわふわキノコ ……………… 407
ぼろ椅子のボス ………………………… 421
ジョーンズって娘（こ）………………… 471
ちびネコ姫トゥーランドット ………… 489
＊日本の読者のみなさんへ（ダイアナ・
ウィン・ジョーンズ）……………… 540
＊訳者あとがき ………………………… 542

だれでもない庭―エンデが遺した物語集

```
だれでもない庭
―エンデが遺した物語集
岩波書店
全1巻
2002年4月25日
（ロマン・ホッケ編, 田村都志夫訳）
```

だれでもない庭―エンデが遺した物語集
2002年4月25日刊

＊編者まえがき（ロマン・ホッケ）········· v
盗賊騎士ロドリゴ・ラウバインと従者
　のチビクン―長編小説の断片（フラグメ
　ント）································· 1
子どもと読書 ························ 37
『モモ』のさし絵ができるまで ········· 38
ジジのモモ讃歌 ······················ 40
E・Cさんへ ······················· 42
うしなわれた人 ······················ 50
心のメロディ ························ 52
インゲボルクのために ················ 53
宿 ·································· 54
もうひとつの存在（もの）たち ········· 112
一角獣 ····························· 114
神の実在 ··························· 116
隠れたもの ························· 117
比喩 ······························ 118
光を変える ························· 120
アガテ叔母さん ····················· 121
ヴッシェルが壁を駆け上がる ·········· 138
謎の書きもの机（ライティングデスク）······· 147
さあ、子どもたち、馬鹿げたことをし
　ようよ ··························· 148
子どものお話 ······················ 148
マーラ・ズーレの国 ················· 149
大魔術師ミラカンドラの子どものおも
　ちゃ箱には何が入っている？ ········· 153
民話に伝わる四つのなぞなぞ ·········· 155
三婦人のなぞなぞ ··················· 156
はい、と言う人 ····················· 157

師（マイスター）がどこにも見つからなかっ
　たから ··························· 158
狂王カール六世 ····················· 158
お茶友だちの七婦人 ················· 159
道化の蛾（シュラムッフェン）たちのバリ
　エーション ······················· 160
精確なファンタジー ················· 162
だれでもない庭―長編小説の断片（フラ
　グメント） ······················· 166
内なる世界が荒れはてないために ······· 269
ショーウィンドーのなかの詩 ·········· 270
靴―ある変化 ······················ 272
幸福の像 ··························· 282
二人の兄弟（結末） ················· 291
生の公正についての伝説 ·············· 293
せがむ者たち ······················ 302
文化と民主主義 ····················· 303
わたしの人生の奇妙な特徴 ············ 304
おこぶちゃん ······················ 305
Nさんへ ·························· 307
「無垢」ということ ················· 309
ためになる助言 ····················· 311
青空の娘とパイロット―ファンタジッ
　クなバレエ（構成案） ·············· 314
クレムペル・リュムペル ············· 336
夜、建築設計事務所で ················ 338
『モモ』と『はてしない物語』ができあ
　がるまで ························· 339
鏡にうつる鏡には何がうつっているの
　か？―さすらい山の古老 ············ 342
自分自身を理解するこころみ ·········· 344
なぞなぞの答え ····················· 347
＊工房をかいま見る―編者あとがき
　（ロマン・ホッケ） ················ 350
＊訳者あとがき ····················· 373

だれでもない庭―エンデが遺した物語集

```
だれでもない庭
―エンデが遺した物語集
岩波書店
全1巻
2015年8月18日
（岩波現代文庫）
（ロマン・ホッケ編, 田村都志夫訳）
```

※2002年4月刊の文庫版

だれでもない庭―エンデが遺した物語集
2015年8月18日刊

＊編者まえがき（ロマン・ホッケ）……… iii
盗賊騎士ロドリゴ・ラウバインと従者
　のチビクン―長編小説の断片（フラグメ
　ント）…………………………………… 1
子どもと読書 …………………………… 47
『モモ』のさし絵ができるまで………… 48
ジジのモモ讃歌 ………………………… 51
E・Cさんへ …………………………… 53
うしなわれた人 ………………………… 63
心のメロディ …………………………… 64
インゲボルクのために ………………… 65
宿 ………………………………………… 67
もうひとつの存在（もの）たち ………… 138
一角獣 …………………………………… 140
神の実在 ………………………………… 143
隠れたもの ……………………………… 144
比喩 ……………………………………… 145
光を変える ……………………………… 148
アガテ叔母さん ………………………… 149
ヴッシェルが壁を駆け上がる ………… 170
謎の書きもの机（ライティングデスク）……… 182
さあ、子どもたち、馬鹿げたことをし
　ようよ ………………………………… 184
子どものお話 …………………………… 184
マーラ・ズーレの国 …………………… 185
大魔術師ミラカンドラの子どものおも
　ちゃ箱 ………………………………… 189
民話に伝わる四つのなぞなぞ ………… 192
三婦人のなぞなぞ ……………………… 194

いつも、はい、と言う人（イエスマン）‥ 195
師（マイスター）がどこにも見つからなかっ
　たから ………………………………… 196
狂王カール六世 ………………………… 196
お茶友だちの七婦人 …………………… 197
道化蛾（シュラムッフェン）たちのバリエー
　ション ………………………………… 198
精確なファンタジー …………………… 200
だれでもない庭―長編小説の断片（フラグ
　メント）………………………………… 204
内なる世界が荒れはてないために …… 338
ショーウィンドーのなかの詩 ………… 339
靴―ある変化 …………………………… 341
幸福の像 ………………………………… 354
二人の兄弟（結末）……………………… 365
生の公正についての伝説 ……………… 367
せがむ者たち …………………………… 378
文化と民主主義 ………………………… 380
わたしの人生の奇妙な特徴 …………… 381
おこぶちゃん …………………………… 382
Nさんへ ………………………………… 384
「無垢」ということ ……………………… 387
ためになる助言 ………………………… 389
青空の娘とパイロット―ファンタジッ
　クなバレエ（構成案）………………… 392
クレムペル・リュムペル ……………… 418
夜、建築設計事務所で ………………… 420
『モモ』と『はてしない物語』ができあ
　がるまで ……………………………… 421
鏡にうつる鏡には何がうつっているの
　か？―さすらい山の古老 …………… 425
自分自身を理解するこころみ ………… 428
なぞなぞの答え ………………………… 432
＊工房をかいま見る―編者あとがき
　（ロマン・ホッケ）…………………… 436
＊訳者あとがき ………………………… 465
＊エンデ文学における虚無について―
　岩波現代文庫版あとがきに代えて
　（田村都志夫）………………………… 473

冷たい心臓—ハウフ童話集
福音館書店
全1巻
2001年9月25日
(福音館古典童話シリーズ)
(乾侑美子訳, T.ヴェーバーほか画)

冷たい心臓—ハウフ童話集
2001年9月25日刊

隊商	9
コウノトリになったカリフの話	16
幽霊船の話	43
切られた手の話	65
ファトメの救出	96
小さなムクの話	129
にせ王子の話	164
アレッサンドリアの長老とその奴隷たち	211
鼻の小人	226
若いイギリス人	294
アルマルゾーンの話	339
シュペッサルトの森の宿屋	365
鹿印(しかじるし)銀貨の話	376
冷たい心臓—あるおとぎ話 その一	420
サイドの運命	472
スティーンフォルの洞窟—スコットランドの伝説	553
冷たい心臓 その二	605
*訳者あとがき	659

読書がたのしくなる
世界の文学
くもん出版
全10巻
2014年12月〜2016年1月

〔第1巻〕 人は、ひとりでは生きていけない。
2014年12月28日刊

焼きパンを踏んだ娘(ハンス・クリスチャン・アンデルセン作, 吉田絃二郎訳)	5
母の話(アナトール・フランス作, 岸田國士訳)	31
てがみ(アントン・チェーホフ作, 鈴木三重吉訳)	47
春の心臓(ウィリアム・バトラー・イェイツ作, 芥川龍之介訳)	61
薔薇(グスターフ・ウィード作, 森鷗外訳)	77
真夏の頃(アウグスト・ストリンドベリ作, 有島武郎訳)	97
故郷(魯迅作, 井上紅梅訳)	125
*作品によせて 生きることは苦しく厳しいもの、だからこそ素晴らしく、素敵なもの(増田栄子)	152

〔第2巻〕 恋の終わりは、いつも同じだけれど…。
2014年12月28日刊

自動車待たせて(オー・ヘンリー作, 妹尾韶夫訳)	5
駆落(ライナー・マリア・リルケ作, 森鷗外訳)	21
墓(ギ・ド・モーパッサン作, 秋田滋訳)	37
天才(アントン・チェーホフ作, 神西清訳)	55
あいびき(イワン・ツルゲーネフ作, 二葉亭四迷訳)	69

小さな人魚姫（ハンス・クリスチャン・
　アンデルセン作, 菊池寛訳）…………… 95
＊作品によせて　思いが深いほど, 切な
　く, 苦しく, 悩ましく……（村田知
　子）……………………………………… 154

〔第3巻〕　もう, 夢みたいなことばかり
　言って!!
2014年12月28日刊

まっち売りの少女（ハンス・クリスチャ
　ン・アンデルセン作, 鈴木三重吉訳）…… 5
ぴあの（アウグスト・ストリンドベリ
　作, 楠山正雄訳）……………………… 17
灰かぶり娘（グリム兄弟作, 菊池寛訳）… 33
庭のなか（ジュール・ルナール作, 岸田
　國士訳）………………………………… 57
燕と王子（オスカー・ワイルド作, 有島
　武郎訳）………………………………… 65
富籤（アントン・チェーホフ作, 神西清
　訳）……………………………………… 93
二十年後（オー・ヘンリー作, 田中早苗
　訳）…………………………………… 111
頸飾り（ギ・ド・モーパッサン作, 辻潤
　訳）…………………………………… 123
＊作品によせて　夢を見る力（松本直
　子）…………………………………… 152

〔第4巻〕　笑ってばかりで, ゴメンナサ
　イ!!
2014年12月28日刊

ルンペルシュチルツヒェン（グリム兄
　弟作, 楠山正雄訳）…………………… 5
葬儀屋（アレクサンドル・プーシキン
　作, 神西清訳）………………………… 19
飛行鞄（ハンス・クリスチャン・アンデ
　ルセン作, 菊池寛訳）………………… 41
糸くず（ギ・ド・モーパッサン作, 国木
　田独歩訳）……………………………… 63
老僕の心配（オー・ヘンリー作, 吉田甲
　子太郎訳）……………………………… 83
幸福な家庭（魯迅作, 井上紅梅訳）……… 111

破落戸の昇天（モルナール・フェレンツ
　作, 森鷗外訳）……………………… 131
＊作品によせて　「笑い」は, 人を元気
　にする力を持っている（伊東真里）… 154

〔第5巻〕　ほんとうに, 怖がらなくても
　いいの？
2014年12月28日刊

青鬚（シャルル・ペロー作, 豊島与志雄
　訳）……………………………………… 5
黒猫（エドガー・アラン・ポー作, 佐々
　木直次郎訳）…………………………… 21
幽霊（ギ・ド・モーパッサン作, 岡本綺
　堂訳）…………………………………… 49
ねむい（アントン・チェーホフ作, 神西
　清訳）…………………………………… 71
遺産（H.G.ウェルズ作, 吉田甲子太郎
　訳）……………………………………… 91
信号手（チャールズ・ディケンズ作, 岡
　本綺堂訳）…………………………… 115
＊作品によせて　恐怖一人はなぜ怖がり
　たがるのか（水越規容子）…………… 154

〔第6巻〕　親友のつくり方, 教えましょう。
2015年12月28日刊

二人のロビンソン・クルソー（アルカー
　ジー・アウェルチェンコ作, 上脇進訳）‥ 5
親友（オスカー・ワイルド作, 田波御白
　訳）…………………………………… 15
愛の歌（レオン・フラピエ作, 桜田佐
　訳）…………………………………… 45
牧師（セルマ・ラーゲルレーヴ作, 森鷗
　外訳）………………………………… 61
信号（フセボロド・ガルシン作, 神西清
　訳）…………………………………… 85
威尼斯商人物語（チャールズ・ラム, メ
　アリー・ラム作, 小松武治訳）……… 115
＊作品によせて　「友だち」という枠か
　らとびだして（村田知子）…………… 154

〔第7巻〕　家族だからって, わからない
　こともある。

読書がたのしくなる世界の文学

2016年1月27日刊

ひと飛び（レフ・トルストイ作，米川正
夫訳）…………………………………… 5
そり（オイゲン・チリコフ作，鈴木三重
吉訳）…………………………………… 13
シモンの父（ギ・ド・モーパッサン作，
前田晁訳）……………………………… 43
門番の娘（ジョージ・ギッシング作，吉
田甲子太郎訳）………………………… 71
暗室の秘密（コナン・ドイル作，田中早
苗訳）…………………………………… 109
＊作品によせて 家族を思うことは，自
分自身を見つめ探ること（増田栄子）
………………………………………… 152

〔第8巻〕 めそめそしてても、いいじゃ
ない!?
2016年1月27日刊

わがままな大男（オスカー・ワイルド
作，楠山正雄訳）……………………… 5
醜い家鴨の子（ハンス・クリスチャン・
アンデルセン作，菊池寛訳）………… 23
巡査と讃美歌（オー・ヘンリー作，佐久
間原訳）………………………………… 57
フランス語よさようなら（アルフォン
ス・ドーデ作，楠山正雄訳）………… 77
かき（アントン・チェーホフ作，神西清
訳）……………………………………… 93
塔の上の鶏（ヘルベルト・オイレンベル
ク作，森鷗外訳）……………………… 107
薬（魯迅作，井上紅梅訳）…………… 127
＊作品によせて 涙は心をつなぐ（大口
晴美）…………………………………… 152

〔第9巻〕 不思議の世界へ、はい、ジャ
ンプ！
2016年1月27日刊

阿螺田（アラデン）と不思議なランプ（山野
虎市訳）………………………………… 5
暗闇まぎれ（アントン・チェーホフ作，
上脇進訳）……………………………… 53

白（ライナー・マリア・リルケ作，森鷗
外訳）…………………………………… 67
鶯と薔薇（オスカー・ワイルド作，楠山
正雄訳）………………………………… 85
メールストロムの旋渦（エドガー・アラ
ン・ポー作，佐々木直次郎訳）……… 105
＊作品によせて 不思議の物語が与えて
くれるもの（伊東真里）……………… 154

〔第10巻〕 ちょっとそこまで、冒険に。
2016年1月27日刊

五十銭銀貨（ハンス・クリスチャン・ア
ンデルセン作，鈴木三重吉訳）……… 5
新浦島（ワシントン・アーヴィング作，
楠山正雄訳）…………………………… 23
死んで生きている話（マーク・トウェイ
ン作，佐々木邦訳）…………………… 53
猫の楽園（エミール・ゾラ作，榎本秋村
訳）……………………………………… 85
埋められた宝（オー・ヘンリ作，長谷
川修二訳）……………………………… 99
世界漫遊（ヤーコプ・ユリウス・ダビッ
ト作，森鷗外訳）……………………… 129
＊作品によせて ちょっと冒険してみよ
う（水越規容子）……………………… 162

140　世界児童文学全集/個人全集・内容綜覧 第II期

ドリトル先生シリーズ

```
新訳
ドリトル先生シリーズ
〔ヒュー・ロフティング〕
KADOKAWA
全14巻
2011年5月～2016年8月
（角川つばさ文庫）
（河合祥一郎訳, patty絵）
```

※8巻までの出版者：アスキー・メディアワークス

〔第1巻〕　ドリトル先生アフリカへ行く
2011年5月30日刊

ドリトル先生アフリカへ行く ……………… 10
＊訳者あとがき …………………………… 178
＊編集部より読者のみなさまへ ……… 184

〔第2巻〕　ドリトル先生航海記
2011年7月15日刊

ドリトル先生航海記 ……………………… 12
＊訳者あとがき …………………………… 406
＊編集部より読者のみなさまへ ……… 412

〔第3巻〕　ドリトル先生の郵便局
2011年10月15日刊

ドリトル先生の郵便局 …………………… 10
＊訳者あとがき …………………………… 343
＊編集部より読者のみなさまへ ……… 348

〔第4巻〕　ドリトル先生のサーカス
2012年3月15日刊

ドリトル先生のサーカス ………………… 13
＊訳者あとがき …………………………… 391
＊編集部より読者のみなさまへ ……… 396

〔第5巻〕　ドリトル先生の動物園
2012年7月15日刊

ドリトル先生の動物園 …………………… 10

＊訳者あとがき …………………………… 290
＊教えて！ ポリネシア先生―イギリス
　のお金編 ………………………………… 294

〔第6巻〕　ドリトル先生のキャラバン
2012年11月15日刊

ドリトル先生のキャラバン ……………… 11
＊訳者あとがき …………………………… 329

〔第7巻〕　ドリトル先生と月からの使い
2013年3月15日刊

ドリトル先生と月からの使い …………… 11
＊訳者あとがき …………………………… 311

〔第8巻〕　ドリトル先生の月旅行
2013年6月15日刊

ドリトル先生の月旅行 …………………… 10
＊訳者あとがき …………………………… 209

〔第9巻〕　ドリトル先生月から帰る
2013年12月15日刊

ドリトル先生月から帰る ………………… 11
＊訳者あとがき …………………………… 276

〔第10巻〕　ドリトル先生と秘密の湖 上
2014年7月15日刊

ドリトル先生と秘密の湖（上）…………… 11

〔第11巻〕　ドリトル先生と秘密の湖 下
2014年8月15日刊

ドリトル先生と秘密の湖（下）…………… 11
＊訳者あとがき …………………………… 310

〔第12巻〕　ドリトル先生と緑のカナリア
2015年8月15日刊

＊この本について（ジョセフィーヌ・ロ
　フティング）………………………………… 11
ドリトル先生と緑のカナリア …………… 13
＊訳者あとがき …………………………… 366

世界児童文学全集/個人全集・内容綜覧 第II期　141

ドリトル先生物語

〔第13巻〕　ドリトル先生の最後の冒険
2015年11月15日刊

＊この本について（ジョセフィーヌ・ロ
　フティング）‥‥‥‥‥‥‥‥‥‥ 11
ドリトル先生の最後の冒険 ‥‥‥‥‥ 13
　ドリトル先生とその家族（オルガ・マ
　イクル）‥‥‥‥‥‥‥‥‥‥‥‥ 13
　アオムネツバメ ‥‥‥‥‥‥‥‥‥ 19
　船乗り犬 ‥‥‥‥‥‥‥‥‥‥‥ 47
　ぶち ‥‥‥‥‥‥‥‥‥‥‥‥‥ 101
　犬の救急車 ‥‥‥‥‥‥‥‥‥‥ 131
　カンムリサケビドリ ‥‥‥‥‥‥ 145
　まいご ‥‥‥‥‥‥‥‥‥‥‥‥ 169
　ゾウムシの幼虫のお話 ‥‥‥‥‥ 197
　気絶した男の怪事件 ‥‥‥‥‥‥ 245
ドリトル先生、パリでロンドンっ子と
　出会う ‥‥‥‥‥‥‥‥‥‥‥‥ 311
＊訳者あとがき ‥‥‥‥‥‥‥‥‥ 324
＊ヒュー・ジョン・ロフティング年表‥ 328

〔第14巻〕　ドリトル先生のガブガブの
本―シリーズ番外編
2016年8月15日刊

ドリトル先生のガブガブの本 ‥‥‥‥ 9
　序章 ‥‥‥‥‥‥‥‥‥‥‥‥‥ 9
　第一夜　サラダ・ドレッシング博士
　　登場！ ‥‥‥‥‥‥‥‥‥‥‥ 19
　第二夜　小ブタの恋と小石のスープ ‥ 31
　第三夜　勇ましきトマト戦争物語 ‥‥ 49
　第四夜　名探偵シャーベット・ス
　　コーンズの事件簿 ‥‥‥‥‥‥‥ 63
　第五夜　名探偵シャーベット・ス
　　コーンズ、ふたたび ‥‥‥‥‥‥ 79
　第六夜　涙の手作りパンケーキ ‥‥ 99
　第七夜　絶対に失敗するダイエット‥ 113
　第八夜　世界一お金持ちな王様 ‥‥ 127
　第九夜　世界一おいしいピクニック‥ 145
　第十夜にして最後の晩餐 ‥‥‥‥‥ 157
＊訳者あとがき ‥‥‥‥‥‥‥‥‥ 170
＊シリーズをふりかえって（河合祥一
　郎）‥‥‥‥‥‥‥‥‥‥‥‥‥ 174

ドリトル先生物語

〔ヒュー・ロフティング〕
岩波書店
全13巻
2000年6月〜2000年11月
（岩波少年文庫）
（井伏鱒二訳）

※新版

第1巻　ドリトル先生アフリカゆき
2000年6月16日刊
※1951年6月25日刊の新版

ドリトル先生アフリカゆき ‥‥‥‥‥ 7
＊あとがき（井伏鱒二）‥‥‥‥‥ 181
＊「ドリトル先生物語」について（石井
　桃子）‥‥‥‥‥‥‥‥‥‥‥‥ 185
　＊作者ロフティングと「ドリトル先
　　生」の誕生 ‥‥‥‥‥‥‥‥‥ 192
　＊「ドリトル先生物語」の主人公た
　　ち ‥‥‥‥‥‥‥‥‥‥‥‥‥ 198
＊各巻の紹介 ‥‥‥‥‥‥‥‥‥‥ 205
　＊『ドリトル先生航海記』（一九二二
　　年）‥‥‥‥‥‥‥‥‥‥‥‥ 206
　＊『ドリトル先生の郵便局』（一九二
　　三年）‥‥‥‥‥‥‥‥‥‥‥ 209
　＊『ドリトル先生のサーカス』（一九
　　二四年）‥‥‥‥‥‥‥‥‥‥ 212
　＊『ドリトル先生の動物園』（一九二
　　五年）‥‥‥‥‥‥‥‥‥‥‥ 215
　＊『ドリトル先生のキャラバン』（一
　　九二六年）‥‥‥‥‥‥‥‥‥ 218
　＊『ドリトル先生と月からの使い』
　　（一九二七年）‥‥‥‥‥‥‥‥ 222
　＊『ドリトル先生月へゆく』（一九二
　　八年）‥‥‥‥‥‥‥‥‥‥‥ 226
　＊『ドリトル先生月から帰る』（一九
　　二九年）‥‥‥‥‥‥‥‥‥‥ 230
　＊『ドリトル先生と秘密の湖』（一九
　　四八年）‥‥‥‥‥‥‥‥‥‥ 234

ドリトル先生物語

＊『ドリトル先生と緑のカナリア』
（一九五一年）……………………… 240
＊『ドリトル先生の楽しい家』（一九
五二年）…………………………… 248
＊読者のみなさまへ（岩波書店編集部）
……………………………………… 253

第2巻　ドリトル先生航海記
2000年6月16日刊
※1960年9月20日刊の新版

ドリトル先生航海記 ………………………… 9
＊英国づくし（舟崎克彦）……………… 387
＊読者のみなさまへ（岩波書店編集部）
……………………………………… 392

第3巻　ドリトル先生の郵便局
2000年6月16日刊
※1952年6月15日刊の新版

ドリトル先生の郵便局 ………………… 7
＊ドリトル先生に教わったこと（大岡
玲）………………………………… 365
＊読者のみなさまへ（岩波書店編集部）
……………………………………… 371

第4巻　ドリトル先生のサーカス
2000年6月16日刊
※1952年1月15日刊の新版

ドリトル先生のサーカス ………………… 7
＊ドリトル先生の指輪（堤秀世）……… 411
＊読者のみなさまへ（岩波書店編集部）
……………………………………… 416

第5巻　ドリトル先生の動物園
2000年6月16日刊
※1979年2月27日刊の新版

ドリトル先生の動物園 ………………… 7
＊ドリトル先生は永遠の恋人（畑正憲）
……………………………………… 331
＊読者のみなさまへ（岩波書店編集部）
……………………………………… 337

第6巻　ドリトル先生のキャラバン

2000年6月16日刊
※1953年6月15日刊の新版

ドリトル先生のキャラバン ……………… 7
＊ピピネラへのあこがれ（伊藤比呂美）
……………………………………… 341
＊読者のみなさまへ（岩波書店編集部）
……………………………………… 346

第7巻　ドリトル先生と月からの使い
2000年11月17日刊
※1979年9月19日刊の新版

ドリトル先生と月からの使い …………… 7
＊引力・魔力・四つの魅力（かこさと
し）………………………………… 327
＊読者のみなさまへ（岩波書店編集部）
……………………………………… 333

第8巻　ドリトル先生月へゆく
2000年11月17日刊
※1955年12月15日刊の新版

ドリトル先生月へゆく …………………… 5
＊博物学のおもしろさ（長谷川眞理子）
……………………………………… 253
＊読者のみなさまへ（岩波書店編集部）
……………………………………… 258

第9巻　ドリトル先生月から帰る
2000年11月17日刊
※1979年9月19日刊の新版

ドリトル先生月から帰る ………………… 7
＊ドリトル先生は「立派な紳士」（大平
健）………………………………… 287
＊読者のみなさまへ（岩波書店編集部）
……………………………………… 294

第10巻　ドリトル先生と秘密の湖 上
2000年11月17日刊
※1979年10月17日刊の新版

ドリトル先生と秘密の湖 上 …………… 7

第11巻　ドリトル先生と秘密の湖 下

世界児童文学全集/個人全集・内容綜覧 第II期　143

2000年11月17日刊
※1979年10月17日刊の新版

ドリトル先生と秘密の湖 下 ……………… 7
＊ロフティングの出生証明書（新井満）
……………………………………… 281
＊読者のみなさまへ（岩波書店編集部）
……………………………………… 289

第12巻　ドリトル先生と緑のカナリア
2000年11月17日刊
※1979年10月23日刊の新版

＊おことわり（ジョセフィン・ロフティ
ング） ………………………………… 3
ドリトル先生と緑のカナリア ………… 9
＊動物と心をかよわせたい（神沢利子）
……………………………………… 387
＊読者のみなさまへ（岩波書店編集部）
……………………………………… 393

第13巻　ドリトル先生の楽しい家
2000年11月17日刊
※1979年10月23日刊の新版

＊はじめに（ジョセフィン・ロフティン
グ） …………………………………… 3
ドリトル先生とその家族（オルガ・マイ
クル） ………………………………… 9
船乗り犬 ……………………………… 15
ぶち …………………………………… 73
犬の救急車 …………………………… 103
気絶した男 …………………………… 115
カンムリサケビドリ ………………… 181
あおむねツバメ ……………………… 205
虫ものがたり ………………………… 231
迷子の男の子 ………………………… 287
＊へんしーん！（角野栄子） ………… 319
＊読者のみなさまへ（岩波書店編集部）
……………………………………… 325

┌─────────────────────┐
│　　トルストイの散歩道　　│
│　　　あすなろ書房　　　│
│　　　　全5巻　　　　│
│　2006年5月〜2006年6月　│
│　　（北御門二郎訳）　　│
└─────────────────────┘

※地の塩書房「心訳シリーズ・イワンの馬鹿」
（1993年刊）に収載されたものを再編集

第1巻　人は何で生きるか
2006年5月30日刊

人は何で生きるか …………………………… 1
＊訳者のことば ……………………………… 66
＊解説にかえて（小宮楠緒） ……………… 68
＊トルストイ略年譜（石田昭義編） ……… 72

第2巻　イワンの馬鹿
2006年5月30日刊

イワンの馬鹿 ………………………………… 1
＊訳者のことば ……………………………… 81
＊解説にかえて（小宮楠緒） ……………… 83
＊トルストイ略年譜（石田昭義編） ……… 85

第3巻　人にはたくさんの土地がいるか
2006年6月15日刊

人にはたくさんの土地がいるか ………… 1
卵ほどの大きさの穀物 …………………… 45
＊訳者のことば ……………………………… 54
＊解説にかえて（小宮楠緒） ……………… 56
＊トルストイ略年譜（石田昭義編） ……… 60

第4巻　二老人
2006年6月15日刊

二老人 ………………………………………… 1
＊訳者のことば ……………………………… 66
＊解説にかえて（小宮楠緒） ……………… 68
＊トルストイ略年譜（石田昭義編） ……… 72

第5巻　愛あるところに神あり
2006年6月15日刊

愛あるところに神あり …………………… 1
火の不始末は大火のもと ……………… 37
＊訳者のことば …………………………… 78
＊解説にかえて（小宮楠緒）…………… 80
＊トルストイ略年譜（石田昭義編）……… 84

トルストイの民話
女子パウロ会
全1巻
2006年9月20日
（岩崎京子文, かみやしん絵）

トルストイの民話
2006年9月20日刊

イワンのばか ………………………………… 5
ふたりの老人 ……………………………… 61
火は小さいうちに消さないと─ ……… 101
人にはどれだけの土地がいるか ……… 133
人は何によって生きているか ………… 165
＊あとがき（岩崎京子）………………… 198

眠れる森の美女

```
┌─────────────────────────┐
│      眠れる森の美女       │
│    〔シャルル・ペロー〕    │
│         沖積舎           │
│         全1巻            │
│      2004年10月1日        │
│ (ギュスターヴ・ドレ挿画, 榊原晃三訳) │
└─────────────────────────┘
```

眠れる森の美女
2004年10月1日刊

眠れる森の美女 ································· 7
赤ずきんちゃん ····························· 41
親指太郎 ································· 53
サンドリヨンあるいは小さなガラスの
　　上靴 ································ 93
猫の親方あるいは長靴をはいた猫 ······· 119
まき毛のリケ ····························· 139
ロバの皮 ································ 163
仙女たち ································ 203
青ひげ ································· 215
＊訳者あとがき ····························· 237

```
┌─────────────────────────┐
│      眠れる森の美女       │
│  ─完訳ペロー昔話集       │
│         講談社           │
│         全1巻            │
│      1992年5月15日        │
│      (講談社文庫)        │
│ (ギュスターブ・ドレ画, 巖谷國士訳) │
└─────────────────────────┘
```

眠れる森の美女─完訳ペロー昔話集
1992年5月15日刊

過ぎし日の物語集または昔話集─教訓
　　つき ································ 7
　＊姫君へ（P.ダルマンクール）·········· 8
　眠れる森の美女 ······················· 11
　赤ずきんちゃん ······················· 41
　青ひげ ································· 51
　猫先生または長靴をはいた猫 ·········· 69
　妖精たち ······························· 85
　サンドリヨンまたは小さなガラスの
　　　靴 ································· 95
　まき毛のリケ ·························· 117
　親指小僧 ······························· 135
韻文による昔話集 ······················· 169
　＊序文 ································· 170
　グリゼリディス ······················· 179
　ろばの皮 ······························· 257
　おろかな願い ·························· 305
＊解説（巖谷國士）······················· 318

146　世界児童文学全集/個人全集・内容綜覧　第II期

眠れる森の美女―シャルル・ペロー童話集

眠れる森の美女 ―完訳ペロー昔話集 筑摩書房 全1巻 2002年10月9日 （ちくま文庫） （ギュスターヴ・ドレ画, 巌谷國士訳）

※1992年5月刊講談社文庫の再刊

眠れる森の美女―完訳ペロー昔話集
2002年10月9日刊

過ぎし日の物語集または昔話集―教訓
　つき ……………………………… 7
　＊姫君へ（P.ダルマンクール）………… 8
　眠れる森の美女 ………………………… 11
　赤ずきんちゃん ……………………… 45
　青ひげ ……………………………… 55
　猫先生または長靴をはいた猫 ………… 71
　妖精たち …………………………… 89
　サンドリヨンまたは小さなガラスの
　　靴 ………………………………… 99
　まき毛のリケ …………………… 121
　親指小僧 ………………………… 139
韻文による昔話集 ………………… 171
　＊序文 …………………………… 172
　グリゼリディス ………………… 181
　ろばの皮 ………………………… 259
　おろかな願い …………………… 309
＊解説（巌谷國士） ……………… 321

眠れる森の美女 ―シャルル・ペロー童話集 新潮社 全1巻 2016年2月1日 （新潮文庫） （村松潔訳, ギュスターヴ・ドレ挿絵）

眠れる森の美女―シャルル・ペロー童話集
2016年2月1日刊

眠れる森の美女 ……………………… 9
赤頭巾ちゃん ………………………… 35
青ひげ ………………………………… 45
猫の親方または長靴をはいた猫 ……… 63
仙女たち ……………………………… 79
サンドリヨンまたは小さなガラスの靴 … 89
とさか頭のリケ …………………… 109
親指小僧 …………………………… 129
＊訳者あとがき …………………… 165

世界児童文学全集/個人全集・内容綜覧 第II期　147

はじめてであうシートン動物記

はじめてであう
シートン動物記
フレーベル館
全8巻
2002年8月〜2003年3月
（前川康男文, 富田京一解説, 石田武雄, 清
水勝絵）

第1巻　オオカミ王ロボ／あぶく坊主
2002年8月刊

オオカミ王ロボ (石田武雄絵) ‥‥‥‥‥‥ 5
あぶく坊主 (清水勝絵) ‥‥‥‥‥‥‥ 77
＊シリーズ新版によせて (前川康男) ‥‥‥ 126
＊解説 「オオカミ王ロボ」をもっとよ
　く知るために ‥‥‥‥‥‥‥‥‥‥ 128
＊解説 「あぶく坊主」をもっとよく知
　るために ‥‥‥‥‥‥‥‥‥‥‥‥ 142

第2巻　灰色グマワーブ／アライグマ ウ
　ェイ・アッチャの冒険 (清水勝絵)
2002年8月刊

灰色グマワーブ ‥‥‥‥‥‥‥‥‥‥‥ 5
アライグマ ウェイ・アッチャの冒険 ‥‥‥ 85
＊解説 「灰色グマワーブ」をもっとよ
　く知るために ‥‥‥‥‥‥‥‥‥‥ 118
＊解説 「アライグマ ウェイ・アッチャ
　の冒険」をもっとよく知るために ‥‥ 134

第3巻　ぎざ耳ウサギ／裏まちののらネ
　コ (石田武雄絵)
2002年10月刊

ぎざ耳ウサギ ‥‥‥‥‥‥‥‥‥‥‥‥ 5
裏まちののらネコ ‥‥‥‥‥‥‥‥‥ 77
＊解説 「ぎざ耳ウサギ」をもっとよく
　知るために ‥‥‥‥‥‥‥‥‥‥‥ 126
＊解説 「裏まちののらネコ」をもっと
　よく知るために ‥‥‥‥‥‥‥‥‥ 140

第4巻　銀ギツネ物語／銀の星

2002年10月刊

銀ギツネ物語 (清水勝絵) ‥‥‥‥‥‥‥ 5
銀の星 (石田武雄絵) ‥‥‥‥‥‥‥‥ 89
＊解説 「銀ギツネ物語」をもっとよく
　知るために ‥‥‥‥‥‥‥‥‥‥‥ 112
＊解説 「銀の星」をもっとよく知るた
　めに ‥‥‥‥‥‥‥‥‥‥‥‥‥‥ 128

第5巻　峰の大将クラッグ／猟師と犬 (石
　田武雄絵)
2002年12月刊

峰の大将クラッグ ‥‥‥‥‥‥‥‥‥‥ 5
猟師と犬 ‥‥‥‥‥‥‥‥‥‥‥‥‥ 93
＊解説 「峰の大将クラッグ」をもっと
　よく知るために ‥‥‥‥‥‥‥‥‥ 114
＊解説 「猟師と犬」をもっとよく知る
　ために ‥‥‥‥‥‥‥‥‥‥‥‥‥ 126

第6巻　旗尾リスの話／いさましいジャ
　ックウサギの話
2002年12月刊

旗尾リスの話 (石田武雄絵) ‥‥‥‥‥‥ 5
いさましいジャックウサギの話 (清水
　勝絵) ‥‥‥‥‥‥‥‥‥‥‥‥‥‥ 93
＊解説 「旗尾リスの話」をもっとよく
　知るために ‥‥‥‥‥‥‥‥‥‥‥ 122
＊解説 「いさましいジャックウサギの
　話」をもっとよく知るために ‥‥‥‥ 136

第7巻　サンドヒルの牡ジカ／北極ギツ
　ネ (清水勝絵)
2003年2月刊

サンドヒルの牡ジカ ‥‥‥‥‥‥‥‥‥ 5
北極ギツネ ‥‥‥‥‥‥‥‥‥‥‥‥ 71
＊解説 「サンドヒルの牡ジカ」をもっ
　とよく知るために ‥‥‥‥‥‥‥‥ 126
＊解説 「北極ギツネ」をもっとよく知
　るために ‥‥‥‥‥‥‥‥‥‥‥‥ 138

第8巻　クマ王物語／野生の動物を愛し
　たシートン (石田武雄絵)

2003年3月刊

クマ王物語 ……………………………… 5
＊解説 「クマ王物語」をもっとよく知
　るために ……………………………… 96
＊野生の動物を愛したシートン ……… 108
　＊シートンの生涯（富田京一年表・
　　文）………………………………… 110
　＊ペンの猟師、シートン（前川康男）‥ 128

ビアンキの動物ものがたり
日本標準
全1巻
2007年6月1日
（シリーズ本のチカラ）
（内田莉莎子訳, いたやさとし絵）

※1992年理論社刊「名作動物ランド」より5
　話を収録

ビアンキの動物ものがたり
2007年6月1日刊

何をつかまえようか ………………………… 5
　＊何をつかまえようか ミニ図鑑 ……… 23
おのはなくても ……………………………… 25
　＊おのはなくても ミニ図鑑 ………… 40
ねむたいねむたい …………………………… 45
　＊ねむたいねむたい ミニ図鑑 ……… 61
雪の本 ………………………………………… 63
　＊雪の本 ミニ図鑑 ………………… 79
カゲロウのたんじょう日 ……………… 81
　＊カゲロウのたんじょう日 ミニ図鑑
　　………………………………………… 101
＊けんめいに生きる動物たちを豊かに
　えがくビアンキの人と作品（国松俊
　英）…………………………………… 104

ピーターラビット全おはなし集

```
愛蔵版
ピーターラビット
全おはなし集
〔ビアトリクス・ポター〕
福音館書店
全1巻
1994年11月30日
（いしいももこ，まさきるりこ，なかがわ
りえこやく）
```

愛蔵版 ピーターラビット全おはなし集
1994年11月30日刊

＊ビアトリクス・ポターについて ……… 6
ピーターラビットのおはなし―1902
　（いしいももこやく）……………………… 9
りすのナトキンのおはなし―1903（い
　しいももこやく）………………………… 23
グロースターの仕たて屋―1903（いし
　いももこやく）…………………………… 39
ベンジャミンバニーのおはなし―1904
　（いしいももこやく）…………………… 55
2ひきのわるいねずみのおはなし―1904
　（いしいももこやく）…………………… 71
ティギーおばさんのおはなし―1905
　（いしいももこやく）…………………… 87
パイがふたつあったおはなし―1905
　（いしいももこやく）………………… 103
ジェレミー・フィッシャーどんのおは
　なし―1906（いしいももこやく）…… 121
こわいわるいうさぎのおはなし―1906
　（いしいももこやく）………………… 133
モペットちゃんのおはなし―1906（い
　しいももこやく）……………………… 141
こねこのトムのおはなし―1907（いし
　いももこやく）………………………… 149
あひるのジマイマのおはなし―1908
　（いしいももこやく）………………… 163
ひげのサムエルのおはなし―1908（い
　しいももこやく）……………………… 177
フロプシーのこどもたち―1909（いし
　いももこやく）………………………… 201

「ジンジャーとピクルズや」のおはなし
　―1909（いしいももこやく）………… 213
のねずみチュウチュウおくさんのおは
　なし―1910（いしいももこやく）…… 227
カルアシ・チミーのおはなし―1911
　（いしいももこやく）………………… 241
キツネどんのおはなし―1912（いしい
　ももこやく）…………………………… 257
こぶたのピグリン・ブランドのおは
　なし―1913（まさきるりこやく）…… 287
アプリイ・ダプリイのわらべうた―
　1917（なかがわりえこやく）………… 315
まちねずみジョニーのおはなし―1918
　（いしいももこやく）………………… 323
セシリ・パセリのわらべうた―1922
　（なかがわりえこやく）……………… 337
こぶたのロビンソンのおはなし―1930
　（まさきるりこやく）………………… 345

ピーターラビット全おはなし集

```
愛蔵版
ピーターラビット
全おはなし集
〔ビアトリクス・ポター〕
福音館書店
全1巻
2007年8月15日
（いしいももこ，まさきるりこ，なかがわ
りえこやく）
```

※1994年刊の改訂版

愛蔵版 ピーターラビット全おはなし集
2007年8月15日刊

＊ビアトリクス・ポターについて ………… 6
ピーターラビットのおはなし―1902
　　（いしいももこやく）………………… 9
りすのナトキンのおはなし―1903（い
　　しいももこやく）…………………… 23
グロースターの仕たて屋―1903（いし
　　いももこやく）……………………… 39
ベンジャミンバニーのおはなし―1904
　　（いしいももこやく）……………… 55
2ひきのわるいねずみのおはなし―1904
　　（いしいももこやく）……………… 71
ティギーおばさんのおはなし―1905
　　（いしいももこやく）……………… 87
パイがふたつあったおはなし―1905
　　（いしいももこやく）…………… 103
ジェレミー・フィッシャーどんのおは
　　なし―1906（いしいももこやく）…… 121
こわいわるいうさぎのおはなし―1906
　　（いしいももこやく）…………… 133
モペットちゃんのおはなし―1906（い
　　しいももこやく）………………… 141
こねこのトムのおはなし―1907（いし
　　いももこやく）…………………… 149
あひるのジマイマのおはなし―1908
　　（いしいももこやく）…………… 163
ひげのサムエルのおはなし―1908（い
　　しいももこやく）………………… 177

フロプシーのこどもたち―1909（いし
　　いももこやく）…………………… 201
「ジンジャーとピクルズや」のおはなし
　　―1909（いしいももこやく）…… 213
のねずみチュウチュウおくさんのおは
　　なし―1910（いしいももこやく）…… 227
カルアシ・チミーのおはなし―1911
　　（いしいももこやく）…………… 241
キツネどんのおはなし―1912（いしい
　　ももこやく）……………………… 257
こぶたのピグリン・ブランドのおはな
　　し―1913（まさきるりこやく）……… 287
アプリイ・ダプリイのわらべうた―
　　1917（なかがわりえこやく）…… 315
まちねずみジョニーのおはなし―1918
　　（いしいももこやく）…………… 323
セシリ・パセリのわらべうた―1922
　　（なかがわりえこやく）………… 337
こぶたのロビンソンのおはなし―1930
　　（まさきるりこやく）…………… 345
その他の作品 ……………………… 390
　ねずみが3びき（いしいももこやく）… 391
　ずるいねこのおはなし（まさきるり
　　こやく）…………………………… 394
　キツネとコウノトリ（まさきるりこ
　　やく）……………………………… 399
　ウサギのクリスマス・パーティー（ま
　　さきるりこやく）………………… 403
＊本書について（福音館書店編集部）…… 408
＊ビアトリクス・ポター年譜 ………… 410
＊主要登場人物（動物）索引…………… 412

世界児童文学全集/個人全集・内容綜覧 第II期　**151**

ひとにぎりの黄金
〔ジョーン・エイキン〕
竹書房
全2巻
2013年10月〜2013年12月
（竹書房文庫）
（三辺律子訳, 浅沼テイジイラスト）

〔第1巻〕　宝箱の章
2013年10月31日刊

ゆり木馬 …………………………………… 7
シリアル・ガーデン …………………… 21
三つ目の願い …………………………… 57
からしつぼの中の月光 ………………… 69
キンバルス・グリーン ………………… 101
ナッティ夫人の暖炉 …………………… 139
魚の骨のハープ ………………………… 181

〔第2巻〕　鍵の章
2013年12月5日刊

望んだものすべて ……………………… 7
ホーティングさんの遺産 ……………… 25
十字軍騎士のトビー …………………… 55
神様の手紙をぬすんだ男 ……………… 83
真夜中のバラ …………………………… 115
ネコ用ドアとアップルパイ …………… 143
お城の人々 ……………………………… 161
本を朗読する少年 ……………………… 183
＊訳者あとがき ………………………… 203

ひとりよみ名作
小学館
全2巻
2015年11月9日
（西本かおる訳）

バレエものがたり（スザンナ・デイヴィッ
ドソン, ケイティ・デインズ再話, アリー
ダ・マッサーリ絵）
2015年11月9日刊

ねむれる森のびじょ—シャルル・ペロー童話
集より（初演 ロシア 1890年）………………… 4
コッペリア—E.T.A.ホフマン作の2つの物語より
（初演 フランス 1870年）………………… 16
白鳥のみずうみ—ロシア民話およびドイツ民話
より（初演 ロシア 1877年）………………… 32
ラ・シルフィード—シャルル・ノディエ作の物
語より（初演 フランス 1832年）………………… 48
ドン・キホーテ—ミゲル・デ・セルバンテス作
の物語より（初演 ロシア 1869年）………………… 60
くるみわり人形—E.T.A.ホフマン作の物語より
（初演 ロシア 1892年）………………… 72
リーズのけっこん—ピエール＝アントワーヌ・
ボードワンの絵画より（初演 フランス 1789年）…… 84
＊バレエについて ………………………… 94

プリンセスものがたり（マーリー・マッキ
ノン再話, ロレーナ・アルヴァレス絵）
2015年11月9日刊

まめの上にねたおひめさま—アンデル
セン童話より …………………………… 5
カエルの王子—グリム童話より ………… 13
はだかの王さま—アンデルセン童話より ……… 21
12人のおどるおひめさま—グリム童話より …… 29
ねむりひめ—シャルル・ペロー童話集より ……… 39
王さまとナイチンゲール—アンデルセン童話
より ……………………………………… 47
火の鳥—ロシア民話より ………………… 57
雪の女王—アンデルセン童話より ……… 65
空とぶ馬—『アラビアン・ナイト』より ………… 85

ファーブル昆虫記

ファーブル昆虫記
集英社
全6巻
1996年5月～1996年7月
（集英社文庫）
（奥本大三郎編・訳, 鳥山明口絵, 見山博昆
虫標本画・イラスト）

※1991年刊『ファーブル昆虫記』（全8巻）を
一部書き改め6巻に文庫化

第1巻　ふしぎなスカラベ
1996年5月22日刊

＊はじめに（奥本大三郎）⋯⋯⋯⋯⋯⋯ 3
Ⅰ　ふしぎなスカラベ ⋯⋯⋯⋯⋯⋯⋯⋯ 9
　1　アヴィニョンの五月 ⋯⋯⋯⋯⋯⋯ 11
＊スカラベ・サクレとスカラベ・ティ
　フォン ⋯⋯⋯⋯⋯⋯⋯⋯⋯⋯⋯⋯⋯⋯ 38
　2　スカラベ・サクレ ⋯⋯⋯⋯⋯⋯⋯ 39
　3　オオクビタマオシコガネ ⋯⋯⋯⋯ 111
　4　ヒラタタマオシコガネ ⋯⋯⋯⋯⋯ 117
　5　アシナガタマオシコガネ ⋯⋯⋯⋯ 127
　6　イスパニアダイコクコガネ ⋯⋯⋯ 143
　7　ツキガタダイコクコガネ ⋯⋯⋯⋯ 181
　8　ヤギュウヒラタダイコクコガネ ⋯ 189
　9　センチコガネ ⋯⋯⋯⋯⋯⋯⋯⋯⋯ 197
　10　ミノタウロスセンチコガネ ⋯⋯⋯ 221
＊ふん虫とそのほかのコガネムシのな
　かま ⋯⋯⋯⋯⋯⋯⋯⋯⋯⋯⋯⋯⋯⋯⋯ 252
Ⅱ　ツチハンミョウのミステリー ⋯⋯⋯ 255
　1　スジハナバチヤドリゲンセイのな
　　ぞ ⋯⋯⋯⋯⋯⋯⋯⋯⋯⋯⋯⋯⋯⋯⋯ 257
　2　ツチハンミョウの大冒険 ⋯⋯⋯⋯ 333
　3　過変態という変身術―ミステリー
　　のなぞとき ⋯⋯⋯⋯⋯⋯⋯⋯⋯⋯ 363
＊昆虫とは何か 1（奥本大三郎）⋯⋯⋯ 386
＊あとがき（奥本大三郎）⋯⋯⋯⋯⋯⋯ 391

第2巻　狩りをするハチ
1996年5月22日刊

＊はじめに（奥本大三郎）⋯⋯⋯⋯⋯⋯ 3

　1　ヴァントゥー山にのぼる―自然のす
　　ばらしさとおそろしさ ⋯⋯⋯⋯⋯ 9
　2　タマムシを狩るツチスガリ ⋯⋯⋯ 37
　3　ゾウムシを狩るコブツチスガリ ⋯⋯ 59
＊ミツバチとファーブル ⋯⋯⋯⋯⋯⋯ 96
　4　コオロギを狩るキバネアナバチ ⋯⋯ 97
　5　キリギリスモドキを狩るラングドッ
　　クアナバチ ⋯⋯⋯⋯⋯⋯⋯⋯⋯⋯ 109
　6　イモムシを狩るジガバチ ⋯⋯⋯⋯ 161
＊マルハナバチとアカツメクサ ⋯⋯⋯ 186
　7　コガネムシを狩るツチバチ ⋯⋯⋯ 187
　8　ハエを狩るハナダカバチ ⋯⋯⋯⋯ 261
　9　ヌリハナバチの帰巣本能 ⋯⋯⋯⋯ 295
＊ハチとアリのなかま ⋯⋯⋯⋯⋯⋯⋯ 368
＊昆虫とは何か 2（奥本大三郎）⋯⋯⋯ 371
＊あとがき（奥本大三郎）⋯⋯⋯⋯⋯⋯ 377

第3巻　セミの歌のひみつ
1996年6月25日刊

＊はじめに（奥本大三郎）⋯⋯⋯⋯⋯⋯ 3
　1　セミの歌のひみつ ⋯⋯⋯⋯⋯⋯⋯ 9
　2　アリマキと天敵たち ⋯⋯⋯⋯⋯⋯ 91
　3　オオモンシロチョウとキャベツ ⋯⋯ 111
　4　オオクジャクヤママユの超能力 ⋯⋯ 157
　5　日光の中のヒメクジャクヤママユ ⋯ 187
　6　カレハガの昼間の結婚 ⋯⋯⋯⋯⋯ 193
＊チョウの学名 ⋯⋯⋯⋯⋯⋯⋯⋯⋯⋯ 210
　7　マツノギョウレツケムシの行進 ⋯⋯ 211
　8　アカサムライアリの道しるべ ⋯⋯ 265
＊アリの巣のいそうろうたち ⋯⋯⋯⋯ 306
　9　ツリアブ幼虫の死のキス ⋯⋯⋯⋯ 307
＊昆虫とは何か 3（奥本大三郎）⋯⋯⋯ 338
＊あとがき―僕の昆虫記（奥本大三郎）
　⋯⋯⋯⋯⋯⋯⋯⋯⋯⋯⋯⋯⋯⋯⋯⋯⋯ 349

第4巻　攻撃するカマキリ
1996年6月25日刊

＊はじめに（奥本大三郎）⋯⋯⋯⋯⋯⋯ 3
　1　ナルボンヌコモリグモ―地面に巣を
　　掘るクモ ⋯⋯⋯⋯⋯⋯⋯⋯⋯⋯⋯ 9
　2　ナガコガネグモ―空中に網を張るク
　　モ ⋯⋯⋯⋯⋯⋯⋯⋯⋯⋯⋯⋯⋯⋯⋯ 73

世界児童文学全集/個人全集・内容綜覧 第Ⅱ期　153

ファーブル昆虫記

＊クモのいろいろ ……………………… 120
3 カニグモ—花で待ちぶせするクモ … 121
4 ラングドックサソリ ………………… 133
5 ウスバカマキリ …………………… 227
＊サソリにさされたとき ……………… 252
6 クシヒゲカマキリ ………………… 253
＊毒とは何か ………………………… 264
7 オオヒョウタンゴミムシの「死んだ
まね」……………………………… 265
8 庭の殺し屋、キンイロオサムシ …… 323
＊昆虫とは何か 4（奥本大三郎）……… 362
＊あとがき（奥本大三郎）……………… 368

第5巻　カミキリムシの闇の宇宙
1996年7月25日刊

＊はじめに（奥本大三郎）……………… 3
I　虫たちの季節 ……………………… 9
1 春をいろどるハナムグリ ………… 11
2 木の中で育つカシミヤマカミキリ ‥ 47
＊ダーウィン、ウォレスと甲虫 ……… 68
3 オオウスバカミキリと昆虫料理 ‥‥ 69
4 オトシブミのゆりかご …………… 93
5 葉巻をつくるホソドロハマキ
チョッキリ ……………………… 115
6 シギゾウムシのドリル …………… 129
II　人間の生活と昆虫 ……………… 157
1 エンドウゾウムシと人間の歴史 … 159
2 穀物倉の害虫、インゲンマメゾウ
ムシ ……………………………… 187
III　自然の循環（リサイクル）…………… 211
1 野原の埋葬虫、シデムシ ………… 213
2 キンバエの消化力 ……………… 275
3 幼虫をうみつけるニクバエ ……… 295
4 ニクバエの天敵、エンマムシ …… 309
終章 …………………………………… 319
生きている無限 …………………… 321
＊昆虫とは何か 5（奥本大三郎）……… 328
＊あとがき—カミキリムシとハナムグ
リ（奥本大三郎）………………… 341

第6巻　伝記 虫の詩人の生涯（奥本大三郎著）
1996年7月25日刊

伝記 虫の詩人の生涯 ………………… 7
山の中の幼年時代—サン・レオン マ
ラヴァル ロデーズ ……………… 9
1 マラヴァルの農家 ……………… 13
2 サン・レオンの学校 …………… 41
3 大都市ロデーズ ………………… 75
パンと知識を求めた日々—アヴィ
ニョン ……………………………… 89
4 アヴィニョンの学生時代 ……… 93
5 カルパントラの小学校 ………… 105
6 コルシカの海と山 ……………… 127
7 アヴィニョン高校の名物教師 … 147
『昆虫記』を書いた地—オランジュ
セリニャン ……………………… 203
8 オランジュの家 ………………… 207
9 ネコの大旅行 …………………… 221
10 約束の地アルマス ……………… 239
11 ファーブル先生の一日 ………… 261
12 アルマスの光の中で …………… 275
＊『昆虫記』の魅力 …………………… 290
＊あとがきに代えて 『昆虫記』と私—
真夏の夜の読書 …………………… 299
＊年表 ファーブルの生涯 …………… 304
＊参考文献 …………………………… 314

新版
ファーブルこんちゅう記
小峰書店
全7巻
2006年6月15日
（小林清之介 文）

第1巻　タマコロガシものがたり（横内襄え）
2006年6月15日刊

＊はじめに ……………………………… 1
タマコロガシものがたり ………………… 4
＊あとがき―保護者のかたと先生がた
　へ（小林清之介）……………………… 124

第2巻　セミのうた・コオロギのうた（横内襄え）
2006年6月15日刊

＊はじめに ……………………………… 1
セミのうた ……………………………… 4
コオロギのうた ………………………… 76
＊あとがき―保護者のかたと先生がた
　へ（小林清之介）……………………… 124

第3巻　かりゅうどバチのひみつ（横内襄え）
2006年6月15日刊

＊はじめに ……………………………… 1
ツチスガリのふしぎなちゅうしゃ ……… 4
トックリバチのいえつくり ……………… 94
＊あとがき―保護者のかたと先生がた
　へ（小林清之介）……………………… 124

第4巻　カマキリとクモのふしぎ（横内襄え）
2006年6月15日刊

＊はじめに ……………………………… 1
むしのりょうし、カマキリ ……………… 4
コモリグモの親子 ……………………… 78

＊あとがき―保護者のかたと先生がた
　へ（小林清之介）……………………… 124

第5巻　オサムシとカミキリムシ（たかはしきよしえ）
2006年6月15日刊

＊はじめに ……………………………… 1
くいしんぼうのキンイロオサムシ ……… 4
カミキリムシのトンネル ………………… 82
＊あとがき―保護者のかたと先生がた
　へ（小林清之介）……………………… 124

第6巻　アリのくに・バッタのくに（横内襄え）
2006年6月15日刊

＊はじめに ……………………………… 1
アリのくに ……………………………… 4
バッタのくに …………………………… 76
＊あとがき―保護者のかたと先生がた
　へ（小林清之介）……………………… 124

第7巻　シデムシとゾウムシのなぞ（たかはしきよしえ）
2006年6月15日刊

＊はじめに ……………………………… 1
あなほりやのシデムシ ………………… 4
ゾウムシとドングリ …………………… 76
＊あとがき―保護者のかたと先生がた
　へ（小林清之介）……………………… 124

ファーブルの昆虫記

ファーブルの昆虫記
岩波書店
全2巻
2000年6月16日
（岩波少年文庫）
（大岡信編訳）

上
2000年6月16日刊

＊まえがき（大岡信） ……………………… 3
セミ ……………………………………… 9
　1　セミの巣立ち ……………………… 11
　2　セミの変態 ………………………… 21
　3　セミの歌 …………………………… 35
　4　セミの産卵と孵化 ………………… 48
コオロギ ………………………………… 71
　1　コオロギのすみかと卵 …………… 73
　2　コオロギの歌と結婚 ……………… 91
カマキリ ………………………………… 107
　1　カマキリの狩り …………………… 109
　2　カマキリの恋 ……………………… 124
　3　カマキリの「巣」 ………………… 131
　4　カマキリの孵化 …………………… 142
コバナバチ ……………………………… 149
　1　コバナバチの生活 ………………… 151
　2　コバナバチの門番 ………………… 172
オオタマオシコガネ …………………… 191
　1　オオタマオシコガネのおだんご… 193
　2　オオタマオシコガネのナシ玉 …… 210
　3　オオタマオシコガネのナシ玉のつ
　　　くりかた …………………………… 224
　4　オオタマオシコガネの幼虫 ……… 231
　5　幼虫から成虫へ …………………… 242
キンイロオサムシ ……………………… 257
　1　キンイロオサムシの食物 ………… 259
　2　キンイロオサムシの結婚 ………… 281
＊解説　「ファーブル昆虫記」の二一世
紀（小野展嗣） ………………………… 297

下
2000年6月16日刊

シデムシ ………………………………… 7
　1　シデムシの埋葬 …………………… 9
　2　シデムシと実験 …………………… 36
ツチスガリ ……………………………… 67
　1　タマムシツチスガリ ……………… 69
　2　コブツチスガリ …………………… 86
　3　科学的なころし屋 ………………… 110
キゴシジガバチ ………………………… 121
　1　キゴシジガバチのすみか ………… 123
　2　ヒメベッコウバチとキゴシジガバ
　　　チの食べもの ……………………… 148
クモ ……………………………………… 165
　1　クモの巣立ち ……………………… 167
　2　クモのあみのはりかた …………… 190
　3　わたしの庭のオニグモたち ……… 206
　4　コガネグモ類のわな ……………… 227
　5　コガネグモ類の電線 ……………… 236
　6　コガネグモ類の結婚と猟 ………… 250
ラングドックサソリ …………………… 271
　1　サソリのすみか …………………… 273
　2　サソリの食べもの ………………… 291
　3　ラングドックサソリの結婚 ……… 302
　4　ラングドックサソリの子どもたち
　　　………………………………………… 315
＊訳者あとがき ………………………… 327

156　世界児童文学全集/個人全集・内容綜覧　第II期

プロイスラーの昔話

 プロイスラーの昔話

小峰書店
全3巻
2003年11月～2004年1月
（佐々木田鶴子訳, スズキコージ絵）

第1巻 真夜中の鐘がなるとき―宝さがしの13の話
2003年11月19日刊

* 読むまえに、ちょっとひとこと ………… 7
いちどでお金持ちになれる方法とだめ
　　だった話 …………………………… 11
　レーゲンスブルクの橋の上で ……… 12
　みつけて、消えた宝物 ……………… 19
　いちばんだいじなものを、忘れるな … 27
　黒いにわとり ………………………… 35
　神様がお決めになった物 …………… 43
　荒野の王の墓 ………………………… 54
　十二人のむすこたち ………………… 62
　ワラキア人のお話 …………………… 71
　ひよこを生む金の大杯 ……………… 83
　定めのとおりに ……………………… 93
　海賊の宝物 …………………………… 103
　外にでたがった宝物 ………………… 112
　わたしじゃない、わたしじゃない …… 118
* 解説 昔のドイツ、今のドイツ（佐々
　木田鶴子）…………………………… 130

第2巻 地獄の使いをよぶ呪文―悪魔と魔女の13の話
2003年12月18日刊

* 読むまえに、ちょっとひとこと ……… 7
魔法の力を手に入れる話や失う話 …… 11
　ここにサインを！ …………………… 12
　一本多い刻み目 ……………………… 25
　笑いがひきおこした災難 …………… 34
　秘密の作戦会議 ……………………… 43
　シカの角 (つの) 殿下 ……………… 54
　博士の呪文書 ………………………… 65
　どろぼうが！ どろぼうが！ ……… 74

ふしぎなオルガン

ふしぎなオルガン

〔リヒャルト・レアンダー〕
岩波書店
全1巻
2010年3月16日
（岩波少年文庫）
（国松孝二訳）

※1952年11月15日刊の新版

ふしぎなオルガン
2010年3月16日刊

ふしぎなオルガン ………………………… 9
こがねちゃん ……………………………… 15
見えない王国 ……………………………… 27
悪魔が聖水のなかに落ちた話 ………… 53
錆びた騎士 ………………………………… 58
コショウ菓子の焼けないおきさきと口
　琴のひけない王さまの話 …………… 76
魔法の指輪 ………………………………… 88
ガラスの心臓を持った三人の姉妹 ……… 99
子どもの話 ………………………………… 110
ゼップのよめえらび ……………………… 122
沼のなかのハイノ ………………………… 129
不幸鳥と幸福姫 …………………………… 155
若返りの白 ………………………………… 179
カタカタコウノトリの話 ………………… 185
クリストフとベルベルとが、じぶんか
　ら望んで、ひっきりなしにゆきちが
　いになった話 ………………………… 194
夢のブナの木 ……………………………… 201
小鳥の子 …………………………………… 226
天の音楽 …………………………………… 236
天国と地獄 ………………………………… 241
古いトランク ……………………………… 254
* 訳者あとがき …………………………… 261

ことばどおりに ……………………… 84
聖なる三つの文字 ……………………… 95
ひとりは黒で、ひとりは赤 ………… 103
さあ、飛んでおいき、どこにもない
　ところまで ……………………… 111
運がいい話 ……………………… 118
しつこいヤツ ……………………… 126
＊解説 魔法と祈り（佐々木田鶴子）…… 136

第3巻　魂をはこぶ船―幽霊の13の話
2004年1月21日刊

＊読むまえに、ちょっとひとこと ……… 7
幽霊がみんな悪いわけではないが、ど
　うやってみわければいいのか ………… 11
降臨節の早朝礼拝 ……………………… 12
墓場のダンス ……………………… 19
九本ぜんぶあたり！ ……………… 25
神父の悪魔ばらい ……………… 33
石をどこへおけばいいか ……………… 42
ナイトキャップの小間物屋 ……………… 49
ナイトキャップをかえせ ……………… 57
真夜中の森の口笛 ……………… 64
うるさい小さな幽霊たち ……………… 72
青いアグネス ……………………… 80
白い紳士の幽霊 ……………… 90
魂をはこぶ船 ……………………… 98
ちびすけ、こっちへおいで ………… 106
＊解説 魂の話と作者のこと（佐々木田
鶴子）……………………… 112

**兵士のハーモニカ
―ロダーリ童話集**
岩波書店
全1巻
2012年4月26日
（岩波少年文庫）
（関口英子訳、伊津野果地さし絵）

兵士のハーモニカ―ロダーリ童話集
2012年4月26日刊

大きくならないテレジン ………………… 9
カルッソとオモッソ ……………………… 25
王さまへのプレゼント ……………………… 41
きこり王子 ……………………… 62
頭の悪い王子 ……………………… 76
アレグラ姫 ……………………… 92
魔法使いガル ……………………… 108
おしゃべりな像 ……………………… 122
皇帝のギター ……………………… 138
兵士のハーモニカ ……………………… 154
ニーノとニーナ ……………………… 171
〈みっつボタン〉の家 ……………………… 188
ミダス王と盗賊フィロン ……………… 204
鏡からとびだした歯医者さん ……………… 219
羊飼いと噴水 ……………………… 235
レオ十世の戴冠式 ……………………… 244
海へとこぎだした高層マンション …… 254
目の見えない王子さま ……………… 263
＊訳者あとがき ……………………… 279

ヘリオット先生と動物たちの 8つの物語

集英社
全1巻
2012年11月30日
（杉田比呂美絵, 村上由見子訳）

ペロー童話集

岩波書店
全1巻
2003年10月16日
（岩波少年文庫）
（天沢退二郎訳, マリ林さし絵）

ヘリオット先生と動物たちの8つの物語
2012年11月30日刊

子猫のモーゼ ………………………… 7
たった一度の "ワン！" ……………… 33
クリスマスの子猫 …………………… 57
ボニーの晴れ舞台 …………………… 81
お帰り、ブロッサム ………………… 107
青空市場の犬 ………………………… 133
社交家のオスカー …………………… 159
迷子になった子羊のスマッジ ……… 183
＊訳者あとがき ……………………… 210

ペロー童話集
2003年10月16日刊

眠りの森の美女 ……………………… 9
赤頭巾ちゃん ………………………… 35
青ひげ ………………………………… 45
長靴をはいた猫 ……………………… 61
妖精たち ……………………………… 77
サンドリヨンまたは小さなガラスの靴 … 89
巻き毛のリケ ………………………… 113
おやゆび小僧 ………………………… 133
ロバの皮 ……………………………… 163
おろかな願い ………………………… 197
＊訳者あとがき ……………………… 213

世界児童文学全集/個人全集・内容綜覧 第II期 **159**

ペロー童話集

ペロー童話集
新書館
全1巻
2010年12月5日
（ハリー・クラーク絵, 荒俣宏訳）

ペロー童話集
2010年12月5日刊

＊イラストレーション・リスト ………… 6
赤ずきん ……………………………… 11
仙女 …………………………………… 21
青ひげ ………………………………… 33
眠れる森の美女 ……………………… 49
猫先生（マスターキャット）、または長靴を
　はいた猫 …………………………… 77
シンデレラ、あるいは小さなガラスの
　靴 …………………………………… 95
巻き毛のリケ ………………………… 115
親指小僧 ……………………………… 133
愚かな願いごと ……………………… 153
驢馬の皮 ……………………………… 167
ときは春 ……………………………… 201
　四月（ウィリアム・ワトソン）……… 204
　ドゥーニーのヴァイオリン弾き（W.
　　B.イェーツ）……………………… 207
　イニスフリーの湖島（W.B.イェー
　　ツ）………………………………… 211
　子守歌（サロジニ・ナイドゥ）……… 213
　驢馬（G.K.チェスタトン）…………… 217
　朝まだき（ヒレア・ベロック）……… 221
　海へのあこがれ（ジョン・メイス
　　フィールド）……………………… 222
　船長のバラード（E.J.ブレイディ）… 225
　アラビア（ウォルター・デ・ラ・メ
　　ア）………………………………… 234
　狂える王子の歌（ウォルター・デ・
　　ラ・メア）………………………… 238
　羊飼い（アリス・メネル）………… 242
　死（ルパート・ブルック）………… 246
　偉大な恋人（ルパート・ブルック）… 250

　もしほうきを持ってたら（パトリッ
　　ク・R.チャルマーズ）…………… 258
　死せる愛国者（ジェイムズ・エルロ
　　イ・フレッカー）………………… 260
　星の話（ロバート・グレイヴス）…… 266
　干潟でふと聞いたこと（ハロルド・モ
　　ンロー）…………………………… 271
　春が来る（マーガレット・マッケン
　　ジー）……………………………… 276
　秋のお恵み（ローズ・ファイルマン）‥ 279
　とっても近くで！（クイーニー・ス
　　コット＝ホッパー）……………… 283
　すべてはわれの精神とその一部（L.
　　D.ウォルターズ）………………… 286
　黒と白（H.H.アボット）…………… 290
＊解説　『ペロー童話集』のおもしろさ
　とハリー・クラークの挿絵（荒俣宏）‥ 295

ペロー昔話・寓話集

ペローの昔ばなし
白水社
全1巻
2007年7月1日
（白水Uブックス）
（今野一雄訳, ギュスターヴ・ドレ挿画）

※1984年刊の再刊

ペローの昔ばなし
2007年7月1日刊

＊姫君へ（P.ダルマンクール）‥‥‥‥‥ 7
眠りの森の王女 ‥‥‥‥‥‥‥‥‥‥‥ 13
赤ずきん ‥‥‥‥‥‥‥‥‥‥‥‥‥‥ 51
青ひげ ‥‥‥‥‥‥‥‥‥‥‥‥‥‥‥ 63
長ぐつをはいたネコ ‥‥‥‥‥‥‥‥‥ 85
仙女 ‥‥‥‥‥‥‥‥‥‥‥‥‥‥‥ 107
サンドリヨン ‥‥‥‥‥‥‥‥‥‥‥ 119
まき毛のリケ ‥‥‥‥‥‥‥‥‥‥‥ 143
おやゆび小僧 ‥‥‥‥‥‥‥‥‥‥‥ 165
＊訳者あとがき ‥‥‥‥‥‥‥‥‥‥ 207

ペロー昔話・寓話集
西村書店
全1巻
2008年11月10日
（エヴァ・フラントヴァー絵, 末松氷海子訳）

ペロー昔話・寓話集
2008年11月10日刊

＊刊行によせて（Gründ社編集部）‥‥‥‥ 17
韻文による物語 ‥‥‥‥‥‥‥‥‥‥‥ 19
　＊序文（シャルル・ペロー）‥‥‥‥‥ 21
　グリゼリディス ‥‥‥‥‥‥‥‥‥‥ 27
　ロバの皮 ‥‥‥‥‥‥‥‥‥‥‥‥ 101
　愚かな願いごと ‥‥‥‥‥‥‥‥‥ 144
過ぎし昔の物語と教訓 ‥‥‥‥‥‥‥ 158
　＊王女さまへ（P.ダルマンクール）‥‥ 160
　眠れる森の美女 ‥‥‥‥‥‥‥‥‥ 162
　赤ずきんちゃん ‥‥‥‥‥‥‥‥‥ 184
　青ひげ ‥‥‥‥‥‥‥‥‥‥‥‥‥ 193
　猫の大将、または長靴をはいた猫 ‥‥ 207
　妖精たち ‥‥‥‥‥‥‥‥‥‥‥‥ 218
　サンドリヨン、または小さなガラス
　　の靴 ‥‥‥‥‥‥‥‥‥‥‥‥‥ 227
　とさか頭のリケ ‥‥‥‥‥‥‥‥‥ 243
　親指小僧 ‥‥‥‥‥‥‥‥‥‥‥‥ 259
その他の物語と寓話 ‥‥‥‥‥‥‥‥ 279
　コウノトリに治療してもらったカラ
　　ス、またはまったくの恩知らず ‥‥ 281
　ヴェルサイユ宮の迷路 ‥‥‥‥‥‥ 286
　　1　ミミズクと鳥たち ‥‥‥‥‥ 295
　　2　オンドリとヤマウズラ ‥‥‥‥ 295
　　3　オンドリとキツネ ‥‥‥‥‥ 296
　　4　オンドリとダイヤモンド ‥‥‥ 297
　　5　逆さまにぶらさがったネコとネ
　　　ズミたち ‥‥‥‥‥‥‥‥‥‥ 298
　　6　ワシとキツネ ‥‥‥‥‥‥‥ 300
　　7　クジャクたちとカケス ‥‥‥ 300
　　8　オンドリとインドのオンドリ ‥ 302
　　9　クジャクとカササギ ‥‥‥‥ 303

世界児童文学全集/個人全集・内容綜覧 第II期　**161**

冒険ファンタジー名作選

10	竜と鉄床(かなとこ)	305
11	サルと子どもたち	306
12	動物たちの戦い	308
13	メンドリとヒヨコたち	311
14	キツネとサル	312
15	ツルとキツネ	312
16	クジャクとウグイス	315
17	オウムとサル	316
18	裁判官のサル	316
19	ネズミとカエル	318
20	ウサギとカメ	320
21	オオカミとツル	321
22	トビと小鳥たち	323
23	サルの王さま	324
24	キツネとヤギ	327
25	ネズミの会議	328
26	サルとネコ	330
27	キツネとブドウ	330
28	ワシとウサギとフンコロガシ	331
29	オオカミとヤマアラシ	332
30	たくさんの頭を持ったヘビ	332
31	子ネズミとネコと御者	334
32	トビとハトたち	334
33	イルカとサル	335
34	キツネとカラス	335
35	白鳥とツルについて	338
36	オオカミと彫像	341
37	ヘビとハリネズミ	342
38	雌のアヒルたちと小さなスパニエル犬	343

新世界の葦、またはサトウキビ 345
羊になった羊飼い 355
＊訳者あとがき 366

┌─────────────────────────┐
│ **冒険ファンタジー名作選** │
│ 岩崎書店 │
│ 全20巻 │
│ 2003年10月〜2004年10月 │
└─────────────────────────┘

第1巻 ロスト・ワールド（コナン・ドイル
原作, 久米穣訳, 竹本泉絵）
2003年10月15日刊

＊はじめに 3
ロスト・ワールド 6
＊原作者について（久米穣） 141
＊この物語に登場する恐竜について
（久米穣） 143
＊恐竜はなぜ滅びたか（久米穣） 145

第2巻 火星のプリンセス（エドガー・R.
バローズ原作, 亀山龍樹訳, 山本貴嗣絵）
2003年10月15日刊

＊はじめに 3
火星のプリンセス 6
＊作者と作品について（亀山龍樹） 137

第3巻 27世紀の発明王（ヒューゴー・ガー
ンズバック原作, 福島正実訳, 大塚あきら
絵）
2003年10月15日刊

＊はじめに 3
27世紀の発明王 6
＊SFの父ガーンズバック（福島正実） 137

第4巻 いきている首（アレクサンドル・ベ
リヤーエフ原作, 馬上義太郎訳, 琴月綾絵）
2003年10月15日刊

＊はじめに 3
いきている首 6
＊死人を生きかえらせる科学について
（馬上義太郎） 135

冒険ファンタジー名作選

第5巻 ぬすまれたタイムマシン（レイ・カミングス原作, 南山宏訳, 御米椎絵）

2003年10月15日刊

* はじめに ……………………………… 3
ぬすまれたタイムマシン ………………… 6
* 時間旅行とタイムマシン（南山宏）…… 155

第6巻 ついらくした月（ロバート・C.シェリフ原作, 白木茂訳, 竹本泉絵）

2003年10月15日刊

* はじめに ……………………………… 3
ついらくした月 …………………………… 6
* 作者と作品について（白木茂）……… 142

第7巻 黒い宇宙船（マレイ・ラインスター原作, 野田昌宏訳, 赤石沢貴士絵）

2003年10月15日刊

* はじめに ……………………………… 3
黒い宇宙船 ………………………………… 6
* 宇宙旅行、昔と今（野田昌宏）……… 156

第8巻 キャプテン・フューチャーの冒険（エドモンド・ハミルトン原作, 福島正実訳, 秋恭摩絵）

2003年10月15日刊
※1967年刊の再刊

* はじめに ……………………………… 3
キャプテン・フューチャーの冒険 ……… 6
* 作者ハミルトンについて（福島正実）
……………………………………… 129

第9巻 次元パトロール（サム・マーウィン・ジュニア原作, 中上守訳, 山田卓司絵）

2003年10月15日刊

* はじめに ……………………………… 3
次元パトロール …………………………… 6
* 多次元宇宙について（中上守）……… 132

第10巻 うそつきロボット（アイザック・アシモフ原作, 小尾芙佐訳, 山田卓司絵）

2003年10月15日刊
※1966年刊の再刊

* はじめに ……………………………… 3
子もりロボット・ロビイ ………………… 7
水星ロボット・スピーディ ……………… 47
うそつきロボット・ハービイ …………… 77
電子頭脳マシンX ………………………… 111
* ロボットの世界（小尾芙佐）………… 145

第11巻 地底探検（ジュール・ベルヌ原作, 久米元一訳, 琴月綾絵）

2004年10月15日刊
※1976年刊の復刊

* はじめに ……………………………… 3
地底探検 …………………………………… 6
* この物語と、作者について（久米元一）……………………………………… 143

第12巻 月世界最初の人間（ハーバート・G.ウェルズ原作, 塩谷太郎訳, 今井修司絵）

2004年10月15日刊
※1976年刊の復刊

* はじめに ……………………………… 3
月世界（げっせかい）最初の人間……………… 6
* この物語と作者について（塩谷太郎）
……………………………………… 132

第13巻 宇宙のスカイラーク号（エドワード・E.スミス原作, 亀山龍樹訳, 赤石沢貴士絵）

2004年10月15日刊
※1976年刊の復刊

* はじめに ……………………………… 3
宇宙のスカイラーク号 …………………… 6
* E・E・スミスのスカイラーク号（亀山龍樹）………………………………… 139

第14巻 超能力部隊（ロバート・A.ハインライン原作, 矢野徹訳, 琴月綾絵）

2004年10月15日刊
※1976年刊の復刊

世界児童文学全集/個人全集・内容綜覧 第II期　**163**

冒険ファンタジー名作選

＊はじめに …………………………… 3
超能力部隊 …………………………… 6
＊ロバート・A・ハインラインについ
　て（矢野徹）………………………… 137

第15巻　逃げたロボット（レスター・デル・
　レイ原作, 中尾明訳, 御米椎絵）
2004年10月15日刊
※1976年刊の復刊

＊はじめに …………………………… 3
逃げたロボット ……………………… 6
＊人間的なロボット（中尾明）………… 141

第16巻　栄光の宇宙パイロット（ゲオル
　ギー・グレーウィッチ原作, 袋一平訳, 赤
　石沢貴士絵）
2004年10月15日刊
※1967年刊の再刊

＊はじめに …………………………… 3
栄光の宇宙パイロット ……………… 6
＊作者とその作品について（袋一平）…… 124

第17巻　合成怪物の逆しゅう（レイモン
　ド・F.ジョーンズ原作, 半田倹一訳, 山田
　卓司絵）
2004年10月15日刊
※1976年刊（1967年刊の再刊）の復刊

＊はじめに …………………………… 3
合成怪物の逆しゅう ………………… 6
＊サイバネティックということ（亀山
　龍樹）………………………………… 133

第18巻　星からきた探偵（ハル・クレメン
　ト原作, 内田庶訳, 山田卓司絵）
2004年10月15日刊
※1976年刊（1967年刊の再刊）の復刊

＊はじめに …………………………… 3
星からきた探偵 ……………………… 6
＊宇宙生物とクレメント（内田庶）……… 157

第19巻　光る雪の恐怖（リチャード・ホー
　ルデン原作, 内田庶訳, 福井典子絵）
2004年10月15日刊
※1976年刊（1967年刊の再刊）の復刊

＊はじめに …………………………… 3
光る雪の恐怖 ………………………… 6
＊科学が生み出した怪物（内田庶）…… 142

第20巻　恐竜1億年（リチャード・マーステ
　ィン原作, 福島正実訳, 福井典子絵）
2004年10月15日刊
※1976年刊（1967年刊の再刊）の復刊

＊はじめに …………………………… 3
恐竜1億年 …………………………… 6
＊好奇心とタイムトラベル（福島正実）
　………………………………………… 158

164　世界児童文学全集/個人全集・内容綜覧 第II期

ポプラ世界名作童話

ポプラ社
全20巻
2015年11月～2016年11月

第1巻　赤毛のアン (L.M.モンゴメリ作, 柏葉幸子文, 垂石眞子絵)
2015年11月刊

赤毛のアン ································· 7
＊あとがき (柏葉幸子) ················ 139

第2巻　トム・ソーヤーの冒険 (M.トウェイン作, 阿部夏丸文, 佐藤真紀子絵)
2015年11月刊

トム・ソーヤーの冒険 ················ 7
＊あとがき (阿部夏丸) ················ 136

第3巻　小公女 (F.H.バーネット作, 越水利江子文, 丹地陽子絵)
2015年11月刊

小公女 ····································· 7
＊あとがき (越水利江子) ············· 139

第4巻　アルプスの少女ハイジ (J.シュピリ作, 那須田淳文, pon–marsh絵)
2015年11月刊

アルプスの少女ハイジ ··············· 7
＊あとがき (那須田淳) ················ 162

第5巻　フランダースの犬 (ウィーダ作, 濱野京子文, 小松咲子絵)
2015年11月刊

フランダースの犬 ····················· 7
＊あとがき (濱野京子) ················ 130

第6巻　西遊記 (呉承恩作, 三田村信行文, 武田美穂絵)
2015年11月刊

西遊記 ····································· 7
＊あとがき (三田村信行) ············· 170

第7巻　アンデルセン童話 (H.C.アンデルセン作, 西本鶏介文, shino絵)
2015年11月刊

えんどう豆の上にねたおひめさま ········· 9
親ゆびひめ ································· 17
はだかの王さま ·························· 41
マッチうりの少女 ······················ 55
みにくいあひるの子 ···················· 67
ひなぎく ·································· 89
人魚ひめ ·································· 103
＊あとがき (西本鶏介) ················ 156

第8巻　長くつしたのピッピ (A.リンドグレーン作, 角野栄子文, あだちなみ絵)
2015年11月刊

長くつしたのピッピ ···················· 7
＊あとがき (角野栄子) ················ 132

第9巻　ドリトル先生物語 (H.ロフティング作, 舟崎克彦文, はたこうしろう絵)
2015年11月刊

ドリトル先生物語 ····················· 7
　プロローグ ····························· 9
　ドリトル先生こんにちは ············ 17
　はじめての航海 ······················ 43
　ドリトル先生のゆうびん局 ·········· 77
　ドリトル先生のサーカス ············ 105
　ドリトル先生おかえりなさい ········ 137
＊あとがき／あとづけ (舟崎克彦) ······· 155

第10巻　メアリー・ポピンズ (P.L.トラヴァース作, 富安陽子文, 佐竹美保絵)
2015年11月刊

メアリー・ポピンズ ···················· 7
＊あとがき (富安陽子) ················ 140

第11巻　ふしぎの国のアリス (L.キャロル作, 石崎洋司文, 千野えなが絵)

ポプラ世界名作童話

2016年11月刊

ふしぎの国のアリス ···················· 7
＊あとがき（石崎洋司）··················· 140

第12巻　十五少年漂流記（J.ベルヌ作, 高楼方子文, 佐竹美保絵）

2016年11月刊

十五少年漂流記 ························ 7
＊あとがき（高楼方子）··················· 160

第13巻　若草物語（L.M.オルコット作, 薫くみこ文, こみねゆら絵）

2016年11月刊

若草物語 ······························ 7
＊あとがき（薫くみこ）··················· 164

第14巻　ファーブル昆虫記（J.H.ファーブル作, 伊藤たかみ文, 大庭賢哉絵）

2016年11月刊

ファーブル昆虫記 ······················ 7
　　1　フンコロガシ ···················· 9
　　2　ぼくのこと ···················· 47
　　3　カリバチ ······················ 62
　　4　セミ ·························· 94
＊あとがき（伊藤たかみ）··············· 132

第15巻　グリム童話（グリム兄弟作, 安東みきえ文, 100％ORANGE絵）

2016年11月刊

赤ずきん ······························ 9
ヘンゼルとグレーテル ·················· 21
ブレーメンの音楽隊 ···················· 45
こびとのくつや ························ 59
オオカミと七ひきの子ヤギ ·············· 67
ラプンツェル ·························· 79
かしこいハンス ························ 93
白雪姫 ······························ 111
まずしい人とお金もち ················· 139
キツネとネコ ························· 151
＊あとがき（安東みきえ）··············· 156

第16巻　オズの魔法使い（L.F.ボーム作, 菅野雪虫文, 丹地陽子絵）

2016年11月刊

オズの魔法使い ························· 7
＊あとがき（菅野雪虫）················· 140

第17巻　ひみつの花園（F.H.バーネット作, さとうまきこ文, 狩野富貴子絵）

2016年11月刊

ひみつの花園 ·························· 7
＊あとがき（さとうまきこ）············· 164

第18巻　あしながおじさん（J.ウェブスター作, 石井睦美文, あだちなみ絵）

2016年11月刊

あしながおじさん ······················ 7
＊あとがき（石井睦美）················· 162

第19巻　イソップ物語（イソップ作, 内田麟太郎文, 高畠純絵）

2016年11月刊

ウサギとカメ ··························· 8
ひきょうもののコウモリ ················ 14
よくばりなイヌ ······················· 24
ツルとキツネ ························· 29
いなかのネズミと町のネズミ ············ 35
神さまを売る男 ······················· 45
王さまをほしがるカエル ················ 49
金のたまご ··························· 59
北風と太陽 ··························· 65
ワシのつぶやき ······················· 72
アリとハト ··························· 76
アリとキリギリス ····················· 80
うそつきの子ども ····················· 85
ライオンとネズミ ····················· 93
ヘビのしっぽと頭 ···················· 101
ウミガメとワシ ······················ 107
カラスとキツネ ······················ 112
ウマとオオカミ ······················ 121
子ガニと母ガニ ······················ 126

ライオンと三頭のウシ ……………… 130
金のオノ 銀のオノ ………………… 137
＊あとがき（内田麟太郎）…………… 146

第20巻　飛ぶ教室（E.ケストナー作, 最上
　一平文, 矢島眞澄絵）
2016年11月刊

飛ぶ教室 ……………………………… 7
＊あとがき（最上一平）……………… 172

```
┌─────────────────────────┐
│      ホラー短編集         │
│       岩波書店            │
│        全3巻             │
│  2010年7月～2014年11月    │
│   （岩波少年文庫）         │
│   （佐竹美保挿画）         │
└─────────────────────────┘
```

〔第1巻〕　**八月の暑さのなかで**（金原瑞
　人編訳）
2010年7月14日刊

こまっちゃった（エドガー・アラン・
　ポー原作, 金原瑞人翻案）…………… 7
八月の暑さのなかで（W.F.ハーヴィー）‥21
開け放たれた窓（サキ）……………… 35
ブライトンへいく途中で（リチャード・
　ミドルトン）………………………… 45
谷の幽霊（ロード・ダンセイニ）……… 55
顔（レノックス・ロビンスン）……… 63
もどってきたソフィ・メイソン（E.M.
　デラフィールド）…………………… 75
後ろから声が（フレドリック・ブラウ
　ン）………………………………… 105
ポドロ島（L.P.ハートリー）………… 127
十三階（フランク・グルーバー）…… 151
お願い（ロアルド・ダール）………… 189
だれかが呼んだ（ジェイムズ・レイ
　ヴァー）…………………………… 199
ハリー（ローズマリー・ティンパリ）…‥ 211
＊訳者あとがき ……………………… 247

第2巻　南から来た男（金原瑞人編訳）
2012年7月18日刊

ナンタケット島出身のアーサー・ゴー
　ドン・ピムの物語（エドガー・アラ
　ン・ポー原作, 金原瑞人翻案）………… 7
南から来た男（ロアルド・ダール）……… 25
家具つきの部屋（オー・ヘンリー）……… 51
マジックショップ（H.G.ウェルズ）……… 67
不思議な話（ウォルター・デ・ラ・メ
　ア）………………………………… 93

まぼろしの少年（アルジャーノン・ブラックウッド）……………… 103
エミリーにバラを一輪（ウィリアム・フォークナー）……………… 115
悪魔の恋人（エリザベス・ボウエン）…… 141
湖（レイ・ブラッドベリ）………………… 159
小瓶の悪魔（ロバート・ルイス・スティーヴンソン）………………… 175
隣の男の子（エレン・エマーソン・ホワイト）……………………………… 237
＊訳者あとがき ……………………………… 275

第3巻　最初の舞踏会（平岡敦編訳）
2014年11月27日刊

青ひげ（シャルル・ペロー）…………… 7
コーヒー沸かし（テオフィル・ゴーティエ）………………………………… 19
幽霊（ギ・ド・モーパッサン）………… 37
沖の少女（ジュール・シュペルヴィエル）………………………………… 55
最初の舞踏会（レオノラ・カリントン）… 71
消えたオノレ・シュブラック（ギヨーム・アポリネール）…………… 81
壁抜け男（マルセル・エーメ）………… 93
空き家（モーリス・ルヴェル）………… 111
心優しい恋人（アルフォンス・アレー）… 123
恋愛結婚（エミール・ゾラ）………… 129
怪事件（モーリス・ルブラン）……… 141
大いなる謎（アンドレ・ド・ロルド）… 153
トト（ボワロー＝ナルスジャック）…… 169
復讐（ジャン・レイ）………………… 177
イールの女神像（プロスペル・メリメ）… 187
＊訳者あとがき ……………………………… 249

本当に読みたかった
アンデルセン童話
NTT出版
全1巻
2005年10月26日
（イェンス・アナセン編、福井信子, 大河原晶子訳, フレミング・B.イェペセン画）

本当に読みたかったアンデルセン童話
2005年10月26日刊

パイターとペーターとペーア …………… 1
ヒキガエル …………………………………… 13
幸運は小枝のなかに ……………………… 28
さやから出た五つのえんどう豆 ……… 33
銀貨 …………………………………………… 40
ティーポット ……………………………… 50
パンを踏んだ娘 …………………………… 54
ノミと教授 ………………………………… 71
タマオシコガネ …………………………… 80
ソーセージの串のスープ ……………… 94
かがり針 …………………………………… 122
悪い王さま ………………………………… 130
ニワトコおばさん ……………………… 136
天使 …………………………………………… 150
アザミの経験 ……………………………… 155
跳びくらべ ………………………………… 163
幸福な一家 ………………………………… 168
いたずらっ子 ……………………………… 175
びんの首 …………………………………… 181
赤い靴 ……………………………………… 199
眠りの精オーレ・ロクオイエ ……… 212
チョウ ……………………………………… 234
突拍子もないこと ……………………… 240
＊訳者あとがき ……………………………… 247

まるごと一冊ロアルド・ダール

```
┌─────────────────────────┐
│      魔法使いの          │
│   チョコレート・ケーキ   │
│  ―マーガレット・マーヒー │
│      お話集              │
│      福音館書店          │
│       全1巻              │
│    2004年8月20日         │
│     （福音館文庫）       │
│（シャーリー・ヒューズ画, 石井桃子訳）│
└─────────────────────────┘
```

※1984年刊の文庫版

魔法使いのチョコレート・ケーキ―マーガレット・マーヒーお話集
2004年8月20日刊

たこあげ大会 ……………………………… 9
葉っぱの魔法 …………………………… 25
遊園地 …………………………………… 43
魔法使いのチョコレート・ケーキ …… 67
家の中にぼくひとり …………………… 84
メリー・ゴウ・ラウンド ……………… 87
鳥の子 …………………………………… 113
ミドリノハリ …………………………… 129
幽霊をさがす …………………………… 153
ニュージーランドのクリスマス ……… 176
＊あとがき（石井桃子） ……………… 178

```
┌─────────────────────────┐
│     まるごと一冊         │
│    ロアルド・ダール      │
│       評論社             │
│        全1巻             │
│    2000年10月10日        │
│（評論社の児童図書館・文学の部屋）│
└─────────────────────────┘
```

まるごと一冊ロアルド・ダール
2000年10月10日刊

＊編集者から見たロアルド・ダール（ト
　ム・マシュラー文, 佐藤見果夢訳） ……… 4
＊父・ダール（オフィリア・ダール文,
　佐藤見果夢訳） …………………………… 6
＊小屋（ラルフ・ステッドマン文, 佐藤
　見果夢訳） ………………………………… 11
一章　どうぶつたち ………………………… 17
蛙となかよし―「一年中ワクワクしてた」よ
　り（レイモンド・ブリッグズ絵, 久
　山太市訳） ………………………………… 19
いじわる夫婦が消えちゃった（抄録）
　（クェンティン・ブレイク絵, 田村
　隆一訳） …………………………………… 20
大きな大きなワニのはなし（クェン
　ティン・ブレイク絵, 田村隆一訳） … 27
大きな大きなワニ―「天才ダールのとびき
　り料理」より（クェンティン・ブレイ
　ク絵, そのひかる訳） …………………… 44
ブター詩集「けものノケモノ」より（クェン
　ティン・ブレイク絵, 灰島かり日本
　語） ………………………………………… 47
＊アメリカ合衆国からの手紙 …………… 50
海外からのファンレター（クェンティ
　ン・ブレイク絵, 佐藤見果夢訳） …… 53
ふくろう君とねこちゃん（バベット・
　コール絵, 灰島かり日本語） ………… 55
父さんギツネバンザイ（抄録）（クェ
　ンティン・ブレイク絵, 田村隆一,
　米沢万里子訳） …………………………… 59
主人公が物語を作った（クェンティ
　ン・ブレイク絵, 佐藤見果夢訳） …… 62

世界児童文学全集/個人全集・内容綜覧　第II期　**169**

まるごと一冊ロアルド・ダール

こちらゆかいな窓ふき会社（クェン
　ティン・ブレイク絵, 清水達也, 清
　水奈緒子訳）……………………… 64
動物と話をした少年―「ヘンリー・シュ
　ガーのわくわくする話」より（パトリッ
　ク・ベンソン絵, 小野章訳）………… 92
カササギにご用心―「一年中ワクワクして
　た」より（クェンティン・ブレイク
　絵, 久山太市訳）………………… 103
赤頭巾ちゃんとおおかみ―詩集「へそま
　がり昔ばなし」より（クェンティン・ブ
　レイク絵, 灰島かり日本語）……… 104
三匹のコブタ―詩集「へそまがり昔ばなし」
　より（クェンティン・ブレイク絵,
　灰島かり日本語）………………… 108
モグラ―「一年中ワクワクしてた」より（クェ
　ンティン・ブレイク絵, 久山太市
　訳）……………………………… 113
ライオン―詩集「けものノケモノ」より（灰
　島かり日本語）…………………… 115
ロアルド・ダール, ぼくのこと ……… 116
カメたち―作者から「恋のまじない, ヨンサメ
　カ」より（クェンティン・ブレイク
　絵, 久山太市訳）………………… 117
恋のまじない, ヨンサメカ（クェン
　ティン・ブレイク絵, 久山太市訳）‥ 118
＊カメつかみ―「恋のまじない, ヨンサメカ」
　より（クェンティン・ブレイク絵,
　久山太市訳）……………………… 141
ケーッケッケッケッ（クェンティン・
　ブレイク絵, 灰島かり日本語）……… 142
ワニ―詩集「けものノケモノ」より（クェン
　ティン・ブレイク絵, 灰島かり日本
　語）……………………………… 143
二章　まほう ……………………… 149
魔法を信じぬ者の見つけえぬこと―
　「一年中ワクワクしてた」より（レイモン
　ド・ブリッグズ絵, 久山太市訳）…… 151
オ・ヤサシ巨人BFG（抄録）（クェン
　ティン・ブレイク絵, 中村妙子訳）‥ 152
＊オ・ヤサシ巨人BFG記念切手 英国
　郵政省発行（クェンティン・ブレイ
　ク絵）…………………………… 164

おばけきゅうり―「天才ダールのとびきり料
　理」より（クェンティン・ブレイク
　絵, そのひかる訳）………………… 165
ふしぎの森のミンピン（パトリック・
　ベンソン絵, おぐらあゆみ訳）…… 168
シンデレラ―詩集「へそまがり昔ばなし」より
　（クェンティン・ブレイク絵, 灰島
　かり日本語）……………………… 198
おばけ桃の冒険（抄録）（レイン・ス
　ミス絵, 田村隆一訳）…………… 204
ジャックと豆の木―詩集「へそまがり昔ば
　なし」より（クェンティン・ブレイク
　絵, 灰島かり日本語）…………… 213
魔女がいっぱい（抄録）（クェンティ
　ン・ブレイク絵, 清水達也, 鶴見敏
　訳）……………………………… 218
牛―詩集「けものノケモノ」より（クェンティ
　ン・ブレイク絵, 灰島かり日本語）‥ 240
キャドバリー製菓のデイリーミルク
　―「一年中ワクワクしてた」より（久山太市
　訳）……………………………… 243
チョコレート工場の秘密（抄録）
　（クェンティン・ブレイク絵, 田村
　隆一訳）………………………… 244
ベルーカ・サルトの歌―「チョコレート工
　場の秘密」より（クェンティン・ブレ
　イク絵, 田村隆一訳）…………… 262
＊もてなし―「天才ダールのとびきり料理」よ
　り（クェンティン・ブレイク絵, そ
　のひかる訳）……………………… 265
ぼくのつくった魔法のくすり（抄録）
　（クェンティン・ブレイク絵, 宮下
　嶺夫訳）………………………… 266
三章　かぞく ともだち そして てき … 281
お茶うけにタマキビを…―「一年中ワク
　ワクしてた」より（レイモンド・ブリッ
　グズ絵, 久山太市訳）…………… 283
駄菓子屋―「少年」より（フリッツ・ウェ
　グナー絵, 佐藤見果夢訳）……… 284
クルミの木―詩集「まぜこぜシチュウ」より
　（クェンティン・ブレイク絵, 灰島
　かり日本語）……………………… 290

まるごと一冊ロアルド・ダール

マチルダの父親—「マチルダはちいさな大天
　才」より（クェンティン・ブレイク
　絵, 宮下嶺夫訳）⋯⋯⋯⋯⋯⋯ 291
ダニィの父さん—「ぼくらは世界一の名コン
　ビ！」より（クェンティン・ブレイク
　絵, 小野章訳）⋯⋯⋯⋯⋯⋯ 296
ロアルド・ダールの父—「少年」より（佐
　藤見果夢訳）⋯⋯⋯⋯⋯⋯⋯ 299
アルフヒルドへあてたダールの手紙⋯ 300
校長—「少年」より（ポージー・シモンズ
　絵, 佐藤見果夢訳）⋯⋯⋯⋯⋯ 301
ロアルド・ダールの鉄道安8全ガイド
　（抄録）（クェンティン・ブレイク
　絵, 佐藤見果夢訳）⋯⋯⋯⋯⋯ 305
マチルダはちいさな大天才（抄録）
　（クェンティン・ブレイク絵, 宮下
　嶺夫訳）⋯⋯⋯⋯⋯⋯⋯⋯ 308
わが家がモーターボートを手に入れ
　た時—「少年」より（クェンティン・ブ
　レイク絵, 佐藤見果夢訳）⋯⋯⋯ 319
ダールの発明—「一年中ワクワクしてた」よ
　り（クェンティン・ブレイク絵, 久
　山太市訳）⋯⋯⋯⋯⋯⋯⋯⋯ 322
ファンレターの返事として書いた詩
　（フリッツ・ウェグナー絵）⋯⋯⋯ 325
ぼくらは世界一の名コンビ！（抄録）
　（クェンティン・ブレイク絵, 小野
　章訳）⋯⋯⋯⋯⋯⋯⋯⋯⋯ 326
ヘンゼルとグレーテル—詩集「まぜこぜシ
　チュウ」より（クェンティン・ブレイ
　ク絵, 灰島かり日本語）⋯⋯⋯ 351
ヘンゼルとグレーテルのスペアリブ
　—「天才ダールのとびきり料理」より（クェ
　ンティン・ブレイク絵, そのひかる
　訳）⋯⋯⋯⋯⋯⋯⋯⋯⋯⋯ 363
トチの実ゲーム！—「一年中ワクワクして
　た」より（クェンティン・ブレイク
　絵, 久山太市訳）⋯⋯⋯⋯⋯⋯ 365
ママへあてたダールの手紙⋯⋯⋯ 367
ドライブ—「少年」より（クェンティン・
　ブレイク絵, 佐藤見果夢訳）⋯⋯ 368
きみたちがおとなになって⋯⋯⋯ 375
四章　たいせつなことども⋯⋯⋯ 377

こんな大きな骨、見たことない—「一
　年中ワクワクしてた」より（レイモンド・
　ブリッグズ絵, 久山太市訳）⋯⋯ 379
一休み—「ヘンリー・シュガーのわくわくする
　話」より（クェンティン・ブレイク
　絵, 小野章訳）⋯⋯⋯⋯⋯⋯ 380
写真—「少年」より（クェンティン・ブレ
　イク絵, 佐藤見果夢訳）⋯⋯⋯ 384
バイク—「一年中ワクワクしてた」より（クェ
　ンティン・ブレイク絵, 久山太市
　訳）⋯⋯⋯⋯⋯⋯⋯⋯⋯⋯ 387
いじわる夫婦が消えちゃった（抄録）
　（クェンティン・ブレイク絵, 田村
　隆一訳）⋯⋯⋯⋯⋯⋯⋯⋯ 389
裸の王様—詩集「まぜこぜシチュウ」より
　（クェンティン・ブレイク絵, 灰島
　かり日本語）⋯⋯⋯⋯⋯⋯⋯ 391
野生のマッシュルーム—「一年中ワクワク
　してた」より（クェンティン・ブレイ
　ク絵, 久山太市訳）⋯⋯⋯⋯⋯ 399
シンバ—「単独飛行」より（バート・キッ
　チン絵, 佐藤見果夢訳）⋯⋯⋯ 401
作家を志しているみなさんへ（クェ
　ンティン・ブレイク絵, 佐藤見果夢
　訳）⋯⋯⋯⋯⋯⋯⋯⋯⋯⋯ 409
毒ヘビグリーン・マンバー—「単独飛行」
　より（バート・キッチン絵, 佐藤見
　果夢訳）⋯⋯⋯⋯⋯⋯⋯⋯ 412
サンタのおばさん、どこにいる？
　（クェンティン・ブレイク絵, 灰島
　かり日本語）⋯⋯⋯⋯⋯⋯⋯ 422
暑いと寒い—詩集「まぜこぜシチュウ」より
　（クェンティン・ブレイク絵, 灰島
　かり日本語）⋯⋯⋯⋯⋯⋯⋯ 424
ひどい目—詩集「まぜこぜシチュウ」より
　（クェンティン・ブレイク絵, 灰島
　かり日本語）⋯⋯⋯⋯⋯⋯⋯ 425
ダルエスサラームからナイロビへ
　フォード・プリフェクトに乗って
　—「単独飛行」より（クェンティン・ブ
　レイク絵, 佐藤見果夢訳）⋯⋯⋯ 426
ママへあてたダールの手紙⋯⋯⋯ 431
生還—「単独飛行」より（クリストファー・
　ウォーメル絵, 佐藤見果夢訳）⋯⋯ 432

世界児童文学全集/個人全集・内容綜覧 第II期　**171**

ミステリーボックス

初めての空中戦—「単独飛行」より（クリ
　ストファー・ウォーメル絵, 佐藤見
　果夢訳）································ *436*
ロアルド・ダール語る（クェンティ
　ン・ブレイク絵, 佐藤見果夢訳）···· *443*
年をとったら（クェンティン・ブレイ
　ク絵, 佐藤見果夢訳）··············· *444*

<hr>

ミステリーボックス
ポプラ社
全6巻
2004年7月～2004年10月
（ポプラ社文庫）

<hr>

第1巻　ABC殺人事件（アガサ・クリステ
　ィ作, 百々佑利子文, 照井葉月絵）
2004年7月刊
※1986年6月刊の新装改訂

ABC殺人事件···································· *1*
＊訳者あとがき ······························ *212*

第2巻　Xの悲劇（エラリー・クイーン作, 越
　智道雄, 越智治美文, 若菜等＋ki絵）
2004年7月刊
※1986年8月刊の新装改訂

Xの悲劇 ·· *1*
＊訳者あとがき（越智道雄）··············· *196*

第3巻　Yの悲劇（エラリー・クイーン作, 小
　林宏明文, 若菜等＋ki絵）
2004年8月刊
※1986年10月刊の新装改訂

Yの悲劇 ·· *1*
＊訳者あとがき ······························ *220*

第4巻　Zの悲劇（エラリー・クイーン作, 木
　下友子文, 若菜等＋ki絵）
2004年8月刊
※1989年12月刊の新装改訂

Zの悲劇·· *1*
＊訳者あとがき ······························ *199*

第5巻　オリエント急行殺人事件（アガサ・
　クリスティ作, 神鳥統夫文, 照井葉月絵）
2004年9月刊
※1989年11月刊の新装改訂

172　世界児童文学全集/個人全集・内容綜覧　第II期

オリエント急行殺人事件 1
＊訳者あとがき 215

第6巻　学園連続殺人事件（ジェームズ・ヒ
ルトン作, 木下友子文, ひたき絵）
2004年10月刊
※1986年9月刊の新装改訂

学園連続殺人事件 1
＊訳者あとがき 197

みんなわたしの
―幼い子どもにおくる詩集
のら書店
全1巻
1991年10月
（ドロシー・バトラー編, 岸田衿子, 百々
佑利子訳, ミーガン・グレッサー絵）

みんなわたしの―幼い子どもにおくる
詩集
1991年10月刊

＊はじめに（ドロシー・バトラー）......... 7
とだな（ウォルター・デ・ラ・メア）...... 11
おかしなはなし 12
ちいさなこびと（ジョン・ケンドリッ
　ク・バングズ）........................... 12
くいのかきね…（デイヴィッド・マッ
　コード）........................... 13
メリー・ゴー・ラウンド（ドロシー・バ
　ルーク）........................... 14
あれあれジェマイマ！..................... 15
もじゃもじゃけだらけ…（リリアン・
　シュルツ・ヴァナダ）..................... 16
ねこ（エリナー・ファージョン）........... 17
かわのきしべで 18
かささぎのかぞえうた 19
ちいさなたね（メイベル・ワッツ）......... 19
ねがいごと 20
ポリーさん 22
ふかふかくまさん（A.A.ミルン）........... 23
きつつき（エリザベス・マドックス・ロ
　バーツ）........................... 24
おわり（A.A.ミルン）..................... 25
かじだかじだ！........................... 26
ねぼすけ 26
モンタギュー・マイケル 27
ねずみのいえ（ルーシー・スプレイグ・
　ミッチェル）........................... 28
どうぶつまつり 29
こころから 30

世界児童文学全集/個人全集・内容綜覧　第II期　**173**

みんなわたしの一幼い子どもにおくる詩集

おひゃくしょうさん ……………… 31
あかちゃんのはじめてのコップ
　（ジェームズ・カーカップ）………… 32
おはよう（ミュリエル・サイプ）……… 33
なんでもない ………………………… 34
ブライアン・オリン ………………… 34
もしもぼくがちいさけりゃ（ベアトリ
　ス・シェンク・デ・レニエイ）……… 35
おとうと（ドロシー・オールディス）…… 36
そうぞうしてごらん ………………… 36
ティモシーのおやつ（クライヴ・サンソ
　ム）………………………………… 37
いそいで！ …………………………… 37
五ひきのふくろねずみ ……………… 38
ニン・ナン・ノンのくに（スパイク・ミ
　リガン）…………………………… 39
ジェマイマ・ジェーン（マーシェット・
　シュート）………………………… 40
もしりんごだったら ………………… 41
かゆいかゆい ………………………… 41
おふろからでたら（アイリーン・フィッ
　シャー）…………………………… 42
りす ………………………………… 43
おしゃべり …………………………… 44
きいきい（ウォルター・デ・ラ・メア）… 45
おおなみこなみ（エリナー・ファージョ
　ン）………………………………… 46
スーザン・ブルー（ケート・グリーナ
　ウェイ）…………………………… 47
リリー・リー（イゾベル・ベスト）……… 47
おれのなまえは…（ポーリン・クラー
　ク）………………………………… 48
ピクニック（ヒュー・ロフティング）…… 49
もしろばがいたら（ジョーゼフ・ビュー
　ラー）……………………………… 50
どうぶつにしんせつなこ（ローラ・E.リ
　チャーズ）………………………… 51
ぼくはびょうき ……………………… 52
かげのダンス（アイヴィ・O.イースト
　ウィック）………………………… 53
わたしのバンガローリさん ………… 54
めうし（ロバート・ルイス・スティーヴ
　ンスン）…………………………… 55

どっちでも …………………………… 56
しあわせ（A.A.ミルン）……………… 56
ねこやなぎ …………………………… 57
はじめまして ………………………… 57
どうぶつえんにいったら（ジェシー・
　ポープ）…………………………… 58
ようこそあかちゃん（マーガレット・
　マーヒー）………………………… 59
ちびのピッパ（スパイク・ミリガン）… 60
ぼくしらない！ ……………………… 60
ひょんひょんはとおくさん（エリナー・
　ファージョン）…………………… 61
へんなこ（ローズ・ファイルマン）……… 61
こたえ（ロバート・クレアモント）……… 62
ちいさなかめ（ヴェイチェル・リンゼ
　イ）………………………………… 63
ハ！ハ！ …………………………… 64
あさはおはよう（メアリ・アン・ホバー
　マン）……………………………… 64
いえさがし（ローズ・ファイルマン）…… 65
ぞう ………………………………… 66
ふしぎ ……………………………… 66
ジェレミア・オウバダイア ………… 67
ぼくのこいぬ（アイリーン・フィッ
　シャー）…………………………… 68
わたしとおばあちゃん ……………… 69
パカパカパカ ………………………… 69
やかん（グインネス・サーバン）……… 70
はつかねずみ（ローズ・ファイルマン）… 71
あめざんざん ………………………… 72
めだか（オグデン・ナッシュ）………… 72
こっちへいらっしゃい（ジェームズ・
　リーヴズ）………………………… 73
こんばんはおつきさん（エリナー・
　ファージョン）…………………… 74
じけん ……………………………… 74
くも（クリスティーナ・ロゼッティ）…… 75
めんどりうた（ローズ・ファイルマン）… 75
マイケル・フィニガン ……………… 76
バビロンまでなんマイル？ ………… 76
だれかさん（ウォルター・デ・ラ・メ
　ア）………………………………… 77
こもりうた …………………………… 78

174　世界児童文学全集/個人全集・内容綜覧 第II期

クリスマス ……………………………… 79
＊作者紹介 ……………………………… 80

ムーミン童話シリーズ
〔トーベ・ヤンソン〕
講談社
全9巻
2013年11月〜2015年2月
（講談社青い鳥文庫）

※新装版

〔第1巻〕 ムーミン谷の彗星（下村隆一訳）
2014年2月15日刊

ムーミン谷の彗星 …………………………… 7
＊解説「好きになること」（高橋静男）‥ 238
＊ムーミンの世界（あさのあつこ）……… 245

〔第2巻〕 たのしいムーミン一家（山室静訳）
2014年4月15日刊
※1980年11月10日刊の新装版

たのしいムーミン一家 …………………… 7
＊解説「自然のなかで」（高橋静男）…… 273
＊トーベ・ヤンソン（角野栄子）……… 277

〔第3巻〕 ムーミンパパの思い出（小野寺百合子訳）
2014年9月15日刊

ムーミンパパの思い出 …………………… 9
＊解説「自由であること」（高橋静男）‥ 282
＊静かな絵の秘密（山本容子）………… 287

〔第4巻〕 ムーミン谷の夏まつり（下村隆一訳）
2013年12月15日刊

ムーミン谷の夏まつり …………………… 9
＊解説「たいせつなこと」（高橋静男）‥ 242
＊みんなちがって、みんないい。（乙武洋匡）……………………………… 247

世界児童文学全集/個人全集・内容綜覧 第II期　**175**

ムーミン童話シリーズ

〔第5巻〕　ムーミン谷の冬（山室静訳）
2014年1月15日刊

ムーミン谷の冬 ……………………… 7
＊解説「他者への関心」（高橋静男）…… 212
＊だれにでも平等に春は訪れる。（小林
　深雪）……………………………… 217

〔第6巻〕　ムーミン谷の仲間たち（山室
　　　　静訳）
2013年11月15日刊

春のしらべ …………………………… 7
ぞっとする話 ………………………… 31
この世のおわりにおびえるフィリフヨ
　ンカ ………………………………… 55
世界でいちばんさいごの竜 ………… 93
しずかなのが好きなヘムレンさん …… 121
目に見えない子 ……………………… 157
ニョロニョロのひみつ ……………… 185
スニフとセドリックのこと ………… 221
もみの木 ……………………………… 239
＊解説「出会い」（高橋静男）………… 263
＊捨ててはいけない本（石崎洋司）…… 268

〔第7巻〕　ムーミンパパ海へいく（小野
　　　　寺百合子訳）
2014年7月15日刊

ムーミンパパ海へいく ……………… 7
＊解説「いのちへの不安」（高橋静男）… 338
＊いつも心に「ムーミン谷」を（森絵
　都）………………………………… 343

〔第8巻〕　ムーミン谷の十一月（鈴木徹
　　　　郎訳）
2014年11月15日刊

ムーミン谷の十一月 ………………… 9
＊解説「ムーミン感覚」（高橋静男）…… 302
＊ムーミン屋敷の魅力（藤野恵美）…… 307

〔第9巻〕　小さなトロールと大きな洪水
　　　　（冨原眞弓訳）

2015年2月15日刊

＊序文（トーベ・ヤンソン）………… 3
小さなトロールと大きな洪水 ……… 11
＊解説「ムーミン童話の誕生」（高橋静
　男）………………………………… 110
＊「目からうろこ」のことばかり！（末
　吉暁子）…………………………… 115

176　世界児童文学全集／個人全集・内容綜覧　第II期

名探偵ホームズ

名探偵ホームズ
〔アーサー・コナン・ドイル〕
ポプラ社
全8巻
2005年10月～2011年2月
（ポプラポケット文庫）
（亀山龍樹訳, 佐竹美保さし絵）

第1巻　赤毛連盟
2005年10月刊
※学習研究社1972年刊の再刊

赤毛連盟 ······················· 7
ボスコム谷の秘密 ··············· 65
くちびるのねじれた男 ··········· 125
青いガーネット ················· 183
＊推理ノート・1 名探偵ホームズ登
　場！（亀山龍樹） ············· 233

第2巻　ぶな屋敷のなぞ
2006年1月刊
※学習研究社1972年刊の再刊

ぶな屋敷のなぞ ················· 7
まだらのひも ··················· 69
技師の親指 ····················· 127
緑柱石の宝冠 ··················· 175
＊推理ノート・2 推理小説の父、ドイ
　ル（亀山龍樹） ··············· 231

第3巻　銀星号事件
2006年4月刊
※学習研究社1972年刊の再刊

銀星号事件 ····················· 7
黄色い顔 ······················· 75
モースン商会の殺人 ············· 117
魔の船グロリア・スコット号 ····· 159
王冠の秘密 ····················· 207
＊推理ノート・3 ホームズにいどむ探
　偵たち（亀山龍樹） ··········· 251

第4巻　盗まれた秘密文書

2006年8月刊
※学習研究社1973年刊の再刊

盗まれた秘密文書 ··············· 7
ライゲートの大地主 ············· 85
ふしぎな入院患者 ··············· 129
ギリシャ語通訳 ················· 167
最後の事件 ····················· 209
＊推理ノート・4 ドイルに殺された
　ホームズ（亀山龍樹） ········· 250

第5巻　おどる人形
2007年3月刊
※学習研究社1973年刊の再刊

おどる人形 ····················· 7
あき家の冒険 ··················· 65
秘密のかくれが ················· 117
消えた少年 ····················· 173
＊推理ノート・5 生きかえったホーム
　ズ（亀山龍樹） ··············· 245

第6巻　六つのナポレオン像
2009年10月刊
※学習研究社1973年刊の再刊

六つのナポレオン像 ············· 7
黒い船長 ······················· 63
犯人はふたり ··················· 113
三人の学生 ····················· 155
金ぶちの鼻めがね ··············· 201
＊推理ノート・6 ドイル「騎士」となる
　（亀山龍樹） ················· 256

第7巻　悪魔の足
2010年3月刊
※学習研究社1973年刊の再刊

悪魔の足 ······················· 7
消えた名選手 ··················· 63
第二のしみ ····················· 111
ウィステリア荘の怪事件 ········· 171
＊推理ノート・7 ドイルも名探偵！（亀
　山龍樹） ····················· 239

世界児童文学全集/個人全集・内容綜覧 第II期　177

名探偵ホームズシリーズ

第8巻　ひん死の探偵
2011年2月刊
※学習研究社1973年刊の再刊

ひん死の探偵 ………………………… 7
赤い輪 …………………………………… 45
姿なきスパイ ………………………… 91
フランシス姫の首かざり ……………… 157
最後のあいさつ ……………………… 205
＊推理ノート・8 最後のあいさつ（亀山
　龍樹）………………………………… 246

名探偵ホームズシリーズ
〔アーサー・コナン・ドイル〕
講談社
全16巻
2010年11月～2012年2月
（講談社青い鳥文庫）
（日暮まさみち訳, 青山浩行絵）

〔第1巻〕　名探偵ホームズ 赤毛組合
2010年11月15日刊

＊「赤毛組合」について（日暮まさみち）‥ 4
第一話　赤毛組合 ……………………… 8
第二話　変身 …………………………… 65
第三話　青いガーネット ……………… 114
第四話　銀星号事件 …………………… 161
＊解説（日暮まさみち）………………… 210

〔第2巻〕　名探偵ホームズ バスカビル
　　　　家の犬
2010年12月10日刊

＊「バスカビル家の犬」について（日暮
　まさみち）…………………………… 6
バスカビル家の犬 ……………………… 11
＊解説（日暮まさみち）………………… 360

〔第3巻〕　名探偵ホームズ まだらのひも
2011年1月10日刊

＊「まだらのひも」について（日暮まさ
　みち）………………………………… 6
第一話　まだらのひも ………………… 9
第二話　技師の親指 …………………… 61
第三話　緑柱石の宝冠 ………………… 101
第四話　海軍条約文書 ………………… 147
＊解説（桑沢けい）……………………… 212

〔第4巻〕　名探偵ホームズ 消えた花むこ
2011年2月15日刊

＊「消えた花むこ」について（日暮まさ
　みち）………………………………… 4

第一話　消えた花むこ …………………… 9
第二話　ボヘミア王のスキャンダル …… 49
第三話　ボスコム谷のなぞ …………… 103
第四話　マスグレーブ家の儀式 ……… 158
＊解説（日暮まさみち）………………… 192

〔第5巻〕　名探偵ホームズ 緋色の研究
2011年3月10日刊

＊「緋色の研究」について（日暮まさみ
　ち）………………………………………… 4
緋色の研究 ………………………………… 9
＊解説（日暮まさみち）………………… 218

〔第6巻〕　名探偵ホームズ 四つの署名
2011年4月25日刊

＊「四つの署名」について（日暮まさみ
　ち）………………………………………… 4
四つの署名 ………………………………… 9
＊解説（日暮まさみち）………………… 216

〔第7巻〕　名探偵ホームズ ぶな屋敷の
なぞ
2011年5月25日刊

＊「ぶな屋敷のなぞ」について（日暮ま
　さみち）…………………………………… 4
第一話　ぶな屋敷のなぞ ………………… 9
第二話　独身の貴族 ……………………… 61
第三話　オレンジの種五つ …………… 110
第四話　黄色い顔 ……………………… 150
＊解説（日暮まさみち）………………… 184

〔第8巻〕　名探偵ホームズ 最後の事件
2011年6月25日刊

＊「最後の事件」について（日暮まさみ
　ち）………………………………………… 4
第一話　ふしぎな入院患者 ……………… 9
第二話　ギリシャ語通訳事件 ………… 51
第三話　ボール箱の恐怖 ……………… 93
第四話　最後の事件 …………………… 139
＊解説（日暮まさみち）………………… 180

〔第9巻〕　名探偵ホームズ 恐怖の谷
2011年7月25日刊

＊「恐怖の谷」について（日暮まさみち）‥ 4
恐怖の谷 …………………………………… 9
＊解説（日暮まさみち）………………… 278

〔第10巻〕　名探偵ホームズ 三年後の
生還
2011年8月25日刊

＊「三年後の生還」について（日暮まさ
　みち）……………………………………… 4
第一話　帰ってきたホームズ …………… 8
第二話　おどる人形 ……………………… 50
第三話　消えた建築業者 ……………… 95
第四話　あやしい自転車乗り ………… 144
＊解説（日暮まさみち）………………… 184

〔第11巻〕　名探偵ホームズ 囚人船の
秘密
2011年9月25日刊

＊「囚人船の秘密」について（日暮まさ
　みち）……………………………………… 4
第一話　囚人船の秘密 …………………… 9
第二話　ライゲートの大地主 ………… 50
第三話　株式仲買人 ……………………… 91
第四話　背中の曲がった男 …………… 134
＊解説（日暮まさみち）………………… 170

〔第12巻〕　名探偵ホームズ 六つのナポ
レオン像
2011年10月25日刊

＊「六つのナポレオン像」について（日
　暮まさみち）……………………………… 8
第一話　ゆすりの王さま ………………… 9
第二話　プライアリ学校誘拐事件 …… 50
第三話　ブラック・ピーター船長の死‥ 120
第四話　六つのナポレオン像 ………… 168
第五話　三人の大学生 ………………… 213
＊解説（日暮まさみち）………………… 254

〔第13巻〕　名探偵ホームズ 悪魔の足

世界児童文学全集／個人全集・内容綜覧 第II期　179

名探偵ホームズシリーズ

2011年11月25日刊

＊「悪魔の足」について（日暮まさみち）‥ 8
第一話　悪魔の足 ‥‥‥‥‥‥‥‥‥‥‥ 9
第二話　盗まれた潜水艦設計図 ‥‥‥‥ 68
第三話　赤い輪団の秘密 ‥‥‥‥‥‥ 136
第四話　フランセス姫の失踪 ‥‥‥‥ 183
第五話　瀕死の探偵 ‥‥‥‥‥‥‥‥ 231
第六話　顔のない下宿人 ‥‥‥‥‥‥ 269
＊解説（日暮まさみち）‥‥‥‥‥‥ 297

〔第14巻〕　名探偵ホームズ 金縁の鼻め
　がね

2011年12月25日刊

＊「金縁の鼻めがね」について（日暮ま
　さみち）‥‥‥‥‥‥‥‥‥‥‥‥‥ 8
第一話　消えたラグビー選手 ‥‥‥‥‥ 9
第二話　金縁の鼻めがね ‥‥‥‥‥‥ 60
第三話　アベイ荘園の秘密 ‥‥‥‥‥ 112
第四話　第二のしみの謎 ‥‥‥‥‥‥ 166
第五話　ウイステリア荘の悪魔 ‥‥‥ 227
＊解説（日暮まさみち）‥‥‥‥‥‥ 295

〔第15巻〕　名探偵ホームズ サセックス
　の吸血鬼

2012年1月25日刊

＊「サセックスの吸血鬼」について（日
　暮まさみち）‥‥‥‥‥‥‥‥‥‥‥ 8
第一話　サセックスの吸血鬼 ‥‥‥‥‥ 9
第二話　三人のガリデブ氏 ‥‥‥‥‥ 52
第三話　這いまわる男 ‥‥‥‥‥‥‥ 94
第四話　ソア橋事件 ‥‥‥‥‥‥‥ 142
第五話　マザリンの宝石 ‥‥‥‥‥‥ 203
第六話　白い顔の兵士 ‥‥‥‥‥‥‥ 245
＊解説（日暮まさみち）‥‥‥‥‥‥ 292

〔第16巻〕　名探偵ホームズ 最後のあい
　さつ

2012年2月25日刊

＊「最後のあいさつ」について（日暮ま
　さみち）‥‥‥‥‥‥‥‥‥‥‥‥‥ 8
第一話　高名な依頼人 ‥‥‥‥‥‥‥‥ 9

第二話　三破風荘の謎 ‥‥‥‥‥‥‥ 70
第三話　ライオンのたてがみ ‥‥‥‥ 113
第四話　引退した絵の具屋 ‥‥‥‥‥ 158
第五話　真夜中の納骨堂 ‥‥‥‥‥‥ 194
第六話　最後のあいさつ ‥‥‥‥‥‥ 235
＊解説（日暮まさみち）‥‥‥‥‥‥ 276

名探偵ホームズ全集

〔アーサー・コナン・ドイル〕
作品社
全3巻
2017年1月～2017年7月
（山中峯太郎訳著，平山雄一註）

※『名探偵ホームズ全集』（全20巻，ポプラ社，
1956～1957年刊）を底本とする

第1巻　深夜の謎 恐怖の谷 怪盗の宝 まだらの紐 スパイ王者 銀星号事件 謎屋敷の怪
2017年1月30日刊

＊前書き（平山雄一） ……………………… 4
深夜の謎 …………………………………… 5
　＊この本を読む人に（山中峯太郎）……… 6
　深夜の謎 ………………………………… 9
恐怖の谷 ……………………………… 109
　＊この本を読む人に（山中峯太郎）…… 110
　恐怖の谷 ……………………………… 113
怪盗の宝 ……………………………… 211
　＊この本を読む人に（山中峯太郎）…… 210
　怪盗の宝 ……………………………… 215
まだらの紐 …………………………… 313
　＊この本を読む人に（山中峯太郎）…… 314
　第一話　六つのナポレオン ………… 317
　第二話　口のまがった男 …………… 348
　第三話　まだらの紐 ………………… 375
スパイ王者 …………………………… 411
　＊この本を読む人に（山中峯太郎）…… 412
　第一話　黄色い顔 …………………… 415
　第二話　謎の自転車 ………………… 438
　第三話　スパイ王者 ………………… 468
銀星号事件 …………………………… 513
　＊この本を読む人に（山中峯太郎）…… 514
　第一話　銀星号事件 ………………… 517
　第二話　怪女の鼻目がね …………… 553
　第三話　魔術師ホームズ …………… 572
謎屋敷の怪 …………………………… 611
　＊この本を読む人に（山中峯太郎）…… 612

　第一話　青い紅玉（ルビー） ………… 615
　第二話　黒ジャック団 ……………… 639
　第三話　謎屋敷の怪 ………………… 673

第2巻　火の地獄船 鍵と地下鉄 夜光怪獣 王冠の謎 閃光暗号 獅子の爪 踊る人形
2017年4月30日刊

＊前書き（平山雄一） ……………………… 4
火の地獄船 ……………………………… 5
　＊この本を読む人に（山中峯太郎）……… 6
　第一話　火の地獄船 ………………… 9
　第二話　奇人先生の最後 …………… 39
　第三話　床下に秘密機械 …………… 76
鍵と地下鉄 …………………………… 105
　＊この本を読む人に（山中峯太郎）…… 106
　第一話　歯の男とギリシャ人 ……… 109
　第二話　鍵と地下鉄 ………………… 135
　第三話　二人強盗ホームズとワトソ
　ン ……………………………………… 174
夜光怪獣 ……………………………… 205
　＊この本を読む人に（山中峯太郎）…… 206
　夜光怪獣 ……………………………… 209
王冠の謎 ……………………………… 307
　＊この本を読む人に（山中峯太郎）…… 308
　第一話　王冠の謎 …………………… 311
　第二話　サンペドロの虎 …………… 333
　第三話　無かった指紋 ……………… 380
閃光暗号 ……………………………… 405
　＊この本を読む人に（山中峯太郎）…… 406
　第一話　閃光暗号 …………………… 409
　第二話　銀行王の謎 ………………… 438
　第三話　トンネルの怪盗 …………… 475
獅子の爪 ……………………………… 503
　＊この本を読む人に（山中峯太郎）…… 504
　第一話　試験前の問題 ……………… 507
　第二話　写真と煙 …………………… 535
　第三話　獅子の爪 …………………… 561
　第四話　断崖の最期 ………………… 575
踊る人形 ……………………………… 601
　＊この本を読む人に（山中峯太郎）…… 602
　第一話　虎狩りモーラン …………… 605
　第二話　耳の小包 …………………… 638

名探偵ホームズ全集

第三話　踊る人形 …………………… 661

第3巻　悪魔の足 黒蛇紳士 謎の手品師 土人の毒矢 消えた蠟面 黒い魔船
2017年7月30日刊

＊前書き（平山雄一）………………………… 4
悪魔の足 ……………………………………… 5
　＊この本を読む人に（山中峯太郎）…… 6
　第一話　悪魔の足 ………………………… 9
　第二話　死ぬ前の名探偵 ……………… 37
　第三話　美しい自転車乗り ………… 53
　第四話　アンバリ老人の金庫室 …… 77
黒蛇紳士 …………………………………… 103
　＊この本を読む人に（山中峯太郎）… 104
　第一話　一体二面の謎 ………………… 107
　第二話　怪スパイの巣 ………………… 131
　第三話　猿の秘薬 ……………………… 145
　第四話　黒蛇紳士 ……………………… 168
　第五話　パイ君は正直だ ……………… 185
謎の手品師 ………………………………… 205
　＊この本を読む人に（山中峯太郎）… 206
　第一話　技師の親指 …………………… 209
　第二話　花嫁の奇運 …………………… 231
　第三話　怪談秘帳 ……………………… 260
　第四話　謎の手品師 …………………… 277
土人の毒矢 ………………………………… 303
　＊この本を読む人に（山中峯太郎）… 304
　第一話　金山王夫人 …………………… 307
　第二話　土人の毒矢 …………………… 334
　第三話　悲しみの選手 ………………… 356
　第四話　一人二体の芸当 ……………… 378
消えた蠟面 ………………………………… 401
　＊この本を読む人に（山中峯太郎）… 402
　第一話　消えた蠟面 …………………… 405
　第二話　バカな毒婦 …………………… 428
　第三話　博士の左耳 …………………… 445
　第四話　犯人と握手して ……………… 470
黒い魔船 …………………………………… 499
　＊この本を読む人に（山中峯太郎）… 500
　第一話　黒い魔船 ……………………… 503
　第二話　疑問の「十二時十五分」…… 528
　第三話　オレンジの種五つ ………… 547

第四話　ライオンのたてがみ ……… 568
＊解説　『名探偵ホームズ全集』について（平山雄一）………………………… 596

Modern Classic Selection
文溪堂
全7巻
1996年8月～2011年1月

第1巻　ダルメシアン―100と1ぴきの犬の物語（ドディー・スミス著, ジャネット＆アン・グラハム＝ジョンストン画, 熊谷鉱司訳）
1996年11月刊

ダルメシアン―100と1ぴきの犬の物語 ···· 9
＊訳者あとがき ······························ 339

第2巻　続・ダルメシアン―100と1ぴきの犬の冒険（ドディー・スミス著, ジャネット＆アン・グラハム＝ジョンストン画, 熊谷鉱司訳）
1997年5月刊

続・ダルメシアン―100と1ぴきの犬の
　冒険 ··· 9
＊訳者あとがき ······························ 283

第3巻　ポッパーさんとペンギン・ファミリー（リチャード＆フローレンス・アトウォーター著, ロバート・ローソン絵, 上田一生訳）
1996年8月刊

ポッパーさんとペンギン・ファミリー ···· 9
＊訳者あとがき ······························ 179

第4巻　サウンド・オブ・ミュージック（マリア・フォン・トラップ著, 谷口由美子訳）
1997年11月刊

＊日本のみなさまへ（マリア・フォン・
　トラップ） ·································· 8
＊物語をはじめる前に（マリア・フォ
　ン・トラップ） ····························· 9

サウンド・オブ・ミュージック ··········· 13
＊訳者あとがき ······························ 283

第5巻　サウンド・オブ・ミュージック―アメリカ編（マリア・フォン・トラップ著, 谷口由美子訳）
1998年12月刊

サウンド・オブ・ミュージック―アメ
　リカ編 ······································· 9
＊訳者あとがき ······························ 457
＊トラップ一家のあゆみ ·················· 461

第6巻　真夜中の子ネコ（ドディー・スミス著, ジャネット＆アン・グラハム＝ジョンストン絵, 水間千恵訳）
2008年12月刊

真夜中の子ネコ ······························ 9
＊訳者あとがき ······························ 236

第7巻　ミンティたちの森のかくれ家（キャロル・ライリー・ブリンク著, 谷口由美子訳, 中村悦子絵）
2011年1月刊

ミンティたちの森のかくれ家 ··············· 9
＊訳者あとがき ······························ 299

雪女 夏の日の夢

<table>
<tr><td>

雪女 夏の日の夢

〔ラフカディオ・ハーン〕
岩波書店
全1巻
2003年3月18日
（岩波少年文庫）
（脇明子訳）

</td><td>

雪の女王
―アンデルセン童話集

竹書房
全1巻
2014年9月4日
（竹書房文庫）
（有澤真庭，和佐田道子訳）

</td></tr>
</table>

雪女 夏の日の夢
2003年3月18日刊

耳なし芳一の話 ………………………………… 11
ムジナ ……………………………………………… 31
雪女 ………………………………………………… 37
食人鬼（じきにんき） ………………………… 47
お茶のなかの顔 ……………………………… 59
常識 ………………………………………………… 67
天狗の話 ………………………………………… 75
弁天さまの情け ……………………………… 85
果心居士（かしんこじ）の話 ……………… 101
梅津忠兵衛の話 ……………………………… 117
鏡の乙女 ………………………………………… 125
伊藤則資の話 ………………………………… 137
東洋の土をふんだ日（抄） ………………… 163
盆踊り（抄） …………………………………… 175
神々の集う国の都（抄） …………………… 193
夏の日の夢 …………………………………… 215
＊訳者あとがき ……………………………… 247

雪の女王―アンデルセン童話集
2014年9月4日刊

雪の女王―七つのお話でできたものが
　たり …………………………………………… 7
人魚姫―リトル・マーメイド ………… 81
親指姫 ………………………………………… 141
雪だるま―スノーマン ………………… 173
おまめのプリンセス―えんどう豆の上
　に寝たお姫さま ……………………… 189
雪の花―スノードロップ ……………… 195

184　世界児童文学全集/個人全集・内容綜覧 第II期

読み聞かせイソップ50話

チャイルド本社
全1巻
2007年10月1日
（よこたきよし文，飯岡千江子，いたやさ
とし，武井淑子絵）

読み聞かせイソップ50話

2007年10月1日刊

北風とたいよう（飯岡千江子絵）············· 4
からすとはと（武井淑子絵）··················· 6
いなかのねずみと町のねずみ（いたや
　さとし絵）··································· 8
水をのみにきたしか（いたやさとし絵）··· 10
やぎかいと野生のやぎ（武井淑子絵）······ 12
うさぎとかめ（いたやさとし絵）············ 14
男の子とくるみ（武井淑子絵）············· 16
ろばとおおかみ（武井淑子絵）············· 18
ありとはと（いたやさとし絵）············· 20
からすとつぼの水（飯岡千江子絵）········· 22
金のたまごをうむめんどり（いたやさ
　とし絵）··································· 24
いどの中のきつねとやぎ（飯岡千江子
　絵）·· 26
ライオンとうさぎ（飯岡千江子絵）········· 28
二ひきのかえる（武井淑子絵）············· 30
ろばをつれた親子（飯岡千江子絵）········· 32
いのししときつね（いたやさとし絵）······ 34
おばあさんとおいしゃさん（飯岡千江
　子絵）····································· 36
よくばりな犬（いたやさとし絵）············ 38
年をとったライオンときつね（飯岡千
　江子絵）··································· 40
どうぶつと人間（いたやさとし絵）········· 42
ろばときりぎりす（飯岡千江子絵）········· 44
きつねとぶどう（武井淑子絵）············· 46
からすとはくちょう（飯岡千江子絵）······ 48
かにの親子（飯岡千江子絵）··············· 50
ありときりぎりす（いたやさとし絵）······ 52
水をさがすかえる（武井淑子絵）············ 54

たび人とプラタナスの木（飯岡千江子
　絵）·· 56
おなかがいっぱいになったきつね（武
　井淑子絵）································· 58
ヘラクレスと牛おい（いたやさとし絵）··· 60
ねずみのそうだん（武井淑子絵）··········· 62
ひつじのかわをかぶったおおかみ（い
　たやさとし絵）····························· 64
王さまになりたかったからす（武井淑
　子絵）····································· 66
なかのわるい三人の兄弟（いたやさと
　し絵）····································· 68
犬とたびに出かける男（武井淑子絵）······ 70
しかとぶどうの木（いたやさとし絵）······ 72
おひゃくしょうさんとむすこたち（飯
　岡千江子絵）······························· 74
こうもりといたち（飯岡千江子絵）········· 76
王さまをほしがったかえる（武井淑子
　絵）·· 78
ライオンといのしし（飯岡千江子絵）······ 80
おおかみとライオン（飯岡千江子絵）······ 82
からすときつね（武井淑子絵）············· 84
金のおのとぎんのおの（いたやさとし
　絵）·· 86
二人のたび人とくま（飯岡千江子絵）······ 88
うそつきなひつじかいの少年（武井淑
　子絵）····································· 90
犬とにわとりときつね（いたやさとし
　絵）·· 92
きつねとつる（武井淑子絵）··············· 94
かしの木とあし（飯岡千江子絵）··········· 96
おなかをふくらませたかえる（武井淑
　子絵）····································· 98
ライオンとねずみのおんがえし（いた
　やさとし絵）····························· 100
しおをはこんでいたろば（いたやさと
　し絵）····································· 102
＊イソップ解説（舟崎克彦）··············· 105

ラ・フォンテーヌ寓話

洋洋社
全1巻
2016年4月5日
（ブーテ・ド・モンヴェル絵, 大澤千加訳）

ラ・フォンテーヌ寓話

2016年4月5日刊

セミとアリ ……………………………… 5
カラスとキツネ ………………………… 9
ウサギとカメ …………………………… 15
牛のように大きくなろうとしたカエル … 21
二羽のハト ……………………………… 27
キツネとぶどう ………………………… 35
粉挽きとその息子とロバ ……………… 39
都会のネズミと田舎のネズミ ………… 51
尻尾を切られたキツネ ………………… 57
オオカミと犬 …………………………… 63
靴直しと銀行家 ………………………… 75
ワシのまねをしたカラス ……………… 87
キツネとヤギ …………………………… 93
カエルとネズミ ………………………… 99
ミルク売りとミルク壺 ………………… 107
キツネとコウノトリ …………………… 115
狂人と賢人 ……………………………… 125
ライオンとネズミ ……………………… 131
ハトとアリ ……………………………… 135
土鍋と鉄鍋 ……………………………… 141
クマとふたりの友人 …………………… 147
オオカミと子羊 ………………………… 159
牡蠣と訴訟人 …………………………… 167
猫とイタチとウサギ …………………… 175
オオカミとコウノトリ ………………… 187
ネズミと牡蠣 …………………………… 193
＊あとがき（大澤千加）………………… 200

ラング世界童話全集

偕成社
全12巻
2008年6月〜2009年4月
（偕成社文庫）
（川端康成, 野上彰編訳）

※1977〜1978年刊（1958〜1959年刊の文庫版）の改訂版

第1巻　みどりいろの童話集（佐竹美保絵）
2008年6月刊

カーグラスの城（フランス）…………… 10
世界でいちばんすばらしいうそつき
　（セルビア）…………………………… 45
いのちの水（スペイン）………………… 55
王子とはと（ポルトガル）……………… 70
くま ……………………………………… 86
七人（シシリー）………………………… 97
フォーチュネータスとそのさいふ …… 118
魔法のナイフ（セルビア）……………… 135
二ひきのかえる（日本）………………… 141
花さく島の女王（フランス）…………… 145
空をおよぐさかな ……………………… 161
ローズマリーの小枝（スペイン）……… 172
さかなの騎士（スペイン）……………… 186
ふしぎなこじきたち（セルビア）……… 204
ろばの皮（フランス）…………………… 225
三人の王子とそのけものたち（リトア
　ニア）…………………………………… 250
ながい鼻の小人 ………………………… 267
＊解説・十二の〈色の童話集〉―ラング
　の原本と日本語版について（福本友
　美子）…………………………………… 315

第2巻　ばらいろの童話集（西村香英絵）
2008年6月刊

トントラワルドの物語（エストニア）…… 10
がみがみおやじ（フランス）…………… 37
王さまのご健康を！（ロシア）………… 59

うさぎを飼ったゼスパー（スカンジナ
　ビア）‥‥‥‥‥‥‥‥‥‥‥‥‥ 73
かえる（イタリア）‥‥‥‥‥‥‥‥ 97
うらやましがりやのとなりの人―花さ
　かじじい（日本）‥‥‥‥‥‥‥‥ 106
けもののことば‥‥‥‥‥‥‥‥‥ 117
人魚と子ども（ラプランド地方）‥‥ 131
くじゃくと金のりんご（セルビア）‥ 159
リュート弾き（ロシア）‥‥‥‥‥ 183
金のライオン（シシリー）‥‥‥‥ 196
うしなわれた花園（フランス）‥‥‥ 208
花をつんでどうなった（ポルトガル）‥ 220
ボビノ‥‥‥‥‥‥‥‥‥‥‥‥‥ 234
やぎの耳（セルビア）‥‥‥‥‥‥ 247
みどりの騎士（デンマーク）‥‥‥ 254
王子の恩がえし（エストニア）‥‥‥ 281
＊解説・子どもたちを楽しませるため
　に―ラングの編集姿勢（福本友美子）
　‥‥‥‥‥‥‥‥‥‥‥‥‥‥‥ 322

第3巻　そらいろの童話集（せべまさゆき
　絵）
2008年9月刊

七人のシモン（ハンガリア）‥‥‥‥ 10
ひみつをまもった子ども（ハンガリア
　マジャール族のむかし話）‥‥‥‥ 40
小さな野ばら（ルーマニア）‥‥‥‥ 68
かえるとライオンの妖精（フランス
　ドーノワ夫人）‥‥‥‥‥‥‥‥‥ 89
石屋（日本）‥‥‥‥‥‥‥‥‥‥ 133
小屋のねこ（アイスランド）‥‥‥ 141
アブノワとおかみさん（チュニス）‥ 151
魔法使いのおくりもの（フィンランド）
　‥‥‥‥‥‥‥‥‥‥‥‥‥‥‥ 164
ひつじ飼いのポール（ハンガリア）‥ 180
にせの王子とほんとうの王子（ポルト
　ガル）‥‥‥‥‥‥‥‥‥‥‥‥ 196
こじきの子どもときつね（シシリー）‥ 215
ラッキーラック（ハンガリア）‥‥ 234
王子と竜（セルビア）‥‥‥‥‥‥ 254
白いしか（フランス　ドーノワ夫人）‥ 274
＊解説・アンドリュー・ラングについ
　て（福本友美子）‥‥‥‥‥‥‥ 320

第4巻　きいろの童話集（アンマサコ絵）
2008年9月刊

ガラスの山（ポーランド）‥‥‥‥‥ 10
ニールスと大男たち‥‥‥‥‥‥‥ 20
トリッティルとリッティルと鳥たち
　（デンマーク）‥‥‥‥‥‥‥‥‥ 45
魔法のゆびわ‥‥‥‥‥‥‥‥‥‥ 62
金の星をもった子どもたち（ルーマニ
　ア）‥‥‥‥‥‥‥‥‥‥‥‥‥ 91
ベンサダーチューの物語（シシリー）‥ 110
魔法のかま―ぶんぶく茶がま（日本）‥ 130
うつくしいイロンカ（ハンガリア）‥ 138
三枚の着物（アイスランド）‥‥‥ 149
竜と竜のおばあさん‥‥‥‥‥‥‥ 171
太陽の英雄の死（ハンガリア）‥‥ 181
アイゼンコップ（ハンガリア）‥‥ 188
ねことねずみ‥‥‥‥‥‥‥‥‥‥ 208
馬と剣（アイスランド）‥‥‥‥‥ 217
はしばみの実の子ども（ハンガリア）‥ 240
六羽の白鳥‥‥‥‥‥‥‥‥‥‥‥ 247
ラバカンと王子‥‥‥‥‥‥‥‥‥ 260
＊解説・ちりめん本とミットフォード、
　そしてラング―日本の民話の海外へ
　の紹介（佐藤宗子）‥‥‥‥‥‥ 291

第5巻　くさいろの童話集（牧野鈴子絵）
2008年12月刊

スタン・ボロバン（ルーマニア）‥‥ 10
みどり色のさる‥‥‥‥‥‥‥‥‥ 36
とぶ船（ロシア）‥‥‥‥‥‥‥‥ 49
マドシャン（トルコ）‥‥‥‥‥‥ 65
妖精のしくじり（フランス）‥‥‥‥ 81
きずついたライオン‥‥‥‥‥‥‥ 112
魔女（ロシア）‥‥‥‥‥‥‥‥‥ 126
お日さまの子‥‥‥‥‥‥‥‥‥‥ 138
雄牛のピーター（デンマーク）‥‥ 149
箱のなかの王女（デンマーク）‥‥ 161
巨人のむすめ（デンマーク）‥‥‥ 189
ろばのキャベツ‥‥‥‥‥‥‥‥‥ 209
北方の竜（エストニア）‥‥‥‥‥ 227
のっぽとでぶと目だま‥‥‥‥‥‥ 254
人魚のむすこのハンス（デンマーク）‥ 276

ラング世界童話全集

＊解説・日本におけるラング紹介の流れ（佐藤宗子）…………………… 303

第6巻　ちゃいろの童話集（小松修絵）
2008年12月刊

ヒヤシンス王子（フランス ボーモン夫人）………………………………… 10
〈こわいもの〉をみつけた子ども（トルコ）……………………………… 27
金色のかに（ギリシア）…………………… 44
ズールビジアの物語（アルメニア）…… 59
太陽の東月の西（スカンジナビア）…… 90
山犬かとらか（インド）………………… 114
へびの王子（インド パンジャブ地方）… 140
ねこの国……………………………………… 159
浦島太郎とかめ（日本）………………… 178
からす（ポーランド）…………………… 190
かしこいはたおり（アルメニア）…… 196
いいことをおぼえてきた（デンマーク）
　………………………………………………… 202
雪むすめ（スロバキア）………………… 212
ニクシイ（ドイツ）……………………… 223
王子と三つの運命（古代エジプト）…… 233
白いねこ（フランス ドーノワ夫人）…… 256
＊解説・北欧の昔話・東欧の昔話（千代由利）…………………………… 295

第7巻　ねずみいろの童話集（矢野信一郎絵）
2009年2月刊

コーバンの冒険（ケルト地方）………… 10
青いたか（スコットランド）…………… 39
ほらふき物語……………………………… 63
だましたらだまされる（インド パンジャブ地方）……………………………… 73
すなおな心のワリ・ダード（インド）… 91
六人のなかま……………………………… 113
ピンケルと魔女（フィンランド）……… 127
金の頭をもったさかな（アルメニア）… 151
五つのかしこいことば（インド）……… 168
青いおうむ（フランス）………………… 188

クプティーとイマーニ（インド パンジャブ地方）……………………………… 216
よわむしサンバ（アフリカ）…………… 238
ものをいわない王女（トルコ）………… 256
＊解説・昔話を語りつぐ（土居安子）…… 292

第8巻　あかいろの童話集（朝倉田美子絵）
2009年2月刊

半ぺらひよこ（スペイン）……………… 10
ブルーイネックの石（フランス ブルトン地方）…………………………………… 23
霜の王さま（ロシア）…………………… 40
ふしぎな菩提樹…………………………… 49
三つの教え（アルメニア）……………… 66
ホック・リーと小人たち（中国）……… 86
小さなみどり色のかえる（フランス）… 99
魔法の本（デンマーク）………………… 121
目に見えない王子………………………… 141
ほんとうの鳥（スペイン）……………… 166
ガラスのおの……………………………… 192
小さな兵隊さん（ドイツ）……………… 208
青い鳥（フランス ドーノワ夫人）……… 251
＊父・野上彰の思い出（藤本ひかり）…… 314

第9巻　みずいろの童話集（遠藤拓人絵）
2009年3月刊

白いスリッパ（スペイン）……………… 10
魔法使いの馬……………………………… 37
モティ（インド）………………………… 57
ソリア・モリアの城（北ヨーロッパ アスビョルンセン）………………………… 77
魔女と召使い（ロシア）………………… 103
魔法のさかな（スペイン）……………… 137
イワン王子の冒険………………………… 163
青い山……………………………………… 190
黒いどろぼうと谷の騎士（アイルランド）………………………………………… 209
兵隊のむすこイアン……………………… 238
メイ・ブロッサム王女（フランス ドーノア夫人）………………………………… 271
＊解説・ラングの世界（阿川佐和子）…… 312

ラング世界童話全集

第10巻　むらさきいろの童話集（上田英津子絵）
2009年3月刊

ハンメルの笛ふき（フランス）…………… 10
あひるのドレイクステール（フランス）… 26
六人のばか（ベルギー）………………… 43
どろぼうの王さま（スカンジナビア）…… 50
十二人のおどる王女 …………………… 87
木の着物をきたカリ（スカンジナビア）
　………………………………………… 117
ノルカ …………………………………… 148
魔法のカナリヤ（フランス）…………… 163
金の枝（フランス　ドーノワ夫人）……… 203
白いおおかみ …………………………… 246
王女ロゼット（フランス　ドーノワ夫
　人）……………………………………… 262
＊解説・フランスの妖精物語（末松氷海
　子）……………………………………… 299

第11巻　さくらいろの童話集（小松良佳絵）
2009年4月刊

赤ずきんはほんとうはどうなったか
　（フランス）…………………………… 10
白い国の三人の王女 …………………… 21
ふしぎなかばの木（ロシア　カレリア地
　方）……………………………………… 36
ジャックと豆の木（イギリス）………… 60
七ひきの子馬（北ヨーロッパ）………… 88
呪いをかけられたぶた（ルーマニア）… 106
いらくさむすめ（ベルギー）…………… 134
まだらの馬（北ヨーロッパ）…………… 152
ミニキン ………………………………… 177
ファーマー・ウェザーバード（北ヨー
　ロッパ）………………………………… 212
グラシオーサとパーシネット（フラン
　ス　ドーノワ夫人）…………………… 232
ジーグルド（北ヨーロッパ）…………… 274
＊解説・世界の民話の集大成─日本の
　場合（佐藤宗子）……………………… 297

第12巻　くじゃくいろの童話集（篠崎三朗絵）
2009年4月刊

シンデレラ（フランス　ペロー）……… 10
海に塩のできたわけ（北ヨーロッパ）…… 27
ブロンズのゆびわ（小アジア）………… 39
毛ぶかい花よめ（北ヨーロッパ）……… 65
やさしい小さなねずみ（フランス　ドー
　ノワ夫人）……………………………… 82
黄色い小人（フランス　ドーノワ夫人）… 112
魔法の時計 ……………………………… 158
バッサの三人のむすこ（アラビア）…… 171
カリフのこうのとり …………………… 269
＊ラング世界童話全集 対照表 ………… 297

世界児童文学全集/個人全集・内容綜覧 第II期　**189**

ランサム・サーガ

ランサム・サーガ
岩波書店
全12巻24冊
2010年7月〜2016年1月
（岩波少年文庫）
（神宮輝夫訳）

第1巻　ツバメ号とアマゾン号　上
2010年7月14日刊

ツバメ号とアマゾン号　上 ……………… 13

第1巻　ツバメ号とアマゾン号　下
2010年7月14日刊

ツバメ号とアマゾン号　下 ……………… 11
＊訳者のことば ……………………… 313
＊新しい少年文庫版に寄せて（神宮輝
　夫） ……………………………… 319
＊永遠の夏の光（上橋菜穂子） ………… 325

第2巻　ツバメの谷　上
2011年3月16日刊

ツバメの谷　上 …………………………… 13

第2巻　ツバメの谷　下
2011年3月16日刊

ツバメの谷　下 …………………………… 11
＊訳者あとがき ……………………… 367
＊しあわせな出会い（高柳佐知子） …… 371

第3巻　ヤマネコ号の冒険　上
2012年5月16日刊

ヤマネコ号の冒険　上 ………………… 13
　第一部 …………………………… 15

第3巻　ヤマネコ号の冒険　下
2012年5月16日刊

ヤマネコ号の冒険　下 ………………… 11
　第二部 …………………………… 13

＊訳者あとがき …………………………… 377
＊「海恋（うみこい）」へのいざない（山下
　明生） ………………………… 383

第4巻　長い冬休み　上
2011年7月15日刊

長い冬休み　上 …………………………… 13

第4巻　長い冬休み　下
2011年7月15日刊

長い冬休み　下 …………………………… 11
＊訳者あとがき ……………………… 313
＊冒険心を呼び起こす物語の力（野上
　暁） ……………………………… 317

第5巻　オオバンクラブ物語　上
2011年10月14日刊

オオバンクラブ物語　上 ……………… 13
　第一部 土地っ子たちとお客さんたち ‥15

第5巻　オオバンクラブ物語　下
2011年10月14日刊

オオバンクラブ物語　下 ……………… 11
　第二部 南部の水郷にて ……………… 13
＊訳者あとがき ……………………… 291
＊オオバンクラブ鳥類目録（舟崎克彦）
　……………………………………… 295

第6巻　ツバメ号の伝書バト　上
2012年10月16日刊

ツバメ号の伝書バト　上 ……………… 13

第6巻　ツバメ号の伝書バト　下
2012年10月16日刊

ツバメ号の伝書バト　下 ……………… 11
＊訳者あとがき ……………………… 359
＊これはほんとうにあったことです
　（中山珠美） ……………………… 365

第7巻　海へ出るつもりじゃなかった　上

ランサム・サーガ

2013年5月16日刊

海へ出るつもりじゃなかった 上 ……… 13

第7巻　海へ出るつもりじゃなかった 下
2013年5月16日刊

海へ出るつもりじゃなかった 下 ……… 11
＊訳者あとがき ……………………… 299
＊『海へ出るつもりじゃなかった』と
　帆船（梅田直哉）………………… 305

第8巻　ひみつの海 上
2013年11月28日刊

ひみつの海 上 ……………………… 13

第8巻　ひみつの海 下
2013年11月28日刊

ひみつの海 下 ……………………… 11
＊訳者あとがき ……………………… 329
＊学ぶ楽しさ（菅原成介）…………… 333

第9巻　六人の探偵たち 上
2014年4月24日刊

六人の探偵たち 上 ………………… 13

第9巻　六人の探偵たち 下
2014年4月24日刊

六人の探偵たち 下 ………………… 11
＊訳者あとがき ……………………… 325
＊私たちに必要なのは探偵ね、とドロ
　テアはいった（松原秀行）………… 329

第10巻　女海賊の島 上
2014年10月30日刊

女海賊の島 上 ……………………… 13

第10巻　女海賊の島 下
2014年10月30日刊

女海賊の島 下 ……………………… 11

＊訳者あとがき ……………………… 301
＊現代の海賊と帆船（倉田美和）……… 305

第11巻　スカラブ号の夏休み 上
2015年7月16日刊

スカラブ号の夏休み 上 …………… 13

第11巻　スカラブ号の夏休み 下
2015年7月16日刊

スカラブ号の夏休み 下 …………… 11
＊訳者あとがき ……………………… 321
＊湖の上に浮かぶ地図（小林新）……… 323

第12巻　シロクマ号となぞの鳥 上
2016年1月15日刊

シロクマ号となぞの鳥 上 ………… 13

第12巻　シロクマ号となぞの鳥 下
2016年1月15日刊

シロクマ号となぞの鳥 下 ………… 11
＊訳をおえて（神宮輝夫）…………… 321
＊休暇の終わりからはじまった冒険
　（佐々木裕里子）…………………… 325

リンドグレーン作品集

リンドグレーン作品集
岩波書店
全23巻
1964年12月〜2008年9月
（石井登志子訳）

※21巻までI期収録

第22巻　やねの上のカールソンだいかつやく（イロン・ヴィークランドさし絵）
2007年7月10日刊

やねの上のカールソンだいかつやく ……… 7
＊訳者あとがき ………………………… 263

第23巻　カイサとおばあちゃん（イングリッド・ヴァン・ニイマンさし絵）
2008年9月26日刊

カイサとおばあちゃん ………………… 9
スモーランドの闘牛士 ………………… 29
エヴァ─かわいいピィアン …………… 41
少年サメラウグストのことをちょっと … 61
足のわるいカールになにか生きている
　ものを ………………………………… 79
どっちがすごい ………………………… 97
姉と弟 ………………………………… 113
ペッレ、コンフセンブー小屋へ引っこ
　す …………………………………… 123
プリンセス・メーリット ……………… 135
お休みなさい、放浪のおじさん！ …… 153
＊訳者あとがき ………………………… 174

ロアルド・ダール
コレクション
評論社
全20巻＋別巻3巻
2005年4月〜2016年9月

第1巻　おばけ桃が行く（クェンティン・ブレイク絵, 柳瀬尚紀訳）
2005年11月30日刊

おばけ桃が行く ………………………… 3
＊訳者から─空想公開インタビュー：
　百足氏に聞く ………………………… 230

第2巻　チョコレート工場の秘密（クェンティン・ブレイク絵, 柳瀬尚紀訳）
2005年4月30日刊

チョコレート工場の秘密 ………………… 7
＊訳者から─空想講演『チョコレート
　工場の秘密』 ………………………… 260

第3巻　魔法のゆび（クェンティン・ブレイク絵, 宮下嶺夫訳）
2005年11月30日刊

魔法のゆび ……………………………… 3
＊訳者から ……………………………… 87

第4巻　すばらしき父さん狐（クェンティン・ブレイク絵, 柳瀬尚紀訳）
2006年1月30日刊

すばらしき父さん狐 …………………… 5
＊訳者から─空想対話：長男狐と子猫
　のおしゃべり ………………………… 112

第5巻　ガラスの大エレベーター（クェンティン・ブレイク絵, 柳瀬尚紀訳）
2005年7月30日刊

ガラスの大エレベーター ………………… 7

192　世界児童文学全集/個人全集・内容綜覧　第II期

ロアルド・ダールコレクション

＊訳者から―空想講演『ガラスの大エ
レベーター』……………………… *259*

第6巻　ダニーは世界チャンピオン（クェ
ンティン・ブレイク絵, 柳瀬尚紀訳）
2006年3月30日刊

ダニーは世界チャンピオン ……………… *7*
＊訳者から―空想紹介記事『ダニーは
世界チャンピオン』…………………… *294*

第7巻　奇才ヘンリー・シュガーの物語
（山本容子絵, 柳瀬尚紀訳）
2006年10月10日刊

動物と話のできる少年 ………………… *5*
ヒッチハイカー ………………………… *43*
＊次の物語の覚え書き（ロアルド・ダー
ル）………………………………………… *71*
ミルデンホールの宝物 ………………… *75*
白鳥 …………………………………… *119*
奇才ヘンリー・シュガーの物語 ……… *161*
思いがけない幸運―いかにして作家と
なったか ……………………………… *273*
楽勝 初短編―一九四二年 …………… *325*
＊訳者から―架空対談：版画家・山本
容子さんと語る ……………………… *350*

第8巻　どでかいワニの話（クェンティン・
ブレイク絵, 柳瀬尚紀訳）
2007年1月30日刊

どでかいワニの話
＊訳者から―空想対談：ボスノロ君と語る

第9巻　アッホ夫婦（クェンティン・ブレイ
ク絵, 柳瀬尚紀訳）
2005年9月30日刊

アッホ夫婦 ……………………………… *7*
＊訳者から―空想書簡『アッホ夫婦』… *115*

第10巻　ぼくのつくった魔法のくすり
（クェンティン・ブレイク絵, 宮下嶺夫訳）
2005年4月30日刊

ぼくのつくった魔法のくすり …………… *5*
＊訳者から ……………………………… *143*

第11巻　オ・ヤサシ巨人BFG（クェンテ
ィン・ブレイク絵, 中村妙子訳）
2006年6月30日刊

オ・ヤサシ巨人BFG …………………… *7*
＊訳者から ……………………………… *314*

第12巻　へそまがり昔ばなし（クェンティ
ン・ブレイク絵, 灰島かり訳）
2006年6月30日刊

＊訳者まえがき ………………………… *3*
シンデレラ ……………………………… *7*
ジャックと豆の木 ……………………… *21*
白雪姫と七人のこびと ………………… *34*
三びきのクマ …………………………… *50*
赤ずきんちゃんとオオカミ …………… *63*
三びきのコブタ ………………………… *70*
＊訳者あとがき ………………………… *82*

第13巻　魔女がいっぱい（クェンティン・
ブレイク絵, 清水達也, 鶴見敏訳）
2006年1月30日刊

魔女がいっぱい ………………………… *7*
＊訳者から ……………………………… *286*

第14巻　こわいい動物（クェンティン・ブ
レイク絵, 灰島かり訳）
2006年10月10日刊

ブタ …………………………………… *5*
ワニ …………………………………… *12*
ライオン ……………………………… *16*
サソリ ………………………………… *19*
アリクイ ……………………………… *24*
ハリネズミ …………………………… *36*
牛 ……………………………………… *47*
カエルとカタツムリ ………………… *55*
おなかのかいぶつ …………………… *76*
＊訳者から …………………………… *82*

ロアルド・ダールコレクション

第15巻　こちらゆかいな窓ふき会社（クェンティン・ブレイク絵, 清水奈緒子訳）
2005年7月30日刊

こちらゆかいな窓ふき会社 ……………… 3
＊訳者から ……………………………… 100

第16巻　マチルダは小さな大天才（クェンティン・ブレイク絵, 宮下嶺夫訳）
2005年9月30日刊

マチルダは小さな大天才 ……………… 7
＊訳者から ……………………………… 342

第17巻　まぜこぜシチュー（クェンティン・ブレイク絵, 灰島かり訳）
2007年3月10日刊

ウサギとカメ ……………………………… 7
ひょっこら、どっこい ………………… 32
裸の王様 ………………………………… 34
アツイ、サムイ ………………………… 52
ワニと歯医者 …………………………… 54
クルミの木 ……………………………… 60
ヘンゼルとグレーテル ………………… 62
メアリーさんたら、メアリーさん ……… 80
ひどい目 ………………………………… 82
ディック・カランコローとネコ ……… 84
アリババと四十人の盗賊 …………… 101
セント・アイヴス …………………… 116
アラ・ジンと魔法のランプ ………… 118
＊訳者から …………………………… 144

第18巻　ことっとスタート（クェンティン・ブレイク絵, 柳瀬尚紀訳）
2006年3月30日刊

＊作者まえがき ………………………… 3
ことっとスタート ……………………… 5
＊作者あとがき ………………………… 72
＊訳者から―空想短編小説：S・I・O・トロット …………………………… 74

第19巻　したかみ村の牧師さん（クェンティン・ブレイク絵, 柳瀬尚紀訳）
2007年1月30日刊

したかみ村の牧師さん ………………… 1
＊あとがき（クェンティン・ブレイク）… 28
＊訳者から―空想講演『したかみ村の牧師さん』 ………………………… 32

第20巻　一年中わくわくしてた（クェンティン・ブレイク絵, 柳瀬尚紀訳）
2007年3月10日刊

一年中わくわくしてた ………………… 1
　一月 …………………………………… 3
　二月 ………………………………… 13
　三月 ………………………………… 23
　四月 ………………………………… 33
　五月 ………………………………… 39
　六月 ………………………………… 51
　七月 ………………………………… 57
　八月 ………………………………… 65
　九月 ………………………………… 75
　十月 ………………………………… 83
　十一月 ……………………………… 91
　十二月 ……………………………… 99
＊訳者から―空想対談：モグラ君と話す ……………………………… 110

別巻1　ダールさんってどんな人？（クリス・ポーリング著, 灰島かり訳, スティーヴン・ガルビス絵）
2007年4月30日刊

ダールさんってどんな人？ …………… 3
　第一章　たまげて当然 ……………… 5
　第二章　ダールさんのお宅を訪問 …… 11
　第三章　作家になる前のびっくり … 36
　第四章　作家になってからのびっくり ………………………………… 60
　第五章　映画のびっくり …………… 84
　第六章　ダールさんに聞いてみよう… 104
　第七章　批評するのは、きみだ！ … 119
＊ロアルド・ダール年譜 …………… 133

194　世界児童文学全集/個人全集・内容綜覧　第II期

ロアルド・ダールコレクション

＊ロアルド・ダール主要著作リスト …… *137*
＊訳者から ……………………………… *141*

別巻2 「ダ」ったらダールだ！（ウェンディ・クーリング編, クェンティン・ブレイク絵, 柳瀬尚紀訳）
2007年4月30日刊

「ダ」ったらダールだ！ ……………………… *1*
＊ロアルド・ダールのおもな作品 …… *158*
＊日本語の項目索引 ………………… *162*

別巻3 ダールのおいしい!?レストラン—物語のお料理フルコース（クェンティン・ブレイク絵, ジャン・ボールドウィン写真, ジョウジー・ファイソン, フェリシティー・ダール編, そのひかる訳）
2016年9月10日刊

＊まえがき（フェリシティー・ダール）…… *4*
＊お料理のリスト ……………………… *6*
ダールのおいしい!?レストラン—物語
のお料理フルコース ………………… *8*
＊出典 ………………………………… *86*

作品名綜覧

【あ】

ああ無情〔Les Misérables〕（ユーゴー）
　◇塚原亮一訳, 徳田秀雄さし絵「21世紀版 少年少女世界文学館 17」講談社 2011 p7
　◇菊池章一訳, こさかしげる絵「子どものための世界文学の森 22」集英社 1994 p10

愛あるところに神あり（トルストイ）
　◇北御門二郎訳「トルストイの散歩道 5」あすなろ書房 2006 p1

アイキーのほれ薬〔The Love-Philtre of Ikey Schoenstein〕（オー・ヘンリー）
　◇千葉茂樹訳, 和田誠絵「オー・ヘンリーショートストーリーセレクション 3」理論社 2007 p43

アイスクリームのお城（ロダーリ）
　◇安藤美紀夫訳, たなかゆうこ挿絵「こんなとき読んであげたい おはなしのおもちゃ箱 1」PHP研究所 2003 p160

アイゼンコップ（ハンガリア）〔Eisenkopf〕（ラング）
　◇川端康成, 野上彰編訳, アンマサコ絵「ラング世界童話全集 4」偕成社 2008 p188

アイゼンコプフ─ハンガリーの昔話〔出典〕〔Eisenkopf〕（ラング）
　◇熊谷淳子訳, H.J.フォード装画・挿絵「アンドルー・ラング世界童話集 8」東京創元社 2009 p266

愛と苦労〔A Service of Love〕（オー・ヘンリー）
　◇千葉茂樹訳, 和田誠絵「オー・ヘンリーショートストーリーセレクション 5」理論社 2007 p69

愛の歌（フラピエ）
　◇桜田佐訳「読書がたのしくなる世界の文学〔6〕」くもん出版 2015 p45

愛の使者〔By Courier〕（オー・ヘンリー）
　◇千葉茂樹訳, 和田誠絵「オー・ヘンリーショートストーリーセレクション 2」理論社 2007 p29

愛の女神と摩天楼〔Psyche and the Pskyscraper〕（オー・ヘンリー）
　◇千葉茂樹訳, 和田誠絵「オー・ヘンリーショートストーリーセレクション 6」理論社 2007 p73

あいびき（ツルゲーネフ）
　◇二葉亭四迷訳「読書がたのしくなる世界の文学 〔2〕」くもん出版 2014 p69

アヴィニョンの五月（ファーブル）
　◇奥本大三郎編・訳, 見山博標本画・イラスト「ファーブル昆虫記 1」集英社 1996 p11

アウグストゥス（ヘッセ）
　◇木本栄訳, 佐竹美保画「世界名作ショートストーリー 4」理論社 2015 p63

あえいおう（スウィフト）
　◇岸田衿子, 百々佑利子訳, ミーガン・グレッサー絵「おうちをつくろう」のら書店 1993 p72

青い灯火（あかり）〔Das blaue Licht〕（グリム）
　◇池田香代子訳, オットー＝ウッベローデ挿画「完訳クラシック グリム童話 4」講談社 2000 p62

青い明かり〔Das blaue Licht〕（グリム）
　◇野村泫訳, ジョージ・クルックシャンク画「完訳 グリム童話集 5」筑摩書房 2006 p154

青い明かり（グリム）
　◇橋本孝, 天沼春樹訳, シャルロット・デマトーン絵「グリム童話全集」西村書店 2013 p404

青いアグネス（プロイスラー）
　◇佐々木田鶴子訳, スズキコージ絵「プロイスラーの昔話 3」小峰書店 2004 p80

青いおうむ（フランス）〔The Blue Parrot〕（ラング）
　◇川端康成, 野上彰編訳, 矢野信一郎絵「ラング世界童話全集 7」偕成社 2009 p188

青いオウム─"Le Cabinet des Fées"の短縮版〔出典〕〔The Blue Parrot〕（ラング）
　◇中務秀子訳, H.J.フォード装画・挿絵「アンドルー・ラング世界童話集 11」東京創元社 2009 p20

青いガーネット〔The Adventure of the Blue Carbuncle〕（ドイル）
　◇日暮まさみち訳, 青山浩行絵「名探偵ホームズシリーズ 〔1〕」講談社 2010 p114

青いガーネット（ドイル）
　◇亀山龍樹訳, 佐竹美保さし絵「名探偵ホームズ 1」ポプラ社 2005 p183

青いたか（スコットランド）〔How Ian Direach got the Blue Falcon〕（ラング）
　◇川端康成, 野上彰編訳, 矢野信一郎絵「ラング世界童話全集 7」偕成社 2009 p39

あおい

青い灯火〔Das blaue Licht〕（グリム）
　◇吉原高志, 吉原素子訳, Otto Ubbelohde挿絵
　　「初版グリム童話集 5」白水社 2008 p18
青い灯火（グリム）
　◇池田香代子訳, オットー・ウッベローデ挿画
　　「完訳 グリム童話集 2」講談社 2008 p509
青い鳥〔L'Oiseau Bleu〕（メーテルリンク）
　◇立原えりか文, 牧野鈴子絵「小学館 世界の
　　名作 13」小学館 1998 p47
青い鳥（メーテルリンク）
　◇間所ひさこ再話, 中村まふね挿絵「教科書に
　　でてくるせかいのむかし話 2」あかね書房
　　2016 p92
　◇矢部美智代文, 朝倉めぐみ絵「こどものため
　　の世界の名作 夢と幸福の物語――代表（新
　　訳）六話」世界文化社 1995 p4
　◇高田敏子文, いわさきちひろ絵「世界の名作
　　1」世界文化社 2001 p5
青い鳥――オーノワ夫人〔出典〕〔The Blue Bird〕
　（ラング）
　◇中務秀子訳, H.J.フォード装画・挿画「アン
　　ドルー・ラング世界童話集 3」東京創元社
　　2008 p7
青い鳥（フランス ドーノワ夫人）〔The Blue
　Bird〕（ラング）
　◇川端康成, 野上彰編訳, 朝倉田美子絵「ラン
　　グ世界童話全集 8」偕成社 2009 p251
青い火のランプ〔Das blaue Licht〕（グリム）
　◇乾侑美子訳, Otto Ubbelohde, Ludwig
　　Richter挿絵「1812初版グリム童話 下」小
　　学館 2000 p210
青い宝石〔The Adventure of the Blue
　Carbuncle〕（ドイル）
　◇内田庶訳, 岡本正樹絵「シャーロック・ホー
　　ムズ 11」岩崎書店 2011 p87
青い雌牛〔Den blåa kon〕（スタルク）
　◇菱木晃子訳, はたこうしろう絵「ショート・
　　ストーリーズ 二回目のキス」小峰書店
　　2004 p49
青い山〔The Blue Mountains〕（ラング）
　◇川端康成, 野上彰編訳, 遠藤拓人絵「ラング
　　世界童話全集 9」偕成社 2009 p190
青いランプ〔Das blaue Licht〕（グリム）
　◇天沼春樹訳, ペテル・ウフナール画「グリ
　　ム・コレクション 4」パロル舎 2001 p149
青いランプ（グリム）
　◇小澤昔ばなし研究所再話, オットー・ウベ
　　ローデ絵「語るためのグリム童話 6」小峰

書店 2007 p52
　◇高橋健二訳, 徳井聡司（せんべぇ）イラスト
　　「完訳 グリム童話集 3」小学館 2008 p381
　◇フェリクス・ホフマン編・画, 大塚勇三訳
　　「グリムの昔話 3」福音館書店 2002 p33
青いルビー（ドイル）
　◇中山知子訳, 鈴木義治絵「子どものための世
　　界文学の森 15」集英社 1994 p82
青い紅玉（ルビー）〔The Adventure of the Blue
　Carbuncle〕（ドイル）
　◇山中峯太郎訳著「名探偵ホームズ全集 1」
　　作品社 2017 p615
あおいろの童話集〔The Blue Fairy Book〕
　（ラング）
　◇「アンドルー・ラング世界童話集 1」東京
　　創元社 2008
青空市場の犬〔The Market Square Dog〕（ヘ
　リオット）
　◇村上由見子訳, 杉田比呂美絵「ヘリオット先
　　生と動物たちの8つの物語」集英社 2012
　　p133
青空の娘とパイロット――ファンタジックな
　バレエ（構成案）（エンデ）
　◇田村都志夫訳「だれでもない庭――エンデが
　　遺した物語集」岩波書店 2002 p314
　◇田村都志夫訳「だれでもない庭――エンデが
　　遺した物語集」岩波書店 2015 p392
青ひげ（グリム）
　◇高橋健二訳, 徳井聡司（せんべぇ）イラスト
　　「完訳 グリム童話集 5」小学館 2009 p306
青ひげ〔Blue Beard〕（ペロー）
　◇荒俣宏訳, ハリー・クラーク絵「ペロー童話
　　集」新書館 2010 p33
青ひげ〔La Barbe Bleue〕（ペロー）
　◇工藤庸子訳「いま読むペロー「昔話」」羽鳥
　　書店 2013 p30
　◇村松潔訳, ギュスターヴ・ドレ挿絵「眠れる
　　森の美女――シャルル・ペロー童話集」新潮
　　社 2016 p45
　◇天沢退二郎訳, マリ林さし絵「ペロー童話
　　集」岩波書店 2003 p45
　◇今野一雄訳, ギュスターヴ・ドレ挿画「ペ
　　ローの昔ばなし」白水社 2007 p63
　◇平岡敦編訳, 佐竹美保挿画「ホラー短編集
　　3」岩波書店 2014 p7
青ひげ（ペロー）
　◇巖谷國士訳, ギュスターブ・ドレ画「眠れる
　　森の美女――完訳ペロー昔話集」講談社 1992

200　世界児童文学全集/個人全集・作品名綜覧 第II期

p51

◇巖谷國士訳, ギュスターヴ・ドレ画「眠れる森の美女─完訳ペロー昔話集」筑摩書房 2002 p55

◇榊原晃三訳, ギュスターヴ・ドレ挿画「眠れる森の美女」沖積舎 2004 p215

◇末松氷海子訳, エヴァ・フラントヴァー絵「ペロー昔話・寓話集」西村書店 2008 p193

青髭〔Blaubart〕(グリム)
◇吉原高志, 吉原素子訳, Ludwig Richter挿絵「初版グリム童話集 3」白水社 2008 p55

◇乾侑美子訳, Otto Ubbelohde, Ludwig Richter挿絵「1812初版グリム童話 上」小学館 2000 p335

青鬚(ペロー)
◇豊島与志雄訳「読書がたのしくなる世界の文学 〔5〕」くもん出版 2014 p5

あおむねツバメ(ロフティング)
◇井伏鱒二訳「ドリトル先生物語 13」岩波書店 2000 p205

アオムネツバメ(ロフティング)
◇河合祥一郎訳, patty絵「新訳 ドリトル先生シリーズ 〔13〕」KADOKAWA 2015 p19

赤い絹のショール〔L'écharpe de soie rouge〕(ルブラン)
◇平岡敦訳, ヨシタケシンスケ絵「世界ショートセレクション 1」理論社 2016 p43

赤い絹のショール(ルブラン)
◇長島良三訳, 大久保浩絵「アルセーヌ・ルパン名作集 3」岩崎書店 1997 p75

赤い絹マフラーの秘密〔L'écharpe de soie rouge〕(ルブラン)
◇南洋一郎文, 佐竹美保さし絵「文庫版 怪盗ルパン 8」ポプラ社 2005 p143

赤いくつ(アンデルセン)
◇大畑末吉訳, 初山滋さし絵「アンデルセン童話集 3」岩波書店 2000 p9

◇高橋健二訳, いたやさとし画「完訳 アンデルセン童話集 3」小学館 2009 p67

赤い靴〔De røde Sko〕(アンデルセン)
◇福井信子, 大河原晶子訳, フレミング・B.イェペセン画「本当に読みたかったアンデルセン童話」NTT出版 2005 p199

赤い靴〔De røde Skoe〕(アンデルセン)
◇天沼春樹訳「アンデルセン傑作集 マッチ売りの少女／人魚姫」新潮社 2015 p83

◇矢崎源九郎訳, V.ペーダセン挿画「豪華愛蔵版 アンデルセン童話名作集 2」静山社

2011 p110

赤い靴(アンデルセン)
◇天沼春樹訳, ドゥシャン・カーライ, カミラ・シュタンツロヴァー絵「アンデルセン童話全集 1」西村書店 2011 p231

◇大塚勇三編・訳, イブ・スパング・オルセン画「アンデルセンの童話 3」福音館書店 2003 p75

赤い死の仮面(ポー)
◇千葉茂樹訳, 佐竹美保画「世界名作ショートストーリー 5」理論社 2016 p99

赤い酋長の身のしろ金〔The Ransom of Red Chief〕(オー・ヘンリー)
◇大久保康雄訳, 三芳悌吉さしえ「最後のひと葉─オー＝ヘンリー傑作短編集」偕成社 1989 p166

赤い酋長の身代金〔The Ransom of Red Chief〕(オー・ヘンリー)
◇千葉茂樹訳, 和田誠絵「オー・ヘンリーショートストーリーセレクション 8」理論社 2008 p7

赤いスカーフのひみつ(ルブラン)
◇二階堂黎人編著, 清瀬のどか絵「10歳までに読みたい名作ミステリー 怪盗アルセーヌ・ルパン あやしい旅行者」学研プラス 2016 p95

赤い館の時計〔The Red House Clock〕(ウェストール)
◇野沢佳織訳「ウェストールコレクション 〔10〕」徳間書店 2014 p143

あかいろの童話集〔The Red Fairy Book〕(ラング)
◇「アンドルー・ラング世界童話集 2」東京創元社 2008

あかいろの童話集(ラング)
◇「ラング世界童話全集 8」偕成社 2009

赤い輪(ドイル)
◇亀山龍樹訳, 佐竹美保さし絵「名探偵ホームズ 8」ポプラ社 2011 p45

赤い輪団の秘密〔The Adventure of the Red Circle〕(ドイル)
◇日暮まさみち訳, 青山浩行絵「名探偵ホームズシリーズ 〔13〕」講談社 2011 p136

赤鬼エティン─チェンバーズ『スコットランドの昔話』〔出典〕〔The Red Etin〕(ラング)
◇中務秀子訳, H.J.フォード, G.P.ジェイコム＝フッド装画・挿絵「アンドルー・ラング世界童話集 1」東京創元社 2008 p353

あかけ

赤毛組合〔The Red–Headed League〕（ドイ
ル）
◇日暮まさみち訳, 青山浩行絵「名探偵ホーム
ズシリーズ 〔1〕」講談社 2010 p8
赤毛クラブの秘密（ドイル）
◇久米元一, 久米穣訳, 小原拓也さし絵「21世紀
版 少年少女世界文学館 8」講談社 2010 p9
赤毛軍団のひみつ〔The Red–Headed
League〕（ドイル）
◇中尾明訳, 岡本正樹絵「シャーロック・ホー
ムズ 2」岩崎書店 2011 p5
赤毛のアン〔Anne of Green Gables〕（モンゴ
メリ）
◇前田三恵子訳, 山野辺進絵「子どものための
世界文学の森 9」集英社 1994 p10
◇村岡花子訳, 田中槇子さし絵「21世紀版 少年
少女世界文学館 14」講談社 2011 p7
◇柏葉幸子文, 垂石眞子絵「ポプラ世界名作童
話 1」ポプラ社 2015 p7
赤毛のアン（モンゴメリ）
◇村岡花子編訳, 村岡恵理編著, 柚希きひろ絵
「10歳までに読みたい世界名作 1」学研プラ
ス 2014 p14
◇前田三恵子訳「世界名作文学集 〔5〕」国土
社 2004 p3
赤毛連盟（ドイル）
◇亀山龍樹訳, 佐竹美保さし絵「名探偵ホーム
ズ 1」ポプラ社 2005 p7
アカサムライアリの道しるべ（ファーブル）
◇奥本大三郎編・訳, 見山博標本画・イラスト
「ファーブル昆虫記 3」集英社 1996 p265
赤ずきん〔Rothkäppchen〕（グリム）
◇乾侑美子訳, Otto Ubbelohde, Ludwig
Richter挿画「1812初版グリム童話 上」小
学館 2000 p144
赤ずきん〔Rotkäppchen〕（グリム）
◇池田香代子訳, オットー＝ウッベローデ挿
画「完訳クラシック グリム童話 1」講談社
2000 p197
◇野村泫訳, ルードルフ・ガイスラー画「完訳
グリム童話集 2」筑摩書房 2006 p62
◇吉原高志, 吉原素子訳, Ludwig Richter挿絵
「初版グリム童話集 1」白水社 2007 p173
赤ずきん（グリム）
◇小澤昔ばなし研究所再話, オットー・ウベ
ローデ絵「語るためのグリム童話 2」小峰
書房 2007 p64
◇間所ひさこ再話, しのづかゆみこ挿絵「教科

書にでてくるせかいのむかし話 1」あかね
書房 2016 p28
◇北川幸比古文, 米山永一, 朝倉めぐみ絵「グ
リム・イソップ童話集」世界文化社 2004
p8
◇山口四郎訳「グリム童話 1」冨山房イン
ターナショナル 2004 p45
◇池田香代子訳, オットー・ウッベローデ挿画
「完訳 グリム童話集 1」講談社 2008 p253
◇高橋健二訳, 徳井聡司（せんべぇ）イラスト
「完訳 グリム童話集 1」小学館 2008 p289
◇佐々木田鶴子訳, 出久根育絵「グリム童話集
下」岩波書店 2007 p9
◇橋本孝, 天沼春樹訳, シャルロット・デマ
トーン絵「グリム童話全集」西村書店 2013
p108
◇乾侑美子訳, ウェルナー・クレムケさし絵
「グリムの昔話 1」童話館出版 2008 p228
◇フェリクス・ホフマン編・画, 大塚勇三訳
「グリムの昔話 2」福音館書店 2002 p11
◇北川幸比古文, 米山永一, 朝倉めぐみ絵「こ
どものための世界の名作 グリム・イソッ
プ・アンデルセン—ベスト30話」世界文化
社 1994 p8
◇安東みきえ文, 100%ORANGE絵「ポプラ
世界名作童話 15」ポプラ社 2016 p9
赤ずきん〔Le Petit chaperon rouge〕（ペロー）
◇今野一雄訳, ギュスターヴ・ドレ挿画「ペ
ローの昔ばなし」白水社 2007 p51
赤ずきん〔Little Red Riding–Hood〕（ペロー）
◇荒俣宏訳, ハリー・クラーク絵「ペロー童話
集」新書館 2010 p11
赤頭巾〔Le Petit chaperon rouge〕（ペロー）
◇工藤庸子訳「いま読むペロー「昔話」」羽鳥
書店 2013 p24
赤ずきんちゃん（ペロー）
◇巖谷國士訳, ギュスターブ・ドレ画「眠れる
森の美女—完訳ペロー昔話集」講談社 1992
p41
◇巖谷國士訳, ギュスターヴ・ドレ画「眠れる
森の美女—完訳ペロー昔話集」筑摩書房
2002 p45
◇榊原晃三訳, ギュスターヴ・ドレ挿画「眠れ
る森の美女」沖積舎 2004 p41
◇末松氷海子訳, エヴァ・フラントヴァー絵
「ペロー昔話・寓話集」西村書店 2008 p184
赤頭巾ちゃん〔Le Petit chaperon rouge〕（ペ
ロー）
◇村松潔訳, ギュスターヴ・ドレ挿絵「眠れる

あくま

森の美女―シャルル・ペロー童話集」新潮
社 2016 p35
◇天沢退二郎訳, マリ林さし絵「ペロー童話
集」岩波書店 2003 p35
赤ずきんちゃんとオオカミ（ダール）
◇灰島かり訳, クェンティン・ブレイク絵「ロ
アルド・ダールコレクション 12」評論社
2006 p63
赤頭巾ちゃんとおおかみ―詩集「へそまがり昔ば
なし」より（ダール）
◇灰島かり日本語, クェンティン・ブレイク絵
「まるごと一冊ロアルド・ダール」評論社
2000 p104
赤ずきんはほんとうはどうなったか（フラ
ンス）〔The True History of Little Golden-
hood〕（ラング）
◇川端康成, 野上彰編訳, 小松良佳絵「ラング
世界童話全集 11」偕成社 2009 p10
あかちゃんのはじめてのコップ〔Baby's
Drinking Song〕（カーカップ）
◇岸田衿子, 百々佑利子訳, ミーガン・グレッ
サー絵「みんなわたしの」のら書店 1991
p32
あかつきの妖精―ルーマニアの昔話〔出典〕〔The
Fairy of the Dawn〕（ラング）
◇熊谷淳子訳, H.J.フォード装画・挿画「アン
ドルー・ラング世界童話集 7」東京創元社
2008 p161
アガテ叔母さん（エンデ）
◇田村都志夫訳「だれでもない庭―エンデが
遺した物語集」岩波書店 2002 p121
◇田村都志夫訳「だれでもない庭―エンデが
遺した物語集」岩波書店 2015 p149
赤マフラーの秘密（ルブラン）
◇南洋一郎文, 清水勝挿画「怪盗ルパン全集
〔10〕」ポプラ社 2010 p66
明るいお天とさまが明るみに出す（グリム）
◇高橋健二訳, 徳井聡司（せんべぇ）イラスト
「完訳 グリム童話集 3」小学館 2008 p378
秋の朝〔The morns are meeker than they
were〕（ディキンスン）
◇アーサー・ビナード, 木坂涼編訳, しりあが
り寿イラスト「ガラガラヘビの味―アメリ
カ子ども詩集」岩波書店 2010 p70
秋のお恵み（ファイルマン）
◇荒俣宏訳, ハリー・クラーク絵「ペロー童話
集」新書館 2010 p279
空き家〔La Maison Vide〕（ルヴェル）

◇平岡敦編訳, 佐竹美保挿画「ホラー短編集
3」岩波書店 2014 p111
あき家の冒険（ドイル）
◇亀山龍樹訳, 佐竹美保さし絵「名探偵ホーム
ズ 5」ポプラ社 2007 p65
悪魔（星新一）
◇「小学生までに読んでおきたい文学 1」あ
すなろ書房 2014 p75
悪魔が聖水のなかに落ちた話（レアンダー）
◇国松孝二訳「ふしぎなオルガン」岩波書店
2010 p53
悪魔と悪魔のおばあさん（グリム）
◇フェリクス・ホフマン編・画, 大塚勇三訳
「グリムの昔話 3」福音館書店 2002 p92
悪魔とおばあさん〔Der Teufel und seine
Großmutter〕（グリム）
◇池田香代子訳, オットー＝ウッベローデ挿
画「完訳クラシック グリム童話 4」講談社
2000 p110
悪魔とおばあさん（グリム）
◇池田香代子訳, オットー・ウッベローデ挿画
「完訳 グリム童話集 3」講談社 2008 p52
悪魔とそのおばあさん〔Der Teufel und seine
Großmutter〕（グリム）
◇「完訳 グリム童話集 5」筑摩書房 2006
p242
◇吉原高志, 吉原素子訳, Otto Ubbelohde挿絵
「初版グリム童話集 5」白水社 2008 p64
◇乾侑美子訳, Otto Ubbelohde, Ludwig
Richter挿絵「1812初版グリム童話 下」小
学館 2000 p240
悪魔とそのおばあさん（グリム）
◇小澤昔ばなし研究所再話, オットー・ウベ
ローデ絵「語るためのグリム童話 6」小峰
書店 2007 p122
◇橋本孝, 天沼春樹訳, シャルロット・デマ
トーン絵「グリム童話全集」西村書店 2013
p429
悪魔と、そのおばあさん（グリム）
◇高橋健二訳, 徳井聡司（せんべぇ）イラスト
「完訳 グリム童話集 4」小学館 2009 p64
悪魔の足〔The Adventure of the Devil's Foot〕
（ドイル）
◇日暮まさみち訳, 青山浩行絵「名探偵ホーム
ズシリーズ 〔13〕」講談社 2011 p9
◇山中峯太郎訳著「名探偵ホームズ全集 3」
作品社 2017 p9
悪魔の足（ドイル）

世界児童文学全集/個人全集・作品名綜覧 第II期 203

あくま

◇亀山龍樹訳, 佐竹美保さし絵「名探偵ホームズ 7」ポプラ社 2010 p7

悪魔の国から来た少女（福島正実）
◇寺澤昭絵「SF名作コレクション 20」岩崎書店 2006 p225

悪魔の恋人〔The Demon Lover〕（E.ボウエン）
◇金原瑞人編訳, 佐竹美保挿画「ホラー短編集 2」岩崎書店 2012 p141

悪魔の三本の黄金の毛（グリム）
◇池田香代子訳, オットー・ウッベローデ挿画「完訳 グリム童話集 1」講談社 2008 p272

悪魔の三本の黄金（きん）の毛〔Der Teufel mit den drei goldenen Haaren〕（グリム）
◇池田香代子訳, オットー＝ウッベローデ挿画「完訳クラシック グリム童話 1」講談社 2000 p213

悪魔の煤けた相棒〔Des Teufels rußiger Bruder〕（グリム）
◇吉原高志, 吉原素子訳, Otto Ubbelohde挿絵「初版グリム童話集 4」白水社 2008 p144

悪魔の煤けた兄弟分〔Des Teufels rußiger Bruder〕（グリム）
◇乾侑美子訳, Otto Ubbelohde, Ludwig Richter挿絵「1812初版グリム童話 下」小学館 2000 p129

悪魔のすすだらけの兄弟〔Des Teufels rußiger Bruder〕（グリム）
◇「完訳 グリム童話集 4」筑摩書房 2006 p299

悪魔のすすだらけの兄弟（グリム）
◇佐々木田鶴子訳, 出久根育絵「グリム童話集 下」岩波書店 2007 p173

悪魔のすすだらけの兄弟ぶん〔Des Teufels rußiger Bruder〕（グリム）
◇天沼春樹訳, ペテル・ウフナール画「グリム・コレクション 4」パロル舎 2001 p123

悪魔のすすだらけの兄弟ぶん（グリム）
◇高橋健二訳, 徳井聡司（せんべぇ）イラスト「完訳グリム童話集 3」小学館 2008 p240
◇橋本孝, 天沼春樹訳, シャルロット・デマトーン絵「グリム童話全集」西村書店 2013 p355

悪魔のすすだらけの兄弟分（グリム）
◇小澤昔ばなし研究所再話, オットー・ウッベローデ絵「語るためのグリム童話 5」小峰書店 2007 p179

悪魔の煤だらけの兄弟分〔Des Teufels

rußiger Bruder〕（グリム）
◇池田香代子訳, オットー＝ウッベローデ挿画「完訳クラシック グリム童話 3」講談社 2000 p212

悪魔の煤だらけの兄弟分（グリム）
◇池田香代子訳, オットー・ウッベローデ挿画「完訳 グリム童話集 2」講談社 2008 p383

開け放たれた窓〔The Open Window〕（サキ）
◇金原瑞人編訳, 佐竹美保挿画「ホラー短編集〔1〕」岩波書店 2010 p35

アーサー王とあった男〔A Connecticut Yankee in King Arthur's Court〕（トウェイン）
◇亀山龍樹訳, D.N.ベアード絵「SF名作コレクション 1」岩崎書店 2005 p5

朝まだき（ペロック）
◇荒俣宏訳, ハリー・クラーク絵「ペロー童話集」新書館 2010 p221

アザミの経験〔Hvad Tidselen oplevede〕（アンデルセン）
◇福井信子, 大河原晶子訳, フレミング・B.イェペセン画「本当に読みたかったアンデルセン童話」NTT出版 2005 p155

あざみのけいけんしたこと（アンデルセン）
◇高橋健二訳, いたやさとし画「完訳 アンデルセン童話集 8」小学館 2010 p86

アザミの経験したこと（アンデルセン）
◇天沼春樹訳, ドゥシャン・カーライ, カミラ・シュタンツロヴァー絵「アンデルセン童話全集 3」西村書店 2013 p448

アザラシの子の話（ショヴォー）
◇出口裕弘訳「ショヴォー氏とルノー君のお話集 3」福音館書店 2003 p163

アザラシの子守歌〔The White Seal〕（キップリング）
◇岸田衿子, 百々佑利子訳, ミーガン・グレッサー絵「おうちをつくろう」のら書店 1993 p87

あさはおはよう〔Good Morning when it's Morning〕（ホバーマン）
◇岸田衿子, 百々佑利子訳, ミーガン・グレッサー絵「みんなわたしの」のら書店 1991 p64

明日は……嵐（福島正実）
◇寺澤昭絵「SF名作コレクション 18」岩崎書店 2006 p159

足と, 石ころの話（ショヴォー）
◇出口裕弘訳「ショヴォー氏とルノー君のお

話集 5」福音館書店 2003 p267

アシとカシの木（イソップ）
◇河野与一編訳, 稗田一穂さし絵「イソップの
お話」岩波書店 2000 p142

あしながおじさん〔Daddy–Long–Legs〕
（ウェブスター）
◇小松原宏子編訳, 脚次郎絵「10歳までに読
みたい世界名作 15」学研プラス 2015 p14
◇曽野綾子訳, 高田勲さし絵「21世紀版 少年少
女世界文学館 12」講談社 2011 p7
◇石井睦美文, あだちなみ絵「ポプラ世界名作
童話 18」ポプラ社 2016 p7

足ながおじさん〔Daddy–Long–Legs〕（ウェ
ブスター）
◇吉田真一訳, 馬郡翠絵「子どものための世界
文学の森 21」集英社 1994 p10

アシナガタマオシコガネ（ファーブル）
◇奥本大三郎編・訳, 見山博標本画・イラスト
「ファーブル昆虫記 1」集英社 1996 p127

足のわるいカールになにか生きているもの
を（リンドグレーン）
◇石井登志子訳, イングリッド・ヴァン・ニイ
マンさし絵「リンドグレーン作品集 23」岩
波書店 2008 p79

アスムンドとシグニー—『アイスランドの昔話』
〔出典〕〔Asmund and Signy〕（ラング）
◇吉井知代子訳, H.J.フォード装画・挿絵「ア
ンドルー・ラング世界童話集 9」東京創元
社 2009 p287

遊びたがらないお姫さま（リンドグレーン）
◇大塚勇三訳, 櫻井さなえ挿絵「こんなとき読ん
であげたい おはなしのおもちゃ箱 2」PHP研
究所 2003 p76

あたしはローズ（スタイン）
◇岸田衿子, 百々佑利子訳, ミーガン・グレッ
サー絵「おうちをつくろう」のら書店 1993
p75

頭のいい子ウサギ—ネイティブ・アメリカンの昔話
〔出典〕〔The Cunning Hare〕（ラング）
◇吉井知代子訳, H.J.フォード装画・挿絵「ア
ンドルー・ラング世界童話集 9」東京創元
社 2009 p74

頭の悪い王子（ロダーリ）
◇関口英子訳, 伊津野果地さし絵「兵士のハー
モニカ—ロダーリ童話集」岩波書店 2012
p76

新しい師（バン・ローン）
◇片岡政昭訳「世界名作文学集 〔9〕」国土社

2003 p192

新しい世紀のミューズ（アンデルセン）
◇高橋健二訳, いたやさとし画「完訳 アンデル
セン童話集 6」小学館 2010 p178
◇天沼春樹訳, ドゥシャン・カーライ, カミ
ラ・シュタンツロヴァー絵「アンデルセン
童話全集 3」西村書店 2013 p259

新しい牧草地の発見（バン・ローン）
◇片岡政昭「世界名作文学集 〔9〕」国土社
2003 p71

アツい、サムい（ダール）
◇灰島かり訳, クェンティン・ブレイク絵「ロ
アルド・ダールコレクション 17」評論社
2007 p52

暑いと寒い—詩集「まぜこぜシチュウ」より（ダール）
◇灰島かり日本語, クェンティン・ブレイク絵
「まるごと一冊ロアルド・ダール」評論社
2000 p424

アッホ夫婦〔The Twits〕（ダール）
◇柳瀬尚紀訳, クェンティン・ブレイク絵「ロ
アルド・ダールコレクション 9」評論社
2005 p7

アディ・ニハウスの英雄（クーランダー）
◇渡辺茂男訳, 櫻井さなえ挿絵「こんなとき読ん
であげたい おはなしのおもちゃ箱 2」PHP研
究所 2003 p68

あとがき—いつも貧しい人々に眼を向けて
〔問題児〕（パク キボム）
◇「いま読もう！韓国ベスト読みもの 4」汐
文社 2005 p160

あとがき〔作戦NACL〕（光瀬龍）
◇「SF名作コレクション 8」岩崎書店 2005
p197

あとがき—出会いは縁のおくりものです
〔ソヨニの手〕（チェ ジミン）
◇「いま読もう！韓国ベスト読みもの 2」汐
文社 2005 p156

あとがき〔百万の太陽〕（福島正実）
◇「SF名作コレクション 9」岩崎書店 2005
p252

あとがき〔迷宮世界〕（福島正実）
◇「SF名作コレクション 18」岩崎書店 2006
p257

アドルフ〔Adolf〕（ウェストール）
◇野沢佳織訳「ウェストールコレクション
〔10〕」徳間書店 2014 p7

穴場（モーパッサン）
◇平岡敦訳, 佐竹美保画「世界名作ショートス

トーリー 3」理論社 2015 p89

あなほりやのシデムシ（ファーブル）
◇小林清之介文, たかはしきよしえ「新版
ファーブルこんちゅう記 7」小峰書店 2006
p4

兄と妹〔Brüderchen und Schwesterchen〕（グ
リム）
◇野村泫訳, オットー・シュペクター画「完訳
グリム童話集 1」筑摩書房 2005 p143
◇吉原高志, 吉原素子訳, Otto Speckter挿絵
「初版グリム童話集 1」白水社 2007 p65

兄と妹（グリム）
◇小澤昔ばなし研究所再話, オットー・ウベ
ローデ絵「語るためのグリム童話 1」小峰
書店 2007 p103
◇佐々木田鶴子訳, 出久根育絵「グリム童話集
上」岩波書店 2007 p169
◇橋本孝, 天沼春樹訳, シャルロット・デマ
トーン絵「グリム童話全集」西村書店 2013
p47

兄と弟―ラウラ・ゴンツェンバッハ『シチリアの昔話』
〔出典〕〔The Two Brothers〕（ラング）
◇児玉敦子訳, H.J.フォード装画・挿絵「アン
ドルー・ラング世界童話集 5」東京創元社
2008 p160

「姉っていつでも」の詩〔Triolet Against
Sisters〕（マッギンリー）
◇アーサー・ビナード, 木坂涼編訳, しりあが
り寿イラスト「ガラガラヘビの味―アメリ
カ子ども詩集」岩波書店 2010 p102

姉と弟（リンドグレーン）
◇石井登志子訳, イングリッド・ヴァン・ニイ
マンさし絵「リンドグレーン作品集 23」岩
波書店 2008 p113

姉と弟―『日本のむかし話』（坪田譲治）
◇櫻井さなえ挿絵「こんなとき読んであげたい お
はなしのおもちゃ箱 1」PHP研究所 2003
p92

あの女は役たたず〔"Hun duede ikke"〕（アン
デルセン）
◇天沼春樹訳「アンデルセン傑作集 マッチ売
りの少女／人魚姫」新潮社 2015 p121

あの女はろくでなし（アンデルセン）
◇大畑末吉訳, 初山滋さし絵「アンデルセン童
話集 3」岩波書店 2000 p115

あばよ！明日の由紀（光瀬龍）
◇寺澤昭絵「SF名作コレクション 20」岩崎
書店 2006 p53

あばれ馬のコーリーベイ（シートン）
◇越前敏弥訳, 姫川明月絵「シートン動物記
〔3〕」KADOKAWA 2015 p93

あひる園で（アンデルセン）
◇高橋健二訳, いたやさとし画「完訳 アンデル
セン童話集 6」小学館 2010 p163

アヒル園にて（アンデルセン）
◇天沼春樹訳, ドゥシャン・カーライ, カミ
ラ・シュタンツロヴァー絵「アンデルセン
童話全集 1」西村書店 2011 p478

アヒルが四羽池にいる（アリンガム）
◇岸田衿子, 百々佑利子訳, ミーガン・グレッ
サー絵「おうちをつくろう」のら書店 1993
p81

あひるのジマイマのおはなし（ポター）
◇いしいももこやく「愛蔵版 ピーターラビット
全おはなし集」福音館書店 1994 p163
◇いしいももこやく「愛蔵版 ピーターラビット
全おはなし集」福音館書店 2007 p163

アヒルのドレイクステイル―シャルル・マレル
〔出典〕〔Drakestail〕（ラング）
◇田中亜希子訳, H.J.フォード, L.スピード装
画・挿絵「アンドルー・ラング世界童話集
2」東京創元社 2008 p233

あひるのドレイクステール（フランス）
〔Drakestail〕（ラング）
◇川端康成, 野上彰編訳, 上田英津子絵「ラン
グ世界童話全集 10」偕成社 2009 p26

あぶく坊主（シートン）
◇前川康男文, 清水勝絵「はじめてであうシー
トン動物記 1」フレーベル館 2002 p77

あぶく坊や（シートン）
◇正岡慧子文, 木村修絵「ビジュアル特別版 シー
トン動物記 上」世界文化社 2018 p133

アブノワとおかみさん（チュニス）〔The
Death of Abu Nowas and of his Wife〕（ラン
グ）
◇川端康成, 野上彰編訳, せべまさゆき絵「ラ
ング世界童話全集 3」偕成社 2008 p151

アフメド王子と妖精―アラビアン・ナイト〔出典〕
〔The Story of Prince Ahmed and the Fairy
Paribanou〕（ラング）
◇ないとうふみこ訳, H.J.フォード, G.P.ジェ
イコム＝フッド装画・挿絵「アンドルー・ラ
ング世界童話集 1」東京創元社 2008 p281

油まみれの魔法使い〔Oily Wizard〕（ウェス
トール）
◇光野多惠子訳「ウェストールコレクション

〔8〕」徳間書店 2005 p101

アプリイ・ダプリイのわらべうた（ポター）
◇なかがわりえこやく「愛蔵版 ピーターラビット全おはなし集」福音館書店 1994 p315
◇なかがわりえこやく「愛蔵版 ピーターラビット全おはなし集」福音館書店 2007 p315

アプロディテと猫（イソップ）
◇川名澄訳, アーサー・ラッカム絵「新編 イソップ寓話」風媒社 2014 p104

アベイ荘園の秘密〔The Adventure of the Abbey Grange〕（ドイル）
◇日暮まさみち訳, 青山浩行絵「名探偵ホームズシリーズ 〔14〕」講談社 2011 p112

あべこべの話（ショヴォー）
◇出口裕弘訳「ショヴォー氏とルノー君のお話集 5」福音館書店 2003 p40

あべこべものがたり—『あべこべものがたり 北欧民話』
◇光吉夏弥再話, 櫻井さなえ挿絵「こんなとき読んであげたい おはなしのおもちゃ箱 1」PHP研究所 2003 p132

ABC（アベセ）の本（アンデルセン）
◇髙橋健二訳, いたやさとし画「完訳 アンデルセン童話集 5」小学館 2010 p64

アポロン（アポロドーロス）
◇高津春繁, 高津久美子訳, 若菜珪さし絵「21世紀版 少年少女世界文学館 1」講談社 2010 p17

あま（亜麻）（アンデルセン）
◇髙橋健二訳, いたやさとし画「完訳 アンデルセン童話集 3」小学館 2009 p261

亜麻（アンデルセン）
◇天沼春樹訳, ドゥシャン・カーライ, カミラ・シュタンツロヴァー絵「アンデルセン童話全集 1」西村書店 2011 p256

あまいおかゆ（グリム）
◇橋本孝, 天沼春樹訳, シャルロット・デマトーン絵「グリム童話全集」西村書店 2013 p365

アマーガーのおばさんに聞いてごらん（アンデルセン）
◇天沼春樹訳, ドゥシャン・カーライ, カミラ・シュタンツロヴァー絵「アンデルセン童話全集 3」西村書店 2013 p482

「アマーガーのやさい売り女にきくがよい」（アンデルセン）
◇髙橋健二訳, いたやさとし画「完訳 アンデルセン童話集 8」小学館 2010 p175

アマー島のおばさんに聞いてごらん〔"Spørg Amagermo'er"〕（アンデルセン）
◇天沼春樹訳「アンデルセン傑作集 マッチ売りの少女／人魚姫」新潮社 2015 p343

雨（C.ボウエン）
◇岸田衿子, 百々佑利子訳, ミーガン・グレッサー絵「おうちをつくろう」のら書店 1993 p44

雨〔Rain〕（V.リンゼイ）
◇アーサー・ビナード, 木坂涼編訳, しりあがり寿イラスト「ガラガラヘビの味—アメリカ子ども詩集」岩波書店 2010 p108

雨がだいすきな人（ショー）
◇岸田衿子, 百々佑利子訳, ミーガン・グレッサー絵「おうちをつくろう」のら書店 1993 p78

あめざんざん
◇岸田衿子, 百々佑利子訳, ミーガン・グレッサー絵「みんなわたしの」のら書店 1991 p72

あめふらし（グリム）
◇小澤昔ばなし研究所再話, オットー・ウベローデ絵「語るためのグリム童話 7」小峰書店 2007 p128
◇髙橋健二訳, 徳井聡司（せんべえ）イラスト「完訳 グリム童話集 5」小学館 2009 p139

アメフラシ（グリム）
◇ウィルヘルム菊江訳, リディア・ポストマ絵「グリム童話集」西村書店 2013 p33
◇フェリクス・ホフマン編・画, 大塚勇三訳「グリムの昔話 3」福音館書店 2002 p304

アメリカ合衆国からの手紙（ダール）
◇「まるごと一冊ロアルド・ダール」評論社 2000 p50

あやしい自転車乗り〔The Adventure of the Solitary Cyclist〕（ドイル）
◇日暮まさみち訳, 青山浩行絵「名探偵ホームズシリーズ 〔10〕」講談社 2011 p144

あやしい旅行者（ルブラン）
◇二階堂黎人編著, 清瀬のどか絵「10歳までに読みたい名作ミステリー 怪盗アルセーヌ・ルパン あやしい旅行者」学研プラス 2016 p15

あやつり人形〔The Marionettes〕（オー・ヘンリー）
◇千葉茂樹訳, 和田誠絵「オー・ヘンリーショートストーリーセレクション 6」理論社 2007 p121

あらい

アライグマ ウエイ・アッチャの冒険（シート
ン）
◇前川康男文, 清水勝絵「はじめてであうシー
トン動物記 2」フレーベル館 2002 p85
アライグマのウエイ・アッチャ（シートン）
◇正岡慧子文, 木村修絵「ビジュアル特別版 シー
トン動物記 上」世界文化社 2018 p37
アライグマのワイアッチャ（シートン）
◇今泉吉晴訳「シートン動物記 〔13〕」童心
社 2011 p1
あらし（シェイクスピア）
◇アンドリュー・マシューズ文, 島式子, 島玲
子訳, アンジェラ・バレット絵「シェイクス
ピアストーリーズ」BL出版 2015 p106
あらしが看板をうつす（アンデルセン）
◇高橋健二訳, いたやさとし画「完訳 アンデル
セン童話集 7」小学館 2010 p106
嵐が看板を移す（アンデルセン）
◇天沼春樹訳, ドゥシャン・カーライ, カミ
ラ・シュタンツロヴァー絵「アンデルセン
童話全集 1」西村書店 2011 p498
アラジンとふしぎなランプ
◇かのりゅう編訳「世界名作文学集 〔10〕」
国土社 2004 p89
アラジンとまほうのランプ—アラビアン・ナイト
◇間所ひさこ再話, 鈴木悠子挿絵「教科書にで
てくるせかいのむかし話 1」あかね書房
2016 p92
アラ・ジンと魔法のランプ（ダール）
◇灰島かり訳, クェンティン・ブレイク絵「ロ
アルド・ダールコレクション 17」評論社
2007 p118
アラディンと魔法のランプ—アラビアン・ナイト
〔出典〕〔Aladdin and the Wonderful Lamp〕
（ラング）
◇菊地由美訳, H.J.フォード, G.P.ジェイコ
ム=フッド装画・挿絵「アンドルー・ラン
グ世界童話集 1」東京創元社 2008 p20
阿螺田（アラデン）と不思議なランプ
◇山野虎市訳「読書がたのしくなる世界の文
学 〔9〕」くもん出版 2016 p5
アラビア（デ・ラ・メア）
◇荒俣宏訳, ハリー・クラーク絵「ペロー童話
集」新書館 2010 p234
アラビアン・ナイト
◇「世界名作文学集 〔10〕」国土社 2004
あらわれた名探偵（ルブラン）
◇二階堂黎人編著, 清瀬のどか絵「10歳まで

に読みたい名作ミステリー 怪盗アルセー
ヌ・ルパン あらわれた名探偵」学研プラス
2016 p93
アリ（イソップ）
◇河野与一編訳, 秤田一穂さし絵「イソップの
お話」岩波書店 2000 p97
アリクイ（ダール）
◇灰島かり訳, クェンティン・ブレイク絵「ロ
アルド・ダールコレクション 14」評論社
2006 p24
ありそうもなかった話（ショヴォー）
◇出口裕弘訳「ショヴォー氏とルノー君のお
話集 5」福音館書店 2003 p51
ありときりぎりす（イソップ）
◇間所ひさこ再話, 鶴田陽子挿絵「教科書にで
てくるせかいのむかし話 1」あかね書房
2016 p26
◇よこたきよし文, いたやさとし絵「読み聞か
せイソップ50話」チャイルド本社 2007 p52
アリとキリギリス（イソップ）
◇ラッセル・アッシュ, バーナード・ヒットン
編著, 秋野翔一郎訳「クラシックイラストレー
ション版 イソップ寓話集」童話館出版 2002
p48
◇小出正吾ぶん, 三好碩也え「イソップのおは
なし」のら書店 2010 p126
◇天野裕司, ローワン・バーンズマーフィー絵
「イソップ物語」文溪堂 2005 p58
◇内田麟太郎文, 高畠純絵「ポプラ世界名作童
話 19」ポプラ社 2016 p80
蟻とキリギリス（イソップ）
◇川名澄訳, アーサー・ラッカム絵「新編 イ
ソップ寓話」風媒社 2014 p108
ありとせみ（イソップ）
◇いわきたかし著, ほてはまたかし画「いそっ
ぷ童話集」童話屋 2004 p8
ありとはと（イソップ）
◇よこたきよし文, いたやさとし絵「読み聞か
せイソップ50話」チャイルド本社 2007 p20
アリとハト（イソップ）
◇河野与一編訳, 秤田一穂さし絵「イソップの
お話」岩波書店 2000 p49
◇小出正吾ぶん, 三好碩也え「イソップのおは
なし」のら書店 2010 p81
◇川崎洋文, 亀川秀樹絵「小学館 世界の名作
18」小学館 1999 p42
◇内田麟太郎文, 高畠純絵「ポプラ世界名作童
話 19」ポプラ社 2016 p76

あるふ

アリにさされた男とヘルメスの神（イソップ）
◇河野与一編訳, 稗田一穂さし絵「イソップのお話」岩波書店 2000 p303

アリのくに（ファーブル）
◇小林清之介文, 横内襄え「新版 ファーブルこんちゅう記 6」小峰書店 2006 p4

アリババと四十人の盗賊
◇かのりゅう編訳「世界名作文学集〔10〕」国土社 2004 p211

アリババと四十人の盗賊（ダール）
◇灰島かり訳, クェンティン・ブレイク絵「ロアルド・ダールコレクション 17」評論社 2007 p101

ありふれた話〔No Story〕（オー・ヘンリー）
◇千葉茂樹訳, 和田誠絵「オー・ヘンリー ショートストーリーセレクション 8」理論社 2008 p87

アリマキと天敵たち（ファーブル）
◇奥本大三郎編・訳, 見山博標本画・イラスト「ファーブル昆虫記 3」集英社 1996 p91

あるおかあさんのお話〔Historien om en Moder〕（アンデルセン）
◇矢崎源九郎訳, V.ペーダセン挿画「豪華愛蔵版 アンデルセン童話名作集 2」静山社 2011 p163

あるお母さんの話（アンデルセン）
◇高橋健二訳, いたやさとし画「完訳 アンデルセン童話集 3」小学館 2009 p239

あるお母さんの物語（アンデルセン）
◇大塚勇三編・訳, イブ・スパング・オルセン画「アンデルセンの童話 1」福音館書店 2003 p120

あるガゼルの物語—スワヒリの昔話〔出典〕〔The Story of a Gazelle〕（ラング）
◇宮坂宏美訳, H.J.フォード装画・挿絵「アンドルー・ラング世界童話集 7」東京創元社 2008 p131

桃源郷（アルカディア）の短期滞在客〔Transients in Arcadia〕（オー・ヘンリー）
◇大久保康雄訳, 三芳悌吉さしえ「最後のひと葉—オー＝ヘンリー傑作短編集」偕成社 1989 p56

アルゴー号のお話（アポロドーロス）
◇高津春繁, 高津久美子訳, 若菜珪さし絵「21世紀版 少年少女世界文学館 1」講談社 2010 p47

アルセーヌ・ルパンの帰還（ルブラン）

アルセーヌ・ルパン名作集 10」岩波書店 1998 p5
◇長島良三訳, 大久保浩絵「

アルセーヌ・ルパンの結婚（ルブラン）
◇長島良三訳, 大久保浩絵「アルセーヌ・ルパン名作集 4」岩崎書店 1997 p5

アルセーヌ・ルパンの逮捕（ルブラン）
◇長島良三訳, 大久保浩絵「アルセーヌ・ルパン名作集 1」岩崎書店 1997 p5

アルセーヌ・ルパンの脱走（ルブラン）
◇長島良三訳, 大久保浩絵「アルセーヌ・ルパン名作集 3」岩崎書店 1997 p5

ある小さな物語〔Nagyon könnyü történet〕（モルナール・フェレンツ）
◇徳永康元訳「小学生までに読んでおきたい文学 5」あすなろ書房 2013 p177

ある手品師の話（小熊秀雄）
◇「小学生までに読んでおきたい文学 2」あすなろ書房 2014 p203

アルノー ある伝書バトの物語（シートン）
◇越前敏弥訳, 姫川明月絵「シートン動物記〔3〕」KADOKAWA 2015 p5

ある母親の話（アンデルセン）
◇天沼春樹訳, ドゥシャン・カーライ, カミラ・シュタンツロヴァー絵「アンデルセン童話全集 3」西村書店 2013 p128

ある母親の物語〔Historien om en Moder〕（アンデルセン）
◇天沼春樹訳「アンデルセン傑作集 マッチ売りの少女／人魚姫」新潮社 2015 p107

ある母親の物語（アンデルセン）
◇大畑末吉訳, 初山滋さし絵「アンデルセン童話集 2」岩波書店 2000 p239

アルファCの反乱〔Revolt on Alpha C〕（シルヴァーバーグ）
◇中尾明訳, 今井修司絵「SF名作コレクション 19」岩崎書店 2006 p5

アルプスの少女〔Heidi〕（シュピリ）
◇大野芳枝訳, 渡辺藤一絵「子どものための世界文学の森 5」集英社 1994 p10
◇池田香代子訳, 高田勲さし絵「21世紀版 少年少女世界文学館 16」講談社 2011 p7

アルプスの少女ハイジ〔Heidi〕（シュピリ）
◇ささきたづこ文, 矢島眞澄絵「小学館 世界の名作 5」小学館 1998 p1
◇那須田淳文, pon-marsh絵「ポプラ世界名作童話 4」ポプラ社 2015 p7

アルプスの少女ハイジ（シュピリ）

世界児童文学全集/個人全集・作品名綜覧 第II期 209

あるふ

◇松永美穂編訳, 柚希きひろ絵「10歳までに読みたい世界名作 9」学研プラス 2015 p14

アルフヒルドへあてたダールの手紙(ダール)
◇「まるごと一冊ロアルド・ダール」評論社 2000 p300

アルマルゾーンの話(ハウフ)
◇乾侑美子訳, T.ヴェーバーほか画「冷たい心臓―ハウフ童話集」福音館書店 2001 p339

ある物語(アンデルセン)
◇高橋健二訳, いたやさとし画「完訳 アンデルセン童話集 3」小学館 2009 p276
◇天沼春樹訳, ドゥシャン・カーライ, カミラ・シュタンツロヴァー絵「アンデルセン童話全集 3」西村書店 2013 p136

ある夜(広津和郎)
◇「小学生までに読んでおきたい文学 6」あすなろ書房 2013 p13

あれあれジェマイマ!
◇岸田衿子, 百々佑利子訳, ミーガン・グレッサー絵「みんなわたしの」のら書店 1991 p15

アレグラ姫(ロダーリ)
◇関口英子訳, 伊津野果地さし絵「兵士のハーモニカ―ロダーリ童話集」岩波書店 2012 p92

アレッサンドリアの長老とその奴隷たち(ハウフ)
◇乾侑美子訳, T.ヴェーバーほか画「冷たい心臓―ハウフ童話集」福音館書店 2001 p211

「あれは、だめな女だった」(アンデルセン)
◇大塚勇三編・訳, イブ・スパング・オルセン画「アンデルセンの童話 3」福音館書店 2003 p164

あわれな粉ひきの若者と小ネコ(グリム)
◇フェリクス・ホフマン編・画, 大塚勇三訳「グリムの昔話 2」福音館書店 2002 p327

あわれな水車小屋の小僧と小猫〔Der arme Müllerbursch und das Kätzchen〕(グリム)
◇吉原高志, 吉原素子訳, Max Adamo挿絵「初版グリム童話集 4」白水社 2008 p176

アンガス・フリントを追い出したのは、だれ?〔Who Got Rid of Angus Flint?〕(D.W.ジョーンズ)
◇野口絵美訳, 佐竹美保絵「ダイアナ・ウィン・ジョーンズ短編集 魔法!魔法!魔法!」徳間書店 2007 p229

暗室の秘密(ドイル)

◇田中早苗訳「読書がたのしくなる世界の文学 〔7〕」くもん出版 2016 p109

アンデルセン童話〔Eventyr af H.C. Andersen〕(アンデルセン)
◇「ポプラ世界名作童話 7」ポプラ社 2015

アンデルセン童話〔Eventyr og Historier〕(アンデルセン)
◇「小学館 世界の名作 17」小学館 1999

アントニーとクレオパトラ(シェイクスピア)
◇アンドリュー・マシューズ文, 島式子, 島玲子訳, アンジェラ・バレット絵「シェイクスピアストーリーズ」BL出版 2015 p68

アンドラス・ベイヴ―J.C.ポエシュティオン『ラップランドの昔話』〔出典〕〔Andras Baive〕(ラング)
◇田中亜希子訳, H.J.フォード装画・挿絵「アンドルー・ラング世界童話集 10」東京創元社 2009 p327

アンネ・リスベス〔Anne Lisbeth〕(アンデルセン)
◇天沼春樹訳「アンデルセン傑作集 マッチ売りの少女／人魚姫」新潮社 2015 p259

アンネ・リスベト(アンデルセン)
◇高橋健二訳, いたやさとし画「完訳 アンデルセン童話集 5」小学館 2010 p245
◇天沼春樹訳, ドゥシャン・カーライ, カミラ・シュタンツロヴァー絵「アンデルセン童話全集 2」西村書店 2012 p331

アンバリ老人の金庫室〔The Adventure of the Retired Colourman〕(ドイル)
◇山中峯太郎訳著「名探偵ホームズ全集 3」作品社 2017 p77

アン夫人の沈黙(サキ)
◇千葉茂樹訳, 佐竹美保画「世界名作ショートストーリー 2」理論社 2015 p145

アンベール夫人の金庫(ルブラン)
◇長島良三訳, 大久保浩絵「アルセーヌ・ルパン名作集 7」岩崎書店 1998 p117

【い】

イアン・ジーリハが青いハヤブサをつかまえた話―『西ハイランド昔話集』〔出典〕〔How Ian Direach got the Blue Falcon〕(ラング)
◇菊池由美訳, H.J.フォード装画・挿絵「アンドルー・ラング世界童話集 10」東京創元社

2009 p65

いいことをおぼえてきた（デンマーク）〔I Know What I Have Learned〕（ラング）
　◇川端康成, 野上彰編訳, 小松修絵「ラング世界童話全集 6」偕成社 2008 p202

イヴァン・ベリンのあやまち〔Грехът на Иван Белин〕（ヨフコフ）
　◇真木三三子訳「小学生までに読んでおきたい文学 4」あすなろ書房 2013 p107

家がらを争うサルとキツネ（イソップ）
　◇河野与一編訳, 稗田一穂さし絵「イソップのお話」岩波書店 2000 p232

いえさがし〔Wanted〕（ファイルマン）
　◇岸田衿子, 百々佑利子訳, ミーガン・グレッサー絵「みんなわたしの」のら書店 1991 p65

家じゅうのみんなが言ったこと（アンデルセン）
　◇天沼春樹訳, ドゥシャン・カーライ, カミラ・シュタンツロヴァー絵「アンデルセン童話全集 3」西村書店 2013 p474

イエスの死（バン・ローン）
　◇片岡政昭訳「世界名作文学集 〔9〕」国土社 2003 p201

イエスの誕生（バン・ローン）
　◇片岡政昭訳「世界名作文学集 〔9〕」国土社 2003 p166

イエスの幼年時代（バン・ローン）
　◇片岡政昭訳「世界名作文学集 〔9〕」国土社 2003 p185

家なき子〔Sans Famille〕（マロ）
　◇波多野未記訳, 村上幸一絵「子どものための世界文学の森 10」集英社 1994 p10
　◇山下明生文, 木村貴嗣絵「小学館 世界の名作 7」小学館 1998 p1

家なき子（マロ）
　◇小松原宏子編訳, 木野陽絵「10歳までに読みたい世界名作 21」学研プラス 2016 p14

家にすむこびとたち（グリム）
　◇橋本孝, 天沼春樹訳, シャルロット・デマトーン絵「グリム童話全集」西村書店 2013 p151

家に棲むもの〔The Creatures in the House〕（ウェストール）
　◇野沢佳織訳「ウェストールコレクション 〔10〕」徳間書店 2014 p37

家の子郎党〔Das Hausgesinde〕（グリム）
　◇池田香代子訳, オットー＝ウッベローデ挿

画「完訳クラシック グリム童話 4」講談社 2000 p205

家の子郎党（グリム）
　◇池田香代子訳, オットー・ウッベローデ挿画「完訳 グリム童話集 3」講談社 2008 p174

家の祝福〔The House Blessing〕（ギターマン）
　◇岸田衿子, 百々佑利子訳, ミーガン・グレッサー絵「おうちをつくろう」のら書店 1993 p104

家の中にぼくひとり（マーヒー）
　◇石井桃子訳, シャーリー・ヒューズ画「魔法使いのチョコレート・ケーキ―マーガレット・マーヒーお話集」福音館書店 2004 p84

いきている首〔Golova professor Duelja〕（ベリャーエフ）
　◇馬上義太郎訳, 琴月綾絵「冒険ファンタジー名作選 4」岩崎書店 2003 p6

生きている無限（ファーブル）
　◇奥本大三郎編・訳, 見山博標本画・イラスト「ファーブル昆虫記 5」集英社 1996 p321

生きものをきずつけないで（ロゼッティ）
　◇岸田衿子, 百々佑利子訳, ミーガン・グレッサー絵「おうちをつくろう」のら書店 1993 p32

いくさだったら―『笛ふき岩 中国古典寓話集』
　◇平塚武二編著, 川村易挿絵「こんなとき読んであげたい おはなしのおもちゃ箱 1」PHP研究所 2003 p168

戦の歌〔La canzone di Guerra〕（ブッツァーティ）
　◇関口英子訳「小学生までに読んでおきたい文学 4」あすなろ書房 2013 p223

池に住む水女（グリム）
　◇池田香代子訳, オットー・ウッベローデ挿画「完訳 グリム童話集 3」講談社 2008 p365

池に住む水女（みずおんな）〔Die Nixe im Teich〕（グリム）
　◇池田香代子訳, オットー＝ウッベローデ挿画「完訳クラシック グリム童話 5」講談社 2000 p129

池にすむ水の精（グリム）
　◇橋本孝, 天沼春樹訳, シャルロット・デマトーン絵「グリム童話全集」西村書店 2013 p557

池に住む水の精〔Die Nixe im Teich〕（グリム）
　◇野村泫訳, ルートヴィヒ・リヒター画「完訳 グリム童話集 7」筑摩書房 2006 p80

いけの

池の精（グリム）
◇ウィルヘルム菊江訳, リディア・ポストマ絵「グリム童話集」西村書店 2013 p65

池の中の水の精〔Die Nixe im Teich〕（グリム）
◇天沼春樹訳, ペテル・ウフナール画「グリム・コレクション 4」パロル舎 2001 p213

池の中の水の精（グリム）
◇小澤昔ばなし研究所再話, オットー・ウベローデ絵「語るためのグリム童話 7」小峰書店 2007 p102
◇高橋健二訳, 徳井聡司（せんべぇ）イラスト「完訳 グリム童話集 5」小学館 2009 p68
◇乾侑美子訳, アーサー・ラッカムさし絵「グリムの昔話 3」童話館出版 2001 p304
◇フェリクス・ホフマン編・画, 大塚勇三訳「グリムの昔話 3」福音館書店 2002 p253

池のほとりの鹿（イソップ）
◇川名澄訳, アーサー・ラッカム絵「新編 イソップ寓話」風媒社 2014 p82

いさましい仕立て屋さん（グリム）
◇北川幸比古文, 米山永一, 朝倉めぐみ絵「グリム・イソップ童話集」世界文化社 2004 p66
◇北川幸比古文, 米山永一, 朝倉めぐみ絵「こどものための世界の名作 グリム・イソップ・アンデルセン—ベスト30話」世界文化社 1994 p66

いさましいジャックウサギの話（シートン）
◇前川康男文, 清水勝絵「はじめてであうシートン動物記 6」フレーベル館 2002 p93

勇ましいちびの仕立て屋〔Das tapfere Schneiderlein〕（グリム）
◇野村汯訳, ヴィルヘルム・フォン・ディーツ画「完訳 グリム童話集 1」筑摩書房 2005 p273

勇ましいちびの仕立屋〔Das tapfere Schneiderlein〕（グリム）
◇池田香代子訳, オットー＝ウッベローデ挿画「完訳クラシック グリム童話 1」講談社 2000 p153

勇ましいちびの仕立屋（グリム）
◇池田香代子訳, オットー・ウッベローデ挿画「完訳 グリム童話集 1」講談社 2008 p196
◇フェリクス・ホフマン編・画, 大塚勇三訳「グリムの昔話 1」福音館書店 2002 p180

いさましいちびの仕立やさん（グリム）
◇矢崎源九郎訳, ウェルナー・クレムケさし絵「グリムの昔話 1」童話館出版 2000 p20

勇ましいちびの仕立屋さん（グリム）
◇高橋健二訳, 徳井聡司（せんべぇ）イラスト「完訳 グリム童話集 1」小学館 2008 p227

勇ましきトマト戦争物語（ロフティング）
◇河合祥一郎訳, patty絵「新訳 ドリトル先生シリーズ 〔14〕」KADOKAWA 2016 p49

遺産（H.G.ウェルズ）
◇吉田甲子太郎訳「読書がたのしくなる世界の文学 〔5〕」くもん出版 2014 p91

石をどこへおけばいいか（プロイスラー）
◇佐々木田鶴子訳, スズキコージ絵「プロイスラーの昔話 3」小峰書店 2004 p42

石をひきあげた漁師（イソップ）
◇河野与一編訳, 稗田一穂さし絵「イソップのお話」岩波書店 2000 p61

E・Cさんへ（エンデ）
◇田村都志夫訳「だれでもない庭—エンデが遺した物語集」岩波書店 2002 p42
◇田村都志夫訳「だれでもない庭—エンデが遺した物語集」岩波書店 2015 p53

石の舟に乗った魔女—アイスランドの昔話〔出典〕〔The Witch in the Stone Boat〕（ラング）
◇杉田七重訳, H.J.フォード装画・挿絵「アンドルー・ラング世界童話集 4」東京創元社 2008 p325

石屋（日本）〔The Stone-cutter〕（ラング）
◇川端康成, 野上彰編訳, せべまさゆき絵「ラング世界童話全集 3」偕成社 2008 p133

いじわる夫婦が消えちゃった（抄録）（ダール）
◇田村隆一訳, クェンティン・ブレイク絵「まるごと一冊ロアルド・ダール」評論社 2000 p20
◇田村隆一訳, クェンティン・ブレイク絵「まるごと一冊ロアルド・ダール」評論社 2000 p389

イスパニアダイコクコガネ（ファーブル）
◇奥本大三郎編・訳, 見山博標本画・イラスト「ファーブル昆虫記 1」集英社 1996 p143

泉の貴婦人—『マビノギオン』〔出典〕〔The Lady of the Fountain〕（ラング）
◇ないとうふみこ訳, H.J.フォード装画・挿絵「アンドルー・ラング世界童話集 12」東京創元社 2009 p276

泉の子ヨハネスと泉の子カスパール〔Von Johannes-Wassersprung und Caspar-Wassersprung〕（グリム）

◇吉原高志, 吉原素子訳「初版グリム童話集 3」白水社 2008 p133

いずみのシカ（イソップ）
　◇小出正吾ぶん, 三好碩也え「イソップのおはなし」のら書店 2010 p64

いずみのそばの、がちょう番の女（グリム）
　◇高橋健二訳, 徳井聡司（せんべぇ）イラスト「完訳 グリム童話集 5」小学館 2009 p38

泉のそばのガチョウ番の女（グリム）
　◇山口四郎訳「グリム童話 3」冨山房インターナショナル 2004 p121
　◇フェリクス・ホフマン編・画, 大塚勇三訳「グリムの昔話 3」福音館書店 2002 p227

泉のほとりのがちょう番の女〔Die Gänsehirtin am Brunnen〕（グリム）
　◇池田香代子訳, オットー＝ウッベローデ挿画「完訳クラシック グリム童話 5」講談社 2000 p111

泉のほとりのがちょう番の女（グリム）
　◇池田香代子訳, オットー・ウッベローデ挿画「完訳 グリム童話集 3」講談社 2008 p341

泉のほとりのガチョウ番の女（グリム）
　◇橋本孝, 天沼春樹訳, シャルロット・デマトーン絵「グリム童話全集」西村書店 2013 p548

泉のほとりのがちょう番の娘〔Die Gänsehirtin am Brunnen〕（グリム）
　◇野村泫訳, ルートヴィヒ・リヒター画「完訳 グリム童話集 7」筑摩書房 2006 p47

いそいで！
　◇岸田衿子, 百々佑利子訳, ミーガン・グレッサー絵「みんなわたしの」のら書店 1991 p37

いそがしい株式仲買人のロマンス〔The Romance of a Busy Broker〕（オー・ヘンリー）
　◇千葉茂樹訳, 和田誠絵「オー・ヘンリーショートストーリーセレクション 6」理論社 2007 p55

イソップ物語〔Aesop's Fables〕（イソップ）
　◇「ポプラ世界名作童話 19」ポプラ社 2016

イソップ物語〔Fabulae Aesopicae〕（イソップ）
　◇「小学館 世界の名作 18」小学館 1999

偉大な恋人（ブルック）
　◇荒俣宏訳, ハリー・クラーク絵「ペロー童話集」新書館 2010 p250

いたかもしれないゾウの話（ショヴォー）

◇出口裕弘訳「ショヴォー氏とルノー君のお話集 5」福音館書店 2003 p115

いたずら〔Шуточка〕（チェーホフ）
　◇小宮山俊平訳, ヨシタケシンスケ絵「世界ショートセレクション 5」理論社 2017 p201

いたずらをする羊かい（イソップ）
　◇鬼塚りつ子文, 米山永一, 朝倉めぐみ絵「グリム・イソップ童話集」世界文化社 2004 p132
　◇鬼塚りつ子文, 米山永一, 朝倉めぐみ絵「こどものための世界の名作 グリム・イソップ・アンデルセン—ベスト30話」世界文化社 1994 p132

いたずらっ子〔Den uartige Dreng〕（アンデルセン）
　◇福井信子, 大河原晶子訳, フレミング・B.イェペセン画「本当に読みたかったアンデルセン童話」NTT出版 2005 p175

いたずらっ子（アンデルセン）
　◇高橋健二訳, いたやさとし画「完訳 アンデルセン童話集 1」小学館 2009 p104
　◇大塚勇三編・訳, イブ・スパング・オルセン画「アンデルセンの童話 2」福音館書店 2003 p258

いたずら妖精—ポール・セビヨ〔出典〕〔A French Puck〕（ラング）
　◇武富博司訳, H.J.フォード装画・挿絵「アンドルー・ラング世界童話集 12」東京創元社 2009 p81

イタチとヤスリ（イソップ）
　◇河野与一編訳, 稗田一穂さし絵「イソップのお話」岩波書店 2000 p270

イーダちゃんのお花〔Den lille Idas Blomster〕（アンデルセン）
　◇矢崎源九郎訳, V.ペーダセン挿画「豪華愛蔵版 アンデルセン童話名作集 2」静山社 2011 p71

イタリア貴族殺害事件〔The Adventure of the Italian Nobleman〕（クリスティ）
　◇花上かつみ訳, 高松啓二絵「アガサ＝クリスティ短編傑作集 3」講談社 2002 p33

苺の季節〔The Strawberry Season〕（コールドウェル）
　◇横尾定理訳「小学生までに読んでおきたい文学 5」あすなろ書房 2013 p191

いちずな錫の兵隊（アンデルセン）
　◇山本史郎訳「アンデルセンクラシック 9つ

いちと

の物語」原書房 1999 p59

いちどでも島で夜をすごしたなら……〔If
Once You Have Slept on an Island〕（フィー
ルド）
　◇岸田衿子, 百々佑利子訳, ミーガン・グレッ
サー絵「おうちをつくろう」のら書店 1993
p35

一度も、なんにもおこらなかった男の話
（ショヴォー）
　◇出口裕弘訳「ショヴォー氏とルノー君のお
話集 5」福音館書店 2003 p100

一年中わくわくしてた〔My Year〕（ダール）
　◇柳瀬尚紀訳, クェンティン・ブレイク絵「ロ
アルド・ダールコレクション 20」評論社
2007 p1

いちばん心が通じるのは〔My best
Acquaintances are those〕（ディキンスン）
　◇アーサー・ビナード, 木坂涼編訳, しりあが
り寿イラスト「ガラガラヘビの味―アメリ
カ子ども詩集」岩波書店 2010 p72

いちばんだいじなものを、忘れるな（プロイ
スラー）
　◇佐々木田鶴子訳, スズキコージ絵「プロイス
ラーの昔話 1」小峰書店 2003 p27

いちばんたのしかった誕生日（リンドグレー
ン）
　◇大塚勇三訳, 櫻井さなえ挿絵「こんなとき読ん
であげたい おはなしのおもちゃ箱 2」PHP研
究所 2003 p142

一枚うわて〔The Man Higher Up〕（オー・ヘ
ンリー）
　◇千葉茂樹訳, 和田誠絵「オー・ヘンリー
ショートストーリーセレクション 2」理論
社 2007 p141

一角獣（エンデ）
　◇田村都志夫訳「だれでもない庭―エンデが
遺した物語集」岩波書店 2002 p114
　◇田村都志夫訳「だれでもない庭―エンデが
遺した物語集」岩波書店 2015 p140

一軒家をのぞくシカ（ハーディ）
　◇岸田衿子, 百々佑利子訳, ミーガン・グレッ
サー絵「おうちをつくろう」のら書店 1993
p23

いっすんぼうしの話〔Histoire de Roitelet〕
（ショヴォー）
　◇出口裕弘訳「ショヴォー氏とルノー君のお
話集 4」福音館書店 2003 p61

一体二面の謎〔The Adventure of the

Illustrious Client〕（ドイル）
　◇山中峯太郎訳著「名探偵ホームズ全集 3」
作品社 2017 p107

五つのかしこいことば（インド）〔The Five
Wise Words of the Guru〕（ラング）
　◇川端康成, 野上彰編訳, 矢野信一郎絵「ラン
グ世界童話全集 7」偕成社 2009 p168

一本多い刻み目（プロイスラー）
　◇佐々木田鶴子訳, スズキコージ絵「プロイス
ラーの昔話 2」小峰書店 2003 p25

いつまでも（フーリィ）
　◇岸田衿子, 百々佑利子訳, ミーガン・グレッ
サー絵「おうちをつくろう」のら書店 1993
p72

いつも〔Ever〕（デ・ラ・メア）
　◇岸田衿子, 百々佑利子訳, ミーガン・グレッ
サー絵「おうちをつくろう」のら書店 1993
p28

いつも、はい、と言う人（イエスマン）（エン
デ）
　◇田村都志夫訳「だれでもない庭―エンデが
遺した物語集」岩波書店 2015 p195

伊藤則資の話（ハーン）
　◇脇明子訳「雪女 夏の日の夢」岩波書店
2003 p137

糸をつむぐ三人の女（グリム）
　◇高橋健二訳, 徳井聡司（せんべぇ）イラスト
「完訳 グリム童話集 1」小学館 2008 p162
　◇矢崎源九郎訳, マルヴィン・ピークスさし絵
「グリムの昔話 2」童話館出版 2000 p36

糸くず（グリム）
　◇高橋健二訳, 徳井聡司（せんべぇ）イラスト
「完訳 グリム童話集 4」小学館 2009 p273

糸くず（モーパッサン）
　◇国木田独歩訳「読書がたのしくなる世界の
文学 〔4〕」くもん出版 2014 p63

いとこのレズリーのすけすけ胃袋〔Cousin
Lesley's See–through Stomach〕（パテン）
　◇川崎洋訳「木はえらい―イギリス子ども詩
集」岩波書店 2000 p100

いとしいローラント〔Der Liebste Roland〕
（グリム）
　◇池田香代子訳, オットー＝ウッベローデ挿
画「完訳クラシック グリム童話 2」講談社
2000 p151

いとしいローラント（グリム）
　◇池田香代子訳, オットー・ウッベローデ挿画
「完訳 グリム童話集 1」講談社 2008 p519

いとしの王子—"Cabinet des Fées"〔出典〕〔Prince Darling〕(ラング)
◇菊池由美訳, H.J.フォード, G.P.ジェイコ ム=フッド装画・挿絵「アンドルー・ラン グ世界童話集 1」東京創元社 2008 p243

糸つむぎ三人女(グリム)
◇フェリクス・ホフマン編・画, 大塚勇三訳 「グリムの昔話 1」福音館書店 2002 p136

糸紡ぎ三人女〔Die drei Spinnerinnen〕(グリ ム)
◇池田香代子訳, オットー=ウッベローデ挿 画「完訳クラシック グリム童話 1」講談社 2000 p108

糸紡ぎ三人女(グリム)
◇池田香代子訳, オットー・ウッベローデ挿画 「完訳 グリム童話集 1」講談社 2008 p138

いどの中のきつねとやぎ(イソップ)
◇よこたきよし文, 飯岡千江子絵「読み聞かせ イソップ50話」チャイルド本社 2007 p26

いなかのねずみと町のねずみ(イソップ)
◇よこたきよし文, いたやさとし絵「読み聞か せイソップ50話」チャイルド本社 2007 p8

いなかのネズミと町のネズミ(イソップ)
◇内田麟太郎文, 高畠純絵「ポプラ世界名作童 話 19」ポプラ社 2016 p35

田舎のねずみと町のねずみ(イソップ)
◇いわきたかし著, ほてはまたかし画「いそっ ぷ童話集」童話屋 2004 p36

イニスフリーの湖島(イェイツ)
◇荒俣宏訳, ハリー・クラーク絵「ペロー童話 集」新書館 2010 p211

犬を連れた奥さん〔Дама с собачкой〕 (チェーホフ)
◇小宮山俊平訳, ヨシタケシンスケ絵「世界 ショートセレクション 5」理論社 2017 p107

イヌとウサギ(イソップ)
◇河野与一編訳, 稗田一穂さし絵「イソップの お話」岩波書店 2000 p165

イヌとオオカミ(イソップ)
◇河野与一編訳, 稗田一穂さし絵「イソップの お話」岩波書店 2000 p91
◇河野与一編訳, 稗田一穂さし絵「イソップの お話」岩波書店 2000 p168

イヌとオオカミの戦争(イソップ)
◇河野与一編訳, 稗田一穂さし絵「イソップの お話」岩波書店 2000 p169

イヌとオンドリ(イソップ)
◇河野与一編訳, 稗田一穂さし絵「イソップの お話」岩波書店 2000 p171

イヌと貝(イソップ)
◇河野与一編訳, 稗田一穂さし絵「イソップの お話」岩波書店 2000 p168

犬とかげ(イソップ)
◇天野裕訳, ローワン・バーンズマーフィー絵 「イソップ物語」文溪堂 2005 p16

犬と影(イソップ)
◇川名澄訳, アーサー・ラッカム絵「新編 イ ソップ寓話」風媒社 2014 p74

イヌと主人(イソップ)
◇河野与一編訳, 稗田一穂さし絵「イソップの お話」岩波書店 2000 p174

犬とすずめ〔Der Hund und der Sperling〕(グ リム)
◇「完訳 グリム童話集 3」筑摩書房 2006 p146

犬とすずめ(グリム)
◇高橋健二訳, 徳井聡司(せんべぇ)イラスト 「完訳 グリム童話集 2」小学館 2008 p232

犬とスズメ(グリム)
◇橋本孝, 天沼春樹訳, シャルロット・デマ トーン絵「グリム童話全集」西村書店 2013 p215

犬と雀〔Der Hund und der Sperling〕(グリ ム)
◇池田香代子訳, オットー=ウッベローデ挿 画「完訳クラシック グリム童話 2」講談社 2000 p168

犬と雀(グリム)
◇池田香代子訳, オットー・ウッベローデ挿画 「完訳 グリム童話集 2」講談社 2008 p24

イヌとそのかげ(イソップ)
◇ラッセル・アッシュ, バーナード・ヒットン 編著, 秋野翔一郎訳「クラシックイラストレー ション版 イソップ寓話集」童話館出版 2002 p68

犬とたびに出かける男(イソップ)
◇よこたきよし文, 武井淑子絵「読み聞かせイ ソップ50話」チャイルド本社 2007 p70

犬と肉(イソップ)
◇間所ひさこ再話, 北村裕花挿絵「教科書にで てくるせかいのむかし話 1」あかね書房 2016 p80

犬とにわとりときつね(イソップ)
◇よこたきよし文, いたやさとし絵「読み聞か

いぬと

せイソップ50話」チャイルド本社 2007 p92

イヌとヒツジ（イソップ）
◇河野与一編訳, 稗田一穂さし絵「イソップの
お話」岩波書店 2000 p175

イヌとライオン（イソップ）
◇河野与一編訳, 稗田一穂さし絵「イソップの
お話」岩波書店 2000 p167

イヌとライオンの皮（イソップ）
◇河野与一編訳, 稗田一穂さし絵「イソップの
お話」岩波書店 2000 p173

イヌにかまれた人（イソップ）
◇河野与一編訳, 稗田一穂さし絵「イソップの
お話」岩波書店 2000 p244

イヌの家（イソップ）
◇河野与一編訳, 稗田一穂さし絵「イソップの
お話」岩波書店 2000 p164

犬の救急車（ロフティング）
◇河合祥一郎訳, patty絵「新訳 ドリトル先生
シリーズ 〔13〕」KADOKAWA 2015 p131
◇井伏鱒二訳「ドリトル先生物語 13」岩波書
店 2000 p103

イノシシとウマと狩りゅうど（イソップ）
◇河野与一編訳, 稗田一穂さし絵「イソップの
お話」岩波書店 2000 p208

いのししときつね（イソップ）
◇よこたきよし文, いたやさとし絵「読み聞か
せイソップ50話」チャイルド本社 2007 p34

イノシシとキツネ（イソップ）
◇河野与一編訳, 稗田一穂さし絵「イソップの
お話」岩波書店 2000 p278

イノシシと牙（イソップ）
◇天野裕訳, ローワン・バーンズマーフィー絵
「イソップ物語」文溪堂 2005 p22

イノシシの勇者フォーミィ（シートン）
◇今泉吉晴訳「シートン動物記 〔8〕」童心社
2010 p1

命の掟〔The Law of Life〕（ロンドン）
◇千葉茂樹訳, ヨシタケシンスケ絵「世界
ショートセレクション 3」理論社 2017
p185

いのちの水（スペイン）〔The Water of Life〕
（ラング）
◇川端康成, 野上彰編訳, 佐竹美保絵「ラング
世界童話全集 1」偕成社 2008 p55

命の水〔Das Wasser des Lebens〕（グリム）
◇池田香代子訳, オットー＝ウッベローデ挿
画「完訳クラシック グリム童話 3」講談社

2000 p192
◇「完訳 グリム童話集 4」筑摩書房 2006
p267
◇吉原高志, 吉原素子訳, Otto Ubbelohde挿絵
「初版グリム童話集 4」白水社 2008 p121

命の水（グリム）
◇小澤昔ばなし研究所再話, オットー・ウベ
ローデ絵「語るためのグリム童話 5」小峰
書店 2007 p147
◇山口四郎訳「グリム童話 3」冨山房イン
ターナショナル 2004 p55
◇池田香代子訳, オットー・ウッベローデ挿画
「完訳 グリム童話集 2」講談社 2008 p357
◇高橋健二訳, 徳井聡司（せんべぇ）イラスト
「完訳 グリム童話集 3」小学館 2008 p210
◇佐々木田鶴子訳, 出久根育絵「グリム童話集
上」岩波書店 2007 p91
◇橋本孝, 天沼春樹訳, シャルロット・デマ
トーン絵「グリム童話全集」西村書店 2013
p344
◇矢崎源九郎訳, オットー・ウッベローデさし
絵「グリムの昔話 3」童話館出版 2001 p38

命の水―フランシスコ・デ・S.マスポンス・イ・ラブロス
博士『カタールニャの昔話』〔出典〕〔The Water of
Life〕（ラング）
◇宮坂宏美訳, H.J.フォード装画・挿絵「アン
ドルー・ラング世界童話集 5」東京創元社
2008 p137

祈り（アッシジの聖フランシス）
◇岸田衿子, 百々佑利子訳, ミーガン・グレッ
サー絵「おうちをつくろう」のら書店 1993
p70

いばらのなかのユダヤ人〔Der Jude im
Dorn〕（グリム）
◇野村泫訳, ヘルマン・シューレンベルク画
「完訳 グリム童話集 5」筑摩書房 2006 p88

いばらの中のユダヤ人〔Der Jud' im Dorn〕
（グリム）
◇吉原高志, 吉原素子訳, Hermann
Scherenberg挿絵「初版グリム童話集 4」白
水社 2008 p202
◇乾侑美子訳, Otto Ubbelohde, Ludwig
Richter挿絵「1812初版グリム童話 下」小
学館 2000 p189

いばらの中のユダヤ人（グリム）
◇高橋健二訳, 徳井聡司（せんべぇ）イラスト
「完訳 グリム童話集 3」小学館 2008 p325

イバラの中のユダヤ人（グリム）
◇橋本孝, 天沼春樹訳, シャルロット・デマ

トーン絵「グリム童話全集」西村書店 2013 p385

茨の中のユダヤ人〔Der Jude im Dorn〕(グリム)
　◇池田香代子訳, オットー＝ウッベローデ挿画「完訳クラシック グリム童話 4」講談社 2000 p23

茨の中のユダヤ人(グリム)
　◇池田香代子訳, オットー・ウッベローデ挿画「完訳 グリム童話集 2」講談社 2008 p460

いばらひめ(グリム)
　◇高橋健二訳, 徳井聡司(せんべぇ)イラスト「完訳 グリム童話集 2」小学館 2008 p141
　◇乾侑美子文, 久保田あつ子絵「小学館 世界の名作 16」小学館 1999 p54

いばら姫〔Dornröschen〕(グリム)
　◇池田香代子訳, オットー＝ウッベローデ挿画「完訳クラシック グリム童話 2」講談社 2000 p105
　◇野村泫訳, ヴィルヘルム・ジムラー画「完訳 グリム童話集 3」筑摩書房 2006 p27
　◇吉原高志, 吉原素子訳, Ludwig Richter挿絵「初版グリム童話集 2」白水社 2007 p154
　◇乾侑美子訳, Otto Ubbelohde, Ludwig Richter挿絵「1812初版グリム童話 上」小学館 2000 p280

いばら姫(グリム)
　◇小澤昔ばなし研究所再話, オットー・ウベローデ絵「語るためのグリム童話 3」小峰書店 2007 p85
　◇北川幸比古文, 米山永一, 朝倉めぐみ絵「グリム・イソップ童話集」世界文化社 2004 p32
　◇山口四郎訳「グリム童話 2」冨山房インターナショナル 2004 p1
　◇池田香代子訳, オットー・ウッベローデ挿画「完訳 グリム童話集 1」講談社 2008 p456
　◇佐々木田鶴子訳, 出久根育絵「グリム童話集 上」岩波書店 2007 p83
　◇矢崎源九郎訳, フリードリヒ・リヒターさし絵「グリムの昔話 2」童話館出版 2000 p76
　◇フェリクス・ホフマン編・画, 大塚勇三訳「グリムの昔話 3」福音館書店 2002 p11
　◇北川幸比古文, 米山永一, 朝倉めぐみ絵「こどものための世界の名作 グリム・イソップ・アンデルセン—ベスト30話」世界文化社 1994 p32

イバラ姫(グリム)
　◇橋本孝, 天沼春樹訳, シャルロット・デマ

トーン絵「グリム童話全集」西村書店 2013 p183

胃袋と手足(イソップ)
　◇川名澄訳, アーサー・ラッカム絵「新編 イソップ寓話」風媒社 2014 p109

イブと小さいクリスティーネ(アンデルセン)
　◇高橋健二訳, いたやさとし画「完訳 アンデルセン童話集 4」小学館 2009 p187
　◇大塚勇三編・訳, イブ・スパング・オルセン画「アンデルセンの童話 2」福音館書店 2003 p179

イブと小さなクリスティーネ(アンデルセン)
　◇天沼春樹訳, ドゥシャン・カーライ, カミラ・シュタンツロヴァー絵「アンデルセン童話全集 2」西村書店 2012 p226

イブのまちまちな子ども〔Die ungleichen Kinder Evas〕(グリム)
　◇池田香代子訳, オットー＝ウッベローデ挿画「完訳クラシック グリム童話 5」講談社 2000 p125

イブのまちまちな子ども(グリム)
　◇池田香代子訳, オットー・ウッベローデ挿画「完訳 グリム童話集 3」講談社 2008 p360

イブのまちまちな子どもたち(グリム)
　◇橋本孝, 天沼春樹訳, シャルロット・デマトーン絵「グリム童話全集」西村書店 2013 p556

イモムシを狩るジガバチ(ファーブル)
　◇奥本大三郎編・訳, 見山博標本画・イラスト「ファーブル昆虫記 2」集英社 1996 p161

いやな亜麻紡ぎ〔Von dem bösen Flachsspinnen〕(グリム)
　◇乾侑美子訳, Otto Ubbelohde, Ludwig Richter挿絵「1812初版グリム童話 上」小学館 2000 p56

イラクサをつむぐむすめ—シャルル・ドゥラン〔出典〕〔The Nettle Spinner〕(ラング)
　◇武富博子訳, H.J.フォード, L.スピード装画・挿絵「アンドルー・ラング世界童話集 2」東京創元社 2008 p315

いらくさむすめ(ベルギー)〔The Nettle Spinner〕(ラング)
　◇川端康成, 野上彰編訳, 小松良佳絵「ラング世界童話全集 11」偕成社 2009 p134

イルカと鯨と小魚(イソップ)
　◇川名澄訳, アーサー・ラッカム絵「新編 イソップ寓話」風媒社 2014 p34

イルカとサル(ペロー)

いるの

◇末松氷海子訳, エヴァ・フラントヴァー絵
「ペロー昔話・寓話集」西村書店 2008 p335
イールの女神像〔La Venus d'Iile〕（メリメ）
◇平岡敦編訳, 佐竹美保挿画「ホラー短編集
3」岩波書店 2014 p187
いろいろな書（バン・ローン）
◇片岡政昭訳「世界名作文学集 〔9〕」国土社
2003 p150
色をなくした町（中尾明）
◇寺澤昭絵「SF名作コレクション 20」岩崎
書店 2006 p131
岩〔The Rock〕（フォースター）
◇小野寺健訳「小学生までに読んでおきたい
文学 6」あすなろ書房 2013 p215
イワン王子の冒険〔The Death of Koschei the
Deathless〕（ラング）
◇川端康成, 野上彰編訳, 遠藤拓人絵「ラング
世界童話全集 9」偕成社 2009 p163
イワンのばか（トルストイ）
◇岩崎京子文, かみやしん絵「トルストイの民
話」女子パウロ会 2006 p5
イワンの馬鹿〔Сказка об Иване-дураке〕
（トルストイ）
◇木村浩訳, ユーリイ・ワシーリエフさし絵
「21世紀版 少年少女世界文学館 20」講談社
2011 p9
イワンの馬鹿（トルストイ）
◇北御門二郎訳「トルストイの散歩道 2」あ
すなろ書房 2006 p1
インゲボルクのために（エンデ）
◇田村都志夫訳「だれでもない庭―エンデが
遺した物語集」岩波書店 2002 p53
◇田村都志夫訳「だれでもない庭―エンデが
遺した物語集」岩波書店 2015 p65
隠者の手引きで姫をめとった男の話―『シチリ
アの昔話』〔出典〕〔How the Hermit Helped to
Win the King's Daughter〕（ラング）
◇おおつかのりこ訳, H.J.フォード装画・挿絵
「アンドルー・ラング世界童話集 5」東京創
元社 2008 p122
引退した絵の具屋〔The Adventure of the
Retired Colourman〕（ドイル）
◇日暮まさみち訳, 青山浩行絵「名探偵ホーム
ズシリーズ 〔16〕」講談社 2012 p158
引退した絵具屋のなぞ〔The Adventure of
the Retired Colourman〕（ドイル）
◇中尾明訳, 岡本正樹絵「シャーロック・ホー
ムズ 14」岩崎書店 2011 p5

インディアンの村〔Indian Camp〕（ヘミング
ウェイ）
◇高見浩訳「小学生までに読んでおきたい文
学 4」あすなろ書房 2013 p77
韻文による昔話集（ペロー）
◇巌谷國士訳, ギュスターブ・ドレ画「眠れる
森の美女―完訳ペロー昔話集」講談社 1992
p169
◇巌谷國士訳, ギュスターヴ・ドレ画「眠れる
森の美女―完訳ペロー昔話集」筑摩書房
2002 p171
韻文による物語（ペロー）
◇末松氷海子訳, エヴァ・フラントヴァー絵
「ペロー昔話・寓話集」西村書店 2008 p19

【 う 】

ヴァルドマル氏の病症の真相〔The Facts in
the case of M.Valdemar〕（ポー）
◇富士川義之訳「小学生までに読んでおきた
い文学 6」あすなろ書房 2013 p119
ヴァントゥー山にのぼる―自然のすばらし
さとおそろしさ（ファーブル）
◇奥本大三郎編・訳, 見山博標本画・イラスト
「ファーブル昆虫記 2」集英社 1996 p9
ヴィヴィアン王子とプラシダ姫―"Nonchalante
et Pappillon"〔出典〕〔Prince Vivien and the
Princess Placida〕（ラング）
◇武富博子訳, H.J.フォード装画・挿絵「アン
ドルー・ラング世界童話集 3」東京創元社
2008 p295
ウイステリア荘の悪魔〔The Adventure of
Wisteria Lodge〕（ドイル）
◇日暮まさみち訳, 青山浩行絵「名探偵ホーム
ズシリーズ 〔14〕」講談社 2011 p227
ウイステリア荘の怪事件（ドイル）
◇亀山龍樹訳, 佐竹美保さし絵「名探偵ホーム
ズ 7」ポプラ社 2010 p171
ウィッティントンのお話〔The History of
Whittington〕（ラング）
◇田中亜希子訳, H.J.フォード, G.P.ジェイコ
ム＝フッド装画・挿絵「アンドルー・ラン
グ世界童話集 1」東京創元社 2008 p173
ヴィーナスとネコ（イソップ）
◇ラッセル・アッシュ, バーナード・ヒットン

編著, 秋野翔一郎訳「クラシックイラストレーション版 イソップ寓話集」童話館出版 2002 p50

植木屋とイヌ（イソップ）
◇河野与一編訳, 稗田一穂さし絵「イソップのお話」岩波書店 2000 p69

ヴェニスの商人〔The Merchant of Venice〕（シェイクスピア）
◇小田島雄志文, 里中満智子画「シェイクスピア・ジュニア文学館 3」汐文社 2001 p11
◇小田島雄志文, 里中満智子絵「シェイクスピア名作コレクション 3」汐文社 2016 p1
◇ラム作, 矢川澄子訳, アーサー・ラッカムさし絵「シェイクスピア物語」岩波書店 2001 p87

威尼斯商人物語（チャールズ・ラム, メアリー・ラム）
◇小松武治訳「読書がたのしくなる世界の文学 〔6〕」くもん出版 2015 p115

ヴェルサイユ宮の迷路（ペロー）
◇末松氷海子訳, エヴァ・フラントヴァー絵「ペロー昔話・寓話集」西村書店 2008 p286

ウェンディゴ（人食い鬼）〔The Wendigo〕（ナッシュ）
◇岸田衿子, 百々佑利子訳, ミーガン・グレッサー絵「おうちをつくろう」のら書店 1993 p63

うかれ大将〔Bruder Lustig〕（グリム）
◇池田香代子訳, オットー＝ウッベローデ挿画「完訳クラシック グリム童話 3」講談社 2000 p67

うかれ大将（グリム）
◇池田香代子訳, オットー・ウッベローデ挿画「完訳 グリム童話集 2」講談社 2008 p200

ウグイスとツバメ（イソップ）
◇河野与一編訳, 稗田一穂さし絵「イソップのお話」岩波書店 2000 p58

鶯と薔薇（ワイルド）
◇楠山正雄訳「読書がたのしくなる世界の文学 〔9〕」くもん出版 2016 p85

うぐいす（ナイチンゲール）（アンデルセン）
◇松岡享子語り手「子どもに語るアンデルセンのお話 〔1〕」こぐま社 2005 p157

うさぎを飼ったゼスパー（スカンジナビア）〔Jesper Who Herded the Hares〕（ラング）
◇川端康成, 野上彰訳, 西村香英絵「ラング世界童話全集 2」偕成社 2008 p73

ウサギとイヌ（イソップ）

◇河野与一編訳, 稗田一穂さし絵「イソップのお話」岩波書店 2000 p277

ウサギとカエル（イソップ）
◇河野与一編訳, 稗田一穂さし絵「イソップのお話」岩波書店 2000 p274

うさぎとかめ（イソップ）
◇間所ひさこ再話, 林なつこ挿絵「教科書にでてくるせかいのむかし話 2」あかね書房 2016 p74
◇鬼塚りつ子文, 米山永一, 朝倉めぐみ絵「グリム・イソップ童話集」世界文化社 2004 p128
◇鬼塚りつ子文, 米山永一, 朝倉めぐみ絵「こどものための世界の名作 グリム・イソップ・アンデルセン―ベスト30話」世界文化社 1994 p128
◇よこたきよし文, いたやさとし絵「読み聞かせイソップ50話」チャイルド本社 2007 p14

ウサギとカメ（イソップ）
◇ラッセル・アッシュ, バーナード・ヒットン編著, 秋野翔一郎訳「クラシックイラストレーション版 イソップ寓話集」童話館出版 2002 p12
◇河野与一編訳, 稗田一穂さし絵「イソップのお話」岩波書店 2000 p25
◇小出正吾ぶん, 三好碩也え「イソップのおはなし」のら書店 2010 p6
◇天野裕訳, ローワン・バーンズマーフィー絵「イソップ物語」文溪堂 2005 p8
◇川崎洋文, アラキヤスオ絵「小学館 世界の名作 18」小学館 1999 p58
◇内田麟太郎文, 高畠純絵「ポプラ世界名作童話 19」ポプラ社 2016 p8

ウサギとカメ（ダール）
◇灰島かり訳, クェンティン・ブレイク絵「ロアルド・ダールコレクション 17」評論社 2007 p7

ウサギとカメ（ペロー）
◇末松氷海子訳, エヴァ・フラントヴァー絵「ペロー昔話・寓話集」西村書店 2008 p320

ウサギとカメ〔Le Lievre et la Tortue〕（ラ・フォンテーヌ）
◇大澤千加訳, ブーテ・ド・モンヴェル絵「ラ・フォンテーヌ寓話」洋泉社 2016 p15

兎と亀（イソップ）
◇川名澄訳, アーサー・ラッカム絵「新編 イソップ寓話」風砂社 2014 p86

うさぎとかめのきょうそう（イソップ）
◇いわきたかし著, ほてはまたかし画「いそっ

うさぎ

ぶ童話集」童話屋 2004 p60
ウサギとキツネ（イソップ）
　◇河野与一編訳, 稗田一穂さし絵「イソップの
　　お話」岩波書店 2000 p278
ウサギとキツネ（ベヒシュタイン）
　◇上田真而子訳, 太田大八さし絵「白いオオカ
　　ミ—ベヒシュタイン童話集」岩波書店 1990
　　p163
ウサギとキツネとワシ（イソップ）
　◇ラッセル・アッシュ, バーナード・ヒットン
　　編著, 秋野翔一郎訳「クラシックイラストレー
　　ション版 イソップ寓話集」童話館出版 2002
　　p82
うさぎとはりねずみ〔Der Hase und der Igel〕
　（グリム）
　◇野村泫訳, グスタフ・ジェース画「完訳 グリ
　　ム童話集 7」筑摩書房 2006 p134
うさぎとはりねずみ（グリム）
　◇高橋健二訳, 徳井聡司（せんべぇ）イラスト
　　「完訳 グリム童話集 5」小学館 2009 p119
　◇矢崎源九郎訳, ウェルナー・クレムケさし絵
　　「グリムの昔話 1」童話館出版 2000 p92
ウサギとハリネズミ（グリム）
　◇山口四郎訳「グリム童話 1」冨山房イン
　　ターナショナル 2004 p83
　◇フェリクス・ホフマン編・画, 大塚勇三訳
　　「グリムの昔話 3」福音館書店 2002 p295
兎と針鼠〔Der Hase und der Igel〕（グリム）
　◇池田香代子訳, オットー＝ウッベローデ挿
　　画「完訳クラシック グリム童話 5」講談社
　　2000 p162
兎と針鼠（グリム）
　◇池田香代子訳, オットー・ウッベローデ挿画
　　「完訳 グリム童話集 3」講談社 2008 p405
ウサギと猟犬（イソップ）
　◇天野裕訳, ローワン・バーンズマーフィー絵
　　「イソップ物語」文溪堂 2005 p24
ウサギのアドルフ〔Rabbit in the House〕（ロ
　レンス）
　◇代田亜香子訳, ヨシタケシンスケ絵「世界
　　ショートセレクション 2」理論社 2017
　　p183
ウサギのイスロがグドゥをだました話—ショ
　ナ族の昔話〔出典〕〔How Isuro the Rabbit
　tricked Gudu〕（ラング）
　◇宮坂宏美訳, H.J.フォード装画・挿絵「アン
　　ドルー・ラング世界童話集 10」東京創元社
　　2009 p42

うさぎのお嫁さん〔Häsichenbraut〕（グリム）
　◇「完訳 グリム童話集 3」筑摩書房 2006
　　p279
うさぎのクリスマス・パーティー（ポター）
　◇まさきるりこやく「愛蔵版 ピーターラビット
　　全おはなし集」福音館書店 2007 p403
うさぎの花嫁さん（グリム）
　◇小澤昔ばなし研究所再話, オットー・ウベ
　　ローデ絵「語るためのグリム童話 4」小峰
　　書店 2007 p109
ウサギ番と王女（ベヒシュタイン）
　◇上田真而子訳, 太田大八さし絵「白いオオカ
　　ミ—ベヒシュタイン童話集」岩波書店 1990
　　p131
牛（ダール）
　◇灰島かり訳, クェンティン・ブレイク絵「ロ
　　アルド・ダールコレクション 14」評論社
　　2006 p47
牛—詩集「けものノケモノ」より（ダール）
　◇灰島かり日本語, クェンティン・ブレイク絵
　　「まるごと一冊ロアルド・ダール」評論社
　　2000 p240
牛と蛙（イソップ）
　◇川名澄訳, アーサー・ラッカム絵「新編 イ
　　ソップ寓話」風媒社 2014 p78
ウシとガマ（イソップ）
　◇河野与一編訳, 稗田一穂さし絵「イソップの
　　お話」岩波書店 2000 p258
ウシと車の軸（イソップ）
　◇河野与一編訳, 稗田一穂さし絵「イソップの
　　お話」岩波書店 2000 p283
ウシとヤギ（イソップ）
　◇河野与一編訳, 稗田一穂さし絵「イソップの
　　お話」岩波書店 2000 p284
ウシとライオンの母親と狩りゅうど（イソッ
　プ）
　◇河野与一編訳, 稗田一穂さし絵「イソップの
　　お話」岩波書店 2000 p287
うしなわれた花園（フランス）〔A Lost
　Paradise〕（ラング）
　◇川端康成, 野上彰編訳, 西村香英絵「ラング
　　世界童話全集 2」偕成社 2008 p208
うしなわれた人（エンデ）
　◇田村都志夫訳「だれでもない庭—エンデが
　　遺した物語集」岩波書店 2002 p50
　◇田村都志夫訳「だれでもない庭—エンデが
　　遺した物語集」岩波書店 2015 p63
失われた楽園—ポール・セビヨ〔出典〕〔A Lost

Paradise〕（ラング）
　　◇西本かおる訳, H.J.フォード装画・挿絵「アンドルー・ラング世界童話集 12」東京創元社 2009 p51

牛のように大きくなろうとしたカエル〔La Grenouille qui veut se faire aussi grosse que le bœuf〕（ラ・フォンテーヌ）
　　◇大澤千加訳, ブーテ・ド・モンヴェル絵「ラ・フォンテーヌ寓話」洋洋社 2016 p21

ウシひきとヘラクレス（イソップ）
　　◇河野与一編訳, 稗田一穂さし絵「イソップのお話」岩波書店 2000 p121

後ろから声が〔A Voice behind Him〕（F.ブラウン）
　　◇金原瑞人編訳, 佐竹美保挿画「ホラー短編集〔1〕」岩波書店 2010 p105

ウスバカマキリ（ファーブル）
　　◇奥本大三郎編・訳, 見山博標本画・イラスト「ファーブル昆虫記 4」集英社 1996 p227

うそをあつめる人（シートン）
　　◇今泉吉晴訳「シートン動物記〔8〕」童心社 2010 p233

うそつきなひつじかいの少年（イソップ）
　　◇よこたきよし文, 武井淑子絵「読み聞かせイソップ50話」チャイルド本社 2007 p90

うそつきの子（イソップ）
　　◇赤木かんこ訳, 櫻井さなえ挿絵「こんなとき読んであげたい おはなしのおもちゃ箱 2」PHP研究所 2003 p112

うそつきの子ども（イソップ）
　　◇河野与一編訳, 稗田一穂さし絵「イソップのお話」岩波書店 2000 p28
　　◇川崎洋文, 伴野菜保子絵「小学館 世界の名作 18」小学館 1999 p6
　　◇内田麟太郎文, 高畠純絵「ポプラ世界名作童話 19」ポプラ社 2016 p85

うそつきの天才〔Lögnernas Mästare〕（スタルク）
　　◇菱木晃子訳, はたこうしろう絵「ショート・ストーリーズ うそつきの天才」小峰書店 1996 p5

うそつきロボット〔I, Robot〕（アシモフ）
　　◇「冒険ファンタジー名作選 10」岩崎書店 2003

うそつきロボット・ハービイ（アシモフ）
　　◇小尾芙佐訳, 山田卓司絵「冒険ファンタジー名作選 10」岩崎書店 2003 p77

歌いながらはねるヒバリ（グリム）

◇佐々木田鶴子訳, 出久根育絵「グリム童話集 上」岩波書店 2007 p145

歌いながらぴょんぴょんとぶヒバリ（グリム）
　　◇フェリクス・ホフマン編・画, 大塚勇三訳「グリムの昔話 2」福音館書店 2002 p199

歌い、はねるヒバリ（グリム）
　　◇橋本孝, 天沼春樹訳, シャルロット・デマトーン絵「グリム童話全集」西村書店 2013 p308

歌うぴょんぴょん雲雀〔Das singende springende Löweneckerchen〕（グリム）
　　◇池田香代子訳, オットー＝ウッベローデ挿画「完訳クラシック グリム童話 3」講談社 2000 p116

歌うぴょんぴょん雲雀（グリム）
　　◇池田香代子訳, オットー・ウッベローデ挿画「完訳 グリム童話集 2」講談社 2008 p262

うたう骨（グリム）
　　◇小澤昔ばなし研究所再話, オットー・ウベローデ絵「語るためのグリム童話 2」小峰書店 2007 p81

歌う骨〔Der singende Knochen〕（グリム）
　　◇池田香代子訳, オットー＝ウッベローデ挿画「完訳クラシック グリム童話 1」講談社 2000 p209
　　◇「完訳 グリム童話集 2」筑摩書房 2006 p89
　　◇吉原高志, 吉原素子訳「初版グリム童話集 1」白水社 2007 p183
　　◇乾侑美子訳, Otto Ubbelohde, Ludwig Richter挿絵「1812初版グリム童話 上」小学館 2000 p153

歌う骨（グリム）
　　◇池田香代子訳, オットー・ウッベローデ挿画「完訳 グリム童話集 1」講談社 2008 p268
　　◇高橋健二訳, 徳井聡司（せんべゑ）イラスト「完訳 グリム童話集 1」小学館 2008 p306
　　◇橋本孝, 天沼春樹訳, シャルロット・デマトーン絵「グリム童話全集」西村書店 2013 p114

うたってはねるヒバリ（グリム）
　　◇乾侑美子訳, オットー・ウッベローデさし絵「グリムの昔話 3」童話館出版 2001 p248

歌ってはねるひばり（グリム）
　　◇高橋健二訳, 徳井聡司（せんべゑ）イラスト「完訳 グリム童話集 3」小学館 2008 p100

歌って跳ねるヒバリ〔Das singende, springende Löweneckerchen〕（グリム）

◇乾侑美子訳, Otto Ubbelohde, Ludwig Richter挿絵「1812初版グリム童話 下」小学館 2000 p67

内なる世界が荒れはてないために（エンデ）
　◇田村都志夫訳「だれでもない庭―エンデが遺した物語集」岩波書店 2002 p269
　◇田村都志夫訳「だれでもない庭―エンデが遺した物語集」岩波書店 2015 p338

うちの子と、よその子（ショヴォー）
　◇出口裕弘訳「ショヴォー氏とルノー君のお話集 5」福音館書店 2003 p292

うちのやとい人〔Das Hausgesinde〕（グリム）
　◇「完訳 グリム童話集 6」筑摩書房 2006 p88

宇宙怪獣ラモックス〔The Star Beast〕（ハインライン）
　◇福島正実訳, 山田卓司絵「SF名作コレクション 4」岩崎書店 2005 p5

宇宙人はいるのか〔Rymdmänniskor, finns dom??〕（スタルク）
　◇菱木晃子訳, はたこうしろう絵「ショート・ストーリーズ 二回目のキス」小峰書店 2004 p21

宇宙のサバイバル戦争〔The Survivors〕（ゴドウィン）
　◇中上守訳, 福地孝次絵「SF名作コレクション 6」岩崎書店 2005 p5

宇宙の勝利者〔Space Winners〕（ディクスン）
　◇中上守訳, 橋賢亀絵「SF名作コレクション 15」岩崎書店 2006 p5

宇宙のスカイラーク号〔The Skylark of Space〕（E.E.スミス）
　◇亀山龍樹訳, 赤石沢貴士絵「冒険ファンタジー名作選 13」岩崎書店 2004 p6

宇宙の密航少年〔Stowaways to Rocket Ship〕（イーラム）
　◇白木茂訳, ヤマグチアキラ絵「SF名作コレクション 13」岩崎書店 2006 p5

宇宙飛行士ビッグスの冒険〔Lancelot Biggs〕（ボンド）
　◇亀山龍樹訳, 和栗賢一絵「SF名作コレクション 11」岩崎書店 2006 p5

「美しい」（アンデルセン）
　◇高橋健二訳, いたやさとし画「完訳 アンデルセン童話集 5」小学館 2010 p316

美しい！（アンデルセン）
　◇天沼春樹訳, ドゥシャン・カーライ, カミラ・シュタンツロヴァー絵「アンデルセン童話全集 2」西村書店 2012 p345

うつくしいイロンカ（ハンガリア）〔Lovely Ilonka〕（ラング）
　◇川端康成, 野上彰編訳, アンマサコ絵「ラング世界童話全集 4」偕成社 2008 p138

美しいイロンカ―ハンガリーの昔話〔出典〕〔Lovely Ilonka〕（ラング）
　◇児玉敦子訳, H.J.フォード装画・挿絵「アンドルー・ラング世界童話集 8」東京創元社 2009 p7

美しいカトリネリエとピフ・パフ・ポルトリー〔Die schöne Katrinelje und Pif, Paf, Poltrie〕（グリム）
　◇乾侑美子訳, Otto Ubbelohde, Ludwig Richter挿絵「1812初版グリム童話 下」小学館 2000 p273

美しい蛾の話（グリム）
　◇高橋健二訳, 徳井聡司（せんべぇ）イラスト「完訳 グリム童話集 5」小学館 2009 p362

美しい自転車乗り〔The Adventure of the Solitary Cyclist〕（ドイル）
　◇山中峯太郎訳著「名探偵ホームズ全集 3」作品社 2017 p53

美しい薔薇一輪〔One Perfect Rose〕（パーカー）
　◇アーサー・ビナード, 木坂涼編訳, しりあがり寿イラスト「ガラガラヘビの味―アメリカ子ども詩集」岩波書店 2010 p164

ヴッシェルが壁を駆け上がる（エンデ）
　◇田村都志夫訳「だれでもない庭―エンデが遺した物語集」岩波書店 2002 p138
　◇田村都志夫訳「だれでもない庭―エンデが遺した物語集」岩波書店 2015 p170

うつばり（グリム）
　◇高橋健二訳, 徳井聡司（せんべぇ）イラスト「完訳 グリム童話集 4」小学館 2009 p247

梁〔Der Hahnenbalken〕（グリム）
　◇池田香代子訳, オットー＝ウッベローデ挿画「完訳クラシック グリム童話 4」講談社 2000 p234

梁（グリム）
　◇池田香代子訳, オットー・ウッベローデ挿画「完訳 グリム童話集 3」講談社 2008 p208

腕ききの狩人〔Der gelernte Jäger〕（グリム）
　◇池田香代子訳, オットー＝ウッベローデ挿画「完訳クラシック グリム童話 4」講談社 2000 p30

腕ききの狩人（グリム）

◇池田香代子訳, オットー・ウッベローデ挿画「完訳 グリム童話集 2」講談社 2008 p469
◇橋本孝, 天沼春樹訳, シャルロット・デマトーン絵「グリム童話全集」西村書店 2013 p388

腕利きの狩人（グリム）
◇小澤昔ばなし研究所再話, オットー・ウベローデ絵「語るためのグリム童話 6」小峰書店 2007 p29

うできの四人兄弟（グリム）
◇高橋健二訳, 徳井聡司（せんべぇ）イラスト「完訳 グリム童話集 4」小学館 2009 p104

腕ききの4人兄弟（グリム）
◇橋本孝, 天沼春樹訳, シャルロット・デマトーン絵「グリム童話全集」西村書店 2013 p442

うできの猟師（グリム）
◇高橋健二訳, 徳井聡司（せんべぇ）イラスト「完訳 グリム童話集 3」小学館 2008 p336

腕ききの猟師〔Der gelernte Jäger〕（グリム）
◇「完訳 グリム童話集 5」筑摩書房 2006 p105

腕きき四人兄弟（グリム）
◇フェリクス・ホフマン編・画, 大塚勇三訳「グリムの昔話 3」福音館書店 2002 p102

腕利き四人兄弟（グリム）
◇小澤昔ばなし研究所再話, オットー・ウベローデ絵「語るためのグリム童話 6」小峰書店 2007 p146

腕っこき四人兄弟（グリム）
◇山口四郎訳「グリム童話 2」冨山房インターナショナル 2004 p136

腕のいい狩人〔Der gelernte Jäger〕（グリム）
◇吉原高志, 吉原素子訳, Otto Ubbelohde挿絵「初版グリム童話集 4」白水社 2008 p209

腕のいい狩人（グリム）
◇フェリクス・ホフマン編・画, 大塚勇三訳「グリムの昔話 2」福音館書店 2002 p390

うまい思いつき（アンデルセン）
◇高橋健二訳, いたやさとし画「完訳 アンデルセン童話集 8」小学館 2010 p96
◇天沼春樹訳, ドゥシャン・カーライ, カミラ・シュタンツロヴァー絵「アンデルセン童話全集 3」西村書店 2013 p455

うまいとりひき（グリム）
◇高橋健二訳, 徳井聡司（せんべぇ）イラスト「完訳 グリム童話集 1」小学館 2008 p90

うまい取り引き〔Der gute Handel〕（グリム）

◇「完訳 グリム童話集 1」筑摩書房 2005 p100

うまい取り引き（グリム）
◇橋本孝, 天沼春樹訳, シャルロット・デマトーン絵「グリム童話全集」西村書店 2013 p35

うまい取引〔Der gute Handel〕（グリム）
◇池田香代子訳, オットー＝ウッベローデ挿画「完訳クラシック グリム童話 1」講談社 2000 p61

うまい取引（グリム）
◇池田香代子訳, オットー・ウッベローデ挿画「完訳 グリム童話集 1」講談社 2008 p77

ウマとオオカミ（イソップ）
◇内田麟太郎文, 高畠純絵「ポプラ世界名作童話 19」ポプラ社 2016 p121

馬と剣（アイスランド）〔The Horse Gullfaxi and the Sword Gunnföder〕（ラング）
◇川端康成, 野上彰編訳, アンマサコ絵「ラング世界童話全集 4」偕成社 2008 p217

ウマと馬丁（イソップ）
◇河野与一編訳, 稗田一穂さし絵「イソップのお話」岩波書店 2000 p206

ウマとロバ（イソップ）
◇河野与一編訳, 稗田一穂さし絵「イソップのお話」岩波書店 2000 p205
◇小出正吾ぶん, 三好碩也え「イソップのおはなし」のら書店 2010 p62

馬とロバ（イソップ）
◇川名澄訳, アーサー・ラッカム絵「新編 イソップ寓話」風媒社 2014 p156
◇天野裕訳, ローワン・バーンズマーフィー絵「イソップ物語」文渓堂 2005 p44

馬や牛が人に飼われるようになったわけ—
『ラップランドの昔話』〔出典〕〔How Some Wild Animals Became Tame Ones〕（ラング）
◇杉本詠美訳, H.J.フォード装画・挿絵「アンドルー・ラング世界童話集 9」東京創元社 2009 p192

海へ出るつもりじゃなかった（上）〔We Didn't Mean to Go to Sea〕（ランサム）
◇神宮輝夫訳「ランサム・サーガ 7」岩波書店 2013 p13

海へ出るつもりじゃなかった（下）〔We Didn't Mean to Go to Sea〕（ランサム）
◇神宮輝夫訳「ランサム・サーガ 7」岩波書店 2013 p11

海へとこぎだした高層マンション（ロダー

リ）

◇関俣英子訳, 伊津野果地さし絵「兵士のハーモニカ―ロダーリ童話集」岩波書店 2012 p254

海へのあこがれ（メイスフィールド）

◇荒俣宏訳, ハリー・クラーク絵「ペロー童話集」新書館 2010 p222

ウミガメとワシ（イソップ）

◇内田麟太郎文, 高畠純絵「ポプラ世界名作童話 19」ポプラ社 2016 p107

海ツバメ（イソップ）

◇河野与一編訳, 稗田一穂さし絵「イソップのお話」岩波書店 2000 p46

海に塩のできたわけ（北ヨーロッパ）〔Why the Sea is Salt〕（ラング）

◇川端康成, 野上彰編訳, 篠崎三朗絵「ラング世界童話全集 12」偕成社 2009 p27

海のはてでも（アンデルセン）

◇高橋健二訳, いたやさとし画「完訳 アンデルセン童話集 4」小学館 2009 p176

海の果てでも（アンデルセン）

◇天沼春樹訳, ドゥシャン・カーライ, カミラ・シュタンツロヴァー絵「アンデルセン童話全集 2」西村書店 2012 p222

海の水がからいわけ―P.C.アスビョルンセンとJ.モー〔出典〕〔Why the Sea is Salt〕（ラング）

◇杉本詠美訳, H.J.フォード, G.P.ジェイコム＝フッド装画・挿絵「アンドルー・ラング世界童話全集 1」東京創元社 2008 p76

海辺の王国〔The Kingdom by the Sea〕（ウェストール）

◇坂崎麻子訳「ウェストールコレクション〔1〕」徳間書店 1994 p5

梅津忠兵衛の話（ハーン）

◇脇明子訳「雪女 夏の日の夢」岩波書店 2003 p117

埋められた宝（オー・ヘンリー）

◇長谷川修二訳「読書がたのしくなる世界の文学 〔10〕」くもん出版 2016 p99

浦島太郎とかめ（日本）〔Urashimataro and the Turtle〕（ラング）

◇川端康成, 野上彰編訳, 小松修絵「ラング世界童話全集 6」偕成社 2008 p178

うらない者（イソップ）

◇河野与一編訳, 稗田一穂さし絵「イソップのお話」岩波書店 2000 p70

裏まちののらネコ（シートン）

◇前川康男文, 石田武雄絵「はじめてであうシートン動物記 3」フレーベル館 2002 p77

うらやましがりやのとなりの人―花さかじじい（日本）〔The Envious Neighbour〕（ラング）

◇川端康成, 野上彰編訳, 西村香英絵「ラング世界童話全集 2」偕成社 2008 p106

うるさい小さな幽霊たち（プロイスラー）

◇佐々木田鶴子訳, スズキコージ絵「プロイスラーの昔話 3」小峰書店 2004 p72

ウルフ谷の兄弟〔Alone in Wolf Hollow〕（ブルッキンズ）

◇宮下嶺夫訳「海外ミステリーBOX 〔1〕」評論社 2010 p5

うるわしき金髪姫―オーノワ夫人〔出典〕〔The Story of Pretty Goldilocks〕（ラング）

◇西本かおる訳, H.J.フォード, G.P.ジェイコム＝フッド装画・挿絵「アンドルー・ラング世界童話集 1」東京創元社 2008 p148

うろつく死神（ルブラン）

◇[長島良三訳]「アルセーヌ・ルパン名作集 8」岩崎書店 1998 p5

運をひらいた三人息子〔Die drei Glückskinder〕（グリム）

◇池田香代子訳, オットー＝ウッベローデ挿画「完訳クラシック グリム童話 3」講談社 2000 p24

運をひらいた三人息子（グリム）

◇池田香代子訳, オットー・ウッベローデ挿画「完訳 グリム童話集 2」講談社 2008 p150

運がいい話（プロイスラー）

◇佐々木田鶴子訳, スズキコージ絵「プロイスラーの昔話 2」小峰書店 2003 p118

ウンケのむかし話（グリム）

◇橋本孝, 天沼春樹訳, シャルロット・デマトーン絵「グリム童話全集」西村書店 2013 p368

運のいいハンス（グリム）

◇山口四郎訳「グリム童話 2」冨山房インターナショナル 2004 p9

◇高橋健二訳, 徳井聡司（せんべえ）イラスト「完訳 グリム童話集 3」小学館 2008 p61

運命にうち勝とうとした王さまの話―インド人からの聞き書き〔出典〕〔Story of the King Who Would be Stronger than Fate〕（ラング）

◇生方頼子訳, H.J.フォード装画・挿絵「アンドルー・ラング世界童話集 9」東京創元社 2009 p318

運命の衝撃〔The Shocks of Doom〕(オー・ヘ
ンリー)
　◇千葉茂樹訳, 和田誠絵「オー・ヘンリー
　　ショートストーリーセレクション 3」理論
　　社 2007 p115

【え】

映画スターの脱走〔Le film révélateur〕(ルブ
ラン)
　◇南洋一郎文, 朝倉めぐみさし絵「文庫版 怪盗
　　ルパン 13」ポプラ社 2005 p91
栄光のいばらの道(アンデルセン)
　◇高橋健二訳, いたやさとし画「完訳 アンデル
　　セン童話集 4」小学館 2009 p224
栄光のイバラの道(アンデルセン)
　◇天沼春樹訳, ドゥシャン・カーライ, カミ
　　ラ・シュタンツロヴァー絵「アンデルセン
　　童話全集 3」西村書店 2013 p185
栄光の宇宙パイロット〔Infra drakova〕(グ
レーウィッチ)
　◇袋一平訳, 赤石沢貴士絵「冒険ファンタジー
　　名作選 16」岩崎書店 2004 p6
エヴァーかわいいピィアン(リンドグレーン)
　◇石井登志子訳, イングリッド・ヴァン・ニイ
　　マンさし絵「リンドグレーン作品集 23」岩
　　波書店 2008 p41
AL76号の発明〔Robot AL76 Goes Astray1〕
(アシモフ)
　◇亀山龍樹訳, ヤマグチアキラ絵「SF名作コ
　　レクション 10」岩崎書店 2005 p5
エジプトでの住まい(バン・ローン)
　◇片岡政昭訳「世界名作文学集 〔9〕」国土社
　　2003 p54
エステラの幸せ(モンゴメリ)
　◇代田亜香子訳, 佐竹美保画「世界名作ショー
　　トストーリー 1」理論社 2015 p101
エスベンと魔女—デンマークの昔話〔出典〕
〔Esben and the Witch〕(ラング)
　◇ないとうふみこ訳, H.J.フォード装画・挿絵
　　「アンドルー・ラング世界童話集 5」東京創
　　元社 2008 p232
Xの悲劇〔The Tragedy of X〕(クイーン)
　◇越智道雄, 越智治美文, 若菜等+ki絵「ミス
　　テリーボックス 2」ポプラ社 2004 p1

Nさんへ(エンデ)
　◇田村都志夫訳「だれでもない庭—エンデが
　　遺した物語集」岩波書店 2002 p307
　◇田村都志夫訳「だれでもない庭—エンデが
　　遺した物語集」岩波書店 2015 p384
画の悲み(国木田独歩)
　◇「小学生までに読んでおきたい文学 5」あ
　　すなろ書房 2013 p21
絵のない絵本〔Picture Book Without
Pictures／Billedbog uden Billeder〕(アンデ
ルセン)
　◇大塚勇三編・訳, イブ・スパング・オルセン
　　画「アンデルセンの童話 4」福音館書店
　　2003 p5
絵のない絵本〔What the Moon Saw〕(アンデ
ルセン)
　◇荒俣宏訳, ハリー・クラーク絵「アンデルセ
　　ン童話集」新書館 2005 p553
　◇荒俣宏訳, ハリー・クラーク絵「アンデルセ
　　ン童話集 下」文藝春秋 2012 p257
エバのふぞろいな子どもたち〔Die
ungleichen Kinder Evas〕(グリム)
　◇「完訳 グリム童話集 7」筑摩書房 2006 p74
エバのまちまちな子どもたち(グリム)
　◇高橋健二訳, 徳井聡司(せんべえ)イラスト
　　「完訳 グリム童話集 5」小学館 2009 p62
ABC殺人事件〔The ABC Murders〕(クリス
ティ)
　◇田口俊樹訳「クリスティー・ジュニア・ミ
　　ステリ 7」早川書房 2008 p1
　◇百々佑利子文, 照井葉月絵「ミステリーボッ
　　クス 1」ポプラ社 2004 p1
ABCの本(アンデルセン)
　◇天沼春樹訳, ドゥシャン・カーライ, カミ
　　ラ・シュタンツロヴァー絵「アンデルセン
　　童話全集 2」西村書店 2012 p270
絵本(スティーブンソン)
　◇岸田衿子, 百々佑利子訳, ミーガン・グレッ
　　サー絵「おうちをつくろう」のら書店 1993
　　p9
エミリーにバラを一輪〔A Rose for Emily〕
(フォークナー)
　◇金原瑞人編訳, 佐竹美保挿画「ホラー短編集
　　2」岩波書店 2012 p115
エメラルドのかんむり〔The Adventure of
the Beryl Coronet〕(ドイル)
　◇中尾明訳, 岡本正樹絵「シャーロック・ホー
　　ムズ 6」岩崎書店 2011 p65

えめら

エメラルドの指輪（ルブラン）
　◇[長島良三訳]「アルセーヌ・ルパン名作集
　　9」岩崎書店 1998 p75
えものを追うオオカミ—シートンの講演から
　（シートン）
　◇今泉吉晴訳「シートン動物記 〔1〕」童心社
　　2009 p168
えものの分けかた（イソップ）
　◇河野与一編訳, 稗田一穂さし絵「イソップの
　　お話」岩波書店 2000 p134
選んだ道〔The Roads We Take〕（オー・ヘン
　リー）
　◇千葉茂樹訳, 和田誠絵「オー・ヘンリー
　　ショートストーリーセレクション 4」理論
　　社 2007 p181
エリコの丘から〔Up from Jericho Tel〕（カニ
　グズバーグ）
　◇小島希里訳「カニグズバーグ作品集 6」岩
　　波書店 2002 p1
エリザベスの娘（モンゴメリ）
　◇代田亜香子訳, 佐竹美保画「世界名作ショー
　　トストーリー 1」理論社 2015 p59
地もぐりぽっこ（エルトメネケン）〔Dat
　Erdmänneken〕（グリム）
　◇池田香代子訳, オットー＝ウッベローデ挿
　　画「完訳クラシック グリム童話 3」講談社
　　2000 p149
地もぐりぽっこ（エルトメネケン）（グリム）
　◇池田香代子訳, オットー・ウッベローデ挿画
　　「完訳 グリム童話集 2」講談社 2008 p303
エルフのおとめ—『ラップランドの昔話』〔出典〕
　〔The Elf Maiden〕（ラング）
　◇宮坂宏美訳, H.J.フォード装画・挿絵「アン
　　ドルー・ラング世界童話集 9」東京創元社
　　2009 p181
園芸上手〔Green Fingers〕（クロフト＝クッ
　ク）
　◇橋本槇矩訳「小学生までに読んでおきたい
　　文学 3」あすなろ書房 2013 p119
エンドウゾウムシと人間の歴史（ファーブル）
　◇奥本大三郎編・訳, 見山博標本画・イラスト
　　「ファーブル昆虫記 5」集英社 1996 p159
えんどう豆でためす（グリム）
　◇高橋健二訳, 徳井聡司（せんべぇ）イラスト
　　「完訳 グリム童話集 5」小学館 2009 p353
えんどう豆の上にねたおひめさま（アンデル
　セン）
　◇木村由利子文, こみねゆら絵「小学館 世界

の名作 17」小学館 1999 p20
　◇西本鶏介文, shino絵「ポプラ世界名作童話
　　7」ポプラ社 2015 p9
えんどう豆の上にねたおひめ様（アンデルセ
　ン）
　◇高橋健二訳, いたやさとし画「完訳 アンデル
　　セン童話集 1」小学館 2009 p51
エンドウマメの上に寝たお姫さま（アンデル
　セン）
　◇天沼春樹訳, ドゥシャン・カーライ, カミ
　　ラ・シュタンツロヴァー絵「アンデルセン
　　童話全集 3」西村書店 2013 p248
エンドウ豆の上に寝たお姫さま（アンデルセ
　ン）
　◇大塚勇三編・訳, イブ・スパング・オルセン
　　画「アンデルセンの童話 1」福音館書店
　　2003 p39
エンドウ豆の上のお姫さま（アンデルセン）
　◇大畑末吉訳, 初山滋さし絵「アンデルセン童
　　話集 1」岩波書店 2000 p134

【 お 】

おいしいおかゆ〔Der süße Brei〕（グリム）
　◇「完訳 グリム童話集 5」筑摩書房 2006 p15
おいしいおかゆ（グリム）
　◇金田鬼一訳, たなかゆうこ挿絵「こんなとき読
　　んであげたい おはなしのおもちゃ箱 1」PHP
　　研究所 2003 p72
　◇小澤昔ばなし研究所再話, オットー・ウベ
　　ローデ絵「語るためのグリム童話 5」小峰
　　書店 2007 p196
　◇山口四郎訳「グリム童話 1」冨山房イン
　　ターナショナル 2004 p15
　◇高橋健二訳, 徳井聡司（せんべぇ）イラスト
　　「完訳 グリム童話集 3」小学館 2008 p265
　◇佐々木田鶴子訳, 出久根育絵「グリム童話集
　　上」岩波書店 2007 p37
　◇乾侑美子訳, ウェルナー・クレムケさし絵
　　「グリムの昔話 1」童話館出版 2000 p280
　◇フェリクス・ホフマン編・画, 大塚勇三訳
　　「グリムの昔話 2」福音館書店 2002 p428
　◇乾侑美子文, 藤川巧二絵「小学館 世界の名
　　作 16」小学館 1999 p30
おいしいお粥〔Der süße Brei〕（グリム）

◇池田香代子訳, オットー＝ウッベローデ挿画「完訳クラシック グリム童話 3」講談社 2000 p228

おいしいお粥〔Vom süßen Brei〕（グリム）
◇吉原高志, 吉原素子訳「初版グリム童話集 4」白水社 2008 p163
◇乾侑美子訳, Otto Ubbelohde, Ludwig Richter挿絵「1812初版グリム童話 下」小学館 2000 p150

おいしいお粥（グリム）
◇池田香代子訳, オットー・ウッベローデ挿画「完訳 グリム童話集 2」講談社 2008 p405

オイスター〔Устрицы〕（チェーホフ）
◇小宮山俊平訳, ヨシタケシンスケ絵「世界ショートセレクション 5」理論社 2017 p35

お犬さんの童話（チャペック）
◇田才益夫訳, ヨゼフ・チャペック挿し絵「カレル・チャペック童話全集」青土社 2005 p109

おいぼれズルタン（グリム）
◇乾侑美子訳, ウェルナー・クレムケさし絵「グリムの昔話 1」童話館出版 2000 p240

老いぼれズルタン〔Der alte Sultan〕（グリム）
◇「完訳 グリム童話集 3」筑摩書房 2006 p9

王冠の謎〔The Adventure of the Mazarin Stone〕（ドイル）
◇山中峯太郎訳著「名探偵ホームズ全集 2」作品社 2017 p311

王冠の秘密（ドイル）
◇亀山龍樹訳, 佐竹美保さし絵「名探偵ホームズ 3」ポプラ社 2006 p207

黄金三角〔Le Triangle d'Or〕（ルブラン）
◇南洋一郎文, 佐竹美保さし絵「文庫版 怪盗ルパン 10」ポプラ社 2005 p9
◇南洋一郎文, 奈良葉二挿画「怪盗ルパン全集〔6〕」ポプラ社 2010 p13

黄金虫（おうごんちゅう）〔The Gold-Bug〕（ポー）
◇松村達雄, 繁尾久訳, 池田浩彰さし絵「21世紀版 少年少女世界文学館 13」講談社 2010 p9

黄金虫（おうごんちゅう）（ポー）
◇千葉茂樹訳, 佐竹美保絵「世界名作ショートストーリー 5」理論社 2016 p113

黄金のかがやき〔The Gold That Glittered〕（オー・ヘンリー）
◇千葉茂樹訳, 和田誠絵「オー・ヘンリーショートストーリーセレクション 5」理論

社 2007 p115

黄金の鍵（グリム）
◇小澤昔ばなし研究所再話, オットー・ウベローデ絵「語るためのグリム童話 7」小峰書店 2007 p196
◇池田香代子訳, オットー・ウッベローデ挿画「完訳 グリム童話集 3」講談社 2008 p502

黄金のがちょう〔Die goldene Gans〕（グリム）
◇吉原高志, 吉原素子訳「初版グリム童話集 3」白水社 2008 p79

黄金のがちょう（グリム）
◇池田香代子訳, オットー・ウッベローデ挿画「完訳 グリム童話集 2」講談社 2008 p111

黄金のカニ―シュミット『ギリシアの昔話』〔出典〕〔The Golden Crab〕（ラング）
◇杉本詠美訳, H.J.フォード装画・挿画「アンドルー・ラング世界童話集 4」東京創元社 2008 p36

黄金の神と恋の射手〔Mammon and the Archer〕（オー・ヘンリー）
◇大久保康雄訳, 三芳悌吉さしえ「最後のひと葉―オー＝ヘンリー傑作短編集」偕成社 1989 p149

黄金の髪の、草原の少女（シートン）
◇今泉吉晴訳「シートン動物記〔14〕」童心社 2011 p165

黄金の子どもたち〔Goldkinder〕（グリム）
◇吉原高志, 吉原素子訳, Otto Ubbelohde挿絵「初版グリム童話集 3」白水社 2008 p62

黄金の子どもたち（グリム）
◇池田香代子訳, オットー・ウッベローデ挿画「完訳 グリム童話集 2」講談社 2008 p241

黄金の鳥（グリム）
◇小澤昔ばなし研究所再話, オットー・ウベローデ絵「語るためのグリム童話 3」小峰書店 2007 p155
◇池田香代子訳, オットー・ウッベローデ挿画「完訳 グリム童話集 2」講談社 2008 p10

黄金の山の王さま（グリム）
◇池田香代子訳, オットー・ウッベローデ挿画「完訳 グリム童話集 2」講談社 2008 p311

王さまへのプレゼント（ロダーリ）
◇関口英子訳, 伊津野果地さし絵「兵士のハーモニカ―ロダーリ童話集」岩波書店 2012 p41

王さまをほしがったかえる（イソップ）
◇よこたきよし文, 武井淑子絵「読み聞かせイソップ50話」チャイルド本社 2007 p78

おうさ

王さまをほしがったカエル（イソップ）
　◇小出正吾ぶん、三好碩也え「イソップのおはなし」のら書店 2010 p32
王様をほしがったカエル（イソップ）
　◇天野裕訳、ローワン・バーンズマーフィー絵「イソップ物語」文渓堂 2005 p54
王さまをほしがっているカエル（イソップ）
　◇河野与一編訳、稗田一穂さし絵「イソップのお話」岩波書店 2000 p22
王さまをほしがるカエル（イソップ）
　◇内田麟太郎文、高畠純絵「ポプラ世界名作童話 19」ポプラ社 2016 p49
王さまを欲しがる蛙（イソップ）
　◇川名澄訳、アーサー・ラッカム絵「新編イソップ寓話」風媒社 2014 p62
王さまが馬で〔Kings Came Riding〕（C.ウィリアムズ）
　◇岸田衿子、百々佑利子訳、ミーガン・グレッサー絵「おうちをつくろう」のら書店 1993 p76
王さまとナイチンゲール─アンデルセン童話より
　◇マーリー・マッキノン再話、西本かおる訳、ロレーナ・アルヴァレス絵「ひとりよみ名作プリンセスものがたり」小学館 2015 p47
王さまとライオン〔Der König mit dem Löwen〕（グリム）
　◇吉原高志、吉原素子訳「初版グリム童話集 3」白水社 2008 p101
王さまにえらばれたキツネ（イソップ）
　◇河野与一編訳、稗田一穂さし絵「イソップのお話」岩波書店 2000 p34
王さまになったサル（イソップ）
　◇河野与一編訳、稗田一穂さし絵「イソップのお話」岩波書店 2000 p233
王さまになったライオン（イソップ）
　◇河野与一編訳、稗田一穂さし絵「イソップのお話」岩波書店 2000 p127
王さまになりたかったからす（イソップ）
　◇よこたきよし文、武井淑子絵「読み聞かせイソップ50話」チャイルド本社 2007 p66
王さまのあたらしい服（アンデルセン）
　◇ナオミ・ルイス訳、代田亜香子日本語版訳、ジョエル・ステュワート絵「アンデルセンの13の童話」小峰書店 2007 p46
王さまの馬〔The King's Horses〕（サンソム）
　◇岸田衿子、百々佑利子訳、ミーガン・グレッサー絵「おうちをつくろう」のら書店 1993 p100

王さまのご健康を！（ロシア）〔To Your Good Health！〕（ラング）
　◇川端康成、野上彰編訳、西村香英絵「ラング世界童話全集 2」偕成社 2008 p59
王さまのご健康をおいのりして！─ロシアの昔話〔出典〕〔To Your Good Health！〕（ラング）
　◇大井久里子訳、H.J.フォード装画・挿絵「アンドルー・ラング世界童話集 8」東京創元社 2009 p34
王さまの子どもふたり（グリム）
　◇フェリクス・ホフマン編・画、大塚勇三訳「グリムの昔話 2」福音館書店 2002 p405
王さまの子ふたり〔De beiden Künigeskinner〕（グリム）
　◇「完訳 グリム童話集 5」筑摩書房 2006 p122
王さまのふたりの子ども（グリム）
　◇高橋健二訳、徳井聡司（せんべぇ）イラスト「完訳 グリム童話集 3」小学館 2008 p351
王さまの二人の子ども〔De beiden Künigeskinner〕（グリム）
　◇池田香代子訳、オットー＝ウッベローデ挿画「完訳クラシック グリム童話 4」講談社 2000 p41
王さまの二人の子ども（グリム）
　◇池田香代子訳、オットー・ウッベローデ挿画「完訳 グリム童話集 2」講談社 2008 p483
王さまの耳はろばの耳（アポロドーロス）
　◇高津春繁、高津久美子訳、若菜珪さし絵「21世紀版 少年少女世界文学館 1」講談社 2010 p243
牡牛（サキ）
　◇千葉茂樹訳、佐竹美保画「世界名作ショートストーリー 2」理論社 2015 p75
王子さまの子守歌（スコット）
　◇岸田衿子、百々佑利子訳、ミーガン・グレッサー絵「おうちをつくろう」のら書店 1993 p21
王子とこじき〔The Prince and the Pauper〕（トウェイン）
　◇竹崎有斐訳、滝瀬源一絵「子どものための世界文学の森 6」集英社 1994 p10
王子とこじき（トウェイン）
　◇村岡花子編訳、村岡美枝編著、たはらひとえ絵「10歳までに読みたい世界名作 23」学研プラス 2016 p14
王子とドラゴン─セルビアの昔話〔出典〕〔The

Prince and the Dragon〕（ラング）

◇杉田七重訳, H.J.フォード装画・挿絵「アンドルー・ラング世界童話集 8」東京創元社 2009 p69

王子とはと（ポルトガル）〔The Prince Who Wanted to See the World〕（ラング）

◇川端康成, 野上彰編訳, 佐竹美保絵「ラング世界童話全集 1」偕成社 2008 p70

王子と三つの運命（古代エジプト）〔The Prince and the Three Fates〕（ラング）

◇川端康成, 野上彰編訳, 小松修絵「ラング世界童話全集 6」偕成社 2008 p233

王子と三つの運命—古代エジプトの昔話〔出典〕〔The Prince and the Three Fates〕（ラング）

◇熊谷淳子訳, H.J.フォード装画・挿絵「アンドルー・ラング世界童話集 9」東京創元社 2009 p240

王子と竜（セルビア）〔The Prince and the Dragon〕（ラング）

◇川端康成, 野上彰編訳, せべまさゆき絵「ラング世界童話全集 3」偕成社 2008 p254

王子の恩がえし（エストニア）〔The Grateful Prince〕（ラング）

◇川端康成, 野上彰編訳, 西村香英絵「ラング世界童話全集 2」偕成社 2008 p281

雄牛のピーター（デンマーク）〔Peter Bull〕（ラング）

◇川端康成, 野上彰編訳, 牧野鈴子絵「ラング世界童話全集 5」偕成社 2008 p149

王女ゲールラウグ—『アイスランドの昔話』〔出典〕〔Geirlaug the King's Daughter〕（ラング）

◇杉本詠美訳, H.J.フォード装画・挿絵「アンドルー・ラング世界童話集 11」東京創元社 2009 p43

王女さまへ〔過ぎし昔の物語と教訓〕（ダルマンクール）

◇「ペロー昔話・寓話集」西村書店 2008 p160

王女とピューマ〔The Princess and the Puma〕（オー・ヘンリー）

◇千葉茂樹訳, 和田誠絵「オー・ヘンリーショートストーリーセレクション 5」理論社 2007 p91

王女の誕生日〔The Birthday of the Infanta〕（ワイルド）

◇西村孝次訳「幸福な王子—ワイルド童話全集」新潮社 2003 p125

王女ロゼット（フランス ドーノワ夫人）

〔Princess Rosette〕（ラング）

◇川端康成, 野上彰編訳, 上田英津子絵「ラング世界童話全集 10」偕成社 2009 p262

王に捧げる鼻〔A Nose for the King〕（ロンドン）

◇千葉茂樹訳, ヨシタケシンスケ絵「世界ショートセレクション 3」理論社 2017 p135

王の子ふたり〔De beiden Künigeskinner〕（グリム）

◇吉原高志, 吉原素子訳, Otto Ubbelohde挿絵「初版グリム童話集 4」白水社 2008 p222

王妃の首かざり（ルブラン）

◇二階堂黎人編著, 清瀬のどか絵「10歳までに読みたい名作ミステリー 怪盗アルセーヌ・ルパン 王妃の首かざり」学研プラス 2016 p15

オウムとサル（ペロー）

◇末松氷海子訳, エヴァ・フラントヴァー絵「ペロー昔話・寓話集」西村書店 2008 p316

オウムとネコ（イソップ）

◇河野与一訳, 稗田一穂さし絵「イソップのお話」岩波書店 2000 p222

オウムの王さまの話と、もうひとつの話（ショヴォー）

◇出口裕弘訳「ショヴォー氏とルノー君のお話集 5」福音館書店 2003 p170

大いなる謎〔Le Grand Mystère〕（ロルド）

◇平岡敦編訳, 佐竹美保挿画「ホラー短編集 3」岩波書店 2014 p153

オオウスバカミキリと昆虫料理（ファーブル）

◇奥本大三郎編・訳, 見山博標本画・イラスト「ファーブル昆虫記 5」集英社 1996 p69

大男と仕立て屋〔Der Riese und der Schneider〕（グリム）

◇「完訳 グリム童話集 7」筑摩書房 2006 p100

大男と仕立て屋（グリム）

◇橋本孝, 天沼春樹訳, シャルロット・デマトーン絵「グリム童話全集」西村書店 2013 p564

大男と仕立屋〔Der Riese und der Schneider〕（グリム）

◇池田香代子訳, オットー＝ウッベローデ挿画「完訳クラシック グリム童話 5」講談社 2000 p141

大男と仕立屋（グリム）

◇山口四郎訳「グリム童話 1」冨山房イン

ターナショナル 2004 p59

◇池田香代子訳, オットー・ウッベローデ挿画 「完訳 グリム童話集 3」 講談社 2008 p379

◇高橋健二訳, 徳井聡司(せんべぇ)イラスト 「完訳 グリム童話集 5」 小学館 2009 p87

◇フェリクス・ホフマン編・画, 大塚勇三訳 「グリムの昔話 3」 福音館書店 2002 p285

オオカミ王ロボ(シートン)

◇藤原英司訳, 平沢茂太郎絵 「子どものための 世界文学の森 19」 集英社 1994 p10

◇今泉吉晴訳 「シートン動物記 〔1〕」 童心社 2009 p1

◇正岡慧子文, 木村修絵 「ビジュアル特別版 シー トン動物記 上」 世界文化社 2018 p5

◇千葉茂樹編訳, 姫川明月絵 「10歳までに読 みたい世界名作 8」 学研プラス 2014 p14

◇前川康男文, 石田武雄絵 「はじめてであう シートン動物記 1」 フレーベル館 2002 p5

オオカミ王ロボ カランポーの支配者(シー トン)

◇越前敏弥訳, 姫川明月絵 「シートン動物記 〔1〕」 KADOKAWA 2012 p187

狼が来た!(イソップ)

◇いわきたかし著, ほてはまたかし画 「いそっ ぷ童話集」 童話屋 2004 p102

「オオカミだぁ!」とさけんだ少年(イソッ プ)

◇天野裕ル訳, ローワン・バーンズマーフィー絵 「イソップ物語」 文溪堂 2005 p25

オオカミとイヌ(イソップ)

◇河野与一編訳, 稗田一穂さし絵 「イソップの お話」 岩波書店 2000 p84

オオカミと犬〔Le Loup et le Chien〕(ラ・ フォンテーヌ)

◇大澤千加訳, ブーテ・ド・モンヴェル絵 「ラ・フォンテーヌ寓話」 洋洋社 2016 p63

オオカミとウマ(イソップ)

◇河野与一編訳, 稗田一穂さし絵 「イソップの お話」 岩波書店 2000 p86

狼と馬(イソップ)

◇川名澄訳, アーサー・ラッカム絵 「新編 イ ソップ寓話」 風媒社 2014 p136

オオカミとおばあさん(イソップ)

◇河野与一編訳, 稗田一穂さし絵 「イソップの お話」 岩波書店 2000 p78

◇川崎洋文, 伴野菜保子絵 「小学館 世界の名 作 18」 小学館 1999 p56

オオカミとかげ(イソップ)

◇川崎洋文, ワイレム・ジャンセ絵 「小学館 世界の名作 18」 小学館 1999 p80

オオカミと影(イソップ)

◇河野与一編訳, 稗田一穂さし絵 「イソップの お話」 岩波書店 2000 p76

狼と影(イソップ)

◇川名澄訳, アーサー・ラッカム絵 「新編 イ ソップ寓話」 風媒社 2014 p144

オオカミとカメの話(ショヴォー)

◇出口裕弘訳 「ショヴォー氏とルノー君のお 話集 2」 福音館書店 2003 p211

おおかみときつね(グリム)

◇小澤昔ばなし研究所再話, オットー・ウベ ローデ絵 「語るためのグリム童話 4」 小峰 書店 2007 p162

◇高橋健二訳, 徳井聡司(せんべぇ)イラスト 「完訳 グリム童話集 2」 小学館 2008 p388

◇矢崎源九郎訳, ウェルナー・クレムケさし絵 「グリムの昔話 1」 童話館出版 2000 p80

オオカミとキツネ(イソップ)

◇河野与一編訳, 稗田一穂さし絵 「イソップの お話」 岩波書店 2000 p81

◇川崎洋文, 佐藤邦雄絵 「小学館 世界の名作 18」 小学館 1999 p44

オオカミとキツネ(グリム)

◇山口四郎訳 「グリム童話 1」 冨山房イン ターナショナル 2004 p40

◇橋本孝, 天沼春樹訳, シャルロット・デマ トーン絵 「グリム童話全集」 西村書店 2013 p269

狼と狐〔Der Wolf und der Fuchs〕(グリム)

◇池田香代子訳, オットー=ウッベローデ挿 画 「完訳クラシック グリム童話 3」 講談社 2000 p40

◇「完訳 グリム童話集 4」 筑摩書房 2006 p12

狼と狐(グリム)

◇池田香代子訳, オットー・ウッベローデ挿画 「完訳 グリム童話集 2」 講談社 2008 p169

狼と狐と猿(イソップ)

◇川名澄訳, アーサー・ラッカム絵 「新編 イ ソップ寓話」 風媒社 2014 p102

オオカミとキツネの戦い─グリム〔出典〕〔The War of the Wolf and the Fox〕(ラング)

◇大井久里子訳, H.J.フォード装画・挿絵 「ア ンドルー・ラング世界童集 3」 東京創元 社 2008 p343

オオカミとコウノトリ〔Le Loup et la Cigogne〕(ラ・フォンテーヌ)

おおか

◇大澤千加訳, ブーテ・ド・モンヴェル絵
「ラ・フォンテーヌ寓話」洋洋社 2016 p187
オオカミと子ヒツジ(イソップ)
◇河野与一編訳, 稗田一穂さし絵「イソップの
お話」岩波書店 2000 p80
◇小出正吾ぶん, 三好碩也え「イソップのおは
なし」のら書店 2010 p22
オオカミと子羊(イソップ)
◇天野裕司, ローワン・バーンズマーフィー絵
「イソップ物語」文溪堂 2005 p17
オオカミと子羊〔Le Loup et l'Aneau〕(ラ・
フォンテーヌ)
◇大澤千加訳, ブーテ・ド・モンヴェル絵
「ラ・フォンテーヌ寓話」洋洋社 2016 p159
オオカミとサギ(イソップ)
◇河野与一編訳, 稗田一穂さし絵「イソップの
お話」岩波書店 2000 p290
おおかみと七ひきの子やぎ(グリム)
◇小澤昔ばなし研究所再話, オットー・ウベ
ローデ絵「語るためのグリム童話 1」小峰
書店 2007 p55
◇間所ひさこ再話, 北村裕花挿絵「教科書にで
てくるせかいのむかし話 2」あかね書房
2016 p32
◇北川幸比古文, 米山永一, 朝倉めぐみ絵「グ
リム・イソップ童話集」世界文化社 2004
p16
◇高橋健二訳, 徳井聡司(せんべえ)イラスト
「完訳 グリム童話集 1」小学館 2008 p63
◇矢崎源九郎訳, ウェルナー・クレムケさし絵
「グリムの昔話 1」童話館出版 2000 p8
◇北川幸比古文, 米山永一, 朝倉めぐみ絵「こ
どものための世界の名作 グリム・イソッ
プ・アンデルセン─ベスト30話」世界文化
社 1994 p16
オオカミと7匹の子ヤギ(グリム)
◇橋本孝, 天沼春樹訳, シャルロット・デマ
トーン絵「グリム童話全集」西村書店 2013
p25
オオカミと七ひきの子ヤギ(グリム)
◇山口四郎訳「グリム童話 1」冨山房イン
ターナショナル 2004 p52
◇フェリクス・ホフマン編・画, 大塚勇三訳
「グリムの昔話 1」福音館書店 2002 p29
◇安東みきえ文, 100%ORANGE絵「ポプラ
世界名作童話 15」ポプラ社 2016 p67
オオカミと七匹の子ヤギ(グリム)
◇佐々木田鶴子訳, 出久根育絵「グリム童話集
上」岩波書店 2007 p9

狼と七匹の子ヤギ〔Der Wolf und die sieben
jungen Geislein〕(グリム)
◇乾侑美子訳, Otto Ubbelohde, Ludwig
Richter挿絵「1812初版グリム童話 上」小
学館 2000 p23
狼と七匹の仔山羊〔Der Wolf und die sieben
jungen Geißlein〕(グリム)
◇池田香代子訳, オットー=ウッベローデ挿
画「完訳クラシック グリム童話 1」講談社
2000 p44
狼と七匹の仔山羊(グリム)
◇池田香代子訳, オットー・ウッベローデ挿画
「完訳 グリム童話集 1」講談社 2008 p54
狼と七匹の子やぎ〔Der Wolf und die sieben
jungen Geislein〕(グリム)
◇吉原高志, 吉原素子訳, Ludwig Richter挿絵
「初版グリム童話集 1」白水社 2007 p42
狼と七匹の子やぎ〔Der Wolf und die sieben
jungen Geißlein〕(グリム)
◇「完訳 グリム童話集 1」筑摩書房 2005 p72
オオカミと彫像(ペロー)
◇末松氷海子訳, エヴァ・フラントヴァー絵
「ペロー昔話・寓話集」西村書店 2008 p341
オオカミとツル(イソップ)
◇ラッセル・アッシュ, バーナード・ヒットン
編著, 秋野翔一郎訳「クラシックイラストレー
ション版 イソップ寓話集」童話館出版 2002
p16
◇小出正吾ぶん, 三好碩也え「イソップのおは
なし」のら書店 2010 p139
◇天野裕司訳, ローワン・バーンズマーフィー絵
「イソップ物語」文溪堂 2005 p56
オオカミとツル(ペロー)
◇末松氷海子訳, エヴァ・フラントヴァー絵
「ペロー昔話・寓話集」西村書店 2008 p321
狼と鶴(イソップ)
◇川名澄訳, アーサー・ラッカム絵「新編 イ
ソップ寓話」風媒社 2014 p96
おおかみと人間(グリム)
◇小澤昔ばなし研究所再話, オットー・ウベ
ローデ絵「語るためのグリム童話 4」小峰
書店 2007 p158
◇高橋健二訳, 徳井聡司(せんべえ)イラスト
「完訳 グリム童話集 2」小学館 2008 p385
オオカミと人間(グリム)
◇橋本孝, 天沼春樹訳, シャルロット・デマ
トーン絵「グリム童話全集」西村書店 2013
p268

世界児童文学全集/個人全集・作品名綜覧 第II期　231

おおか

◇フェリクス・ホフマン編・画, 大塚勇三訳「グリムの昔話 1」福音館書店 2002 p420

狼と人間〔Der Wolf und der Mensch〕（グリム）
◇池田香代子訳, オットー＝ウッベローデ挿画「完訳クラシック グリム童話 3」講談社 2000 p38
◇「完訳 グリム童話集 4」筑摩書房 2006 p9

狼と人間（グリム）
◇池田香代子訳, オットー・ウッベローデ挿画「完訳 グリム童話集 2」講談社 2008 p166

オオカミとヒツジ（イソップ）
◇河野与一編訳, 稗田一穂さし絵「イソップのお話」岩波書店 2000 p92

オオカミとヒツジ飼い（イソップ）
◇河野与一編訳, 稗田一穂さし絵「イソップのお話」岩波書店 2000 p89

オオカミとヤギ（イソップ）
◇ラッセル・アッシュ, バーナード・ヒットン編著, 秋野翔一郎訳「クラシックイラストレーション版 イソップ寓話集」童話館出版 2002 p62
◇河野与一編訳, 稗田一穂さし絵「イソップのお話」岩波書店 2000 p85

狼と山羊（イソップ）
◇川名澄訳, アーサー・ラッカム絵「新編 イソップ寓話」風媒社 2014 p118

オオカミとヤマアラシ（ペロー）
◇末松氷海子訳, エヴァ・フラントヴァー絵「ペロー昔話・寓話集」西村書店 2008 p332

おおかみとライオン（イソップ）
◇よこたきよし文, 飯岡千江子絵「読み聞かせ イソップ50話」チャイルド本社 2007 p82

オオカミとライオン（イソップ）
◇河野与一編訳, 稗田一穂さし絵「イソップのお話」岩波書店 2000 p87

オオカミとロバ（イソップ）
◇ラッセル・アッシュ, バーナード・ヒットン編著, 秋野翔一郎訳「クラシックイラストレーション版 イソップ寓話集」童話館出版 2002 p47

オオカミの王、ロボ〔Lobo, the King of Currumpaw〕（シートン）
◇谷村志穂訳, 飯野まき絵「シートンの動物記」集英社 2013 p85

オオカミのかしらとロバ（イソップ）
◇河野与一編訳, 稗田一穂さし絵「イソップのお話」岩波書店 2000 p88

オオカミの棲む森〔The Master〕（D.W.ジョーンズ）
◇野口絵美保訳, 佐竹美保絵「ダイアナ・ウィン・ジョーンズ短編集 魔法！魔法！魔法！」徳間書店 2007 p109

オオカミの棲む森（D.W.ジョーンズ）
◇野口絵美訳「ダイアナ・ウィン・ジョーンズ短編集 魔法？魔法！」徳間書店 2015 p221

大がらす〔Die Rabe〕（グリム）
◇「完訳 グリム童話集 4」筑摩書房 2006 p222

大きくなった小さな魚（ショヴォー）
◇出口裕弘訳「ショヴォー氏とルノー君のお話集 4」福音館書店 2003 p7

大きくならないテレジン（ロダーリ）
◇関口英子訳, 伊津野果地さし絵「兵士のハーモニカ―ロダーリ童話集」岩波書店 2012 p9

大きなうみへび（アンデルセン）
◇高橋健二訳, いたやさとし画「完訳 アンデルセン童話集 8」小学館 2010 p178

大きなウミヘビ（アンデルセン）
◇天沼春樹訳, ドゥシャン・カーライ, カミラ・シュタンツロヴァー絵「アンデルセン童話全集 2」西村書店 2012 p500

大きな大きなワニ―「天才ダールのとびきり料理」より（ダール）
◇そのひかる訳, クェンティン・ブレイク絵「まるごと一冊ロアルド・ダール」評論社 2000 p44

大きな大きなワニのはなし（ダール）
◇田村隆一訳, クェンティン・ブレイク絵「まるごと一冊ロアルド・ダール」評論社 2000 p27

大きなカタツムリの話（ショヴォー）
◇出口裕弘訳「ショヴォー氏とルノー君のお話集 2」福音館書店 2003 p7

大きなかぶ〔Репка〕（チェーホフ）
◇小宮山俊平訳, ヨシタケシンスケ絵「世界ショートセレクション 5」理論社 2017 p167

オオクジャクヤママユの超能力（ファーブル）
◇奥本大三郎編・訳, 見山博標本画・イラスト「ファーブル昆虫記 3」集英社 1996 p157

オオクビタマオシコガネ（ファーブル）
◇奥本大三郎編・訳, 見山博標本画・イラスト「ファーブル昆虫記 1」集英社 1996 p111

オオタマオシコガネ（ファーブル）

◇大岡信編訳「ファーブルの昆虫記 上」岩波書店 2000 p191

大泥棒とお師匠さん〔De Gaudeif un sien Meester〕（グリム）
◇池田香代子訳, オットー゠ウッベローデ挿画「完訳クラシック グリム童話 3」講談社 2000 p15

大泥棒とお師匠さん（グリム）
◇池田香代子訳, オットー・ウッベローデ挿画「完訳 グリム童話集 2」講談社 2008 p140

大どろぼうとその親方（グリム）
◇橋本孝, 天沼春樹訳, シャルロット・デマトーン絵「グリム童話全集」西村書店 2013 p258

おおなみこなみ〔These are Big Waves〕（ファージョン）
◇岸田衿子, 百々佑利子訳, ミーガン・グレッサー絵「みんなわたしの」のら書店 1991 p46

オオバンクラブ物語（上）〔Coot Club〕（ランサム）
◇神宮輝夫訳「ランサム・サーガ 5」岩波書店 2011 p13

オオバンクラブ物語（下）〔Coot Club〕（ランサム）
◇神宮輝夫訳「ランサム・サーガ 5」岩波書店 2011 p11

オオヒョウタンゴミムシの「死んだまね」（ファーブル）
◇奥本大三郎編・訳, 見山博標本画・イラスト「ファーブル昆虫記 4」集英社 1996 p265

オオヘビとカメ（ショヴォー）
◇出口裕弘訳「ショヴォー氏とルノー君のお話集 5」福音館書店 2003 p120

オオヘビとバクの話（ショヴォー）
◇出口裕弘訳「ショヴォー氏とルノー君のお話集 3」福音館書店 2003 p239

おおむかしの歴史〔Ancient History〕（ギターマン）
◇岸田衿子, 百々佑利子訳, ミーガン・グレッサー絵「おうちをつくろう」のら書店 1993 p99

大麦あめ（ショヴォー）
◇出口裕弘訳「ショヴォー氏とルノー君のお話集 5」福音館書店 2003 p229

オオモンシロチョウとキャベツ（ファーブル）
◇奥本大三郎編・訳, 見山博標本画・イラスト「ファーブル昆虫記 3」集英社 1996 p111

おかあさんがふたり〔Zwei Mütter und ein Kind〕（ケストナー）
◇榊直子訳, 堀川理万子絵「ショート・ストーリーズ 小さな男の子の旅―ケストナー短編」小峰書店 1996 p35

お帰り、ブロッサム〔Blossom Comes Home〕（ヘリオット）
◇村上由見子訳, 杉田比呂美絵「ヘリオット先生と動物たちの8つの物語」集英社 2012 p107

おかしな子グマ、ジョニー〔Johnny Bear〕（シートン）
◇谷村志穂訳, 吉田圭子絵「シートンの動物記」集英社 2013 p43

おかしなはなし
◇岸田衿子, 百々佑利子訳, ミーガン・グレッサー絵「みんなわたしの」のら書店 1991 p12

お金の神さまとキューピッド〔Mammon and the Archer〕（オー・ヘンリー）
◇千葉茂樹訳, 和田誠絵「オー・ヘンリー ショートストーリーセレクション 4」理論社 2007 p59

男神（おがみ）像の秘密（ルブラン）
◇南洋一郎文, 奈良葉二挿画「怪盗ルパン全集〔5〕」ポプラ社 2010 p328

お気にめすまま（シェイクスピア）
◇イーディス・ネズビット再話, 八木田宜子訳, 徳田秀雄さし絵「21世紀版 少年少女世界文学館 3」講談社 2010 p141

お気に召すまま〔As You Like It〕（シェイクスピア）
◇ラム作, 矢川澄子訳, アーサー・ラッカムさし絵「シェイクスピア物語」岩波書店 2001 p65

沖の少女〔L'Enfant de la Haute Mer〕（シュペルヴィエル）
◇平岡敦編訳, 佐竹美保挿画「ホラー短編集 3」岩波書店 2014 p55

奥さまギツネの婚礼（グリム）
◇橋本孝, 天沼春樹訳, シャルロット・デマトーン絵「グリム童話全集」西村書店 2013 p148

奥さん狐の結婚式〔Die Hochzeit der Frau Füchsin〕（グリム）
◇「完訳 グリム童話集 2」筑摩書房 2006 p217

おくびょうな狩りゅうどと木こり（イソッ

おくひ

プ)
◇河野与一編訳、稗田一穂さし絵「イソップの
お話」岩波書店 2000 p116

おくびょうなムクドリ (パウル・ビーヘル)
◇大塚勇三訳、たなかゆうこ挿絵「こんなとき読
んであげたい おはなしのおもちゃ箱 1」PHP
研究所 2003 p122

おくびょう者とカラス (イソップ)
◇河野与一編訳、稗田一穂さし絵「イソップの
お話」岩波書店 2000 p299

オーケルロ〔Der Okerlo〕(グリム)
◇吉原高志、吉原素子訳「初版グリム童話集
3」白水社 2008 p116

おこぶちゃん (エンデ)
◇田村都志夫訳「だれでもない庭—エンデが
遺した物語集」岩波書店 2002 p305
◇田村都志夫訳「だれでもない庭—エンデが
遺した物語集」岩波書店 2015 p382

オサムシとカミキリムシ (ファーブル)
◇「新版 ファーブルこんちゅう記 5」小峰書
店 2006

おさらをあらわなかったおじさん (クラジラ
フスキー)
◇光吉夏弥訳、川村易挿絵「こんなとき読んであげ
たい おはなしのおもちゃ箱 1」PHP研究所
2003 p44

おサルの花靴 (チョン フィチャン)
◇竹中京子訳、カン ヨベ絵「いま読もう! 韓
国ベスト読みもの 5」汐文社 2005 p165

おじいさんと死神 (イソップ)
◇川名澄訳、アーサー・ラッカム絵「新編 イ
ソップ寓話」風媒社 2014 p158

おじいさんと孫 (グリム)
◇植田敏郎訳、川村易挿絵「こんなとき読んであげ
たい おはなしのおもちゃ箱 1」PHP研究所
2003 p196

おじいちゃん〔Grandad〕(ローゼン)
◇谷川俊太郎訳、クウェンティン・ブレイク絵
「木はえらい—イギリス子ども詩集」岩波書
店 2000 p54

教え〔Lessons〕(ベーン)
◇岸田衿子、百々佑利子訳、ミーガン・グレッ
サー絵「おうちをつくろう」のら書店 1993
p39

オジニ (パク キボム)
◇金松伊訳、パク キョンジン絵「いま読もう!
韓国ベスト読みもの 4」汐文社 2005 p141

おしゃべり

◇岸田衿子、百々佑利子訳、ミーガン・グレッ
サー絵「みんなわたしの」のら書店 1991
p44

おしゃべりな像 (ロダーリ)
◇関口英子訳、伊津野果地さし絵「兵士のハー
モニカ—ロダーリ童話集」岩波書店 2012
p122

おしゃれなカラス (イソップ)
◇小出正吾ぶん、三好碩也え「イソップのおは
なし」のら書店 2010 p77

お姑〔Die Schwiegermutter〕(グリム)
◇吉原高志、吉原素子訳「初版グリム童話集
3」白水社 2008 p184

お尻はつらいよ〔Samson Agonistes〕(ナッ
シュ)
◇アーサー・ビナード, 木坂涼編訳、しりあが
り寿イラスト「ガラガラヘビの味—アメリ
カ子ども詩集」岩波書店 2010 p97

お城の人々〔The People In The Castle〕(エ
イキン)
◇三辺律子訳、浅沼テイジイラスト「心の宝箱
にしまう15のファンタジー」竹書房 2006
p363
◇三辺律子訳、浅沼テイジイラスト「ひとにぎ
りの黄金 (2)」竹書房 2013 p161

オズのまほうつかい〔The Wonderful Wizard
of Oz〕(ボーム)
◇山主敏子訳、新井苑子絵「子どものための世
界文学の森 14」集英社 1994 p10

オズのまほうつかい (ボーム)
◇立原えりか編訳、清瀬赤目絵「10歳までに読
みたい世界名作 3」学研プラス 2014 p14

オズの魔法使い〔The Wonderful Wizard of
Oz〕(ボーム)
◇やなぎや・けいこ文、川端英樹絵「小学館
世界の名作 4」小学館 1998 p1
◇谷本誠剛訳「世界名作文学集〔4〕」国土社
2003 p3
◇菅野雪虫文、丹地陽子絵「ポプラ世界名作童
話 16」ポプラ社 2016 p7

オズの魔法使い (ボーム)
◇岸田衿子文、堀内誠一絵「世界の名作 6」世
界文化社 2001 p5

オセロー〔Othello〕(シェイクスピア)
◇小田島雄志文、里中満智子画「シェイクスピ
ア・ジュニア文学館 7」汐文社 2001 p11
◇小田島雄志文、里中満智子絵「シェイクスピ
ア名作コレクション 7」汐文社 2016 p1

オセロ〔Othello〕（シェイクスピア）
　◇ラム作, 矢川澄子訳, アーサー・ラッカムさ
　し絵「シェイクスピア物語」岩波書店 2001
　p211
　◇ジェラルディン・マコックラン著, 金原瑞人
　訳, ひらいたかこ絵「シェイクスピア物語
　集」偕成社 2009 p145
オセロー（シェイクスピア）
　◇イーディス・ネズビット再話, 八木田宜子
　訳, 徳田秀雄さし絵「21世紀版 少年少女世界
　文学館 3」講談社 2010 p231
『おぜんよごはんのしたく』と金貨を出すろ
　ばと袋の棍棒の話〔Von dem Tischgen
　deck dich, dem Goldesel und dem Knüppel
　in dem Sack〕（グリム）
　◇吉原高志, 吉原素子訳「初版グリム童話集
　2」白水社 2007 p61
〈おぜんよ, したく〉と金貨しろばと〈こん
　棒, 出ろ〉〔Tischchen deck dich, Goldesel
　und Knüppel aus dem Sack〕（グリム）
　◇野村泫訳, アルベルト・アダモ画「完訳 グリ
　ム童話集 2」筑摩書房 2006 p167
おそかりしシャーロック・ホームズ（ルブラ
　ン）
　◇長島良三訳, 大久保浩絵「アルセーヌ・ルパ
　ン名作集 5」岩崎書店 1998 p5
おそろしい復讐〔Les Gouttes qui Tombent〕
　（ルブラン）
　◇南洋一郎文, 佐竹美保さし絵「文庫版 怪盗ル
　パン 16」ポプラ社 2005 p9
お茶うけにタマキビを…―「一年中ワクワクして
　た」より（ダール）
　◇久山太市訳, レイモンド・ブリッグズ絵「ま
　るごと一冊ロアルド・ダール」評論社 2000
　p283
お茶友だちの七婦人（エンデ）
　◇田村都志夫訳「だれでもない庭―エンデが
　遺した物語集」岩波書店 2002 p159
　◇田村都志夫訳「だれでもない庭―エンデが
　遺した物語集」岩波書店 2015 p197
お茶のなかの顔（ハーン）
　◇脇明子訳「雪女 夏の日の夢」岩波書店
　2003 p59
お茶のポット（アンデルセン）
　◇高橋健二訳, いたやさとし画「完訳 アンデル
　セン童話集 7」小学館 2010 p115
おつかいにいったロバ（クーランダー）
　◇渡辺茂男訳, 櫻井さなえ挿絵「こんなとき読ん

であげたい おはなしのおもちゃ箱 2」PHP研
　究所 2003 p14
お月さま〔Der Mond〕（グリム）
　◇「完訳 グリム童話集 7」筑摩書房 2006 p21
お月さま（グリム）
　◇高橋健二訳, 徳井聡司（せんべぇ）イラスト
　「完訳 グリム童話集 5」小学館 2009 p14
お月さまと馬賊（小熊秀雄）
　◇「小学生までに読んでおきたい文学 6」あ
　すなろ書房 2013 p167
お手玉名人クララちゃん〔Clara Cleech〕（プ
　レラツキー）
　◇アーサー・ビナード, 木坂涼編訳, しりあが
　り寿イラスト「ガラガラヘビの味―アメリ
　カ子ども詩集」岩波書店 2010 p28
オデュッセウスと犬男〔Ulysses and the
　Dogman〕（オー・ヘンリー）
　◇千葉茂樹訳, 和田誠絵「オー・ヘンリー
　ショートストーリーセレクション 1」理論
　社 2007 p193
おてんとうさまが明るみに出す〔Die klare
　Sonne bring's an den Tag〕（グリム）
　◇「完訳 グリム童話集 5」筑摩書房 2006
　p150
お天道さまがあばきだす（グリム）
　◇橋本孝, 天沼春樹訳, シャルロット・デマ
　トーン絵「グリム童話全集」西村書店 2013
　p403
お天道さまが照らしだす〔Die klare Sonne
　bringt's an den Tag〕（グリム）
　◇池田香代子訳, オットー＝ウッベローデ挿
　画「完訳クラシック グリム童話 4」講談社
　2000 p59
お天道さまが照らしだす（グリム）
　◇池田香代子訳, オットー・ウッベローデ挿画
　「完訳 グリム童話集 2」講談社 2008 p506
おとうさんとこどもたち（イソップ）
　◇川名澄訳, アーサー・ラッカム絵「新編 イ
　ソップ寓話」風媒社 2014 p50
お父ちゃんのすることはいつもまちがいな
　い（アンデルセン）
　◇高橋健二訳, いたやさとし画「完訳 アンデル
　セン童話集 6」小学館 2010 p136
お父ちゃんのすることはまちがいない（アン
　デルセン）
　◇木村由利子文, こみねゆら絵「小学館 世界
　の名作 17」小学館 1999 p54

おとう

おとうと〔Little〕（オールディス）
　◇岸田衿子、百々佑利子訳、ミーガン・グレッサー絵「みんなわたしの」のら書店 1991 p36

おとうと〔My Baby Brother〕（プレラツキー）
　◇アーサー・ビナード、木坂涼編訳、しりあがり寿イラスト「ガラガラヘビの味―アメリカ子ども詩集」岩波書店 2010 p20

弟の戦争〔Gulf〕（ウェストール）
　◇原田勝訳「ウェストールコレクション〔4〕」徳間書店 1995 p1

弟は頭痛の種〔The Trouble with My Brother〕（パテン）
　◇川崎洋訳「木はえらい―イギリス子ども詩集」岩波書店 2000 p96

男と息子とロバ（イソップ）
　◇ラッセル・アッシュ、バーナード・ヒットン編著、秋野翔一郎訳「クラシックイラストレーション版 イソップ寓話集」童話館出版 2002 p60

男になりすました王女―ジュール・ブランとレオ・バシュラン〔出典〕〔The Girl Who Pretended to be a Boy〕（ラング）
　◇生方頼子訳、H.J.フォード装画・挿絵「アンドルー・ラング世界童話集 7」東京創元社 2008 p323

男の子〔Boys〕（アールバーグ）
　◇川崎洋訳、フリッツ・ヴェグナー絵「木はえらい―イギリス子ども詩集」岩波書店 2000 p12

男の子とオオカミ 守られなかった約束―ネィティブ・アメリカンの昔話〔出典〕〔The Boy and the Wolves, or the Broken Promise〕（ラング）
　◇菊池由美訳、H.J.フォード装画・挿絵「アンドルー・ラング世界童話集 4」東京創元社 2008 p178

男の子と女の子（イソップ）
　◇川名澄訳、アーサー・ラッカム絵「新編 イソップ寓話」風媒社 2014 p122

男の子とカエル（イソップ）
　◇ラッセル・アッシュ、バーナード・ヒットン編著、秋野翔一郎「クラシックイラストレーション版 イソップ寓話集」童話館出版 2002 p58

男の子とくるみ（イソップ）
　◇よこたきよし文、武井淑子絵「読み聞かせイソップ50話」チャイルド本社 2007 p16

おとこの子とつぼ（イソップ）
　◇小出正吾ぶん、三好碵也え「イソップのおはなし」のら書店 2010 p136

おとし穴と振り子（ポー）
　◇松村達雄、繁尾久訳、池田浩彰さし絵「21世紀版 少年少女世界文学館 13」講談社 2010 p257

落とし穴と振り子（ポー）
　◇千葉茂樹訳、佐竹美保画「世界名作ショートストーリー 5」理論社 2016 p51

オトシブミのゆりかご（ファーブル）
　◇奥本大三郎編・訳、見山博標本画・イラスト「ファーブル昆虫記 5」集英社 1996 p93

おとっつぁんのすることは、いつもいい（アンデルセン）
　◇平塚ミヨ語り手「子どもに語るアンデルセンのお話 2」こぐま社 2007 p33

おどってすりきれたくつ（グリム）
　◇高橋健二訳、徳井聡司（せんべぇ）イラスト「完régグリム童話集 4」小学館 2009 p141

おどってすりきれた靴（グリム）
　◇小澤昔ばなし研究所再話、オットー・ウベローデ絵「語るためのグリム童話 6」小峰書店 2007 p162
　◇橋本孝、天沼春樹訳、シャルロット・デマトーン絵「グリム童話全集」西村書店 2013 p455

踊ってすりきれた靴〔Die zertanzten Schuhe〕（グリム）
　◇吉原高志、吉原素子訳、Otto Ubbelohde挿絵「初版グリム童話集 5」白水社 2008 p122
　◇乾侑美子訳、Otto Ubbelohde, Ludwig Richter挿絵「1812初版グリム童話 下」小学館 2000 p277

おどってぼろぼろになった靴〔Die zertanzten Schuhe〕（グリム）
　◇「完訳 グリム童話集 6」筑摩書房 2006 p19

踊ってぼろぼろになった靴（グリム）
　◇フェリクス・ホフマン編・画、大塚勇三訳「グリムの昔話 3」福音館書店 2002 p134

音どろぼう〔The Sound Collector〕（マッガウ）
　◇谷川俊太郎訳、サラ・ミッダ絵「木はえらい―イギリス子ども詩集」岩波書店 2000 p169

おとなしいカメの話（ショヴォー）
　◇出口裕弘訳「ショヴォー氏とルノー君のお話集 1」福音館書店 2002 p229

おとなりさん（アンデルセン）
　◇大畑末吉訳、初山滋さし絵「アンデルセン童
　　話集 1」岩波書店 2000 p185
　◇高橋健二訳、いたやさとし画「完訳 アンデル
　　セン童話集 3」小学館 2009 p143
　◇天沼春樹訳、ドゥシャン・カーライ、カミ
　　ラ・シュタンツロヴァー絵「アンデルセン
　　童話全集 2」西村書店 2012 p135
おどりすぎてぼろぼろになった靴（グリム）
　◇矢崎源九郎訳、フリードリヒ・リヒターさし
　　絵「グリムの昔話 2」童話館出版 2000
　　p172
踊りつぶされた靴〔Die zertanzten Schuhe〕
　（グリム）
　◇池田香代子訳、オットー＝ウッベローデ挿
　　画「完訳クラシック グリム童話 4」講談社
　　2000 p162
踊りつぶされた靴（グリム）
　◇池田香代子訳、オットー・ウッベローデ挿画
　　「完訳 グリム童話集 3」講談社 2008 p119
踊りぬいて、はきつぶされたくつ（グリム）
　◇ウィルヘルム菊江訳、リディア・ボストマ絵
　　「グリム童話集」西村書店 2013 p7
踊る熊〔The Travelling Bear〕（ローエル）
　◇アーサー・ビナード、木坂涼編訳、しりあが
　　り寿イラスト「ガラガラヘビの味—アメリ
　　カ子ども詩集」岩波書店 2010 p178
おどる人形〔The Adventure of the Dancing
　Men〕（ドイル）
　◇日暮まさみち訳、青山浩行絵「名探偵ホーム
　　ズシリーズ 〔10〕」講談社 2011 p50
おどる人形（ドイル）
　◇亀山龍樹訳、佐竹美保さし絵「名探偵ホーム
　　ズ 5」ポプラ社 2007 p7
踊る人形〔The Adventure of the Dancing
　Men〕（ドイル）
　◇山中峯太郎訳著「名探偵ホームズ全集 2」
　　作品社 2017 p661
おどる人形の暗号（ドイル）
　◇芦辺拓編著、城咲綾絵「10歳までに読みた
　　い名作ミステリー 名探偵シャーロック・
　　ホームズ おどる人形の暗号」学研プラス
　　2016 p73
「おどれ、おどれ、わたしのお人形さん！」
　（アンデルセン）
　◇高橋健二訳、いたやさとし画「完訳 アンデル
　　セン童話集 8」小学館 2010 p171
おどれ、おどれ、わたしのお人形さん！（ア

ンデルセン）
　◇天沼春樹訳、ドゥシャン・カーライ、カミ
　　ラ・シュタンツロヴァー絵「アンデルセン
　　童話全集 3」西村書店 2013 p478
おなかをふくらましたキツネ（イソップ）
　◇河野与一編訳、稗田一穂さし絵「イソップの
　　お話」岩波書店 2000 p35
おなかをふくらませたかえる（イソップ）
　◇よこたきよし文、武井淑子絵「読み聞かせイ
　　ソップ50話」チャイルド本社 2007 p98
おなかをふくらませたキツネ（イソップ）
　◇赤木かんこ訳、櫻井さなえ挿絵「こんなとき読
　　んであげたい おはなしのおもちゃ箱 1」PHP
　　研究所 2003 p158
おなかがいっぱいになったきつね（イソッ
　プ）
　◇よこたきよし文、武井淑子絵「読み聞かせイ
　　ソップ50話」チャイルド本社 2007 p58
おなかと足（イソップ）
　◇川崎洋文、こだんみほ絵「小学館 世界の名
　　作 18」小学館 1999 p38
　◇河野与一編訳、稗田一穂さし絵「イソップの
　　お話」岩波書店 2000 p159
おなかのかいぶつ（ダール）
　◇灰島かり訳、クェンティン・ブレイク絵「ロ
　　アルド・ダールコレクション 14」評論社
　　2006 p76
おなかのすいたイヌ（イソップ）
　◇河野与一編訳、稗田一穂さし絵「イソップの
　　お話」岩波書店 2000 p165
同じさやのえんどう豆五つ（アンデルセン）
　◇木村由利子訳、米山永一、朝倉めぐみ絵「ア
　　ンデルセン童話集」世界文化社 2004 p66
　◇木村由利子文、米山永一、朝倉めぐみ絵「こ
　　どものための世界の名作 グリム・イソッ
　　プ・アンデルセン—ベスト30話」世界文化
　　社 1994 p206
同じノミの、いたずらと大手柄の話（ショ
　ヴォー）
　◇出口裕弘訳「ショヴォー氏とルノー君のお
　　話集 5」福音館書店 2003 p81
おなじようなもの〔No Difference〕（シル
　ヴァースタイン）
　◇アーサー・ビナード、木坂涼編訳、しりあが
　　り寿イラスト「ガラガラヘビの味—アメリ
　　カ子ども詩集」岩波書店 2010 p56
オーナー・スティック（シートン）
　◇今泉吉晴訳「シートン動物記 〔12〕」童心

おにひ

社 2011 p231

鬼火が町にいる、と沼おばさんが言った（アンデルセン）
◇天沼春樹訳, ドゥシャン・カーライ, カミラ・シュタンツロヴァー絵「アンデルセン童話全集 2」西村書店 2012 p380

鬼火が町にいると、沼のおばさんが言った（アンデルセン）
◇高橋健二訳, いたやさとし画「完訳 アンデルセン童話集 7」小学館 2010 p15

お庭の手いれはどうやるの？（クリスティ）
◇花上かつみ訳, 高松啓二絵「アガサ＝クリスティ短編傑作集 1」講談社 2001 p151

お願い〔The Wish〕（ダール）
◇金原瑞人編訳, 佐竹美保挿画「ホラー短編集〔1〕」岩波書店 2010 p189

おねがいです
◇岸田衿子, 百々佑利子訳, ミーガン・グレッサー絵「おうちをつくろう」のら書店 1993 p18

おのはなくても（ビアンキ）
◇内田莉莎子訳, いたやさとし絵「ビアンキの動物ものがたり」日本標準 2007 p25

おばあさん（アンデルセン）
◇高橋健二訳, いたやさとし画「完訳 アンデルセン童話集 3」小学館 2009 p46
◇天沼春樹訳, ドゥシャン・カーライ, カミラ・シュタンツロヴァー絵「アンデルセン童話全集 3」西村書店 2013 p94

おばあさん〔Das alte Mütterchen〕（グリム）
◇池田香代子訳, オットー＝ウッベローデ挿画「完訳クラシック グリム童話 5」講談社 2000 p261
◇「完訳 グリム童話集 7」筑摩書房 2006 p299

おばあさん（グリム）
◇池田香代子訳, オットー・ウッベローデ挿画「完訳 グリム童話集 3」講談社 2008 p523
◇高橋健二訳, 徳井聡司（せんべえ）イラスト「完訳 グリム童話集 5」小学館 2009 p264

おばあさんと空きびん（イソップ）
◇川名澄訳, アーサー・ラッカム絵「新編 イソップ寓話」風媒社 2014 p83

おばあさんと医者（イソップ）
◇河野与一編訳, 稗田一穂さし絵「イソップのお話」岩波書店 2000 p119
◇川崎洋文, 佐藤明子絵「小学館 世界の名作 18」小学館 1999 p92

おばあさんとおいしゃさん（イソップ）
◇よこたきよし文, 飯岡千江子絵「読み聞かせ イソップ50話」チャイルド本社 2007 p36

おばあさんとお医者さん（イソップ）
◇川名澄訳, アーサー・ラッカム絵「新編 イソップ寓話」風媒社 2014 p24

おばあさんの歌〔Song of the Old Woman〕（イヌイット族）
◇アーサー・ビナード, 木坂涼編訳, しりあがり寿イラスト「ガラガラヘビの味―アメリカ子ども詩集」岩波書店 2010 p168

おばあちゃん（グリム）
◇橋本孝, 天沼春樹訳, シャルロット・デマトーン絵「グリム童話全集」西村書店 2013 p623

おばあちゃん〔Granny〕（ミリガン）
◇岸田衿子, 百々佑利子訳, ミーガン・グレッサー絵「おうちをつくろう」のら書店 1993 p85

おばけきゅうり―「天才ダールのとびきり料理」より（ダール）
◇そのひかる訳, クェンティン・ブレイク絵「まるごと一冊ロアルド・ダール」評論社 2000 p165

おばけのウンチ（クォン ジョンセン）
◇片岡清美訳, クォンムニ絵「いま読もう！ 韓国ベスト読みもの 1」汐文社 2005 p5

おばけ桃が行く〔James and the Giant Peach〕（ダール）
◇柳瀬尚紀訳, クェンティン・ブレイク絵「ロアルド・ダールコレクション 1」評論社 2005 p3

おばけ桃の冒険（抄録）（ダール）
◇田村隆一訳, レイン・スミス絵「まるごと一冊ロアルド・ダール」評論社 2000 p204

おばさん〔Moster〕（アンデルセン）
◇天沼春樹訳「アンデルセン傑作集 マッチ売りの少女／人魚姫」新潮社 2015 p283

おばさん（アンデルセン）
◇高橋健二訳, いたやさとし画「完訳 アンデルセン童話集 7」小学館 2010 p228
◇天沼春樹訳, ドゥシャン・カーライ, カミラ・シュタンツロヴァー絵「アンデルセン童話全集 3」西村書店 2013 p374

おはよう〔Good Morning〕（サイプ）
◇岸田衿子, 百々佑利子訳, ミーガン・グレッサー絵「みんなわたしの」のら書店 1991 p33

お日様に恋した乙女〔The Girl Who Loved the Sun〕（D.W.ジョーンズ）
　◇野口絵美訳, 佐竹美保絵「ダイアナ・ウィン・ジョーンズ短編集 魔法！魔法！魔法！」徳間書店 2007 p203
お日様に恋した乙女（D.W.ジョーンズ）
　◇野口絵美訳「ダイアナ・ウィン・ジョーンズ短編集 魔法？魔法！」徳間書店 2015 p163
お日さまの子〔The Sunchild〕（ラング）
　◇川端康成, 野上彰編訳, 牧野鈴子絵「ラング世界童話全集 5」偕成社 2008 p138
お日さまの子ども〔Sunchild〕（ラング）
　◇杉田七重訳, H.J.フォード装画・挿絵「アンドルー・ラング世界童話集 6」東京創元社 2008 p252
お日さまの話（アンデルセン）
　◇天沼春樹訳, ドゥシャン・カーライ, カミラ・シュタンツロヴァー絵「アンデルセン童話全集 2」西村書店 2012 p443
お人好しのだんなたち―西ハイランドの昔話〔出典〕〔The Believing Husbands〕（ラング）
　◇おおつかのりこ訳, H.J.フォード装画・挿絵「アンドルー・ラング世界童話集 12」東京創元社 2009 p337
お姫さまとエンドウ豆（アンデルセン）
　◇山本史郎訳「アンデルセンクラシック 9つの物語」原書房 1999 p57
　◇ナオミ・ルイス訳, 代田亜香子日本語版訳, ジョエル・ステュワート絵「アンデルセンの13の童話」小峰書店 2007 p12
お姫さまとしらみ〔Prinzessin mit der Laus〕（グリム）
　◇吉原高志, 吉原素子訳「初版グリム童話集 3」白水社 2008 p187
お姫さまと豆（アンデルセン）
　◇スティーブン・コリン英語訳, 江國香織訳, エドワード・アーディゾーニ選・絵「アンデルセンのおはなし」のら書店 2018 p87
おひゃくしょうさん
　◇岸田衿子, 百々佑利子訳, ミーガン・グレッサー絵「みんなわたしの」のら書店 1991 p31
お百姓さんと悪魔（グリム）
　◇高橋健二訳, 徳井聡司（せんべぇ）イラスト「完訳 グリム童話集 5」小学館 2009 p134
おひゃくしょうさんとむすこたち（イソップ）
　◇よこたきよし文, 飯岡千江子絵「読み聞かせイソップ50話」チャイルド本社 2007 p74
お百姓さんの宝もの（イソップ）
　◇いわきたかし著, ほてはまたかし画「いそっぷ童話集」童話屋 2004 p16
おひゃくしょうと悪魔（グリム）
　◇山口四郎訳「グリム童話 1」冨山房インターナショナル 2004 p12
お百姓と悪魔〔Der Bauer und der Teufel〕（グリム）
　◇池田香代子訳, オットー＝ウッベローデ挿画「完訳クラシック グリム童話 5」講談社 2000 p172
　◇「完訳 グリム童話集 7」筑摩書房 2006 p153
お百姓と悪魔（グリム）
　◇小澤昔ばなし研究所再話, オットー・ウベローデ絵「語るためのグリム童話 7」小峰書店 2007 p124
　◇池田香代子訳, オットー・ウッベローデ挿画「完訳 グリム童話集 3」講談社 2008 p418
おひゃくしょうとむすこたち（イソップ）
　◇鬼塚りつ子文, 米山永一, 朝倉めぐみ絵「グリム・イソップ童話集」世界文化社 2004 p138
　◇鬼塚りつ子文, 米山永一, 朝倉めぐみ絵「こどものための世界の名作 グリム・イソップ・アンデルセン―ベスト30話」世界文化社 1994 p138
お百姓の賢い娘〔Die kluge Bauerntochter〕（グリム）
　◇乾侑美子訳, Otto Ubbelohde, Ludwig Richter挿絵「1812初版グリム童話 下」小学館 2000 p106
おふろからでたら〔After a Bath〕（フィッシャー）
　◇岸田衿子, 百々佑利子訳, ミーガン・グレッサー絵「みんなわたしの」のら書店 1991 p42
おふろにはいった王さま（ベヒシュタイン）
　◇上田真而子訳, 太田大八さし絵「白いオオカミ―ベヒシュタイン童話集」岩波書店 1990 p111
オペラ座の怪人〔Le fantôme de l'Opera〕（ルルー）
　◇村松定史訳, 若菜等＋Ki絵「子どものための世界文学の森 34」集英社 1996 p10
おぼえている〔A Memory〕（ギブソン）
　◇岸田衿子, 百々佑利子訳, ミーガン・グレッ

おほれ

サー絵「おうちをつくろう」のら書店 1993
p41

溺れかけた兄妹〔有島武郎〕
　◇「小学生までに読んでおきたい文学 3」あ
　　すなろ書房 2013 p33

おまめのプリンセス―えんどう豆の上に寝
　たお姫さま〔The Princess and the Pea〕
　（アンデルセン）
　◇有澤真庭, 和佐田道子訳「雪の女王―アンデ
　　ルセン童話集」竹書房 2014 p189

思いがけない幸運―いかにして作家となっ
　たか（ダール）
　◇柳瀬尚紀訳, 山本容子絵「ロアルド・ダール
　　コレクション 7」評論社 2006 p273

オ・ヤサシ巨人BFG〔The BFG〕（ダール）
　◇中村妙子訳, クェンティン・ブレイク絵「ロ
　　アルド・ダールコレクション 11」評論社
　　2006 p7

オ・ヤサシ巨人BFG（抄録）（ダール）
　◇中村妙子訳, クェンティン・ブレイク絵「ま
　　るごと一冊ロアルド・ダール」評論社 2000
　　p152

オヤジを探す〔Looking for Dad〕（パテン）
　◇谷川俊太郎訳「木はえらい―イギリス子ど
　　も詩集」岩波書店 2000 p112

おやすいご用さん〔Herr Fix und Fertig〕（グ
　リム）
　◇乾侑美子訳, Otto Ubbelohde, Ludwig
　　Richter挿画「1812初版グリム童話 上」小
　　学館 2000 p71

親すずめと四羽の子すずめ〔Der Sperling
　und seine vier Kinder〕（グリム）
　◇「完訳 グリム童話集 6」筑摩書房 2006
　　p164
　◇吉原高志, 吉原素子訳「初版グリム童話集
　　2」白水社 2007 p55

親スズメと4羽の子スズメ（グリム）
　◇橋本孝, 天沼春樹訳, シャルロット・デマ
　　トーン絵「グリム童話全集」西村書店 2013
　　p499

お休みなさい, 放浪のおじさん！（リンドグ
　レーン）
　◇石井登志子訳, イングリッド・ヴァン・ニイ
　　マンさし絵「リンドグレーン作品集 23」岩
　　波書店 2008 p153

おやすみの歌〔Last Song〕（ガスリー）
　◇岸田衿子, 百々佑利子訳, ミーガン・グレッ
　　サー絵「おうちをつくろう」のら書店 1993

p103

親の意味〔The Parent〕（ナッシュ）
　◇アーサー・ビナード, 木坂涼編訳, しりあが
　　り寿イラスト「ガラガラヘビの味―アメリ
　　カ子ども詩集」岩波書店 2010 p99

親不孝な息子〔Der undankbare Sohn〕（グリ
　ム）
　◇池田香代子訳, オットー＝ウッベローデ挿
　　画「完訳クラシック グリム童話 4」講談社
　　2000 p223

親不孝な息子（グリム）
　◇池田香代子訳, オットー・ウッベローデ挿画
　　「完訳 グリム童話集 3」講談社 2008 p196

おやゆびこぞう（グリム）
　◇小澤昔ばなし研究所再話, オットー・ウベ
　　ローデ絵「語るためのグリム童話 2」小峰
　　書店 2007 p170
　◇植田敏郎訳, ウェルナー・クレムケさし絵
　　「グリムの昔話 1」童話館出版 2000 p140

おやゆび小僧〔Daumesdick〕（グリム）
　◇池田香代子訳, オットー＝ウッベローデ挿
　　画「完訳クラシック グリム童話 2」講談社
　　2000 p29

おやゆび小僧（グリム）
　◇池田香代子訳, オットー・ウッベローデ挿画
　　「完訳 グリム童話集 1」講談社 2008 p352

おやゆび小僧〔Le Petit Poucet〕（ペロー）
　◇天沢退二郎訳, マリ林さし絵「ペロー童話
　　集」岩波書店 2003 p133
　◇今野一雄訳, ギュスターヴ・ドレ挿画「ペ
　　ローの昔ばなし」白水社 2007 p165

親指こぞう（グリム）
　◇佐々木田鶴子訳, 出久根育絵「グリム童話集
　　上」岩波書店 2007 p107
　◇フェリクス・ホフマン編・画, 大塚勇三訳
　　「グリムの昔話 1」福音館書店 2002 p339

親指こぞう（ペロー）
　◇菊地有子訳, 朝倉めぐみ絵「こどものための
　　世界の名作 完訳 愛と感動の物語―特選14
　　編」世界文化社 1995 p22

親指小僧〔Daumesdick〕（グリム）
　◇「完訳 グリム童話集 2」筑摩書房 2006
　　p201

親指小僧（グリム）
　◇山口四郎訳「グリム童話 2」冨山房イン
　　ターナショナル 2004 p20
　◇高橋健二訳, 徳井聡司（せんべぇ）イラスト
　　「完訳 グリム童話集 2」小学館 2008 p32

◇橋本孝, 天沼春樹訳, シャルロット・デマ
トーン絵「グリム童話全集」西村書店 2013
p144

親指小僧〔Le Petit Poucet〕(ペロー)
◇工藤庸子訳「いま読むペロー「昔話」」羽鳥
書店 2013 p82
◇村松潔訳, ギュスターヴ・ドレ挿絵「眠れる
森の美女―シャルル・ペロー童話集」新潮
社 2016 p129

親指小僧〔Little Thumb〕(ペロー)
◇荒俣宏訳, ハリー・クラーク絵「ペロー童話
集」新書館 2010 p133

親指小僧(ペロー)
◇巖谷國士訳, ギュスターヴ・ドレ画「眠れる
森の美女―完訳ペロー昔話集」講談社 1992
p135
◇巖谷國士訳, ギュスターヴ・ドレ画「眠れる
森の美女―完訳ペロー昔話集」筑摩書房
2002 p139
◇末松氷海子訳, エヴァ・フラントヴァー絵
「ペロー昔話・寓話集」西村書店 2008 p259

親指小僧の修業の旅(グリム)
◇橋本孝, 天沼春樹訳, シャルロット・デマ
トーン絵「グリム童話全集」西村書店 2013
p161

親指小僧の旅歩き(グリム)
◇山口四郎訳「グリム童話 1」冨山房イン
ターナショナル 2004 p141

親指小僧の旅かせぎ(グリム)
◇高橋健二訳, 徳井聡司(せんべぇ)イラスト
「完訳 グリム童話集 2」小学館 2008 p86

おやゆびこぞうの旅修業(グリム)
◇小澤昔ばなし研究所再編, オットー・ウベ
ローデ絵「語るためのグリム童話 3」小峰
書店 2007 p24

親指太郎(ペロー)
◇榊原晃三訳, ギュスターヴ・ドレ挿画「眠れ
る森の美女」沖積舎 2004 p53

おやゆび太郎の旅〔Daumerlings
Wanderschaft〕(グリム)
◇池田香代子訳, オットー=ウッベローデ挿
画「完訳クラシック グリム童話 2」講談社
2000 p66

おやゆび太郎の旅(グリム)
◇池田香代子訳, オットー・ウッベローデ挿画
「完訳 グリム童話集 1」講談社 2008 p401

親指太郎の旅歩き〔Daumerlings
Wanderschaft〕(グリム)

◇野村泫訳, モーリッツ・フォン・シュヴィン
ト画「完訳 グリム童話集 2」筑摩書房 2006
p269

おやゆびひめ(アンデルセン)
◇大畑末吉訳, 堀内誠一絵「アンデルセンどう
わ」のら書店 2005 p6
◇間所ひさこ再話, 松村真依子挿絵「教科書に
でてくるせかいのむかし話 1」あかね書房
2016 p18

おやゆび姫〔Thumbelina〕(アンデルセン)
◇荒俣宏訳, ハリー・クラーク絵「アンデルセ
ン童話集」新書館 2005 p47
◇荒俣宏訳, ハリー・クラーク絵「アンデルセ
ン童話集 上」文藝春秋 2012 p47

おやゆび姫(アンデルセン)
◇木村由利子訳, 米山永一, 朝倉めぐみ絵「ア
ンデルセン童話集」世界文化社 2004 p14
◇大畑末吉訳, 初山滋さし絵「アンデルセン童
話集 1」岩波書店 2000 p9
◇スティーブン・コリン英語訳, 江國香織訳,
エドワード・アーディゾーニ選・絵「アン
デルセンのおはなし」のら書店 2018 p173
◇ナオミ・ルイス訳, 代田亜香子日本語版訳,
ジョエル・ステュワート絵「アンデルセン
の13の童話」小峰書店 2007 p30
◇茨木啓子語り手「子どもに語るアンデルセ
ンのお話 〔1〕」こぐま社 2005 p25
◇木村由利子文, 米山永一, 朝倉めぐみ絵「こ
どものための世界の名作 グリム・イソッ
プ・アンデルセン―ベスト30話」世界文化
社 1994 p154

親ゆびひめ(アンデルセン)
◇西本鶏介文, shino絵「ポプラ世界名作童話
7」ポプラ社 2015 p17

親指ひめ(アンデルセン)
◇高橋健二訳, いたやさとし画「完訳 アンデル
セン童話集 1」小学館 2009 p75

親指姫〔Little Tiny or Thumbelina〕(アンデ
ルセン)
◇有澤真庭, 和佐田道子訳「雪の女王―アンデ
ルセン童話集」竹書房 2014 p141

親指姫〔Thumbelina／Tommelise〕(アンデル
セン)
◇大塚勇三編・訳, イブ・スパング・オルセン
画「アンデルセンの童話 1」福音館書店
2003 p11

親指姫〔Tommelise〕(アンデルセン)
◇天沼春樹訳「アンデルセン傑作集 マッチ売
りの少女／人魚姫」新潮社 2015 p9

おやゆ

◇矢崎源九郎訳, V.ペーダセン挿画「豪華愛蔵版 アンデルセン童話名作集 2」静山社 2011 p5

親指姫 (アンデルセン)
◇山本史郎訳「アンデルセンクラシック 9つの物語」原書房 1999 p11
◇天沼春樹訳, ドゥシャン・カーライ, カミラ・シュタンツロヴァー絵「アンデルセン童話全集 1」西村書店 2011 p66

オリエント急行殺人事件〔Murder on the Orient Express〕(クリスティ)
◇神鳥統夫文, 照井葉月絵「ミステリーボックス 5」ポプラ社 2004 p1

オリエント急行の殺人〔Murder on the Orient Express〕(クリスティ)
◇山本やよい訳「クリスティー・ジュニア・ミステリ 2」早川書房 2007 p1

おりの中のライオン (イソップ)
◇河野与一編訳, 稗田一穂さし絵「イソップのお話」岩波書店 2000 p124

織物の村で—アンパラの話 (カニグズバーグ)
◇小島希里訳「カニグズバーグ作品集 7」岩波書店 2002 p283

オリュンポスの神々 (アポロドーロス)
◇高津春繁, 高津久美子訳, 若菜珪さし絵「21世紀版 少年少女世界文学館 1」講談社 2010 p13

お料理のリスト〔ダールのおいしい!?レストラン〕(ダール)
◇「ロアルド・ダールコレクション 別巻3」評論社 2016 p6

オルフェウスのたてごと (ブルフィンチ)
◇箕浦万里子訳, 深沢真由美絵「子どものための世界文学の森 28」集英社 1995 p113

おれのなまえは… (クラーク)
◇岸田衿子, 百々佑利子訳, ミーガン・グレッサー絵「みんなわたしの」のら書店 1991 p48

オレンジの種五つ〔The Five Orange Pips〕(ドイル)
◇日暮まさみち訳, 青山浩行絵「名探偵ホームズシリーズ 〔7〕」講談社 2011 p110
◇山中峯太郎訳著「名探偵ホームズ全集 3」作品社 2017 p547

おろかな願い (ペロー)
◇巌谷國士訳, ギュスターブ・ドレ画「眠れる森の美女—完訳ペロー昔話集」講談社 1992 p305

◇巌谷國士訳, ギュスターヴ・ドレ画「眠れる森の美女—完訳ペロー昔話集」筑摩書房 2002 p309
◇天沢退二郎訳, マリ林さし絵「ペロー童話集」岩波書店 2003 p197

愚かな願いごと〔The Ridiculous Wishes〕(ペロー)
◇荒俣宏訳, ハリー・クラーク絵「ペロー童話集」新書館 2010 p153

愚かな願いごと (ペロー)
◇末松氷海子訳, エヴァ・フラントヴァー絵「ペロー昔話・寓話集」西村書店 2008 p144

おわり〔The End〕(ミルン)
◇岸田衿子, 百々佑利子訳, ミーガン・グレッサー絵「みんなわたしの」のら書店 1991 p25

恩しらずの旅人 (イソップ)
◇いわきたかし著, ほてはまたかし画「いそっぷ童話集」童話屋 2004 p88

恩知らずのむすこ (グリム)
◇高橋健二訳, 徳井聡司 (せんべぇ) イラスト「完訳 グリム童話集 4」小学館 2009 p230

恩知らずの息子〔Der undankbare Sohn〕(グリム)
◇「完訳 グリム童話集 6」筑摩書房 2006 p116
◇吉原高志, 吉原素子訳「初版グリム童話集 5」白水社 2008 p188

恩知らずの息子 (グリム)
◇橋本孝, 天沼春樹訳, シャルロット・デマトーン絵「グリム童話全集」西村書店 2013 p486

オンドリとインドのオンドリ (ペロー)
◇末松氷海子訳, エヴァ・フラントヴァー絵「ペロー昔話・寓話集」西村書店 2008 p302

オンドリと風見鶏 (アンデルセン)
◇天沼春樹訳, ドゥシャン・カーライ, カミラ・シュタンツロヴァー絵「アンデルセン童話全集 3」西村書店 2013 p243

オンドリとキツネ (イソップ)
◇ラッセル・アッシュ, バーナード・ヒットン編著, 秋野翔一郎訳「クラシックイラストレーション版 イソップ寓話集」童話館出版 2002 p22

オンドリとキツネ (ペロー)
◇末松氷海子訳, エヴァ・フラントヴァー絵「ペロー昔話・寓話集」西村書店 2008 p296

オンドリとシャコ (イソップ)

◇河野与一編訳, 稗田一穂さし絵「イソップのお話」岩波書店 2000 p223

オンドリとダイヤモンド（ペロー）
　◇末松氷海子訳, エヴァ・フラントヴァー絵「ペロー昔話・寓話集」西村書店 2008 p297

オンドリと宝石（イソップ）
　◇ラッセル・アッシュ, バーナード・ヒットン編著, 秋野翔一郎訳「クラシックイラストレーション版 イソップ寓話集」童話館出版 2002 p70

雄鶏と宝石（イソップ）
　◇川名澄訳, アーサー・ラッカム絵「新編 イソップ寓話」風媒社 2014 p106

オンドリとヤマウズラ（ペロー）
　◇末松氷海子訳, エヴァ・フラントヴァー絵「ペロー昔話・寓話集」西村書店 2008 p295

おんどりとワシ（イソップ）
　◇川崎洋文, 吉田利一絵「小学館 世界の名作 18」小学館 1999 p28

オンドリとワシ（イソップ）
　◇河野与一編訳, 稗田一穂さし絵「イソップのお話」岩波書店 2000 p57
　◇小出正吾ぶん, 三好碩也え「イソップのおはなし」のら書店 2010 p24

おんどりのはり〔Der Hahnenbalken〕（グリム）
　◇「完訳 グリム童話集 6」筑摩書房 2006 p133

おんどりの梁（はり）〔Der Hahnenbalken〕（グリム）
　◇吉原高志, 吉原素子訳「初版グリム童話集 5」白水社 2008 p203

オンドリの梁（グリム）
　◇橋本孝, 天沼春樹訳, シャルロット・デマトーン絵「グリム童話全集」西村書店 2013 p491

女主人とヒツジ（イソップ）
　◇河野与一編訳, 稗田一穂さし絵「イソップのお話」岩波書店 2000 p187

女主人と召使い（イソップ）
　◇河野与一編訳, 稗田一穂さし絵「イソップのお話」岩波書店 2000 p254

女海賊の島（上）〔Missee Lee〕（ランサム）
　◇神宮輝夫訳「ランサム・サーガ 10」岩波書店 2014 p13

女海賊の島（下）〔Missee Lee〕（ランサム）
　◇神宮輝夫訳「ランサム・サーガ 10」岩波書店 2014 p11

女主人〔The Landlady〕（ダール）
　◇開高健訳「小学生までに読んでおきたい文学 3」あすなろ書房 2013 p95

女先生の幽霊〔The Ghost Teacher〕（アールバーグ）
　◇川崎洋訳, フリッツ・ヴェグナー絵「木はえらい——イギリス子ども詩集」岩波書店 2000 p28

女たちの時間〔The Women's Hour〕（ウェストール）
　◇原田勝訳「ウェストールコレクション〔9〕」徳間書店 2014 p253

女とニワトリ（イソップ）
　◇河野与一編訳, 稗田一穂さし絵「イソップのお話」岩波書店 2000 p149

【 か 】

海外からのファンレター（ダール）
　◇佐藤見果夢訳, クェンティン・ブレイク絵「まるごと一冊ロアルド・ダール」評論社 2000 p53

怪奇な家〔La Demeure Mystérieuse〕（ルブラン）
　◇南洋一郎文, 朝倉めぐみさし絵「文庫版 怪盗ルパン 17」ポプラ社 2005 p9
　◇南洋一郎文, 奈良葉二挿画「怪盗ルパン全集〔7〕」ポプラ社 2010 p13

怪巨人の秘密（ルブラン）
　◇南洋一郎文, 清水勝挿画「怪盗ルパン全集〔10〕」ポプラ社 2010 p272

海軍条約のひみつ〔The Adventure of the Naval Treaty〕（ドイル）
　◇内田庶訳, 岡本正樹絵「シャーロック・ホームズ 15」岩崎書店 2011 p5

海軍条約文書〔The Naval Treaty〕（ドイル）
　◇日暮まさみち訳, 青山浩行絵「名探偵ホームズシリーズ 〔3〕」講談社 2011 p147

ガイコツになりたかったぼく〔Det finns guld i gluggen〕（スタルク）
　◇菱木晃子訳, はたこうしろう絵「ショート・ストーリーズ ガイコツになりたかったぼく」小峰書店 2005 p5

カイサとおばあちゃん〔Kajsa kavat〕（リンドグレーン）

かいし

◇石井登志子訳, イングリッド・ヴァン・ニイ
マンさし絵「リンドグレーン作品集 23」岩
波書店 2008 p9

怪事件〔Un Effroyable Mystère〕（ルブラン）
◇平岡敦編訳, 佐竹美保挿画「ホラー短編集
3」岩波書店 2014 p141

怪女の鼻目がね〔The Adventure of the
Golden Pince–Nez〕（ドイル）
◇山中峯太郎訳著「名探偵ホームズ全集 1」
作品社 2017 p553

改心〔A Retrieved Reformation〕（オー・ヘン
リー）
◇千葉茂樹訳, 和田誠絵「オー・ヘンリー
ショートストーリーセレクション 1」理論
社 2007 p21

改心以上〔A Retrieved Reformation〕（オー・
ヘンリー）
◇大久保康雄訳, 三芳悌吉さしえ「最後のひと
葉—オー＝ヘンリー傑作短編集」偕成社
1989 p37

海水浴場の密室殺人〔Thérèse et Germaine〕
（ルブラン）
◇南洋一郎文, 朝倉めぐみさし絵「文庫版 怪盗
ルパン 13」ポプラ社 2005 p63

海水浴場の密室殺人（ルブラン）
◇南洋一郎文, 奈良葉二挿画「怪盗ルパン全集
〔5〕」ポプラ社 2010 p83

怪スパイの巣〔His Last Bow〕（ドイル）
◇山中峯太郎訳著「名探偵ホームズ全集 3」
作品社 2017 p131

海賊の宝物（プロイスラー）
◇佐々木田鶴子訳, スズキコージ絵「プロイス
ラーの昔話 1」小峰書店 2003 p103

開拓者（バン・ローン）
◇片岡政昭訳「世界名作文学集 〔9〕」国土社
2003 p29

怪談秘帳〔The Adventure of Shoscombe Old
Place〕（ドイル）
◇山中峯太郎訳著「名探偵ホームズ全集 3」
作品社 2017 p260

怪鳥グライフ〔Der Vogel Greif〕（グリム）
◇天沼春樹訳, ペテル・ウフナール画「グリ
ム・コレクション 4」バロル舎 2001 p195

怪鳥グライフ（グリム）
◇小澤昔ばなし研究所再話, オットー・ウベ
ローデ絵「語るためのグリム童話 7」小峰
書店 2007 p52
◇高橋健二訳, 徳井聡司（せんべぇ）イラスト

「完訳 グリム童話集 4」小学館 2009 p330
◇フェリクス・ホフマン編・画, 大塚勇三訳
「グリムの昔話 3」福音館書店 2002 p194

海底二万マイル（ヴェルヌ）
◇芦辺拓編訳, 藤城陽絵「10歳までに読みた
い世界名作 24」学研プラス 2016

海底二万里〔Vingt mille lieues sous les mers〕
（ヴェルヌ）
◇今西祐行訳, 八木信治絵「子どものための世
界文学の森 7」集英社 1994 p10

怪盗アルセーヌ・ルパン—名警部をうならせる、怪
盗紳士のあざやかなトリック（ルブラン）
◇「10歳までに読みたい世界名作 12」学研プ
ラス 2015

怪盗アルセーヌ・ルパン 少女オルスタンス
の冒険（ルブラン）
◇「10歳までに読みたい名作ミステリー 怪盗
アルセーヌ・ルパン 少女オルスタンスの冒
険」学研プラス 2016

怪盗紳士（ルブラン）
◇「文庫版 怪盗ルパン 1」ポプラ社 2005
◇「怪盗ルパン全集 〔2〕」ポプラ社 2010

怪盗対名探偵〔Arsène Lupin contre Herlock
Sholmès〕（ルブラン）
◇南洋一郎文, 中村猛男挿画「怪盗ルパン全集
〔9〕」ポプラ社 2010 p13

怪盗の宝〔The Sign of Four〕（ドイル）
◇山中峯太郎訳著「名探偵ホームズ全集 1」
作品社 2017 p215

怪盗ルパン対悪魔男爵（ルブラン）
◇芦辺拓編訳, 清瀬のどか絵「10歳までに読
みたい世界名作 12」学研プラス 2015 p27

怪盗ルパンゆうゆう脱獄（ルブラン）
◇芦辺拓編訳, 清瀬のどか絵「10歳までに読
みたい世界名作 12」学研プラス 2015 p91

かいば桶のなかのイヌ（イソップ）
◇ラッセル・アッシュ, バーナード・ヒットン
編著, 秋野翔一郎訳「クラシックイラストレー
ション版 イソップ寓話集」童話館出版 2002
p56

飼葉桶のなかの犬（イソップ）
◇川名澄訳, アーサー・ラッカム絵「新編 イ
ソップ寓話」風媒社 2014 p60

快楽主義の欠点〔The Flaw in Paganism〕
（パーカー）
◇アーサー・ビナード, 木坂涼編訳, しりあが
り寿イラスト「ガラガラヘビの味—アメリ
カ子ども詩集」岩波書店 2010 p166

244 世界児童文学全集/個人全集・作品名綜覧 第II期

かえる

怪力ハンス〔Der starke Hans〕（グリム）
　◇池田香代子訳, オットー＝ウッベローデ挿画「完訳クラシック グリム童話 5」講談社 2000 p58
怪力ハンス（グリム）
　◇池田香代子訳, オットー・ウッベローデ挿画「完訳 グリム童話集 3」講談社 2008 p279
帰ってきたホームズ〔The Return of Sherlock Holmes〕（ドイル）
　◇日暮まさみち訳, 青山浩行絵「名探偵ホームズシリーズ 〔10〕」講談社 2011 p8
かえる（イタリア）〔The Frog〕（ラング）
　◇川端康成, 野上彰編訳, 西村香英絵「ラング世界童話全集 2」偕成社 2008 p97
カエル
　◇岸田衿子, 百々佑利子訳, ミーガン・グレッサー絵「おうちをつくろう」のら書店 1993 p91
蛙と井戸（イソップ）
　◇川名澄訳, アーサー・ラッカム絵「新編 イソップ寓話」風媒社 2014 p130
カエルとウシ（イソップ）
　◇小出正吾ぶん, 三好碩也え「イソップのおはなし」のら書店 2010 p84
カエルと牛（イソップ）
　◇天野裕司, ローワン・バーンズマーフィー絵「イソップ物語」文溪堂 2005 p12
カエルと雄牛（イソップ）
　◇ラッセル・アッシュ, バーナード・ヒットン編著, 秋野翔一郎訳「クラシックイラストレーション版 イソップ寓話集」童話館出版 2002 p14
カエルとカタツムリ（ダール）
　◇灰島かり訳, クェンティン・ブレイク絵「ロアルド・ダールコレクション 14」評論社 2006 p55
蛙となかよし―「一年中ワクワクしてた」より（ダール）
　◇久山太市訳, レイモンド・ブリッグズ絵「まるごと一冊ロアルド・ダール」評論社 2000 p19
カエルとネズミ〔La Grenouille et le Rat〕（ラ・フォンテーヌ）
　◇大澤千加訳, ブーテ・ド・モンヴェル絵「ラ・フォンテーヌ寓話」洋洋社 2016 p99
かえるとライオンの妖精（フランス ドーノワ夫人）〔The Frog and the Lion Fairy〕（ラング）

　◇川端康成, 野上彰編訳, せべまさゆき絵「ラング世界童話全集 3」偕成社 2008 p89
カエルにされた村人たち（ブルフィンチ）
　◇箕浦万里子訳, 深沢真由美絵「子どものための世界文学の森 28」集英社 1995 p36
蛙のお医者さん（イソップ）
　◇川名澄訳, アーサー・ラッカム絵「新編 イソップ寓話」風媒社 2014 p58
かえるの王さま（グリム）
　◇小澤昔ばなし研究所再話, オットー・ウベローデ絵「語るためのグリム童話 1」小峰書店 2007 p6
カエルの王さま（グリム）
　◇佐々木田鶴子訳, 出久根育絵「グリム童話集 上」岩波書店 2007 p28
カエルの王さま―または鉄のハインリヒ（グリム）
　◇フェリクス・ホフマン編・画, 大塚勇三訳「グリムの昔話 1」福音館書店 2002 p11
蛙の王さまあるいは鉄のハインリヒ〔Der Froschkönig oder der eiserne Heinrich〕（グリム）
　◇池田香代子訳, オットー＝ウッベローデ挿画「完訳クラシック グリム童話 1」講談社 2000 p10
蛙の王さま あるいは鉄のハインリヒ（グリム）
　◇池田香代子訳, オットー・ウッベローデ挿画「完訳 グリム童話集 1」講談社 2008 p10
カエルの王さま、または忠実なハインリヒ（グリム）
　◇乾侑美子訳, オットー・ウッベローデさし絵「グリムの昔話 3」童話館出版 2001 p134
蛙の王さま、または忠実なハインリヒ〔Der Froschkönig oder der eiserne Heinrich〕（グリム）
　◇乾侑美子訳, Otto Ubbelohde, Ludwig Richter挿絵「1812初版グリム童話 上」小学館 2000 p12
かえるの王さままたは鉄のハインリッヒ〔Der Froschkönig oder der eiserne Heinrich〕（グリム）
　◇吉原高志, 吉原素子訳「初版グリム童話集 1」白水社 2007 p21
かえるの王さままたは鉄のハインリヒ（グリム）
　◇高橋健二訳, 徳井聡司（せんべぇ）イラスト「完訳 グリム童話集 1」小学館 2008 p7

世界児童文学全集／個人全集・作品名綜覧 第II期　245

かえる

カエルの王さま、または鉄のハインリヒ（グ
リム）
　◇橋本孝, 天沼春樹訳, シャルロット・デマ
　　トーン絵「グリム童話全集」西村書店 2013
　　p8
カエルの王様、または鉄のハインリヒ（グリ
ム）
　◇山口四郎訳「グリム童話 3」冨山房イン
　　ターナショナル 2004 p37
蛙の王さままたは鉄のハインリヒ〔Der
　Froschkönig oder der eiserne Heinrich〕（グ
　リム）
　◇野村泫訳, オットー・シュペクター画「完訳
　　グリム童話集 1」筑摩書房 2005 p9
かえるの王子〔Der Froschprinz〕（グリム）
　◇吉原高志, 吉原素子訳「初版グリム童話集
　　4」白水社 2008 p139
かえるの王子（グリム）
　◇高橋健二訳, 徳井聡司（せんべぇ）イラスト
　　「完訳グリム童話集 5」小学館 2009 p274
　◇ワンダ・ガアグ編・絵, 松岡享子訳「グリム
　　のむかしばなし 1」のら書店 2017 p55
カエルの王子—グリム童話より
　◇マーリー・マッキノン再話, 西本かおる訳,
　　ロレーナ・アルヴァレス絵「ひとりよみ名作
　　プリンセスものがたり」小学館 2015 p13
カエルの精とライオンの精—オーノワ夫人〔出典〕
　〔The Frog and the Lion Fairy〕（ラング）
　◇杉田七重訳, H.J.フォード装画・挿絵「アン
　　ドルー・ラング世界童話集 10」東京創元社
　　2009 p254
カエルよ（イ ヒョンジュ）
　◇片岡清美訳, カン ヨンベ絵「いま読もう！韓
　　国ベスト読みもの 5」汐文社 2005 p147
顔〔The Face〕（ロビンスン）
　◇金原瑞人編訳, 佐竹美保挿画「ホラー短編集
　　〔1〕」岩波書店 2010 p63
顔の下の仮面（カニグズバーグ）
　◇清水真砂子訳「カニグズバーグ作品集 別
　　巻」岩波書店 2002 p231
顔のない下宿人〔The Adventure of the
　Veiled Lodger〕（ドイル）
　◇日暮まさみち訳, 青山浩行絵「名探偵ホーム
　　ズシリーズ 〔13〕」講談社 2011 p269
かかし〔The Scarecrows〕（ウェストール）
　◇金原瑞人訳「ウェストールコレクション
　　〔5〕」徳間書店 2003 p1

鏡からとびだした歯医者さん（ロダーリ）
　◇関口英子訳, 伊津野果地さし絵「兵士のハー
　　モニカ—ロダーリ童話集」岩波書店 2012
　　p219
鏡にうつる鏡には何がうつっているのか？
　—さすらい山の古老（エンデ）
　◇田村都志夫訳「だれでもない庭—エンデが
　　遺した物語集」岩波書店 2002 p342
　◇田村都志夫訳「だれでもない庭—エンデが
　　遺した物語集」岩波書店 2015 p425
鏡の乙女（ハーン）
　◇脇明子訳「雪女 夏の日の夢」岩波書店
　　2003 p125
鏡の国のアリス（抄）（キャロル）
　◇原昌訳「世界名作文学集 〔2〕」国土社
　　2004 p159
鏡の詩〔Mirror Poem〕（ライト）
　◇谷川俊太郎訳「木はえらい—イギリス子ど
　　も詩集」岩波書店 2000 p142
輝くお日さまが、明るみに出してくださる
　〔Die klare Sonne bringt's an den Tag〕（グ
　リム）
　◇乾侑美子訳, Otto Ubbelohde, Ludwig
　　Richter挿絵「1812初版グリム童話 下」小
　　学館 2000 p206
かがり針〔Stoppenålen〕（アンデルセン）
　◇福井信子, 大河原晶子訳, フレミング・B.
　　イェベセン画「本当に読みたかったアンデ
　　ルセン童話」NTT出版 2005 p122
かがり針（アンデルセン）
　◇高橋健二訳, いたやさとし画「完訳 アンデル
　　セン童話集 3」小学館 2009 p24
　◇天沼春樹訳, ドゥシャン・カーライ, カミ
　　ラ・シュタンツロヴァー絵「アンデルセン
　　童話全集 1」西村書店 2011 p21
　◇スティーブン・コリン英語訳, 江國香織訳,
　　エドワード・アーディゾーニ選・絵「アン
　　デルセンのおはなし」のら書店 2018 p251
かがり針の物語〔A Story about a Darning-
　Needle〕（ラング）
　◇生方頼子訳, H.J.フォード装画・挿絵「アン
　　ドルー・ラング世界童話集 4」東京創元社
　　2008 p346
かき（チェーホフ）
　◇神西清訳「読書がたのしくなる世界の文学
　　〔8〕」くもん出版 2016 p93
牡蠣と訴訟人〔L'Huitre et les Plaideurs〕
　（ラ・フォンテーヌ）

◇大澤千加訳, ブーテ・ド・モンヴェル絵
「ラ・フォンテーヌ寓話」洋洋社 2016 p167

鍵と地下鉄〔The Adventure of the Bruce–
Partington Plans〕(ドイル)
◇山中峯太郎訳著「名探偵ホームズ全集 2」
作品社 2017 p135

垣根の王さま〔Der Zaunkönig〕(グリム)
◇池田香代子訳, オットー＝ウッベローデ挿
画「完訳クラシック グリム童話 5」講談社
2000 p83

垣根の王さま(グリム)
◇池田香代子訳, オットー・ウッベローデ挿画
「完訳 グリム童話集 3」講談社 2008 p309

かきねの王さま(ミソサザイ)(グリム)
◇橋本孝, 天沼春樹訳, シャルロット・デマ
トーン絵「グリム童話全集」西村書店 2013
p536

かきねの王さまミソサザイとクマ(グリム)
◇橋本孝, 天沼春樹訳, シャルロット・デマ
トーン絵「グリム童話全集」西村書店 2013
p362

カキのクシャミ？〔Do Oysters Sneeze？〕
(プレラッキー)
◇アーサー・ビナード, 木坂涼編訳, しりあが
り寿イラスト「ガラガラヘビの味―アメリ
カ子ども詩集」岩波書店 2010 p25

学園連続殺人事件〔Murder at School〕(ヒル
トン)
◇木下友子文, ひたき絵「ミステリーボックス
6」ポプラ社 2004 p1

家具つきの貸間〔The Furnished Room〕
(オー・ヘンリー)
◇大久保康雄訳, 三芳悌吉さしえ「最後のひと
葉―オー＝ヘンリー傑作短編集」偕成社
1989 p87

家具つきの部屋〔The Furnished Room〕
(オー・ヘンリー)
◇金原瑞人編訳, 佐竹美保挿画「ホラー短編集
2」岩波書店 2012 p51

革命と独立(バン・ローン)
◇片岡政昭訳「世界名作文学集 〔9〕」国土社
2003 p158

カーグラスの城(フランス)〔The Castle of
Kerglas〕(ラング)
◇川端康成, 野上彰編訳, 佐竹美保絵「ラング
世界童話全集 1」偕成社 2008 p10

隠れたもの(エンデ)
◇田村都志夫訳「だれでもない庭―エンデが

遺した物語集」岩波書店 2002 p117
◇田村都志夫訳「だれでもない庭―エンデが
遺した物語集」岩波書店 2015 p144

かけ〔Пари〕(チェーホフ)
◇原卓也訳「小学生までに読んでおきたい文
学 6」あすなろ書房 2013 p197

駆落(リルケ)
◇森鷗外訳「読書がたのしくなる世界の文学
〔2〕」くもん出版 2014 p21

影―小さな5つの話〔Throwing Shadows〕(カ
ニグズバーグ)
◇小島希里訳「カニグズバーグ作品集 7」岩
波書店 2002 p233

かけっこ(アンデルセン)
◇高橋健二訳, いたやさとし画「完訳 アンデル
セン童話集 5」小学館 2010 p161

かけっこ〔Contest〕(オルレブ)
◇母袋夏生訳, 下田昌克絵「ショート・ストー
リーズ 羽がはえたら」小峰書店 2000 p39

影の合図(ルブラン)
◇長島良三訳, 大久保浩絵「アルセーヌ・ルパ
ン名作集 2」岩崎書店 1997 p79

かげのダンス〔Shadow Dance〕(イースト
ウィック)
◇岸田衿子, 百々佑利子訳, ミーガン・グレッ
サー絵「みんなわたしの」のら書店 1991
p53

影法師(アンデルセン)
◇高橋健二訳, いたやさとし画「完訳 アンデル
セン童話集 3」小学館 2009 p177
◇天沼春樹訳, ドゥシャン・カーライ, カミ
ラ・シュタンツロヴァー絵「アンデルセン
童話全集 3」西村書店 2013 p108

カゲロウのたんじょう日(ビアンキ)
◇内田莉莎子訳, いたやさとし絵「ビアンキの
動物ものがたり」日本標準 2007 p81

かごのなかのムネアカコマドリ(ブレイク)
◇岸田衿子, 百々佑利子訳, ミーガン・グレッ
サー絵「おうちをつくろう」のら書店 1993
p102

カササギ(イソップ)
◇河野与一編訳, 稗田一穂さし絵「イソップの
お話」岩波書店 2000 p210

カササギとカラス(イソップ)
◇河野与一編訳, 稗田一穂さし絵「イソップの
お話」岩波書店 2000 p52

カササギとキツネ(イソップ)

かささ

◇河野与一編訳, 稗田一穂さし絵「イソップの
お話」岩波書店 2000 p294

カササギにご用心—「一年中ワクワクしてた」より
（ダール）
◇久山太市訳, クェンティン・ブレイク絵「ま
るごと一冊ロアルド・ダール」評論社 2000
p103

かささぎのかぞえうた
◇岸田衿子, 百々佑利子訳, ミーガン・グレッ
サー絵「みんなわたしの」のら書店 1991
p19

かしこいエルシー（グリム）
◇ワンダ・ガアグ編・絵, 松岡享子訳「グリム
のむかしばなし 2」のら書店 2017 p107

かしこいエルゼ〔Die kluge Else〕（グリム）
◇池田香代子訳, オットー＝ウッベローデ挿
画「完訳クラシック グリム童話 1」講談社
2000 p247
◇「完訳 グリム童話集 2」筑摩書房 2006
p151

かしこいエルゼ（グリム）
◇小澤昔ばなし研究所再話, オットー・ウベ
ローア絵「語るためのグリム童話 2」小峰
書店 2007 p136
◇池田香代子訳, オットー・ウッベローデ挿画
「完訳 グリム童話集 1」講談社 2008 p318
◇高橋健二訳, 徳井聡司（せんべえ）イラスト
「完訳 グリム童話集 1」小学館 2008 p362
◇橋本孝, 天沼春樹訳, シャルロット・デマ
トーン絵「グリム童話全集」西村書店 2013
p131
◇乾侑美子訳, ウォルター・クレインさし絵
「グリムの昔話 3」童話館出版 2001 p184

かしこいおひゃくしょうの娘（グリム）
◇山口四郎訳「グリム童話 3」冨山房イン
ターナショナル 2004 p68

かしこいお百姓のむすめ（グリム）
◇小澤昔ばなし研究所再話, オットー・ウベ
ローデ絵「語るためのグリム童話 5」小峰
書店 2007 p137

かしこいお百姓の娘（グリム）
◇佐々木田鶴子訳, 出久根育絵「グリム童話集
下」岩波書店 2007 p229

かしこいグレーテル〔Das kluge Gretel〕（グ
リム）
◇池田香代子訳, オットー＝ウッベローデ挿
画「完訳クラシック グリム童話 3」講談社
2000 p55

◇「完訳 グリム童話集 4」筑摩書房 2006 p35

かしこいグレーテル（グリム）
◇小澤昔ばなし研究所再話, オットー・ウベ
ローデ絵「語るためのグリム童話 4」小峰
書店 2007 p169
◇池田香代子訳, オットー・ウッベローデ挿画
「完訳 グリム童話集 2」講談社 2008 p187
◇高橋健二訳, 徳井聡司（せんべえ）イラスト
「完訳 グリム童話集 3」小学館 2008 p18
◇橋本孝, 天沼春樹訳, シャルロット・デマ
トーン絵「グリム童話全集」西村書店 2013
p278
◇乾侑美子訳, ウェルナー・クレムケさし絵
「グリムの昔話 1」童話館出版 2000 p264

かしこい下男〔Der kluge Knecht〕（グリム）
◇池田香代子訳, オットー＝ウッベローデ挿
画「完訳クラシック グリム童話 5」講談社
2000 p33
◇「完訳 グリム童話集 6」筑摩書房 2006
p202

かしこい下男（グリム）
◇池田香代子訳, オットー・ウッベローデ挿画
「完訳 グリム童話集 3」講談社 2008 p249
◇高橋健二訳, 徳井聡司（せんべえ）イラスト
「完訳 グリム童話集 4」小学館 2009 p305
◇橋本孝, 天沼春樹訳, シャルロット・デマ
トーン絵「グリム童話全集」西村書店 2013
p509

賢い小さな仕立屋〔Vom klugen
Schneiderlein〕（グリム）
◇乾侑美子訳, Otto Ubbelohde, Ludwig
Richter挿絵「1812初版グリム童話 下」小
学館 2000 p198

かしこいちびの仕立て屋（グリム）
◇小澤昔ばなし研究所再話, オットー・ウベ
ローデ絵「語るためのグリム童話 6」小峰
書店 2007 p43

かしこいちびの仕立屋〔Vom klugen
Schneiderlein〕（グリム）
◇池田香代子訳, オットー＝ウッベローデ挿
画「完訳クラシック グリム童話 4」講談社
2000 p54

かしこいちびの仕立て屋（グリム）
◇池田香代子訳, オットー・ウッベローデ挿画
「完訳 グリム童話集 2」講談社 2008 p499
◇高橋健二訳, 徳井聡司（せんべえ）イラスト
「完訳 グリム童話集 3」小学館 2008 p370

賢いちびの仕立て屋〔Vom klugen

Schneiderlein〕（グリム）
◇吉原高志, 吉原素子訳, Otto Ubbelohde挿絵
「初版グリム童話集 5」白水社 2008 p7
かしこいちびの仕立て屋の話〔Vom klugen
Schneiderlein〕（グリム）
◇「完訳 グリム童話集 5」筑摩書房 2006
p142
かしこいちびの仕立て屋の話（グリム）
◇橋本孝, 天沼春樹訳, シャルロット・デマ
トーン絵「グリム童話全集」西村書店 2013
p401
かしこい猫―ベルベル人の昔話〔出典〕〔The
Clever Cat〕（ラング）
◇吉井知代子訳, H.J.フォード装画・挿絵「ア
ンドルー・ラング世界童話集 10」東京創元
社 2009 p126
かしこい農夫の娘（グリム）
◇橋本孝, 天沼春樹訳, シャルロット・デマ
トーン絵「グリム童話全集」西村書店 2013
p335
かしこいはたおり（アルメニア）〔The
Clever Weaver〕（ラング）
◇川端康成, 野上彰編訳, 小松修絵「ラング世
界童話全集 6」偕成社 2008 p196
かしこいハンス（グリム）
◇安東みきえ文, 100%ORANGE絵「ポプラ
世界名作童話 15」ポプラ社 2016 p93
かしこい人たち〔Die klugen Leute〕（グリム）
◇池田香代子訳, オットー＝ウッベローデ挿
画「完訳クラシック グリム童話 3」講談社
2000 p230
◇「完訳 グリム童話集 5」筑摩書房 2006 p18
かしこい人たち（グリム）
◇池田香代子訳, オットー・ウッベローデ挿画
「完訳 グリム童話集 2」講談社 2008 p407
◇高橋健二訳, 徳井聡司（せんべぇ）イラスト
「完訳 グリム童話集 3」小学館 2008 p267
◇橋本孝, 天沼春樹訳, シャルロット・デマ
トーン絵「グリム童話全集」西村書店 2013
p366
かしこい百姓むすめ（グリム）
◇高橋健二訳, 徳井聡司（せんべぇ）イラスト
「完訳 グリム童話集 3」小学館 2008 p181
かしこい百姓娘〔Die kluge Bauerntochter〕
（グリム）
◇池田香代子訳, オットー＝ウッベローデ挿
画「完訳クラシック グリム童話 3」講談社
2000 p174

◇野村泫訳, ルートヴィヒ・リヒター画「完訳
グリム童話集 4」筑摩書房 2006 p236
かしこい百姓娘（グリム）
◇池田香代子訳, オットー・ウッベローデ挿画
「完訳 グリム童話集 2」講談社 2008 p335
◇乾侑美子訳, オットー・ウッベローデさし絵
「グリムの昔話 3」童話館出版 2001 p274
賢い百姓娘〔Die kluge Bauerntochter〕（グリ
ム）
◇吉原高志, 吉原素子訳, Otto Ubbelohde挿絵
「初版グリム童話集 4」白水社 2008 p96
かじだかじだ！
◇岸田衿子, 百々佑利子訳, ミーガン・グレッ
サー絵「みんなわたしの」のら書店 1991
p26
かしの木とあし（イソップ）
◇よこたきよし文, 飯岡千江子絵「読み聞かせ
イソップ50話」チャイルド本社 2007 p96
カシの木とアシ（イソップ）
◇小出正吾ぶん, 三好碩也え「イソップのおは
なし」のら書店 2010 p36
◇天野裕司訳, ローワン・バーンズマーフィー絵
「イソップ物語」文渓堂 2005 p26
樫の木と葦（イソップ）
◇川名澄訳, アーサー・ラッカム絵「新編 イ
ソップ寓話」風媒社 2014 p42
鍛冶屋と悪魔〔Der Schmidt und der Teufel〕
（グリム）
◇吉原高志, 吉原素子訳「初版グリム童話集
3」白水社 2008 p156
◇乾侑美子訳, Otto Ubbelohde, Ludwig
Richter挿絵「1812初版グリム童話 下」小
学館 2000 p49
鍛冶屋と犬（イソップ）
◇川名澄訳, アーサー・ラッカム絵「新編 イ
ソップ寓話」風媒社 2014 p71
鍛冶屋と子イヌ（イソップ）
◇河野与一編訳, 稗田一穂さし絵「イソップの
お話」岩波書店 2000 p177
カシワの木とゼウス（イソップ）
◇河野与一編訳, 稗田一穂さし絵「イソップの
お話」岩波書店 2000 p142
果心居士（かしんこじ）の話（ハーン）
◇脇明子訳「雪女 夏の日の夢」岩波書店
2003 p101
風（ロゼッティ）
◇岸田衿子, 百々佑利子訳, ミーガン・グレッ
サー絵「おうちをつくろう」のら書店 1993

かせい

p45

火星のプリンセス〔A Princess of Mars〕（バ
ローズ）
◇亀山龍樹訳, 山本貴嗣絵「冒険ファンタジー
名作選 2」岩崎書店 2003 p6

風を見たのはだれだろう？（ロゼッティ）
◇岸田衿子, 百々佑利子訳, ミーガン・グレッ
サー絵「おうちをつくろう」のら書店 1993
p37

風がヴァルデマー・ドウとその娘たちのこ
とを語る（アンデルセン）
◇天沼春樹訳, ドゥシャン・カーライ, カミ
ラ・シュタンツロヴァー絵「アンデルセン
童話全集 1」西村書店 2011 p414

風がワルデマル・ドウとそのむすめたちの
ことを話します（アンデルセン）
◇高橋健二訳, いたやさとし画「完訳 アンデル
セン童話集 5」小学館 2010 p182

風、つめたい風〔The Wind, the Cold Wind〕
（ノリス）
◇きたむらさとし訳・絵「ショート・ストー
リーズ 風、つめたい風」小峰書店 1999 p5

風のある夜（スティーブンソン）
◇岸田衿子, 百々佑利子訳, ミーガン・グレッ
サー絵「おうちをつくろう」のら書店 1993
p84

風の夜（ベネット）
◇岸田衿子, 百々佑利子訳, ミーガン・グレッ
サー絵「おうちをつくろう」のら書店 1993
p18

家族中みんなの言ったこと（アンデルセン）
◇高橋健二訳, いたやさとし画「完訳 アンデル
セン童話集 8」小学館 2010 p164

家族といっしょに移動できなくなったおば
あさんの歌〔Song of an Old Woman
Abandoned by Her Tride〕（ショショーニ族）
◇アーサー・ビナード, 木坂涼編訳, しりあが
り寿イラスト「ガラガラヘビの味—アメリ
カ子ども詩集」岩波書店 2010 p172

カタカタコウノトリの話（レアンダー）
◇国松孝二訳「ふしぎなオルガン」岩波書店
2010 p185

がたがたの竹馬小僧（グリム）
◇高橋健二訳, 徳井聡司（せんべぇ）イラスト
「完訳 グリム童話集 2」小学館 2008 p199

がたがたの竹馬小僧—ルンペンスティルツ
ヒェン〔Rumpelstilzchen〕（グリム）
◇天沼春樹訳, ペテル・ウフナール画「グリ

ム・コレクション 4」パロル舎 2001 p75

かたつむりとばらの木（アンデルセン）
◇高橋健二訳, いたやさとし画「完訳 アンデル
セン童話集 7」小学館 2010 p8

カタツムリとバラの木（アンデルセン）
◇天沼春樹訳, ドゥシャン・カーライ, カミ
ラ・シュタンツロヴァー絵「アンデルセン
童話全集 2」西村書店 2012 p376

カタツムリのつののさき—「笛ふき岩 中国古典寓
話集」
◇平塚武二編著, 川村易挿絵「こんなとき読んで
あげたい おはなしのおもちゃ箱 1」PHP研
究所 2003 p117

カタツムリのひっこし（ショヴォー）
◇出口裕弘訳「ショヴォー氏とルノー君のお
話集 5」福音館書店 2003 p275

かた目のシカ（イソップ）
◇河野与一編訳, 稗田一穂さし絵「イソップの
お話」岩波書店 2000 p228

ガチョウと青い宝石（ドイル）
◇芦辺拓編著, 城咲綾絵「10歳までに読みた
い名作ミステリー 名探偵シャーロック・
ホームズ ガチョウと青い宝石」学研プラス
2016 p95

がちょう番のむすめ（グリム）
◇小澤昔ばなし研究所再話, オットー・ウベ
ローデ絵「語るためのグリム童話 5」小峰
書店 2007 p62
◇高橋健二訳, 徳井聡司（せんべぇ）イラスト
「完訳 グリム童話集 3」小学館 2008 p113

がちょう番の娘〔Die Gänsemagd〕（グリム）
◇池田香代子訳, オットー＝ウッベローデ挿
画「完訳クラシック グリム童話 3」講談社
2000 p127
◇野村泫訳, オスワルト・ジッケルト画「完訳
グリム童話集 4」筑摩書房 2006 p151
◇吉原高志, 吉原素子訳, Ozwald Sickert挿絵
「初版グリム童話集 4」白水社 2008 p32

がちょう番の娘（グリム）
◇池田香代子訳, オットー・ウッベローデ挿画
「完訳 グリム童話集 2」講談社 2008 p273

ガチョウ番の娘（グリム）
◇山口四郎訳「グリム童話 3」冨山房イン
ターナショナル 2004 p158
◇佐々木田鶴子訳, 出久根育絵「グリム童話集
上」岩波書店 2007 p124
◇橋本孝, 天沼春樹訳, シャルロット・デマ
トーン絵「グリム童話全集」西村書店 2013

p313
◇フェリクス・ホフマン編・画, 大塚勇三訳「グリムの昔話 2」福音館書店 2002 p216
◇矢崎源九郎訳, オットー・ウッベローデさし絵「グリムの昔話 3」童話館出版 2001 p22

鵞鳥番の娘〔Die Gänsemagd〕（グリム）
◇乾侑美子訳, Otto Ubbelohde, Ludwig Richter挿絵「1812初版グリム童話 下」小学館 2000 p80

学校病〔Schoolitis〕（パテン）
◇谷川俊太郎編「木はえらい―イギリス子ども詩集」岩波書店 2000 p76

水男（かっぱ）の童話（チャペック）
◇田才益夫訳, ヨゼフ・チャペック挿し絵「カレル・チャペック童話全集」青土社 2005 p173

家庭裁判所〔Family Court〕（ナッシュ）
◇アーサー・ビナード, 木坂涼編訳, しりあがり寿イラスト「ガラガラヘビの味―アメリカ子ども詩集」岩波書店 2010 p98

カテリーナと運命の女神―ラウラ・ゴンツェンバッハ『シチリアの昔話』〔出典〕〔Catherine and Her Destiny〕（ラング）
◇武富博子訳, H.J.フォード装画・挿絵「アンドルー・ラング世界童話集 5」東京創元社 2008 p110

カとライオン（イソップ）
◇川崎洋文, 国米豊彦絵「小学館 世界の名作 18」小学館 1999 p94

悲しい恋人のお話―ピュラモスとティスベ（アポロドーロス）
◇高津春繁, 高津久美子訳, 若菜珪さし絵「21世紀版 少年少女世界文学館 1」講談社 2010 p246

悲しくて、やりきれない〔Тоска〕（チェーホフ）
◇小宮山俊平訳, ヨシタケシンスケ絵「世界ショートセレクション 5」理論社 2017 p187

悲しみの神の授けもの（イソップ）
◇河野与一編訳, 稗田一穂さし絵「イソップのお話」岩波書店 2000 p310

悲しみの聖女〔Die heilige Frau Kummerniß〕（グリム）
◇吉原高志, 吉原素子訳「初版グリム童話集 5」白水社 2008 p210

悲しみの選手〔The Adventure of the Missing Three-Quarter〕（ドイル）

◇山中峯太郎訳著「名探偵ホームズ全集 3」作品社 2017 p356

カナリヤとコウモリ（イソップ）
◇川崎洋文, 水野恵理絵「小学館 世界の名作 18」小学館 1999 p50

カナン征服（バン・ローン）
◇片岡政昭訳「世界名作文学集 〔9〕」国土社 2003 p79

カニグモ―花で待ちぶせするクモ（ファーブル）
◇奥本大三郎編・訳, 見山博標本画・イラスト「ファーブル昆虫記 4」集英社 1996 p121

カニとカニの子（イソップ）
◇天野裕訳, ローワン・バーンズマーフィー絵「イソップ物語」文溪堂 2005 p48

カニとキツネ（イソップ）
◇河野与一編訳, 稗田一穂さし絵「イソップのお話」岩波書店 2000 p264

かにのお父さんとお母さん（イソップ）
◇赤木かんこ訳, 川村易挿絵「こんなとき読んであげたい おはなしのおもちゃ箱 2」PHP研究所 2003 p96

かにの親子（イソップ）
◇よこたきよし文, 飯岡千江子絵「読み聞かせイソップ50話」チャイルド本社 2007 p50

蟹の親子（イソップ）
◇川名澄訳, アーサー・ラッカム絵「新編 イソップ寓話」風媒社 2014 p44

鐘（アンデルセン）
◇大畑末吉訳, 初山滋さし絵「アンデルセン童話集 3」岩波書店 2000 p69
◇高橋健二訳, いたやさとし画「完訳 アンデルセン童話集 3」小学館 2009 p34
◇天沼春樹訳, ドゥシャン・カーライ, カミラ・シュタンツロヴァー絵「アンデルセン童話全集 1」西村書店 2011 p489
◇大塚勇三編・訳, イブ・スパング・オルセン画「アンデルセンの童話 3」福音館書店 2003 p219

金をうめた森―『ジャータカ物語・不思議なマンゴー』
◇宮脇紀雄編, 櫻井さなえ挿絵「こんなとき読んであげたい おはなしのおもちゃ箱 2」PHP研究所 2003 p48

金では買えないもの〔The Discounters of Money〕（オー・ヘンリー）
◇千葉茂樹訳, 和田誠絵「オー・ヘンリーショートストーリーセレクション 7」理論社 2008 p173

かねの

鐘の淵（アンデルセン）
　◇高橋健二訳, いたやさとし画「完訳 アンデル
　　セン童話集 5」小学館 2010 p168
　◇天沼春樹訳, ドゥシャン・カーライ, カミ
　　ラ・シュタンツロヴァー絵「アンデルセン
　　童話全集 2」西村書店 2012 p326
金もちと革屋（イソップ）
　◇河野与一編訳, 秾田一穂さし絵「イソップの
　　お話」岩波書店 2000 p117
金もちと泣き女（イソップ）
　◇河野与一編訳, 秾田一穂さし絵「イソップの
　　お話」岩波書店 2000 p184
かぶ〔Die Rübe〕（グリム）
　◇野村泫訳, ジョージ・クルックシャンク画
　　「完訳グリム童話集 6」筑摩書房 2006 p118
カブ（グリム）
　◇橋本孝, 天沼春樹訳, シャルロット・デマ
　　トーン絵「グリム童話全集」西村書店 2013
　　p487
蕪〔Die Rübe〕（グリム）
　◇池田香代子訳, オットー＝ウッベローデ挿
　　画「完訳クラシック グリム童話 4」講談社
　　2000 p224
蕪（グリム）
　◇池田香代子訳, オットー・ウッベローデ挿画
　　「完訳 グリム童話集 3」講談社 2008 p197
株式仲買人〔The Adventure of the
Stockbroker's Clerk〕（ドイル）
　◇日暮まさみち訳, 青山浩行絵「名探偵ホーム
　　ズシリーズ 〔11〕」講談社 2011 p91
かぶら〔Die Rübe〕（グリム）
　◇吉原高志, 吉原素子訳, Otto Ubbelohde挿絵
　　「初版グリム童話集 5」白水社 2008 p190
かぶら（グリム）
　◇小澤昔ばなし研究所再話, オットー・ウベ
　　ローデ絵「語るためのグリム童話 7」小峰
　　書店 2007 p16
　◇高橋健二訳, 徳井聡司（せんべぇ）イラスト
　　「完訳 グリム童話集 4」小学館 2009 p232
かべとクギ（イソップ）
　◇河野与一編訳, 秾田一穂さし絵「イソップの
　　お話」岩波書店 2000 p106
壁抜け男〔Le Passe-muraille〕（エーメ）
　◇中村真一郎訳「小学生までに読んでおきた
　　い文学 1」あすなろ書房 2014 p169
　◇平岡敦編訳, 佐竹美保挿絵「ホラー短編集
　　3」岩波書店 2014 p93
かべのツルー『日本のむかし話』（坪田譲治）

　◇川村易挿絵「こんなとき読んであげたい おはな
　　しのおもちゃ箱 1」PHP研究所 2003 p112
過変態という変身術—ミステリーのなぞと
き（ファーブル）
　◇奥本大三郎編・訳, 見山博標本画・イラスト
　　「ファーブル昆虫記 1」集英社 1996 p363
かぼちゃの花—たもつくんのおかあさん（東君平）
　◇「こんなとき読んであげたい おはなしのおも
　　ちゃ箱 2」PHP研究所 2003 p136
カマキリ（ファーブル）
　◇大岡信編訳「ファーブルの昆虫記 上」岩波
　　書店 2000 p107
カマキリとクモのふしぎ（ファーブル）
　◇「新版 ファーブルこんちゅう記 4」小峰書
　　店 2006
がまんよいスズの兵隊（アンデルセン）
　◇天沼春樹訳, ドゥシャン・カーライ, カミ
　　ラ・シュタンツロヴァー絵「アンデルセン
　　童話全集 1」西村書店 2011 p130
がまんは一生の宝—フレデリック・マクレ『アルメニ
アの昔話』〔出典〕〔He Wins Who Waits〕（ラ
ング）
　◇吉井知代子訳, H.J.フォード装画・挿絵「ア
　　ンドルー・ラング世界童話集 11」東京創元
　　社 2009 p311
がみがみおやじ（フランス）〔Father
Grumbler〕（ラング）
　◇川端康成, 野上彰編訳, 西村香英絵「ラング
　　世界童話全集 2」偕成社 2008 p37
神々の集う国の都（抄）（ハーン）
　◇脇明子訳「雪女 夏の日の夢」岩波書店
　　2003 p193
カミキリムシのトンネル（ファーブル）
　◇小林清之介文, たかはしきよしえ「新版
　　ファーブルこんちゅう記 5」小峰書店 2006
　　p82
カミキリムシの闇の宇宙（ファーブル）
　◇「ファーブル昆虫記 5」集英社 1996
神さまを売る男（イソップ）
　◇内田麟太郎文, 高畠純絵「ポプラ世界名作童
　　話 19」ポプラ社 2016 p45
神さまをだました人（イソップ）
　◇河野与一編訳, 秾田一穂さし絵「イソップの
　　お話」岩波書店 2000 p113
神様がお決めになった物（プロイスラー）
　◇佐々木田鶴子訳, スズキコージ絵「プロイス
　　ラーの昔話 1」小峰書店 2003 p43

神さまのけだものと、悪魔のけだもの（グリム）
◇小澤昔ばなし研究所再話, オットー・ウベローデ絵「語るためのグリム童話 7」小峰書店 2007 p24

神さまのけだものと悪魔のけだもの（グリム）
◇高橋健二訳, 徳井聡司（せんべぇ）イラスト「完訳 グリム童話集 4」小学館 2009 p244

神さまのけものと悪魔のけもの〔Des Herrn und des Teufels Getier〕（グリム）
◇「完訳 グリム童話集 6」筑摩書房 2006 p130

神さまのけものと悪魔のけもの（グリム）
◇橋本孝, 天沼春樹訳, シャルロット・デマトーン絵「グリム童話全集」西村書店 2013 p490

神さまのごちそう（グリム）
◇高橋健二訳, 徳井聡司（せんべぇ）イラスト「完訳 グリム童話集 5」小学館 2009 p255

神さまの像を売る人（イソップ）
◇河野与一編訳, 稗田一穂さし絵「イソップのお話」岩波書店 2000 p191

神さまの像をのせたロバ（イソップ）
◇河野与一編訳, 稗田一穂さし絵「イソップのお話」岩波書店 2000 p197
◇川崎洋文, 村上基浩絵「小学館 世界の名作 18」小学館 1999 p84

神さまの食べもの〔Gottes Speise〕（グリム）
◇「完訳 グリム童話集 7」筑摩書房 2006 p285

神さまの食べ物〔Gottes Speise〕（グリム）
◇池田香代子訳, オットー＝ウッベローデ挿画「完訳クラシック グリム童話 5」講談社 2000 p254

神さまの食べ物（グリム）
◇池田香代子訳, オットー・ウッベローデ挿画「完訳 グリム童話集 3」講談社 2008 p516
◇橋本孝, 天沼春樹訳, シャルロット・デマトーン絵「グリム童話全集」西村書店 2013 p620

神さまの手紙をぬすんだ男〔The Man Who Pinched God's Letter〕（エイキン）
◇三辺律子訳, 浅沼テイジイラスト「心の宝箱にしまう15のファンタジー」竹書房 2006 p287

神様の手紙をぬすんだ男〔The Man Who Pinched God's Letter〕（エイキン）

◇三辺律子訳, 浅沼テイジイラスト「ひとにぎりの黄金〔2〕」竹書房 2013 p83

神さまの動物と悪魔の動物〔Des Herrn und des Teufels Gethier〕（グリム）
◇吉原高志, 吉原素子訳「初版グリム童話集 5」白水社 2008 p200
◇乾侑美子訳, Otto Ubbelohde, Ludwig Richter挿絵「1812初版グリム童話 下」小学館 2000 p322

神さまの動物と悪魔の動物〔Des Herrn und des Teufels Getier〕（グリム）
◇池田香代子訳, オットー＝ウッベローデ挿画「完訳クラシック グリム童話 4」講談社 2000 p232

神さまの動物と悪魔の動物（グリム）
◇池田香代子訳, オットー・ウッベローデ挿画「完訳 グリム童話集 3」講談社 2008 p206

神さまの木像をこわした人（イソップ）
◇河野与一編訳, 稗田一穂さし絵「イソップのお話」岩波書店 2000 p156

神さまの木ぞうをはこぶロバ（イソップ）
◇小出正吾ぶん, 三好碩也え「イソップのおはなし」のら書店 2010 p39

神さまぼくの頭にやどってください—ソルスベリ主教祈禱
◇岸田衿子, 百々佑利子訳, ミーガン・グレッサー絵「おうちをつくろう」のら書店 1993 p59

紙の宮殿（パウル・ビーヘル）
◇大塚勇三訳, たなかゆうこ挿絵「こんなとき読んであげたい おはなしのおもちゃ箱 2」PHP研究所 2003 p122

神の実在（エンデ）
◇田村都志夫訳「だれでもない庭—エンデが遺した物語集」岩波書店 2002 p116
◇田村都志夫訳「だれでもない庭—エンデが遺した物語集」岩波書店 2015 p143

カメたち—作者から「恋のまじない、ヨンサメカ」より（ダール）
◇久山太市訳, クェンティン・ブレイク絵「まるごと一冊ロアルド・ダール」評論社 2000 p117

カメとワシ（イソップ）
◇河野与一編訳, 稗田一穂さし絵「イソップのお話」岩波書店 2000 p55

亀と鷲（イソップ）
◇川名澄訳, アーサー・ラッカム絵「新編 イソップ寓話」風媒社 2014 p66

かゆい

かゆいかゆい
◇岸田衿子, 百々佑利子訳, ミーガン・グレッサー絵「みんなわたしの」のら書店 1991 p41

カラー（アンデルセン）
◇高橋健二訳, いたやさとし画「完訳 アンデルセン童話集 3」小学館 2009 p254

カラー（襟）（アンデルセン）
◇天沼春樹訳, ドゥシャン・カーライ, カミラ・シュタンツロヴァー絵「アンデルセン童話全集 2」西村書店 2012 p156

ガラガラヘビの味〔Rattlesnake Meat〕（ナッシュ）
◇アーサー・ビナード, 木坂涼編訳, しりあがり寿イラスト「ガラガラヘビの味―アメリカ子ども詩集」岩波書店 2010 p94

カラザーズは不思議なステッキ〔Carruthers〕（D.W.ジョーンズ）
◇野口絵美訳, 佐竹美保絵「ダイアナ・ウィン・ジョーンズ短編集 魔法！魔法！魔法！」徳間書店 2007 p375

カラザーズは不思議なステッキ（D.W.ジョーンズ）
◇野口絵美訳「ダイアナ・ウィン・ジョーンズ短編集 魔法？魔法！」徳間書店 2015 p335

からしつぼの中の月光〔Moonshine in the Mustard Pot〕（エイキン）
◇三辺律子訳, 浅沼テイジイラスト「心の宝箱にしまう15のファンタジー」竹書房 2006 p71
◇三辺律子訳, 浅沼テイジイラスト「ひとにぎりの黄金〔1〕」竹書房 2013 p69

からす〔Die Rabe〕（グリム）
◇吉原高志, 吉原素子訳「初版グリム童話集 4」白水社 2008 p83

からす（グリム）
◇小澤昔ばなし研究所再話, オットー・ウベローデ絵「語るためのグリム童話 5」小峰書店 2007 p122
◇高橋健二訳, 徳井聡司（せんべぇ）イラスト「完訳 グリム童話 3」小学館 2008 p168

からす（ポーランド）〔The Crow〕（ラング）
◇川端康成, 野上彰編訳, 小松修絵「ラング世界童話全集 6」偕成社 2008 p190

カラス〔Die Rabe〕（グリム）
◇乾侑美子訳, Otto Ubbelohde, Ludwig Richter挿絵「1812初版グリム童話 下」小学館 2000 p168

カラス（グリム）
◇フェリクス・ホフマン編・画, 大塚勇三訳「グリムの昔話 2」福音館書店 2002 p271
◇乾侑美子訳, ウォルター・クレインさし絵「グリムの昔話 3」童話館出版 2001 p262

カラス―クレトケ ポーランドの昔話〔出典〕〔The Crow〕（ラング）
◇吉井知代子訳, H.J.フォード装画・挿絵「アンドルー・ラング世界童話集 4」東京創元社 2008 p109

からすたち〔Die Krähen〕（グリム）
◇吉原高志, 吉原素子訳「初版グリム童話集 4」白水社 2008 p184

からすときつね（イソップ）
◇よこたきよし文, 武井淑子絵「読み聞かせイソップ50話」チャイルド本社 2007 p84

カラスとキツネ（イソップ）
◇河野与一編訳, 稗田一穂さし絵「イソップのお話」岩波書店 2000 p13
◇小出正吾ぶん, 三好碩也え「イソップのおはなし」のら書店 2010 p142
◇天野裕司訳, ローワン・バーンズマーフィー絵「イソップ物語」文渓堂 2005 p30
◇川崎洋文, 木村法子絵「小学館 世界の名作 18」小学館 1999 p36
◇内田麟太郎文, 高畠純絵「ポプラ世界名作童話 19」ポプラ社 2016 p112

カラスとキツネ〔Le Corbeau et le Renard〕（ラ・フォンテーヌ）
◇大澤千加訳, ブーテ・ド・モンヴェル絵「ラ・フォンテーヌ寓話」洋洋社 2016 p9

からすとつぼの水（イソップ）
◇よこたきよし文, 飯岡千江子絵「読み聞かせイソップ50話」チャイルド本社 2007 p22

カラスとトリの王様（イソップ）
◇ラッセル・アッシュ, バーナード・ヒットン編著, 秋野翔一郎訳「クラシックイラストレーション版 イソップ寓話集」童話館出版 2002 p26

からすとはくちょう（イソップ）
◇よこたきよし文, 飯岡千江子絵「読み聞かせイソップ50話」チャイルド本社 2007 p48

カラスと白鳥（イソップ）
◇河野与一編訳, 稗田一穂さし絵「イソップのお話」岩波書店 2000 p214

からすとはと（イソップ）
◇よこたきよし文, 武井淑子絵「読み聞かせイソップ50話」チャイルド本社 2007 p6

カラスとヘビ（イソップ）
◇河野与一編訳, 稗田一穂さし絵「イソップの
お話」岩波書店 2000 p215
カラスとヘルメス（イソップ）
◇河野与一編訳, 稗田一穂さし絵「イソップの
お話」岩波書店 2000 p51
カラスと水がめ（イソップ）
◇天野裕司, ローワン・バーンズマーフィー絵
「イソップ物語」文溪堂 2005 p38
カラスと水さし（イソップ）
◇小出正吾ぶん, 三好碩也え「イソップのおは
なし」のら書店 2010 p121
鴉と水差し（イソップ）
◇川名澄訳, アーサー・ラッカム絵「新編 イ
ソップ寓話」風媒社 2014 p28
ガラスのおの〔The Glass Axe〕（ラング）
◇川端康成, 野上彰編訳, 朝倉田美子絵「ラン
グ世界童話全集 8」偕成社 2009 p192
ガラスの少女像〔Portrait of a Girl in Glass〕
（T.ウィリアムズ）
◇志村正雄訳「小学生までに読んでおきたい
文学 2」あすなろ書房 2014 p159
カラスのシルバースポット（シートン）
◇今泉吉晴訳「シートン動物記 〔9〕」童心社
2010 p1
ガラスの心臓を持った三人の姉妹（レアン
ダー）
◇国松孝二訳「ふしぎなオルガン」岩波書店
2010 p99
ガラスの大エレベーター〔Charlie and the
Great Glass Elevator〕（ダール）
◇柳瀬尚紀訳, クェンティン・ブレイク絵「ロ
アルド・ダールコレクション 5」評論社
2005 p7
ガラスのひつぎ〔Der gläserne Sarg〕（グリム）
◇天沼春樹訳, ペテル・ウフナール画「グリ
ム・コレクション 4」パロル舎 2001 p177
◇「完訳 グリム童話集 6」筑摩書房 2006
p205
ガラスのひつぎ（グリム）
◇高橋健二訳, 徳井聡司（せんべぇ）イラスト
「完訳 グリム童話集 4」小学館 2009 p308
ガラスの棺（グリム）
◇橋本孝, 天沼春樹訳, シャルロット・デマ
トーン絵「グリム童話全集」西村書店 2013
p510
ガラスの柩〔Der gläserne Sarg〕（グリム）

◇池田香代子訳, オットー＝ウッベローデ挿
画「完訳クラシック グリム童話 5」講談社
2000 p35
ガラスの柩（グリム）
◇池田香代子訳, オットー・ウッベローデ挿画
「完訳 グリム童話集 3」講談社 2008 p251
ガラスの山（グリム）
◇高橋健二訳, 徳井聡司（せんべぇ）イラスト
「完訳 グリム童話集 5」小学館 2009 p360
ガラスの山—クレトケ ポーランドの昔話〔出典〕
〔The Glass Mountain〕（ラング）
◇菊池由美訳, H.J.フォード装画・挿絵「アン
ドルー・ラング世界童話集 4」東京創元社
2008 p139
ガラスの山（ポーランド）〔The Glass
Mountain〕（ラング）
◇川端康成, 野上彰編訳, アンマサコ絵「ラン
グ世界童話全集 4」偕成社 2008 p10
ガラスびんのなかのおばけ（グリム）
◇植田敏郎訳, オットー・ウッベローデさし絵
「グリムの昔話 2」童話館出版 2000 p220
ガラスびんの中のおばけ（グリム）
◇高橋健二訳, 徳井聡司（せんべぇ）イラスト
「完訳 グリム童話集 3」小学館 2008 p229
ガラスびんの中の、お化け〔Der Geist im
Glas〕（グリム）
◇天沼春樹訳, ペテル・ウフナール画「グリ
ム・コレクション 4」パロル舎 2001 p109
ガラスビンの中のおばけ（グリム）
◇橋本孝, 天沼春樹訳, シャルロット・デマ
トーン絵「グリム童話全集」西村書店 2013
p351
ガラス瓶の中のおばけ〔Der Geist im Glas〕
（グリム）
◇乾侑美子訳, Otto Ubbelohde, Ludwig
Richter挿絵「1812初版グリム童話 下」小
学館 2000 p115
ガラスびんの中のばけもの（グリム）
◇佐々木田鶴子訳, 出久根育絵「グリム童話集
下」岩波書店 2007 p88
ガラス瓶の中の化けもの〔Der Geist im
Glas〕（グリム）
◇吉原高志, 吉原素子訳, Otto Ubbelohde挿絵
「初版グリム童話集 4」白水社 2008 p103
ガラスびんの秘密〔La Carafe d'Eau〕（ルブ
ラン）
◇南洋一郎文, 朝倉めぐみさし絵「文庫版 怪盗
ルパン 13」ポプラ社 2005 p39

からす

ガラスびんの秘密（ルブラン）
◇南洋一郎文, 奈良葉二挿画「怪盗ルパン全集
〔5〕」ポプラ社 2010 p52

ガラス瓶の魔物〔Der Geist im Glas〕（グリ
ム）
◇池田香代子訳, オットー＝ウッベローデ挿
画「完訳クラシック グリム童話 3」講談社
2000 p205

ガラス瓶の魔物（グリム）
◇池田香代子訳, オットー・ウッベローデ挿画
「完訳 グリム童話集 2」講談社 2008 p374

ガラス山の姫ぎみ—P.C.アスビョルンセンとJ.モー
〔出典〕〔The Princess on the Glass Hill〕（ラ
ング）
◇杉本詠美訳, H.J.フォード, G.P.ジェイコ
ム＝フッド装画・挿絵「アンドルー・ラン
グ世界童話全集 1」東京創元社 2008 p265

からだの不自由な子（アンデルセン）
◇天沼春樹訳, ドゥシャン・カーライ, カミ
ラ・シュタンツロヴァー絵「アンデルセン
童話全集 3」西村書店 2013 p522

体の不自由な子（アンデルセン）
◇高橋健二訳, いたやさとし画「完訳 アンデル
セン童話全集 8」小学館 2010 p286

空っぽの家の冒険（ドイル）
◇芦辺拓編著, 城咲綾絵「10歳までに読みた
い名作ミステリー 名探偵シャーロック・
ホームズ おどる人形の暗号」学研プラス
2016 p15

狩りをするハチ（ファーブル）
◇「ファーブル昆虫記 2」集英社 1996

カリオープの改心〔The Reformation of
Calliope〕（オー・ヘンリー）
◇千葉茂樹訳, 和田誠絵「オー・ヘンリー
ショートストーリーセレクション 7」理論
社 2008 p121

カーリー神のダイヤモンド〔The Diamond
of Kali〕（オー・ヘンリー）
◇千葉茂樹訳, 和田誠絵「オー・ヘンリー
ショートストーリーセレクション 1」理論
社 2007 p151

ガリバー旅行記〔Gulliver's Travels〕（スウィ
フト）
◇矢崎節夫訳, 河井ノア絵「子どものための世
界文学の森 3」集英社 1994 p10
◇矢崎節夫文, 高橋常政絵「小学館 世界の名
作 3」小学館 1997 p1
◇加藤光也訳, 赤坂三好さし絵「21世紀版 少年

少女世界文学館 4」講談社 2010 p9

ガリバー旅行記（スウィフト）
◇芝田勝茂編訳, 大塚洋一郎絵「10歳までに読
みたい世界名作 4」学研プラス 2014 p14

カリフのこうのとり〔The Story of Caliph
Stork〕（ラング）
◇川端康成, 野上彰編訳, 篠崎三朗絵「ラング
世界童話全集 12」偕成社 2009 p269

狩りゅうどとイヌ（イソップ）
◇河野与一編訳, 稗田一穂さし絵「イソップの
お話」岩波書店 2000 p246

狩りゅうどとウマに乗った人（イソップ）
◇河野与一編訳, 稗田一穂さし絵「イソップの
お話」岩波書店 2000 p66

狩人ときこり（イソップ）
◇川名澄訳, アーサー・ラッカム絵「新編 イ
ソップ寓話」風媒社 2014 p155

狩りゅうどとライオン（イソップ）
◇河野与一編訳, 稗田一穂さし絵「イソップの
お話」岩波書店 2000 p253

かりゅうどバチのひみつ（ファーブル）
◇「新版 ファーブルこんちゅう記 3」小峰書
店 2006

カルアシ・チミーのおはなし（ポター）
◇いしいももこやく「愛蔵版 ピーターラビット
全おはなし集」福音館書店 1994 p241
◇いしいももこやく「愛蔵版 ピーターラビット
全おはなし集」福音館書店 2007 p241

カルッソとオモッソ（ロダーリ）
◇関口英子訳, 伊津野果地さし絵「兵士のハー
モニカ—ロダーリ童話集」岩波書店 2012
p25

かれい〔Die Scholle〕（グリム）
◇池田香代子訳, オットー＝ウッベローデ挿
画「完訳クラシック グリム童話 5」講談社
2000 p88
◇「完訳 グリム童話集 7」筑摩書房 2006 p9

かれい（グリム）
◇池田香代子訳, オットー・ウッベローデ挿画
「完訳 グリム童話集 3」講談社 2008 p315
◇高橋健二訳, 徳井聡司（せんべぇ）イラスト
「完訳グリム童話集 4」小学館 2009 p392

カレイ（グリム）
◇橋本孝, 天沼春樹訳, シャルロット・デマ
トーン絵「グリム童話全集」西村書店 2013
p538

彼が残したもの〔Something He Left〕（ライ
ト）

◇谷川俊太郎訳「木はえらい―イギリス子ども詩集」岩波書店 2000 p141

カレハガの昼間の結婚 (ファーブル)
◇奥本大三郎編・訳, 見山博標本画・イラスト「ファーブル昆虫記 3」集英社 1996 p193

カレル・チャペックのまえがき (チャペック)
◇「カレル・チャペック童話全集」青土社 2005 p11

彼は生きているのか, それとも死んだのか? 〔Is He Living or Is He Dead?〕 (トウェイン)
◇堀川志野舞訳, ヨシタケシンスケ絵「世界ショートセレクション 4」理論社 2017 p5

かわいい小さな人形をもっていた……(キングズリー)
◇岸田衿子, 百々佑利子訳, ミーガン・グレッサー絵「おうちをつくろう」のら書店 1993 p97

かわいいひと 〔Душечка〕 (チェーホフ)
◇小宮山俊平訳, ヨシタケシンスケ絵「世界ショートセレクション 5」理論社 2017 p5

かわいそうな粉ひきの小僧と猫 〔Der arme Müllerbursch und das Kätzchen〕 (グリム)
◇池田香代子訳, オットー=ウッベローデ挿画「完訳クラシック グリム童話 3」講談社 2000 p239

かわいそうな粉ひきの小僧と猫 (グリム)
◇池田香代子訳, オットー・ウッベローデ挿画「完訳 グリム童話集 2」講談社 2008 p419

かわいそうな粉ひきの若い衆と猫 〔Der arme Müllerbursch und das Kätzchen〕 (グリム)
◇野村泫訳, マックス・アダモ画「完訳 グリム童話集 5」筑摩書房 2006 p34

かわいそうな粉屋の若者と子猫 (グリム)
◇橋本孝, 天沼春樹訳, シャルロット・デマトーン絵「グリム童話全集」西村書店 2013 p370

かわいそうな粉屋の若者と小ねこ (グリム)
◇高橋健二訳, 徳井聡司 (せんべえ) イラスト「完訳 グリム童話集 3」小学館 2008 p280

かわいそうな粉屋の若者と小ネコ (グリム)
◇山口四郎訳「グリム童話 1」冨山房インターナショナル 2004 p90

かわいそうな小さな船が, 沈没した話 (ショヴォー)
◇出口裕弘訳「ショヴォー氏とルノー君のお話集 5」福音館書店 2003 p109

川をゆく舟 (ロゼッティ)
◇岸田衿子, 百々佑利子訳, ミーガン・グレッサー絵「おうちをつくろう」のら書店 1993 p71

カワセミ 〔The Kingfisher〕 (ノリス)
◇きたむらさとし訳・絵「ショート・ストーリーズ 風、つめたい風」小峰書店 1999 p39

川と海 (イソップ)
◇河野与一訳, 稗田一穂さし絵「イソップのお話」岩波書店 2000 p106

かわのきしべで
◇岸田衿子, 百々佑利子訳, ミーガン・グレッサー絵「みんなわたしの」のら書店 1991 p18

川の流れ 〔The Tide in the River〕 (ファージョン)
◇岸田衿子, 百々佑利子訳, ミーガン・グレッサー絵「おうちをつくろう」のら書店 1993 p43

雁 (チップ)
◇岸田衿子, 百々佑利子訳, ミーガン・グレッサー絵「おうちをつくろう」のら書店 1993 p80

岩くつ王 (デュマ)
◇岡田好惠編訳, オズノユミ絵「10歳までに読みたい世界名作 20」学研プラス 2015 p14

カンムリサケビドリ (ロフティング)
◇河合祥一郎訳, patty絵「新訳 ドリトル先生シリーズ 〔13〕」KADOKAWA 2015 p145
◇井伏鱒二訳「ドリトル先生物語 13」岩波書店 2000 p181

【き】

木 〔Trees〕 (キルマー)
◇アーサー・ビナード, 木坂涼編訳, しりあがり寿イラスト「ガラガラヘビの味―アメリカ子ども詩集」岩波書店 2010 p144

きいきい 〔Alas, Alack〕 (デ・ラ・メア)
◇岸田衿子, 百々佑利子訳, ミーガン・グレッサー絵「みんなわたしの」のら書店 1991 p45

木イチゴの虫―Z.トペリウス〔出典〕 〔The Raspberry Worm〕 (ラング)

きいろ

◇大井久里子訳, H.J.フォード装画・挿絵「ア
ンドルー・ラング世界童話集 12」東京創元
社 2009 p204
黄色い顔〔The Adventure of the Yellow Face〕
（ドイル）
◇内田庶訳, 岡本正樹絵「シャーロック・ホー
ムズ 13」岩崎書店 2011 p89
◇日暮まさみち訳, 青山浩行絵「名探偵ホーム
ズシリーズ 〔7〕」講談社 2011 p150
黄色い顔〔The Yellow Face〕（ドイル）
◇山中峯太郎訳著「名探偵ホームズ全集 1」
作品社 2017 p415
黄色い顔（ドイル）
◇亀山龍樹訳, 佐竹美保さし絵「名探偵ホーム
ズ 3」ポプラ社 2006 p75
黄色い小人（フランス ドーノワ夫人）〔The
Yellow Dwarf〕（ラング）
◇川端康成, 野上彰編訳, 篠崎三朗絵「ラング
世界童話全集 12」偕成社 2009 p112
きいろの童話集〔The Yellow Fairy Book〕
（ラング）
◇「アンドルー・ラング世界童話集 4」東京
創元社 2008
きいろの童話集（ラング）
◇「ラング世界童話全集 4」偕成社 2008
消えたオノレ・シュブラック〔La Disparition
d'Honoré Subrac〕（アポリネール）
◇平岡敦編訳, 佐竹美保挿画「ホラー短編集
3」岩波書店 2014 p81
消えた黒真珠〔La Perle Noire〕（ルブラン）
◇南洋一郎文, 佐竹美保さし絵「文庫版 怪盗ル
パン 2」ポプラ社 2005 p105
消えた建築業者〔The Adventure of the
Norwood Builder〕（ドイル）
◇日暮まさみち訳, 青山浩行絵「名探偵ホーム
ズシリーズ 〔10〕」講談社 2011 p95
消えた少年（ドイル）
◇亀山龍樹訳, 佐竹美保さし絵「名探偵ホーム
ズ 5」ポプラ社 2007 p173
消えたダベンハイム氏（クリスティ）
◇花上かつみ訳, 高松啓二絵「アガサ＝クリス
ティ短編傑作集 2」講談社 2002 p91
消えた花むこ〔A Case of Identity〕（ドイル）
◇日暮まさみち訳, 青山浩行絵「名探偵ホーム
ズシリーズ 〔4〕」講談社 2011 p9
消えた花むこ（ドイル）
◇久米元一, 久米穣訳, 小原拓也さし絵「21世

紀版 少年少女世界文学館 8」講談社 2010
p81
消えたブラック・イーグル〔The Passing of
Black Eagle〕（オー・ヘンリー）
◇千葉茂樹訳, 和田誠絵「オー・ヘンリー
ショートストーリーセレクション 3」理論
社 2007 p79
消えた宝冠〔Arsène Lupin〕（ルブラン）
◇南洋一郎文, 朝倉めぐみさし絵「文庫版 怪盗
ルパン 5」ポプラ社 2005 p9
◇南洋一郎文, 柳瀬茂挿画「怪盗ルパン全集
〔13〕」ポプラ社 2010 p13
消えた名選手（ドイル）
◇亀山龍樹訳, 佐竹美保さし絵「名探偵ホーム
ズ 7」ポプラ社 2010 p63
消えたラグビー選手〔The Adventure of the
Missing Three-Quarter〕（ドイル）
◇日暮まさみち訳, 青山浩行絵「名探偵ホーム
ズシリーズ 〔14〕」講談社 2011 p9
消えた蠟面〔The Adventure of the Blanched
Soldier〕（ドイル）
◇山中峯太郎訳著「名探偵ホームズ全集 3」
作品社 2017 p405
記憶喪失〔A Ramble in Aphasia〕（オー・ヘ
ンリー）
◇千葉茂樹訳, 和田誠絵「オー・ヘンリー
ショートストーリーセレクション 7」理論
社 2008 p79
奇怪な乗客〔Le Mystérieux voyageur〕（ルブ
ラン）
◇南洋一郎文, 藤田新策さし絵「文庫版 怪盗ル
パン 1」ポプラ社 2005 p127
奇怪な乗客（ルブラン）
◇南洋一郎文, 奈良葉二挿画「怪盗ルパン全集
〔2〕」ポプラ社 2010 p150
帰還（バン・ローン）
◇片岡政昭訳「世界名作文学集 〔9〕」国土社
2003 p141
奇巌城〔L'Aiguille Creuse〕（ルブラン）
◇南洋一郎文, 藤田新策さし絵「文庫版 怪盗ル
パン 4」ポプラ社 2005 p9
◇南洋一郎文, 奈良葉二挿画「怪盗ルパン全集
〔1〕」ポプラ社 2010 p13
木ぎ〔Trees〕（ベーン）
◇岸田衿子, 百々佑利子訳, ミーガン・グレッ
サー絵「おうちをつくろう」のら書店 1993
p68

きせつ

きぎめのあるこうやく（グリム）
◇高橋健二訳, 徳井聡司（せんべぇ）イラスト
「完訳グリム童話集 5」小学館 2009 p326

菊の花（中野重治）
◇「小学生までに読んでおきたい文学 5」あ
すなろ書房 2013 p215

危険ないとこ〔The Killer's Cousin〕（ワーリ
ン）
◇越智道雄訳「海外ミステリーBOX〔5〕」
評論社 2010 p5

キゴシジガバチ（ファーブル）
◇大岡信編訳「ファーブルの昆虫記 下」岩波
書店 2000 p121

きこり王子（ロダーリ）
◇関口英子訳, 伊津野果地さし絵「兵士のハー
モニカ―ロダーリ童話集」岩波書店 2012
p62

木こりと金のおの（イソップ）
◇小出正吾ぶん, 三好碩也え「イソップのおは
なし」のら書房 2010 p95

きこりとヘルメス（イソップ）
◇川崎洋文, 松成真理子絵「小学館 世界の名
作 18」小学館 1999 p46

木こりとヘルメス（イソップ）
◇河野与一編訳, 稗田一穂さし絵「イソップの
お話」岩波書店 2000 p27
◇鬼塚りつ子文, 米山永一, 朝倉めぐみ絵「グ
リム・イソップ童話集」世界文化社 2004
p142
◇鬼塚りつ子文, 米山永一, 朝倉めぐみ絵「こ
どものための世界の名作 グリム・イソッ
プ・アンデルセン―ベスト30話」世界文化
社 1994 p142

木こりと森の話（ショヴォー）
◇出口裕弘訳「ショヴォー氏とルノー君のお
話集 5」福音館書店 2003 p143

奇才ヘンリー・シュガーの物語〔The
Wonderful Story of Henry Sugar〕（ダール）
◇柳瀬尚紀訳, 山本容子絵「ロアルド・ダール
コレクション 7」評論社 2006 p161

ギザ耳 あるワタオウサギの物語（シートン）
◇越前敏弥訳, 姫川明月絵「シートン動物記
〔1〕」KADOKAWA 2012 p45

ぎざ耳ウサギ（シートン）
◇前川康男文, 石田武雄絵「はじめてであう
シートン動物記 3」フレーベル館 2002 p5

ギザ耳ウサギの冒険（シートン）
◇千葉茂樹編訳, 姫川明月絵「10歳までに読

みたい世界名作 8」学研プラス 2014 p128

騎士道の守り手〔The Guardian of the
Accolade〕（オー・ヘンリー）
◇千葉茂樹訳, 和田誠絵「オー・ヘンリー
ショートストーリーセレクション 4」理論
社 2007 p149

技師の親指〔The Adventure of the Engineer's
Thumb〕（ドイル）
◇日暮まさみち訳, 青山浩行絵「名探偵ホーム
ズシリーズ〔3〕」講談社 2011 p61
◇山中峯太郎訳著「名探偵ホームズ全集 3」
作品社 2017 p209

技師の親指（ドイル）
◇亀山龍樹訳, 佐竹美保さし絵「名探偵ホーム
ズ 2」ポプラ社 2006 p127

技師のおやゆび事件〔The Adventure of the
Engineer's Thumb〕（ドイル）
◇中尾明訳, 岡本正樹絵「シャーロック・ホー
ムズ 6」岩崎書店 2011 p5

キーシュの物語〔The Story of Keesh〕（ロン
ドン）
◇千葉茂樹訳, ヨシタケシンスケ絵「世界
ショートセレクション 3」理論社 2017 p71

奇人先生の最後〔The Musgrave Ritual〕（ド
イル）
◇山中峯太郎訳著「名探偵ホームズ全集 2」
作品社 2017 p39

キス〔The Kiss〕（ティーズデール）
◇アーサー・ビナード, 木坂涼編訳, しりあが
り寿イラスト「ガラガラヘビの味―アメリ
カ子ども詩集」岩波書店 2010 p160

きずついたライオン〔The Wounded Lion〕
（ラング）
◇川端康成, 野上彰編訳, 牧野鈴子絵「ラング
世界童話全集 5」偕成社 2008 p112

きずついたライオン―カタールニャの昔話〔出典〕
〔The Wounded Lion〕（ラング）
◇大井又里子訳, H.J.フォード装画・挿絵「ア
ンドルー・ラング世界童話集 5」東京創元
社 2008 p148

犠牲打〔A Sacrifice Hit〕（オー・ヘンリー）
◇千葉茂樹訳, 和田誠絵「オー・ヘンリー
ショートストーリーセレクション 2」理論
社 2007 p123

気絶した男（ロフティング）
◇井伏鱒二訳「ドリトル先生物語 13」岩波書
店 2000 p115

気絶した男の怪事件（ロフティング）

きそく

◇河合祥一郎訳, patty絵「新訳 ドリトル先生 シリーズ 〔13〕」KADOKAWA 2015 p245

規則〔Rules〕（パテン）

◇谷川俊太郎訳「木はえらい―イギリス子ども詩集」岩波書店 2000 p120

北風とたいよう（イソップ）

◇小出正吾ぶん, 三好碩也え「イソップのおはなし」のら書店 2010 p42

◇よこたきよし文, 飯岡千江子絵「読み聞かせ イソップ50話」チャイルド本社 2007 p4

北風と太陽（イソップ）

◇川名澄訳, アーサー・ラッカム絵「新編 イソップ寓話」風媒社 2014 p30

◇ラッセル・アッシュ, バーナード・ヒットン編著, 秋野翔一郎訳「クラシックイラストレーション版 イソップ寓話集」童話館出版 2002 p28

◇河野与一編訳, 稗田一穂さし絵「イソップのお話」岩波書店 2000 p20

◇天野裕訳, ローワン・バーンズマーフィー絵「イソップ物語」文溪堂 2005 p32

◇赤木かんこ訳, 櫻井さなえ挿絵「こんなとき読んであげたい おはなしのおもちゃ箱 2」PHP研究所 2003 p66

◇間所ひさこ再話, 脇本有希子挿絵「教科書にでてくるせかいのむかし話 2」あかね書房 2016 p24

◇鬼塚りつ子文, 米山永一, 朝倉めぐみ絵「グリム・イソップ童話集」世界文化社 2004 p124

◇鬼塚りつ子文, 米山永一, 朝倉めぐみ絵「こどものための世界の名作 グリム・イソップ・アンデルセン―ベスト30話」世界文化社 1994 p124

◇川崎洋文, 津村陽子絵「小学館 世界の名作 18」小学館 1999 p68

◇内田麟太郎文, 高畠純絵「ポプラ世界名作童話 19」ポプラ社 2016 p65

北風と太陽の力くらべ（イソップ）

◇いわきたかし著, ほてはまたかし画「いそっぷ童話集」童話屋 2004 p30

木だったら（フィールド）

◇岸田衿子, 百々佑利子訳, ミーガン・グレッサー絵「おうちをつくろう」のら書店 1993 p17

きたない羊飼い―セビヨ〔出典〕〔The Dirty Shepherdess〕（ラング）

◇熊谷淳子訳, H.J.フォード装画・挿絵「アンドルー・ラング世界童話集 3」東京創元社 2008 p210

きつつき〔The Woodpecker〕（ロバーツ）

◇岸田衿子, 百々佑利子訳, ミーガン・グレッサー絵「みんなわたしの」のら書店 1991 p24

きっと兄さんが（モンゴメリ）

◇代田亜香子訳, 佐竹美保画「世界名作ショートストーリー 1」理論社 2015 p33

きつねおくさまの婚礼（グリム）

◇高橋健二訳, 徳井聡司（せんべぇ）イラスト「完訳グリム童話集 2」小学館 2008 p46

狐奥さまの話〔Von der Frau Füchsin〕（グリム）

◇乾侑美子訳, Otto Ubbelohde, Ludwig Richter挿絵「1812初版グリム童話 上」小学館 2000 p223

狐を名付け親にした狼の奥さん〔Der Fuchs und die Frau Gevatterin〕（グリム）

◇池田香代子訳, オットー＝ウッベローデ挿画「完訳クラシック グリム童話 3」講談社 2000 p44

狐を名付け親にした狼の奥さん（グリム）

◇池田香代子訳, オットー・ウッベローデ挿画「完訳グリム童話集 2」講談社 2008 p173

キツネとイヌ（イソップ）

◇河野与一編訳, 稗田一穂さし絵「イソップのお話」岩波書店 2000 p43

キツネとイバラ（イソップ）

◇河野与一編訳, 稗田一穂さし絵「イソップのお話」岩波書店 2000 p36

きつねと馬（グリム）

◇小澤昔ばなし研究所再話, オットー・ウベローデ絵「語るためのグリム童話 6」小峰書店 2007 p157

◇高橋健二訳, 徳井聡司（せんべぇ）イラスト「完訳 グリム童話集 4」小学館 2009 p137

◇矢崎源九郎訳, ウェルナー・クレムケさし絵「グリムの昔話 1」童話館出版 2000 p88

キツネと馬（グリム）

◇山口四郎訳「グリム童話 1」冨山房インターナショナル 2004 p17

◇橋本孝, 天沼春樹訳, シャルロット・デマトーン絵「グリム童話全集」西村書店 2013 p453

狐と馬〔Der Fuchs und das Pferd〕（グリム）

◇池田香代子訳, オットー＝ウッベローデ挿画「完訳クラシック グリム童話 4」講談社 2000 p159

きつね

◇「完訳 グリム童話集 6」筑摩書房 2006 p15
◇吉原高志, 吉原素子訳「初版グリム童話集 5」白水社 2008 p119

狐と馬 (グリム)
◇池田香代子訳, オットー・ウッベローデ挿画「完訳 グリム童話集 3」講談社 2008 p116

キツネとオオカミ―アントニオ・デ・トルエバ〔出典〕〔The Fox and the Wolf〕 (ラング)
◇西本かおる訳, H.J.フォード装画・挿絵「アンドルー・ラング世界童話集 10」東京創元社 2009 p54

キツネとオオカミと月 (イソップ)
◇天野裕訳, ローワン・バーンズマーフィー絵「イソップ物語」文渓堂 2005 p52

狐とおばさま〔Der Fuchs und die Frau Gevatterin〕 (グリム)
◇「完訳 グリム童話集 4」筑摩書房 2006 p18

きつねとおばさん (グリム)
◇高橋健二訳, 徳井聡司 (せんべぇ) イラスト「完訳 グリム童話集 2」小学館 2008 p393

きつねとがちょう〔Der Fuchs und die Gänse〕 (グリム)
◇吉原高志, 吉原素子訳「初版グリム童話集 3」白水社 2008 p191

キツネとガチョウ (グリム)
◇山口四郎訳「グリム童話 1」冨山房インターナショナル 2004 p4
◇橋本孝, 天沼春樹訳, シャルロット・デマトーン絵「グリム童話全集」西村書店 2013 p303

狐とがちょう〔Der Fuchs und die Gänse〕 (グリム)
◇池田香代子訳, オットー=ウッベローデ挿画「完訳クラシック グリム童話 3」講談社 2000 p107
◇「完訳 グリム童話集 4」筑摩書房 2006 p122

狐とがちょう (グリム)
◇池田香代子訳, オットー・ウッベローデ挿画「完訳 グリム童話集 2」講談社 2008 p251

狐と鵞鳥〔Der Fuchs und die Gänse〕 (グリム)
◇乾侑美子訳, Otto Ubbelohde, Ludwig Richter挿絵「1812初版グリム童話 下」小学館 2000 p56

きつねとがちょうたち (グリム)
◇小澤昔ばなし研究所再話, オットー・ウッベローデ絵「語るためのグリム童話 5」小峰

書店 2007 p34
◇高橋健二訳, 徳井聡司 (せんべぇ) イラスト「完訳 グリム童話集 3」小学館 2008 p87

キツネと仮面 (イソップ)
◇ラッセル・アッシュ, バーナード・ヒットン編著, 秋野翔一郎訳「クラシックイラストレーション版 イソップ寓話集」童話館出版 2002 p69

きつねとからす (イソップ)
◇鬼塚りつ子文, 米山永一, 朝倉めぐみ絵「グリム・イソップ童話集」世界文化社 2004 p136
◇鬼塚りつ子文, 米山永一, 朝倉めぐみ絵「こどものための世界の名作 グリム・イソップ・アンデルセン―ベスト30話」世界文化社 1994 p136

キツネとカラス (イソップ)
◇ラッセル・アッシュ, バーナード・ヒットン編著, 秋野翔一郎訳「クラシックイラストレーション版 イソップ寓話集」童話館出版 2002 p59

キツネとカラス (ペロー)
◇末松氷海子訳, エヴァ・フラントヴァー絵「ペロー昔話・寓話集」西村書店 2008 p335

狐と鴉 (イソップ)
◇川名澄訳, アーサー・ラッカム絵「新編 イソップ寓話」風媒社 2014 p18

キツネと木こり (イソップ)
◇小出正吾ぶん, 三好碩也え「イソップのおはなし」のら書店 2010 p48

キツネとコウノトリ (イソップ)
◇ラッセル・アッシュ, バーナード・ヒットン編著, 秋野翔一郎訳「クラシックイラストレーション版 イソップ寓話集」童話館出版 2002 p36

キツネとコウノトリ (ポター)
◇まさきるりこやく「愛蔵版 ピーターラビット全おはなし集」福音館書店 2007 p399

キツネとコウノトリ〔Le Renard et la Cigogne〕 (ラ・フォンテーヌ)
◇大澤千加訳, ブーテ・ド・モンヴェル絵「ラ・フォンテーヌ寓話」洋洋社 2016 p115

狐とコウノトリ (イソップ)
◇川名澄訳, アーサー・ラッカム絵「新編 イソップ寓話」風媒社 2014 p32

キツネとサル (ペロー)
◇末松氷海子訳, エヴァ・フラントヴァー絵「ペロー昔話・寓話集」西村書店 2008 p312

きつね

キツネと食事をしたコウノトリ（イソップ）
◇天野裕訳, ローワン・バーンズマーフィー絵「イソップ物語」文溪堂 2005 p36
きつねとつる（イソップ）
◇よこたきよし文, 武井淑子絵「読み聞かせイソップ50話」チャイルド本社 2007 p94
キツネとツル（イソップ）
◇河野与一編訳, 稗田一穂さし絵「イソップのお話」岩波書店 2000 p30
◇小出正吾ぶん, 三好碩也え「イソップのおはなし」のら書店 2010 p26
◇川崎洋文, 水野恵理絵「小学館 世界の名作 18」小学館 1999 p74
きつねとねこ（グリム）
◇高橋健二訳, 徳井聡司（せんべぇ）イラスト「完訳 グリム童話集 2」小学館 2008 p396
キツネとネコ（グリム）
◇山口四郎訳「グリム童話 1」冨山房インターナショナル 2004 p6
◇安東みきえ文, 100%ORANGE絵「ポプラ世界名作童話 15」ポプラ社 2016 p151
キツネと猫（グリム）
◇橋本孝, 天沼春樹訳, シャルロット・デマトーン絵「グリム童話全集」西村書店 2013 p272
狐と猫〔Der Fuchs und die Katze〕（グリム）
◇池田香代子訳, オットー＝ウッベローデ挿画「完訳クラシック グリム童話 3」講談社 2000 p46
◇「完訳 グリム童話集 4」筑摩書房 2006 p21
狐と猫（グリム）
◇池田香代子訳, オットー・ウッベローデ挿画「完訳 グリム童話集 2」講談社 2008 p175
キツネとハリネズミ（イソップ）
◇河野与一編訳, 稗田一穂さし絵「イソップのお話」岩波書店 2000 p313
キツネとヒツジ飼い（イソップ）
◇河野与一編訳, 稗田一穂さし絵「イソップのお話」岩波書店 2000 p75
キツネとヒョウ（イソップ）
◇ラッセル・アッシュ, バーナード・ヒットン編著, 秋野翔一郎訳「クラシックイラストレーション版 イソップ寓話集」童話館出版 2002 p84
◇河野与一編訳, 稗田一穂さし絵「イソップのお話」岩波書店 2000 p43
狐と豹（イソップ）
◇川名澄訳, アーサー・ラッカム絵「新編 イ

ソップ寓話」風媒社 2014 p151
きつねとぶどう（イソップ）
◇鬼塚りつ子文, 米山永一, 朝倉めぐみ絵「グリム・イソップ童話集」世界文化社 2004 p126
◇鬼塚りつ子文, 米山永一, 朝倉めぐみ絵「こどものための世界の名作 グリム・イソップ・アンデルセン―ベスト30話」世界文化社 1994 p126
◇よこたきよし文, 武井淑子絵「読み聞かせイソップ50話」チャイルド本社 2007 p46
キツネとぶどう（イソップ）
◇ラッセル・アッシュ, バーナード・ヒットン編著, 秋野翔一郎訳「クラシックイラストレーション版 イソップ寓話集」童話館出版 2002 p64
キツネとぶどう〔Le Renard et les Raisins〕（ラ・フォンテーヌ）
◇大澤千加訳, ブーテ・ド・モンヴェル絵「ラ・フォンテーヌ寓話」洋洋社 2016 p35
キツネとブドウ（イソップ）
◇河野与一編訳, 稗田一穂さし絵「イソップのお話」岩波書店 2000 p16
◇小出正吾ぶん, 三好碩也え「イソップのおはなし」のら書店 2010 p93
◇天野裕訳, ローワン・バーンズマーフィー絵「イソップ物語」文溪堂 2005 p10
◇川崎洋文, ビクトリア・ハリエット絵「小学館 世界の名作 18」小学館 1999 p12
キツネとブドウ（ペロー）
◇末松氷海子訳, エヴァ・フラントヴァー絵「ペロー昔話・寓話集」西村書店 2008 p330
狐と葡萄（イソップ）
◇川名澄訳, アーサー・ラッカム絵「新編 イソップ寓話」風媒社 2014 p14
キツネとヘビ（イソップ）
◇河野与一編訳, 稗田一穂さし絵「イソップのお話」岩波書店 2000 p38
キツネとヤギ（イソップ）
◇河野与一編訳, 稗田一穂さし絵「イソップのお話」岩波書店 2000 p41
◇小出正吾ぶん, 三好碩也え「イソップのおはなし」のら書店 2010 p70
◇天野裕訳, ローワン・バーンズマーフィー絵「イソップ物語」文溪堂 2005 p50
◇赤木かんこ訳, 櫻井さなえ挿絵「こんなとき読んであげたい おはなしのおもちゃ箱 2」PHP研究所 2003 p92

◇川崎洋文, タク・ショウジ絵「小学館 世界の名作 18」小学館 1999 p86

キツネとヤギ（ペロー）
◇末松氷海子訳, エヴァ・フラントヴァー絵「ペロー昔話・寓話集」西村書店 2008 p327

キツネとヤギ〔Le Renard et le Bouc〕（ラ・フォンテーヌ）
◇大澤千加訳, ブーテ・ド・モンヴェル絵「ラ・フォンテーヌ寓話」洋洋社 2016 p93

キツネとライオン（イソップ）
◇ラッセル・アッシュ, バーナード・ヒットン編著, 秋野翔一郎訳「クラシックイラストレーション版 イソップ寓話集」童話館出版 2002 p54
◇河野与一編訳, 稗田一穂さし絵「イソップのお話」岩波書店 2000 p37

狐とライオン（イソップ）
◇川名澄訳, アーサー・ラッカム絵「新編 イソップ寓話」風媒社 2014 p72

キツネとラップ人─『ラップランドの昔話』〔出典〕〔The Fox and the Lapp〕（ラング）
◇おおつかのりこ訳, H.J.フォード装画・挿絵「アンドルー・ラング世界童話集 9」東京創元社 2009 p259

キツネとワニ（イソップ）
◇河野与一編訳, 稗田一穂さし絵「イソップのお話」岩波書店 2000 p37

キツネどんのおはなし（ポター）
◇いしいももこやく「愛蔵版 ピーターラビット全おはなし集」福音館書店 1994 p257
◇いしいももこやく「愛蔵版 ピーターラビット全おはなし集」福音館書店 2007 p257

キツネに名づけ親をたのんだオオカミのおかみさん（グリム）
◇橋本孝, 天沼春樹訳, シャルロット・デマトーン絵「グリム童話全集」西村書店 2013 p271

きつねの歌〔The Fox Rhyme〕（セレリヤー）
◇岸田衿子, 百々佑利子訳, ミーガン・グレッサー絵「おうちをつくろう」のら書店 1993 p91

狐のおかみさんの結婚〔Die Hochzeit der Frau Füchsin〕（グリム）
◇池田香代子訳, オットー＝ウッベローデ挿画「完訳クラシック グリム童話 2」講談社 2000 p38

狐のおかみさんの結婚（グリム）
◇池田香代子訳, オットー・ウッベローデ挿画

「完訳 グリム童話集 1」講談社 2008 p364

きつねの奥さま〔Von der Frau Füchsin〕（グリム）
◇吉原高志, 吉原素子訳「初版グリム童話集 2」白水社 2007 p83

木でできたワニ（ショヴォー）
◇出口裕弘訳「ショヴォー氏とルノー君のお話集 5」福音館書店 2003 p286

木とおの（イソップ）
◇ラッセル・アッシュ, バーナード・ヒットン編著, 秋野翔一郎訳「クラシックイラストレーション版 イソップ寓話集」童話館出版 2002 p30

木と斧（イソップ）
◇川名澄訳, アーサー・ラッカム絵「新編 イソップ寓話」風媒社 2014 p120

木の着物をきたカリ（スカンジナビア）〔Kari Woodengown〕（ラング）
◇川端康成, 野上彰編訳, 上田英津子絵「ラング世界童話全集 10」偕成社 2009 p117

木の衣のカーリ─P.C.アスビョルンセン〔出典〕〔Kari Woodengown〕（ラング）
◇杉本詠美訳, H.J.フォード, L.スピード装画・挿絵「アンドルー・ラング世界童話集 2」東京創元社 2008 p211

木の精（アンデルセン）
◇高橋健二訳, いたやさとし画「完訳 アンデルセン童話集 8」小学館 2010 p6

木の精ドリアード（アンデルセン）
◇天沼春樹訳, ドゥシャン・カーライ, カミラ・シュタンツロヴァー絵「アンデルセン童話全集 3」西村書店 2013 p420

木の精のドリアーデ〔Dryaden〕（アンデルセン）
◇天沼春樹訳「アンデルセン傑作集 マッチ売りの少女／人魚姫」新潮社 2015 p297

木の中で育つカシミヤマカミキリ（ファーブル）
◇奥本大三郎編・訳, 見山博本画・イラスト「ファーブル昆虫記 5」集英社 1996 p47

木のはえた花嫁─J.モー〔出典〕〔Bushy Bride〕（ラング）
◇生方頼子訳, H.J.フォード, L.スピード装画・挿絵「アンドルー・ラング世界童話集 2」東京創元社 2008 p346

気まぐれ王子と美しいヘレナ─ドイツの昔話〔出典〕〔Prince Fickle and Fair Helena〕（ラング）

きみた

◇生方頼子訳, H.J.フォード装画・挿絵「アンドルー・ラング世界童話集 3」東京創元社 2008 p269

きみたちがおとなになって（ダール）
◇「まるごと一冊ロアルド・ダール」評論社 2000 p375

奇妙なおよばれ〔Die wunderliche Gasterei〕（グリム）
◇吉原高志, 吉原素子訳「初版グリム童話集 2」白水社 2007 p106

きみょうな旅芸人（グリム）
◇橋本孝, 天沼春樹訳, シャルロット・デマトーン絵「グリム童話全集」西村書店 2013 p39

奇妙な旅芸人〔Der wunderliche Spielmann〕（グリム）
◇池田香代子訳, オットー＝ウッベローデ挿画「完訳クラシック グリム童話 1」講談社 2000 p68

奇妙な旅芸人（グリム）
◇池田香代子訳, オットー・ウッベローデ挿画「完訳 グリム童話集 1」講談社 2008 p86

キム ミソン先生（パク キボム）
◇金松伊訳, パク キョンジン絵「いま読もう！韓国ベスト読みもの 4」汐文社 2005 p91

疑問の「十二時十五分」〔The Reigate Squires〕（ドイル）
◇山中峯太郎訳著「名探偵ホームズ全集 3」作品社 2017 p528

ギャズビーホテルに宿泊した男〔The Man Who Put Up at Gadsby's〕（トウェイン）
◇堀川志野舞訳, ヨシタケシンスケ絵「世界ショートセレクション 4」理論社 2017 p29

キャドバリー製菓のデイリーミルク─「一年中ワクワクしてた」より（ダール）
◇久山太市訳「まるごと一冊ロアルド・ダール」評論社 2000 p243

キャプテン・フューチャーの冒険〔The Lost World of Time〕（ハミルトン）
◇福島正実訳, 秋恭摩絵「冒険ファンタジー名作選 8」岩崎書店 2003 p6

キャベツろば〔Der Krautesel〕（グリム）
◇池田香代子訳, オットー＝ウッベローデ挿画「完訳クラシック グリム童話 4」講談社 2000 p93

キャベツろば（グリム）
◇小澤昔ばなし研究所再話, オットー・ウベローデ絵「語るためのグリム童話 6」小峰書店 2007 p94

◇池田香代子訳, オットー・ウッベローデ挿画「完訳 グリム童話集 3」講談社 2008 p30

◇高橋健二訳, 徳井聡司（せんべぇ）イラスト「完訳 グリム童話集 4」小学館 2009 p37

キャベツロバ（グリム）
◇橋本孝, 天沼春樹訳, シャルロット・デマトーン絵「グリム童話全集」西村書店 2013 p420

キャベツ・ロバ（グリム）
◇フェリクス・ホフマン編・画, 大塚勇三訳「グリムの昔話 3」福音館書店 2002 p74

吸血鬼〔The Adventure of the Sussex Vampire〕（ドイル）
◇中尾明訳, 岡本正樹絵「シャーロック・ホームズ 12」岩崎書店 2011 p67

吸血鬼カーミラ〔Carmilla〕（レ・ファニュ）
◇百々佑利子訳, 粕谷小百合絵「子どものための世界文学の森 35」集英社 1996 p10

休息のないドア〔The Door of Unrest〕（オー・ヘンリー）
◇千葉茂樹訳, 和田誠絵「オー・ヘンリーショートストーリーセレクション 3」理論社 2007 p171

牛乳時代（中島らも）
◇「小学生までに読んでおきたい文学 5」あすなろ書房 2013 p69

九本ぜんぶあたり！（プロイスラー）
◇佐々木田鶴子訳, スズキコージ絵「プロイスラーの昔話 3」小峰書店 2004 p25

九羽のクジャクと金のリンゴ─セルビアの昔話〔出典〕〔The Nine Pea-hens and the Golden Apples〕（ラング）
◇杉本詠美訳, H.J.フォード装画・挿絵「アンドルー・ラング世界童話集 7」東京創元社 2008 p66

ぎゅっと〔Squeezes〕（パテン）
◇谷川俊太郎訳「木はえらい─イギリス子ども詩集」岩波書店 2000 p103

狂王カール六世（エンデ）
◇田村都志夫訳「だれでもない庭─エンデが遺した物語集」岩波書店 2002 p158
◇田村都志夫訳「だれでもない庭─エンデが遺した物語集」岩波書店 2015 p196

教会の設立（バン・ローン）
◇片岡政昭訳「世界名作文学集 〔9〕」国土社 2003 p225

きょうかたびら〔Das Totenhemdchen〕（グリム）
◇「完訳 グリム童話集 5」筑摩書房 2006 p86

きょうかたびら（グリム）
◇高橋健二訳, 徳井聡司（せんべぇ）イラスト「完訳 グリム童話集 3」小学館 2008 p323

経かたびら〔Das Todtenhemdchen〕（グリム）
◇乾侑美子訳, Otto Ubbelohde, Ludwig Richter挿絵「1812初版グリム童話 下」小学館 2000 p187

経かたびら〔Das Totenhemdchen〕（グリム）
◇吉原高志, 吉原素子訳, Otto Ubbelohde挿絵「初版グリム童話集 4」白水社 2008 p200

きょうこそ宿題をするつもり〔I Meant to Do My Work Today〕（ル・ギャリアン）
◇岸田衿子, 百々佑利子訳, ミーガン・グレッサー絵「おうちをつくろう」のら書店 1993 p16

狂人と賢人〔Un Fou et un Sage〕（ラ・フォンテーヌ）
◇大澤千加訳, ブーテ・ド・モンヴェル絵「ラ・フォンテーヌ寓話」洋々社 2016 p125

恐怖の谷〔The Valley of Fear〕（ドイル）
◇日暮まさみち訳, 青山浩行絵「名探偵ホームズシリーズ 〔9〕」講談社 2011 p9
◇山中峯太郎訳著「名探偵ホームズ全集 1」作品社 2017 p113

恐竜1億年〔Danger：Dinosaurs！〕（マースティン）
◇福島正実訳, 福井典子絵「冒険ファンタジー名作選 20」岩崎書店 2004 p6

きょうりゅうの世界〔The Lost World〕（ドイル）
◇内田庶訳, 池田龍雄絵「子どものための世界文学の森 23」集英社 1994 p10

巨人退治のジャック―チャップブック〔出典〕〔The History of Jack The Giant-Killer〕（ラング）
◇中務秀子訳, H.J.フォード, G.P.ジェイコム＝フッド装画・挿絵「アンドルー・ラング世界童話集 1」東京創元社 2008 p332

巨人と仕立て屋（グリム）
◇小澤昔ばなし研究所再話, オットー・ウベローデ絵「語るためのグリム童話 7」小峰書店 2007 p118

巨人と羊飼いの少年―フォン・ヴリオロキ ブコヴィナの昔話〔出典〕〔The Giants and the Herd Boy〕（ラング）

◇吉井知代子訳, H.J.フォード装画・挿絵「アンドルー・ラング世界童話集 4」東京創元社 2008 p103

巨人のむすめ（デンマーク）〔The Troll's Daughter〕（ラング）
◇川端康成, 野上彰編訳, 牧野鈴子絵「ラング世界童話全集 5」偕成社 2008 p189

気楽な男〔Bruder Lustig〕（グリム）
◇「完訳 グリム童話集 4」筑摩書房 2006 p53

気楽な男（グリム）
◇橋本孝, 天沼春樹訳, シャルロット・デマトーン絵「グリム童話全集」西村書店 2013 p283

切られた手の話（ハウフ）
◇乾侑美子訳, T.ヴェーバーほか画「冷たい心臓―ハウフ童話集」福音館書店 2001 p65

キリギリスモドキを狩るラングドックアナバチ（ファーブル）
◇奥本大三郎編・訳, 見山博標本画・イラスト「ファーブル昆虫記 2」集英社 1996 p109

ギリシア人の一州となったユダヤ（バン・ローン）
◇片岡政昭訳「世界名作文学集 〔9〕」国土社 2003 p156

ギリシア人の出現（バン・ローン）
◇片岡政昭訳「世界名作文学集 〔9〕」国土社 2003 p154

ギリシア神話〔Bibliotheke〕（アポロドーロス）
◇「21世紀版 少年少女世界文学館 1」講談社 2010

ギリシア神話〔The Age of Fable〕（ブルフィンチ）
◇箕浦万里子訳, 深沢真由美絵「子どものための世界文学の森 28」集英社 1995 p10

ギリシア語通訳（ドイル）
◇亀山龍樹訳, 佐竹美保さし絵「名探偵ホームズ 4」ポプラ社 2006 p167

ギリシャ語通訳事件〔The Greek Interpreter〕（ドイル）
◇日暮まさみち訳, 青山浩行絵「名探偵ホームズシリーズ 〔8〕」講談社 2011 p51

キルカスのおとめたちの話―"Cabinet des Fées"〔出典〕〔The Story of Fair Circassians〕（ラング）
◇杉本詠美訳, H.J.フォード装画・挿絵「アンドルー・ラング世界童話集 6」東京創元社 2008 p211

きれい

きれいなカトリネリェとピフ・パフ・ポル
トリー（グリム）
　◇高橋健二訳, 徳井聡司（せんべぇ）イラスト
　　「完訳グリム童話集 4」小学館 2009 p133
きれいなカトリネルエとピフ・パフ・ポル
トリー〔Die schöne Katrinelje und Pif Paf
Poltrie〕（グリム）
　◇池田香代子訳, オットー＝ウッベローデ挿
　　画「完訳クラシック グリム童話 4」講談社
　　2000 p156
きれいなカトリーネルエとピフ・パフ・ポ
ルトリー〔Die schöne Katrinelje und Pif
Paf Poltrie〕（グリム）
　◇「完訳 グリム童話集 6」筑摩書房 2006 p9
きれいなカトリネルエとピフ・パフ・ポル
トリー（グリム）
　◇池田香代子訳, オットー・ウッベローデ挿画
　　「完訳 グリム童話集 3」講談社 2008 p112
　◇橋本孝, 天沼春樹訳, シャルロット・デマ
　　トーン絵「グリム童話全集」西村書店 2013
　　p452
木はえらい〔Trees Are Great〕（マッガウ）
　◇谷川俊太郎訳, サラ・ミッダ絵「木はえらい
　　―イギリス子ども詩集」岩波書店 2000
　　p182
銀〔Silver〕（デ・ラ・メア）
　◇岸田衿子, 百々佑利子訳, ミーガン・グレッ
　　サー絵「おうちをつくろう」のら書店 1993
　　p93
キンイロオサムシ（ファーブル）
　◇大岡信編訳「ファーブルの昆虫記 上」岩波
　　書店 2000 p257
金色の頭の魚―フレデリック・マクレ『アルメニアの
昔話』〔出典〕〔The Golden-Headed Fish〕（ラ
ング）
　◇熊谷淳子訳, H.J.フォード装画・挿絵「アン
　　ドルー・ラング世界童話集 11」東京創元社
　　2009 p199
金色のかに（ギリシア）〔The Golden Crab〕
（ラング）
　◇川端康成, 野上彰編訳, 小松修絵「ラング世
　　界童話全集 6」偕成社 2008 p44
金色のクロウタドリ―セビヨ〔出典〕〔The
Golden Blackbird〕（ラング）
　◇生方頼子訳, H.J.フォード装画・挿絵「アン
　　ドルー・ラング世界童話集 3」東京創元社
　　2008 p160
金色の子どもたち（グリム）

◇小澤昔ばなし研究所再話, オットー・ウベ
　　ローデ絵「語るためのグリム童話 5」小峰
　　書店 2007 p20
金色のひげの男―ハンガリーの昔話〔出典〕〔The
Gold-bearded Man〕（ラング）
　◇吉井知代子訳, H.J.フォード装画・挿絵「ア
　　ンドルー・ラング世界童話集 8」東京創元
　　社 2009 p206
銀貨〔Sølvskillingen〕（アンデルセン）
　◇福井信子, 大河原晶子訳, フレミング・B.
　　イェベセン画「本当に読みたかったアンデ
　　ルセン童話」NTT出版 2005 p40
銀貨（アンデルセン）
　◇大畑末吉訳, 初山滋さし絵「アンデルセン童
　　話集 2」岩波書店 2000 p227
　◇高橋健二訳, いたやさとし画「完訳 アンデル
　　セン童話集 7」小学館 2010 p50
　◇大塚勇三編・訳, イブ・スパング・オルセン
　　画「アンデルセンの童話 2」福音館書店
　　2003 p92
銀ギツネのドミノ〔The Biography of a
Silver-Fox〕（シートン）
　◇今泉吉晴訳「シートン動物記 〔4〕」童心社
　　2010 p1
銀ギツネ物語（シートン）
　◇正岡慧子文, 木村修絵「ビジュアル特別版 シー
　　トン動物記 上」世界文化社 2018 p101
　◇前川康男文, 清水勝絵「はじめてであうシー
　　トン動物記 4」フレーベル館 2002 p5
キングズリバーのいかだ〔The Last Word
was Love〕（サローヤン）
　◇千葉茂樹訳, 杉田比呂美絵「ショート・ス
　　トーリーズ 心は高原に」小峰書店 1996
　　p41
銀行王の謎〔The Adventure of the Beryl
Coronet〕（ドイル）
　◇山中峯太郎訳著「名探偵ホームズ全集 2」
　　作品社 2017 p438
金山王夫人〔The Problem of Thor Bridge〕
（ドイル）
　◇山中峯太郎訳著「名探偵ホームズ全集 3」
　　作品社 2017 p307
近所どうしのカエル（イソップ）
　◇河野与一編訳, 稗田一穂さし絵「イソップの
　　お話」岩波書店 2000 p261
近所にひっこしてきた子〔The New Kid on
the Block〕（プレラッキー）
　◇アーサー・ビナード, 木坂涼編訳, しりあが

266　世界児童文学全集/個人全集・作品名綜覧 第II期

り寿イラスト「ガラガラヘビの味—アメリ
カ子ども詩集」岩波書店 2010 p22

禁じられた約束〔The Promise〕（ウェストー
ル）
◇野沢佳織訳「ウェストールコレクション
〔6〕」徳間書店 2005 p1

金ずきんちゃんのほんとうの話—シャルル・マ
レル〔出典〕〔The True History of Little
Golden–hood〕（ラング）
◇田中亜希子訳, H.J.フォード, L.スピード装
画・挿絵「アンドルー・ラング世界童話集
2」東京創元社 2008 p257

銀星号事件〔Silver Blaze〕（ドイル）
◇山中峯太郎訳著「名探偵ホームズ全集 1」
作品社 2017 p517

銀星号事件〔The Adventure of Silver Blaze〕
（ドイル）
◇日暮まさみち訳, 青山浩行絵「名探偵ホーム
ズシリーズ 〔1〕」講談社 2010 p161

銀星号事件（ドイル）
◇亀山龍樹訳, 佐竹美保さし絵「名探偵ホーム
ズ 3」ポプラ社 2006 p7

金になってしまったごちそう（ブルフィンチ）
◇箕浦万里子訳, 深沢真由美絵「子どものため
の世界文学の森 28」集英社 1995 p75

金の頭をもったさかな（アルメニア）〔The
Golden–Headed Fish〕
◇川端康成, 野上彰編訳, 矢野信一郎絵「ラン
グ世界童話全集 7」偕成社 2009 p151

金の入れ歯の男〔L'Homme aux Dents d'Or〕
（ルブラン）
◇南洋一郎文, 佐竹美保さし絵「文庫版 怪盗ル
パン 16」ポプラ社 2005 p123

金の入歯の秘密（ルブラン）
◇南洋一郎文, 清水勝挿画「怪盗ルパン全集
〔10〕」ポプラ社 2010 p247

金の枝—オーノワ夫人〔出典〕〔The Golden
Branch〕（ラング）
◇熊谷淳子訳, H.J.フォード, L.スピード装
画・挿絵「アンドルー・ラング世界童話集
2」東京創元社 2008 p266

金の枝（フランス ドーノワ夫人）〔The
Golden Branch〕（ラング）
◇川端康成, 野上彰編訳, 上田英津子絵「ラン
グ世界童話全集 10」偕成社 2009 p203

金のおのぎんのおの（イソップ）
◇間所ひさこ再話, 岡本よしろう挿絵「教科書
にでてくるせかいのむかし話 1」あかね書
房 2016 p50

金のオノ 銀のオノ（イソップ）
◇内田麟太郎文, 高畠純絵「ポプラ世界名作童
話 19」ポプラ社 2016 p137

金のおのとぎんのおの（イソップ）
◇よこたきよし文, いたやさとし絵「読み聞か
せイソップ50話」チャイルド本社 2007 p86

黄金(きん)の鍵〔Der goldene Schlüssel〕（グリ
ム）
◇池田香代子訳, オットー＝ウッベローデ挿
画「完訳クラシック グリム童話 5」講談社
2000 p240

金のかぎ（グリム）
◇高橋健二訳, 徳井聡司（せんべえ）イラスト
「完訳 グリム童話集 5」小学館 2009 p237

金のカギ（グリム）
◇橋本孝, 天沼春樹訳, シャルロット・デマ
トーン絵「グリム童話全集」西村書店 2013
p614

金の鍵〔Der goldene Schlüssel〕（グリム）
◇「完訳 グリム童話集 7」筑摩書房 2006
p264
◇吉原高志, 吉原素子訳, Otto Ubbelohde挿絵
「初版グリム童話集 5」白水社 2008 p218
◇乾侑美子訳, Otto Ubbelohde, Ludwig
Richter挿絵「1812初版グリム童話 下」小
学館 2000 p339

金の鍵（グリム）
◇フェリクス・ホフマン編・画, 大塚勇三訳
「グリムの昔話 3」福音館書店 2002 p381

黄金(きん)のがちょう〔Die goldene Gans〕
（グリム）
◇池田香代子訳, オットー＝ウッベローデ挿
画「完訳クラシック グリム童話 2」講談社
2000 p232

金のがちょう〔Die goldene Gans〕（グリム）
◇野村泫訳, ジョージ・クルックシャンク画
「完訳 グリム童話集 3」筑摩書房 2006 p254

金のがちょう（グリム）
◇小澤昔ばなし研究所再話, オットー・ウベ
ローデ絵「語るためのグリム童話 4」小峰
書店 2007 p84
◇間所ひさこ再話, 柴田ケイコ挿絵「教科書に
でてくるせかいのむかし話 1」あかね書房
2016 p74
◇北川幸比古文, 米山永一, 朝倉めぐみ絵「グ
リム・イソップ童話集」世界文化社 2004
p112

きんの

◇高橋健二訳, 徳井聡司（せんべぇ）イラスト
「完訳 グリム童話集 2」小学館 2008 p325
◇植田敏郎訳, ウェルナー・クレムケさし絵
「グリムの昔話 1」童話館出版 2000 p166
◇北川幸比古文, 米山永一, 朝倉めぐみ絵「こ
どものための世界の名作 グリム・イソッ
プ・アンデルセン―ベスト30話」世界文化
社 1994 p112

金のガチョウ（グリム）
◇山口四郎訳「グリム童話 1」冨山房イン
ターナショナル 2004 p132
◇佐々木田鶴子訳, 出久根育絵「グリム童話集
下」岩波書店 2007 p56
◇橋本孝, 天沼春樹訳, シャルロット・デマ
トーン絵「グリム童話全集」西村書店 2013
p246
◇フェリクス・ホフマン編・画, 大塚勇三訳
「グリムの昔話 2」福音館書店 2002 p68
◇乾侑美子文, 山村浩二絵「小学館 世界の名
作 16」小学館 1999 p66

金の鷲鳥（グリム）
◇乾侑美子訳, Otto Ubbelohde, Ludwig
Richter挿絵「1812初版グリム童話 上」小
学館 2000 p353

金の毛が3本ある悪魔（グリム）
◇橋本孝, 天沼春樹訳, シャルロット・デマ
トーン絵「グリム童話全集」西村書店 2013
p115

金の毛が三本ある悪魔〔Der Teufel mit den
drei goldenen Haaren〕（グリム）
◇「完訳 グリム童話集 2」筑摩書房 2006 p94

金の毛が三本ある悪魔〔Von dem Teufel mit
drei goldenen Haaren〕（グリム）
◇乾侑美子訳, Otto Ubbelohde, Ludwig
Richter挿絵「1812初版グリム童話 上」小
学館 2000 p156

金の毛が三本ある悪魔（グリム）
◇乾侑美子訳, オットー・ウッベローデさし絵
「グリムの昔話 3」童話館出版 2001 p154

金の毛が三本あるおに（グリム）
◇高橋健二訳, 徳井聡司（せんべぇ）イラスト
「完訳 グリム童話集 1」小学館 2008 p311

金の毛が, 三本ある鬼〔Der Teufel mit den
drei goldenen Haaren〕（グリム）
◇天沼春樹訳, ペテル・ウフナール画「グリ
ム・コレクション 4」パロル舎 2001 p47

金の毛が三本ある鬼（グリム）
◇フェリクス・ホフマン編・画, 大塚勇三訳

「グリムの昔話 2」福音館書店 2002 p41

金の子ども（グリム）
◇矢崎源九郎訳「グリムの昔話 2」童話館出
版 2000 p124

黄金（きん）の子どもたち〔Die Goldkinder〕
（グリム）
◇池田香代子訳, オットー＝ウッベローデ挿
画「完訳クラシック グリム童話 3」講談社
2000 p99

黄金（きん）の子どもたち（グリム）
◇橋本孝, 天沼春樹訳, シャルロット・デマ
トーン絵「グリム童話全集」西村書店 2013
p298

金の子どもたち〔Die Goldkinder〕（グリム）
◇「完訳 グリム童話集 4」筑摩書房 2006
p109

金の子どもたち（グリム）
◇フェリクス・ホフマン編・画, 大塚勇三訳
「グリムの昔話 2」福音館書店 2002 p172

金の子どもら（グリム）
◇高橋健二訳, 徳井聡司（せんべぇ）イラスト
「完訳 グリム童話集 3」小学館 2008 p76

銀の印の、あるカラスの物語〔Silverspot,
the Story of a Crow〕（シートン）
◇谷村志穂訳, 吉岡さやか絵「シートンの動物
記」集英社 2013 p149

金の宝（アンデルセン）
◇高橋健二訳, いたやさとし画「完訳 アンデル
セン童話集 7」小学館 2010 p86
◇天沼春樹訳, ドゥシャン・カーライ, カミ
ラ・シュタンツロヴァー絵「アンデルセン
童話全集 1」西村書店 2011 p302

金のたまご（イソップ）
◇内田麟太郎文, 高畠純絵「ポプラ世界名作童
話 19」ポプラ社 2016 p59

金のたまご〔Das Goldei〕（グリム）
◇吉原高志, 吉原素子訳「初版グリム童話集
3」白水社 2008 p45

金のたまごをうむめんどり（イソップ）
◇川崎洋文, こだんみほ絵「小学館 世界の名
作 18」小学館 1999 p76
◇よこたきよし文, いたやさとし絵「読み聞か
せイソップ50話」チャイルド本社 2007 p24

金のたまごを生むメンドリ（イソップ）
◇河野与一編訳, 稗田一穂さし絵「イソップの
お話」岩波書店 2000 p215

金のたまごをうんだガチョウ（イソップ）

◇ラッセル・アッシュ, バーナード・ヒットン編著, 秋野翔一郎訳「クラシックイラストレーション版 イソップ寓話集」童話館出版 2002 p72

金のたまごを産んだガチョウ（イソップ）
　◇天野裕訳, ローワン・バーンズマーフィー絵「イソップ物語」文溪堂 2005 p42

金のたまごを産んだ鷲鳥（イソップ）
　◇川名澄訳, アーサー・ラッカム絵「新編 イソップ寓話」風媒社 2014 p15

黄金（きん）の鳥〔Der goldene Vogel〕（グリム）
　◇池田香代子訳, オットー＝ウッベローデ挿画「完訳クラシック グリム童話 2」講談社 2000 p157

金の鳥〔Der goldene Vogel〕（グリム）
　◇野村泫訳, ジョージ・クルックシャンク画「完訳 グリム童話集 3」筑摩書房 2006 p127

金の鳥〔Vom goldnen Vogel〕（グリム）
　◇吉原高志, 吉原素子訳「初版グリム童話集 3」白水社 2008 p21
　◇乾侑美子訳, Otto Ubbelohde, Ludwig Richter挿絵「1812初版グリム童話 上」小学館 2000 p312

金の鳥（グリム）
　◇山口四郎訳「グリム童話 2」冨山房インターナショナル 2004 p121
　◇ウィルヘルム菊江訳, リディア・ポストマ絵「グリム童話集」西村書店 2013 p75
　◇高橋健二訳, 徳井聡司（せんべえ）イラスト「完訳 グリム童話集 2」小学館 2008 p216
　◇佐々木田鶴子訳, 出久根育絵「グリム童話集 下」岩波書店 2007 p123
　◇橋本孝, 天沼春樹訳, シャルロット・デマトーン絵「グリム童話全集」西村書店 2013 p209
　◇植田敏郎訳, オットー・ウッベローデさし絵「グリムの昔話 3」童話館出版 2001 p98
　◇フェリクス・ホフマン編・画, 大塚勇三訳「グリムの昔話 3」福音館書店 2002 p266

銀の星（シートン）
　◇前川康男文, 石田武雄絵「はじめてであうシートン動物記 4」フレーベル館 2002 p89

金の星をつけた子どもたち―ルーマニアの昔話
〔出典〕〔The Boys with the Golden Stars〕（ラング）
　◇ないとうふみこ訳, H.J.フォード装画・挿絵「アンドルー・ラング世界童話集 7」東京創元社 2008 p301

金の星をもった子どもたち（ルーマニア）〔The Boys with the Golden Stars〕（ラング）
　◇川端康成, 野上彰編訳, アンマサコ絵「ラング世界童話全集 4」偕成社 2008 p91

黄金（きん）の山の王さま〔Der König vom goldenen Berg〕（グリム）
　◇池田香代子訳, オットー＝ウッベローデ挿画「完訳クラシック グリム童話 3」講談社 2000 p156

黄金（きん）の山の王さま（グリム）
　◇橋本孝, 天沼春樹訳, シャルロット・デマトーン絵「グリム童話全集」西村書店 2013 p327

金の山の王さま〔Der König vom goldenen Berg〕（グリム）
　◇野村泫訳, ジョージ・クルックシャンク画「完訳 グリム童話集 4」筑摩書房 2006 p206
　◇吉原高志, 吉原素子訳「初版グリム童話集 4」白水社 2008 p71
　◇乾侑美子訳, Otto Ubbelohde, Ludwig Richter挿絵「1812初版グリム童話 下」小学館 2000 p94

金の山の王さま（グリム）
　◇小澤昔ばなし研究所再話, オットー・ウベローデ絵「語るためのグリム童話 5」小峰書店 2007 p107
　◇高橋健二訳, 徳井聡司（せんべえ）イラスト「完訳 グリム童話集 3」小学館 2008 p154

金のライオン（シシリー）〔The Golden Lion〕（ラング）
　◇川端康成, 野上彰編訳, 西村香英絵「ラング世界童話全集 2」偕成社 2008 p196

金のライオン―ラウラ・ゴンツェンバッハ『シチリアの昔話』〔出典〕〔The Golden Lion〕（ラング）
　◇宮坂宏美訳, H.J.フォード装画・挿絵「アンドルー・ラング世界童話集 5」東京創元社 2008 p181

金のライオンを見つけた人（イソップ）
　◇河野与一編訳, 稗田一穂さし絵「イソップのお話」岩波書店 2000 p181

キンバエの消化力（ファーブル）
　◇奥本大三郎編・訳, 見山博標本画・イラスト「ファーブル昆虫記 5」集英社 1996 p275

金髪美人〔La Dame Blonde〕（ルブラン）
　◇南洋一郎文, 朝倉めぐみさし絵「文庫版 怪盗ルパン 3」ポプラ社 2005 p9

キンバルス・グリーン〔The Dark Stress of Kimball's Green〕（エイキン）

きんふ

◇三辺律子訳, 浅沼テイジイラスト「心の宝箱にしまう15のファンタジー」竹書房 2006 p103

◇三辺律子訳, 浅沼テイジイラスト「ひとにぎりの黄金〔1〕」竹書房 2013 p101

金ぶちの鼻めがね（ドイル）

◇亀山龍樹訳, 佐竹美保さし絵「名探偵ホームズ 6」ポプラ社 2009 p201

金縁の鼻めがね〔The Adventure of the Golden Pince-Nez〕（ドイル）

◇日暮まさみち訳, 青山浩行絵「名探偵ホームズシリーズ〔14〕」講談社 2011 p60

【 く 】

くいしんぼうのキンイロオサムシ（ファーブル）

◇小林清之介文, たかはしきよしえ「新版ファーブルこんちゅう記 5」小峰書店 2006 p4

くいのかきね…〔The Pickety Fence〕（マッコード）

◇岸田衿子, 百々佑利子訳, ミーガン・グレッサー絵「みんなわたしの」のら書店 1991 p13

空襲の夜に〔Daddy-Long-Legs〕（ウェストール）

◇野沢佳織訳「ウェストールコレクション〔10〕」徳間書店 2014 p245

クオレ〔Cuore〕（デ・アミーチス）

◇矢崎源九郎訳, 金斗鉉さし絵「21世紀版 少年少女世界文学館 22」講談社 2011 p9

くぎ〔Der Nagel〕（グリム）

◇「完訳 グリム童話集 7」筑摩書房 2006 p107

くぎ（グリム）

◇国松孝二訳, 川村易挿絵「こんなとき読んであげたい おはなしのおもちゃ箱 2」PHP研究所 2003 p33

◇高橋健二訳, 徳井聡司（せんべぇ）イラスト「完訳 グリム童話集 5」小学館 2009 p93

◇橋本孝, 天沼春樹訳, シャルロット・デマトーン絵「グリム童話全集」西村書店 2013 p566

釘（グリム）

◇矢崎源九郎訳「グリムの昔話 2」童話館出版 2000 p184

釘一本〔Der Nagel〕（グリム）

◇池田香代子訳, オットー＝ウッベローデ挿画「完訳クラシック グリム童話 5」講談社 2000 p145

釘一本（グリム）

◇池田香代子訳, オットー・ウッベローデ挿画「完訳 グリム童話集 3」講談社 2008 p384

九・九（く・く）の練習（ショヴォー）

◇出口裕弘訳「ショヴォー氏とルノー君のお話集 5」福音館書店 2003 p189

くさいろの童話集〔The Olive Fairy Book〕（ラング）

◇「アンドルー・ラング世界童話集 11」東京創元社 2009

くさいろの童話集（ラング）

◇「ラング世界童話全集 5」偕成社 2008

くしと首環―アントニー・ハミルトン伯爵〔出典〕〔The Comb and the Collar〕（ラング）

◇大井久里子訳, H.J.フォード装画・挿絵「アンドルー・ラング世界童話集 11」東京創元社 2009 p125

クシヒゲカマキリ（ファーブル）

◇奥本大三郎編・訳, 見山博本画・イラスト「ファーブル昆虫記 4」集英社 1996 p253

くじゃくいろの童話集（ラング）

◇「ラング世界童話全集 12」偕成社 2009

クジャクがいっぱい〔The Plague of Peacocks〕（D.W.ジョーンズ）

◇野口絵美訳, 佐竹美保絵「ダイアナ・ウィン・ジョーンズ短編集 魔法！魔法！魔法！」徳間書店 2007 p183

クジャクがいっぱい（D.W.ジョーンズ）

◇野口絵美訳「ダイアナ・ウィン・ジョーンズ短編集 魔法？魔法！」徳間書店 2015 p413

クジャクたちとカケス（ペロー）

◇末松氷海子訳, エヴァ・フラントヴァー絵「ペロー昔話・寓話集」西村書店 2008 p300

クジャクとウグイス（ペロー）

◇末松氷海子訳, エヴァ・フラントヴァー絵「ペロー昔話・寓話集」西村書店 2008 p315

クジャクとカササギ（ペロー）

◇末松氷海子訳, エヴァ・フラントヴァー絵「ペロー昔話・寓話集」西村書店 2008 p303

くじゃくと金のりんご（セルビア）〔The Nine Pea-hens and the Golden Apples〕（ラ

ング）
　◇川端康成, 野上彰編訳, 西村香英絵「ラング
　　世界童話全集 2」偕成社 2008 p159
クジャクとツル（イソップ）
　◇河野与一編訳, 稗田一穂さし絵「イソップの
　　お話」岩波書店 2000 p212
　◇小出正吾ぶん, 三好碩也え「イソップのおは
　　なし」のら書店 2010 p60
　◇川崎洋文, 松成真理子絵「小学館 世界の名
　　作 18」小学館 1999 p10
クジャクとほかの鳥（イソップ）
　◇河野与一編訳, 稗田一穂さし絵「イソップの
　　お話」岩波書店 2000 p289
クジャクの不満（イソップ）
　◇ラッセル・アッシュ, バーナード・ヒットン
　　編著, 秋野翔一郎訳「クラシックイラストレー
　　ション版 イソップ寓話集」童話館出版 2002
　　p21
クジャクヤママユ〔Das Nachtpfauenauge〕
　（ヘッセ）
　◇岡田朝雄訳「小学生までに読んでおきたい
　　文学 5」あすなろ書房 2013 p89
クジャクヤママユ（ヘッセ）
　◇木本栄訳, 佐竹美保画「世界名作ショートス
　　トーリー 4」理論社 2015 p45
くすねた銅貨〔Der gestohlene Heller〕（グリ
　ム）
　◇池田香代子訳, オットー＝ウッベローデ挿
　　画「完訳クラシック グリム童話 4」講談社
　　2000 p247
くすねた銅貨〔Von dem gestohlenen Heller〕
　（グリム）
　◇吉原高志, 吉原素子訳「初版グリム童話集
　　1」白水社 2007 p50
くすねた銅貨（グリム）
　◇池田香代子訳, オットー・ウッベローデ挿画
　　「完訳 グリム童話集 3」講談社 2008 p222
　◇高橋健二訳, 徳井聡司（せんべぇ）イラスト
　　「完訳 グリム童話集 4」小学館 2009 p268
くすねたヘラー銅貨（グリム）
　◇橋本孝, 天沼春樹訳, シャルロット・デマ
　　トーン絵「グリム童話全集」西村書店 2013
　　p497
薬（魯迅）
　◇井上紅梅訳「読書がたのしくなる世界の文
　　学〔8〕」くもん出版 2016 p127
口のきけない病気の子ども（グリム）
　◇高橋健二訳, 徳井聡司（せんべぇ）イラスト

「完訳 グリム童話集 5」小学館 2009 p358
口のまがった男〔The Man with the Twisted
　Lip〕（ドイル）
　◇山中峯太郎訳著「名探偵ホームズ全集 1」
　　作品社 2017 p348
くちびるのねじれた男〔The Man with the
　Twisted Lip〕（ドイル）
　◇内田庶訳, 岡本正樹絵「シャーロック・ホー
　　ムズ 3」岩崎書店 2011 p5
くちびるのねじれた男（ドイル）
　◇芦辺拓著著, 城咲綾絵「10歳までに読みた
　　い名作ミステリー 名探偵シャーロック・
　　ホームズ なぞの赤毛クラブ」学研プラス
　　2016 p97
　◇亀山龍樹訳, 佐竹美保さし絵「名探偵ホーム
　　ズ 1」ポプラ社 2005 p125
靴―ある変化（エンデ）
　◇田村都志夫訳「だれでもない庭―エンデが
　　遺した物語集」岩波書店 2002 p272
　◇田村都志夫訳「だれでもない庭―エンデが
　　遺した物語集」岩波書店 2015 p341
靴直しと銀行家〔Le Savetier et le Financier〕
　（ラ・フォンテーヌ）
　◇大澤千加訳, ブーテ・ド・モンヴェル絵
　　「ラ・フォンテーヌ寓話」洋洋社 2016 p75
クノイストと三人のむすこ（グリム）
　◇高橋健二訳, 徳井聡司（せんべぇ）イラスト
　　「完訳 グリム童話集 4」小学館 2009 p201
クノイストと三人の息子〔Knoist un sine dre
　Sühne〕（グリム）
　◇「完訳 グリム童話集 6」筑摩書房 2006 p84
　◇吉原高志, 吉原素子訳「初版グリム童話集
　　5」白水社 2008 p161
クノイストと三人息子〔Knoist un sine dre
　Sühne〕（グリム）
　◇池田香代子訳, オットー＝ウッベローデ挿
　　画「完訳クラシック グリム童話 4」講談社
　　2000 p203
クノイストと三人息子（グリム）
　◇池田香代子訳, オットー・ウッベローデ挿画
　　「完訳 グリム童話集 3」講談社 2008 p172
クノイストとその3人の息子（グリム）
　◇橋本孝, 天沼春樹訳, シャルロット・デマ
　　トーン絵「グリム童話全集」西村書店 2013
　　p477
首飾り（モーパッサン）
　◇平岡敦訳, 佐竹美保画「世界名作ショートス
　　トーリー 3」理論社 2015 p5

くひか

頸飾り（モーパッサン）
◇辻潤訳「読書がたのしくなる世界の文学
〔3〕」くもん出版 2014 p123

クプティーとイマーニ（インド パンジャブ
地方）〔Kupti and Imani〕（ラング）
◇川端康成, 野上彰編訳, 矢野信一郎絵「ラン
グ世界童話全集 7」偕成社 2009 p216

クプティーとイマーニ──パンジャブの昔話〔出典〕
〔Kupti and Imani〕（ラング）
◇ないとうふみこ訳, H.J.フォード装画・挿絵
「アンドルー・ラング世界童話集 11」東京
創元社 2009 p148

くま〔The Bear〕（ラング）
◇川端康成, 野上彰編訳, 佐竹美保絵「ラング
世界童話全集 1」偕成社 2008 p86

クマ〔Bear〕（ラング）
◇吉井知代子訳, H.J.フォード装画・挿絵「ア
ンドルー・ラング世界童話集 6」東京創元
社 2008 p244

くま一ぴきぶんはねずみ百ぴきぶんか（神沢
利子）
◇「こんなとき読んであげたい おはなしのおも
ちゃ箱 1」PHP研究所 2003 p52

クマ王モナーク〔Monarch：The Big Bear of
Tallac〕（シートン）
◇今泉吉晴訳「シートン動物記 〔10〕」童心
社 2010 p1

クマ王物語（シートン）
◇前川康男文, 石田武雄絵「はじめてであう
シートン動物記 8」フレーベル館 2003 p5

熊が教えてくれたこと（イソップ）
◇いわきたかし著, ほてはまたかし画「いそっ
ぷ童話集」童話屋 2004 p56

熊かぶり（グリム）
◇フェリクス・ホフマン編・画, 大塚勇三訳
「グリムの昔話 2」福音館書店 2002 p314

熊皮（くまがわ）男〔Der Bärenhäuter〕（グリム）
◇池田香代子訳, オットー＝ウッベローデ挿
画「完訳クラシック グリム童話 3」講談社
2000 p217

熊皮男（グリム）
◇池田香代子訳, オットー・ウッベローデ挿画
「完訳 グリム童話集 2」講談社 2008 p390

熊と狐（イソップ）
◇川名澄訳, アーサー・ラッカム絵「新編 イ
ソップ寓話」風媒社 2014 p76

クマとたびびと（イソップ）

◇小出正吾ぶん, 三好碩也え「イソップのおは
なし」のら書店 2010 p133

熊と旅人（イソップ）
◇川名澄訳, アーサー・ラッカム絵「新編 イ
ソップ寓話」風媒社 2014 p39

クマとふたりの友人〔L'ours et les deux
Compagnons〕（ラ・フォンテーヌ）
◇大澤千加訳, ブーテ・ド・モンヴェル絵
「ラ・フォンテーヌ寓話」洋々社 2016 p147

クマとミツバチ（イソップ）
◇ラッセル・アッシュ, バーナード・ヒットン
編著, 秋野翔一郎訳「クラシックイラストレー
ション版 イソップ寓話集」童話館出版 2002
p24

クマにかえられたカリスト（ブルフィンチ）
◇箕浦万里子訳, 深沢真由美絵「子どものため
の世界文学の森 28」集英社 1995 p127

熊の皮を着た男〔Der Bärenhäuter〕（グリム）
◇野村泫訳, ルートヴィヒ・リヒター画「完訳
グリム童話集 4」筑摩書房 2006 p308

熊の皮を着た男（グリム）
◇矢崎源九郎訳, アーサー・ラッカムさし絵
「グリムの昔話 3」童話館出版 2001 p54

くまの皮男（グリム）
◇高橋健二訳, 徳井聡司（せんべえ）イラスト
「完訳 グリム童話集 3」小学館 2008 p248

クマの毛皮を着た男（グリム）
◇橋本孝, 天沼春樹訳, シャルロット・デマ
トーン絵「グリム童話全集」西村書店 2013
p358

くも（ロセッティ）
◇岸田衿子, 百々佑利子訳, ミーガン・グレッ
サー絵「みんなわたしの」のら書店 1991
p75

クモ（ファーブル）
◇大岡信編訳「ファーブルの昆虫記 下」岩波
書店 2000 p165

雲をつかむ死〔Death in the Clouds〕（クリス
ティ）
◇田中一江訳「クリスティー・ジュニア・ミ
ステリ 6」早川書房 2008 p1

クモにされたアラクネ（ブルフィンチ）
◇箕浦万里子訳, 深沢真由美絵「子どものため
の世界文学の森 28」集英社 1995 p42

くもになった少女（アポロドーロス）
◇高津春繁, 高津久美子訳, 若菜珪さし絵「21
世紀版 少年少女世界文学館 1」講談社 2010
p217

蜘蛛の糸（芥川龍之介）
◇「小学生までに読んでおきたい文学 2」あ
　すなろ書房 2014 p7

クモの巣（サキ）
◇千葉茂樹訳, 佐竹美保画「世界名作ショート
　ストーリー 2」理論社 2015 p85

くもりのないお日さまがことを明らかにす
る〔Die klare Sonne bringt's an den Tag〕
（グリム）
◇吉原高志, 吉原素子訳, Otto Ubbelohde挿絵
　「初版グリム童話集 5」白水社 2008 p14

クーモンゴーの聖なる樹液—バット族の昔話〔出
典〕〔The Sacred Milk of Koumongoe〕（ラ
ング）
◇杉田七重訳, H.J.フォード装画・挿絵「アン
　ドルー・ラング世界童話集 9」東京創元社
　2009 p120

グライフ鳥〔Der Vogel Greif〕（グリム）
◇池田香代子訳, オットー＝ウッベローデ挿
　画「完訳クラシック グリム童話 5」講談社
　2000 p47
◇「完訳 グリム童話集 6」筑摩書房 2006
　p226

グライフ鳥（グリム）
◇池田香代子訳, オットー・ウッベローデ挿画
　「完訳 グリム童話集 3」講談社 2008 p266
◇橋本孝, 天沼春樹訳, シャルロット・デマ
　トーン絵「グリム童話全集」西村書店 2013
　p517

苦楽をともに（グリム）
◇高橋健二訳, 徳井聡司（せんべえ）イラスト
　「完訳 グリム童話集 4」小学館 2009 p381

苦楽をわかつ〔Lieb und Leid teilen〕（グリ
ム）
◇池田香代子訳, オットー＝ウッベローデ挿
　画「完訳クラシック グリム童話 5」講談社
　2000 p81

苦楽をわかつ（グリム）
◇池田香代子訳, オットー・ウッベローデ挿画
　「完訳 グリム童話集 3」講談社 2008 p307
◇橋本孝, 天沼春樹訳, シャルロット・デマ
　トーン絵「グリム童話全集」西村書店 2013
　p535

グラシオーサとパーシネット（フランス
ドーノワ夫人）〔Graciosa and Percinet〕
（ラング）
◇川端康成, 野上彰編訳, 小松良佳絵「ラング
　世界童話全集 11」偕成社 2009 p232

クラッグ クートネーの雄ヒツジ（シートン）
◇越前敏弥訳, 姫川明月絵「シートン動物記
　〔3〕」KADOKAWA 2015 p115

暗闇まぎれ（チェーホフ）
◇上脇進訳「読書がたのしくなる世界の文学
　〔9〕」くもん出版 2016 p53

栗毛の子馬（シートン）
◇正岡慧子文, 木村修絵「ビジュアル特別版 シー
　トン動物記 上」世界文化社 2018 p69

クリストフとベルベルとが、じぶんから望
んで、ひっきりなしにゆきちがいになっ
た話（レアンダー）
◇国松孝二訳「ふしぎなオルガン」岩波書店
　2010 p194

クリスマス
◇岸田衿子, 百々佑利子訳, ミーガン・グレッ
　サー絵「みんなわたしの」のら書店 1991
　p79

クリスマス・キャロル〔A Christmas Carol〕
（チェスタトン）
◇岸田衿子, 百々佑利子訳, ミーガン・グレッ
　サー絵「おうちをつくろう」のら書店 1993
　p27

クリスマスキャロル〔A Christmas Carol〕
（ディケンズ）
◇こだまともこ訳, 宇野亜喜良さし絵「21世紀
　版 少年少女世界文学館 7」講談社 2010 p7

クリスマスキャロル（ディケンズ）
◇長与孝子文, 朝倉めぐみ絵「こどものための
　世界の名作 夢と幸福の物語—代表（新訳）
　六話」世界文化社 1995 p314

クリスマスの子猫〔The Christmas Day
Kitten〕（ヘリオット）
◇村上由見子訳, 杉田比呂美絵「ヘリオット先
　生と動物たちの8つの物語」集英社 2012
　p57

クリスマスの猫〔The Christmas Cat〕（ウェ
ストール）
◇坂崎麻子訳, ジョン・ロレンス絵「ウェス
　トールコレクション 〔3〕」徳間書店 1994
　p1

クリスマスの幽霊〔The Christmas Ghost〕
（ウェストール）
◇坂崎麻子訳, ジョン・ロレンス絵「ウェス
　トールコレクション 〔8〕」徳間書店 2005
　p7

シェラ・ネバダを支配したクマの王 グリズリー・
ジャック〔Monarch：The Big Bear of

Tallac〕（シートン）
◇今泉吉晴訳「シートン動物記 9」福音館書店 2006 p1

グリゼリディス（ペロー）
◇巌谷國士訳, ギュスターブ・ドレ画「眠れる森の美女―完訳ペロー昔話集」講談社 1992 p179
◇巌谷國士訳, ギュスターヴ・ドレ画「眠れる森の美女―完訳ペロー昔話集」筑摩書房 2002 p181
◇末松氷海子訳, エヴァ・フラントヴァー絵「ペロー昔話・寓話集」西村書店 2008 p27

グリップという鳥―スウェーデンの昔話〔出典〕〔The Bird 'Grip'〕（ラング）
◇西本かおる訳, H.J.フォード装画・挿絵「アンドルー・ラング世界童話集 5」東京創元社 2008 p74

グリム童話〔Grimms Märchen〕（グリム）
◇「ポプラ世界名作童話 15」ポプラ社 2016

グリム童話〔Kinder-und Hausmärchen〕（グリム）
◇「小学館 世界の名作 16」小学館 1999

狂える王子の歌（デ・ラ・メア）
◇荒俣宏訳, ハリー・クラーク絵「ペロー童話集」新書館 2010 p238

苦しみの亜麻紡ぎ〔Von dem bösen Flachsspinnen〕（グリム）
◇吉原高志, 吉原素子訳「初版グリム童話集 1」白水社 2007 p85

クルミの木（イソップ）
◇河野与一編訳, 稗田一穂さし絵「イソップのお話」岩波書店 2000 p141

クルミの木（ダール）
◇灰島かり訳, クェンティン・ブレイク絵「ロアルド・ダールコレクション 17」評論社 2007 p60

クルミの木―詩集「まぜこぜシチュウ」より（ダール）
◇灰島かり日本語, クェンティン・ブレイク絵「まるごと一冊ロアルド・ダール」評論社 2000 p290

胡桃割り（永井龍男）
◇「小学生までに読んでおきたい文学 2」あすなろ書房 2014 p183

くるみわり人形（ホフマン）
◇矢崎節夫文, 朝倉めぐみ絵「こどものための世界の名作 夢と幸福の物語―代表（新訳）六話」世界文化社 1995 p178

くるみわり人形―E.T.A.ホフマン作の物語より（初演

ロシア 1892年）
◇スザンナ・デイヴィッドソン, ケイティ・デインズ再話, 西本かおる訳, アリーダ・マッサーリ絵「ひとりよみ名作 バレエものがたり」小学館 2015 p72

クレムペル・リュムペル（エンデ）
◇田村都志夫訳「だれでもない庭―エンデが遺した物語集」岩波書店 2002 p336
◇田村都志夫訳「だれでもない庭―エンデが遺した物語集」岩波書店 2015 p418

黒い宇宙船〔The Black Galaxy〕（ラインスター）
◇野田昌宏訳, 赤石沢貴士絵「冒険ファンタジー名作選 7」岩崎書店 2003 p6

黒い船長（ドイル）
◇亀山龍樹訳, 佐竹美保さし絵「名探偵ホームズ 6」ポプラ社 2009 p63

黒イタチ（イソップ）
◇河野与一編訳, 稗田一穂さし絵「イソップのお話」岩波書店 2000 p270

黒いどろぼうと谷の騎士（アイルランド）〔The Black Thief and Knight of the Glen〕（ラング）
◇川端康成, 野上彰編訳, 遠藤拓人絵「ラング世界童話全集 9」偕成社 2009 p209

黒いにわとり（プロイスラー）
◇佐々木田鶴子訳, スズキコージ絵「プロイスラーの昔話 1」小峰書店 2003 p35

黒い盗っ人と谷間の騎士―『アイルランドの昔話』〔出典〕〔The Black Thief and Knight of the Glen〕（ラング）
◇おおつかのりこ訳, H.J.フォード, L.スピード装画・挿絵「アンドルー・ラング世界童話集 2」東京創元社 2008 p78

黒い肌（イソップ）
◇川名澄訳, アーサー・ラッカム絵「新編 イソップ寓話」風媒社 2014 p80

黒い魔船〔The Adventure of Black Peter〕（ドイル）
◇山中峯太郎訳著「名探偵ホームズ全集 3」作品社 2017 p503

クロシェット（モーパッサン）
◇平岡敦訳, 佐竹美保画「世界名作ショートストーリー 3」理論社 2015 p77

黒ジャック団〔The Boscombe Valley Mystery〕（ドイル）
◇山中峯太郎訳著「名探偵ホームズ全集 1」作品社 2017 p639

黒真珠（ルブラン）
　◇長島良三訳, 大久保浩絵「アルセーヌ・ルパ
　　ン名作集 1」岩崎書店 1997 p107
グロースターの仕たて屋（ポター）
　◇いしいももこやく「愛蔵版 ピーターラビット
　　全おはなし集」福音館書店 1994 p39
　◇いしいももこやく「愛蔵版 ピーターラビット
　　全おはなし集」福音館書店 2007 p39
黒たんの馬の物語―アラビアン・ナイトより
　◇康君子訳, 加納幸代絵「子どものための世界
　　文学の森 29」集英社 1995 p101
クロツグミ（ウォルフ）
　◇岸田衿子, 百々佑利子訳, ミーガン・グレッ
　　サー絵「おうちをつくろう」のら書店 1993
　　p62
クローディアの秘密〔From The Mixed-up
　Files of Mrs.Basil E.Frankweiler〕（カニグズ
　バーグ）
　◇松永ふみ子訳「カニグズバーグ作品集 1」
　　岩波書店 2001 p1
黒と白（アボット）
　◇荒俣宏訳, ハリー・クラーク絵「ペロー童話
　　集」新書館 2010 p290
黒猫（島木健作）
　◇「小学生までに読んでおきたい文学 4」あ
　　すなろ書房 2013 p89
黒猫〔The Black Cat〕（ポー）
　◇松村達雄, 繁尾久訳, 池田浩彰さし絵「21世
　　紀版 少年少女世界文学館 13」講談社 2010
　　p111
黒猫（ポー）
　◇千葉茂樹訳, 佐竹美保画「世界名作ショート
　　ストーリー 5」理論社 2016 p5
　◇佐々木直次郎訳「読書がたのしくなる世界
　　の文学 〔5〕」くもん出版 2014 p21
クローバーのキング（クリスティ）
　◇花上かつみ訳, 高松啓二絵「アガサ=クリス
　　ティ短編傑作集 2」講談社 2002 p121
グロビー・リントンの変身（サキ）
　◇千葉茂樹訳, 佐竹美保画「世界名作ショート
　　ストーリー 2」理論社 2015 p163
黒蛇紳士〔The Resident Patient〕（ドイル）
　◇山中峯太郎訳著「名探偵ホームズ全集 3」
　　作品社 2017 p168
くわをなくした農夫（イソップ）
　◇河野与一編訳, 稗田一穂さし絵「イソップの
　　お話」岩波書店 2000 p248

【け】

警官と賛美歌〔The Cop and the Anthem〕
　（オー・ヘンリー）
　◇千葉茂樹訳, 和田誠絵「オー・ヘンリー
　　ショートストーリーセレクション 8」理論
　　社 2008 p43
　◇大久保康雄訳, 三芳悌吉さしえ「最後のひと
　　葉―オー=ヘンリー傑作短編集」借成社
　　1989 p71
警官の警棒〔Béchoux Arrête Jim Barnett〕
　（ルブラン）
　◇南洋一郎文, 佐竹美保さし絵「文庫版 怪盗ル
　　パン 16」ポプラ社 2005 p169
けがれなきもの
　◇岸田衿子, 百々佑利子訳, ミーガン・グレッ
　　サー絵「おうちをつくろう」のら書店 1993
　　p94
けちんぼう（イソップ）
　◇河野与一編訳, 稗田一穂さし絵「イソップの
　　お話」岩波書店 2000 p112
　◇小出正吾ぶん, 三好碩也え「イソップのおは
　　なし」のら書店 2010 p21
　◇川崎洋文, さわのりょーた絵「小学館 世界
　　の名作 18」小学館 1999 p82
ゲッケイジュになったダフネ（ブルフィンチ）
　◇箕浦万里子訳, 深沢真由美絵「子どものため
　　の世界文学の森 28」集英社 1995 p65
ケーッケッケッケッ（ダール）
　◇灰島かり日本語, クェンティン・ブレイク絵
　　「まるごと一冊ロアルド・ダール」評論社
　　2000 p142
結婚指輪（ルブラン）
　◇［坂口尚子訳］「アルセーヌ・ルパン名作集
　　8」岩崎書店 1998 p77
結婚指輪（リング）〔L'Anneau Nuptial〕（ルブ
　ラン）
　◇南洋一郎文, 佐竹美保さし絵「文庫版 怪盗ル
　　パン 8」ポプラ社 2005 p39
月世界（げっせかい）最初の人間〔The First Man
　on the Moon〕（H.G.ウェルズ）
　◇塩谷太郎訳, 今井修司絵「冒険ファンタジー
　　名作選 12」岩崎書店 2004 p6
げっぷ〔The Burp〕（マッガウ）

けなん

◇谷川俊太郎訳, サラ・ミッダ絵「木はえらい
—イギリス子ども詩集」岩波書店 2000
p174

下男〔Das Hausgesinde〕(グリム)
◇吉原高志, 吉原素子訳「初版グリム童話集
5」白水社 2008 p166

下男(グリム)
◇高橋健二訳, 徳井聡司(せんべぇ)イラスト
「完訳 グリム童話集 4」小学館 2009 p205

けびょうのライオン(イソップ)
◇小出正吾ぶん, 三好碩也え「イソップのおは
なし」のら書店 2010 p90

毛ぶかい花よめ(北ヨーロッパ)〔Bushy
Bride〕(ラング)
◇川端康成, 野上彰編訳, 篠崎三朗絵「ラング
世界童話全集 12」偕成社 2009 p65

毛むくじゃらの犬〔The Hairy Dog〕(アス
クィス)
◇岸田裕子, 百々佑利子訳, ミーガン・グレッ
サー絵「おうちをつくろう」のら書店 1993
p29

毛むくじゃら姫〔Allerleirauh〕(グリム)
◇池田香代子訳, オットー=ウッベローデ挿
画「完訳クラシック グリム童話 2」講談社
2000 p239

毛むくじゃら姫(グリム)
◇池田香代子訳, オットー・ウッベローデ挿画
「完訳 グリム童話集 2」講談社 2008 p120

けものを従えた三人の王子—リトアニアの昔話
〔出典〕〔The Three Princes and Their
Beasts〕(ラング)
◇吉井知代子訳, H.J.フォード装画・挿絵「ア
ンドルー・ラング世界童話集 7」東京創元
社 2008 p53

けもののことば〔The Language of Beasts〕
(ラング)
◇川端康成, 野上彰編訳, 西村香英絵「ラング
世界童話全集 2」偕成社 2008 p117

ケルグラスの城—エミール・スーヴェストル〔出典〕
〔The Castle of Kerglas〕(ラング)
◇大井久里子訳, H.J.フォード装画・挿絵「ア
ンドルー・ラング世界童話集 12」東京創元
社 2009 p229

げんかんのかぎ(アンデルセン)
◇高橋健二訳, いたやさとし画「完訳 アンデル
セン童話集 8」小学館 2010 p261

玄関のカギ(アンデルセン)
◇天沼春樹訳, ドゥシャン・カーライ, カミ

ラ・シュタンツロヴァー絵「アンデルセン
童話全集 2」西村書店 2012 p519

堅固な対象〔Solid Objects〕(ウルフ)
◇西崎憲訳「小学生までに読んでおきたい文
学 5」あすなろ書房 2013 p227

賢者の石(アンデルセン)
◇高橋健二訳, いたやさとし画「完訳 アンデル
セン童話集 4」小学館 2009 p268
◇天沼春樹訳, ドゥシャン・カーライ, カミ
ラ・シュタンツロヴァー絵「アンデルセン
童話全集 3」西村書店 2013 p191

賢者のおくりもの(オー・ヘンリー)
◇谷口由美子文, 朝倉めぐみ絵「こどものため
の世界の名作 夢と幸福の物語—代表(新
訳)六話」世界文化社 1995 p298

賢者の贈り物〔The Gift of the Magi〕(オー・
ヘンリー)
◇千葉茂樹訳, 和田誠絵「オー・ヘンリー
ショートストーリーセレクション 4」理論
社 2007 p7
◇大久保康雄訳, 三芳悌吉さしえ「最後のひと
葉—オー=ヘンリー傑作短編集」偕成社
1989 p23

【こ】

恋をしたライオン(イソップ)
◇ラッセル・アッシュ, バーナード・ヒットン
編著, 秋野翔一郎訳「クラシックイラストレー
ション版 イソップ寓話集」童話館出版 2002
p20

恋におちたライオン(イソップ)
◇川名澄訳, アーサー・ラッカム絵「新編 イ
ソップ寓話」風媒社 2014 p129

恋のダンスステップ〔Foxtrot〕(スタルク)
◇菱木晃子訳, はたこうしろう絵「ショート・
ストーリーズ 恋のダンスステップ」小峰書
店 1999 p5

恋のまじない, ヨンサメカ(ダール)
◇久山太市訳, クェンティン・ブレイク絵「ま
るごと一冊ロアルド・ダール」評論社 2000
p118

恋人たち(アンデルセン)
◇天沼春樹訳, ドゥシャン・カーライ, カミ
ラ・シュタンツロヴァー絵「アンデルセン

童話全集 1」西村書店 2011 p226
◇大塚勇三編・訳, イブ・スパング・オルセン
画「アンデルセンの童話 1」福音館書店
2003 p190

恋人のローラント〔Der Liebste Roland〕(グ
リム)
◇吉原高志, 吉原素子訳「初版グリム童話集
3」白水社 2008 p15

恋人ローラント〔Der Liebste Roland〕(グリ
ム)
◇「完訳 グリム童話集 3」筑摩書房 2006
p118

恋人ローラント(グリム)
◇高橋健二訳, 徳井聡司(せんべぇ)イラスト
「完訳 グリム童話集 2」小学館 2008 p207
◇橋本孝, 天沼春樹訳, シャルロット・デマ
トーン絵「グリム童話全集」西村書店 2013
p206

幸運なハンス(グリム)
◇フェリクス・ホフマン編・画, 大塚勇三訳
「グリムの昔話 3」福音館書店 2002 p19

幸運のオーバーシューズ(アンデルセン)
◇高橋健二訳, いたやさとし画「完訳 アンデル
セン童話集 1」小学館 2009 p216

幸運のドン・ジョバンニ─シチリアの昔話〔出典〕
〔Don Giovanni de la Fortuna〕(ラング)
◇おおつかのりこ訳, H.J.フォード装画・挿絵
「アンドルー・ラング世界童話集 5」東京創
元社 2008 p351

幸運は1本の木ぎれの中に(アンデルセン)
◇天沼春樹訳, ドゥシャン・カーライ, カミ
ラ・シュタンツロヴァー絵「アンデルセン
童話全集 2」西村書店 2012 p488

幸運は一本の木切れの中に(アンデルセン)
◇高橋健二訳, いたやさとし画「完訳 アンデル
セン童話集 8」小学館 2010 p105

幸運は小枝のなかに〔Lykken kan ligge i en
Pind〕(アンデルセン)
◇福井信子, 大河原晶子訳, フレミング・B.
イェペセン画「本当に読みたかったアンデ
ルセン童話」NTT出版 2005 p28

攻撃するカマキリ(ファーブル)
◇「ファーブル昆虫記 4」集英社 1996

皇后のネックレス(ルブラン)
◇南洋一郎文, 奈良葉二挿画「怪盗ルパン全集
〔5〕」ポプラ社 2010 p243

小うさぎのおよめさん(グリム)
◇高橋健二訳, 徳井聡司(せんべぇ)イラスト

「完訳 グリム童話集 2」小学館 2008 p347

子牛があけた垣根の穴(ソン チュニク)
◇金松伊訳, カン ヨベ絵「いま読もう!韓国
ベスト読みもの 5」汐文社 2005 p13

子牛とオッパイ(ソン チュニク)
◇金松伊訳, カン ヨベ絵「いま読もう!韓国
ベスト読みもの 5」汐文社 2005 p5

合成怪物の逆しゅう〔The Cybernetic
Brains〕(R.F.ジョーンズ)
◇半田俊一訳, 山田卓司絵「冒険ファンタジー
名作選 17」岩崎書店 2004 p6

校長─「少年」より(ダール)
◇佐藤見果夢訳, ポージー・シモンズ絵「まる
ごと一冊ロアルド・ダール」評論社 2000
p301

皇帝の新しい着物(アンデルセン)
◇大畑末吉訳, 初山滋さし絵「アンデルセン童
話集 1」岩波書店 2000 p52

皇帝の新しい着物(はだかの王さま)
〔Keiserens nye Klæder〕(アンデルセン)
◇矢崎源九郎訳, V.ペーダセン挿画「豪華愛蔵
版 アンデルセン童話名作選 2」静山社
2011 p56

皇帝の新しい着物(はだかの王さま)(アン
デルセン)
◇張替惠子語り手「子どもに語るアンデルセ
ンのお話 〔1〕」こぐま社 2005 p53

皇帝の新しい服〔The Emperor's New
Clothes〕(アンデルセン)
◇荒俣宏訳, ハリー・クラーク絵「アンデルセ
ン童話集」新書館 2005 p99
◇荒俣宏訳, ハリー・クラーク絵「アンデルセ
ン童話集 上」文藝春秋 2012 p103

皇帝の新しい服(アンデルセン)
◇高橋健二訳, いたやさとし画「完訳 アンデル
セン童話集 1」小学館 2009 p204
◇天沼春樹訳, ドゥシャン・カーライ, カミ
ラ・シュタンツロヴァー絵「アンデルセン
童話全集 1」西村書店 2011 p120
◇スティーブン・コリン英語訳, 江國香織訳,
エドワード・アーディゾーニ選・絵「アン
デルセンのおはなし」のら書店 2018 p17
◇大塚勇三編・訳, イブ・スパング・オルセン
画「アンデルセンの童話 1」福音館書店
2003 p108

皇帝のギター(ロダーリ)
◇関口英子訳, 伊津野果地さし絵「兵士のハー
モニカ─ロダーリ童話集」岩波書店 2012

こうと

p138

強盗の婿〔Der Räuberbräutigam〕（グリム）
◇「完訳 グリム童話集 2」筑摩書房 2006
p236

高度な実利主義〔The Higher Pragmatizm〕
（オー・ヘンリー）
◇千葉茂樹訳, 和田誠絵「オー・ヘンリー
ショートストーリーセレクション 1」理論
社 2007 p59

こうのとり（アンデルセン）
◇高橋健二訳, いたやさとし画「完訳 アンデル
セン童話集 2」小学館 2009 p54

コウノトリ〔Storkene〕（アンデルセン）
◇矢崎源九郎訳, V.ペーダセン挿画「豪華愛蔵
版 アンデルセン童話名作集 2」静山社
2011 p40

コウノトリ〔The Storks〕（アンデルセン）
◇荒俣宏訳, ハリー・クラーク絵「アンデルセ
ン童話集」新書館 2005 p175
◇荒俣宏訳, ハリー・クラーク絵「アンデルセ
ン童話集 上」文藝春秋 2012 p189

コウノトリ（アンデルセン）
◇大畑末吉訳, 初山滋さし絵「アンデルセン童
話集 2」岩波書店 2000 p9
◇天沼春樹訳, ドゥシャン・カーライ, カミ
ラ・シュタンツロヴァー絵「アンデルセン
童話全集 1」西村書店 2011 p172
◇大塚勇三編・訳, イブ・スパング・オルセン
画「アンデルセンの童話 3」福音館書店
2003 p50
◇張替惠子語り手「子どもに語るアンデルセ
ンのお話 2」こぐま社 2007 p51

コウノトリに治療してもらったカラス, ま
たはまったくの恩知らず（ペロー）
◇末松氷海子訳, エヴァ・フラントヴァー絵
「ペロー昔話・寓話集」西村書店 2008 p281

こうのとりになった王さま（ハウフ）
◇福原嘉一郎訳, 朝倉めぐみ絵「こどものため
の世界の名作 完訳 愛と感動の物語—特選
14編」世界文化社 1995 p158

こうのとりになったカリフ〔Die Geschichte
von Kalif Storch〕（ハウフ）
◇高橋健二訳「小学生までに読んでおきたい
文学 4」あすなろ書房 2013 p35

コウノトリになったカリフの話（ハウフ）
◇乾侑美子訳, T.ヴェーバーほか画「冷たい心
臓—ハウフ童話集」福音館書店 2001 p16

幸福と不幸（イソップ）
◇河野与一編訳, 稗田一穂さし絵「イソップの
お話」岩波書店 2000 p302
◇川崎洋文, KURISU IKU絵「小学館 世界の
名作 18」小学館 1999 p30

幸福な一族（アンデルセン）
◇天沼春樹訳, ドゥシャン・カーライ, カミ
ラ・シュタンツロヴァー絵「アンデルセン
童話全集 2」西村書店 2012 p150

幸福な一家〔Den lykkelige Familie〕（アンデ
ルセン）
◇福井信子, 大河原晶子訳, フレミング・B.
イェベセン画「本当に読みたかったアンデ
ルセン童話」NTT出版 2005 p168

こうふくな王子（ワイルド）
◇間所ひさこ再話, 林なつこ挿絵「教科書にで
てくるせかいのむかし話 2」あかね書房
2016 p26

幸福な王子〔The Happy Prince〕（ワイルド）
◇西村孝次訳「幸福な王子—ワイルド童話全
集」新潮社 2003 p7

幸福な家庭（魯迅）
◇井上紅梅訳「読書がたのしくなる世界の文
学 〔4〕」くもん出版 2014 p111

幸福の王子〔The Happy Prince〕（ワイルド）
◇中山知子文, アンヘル・ドミンゲス絵「小学
館 世界の名作 10」小学館 1998 p5

幸福の像（エンデ）
◇田村都志夫訳「だれでもない庭—エンデが
遺した物語集」岩波書店 2002 p282
◇田村都志夫訳「だれでもない庭—エンデが
遺した物語集」岩波書店 2015 p354

幸福の長靴〔The Goloshes of Fortune〕（アン
デルセン）
◇荒俣宏訳, ハリー・クラーク絵「アンデルセ
ン童話集」新書館 2005 p113
◇荒俣宏訳, ハリー・クラーク絵「アンデルセ
ン童話集 上」文藝春秋 2012 p117

幸福のブーツ（アンデルセン）
◇天沼春樹訳, ドゥシャン・カーライ, カミ
ラ・シュタンツロヴァー絵「アンデルセン
童話全集 1」西村書店 2011 p314

高名な依頼人〔The Adventure of the
Illustrious Client〕（ドイル）
◇日暮まさみち訳, 青山浩行絵「名探偵ホーム
ズシリーズ 〔16〕」講談社 2012 p9

こうもりといたち（イソップ）
◇よこたきよし文, 飯岡千江子絵「読み聞かせ
イソップ50話」チャイルド本社 2007 p76

蝙蝠と鼬（イソップ）
　◇川名澄訳, アーサー・ラッカム絵「新編 イソップ寓話」風媒社 2014 p17

コウモリとイバラとカモメ（イソップ）
　◇河野与一訳, 稗田一穂さし絵「イソップのお話」岩波書店 2000 p143

コウモリとネコ（イソップ）
　◇河野与一編訳, 稗田一穂さし絵「イソップのお話」岩波書店 2000 p301

コウモリの妖精アタラファ〔The Story of Atalapha〕（シートン）
　◇今泉吉晴訳「シートン動物記 〔12〕」童心社 2011 p1

荒野の王子さま〔A Chaparral Prince〕（オー・ヘンリー）
　◇千葉茂樹訳, 和田誠絵「オー・ヘンリーショートストーリーセレクション 4」理論社 2007 p27

荒野の王の墓（プロイスラー）
　◇佐々木田鶴子訳, スズキコージ絵「プロイスラーの昔話 1」小峰書店 2003 p54

荒野の旅人〔To the Man on the Trail〕（ロンドン）
　◇千葉茂樹訳, ヨシタケシンスケ絵「世界ショートセレクション 3」理論社 2017 p5

荒野の放浪（バン・ローン）
　◇片岡政昭訳「世界名作文学集 〔9〕」国土社 2003 p65

強力（ごうりき）ハンス（グリム）
　◇小澤昔ばなし研究所再話, オットー・ウベローデ絵「語るためのグリム童話 7」小峰書店 2007 p69

降臨節の早朝礼拝（プロイスラー）
　◇佐々木田鶴子訳, スズキコージ絵「プロイスラーの昔話 3」小峰書店 2004 p12

凍った宇宙〔The Frozen Planet〕（ムーア）
　◇福島正実訳, 山田卓司絵「SF名作コレクション 14」岩崎書店 2006 p5

小鬼のコレクション〔The Goblin's Collection〕（ブラックウッド）
　◇南條竹則訳「小学生までに読んでおきたい文学 6」あすなろ書房 2013 p49

氷の心―ケーリュス伯爵〔出典〕〔Heart of Ice〕（ラング）
　◇ないとうふみこ訳, H.J.フォード装画・挿絵「アンドルー・ラング世界童話集 3」東京創元社 2008 p98

氷ひめ（アンデルセン）
　◇高橋健二訳, いたやさとし画「完訳 アンデルセン童話集 6」小学館 2010 p192

氷姫（アンデルセン）
　◇天沼春樹訳, ドゥシャン・カーライ, カミラ・シュタンツロヴァー絵「アンデルセン童話全集 3」西村書店 2013 p270

コオロギ（ファーブル）
　◇大岡信編訳「ファーブルの昆虫記 上」岩波書店 2000 p71

コオロギを狩るキバネアナバチ（ファーブル）
　◇奥本大三郎編・訳, 見山博標本画・イラスト「ファーブル昆虫記 2」集英社 1996 p97

コオロギのうた（ファーブル）
　◇小林清之介文, 横内襄え「新版 ファーブルこんちゅう記 2」小峰書店 2006 p76

小がたなを持った手（グリム）
　◇高橋健二訳, 徳井聡司（せんべえ）イラスト「完訳 グリム童話集 5」小学館 2009 p283

五月の結婚〔The Marry Month of May〕（オー・ヘンリー）
　◇千葉茂樹訳, 和田誠絵「オー・ヘンリーショートストーリーセレクション 8」理論社 2008 p159

子ガニとおかあさん（イソップ）
　◇小出正吾ぶん, 三好碩也え「イソップのおはなし」のら書店 2010 p89

子ガニと母ガニ（イソップ）
　◇河野与一編訳, 稗田一穂さし絵「イソップのお話」岩波書店 2000 p265
　◇内田麟太郎文, 高畠純絵「ポプラ世界名作童話 19」ポプラ社 2016 p126

こがねちゃん（レアンダー）
　◇国松孝二訳「ふしぎなオルガン」岩波書店 2010 p15

黄金（こがね）の山の王さま（グリム）
　◇フェリクス・ホフマン編・画, 大塚勇三訳「グリムの昔話 2」福音館書店 2002 p245

コガネムシを狩るツチバチ（ファーブル）
　◇奥本大三郎編・訳, 見山博標本画・イラスト「ファーブル昆虫記 2」集英社 1996 p187

コガモの冒険（シートン）
　◇正岡慧子文, 木村修絵「ビジュアル特別版 シートン動物記 下」世界文化社 2018 p101

故郷（魯迅）
　◇竹内好訳「小学生までに読んでおきたい文学 5」あすなろ書房 2013 p35

こくお

◇井上紅梅訳「読書がたのしくなる世界の文学 〔1〕」くもん出版 2014 p125

国王のラブレター〔La Lettre d'Amour du Roi George〕（ルブラン）
◇南洋一郎文, 佐竹美保さし絵「文庫版 怪盗ルパン 16」ポプラ社 2005 p41

黒人の王さまと, おつきの医者（ショヴォー）
◇出口裕弘訳「ショヴォー氏とルノー君のお話集 5」福音館書店 2003 p213

獄中のアルセーヌ・ルパン（ルブラン）
◇長島良三訳, 大久保浩絵「アルセーヌ・ルパン名作集 2」岩崎書店 1997 p5

こぐまのジョニー（シートン）
◇正岡慧子文, 木村修絵「ビジュアル特別版 シートン動物記 下」世界文化社 2018 p5

子グマのジョニー（シートン）
◇今泉吉晴訳「シートン動物記 〔6〕」童心社 2010 p1

穀物倉の害虫, インゲンマメゾウムシ（ファーブル）
◇奥本大三郎編・訳, 見山博標本画・イラスト「ファーブル昆虫記 5」集英社 1996 p187

こけおどし
◇岸田衿子, 百々佑利子訳, ミーガン・グレッサー絵「おうちをつくろう」のら書店 1993 p45

ここにサインを！（プロイスラー）
◇佐々木田鶴子訳, スズキコージ絵「プロイスラーの昔話 2」小峰書店 2003 p12

心がけ
◇岸田衿子, 百々佑利子訳, ミーガン・グレッサー絵「おうちをつくろう」のら書店 1993 p30

こころから
◇岸田衿子, 百々佑利子訳, ミーガン・グレッサー絵「みんなわたしの」のら書店 1991 p30

心からの悲しみ（アンデルセン）
◇高橋健二訳, いたやさとし画「完訳 アンデルセン童話集 4」小学館 2009 p56

心と手〔Hearts and Hands〕（オー・ヘンリー）
◇千葉茂樹訳, 和田誠絵「オー・ヘンリーショートストーリーセレクション 1」理論社 2007 p47

心のメロディ（エンデ）
◇田村都志夫訳「だれでもない庭―エンデが遺した物語集」岩波書店 2002 p52
◇田村都志夫訳「だれでもない庭―エンデが

遺した物語集」岩波書店 2015 p64

心優しい恋人〔Le Bon Amant〕（アレー）
◇平岡敦編訳, 佐竹美保挿画「ホラー短編集 3」岩波書店 2014 p123

心やさしいワリ・ダード―インド人からの聞き書き〔出典〕〔Story of Wali Dâd the Simple-Hearted〕（ラング）
◇武富博訳, H.J.フォード装画・挿絵「アンドルー・ラング世界童話集 9」東京創元社 2009 p340

心は高原に〔The Man with the Heart in the Highlands〕（サローヤン）
◇千葉茂樹訳, 杉田比呂美絵「ショート・ストーリーズ 心は高原に」小峰書店 1996 p5

子ジカと父ジカ（イソップ）
◇河野与一訳, 稗田一穂さし絵「イソップのお話」岩波書店 2000 p229

子ジカと母ジカ（イソップ）
◇河野与一編訳, 稗田一穂さし絵「イソップのお話」岩波書店 2000 p230

子鹿物語〔The Yearling〕（ローリングズ）
◇小林純一文, 柏村由利子絵「世界の名作 11」世界文化社 2001 p5

乞食のおばあさん〔Die alte Bettelfrau〕（グリム）
◇吉原高志, 吉原素子訳「初版グリム童話集 5」白水社 2008 p205

こじきの子どもときつね（シシリー）〔How the Beggar Boy Turned into Count Piro〕（ラング）
◇川端康成, 野上彰編訳, せべまさゆき絵「ラング世界童話全集 3」偕成社 2008 p215

こじきばあさん（グリム）
◇高橋健二訳, 徳井聡司（せんべぇ）イラスト「完訳 グリム童話集 4」小学館 2009 p250

乞食ばあさん〔Die alte Bettelfrau〕（グリム）
◇池田香代子訳, オットー＝ウッベローデ挿画「完訳クラシック グリム童話 4」講談社 2000 p236

乞食ばあさん（グリム）
◇池田香代子訳, オットー・ウッベローデ挿画「完訳 グリム童話集 3」講談社 2008 p210

五十銭銀貨（アンデルセン）
◇鈴木三重吉訳「読書がたのしくなる世界の文学 〔10〕」くもん出版 2016 p5

コジャタ王―ロシアの昔話〔出典〕〔King Kojata〕（ラング）

◇菊池由美訳, H.J.フォード装画・挿絵「アンドルー・ラング世界童話集 3」東京創元社 2008 p246

故障（ショヴォー）
◇出口裕弘訳「ショヴォー氏とルノー君のお話集 5」福音館書店 2003 p320

コショウ菓子の焼けないおきさきと口琴のひけない王さまの話（レアンダー）
◇国松孝二訳「ふしぎなオルガン」岩波書店 2010 p76

古代壁掛けの秘密〔Edith au Cou de Cygne〕（ルブラン）
◇南洋一郎文, 佐竹美保さし絵「文庫版 怪盗ルパン 8」ポプラ社 2005 p209

古代壁掛けの秘密（ルブラン）
◇南洋一郎文, 清水勝挿画「怪盗ルパン全集〔10〕」ポプラ社 2010 p113

こたえ（クレアモント）
◇岸田衿子, 百々佑利子訳, ミーガン・グレッサー絵「みんなわたしの」のら書店 1991 p62

ごちそうによばれたイヌ（イソップ）
◇河野与一編訳, 稗田一穂さし絵「イソップのお話」岩波書店 2000 p163

ごちゃまぜ
◇岸田衿子, 百々佑利子訳, ミーガン・グレッサー絵「おうちをつくろう」のら書店 1993 p36

こちらゆかいな窓ふき会社〔The Giraffe and the Pelly and Me〕（ダール）
◇清水奈緒子訳, クェンティン・ブレイク絵「ロアルド・ダールコレクション 15」評論社 2005 p3

こちらゆかいな窓ふき会社（ダール）
◇清水達也, 清水奈緒子訳, クェンティン・ブレイク絵「まるごと一冊ロアルド・ダール」評論社 2000 p64

こっちへいらっしゃい〔Run a Little〕（リーヴズ）
◇岸田衿子, 百々佑利子訳, ミーガン・グレッサー絵「みんなわたしの」のら書店 1991 p73

五つぶのオレンジのたね〔The Five Orange Pips〕（ドイル）
◇内田庶訳, 岡本正樹絵「シャーロック・ホームズ 3」岩崎書店 2011 p97

五粒のオレンジの種（ドイル）
◇久米元一, 久米穣訳, 小原拓也さし絵「21世紀版 少年少女世界文学館 8」講談社 2010 p207

コッペリア—E.T.A.ホフマン作の2つの物語より（初演 フランス 1870年）
◇スザンナ・デイヴィッドソン, ケイティ・デインズ再話, 西本かおる訳, アリーダ・マッサーリ絵「ひとりよみ名作 バレエものがたり」小学館 2015 p16

コテージ〔Cottage〕（ファージョン）
◇岸田衿子, 百々佑利子訳, ミーガン・グレッサー絵「おうちをつくろう」のら書店 1993 p64

古塔の地下牢〔Le Bouchon de Cristal〕（ルブラン）
◇南洋一郎文, 朝倉めぐみさし絵「文庫版 怪盗ルパン 7」ポプラ社 2005 p9
◇南洋一郎文, 奈良葉二挿画「怪盗ルパン全集〔4〕」ポプラ社 2010 p13

古塔の白骨〔Au sommet de la tour〕（ルブラン）
◇南洋一郎文, 朝倉めぐみさし絵「文庫版 怪盗ルパン 13」ポプラ社 2005 p9

古塔の白骨（ルブラン）
◇南洋一郎文, 奈良葉二挿画「怪盗ルパン全集〔5〕」ポプラ社 2010 p14

ことっとスタート〔Esio Trot〕（ダール）
◇柳瀬尚紀訳, クェンティン・ブレイク絵「ロアルド・ダールコレクション 18」評論社 2006 p5

ことば（スティーブンソン）
◇岸田衿子, 百々佑利子訳, ミーガン・グレッサー絵「おうちをつくろう」のら書店 1993 p96

ことばどおりに（プロイスラー）
◇佐々木田鶴子訳, スズキコージ絵「プロイスラーの昔話 2」小峰書店 2003 p84

子どもを食べる大きな木の話〔Histoire du Gros Arbre qui Mangeait les Petits Enfants〕（ショヴォー）
◇出口裕弘訳「ショヴォー氏とルノー君のお話集 2」福音館書店 2003 p125

子どもを取り替えられた女の話（グリム）
◇乾侑美子訳, Otto Ubbelohde, Ludwig Richter挿絵「1812初版グリム童話 上」小学館 2000 p232

子どもを取り替えられた女の人の話〔Von einer Frau, der sie das Kind vertauscht haben〕（グリム）

こども

◇吉原高志, 吉原素子訳「初版グリム童話集
2」白水社 2007 p93

子ども時代より (ヘッセ)
◇木本栄訳, 佐竹美保画「世界名作ショートス
トーリー 4」理論社 2015 p5

子どもたちが屠殺ごっこをした話〔Wie
Kinder Schlachtens mit einander gespielt
haben〕(グリム)
◇吉原高志, 吉原素子訳「初版グリム童話集
1」白水社 2007 p158

こどもと蛙 (イソップ)
◇川名澄訳, アーサー・ラッカム絵「新編 イ
ソップ寓話」風媒社 2014 p29

「子どもと家庭のメルヒェン」初版の序文
(グリム)
◇「完訳 グリム童話集 5」小学館 2009 p365

子どもとサソリ (イソップ)
◇河野与一編訳, 稗田一穂さし絵「イソップの
お話」岩波書店 2000 p72

子どもと父親 (イソップ)
◇河野与一編訳, 稗田一穂さし絵「イソップの
お話」岩波書店 2000 p73

子どもと読書 (エンデ)
◇田村都志夫訳「だれでもない庭―エンデが
遺した物語集」岩波書店 2002 p37
◇田村都志夫訳「だれでもない庭―エンデが
遺した物語集」岩波書店 2015 p47

子どものいいぶん〔Kids〕(ミリガン)
◇川崎洋訳「木はえらい―イギリス子ども詩
集」岩波書店 2000 p160

子どものおしゃべり (アンデルセン)
◇高橋健二訳, いたやさとし画「完訳 アンデル
セン童話集 5」小学館 2010 p270
◇天沼春樹訳, ドゥシャン・カーライ, カミ
ラ・シュタンツロヴァー絵「アンデルセン
童話全集 1」西村書店 2011 p432

子どものお話 (エンデ)
◇田村都志夫訳「だれでもない庭―エンデが
遺した物語集」岩波書店 2002 p148
◇田村都志夫訳「だれでもない庭―エンデが
遺した物語集」岩波書店 2015 p184

子どもの聖者伝説 (グリム)
◇高橋健二訳, 徳井聡司 (せんべぇ) イラスト
「完訳 グリム童話集 5」小学館 2009 p239

子どもの聖霊伝説 (グリム)
◇橋本孝, 天沼春樹訳, シャルロット・デマ
トーン絵「グリム童話全集」西村書店 2013
p615

子どものための聖者伝〔Kinderlegenden〕
(グリム)
◇「完訳 グリム童話集 7」筑摩書房 2006
p267

子どものための野生動物の劇 (シートン)
◇今泉吉晴訳「シートン動物記 〔9〕」童心社
2010 p105

子どものための霊験譚〔Kinder-legenden〕
(グリム)
◇池田香代子訳, オットー・ウッベローデ挿画
「完訳 グリム童話集 3」講談社 2008 p504

子どものための霊験譚 (グリム)
◇池田香代子訳, オットー=ウッベローデ挿
画「完訳クラシック グリム童話 5」講談社
2000 p242

子どもの話 (レアンダー)
◇国松孝二訳「ふしぎなオルガン」岩波書店
2010 p110

子どもの文学を絵に描 (か) く (カニグズバー
グ)
◇清水真砂子訳「カニグズバーグ作品集 別
巻」岩波書店 2002 p65

子供の領分 (吉行淳之介)
◇「小学生までに読んでおきたい文学 5」あ
すなろ書房 2013 p107

子ども部屋で (アンデルセン)
◇高橋健二訳, いたやさとし画「完訳 アンデル
セン童話集 7」小学館 2010 p75
◇天沼春樹訳, ドゥシャン・カーライ, カミ
ラ・シュタンツロヴァー絵「アンデルセン
童話全集 3」西村書店 2013 p343

こどもべやの舞踏曲 (パヴァーヌ)〔A Pavane
for the Nursery〕(W.J.スミス)
◇岸田衿子, 百々佑利子訳, ミーガン・グレッ
サー絵「おうちをつくろう」のら書店 1993
p60

小鳥ちゃんの童話 (チャペック)
◇田才益夫訳, ヨゼフ・チャペック挿し絵「カ
レル・チャペック童話全集」青土社 2005
p129

小鳥の歌をきいていた (ハーフォード)
◇岸田衿子, 百々佑利子訳, ミーガン・グレッ
サー絵「おうちをつくろう」のら書店 1993
p36

小鳥の子 (レアンダー)
◇国松孝二訳「ふしぎなオルガン」岩波書店
2010 p226

小鳥のようになりなさい (ユーゴー)

◇岸田衿子, 百々佑利子訳, ミーガン・グレッサー絵「おうちをつくろう」のら書店 1993 p56

粉挽きとその息子とロバ〔Le meunier, son fils et l'ane〕（ラ・フォンテーヌ）
◇大澤千加訳, ブーテ・ド・モンヴェル絵「ラ・フォンテーヌ寓話」洋洋社 2016 p39

こなやとむすことロバ（イソップ）
◇小出正吾ぶん, 三好碩也え「イソップのおはなし」のら書店 2010 p146

こな屋と息子とロバ（イソップ）
◇天野裕訳, ローワン・バーンズマーフィー絵「イソップ物語」文渓堂 2005 p20

粉屋と息子とロバ（イソップ）
◇川名澄訳, アーサー・ラッカム絵「新編 イソップ寓話」風媒社 2014 p114

こねこのトムのおはなし（ポター）
◇いしいももこやく「愛蔵版 ピーターラビット全おはなし集」福音館書店 1994 p149
◇いしいももこやく「愛蔵版 ピーターラビット全おはなし集」福音館書店 2007 p149

子猫のモーゼ〔Moses the Kitten〕（ヘリオット）
◇村上由見子訳, 杉田比呂美絵「ヘリオット先生と動物たちの8つの物語」集英社 2012 p7

小ねずみと小鳥と焼きソーセージ〔Von dem Mäuschen, Vögelchen und der Bratwurst〕（グリム）
◇吉原高志, 吉原素子訳「初版グリム童話集 1」白水社 2007 p161

小ネズミと小鳥と焼きソーセージの話（グリム）
◇橋本孝, 天沼春樹訳, シャルロット・デマトーン絵「グリム童話全集」西村書店 2013 p102

子ネズミとネコと御者（ペロー）
◇末松氷海子訳, エヴァ・フラントヴァー絵「ペロー昔話・寓話集」西村書店 2008 p334

この宇宙のどこかで〔Transfusion〕（C.オリヴァー）
◇福島正実訳, ヤマグチアキラ絵「SF名作コレクション 10」岩崎書店 2005 p75

このごろ〔These Days〕（オルソン）
◇アーサー・ビナード, 木坂涼編訳, しりあがり寿イラスト「ガラガラヘビの味―アメリカ子ども詩集」岩波書店 2010 p176

この世で一番美しいバラ（アンデルセン）
◇天沼春樹訳, ドゥシャン・カーライ, カミラ・シュタンツロヴァー絵「アンデルセン童話全集 2」西村書店 2012 p170

この世で天国を見ようとした王さまの話―バターン族に伝わる話をキャンベル少佐が聞き書きしたもの〔出典〕〔Story of the King Who Would See Paradise〕（ラング）
◇杉田七重訳, H.J.フォード装画・挿絵「アンドルー・ラング世界童話集 10」東京創元社 2009 p34

この世の終わり〔End of the World〕（ローゼン）
◇谷川俊太郎訳, クウェンティン・ブレイク絵「木ぎらい―イギリス子ども詩集」岩波書店 2000 p5

この世のおわりにおびえるフィリフヨンカ（ヤンソン）
◇山室静訳「ムーミン童話シリーズ 〔6〕」講談社 2013 p55

この四十年〔Forty Years On〕（ロフツ）
◇小野寺健訳「小学生までに読んでおきたい文学 4」あすなろ書房 2013 p147

コバナバチ（ファーブル）
◇大岡信編訳「ファーブルの昆虫記 上」岩波書店 2000 p149

コーバンの冒険（ケルト地方）〔The Adventures of Covan the Brown-haired〕（ラング）
◇川端康成, 野上彰編訳, 矢野信一郎絵「ラング世界童話全集 7」偕成社 2009 p10

五ひきのふくろねずみ
◇岸田衿子, 百々佑利子訳, ミーガン・グレッサー絵「みんなわたしの」のら書店 1991 p38

子ヒツジをたべるヒツジ飼い（イソップ）
◇河野与一編訳, 稗田一穂さし絵「イソップのお話」岩波書店 2000 p247

小羊とお魚〔Das Lämmchen und Fischchen〕（グリム）
◇吉原高志, 吉原素子訳, Otto Ubbelohde挿絵「初版グリム童話集 5」白水社 2008 p168

小ひつじと小さい魚（グリム）
◇高橋健二訳, 徳井聡司（せんべえ）イラスト「完訳 グリム童話集 4」小学館 2009 p207

仔羊と小さな魚〔Das Lämmchen und Fischchen〕（グリム）
◇池田香代子訳, オットー＝ウッベローデ挿画「完訳クラシック グリム童話 4」講談社 2000 p207

こひつ

仔羊と小さな魚（グリム）
◇池田香代子訳、オットー・ウッベローデ挿画
「完訳 グリム童話集 3」講談社 2008 p176

子ヒツジと小さな魚（グリム）
◇橋本孝、天沼春樹訳、シャルロット・デマ
トーン絵「グリム童話全集」西村書店 2013
p479

こびと〔Die Wichtelmänner〕（グリム）
◇天沼春樹訳、ペテル・ウフナール画「グリ
ム・コレクション 4」パロル舎 2001 p65

コーヒーと宇宙船〔Nad and Dan adn
Quaffy〕（D.W.ジョーンズ）
◇野口絵美訳、佐竹美保絵「ダイアナ・ウィ
ン・ジョーンズ短編集 魔法！魔法！魔
法！」徳間書店 2007 p281

コーヒーと宇宙船（D.W.ジョーンズ）
◇野口絵美訳「ダイアナ・ウィン・ジョーンズ
短編集 魔法？魔法！」徳間書店 2015 p375

こびとたち（グリム）
◇高橋健二訳、徳井聡司（せんべぇ）イラスト
「完訳 グリム童話集 2」小学館 2008 p53

小人たち〔Die Wichtelmänner〕（グリム）
◇野村法訳、ジョージ・クルックシャンク画
「完訳 グリム童話集 2」筑摩書房 2006 p226

こびとたちに仕事をしてもらった靴屋の話
（グリム）
◇乾侑美子訳、Otto Ubbelohde, Ludwig
Richter挿絵「1812初版グリム童話 上」小
学館 2000 p229

小人たちの話〔Von den Wichtelmännern〕
（グリム）
◇吉原高志、吉原素子訳「初版グリム童話集
2」白水社 2007 p90

こびとと靴屋（グリム）
◇小澤昔ばなし研究所再話、オットー・ウベ
ローデ絵「語るためのグリム童話 2」小峰
書店 2007 p186

小人とくつや（グリム）
◇植田敏郎訳、ウェルナー・クレムケさし絵
「グリムの昔話 1」童話館出版 2000 p160

小人に仕事をやってもらった靴屋の話〔Von
dem Schster, dem sie Arbeit gemacht〕（グ
リム）
◇吉原高志、吉原素子訳「初版グリム童話集
2」白水社 2007 p90

小人の王さまロクの話―M.アナトール・フランス
〔出典〕〔The Story of Little King Loc〕（ラン
グ）

◇おおつかのりこ訳、H.J.フォード装画・挿絵
「アンドルー・ラング世界童話集 11」東京
創元社 2009 p64

こびとのおくりもの（グリム）
◇高橋健二訳、徳井聡司（せんべぇ）イラスト
「完訳 グリム童話集 5」小学館 2009 p81

こびとの贈り物〔Die Geschenke des kleinen
Volkes〕（グリム）
◇池田香代子訳、オットー＝ウッベローデ挿
画「完訳クラシック グリム童話 5」講談社
2000 p137

こびとの贈り物（グリム）
◇小澤昔ばなし研究所再話、オットー・ウベ
ローデ絵「語るためのグリム童話 7」小峰
書店 2007 p112
◇池田香代子訳、オットー・ウッベローデ挿画
「完訳 グリム童話集 3」講談社 2008 p375
◇橋本孝、天沼春樹訳、シャルロット・デマ
トーン絵「グリム童話全集」西村書店 2013
p562

小人のおくりもの〔Die Geschenke des
kleinen Volkes〕（グリム）
◇天沼春樹訳、ペテル・ウフナール画「グリ
ム・コレクション 4」パロル舎 2001 p227

小人の贈りもの〔Die Geschenke des kleinen
Volkes〕（グリム）
◇「完訳 グリム童話集 7」筑摩書房 2006 p94

こびとのくつや（グリム）
◇安東みきえ文、100％ORANGE絵「ポプラ
世界名作童話 15」ポプラ社 2016 p59

こびとのくつ屋（グリム）
◇佐々木田鶴子訳、出久根育絵「グリム童話集
下」岩波書店 2007 p16

こびとの名づけ親になった娘の話（グリム）
◇乾侑美子訳、Otto Ubbelohde, Ludwig
Richter挿絵「1812初版グリム童話 上」小
学館 2000 p231

こびとの話〔Von den Wichtelmännern〕（グ
リム）
◇乾侑美子訳、Otto Ubbelohde, Ludwig
Richter挿絵「1812初版グリム童話 上」小
学館 2000 p229

小人の妖精（グリム）
◇山口四郎訳「グリム童話 1」冨山房イン
ターナショナル 2004 p30

小百姓〔Das Bürle〕（グリム）
◇野村法訳、ジョージ・クルックシャンク画
「完訳 グリム童話集 3」筑摩書房 2006 p226

こるへ

小百姓（グリム）
　◇小澤昔ばなし研究所再話, オットー・ウベ
　　ローデ絵「語るためのグリム童話 4」小峰
　　書店 2007 p53
　◇高橋健二訳, 徳井聡司（せんべぇ）イラスト
　　「完訳 グリム童話集 2」小学館 2008 p302
　◇フェリクス・ホフマン編・画, 大塚勇三訳
　　「グリムの昔話 1」福音館書店 2002 p426

コーヒー沸かし〔La Cafetiére〕（ゴーティエ）
　◇平岡敦編訳, 佐竹美保挿画「ホラー短編集
　　3」岩波書店 2014 p19

小瓶の悪魔〔The Bottle Imp〕（スティーヴン
ソン）
　◇金原瑞人編訳, 佐竹美保挿画「ホラー短編集
　　2」岩波書店 2012 p175

小ブタの恋と小石のスープ（ロフティング）
　◇河合祥一郎訳, patty絵「新訳 ドリトル先生
　　シリーズ 〔14〕」KADOKAWA 2016 p31

子ぶたの貯金箱（アンデルセン）
　◇高橋健二訳, いたやさとし画「完訳 アンデル
　　セン童話集 4」小学館 2009 p181

こぶたのピグリン・ブランドのおはなし（ポ
ター）
　◇まさきるりこやく「愛蔵版 ピーターラビット
　　全おはなし集」福音館書店 1994 p287
　◇まさきるりこやく「愛蔵版 ピーターラビット
　　全おはなし集」福音館書店 2007 p287

こぶたのロビンソンのおはなし（ポター）
　◇まさきるりこやく「愛蔵版 ピーターラビット
　　全おはなし集」福音館書店 1994 p345
　◇まさきるりこやく「愛蔵版 ピーターラビット
　　全おはなし集」福音館書店 2007 p345

ご不用家族交換します〔The Family
Exchange〕（パテン）
　◇谷川俊太郎「木はえらい―イギリス子ど
　　も詩集」岩波書店 2000 p109

ごまかした銅貨〔Der gestohlene Heller〕（グ
リム）
　◇「完訳 グリム童話集 6」筑摩書房 2006
　　p157

こまっちゃった〔The Scythe of Time／A
Predicament〕（ポー）
　◇金原瑞人翻案「ホラー短編集 〔1〕」岩波書
　　店 2010 p7

ゴム族の結婚〔A Comedy in Rubber〕
（オー・ヘンリー）
　◇大久保康雄訳, 三芳悌吉さしえ「最後のひと
　　葉―オー＝ヘンリー傑作短編集」偕成社

1989 p104

こもりうた
　◇岸田衿子, 百々佑利子訳, ミーガン・グレッ
　　サー絵「みんなわたしの」のら書店 1991
　　p78

子守歌（ナイドゥ）
　◇荒俣宏訳, ハリー・クラーク絵「ペロー童話
　　集」新書館 2010 p213

コモリグモの親子（ファーブル）
　◇小林清之介文, 横内襄え「新版 ファーブルこ
　　んちゅう記 4」小峰書店 2006 p78

子もりロボット・ロビイ（アシモフ）
　◇小尾芙佐訳, 山田卓司絵「冒険ファンタジー
　　名作選 10」岩崎書店 2003 p7

子山羊と狼（イソップ）
　◇川名澄訳, アーサー・ラッカム絵「新編 イ
　　ソップ寓話」風媒社 2014 p126

子ヤギと笛をふくオオカミ（イソップ）
　◇河野与一編訳, 稗田一穂さし絵「イソップの
　　お話」岩波書店 2000 p79

小屋のねこ（アイスランド）〔The Cottager
and His Cat〕（ラング）
　◇川端康成, 野上彰編訳, せべまさゆき絵「ラ
　　ング世界童話全集 3」偕成社 2008 p141

ゴルゴン退治のペルセウス（アポロドーロス）
　◇高津春繁, 高津久美子訳, 若菜珪さし絵「21
　　世紀 少年少女世界文学館 1」講談社 2010
　　p107

コルベスさま〔Herr Korbes〕（グリム）
　◇池田香代子訳, オットー＝ウッベローデ挿
　　画「完訳クラシック グリム童話 2」講談社
　　2000 p53
　◇吉原高志, 吉原素子訳「初版グリム童話集
　　2」白水社 2007 p99

コルベスさま（グリム）
　◇池田香代子訳, オットー・ウッペローデ挿画
　　「完訳 グリム童話集 1」講談社 2008 p385

コルベスさん〔Herr Korbes〕（グリム）
　◇「完訳 グリム童話集 2」筑摩書房 2006
　　p246

コルベスさん（グリム）
　◇小澤昔ばなし研究所再話, オットー・ウベ
　　ローデ絵「語るためのグリム童話 3」小峰
　　書店 2007 p6
　◇橋本孝, 天沼春樹訳, シャルロット・デマ
　　トーン絵「グリム童話全集」西村書店 2013
　　p156

コルベスどの（グリム）

こるへ

◇高橋健二訳, 徳井聡司 (せんべぇ) イラスト
「完訳 グリム童話集 2」小学館 2008 p68
コルベスどん (グリム)
◇フェリクス・ホフマン編・画, 大塚勇三訳
「グリムの昔話 1」福音館書店 2002 p355
これが授業というものだ〔The Lesson〕
(マッガウ)
◇川崎洋訳, サラ・ミッダ絵「木はえらい―イ
ギリス子ども詩集」岩波書店 2000 p188
破落戸 (ごろつき) の昇天 (モルナール・フェレン
ツ)
◇森鷗外訳「読書がたのしくなる世界の文学
〔4〕」くもん出版 2014 p131
コロンブレ〔Il colombre〕(ブッツァーティ)
◇竹山博英訳「小学生までに読んでおきたい
文学 6」あすなろ書房 2013 p227
こわいい動物〔Dirty Beasts〕(ダール)
◇「ロアルド・ダールコレクション 14」評論
社 2006
こわいことをおぼえたくて、旅にでかけた
男 (グリム)
◇矢崎源九郎訳, フリードリヒ・リヒターさし
絵「グリムの昔話 2」童話館出版 2000 p8
〈こわいもの〉をみつけた子ども (トルコ)
〔The Boy Who Found Fear at Last〕(ラン
グ)
◇川端康成, 野上彰編訳, 小松修絵「ラング世
界童話全集 6」偕成社 2008 p27
こわいもの知らずの王子〔Der Königssohn,
der sich vor nichts fürchtet〕(グリム)
◇池田香代子訳, オットー＝ウッベローデ挿
画「完訳クラシック グリム童話 4」講談社
2000 p85
◇「完訳 グリム童話集 5」筑摩書房 2006
p198
こわいもの知らずの王子 (グリム)
◇池田香代子訳, オットー・ウッベローデ挿画
「完訳 グリム童話集 3」講談社 2008 p20
◇橋本孝, 天沼春樹訳, シャルロット・デマ
トーン絵「グリム童話全集」西村書店 2013
p416
こわいわるいうさぎのおはなし (ポター)
◇いしいももこやく「愛蔵版 ピーターラビット
全おはなし集」福音館書店 1994 p133
◇いしいももこやく「愛蔵版 ピーターラビット
全おはなし集」福音館書店 2007 p133
こわがり修業に出た男〔Märchen von einem,
der auszog, das Fürchten zu lernen〕(グリ

ム)
◇池田香代子訳, オットー＝ウッベローデ挿
画「完訳クラシック グリム童話 1」講談社
2000 p29
こわがり修業に出た男 (グリム)
◇池田香代子訳, オットー・ウッベローデ挿画
「完訳 グリム童話集 1」講談社 2008 p33
こわがることをおぼえたくて旅にでかけた
男の話 (グリム)
◇フェリクス・ホフマン編・画, 大塚勇三訳
「グリムの昔話 1」福音館書店 2002 p250
こわがることを習いに、旅に出た男の話
〔Märchen von einem, der auszog, das
Fürchten zu lernen〕(グリム)
◇天沼春樹訳, ペテル・ウフナール画「グリ
ム・コレクション 4」パロル舎 2001 p7
こわがることを習いに旅に出た男の話 (グリ
ム)
◇高橋健二訳, 徳井聡司 (せんべぇ) イラスト
「完訳 グリム童話集 1」小学館 2008 p39
こわがることを習いに旅に出た人の話 (グリ
ム)
◇山口四郎訳「グリム童話 3」冨山房イン
ターナショナル 2004 p100
こわがることを習いに出かけた男の話
〔Märchen von einem, der auszog, das
Fürchten zu lernen〕(グリム)
◇野村泫訳, マックス・フォン・ベッケラート
画「完訳 グリム童話集 1」筑摩書房 2005
p41
こわがることを習いに出かけた男の話 (グリ
ム)
◇橋本孝, 天沼春樹訳, シャルロット・デマ
トーン絵「グリム童話全集」西村書店 2013
p18
こわがることを習いに出かけた若者の話 (グ
リム)
◇小澤昔ばなし研究所再話, オットー・ウベ
ローデ絵「語るためのグリム童話 1」小峰
書店 2007 p33
コーンウォールの毒殺事件 (クリスティ)
◇花上かつみ訳, 高松啓二絵「アガサ＝クリス
ティ短編傑作集 2」講談社 2002 p59
ゴンドワナの子どもたち―自分をさがす旅
の話〔Gondwanan lapset〕(クーロス)
◇大倉純一郎訳, 沢田としき絵「新しい世界の
文学 2」岩崎書店 2000 p5
こんな大きな骨、見たことない―「一年中ワク

ワクしてた」より（ダール）

◇久山太市訳, レイモンド・ブリッグズ絵「まるごと一冊ロアルド・ダール」評論社 2000 p379

こんばんはおつきさん〔Moon-come-out〕（ファージョン）

◇岸田衿子, 百々佑利子訳, ミーガン・グレッサー絵「みんなわたしの」のら書店 1991 p74

婚約（ヘッセ）

◇木本栄訳, 佐竹美保画「世界名作ショートストーリー 4」理論社 2015 p111

【 さ 】

さあ、子どもたち、馬鹿げたことをしようよ（エンデ）

◇田村都志夫訳「だれでもない庭—エンデが遺した物語集」岩波書店 2002 p148

◇田村都志夫訳「だれでもない庭—エンデが遺した物語集」岩波書店 2015 p184

さあ、飛んでおいき、どこにもないところまで（プロイスラー）

◇佐々木田鶴子訳, スズキコージ絵「プロイスラーの昔話 2」小峰書店 2003 p111

歳月のプレゼント（モンゴメリ）

◇代田亜香子訳, 佐竹美保画「世界名作ショートストーリー 1」理論社 2015 p85

最後のあいさつ〔His Last Bow〕（ドイル）

◇日暮まさみち訳, 青山浩行絵「名探偵ホームズシリーズ 〔16〕」講談社 2012 p235

最後のあいさつ（ドイル）

◇亀山龍樹訳, 佐竹美保さし絵「名探偵ホームズ 8」ポプラ社 2011 p205

最後の事件〔The Final Problem〕（ドイル）

◇日暮まさみち訳, 青山浩行絵「名探偵ホームズシリーズ 〔8〕」講談社 2011 p139

最後の事件（ドイル）

◇亀山龍樹訳, 佐竹美保さし絵「名探偵ホームズ 4」ポプラ社 2006 p209

最後の真珠（アンデルセン）

◇高橋健二訳, いたやさとし画「完訳 アンデルセン童話集 4」小学館 2009 p165

◇天沼春樹訳, ドゥシャン・カーライ, カミラ・シュタンツロヴァー絵「アンデルセン童話全集 2」西村書店 2012 p215

最後の審判の日に（アンデルセン）

◇高橋健二訳, いたやさとし画「完訳 アンデルセン童話集 4」小学館 2009 p25

◇天沼春樹訳, ドゥシャン・カーライ, カミラ・シュタンツロヴァー絵「アンデルセン童話全集 2」西村書店 2012 p161

最後の遠乗り〔The Night Out〕（ウェストール）

◇原田勝訳「ウェストールコレクション 〔9〕」徳間書店 2014 p163

最後のひと葉〔The Last Leaf〕（オー・ヘンリー）

◇千葉茂樹訳, 和田誠絵「オー・ヘンリーショートストーリーセレクション 5」理論社 2007 p7

◇大久保康雄訳, 三芳悌吉さしえ「最後のひと葉—オー＝ヘンリー傑作短編集」偕成社 1989 p7

最初のあの領土はどのくらい遠かったか〔How Far Is It to the Land We Left？〕（ナイ）

◇アーサー・ビナード, 木坂涼編訳, しりあがり寿イラスト「ガラガラヘビの味—アメリカ子ども詩集」岩波書店 2010 p80

最初の舞踏会〔La Débutante〕（カリントン）

◇平岡敦編訳, 佐竹美保挿画「ホラー短編集 3」岩波書店 2014 p71

サイドの運命（ハウフ）

◇乾侑美子訳, T.ヴェーバーほか画「冷たい心臓—ハウフ童話集」福音館書店 2001 p472

裁判官のサル（ペロー）

◇末松氷海子訳, エヴァ・フラントヴァー絵「ペロー昔話・寓話集」西村書店 2008 p316

サイボーグ（矢野徹）

◇寺澤昭範「SF名作コレクション 20」岩崎書店 2006 p157

西遊記（呉承恩）

◇芝田勝茂編訳, 脚次郎絵「10歳までに読みたい世界名作 10」学研プラス 2015 p14

◇谷真介文, 橋本幸規絵「小学館 世界の名作 14」小学館 1998 p1

◇君島久子訳, 太田大八さし絵「21世紀版 少年少女世界文学館 23」講談社 2011 p9

◇三田村信行文, 武田美穂絵「ポプラ世界名作童話 6」ポプラ社 2015 p7

サウンド・オブ・ミュージック〔The Story of the Trapp Family Singers〕（トラップ）

◇谷口由美子訳「Modern Classic Selection 4」文溪堂 1997 p13

サウンド・オブ・ミュージック—アメリカ編〔The Story of the Trapp Family Singers〕（トラップ）
◇谷口由美子訳「Modern Classic Selection 5」文溪堂 1998 p9

さえずり、おどるひばり（グリム）
◇小澤昔ばなし研究所再話、オットー・ウベローデ絵「語るためのグリム童話 5」小峰書店 2007 p47

逆さまにぶらさがったネコとネズミたち（ペロー）
◇末松氷海子訳, エヴァ・フラントヴァー絵「ペロー昔話・寓話集」西村書店 2008 p298

酒樽（モーパッサン）
◇平岡敦訳, 佐竹美保画「世界名作ショートストーリー 3」理論社 2015 p63

魚になったむすめ—フランシスコ・デ・S.マスポンス・イ・ラブロス博士『カタルーニャの昔話』〔出典〕〔The Girl–Fish〕（ラング）
◇児玉敦子訳, H.J.フォード装画・挿絵「アンドルー・ラング世界童話集 10」東京創元社 2009 p228

さかなの騎士（スペイン）〔The Knights of the Fish〕（ラング）
◇川端康成, 野上彰編訳, 佐竹美保絵「ラング世界童話全集 1」偕成社 2008 p186

魚の騎士—フェルナン・カバリェーロ〔出典〕〔The Knights of the Fish〕（ラング）
◇杉山七重訳, H.J.フォード装画・挿絵「アンドルー・ラング世界童話集 9」東京創元社 2009 p356

魚の話—オーストラリアの昔話〔出典〕〔Fish Story〕（ラング）
◇ないとうふみこ訳, H.J.フォード装画・挿絵「アンドルー・ラング世界童話集 12」東京創元社 2009 p139

魚の骨のハープ〔A Harp of Fishbones〕（エイキン）
◇三辺律子訳, 浅沼テイジイラスト「心の宝箱にしまう15のファンタジー」竹書房 2006 p181
◇三辺律子訳, 浅沼テイジイラスト「ひとにぎりの黄金 〔1〕」竹書房 2013 p181

詐欺師の良心〔Conscience in Art〕（オー・ヘンリー）
◇千葉茂樹訳, 和田誠絵「オー・ヘンリーショートストーリーセレクション 5」理論社 2007 p145

砂丘の物語（アンデルセン）
◇高橋健二訳, いたやさとし画「完訳 アンデルセン童話集 6」小学館 2010 p6
◇天沼春樹訳, ドゥシャン・カーライ, カミラ・シュタンツロヴァー絵「アンデルセン童話全集 1」西村書店 2011 p530

作者あとがき〔ことっとスタート〕（ダール）
◇「ロアルド・ダールコレクション 18」評論社 2006 p72

作者あとがき〔闇のダイヤモンド〕（クーニー）
◇「海外ミステリーBOX 〔8〕」評論社 2011 p333

作者おぼえがき〔海辺の王国〕（ウェストール）
◇「ウェストールコレクション 〔1〕」徳間書店 1994 p3

作者おぼえがき〔猫の帰還〕（ウェストール）
◇「ウェストールコレクション 〔2〕」徳間書店 1998 p7

作者まえがき〔ことっとスタート〕（ダール）
◇「ロアルド・ダールコレクション 18」評論社 2006 p3

作戦NACL（光瀬龍）
◇寺澤昭絵「SF名作コレクション 8」岩崎書店 2005 p5

策におぼれたろば（イソップ）
◇いわきたかし著, ほてはまたかし画「いそっぷ童話集」童話屋 2004 p44

さくらいろの童話集（ラング）
◇「ラング世界童話全集 11」偕成社 2009

ザクロの木とリンゴの木とオリーブの木とイバラ（イソップ）
◇河野与一編訳, 稗田一穂さし絵「イソップのお話」岩波書店 2000 p147

指物師とろくろ職人〔Vom Schreiner und Drechsler〕（グリム）
◇吉原高志, 吉原素子訳「初版グリム童話集 3」白水社 2008 p146

さしもの職人とろくろ細工職人（グリム）
◇高橋健二訳, 徳井聡司（せんべぇ）イラスト「完訳 グリム童話集 5」小学館 2009 p323

さすらう白鳥たち（アンデルセン）
◇スティーブン・コリン英語訳, 江國香織訳, エドワード・アーディゾーニ選・絵「アンデルセンのおはなし」のら書店 2018 p113

サセックスの吸血鬼〔The Adventure of the
　Sussex Vampire〕（ドイル）
　◇日暮まさみち訳, 青山浩行絵「名探偵ホーム
　　ズシリーズ 〔15〕」講談社 2012 p9
サソリ（ダール）
　◇灰島かり訳, クェンティン・ブレイク絵「ロ
　　アルド・ダールコレクション 14」評論社
　　2006 p19
定めのとおりに（プロイスラー）
　◇佐々木田鶴子訳, スズキコージ絵「プロイス
　　ラーの昔話 1」小峰書店 2003 p93
悪魔(サタン)男爵の盗難事件〔Arsène Lupin
　en Prison〕（ルブラン）
　◇南洋一郎文, 藤田新策さし絵「文庫版 怪盗ル
　　パン 1」ポプラ社 2005 p41
悪魔(サタン)男爵の盗難事件（ルブラン）
　◇南洋一郎文, 奈良葉二挿画「怪盗ルパン全集
　　〔2〕」ポプラ社 2010 p48
作家を志しているみなさんへ（ダール）
　◇佐藤見果夢訳, クェンティン・ブレイク絵
　　「まるごと一冊ロアルド・ダール」評論社
　　2000 p409
雑貨屋さん〔General Store〕（フィールド）
　◇岸田衿子, 百々佑利子訳, ミーガン・グレッ
　　サー絵「おうちをつくろう」のら書店 1993
　　p19
雑貨屋のゴブリン（アンデルセン）
　◇ナオミ・ルイス訳, 代田亜香子日本語版訳,
　　ジョエル・ステュワート絵「アンデルセン
　　の13の童話」小峰書店 2007 p200
殺人城（グリム）
　◇高橋健二訳, 徳井聡司(せんべえ)イラスト
　　「完訳 グリム童話集 5」小学館 2009 p318
殺人兵器（カニグズバーグ）
　◇清水真砂子訳「カニグズバーグ作品集 別
　　巻」岩波書店 2002 p32
殺人魔女〔La Dame à La Hache〕（ルブラン）
　◇南洋一郎文, 朝倉めぐみさし絵「文庫版 怪盗
　　ルパン 13」ポプラ社 2005 p131
殺人魔女（ルブラン）
　◇南洋一郎文, 奈良葉二挿画「怪盗ルパン全集
　　〔5〕」ポプラ社 2010 p118
淋しい場所〔The Lonesome Place〕（ダーレ
　ス）
　◇永井淳訳「小学生までに読んでおきたい文
　　学 3」あすなろ書房 2013 p13
錆びた騎士（レアンダー）

国松孝二訳「ふしぎなオルガン」岩波書店
　　2010 p58
さまよう死神〔La Mort qui Rôde〕（ルブラ
　ン）
　◇南洋一郎文, 佐竹美保さし絵「文庫版 怪盗ル
　　パン 8」ポプラ社 2005 p179
さまよう死霊（ルブラン）
　◇南洋一郎文, 奈良葉二挿画「怪盗ルパン全集
　　〔5〕」ポプラ社 2010 p284
サメの歯海岸―ネッドの話（カニグズバーグ）
　◇小島希里訳「カニグズバーグ作品集 7」岩
　　波書店 2002 p235
さやから出た五つのえんどう豆〔Fem fra en
　Ærtebælg〕（アンデルセン）
　◇福井信子, 大河原晶子訳, フレミング・B.
　　イェベセン画「本当に読みたかったアンデ
　　ルセン童話」NTT出版 2005 p33
さやからとび出た五つのエンドウ豆（アンデ
　ルセン）
　◇大畑末吉訳, 初山滋さし絵「アンデルセン童
　　話集 3」岩波書店 2000 p105
さよなきどり（アンデルセン）
　◇スティーブン・コリン英語訳, 江國香織訳,
　　エドワード・アーディゾーニ選・絵「アン
　　デルセンのおはなし」のら書店 2018 p259
　◇木村由利子訳, こみねゆら絵「小学館 世界
　　の名作 17」小学館 1999 p70
サラダ・ドレッシング博士登場！（ロフティ
　ング）
　◇河合祥一郎訳, patty絵「新訳 ドリトル先生
　　シリーズ 〔14〕」KADOKAWA 2016 p19
さらに西へ（バン・ローン）
　◇片岡政昭訳「世界名作文学集 〔9〕」国土社
　　2003 p44
サルとイルカ（イソップ）
　◇ラッセル・アッシュ, バーナード・ヒットン
　　編著, 秋野翔一郎訳「クラシックイラストレー
　　ション版 イソップ寓話集」童話館出版 2002
　　p74
　◇河野与一編訳, 稗田一穂さし絵「イソップの
　　お話」岩波書店 2000 p236
　◇天野裕司訳, ローワン・バーンズマーフィー絵
　　「イソップ物語」文溪堂 2005 p49
猿とイルカ（イソップ）
　◇川名澄訳, アーサー・ラッカム絵「新編 イ
　　ソップ寓話」風媒社 2014 p142
サルと子どもたち（ペロー）
　◇末松氷海子訳, エヴァ・フラントヴァー絵

「ペロー昔話・寓話集」西村書店 2008 p306

サルとネコ（ペロー）
◇末松氷海子訳, エヴァ・フラントヴァー絵
「ペロー昔話・寓話集」西村書店 2008 p330

サルとラクダ（イソップ）
◇河野与一編訳, 稗田一穂さし絵「イソップの
お話」岩波書店 2000 p234

猿と駱駝（イソップ）
◇川名澄訳, アーサー・ラッカム絵「新編 イ
ソップ寓話」風媒社 2014 p111

サルと漁師（イソップ）
◇河野与一編訳, 稗田一穂さし絵「イソップの
お話」岩波書店 2000 p235

サルの王さま（ペロー）
◇末松氷海子訳, エヴァ・フラントヴァー絵
「ペロー昔話・寓話集」西村書店 2008 p324

サルの剣舞（イソップ）
◇河野与一編訳, 稗田一穂さし絵「イソップの
お話」岩波書店 2000 p239

サルの子ども（イソップ）
◇河野与一編訳, 稗田一穂さし絵「イソップの
お話」岩波書店 2000 p238

サルの心臓—エドワード・スティアー法学博士 スワヒ
リの昔話〔出典〕〔The Heart of a Monkey〕（ラ
ング）
◇杉田七重訳, H.J.フォード装画・挿絵「アン
ドルー・ラング世界童話集 12」東京創元社
2009 p22

猿の秘薬〔The Adventure of the Creeping
Man〕（ドイル）
◇山中峯太郎訳著「名探偵ホームズ全集 3」
作品社 2017 p145

さわったものが金になるお話（アポロドーロ
ス）
◇高津春繁, 高津久美子訳, 若菜珪さし絵「21
世紀版 少年少女世界文学館 1」講談社 2010
p234

さんかのごいとやつがしら〔Rohrdommel
und Wiedehopf〕（グリム）
◇池田香代子訳, オットー＝ウッベローデ挿
画「完訳クラシック グリム童話 5」講談社
2000 p90

さんかのごい と やつがしら〔Rohrdommel
und Wiedehopf〕（グリム）
◇「完訳 グリム童話集 7」筑摩書房 2006 p12

さんかのごいとやつがしら（グリム）
◇池田香代子訳, オットー・ウッベローデ挿画

「完訳 グリム童話集 3」講談社 2008 p317
◇高橋健二訳, 徳井聡司（せんべぇ）イラスト
「完訳 グリム童話集 4」小学館 2009 p395

サンカノゴイとヤツガシラ（グリム）
◇橋本孝, 天沼春樹訳, シャルロット・デマ
トーン絵「グリム童話全集」西村書店 2013
p539

三国志（羅貫中）
◇三上修平訳, 小林一雄絵「子どものための世
界文学の森 26」集英社 1995 p10
◇駒田信二訳, 井上洋介さし絵「21世紀版 少年
少女世界文学館 24」講談社 2011 p9

サンザシ姫—オーノワ夫人〔出典〕〔The Princess
Mayblossom〕（ラング）
◇吉井知代子訳, H.J.フォード, L.スピード装
画・挿絵「アンドルー・ラング世界童話集
2」東京創元社 2008 p7

さんざんおどってすり切れたくつ（グリム）
◇山口四郎訳「グリム童話 3」冨山房イン
ターナショナル 2004 p1

三十棺桶島〔L'ile Aux Trente Cercueils〕（ル
ブラン）
◇南洋一郎文, 佐竹美保さし絵「文庫版 怪盗ル
パン 11」ポプラ社 2005 p9
◇南洋一郎文, 奈良葉二挿画「怪盗ルパン全集
11」ポプラ社 2010 p13

三銃士〔Les Trois Mousquetaires〕（デュマ）
◇久米穣訳, 山本耀也絵「子どものための世界
文学の森 30」集英社 1995 p10
◇新庄嘉章訳, 上総潮さし絵「21世紀版 少年少
女世界文学館 18」講談社 2011 p9

三銃士（デュマ）
◇岡田好惠編訳, 山田一喜絵「10歳までに読
みたい世界名作 22」学研プラス 2016 p14

三種のことば〔Die drei Sprachen〕（グリム）
◇「完訳 グリム童話集 2」筑摩書房 2006
p144

3種類のことば（グリム）
◇橋本孝, 天沼春樹訳, シャルロット・デマ
トーン絵「グリム童話全集」西村書店 2013
p129

山賊とクワの木（イソップ）
◇河野与一編訳, 稗田一穂さし絵「イソップの
お話」岩波書店 2000 p140

サンタのおばさん、どこにいる？（ダール）
◇灰島かり日本語, クェンティン・ブレイク絵
「まるごと一冊ロアルド・ダール」評論社
2000 p422

さんに

どこまでもつづく雄ジカの足あと サンドヒル・ス
タッグ〔The Trail of the Sandhill Stag〕
（シートン）
　◇今泉吉晴訳「シートン動物記 4」福音館書
　　店 2004 p3
サンドヒルの牡ジカ（シートン）
　◇前川康男文, 清水勝絵「はじめてであうシー
　　トン動物記 7」フレーベル館 2003 p5
サンドヒルの雄ジカの足跡（シートン）
　◇越前敏弥訳, 姫川明月絵「シートン動物記
　　〔2〕」KADOKAWA 2013 p139
サンドヒルのシカ スタッグ〔The Trail of
the Sandhill Stag〕（シートン）
　◇今泉吉晴訳「シートン動物記 〔15〕」童心
　　社 2011 p1
サンドラはだまりやさん（シュティーメルト）
　◇石原佐知子訳, 櫻井さなえ挿絵「こんなとき読
　　んであげたい おはなしのおもちゃ箱 1」PHP
　　研究所 2003 p173
サンドリヨン〔Cendrillon ou la Petite
Pantoufle de verre〕（ペロー）
　◇今野一雄訳, ギュスターヴ・ドレ挿画「ペ
　　ローの昔ばなし」白水社 2007 p119
サンドリヨンあるいはガラスの小さなくつ
（ペロー）
　◇菊地有子訳, 朝倉めぐみ絵「こどものための
　　世界の名作 完訳 愛と感動の物語─特選14
　　編」世界文化社 1995 p4
サンドリヨンあるいは小さなガラスの上靴
（ペロー）
　◇榊原晃三訳, ギュスターヴ・ドレ挿画「眠れ
　　る森の美女」沖積舎 2004 p93
サンドリヨン または 小さなガラスの靴
〔Cendrillon ou la Petite Pantoufle de verre〕
（ペロー）
　◇工藤庸子訳「いま読むペロー「昔話」」羽鳥
　　書店 2013 p56
サンドリヨンまたは小さなガラスの靴
〔Cendrillon ou la Petite Pantoufle de verre〕
（ペロー）
　◇村松潔訳, ギュスターヴ・ドレ挿絵「眠れる
　　森の美女─シャルル・ペロー童話集」新潮
　　社 2016 p89
　◇天沢退二郎訳, マリ林さし絵「ペロー童話
　　集」岩波書店 2003 p89
サンドリヨンまたは小さなガラスの靴（ペ
ロー）
　◇巖谷國士訳, ギュスターブ・ドレ画「眠れる

　　森の美女─完訳ペロー昔話集」講談社 1992
　　p95
　◇巖谷國士訳, ギュスターヴ・ドレ画「眠れる
　　森の美女─完訳ペロー昔話集」筑摩書房
　　2002 p99
サンドリヨン、または小さなガラスの靴（ペ
ロー）
　◇末松氷海子訳, エヴァ・フラントヴァー絵
　　「ペロー昔話・寓話集」西村書店 2008 p227
三人兄弟〔Die drei Brüder〕（グリム）
　◇池田香代子訳, オットー＝ウッベローデ挿
　　画「完訳クラシック グリム童話 4」講談社
　　2000 p107
　◇野村泫訳, カール・トロースト画「完訳 グリ
　　ム童話集 5」筑摩書房 2006 p233
　◇吉原高志, 吉原素子訳, Carl Trost挿絵「初
　　版グリム童話集 5」白水社 2008 p59
　◇乾侑美子訳, Otto Ubbelohde, Ludwig
　　Richter挿絵「1812初版グリム童話 下」小
　　学館 2000 p236
三人兄弟（グリム）
　◇小澤昔ばなし研究所再話, オットー・ウベ
　　ローデ絵「語るためのグリム童話 6」小峰
　　書店 2007 p117
　◇池田香代子訳, オットー・ウッベローデ挿画
　　「完訳 グリム童話集 3」講談社 2008 p48
　◇高橋健二訳, 徳井聡司（せんべえ）イラスト
　　「完訳 グリム童話集 4」小学館 2009 p59
　◇ワンダ・ガアグ編・絵, 松岡享子訳「グリム
　　のむかしばなし 2」のら書店 2017 p41
　◇フェリクス・ホフマン編・画, 大塚勇三訳
　　「グリムの昔話 3」福音館書店 2002 p145
三人軍医〔Die drei Feldscherer〕（グリム）
　◇池田香代子訳, オットー＝ウッベローデ挿
　　画「完訳クラシック グリム童話 4」講談社
　　2000 p70
三人軍医（グリム）
　◇池田香代子訳, オットー・ウッベローデ挿画
　　「完訳 グリム童話集 2」講談社 2008 p519
三人姉妹〔Die drei Schwestern〕（グリム）
　◇吉原高志, 吉原素子訳「初版グリム童話集
　　3」白水社 2008 p161
3人の糸つむぎ女（グリム）
　◇橋本孝, 天沼春樹訳, シャルロット・デマ
　　トーン絵「グリム童話全集」西村書店 2013
　　p64
三人の糸つむぎ女（グリム）
　◇小澤昔ばなし研究所再話, オットー・ウベ
　　ローデ絵「語るためのグリム童話 1」小峰

世界児童文学全集/個人全集・作品名綜覧 第II期　291

書店 2007 p127

三人の糸紡ぎ女〔Die drei Spinnerinnen〕（グリム）
　◇野村泫訳, ハンス・シュペクター画「完訳グリム童話集 1」筑摩書房 2005 p192

三人の王子とそのけものたち（リトアニア）〔The Three Princes and Their Beasts〕（ラング）
　◇川端康成, 野上彰編訳, 佐竹美保絵「ラング世界童話全集 1」偕成社 2008 p250

三人の学生（ドイル）
　◇亀山龍樹訳, 佐竹美保さし絵「名探偵ホームズ 6」ポプラ社 2009 p155

三人のガリデブ氏〔The Adventure of the Three Garridebs〕（ドイル）
　◇日暮まさみち訳, 青山浩行絵「名探偵ホームズシリーズ 〔15〕」講談社 2012 p52

三人のガリデブ事件〔The Adventure of the Three Garridebs〕（ドイル）
　◇内田庶訳, 岡本正樹絵「シャーロック・ホームズ 5」岩崎書店 2011 p75

3人の兄弟（グリム）
　◇橋本孝, 天沼春樹訳, シャルロット・デマトーン絵「グリム童話全集」西村書店 2013 p427

三人のきょうだい（グリム）
　◇植田敏郎訳, ウェルナー・クレムケさし絵「グリムの昔話 1」童話館出版 2000 p188

三人の兄弟—クレトケ ポーランドの昔話〔出典〕〔The Three Brothers〕（ラング）
　◇生方頼子訳, H.J.フォード装画・挿絵「アンドルー・ラング世界童話全集 4」東京創元社 2008 p171

3人の黒い王女（グリム）
　◇橋本孝, 天沼春樹訳, シャルロット・デマトーン絵「グリム童話全集」西村書店 2013 p475

三人の黒い王女〔De drei schwatten Prinzessinnen〕（グリム）
　◇「完訳 グリム童話集 6」筑摩書房 2006 p79

三人の黒いおひめさま（グリム）
　◇高橋健二訳, 徳井聡司（せんべぇ）イラスト「完訳 グリム童話集 4」小学館 2009 p196

三人の黒いお姫さま〔De drei schwatten Prinzessinnen〕（グリム）
　◇池田香代子訳, オットー＝ウッベローデ挿画「完訳クラシック グリム童話 4」講談社 2000 p200

三人の黒いお姫さま（グリム）
　◇池田香代子訳, オットー・ウッベローデ挿画「完訳 グリム童話集 3」講談社 2008 p168

三人の軍医〔Die drei Feldscherer〕（グリム）
　◇吉原高志, 吉原素子訳「初版グリム童話集 5」白水社 2008 p26

三人の軍医（グリム）
　◇小澤昔ばなし研究所再話, オットー・ウベローデ絵「語るためのグリム童話 6」小峰書店 2007 p62
　◇高橋健二訳, 徳井聡司（せんべぇ）イラスト「完訳 グリム童話集 3」小学館 2008 p392

三人の外科医〔Die drei Feldscherer〕（グリム）
　◇「完訳 グリム童話集 5」筑摩書房 2006 p168

3人の幸運児（グリム）
　◇橋本孝, 天沼春樹訳, シャルロット・デマトーン絵「グリム童話全集」西村書店 2013 p262

三人の幸運児（グリム）
　◇小澤昔ばなし研究所再話, オットー・ウベローデ絵「語るためのグリム童話 4」小峰書店 2007 p137
　◇高橋健二訳, 徳井聡司（せんべぇ）イラスト「完訳 グリム童話集 2」小学館 2008 p367

三人のしあわせ者〔Die drei Glückskinder〕（グリム）
　◇「完訳 グリム童話集 3」筑摩書房 2006 p306

三人の職人〔Die drei Handwerksburschen〕（グリム）
　◇「完訳 グリム童話集 5」筑摩書房 2006 p189

三人の職人〔Die drei Handwerkspurschen〕（グリム）
　◇吉原高志, 吉原素子訳「初版グリム童話集 5」白水社 2008 p34
　◇乾侑美子訳, Otto Ubbelohde, Ludwig Richter挿絵「1812初版グリム童話 下」小学館 2000 p221

三人の職人（グリム）
　◇高橋健二訳, 徳井聡司（せんべぇ）イラスト「完訳 グリム童話集 4」小学館 2009 p14

三人の大学生〔The Adventure of the Three Students〕（ドイル）
　◇日暮まさみち訳, 青山浩行絵「名探偵ホーム

三人の黒いお姫さま（グリム）
　◇吉原高志, 吉原素子訳, Otto Ubbelohde挿絵「初版グリム童話集 5」白水社 2008 p156

さんひ

ズシリーズ 〔12〕」講談社 2011 p213
三人の怠け者〔Die drei Faulen〕（グリム）
◇乾侑美子訳, Otto Ubbelohde, Ludwig
　Richter挿絵「1812初版グリム童話 下」小
　学館 2000 p329
三人のふしぎなものごい—セルビアの昔話 〔出典〕
　〔The Story of Three Wonderful Beggars〕
　（ラング）
◇中務秀子訳, H.J.フォード装画・挿絵「アン
　ドルー・ラング世界童話集 7」東京創元社
　2008 p37
3人の見習い軍医（グリム）
◇橋本孝, 天沼春樹訳, シャルロット・デマ
　トーン絵「グリム童話全集」西村書店 2013
　p409
3人の見習い職人（グリム）
◇橋本孝, 天沼春樹訳, シャルロット・デマ
　トーン絵「グリム童話全集」西村書店 2013
　p413
三人の見習い職人〔Die drei
　Handwerksburschen〕（グリム）
◇池田香代子訳, オットー＝ウッベローデ挿
　画「完訳クラシック グリム童話 4」講談社
　2000 p79
三人の見習い職人（グリム）
◇小澤昔ばなし研究所再話, オットー・ウベ
　ローデ絵「語るためのグリム童話 6」小峰
　書店 2007 p70
◇池田香代子訳, オットー・ウッベローデ挿画
　「完訳 グリム童話集 3」講談社 2008 p12
3人のものぐさ（グリム）
◇橋本孝, 天沼春樹訳, シャルロット・デマ
　トーン絵「グリム童話全集」西村書店 2013
　p492
三人のものぐさ（グリム）
◇高橋健二訳, 徳井聡司（せんべぇ）イラスト
　「完訳 グリム童話集 4」小学館 2009 p252
三人のものぐさ兄弟〔Die drei Faulen〕（グリ
　ム）
◇吉原高志, 吉原素子訳, Otto Ubbelohde挿絵
　「初版グリム童話集 5」白水社 2008 p207
三破風館（さんはふかん）のなぞ〔The Adventure
　of the Three Gables〕（ドイル）
◇中尾明訳, 岡本正樹絵「シャーロック・ホー
　ムズ 10」岩崎書店 2011 p71
三破風荘の謎〔The Adventure of the Three
　Gables〕（ドイル）
◇日暮まさみち訳, 青山浩行絵「名探偵ホーム

ズシリーズ 〔16〕」講談社 2012 p70
三番目の材料〔The Third Ingredient〕（オー・
　ヘンリー）
◇千葉茂樹訳, 和田誠絵「オー・ヘンリー
　ショートストーリーセレクション 1」理論
　社 2007 p85
三匹の犬—グリム〔出典〕〔The Three Dogs〕（ラ
　ング）
◇武富博司訳, H.J.フォード装画・挿絵「アン
　ドルー・ラング世界童話集 3」東京創元社
　2008 p352
三びきのカンガルー（ショヴォー）
◇出口裕弘訳「ショヴォー氏とルノー君のお
　話集 5」福音館書店 2003 p11
三びきのくま—イギリス民話
◇間所ひさこ再話, 岡本よしろう挿絵「教科書
　にでてくるせかいのむかし話 2」あかね書
　房 2016 p76
三びきのクマ（ダール）
◇灰島かり訳, クェンティン・ブレイク絵「ロ
　アルド・ダールコレクション 12」評論社
　2006 p50
三匹のクマの話—サウジー〔出典〕〔The Story of
　the Three Bears〕（ラング）
◇田中亜希子訳, H.J.フォード装画・挿絵「ア
　ンドルー・ラング世界童話集 3」東京創元
　社 2008 p289
三びきのコブタ（ダール）
◇灰島かり訳, クェンティン・ブレイク絵「ロ
　アルド・ダールコレクション 12」評論社
　2006 p70
三びきの子ぶた—イギリス民話
◇間所ひさこ再話, 庄野ナホコ挿絵「教科書に
　でてくるせかいのむかし話 1」あかね書房
　2016 p6
三匹のコブタ—詩集「へそまがり昔ばなし」より
　（ダール）
◇灰島かり日本語, クェンティン・ブレイク絵
　「まるごと一冊ロアルド・ダール」評論社
　2000 p108
三匹の子豚〔The Three Little Pigs〕（ラング）
◇おおつかのりこ訳, H.J.フォード装画・挿絵
　「アンドルー・ラング世界童話集 3」東京創
　元社 2008 p88
三びきのやぎのめえめえめえ—ノルウェー民話
◇間所ひさこ再話, 林なつこ挿絵「教科書にで
　てくるせかいのむかし話 1」あかね書房
　2016 p52

さんふ

三婦人のなぞなぞ（エンデ）
◇田村都志夫訳「だれでもない庭―エンデが
遺した物語集」岩波書店 2002 p156
◇田村都志夫訳「だれでもない庭―エンデが
遺した物語集」岩波書店 2015 p194

サンペドロの虎〔Wisteria Lodge〕（ドイル）
◇山中峯太郎訳著「名探偵ホームズ全集 2」
作品社 2017 p333

三本の金のかみを持った悪魔（グリム）
◇山口四郎訳「グリム童話 3」冨山房イン
ターナショナル 2004 p86

三本の金の髪の毛をもつ悪魔の話〔Von dem
Teufel mit drei goldenen Haaren〕（グリム）
◇吉原高志, 吉原素子訳「初版グリム童話集
2」白水社 2007 p7

三本の金の毛のある悪魔（グリム）
◇佐々木田鶴子訳, 出久根育絵「グリム童話集
上」岩波書店 2007 p237

三本の金髪をもった悪魔（グリム）
◇小澤昔ばなし研究所再話, オットー・ウベ
ローデ絵「語るためのグリム童話 2」小峰
書店 2007 p87

3本の緑の枝（グリム）
◇橋本孝, 天沼春樹訳, シャルロット・デマ
トーン絵「グリム童話全集」西村書店 2013
p621

三本の緑の枝〔Die drei grünen Zweige〕（グ
リム）
◇野村泫訳, ルードルフ・ガイスラー画「完訳
グリム童話集 7」筑摩書房 2006 p287

三本の緑の小えだ（グリム）
◇高橋健二訳, 徳井聡司（せんべぇ）イラスト
「完訳 グリム童話集 5」小学館 2009 p257

三本の緑の小枝〔Die drei grünen Zweige〕
（グリム）
◇池田香代子訳, オットー＝ウッベローデ挿
画「完訳クラシック グリム童話 5」講談社
2000 p256

三本の緑の小枝（グリム）
◇池田香代子訳, オットー・ウッベローデ挿画
「完訳 グリム童話集 3」講談社 2008 p517

三枚の油絵の秘密〔Le Signe de L'Ombre〕
（ルブラン）
◇南洋一郎文, 佐竹美保さし絵「文庫版 怪盗ル
パン 8」ポプラ社 2005 p81

三枚の油絵の秘密（ルブラン）
◇南洋一郎文, 清水勝画「怪盗ルパン全集
〔10〕」ポプラ社 2010 p150

三枚の着物（アイスランド）〔The Three
Robes〕（ラング）
◇川端康成, 野上彰編訳, アンマサコ絵「ラン
グ世界童話全集 4」偕成社 2008 p149

三まいの鳥のはね（グリム）
◇矢崎源九郎訳, ウェルナー・クレムケさし絵
「グリムの昔話 1」童話館出版 2000 p70

三枚の鳥の羽〔Die drei Federn〕（グリム）
◇吉原高志, 吉原素子訳「初版グリム童話集
3」白水社 2008 p75

三枚の鳥の羽（グリム）
◇小澤昔ばなし研究所再話, オットー・ウベ
ローデ絵「語るためのグリム童話 4」小峰
書店 2007 p75

三枚の鳥の羽根〔Die drei Federn〕（グリム）
◇「完訳 グリム童話集 3」筑摩書房 2006
p246

3枚の羽（グリム）
◇橋本孝, 天沼春樹訳, シャルロット・デマ
トーン絵「グリム童話全集」西村書店 2013
p244

三まいの羽（グリム）
◇高橋健二訳, 徳井聡司（せんべぇ）イラスト
「完訳 グリム童話集 2」小学館 2008 p318

三枚の羽（グリム）
◇佐々木田鶴子訳, 出久根育絵「グリム童話集
下」岩波書店 2007 p20
◇フェリクス・ホフマン編・画, 大塚勇三訳
「グリムの昔話 2」福音館書店 2002 p59
◇乾侑美子訳, Otto Ubbelohde, Ludwig
Richter挿絵「1812初版グリム童話 上」小
学館 2000 p349

三枚の羽根〔Die drei Federn〕（グリム）
◇池田香代子訳, オットー＝ウッベローデ挿
画「完訳クラシック グリム童話 2」講談社
2000 p227

三枚の羽根（グリム）
◇山口四郎訳「グリム童話 1」冨山房イン
ターナショナル 2004 p124
◇池田香代子訳, オットー・ウッベローデ挿画
「完訳 グリム童話集 2」講談社 2008 p104

3枚のヘビの葉（グリム）
◇橋本孝, 天沼春樹訳, シャルロット・デマ
トーン絵「グリム童話全集」西村書店 2013
p71

三まいのへびの葉（グリム）
◇高橋健二訳, 徳井聡司（せんべぇ）イラスト
「完訳 グリム童話集 1」小学館 2008 p187

294 世界児童文学全集/個人全集・作品名綜覧 第II期

しあわ

三枚のヘビの葉（グリム）
　◇フェリクス・ホフマン編・画, 大塚勇三訳
　　「グリムの昔話 1」福音館書店 2002 p284
三枚の蛇の葉〔Die drei Schlangenblätter〕
（グリム）
　◇池田香代子訳, オットー＝ウッベローデ挿
　　画「完訳クラシック グリム童話 1」講談社
　　2000 p123
　◇「完訳 グリム童話集 1」筑摩書房 2005
　　p226
三枚の蛇の葉（グリム）
　◇池田香代子訳, オットー・ウッベローデ挿画
　　「完訳 グリム童話集 1」講談社 2008 p157
三枚のローブ─ポエスティオン・ウェイン『アイスラン
ドの昔話』〔出典〕〔The Three Robes〕（ラング）
　◇おおつかのりこ訳, H.J.フォード装画・挿絵
　　「アンドルー・ラング世界童話集 8」東京創
　　元社 2009 p235
三羽のからす〔Die drei Raben〕（グリム）
　◇吉原高志, 吉原素子訳「初版グリム童話集
　　1」白水社 2007 p169
三羽のカラス〔Die drei Raben〕（グリム）
　◇乾侑美子訳, Otto Ubbelohde, Ludwig
　　Richter挿絵「1812初版グリム童話 上」小
　　学館 2000 p140
三羽の小鳥〔De drei Vügelkens〕（グリム）
　◇吉原高志, 吉原素子訳「初版グリム童話集
　　4」白水社 2008 p112
三羽の小鳥（グリム）
　◇池田香代子訳, オットー・ウッベローデ挿画
　　「完訳 グリム童話集 2」講談社 2008 p349
三羽の小鳥〔De drei Vügelkens〕（グリム）
　◇池田香代子訳, オットー＝ウッベローデ挿
　　画「完訳クラシック グリム童話 3」講談社
　　2000 p185
　◇「完訳 グリム童話集 4」筑摩書房 2006
　　p256
三羽の小鳥（グリム）
　◇高橋健二訳, 徳井聡司（せんべぇ）イラスト
　　「完訳 グリム童話集 3」小学館 2008 p199
3羽の小鳥（グリム）
　◇橋本孝, 天沼春樹訳, シャルロット・デマ
　　トーン絵「グリム童話全集」西村書店 2013
　　p340
三羽の小鳥（グリム）
　◇フェリクス・ホフマン編・画, 大塚勇三訳
　　「グリムの昔話 2」福音館書店 2002 p297

【し】

死（ブルック）
　◇荒俣宏訳, ハリー・クラーク絵「ペロー童話
　　集」新書館 2010 p246
しあわせ〔Happiness〕（ミルン）
　◇岸田衿子, 百々佑利子訳, ミーガン・グレッ
　　サー絵「みんなわたしの」のら書店 1991
　　p56
幸せな一家（アンデルセン）
　◇高橋健二訳, いたやさとし画「完訳 アンデル
　　セン童話集 3」小学館 2009 p230
しあわせなお百姓さんの話（チャペック）
　◇田才益夫訳, ヨゼフ・チャペック挿し絵「カ
　　レル・チャペック童話全集」青土社 2005
　　p383
幸せなハンス〔Hans im Glück〕（グリム）
　◇池田香代子訳, オットー＝ウッベローデ挿
　　画「完訳クラシック グリム童話 3」講談社
　　2000 p88
幸せなハンス（グリム）
　◇池田香代子訳, オットー・ウッベローデ挿画
　　「完訳 グリム童話集 2」講談社 2008 p227
　◇橋本孝, 天沼春樹訳, シャルロット・デマ
　　トーン絵「グリム童話全集」西村書店 2013
　　p293
しあわせの王子（ワイルド）
　◇谷口由美子訳, 朝倉めぐみ絵「こどものため
　　の世界の名作 完訳 愛と感動の物語─特選
　　14編」世界文化社 1995 p86
幸せの王子〔The Happy Prince〕（ワイルド）
　◇矢川澄子訳「小学生までに読んでおきたい
　　文学 2」あすなろ書房 2014 p31
しあわせのハンス（グリム）
　◇植田敏郎訳, オットー・ウッベローデさし絵
　　「グリムの昔話 3」童話館出版 2001 p116
しあわせハンス〔Hans im Glück〕（グリム）
　◇野村泫訳, オスカー・プレッチュ画「完訳 グ
　　リム童話集 4」筑摩書房 2006 p86
しあわせハンス（グリム）
　◇佐々木田鶴子訳, 出久根育絵「グリム童話集
　　上」岩波書店 2007 p61
幸せハンス（グリム）

世界児童文学全集/個人全集・作品名綜覧 第II期　295

しいち

◇小澤昔ばなし研究所再話, オットー・ウベ
ローデ絵「語るためのグリム童話 5」小峰
書店 2007 p6

じいちゃんの猫、スパルタン〔The Cat,
Spartan〕（ウェストール）
◇野沢佳織訳「ウェストールコレクション
〔10〕」徳間書店 2014 p279

ジェイソンを招ぶ（カニグズバーグ）
◇松永ふみ子訳, M.メイヤーさし絵「カニグ
ズバーグ作品集 1」岩波書店 2001 p211

シェークvsバナナ・スプリット〔Inget
Trams！〕（スタルク）
◇菱木晃子訳, はたこうしろう絵「ショート・
ストーリーズ うそつきの天才」小峰書店
1996 p45

ジェニーがキスした（ハント）
◇岸田衿子, 百々佑利子訳, ミーガン・グレッ
サー絵「おうちをつくろう」のら書店 1993
p30

ジェマイマ・ジェーン〔Jemima Jane〕
（シュート）
◇岸田衿子, 百々佑利子訳, ミーガン・グレッ
サー絵「みんなわたしの」のら書店 1991
p40

ジェレミア・オウバダイア
◇岸田衿子, 百々佑利子訳, ミーガン・グレッ
サー絵「みんなわたしの」のら書店 1991
p67

ジェレミー・フィッシャーどんのおはなし
（ポター）
◇いしいももこやく「愛蔵版 ピーターラビット
全おはなし集」福音館書店 1994 p121
◇いしいももこやく「愛蔵版 ピーターラビット
全おはなし集」福音館書店 2007 p121

しおをはこぶロバ（イソップ）
◇小出正吾ぶん, 三好碩也え「イソップのおは
なし」のら書店 2010 p86

しおを運ぶろば（イソップ）
◇鬼塚りつ子文, 米山永一, 朝倉めぐみ絵「グ
リム・イソップ童話集」世界文化社 2004
p130
◇鬼塚りつ子文, 米山永一, 朝倉めぐみ絵「こ
どものための世界の名作 グリム・イソッ
プ・アンデルセン—ベスト30話」世界文化
社 1994 p130

しおをはこんでいたろば（イソップ）
◇よこたきよし文, いたやさとし絵「読み聞か
せイソップ50話」チャイルド本社 2007

p102

塩をはこんでいるロバ（イソップ）
◇川崎洋文, 菊池健絵「小学館 世界の名作
18」小学館 1999 p32

塩を運んでいるロバ（イソップ）
◇河野与一編訳, 稗田一穂さし絵「イソップの
お話」岩波書店 2000 p21

鹿印（しかじるし）銀貨の話（ハウフ）
◇乾侑美子訳, T.ヴェーバーほか画「冷たい心
臓—ハウフ童話集」福音館書店 2001 p376

四月（ワトソン）
◇荒俣宏訳, ハリー・クラーク絵「ペロー童話
集」新書館 2010 p204

四月の雨の歌〔April Rain Song〕（ヒューズ）
◇岸田衿子, 百々佑利子訳, ミーガン・グレッ
サー絵「おうちをつくろう」のら書店 1993
p20

しかとぶどうの木（イソップ）
◇よこたきよし文, いたやさとし絵「読み聞か
せイソップ50話」チャイルド本社 2007 p72

シカとブドウの木（イソップ）
◇河野与一編訳, 稗田一穂さし絵「イソップの
お話」岩波書店 2000 p227

シカとほらあなのライオン（イソップ）
◇河野与一編訳, 稗田一穂さし絵「イソップの
お話」岩波書店 2000 p230

シカとライオン（イソップ）
◇河野与一編訳, 稗田一穂さし絵「イソップの
お話」岩波書店 2000 p226

シカの角（つの）殿下（プロイスラー）
◇佐々木田鶴子訳, スズキコージ絵「プロイス
ラーの昔話 2」小峰書店 2003 p54

時間と空間の冒険—世界のSF短編集
◇「SF名作コレクション 10」岩崎書店 2005

シギゾウムシのドリル（ファーブル）
◇奥本大三郎編・訳, 見山博標本画・イラスト
「ファーブル昆虫記 5」集英社 1996 p129

食人鬼（じきにんき）（ハーン）
◇脇明子訳「雪女 夏の日の夢」岩波書店
2003 p47

ジキルとハイド〔The Strange Case of Dr.
Jekyll and Mr.Hyde〕（スティーブンソン）
◇下田紀子訳, 井江栄絵「子どものための世界
文学の森 31」集英社 1996 p10

ジーグルド（北ヨーロッパ）〔The Story of
Sigurd〕（ラング）
◇川端康成, 野上彰編訳, 小松良佳絵「ラング

世界童話全集 11」偕成社 2009 p274

じけん
◇岸田衿子, 百々佑利子訳, ミーガン・グレッサー絵「みんなわたしの」のら書店 1991 p74

次元パトロール〔The House of Many Worlds〕(マーウィン)
◇中上守訳, 山田卓司絵「冒険ファンタジー名作選 9」岩崎書店 2003 p6

試験前の問題〔The Adventure of the Three Students〕(ドイル)
◇山中峯太郎訳著「名探偵ホームズ全集 2」作品社 2017 p507

次元旅行〔Elsewhene〕(ハインライン)
◇内田庶訳, ヤマグチアキラ絵「SF名作コレクション 10」岩崎書店 2005 p25

地獄の使いをよぶ呪文—悪魔と魔女の13の話(プロイスラー)
◇「プロイスラーの昔話 2」小峰書店 2003

地獄のわな〔Le Piège Infernal〕(ルブラン)
◇南洋一郎文, 佐竹美保さし絵「文庫版 怪盗ルパン 8」ポプラ社 2005 p119

地獄のわな(ルブラン)
◇坂口尚紀訳「アルセーヌ・ルパン名作集 6」岩崎書店 1998 p5

獅子の爪〔The Adventure of the Veiled Lodger〕(ドイル)
◇山中峯太郎訳著「名探偵ホームズ全集 2」作品社 2017 p561

ジジのモモ讃歌(エンデ)
◇田村都志夫訳「だれでもない庭—エンデが遺した物語集」岩波書店 2002 p40
◇田村都志夫訳「だれでもない庭—エンデが遺した物語集」岩波書店 2015 p51

シシフシュ〔Schischyphusch〕(ボルヒェルト)
◇小松太郎訳「小学生までに読んでおきたい文学 5」あすなろ書房 2013 p133

死者の国へつれさられたペルセフォネ(ブルフィンチ)
◇箕浦万里子訳, 深沢真由美絵「子どものための世界文学の森 28」集英社 1995 p101

詩人〔The Poet〕(モーム)
◇行方昭夫訳「小学生までに読んでおきたい文学 1」あすなろ書房 2014 p25

詩人と農夫〔The Poet and the Peasant〕(オー・ヘンリー)
◇千葉茂樹訳, 和田誠絵「オー・ヘンリーショートストーリーセレクション 7」理論社 2008 p57

しずかなのが好きなヘムレンさん(ヤンソン)
◇山室静訳「ムーミン童話シリーズ 〔6〕」講談社 2013 p121

死せる愛国者(フレッカー)
◇荒俣宏訳, ハリー・クラーク絵「ペロー童話集」新書館 2010 p260

自然の循環(リサイクル)(ファーブル)
◇奥本大三郎編・訳, 見山博標本画・イラスト「ファーブル昆虫記 5」集英社 1996 p211

思想の勝利(バン・ローン)
◇片岡政昭訳「世界名作文学集 〔9〕」国土社 2003 p219

思想の力(バン・ローン)
◇片岡政昭訳「世界名作文学集 〔9〕」国土社 2003 p216

したかみ村の牧師さん〔The Vicar of Nibbleswicke〕(ダール)
◇柳瀬尚紀訳, クェンティン・ブレイク絵「ロアルド・ダールコレクション 19」評論社 2007 p1

仕立職人の親指小僧、修業の旅歩き〔Des Schneiders Daumerling Wanderschaft〕(グリム)
◇乾侑美子訳, Otto Ubbelohde, Ludwig Richter挿絵「1812初版グリム童話 上」小学館 2000 p238

仕立て屋の親指小僧の遍歴〔Des Schneiders Daumerling Wanderschaft〕(グリム)
◇吉原高志, 吉原素子訳「初版グリム童話集 2」白水社 2007 p112

下町のネコ キティ〔The Slum Cat〕(シートン)
◇今泉吉晴訳「シートン動物記 〔14〕」童心社 2011 p1

しっかりしたスズの兵隊(アンデルセン)
◇スティーブン・コリン英語訳, 江國香織訳, エドワード・アーディゾーニ選・絵「アンデルセンのおはなし」のら書店 2018 p7

しっかりしたすずの兵隊さん(アンデルセン)
◇高橋健二訳, いたやさとし画「完訳 アンデルセン童話集 1」小学館 2009 p297

しっかりもののすずの兵隊(アンデルセン)
◇木村由利子文, こみねゆら絵「小学館 世界の名作 17」小学館 1999 p4

しつか

しっかりものの錫の兵隊（アンデルセン）
　◇大塚勇三編・訳, イブ・スパング・オルセン
　　画「アンデルセンの童話 2」福音館書店
　　2003 p11
しっかり者のすずの兵隊（アンデルセン）
　◇木村由利子訳, 米山永一, 朝倉めぐみ絵「ア
　　ンデルセン童話集」世界文化社 2004 p38
　◇木村由利子文, 米山永一, 朝倉めぐみ絵「こ
　　どものための世界の名作 グリム・イソッ
　　プ・アンデルセン─ベスト30話」世界文化
　　社 1994 p178
しっかり者のスズの兵隊（アンデルセン）
　◇茨木啓子語り手「子どもに語るアンデルセ
　　ンのお話 2」こぐま社 2007 p127
しつこいヤツ（プロイスラー）
　◇佐々木田鶴子訳, スズキコージ絵「プロイス
　　ラーの昔話 2」小峰書店 2003 p126
知ってるぜ〔I Know Someone〕（ローゼン）
　◇谷川俊太郎訳, クウェンティン・ブレイク絵
　　「木はえらい─イギリス子ども詩集」岩波書
　　店 2000 p38
実の母がふたりある男〔Le Cas de Jean-
　Louis〕（ルブラン）
　◇南洋一郎文, 朝倉めぐみさし絵「文庫版 怪盗
　　ルパン 13」ポプラ社 2005 p105
しっぽを切られたキツネ（イソップ）
　◇河野与一編訳, 稗田一穂さし絵「イソップの
　　お話」岩波書店 2000 p33
尻尾を切られたキツネ〔Le Renard qui a la
　queue coupée〕（ラ・フォンテーヌ）
　◇大澤千加訳, ブーテ・ド・モンヴェル絵
　　「ラ・フォンテーヌ寓話」洋洋社 2016 p57
しっぽのないキツネ（イソップ）
　◇小出正吾ぶん, 三好碩也え「イソップのおは
　　なし」のら書店 2010 p14
尻尾のない狐（イソップ）
　◇川名澄訳, アーサー・ラッカム絵「新編 イ
　　ソップ寓話」風媒社 2014 p67
実話 一言一句、聞いたとおりに再現したも
　の〔A True Story, Repead Word for Word
　as I Heard It〕（トウェイン）
　◇堀川志野舞訳, ヨシタケシンスケ絵「世界
　　ショートセレクション 4」理論社 2017 p43
シデムシ（ファーブル）
　◇大岡信編訳「ファーブルの昆虫記 下」岩波
　　書店 2000 p7
シデムシとゾウムシのなぞ（ファーブル）
　◇「新版 ファーブルこんちゅう記 7」小峰書

　　店 2006
自動車待たせて（オー・ヘンリー）
　◇妹尾韶夫訳「読書がたのしくなる世界の文
　　学 〔2〕」くもん出版 2014 p5
使徒たち（バン・ローン）
　◇片岡政昭訳「世界名作文学集 〔9〕」国土社
　　2003 p188
シートン動物記〔Wild Animals I Have
　Known〕（シートン）
　◇「子どものための世界文学の森 19」集英社
　　1994
シートンのモリーへの手紙（シートン）
　◇「シートン動物記 〔3〕」童心社 2010 p166
死に神とがちょう番（グリム）
　◇高橋健二訳, 徳井聡司（せんべぇ）イラスト
　　「完訳 グリム童話集 5」小学館 2009 p285
死神とがちょう番〔Der Tod und der
　Gänshirt〕（グリム）
　◇吉原高志, 吉原素子訳「初版グリム童話集
　　1」白水社 2007 p181
死に神の使い〔Die Boten des Todes〕（グリ
　ム）
　◇「完訳 グリム童話集 7」筑摩書房 2006 p31
死に神の使い（グリム）
　◇高橋健二訳, 徳井聡司（せんべぇ）イラスト
　　「完訳 グリム童話集 5」小学館 2009 p24
死神の使い〔Die Boten des Todes〕（グリム）
　◇池田香代子訳, オットー＝ウッベローデ挿
　　画「完訳クラシック グリム童話 5」講談社
　　2000 p102
死神の使い（グリム）
　◇池田香代子訳, オットー・ウッベローデ挿画
　　「完訳 グリム童話集 3」講談社 2008 p331
死神の使いたち（グリム）
　◇橋本孝, 天沼春樹訳, シャルロット・デマ
　　トーン絵「グリム童話全集」西村書店 2013
　　p544
死に神の名づけ親〔Der Gevatter Tod〕（グリ
　ム）
　◇野村泫訳, ルートヴィヒ・リヒター画「完訳
　　グリム童話集 2」筑摩書房 2006 p258
死神の名づけ親（グリム）
　◇橋本孝, 天沼春樹訳, シャルロット・デマ
　　トーン絵「グリム童話全集」西村書店 2013
　　p159
死神の名付け親〔Der Gevatter Tod〕（グリ
　ム）

298　世界児童文学全集/個人全集・作品名綜覧 第II期

◇池田香代子訳, オットー＝ウッベローデ挿
画「完訳クラシック グリム童話 2」講談社
2000 p60
◇吉原高志, 吉原素子訳, Ludwig Richter挿絵
「初版グリム童話集 2」白水社 2007 p108

死神の名付け親（グリム）
◇池田香代子訳, オットー・ウッベローデ挿画
「完訳 グリム童話集 1」講談社 2008 p394

死に装束〔Das Totenhemdchen〕（グリム）
◇池田香代子訳, オットー＝ウッベローデ挿
画「完訳クラシック グリム童話 4」講談社
2000 p21

死に装束（グリム）
◇池田香代子訳, オットー・ウッベローデ挿画
「完訳 グリム童話集 2」講談社 2008 p459

死ぬ前の名探偵〔The Adventure of the Dying
Detective〕（ドイル）
◇山中峯太郎訳著「名探偵ホームズ全集 3」
作品社 2017 p37

死の影の谷間〔Z for Zachariah〕（オブライエ
ン）
◇越智道雄訳「海外ミステリーBOX 〔3〕」
評論社 2010 p5

詩の食べ方〔How to Eat a Poem〕（メリアム）
◇アーサー・ビナード, 木坂涼編訳, しりあが
り寿イラスト「ガラガラヘビの味—アメリ
カ子ども詩集」岩波書店 2010 p12

ジーノチカ〔Зиночка〕（チェーホフ）
◇小宮山俊平訳, ヨシタケシンスケ絵「世界
ショートセレクション 5」理論社 2017
p149

ジプシー・ジェイン（ランズ）
◇岸田衿子, 百々佑利子訳, ミーガン・グレッ
サー絵「おうちをつくろう」のら書店 1993
p98

自分自身を理解するこころみ（エンデ）
◇田村都志夫訳「だれでもない庭—エンデが
遺した物語集」岩波書店 2002 p344
◇田村都志夫訳「だれでもない庭—エンデが
遺した物語集」岩波書店 2015 p428

島〔The Island〕（ウェストール）
◇光野多惠子訳「ウェストールコレクション
〔8〕」徳間書店 2005 p87

しまっていたのは、忘れていたのではあり
ません（アンデルセン）
◇天沼春樹訳, ドゥシャン・カーライ, カミ
ラ・シュタンツロヴァー絵「アンデルセン
童話全集 3」西村書店 2013 p362

しまっておいたのはわすれたのではありま
せん（アンデルセン）
◇高橋健二訳, いたやさとし画「完訳 アンデル
セン童話集 7」小学館 2010 p156

じまんやのインファンタ（ファージョン）
◇石井桃子訳, たなかゆうこ挿絵「こんなとき読
んであげたい おはなしのおもちゃ箱 1」PHP
研究所 2003 p182

しみったれ（イソップ）
◇川名澄訳, アーサー・ラッカム絵「新編 イ
ソップ寓話」風媒社 2014 p154

ジミー・ヘイズとミュリエル〔Jimmy Hayes
and Muriel〕（オー・ヘンリー）
◇千葉茂樹訳, 和田誠絵「オー・ヘンリー
ショートストーリーセレクション 2」理論
社 2007 p69

ジム・スマイリーと飛び跳ねるカエル〔Jim
Smiley and His Jumping Frog〕（トウェイ
ン）
◇堀川志野舞訳, ヨシタケシンスケ絵「世界
ショートセレクション 4」理論社 2017
p129

ジメリの山〔Simeliberg〕（グリム）
◇池田香代子訳, オットー＝ウッベローデ挿
画「完訳クラシック グリム童話 4」講談社
2000 p210
◇「完訳 グリム童話集 6」筑摩書房 2006 p97
◇吉原高志, 吉原素子訳「初版グリム童話集
5」白水社 2008 p173
◇乾侑美子訳, Otto Ubbelohde, Ludwig
Richter挿絵「1812初版グリム童話 下」小
学館 2000 p307

ジメリの山（グリム）
◇山口四郎訳「グリム童話 1」冨山房イン
ターナショナル 2004 p98
◇池田香代子訳, オットー・ウッベローデ挿画
「完訳 グリム童話集 3」講談社 2008 p180
◇橋本孝, 天沼春樹訳, シャルロット・デマ
トーン絵「グリム童話全集」西村書店 2013
p481
◇フェリクス・ホフマン編・画, 大塚勇三訳
「グリムの昔話 3」福音館書店 2002 p316

ジメリ山（グリム）
◇高橋健二訳, 徳井聡司（せんべぇ）イラスト
「完訳 グリム童話集 4」小学館 2009 p212

霜の王—ロシアの昔話〔出典〕〔The Story of King
Frost〕（ラング）
◇生方頼子訳, H.J.フォード装画・挿絵「アン

しもの

ドルー・ラング世界童話集 4」東京創元社
2008 p284

霜の王さま（ロシア）〔The Story of King
Frost〕（ラング）
◇川端康成, 野上彰編訳, 朝倉田美子絵「ラン
グ世界童話全集 8」偕成社 2009 p40

シモンの父（モーパッサン）
◇前田晁訳「読書がたのしくなる世界の文学
〔7〕」くもん出版 2016 p43

シモンのパパ（モーパッサン）
◇平岡敦訳, 佐竹美保絵「世界名作ショートス
トーリー 3」理論社 2015 p41

じゃあね（ショヴォー）
◇出口裕弘訳「ショヴォー氏とルノー君のお
話集 5」福音館書店 2003 p347

社交家のオスカー〔Oscar, Cat–About–
Town〕（ヘリオット）
◇村上由見子訳, 杉田比呂美絵「ヘリオット先
生と動物たちの8つの物語」集英社 2012
p159

シャコと狩りゅうど（イソップ）
◇河野与一編訳, 稗田一穂さし絵「イソップの
お話」岩波書店 2000 p217

写真―「少年」より（ダール）
◇佐藤見果夢訳, クェンティン・ブレイク絵
「まるごと一冊ロアルド・ダール」評論社
2000 p384

写真と煙〔A Scandal in Bohemia〕（ドイル）
◇山中峯太郎訳著「名探偵ホームズ全集 2」
作品社 2017 p535

蛇精（じゃせい）（岡本綺堂）
◇「小学生までに読んでおきたい文学 6」あ
すなろ書房 2013 p141

ジャッカルか、それともトラか〔Jackal or
Tiger？〕（ラング）
◇菊池由美訳, H.J.フォード装画・挿絵「アン
ドルー・ラング世界童話集 11」東京創元社
2009 p102

ジャッカルと泉―E.ジャコテ訳編『バソト族の昔話』
〔出典〕〔The Jackal and Spring〕（ラング）
◇熊谷淳子訳, H.J.フォード装画・挿絵「アン
ドルー・ラング世界童話集 6」東京創元社
2008 p237

ジャッカルの冒険―ルネ・バセット『新・ベルベル人
の昔話』〔出典〕〔The Adventures of a Jackal〕
（ラング）
◇杉本詠美訳, H.J.フォード装画・挿絵「アン
ドルー・ラング世界童話集 10」東京創元社

2009 p166

ジャックと豆の木（ダール）
◇灰島かり訳, クェンティン・ブレイク絵「ロ
アルド・ダールコレクション 12」評論社
2006 p21

ジャックと豆の木（イギリス）〔Jack and the
Beanstalk〕（ラング）
◇川端康成, 野上彰編訳, 小松良佳絵「ラング
世界童話全集 11」偕成社 2009 p60

ジャックと豆の木―イギリス民話
◇間所ひさこ再話, 後藤貴志挿絵「教科書にで
てくるせかいのむかし話 2」あかね書房
2016 p66

ジャックと豆の木―詩集「へそまがり昔ばなし」より
（ダール）
◇灰島かり日本語, クェンティン・ブレイク絵
「まるごと一冊ロアルド・ダール」評論社
2000 p213

シャツの衿（アンデルセン）
◇スティーブン・コリン英語訳, 江國香織訳,
エドワード・アーディゾーニ選・絵「アン
デルセンのおはなし」のら書店 2018 p81

シャボン玉〔Bubbles〕（サンドバーグ）
◇アーサー・ビナード, 木坂涼編訳, しりあが
り寿イラスト「ガラガラヘビの味―アメリ
カ子ども詩集」岩波書店 2010 p136

シャーロック・ホームズの冒険〔The
Adventures of Sherlock Holmes〕（ドイル）
◇「子どものための世界文学の森 15」集英社
1994

シャーロック＝ホームズの冒険〔The
Adventures of Sherlock Holmes〕（ドイル）
◇「21世紀版 少年少女世界文学館 8」講談社
2010

ジャングルの青二才〔Babes in the Jungle〕
（オー・ヘンリー）
◇千葉茂樹訳, 和田誠絵「オー・ヘンリー
ショートストーリーセレクション 6」理論
社 2007 p185

ジャングル・ブック〔The Jungle Book〕
（キップリング）
◇青木純子訳, 村井香葉絵「子どものための世
界文学の森 39」集英社 1997 p10

シャンゼリゼ大通りのクジラ（ショヴォー）
◇出口裕弘訳「ショヴォー氏とルノー君のお
話集 5」福音館書店 2003 p196

しゃんとしたすずの兵隊（アンデルセン）
◇ナオミ・ルイス訳, 代田亜香子日本語版訳,

ジョエル・ステュワート絵「アンデルセンの13の童話」小峰書店 2007 p84

シュヴァーベン七人衆（グリム）
◇池田香代子訳, オットー・ウッベローデ挿画「完訳 グリム童話集 2」講談社 2008 p524

シュヴァーベン人の七人組〔Die Sieben Schwaben〕（グリム）
◇野村泫訳, エードゥアルト・イッレ画「完訳 グリム童話集 5」筑摩書房 2006 p175

シュヴァーベン七人衆〔Die Sieben Schwaben〕（グリム）
◇池田香代子訳, オットー＝ウッベローデ挿画「完訳クラシック グリム童話 4」講談社 2000 p74

十五少年漂流記〔Deux ans de vacances〕（ヴェルヌ）
◇瀬川昌男訳, 伊藤展安絵「子どものための世界文学の森 24」集英社 1994 p10
◇小沢正文訳, クラウス・エンジカット絵「小学館 世界の名作 6」小学館 1998 p1
◇那須辰造訳, 谷俊彦さし絵「21世紀版 少年少女世界文学館 19」講談社 2011 p7
◇高楼方子文, 佐竹美保絵「ポプラ世界名作童話 12」ポプラ社 2016 p7

十五少年漂流記（ヴェルヌ）
◇さとうよしみ文, 小野かおる絵「世界の名作 8」世界文化社 2001 p5

十三階〔The Thirteenth Floor〕（グルーバー）
◇金原瑞人編訳, 佐竹美保挿画「ホラー短編集〔1〕」岩波書店 2010 p151

13歳の沈黙〔Silent to the Bone〕（カニグズバーグ）
◇小島希里訳「カニグズバーグ作品集 9」岩波書店 2001 p1

十字軍騎士のトビー〔Crusader's Toby〕（エイキン）
◇三辺律子訳, 浅沼テイジイラスト「心の宝箱にしまう15のファンタジー」竹書房 2006 p259
◇三辺律子訳, 浅沼テイジイラスト「ひとにぎりの黄金〔2〕」竹書房 2013 p55

終章（ファーブル）
◇奥本大三郎編・訳, 見山博標本画・イラスト「ファーブル昆虫記 5」集英社 1996 p319

囚人船の秘密〔The Adventure of the "Gloria Scott"〕（ドイル）
◇日暮まさみち訳, 青山浩行絵「名探偵ホームズシリーズ〔11〕」講談社 2011 p9

週に三度の日曜日（ポー）
◇千葉茂樹訳, 佐竹美保画「世界名作ショートストーリー 5」理論社 2016 p27

十二使徒〔Die zwölf Apostel〕（グリム）
◇池田香代子訳, オットー＝ウッベローデ挿画「完訳クラシック グリム童話 5」講談社 2000 p248
◇「完訳 グリム童話集 7」筑摩書房 2006 p276

十二使徒（グリム）
◇池田香代子訳, オットー・ウッベローデ挿画「完訳 グリム童話集 3」講談社 2008 p510
◇高橋健二訳, 徳井聡司（せんべぇ）イラスト「完訳 グリム童話集 5」小学館 2009 p247
◇橋本孝, 天沼春樹訳, シャルロット・デマトーン絵「グリム童話全集」西村書店 2013 p617

十二人兄弟〔Die zwölf Brüder〕（グリム）
◇池田香代子訳, オットー＝ウッベローデ挿画「完訳クラシック グリム童話 1」講談社 2000 p72
◇吉原高志, 吉原素子訳「初版グリム童話集 1」白水社 2007 p54

十二人兄弟（グリム）
◇池田香代子訳, オットー・ウッベローデ挿画「完訳 グリム童話集 1」講談社 2008 p92
◇フェリクス・ホフマン編・画, 大塚勇三訳「グリムの昔話 1」福音館書店 2002 p70

十二人のおどる王女〔The Twelve Dancing Princesses〕（ラング）
◇川端康成, 野上彰編訳, 上田英津子絵「ラング世界童話全集 10」偕成社 2009 p87

12人のおどるおひめさま—グリム童話より
◇マーリー・マッキノン再話, 西本かおる訳, ロレーナ・アルヴァレス絵「ひとりよみ名作プリンセスものがたり」小学館 2015 p29

12人の狩人（グリム）
◇橋本孝, 天沼春樹訳, シャルロット・デマトーン絵「グリム童話全集」西村書店 2013 p256

十二人の狩人〔Die zwölf Jäger〕（グリム）
◇池田香代子訳, オットー＝ウッベローデ挿画「完訳クラシック グリム童話 3」講談社 2000 p10

十二人の狩人（グリム）
◇池田香代子訳, オットー・ウッベローデ挿画「完訳 グリム童話集 2」講談社 2008 p134
◇小澤昔ばなし研究所再話, オットー・ウベ

ローデ絵「語るためのグリム童話 4」小峰書店 2007 p114
◇フェリクス・ホフマン編・画, 大塚勇三訳「グリムの昔話 2」福音館書店 2002 p93
◇矢崎源九郎訳, オットー・ウッベローデさし絵「グリムの昔話 3」童話館出版 2001 p14

12人の兄弟（グリム）
◇橋本孝, 天沼春樹訳, シャルロット・デマトーン絵「グリム童話全集」西村書店 2013 p41

十二人の兄弟〔Die zwölf Brüder〕（グリム）
◇「完訳 グリム童話集 1」筑摩書房 2005 p121
◇乾侑美子訳, Otto Ubbelohde, Ludwig Richter挿絵「1812初版グリム童話 上」小学館 2000 p30

十二人の兄弟（グリム）
◇小澤昔ばなし研究所再話, オットー・ウベローデ絵「語るためのグリム童話 1」小峰書店 2007 p90
◇高橋健二訳, 徳井聡司（せんべぇ）イラスト「完訳 グリム童話集 1」小学館 2008 p108

十二人のむすこたち（プロイスラー）
◇佐々木田鶴子訳, スズキコージ絵「プロイスラーの昔話 1」小峰書店 2003 p62

12人のものぐさ下男（グリム）
◇橋本孝, 天沼春樹訳, シャルロット・デマトーン絵「グリム童話全集」西村書店 2013 p493

十二人のものぐさ下男（グリム）
◇高橋健二訳, 徳井聡司（せんべぇ）イラスト「完訳 グリム童話集 4」小学館 2009 p255

十二人の猟師〔Die zwölf Jäger〕（グリム）
◇「完訳 グリム童話集 3」筑摩書房 2006 p284

十二人の猟師（グリム）
◇高橋健二訳, 徳井聡司（せんべぇ）イラスト「完訳 グリム童話集 2」小学館 2008 p351

十二夜〔Twelfth Night〕（シェイクスピア）
◇小田島雄志文, 里中満智子画「シェイクスピア・ジュニア文学館 5」汐文社 2001 p9
◇斉藤洋文, 佐竹美保絵「シェイクスピア名作劇場 5」あすなろ書房 2015 p1
◇小田島雄志文, 里中満智子絵「シェイクスピア名作コレクション 5」汐文社 2016 p1
◇ジェラルディン・マコックラン著, 金原瑞人訳, ひらいたかこ絵「シェイクスピア物語集」偕成社 2009 p121

十二夜〔Twelfth Night; or, What You Will〕（シェイクスピア）
◇ラム作, 矢川澄子訳, アーサー・ラッカムさし絵「シェイクスピア物語」岩波書店 2001 p147

十二夜（シェイクスピア）
◇アンドリュー・マシューズ文, 島式子, 島玲子訳, アンジェラ・バレット絵「シェイクスピアストーリーズ」BL出版 2015 p80
◇イーディス・ネズビット再話, 八木田宜子訳, 徳田秀雄さし絵「21世紀版 少年少女世界文学館 3」講談社 2010 p103

週の七日（アンデルセン）
◇高橋健二訳, いたやさとし画「完訳 アンデルセン童話集 8」小学館 2010 p122

十羽のコガモの冒険〔The Mother Teal and the Overland Route〕（シートン）
◇谷村志穂訳, 飯野まき絵「シートンの動物記」集英社 2013 p65

祝福
◇岸田衿子, 百々佑利子訳, ミーガン・グレッサー絵「おうちをつくろう」のら書店 1993 p37

巡査と讃美歌（オー・ヘンリー）
◇佐久間原訳「読書がたのしくなる世界の文学 〔8〕」くもん出版 2016 p57

首相誘拐事件（クリスティ）
◇花上かつみ訳, 高松啓二絵「アガサ＝クリスティ短編傑作集 1」講談社 2001 p63

主人公が物語を作った（ダール）
◇佐藤見果夢訳, クェンティン・ブレイク絵「まるごと一冊ロアルド・ダール」評論社 2000 p62

繻子の医者―"Cabinet des Fées"〔出典〕〔The Satin Surgeon〕（ラング）
◇田中亜希子訳, H.J.フォード装画・挿絵「アンドルー・ラング世界童話集 11」東京創元社 2009 p224

受洗の子（トルストイ）
◇木村浩訳, ユーリイ・ワシーリエフさし絵「21世紀版 少年少女世界文学館 20」講談社 2011 p203

酒虫（しゅちゅう）（芥川龍之介）
◇「小学生までに読んでおきたい文学 1」あすなろ書房 2014 p151

出席をとります〔Registration〕（アールバーグ）
◇川崎洋訳, フリッツ・ヴェグナー絵「木はえ

らい―イギリス子ども詩集」岩波書店 2000
p22

シュペッサルトの森の宿屋（ハウフ）
◇乾侑美子訳, T.ヴェーバーほか画「冷たい心
臓―ハウフ童話集」福音館書店 2001 p365

寿命〔Die Lebenszeit〕（グリム）
◇池田香代子訳, オットー＝ウッベローデ挿
画「完訳クラシック グリム童話 5」講談社
2000 p99
◇「完訳 グリム童話集 7」筑摩書房 2006 p26

寿命（グリム）
◇小澤昔ばなし研究所再話, オットー・ウベ
ローデ絵「語るためのグリム童話 7」小峰
書店 2007 p97
◇池田香代子訳, オットー・ウッベローデ挿画
「完訳 グリム童話集 3」講談社 2008 p327
◇高橋健二訳, 徳井聡司（せんべぇ）イラスト
「完訳 グリム童話集 5」小学館 2009 p19
◇橋本孝, 天沼春樹訳, シャルロット・デマ
トーン絵「グリム童話全集」西村書店 2013
p543

道化の蛾（シュラムッフェン）たちのバリエー
ション（エンデ）
◇田村都志夫訳「だれでもない庭―エンデが
遺した物語集」岩波書店 2002 p160

道化蛾（シュラムッフェン）たちのバリエーショ
ン（エンデ）
◇田村都志夫訳「だれでもない庭―エンデが
遺した物語集」岩波書店 2015 p198

ジュリアス・シーザー〔Julius Caesar〕（シェ
イクスピア）
◇小田島雄志文, 里中満智子画「シェイクスピ
ア・ジュニア文学館 4」汐文社 2001 p11
◇小田島雄志文, 里中満智子絵「シェイクスピ
ア名作コレクション 4」汐文社 2016 p1
◇ジェラルディン・マコックラン著, 金原瑞人
訳, ひらいたかこ絵「シェイクスピア物語
集」偕成社 2009 p73

ジュール伯父〔Mon oncle Jules〕（モーパッサ
ン）
◇河盛好蔵訳「小学生までに読んでおきたい
文学 2」あすなろ書房 2014 p53

ジュール叔父さん（モーパッサン）
◇平岡敦訳, 佐竹美保画「世界名作ショートス
トーリー 3」理論社 2009 p104

ジュルングの骨―A.F.マッケンジー編 昔話〔出典〕
〔The Bones of Djulung〕（ラング）
◇児玉敦子訳, H.J.フォード装画・挿絵「アン

ドルー・ラング世界童話集 12」東京創元社
2009 p194

シュワーベンの七人男（グリム）
◇フェリクス・ホフマン編・画, 大塚勇三訳
「グリムの昔話 3」福音館書店 2002 p46

ショーウィンドーのなかの詩（エンデ）
◇田村都志夫訳「だれでもない庭―エンデが
遺した物語集」岩波書店 2002 p270
◇田村都志夫訳「だれでもない庭―エンデが
遺した物語集」岩波書店 2015 p339

小学校の校長先生〔Our Principal〕（ナイ）
◇アーサー・ビナード, 木坂涼編訳, しりあが
り寿イラスト「ガラガラヘビの味―アメリ
カ子ども詩集」岩波書店 2010 p84

小官人―聊斎志異より（蒲松齢）
◇柴田天馬訳「小学生までに読んでおきたい
文学 6」あすなろ書房 2013 p35

じょうきげん（アンデルセン）
◇天沼春樹訳, ドゥシャン・カーライ, カミ
ラ・シュタンツロヴァー絵「アンデルセン
童話全集 3」西村書店 2013 p158

上きげん（アンデルセン）
◇高橋健二訳, いたやさとし画「完訳 アンデル
セン童話集 4」小学館 2009 p46

小クラウスと大クラウス（アンデルセン）
◇大畑末吉訳, 初山滋さし絵「アンデルセン童
話集 1」岩波書店 2000 p104
◇高橋健二訳, いたやさとし画「完訳 アンデル
セン童話集 1」小学館 2009 p24
◇天沼春樹訳, ドゥシャン・カーライ, カミ
ラ・シュタンツロヴァー絵「アンデルセン
童話全集 1」西村書店 2011 p47
◇大塚勇三編・訳, イブ・スパング・オルセン
画「アンデルセンの童話 3」福音館書店
2003 p135
◇平塚ミヨ語り手「子どもに語るアンデルセ
ンのお話 〔1〕」こぐま社 2005 p103

小公子〔Little Lord Fauntleroy〕（バーネット）
◇村岡花子訳, 伊勢英子さし絵「21世紀版 少年
少女世界文学館 10」講談社 2010 p7

小公子（バーネット）
◇立原えりか文, 倉石隆絵「世界の名作 9」世
界文化社 2001 p5

小公女〔A Little Princess〕（バーネット）
◇吉田比砂子訳, 池田浩彰絵「子どものための
世界文学の森 11」集英社 1994 p10
◇越水利江子文, 丹地陽子絵「ポプラ世界名作
童話 3」ポプラ社 2015 p7

しよう

小公女セーラ（バーネット）
　◇岡田好惠編訳, 佐々木メエ絵「10歳までに読みたい世界名作 7」学研プラス 2014 p14

常識（ハーン）
　◇脇明子訳「雪女 夏の日の夢」岩波書店 2003 p67

正直なトラークさんの童話（チャペック）
　◇田才益夫訳, ヨゼフ・チャペック挿し絵「カレル・チャペック童話全集」青土社 2005 p213

しょうじきフェレナントと腹黒フェレナント（グリム）
　◇高橋健二訳, 徳井聡司（せんべぇ）イラスト「完訳 グリム童話集 4」小学館 2009 p72

正直ものの樵（イソップ）
　◇いわきたかし著, ほてはまたかし画「いそっぷ童話集」童話屋 2004 p114

乗車券を拝見します〔Tickets Please〕（ロレンス）
　◇代田亜香子訳, ヨシタケシンスケ絵「世界ショートセレクション 2」理論社 2017 p71

少女（眉村卓）
　◇寺澤昭絵「SF名作コレクション 20」岩崎書店 2006 p29

少女〔The Little Girl〕（マンスフィールド）
　◇崎山正毅訳「小学生までに読んでおきたい文学 2」あすなろ書房 2014 p145

少女へのアドバイス〔Advice to a Girl〕（ティーズディール）
　◇アーサー・ビナード, 木坂涼編訳, しりあがり寿イラスト「ガラガラヘビの味―アメリカ子ども詩集」岩波書店 2010 p158

少女ポリアンナ（ポーター）
　◇立原えりか編訳, 鯉沼菜奈絵「10歳までに読みたい世界名作 17」学研プラス 2015 p14

傷心聖女（グリム）
　◇高橋健二訳, 徳井聡司（せんべぇ）イラスト「完訳 グリム童話集 5」小学館 2009 p349

招待―『アジアの笑いばなし』
　◇ユネスコ・アジア文化センター編, 松岡享子訳, 川村易挿絵「こんなとき読んであげたい おはなしのおもちゃ箱 2」PHP研究所 2003 p74

少年サメラウグストのことをちょっと（リンドグレーン）
　◇石井登志子訳, イングリッド・ヴァン・ニイマンさし絵「リンドグレーン作品集 23」岩波書店 2008 p61

少年たち―お兄ちゃんとおともだち〔Мальчики〕（チェーホフ）
　◇小宮山俊平訳, ヨシタケシンスケ絵「世界ショートセレクション 5」理論社 2017 p45

少年とオオヤマネコ（シートン）
　◇越前敏弥訳, 姫川明月絵「シートン動物記〔3〕」KADOKAWA 2015 p49

少年と大事な自転車（イ ヨンホ）
　◇角康弘訳, カン ヨベ絵「いま読もう！韓国ベスト読みもの 5」汐文社 2005 p63

少年兵の話〔Soldier, soldier〕（ミリガン）
　◇川崎洋訳「木はえらい―イギリス子ども詩集」岩波書店 2000 p156

勝負事（菊池寛）
　◇「小学生までに読んでおきたい文学 4」あすなろ書房 2013 p135

丈夫なすずの兵隊〔The Hardy Tin Soldier〕（アンデルセン）
　◇荒俣宏訳, ハリー・クラーク絵「アンデルセン童話集」新書館 2005 p155
　◇荒俣宏訳, ハリー・クラーク絵「アンデルセン童話集 上」文藝春秋 2012 p165

小妖精とおくさん（アンデルセン）
　◇高橋健二訳, いたやさとし画「完訳 アンデルセン童話集 7」小学館 2010 p132

女王の首飾り（ルブラン）
　◇長島良三訳, 大久保浩絵「アルセーヌ・ルパン名作集 1」岩崎書店 1997 p53

食卓の上のパンくず（グリム）
　◇高橋健二訳, 徳井聡司（せんべぇ）イラスト「完訳 グリム童話集 5」小学館 2009 p137
　◇橋本孝, 天沼春樹訳, シャルロット・デマトーン絵「グリム童話全集」西村書店 2013 p580

食料品屋のこびと（アンデルセン）
　◇天沼春樹訳, ドゥシャン・カーライ, カミラ・シュタンツロヴァー絵「アンデルセン童話全集 2」西村書店 2012 p177

食料品屋の小人（アンデルセン）
　◇大塚勇三編・訳, イブ・スパング・オルセン画「アンデルセンの童話 2」福音館書店 2003 p206

食料品屋のこびとの妖精（アンデルセン）
　◇高橋健二訳, いたやさとし画「完訳 アンデルセン童話集 4」小学館 2009 p80

ジョコンダ夫人の肖像〔The Second Mrs. Giaconda〕（カニグズバーグ）
　◇松永ふみ子訳「カニグズバーグ作品集 4」

岩波書店 2002 p217

ショスコム荘のなぞ〔The Adventure of the
Shoscombe Old Place〕（ドイル）
　◇中尾明訳, 岡本正樹絵「シャーロック・ホー
　　ムズ 14」岩崎書店 2011 p57

イエローストーンの子グマ ジョニーベアー
〔Johnny Bear〕（シートン）
　◇今泉吉晴訳「シートン動物記 1」福音館書
　　店 2003 p1

序文（グリム）
　◇「初版グリム童話集 1」白水社 2007 p11
　◇「初版グリム童話集 4」白水社 2008 p7

序文〔小さなトロールと大きな洪水〕（ヤン
ソン）
　◇「ムーミン童話シリーズ 〔9〕」講談社
　　2015 p3

序文〔韻文による昔話集〕（ペロー）
　◇「眠れる森の美女―完訳ペロー昔話集」講
　　談社 1992 p170
　◇「眠れる森の美女―完訳ペロー昔話集」筑
　　摩書房 2002 p172

序文〔韻文による物語〕（ペロー）
　◇「ペロー昔話・寓話集」西村書店 2008 p21

ジョーンズって娘（こ）〔The Girl Jones〕（D.
W.ジョーンズ）
　◇野口絵美訳, 佐竹美保絵「ダイアナ・ウィ
　　ン・ジョーンズ短編集 魔法！魔法！魔
　　法！」徳間書店 2007 p471

ジョーンズって娘（こ）（D.W.ジョーンズ）
　◇野口絵美訳「ダイアナ・ウィン・ジョーンズ
　　短編集 魔法！魔法！」徳間書店 2015 p437

ジョン・ホプキンズの完璧な人生〔The
Complete Life of John Hopkins〕（オー・ヘ
ンリー）
　◇千葉茂樹訳, 和田誠絵「オー・ヘンリー
　　ショートストーリーセレクション 5」理論
　　社 2007 p189

しらみとのみ〔Läuschen und Flöhchen〕（グ
リム）
　◇池田香代子訳, オットー＝ウッベローデ挿
　　画「完訳クラシック グリム童話 1」講談社
　　2000 p224
　◇「完訳 グリム童話集 2」筑摩書房 2006
　　p111
　◇吉原高志, 吉原素子訳「初版グリム童話集
　　2」白水社 2007 p17

しらみとのみ（グリム）

◇池田香代子訳, オットー・ウッベローデ挿画
　「完訳グリム童話集 1」講談社 2008 p286
◇高橋健二訳, 徳井聡司 イラスト
　「完訳 グリム童話集 1」小学館 2008 p327

シラミとノミ〔Läuschen und Flöhchen〕（グ
リム）
　◇乾侑美子訳, Otto Ubbelohde, Ludwig
　　Richter挿絵「1812初版グリム童話 上」小
　　学館 2000 p167

シラミとノミ（グリム）
　◇山口四郎訳「グリム童話 1」冨山房イン
　　ターナショナル 2004 p34
　◇橋本孝, 天沼春樹訳, シャルロット・デマ
　　トーン絵「グリム童話全集」西村書店 2013
　　p121

白雪と紅ばら（グリム）
　◇橋本孝, 天沼春樹訳, シャルロット・デマ
　　トーン絵「グリム童話全集」西村書店 2013
　　p503

白雪と紅バラ（グリム）
　◇フェリクス・ホフマン編・画, 大塚勇三訳
　　「グリムの昔話 3」福音館書店 2002 p159

しらゆきひめ（グリム）
　◇間所ひさこ再話, にしざかひろみ挿絵「教科
　　書にでてくるせかいのむかし話 2」あかね
　　書房 2016 p18

白雪ひめ（グリム）
　◇高橋健二訳, 徳井聡司（せんべぇ）イラスト
　　「完訳 グリム童話集 2」小学館 2008 p166

白雪姫〔Schneewittchen／Schneeweißchen〕
（グリム）
　◇吉原高志, 吉原素子訳, Ludwig Richter挿絵
　　「初版グリム童話集 2」白水社 2007 p174

白雪姫〔Sneewittchen〕（グリム）
　◇池田香代子訳, オットー＝ウッベローデ挿
　　画「完訳クラシック グリム童話 2」講談社
　　2000 p123
　◇野村泫訳, テーオドール・ホーゼマン画「完
　　訳 グリム童話集 3」筑摩書房 2006 p67
　◇乾侑美子訳, Otto Ubbelohde, Ludwig
　　Richter挿絵「1812初版グリム童話 上」小
　　学館 2000 p292

白雪姫（グリム）
　◇小澤昔ばなし研究所再話, オットー・ウベ
　　ローデ絵「語るためのグリム童話 3」小峰
　　書店 2007 p114
　◇北川幸比古文, 米山永一, 朝倉めぐみ絵「グ
　　リム・イソップ童話集」世界文化社 2004
　　p40

しらゆ

◇山口四郎訳「グリム童話 2」冨山房インターナショナル 2004 p101
◇ウィルヘルム菊江訳, リディア・ポストマ絵「グリム童話集」西村書店 2013 p90
◇池田香代子訳, オットー・ウッベローデ挿画「完訳グリム童話集 1」講談社 2008 p479
◇佐々木田鶴子訳, 出久根育絵「グリム童話集 上」岩波書店 2007 p40
◇橋本孝, 天沼春樹訳, シャルロット・デマトーン絵「グリム童話全集」西村書店 2013 p192
◇矢崎源九郎訳, フリードリヒ・リヒターさし絵「グリムの昔話 2」童話館出版 2000 p86
◇フェリクス・ホフマン編・画, 大塚勇三訳「グリムの昔話 2」福音館書店 2002 p19
◇北川幸比古文, 米山永一, 朝倉めぐみ絵「こどものための世界の名作 グリム・イソップ・アンデルセン—ベスト30話」世界文化社 1994 p40
◇安東みきえ文, 100%ORANGE絵「ポプラ世界名作童話 15」ポプラ社 2016 p111

白雪姫と七人のこびと（ダール）
◇灰島かり訳, クェンティン・ブレイク絵「ロアルド・ダールコレクション 12」評論社 2006 p34

しらゆきべにばら〔Schneeweißchen und Rosenrot〕（グリム）
◇池田香代子訳, オットー＝ウッベローデ挿画「完訳クラシック グリム童話 5」講談社 2000 p23

しらゆきべにばら（グリム）
◇池田香代子訳, オットー・ウッベローデ挿画「完訳グリム童話集 3」講談社 2008 p237

シリアル・ガーデン〔The Serial Garden〕（エイキン）
◇三辺律子訳, 浅沼テイジイラスト「心の宝箱にしまう15のファンタジー」竹書房 2006 p23
◇三辺律子訳, 浅沼テイジイラスト「ひとにぎりの黄金 〔1〕」竹書房 2013 p21

シルヴァンとジョコーサ—ケーリュス伯爵〔出典〕〔Sylvain and Jocosa〕（ラング）
◇西本かおる訳, H.J.フォード装画・挿絵「アンドルー・ラング世界童話集 3」東京創元社 2008 p67

あるキツネの家族の物語 シルバーフォックス・ドミノ〔The Biography of a Silver-Fox〕（シートン）
◇今泉吉晴訳「シートン動物記 7」福音館書店 2005 p1

知るもんか！（イ ヒョンジュ）
◇片岡清美訳, カン ヨベ絵「いま読もう！韓国ベスト読みもの 5」汐文社 2005 p139

白（リルケ）
◇森鴎外訳「読書がたのしくなる世界の文学〔9〕」くもん出版 2016 p67

シロアリ〔The Termite〕（ナッシュ）
◇アーサー・ビナード, 木坂涼編訳, しりあがり寿イラスト「ガラガラヘビの味—アメリカ子ども詩集」岩波書店 2010 p96

白いアヒル〔The White Duck〕（ラング）
◇おおつかのりこ訳, H.J.フォード装画・挿絵「アンドルー・ラング世界童話集 4」東京創元社 2008 p188

白いうわぐつ—エリンケ・セバリョス・キンタナ〔出典〕〔The White Slippers〕（ラング）
◇ないとうふみこ訳, H.J.フォード装画・挿絵「アンドルー・ラング世界童話集 10」東京創元社 2009 p336

白いおおかみ〔The White Wolf〕（ラング）
◇川端康成, 野上彰編訳, 上田英津子絵「ラング世界童話全集 10」偕成社 2009 p246

白いオオカミ（ベヒシュタイン）
◇上田真而子訳, 太田大八さし絵「白いオオカミ—ベヒシュタイン童話集」岩波書店 1990 p7

白いオオカミ〔White Wolf〕（ラング）
◇児玉敦子訳, H.J.フォード装画・挿絵「アンドルー・ラング世界童話集 6」東京創元社 2008 p143

白いお嫁さんと黒いお嫁さん〔Die weiße und die schwarze Braut〕（グリム）
◇池田香代子訳, オットー＝ウッベローデ挿画「完訳クラシック グリム童話 4」講談社 2000 p179

白いお嫁さんと黒いお嫁さん（グリム）
◇池田香代子訳, オットー・ウッベローデ挿画「完訳グリム童話集 3」講談社 2008 p141

白い顔の兵士〔The Adventure of the Blanched Soldier〕（ドイル）
◇日暮まさみち訳, 青山浩行絵「名探偵ホームズシリーズ 〔15〕」講談社 2012 p245

白い国の三人の王女〔The Three Princesses of Whiteland〕（ラング）
◇川端康成, 野上彰編訳, 小松良佳絵「ラング世界童話全集 11」偕成社 2009 p21

白いしか（フランス ドーノワ夫人）〔The

White Doe〕（ラング）
　◇川端康成，野上彰編訳，せべまさゆき絵「ラング世界童話全集 3」偕成社 2008 p274

白い紳士の幽霊（プロイスラー）
　◇佐々木田鶴子訳，スズキコージ絵「プロイスラーの昔話 3」小峰書店 2004 p90

白いスリッパ（スペイン）〔The White Slipper〕（ラング）
　◇川端康成，野上彰編訳，遠藤拓人絵「ラング世界童話全集 9」偕成社 2009 p10

白いねこ（フランス ドーノワ夫人）〔The White Cat〕（ラング）
　◇川端康成，野上彰編訳，小松修絵「ラング世界童話全集 6」偕成社 2008 p256

白い猫―オーノワ夫人〔出典〕〔The White Cat〕（ラング）
　◇菊池由美訳，H.J.フォード，G.P.ジェイコム＝フッド装画・挿絵「アンドルー・ラング世界童話全集 1」東京創元社 2008 p102

白いハト―デンマークの昔話〔出典〕〔The White Dove〕（ラング）
　◇生方頼子訳，H.J.フォード装画・挿絵「アンドルー・ラング世界童話全集 5」東京創元社 2008 p204

白い鳩〔Die weiße Taube〕（グリム）
　◇吉原高志，吉原素子訳「初版グリム童話集 3」白水社 2008 p69

白い鳩（グリム）
　◇乾侑美子訳，Otto Ubbelohde，Ludwig Richter挿絵「1812初版グリム童話 上」小学館 2000 p342

白いはなよめと黒いはなよめ（グリム）
　◇高橋健二訳，徳井聡司（せんべぇ）イラスト「完訳 グリム童話集 4」小学館 2009 p166

白い花嫁と黒い花嫁〔Die weiße und die schwarze Braut〕（グリム）
　◇吉原高志，吉原素子訳，Otto Ubbelohde挿絵「初版グリム童話集 5」白水社 2008 p140

白い花嫁と黒い花嫁（グリム）
　◇橋本孝，天沼春樹訳，シャルロット・デマートーン絵「グリム童話全集」西村書店 2013 p464

白いバラの女の子（モンゴメリ）
　◇代田亜香子訳，佐竹美保画「世界名作ショートストーリー 1」理論社 2015 p5

白いへび（グリム）
　◇小澤昔ばなし研究所再話，オットー・ウベローデ絵「語るためのグリム童話 1」小峰

書店 2007 p151
　◇高橋健二訳，徳井聡司（せんべぇ）イラスト「完訳 グリム童話集 1」小学館 2008 p195
　◇植田敏郎訳，ウェルナー・クレムケさし絵「グリムの昔話 1」童話館出版 2000 p122

白いヘビ（グリム）
　◇山口四郎訳「グリム童話 2」冨山房インターナショナル 2004 p33
　◇橋本孝，天沼春樹訳，シャルロット・デマートーン絵「グリム童話全集」西村書店 2013 p74

白い蛇〔Die weiße Schlange〕（グリム）
　◇池田香代子訳，オットー＝ウッベローデ挿画「完訳クラシック グリム童話 1」講談社 2000 p129
　◇「完訳 グリム童話集 1」筑摩書房 2005 p235
　◇吉原高志，吉原素子訳「初版グリム童話集 1」白水社 2007 p107
　◇乾侑美子訳，Otto Ubbelohde，Ludwig Richter挿絵「1812初版グリム童話 上」小学館 2000 p78

白い蛇（グリム）
　◇池田香代子訳，オットー・ウッベローデ挿画「完訳 グリム童話集 1」講談社 2008 p165

白い雌ジカ―オーノワ夫人〔出典〕〔The White Doe〕（ラング）
　◇おおつかのりこ訳，H.J.フォード装画・挿絵「アンドルー・ラング世界童話集 10」東京創元社 2009 p194

白い嫁と黒い嫁〔Die weiße und die schwarze Braut〕（グリム）
　◇「完訳 グリム童話集 6」筑摩書房 2006 p47

白いラプソディー（福島正実）
　◇寺澤昭絵「SF名作コレクション 20」岩崎書店 2006 p175

城をつくるサル（イソップ）
　◇河野与一編訳，稗田一穂さし絵「イソップのお話」岩波書店 2000 p238

シロクマ号となぞの鳥（上）〔Great Northern ?〕（ランサム）
　◇神宮輝夫訳「ランサム・サーガ 12」岩波書店 2016 p13

シロクマ号となぞの鳥（下）〔Great Northern ?〕（ランサム）
　◇神宮輝夫訳「ランサム・サーガ 12」岩波書店 2016 p11

白ヘビ（グリム）

しんう

◇佐々木田鶴子訳, 出久根育絵「グリム童話集
　上」岩波書店 2007 p274
◇フェリクス・ホフマン編・画, 大塚勇三訳
　「グリムの昔話 1」福音館書店 2002 p142
新浦島（アーヴィング）
◇楠山正雄訳「読書がたのしくなる世界の文
　学 〔10〕」くもん出版 2016 p23
新顔〔The Newcomer〕（パテン）
◇川崎洋訳「木はえらい―イギリス子ども詩
　集」岩波書店 2000 p117
信号（ガルシン）
◇神西清訳「読書がたのしくなる世界の文学
　〔6〕」くもん出版 2015 p85
信号手（ディケンズ）
◇岡本綺堂訳「読書がたのしくなる世界の文
　学 〔5〕」くもん出版 2014 p115
真実の鳥―フェルナン・カバリェーロ〔出典〕〔The
　Bird of Truth〕（ラング）
◇武научный部子訳, H.J.フォード装画・挿絵「アン
　ドルー・ラング世界童話集 10」東京創元社
　2009 p307
信じて（モロック）
◇岸田衿子訳, 百々佑利子訳, ミーガン・グレッ
　サー絵「おうちをつくろう」のら書店 1993
　p56
「ジンジャーとピクルズや」のおはなし（ポ
　ター）
◇いしいももこやく「愛蔵版 ピーターラビット
　全おはなし集」福音館書店 1994 p213
◇いしいももこやく「愛蔵版 ピーターラビット
　全おはなし集」福音館書店 2007 p213
真珠のかざりひも（アンデルセン）
◇高橋健二訳, いたやさとし画「完訳 アンデル
　セン童話集 5」小学館 2010 p276
◇天沼春樹訳, ドゥシャン・カーライ, カミ
　ラ・シュタンツロヴァー絵「アンデルセン
　童話全集 3」西村書店 2013 p276
人生は回転木馬〔The Whirligig of Life〕
　（オー・ヘンリー）
◇千葉茂樹訳, 和田誠絵「オー・ヘンリー
　ショートストーリーセレクション 2」理論
　社 2007 p7
新世界の葦、またはサトウキビ（ペロー）
◇末松氷海子訳, エヴァ・フラントヴァー絵
　「ペロー昔話・寓話集」西村書店 2008 p345
親切な人（モンゴメリ）
◇代田亜香子訳, 佐竹美保画「世界名作ショー
　トストーリー 1」理論社 2015 p141

死んだ妻―イロコイ族の昔話〔出典〕〔The Dead
　Wife〕（ラング）
◇杉田七重訳, H.J.フォード装画・挿絵「アン
　ドルー・ラング世界童話集 4」東京創元社
　2008 p184
死んで生きている話（トウェイン）
◇佐々木邦訳「読書がたのしくなる世界の文
　学 〔10〕」くもん出版 2016 p53
シンデレラ（グリム）
◇ワンダ・ガアグ編・絵, 松岡享子訳「グリム
　のむかしばなし 1」のら書店 2017 p91
シンデレラ（ダール）
◇灰島かり訳, クェンティン・ブレイク絵「ロ
　アルド・ダールコレクション 12」評論社
　2006 p7
シンデレラ（ペロー）
◇間所ひさこ再話, 後藤貴志挿絵「教科書にで
　てくるせかいのむかし話 1」あかね書房
　2016 p12
シンデレラ（フランス ペロー）〔Cinderella;
　or, The Little Glass Slipper〕（ラング）
◇川端康成, 野上彰編訳, 篠崎三朗絵「ラング
　世界童話全集 12」偕成社 2009 p10
シンデレラ―詩集「へそまがり昔ばなし」より（ダー
　ル）
◇灰島かり日本語, クェンティン・ブレイク絵
　「まるごと一冊ロアルド・ダール」評論社
　2000 p198
シンデレラ、あるいは小さなガラスの靴
　〔Cinderella; or, The Little Glass Slipper〕
　（ペロー）
◇荒俣宏訳, ハリー・クラーク絵「ペロー童話
　集」新書館 2010 p95
シンドバッドの冒険
◇みおちづる編著, 飯田要絵「10歳までに読
　みたい世界名作 16」学研プラス 2015 p15
◇たかしよいち文, ヘス・ガバン絵「小学館
　世界の名作 15」小学館 1999 p1
◇阪田寛夫文, 三好碩也絵「世界の名作 5」世
　界文化社 2001 p5
◇康君子訳, 加納幸代絵「子どものための世界
　文学の森 29」集英社 1995 p10
シンバー「単独飛行」より（ダール）
◇佐藤見果夢訳, バート・キッチン絵「まるご
　と一冊ロアルド・ダール」評論社 2000
　p401
神父の悪魔ばらい（プロイスラー）
◇佐々木田鶴子訳, スズキコージ絵「プロイス

ラーの昔話 3」小峰書店 2004 p33

シンベリン（シェイクスピア）
　◇イーディス・ネズビット再話, 八木田宜子
　　訳, 徳田秀雄さし絵「21世紀版 少年少女世界
　　文学館 3」講談社 2010 p193

深夜の謎〔A Study in Scarlet〕（ドイル）
　◇山中峯太郎訳著「名探偵ホームズ全集 1」
　　作品社 2017 p9

親友（ワイルド）
　◇田波御白訳「読書がたのしくなる世界の文
　　学 〔6〕」くもん出版 2015 p15

【 す 】

水牛革の長靴（グリム）
　◇橋本孝, 天沼春樹訳, シャルロット・デマ
　　トーン絵「グリム童話全集」西村書店 2013
　　p611

水牛の革の長靴〔Der Stiefel von Büffelleder〕
（グリム）
　◇池田香代子訳, オットー＝ウッベローデ挿
　　画「完訳クラシック グリム童話 5」講談社
　　2000 p234

水牛の革の長靴（グリム）
　◇池田香代子訳, オットー・ウッベローデ挿画
　　「完訳 グリム童話集 3」講談社 2008 p495

水牛の皮の長ぐつ（グリム）
　◇高橋健二訳, 徳井聡司（せんべえ）イラスト
　　「完訳 グリム童話集 5」小学館 2009 p228

水牛の皮の長靴〔Der Stiefel von Büffelleder〕
（グリム）
　◇「完訳 グリム童話集 7」筑摩書房 2006
　　p255

水車のある教会〔The Church with an
Overshot–Wheel〕（オー・ヘンリー）
　◇千葉茂樹訳, 和田誠絵「オー・ヘンリー
　　ショートストーリーセレクション 5」理論
　　社 2007 p29

水晶玉〔Die Kristallkugel〕（グリム）
　◇池田香代子訳, オットー＝ウッベローデ挿
　　画「完訳クラシック グリム童話 5」講談社
　　2000 p219

水晶玉（グリム）
　◇池田香代子訳, オットー・ウッベローデ挿画
　　「完訳 グリム童話集 3」講談社 2008 p477

　◇橋本孝, 天沼春樹訳, シャルロット・デマ
　　トーン絵「グリム童話全集」西村書店 2013
　　p604

水晶の玉〔Die Kristallkugel〕（グリム）
　◇天沼春樹訳, ペテル・ウフナール画「グリ
　　ム・コレクション 4」パロル舎 2001 p235
　◇「完訳 グリム童話集 7」筑摩書房 2006
　　p232

水晶の玉（グリム）
　◇小澤昔ばなし研究所再話, オットー・ウベ
　　ローデ絵「語るためのグリム童話 7」小峰
　　書店 2007 p174
　◇高橋健二訳, 徳井聡司（せんべえ）イラスト
　　「完訳 グリム童話集 5」小学館 2009 p206

水星ロボット・スピーディ（アシモフ）
　◇小尾芙佐訳, 山田卓司絵「冒険ファンタジー
　　名作選 10」岩崎書店 2003 p47

すいせんになった少年（アポロドーロス）
　◇高津春繁, 高津久美子訳, 若菜珪さし絵「21
　　世紀版 少年少女世界文学館 1」講談社 2010
　　p225

スイセンになったナルキッソス（ブルフィン
チ）
　◇箕浦万里子訳, 深沢真由美絵「子どものため
　　の世界文学の森 28」集英社 1995 p49

水浴〔Fürdés〕（コストラーニ・デジェー）
　◇徳永康元訳「小学生までに読んでおきたい
　　文学 3」あすなろ書房 2013 p49

スイレンと、金の糸をつむぐむすめたち
〔The Water–Lily. The Gold–Spinners〕（ラ
ング）
　◇ないとうふみこ訳, H.J.フォード, G.P.ジェ
　　イコâ–フッド装画・挿画「アンドルー・ラ
　　ング世界童話集 1」東京創元社 2008 p132

数千年後には（アンデルセン）
　◇高橋健二訳, いたやさとし画「完訳 アンデル
　　セン童話集 4」小学館 2009 p89

末の弟が兄たちを助けた話—Bureau of
Ethnology, U.S.〔出典〕〔How the Little Brother
Set Free His Big Brothers〕（ラング）
　◇菊池由美訳, H.J.フォード装画・挿絵「アン
　　ドルー・ラング世界童話集 9」東京創元社
　　2009 p107

姿なきスパイ（ドイル）
　◇亀山龍樹訳, 佐竹美保さし絵「名探偵ホーム
　　ズ 8」ポプラ社 2011 p91

スカートの短いお姉さん〔Damen med den
korta rocken〕（スタルク）

◇菱木晃子訳, はたこうしろう絵「ショート・ストーリーズ ガイコツになりたかったぼく」小峰書店 2005 p33

スカラブ号の夏休み（上）〔The Picts And The Martyrs：or Not Welcome at All〕（ランサム）
◇神宮輝夫訳「ランサム・サーガ 11」岩波書店 2015 p13

スカラブ号の夏休み（下）〔The Picts And The Martyrs：or Not Welcome at All〕（ランサム）
◇神宮輝夫訳「ランサム・サーガ 11」岩波書店 2015 p11

スカラベ・サクレ（ファーブル）
◇奥本大三郎編・訳, 見山博標本画・イラスト「ファーブル昆虫記 1」集英社 1996 p39

過ぎし日の物語集または昔話集―教訓つき（ペロー）
◇巌谷國士訳, ギュスターブ・ドレ画「眠れる森の美女―完訳ペロー昔話集」講談社 1992 p7
◇巌谷國士訳, ギュスターヴ・ドレ画「眠れる森の美女―完訳ペロー昔話集」筑摩書房 2002 p7

過ぎし昔の物語と教訓（ペロー）
◇末松氷海子訳, エヴァ・フラントヴァー絵「ペロー昔話・寓話集」西村書店 2008 p158

過ぎし昔の物語ならびに教訓（ペロー）
◇工藤庸子訳「いま読むペロー「昔話」」羽鳥書店 2013 p2

好きな人（アンデルセン）
◇高橋健二訳, いたやさとし画「完訳 アンデルセン童話集 2」小学館 2009 p214

スキリング銀貨（アンデルセン）
◇天沼春樹訳, ドゥシャン・カーライ, カミラ・シュタンツロヴァー絵「アンデルセン童話全集 2」西村書店 2012 p404

ズキンガラスと妻―西ハイランドの昔話〔出典〕〔The Hoodie–Crow〕（ラング）
◇生方頼子訳, H.J.フォード装画・挿絵「アンドルー・ラング世界童話集 12」東京創元社 2009 p345

すぐに金持ちになった仕立て屋の話〔Von dem Schneider, der bald reich wurde〕（グリム）
◇吉原高志, 吉原素子訳「初版グリム童話集 3」白水社 2008 p49

すご腕四人兄弟〔Die vier kunstreichen Brüder〕（グリム）
◇池田香代子訳, オットー＝ウッベローデ挿画「完訳クラシック グリム童話 4」講談社 2000 p137

すご腕四人兄弟（グリム）
◇池田香代子訳, オットー・ウッベローデ挿画「完訳 グリム童話集 3」講談社 2008 p86

スーザン・ブルー（グリーナウェイ）
◇岸田衿子, 百々佑利子訳, ミーガン・グレッサー絵「みんなわたしの」のら書店 1991 p47

スジハナバチヤドリゲンセイのなぞ（ファーブル）
◇奥本大三郎編・訳, 見山博標本画・イラスト「ファーブル昆虫記 1」集英社 1996 p257

鈴をつけたイヌ（イソップ）
◇河野与一訳, 稗田一穂さし絵「イソップのお話」岩波書店 2000 p170

スズのへいたい（アンデルセン）
◇大畑末吉訳, 堀内誠一絵「アンデルセンどうわ」のら書店 2005 p56

すずの兵隊さん〔Den standhaftige Tinsoldat〕（アンデルセン）
◇矢崎源九郎訳, V.ペーダセン挿画「豪華愛蔵版 アンデルセン童話名作集 1」静山社 2011 p84

すずめと四羽の子すずめ（グリム）
◇高橋健二訳, 徳井聡司（せんべぇ）イラスト「完訳 グリム童話集 4」小学館 2009 p275

雀の父さんと四羽の仔雀〔Der Sperling und seine vier Kinder〕（グリム）
◇池田香代子訳, オットー＝ウッベローデ挿画「完訳クラシック グリム童話 5」講談社 2000 p14

雀の父さんと四羽の仔雀（グリム）
◇池田香代子訳, オットー・ウッベローデ挿画「完訳 グリム童話集 3」講談社 2008 p227

スズメバチの巣〔Wasps' Nest〕（クリスティ）
◇花上かつみ訳, 高松啓二絵「アガサ＝クリスティ短編傑作集 3」講談社 2002 p183

スタン・ボロバン（ルーマニア）〔Stan Bolovan〕（ラング）
◇川端康成, 野上彰編訳, 牧野鈴子絵「ラング世界童話全集 5」偕成社 2008 p10

スタン・ボロバン―ルーマニアの昔話〔出典〕〔Stan Bolovan〕（ラング）
◇杉田七重訳, H.J.フォード装画・挿絵「アンドルー・ラング世界童話集 7」東京創元社

2008 p110

スティーンフォルの洞窟―スコットランドの伝説（ハウフ）
◇乾侑美子訳, T.ヴェーバーほか画「冷たい心臓―ハウフ童話集」福音館書店 2001 p553

ストライキ手当て〔Strike–Pay〕（ロレンス）
◇代田亜香子訳, ヨシタケシンスケ絵「世界ショートセレクション 2」理論社 2017 p159

すなおな心のワリ・ダード（インド）〔Story of Wali Dâd the Simple–Hearted〕（ラング）
◇川端康成, 野上彰編訳, 矢野信一郎絵「ラング世界童話全集 7」偕成社 2009 p91

砂のゲーム〔The Sandgame〕（オルレブ）
◇母袋夏生訳「新しい世界の文学 4」岩崎書店 2000 p3

砂浜の密室事件（ルブラン）
◇二階堂黎人編著, 清瀬のどか絵「10歳までに読みたい名作ミステリー 怪盗アルセーヌ・ルパン 少女オルスタンスの冒険」学研プラス 2016 p17

スニフとセドリックのこと（ヤンソン）
◇山室静訳「ムーミン童話シリーズ 〔6〕」講談社 2013 p221

スノーフレイク―ルイ・レジェ訳『スラブの昔話』〔出典〕〔Snowflake〕（ラング）
◇ないとうふみこ訳, H.J.フォード装画・挿絵「アンドルー・ラング世界童話集 5」東京創元社 2008 p90

スノーマン（アンデルセン）
◇天沼春樹訳, ドゥシャン・カーライ, カミラ・シュタンツロヴァー絵「アンデルセン童話全集 1」西村書店 2011 p470

スパイ王者〔The Naval Treaty〕（ドイル）
◇山中峯太郎訳著「名探偵ホームズ全集 1」作品社 2017 p468

スパゲッティのたね〔Spaghetti Seeds〕（プレラツキー）
◇アーサー・ビナード, 木坂涼編訳, しりあがり寿イラスト「ガラガラヘビの味―アメリカ子ども詩集」岩波書店 2010 p30

すばらしいロケット〔The Remarkable Rocket〕（ワイルド）
◇西村孝次訳「幸福な王子―ワイルド童話全集」新潮社 2003 p73

すばらしき父さん狐〔Fantastic Mr Fox〕（ダール）
◇柳瀬尚紀訳, クェンティン・ブレイク絵「ロ

アルド・ダールコレクション 4」評論社 2006 p5

スープ〔Soup〕（サンドバーグ）
◇アーサー・ビナード, 木坂涼編訳, しりあがり寿イラスト「ガラガラヘビの味―アメリカ子ども詩集」岩波書店 2010 p134

スフィンクス〔The Sphinx〕（ポー）
◇丸谷才一訳「小学生までに読んでおきたい文学 3」あすなろ書房 2013 p197

スフィンクス（ポー）
◇千葉茂樹訳, 佐竹美保画「世界名作ショートストーリー 5」理論社 2016 p87

スプリングフィールドのキツネ（シートン）
◇越前敏弥訳, 姫川明月絵「シートン動物記〔2〕」KADOKAWA 2013 p91

スプリングフィールド村のキツネ〔The Springfield Fox〕（シートン）
◇谷村志穂訳, 吉岡さやか絵「シートンの動物記」集英社 2013 p117

すべて、あるべきところに（アンデルセン）
◇天沼春樹訳, ドゥシャン・カーライ, カミラ・シュタンツロヴァー絵「アンデルセン童話全集 3」西村書店 2013 p164

すべてはわれの精神とその一部（ウォルターズ）
◇荒俣宏訳, ハリー・クラーク絵「ペロー童話集」新書館 2010 p286

スミスの滅亡〔The Destruction of Smith〕（ブラックウッド）
◇南條竹則訳「小学生までに読んでおきたい文学 3」あすなろ書房 2013 p221

炭やきと羊毛をさらす人（イソップ）
◇河野与一編訳, 稗田一穂さし絵「イソップのお話」岩波書店 2000 p153

スミレスイセン…（コーツワース）
◇岸田衿子, 百々佑利子訳, ミーガン・グレッサー絵「おうちをつくろう」のら書店 1993 p12

スモーランドの闘牛士（リンドグレーン）
◇石井登志子訳, イングリッド・ヴァン・ニイマンさし絵「リンドグレーン作品集 23」岩波書店 2008 p29

ずるいねこのおはなし（ポター）
◇まさきるりこやく「愛蔵版 ピーターラビット全おはなし集」福音館書店 2007 p394

ずるがしこい靴屋―『シチリアの昔話』〔出典〕〔The Cunning Shoemaker〕（ラング）

するた

◇西本かおる訳, H.J.フォード装画・挿絵「アンドルー・ラング世界童話集 5」東京創元社 2008 p97

ズルタンじいさん〔Der alte Sultan〕（グリム）
　◇池田香代子訳, オットー＝ウッベローデ挿画「完訳クラシック グリム童話 2」講談社 2000 p93

ズルタンじいさん（グリム）
　◇池田香代子訳, オットー・ウッベローデ挿画「完訳 グリム童話集 1」講談社 2008 p440

ズールビジアの物語（アルメニア）〔The Story of Zoulvisia〕（ラング）
　◇川端康成, 野上彰編訳, 小松修絵「ラング世界童話全集 6」偕成社 2008 p59

ズールビジアの物語—ルイ・マクレ『アルメニアの昔話』〔出典〕〔The Story of Zoulvisia〕（ラング）
　◇生方頼子訳, H.J.フォード装画・挿絵「アンドルー・ラング世界童話集 11」東京創元社 2009 p241

スレドニ・バシュター（サキ）
　◇千葉茂樹訳, 佐竹美保画「世界名作ショートストーリー 2」理論社 2015 p47

【 せ 】

精確なファンタジー（エンデ）
　◇田村都志夫訳「だれでもない庭—エンデが遺した物語集」岩波書店 2002 p162
　◇田村都志夫訳「だれでもない庭—エンデが遺した物語集」岩波書店 2015 p200

生還—「単独飛行」より（ダール）
　◇佐藤見果夢訳, クリストファー・ウォーメル絵「まるごと一冊ロアルド・ダール」評論社 2000 p432

誠実なフェレナントと不誠実なフェレナント〔Ferenand getrü und Ferenand ungetrü〕（グリム）
　◇吉原高志, 吉原素子訳「初版グリム童話集 5」白水社 2008 p71

青春のオフサイド〔Falling into Glory〕（ウェストール）
　◇小野寺健訳「ウェストールコレクション〔7〕」徳間書店 2005 p3

聖書物語（バン・ローン）

◇片岡政昭訳「世界名作文学集 〔9〕」国土社 2003 p7

青銅のいのしし（アンデルセン）
　◇高橋健二訳, いたやさとし画「完訳 アンデルセン童話集 2」小学館 2009 p67

青銅のイノシシ（アンデルセン）
　◇大畑末吉訳, 初山滋さし絵「アンデルセン童話集 2」岩波書店 2000 p57
　◇天沼春樹訳, ドゥシャン・カーライ, カミラ・シュタンツロヴァー絵「アンデルセン童話全集 3」西村書店 2013 p40
　◇大塚勇三編・訳, イブ・スパング・オルセン画「アンデルセンの童話 1」福音館書店 2003 p233

聖なる三つの文字（プロイスラー）
　◇佐々木田鶴子訳, スズキコージ絵「プロイスラーの昔話 2」小峰書店 2003 p95

生の公正についての伝説（エンデ）
　◇田村都志夫訳「だれでもない庭—エンデが遺した物語集」岩波書店 2002 p293
　◇田村都志夫訳「だれでもない庭—エンデが遺した物語集」岩波書店 2015 p367

西部に生きる男（星新一）
　◇「小学生までに読んでおきたい文学 4」あすなろ書房 2013 p175

〈西方の星〉盗難事件〔The Adventure of 'The Western Star'〕（クリスティ）
　◇花上かつみ訳, 高松啓二絵「アガサ＝クリスティ短編傑作集 3」講談社 2002 p137

聖母のおさかずき（グリム）
　◇高橋健二訳, 徳井聡司（せんべぇ）イラスト「完訳 グリム童話集 5」小学館 2009 p263

聖母のグラス〔Muttergottesgläschen〕（グリム）
　◇「完訳 グリム童話集 7」筑摩書房 2006 p297

聖母の盃（グリム）
　◇池田香代子訳, オットー・ウッベローデ挿画「完訳 グリム童話集 3」講談社 2008 p522

聖母の盃（さかずき）〔Muttergottesgläschen〕（グリム）
　◇池田香代子訳, オットー＝ウッベローデ挿画「完訳クラシック グリム童話 5」講談社 2000 p260

聖母の小さなグラス（グリム）
　◇橋本孝, 天沼春樹訳, シャルロット・デマトーン絵「グリム童話全集」西村書店 2013 p623

生命の法則〔The Law of Life〕（ロンドン）
　◇大津栄一郎訳「小学生までに読んでおきた
　　い文学 2」あすなろ書房 2014 p213

ゼウスとカメ（イソップ）
　◇河野与一編訳, 稗田一穂さし絵「イソップの
　　お話」岩波書店 2000 p281

ゼウスと亀（イソップ）
　◇川名澄訳, アーサー・ラッカム絵「新編 イ
　　ソップ寓話」風媒社 2014 p57

ゼウスと希望のつぼ（イソップ）
　◇天野裕司訳, ローワン・バーンズマーフィー絵
　　「イソップ物語」文溪堂 2005 p41

ゼウスと人間（イソップ）
　◇河野与一編訳, 稗田一穂さし絵「イソップの
　　お話」岩波書店 2000 p158

ゼウスとプロメテウスとアテナとモーモス
　（非難の神）（イソップ）
　◇河野与一編訳, 稗田一穂さし絵「イソップの
　　お話」岩波書店 2000 p314

世界一おいしいピクニック（ロフティング）
　◇河合祥一郎訳, patty絵「新訳 ドリトル先生
　　シリーズ 〔14〕」KADOKAWA 2016 p145

世界一お金持ちな王様（ロフティング）
　◇河合祥一郎訳, patty絵「新訳 ドリトル先生
　　シリーズ 〔14〕」KADOKAWA 2016 p127

世界へ！〔Ut i Världen〕（スタルク）
　◇菱木晃子訳, はたこうしろう絵「ショート・
　　ストーリーズ 恋のダンスステップ」小峰書
　　店 1999 p35

世界を見たかった王子の話—ポルトガルの昔話
〔出典〕〔The Prince Who Wanted to See the
World〕（ラング）
　◇児玉敦子訳, H.J.フォード装画・挿絵「アン
　　ドルー・ラング世界童話集 7」東京創元社
　　2008 p357

世界が若かったころ〔When the World Was
Young〕（ロンドン）
　◇千葉茂樹訳, ヨシタケシンスケ絵「世界
　　ショートセレクション 3」理論社 2017 p29

世界でいちばん美しいばらの花（アンデルセ
ン）
　◇高橋健二訳, いたやさとし画「完訳 アンデル
　　セン童話集 3」小学館 2009 p310

世界でいちばんさいごの竜（ヤンソン）
　◇山室静訳「ムーミン童話シリーズ 〔6〕」講
　　談社 2013 p93

世界でいちばんすばらしいうそつき（セル

ビア）〔The Finest Liar in the World〕（ラ
ング）
　◇川端康成, 野上彰編訳, 佐竹美保絵「ラング
　　世界童話全集 1」偕成社 2008 p45

世界で一番のうそつき—セルビアの昔話〔出典〕
〔The Finest Liar in the World〕（ラング）
　◇大井久里子訳, H.J.フォード装画・挿絵「ア
　　ンドルー・ラング世界童話集 7」東京創元
　　社 2008 p29

世界漫遊（ダビット）
　◇森鷗外訳「読書がたのしくなる世界の文学
　　〔10〕」くもん出版 2016 p129

せがむ者たち（エンデ）
　◇田村都志夫訳「だれでもない庭—エンデが
　　遺した物語集」岩波書店 2002 p302
　◇田村都志夫訳「だれでもない庭—エンデが
　　遺した物語集」岩波書店 2015 p378

セシリ・パセリのわらべうた（ポター）
　◇なかがわりえこやく「愛蔵版 ピーターラビッ
　　ト全おはなし集」福音館書店 1994 p337
　◇なかがわりえこやく「愛蔵版 ピーターラビッ
　　ト全おはなし集」福音館書店 2007 p337

ぜったいとけない魔法〔Impossible
Enchantment〕（ラング）
　◇杉田七重訳, H.J.フォード装画・挿絵「アン
　　ドルー・ラング世界童話集 6」東京創元社
　　2008 p26

絶対に失敗するダイエット（ロフティング）
　◇河合祥一郎訳, patty絵「新訳 ドリトル先生
　　シリーズ 〔14〕」KADOKAWA 2016 p113

Zの悲劇〔The Tragedy of Z〕（クイーン）
　◇木下友子文, 若菜等+ki絵「ミステリーボッ
　　クス 4」ポプラ社 2004 p1

ゼップのよめえらび（レアンダー）
　◇国松孝二訳「ふしぎなオルガン」岩波書店
　　2010 p122

接吻—暗闇でホッペにチュッ〔Поцелуй〕
（チェーホフ）
　◇小宮山俊平訳, ヨシタケシンスケ絵「世界
　　ショートセレクション 5」理論社 2017 p63

説明してよお願いだから〔Please Explain〕
（パテン）
　◇谷川俊太郎訳「木はえらい—イギリス子ど
　　も詩集」岩波書店 2000 p86

背中のまがった男〔The Crooked Man〕（ド
イル）
　◇中尾明訳, 岡本正樹絵「シャーロック・ホー
　　ムズ 8」岩崎書店 2011 p5

せなか

背中の曲がった男〔The Adventure of the
Crooked Man〕（ドイル）
　◇日暮まさみち訳, 青山浩行絵「名探偵ホーム
　　ズシリーズ〔11〕」講談社 2011 p134
セミ（イソップ）
　◇河野与一編訳, 稗田一穂さし絵「イソップの
　　お話」岩波書店 2000 p103
セミ（ファーブル）
　◇大岡信編訳「ファーブルの昆虫記 上」岩波
　　書店 2000 p9
セミとアリ（イソップ）
　◇河野与一編訳, 稗田一穂さし絵「イソップの
　　お話」岩波書店 2000 p14
　◇川崎洋文, やまむらこあき絵「小学館 世界
　　の名作 18」小学館 1999 p90
セミとアリ〔La Cigale et la Fourmi〕（ラ・
フォンテーヌ）
　◇大澤千加訳, ブーテ・ド・モンヴェル絵
　　「ラ・フォンテーヌ寓話」洋洋社 2016 p5
セミとキツネ（イソップ）
　◇河野与一編訳, 稗田一穂さし絵「イソップの
　　お話」岩波書店 2000 p39
　◇赤木かんこ訳, 櫻井さなえ挿絵「こんなとき読
　　んであげたい おはなしのおもちゃ箱 2」PHP
　　研究所 2003 p120
セミとりじいさん―『笛ふき岩 中国古典寓話集』
　◇平塚武二編著「こんなとき読んであげたい おはな
　　しのおもちゃ箱 1」PHP研究所 2003 p192
せみになりたかったろば（イソップ）
　◇いわきたかし著, ほてはまたかし画「いそっ
　　ぷ童話集」童話屋 2004 p78
セミのうた（ファーブル）
　◇小林清之介文, 横内襄え「新版 ファーブルこ
　　んちゅう記 2」小峰書店 2006 p4
セミの歌のひみつ（ファーブル）
　◇奥本大三郎編・訳, 見山博標本画・イラスト
　　「ファーブル昆虫記 3」集英社 1996 p9
千色皮（せんいろがわ）（グリム）
　◇フェリクス・ホフマン編・画, 大塚勇三訳
　　「グリムの昔話 2」福音館書店 2002 p79
一九九七年度ニューベリー賞受賞講演―
　『ティーパーティーの謎』（カニグズバーグ）
　◇清水真砂子訳「カニグズバーグ作品集 別
　　巻」岩波書店 2002 p323
一九九〇年代へ（カニグズバーグ）
　◇「カニグズバーグ作品集 別巻」岩波書店
　　2002 p272

一九七〇年代 その1（カニグズバーグ）
　◇「カニグズバーグ作品集 別巻」岩波書店
　　2002 p58
一九七〇年代 その2（カニグズバーグ）
　◇「カニグズバーグ作品集 別巻」岩波書店
　　2002 p92
一九七〇年代 その3（カニグズバーグ）
　◇「カニグズバーグ作品集 別巻」岩波書店
　　2002 p134
一九八〇年代へ（カニグズバーグ）
　◇「カニグズバーグ作品集 別巻」岩波書店
　　2002 p181
一九八〇年代をしめくくる（カニグズバーグ）
　◇「カニグズバーグ作品集 別巻」岩波書店
　　2002 p224
一九六〇年代（カニグズバーグ）
　◇「カニグズバーグ作品集 別巻」岩波書店
　　2002 p26
先公〔Rodge Said〕（ローゼン）
　◇谷川俊太郎訳, クウェンティン・ブレイク絵
　　「木はえらい―イギリス子ども詩集」岩波書
　　店 2000 p48
閃光暗号〔The Adventure of the Red Circle〕
（ドイル）
　◇山中峯太郎訳著「名探偵ホームズ全集 2」
　　作品社 2017 p409
千色皮（グリム）
　◇ウィルヘルム菊江訳, リディア・ポストマ絵
　　「グリム童話集」西村書店 2013 p21
潜水艦の設計図〔The Submarine Plans〕（ク
リスティ）
　◇花上かつみ訳, 高松啓二絵「アガサ＝クリス
　　ティ短編傑作集 3」講談社 2002 p57
ぜんぜん, なににも似ていなかった動物の
話（ショヴォー）
　◇出口裕弘訳「ショヴォー氏とルノー君のお
　　話集 5」福音館書店 2003 p27
センチコガネ（ファーブル）
　◇奥本大三郎編・訳, 見山博標本画・イラスト
　　「ファーブル昆虫記 1」集英社 1996 p197
船長のバラード（ブレイディ）
　◇荒俣宏訳, ハリー・クラーク絵「ペロー童話
　　集」新書館 2010 p225
川でおぼれた子ども（イソップ）
　◇いわきたかし著, ほてはまたかし画「いそっ
　　ぷ童話集」童話屋 2004 p70
セント・アイヴス（ダール）

そうむ

◇灰島かり訳, クェンティン・ブレイク絵「ロ
アルド・ダールコレクション 17」評論社
2007 p116

善と悪（イソップ）
◇川名澄訳, アーサー・ラッカム絵「新編 イ
ソップ寓話」風媒社 2014 p35

千ドルのつかいみち〔One Thousand
Dollars〕（オー・ヘンリー）
◇千葉茂樹訳, 和田誠絵「オー・ヘンリー
ショートストーリーセレクション 7」理論
社 2008 p7

仙女〔Les Fées〕（ペロー）
◇今野一雄訳, ギュスターヴ・ドレ挿画「ペ
ローの昔ばなし」白水社 2007 p107

仙女〔The Fairy〕（ペロー）
◇荒俣宏訳, ハリー・クラーク絵「ペロー童話
集」新書館 2010 p21

仙女たち〔Les Fées〕（ペロー）
◇工藤庸子訳「いま読むペロー「昔話」」羽鳥
書店 2013 p50
◇村松潔訳, ギュスターヴ・ドレ挿絵「眠れる
森の美女—シャルル・ペロー童話集」新潮
社 2016 p79

仙女たち（ペロー）
◇榊原晃三訳, ギュスターヴ・ドレ挿画「眠れ
る森の美女」沖積舎 2004 p203

千匹皮〔Allerlei–Rauh〕（グリム）
◇吉原高志, 吉原素子訳, Otto Ubbelohde挿絵
「初版グリム童話集 3」白水社 2008 p86

千匹皮（グリム）
◇佐々木田鶴子訳, 出久根育絵「グリム童話集
下」岩波書店 2007 p182

ぜんぶ食べよう（N.リンゼイ）
◇岸田衿子, 百々佑利子訳, ミーガン・グレッ
サー絵「おうちをつくろう」のら書店 1993
p16

千まい皮（グリム）
◇高橋健二訳, 徳井聡司（せんべぇ）イラスト
「完訳 グリム童話集 2」小学館 2008 p335

千枚皮〔Allerleirauh〕（グリム）
◇「完訳 グリム童話集 3」筑摩書房 2006
p265

千枚皮〔Allerlei–Rauh〕（グリム）
◇乾侑美子訳, Otto Ubbelohde, Ludwig
Richter挿絵「1812初版グリム童話 下」小
学館 2000 p4

千枚皮（グリム）
◇小澤昔ばなし研究所再話, オットー・ウベ

ローデ絵「語るためのグリム童話 4」小峰
書店 2007 p95
◇乾侑美子訳, オットー・ウッベローデさし絵
「グリムの昔話 3」童話館出版 2001 p236

千枚皮につつまれた姫（グリム）
◇橋本孝, 天沼春樹訳, シャルロット・デマ
トーン絵「グリム童話全集」西村書店 2013
p249

洗礼者ヨハネ（バン・ローン）
◇片岡政昭訳「世界名作文学集 〔9〕」国土社
2003 p178

洗礼の立ち会い人になった女中の話〔Von
einem Dienstmädchen, das Gevatter bei
ihnen gestanden〕（グリム）
◇吉原高志, 吉原素子訳「初版グリム童話集
2」白水社 2007 p92

【そ】

ソア橋事件〔The Problem of Thor Bridge〕
（ドイル）
◇日暮まさみち訳, 青山浩行絵「名探偵ホーム
ズシリーズ 〔15〕」講談社 2012 p142

ぞう
◇岸田衿子, 百々佑利子訳, ミーガン・グレッ
サー絵「みんなわたしの」のら書店 1991
p66

葬儀屋（プーシキン）
◇神西清訳「読書がたのしくなる世界の文学
〔4〕」くもん出版 2014 p19

そうぞうしてごらん
◇岸田衿子, 百々佑利子訳, ミーガン・グレッ
サー絵「みんなわたしの」のら書店 1991
p36

遭難した男と海の女神（イソップ）
◇川名澄訳, アーサー・ラッカム絵「新編 イ
ソップ寓話」風媒社 2014 p68

ゾウムシを狩るコブツチスガリ（ファーブル）
◇奥本大三郎編・訳, 見山博標本画・イラスト
「ファーブル昆虫記 2」集英社 1996 p59

ゾウムシとドングリ（ファーブル）
◇小林清之介文, たかはしきよしえ「新版
ファーブルこんちゅう記 7」小峰書店 2006
p76

ゾウムシの幼虫のお話（ロフティング）

◇河合祥一郎訳, patty絵「新訳 ドリトル先生
　シリーズ 〔13〕」KADOKAWA 2015 p197
続・ダルメシアン──100と1ぴきの犬の冒険
〔The Starlight Barking〕(D.スミス)
◇熊谷鉱司訳, ジャネット＆アン・グラハム＝
　ジョンストン画「Modern Classic Selection
　2」文溪堂 1997 p9
そして誰もいなくなった〔And Then There
Were None〕(クリスティ)
◇青木久惠訳「クリスティー・ジュニア・ミ
　ステリ 1」早川書房 2007 p1
ソーセージのくしのスープ(アンデルセン)
◇高橋健二訳, いたやさとし画「完訳 アンデル
　セン童話集 4」小学館 2009 p304
ソーセージの串のスープ〔Suppe på en
Pølsepind〕(アンデルセン)
◇福井信子, 大河原晶子訳, フレミング・B.
　イェペセン画「本当に読みたかったアンデ
　ルセン童話」NTT出版 2005 p94
ソーセージの串のスープ(アンデルセン)
◇天沼春樹訳, ドゥシャン・カーライ, カミ
　ラ・シュタンツロヴァー絵「アンデルセン
　童話全集 1」西村書店 2011 p382
ゾッとしたくて旅に出た若者の話〔Märchen
von einem, der auszog, das Fürchten zu
lernen〕(グリム)
◇池内紀訳「小学生までに読んでおきたい文
　学 1」あすなろ書房 2014 p81
ぞっとする話(ヤンソン)
◇山室静訳「ムーミン童話シリーズ 〔6〕」講
　談社 2013 p31
外にでたがった宝物(プロイスラー)
◇佐々木田鶴子訳, スズキコージ絵「プロイス
　ラーの昔話 1」小峰書店 2003 p112
そのゾウの鼻は、みんなと同じ鼻だった
(ショヴォー)
◇出口裕弘訳「ショヴォー氏とルノー君のお
　話集 5」福音館書店 2003 p209
そば(アンデルセン)
◇高橋健二訳, いたやさとし画「完訳 アンデル
　セン童話集 2」小学館 2009 p177
ソバ(アンデルセン)
◇大畑末吉訳, 初山滋さし絵「アンデルセン童
　話集 1」岩波書店 2000 p99
◇大塚勇三編・訳, イブ・スパング・オルセン
　画「アンデルセンの童話 2」福音館書店
　2003 p86
ソバ(黒い麦)(アンデルセン)

◇天沼春樹訳, ドゥシャン・カーライ, カミ
　ラ・シュタンツロヴァー絵「アンデルセン
　童話全集 2」西村書店 2012 p52
ソヨニの手(チェ ジミン)
◇金松伊訳, イ サンギュ絵「いま読もう！韓
　国ベスト読みもの 2」汐文社 2005 p4
そらいろの童話集(ラング)
◇「ラング世界童話全集 3」偕成社 2008
空をおよぐさかな〔How a Fish swam in the
Air and a Hare in the Water〕(ラング)
◇川端康成, 野上彰編訳, 佐竹美保絵「ラング
　世界童話全集 1」偕成社 2008 p161
空を飛ぶかばん(アンデルセン)
◇スティーブン・コリン英語訳, 江國香織訳,
　エドワード・アーディゾーニ選・絵「アン
　デルセンのおはなし」のら書房 2018 p69
空とぶ馬──『アラビアン・ナイト』より
◇マーリー・マッキノン再話, 西本かおる訳,
　ロレーナ・アルヴァレス絵「ひとりよみ名作
　プリンセスものがたり」小学館 2015 p85
空とぶ気球の秘密〔Le Hasard Fait des
Miracles〕(ルブラン)
◇南洋一郎文, 佐竹美保さし絵「文庫版 怪盗ル
　パン 16」ポプラ社 2005 p73
空とぶ気球の秘密(ルブラン)
◇南洋一郎文, 清水勝挿画「怪盗ルパン全集
　〔10〕」ポプラ社 2010 p202
空とぶじゅうたん
◇みおちづる編著, 飯田要絵「10歳までに読
　みたい世界名作 16」学研プラス 2015 p91
空とぶトランク(アンデルセン)
◇木村由利子訳, 米山永一, 朝倉めぐみ絵「ア
　ンデルセン童話集」世界文化社 2004 p82
◇大畑末吉訳, 初山滋さし絵「アンデルセン童
　話集 1」岩波書店 2000 p37
◇高橋健二訳, いたやさとし画「完訳 アンデル
　セン童話集 2」小学館 2009 p39
◇天沼春樹訳, ドゥシャン・カーライ, カミ
　ラ・シュタンツロヴァー絵「アンデルセン
　童話全集 1」西村書店 2011 p160
◇ナオミ・ルイス訳, 代田亜香子日本語版訳,
　ジョエル・ステュワート絵「アンデルセン
　の13の童話」小峰書店 2005 p112
◇木村由利子文, 米山永一, 朝倉めぐみ絵「こ
　どものための世界の名作 グリム・イソッ
　プ・アンデルセン──ベスト30話」世界文化
　社 1994 p222
◇木村由利子文, こみねゆら絵「小学館 世界
　の名作 17」小学館 1999 p38

空飛ぶトランク〔Den flyvende Kuffert〕（アンデルセン）
◇矢崎源九郎訳, V.ペーダセン挿画「豪華愛蔵版 アンデルセン童話名作集 1」静山社 2011 p66

空飛ぶトランク（アンデルセン）
◇大塚勇三編・訳, イブ・スパング・オルセン画「アンデルセンの童話 2」福音館書店 2003 p70

そり（チリコフ）
◇鈴木三重吉訳「読書がたのしくなる世界の文学 〔7〕」くもん出版 2016 p13

ソリア・モリア城—P.C.アスビョルンセン〔出典〕〔Soria Moria Castle〕（ラング）
◇武富博子訳, H.J.フォード, L.スピード装画・挿絵「アンドルー・ラング世界童話集 2」東京創元社 2008 p36

ソリア・モリアの城（北ヨーロッパ アスビョルンセン）〔Soria Moria Castle〕（ラング）
◇川端康成, 野上彰編訳, 遠藤拓人絵「ラング世界童話全集 9」偕成社 2009 p77

それぞれの流儀〔According to Their Lights〕（オー・ヘンリー）
◇千葉茂樹訳, 和田誠絵「オー・ヘンリーショートストーリーセレクション 6」理論社 2007 p163

そんなこたないす〔Tain't So〕（ヒューズ）
◇木島始訳「小学生までに読んでおきたい文学 1」あすなろ書房 2014 p137

そんな話があるもんか—口承伝承〔出典〕〔'A Long–Bow Story'〕（ラング）
◇杉田七重訳, H.J.フォード装画・挿絵「アンドルー・ラング世界童話集 11」東京創元社 2009 p94

【 た 】

体育の先生はターザンを夢見る〔The PE Teacher Wants to Be Tarzan〕（パテン）
◇谷川俊太郎訳「木はえらい—イギリス子ども詩集」岩波書店 2000 p78

大クラウスと小クラウス〔Great Claus and Little Claus〕（アンデルセン）
◇荒俣宏訳, ハリー・クラーク絵「アンデルセン童話集」新書館 2005 p25
◇荒俣宏訳, ハリー・クラーク絵「アンデルセン童話集 上」文藝春秋 2012 p23

大クラウスと小クラウス（アンデルセン）
◇スティーブン・コリン英語訳, 江國香織訳, エドワード・アーディゾーニ選・絵「アンデルセンのおはなし」のら書店 2018 p91

たいこ打ち〔Der Trommler〕（グリム）
◇「完訳 グリム童話集 7」筑摩書房 2006 p190

太鼓打ち（グリム）
◇橋本孝, 天沼春樹訳, シャルロット・デマトーン絵「グリム童話全集」西村書店 2013 p590

たいこたたき（グリム）
◇小澤昔ばなし研究所再話, オットー・ウベローデ絵「語るためのグリム童話 7」小峰書店 2007 p154
◇高橋健二訳, 徳井聡司（せんべぇ）イラスト「完訳 グリム童話集 5」小学館 2009 p165
◇フェリクス・ホフマン編・画, 大塚勇三訳「グリムの昔話 3」福音館書店 2002 p322

太鼓たたき〔Der Trommler〕（グリム）
◇池田香代子訳, オットー＝ウッベローデ挿画「完訳クラシック グリム童話 5」講談社 2000 p191

太鼓たたき（グリム）
◇池田香代子訳, オットー・ウッベローデ挿画「完訳 グリム童話集 3」講談社 2008 p442

大試合〔The Fight of the Year〕（マッガウ）
◇谷川俊太郎訳, サラ・ミッダ絵「木はえらい—イギリス子ども詩集」岩波書店 2000 p198

大志をいだいたアリ〔The Ambitious Ant〕（A.R.ウェルズ）
◇アーサー・ビナード, 木坂涼編訳, しりあがり寿イラスト「ガラガラヘビの味—アメリカ子ども詩集」岩波書店 2010 p92

第十夜にして最後の晩餐（ロフティング）
◇河合祥一郎訳, patty絵「新訳 ドリトル先生シリーズ 〔14〕」KADOKAWA 2016 p157

太守の三人のむすこ〔The Story of Three Sons of Hali〕（ラング）
◇杉本詠美訳, H.J.フォード装画・挿絵「アンドルー・ラング世界童話集 6」東京創元社 2008 p165

隊商（ハウフ）
◇乾侑美子訳, T.ヴェーバーほか画「冷たい心

たいそ

臓―ハウフ童話集」福音館書店 2001 p9

大草原のウマ ペイサー（シートン）
◇今泉吉晴訳「シートン動物記 〔11〕」童心
社 2011 p1

だいだいいろの童話集〔The Orange Fairy
Book〕（ラング）
◇「アンドルー・ラング世界童話集 10」東京
創元社 2009

大探偵ホームズとルパン〔Herlock Sholmès
Trop Tard〕（ルブラン）
◇南洋一郎文, 佐竹美保さし絵「文庫版 怪盗ル
パン 2」ポプラ社 2005 p59

大探偵ホームズとルパン（ルブラン）
◇南洋一郎文, 奈良葉二挿画「怪盗ルパン全集
〔2〕」ポプラ社 2010 p262

第二のしみ（ドイル）
◇亀山龍樹訳, 佐竹美保さし絵「名探偵ホーム
ズ 7」ポプラ社 2010 p111

第二のしみの謎〔The Adventure of the
Second Stain〕（ドイル）
◇日暮まさみち訳, 青山浩行絵「名探偵ホーム
ズシリーズ 〔14〕」講談社 2011 p166

第二の盗賊の童話（礼儀正しい盗賊の話）
（チャペック）
◇田才益夫訳, ヨゼフ・チャペック挿し絵「カ
レル・チャペック童話全集」青土社 2005
p189

大ニュース・ルパンとらわる〔L'Arrestation
d'Arsène Lupin〕（ルブラン）
◇南洋一郎文, 藤田新策さし絵「文庫版 怪盗ル
パン 1」ポプラ社 2005 p9

大ニュース＝ルパンとらわる（ルブラン）
◇南洋一郎文, 奈良葉二挿画「怪盗ルパン全集
〔2〕」ポプラ社 2010 p14

第八世界、ドラゴン保護区〔Dragon Reserve,
Home Eight〕（D.W.ジョーンズ）
◇野口絵美訳, 佐竹美保絵「ダイアナ・ウィ
ン・ジョーンズ短編集 魔法！魔法！魔
法！」徳間書店 2007 p137

第八世界、ドラゴン保護区（D.W.ジョーン
ズ）
◇野口絵美訳「ダイアナ・ウィン・ジョーンズ
短編集 魔法？魔法！」徳間書店 2015 p89

大肥満のひいお祖父さんと盗賊の話（ヨゼ
フ・チャペック）
◇田才益夫訳, ヨゼフ・チャペック挿し絵「カ
レル・チャペック童話全集」青土社 2005
p143

大魔術師ミラカンドラの子どものおもちゃ
箱（エンデ）
◇田村都志夫訳「だれでもない庭―エンデが
遺した物語集」岩波書店 2015 p189

大魔術師ミラカンドラの子どものおもちゃ
箱には何が入っている？（エンデ）
◇田村都志夫訳「だれでもない庭―エンデが
遺した物語集」岩波書店 2002 p153

タイム・カプセルの秘密〔Vault of the Ages〕
（アンダースン）
◇内田庶訳, 若菜等＋Ki絵「SF名作コレク
ション 16」岩崎書店 2006 p5

タイムマシン〔The Time Machine〕（H.G.
ウェルズ）
◇塩谷太郎訳, 今井修司絵「SF名作コレク
ション 2」岩崎書店 2005 p5

タイム・マシン〔The Time Machine〕（H.G.
ウェルズ）
◇小林みき訳, 中釜浩一郎絵「子どものための
世界文学の森 38」集英社 1997 p10

太陽の妹―『ラップランドの昔話』〔出典〕〔The
Sister of The Sun〕（ラング）
◇杉本詠美訳, H.J.フォード装画・挿絵「アン
ドルー・ラング世界童話集 9」東京創元社
2009 p214

太陽の英雄の死（ハンガリア）〔The Death
of the Sun–Hero〕（ラング）
◇川端康成, 野上彰編訳, アンマサコ絵「ラン
グ世界童話全集 4」偕成社 2008 p181

太陽の神の戦車を駆る少年パエトン（アポロ
ドーロス）
◇高津春繁, 高津久美子訳, 若菜珪さし絵「21
世紀版 少年少女世界文学館 1」講談社 2010
p200

太陽のたわむれ（ルブラン）
◇長島良三訳, 大久保浩絵「アルセーヌ・ルパ
ン名作集 5」岩崎書店 1998 p87

太陽の馬車を乗りまわしたパエトン（ブル
フィンチ）
◇箕浦万里子訳, 深沢真由美絵「子どものため
の世界文学の森 28」集英社 1995 p88

太陽の東月の西（スカンジナビア）〔East of
the Sun and West of the Moon〕（ラング）
◇川端康成, 野上彰編訳, 小松修絵「ラング世
界童話全集 6」偕成社 2008 p90

ダヴァンポートさんの話（モンゴメリ）
◇代田亜香子訳, 佐竹美保画「世界名作ショー
トストーリー 1」理論社 2015 p49

たにわ

楕円形の肖像画（ポー）
◇千葉茂樹訳, 佐竹美保画「世界名作ショート
ストーリー 5」理論社 2016 p43

駄菓子屋―「少年」より（ダール）
◇佐藤見果夢訳, フリッツ・ウェグナー絵「ま
るごと一冊ロアルド・ダール」評論社 2000
p284

高とび選手（アンデルセン）
◇高橋健二訳, いたやさとし画「完訳 アンデル
セン童話集 3」小学館 2009 p83
◇天沼春樹訳, ドゥシャン・カーライ, カミ
ラ・シュタンツロヴァー絵「アンデルセン
童話全集 1」西村書店 2011 p240
◇大塚勇三編・訳, イブ・スパング・オルセン
画「アンデルセンの童話 3」福音館書店
2003 p17

宝げた―『日本のむかし話』（坪田譲治）
◇川村易挿絵「こんなとき読んであげたい おはな
しのおもちゃ箱 1」PHP研究所 2003 p24

宝さがし〔The Treasure Seeker〕（ラング）
◇ないとうふみこ訳, H.J.フォード装画・挿絵
「アンドルー・ラング世界童話集 8」東京創
元社 2009 p154

たから島〔Treasure Island〕（スティーブンソ
ン）
◇宇野輝雄訳, 梶鮎太絵「子どものための世界
文学の森 2」集英社 1994 p10

宝島〔Treasure Island〕（スティーヴンソン）
◇阿部知二訳, 依光隆さし絵「21世紀版 少年少
女世界文学館 6」講談社 2010 p9
◇白木茂訳「世界名作文学集 〔1〕」国土社
2004 p3

宝島（スティーヴンソン）
◇吉上恭太編訳, 館尾冽絵「10歳までに読み
たい世界名作 14」学研プラス 2015 p14
◇山元護久文, 池田龍雄絵「世界の名作 10」
世界文化社 2001 p5

滝の王―西ハイランドの昔話〔出典〕〔The King of
the Waterfalls〕（ラング）
◇武富博訳, H.J.フォード装画・挿絵「アン
ドルー・ラング世界童話集 12」東京創元社
2009 p58

たき火〔To Build a Fire〕（ロンドン）
◇千葉茂樹訳, ヨシタケシンスケ絵「世界
ショートセレクション 3」理論社 2017 p93

たくさんの頭を持ったヘビ（ペロー）
◇末松氷海子訳, エヴァ・フラントヴァー絵
「ペロー昔話・寓話集」西村書店 2008 p332

たくましいハンス〔Der starke Hans〕（グリ
ム）
◇「完訳 グリム童話集 6」筑摩書房 2006
p244

宅妖―聊斎志異より（蒲松齢）
◇柴田天馬訳「小学生までに読んでおきたい
文学 6」あすなろ書房 2013 p33

たこあげ大会（マーヒー）
◇石井桃子訳, シャーリー・ヒューズ画「魔法
使いのチョコレート・ケーキ―マーガレッ
ト・マーヒーお話集」福音館書店 2004 p9

ださない力―『笛ふき岩 中国古典寓話集』
◇平塚武二編著, 川村易挿絵「こんなとき読んで
あげたい おはなしのおもちゃ箱 1」PHP研
究所 2003 p166

たたみ往生（中島らも）
◇「小学生までに読んでおきたい文学 1」あ
すなろ書房 2014 p191

ダチョウ（イソップ）
◇河野与一編訳, 稗田一穂さし絵「イソップの
お話」岩波書店 2000 p297

ダチョウ〔The Ostrich Is a Silly Bird〕（フ
リーマン）
◇アーサー・ビナード, 木坂涼編訳, しりあが
り寿イラスト「ガラガラヘビの味―アメリ
カ子ども詩集」岩波書店 2010 p88

たった一度の"ワン！"〔Only One Woof〕
（ヘリオット）
◇村上由見子訳, 杉田比呂美絵「ヘリオット先
生と動物たちの8つの物語」集英社 2012
p33

「ダ」ったらダールだ！〔D is for Dahl〕
（ダール）
◇ウェンディ・クーリング編, 柳瀬尚紀訳,
クェンティン・ブレイク絵「ロアルド・ダー
ルコレクション 別巻2」評論社 2007 p1

ダニイの父さん―「ぼくらは世界一の名コンビ！」よ
り（ダール）
◇小野章訳, クェンティン・ブレイク絵「まる
ごと一冊ロアルド・ダール」評論社 2000
p296

谷の幽霊〔The Ghost of the Valley〕（ダンセ
イニ）
◇金原瑞人編訳, 佐竹美保挿画「ホラー短編集
〔1〕」岩波書店 2010 p55

ダニーは世界チャンピオン〔Danny the
Champion of the World〕（ダール）
◇柳瀬尚紀訳, クェンティン・ブレイク絵「ロ

世界児童文学全集/個人全集・作品名綜覧 第II期 **319**

たのし

アルド・ダールコレクション 6」評論社 2006 p7

たのしいゾウの大パーティー（パウル・ビーヘル）
◇大塚勇三訳、たなかゆうこ挿絵「こんなとき読んであげたい おはなしのおもちゃ箱 2」PHP研究所 2003 p152

たのしいムーミン一家〔Trollkarlens hatt〕（ヤンソン）
◇山室静訳「ムーミン童話シリーズ 〔2〕」講談社 2014 p7

旅芸人のいたずら（グリム）
◇小澤昔ばなし研究所再話、オットー・ウベローデ絵「語るためのグリム童話 1」小峰書店 2007 p82

旅に出たわらと炭とそら豆〔Strohhalm, Kohle und Bohne auf der Reise〕（グリム）
◇吉原高志、吉原素子訳「初版グリム童話集 1」白水社 2007 p112

旅に出る〔Up Reisen gohn〕（グリム）
◇池田香代子訳、オットー＝ウッベローデ挿画「完訳クラシック グリム童話 4」講談社 2000 p214
◇「完訳 グリム童話集 6」筑摩書房 2006 p103

旅に出る（グリム）
◇小澤昔ばなし研究所再話、オットー・ウベローデ絵「語るためのグリム童話 6」小峰書店 2007 p209
◇池田香代子訳、オットー・ウッベローデ挿画「完訳 グリム童話集 3」講談社 2008 p185
◇高橋健二訳、徳井聡司（せんべぇ）イラスト「完訳 グリム童話集 4」小学館 2009 p217
◇橋本孝、天沼春樹訳、シャルロット・デマトーン絵「グリム童話全集」西村書店 2013 p482

旅の途中の麦藁と炭と豆〔Strohhalm, Kohle und Bohne auf der Reise〕（グリム）
◇乾侑美子訳、Otto Ubbelohde, Ludwig Richter挿絵「1812初版グリム童話 上」小学館 2000 p83

旅の仲間（アンデルセン）
◇天沼春樹訳、ドゥシャン・カーライ、カミラ・シュタンツロヴァー絵「アンデルセン童話全集 3」西村書店 2013 p14
◇大塚勇三編・訳、イブ・スパング・オルセン画「アンデルセンの童話 2」福音館書店 2003 p103

旅の道連れ〔The Traveling Companion〕（アンデルセン）
◇荒俣宏訳、ハリー・クラーク絵「アンデルセン童話集」新書館 2005 p69
◇荒俣宏訳、ハリー・クラーク絵「アンデルセン童話集 上」文藝春秋 2012 p71

旅の道連れ（アンデルセン）
◇高橋健二訳、いたやさとし画「完訳 アンデルセン童話集 1」小学館 2009 p110

旅人と運命の神（イソップ）
◇河野与一編訳、稗田一穂さし絵「イソップのお話」岩波書店 2000 p182
◇川崎洋文、やまもとこあき絵「小学館 世界の名作 18」小学館 1999 p22

旅人と運命の女神（イソップ）
◇川名澄訳、アーサー・ラッカム絵「新編 イソップ寓話」風媒社 2014 p161

旅人とカラス（イソップ）
◇河野与一編訳、稗田一穂さし絵「イソップのお話」岩波書店 2000 p293

旅人と枯れ木の根っこ（イソップ）
◇河野与一編訳、稗田一穂さし絵「イソップのお話」岩波書店 2000 p118

旅人とクマ（イソップ）
◇ラッセル・アッシュ、バーナード・ヒットン編著、秋野翔一郎訳「クラシックイラストレーション版 イソップ寓話集」童話館出版 2002 p76
◇河野与一編訳、稗田一穂さし絵「イソップのお話」岩波書店 2000 p26

旅人とスズカケの木（イソップ）
◇河野与一編訳、稗田一穂さし絵「イソップのお話」岩波書店 2000 p137

たび人とプラタナスの木（イソップ）
◇よこたきよし文、飯岡千江子絵「読み聞かせイソップ50話」チャイルド本社 2007 p56

旅人とプラタナスの木（イソップ）
◇川名澄訳、アーサー・ラッカム絵「新編 イソップ寓話」風媒社 2014 p112

旅人とヘルメス（イソップ）
◇河野与一編訳、稗田一穂さし絵「イソップのお話」岩波書店 2000 p188

旅人と「ほんとう」（イソップ）
◇河野与一編訳、稗田一穂さし絵「イソップのお話」岩波書店 2000 p304

旅人と「ほんとう」―ギリシャ神話
◇赤木かんこ訳、川村易挿絵「こんなとき読んであげたい おはなしのおもちゃ箱 2」PHP研

究所 2003 p132

タマオシコガネ〔Skarnbassen〕（アンデルセン）
◇福井信子, 大河原晶子訳, フレミング・B. イェペセン画「本当に読みたかったアンデルセン童話」NTT出版 2005 p80

たまごから生まれた王女—『エストニアの昔話』〔出典〕〔The Child Who Came from an Egg〕（ラング）
◇武富博司訳, H.J.フォード装画・挿画「アンドルー・ラング世界童話集 7」東京創元社 2008 p94

卵ほどの大きさの穀物（トルストイ）
◇北御門二郎訳「トルストイの散歩道 3」あすなろ書房 2006 p45

タマコロガシものがたり（ファーブル）
◇小林清之介文, 横内襄え「新版 ファーブルこんちゅう記 1」小峰書店 2006 p4

魂をはこぶ船（プロイスラー）
◇佐々木田鶴子訳, スズキコージ絵「プロイスラーの昔話 3」小峰書店 2004 p98

だましたらだまされる（インド パンジャブ地方）〔Diamond Cut Diamond〕（ラング）
◇川端康成, 野上彰編訳, 矢野信一郎絵「ラング世界童話全集 7」偕成社 2009 p73

玉運び, つとめをはたす—ネイティブ・アメリカンの昔話〔出典〕〔How Ball-Carrier Finished His Task〕（ラング）
◇ないとうふみこ訳, H.J.フォード装画・挿画「アンドルー・ラング世界童話集 9」東京創元社 2009 p21

玉運びと魔物—"U.S.Bureau of Ethnology"〔出典〕〔Ball-Carrier and the Bad One〕（ラング）
◇ないとうふみこ訳, H.J.フォード装画・挿画「アンドルー・ラング世界童話集 9」東京創元社 2009 p7

タマムシを狩るツチスガリ（ファーブル）
◇奥本大三郎編・訳, 見山博標本画・イラスト「ファーブル昆虫記 2」集英社 1996 p37

ためになる助言（エンデ）
◇田村都志夫訳「だれでもない庭—エンデが遺した物語集」岩波書店 2002 p311
◇田村都志夫訳「だれでもない庭—エンデが遺した物語集」岩波書店 2015 p389

ためになる本—『笛ふき岩 中国古典寓話集』
◇平塚武二編著「こんなとき読んであげたい おはなしのおもちゃ箱 2」PHP研究所 2003 p134

ダルエスサラームからナイロビへフォー

ド・プリフェクトに乗って—「単独飛行」より（ダール）
◇佐藤見果夢訳, クェンティン・ブレイク絵「まるごと一冊ロアルド・ダール」評論社 2000 p426

ダールさんってどんな人？〔Roald Dahl：A Biography〕（ボーリング）
◇灰島かり訳, スティーヴン・ガルビス絵「ロアルド・ダールコレクション 別巻1」評論社 2007 p3

ダールのおいしい!?レストラン—物語のお料理フルコース〔Roald Dahl's Revolting Recipes〕（ダール）
◇ジョウジー・ファイソン, フェリシティー・ダール編, そのひかる訳, クェンティン・ブレイク絵「ロアルド・ダールコレクション 別巻3」評論社 2016 p8

ダールの発明—「一年中ワクワクしてた」より（ダール）
◇久山太市訳, クェンティン・ブレイク絵「まるごと一冊ロアルド・ダール」評論社 2000 p322

ダルメシアン—100と1ぴきの犬の物語〔The Hundred and One Dalmatians〕（D.スミス）
◇熊谷鉱司訳, ジャネット＆アン・グラハム＝ジョンストン画「Modern Classic Selection 1」文溪堂 1996 p9

だれがいちばん幸福だったか（アンデルセン）
◇高橋健二訳, いたやさとし画「完訳 アンデルセン童話集 7」小学館 2010 p321

だれが一番幸福だったか（アンデルセン）
◇天沼春樹訳, ドゥシャン・カーライ, カミラ・シュタンツロヴァー絵「アンデルセン童話全集 3」西村書店 2013 p414

だれかいますか？〔Who's In？〕（フレミング）
◇岸田衿子, 百々佑利子訳, ミーガン・グレッサー絵「おうちをつくろう」のら書店 1993 p15

だれが鐘をならしたか（オールデン）
◇中村妙子訳, たなかゆうこ挿絵「こんなとき読んであげたい おはなしのおもちゃ箱 2」PHP研究所 2003 p188

だれかが呼んだ〔Somebody Calls？〕（レイヴァー）
◇金原瑞人編訳, 佐竹美保挿画「ホラー短編集〔1〕」岩波書店 2010 p199

だれかさん〔Someone〕（デ・ラ・メア）

たれて

◇岸田衿子, 百々佑利子訳, ミーガン・グレッサー絵「みんなわたしの」のら書店 1991 p77

だれでもない庭—長編小説の断片〔フラグメント〕(エンデ)
◇田村都志夫訳「だれでもない庭—エンデが遺した物語集」岩波書店 2002 p166
◇田村都志夫訳「だれでもない庭—エンデが遺した物語集」岩波書店 2015 p204

ダレモイナイ〔No One〕(D.W.ジョーンズ)
◇野口絵美訳, 佐竹美保絵「ダイアナ・ウィン・ジョーンズ短編集 魔法！魔法！魔法！」徳間書店 2007 p311

ダレモイナイ(D.W.ジョーンズ)
◇野口絵美訳「ダイアナ・ウィン・ジョーンズ短編集 魔法？魔法！」徳間書店 2015 p255

断崖の最期〔The Final Problem〕(ドイル)
◇山中峯太郎訳著「名探偵ホームズ全集 2」作品社 2017 p575

断片〔Fragmente〕(グリム)
◇吉原高志, 吉原素子訳「初版グリム童話集 3」白水社 2008 p187

断編(グリム)
◇高橋健二訳, 徳井聡司(せんべぇ)イラスト「完訳 グリム童話集 5」小学館 2009 p236

タンポポ
◇岸田衿子, 百々佑利子訳, ミーガン・グレッサー絵「おうちをつくろう」のら書店 1993 p44

【 ち 】

小さい兄と妹(グリム)
◇山口四郎訳「グリム童話 2」冨山房インターナショナル 2004 p41

小さいイーダちゃんの花(アンデルセン)
◇高橋健二訳, いたやさとし画「完訳 アンデルセン童話集 1」小学館 2009 p55

小さいイーダの花(アンデルセン)
◇大塚勇三編・訳, イブ・スパング・オルセン画「アンデルセンの童話 3」福音館書店 2003 p23

小さいお嬢さまのバラ(ファージョン)
◇石井桃子訳, 櫻井さなえ挿絵「こんなとき読んであげたい おはなしのおもちゃ箱 2」PHP研究所 2003 p36

小さいこどもさんにひとこと(アンソニー)
◇岸田衿子, 百々佑利子訳, ミーガン・グレッサー絵「おうちをつくろう」のら書店 1993 p67

小さい緑の物たち(アンデルセン)
◇高橋健二訳, いたやさとし画「完訳 アンデルセン童話集 7」小学館 2010 p127

小さいろば(グリム)
◇高橋健二訳, 徳井聡司(せんべぇ)イラスト「完訳 グリム童話集 4」小学館 2009 p221

小さなイーダちゃんの花(アンデルセン)
◇天沼春樹訳, ドゥシャン・カーライ, カミラ・シュタンツロヴァー絵「アンデルセン童話全集 2」西村書店 2012 p21

小さな祈り
◇岸田衿子, 百々佑利子訳, ミーガン・グレッサー絵「おうちをつくろう」のら書店 1993 p28

小さな男の子の旅〔Ein kleiner Junge unterwegs〕(ケストナー)
◇榊直子訳, 堀川理万子絵「ショート・ストーリーズ 小さな男の子の旅—ケストナー短編」小峰書店 1996 p5

小さな女の子から聞いた話〔The Moon's the North Wind's Cooky〕(V.リンゼイ)
◇アーサー・ビナード, 木坂涼編訳, しりあがり寿イラスト「ガラガラヘビの味—アメリカ子ども詩集」岩波書店 2010 p106

小さな風(グリーナウェイ)
◇岸田衿子, 百々佑利子訳, ミーガン・グレッサー絵「おうちをつくろう」のら書店 1993 p11

ちいさなかめ〔The Little Turtle〕(V.リンゼイ)
◇岸田衿子, 百々佑利子訳, ミーガン・グレッサー絵「みんなわたしの」のら書店 1991 p63

小さなクマの話(ショヴォー)
◇出口裕弘訳「ショヴォー氏とルノー君のお話集 2」福音館書店 2003 p159

小さな軍馬 あるジャックウサギの物語(シートン)
◇越前敏弥訳, 姫川明月絵「シートン動物記〔2〕」KADOKAWA 2013 p5

ちいさなこびと(バングズ)
◇岸田衿子, 百々佑利子訳, ミーガン・グレッサー絵「みんなわたしの」のら書店 1991

ちいさ

小さな死に装束（グリム）
　◇橋本孝, 天沼春樹訳, シャルロット・デマトーン絵「グリム童話全集」西村書店 2013 p384

小さな人生の歌〔A Little Song of Life〕（リース）
　◇岸田衿子, 百々佑利子訳, ミーガン・グレッサー絵「おうちをつくろう」のら書店 1993 p49

ちいさなたね（ワッツ）
　◇岸田衿子, 百々佑利子訳, ミーガン・グレッサー絵「みんなわたしの」のら書店 1991 p19

小さな, とても小さな男の話（ショヴォー）
　◇出口裕弘訳「ショヴォー氏とルノー君のお話集 5」福音館書店 2003 p135

小さな鳥〔For a Bird〕（リヴィグストン）
　◇岸田衿子, 百々佑利子訳, ミーガン・グレッサー絵「おうちをつくろう」のら書店 1993 p26

小さなトロールと大きな洪水〔Småtrollen och den stora översvämningen〕（ヤンソン）
　◇冨原眞弓訳「ムーミン童話シリーズ 〔9〕」講談社 2015 p11

小さな人魚（アンデルセン）
　◇スティーブン・コリン英語訳, 江國香織訳, エドワード・アーディゾーニ選・絵「アンデルセンのおはなし」のら書店 2018 p27

小さな人魚姫（アンデルセン）
　◇菊池寛訳「読書がたのしくなる世界の文学〔2〕」くもん出版 2014 p95

小さな野ばら（ルーマニア）〔Little Wildrose〕（ラング）
　◇川端康成, 野上彰編訳, せべまさゆき絵「ラング世界童話全集 3」偕成社 2008 p68

小さな〈野バラ〉—ルーマニアの昔話〔出典〕〔Little Wildrose〕（ラング）
　◇大井久里子訳, H.J.フォード装画・挿絵「アンドルー・ラング世界童話集 8」東京創元社 2009 p85

小さな灰色の男—クレトケ ドイツの昔話〔出典〕〔The Little Gray Man〕（ラング）
　◇杉田七重訳, H.J.フォード装画・挿絵「アンドルー・ラング世界童話集 6」東京創元社 2008 p116

小さな火だねでも, 大火事になる（トルストイ）

小さな兵士—シャルル・ドゥラン〔出典〕〔The Little Soldier〕（ラング）
　◇武富博司訳, H.J.フォード装画・挿絵「アンドルー・ラング世界童話集 3」東京創元社 2008 p169

小さな兵隊さん（ドイツ）〔The Little Soldier〕（ラング）
　◇川端康成, 野上彰編訳, 朝倉田美子絵「ラング世界童話全集 8」偕成社 2009 p208

小さなみどり色のかえる（フランス）〔The Little Green Frog〕（ラング）
　◇川端康成, 野上彰編訳, 朝倉田美子絵「ラング世界童話全集 8」偕成社 2009 p99

小さな緑のカエル—"Cabinet des Fées"〔出典〕〔The Little Green Frog〕（ラング）
　◇宮坂宏美訳, H.J.フォード装画・挿絵「アンドルー・ラング世界童話集 4」東京創元社 2008 p57

小さな緑のものたち（アンデルセン）
　◇天沼春樹訳, ドゥシャン・カーライ, カミラ・シュタンツロヴァー絵「アンデルセン童話全集 2」西村書店 2012 p552

小さなムクの話（ハウフ）
　◇乾侑美子訳, T.ヴェーバーほか画「冷たい心臓—ハウフ童話集」福音館書店 2001 p129

小さなものたち〔Little Things〕（スティーヴンズ）
　◇岸田衿子, 百々佑利子訳, ミーガン・グレッサー絵「おうちをつくろう」のら書店 1993 p82

小さなやさしいネズミ—オーノワ夫人〔出典〕〔The Little Good Mouse〕（ラング）
　◇宮坂宏美訳, H.J.フォード, L.スピード装画・挿絵「アンドルー・ラング世界童話集 2」東京創元社 2008 p185

小さな妖精と奥さん（アンデルセン）
　◇天沼春樹訳, ドゥシャン・カーライ, カミラ・シュタンツロヴァー絵「アンデルセン童話全集 3」西村書店 2013 p355

小さな妖精と食料品屋—ハンス・アンデルセンのドイツ語翻訳〔出典〕〔The Goblin and Grocer〕（ラング）
　◇杉田七重訳, H.J.フォード装画・挿絵「アンドルー・ラング世界童話集 5」東京創元社 2008 p7

◇木村浩訳, ユーリイ・ワシーリエフさし絵「21世紀版 少年少女世界文学館 20」講談社 2011 p255

世界児童文学全集/個人全集・作品名綜覧 第II期　323

ちいさ

ちいさなロバ〔Das Eselein〕（グリム）
　◇吉原高志, 吉原素子訳, Otto Ubbelohde挿絵
　「初版グリム童話集 5」白水社 2008 p180
小さなろば（グリム）
　◇乾侑美子訳「グリムの昔話 2」童話館出版
　2000 p324
小さなロバ〔Das Eselein〕（グリム）
　◇乾侑美子訳, Otto Ubbelohde, Ludwig
　Richter挿絵「1812初版グリム童話 下」小
　学館 2000 p313
「ちがいがあります」（アンデルセン）
　◇高橋健二訳, いたやさとし画「完訳 アンデル
　セン童話集 3」小学館 2009 p293
ちがいがあります（アンデルセン）
　◇天沼春樹訳, ドゥシャン・カーライ, カミ
　ラ・シュタンツロヴァー絵「アンデルセン
　童話全集 3」西村書店 2013 p144
「ちがいがあります」（アンデルセン）
　◇大塚勇三編・訳, イブ・スパング・オルセン
　画「アンデルセンの童話 3」福音館書店
　2003 p125
地下にかくされた王女—ドイツの昔話〔出典〕
〔The Princess Who Was Hidden
Underground〕（ラング）
　◇児玉敦子訳, H.J.フォード装画・挿絵「アン
　ドルー・ラング世界童話集 7」東京創元社
　2008 p317
地下の鍛冶屋—『エストニアの昔話』〔出典〕〔The
Underground Workers〕（ラング）
　◇おおつかのりこ訳, H.J.フォード装画・挿絵
　「アンドルー・ラング世界童話集 7」東京創
　元社 2008 p225
力づく〔The Use of Force〕（W.C.ウィリアム
ズ）
　◇宮本陽吉訳「小学生までに読んでおきたい
　文学 4」あすなろ書房 2013 p59
力もちのハンス（グリム）
　◇橋本孝, 天沼春樹訳, シャルロット・デマ
　トーン絵「グリム童話全集」西村書店 2013
　p523
力持ちのハンス（グリム）
　◇高橋健二訳, 徳井聡司（せんべぇ）イラスト
　「完訳 グリム童話集 4」小学館 2009 p347
チカリーとキノコ（シートン）
　◇正岡慧子文, 木村修絵「ビジュアル特別版 シー
　トン動物記 下」世界文化社 2018 p37
遅刻生（チョン フィチャン）
　◇肥後浩平訳, カン ヨン絵「いま読もう！韓

国ベスト読みもの 5」汐文社 2005 p157
ちしゃ（グリム）
　◇高橋健二訳, 徳井聡司（せんべぇ）イラスト
　「完訳 グリム童話集 1」小学館 2008 p140
ちちしぼりの少女とおけ（イソップ）
　◇天野裕計訳, ローワン・バーンズマーフィー絵
　「イソップ物語」文溪堂 2005 p40
ちちしぼりのむすめ（イソップ）
　◇小出正吾ぶん, 三好碩也え「イソップのおは
　なし」のら書店 2010 p113
チックタック（千葉省三）
　◇川村易挿絵「こんなとき読んであげたい おはな
　しのおもちゃ箱 2」PHP研究所 2003 p17
チックの話—シチリアの昔話〔出典〕〔The Story
of Ciccu〕（ラング）
　◇杉本詠美訳, H.J.フォード装画・挿絵「アン
　ドルー・ラング世界童話集 5」東京創元社
　2008 p324
ちっちゃな女の子〔Little Girl〕（ファイルマ
ン）
　◇岸田衿子, 百々佑利子訳, ミーガン・グレッ
　サー絵「おうちをつくろう」のら書店 1993
　p10
地底探検〔Voyage au centre de la Terre〕
（ヴェルヌ）
　◇久米元一訳, 琴月綾絵「冒険ファンタジー名
　作選 11」岩崎書店 2004 p6
地のなかの小人〔Dat Erdmänneken〕（グリ
ム）
　◇「完訳 グリム童話集 4」筑摩書房 2006
　p195
ちびガモのお祈り〔The Prayer of the Little
Ducks〕（デ・ガストルド）
　◇岸田衿子, 百々佑利子訳, ミーガン・グレッ
　サー絵「おうちをつくろう」のら書店 1993
　p22
ちびすけ、こっちへおいで（プロイスラー）
　◇佐々木田鶴子訳, スズキコージ絵「プロイス
　ラーの昔話 3」小峰書店 2004 p106
ちびネコ トゥーランドット〔Little Dot〕
（D.W.ジョーンズ）
　◇野口絵美訳, 佐竹美保絵「ダイアナ・ウィ
　ン・ジョーンズ短編集 魔法！魔法！魔
　法！」徳間書店 2007 p489
ちびネコ姫 トゥーランドット（D.W.ジョーン
ズ）
　◇野口絵美訳「ダイアナ・ウィン・ジョーンズ
　短編集 魔法？魔法！」徳間書店 2015 p457

ちびの野ウサギ—E.ジャコテ訳編『バソト族の昔話』
〔出典〕〔The Little Hare〕（ラング）
　◇大井久里子訳, H.J.フォード装画・挿絵「ア
　　ンドルー・ラング世界童話集 5」東京創元
　　社 2008 p303
ちびのピッパ〔Little Pippa〕（ミリガン）
　◇岸田衿子, 百々佑利子訳, ミーガン・グレッ
　　サー絵「みんなわたしの」のら書店 1991
　　p60
ちゃいろの童話集〔The Brown Fairy Book〕
　（ラング）
　◇「アンドルー・ラング世界童話集 9」東京
　　創元社 2009
ちゃいろの童話集（ラング）
　◇「ラング世界童話全集 6」偕成社 2008
茶色の服の男〔The Man in the Brownn Suit〕
　（クリスティ）
　◇深町眞理子訳「クリスティー・ジュニア・
　　ミステリ 10」早川書房 2008 p1
ちゅうい
　◇岸田衿子, 百々佑利子訳, ミーガン・グレッ
　　サー絵「おうちをつくろう」のら書店 1993
　　p29
忠義なヨハネス〔Der treue Johannes〕（グリ
　ム）
　◇「完訳 グリム童話集 1」筑摩書房 2005 p80
忠義なヨハネス（グリム）
　◇フェリクス・ホフマン編・画, 大塚勇三訳
　　「グリムの昔話 1」福音館書店 2002 p37
忠実なすずめの名付け親〔Vom treuen
　Gevatter Sperling〕（グリム）
　◇吉原高志, 吉原素子訳「初版グリム童話集
　　3」白水社 2008 p33
忠実な雀の名づけ親の話〔Vom treuen
　Gevatter Sperling〕（グリム）
　◇乾侑美子訳, Otto Ubbelohde, Ludwig
　　Richter挿絵「1812初版グリム童話 上」小
　　学館 2000 p324
忠実な動物たち〔Die treuen Thiere〕（グリ
　ム）
　◇吉原高志, 吉原素子訳「初版グリム童話集
　　4」白水社 2008 p165
　◇乾侑美子訳, Otto Ubbelohde, Ludwig
　　Richter挿絵「1812初版グリム童話 下」小
　　学館 2000 p153
忠実な動物たち（グリム）
　◇小澤昔ばなし研究所再話, オットー・ウベ
　　ローデ絵「語るためのグリム童話 6」小峰

書店 2007 p6
　◇高橋健二訳, 徳井聡司（せんべぇ）イラスト
　　「完訳 グリム童話集 5」小学館 2009 p329
忠実な友達〔The Devoted Friend〕（ワイルド）
　◇西村孝次訳「幸福な王子—ワイルド童話全
　　集」新潮社 2003 p51
忠実なヨハネス（グリム）
　◇小澤昔ばなし研究所再話, オットー・ウベ
　　ローデ絵「語るためのグリム童話 1」小峰
　　書店 2007 p62
　◇高橋健二訳, 徳井聡司（せんべぇ）イラスト
　　「完訳 グリム童話集 1」小学館 2008 p71
　◇橋本孝, 天沼春樹訳, シャルロット・デマ
　　トーン絵「グリム童話全集」西村書店 2013
　　p28
注射（森茉莉）
　◇「小学生までに読んでおきたい文学 4」あ
　　すなろ書房 2013 p69
忠臣ヨハネス〔Der treue Johannes〕（グリム）
　◇池田香代子訳, オットー＝ウッベローデ挿
　　画「完訳クラシック グリム童話 1」講談社
　　2000 p49
忠臣ヨハネス（グリム）
　◇山口四郎訳「グリム童話 3」冨山房イン
　　ターナショナル 2004 p172
　◇池田香代子訳, オットー・ウッベローデ挿画
　　「完訳 グリム童話集 1」講談社 2008 p61
中断された授業時間（ヘッセ）
　◇木本栄訳, 佐竹美保画「世界名作ショートス
　　トーリー 4」理論社 2015 p153
“中年子ども（middle-aged child）”は矛盾語
法ではない（カニグズバーグ）
　◇清水真砂子訳「カニグズバーグ作品集 別
　　巻」岩波書店 2002 p141
中年の男とふたりの愛人（イソップ）
　◇川名澄訳, アーサー・ラッカム絵「新編 イ
　　ソップ寓話」風媒社 2014 p117
チョウ〔Sommerfuglen〕（アンデルセン）
　◇福井信子, 大河原晶子訳, フレミング・B.
　　イェベセン画「本当に読みたかったアンデ
　　ルセン童話」NTT出版 2005 p234
チョウ（アンデルセン）
　◇天沼春樹訳, ドゥシャン・カーライ, カミ
　　ラ・シュタンツロヴァー絵「アンデルセン
　　童話全集 2」西村書店 2012 p356
蝶〔The Butterfly〕（アンデルセン）
　◇荒俣宏訳, ハリー・クラーク絵「アンデルセ
　　ン童話集」新書館 2005 p379

ちょう

◇荒俣宏訳, ハリー・クラーク絵「アンデルセン童話集 下」文藝春秋 2012 p71

超異常ドリンク〔Mad Drinks〕（ローゼン）
　◇川崎洋訳, クウェンティン・ブレイク絵「木はえらい――イギリス子ども詩集」岩波書店 2000 p45

超異常メニュー〔Mad Meals〕（ローゼン）
　◇川崎洋訳, クウェンティン・ブレイク絵「木はえらい――イギリス子ども詩集」岩波書店 2000 p44

彫刻家とヘルメス（イソップ）
　◇河野与一編訳, 稗田一穂さし絵「イソップのお話」岩波書店 2000 p304

超世界への旅――日本のSF短編集
　◇「SF名作コレクション 20」岩崎書店 2006

ちょうちょう（アンデルセン）
　◇高橋健二訳, いたやさとし画「完訳 アンデルセン童話集 6」小学館 2010 p306

超能力部隊〔Gulf〕（ハインライン）
　◇矢野徹訳, 琴月綾絵「冒険ファンタジー名作選 14」岩崎書店 2004 p6

貯金（イ ヨンホ）
　◇谷口佳子訳, カン ヨンべ絵「いま読もう！韓国ベスト読みもの 5」汐文社 2005 p51

貯金箱（アンデルセン）
　◇天沼春樹訳, ドゥシャン・カーライ, カミラ・シュタンツロヴァー絵「アンデルセン童話全集 2」西村書店 2012 p514

貯金箱〔Money Box〕（ローゼン）
　◇川崎洋訳, クウェンティン・ブレイク絵「木はえらい――イギリス子ども詩集」岩波書店 2000 p56

チョコレート工場の秘密〔Charlie and the Chocolate Factory〕（ダール）
　◇柳瀬尚紀訳, クェンティン・ブレイク絵「ロアルド・ダールコレクション 2」評論社 2005 p7

チョコレート工場の秘密（抄録）（ダール）
　◇田村隆一訳, クウェンティン・ブレイク絵「まるごと一冊ロアルド・ダール」評論社 2000 p244

チョコレートの箱（クリスティ）
　◇花上かつみ訳, 高松啓二絵「アガサ＝クリスティ短編傑作集 1」講談社 2001 p33

著者のメモ〔青春のオフサイド〕（ウェストール）
　◇「ウェストールコレクション 〔7〕」徳間書店 2005 p2

ちょっと出かけてくるわ〔I'm Just Going Out for a Moment〕（ローゼン）
　◇谷川俊太郎訳, クウェンティン・ブレイク絵「木はえらい――イギリス子ども詩集」岩波書店 2000 p32

鎮魂（スティーブンソン）
　◇岸田玲子, 百々佑利子訳, ミーガン・グレッサー絵「おうちをつくろう」のら書店 1993 p103

ちんちん小袴〔Chin Chin Kobakama〕（小泉八雲）
　◇池田雅之訳「小学生までに読んでおきたい文学 6」あすなろ書房 2013 p37

沈黙の殺人者〔The Silence of Murder〕（マコール）
　◇武富博司訳「海外ミステリーBOX 〔10〕」評論社 2013 p1

【つ】

ついにおそれを知った若者の話――イグナーッ・クノーシュ博士『トルコの昔話』〔出典〕〔The Boy Who Found Fear at Last〕（ラング）
　◇武富博司訳, H.J.フォード装画・挿絵「アンドルー・ラング世界童話集 11」東京創元社 2009 p298

追放者〔Exile〕（ハミルトン）
　◇中村融訳「小学生までに読んでおきたい文学 6」あすなろ書房 2013 p105

ついらくした月〔The Hopkins Manuscript〕（シェリフ）
　◇白木茂訳, 竹本泉絵「冒険ファンタジー名作選 6」岩崎書店 2003 p6

つかまえられたイタチ（イソップ）
　◇河野与一編訳, 稗田一穂さし絵「イソップのお話」岩波書店 2000 p254

つかまりやすい人――エイヴリーの話（カニグズバーグ）
　◇小島希里訳「カニグズバーグ作品集 7」岩波書店 2002 p263

月〔Der Mond〕（グリム）
　◇池田香代子訳, オットー＝ウッベローデ挿画「完訳クラシック グリム童話 5」講談社 2000 p96

月（グリム）

◇池田香代子訳, オットー・ウッベローデ挿画「完訳グリム童話集」講談社 2008 p324
◇橋本孝, 天沼春樹訳, シャルロット・デマトーン絵「グリム童話全集」西村書店 2013 p541

ツキガタダイコクコガネ (ファーブル)
◇奥本大三郎編・訳, 見山博標本画・イラスト「ファーブル昆虫記 1」集英社 1996 p181

月とおかあさん (イソップ)
◇川名澄訳, アーサー・ラッカム絵「新編 イソップ寓話」風媒社 2014 p22

月の女神と母親 (イソップ)
◇河野与一編訳, 稗田一穂さし絵「イソップのお話」岩波書店 2000 p315

次の物語の覚え書き〔ミルデンホールの宝物〕(ダール)
◇「ロアルド・ダールコレクション 7」評論社 2006 p71

ツグミ (イソップ)
◇河野与一編訳, 稗田一穂さし絵「イソップのお話」岩波書店 2000 p218

つぐみのひげの王さま (グリム)
◇高橋健二訳, 徳井聡司 (せんべぇ) イラスト「完訳 グリム童話集 2」小学館 2008 p155

つぐみの髭の王さま〔König Droßelbart〕(グリム)
◇吉原高志, 吉原素子訳, Franz Pocci 挿絵「初版グリム童話集 2」白水社 2007 p166

ツグミのひげの王さま (グリム)
◇フェリクス・ホフマン編・画, 大塚勇三訳「グリムの昔話 2」福音館書店 2002 p233
◇植田敏郎訳, オットー・ウッベローデさし絵「グリムの昔話 3」童話館出版 2001 p86

ツグミのひげの王様 (グリム)
◇山口四郎訳「グリム童話 3」冨山房インターナショナル 2004 p76

ツグミの鬚の王さま〔König Droßelbart〕(グリム)
◇乾侑美子訳, Otto Ubbelohde, Ludwig Richter 挿絵「1812初版グリム童話 上」小学館 2000 p286

つぐみひげの王さま〔König Drosselbart〕(グリム)
◇野村泫訳, フランツ・ポッツィ画「完訳 グリム童話 3」筑摩書房 2006 p51

つぐみひげの王さま (グリム)
◇小澤昔ばなし研究所再話, オットー・ウベローデ絵「語るためのグリム童話 3」小峰書店 2007 p102
◇橋本孝, 天沼春樹訳, シャルロット・デマトーン絵「グリム童話全集」西村書店 2013 p188

つぐみ髭の王さま〔König Drosselbart〕(グリム)
◇池田香代子訳, オットー＝ウッベローデ挿画「完訳クラシック グリム童話 2」講談社 2000 p115

つぐみ髭の王さま (グリム)
◇池田香代子訳, オットー・ウッベローデ挿画「完訳グリム童話集」講談社 2008 p467

ツグミひげの王さま (グリム)
◇佐々木田鶴子訳, 出久根育絵「グリム童話集 上」岩波書店 2007 p282

土をまるくもったおはか (グリム)
◇矢崎源九郎訳, ウェルナー・クレムケさし絵「グリムの昔話 1」童話館出版 2000 p108

ツチスガリ (ファーブル)
◇大岡信編訳「ファーブルの昆虫記 下」岩波書店 2000 p67

ツチスガリのふしぎなちゅうしゃ (ファーブル)
◇小林清之介文, 横内襄え「新版 ファーブルこんちゅう記 3」小峰書店 2006 p4

土のつぼと金のつぼ (イソップ)
◇河野与一編訳, 稗田一穂さし絵「イソップのお話」岩波書店 2000 p105

土の中のこびと (グリム)
◇小澤昔ばなし研究所再話, オットー・ウベローデ絵「語るためのグリム童話 5」小峰書店 2007 p96
◇高橋健二訳, 徳井聡司 (せんべぇ) イラスト「完訳 グリム童話集 3」小学館 2008 p144
◇橋本孝, 天沼春樹訳, シャルロット・デマトーン絵「グリム童話全集」西村書店 2013 p324

土の中の小人〔Dat Erdmänneken〕(グリム)
◇天沼春樹訳, ペテル・ウフナール画「グリム・コレクション 4」パロル舎 2001 p93
◇吉原高志, 吉原素子訳, Otto Ubbelohde 挿絵「初版グリム童話集 4」白水社 2008 p62

ツチハンミョウの大冒険 (ファーブル)
◇奥本大三郎編・訳, 見山博標本画・イラスト「ファーブル昆虫記 1」集英社 1996 p333

ツチハンミョウのミステリー (ファーブル)
◇奥本大三郎編・訳, 見山博標本画・イラスト「ファーブル昆虫記 1」集英社 1996 p255

つつく

ツックぼうや（アンデルセン）
◇高橋健二訳, いたやさとし画「完訳 アンデルセン童話集 3」小学館 2009 p166
◇天沼春樹訳, ドゥシャン・カーライ, カミラ・シュタンツロヴァー絵「アンデルセン童話全集 1」西村書店 2011 p263
ツバメ（ロゼッティ）
◇岸田衿子, 百々佑利子訳, ミーガン・グレッサー絵「おうちをつくろう」のら書店 1993 p96
ツバメ号とアマゾン号（上）〔Swallows and Amazons〕（ランサム）
◇神宮輝夫訳「ランサム・サーガ 1」岩波書店 2010 p13
ツバメ号とアマゾン号（下）〔Swallows and Amazons〕（ランサム）
◇神宮輝夫訳「ランサム・サーガ 1」岩波書店 2010 p11
ツバメ号の伝書バト（上）〔Pigeon Post〕（ランサム）
◇神宮輝夫訳「ランサム・サーガ 6」岩波書店 2012 p13
ツバメ号の伝書バト（ド）〔Pigeon Post〕（ランサム）
◇神宮輝夫訳「ランサム・サーガ 6」岩波書店 2012 p11
燕と王子（ワイルド）
◇有島武郎訳「読書がたのしくなる世界の文学 〔3〕」くもん出版 2014 p65
ツバメとカラス（イソップ）
◇河野与一訳, 稗田一穂さし絵「イソップのお話」岩波書店 2000 p53
ツバメとヘビ（イソップ）
◇河野与一編訳, 稗田一穂さし絵「イソップのお話」岩波書店 2000 p47
ツバメとほかの鳥たち（イソップ）
◇河野与一編訳, 稗田一穂さし絵「イソップのお話」岩波書店 2000 p219
ツバメの谷（上）〔Swallowdale〕（ランサム）
◇神宮輝夫訳「ランサム・サーガ 2」岩波書店 2011 p13
ツバメの谷（下）〔Swallowdale〕（ランサム）
◇神宮輝夫訳「ランサム・サーガ 2」岩波書店 2011 p11
つぼをあけてしまったパンドラ（ブルフィンチ）
◇箕浦万里子訳, 深沢真由美絵「子どものための世界文学の森 28」集英社 1995 p27

つまみぐい─『笛ふき岩 中国古典寓話集』
◇平塚武二編著, 川村易挿絵「こんなとき読んであげたい おはなしのおもちゃ箱 1」PHP研究所 2003 p170
罪ほろぼし（サキ）
◇千葉茂樹訳, 佐竹美保画「世界名作ショートストーリー 2」理論社 2015 p181
つむとおさと針（グリム）
◇高橋健二訳, 徳井聡司（せんべぇ）イラスト「完訳 グリム童話集 5」小学館 2009 p127
つむとひと縫い針（グリム）
◇植田敏郎訳, オットー・ウッベローデさし絵「グリムの昔話 3」童話館出版 2001 p128
つむと杼（ひ）とぬい針─グリム〔出典〕〔Spindle, Shuttle, and Needle〕（ラング）
◇杉本詠美訳, H.J.フォード装画・挿絵「アンドルー・ラング世界童話集 3」東京創元社 2008 p336
つむと杼（ひ）と縫い針（グリム）
◇ワンダ・ガアグ編・絵, 松岡享子訳「グリムのむかしばなし 2」のら書店 2017 p51
錘（つむ）と梭（ひ）とぬい針（グリム）
◇佐々木田鶴子訳, 出久根育絵「グリム童話集 上」岩波書店 2007 p308
つむと杼と針（グリム）
◇橋本孝, 天沼春樹訳, シャルロット・デマトーン絵「グリム童話全集」西村書店 2013 p577
紡錘（つむ）と杼（ひ）と針〔Spindel, Weberschiffchen und Nadel〕（グリム）
◇池田香代子訳, オットー＝ウッベローデ挿画「完訳クラシック グリム童話 5」講談社 2000 p167
◇「完訳 グリム童話集 7」筑摩書房 2006 p146
紡錘と杼と針（グリム）
◇池田香代子訳, オットー・ウッベローデ挿画「完訳 グリム童話集 3」講談社 2008 p412
爪〔The Fingernail〕（アイリッシュ）
◇阿部主計訳「小学生までに読んでおきたい文学 3」あすなろ書房 2013 p145
冷たい心臓─あるおとぎ話 その一（ハウフ）
◇乾侑美子訳, T.ヴェーバーほか画「冷たい心臓─ハウフ童話集」福音館書店 2001 p420
冷たい心臓 その二（ハウフ）
◇乾侑美子訳, T.ヴェーバーほか画「冷たい心臓─ハウフ童話集」福音館書店 2001 p605

つよいニワトリ→『笛ふき岩 中国古典寓話集』
◇平塚武二編著「こんなとき読んであげたい おはなしのおもちゃ箱 1」PHP研究所 2003 p194

ツリアブ幼虫の死のキス（ファーブル）
◇奥本大三郎編・訳, 見山博標本画・イラスト「ファーブル昆虫記 3」集英社 1996 p307

つるつるっ子〔Slippery〕（サンドバーグ）
◇アーサー・ビナード, 木坂涼編訳, しりあがり寿イラスト「ガラガラヘビの味—アメリカ子ども詩集」岩波書店 2010 p137

ツルとキツネ（イソップ）
◇内田麟太郎文, 高畠純絵「ポプラ世界名作童話 19」ポプラ社 2016 p29

ツルとキツネ（ペロー）
◇末松氷海子訳, エヴァ・フラントヴァー絵「ペロー昔話・寓話集」西村書店 2008 p312

【 て 】

手〔Hand〕（アンダーソン）
◇大津栄一郎訳「小学生までに読んでおきたい文学 2」あすなろ書房 2014 p101

手（モーパッサン）
◇平岡敦訳, 佐竹美保画「世界名作ショートストーリー 3」理論社 2015 p25

ディオゲネスとはげ頭の人（イソップ）
◇河野与一編訳, 稗田一穂さし絵「イソップのお話」岩波書店 2000 p250

ティギーおばさんのおはなし（ポター）
◇いしいももこやく「愛蔵版 ピーターラビット全おはなし集」福音館書店 1994 p87
◇いしいももこやく「愛蔵版 ピーターラビット全おはなし集」福音館書店 2007 p87

ディックおじさんのうつくしいバラ（モンゴメリ）
◇代田亜香子訳, 佐竹美保画「世界名作ショートストーリー 1」理論社 2015 p161

ディック・カランコローとネコ（ダール）
◇灰島かり訳, クェンティン・ブレイク絵「ロアルド・ダールコレクション 17」評論社 2007 p84

ディートマルシェのほら話（グリム）
◇橋本孝, 天沼春樹訳, シャルロット・デマトーン絵「グリム童話全集」西村書店 2013 p502

ディトマルシェンのうそ話〔Das Diethmarsische Lügenmärchen〕（グリム）
◇「完訳 グリム童話集 6」筑摩書房 2006 p177

ディトマルシェンのほら話〔Das Dietmarsische Lügenmärchen〕（グリム）
◇池田香代子訳, オットー＝ウッベローデ挿画「完訳クラシック グリム童話 5」講談社 2000 p20

ディートマルシェンのほら話（グリム）
◇池田香代子訳, オットー・ウッベローデ挿画「完訳 グリム童話集 3」講談社 2008 p234

ディトマルシュのほら話〔Das Dietmarsische Lügen–Märchen〕（グリム）
◇吉原高志, 吉原素子訳「初版グリム童話集 5」白水社 2008 p214

ディートマルシュのほら話〔Das Dietmarsische Lügen–Märchen〕（グリム）
◇乾侑美子訳, Otto Ubbelohde, Ludwig Richter挿絵「1812初版グリム童話 下」小学館 2000 p335

ディートマルシュのほら話（グリム）
◇小澤昔ばなし研究所再話, オットー・ウベローデ絵「語るためのグリム童話 7」小峰書店 2007 p46
◇高橋健二訳, 徳井聡司（せんべぇ）イラスト「完訳 グリム童話集 4」小学館 2009 p285

Tバック戦争〔T–backs, T–shirts, Coat, and Suit〕（カニグズバーグ）
◇小島希里訳「カニグズバーグ作品集 7」岩波書店 2002 p1

ティーパーティーの謎〔The View from Saturday〕（カニグズバーグ）
◇小島希里訳「カニグズバーグ作品集 8」岩波書店 2002 p1

デイブ・ダートの上着のポケット〔Dave Dirt's Jacket Pocket〕（ライト）
◇谷川俊太郎訳「木はえらい—イギリス子ども詩集」岩波書店 2000 p138

デイブ・ダートのクリスマス・プレゼント〔Dave Dirt's Christmas Presents〕（ライト）
◇谷川俊太郎訳「木はえらい—イギリス子ども詩集」岩波書店 2000 p136

ティーポット〔Tepotten〕（アンデルセン）
◇福井信子, 大河原晶子訳, フレミング・B.イェペセン画「本当に読みたかったアンデルセン童話」NTT出版 2005 p50

ていほ

ティーポット（アンデルセン）
◇天沼春樹訳, ドゥシャン・カーライ, カミラ・シュタンツロヴァー絵「アンデルセン童話全集 1」西村書店 2011 p506

ティモシーのおやつ〔Tea-time for Timothy〕（サンソム）
◇岸田衿子, 百々佑利子訳, ミーガン・グレッサー絵「みんなわたしの」のら書店 1991 p37

九編の童話（デヴァテロ・ポハーデク）とヨゼフ・チャペックのおまけのもう一編〔Devatero pohádek a ještě jedna od Josefa Capka jako přívažek〕（チャペック）
◇田才益夫訳, ヨゼフ・チャペック挿し絵「カレル・チャペック童話全集」青土社 2005 p9

手を切られたむすめ（グリム）
◇小澤昔ばなし研究所再話, オットー・ウベローデ絵「語るためのグリム童話 2」小峰書店 2007 p104

手を切られたむすめ─E.スティアー スワヒリの昔話〔出典〕〔The One-Handed Girl〕（ラング）
◇杉山七重訳, H.J.フォード装画・挿絵「アンドルー・ラング世界童話集 12」東京創元社 2009 p161

てがみ（チェーホフ）
◇鈴木三重吉訳「読書がたのしくなる世界の文学 〔1〕」くもん出版 2014 p47

手くせのわるい子どもと母親（イソップ）
◇河野与一編訳, 梅田一穂さし絵「イソップのお話」岩波書店 2000 p157

手品師（豊島与志雄）
◇「小学生までに読んでおきたい文学 1」あすなろ書房 2014 p219

テセウス物語（アポロドーロス）
◇高津春繁, 高津久美子訳, 若菜珪さし絵「21世紀版 少年少女世界文学館 1」講談社 2010 p69

鉄のケツがひつよう〔You Need to Have an Iron Rear〕（プレラッキー）
◇アーサー・ビナード, 木坂涼編訳, しりあがり寿イラスト「ガラガラヘビの味─アメリカ子ども詩集」岩波書店 2010 p27

鉄のストーブ〔Der Eisenofen〕（グリム）
◇「完訳 グリム童話集 5」筑摩書房 2006 p264

鉄のストーブ〔Der Eisen-Ofen〕（グリム）
◇吉原高志, 吉原素子訳, Otto Ubbelohde挿絵「初版グリム童話集 5」白水社 2008 p81
◇乾侑美子訳, Otto Ubbelohde, Ludwig Richter挿絵「1812初版グリム童話 下」小学館 2000 p247

鉄のストーブ（グリム）
◇小澤昔ばなし研究所再話, オットー・ウベローデ絵「語るためのグリム童話 6」小峰書店 2007 p131
◇高橋健二訳, 徳井聡司（せんべぇ）イラスト「完訳 グリム童話集 4」小学館 2009 p85
◇佐々木田鶴子訳, 出久根育絵「グリム童話集 上」岩波書店 2007 p294

鉄の暖炉〔Der Eisenofen〕（グリム）
◇池田香代子訳, オットー＝ウッベローデ挿画「完訳クラシック グリム童話 4」講談社 2000 p124

鉄の暖炉（グリム）
◇池田香代子訳, オットー・ウッベローデ挿画「完訳 グリム童話集 3」講談社 2008 p69
◇橋本孝, 天沼春樹訳, シャルロット・デマトーン絵「グリム童話全集」西村書店 2013 p436

鉄のハンス〔Der Eisenhans〕（グリム）
◇池田香代子訳, オットー＝ウッベローデ挿画「完訳クラシック グリム童話 4」講談社 2000 p187
◇「完訳 グリム童話集 6」筑摩書房 2006 p59

鉄のハンス（グリム）
◇小澤昔ばなし研究所再話, オットー・ウベローデ絵「語るためのグリム童話 6」小峰書店 2007 p190
◇山口四郎訳「グリム童話 3」冨山房インターナショナル 2004 p141
◇ウィルヘルム菊江訳, リディア・ポストマ絵「グリム童話集」西村書店 2013 p57
◇池田香代子訳, オットー・ウッベローデ挿画「完訳 グリム童話集 3」講談社 2008 p151
◇高橋健二訳, 徳井聡司（せんべぇ）イラスト「完訳 グリム童話集 4」小学館 2009 p176
◇橋本孝, 天沼春樹訳, シャルロット・デマトーン絵「グリム童話全集」西村書店 2013 p468
◇矢崎源九郎訳, オットー・ウッベローデさし絵「グリムの昔話 3」童話館出版 2001 p66
◇フェリクス・ホフマン編・画, 大塚勇三訳「グリムの昔話 3」福音館書店 2002 p114

手なしむすめ（グリム）
◇高橋健二訳, 徳井聡司（せんべぇ）イラスト「完訳 グリム童話集 1」小学館 2008 p333

てふる

手なし娘〔Das Mädchen ohne Hände〕（グリム）
◇池田香代子訳, オットー＝ウッベローデ挿画「完訳クラシック グリム童話 1」講談社 2000 p227
◇「完訳 グリム童話集 2」筑摩書房 2006 p117

手なし娘〔Mädchen ohne Hände〕（グリム）
◇吉原高志, 吉原素子訳「初版グリム童話集 2」白水社 2007 p23

手なし娘（グリム）
◇池田香代子訳, オットー・ウッベローデ挿画「完訳 グリム童話集 1」講談社 2008 p291
◇橋本孝, 天沼春樹訳, シャルロット・デマトーン絵「グリム童話全集」西村書店 2013 p122
◇乾侑美子訳, オットー・ウッベローデさし絵「グリムの昔話 3」童話館出版 2001 p170

手のない娘〔Mädchen ohne Hände〕（グリム）
◇乾侑美子訳, Otto Ubbelohde, Ludwig Richter挿絵「1812初版グリム童話 上」小学館 2000 p172

手のない娘（グリム）
◇フェリクス・ホフマン編・画, 大塚勇三訳「グリムの昔話 1」福音館書店 2002 p294

テーバイ物語（アポロドーロス）
◇高津春繁, 高津久美子訳, 若菜珪さし絵「21世紀版 少年少女世界文学館 1」講談社 2010 p156

デブ・キャンプ（カニグズバーグ）
◇松永ふみ子訳, G.パーカーさし絵「カニグズバーグ作品集 1」岩波書店 2001 p247

デブの国ノッポの国〔Patapoufs et Filifers〕（モロア）
◇辻昶訳, 長新太絵「子どものための世界文学の森 18」集英社 1994 p10

でぶ魔法使い〔The Fat Wizard〕・(D.W.ジョーンズ)
◇野口絵美訳, 佐竹美保絵「ダイアナ・ウィン・ジョーンズ短編集 魔法！魔法！魔法！」徳間書店 2007 p259

でぶ魔法使い（D.W.ジョーンズ）
◇野口絵美訳「ダイアナ・ウィン・ジョーンズ短編集 魔法？魔法！」徳間書店 2015 p195

テーブルごはんだ, 金ひりろば, こん棒出てこい〔Tischchen deck dich, Goldesel und Knüppel aus dem Sack〕（グリム）
◇池田香代子訳, オットー＝ウッベローデ挿

画「完訳クラシック グリム童話 2」講談社 2000 p14

テーブルごはんだ, 金ひりろば, こん棒出てこい（グリム）
◇池田香代子訳, オットー・ウッベローデ挿画「完訳 グリム童話集 1」講談社 2008 p330

テーブルとロバとこん棒（グリム）
◇佐々木田鶴子訳, 出久根育絵「グリム童話集 上」岩波書店 2007 p185

テーブルのうえのパンくず〔Die Brosamen auf dem Tisch〕（グリム）
◇「完訳 グリム童話集 7」筑摩書房 2006 p156

テーブルのパンくず〔Die Brosamen auf dem Tisch〕（グリム）
◇池田香代子訳, オットー＝ウッベローデ挿画「完訳クラシック グリム童話 5」講談社 2000 p174

テーブルのパンくず（グリム）
◇池田香代子訳, オットー・ウッベローデ挿画「完訳 グリム童話集 3」講談社 2008 p420

テーブル・マナー（バージス）
◇岸田衿子, 百々佑利子訳, ミーガン・グレッサー絵「おうちをつくろう」のら書店 1993 p20

テーブルよ, ごはんのようい（グリム）
◇矢崎源九郎訳, フリードリヒ・リヒターさし絵「グリムの昔話 2」童話館出版 2000 p44

「テーブルよ, ごはんの用意」と, 金貨をだすロバと, 「こん棒, 袋からでろ」（グリム）
◇フェリクス・ホフマン編・画, 大塚勇三訳「グリムの昔話 1」福音館書店 2002 p311

テーブルよ, 食事のしたくを, 金を吐きだすロバと, こん棒よ, 袋から出ろ（グリム）
◇橋本孝, 天沼春樹訳, シャルロット・デマトーン絵「グリム童話全集」西村書店 2013 p136

テーブルよ 食事のしたく, 金ひりろば, こんぼうよ 袋からとびだせ（グリム）
◇小澤昔ばなし研究所再話, オットー・ウベローデ絵「語るためのグリム童話 2」小峰書店 2007 p148

《テーブルよ食事のしたく》と《金貨をはき出すロバ》と《こん棒よふくろから》（グリム）
◇山口四郎訳「グリム童話 2」冨山房インターナショナル 2004 p175

テーブルよ食事の支度と金のロバと袋の中

世界児童文学全集/個人全集・作品名綜覧 第II期　331

てふる

の棒の話〔Von dem Tischgen deck dich, dem Goldesel und dem Knüppel in dem Sack〕（グリム）
◇乾侑美子訳, Otto Ubbelohde, Ludwig Richter挿絵「1812初版グリム童話 上」小学館 2000 p203

「テーブルよ、食事の用意」と「金貨をはきだすろば」と「こん棒よ、ふくろから」（グリム）
◇高橋健二訳, 徳井聡司（せんべぇ）イラスト「完訳 グリム童話集 2」小学館 2008 p7

デマデスと寓話（イソップ）
◇川名澄訳, アーサー・ラッカム絵「新編 イソップ寓話」風媒社 2014 p146

デメテルの話（アポロドーロス）
◇高津春繁, 高津久美子訳, 若菜珪さし絵「21世紀版 少年少女世界文学館 1」講談社 2010 p25

テレビっ子のジミー・ジェット〔Jimmy Jet and TV set〕（シルヴァスタイン）
◇アーサー・ビナード, 木坂涼編訳, しりあがり寿イラスト「ガラガラヘビの味—アメリカ子ども詩集」岩波書店 2010 p59

伝記 虫の詩人の生涯（奥本大三郎）
◇「ファーブル昆虫記 6」集英社 1996 p7

天狗の話（ハーン）
◇脇明子訳「雪女 夏の日の夢」岩波書店 2003 p75

転校（パク キボム）
◇金松伊訳, パク キョンジン絵「いま読もう！韓国ベスト読みもの 4」汐文社 2005 p51

天国へいった仕立屋（グリム）
◇乾侑美子訳, オットー・ウッベローデさし絵「グリムの昔話 2」童話館出版 2000 p306

天国からの一まいの葉（アンデルセン）
◇高橋健二訳, いたやさとし画「完訳 アンデルセン童話集 4」小学館 2009 p137

天国からの脱落〔Il crollo del santo〕（ブッツァーティ）
◇関口英子訳「小学生までに読んでおきたい文学 2」あすなろ書房 2014 p17

天国だったか？地獄だったか？〔Was It Heaven? Or Hell?〕（トウェイン）
◇堀川志野舞訳, ヨシタケシンスケ絵「世界ショートセレクション 4」理論社 2017 p57

天国と地獄（レアンダー）
◇国松孝二訳「ふしぎなオルガン」岩波書店 2010 p241

天国に行ったお百姓（グリム）
◇フェリクス・ホフマン編・画, 大塚勇三訳「グリムの昔話 3」福音館書店 2002 p383

天国のお百姓さん（グリム）
◇高橋健二訳, 徳井聡司（せんべぇ）イラスト「完訳 グリム童話集 4」小学館 2009 p362

天国のからざお（グリム）
◇高橋健二訳, 徳井聡司（せんべぇ）イラスト「完訳 グリム童話集 3」小学館 2008 p349

天国のから竿（グリム）
◇橋本孝, 天沼春樹訳, シャルロット・デマトーン絵「グリム童話全集」西村書店 2013 p393

天国の殻竿〔Der Dreschflegel vom Himmel〕（グリム）
◇池田香代子訳, オットー＝ウッベローデ挿画「完訳クラシック グリム童話 4」講談社 2000 p39

天国の殻竿（グリム）
◇池田香代子訳, オットー・ウッベローデ挿画「完訳 グリム童話集 2」講談社 2008 p481

天国の小百姓〔Das Bürle im Himmel〕（グリム）
◇「完訳 グリム童話集 6」筑摩書房 2006 p261

天国の婚礼〔Die himmlische Hochzeit〕（グリム）
◇池田香代子訳, オットー＝ウッベローデ挿画「完訳クラシック グリム童話 5」講談社 2000 p263
◇「完訳 グリム童話集 7」筑摩書房 2006 p302
◇吉原高志, 吉原素子訳「初版グリム童話集 5」白水社 2008 p41
◇乾侑美子訳, Otto Ubbelohde, Ludwig Richter挿絵「1812初版グリム童話 下」小学館 2000 p231

天国の婚礼（グリム）
◇池田香代子訳, オットー・ウッベローデ挿画「完訳 グリム童話集 3」講談社 2008 p525
◇高橋健二訳, 徳井聡司（せんべぇ）イラスト「完訳 グリム童話集 5」小学館 2009 p267
◇橋本孝, 天沼春樹訳, シャルロット・デマトーン絵「グリム童話全集」西村書店 2013 p624

天国の仕立て屋〔Der Schneider im Himmel〕（グリム）
◇「完訳 グリム童話集 2」筑摩書房 2006

てんの

p161

天国の仕立て屋（グリム）
◇橋本孝, 天沼春樹訳, シャルロット・デマトーン絵「グリム童話全集」西村書店 2013 p134

天国の仕立屋〔Der Schneider im Himmel〕（グリム）
◇池田香代子訳, オットー＝ウッベローデ挿画「完訳クラシック グリム童話 2」講談社 2000 p10

天国の仕立屋（グリム）
◇池田香代子訳, オットー・ウッベローデ挿画「完訳 グリム童話集 1」講談社 2008 p326
◇高橋健二訳, 徳井聡司（せんべぇ）イラスト「完訳 グリム童話集 1」小学館 2008 p372
◇フェリクス・ホフマン編・画, 大塚勇三訳「グリムの昔話 1」福音館書店 2002 p359

天国の葉（アンデルセン）
◇天沼春樹訳, ドゥシャン・カーライ, カミラ・シュタンツロヴァー絵「アンデルセン童話全集 1」西村書店 2011 p516

天国の貧乏な農夫（グリム）
◇橋本孝, 天沼春樹訳, シャルロット・デマトーン絵「グリム童話全集」西村書店 2013 p529

天国の水呑百姓〔Das Bürle im Himmel〕（グリム）
◇池田香代子訳, オットー＝ウッベローデ挿画「完訳クラシック グリム童話 5」講談社 2000 p68

天国の水呑百姓（グリム）
◇池田香代子訳, オットー・ウッベローデ挿画「完訳 グリム童話集 3」講談社 2008 p292

天才（チェーホフ）
◇神西清訳「読書がたのしくなる世界の文学〔2〕」くもん出版 2014 p55

天才ジョニーの秘密〔Johnny Swanson〕（アップデール）
◇こだまともこ「海外ミステリーBOX〔9〕」評論社 2012 p1

天使〔Engelen〕（アンデルセン）
◇福井信子, 大河原晶子訳, フレミング・B.イェペセン画「本当に読みたかったアンデルセン童話」NTT出版 2005 p150

天使（アンデルセン）
◇大畑末吉訳, 初山滋さし絵「アンデルセン童話集 2」岩波書店 2000 p85
◇高橋健二訳, いたやさとし画「完訳 アンデル

セン童話集 2」小学館 2009 p182
◇天沼春樹訳, ドゥシャン・カーライ, カミラ・シュタンツロヴァー絵「アンデルセン童話全集 2」西村書店 2012 p56
◇大塚勇三編・訳, イブ・スパング・オルセン画「アンデルセンの童話 1」福音館書店 2003 p282
◇内藤直子語り手「子どもに語るアンデルセンのお話〔1〕」こぐま社 2005 p149

てんじくねずみ〔Das Meerhäschen〕（グリム）
◇野村泫訳, ルートヴィヒ・リヒター画「完訳 グリム童話集 7」筑摩書房 2006 p158

天竺鼠〔Das Meerhäschen〕（グリム）
◇池田香代子訳, オットー＝ウッベローデ挿画「完訳クラシック グリム童話 5」講談社 2000 p175

天竺鼠（グリム）
◇池田香代子訳, オットー・ウッベローデ挿画「完訳 グリム童話集 3」講談社 2008 p421

電子頭脳マシンX（アシモフ）
◇小尾芙佐訳, 山田卓司絵「冒険ファンタジー名作選 10」岩崎書店 2003 p111

天井の梁（グリム）
◇小澤昔ばなし研究所再話, オットー・ウベローデ絵「語るためのグリム童話 7」小峰書店 2007 p28

天地創造（バン・ローン）
◇片岡政昭訳「世界名作文学集〔9〕」国土社 2003 p19

点灯夫（スティーブンソン）
◇岸田衿子, 百々佑利子訳, ミーガン・グレッサー絵「おうちをつくろう」のら書店 1993 p38

天の音楽（レアンダー）
◇国松孝二訳「ふしぎなオルガン」岩波書店 2010 p236

天の鐘の音〔The Bells of Heaven〕（ホジソン）
◇岸田衿子, 百々佑利子訳, ミーガン・グレッサー絵「おうちをつくろう」のら書店 1993 p67

天のからざお〔Der Dreschflegel vom Himmel〕（グリム）
◇「完訳 グリム童話集 5」筑摩書房 2006 p119

天のからさお〔Der Dreschflegel vom Himmel〕（グリム）
◇吉原高志, 吉原素子訳「初版グリム童話集 4」白水社 2008 p220

てんの

天の火をぬすんだプロメテウス（ブルフィン
チ）
　◇箕浦万里子訳, 深沢真由美絵「子どものため
　の世界文学の森 28」集英社 1995 p15
テンペスト〔The Tempest〕（シェイクスピア）
　◇小田島雄志文, 里中満智子画「シェイクスピ
　ア・ジュニア文学館 10」汐文社 2002 p11
　◇小田島雄志文, 里中満智子絵「シェイクスピ
　ア名作コレクション 10」汐文社 2016 p1
　◇ラム作, 矢川澄子訳, アーサー・ラッカムさ
　し絵「シェイクスピア物語」岩波書店 2001
　p7
　◇ジェラルディン・マコックラン著, 金原瑞人
　訳, ひらいたかこ絵「シェイクスピア物語
　集」偕成社 2009 p223
テンペスト（シェイクスピア）
　◇イーディス・ネズビット再話, 八木田宜子
　訳, 徳田秀雄さし絵「21世紀版 少年少女世界
　文学館 3」講談社 2010 p43
デンマーク人ホルガー（アンデルセン）
　◇高橋健二訳, いたやさとし画「完訳 アンデル
　セン童話集 3」小学館 2009 p101
　◇犬沼春樹訳, ドゥシャン・カーフイ, カミ
　ラ・シュタンツロヴァー絵「アンデルセン
　童話全集 1」西村書店 2011 p244
天文学者（イソップ）
　◇川名澄訳, アーサー・ラッカム絵「新編 イ
　ソップ寓話」風媒社 2014 p124
　◇ラッセル・アッシュ, バーナード・ヒットン
　編著, 秋野翔一郎訳「クラシックイラストレー
　ション版 イソップ寓話集」童話館出版 2002
　p78
　◇河野与一編訳, 稗田一穂さし絵「イソップの
　お話」岩波書店 2000 p108
　◇川崎洋文, 平きょうこ絵「小学館 世界の名
　作 18」小学館 1999 p52
天文学のえらい先生の講演を聴いて〔When
I Heard the Learn'd Astronomer〕（ホイット
マン）
　◇アーサー・ビナード, 木坂涼編訳, しりあが
　り寿イラスト「ガラガラヘビの味—アメリ
　カ子ども詩集」岩波書店 2010 p76
でんわだぞう〔Eletelephony〕（リチャーズ）
　◇岸田衿子, 百々佑利子訳, ミーガン・グレッ
　サー絵「おうちをつくろう」のら書店 1993
　p42

【と】

桃源郷の避暑客〔Transients in Arcadia〕
　（オー・ヘンリー）
　◇千葉茂樹訳, 和田誠絵「オー・ヘンリー
　ショートストーリーセレクション 7」理論
　社 2008 p151
父さんギツネバンザイ（抄録）（ダール）
　◇田村隆一, 米沢万里子訳, クェンティン・ブ
　レイク絵「まるごと一冊ロアルド・ダール」
　評論社 2000 p59
父さんと大きいおじさん（パク キボム）
　◇金松伊訳, パク キョンジン絵「いま読もう！
　韓国ベスト読みもの 4」汐文社 2005 p17
父さんのすることに間違いなし〔What the
Old Man Does is Always Right〕（アンデル
セン）
　◇荒俣宏訳, ハリー・クラーク絵「アンデルセ
　ン童話集」新書館 2005 p165
　◇荒俣宏訳, ハリー・クラーク絵「アンデルセ
　ン童話集 上」文藝春秋 2012 p177
とうさんのすることはいつもよし（アンデル
セン）
　◇大畑末吉訳, 初山滋さし絵「アンデルセン童
　話集 3」岩波書店 2000 p143
父さんのすることは、まちがいがない（アン
デルセン）
　◇大塚勇三編・訳, イブ・スパング・オルセン
　画「アンデルセンの童話 2」福音館書店
　2003 p57
どうして、学校へ上がるの？（ショヴォー）
　◇出口裕弘訳「ショヴォー氏とルノー君のお
　話集 5」福音館書店 2003 p337
どうしてはるがきたってわかる？〔How Do
You Know It's Spring？〕（ブラウン）
　◇アーサー・ビナード, 木坂涼編訳, しりあが
　り寿イラスト「ガラガラヘビの味—アメリ
　カ子ども詩集」岩波書店 2010 p50
盗賊騎士ロドリゴ・ラウバインと従者のチ
ビクン—長編小説の断片（フラグメント）（エ
ンデ）
　◇田村都志夫訳「だれでもない庭—エンデが
　遺した物語集」岩波書店 2002 p1
　◇田村都志夫訳「だれでもない庭—エンデが

遺した物語集」岩波書店 2015 p1

盗賊のおむこさん（グリム）
　◇高橋健二訳, 徳井聡司 (せんべぇ) イラスト
　　「完訳 グリム童話集 2」小学館 2008 p60

盗賊のお婿さん〔Der Räuberbräutigam〕（グ
リム）
　◇池田香代子訳, オットー＝ウッベローデ挿
　　画「完訳クラシック グリム童話 2」講談社
　　2000 p47

盗賊のお婿さん（グリム）
　◇池田香代子訳, オットー・ウッベローデ挿画
　　「完訳 グリム童話集 1」講談社 2008 p378
　◇橋本孝, 天沼春樹訳, シャルロット・デマ
　　トーン絵「グリム童話全集」西村書店 2013
　　p153

盗賊の花むこ〔Der Räuberbräutigam〕（グリ
ム）
　◇池内紀訳「小学生までに読んでおきたい文
　　学 4」あすなろ書房 2013 p189

盗賊の花婿〔Der Räuberbräutigam〕（グリム）
　◇乾侑美子訳, Otto Ubbelohde, Ludwig
　　Richter挿絵「1812初版グリム童話 上」小
　　学館 2000 p234

盗賊の婿どの（グリム）
　◇小澤昔ばなし研究所再話, オットー・ウベ
　　ローデ絵「語るためのグリム童話 2」小峰
　　書店 2007 p191

とうちゃんが池におっこちた〔Daddy Fell
Into the Pond〕（ノイズ）
　◇岸田衿子, 百々佑利子訳, ミーガン・グレッ
　　サー絵「おうちをつくろう」のら書店 1993
　　p54

父ちゃんのすることはすべてよし（アンデル
セン）
　◇天沼春樹訳, ドゥシャン・カーライ, カミ
　　ラ・シュタンツロヴァー絵「アンデルセン
　　童話全集 1」西村書店 2011 p462

とうてい信じられないこと（アンデルセン）
　◇高橋健二訳, いたやさとし画「完訳 アンデル
　　セン童話集 8」小学館 2010 p154

ドゥーニーのヴァイオリン弾き（イェイツ）
　◇荒俣宏訳, ハリー・クラーク絵「ペロー童話
　　集」新書館 2010 p207

塔のうえで〔Au sommet de la tour〕（ルブラ
ン）
　◇平岡敦訳, ヨシタケシンスケ絵「世界ショー
　　トセレクション 1」理論社 2016 p93

塔の上の鶏（オイレンベルク）

◇森鷗外訳「読書がたのしくなる世界の文学
〔8〕」くもん出版 2016 p107

塔の番人オーレ（アンデルセン）
　◇高橋健二訳, いたやさとし画「完訳 アンデル
　　セン童話集 5」小学館 2010 p230

塔の番人のオーレ（アンデルセン）
　◇天沼春樹訳, ドゥシャン・カーライ, カミ
　　ラ・シュタンツロヴァー絵「アンデルセン
　　童話全集 2」西村書店 2012 p259

同病あいあわれむ〔Makes the Whole World
Kin〕（オー・ヘンリー）
　◇千葉茂樹訳, 和田誠絵「オー・ヘンリー
　　ショートストーリーセレクション 3」理論
　　社 2007 p61

どうぶつえんにいったら（ボーブ）
　◇岸田衿子, 百々佑利子訳, ミーガン・グレッ
　　サー絵「みんなわたしの」のら書店 1991
　　p58

動物たちの戦い（ペロー）
　◇末松氷海子訳, エヴァ・フラントヴァー絵
　　「ペロー昔話・寓話集」西村書店 2008 p308

動物たちの恩返し―クレトケ ハンガリーの昔話〔出
典〕〔The Grateful Beasts〕（ラング）
　◇杉田七重訳, H.J.フォード装画・挿絵「アン
　　ドルー・ラング世界童話集 4」東京創元社
　　2008 p83

どうぶつと人間（イソップ）
　◇よこたきよし文, いたやさとし絵「読み聞か
　　せイソップ50話」チャイルド本社 2007 p42

動物と話をした少年―「ヘンリー・シュガーのわく
わくする話」より（ダール）
　◇小野章訳, パトリック・ベンソン絵「まるご
　　と一冊ロアルド・ダール」評論社 2000 p92

動物と話のできる少年（ダール）
　◇柳瀬尚紀訳, 山本容子絵「ロアルド・ダール
　　コレクション 7」評論社 2006 p5

どうぶつにしんせつなこ〔Kindness to
Animals〕（リチャーズ）
　◇岸田衿子, 百々佑利子訳, ミーガン・グレッ
　　サー絵「みんなわたしの」のら書店 1991
　　p51

動物の店〔Animal Store〕（フィールド）
　◇岸田衿子, 百々佑利子訳, ミーガン・グレッ
　　サー絵「おうちをつくろう」のら書店 1993
　　p31

どうぶつまつり
　◇岸田衿子, 百々佑利子訳, ミーガン・グレッ
　　サー絵「みんなわたしの」のら書店 1991

p29

透明人間〔The Invisible Man〕（H.G.ウェルズ）
◇唐沢則幸訳, 山本裕子絵「子どものための世界文学の森 33」集英社 1996 p10

トウモロコシ競走―『アメリカのむかし話』
◇渡辺茂男訳, 川村易挿絵「こんなとき読んであげたい おはなしのおもちゃ箱 2」PHP研究所 2003 p60

東洋の土をふんだ日（抄）（ハーン）
◇脇明子訳「雪女 夏の日の夢」岩波書店 2003 p163

道楽ハンスル（グリム）
◇高橋健二訳, 徳井聡司（せんべえ）イラスト「完訳 グリム童話集 3」小学館 2008 p56

トゥルーデばあさん〔Frau Trude〕（グリム）
◇池田香代子訳, オットー＝ウッベローデ挿画「完訳クラシック グリム童話 2」講談社 2000 p58

トゥルーデばあさん（グリム）
◇池田香代子訳, オットー・ウッベローデ挿画「完訳 グリム童話集 1」講談社 2008 p391
◇橋本孝, 天沼春樹訳, シャルロット・デマトーン絵「グリム童話全集」西村書店 2013 p158

遠い夏、テニスコートで〔Love Match〕（ウェストール）
◇野沢佳織訳「ウェストールコレクション〔10〕」徳間書店 2014 p203

遠くはるかに（福島正実）
◇寺澤昭絵「SF名作コレクション 20」岩崎書店 2006 p5

都会のネズミと田舎のネズミ〔Le Rat de ville et le Rat des champs〕（ラ・フォンテーヌ）
◇大澤千加訳, ブーテ・ド・モンヴェル絵「ラ・フォンテーヌ寓話」洋洋社 2016 p51

都会の敗北〔The Defeat of the City〕（オー・ヘンリー）
◇千葉茂樹訳, 和田誠絵「オー・ヘンリーショートストーリーセレクション 6」理論社 2007 p31

時そば（桂三木助）
◇飯島友治編「小学生までに読んでおきたい文学 1」あすなろ書房 2014 p37

ときは春〔The Year's at the Spring; An Anthology of Recent Poetry〕（ペロー）
◇荒俣宏訳, ハリー・クラーク絵「ペロー童話集」新書館 2010 p201

トーク＆トーク（カニグズバーグ）
◇「カニグズバーグ作品集 別巻」岩波書店 2002 p3

読後感想文の宿題（パク キボム）
◇金松伊訳, パク キョンジン絵「いま読もう！韓国ベスト読みもの 4」汐文社 2005 p31

独身の貴族〔The Adventure of the Noble Bachelor〕（ドイル）
◇日暮まさみち訳, 青山浩行絵「名探偵ホームズシリーズ〔7〕」講談社 2011 p61

トーク・トーク（カニグズバーグ）
◇「カニグズバーグ作品集 別巻」岩波書店 2002 p315

トーク・トーク―カニグズバーグ講演集〔Talk Talk〕（カニグズバーグ）
◇「カニグズバーグ作品集 別巻」岩波書店 2002

毒ヘビグリーン・マンバ―「単独飛行」より（ダール）
◇佐藤見果夢訳, バート・キッチン絵「まるごと一冊ロアルド・ダール」評論社 2000 p412

どこかへ飛んでった平手打ちの話（ショヴォー）
◇出口裕弘訳「ショヴォー氏とルノー君のお話集 5」福音館書店 2003 p254

とさか頭のリケ〔Riquet à la houppe〕（ペロー）
◇村松潔訳, ギュスターヴ・ドレ挿画「眠れる森の美女―シャルル・ペロー童話集」新潮社 2016 p109

とさか頭のリケ（ペロー）
◇末松氷海子訳, エヴァ・フラントヴァー絵「ペロー昔話・寓話集」西村書店 2008 p243

とざされた時間のかなた〔Locked in Time〕（ダンカン）
◇佐藤見果夢訳「海外ミステリーBOX〔2〕」評論社 2010 p5

年老いたライオン（イソップ）
◇川名澄訳, アーサー・ラッカム絵「新編 イソップ寓話」風媒社 2014 p51

年をとったおじいさんと孫〔Der alte Großvater und der Enkel〕（グリム）
◇乾侑美子訳, Otto Ubbelohde, Ludwig Richter挿画「1812初版グリム童話 下」小学館 2000 p47

年を取ったかしの木の最後のゆめ（アンデル

セン）

◇高橋健二訳, いたやさとし画「完訳 アンデルセン童話集 5」小学館 2010 p50

年をとった子ども（ショヴォー）
◇出口裕弘訳「ショヴォー氏とルノー君のお話集 5」福音館書店 2003 p344

年をとった婦人の肖像画（ショヴォー）
◇出口裕弘訳「ショヴォー氏とルノー君のお話集 5」福音館書店 2003 p323

年をとったら（ダール）
◇佐藤見果夢訳, クェンティン・ブレイク絵「まるごと一冊ロアルド・ダール」評論社 2000 p444

年をとったライオン（イソップ）
◇河野与一編訳, 稗田一穂さし絵「イソップのお話」岩波書店 2000 p122

年をとったライオンときつね（イソップ）
◇よこたきよし文, 飯岡千江子絵「読み聞かせイソップ50話」チャイルド本社 2007 p40

年をとったワニの話〔Histoire du Vieux Crocodile〕（ショヴォー）
◇出口裕弘訳「ショヴォー氏とルノー君のお話集 1」福音館書店 2002 p169

杜子春（芥川龍之介）
◇「小学生までに読んでおきたい文学 6」あすなろ書房 2013 p79

年とったおじいさんと孫〔Der alte Großvater und der Enkel〕（グリム）
◇「完訳 グリム童話集 4」筑摩書房 2006 p42
◇吉原高志, 吉原素子訳, Otto Ubbelohde挿絵「初版グリム童話集 3」白水社 2008 p148

年とったおじいさんと孫（グリム）
◇フェリクス・ホフマン編・画, 大塚勇三訳「グリムの昔話 2」福音館書店 2002 p170

年とった女の先生がいた〔The Old Teacher〕（アールバーグ）
・◇川崎洋訳, フリッツ・ヴェグナー絵「木はえらい―イギリス子ども詩集」岩波書店 2000 p20

年とったカシの木の最後の夢（アンデルセン）
◇天沼春樹訳, ドゥシャン・カーライ, カミラ・シュタンツロヴァー絵「アンデルセン童話全集 1」西村書店 2011 p402

年とったカシワの木の最後の夢（クリスマスのお話）（アンデルセン）
◇大塚勇三編・訳, イブ・スパング・オルセン画「アンデルセンの童話 2」福音館書店 2003 p152

年とったじいさんと孫〔Der alte Großvater und der Enkel〕（グリム）
◇池田香代子訳, オットー＝ウッベローデ挿画「完訳クラシック グリム童話 3」講談社 2000 p60

年とったじいさんと孫（グリム）
◇池田香代子訳, オットー・ウッベローデ挿画「完訳 グリム童話集 2」講談社 2008 p193

年とった祖父とまご（グリム）
◇高橋健二訳, 徳井聡司（せんべぇ）イラスト「完訳 グリム童話集 3」小学館 2008 p24

年の話（アンデルセン）
◇大畑末吉訳, 初山滋さし絵「アンデルセン童話集 3」岩波書店 2000 p83
◇高橋健二訳, いたやさとし画「完訳 アンデルセン童話集 4」小学館 2009 p6
◇天沼春樹訳, ドゥシャン・カーライ, カミラ・シュタンツロヴァー絵「アンデルセン童話全集 1」西村書店 2011 p283
◇大塚勇三編・訳, イブ・スパング・オルセン画「アンデルセンの童話 2」福音館書店 2003 p237

年よりのおじいさんと孫（グリム）
◇橋本孝, 天沼春樹訳, シャルロット・デマトーン絵「グリム童話全集」西村書店 2013 p280

土人の毒矢〔The Adventure of the Sussex Vampire〕（ドイル）
◇山中峯太郎訳著「名探偵ホームズ全集 3」作品社 2017 p334

とだな〔The Cupboard〕（デ・ラ・メア）
◇岸田衿子, 百々佑利子訳, ミーガン・グレッサー絵「みんなわたしの」のら書店 1991 p11

トチの実ゲーム！―「一年中ワクワクしてた」より（ダール）
◇久山太市訳, クェンティン・ブレイク絵「まるごと一冊ロアルド・ダール」評論社 2000 p365

トックリバチのいえつくり（ファーブル）
◇小林清之介文, 横内襄え「新版 ファーブルこんちゅう記 3」小峰書店 2006 p94

どっちがすごい（リンドグレーン）
◇石井登志子訳, イングリッド・ヴァン・ニイマンさし絵「リンドグレーン作品集 23」岩波書店 2008 p97

どっちでも
◇岸田衿子, 百々佑利子訳, ミーガン・グレッ

サー絵「みんなわたしの」のら書店 1991
p56

とっても近くで！(スコット＝ホッパー)
◇荒俣宏訳, ハリー・クラーク絵「ペロー童話
集」新書館 2010 p283

とってもながーいお医者さんの童話(チャ
ペック)
◇田才益夫訳, ヨゼフ・チャペック挿し絵「カ
レル・チャペック童話全集」青土社 2005
p319

とってもながーいお巡りさんの童話(チャ
ペック)
◇田才益夫訳, ヨゼフ・チャペック童話全集「カ
レル・チャペック童話全集」青土社 2005
p241

とってもながーい猫ちゃんの童話(チャペッ
ク)
◇田才益夫訳, ヨゼフ・チャペック挿し絵「カ
レル・チャペック童話全集」青土社 2005
p13

突拍子もないこと〔Det Utroligste〕(アンデ
ルセン)
◇福井信子, 大河原晶子訳, フレミング・B.
イェペセン画「本当に読みたかったアンデ
ルセン童話」NTT出版 2005 p240

どでかいワニの話〔The Enormous
Crocodile〕(ダール)
◇柳瀬尚紀訳, クェンティン・ブレイク絵「ロ
アルド・ダールコレクション 8」評論社
2007

トト〔Toto〕(ボワロー＝ナルスジャック)
◇平岡敦編訳, 佐竹美保挿画「ホラー短編集
3」岩波書店 2014 p169

土鍋と鉄鍋〔Le Pot terre et le Pot de fer〕
(ラ・フォンテーヌ)
◇大澤千加訳, ブーテ・ド・モンヴェル絵
「ラ・フォンテーヌ寓話」洋洋社 2016 p141

隣の男の子〔The Boy Next Door〕(ホワイト)
◇金原瑞人訳, 佐竹美保挿画「ホラー短編集
2」岩波書店 2012 p237

トバモリー(サキ)
◇千葉茂樹訳, 佐竹美保画「世界名作ショート
ストーリー 2」理論社 2015 p125

トビ(イソップ)
◇河野与一編訳, 稗田一穂さし絵「イソップ
のお話」岩波書店 2000 p291

とびくらべ〔Springfyrene〕(アンデルセン)
◇矢崎源九郎訳, V.ペーダセン挿画「豪華愛蔵

版 アンデルセン童話名作集 1」静山社
2011 p154

跳びくらべ〔Springfyrene〕(アンデルセン)
◇福井信子, 大河原晶子訳, フレミング・B.
イェペセン画「本当に読みたかったアンデ
ルセン童話」NTT出版 2005 p163

トビと小鳥たち(ペロー)
◇末松氷海子訳, エヴァ・フラントヴァー絵
「ペロー昔話・寓話集」西村書店 2008 p323

トビとハトたち(ペロー)
◇末松氷海子訳, エヴァ・フラントヴァー絵
「ペロー昔話・寓話集」西村書店 2008 p334

トビとヘビ(イソップ)
◇河野与一編訳, 稗田一穂さし絵「イソップの
お話」岩波書店 2000 p56

飛ぶ教室〔Das Fliegende Klassenzimmer〕(ケ
ストナー)
◇山口四郎訳, 赤坂三好さし絵「21世紀版 少年
少女世界文学館 15」講談社 2011 p11
◇最上一平文, 矢島眞澄絵「ポプラ世界名作童
話 20」ポプラ社 2016 p7

飛ぶ教室(ケストナー)
◇植田敏郎訳「世界名作文学集 〔7〕」国土社
2003 p3

とぶ船(ロシア)〔The Flying Ship〕(ラング)
◇川端康成, 野上彰編訳, 牧野鈴子絵「ラング
世界童話全集 5」偕成社 2008 p49

飛ぶ船—ロシアの昔話〔出典〕〔The Flying Ship〕
(ラング)
◇大井久里子訳, H.J.フォード装画・挿絵「ア
ンドルー・ラング世界童話集 4」東京創元
社 2008 p268

とほうもないこと(アンデルセン)
◇天沼春樹訳, ドゥシャン・カーライ, カミ
ラ・シュタンツロヴァー絵「アンデルセン
童話全集 2」西村書店 2012 p481

トーマスとクリスマスの "ねがいの紙"
(シュティーメルト)
◇石原佐知子訳「こんなとき読んであげたい おはな
しのおもちゃ箱 2」PHP研究所 2003 p139

土(ど)まんじゅう〔Der Grabhügel〕(グリム)
◇池田香代子訳, オットー＝ウッベローデ挿
画「完訳クラシック グリム童話 5」講談社
2000 p208

土(ど)まんじゅう(グリム)
◇高橋健二訳, 徳井聡訳(せんべぇ)イラスト
「完訳 グリム童話集 5」小学館 2009 p190

とりて

土まんじゅう（グリム）
　◇池田香代子訳, オットー・ウッベローデ挿画「完訳 グリム童話集 3」講談社 2008 p464
　◇橋本孝, 天沼春樹訳, シャルロット・デマトーン絵「グリム童話全集」西村書店 2013 p598

富籤（チェーホフ）
　◇神西清訳「読書がたのしくなる世界の文学〔3〕」くもん出版 2014 p93

トミー・トッシュとスージー・リーク〔Tommy Tosh and Susie Leek〕（パテン）
　◇谷川俊太郎訳「木はえらい―イギリス子ども詩集」岩波書店 2000 p108

トム・ソーヤの冒険〔The Adventures of Tom Sawyer〕（トウェイン）
　◇亀山竜樹訳, 熊谷さとし絵「子どものための世界文学の森 8」集英社 1994 p10

トム・ソーヤの冒険（トウェイン）
　◇那須田淳編訳, 朝日川日和絵「10歳までに読みたい世界名作 2」学研プラス 2014 p14

トム・ソーヤーの冒険〔The Adventures of Tom Sawyer〕（トウェイン）
　◇三木卓文, リカルド・E.サンドバル絵「小学館 世界の名作 9」小学館 1998 p1
　◇阿部夏丸文, 佐藤真紀子絵「ポプラ世界名作童話 2」ポプラ社 2015 p7

トム・ソーヤーの冒険（トウェイン）
　◇吉田新一訳「世界名作文学集〔3〕」国土社 2004 p3

トム＝ソーヤーの冒険〔The Adventures of Tom Sawyer〕（トウェイン）
　◇亀山龍樹訳, 中沢潮さし絵「21世紀版 少年少女世界文学館 11」講談社 2010 p7

友だち（星新一）
　◇「小学生までに読んでおきたい文学 5」あすなろ書房 2013 p7

友だちの詩〔Friendship Poems〕（マッガウ）
　◇谷川俊太郎訳, サラ・ミッダ絵「木はえらい―イギリス子ども詩集」岩波書店 2000 p179

ドライブ―「少年」より（ダール）
　◇佐藤見果夢訳, クェンティン・ブレイク絵「まるごと一冊ロアルド・ダール」評論社 2000 p368

虎狩りモーラン〔The Adventure of the Empty House〕（ドイル）
　◇山中峯太郎訳著「名探偵ホームズ全集 2」作品社 2017 p605

ドラキュラ物語〔Dracula〕（ストーカー）
　◇礒野秀和訳, 千葉淳生絵「子どものための世界文学の森 27」集英社 1995 p10

ドラゴンをさがせ〔The Dragon in the Ghetto Caper〕（カニグズバーグ）
　◇小島希里訳「カニグズバーグ作品集 3」岩波書店 2002 p185

トラさんよ〔Tiger〕（ミリガン）
　◇川崎洋訳「木はえらい―イギリス子ども詩集」岩波書店 2000 p150

ドラニ―キャンベル少佐 パンジャブの昔話 フィーローズブル〔出典〕〔Dorani〕（ラング）
　◇児玉敦子訳, H.J.フォード装画・挿絵「アンドルー・ラング世界童話集 11」東京創元社 2009 p212

虎の牙〔Les Dents du Tigre〕（ルブラン）
　◇南洋一郎文, 朝倉めぐみさし絵「文庫版 怪盗ルパン 12」ポプラ社 2005 p9
　◇南洋一郎文, 奈良葉二挿画「怪盗ルパン全集〔12〕」ポプラ社 2010 p13

トランプの勝負〔La Partie de Baccara〕（ルブラン）
　◇南洋一郎文, 佐竹美保さし絵「文庫版 怪盗ルパン 16」ポプラ社 2005 p151

鳥さしとシャコ（イソップ）
　◇河野与一編訳, 稗田一穂さし絵「イソップのお話」岩波書店 2000 p56

鳥さしとマムシ（イソップ）
　◇河野与一編訳, 稗田一穂さし絵「イソップのお話」岩波書店 2000 p300

鳥たちの戦い―『西ハイランド昔話集』〔出典〕〔The Battle of The Birds〕（ラング）
　◇菊池由美訳, H.J.フォード装画・挿絵「アンドルー・ラング世界童話集 12」東京創元社 2009 p253

トリッティルとリッティルと鳥たち（デンマーク）〔Tritill, Litill, and the Birds〕（ラング）
　◇川端康成, 野上彰編訳, アンマサコ絵「ラング世界童話全集 4」偕成社 2008 p45

トリティルとリティルと鳥たち―ハンガリーの昔話〔出典〕〔Tritill, Litill, and the Birds〕（ラング）
　◇宮坂宏美訳, H.J.フォード装画・挿絵「アンドルー・ラング世界童話集 8」東京創元社 2009 p223

世界児童文学全集/個人全集・作品名綜覧 第II期　**339**

とりて

とりでの土手からの一場面（アンデルセン）
　◇高橋健二訳, いたやさとし画「完訳 アンデル
　　セン童話集 3」小学館 2009 p121
砦の土手からのながめ（アンデルセン）
　◇天沼春樹訳, ドゥシャン・カーライ, カミ
　　ラ・シュタンツロヴァー絵「アンデルセン
　　童話全集 2」西村書店 2012 p72
鳥とけもの（ロゼッティ）
　◇岸田衿子, 百々佑利子訳, ミーガン・グレッ
　　サー絵「おうちをつくろう」のら書店 1993
　　p52
とりとけものとコウモリ（イソップ）
　◇小出正吾ぶん, 三好碩也え「イソップのおは
　　なし」のら書店 2010 p106
ドリトル先生アフリカへ行く〔The Story of
　Doctor Dolittle〕（ロフティング）
　◇河合祥一郎訳, patty絵「新訳 ドリトル先生
　　シリーズ 〔1〕」KADOKAWA 2011 p10
ドリトル先生アフリカゆき〔The Story of
　Doctor Dolittle〕（ロフティング）
　◇井伏鱒二訳「ドリトル先生物語 1」岩波書
　　店 2000 p7
ドリトル先生航海記〔The Voyages of Doctor
　Dolittle〕（ロフティング）
　◇河合祥一郎訳, patty絵「新訳 ドリトル先生
　　シリーズ 〔2〕」KADOKAWA 2011 p12
　◇井伏鱒二訳「ドリトル先生物語 2」岩波書
　　店 2000 p9
ドリトル先生月へゆく〔Doctor Dolittle in
　the Moon〕（ロフティング）
　◇井伏鱒二訳「ドリトル先生物語 8」岩波書
　　店 2000 p5
ドリトル先生月から帰る〔Doctor Dolittle's
　Return〕（ロフティング）
　◇河合祥一郎訳, patty絵「新訳 ドリトル先生
　　シリーズ 〔9〕」KADOKAWA 2013 p11
　◇井伏鱒二訳「ドリトル先生物語 9」岩波書
　　店 2000 p7
ドリトル先生とその家族（ロフティング）
　◇オルガ・マイクル著, 河合祥一郎訳「新訳 ド
　　リトル先生シリーズ 〔13〕」KADOKAWA
　　2015 p13
　◇オルガ・マイクル著, 井伏鱒二訳「ドリトル
　　先生物語 13」岩波書店 2000 p9
ドリトル先生と月からの使い〔Doctor
　Dolittle's Garden〕（ロフティング）
　◇河合祥一郎訳, patty絵「新訳 ドリトル先生
　　シリーズ 〔7〕」KADOKAWA 2013 p11

　◇井伏鱒二訳「ドリトル先生物語 7」岩波書
　　店 2000 p7
ドリトル先生と秘密の湖（上）〔Doctor
　Dolittle and the Secret Lake〕（ロフティン
　グ）
　◇河合祥一郎訳, patty絵「新訳 ドリトル先生
　　シリーズ 〔10〕」KADOKAWA 2014 p11
　◇井伏鱒二訳「ドリトル先生物語 10」岩波書
　　店 2000 p7
ドリトル先生と秘密の湖（下）〔Doctor
　Dolittle and the Secret Lake〕（ロフティン
　グ）
　◇河合祥一郎訳, patty絵「新訳 ドリトル先生
　　シリーズ 〔11〕」KADOKAWA 2014 p11
　◇井伏鱒二訳「ドリトル先生物語 11」岩波書
　　店 2000 p7
ドリトル先生と緑のカナリア〔Doctor
　Dolittle and the Green Canary〕（ロフティ
　ング）
　◇河合祥一郎訳, patty絵「新訳 ドリトル先生
　　シリーズ 〔12〕」KADOKAWA 2015 p13
　◇井伏鱒二訳「ドリトル先生物語 12」岩波書
　　店 2000 p9
ドリトル先生のガブガブの本〔Gub-Gub's
　Book, An Encyclopedia of Food in Twenty
　Volumes〕（ロフティング）
　◇河合祥一郎訳, patty絵「新訳 ドリトル先生
　　シリーズ 〔14〕」KADOKAWA 2016 p9
ドリトル先生のキャラバン〔Doctor
　Dolittle's Caravan〕（ロフティング）
　◇河合祥一郎訳, patty絵「新訳 ドリトル先生
　　シリーズ 〔6〕」KADOKAWA 2012 p11
　◇井伏鱒二訳「ドリトル先生物語 6」岩波書
　　店 2000 p7
ドリトル先生の最後の冒険〔Doctor Dolittle's
　Puddleby Adventures〕（ロフティング）
　◇河合祥一郎訳, patty絵「新訳 ドリトル先生
　　シリーズ 〔13〕」KADOKAWA 2015 p13
ドリトル先生のサーカス〔Doctor Dolittle's
　Circus〕（ロフティング）
　◇河合祥一郎訳, patty絵「新訳 ドリトル先生
　　シリーズ 〔4〕」KADOKAWA 2012 p13
　◇井伏鱒二訳「ドリトル先生物語 4」岩波書
　　店 2000 p7
ドリトル先生の月旅行〔Doctor Dolittle in
　the Moon〕（ロフティング）
　◇河合祥一郎訳, patty絵「新訳 ドリトル先生
　　シリーズ 〔8〕」KADOKAWA 2013 p10

ドリトル先生の楽しい家〔Doctor Dolittle's Puddleby Adventures〕（ロフティング）
◇「ドリトル先生物語 13」岩波書店 2000

ドリトル先生の動物園〔Doctor Dolittle's Zoo〕（ロフティング）
◇河合祥一郎訳, patty絵「新訳 ドリトル先生シリーズ 〔5〕」KADOKAWA 2012 p10
◇井伏鱒二訳「ドリトル先生物語 5」岩波書店 2000 p7

ドリトル先生の郵便局〔Doctor Dolittle's Post Office〕（ロフティング）
◇河合祥一郎訳, patty絵「新訳 ドリトル先生シリーズ 〔3〕」KADOKAWA 2011 p10
◇井伏鱒二訳「ドリトル先生物語 3」岩波書店 2000 p7

ドリトル先生、パリでロンドンっ子と出会う〔Doctor Dolittle meets a Londoner in Paris〕（ロフティング）
◇河合祥一郎訳, patty絵「新訳 ドリトル先生シリーズ 〔13〕」KADOKAWA 2015 p311

ドリトル先生物語〔The Story of Doctor Dolittle〕（ロフティング）
◇舟崎克彦文, はたこうしろう絵「ポプラ世界名作童話 9」ポプラ社 2015 p7

鳥の子（マーヒー）
◇石井桃子訳, シャーリー・ヒューズ画「魔法使いのチョコレート・ケーキ—マーガレット・マーヒーお話集」福音館書店 2004 p113

トルーデおばさん〔Frau Trude〕（グリム）
◇「完訳 グリム童話集 2」筑摩書房 2006 p255

トルーデおばさん（グリム）
◇高橋健二訳, 徳井聡司（せんべぇ）イラスト「完訳 グリム童話集 2」小学館 2008 p75

奴隷からの脱出（バン・ローン）
◇片岡政昭訳「世界名作文学集 〔9〕」国土社 2003 p56

どろ沼の王さまの娘〔Dynd–Kongens Datter〕（アンデルセン）
◇天沼春樹訳「アンデルセン傑作集 マッチ売りの少女／人魚姫」新潮社 2015 p157

どろ沼の王さまの娘（アンデルセン）
◇天沼春樹訳, ドゥシャン・カーライ, カミラ・シュタンツロヴァー絵「アンデルセン童話全集 2」西村書店 2012 p278

どろ沼の王様のむすめ（アンデルセン）
◇高橋健二訳, いたやさとし画「完訳 アンデルセン童話集 5」小学館 2010 p77

どろぼうが！どろぼうが！（プロイスラー）
◇佐々木田鶴子訳, スズキコージ絵「プロイスラーの昔話 2」小峰書店 2003 p74

泥棒とうそつきのふたり組み〔The Partnership of Thief and Liar〕（ラング）
◇菊池由美訳, H.J.フォード装画・挿絵「アンドルー・ラング世界童話集 6」東京創元社 2008 p52

どろぼうとオンドリ（イソップ）
◇ラッセル・アッシュ, バーナード・ヒットン編著, 秋野翔一郎訳「クラシックイラストレーション版 イソップ寓話集」童話館出版 2002 p77

泥棒と雄鶏（イソップ）
◇川名澄訳, アーサー・ラッカム絵「新編 イソップ寓話」風媒社 2014 p49

泥棒とその親方〔De Gaudeif un sien Meester〕（グリム）
◇「完訳 グリム童話集 3」筑摩書房 2006 p292

どろぼうの王さま（スカンジナビア）〔The Master Thief〕（ラング）
◇川端康成, 野上彰編訳, 上田英津子絵「ラング世界童話全集 10」偕成社 2009 p50

どろぼうのお婿さん〔Der Räuberbräutigam〕（グリム）
◇吉原高志, 吉原素子訳「初版グリム童話集 2」白水社 2007 p95

泥棒の親方—P.C.アスビョルンセン〔出典〕〔The Master Thief〕（ラング）
◇おおつかのりこ訳, H.J.フォード, L.スピード装画・挿絵「アンドルー・ラング世界童話集 2」東京創元社 2008 p100

泥棒のピンケル—ソーブ〔出典〕〔Pinkel the Thief〕（ラング）
◇熊谷淳子訳, H.J.フォード装画・挿絵「アンドルー・ラング世界童話集 10」東京創元社 2009 p147

どろぼうの名人（グリム）
◇高橋健二訳, 徳井聡司（せんべぇ）イラスト「完訳 グリム童話集 5」小学館 2009 p147
◇フェリクス・ホフマン編・画, 大塚勇三訳「グリムの昔話 3」福音館書店 2002 p346

泥棒の名人〔Der Meisterdieb〕（グリム）
◇野村泫訳, ルートヴィヒ・リヒター画「完訳 グリム童話集 7」筑摩書房 2006 p168

どろぼう名人（グリム）

とろほ

◇橋本孝, 天沼春樹訳, シャルロット・デマトーン絵「グリム童話全集」西村書店 2013 p584

泥棒名人〔Der Meisterdieb〕（グリム）
◇池田香代子訳, オットー＝ウッベローデ挿画「完訳クラシック グリム童話 5」講談社 2000 p180

泥棒名人（グリム）
◇池田香代子訳, オットー・ウッベローデ挿画「完訳 グリム童話集 3」講談社 2008 p428

トロルのむすめ―デンマークの昔話〔出典〕〔The Troll's Daughter〕（ラング）
◇菊池由美訳, H.J.フォード装画・挿絵「アンドルー・ラング世界童話集 5」東京創元社 2008 p217

ドン＝キホーテ〔Don Quijote〕（セルバンテス）
◇安藤美紀夫訳, 中沢潮さし絵「21世紀版 少年少女世界文学館 21」講談社 2011 p9

ドン・キホーテ―ミゲル・デ・セルバンテス作の物語より（初演 ロシア 1869年）
◇スザンナ・デイヴィッドソン, ケイティ・デインズ再話, 西本かおる訳, アリーダ・マッサーリ絵「ひとりよみ名作 バレエものがたり」小学館 2015 p60

ドンチャカ騒ぎ〔Hurleburlebutz〕（グリム）
◇吉原高志, 吉原素子訳「初版グリム童話集 3」白水社 2008 p95

トントラヴァルドのお話―『エストニアの昔話』〔出典〕〔A Tale of the Tontlawald〕（ラング）
◇中務秀訳, H.J.フォード装画・挿絵「アンドルー・ラング世界童話集 7」東京創元社 2008 p7

トントラワルドの物語（エストニア）〔A Tale of the Tontlawald〕（ラング）
◇川端康成, 野上彰編訳, 西村香英絵「ラング世界童話全集 2」偕成社 2008 p10

トンネルの怪盗〔The Red-Headed League〕（ドイル）
◇山中峯太郎訳著「名探偵ホームズ全集 2」作品社 2017 p475

とんまなハンス〔Blockhead-Hans〕（ラング）
◇ないとうふみこ訳, H.J.フォード装画・挿絵「アンドルー・ラング世界童話集 4」東京創元社 2008 p335

【 な 】

ナイチンゲール〔Nattergalen〕（アンデルセン）
◇矢崎源九郎訳, V.ペーダセン挿画「豪華愛蔵版 アンデルセン童話名作集 1」静山社 2011 p124
◇山室静訳「小学生までに読んでおきたい文学 4」あすなろ書房 2013 p7

ナイチンゲール（アンデルセン）
◇山本史郎訳「アンデルセンクラシック 9つの物語」原書房 1999 p35
◇大畑末吉訳, 初山滋さし絵「アンデルセン童話集 2」岩波書店 2000 p155
◇天沼春樹訳, ドゥシャン・カーライ, カミラ・シュタンツロヴァー絵「アンデルセン童話全集 1」西村書店 2011 p214
◇ナオミ・ルイス訳, 代田亜香子日本語版訳, ジョエル・ステュワート絵「アンデルセンの13の童話」小峰書店 2007 p136
◇大塚勇三編・訳, イブ・スパング・オルセン画「アンデルセンの童話 1」福音館書店 2003 p73

夜なきうぐいす（ナイチンゲール）〔The Nightingale〕（アンデルセン）
◇荒俣宏訳, ハリー・クラーク絵「アンデルセン童話集」新書館 2005 p315
◇荒俣宏訳, ハリー・クラーク絵「アンデルセン童話集 下」文藝春秋 2012 p7

ナイチンゲールとコウモリ（イソップ）
◇河野与一編訳, 稗田一穂さし絵「イソップのお話」岩波書店 2000 p294

ナイチンゲールとばらの花〔The Nightingale and the Rose〕（ワイルド）
◇西村孝次訳「幸福な王子―ワイルド童話全集」新潮社 2003 p27

ナイチンゲールとメナシトカゲ〔Von der Nachtigall und der Blindschleiche〕（グリム）
◇乾侑美子訳, Otto Ubbelohde, Ludwig Richter挿絵「1812初版グリム童話 上」小学館 2000 p28

鳴いてはねるひばり〔Das singende springende Löweneckerchen〕（グリム）
◇「完訳 グリム童話集 4」筑摩書房 2006

p136

鳴いて跳ねるひばり〔Das singende, springende Löweneckerchen〕（グリム）
◇吉原高志, 吉原素子訳「初版グリム童話集 4」白水社 2008 p21

ナイトキャップをかえせ（プロイスラー）
◇佐々木田鶴子訳, スズキコージ絵「プロイスラーの昔話 3」小峰書店 2004 p57

ナイトキャップの小間物屋（プロイスラー）
◇佐々木田鶴子訳, スズキコージ絵「プロイスラーの昔話 3」小峰書店 2004 p49

ナイフを持った手〔Die Hand mit dem Messer〕（グリム）
◇吉原高志, 吉原素子訳「初版グリム童話集 1」白水社 2007 p52

内乱（バン・ローン）
◇片岡政昭訳「世界名作文学集 〔9〕」国土社 2003 p116

ナイルに死す（上）〔Death on the Nile〕（クリスティ）
◇佐藤耕士訳「クリスティー・ジュニア・ミステリ 8」早川書房 2008 p1

ナイルに死す（下）〔Death on the Nile〕（クリスティ）
◇佐藤耕士訳「クリスティー・ジュニア・ミステリ 8」早川書房 2008 p1

名親の絵本（アンデルセン）
◇高橋健二訳, いたやさとし画「完訳 アンデルセン童話集 7」小学館 2010 p258

長い鼻〔Die lange Nase〕（グリム）
◇吉原高志, 吉原素子訳「初版グリム童話集 5」白水社 2008 p44

ながい鼻の小人〔The History of Dwarf Long Nose〕（ラング）
◇川端康成, 野上彰編訳, 佐竹美保絵「ラング世界童話全集 1」偕成社 2008 p267

長い冬休み（上）〔Winter Holiday〕（ランサム）
◇神宮輝夫訳「ランサム・サーガ 4」岩波書店 2011 p13

長い冬休み（下）〔Winter Holiday〕（ランサム）
◇神宮輝夫訳「ランサム・サーガ 4」岩波書店 2011 p11

長ぐつをはいたおすネコ（グリム）
◇山口四郎訳「グリム童話 2」冨山房インターナショナル 2004 p195

長ぐつをはいた雄ねこ（グリム）
◇高橋健二訳, 徳井聡司（せんべぇ）イラスト「完訳 グリム童話集 5」小学館 2009 p288

長靴をはいた牡猫〔Der gestiefelte Kater〕（グリム）
◇吉原高志, 吉原素子訳, Moritz von Schwind 挿絵「初版グリム童話集 2」白水社 2007 p41

長靴をはいた雄猫〔Der gestiefelte Kater〕（グリム）
◇乾侑美子訳, Otto Ubbelohde, Ludwig Richter挿絵「1812初版グリム童話 上」小学館 2000 p192

ながぐつをはいたねこ（グリム）
◇乾侑美子訳, ウェルナー・クレムケさし絵「グリムの昔話 1」童話館出版 2000 p318

長ぐつをはいたねこ（ペロー）
◇間所ひさこ再話, 北村裕花挿絵「教科書にでてくるせかいのむかし話 1」あかね書房 2016 p34
◇菊地有子訳, 朝倉めぐみ絵「こどものための世界の名作 完訳 愛と感動の物語─特選14編」世界文化社 1995 p62

長ぐつをはいたネコ（グリム）
◇乾侑美子文, 横田ひろみつ絵「小学館 世界の名作 16」小学館 1999 p84

長ぐつをはいたネコ〔Le Maître chat ou le Chat botté〕（ペロー）
◇今野一雄訳, ギュスターヴ・ドレ挿画「ペローの昔ばなし」白水社 2007 p85

長靴をはいた猫〔Le Maître chat ou le Chat botté〕（ペロー）
◇天沢退二郎訳, マリ林さし絵「ペロー童話集」岩波書店 2003 p61

長くつしたのピッピ〔Pippi Långstrump〕（リンドグレーン）
◇角野栄子文, あだちなみ絵「ポプラ世界名作童話 8」ポプラ社 2015 p7

長くつ下のピッピ〔Pippi Långstrump〕（リンドグレーン）
◇須藤出穂訳, 田中槇子絵「子どものための世界文学の森 13」集英社 1994 p10

ナガコガネグモ─空中に網を張るクモ（ファーブル）
◇奥本大三郎編・訳, 見山博標本画・イラスト「ファーブル昆虫記 4」集英社 1996 p73

無かった指紋〔The Adventure of the Norwood Builder〕（ドイル）

なかの

◇山中峯太郎訳著「名探偵ホームズ全集 2」
作品社 2017 p380

仲のいい三人兄弟―グリム〔出典〕〔The Three
Brothers〕（ラング）
　◇大井久里子訳, H.J.フォード装画・挿絵「ア
　ンドルー・ラング世界童話集 5」東京創元
　社 2008 p49

仲のわるい男（イソップ）
　◇河野与一編訳, 稗田一穂さし絵「イソップの
　お話」岩波書店 2000 p64

なかのわるい三人の兄弟（イソップ）
　◇よこたきよし文, いたやさとし絵「読み聞か
　せイソップ50話」チャイルド本社 2007 p68

長鼻の小人の物語〔The History of Dwarf
Long Nose〕（ラング）
　◇おおつかのりこ訳, H.J.フォード装画・挿絵
　「アンドルー・ラング世界童話集 7」東京創
　元社 2008 p235

流れ星〔The Falling Star〕（ティーズディー
ル）
　◇アーサー・ビナード, 木坂涼編訳, しりあが
　り寿イラスト「ガラガラヘビの味―アメリ
　カ子ども詩集」岩波書店 2010 p162

なくした靴下〔The Missing Sock〕（マッガウ）
　◇谷川俊太郎訳, サラ・ミッダ絵「木はえらい
　―イギリス子ども詩集」岩波書店 2000
　p195

投げ捨てたくず〔Die Schlickerlinge〕（グリ
ム）
　◇「完訳 グリム童話集 6」筑摩書房 2006
　p162

投げ捨てられた亜麻糸（グリム）
　◇橋本孝, 天沼春樹訳, シャルロット・デマ
　トーン絵「グリム童話全集」西村書店 2013
　p498

梨の小僧、落ちゃしない〔Das Birnli will nit
fallen〕（グリム）
　◇吉原高志, 吉原素子訳「初版グリム童話集
　3」白水社 2008 p124

梨の小僧は落ちやしない〔Das Birnli will nit
fallen〕（グリム）
　◇乾侑美子訳, Otto Ubbelohde, Ludwig
　Richter挿絵「1812初版グリム童話 下」小
　学館 2000 p37

なしの実は落ちようとしない（グリム）
　◇高橋健二, 徳井聡司（せんべぇ）イラスト
　「完訳 グリム童話集 5」小学館 2009 p313

名付け親〔Der Herr Gevatter〕（グリム）

◇吉原高志, 吉原素子訳, Otto Ubbelohde挿絵
「初版グリム童話集」白水社 2007 p102

名づけ親さん〔Der Herr Gevatter〕（グリム）
　◇「完訳 グリム童話集 2」筑摩書房 2006
　p250

名づけ親さん（グリム）
　◇高橋健二訳, 徳井聡司（せんべぇ）イラスト
　「完訳 グリム童話集 2」小学館 2008 p71
　◇橋本孝, 天沼春樹訳, シャルロット・デマ
　トーン絵「グリム童話全集」西村書店 2013
　p157

名付け親さん〔Der Herr Gevatter〕（グリム）
　◇池田香代子訳, オットー＝ウッベローデ挿
　画「完訳クラシック グリム童話 2」講談社
　2000 p55

名付け親さん（グリム）
　◇池田香代子訳, オットー・ウッベローデ挿画
　「完訳 グリム童話集 1」講談社 2008 p388

名づけ親どの（グリム）
　◇小澤昔ばなし研究所再話, オットー・ウベ
　ローデ絵「語るためのグリム童話 3」小峰
　書店 2007 p10

名づけ親になった死に神（グリム）
　◇小澤昔ばなし研究所再話, オットー・ウベ
　ローデ絵「語るためのグリム童話 3」小峰
　書店 2007 p15
　◇高橋健二訳, 徳井聡司（せんべぇ）イラスト
　「完訳 グリム童話集 2」小学館 2008 p78

名づけ親になった死神（グリム）
　◇植田敏郎訳, フリードリヒ・リヒターさし絵
　「グリムの昔話 2」童話館出版 2000 p212

名づけ親の絵本（アンデルセン）
　◇天沼春樹訳, ドゥシャン・カーライ, カミ
　ラ・シュタンツロヴァー絵「アンデルセン
　童話全集 3」西村書店 2013 p383

名づけ親の死神（グリム）
　◇フェリクス・ホフマン編・画, 大塚勇三訳
　「グリムの昔話 1」福音館書店 2002 p398

なすりあい〔Blame〕（アールバーグ）
　◇谷川俊太郎訳, フリッツ・ヴェグナー絵「木
　はえらい―イギリス子ども詩集」岩波書店
　2000 p26

なぞ〔Das Rätsel〕（グリム）
　◇「完訳 グリム童話集 2」筑摩書房 2006 p32

なぞ（グリム）
　◇高橋健二訳, 徳井聡司（せんべぇ）イラスト
　「完訳 グリム童話集 1」小学館 2008 p263
　◇橋本孝, 天沼春樹訳, シャルロット・デマ

トーン絵「グリム童話全集」西村書店 2013
p100

謎〔Das Rätsel〕（グリム）
◇池田香代子訳, オットー＝ウッベローデ挿
画「完訳クラシック グリム童話 1」講談社
2000 p178

謎（グリム）
◇池田香代子訳, オットー・ウッベローデ挿画
「完訳 グリム童話集 1」講談社 2008 p230
◇フェリクス・ホフマン編・画, 大塚勇三訳
「グリムの昔話 1」福音館書店 2002 p220

なぞなぞ（グリム）
◇小澤昔ばなし研究所再話, オットー・ウベ
ローデ絵「語るためのグリム童話 2」小峰
書店 2007 p42

なぞなぞの答え（エンデ）
◇田村都志夫訳「だれでもない庭―エンデが
遺した物語集」岩波書店 2002 p347
◇田村都志夫訳「だれでもない庭―エンデが
遺した物語集」岩波書店 2015 p432

なぞなぞ話〔Räthsel–Märchen〕（グリム）
◇乾侑美子訳, Otto Ubbelohde, Ludwig
Richter挿絵「1812初版グリム童話 下」小
学館 2000 p337

なぞなぞ話〔Rätselmärchen〕（グリム）
◇池田香代子訳, オットー＝ウッベローデ挿
画「完訳クラシック グリム童話 5」講談社
2000 p22
◇「完訳 グリム童話集 6」筑摩書房 2006
p180

なぞなぞ話〔Rätsel–Märchen〕（グリム）
◇吉原高志, 吉原素子訳「初版グリム童話集
5」白水社 2008 p216

なぞなぞ話（グリム）
◇池田香代子訳, オットー・ウッベローデ挿画
「完訳 グリム童話集 3」講談社 2008 p236
◇高橋健二訳, 徳井聡司（せんべえ）イラスト
「完訳 グリム童話集 4」小学館 2009 p287
◇橋本孝, 天沼春樹訳, シャルロット・デマ
トーン絵「グリム童話全集」西村書店 2013
p502

なぞの赤毛クラブ（ドイル）
◇芦辺拓編著, 城咲綾絵「10歳までに読みた
い名作ミステリー 名探偵シャーロック・
ホームズ なぞの赤毛クラブ」学研プラス
2016 p23

謎の自転車〔The Adventure of the Priory
School〕（ドイル）

◇山中峯太郎訳著「名探偵ホームズ全集 1」
作品社 2017 p438

なぞのソア橋事件〔The Problem of Thor
Bridge〕（ドイル）
◇内田庶訳, 岡本正樹絵「シャーロック・ホー
ムズ 7」岩崎書店 2011 p5

なぞの第九惑星〔The Secret of the Ninth
Planet〕（ウォルハイム）
◇白木茂訳, 赤石沢貴士絵「SF名作コレク
ション 5」岩崎書店 2005 p5

謎の手品師〔The Crooked Man〕（ドイル）
◇山中峯太郎訳著「名探偵ホームズ全集 3」
作品社 2017 p277

なぞのブナやしき〔The Adventure of the
Copper Beeches〕（ドイル）
◇中尾明訳, 岡本正樹絵「シャーロック・ホー
ムズ 4」岩崎書店 2011 p5

なぞの娘キャロライン〔Father's Arcane
Daughter〕（カニグズバーグ）
◇小島希里訳「カニグズバーグ作品集 5」岩
波書店 2002 p1

謎の書きもの机（ライティングデスク）（エンデ）
◇田村都志夫訳「だれでもない庭―エンデが
遺した物語集」岩波書店 2002 p147
◇田村都志夫訳「だれでもない庭―エンデが
遺した物語集」岩波書店 2015 p182

なぞの旅行者（ルブラン）
◇長島良三訳, 大久保浩絵「アルセーヌ・ルパ
ン名作集 4」岩崎書店 1997 p91

謎の旅行者〔Le Mystérieux voyageur〕（ルブ
ラン）
◇平岡敦訳, ヨシタケシンスケ絵「世界ショー
トセレクション 1」理論社 2016 p5

なぞ話（グリム）
◇小澤昔ばなし研究所再話, オットー・ウベ
ローデ絵「語るためのグリム童話 7」小峰
書店 2007 p49

謎めいた遺言書〔The Case of the Missing
Will〕（クリスティ）
◇花上かつみ訳, 高松啓二絵「アガサ＝クリス
ティ短編傑作集 3」講談社 2002 p87

謎屋敷の怪〔The Adventure of the Copper
Beeches〕（ドイル）
◇山中峯太郎訳著「名探偵ホームズ全集 1」
作品社 2017 p673

ナッティ夫人の暖炉〔Mrs nutti's Fireplace〕
（エイキン）

◇三辺律子訳, 浅沼テイジイラスト「心の宝箱にしまう15のファンタジー」竹書房 2006 p141

◇三辺律子訳, 浅沼テイジイラスト「ひとにぎりの黄金 〔1〕」竹書房 2013 p139

納豆合戦（菊池寛）

◇「小学生までに読んでおきたい文学 5」あすなろ書房 2013 p57

夏の朝〔A Summer Morning〕（フィールド）

◇アーサー・ビナード, 木坂涼編訳, しりあがり寿イラスト「ガラガラヘビの味—アメリカ子ども詩集」岩波書店 2010 p40

夏の一日〔The Summer Day〕（M.オリヴァー）

◇アーサー・ビナード, 木坂涼編訳, しりあがり寿イラスト「ガラガラヘビの味—アメリカ子ども詩集」岩波書店 2010 p140

夏の庭と冬の庭〔Von dem Sommer–und Wintergarten〕（グリム）

◇吉原高志, 吉原素子訳「初版グリム童話集 3」白水社 2008 p105

夏の庭と冬の庭の話〔Von dem Sommer–und Wintergarten〕（グリム）

◇乾侑美子訳, Otto Ubbelohde, Ludwig Richter挿絵「1812初版グリム童話 下」小学館 2000 p25

夏の日の夢（ハーン）

◇脇明子訳「雪女 夏の日の夢」岩波書店 2003 p215

夏の夜の夢〔A Midsummer Night's Dream〕（シェイクスピア）

◇小田島雄志文, 里中満智子画「シェイクスピア・ジュニア文学館 2」汐文社 2001 p11

◇斉藤洋文, 佐竹美保絵「シェイクスピア名作劇場 3」あすなろ書房 2014 p1

◇小田島雄志文, 里中満智子絵「シェイクスピア名作コレクション 2」汐文社 2016 p1

◇ラム作, 矢川澄子訳, アーサー・ラッカムさし絵「シェイクスピア物語」岩波書店 2001 p27

◇ジェラルディン・マコックラン著, 金原瑞人訳, ひらいたかこ絵「シェイクスピア物語集」偕成社 2009 p49

夏の夜の夢（シェイクスピア）

◇木村由利子文, 朝倉めぐみ絵「こどものための世界の名作 夢と幸福の物語—代表（新訳）六話」世界文化社 1995 p266

◇アンドリュー・マシューズ文, 島式子, 島玲子訳, アンジェラ・バレット絵「シェイクスピアストーリーズ」BL出版 2015 p12

夏ばかのまつゆきぞう（アンデルセン）

◇高橋健二訳, いたやさとし画「完訳 アンデルセン童話集 7」小学館 2010 p219

なでしこ〔Die Nelke〕（グリム）

◇池田香代子訳, オットー＝ウッベローデ挿画「完訳クラシック グリム童話 3」講談社 2000 p48

◇「完訳 グリム童話集 4」筑摩書房 2006 p24

◇吉原高志, 吉原素子訳「初版グリム童話集 3」白水社 2008 p142

なでしこ（グリム）

◇池田香代子訳, オットー・ウッベローデ挿画「完訳 グリム童話集 2」講談社 2008 p177

◇高橋健二訳, 徳井聡司（せんべえ）イラスト「完訳 グリム童話集 3」小学館 2008 p7

ナデシコ〔Die Nelke〕（グリム）

◇乾侑美子訳, Otto Ubbelohde, Ludwig Richter挿絵「1812初版グリム童話 下」小学館 2000 p43

ナデシコ（グリム）

◇橘本孝, 天沼春樹訳, シャルロット・デマトーン絵「グリム童話全集」西村書店 2013 p273

七才から、八才へ（ショヴォー）

◇出口裕弘訳「ショヴォー氏とルノー君のお話集 5」福音館書店 2003 p241

七つ頭の大蛇—シュミット『ギリシアの昔話』〔出典〕〔The Seven–Headed Serpent〕（ラング）

◇杉本詠美訳, H.J.フォード装画・挿絵「アンドルー・ラング世界童話集 4」東京創元社 2008 p75

七つの秘密〔Les Confidences d'Arsène Lupin〕（ルブラン）

◇「文庫版 怪盗ルパン 8」ポプラ社 2005

◇「怪盗ルパン全集 〔10〕」ポプラ社 2010

7つの曜日たち（アンデルセン）

◇天沼春樹訳, ドゥシャン・カーライ, カミラ・シュタンツロヴァー絵「アンデルセン童話全集 2」西村書店 2012 p491

七頭の子馬—J.モー〔出典〕〔The Seven Foals〕（ラング）

◇生方頼子訳, H.J.フォード, L.スピード装画・挿絵「アンドルー・ラング世界童話集 2」東京創元社 2008 p359

七人（シシリー）〔How the Hermit Helped to Win the King's Daughter〕（ラング）

◇川端康成, 野上彰編訳, 佐竹美保絵「ラング世界童話全集 1」偕成社 2008 p97

七人のシモン（ハンガリア）〔The Story of the Seven Simons〕（ラング）
◇川端康成, 野上彰編訳, せべまさゆき絵「ラング世界童話全集 3」偕成社 2008 p10

七人のシモン―ハンガリーの昔話〔出典〕〔The Story of the Seven Simons〕（ラング）
◇杉田七重訳, H.J.フォード装画・挿絵「アンドルー・ラング世界童話集 8」東京創元社 2009 p44

7人のシュヴァーベン人たち（グリム）
◇橋本孝, 天沼春樹訳, シャルロット・デマトーン絵「グリム童話全集」西村書店 2013 p411

七人のシュワーベン男子（グリム）
◇高橋健二訳, 徳井聡司（せんべぇ）イラスト「完訳 グリム童話集 4」小学館 2009 p7

七ひきの子馬（北ヨーロッパ）〔The Seven Foals〕（ラング）
◇川端康成, 野上彰編訳, 小松良佳絵「ラング世界童話全集 11」偕成社 2009 p88

七枚の皮（ベヒシュタイン）
◇上田真而子訳, 太田大八さし絵「白いオオカミ―ベヒシュタイン童話集」岩波書店 1990 p171

7羽のカラス（グリム）
◇橋本孝, 天沼春樹訳, シャルロット・デマトーン絵「グリム童話全集」西村書店 2013 p106

七わのからす（グリム）
◇乾侑美子訳, ウェルナー・クレムケさし絵「グリムの昔話 1」童話館出版 2000 p220

七羽のからす（グリム）
◇小澤昔ばなし研究所再話, オットー・ウベローデ絵「語るためのグリム童話 2」小峰書店 2007 p57
◇北川幸比古文, 米山永一, 朝倉めぐみ絵「グリム・イソップ童話集」世界文化社 2004 p59
◇高橋健二訳, 徳井聡司（せんべぇ）イラスト「完訳 グリム童話集 1」小学館 2008 p282
◇北川幸比古文, 米山永一, 朝倉めぐみ絵「こどものための世界の名作 グリム・イソップ・アンデルセン―ベスト30話」世界文化社 1994 p59

七羽のカラス〔Die sieben Raben〕（グリム）
◇「完訳 グリム童話集 2」筑摩書房 2006 p55

七羽のカラス（グリム）
◇山口四郎訳「グリム童話 1」冨山房インターナショナル 2004 p71
◇フェリクス・ホフマン編・画, 大塚勇三訳「グリムの昔話 1」福音館書店 2002 p242

七羽の鴉〔Die sieben Raben〕（グリム）
◇池田香代子訳, オットー＝ウッベローデ挿画「完訳クラシック グリム童話 1」講談社 2000 p192

七羽の鴉（グリム）
◇池田香代子訳, オットー・ウッベローデ挿画「完訳 グリム童話集 1」講談社 2008 p248

何をつかまえようか（ビアンキ）
◇内田莉莎子訳, いたやさとし絵「ビアンキの動物ものがたり」日本標準 2007 p5

なにかを見るとき〔To Look at Any Thing〕（モフィット）
◇アーサー・ビナード, 木坂涼編訳, しりあがり寿イラスト「ガラガラヘビの味―アメリカ子ども詩集」岩波書店 2010 p182

なにかが起こった〔Qualcosa era successo〕（ブッツァーティ）
◇脇功訳「小学生までに読んでおきたい文学 3」あすなろ書房 2013 p209

なにかが雁たちに〔Somthing Told the Wild Geese〕（フィールド）
◇アーサー・ビナード, 木坂涼編訳, しりあがり寿イラスト「ガラガラヘビの味―アメリカ子ども詩集」岩波書店 2010 p44

なにかが雁（がん）につげた（フィールド）
◇岸田衿子, 百々佑利子訳, ミーガン・グレッサー絵「おうちをつくろう」のら書店 1993 p55

なにもこわがらない王子〔Der Königssohn, der sich vor nichts fürchtet〕（グリム）
◇天沼春樹訳, ペテル・ウフナール画「グリム・コレクション 4」パロル舎 2001 p163

なにもこわがらない王子（グリム）
◇フェリクス・ホフマン編・画, 大塚勇三訳「グリムの昔話 3」福音館書店 2002 p53

何もこわがらない王子（グリム）
◇小澤昔ばなし研究所再話, オットー・ウベローデ絵「語るためのグリム童話 6」小峰書店 2007 p80
◇高橋健二訳, 徳井聡司（せんべぇ）イラスト「完訳 グリム童話集 4」小学館 2009 p24

ナプキンと背嚢と大砲帽と角笛〔Von der Serviette, dem Tornister, dem

Kanonenhütlein und dem Horn〕（グリム）
◇乾侑美子訳, Otto Ubbelohde, Ludwig Richter挿絵「1812初版グリム童話 上」小学館 2000 p218

ナプキンと背嚢と砲蓋と角笛〔Von der Serviette, dem Tornister, dem Kanonenhütlein und dem Horn〕（グリム）
◇吉原高志, 吉原素子訳「初版グリム童話集 2」白水社 2007 p77

なまいきな若木〔The Bossy Young Tree〕（パテン）
◇谷川俊太郎訳「木はえらい─イギリス子ども詩集」岩波書店 2000 p128

なまくらハインツ（グリム）
◇ワンダ・ガアグ編・絵, 松岡享子訳「グリムのむかしばなし 1」のら書店 2017 p73

なまけものと働きもの（グリム）
◇高橋健二訳, 徳井聡司（せんべぇ）イラスト「完訳 グリム童話集 5」小学館 2009 p338

なまけ者と働き者〔Der Faule und der Fleißige〕（グリム）
◇吉原高志, 吉原素子訳「初版グリム童話集 5」白水社 2008 p31

怠け者と働き者〔Der Faule und der Fleißige〕（グリム）
◇乾侑美子訳, Otto Ubbelohde, Ludwig Richter挿絵「1812初版グリム童話 下」小学館 2000 p218

なまけ者の糸つむぎ女〔Die faule Spinnerin〕（グリム）
◇吉原高志, 吉原素子訳, Otto Ubbelohde挿絵「初版グリム童話集 5」白水社 2008 p93

なまけ者の糸つむぎ女（グリム）
◇橋本孝, 天沼春樹訳, シャルロット・デマトーン絵「グリム童話全集」西村書店 2013 p440

なまけ者の糸紡ぎ女〔Die faule Spinnerin〕（グリム）
◇「完訳 グリム童話集 5」筑摩書房 2006 p278

なまけものの紡ぎ女〔Die faule Spinnerin〕（グリム）
◇池田香代子訳, オットー＝ウッベローデ挿画「完訳クラシック グリム童話 4」講談社 2000 p133

なまけものの紡ぎ女（グリム）
◇池田香代子訳, オットー・ウッベローデ挿画「完訳 グリム童話集 3」講談社 2008 p82

怠け者の紡ぎ女〔Die faule Spinnerin〕（グリム）
◇乾侑美子訳, Otto Ubbelohde, Ludwig Richter挿絵「1812初版グリム童話 下」小学館 2000 p261

なまけ者のハインツ〔Der faule Heinz〕（グリム）
◇「完訳 グリム童話集 6」筑摩書房 2006 p219

波をかぞえる人（イソップ）
◇河野与一編訳, 稗田一穂さし絵「イソップのお話」岩波書店 2000 p112

涙の手作りパンケーキ（ロフティング）
◇河合祥一郎訳, patty絵「新訳 ドリトル先生シリーズ 〔14〕」KADOKAWA 2016 p99

「なめくじ」の話（ショヴォー）
◇出口裕弘訳「ショヴォー氏とルノー君のお話集 4」福音館書店 2003 p145

ならずもの〔Das Lumpengesindel〕（グリム）
◇野村泫訳, カール・アッポルト画「完訳 グリム童話集 1」筑摩書房 2005 p134

ならずもの（グリム）
◇高橋健二訳, 徳井聡司（せんべぇ）イラスト「完訳 グリム童話集 1」小学館 2008 p120
◇フェリクス・ホフマン編・画, 大塚勇三訳「グリムの昔話 1」福音館書店 2002 p84
◇矢崎源九郎訳, マルヴィン・ピークさし絵「グリムの昔話 2」童話館出版 2000 p186

ならず者（グリム）
◇山口四郎訳「グリム童話 1」冨山房インターナショナル 2004 p25

ならずものたち〔Das Lumpengesindel〕（グリム）
◇吉原高志, 吉原素子訳「初版グリム童話集 1」白水社 2007 p61

鳴らないピアノ〔The Missing Code〕（オー・ヘンリー）
◇千葉茂樹訳, 和田誠絵「オー・ヘンリーショートストーリーセレクション 4」理論社 2007 p83

ナルボンヌコモリグモ─地面に巣を掘るクモ（ファーブル）
◇奥本大三郎編・訳, 見山博標本画・イラスト「ファーブル昆虫記 4」集英社 1996 p9

何世紀か未来には（アンデルセン）
◇天沼春樹訳, ドゥシャン・カーライ, カミラ・シュタンツロヴァー絵「アンデルセン童話全集 2」西村書店 2012 p184

にしゆ

ナンタケット島出身のアーサー・ゴード
ン・ピムの物語〔The Nerrative of Arthur
Gordon Pym of Nantucket〕（ポー）
　◇金原瑞人翻案「ホラー短編集 2」岩波書店
　　2012 p7
なんで学校に行かなきゃならないの〔Why
Must We Go to School？〕（アールバーグ）
　◇川崎洋訳, フリッツ・ヴェグナー絵「木はえ
　　らい―イギリス子ども詩集」岩波書店 2000
　　p14
なんでもお見とおし博士〔Doktor
Allwissend〕（グリム）
　◇池田香代子訳, オットー＝ウッベローデ挿
　　画「完訳クラシック グリム童話 3」講談社
　　2000 p201
なんでもお見とおし博士（グリム）
　◇池田香代子訳, オットー・ウッベローデ挿画
　　「完訳 グリム童話集 2」講談社 2008 p369
なんでもござれ〔Herr Fix und Fertig〕（グリ
ム）
　◇吉原高志, 吉原素子訳「初版グリム童話集
　　1」白水社 2007 p100
なんでも知っている博士（グリム）
　◇橋本孝, 天沼春樹訳, シャルロット・デマ
　　トーン絵「グリム童話全集」西村書店 2013
　　p349
なんでも知ってる博士（グリム）
　◇山口四郎訳「グリム童話 1」冨山房イン
　　ターナショナル 2004 p163
なんでもない
　◇岸田衿子, 百々佑利子訳, ミーガン・グレッ
　　サー絵「みんなわたしの」のら書店 1991
　　p34
なんでもわかる医者先生（グリム）
　◇ワンダ・ガアグ編・絵, 松岡享子訳「グリム
　　のむかしばなし 2」のら書店 2017 p67

【 に 】

兄さんと妹〔Brüderchen und Schwesterchen〕
（グリム）
　◇池田香代子訳, オットー＝ウッベローデ挿
　　画「完訳クラシック グリム童話 1」講談社
　　2000 p83
　◇乾侑美子訳, Otto Ubbelohde, Ludwig

Richter挿絵「1812初版グリム童話 上」小
学館 2000 p37
兄さんと妹（グリム）
　◇池田香代子訳, オットー・ウッベローデ挿画
　　「完訳 グリム童話集 1」講談社 2008 p105
　◇高橋健二訳, 徳井聡司（せんべぇ）イラスト
　　「完訳 グリム童話集 1」小学館 2008 p125
　◇フェリクス・ホフマン編・画, 大塚勇三訳
　　「グリムの昔話 1」福音館書店 2002 p89
　◇乾侑美子訳, ルートヴィヒ・グリムさし絵
　　「グリムの昔話 2」童話館出版 2000 p254
二回目のキス〔Den andra kyssen〕（スタルク）
　◇菱木晃子訳, はたこうしろう絵「ショート・
　　ストーリーズ 二回目のキス」小峰書店
　　2004 p5
にくをくわえたイヌ（イソップ）
　◇小出正吾ぶん, 三好碩也え「イソップのおは
　　なし」のら書店 2010 p104
肉をくわえたイヌ（イソップ）
　◇河野与一編訳, 稗田一穂さし絵「イソップの
　　お話」岩波書店 2000 p16
肉をくわえた犬（イソップ）
　◇川崎洋文, 佐藤邦雄絵「小学館 世界の名作
　　18」小学館 1999 p4
ニクシイ〔ドイツ〕〔The Nixy〕（ラング）
　◇川端康成, 野上彰編訳, 小松修絵「ラング世
　　界童話全集 6」偕成社 2008 p223
ニクバエの天敵, エンマムシ（ファーブル）
　◇奥本大三郎編・訳, 見山博標本画・イラスト
　　「ファーブル昆虫記 5」集英社 1996 p309
逃げたロボット〔Runaway Robot〕（デル・レ
イ）
　◇中尾明訳, 御米椎絵「冒険ファンタジー名作
　　選 15」岩崎書店 2004 p6
虹〔The Rainbow〕（デ・ラ・メア）
　◇岸田衿子, 百々佑利子訳, ミーガン・グレッ
　　サー絵「おうちをつくろう」のら書店 1993
　　p53
27世紀の発明王〔Ralph 124C41+〕（ガーンズ
バック）
　◇福島正実訳, 大塚あきら絵「冒険ファンタ
　　ジー名作選 3」岩崎書店 2003 p6
20年後〔After Twenty Years〕（オー・ヘン
リー）
　◇千葉茂樹訳, 和田誠絵「オー・ヘンリー
　　ショートストーリーセレクション 1」理論
　　社 2007 p7
二十年後〔After Twenty Years〕（オー・ヘン

にしゆ

リー）
◇大久保康雄訳, 三芳悌吉さしえ「最後のひと葉—オー＝ヘンリー傑作短編集」偕成社 1989 p207

二十年後（オー・ヘンリー）
◇田中早苗訳「読書がたのしくなる世界の文学 〔3〕」くもん出版 2014 p111

二重の罪（クリスティ）
◇花上かつみ訳, 高松啓二絵「アガサ＝クリスティ短編傑作集 2」講談社 2002 p177

にせ医師物語〔Jeff Peters as a Personal Magnet〕（オー・ヘンリー）
◇千葉茂樹訳, 和田誠絵「オー・ヘンリーショートストーリーセレクション 2」理論社 2007 p45

にせ王子、あるいは、野心家の仕立屋の話〔The Story of the Sham Prince, or the Ambitious Tailor〕（ラング）
◇杉本詠美訳, H.J.フォード装画・挿絵「アンドルー・ラング世界童話集 8」東京創元社 2009 p329

にせ王子の話（ハウフ）
◇乾侑美子訳, T.ヴェーパーほか画「冷たい心臓—ハウフ童話集」福音館書店 2001 p164

にせ王子の物語（ハウフ）
◇福原嘉一郎訳, 朝倉めぐみ絵「こどものための世界の名作 完訳 愛と感動の物語—特選14編」世界文化社 1995 p182

にせの王子とほんとうの王子（ポルトガル）〔The False Prince and the True〕（ラング）
◇川端康成, 野上彰編訳, せべまさゆき絵「ラング世界童話全集 3」偕成社 2008 p196

にせ者の王子と本物の王子—ポルトガルの昔話〔出典〕〔The False Prince and the True〕（ラング）
◇宮坂宏美訳, H.J.フォード装画・挿絵「アンドルー・ラング世界童話集 12」東京創元社 2009 p7

二センチの勇者たち〔Enna Hittims〕（D.W.ジョーンズ）
◇野口絵美訳, 佐竹美保絵「ダイアナ・ウィン・ジョーンズ短編集 魔法！魔法！魔法！」徳間書店 2007 p353

二センチの勇者たち（D.W.ジョーンズ）
◇野口絵美訳「ダイアナ・ウィン・ジョーンズ短編集 魔法？魔法！」徳間書店 2015 p307

日光暗号の秘密〔Les Jeux du Soleil〕（ルブラン）

◇南洋一郎文, 佐竹美保さし絵「文庫版 怪盗ルパン 8」ポプラ社 2005 p9

日光暗号の秘密（ルブラン）
◇南洋一郎文, 清水勝挿画「怪盗ルパン全集〔10〕」ポプラ社 2010 p14

日光の中のヒメクジャクヤマママユ（ファーブル）
◇奥本大三郎編・訳, 見山博標本画・イラスト「ファーブル昆虫記 3」集英社 1996 p187

日光物語（アンデルセン）
◇高橋健二訳, いたやさとし画「完訳 アンデルセン童話集 8」小学館 2010 p128

ニーノとニーナ（ロダーリ）
◇関口英子訳, 伊津野果地さし絵「兵士のハーモニカ—ロダーリ童話集」岩波書店 2012 p171

二番がいちばん〔Second–Best〕（ロレンス）
◇代田亜香子訳, ヨシタケシンスケ絵「世界ショートセレクション 2」理論社 2017 p5

二ひきのかえる（イソップ）
◇よこたきよし文, 武井淑子絵「読み聞かせイソップ50話」チャイルド本社 2007 p30

二ひきのかえる（日本）〔The Two Frogs〕（ラング）
◇川端康成, 野上彰編訳, 佐竹美保絵「ラング世界童話全集 1」偕成社 2008 p141

二ひきのコガネムシ（イソップ）
◇河野与一編訳, 稗田一穂さし絵「イソップのお話」岩波書店 2000 p101

2ひきのわるいねずみのおはなし（ポター）
◇いしいももこやく「愛蔵版 ピーターラビット全おはなし集」福音館書店 1994 p71
◇いしいももこやく「愛蔵版 ピーターラビット全おはなし集」福音館書店 2007 p71

日本の読者さまへ（カニグズバーグ）
◇「カニグズバーグ作品集 別巻」岩波書店 2002 p349

日本の読者のみなさんへ（ウェストール）
◇「ウェストールコレクション 〔5〕」徳間書店 2003 p293

日本の読者のみなさんへ（D.W.ジョーンズ）
◇「ダイアナ・ウィン・ジョーンズ短編集 魔法？魔法！」徳間書店 2015 p519
◇「ダイアナ・ウィン・ジョーンズ短編集 魔法！魔法！魔法！」徳間書店 2007 p540

日本のみなさまへ（トラップ）
◇「Modern Classic Selection 4」文溪堂 1997 p8

ニュージーランドのクリスマス（マーヒー）
　◇石井桃子訳、シャーリー・ヒューズ画「魔法使いのチョコレート・ケーキ─マーガレット・マーヒーお話集」福音館書店 2004 p176

ニューベリー賞受賞講演─『クローディアの秘密』（カニグズバーグ）
　◇清水真砂子訳「カニグズバーグ作品集 別巻」岩波書店 2002 p16

ニョロニョロのひみつ（ヤンソン）
　◇山室静訳「ムーミン童話シリーズ 〔6〕」講談社 2013 p185

ニールスと大男たち〔Niels and the Giants〕（ラング）
　◇川端康成、野上彰編訳、アンマサコ絵「ラング世界童話全集 4」偕成社 2008 p20

ニールスと巨人たち〔Niels and the Giants〕（ラング）
　◇西本かおる訳、H.J.フォード装画・挿絵「アンドルー・ラング世界童話集 8」東京創元社 2009 p282

二老人（トルストイ）
　◇北御門二郎訳「トルストイの散歩道 4」あすなろ書房 2006 p1

庭師と領主（アンデルセン）
　◇高橋健二訳、いたやさとし画「完訳 アンデルセン童話集 8」小学館 2010 p200
　◇天沼春樹訳、ドゥシャン・カーライ、カミラ・シュタンツロヴァー絵「アンデルセン童話全集 3」西村書店 2013 p486

にわとこおばさん（アンデルセン）
　◇高橋健二訳、いたやさとし画「完訳 アンデルセン童話集 3」小学館 2009 p6

ニワトコおばさん〔Hyldemoer〕（アンデルセン）
　◇福井信子、大河原晶子訳、フレミング・B.イェペセン画「本当に読みたかったアンデルセン童話」NTT出版 2005 p136

ニワトコおばさん（アンデルセン）
　◇天沼春樹訳、ドゥシャン・カーライ、カミラ・シュタンツロヴァー絵「アンデルセン童話全集 3」西村書店 2013 p82

にわとりばあさんグレーテの一家（アンデルセン）
　◇高橋健二訳、いたやさとし画「完訳 アンデルセン童話集 8」小学館 2010 p56

ニワトリばあさんグレーテの家族（アンデルセン）

天沼春樹訳、ドゥシャン・カーライ、カミラ・シュタンツロヴァー絵「アンデルセン童話全集 2」西村書店 2012 p462

庭の殺し屋、キンイロオサムシ（ファーブル）
　◇奥本大三郎編・訳、見山博標本画・イラスト「ファーブル昆虫記 4」集英社 1996 p323

庭のなか（ルナール）
　◇岸田國士訳「読書がたのしくなる世界の文学 〔3〕」くもん出版 2014 p57

二羽のハト〔Les Deux Pigeons〕（ラ・フォンテーヌ）
　◇大澤千加訳、ブーテ・ド・モンヴェル絵「ラ・フォンテーヌ寓話」洋洋社 2016 p27

人形つかい（アンデルセン）
　◇高橋健二訳、いたやさとし画「完訳 アンデルセン童話集 6」小学館 2010 p80

人形使い（アンデルセン）
　◇天沼春樹訳、ドゥシャン・カーライ、カミラ・シュタンツロヴァー絵「アンデルセン童話全集 1」西村書店 2011 p437

人魚と王子─『ラップランドの昔話』〔出典〕〔The Mermaid and the Boy〕（ラング）
　◇児玉敦子訳、H.J.フォード装画・挿絵「アンドルー・ラング世界童話集 9」東京創元社 2009 p149

人魚と子ども（ラプランド地方）〔The Mermaid and the Boy〕（ラング）
　◇川端康成、野上彰編訳、西村香英絵「ラング世界童話全集 2」偕成社 2008 p131

人魚の姫〔Den lille Havfrue〕（アンデルセン）
　◇矢崎源九郎訳、V.ペーダセン挿画「豪華愛蔵版 アンデルセン童話名作集 1」静山社 2011 p163

人魚のむすこのハンス（デンマーク）〔Hans, the Mermaid's Son〕（ラング）
　◇川端康成、野上彰編訳、牧野鈴子絵「ラング世界童話全集 5」偕成社 2008 p276

人魚のむすこハンス─デンマークの昔話〔出典〕〔Hans, the Mermaid's Son〕（ラング）
　◇おおつかのりこ訳、H.J.フォード装画・挿絵「アンドルー・ラング世界童話集 5」東京創元社 2008 p53

人魚ひめ（アンデルセン）
　◇高橋健二訳、いたやさとし画「完訳 アンデルセン童話集 1」小学館 2009 p152
　◇間所ひさこ再話、柴田ケイコ挿絵「教科書にでてくるせかいのむかし話 1」あかね書房 2016 p42

にんき

◇西本鶏介文, shino絵「ポプラ世界名作童話 7」ポプラ社 2015 p103

人魚姫〔Den lille Havfrue〕（アンデルセン）
◇天沼春樹訳「アンデルセン傑作集 マッチ売りの少女／人魚姫」新潮社 2015 p37

人魚姫〔The Little Mermaid／Den lille havfrue〕（アンデルセン）
◇大塚勇三編・訳, イブ・スパング・オルセン画「アンデルセンの童話 2」福音館書店 2003 p265

人魚姫〔The Little Sea Maid〕（アンデルセン）
◇荒俣宏訳, ハリー・クラーク絵「アンデルセン童話集」新書館 2005 p387
◇荒俣宏訳, ハリー・クラーク絵「アンデルセン童話集 下」文藝春秋 2012 p79

人魚姫（アンデルセン）
◇山本史郎訳「アンデルセンクラシック 9つの物語」原書房 1999 p72
◇木村由利子訳, 米山永一, 朝倉めぐみ絵「アンデルセン童話集」世界文化社 2004 p122
◇大畑末吉訳, 初山滋さし絵「アンデルセン童話集 2」岩波書店 2000 p92
◇天沼春樹訳, ドゥシャン・カーライ, カミラ・シュタンツロヴァー絵「アンデルセン童話全集 1」西村書店 2011 p82
◇ナオミ・ルイス訳, 代田亜香子日本語版訳, ジョエル・ステュワート絵「アンデルセンの13の童話」小峰書店 2007 p56
◇松岡享子語り手「子どもに語るアンデルセンのお話 2」こぐま社 2007 p141
◇木村由利子文, 米山永一, 朝倉めぐみ絵「こどものための世界の名作 グリム・イソップ・アンデルセン—ベスト30話」世界文化社 1994 p262

人魚姫—リトル・マーメイド〔The Little Mermaid〕（アンデルセン）
◇有澤真庭, 和佐田道子訳「雪の女王—アンデルセン童話集」竹書房 2014 p81

人間と馬と牛と犬（イソップ）
◇川名澄訳, アーサー・ラッカム絵「新編 イソップ寓話」風媒社 2014 p147

人間とサチュロス（イソップ）
◇河野与一編訳, 稗田一穂さし絵「イソップのお話」岩波書店 2000 p312

人間とサテュロス（イソップ）
◇川名澄訳, アーサー・ラッカム絵「新編 イソップ寓話」風媒社 2014 p84

人間とゼウス（イソップ）

◇河野与一編訳, 稗田一穂さし絵「イソップのお話」岩波書店 2000 p307

人間とセミ（イソップ）
◇河野与一編訳, 稗田一穂さし絵「イソップのお話」岩波書店 2000 p102

人間とライオン（イソップ）
◇川名澄訳, アーサー・ラッカム絵「新編 イソップ寓話」風媒社 2014 p65

人間の生活と昆虫（ファーブル）
◇奥本大三郎編・訳, 見山博標本画・イラスト「ファーブル昆虫記 5」集英社 1996 p157

人間のところにいる希望（イソップ）
◇河野与一編訳, 稗田一穂さし絵「イソップのお話」岩波書店 2000 p318
◇川崎洋文, アラキヤスオ絵「小学館 世界の名作 18」小学館 1999 p98

ニン・ナン・ノンのくに〔On the Ning Nang Nong〕（ミリガン）
◇岸田衿子, 百々佑利子訳, ミーガン・グレッサー絵「みんなわたしの」のら書店 1991 p39

にんまり〔Mart's Advice〕（ローゼン）
◇谷川俊太郎訳, クウェンティン・ブレイク絵「木はえらい—イギリス子ども詩集」岩波書店 2000 p50

【 ぬ 】

ぬけさく話〔Von dem Dummling〕（グリム）
◇乾侑美子訳, Otto Ubbelohde, Ludwig Richter挿絵「1812初版グリム童話 上」小学館 2000 p342

盗まれた潜水艦設計図〔The Adventure of the Bruce–Partington Plans〕（ドイル）
◇日暮まさみち訳, 青山浩行絵「名探偵ホームズシリーズ 〔13〕」講談社 2011 p68

ぬすまれたタイムマシン〔The Shadow Girl〕（カミングス）
◇南山宏訳, 御米椎絵「冒険ファンタジー名作選 5」岩崎書店 2003 p6

ぬすまれた手紙（ポー）
◇松村達雄, 繁尾久訳, 池田浩彰さし絵「21世紀版 少年少女世界文学館 13」講談社 2010 p215

盗まれた秘密文書（ドイル）

◇亀山龍樹訳, 佐竹美保さし絵「名探偵ホームズ 4」ポプラ社 2006 p7

沼 (小松左京)
　◇「小学生までに読んでおきたい文学 3」あすなろ書房 2013 p69

沼の王の娘〔The Marsh King's Daughter〕(アンデルセン)
　◇荒俣宏訳, ハリー・クラーク絵「アンデルセン童話集」新書館 2005 p463
　◇荒俣宏訳, ハリー・クラーク絵「アンデルセン童話集 下」文藝春秋 2012 p159

沼の中のカエル (イソップ)
　◇河野与一編訳, 稲田一穂さし絵「イソップのお話」岩波書店 2000 p259
　◇赤木かんこ訳, 川村易挿絵「こんなとき読んであげたい おはなしのおもちゃ箱 2」PHP研究所 2003 p46

沼のなかのハイノ (レアンダー)
　◇国松孝二訳「ふしぎなオルガン」岩波書店 2010 p129

ぬらぬらぽい〔Die Schlickerlinge〕(グリム)
　◇池田香代子訳, オットー＝ウッベローデ挿画「完訳クラシック グリム童話 5」講談社 2000 p12

ぬらぬらぽい (グリム)
　◇池田香代子訳, オットー・ウッベローデ挿画「完訳 グリム童話 3」講談社 2008 p226

ヌリハナバチの帰巣本能 (ファーブル)
　◇奥本大三郎編・訳, 見山博標本画・イラスト「ファーブル昆虫記 2」集英社 1996 p295

【 ね 】

ねがい小枝をもった灰かぶり (ベヒシュタイン)
　◇上田真而子訳, 太田大八さし絵「白いオオカミ―ベヒシュタイン童話集」岩波書店 1990 p63

ねがいごと
　◇岸田衿子, 百々佑利子訳, ミーガン・グレッサー絵「みんなわたしの」のら書店 1991 p20

願いの指輪 (ハロウェイ)
　◇佐藤涼子訳, 川村易挿絵「こんなとき読んであげたい おはなしのおもちゃ箱 2」PHP研究所

2003 p22

ねこ〔Cats〕(ファージョン)
　◇岸田衿子, 百々佑利子訳, ミーガン・グレッサー絵「みんなわたしの」のら書店 1991 p17

猫先生または長靴をはいた猫 (ペロー)
　◇巖谷國士訳, ギュスターブ・ドレ画「眠れる森の美女―完訳ペロー昔話集」講談社 1992 p69
　◇巖谷國士訳, ギュスターヴ・ドレ画「眠れる森の美女―完訳ペロー昔話集」筑摩書房 2002 p71

猫とイタチとウサギ〔Le Chat la Belette et le petit Lapin〕(ラ・フォンテーヌ)
　◇大澤千加訳, ブーテ・ド・モンヴェル絵「ラ・フォンテーヌ寓話」洋洋社 2016 p175

ネコとオンドリ (イソップ)
　◇ラッセル・アッシュ, バーナード・ヒットン編著, 秋野翔一郎訳「クラシックイラストレーション版 イソップ寓話集」童話館出版 2002 p33

猫と雄鶏 (イソップ)
　◇川名澄訳, アーサー・ラッカム絵「新編 イソップ寓話」風媒社 2014 p88

ネコとオンドリと子ネズミ (イソップ)
　◇ラッセル・アッシュ, バーナード・ヒットン編著, 秋野翔一郎訳「クラシックイラストレーション版 イソップ寓話集」童話館出版 2002 p46

ネコとことりたち (イソップ)
　◇小出正吾ぶん, 三好碩也え「イソップのおはなし」のら書店 2010 p111

ネコと小さな女の子と焼肉の話 (ショヴォー)
　◇出口裕弘訳「ショヴォー氏とルノー君のお話集 5」福音館書店 2003 p165

ネコとニワトリ (イソップ)
　◇河野与一編訳, 稲田一穂さし絵「イソップのお話」岩波書店 2000 p50

猫と鶏 (イソップ)
　◇川名澄訳, アーサー・ラッカム絵「新編 イソップ寓話」風媒社 2014 p20

ねことねずみ〔Cat and Mouse in Partnership〕(ラング)
　◇川端康成, 野上彰編訳, アンマサコ絵「ラング世界童話全集 4」偕成社 2008 p208

ネコとネズミ (イソップ)
　◇河野与一編訳, 稲田一穂さし絵「イソップのお話」岩波書店 2000 p272

ねこと

ねことねずみがいっしょにくらせば（グリム）
- ◇ワンダ・ガアグ編・絵, 松岡享子訳「グリムのむかしばなし 1」のら書店 2017 p41

ねことねずみがいっしょに住むと（グリム）
- ◇乾侑美子訳, マルヴィン・ピークさし絵「グリムの昔話 2」童話館出版 2000 p246

ネコとネズミがいっしょに住むと（グリム）
- ◇乾侑美子文, ニビオ・ロペス絵「小学館 世界の名作 16」小学館 1999 p46

猫と鼠がいっしょに住むと〔Katz und Maus in Gesellschaft〕（グリム）
- ◇乾侑美子訳, Otto Ubbelohde, Ludwig Richter挿絵「1812初版グリム童話 上」小学館 2000 p19

ねことねずみのともぐらし（グリム）
- ◇高橋健二訳, 徳井聡司（せんべぇ）イラスト「完訳グリム童話集 1」小学館 2008 p20

猫とねずみのともぐらし〔Katze und Maus in Gesellschaft〕（グリム）
- ◇吉原高志, 吉原素子訳「初版グリム童話集 1」白水社 2007 p28

猫とねずみのとも暮らし〔Katze und Maus in Gesellschaft〕（グリム）
- ◇「完訳グリム童話集 1」筑摩書房 2005 p22

猫とねずみのとも暮らし（グリム）
- ◇小澤昔ばなし研究所再話, オットー・ウベローデ絵「語るためのグリム童話 1」小峰書店 2007 p15

猫とネズミのとも暮らし（グリム）
- ◇橋本孝, 天沼春樹訳, シャルロット・デマトーン絵「グリム童話全集」西村書店 2013 p12

猫と鼠の仲〔Katze und Maus in Gesellschaft〕（グリム）
- ◇池田香代子訳, オットー＝ウッベローデ挿画「完訳クラシック グリム童話 1」講談社 2000 p16

猫と鼠の仲（グリム）
- ◇池田香代子訳, オットー・ウッベローデ挿画「完訳グリム童話集 1」講談社 2008 p18

ネコとネズミのふたりぐらし（グリム）
- ◇フェリクス・ホフマン編・画, 大塚勇三訳「グリムの昔話 1」福音館書店 2002 p21

猫とネズミのふたりぐらし〔The Cat and the Mouse in Partnership〕（ラング）
- ◇中務秀子訳, H.J.フォード装画・挿絵「アンドルー・ラング世界童話集 4」東京創元社

2008 p7

ネコの王さま—『新編世界むかし話集1 イギリス編』
- ◇山室静編著, たなかゆうこ挿絵「こんなとき読んであげたい おはなし おもちゃ箱 2」PHP研究所 2003 p162

猫の親方あるいは長靴をはいた猫〔Le Maître chat ou le Chat botté〕（ペロー）
- ◇澁澤龍彦訳「小学生までに読んでおきたい文学 1」あすなろ書房 2014 p107

猫の親方あるいは長靴をはいた猫（ペロー）
- ◇榊原晃三訳, ギュスターヴ・ドレ挿画「眠れる森の美女」沖積舎 2004 p119

猫の親方または長靴をはいた猫〔Le Maître chat ou le Chat botté〕（ペロー）
- ◇村松潔訳, ギュスターヴ・ドレ挿絵「眠れる森の美女—シャルル・ペロー童話集」新潮社 2016 p63

猫の帰還〔Blitzcat〕（ウェストール）
- ◇坂崎麻子訳「ウェストールコレクション〔2〕」徳間書店 1998 p9

猫のキサー—アイスランドの昔話〔出典〕〔Kisa the Cat〕（ラング）
- ◇大井久里子訳, H.J.フォード装画・挿絵「アンドルー・ラング世界童話集 9」東京創元社 2009 p277

ねこの国〔The Colony of Cats〕（ラング）
- ◇川端康成, 野上彰編訳, 小松修絵「ラング世界童話全集 6」偕成社 2008 p159

猫の事務所—ある小さな官衙に関する幻想（宮沢賢治）
- ◇「小学生までに読んでおきたい文学 1」あすなろ書房 2014 p7

ねこの葬式〔Cat's Funeral〕（リュウ）
- ◇岸田衿子, 百々佑利子訳, ミーガン・グレッサー絵「おうちをつくろう」のら書店 1993 p24

猫の大将 または 長靴をはいた猫〔Le Maître chat ou le Chat botté〕（ペロー）
- ◇工藤庸子訳「いま読むペロー「昔話」」羽鳥書店 2013 p41

猫の大将、または長靴をはいた猫（ペロー）
- ◇末松氷海子訳, エヴァ・フラントヴァー絵「ペロー昔話・寓話集」西村書店 2008 p207

猫の楽園（ゾラ）
- ◇榎本秋村訳「読書がたのしくなる世界の文学〔10〕」くもん出版 2016 p85

猫屋敷〔The Colony of Cats〕（ラング）
- ◇生方頼子訳, H.J.フォード装画・挿絵「アン

ドルー・ラング世界童話集 8」東京創元社 2009 p351

ねこやなぎ
◇岸田衿子, 百々佑利子訳, ミーガン・グレッサー絵「みんなわたしの」のら書店 1991 p57

ネコ用ドアとアップルパイ〔The Cat–Flap And The Apple–Pie〕(エイキン)
◇三辺律子訳, 浅沼テイジイラスト「心の宝箱にしまう15のファンタジー」竹書房 2006 p345
◇三辺律子訳, 浅沼テイジイラスト「ひとにぎりの黄金 〔2〕」竹書房 2013 p143

ねこはやっぱりねこがいい (ヒル)
◇光吉夏弥訳, たなかゆうこ挿絵「こんなとき読んであげたい おはなしのおもちゃ箱 1」PHP研究所 2003 p30

ねずの木 (グリム)
◇小澤昔ばなし研究所再話, オットー・ウベローデ絵「語るためのグリム童話 3」小峰書店 2007 p45

杜松 (ねず) の木〔Von dem Machandelboom〕(グリム)
◇池田香代子訳, オットー=ウッペローデ挿画「完訳クラシック グリム童話 2」講談社 2000 p79

杜松の木 (グリム)
◇池田香代子訳, オットー・ウッペローデ挿画「完訳 グリム童話集 1」講談社 2008 p418

ねずの木の話〔Von den Machandel–Boom〕(グリム)
◇吉原高志, 吉原素子訳, Moritz von Schwind, Ludwig Richter挿絵「初版グリム童話集 2」白水社 2007 p123

ねずの木の話 (グリム)
◇高橋健二訳, 徳井聡司 (せんべえ) イラスト「完訳 グリム童話集 2」小学館 2008 p104

ネズの木の話〔Van den Machandel–Boom〕(グリム)
◇乾侑美子訳, Otto Ubbelohde, Ludwig Richter挿絵「1812初版グリム童話 上」小学館 2000 p250

ネズの木の話 (グリム)
◇橋本孝, 天沼春樹訳, シャルロット・デマトーン絵「グリム童話全集」西村書店 2013 p169
◇フェリクス・ホフマン編・画, 大塚勇三訳「グリムの昔話 1」福音館書店 2002 p376

ネズミ (サキ)
◇千葉茂樹訳, 佐竹美保画「世界名作ショートストーリー 2」理論社 2015 p153

ねずみいろの童話集 (ラング)
◇「ラング世界童話全集 7」偕成社 2009

ねずみが3びき (ポター)
◇いしいももこやく「愛蔵版 ピーターラビット全おはなし集」福音館書店 2007 p391

ネズミとイタチ (イソップ)
◇河野与一編訳, 稗田一穂さし絵「イソップのお話」岩波書店 2000 p268

ネズミと牡ウシ (イソップ)
◇河野与一編訳, 稗田一穂さし絵「イソップのお話」岩波書店 2000 p286

ネズミとカエル (イソップ)
◇河野与一編訳, 稗田一穂さし絵「イソップのお話」岩波書店 2000 p266
◇小出正吾ぶん, 三好碩也え「イソップのおはなし」のら書店 2010 p128

ネズミとカエル (ペロー)
◇末松氷海子訳, エヴァ・フラントヴァー絵「ペロー昔話・寓話集」西村書店 2008 p318

ネズミと牡蠣〔Le Rat et l'Huitre〕(ラ・フォンテーヌ)
◇大澤千加訳, ブーテ・ド・モンヴェル絵「ラ・フォンテーヌ寓話」洋洋社 2016 p193

ねずみと小鳥とソーセージ〔Von dem Mäuschen, Vögelchen und der Bratwurst〕(グリム)
◇池内紀訳「小学生までに読んでおきたい文学 6」あすなろ書房 2013 p7

鼠と小鳥とソーセージ〔Von dem Mäuschen, Vögelchen und der Bratwurst〕(グリム)
◇池田香代子訳, オットー=ウッペローデ挿画「完訳クラシック グリム童話 1」講談社 2000 p183
◇乾侑美子訳, Otto Ubbelohde, Ludwig Richter挿絵「1812初版グリム童話 上」小学館 2000 p129

鼠と小鳥とソーセージ (グリム)
◇池田香代子訳, オットー・ウッペローデ挿画「完訳 グリム童話集 1」講談社 2008 p237

ねずみと鳥とソーセージの話〔Von dem Mäuschen, Vögelchen und der Bratwurst〕(グリム)
◇「完訳 グリム童話集 2」筑摩書房 2006 p40

ネズミにおどろいたライオン (イソップ)

ねずみ

◇河野与一編訳, 稗田一穂さし絵「イソップの
お話」岩波書店 2000 p133

ねずみのいえ〔The House of the Mouse〕
（ミッチェル）
◇岸田衿子, 百々佑利子訳, ミーガン・グレッ
サー絵「みんなわたしの」のら書店 1991
p28

ネズミのかいぎ（イソップ）
◇小出正吾ぶん, 三好碩也え「イソップのおは
なし」のら書店 2010 p19

ネズミの会議（イソップ）
◇ラッセル・アッシュ, バーナード・ヒットン
編著, 秋野翔一郎訳「クラシックイラストレー
ション版 イソップ寓話集」童話館出版 2002
p18

ネズミの会議（ペロー）
◇末松氷海子訳, エヴァ・フラントヴァー絵
「ペロー昔話・寓話集」西村書店 2008 p328

鼠の会議（イソップ）
◇川名澄訳, アーサー・ラッカム絵「新編 イ
ソップ寓話」風媒社 2014 p16

ねずみの皮のお姫さま〔Prinzessin
Mäusehaut〕（グリム）
◇吉原高志, 吉原素子訳「初版グリム童話集
3」白水社 2008 p121

ネズミすもう―『日本のむかし話』（坪田譲治）
◇櫻井さなえ挿絵「こんなとき読んであげたい お
はなしのおもちゃ箱 1」PHP研究所 2003
p14

ねずみのそうだん（イソップ）
◇よこたきよし文, 武井淑子絵「読み聞かせイ
ソップ50話」チャイルド本社 2007 p62

ネズミの相談（イソップ）
◇天野裕訳, ローワン・バーンズマーフィー絵
「イソップ物語」文溪堂 2005 p62

ネフェルティティ王妃
◇岸田衿子, 百々佑利子訳, ミーガン・グレッ
サー絵「おうちをつくろう」のら書店 1993
p88

ねぼけたむくい〔Sleepy-time Crime〕（パテ
ン）
◇谷川俊太郎訳「木はえらい―イギリス子ど
も詩集」岩波書店 2000 p123

ねぼすけ
◇岸田衿子, 百々佑利子訳, ミーガン・グレッ
サー絵「みんなわたしの」のら書店 1991
p26

ねむい（チェーホフ）

◇神西清訳「読書がたのしくなる世界の文学
〔5〕」くもん出版 2014 p71

ねむたいねむたい（ビアンキ）
◇内田莉莎子訳, いたやさとし絵「ビアンキの
動物ものがたり」日本標準 2007 p45

眠りの精オーレおじさん（アンデルセン）
◇高橋健二訳, いたやさとし画「完訳 アンデル
セン童話集 2」小学館 2009 p120

眠りの精オーレ・ルーケ（アンデルセン）
◇天沼春樹訳, ドゥシャン・カーライ, カミ
ラ・シュタンツロヴァー絵「アンデルセン
童話全集 1」西村書店 2011 p180

眠りの精オーレ・ロクオイエ〔Ole Lukøje〕
（アンデルセン）
◇福井信子, 大河原晶子訳, フレミング・B.
イェベセン画「本当に読みたかったアンデ
ルセン童話」NTT出版 2005 p212

眠りの精のオーレさん（アンデルセン）
◇大畑末吉訳, 初山滋さし絵「アンデルセン童
話集 1」岩波書店 2000 p209

眠りの精のオーレ・ルゲイエ（アンデルセン）
◇大塚勇三編・訳, イブ・スパング・オルセン
画「アンデルセンの童話 3」福音館書店
2003 p97

眠りの森の王女〔La Belle au bois dormant〕
（ペロー）
◇今野一雄訳, ギュスターヴ・ドレ挿画「ペ
ローの昔ばなし」白水社 2007 p13

眠りの森の美女〔La Belle au bois dormant〕
（ペロー）
◇天沢退二郎訳, マリ林さし絵「ペロー童話
集」岩波書店 2003 p9

ねむりひめ（ペロー）
◇間所ひさこ再話, しのづかゆみこ挿絵「教科
書にでてくるせかいのむかし話 2」あかね
書房 2016 p38

ねむりひめ―シャルル・ペロー童話集より
◇マーリー・マッキノン再話, 西本かおる訳,
ロレーナ・アルヴァレス絵「ひとりよみ名作
プリンセスものがたり」小学館 2015 p39

ねむれる森のびじょ―シャルル・ペロー童話集より
（初演 ロシア 1890年）
◇スザンナ・デイヴィッドソン, ケイティ・デ
インズ再話, 西本かおる訳, アリーダ・マッ
サーリ絵「ひとりよみ名作 バレエものがた
り」小学館 2015 p4

ねむれる森の美女（ペロー）
◇菊地有子訳, 朝倉めぐみ絵「こどものための

世界の名作 完訳 愛と感動の物語—特選14編」世界文化社 1995 p42

眠れる森の美女〔La Belle au bois dormant〕（ペロー）
◇工藤庸子訳「いま読むペロー「昔話」」羽鳥書店 2013 p8
◇村松潔訳, ギュスターヴ・ドレ挿絵「眠れる森の美女—シャルル・ペロー童話集」新潮社 2016 p9

眠れる森の美女〔The Sleeping Beauty in the Wood〕（ペロー）
◇荒俣宏訳, ハリー・クラーク絵「ペロー童話集」新書館 2010 p49

眠れる森の美女（ペロー）
◇巖谷國士訳, ギュスターブ・ドレ画「眠れる森の美女—完訳ペロー昔話集」講談社 1992 p11
◇巖谷國士訳, ギュスターヴ・ドレ画「眠れる森の美女—完訳ペロー昔話集」筑摩書房 2002 p11
◇榊原晃三訳, ギュスターヴ・ドレ挿画「眠れる森の美女」沖積舎 2004 p7
◇末松氷海子訳, エヴァ・フラントヴァー絵「ペロー昔話・寓話集」西村書店 2008 p162

【 の 】

ノア船長とうさぎ（チェスタトン）
◇岸田衿子, 百々佑利子訳, ミーガン・グレッサー絵「おうちをつくろう」のら書店 1993 p92

農家のおんどりと風見のおんどり（アンデルセン）
◇高橋健二訳, いたやさとし画「完訳 アンデルセン童話集 5」小学館 2010 p309

野ウサギを集めたイェスパー—スカンジナビアの昔話〔出典〕〔Jasper Who Herded the Hares〕（ラング）
◇大井久里子訳, H.J.フォード装画・挿絵「アンドルー・ラング世界童話集 7」東京創元社 2008 p207

野ウサギとハリネズミ（グリム）
◇橋本孝, 天沼春樹訳, シャルロット・デマトーン絵「グリム童話全集」西村書店 2013 p574

野ウサギのお嫁さん（グリム）
◇橋本孝, 天沼春樹訳, シャルロット・デマトーン絵「グリム童話全集」西村書店 2013 p254

野兎のお嫁さん〔Häsichenbraut〕（グリム）
◇池田香代子訳, オットー=ウッベローデ挿画「完訳クラシック グリム童話 2」講談社 2000 p248

野兎のお嫁さん（グリム）
◇池田香代子訳, オットー・ウッベローデ挿画「完訳 グリム童話集 2」講談社 2008 p131

ノーウッドの怪事件（ドイル）
◇芦辺拓編訳, 城咲綾絵「10歳までに読みたい世界名作 6」学研プラス 2014 p103

農夫と悪魔（グリム）
◇橋本孝, 天沼春樹訳, シャルロット・デマトーン絵「グリム童話全集」西村書店 2013 p579

農夫とイヌ（イソップ）
◇河野与一編訳, 稗田一穂さし絵「イソップのお話」岩波書店 2000 p152

農夫と海（イソップ）
◇河野与一編訳, 稗田一穂さし絵「イソップのお話」岩波書店 2000 p178

農夫と木（イソップ）
◇河野与一編訳, 稗田一穂さし絵「イソップのお話」岩波書店 2000 p179

農夫と狐（イソップ）
◇川名澄訳, アーサー・ラッカム絵「新編 イソップ寓話」風媒社 2014 p101

農夫とコウノトリ（イソップ）
◇河野与一編訳, 稗田一穂さし絵「イソップのお話」岩波書店 2000 p213

農夫とその子どもたち（イソップ）
◇河野与一編訳, 稗田一穂さし絵「イソップのお話」岩波書店 2000 p150

農夫とツル（イソップ）
◇河野与一編訳, 稗田一穂さし絵「イソップのお話」岩波書店 2000 p288

農夫とヘビ（イソップ）
◇河野与一編訳, 稗田一穂さし絵「イソップのお話」岩波書店 2000 p68
◇河野与一編訳, 稗田一穂さし絵「イソップのお話」岩波書店 2000 p120

農夫と蛇（イソップ）
◇川名澄訳, アーサー・ラッカム絵「新編 イソップ寓話」風媒社 2014 p125

のうふ

農夫と息子たち（イソップ）
　◇川名澄訳, アーサー・ラッカム絵「新編 イ
　　ソップ寓話」風媒社 2014 p48
農夫とワシ（イソップ）
　◇河野与一編訳, 稗田一穂さし絵「イソップの
　　お話」岩波書店 2000 p109
　◇川崎洋文, ビビ・バラシュ絵「小学館 世界
　　の名作 18」小学館 1999 p62
ノコギリザメとトンカチザメの話（ショ
ヴォー）
　◇出口裕弘訳「ショヴォー氏とルノー君のお
　　話集 1」福音館書店 2002 p7
「のぞみのものは」〔"What You Want"〕
（オー・ヘンリー）
　◇千葉茂樹訳, 和田誠絵「オー・ヘンリー
　　ショートストーリーセレクション 8」理論
　　社 2008 p181
望んだものすべて〔All You've Ever Wanted〕
（エイキン）
　◇三辺律子訳, 浅沼テイジイラスト「ひとにぎ
　　りの黄金 〔2〕」竹書房 2013 p7
　◇三辺律子訳, 浅沼テイジイラスト「心の宝箱
　　にしまう15のファンタジー」竹書房 2006
　　p209
のっぽとでぶと目だま〔Long, Broad, and
Quickeye〕（ラング）
　◇川端康成, 野上彰編訳, 牧野鈴子絵「ラング
　　世界童話全集 5」偕成社 2008 p254
のっぽとふとっちょと目きき―ルイ・レジェ訳
『スラブの昔話』（ボヘミア）〔出典〕〔Long, Broad,
and Quickeye〕（ラング）
　◇菊池由美訳, H.J.フォード装画・挿絵「アン
　　ドルー・ラング世界童話集 6」東京創元社
　　2008 p329
のどがかわいた〔A Thought about Thirsty〕
（オルレブ）
　◇母袋夏生訳, 下田昌克絵「ショート・ストー
　　リーズ 羽がはえたら」小峰書店 2000 p57
のどのかわいたハト（イソップ）
　◇河野与一編訳, 稗田一穂さし絵「イソップの
　　お話」岩波書店 2000 p292
のねずみチュウチュウおくさんのおはなし
（ポター）
　◇いしいももこやく「愛蔵版 ピーターラビット
　　全おはなし集」福音館書店 1994 p227
　◇いしいももこやく「愛蔵版 ピーターラビット
　　全おはなし集」福音館書店 2007 p227
野ネズミと家ネズミ（イソップ）

　◇河野与一編訳, 稗田一穂さし絵「イソップの
　　お話」岩波書店 2000 p17
野ネズミと町ネズミ（イソップ）
　◇川崎洋文, タク・ショウジ絵「小学館 世界
　　の名作 18」小学館 1999 p14
野のハクチョウ〔De vilde Svaner〕（アンデル
セン）
　◇矢崎源九郎訳, V.ペーダセン挿画「豪華愛蔵
　　版 アンデルセン童話名作集 2」静山社
　　2011 p180
野の白鳥（アンデルセン）
　◇高橋健二訳, いたやさとし画「完訳 アンデル
　　セン童話集 1」小学館 2009 p309
　◇大畑末吉訳, 初山滋さし絵「アンデルセン童
　　話集 2」岩波書店 2000 p181
　◇天沼春樹訳, ドゥシャン・カーライ, カミ
　　ラ・シュタンツロヴァー絵「アンデルセン
　　童話全集 1」西村書店 2011 p138
　◇大塚勇三編・訳, イブ・スパング・オルセン
　　画「アンデルセンの童話 1」福音館書店
　　2003 p289
　◇中内美江語り手「子どもに語るアンデルセ
　　ンのお話 〔1〕」こぐま社 2005 p69
　◇木村由利子訳, 朝倉めぐみ絵「こどものため
　　の世界の名作 完訳 愛と感動の物語―特選
　　14編」世界文化社 1995 p244
野原の埋葬虫, シデムシ（ファーブル）
　◇奥本大三郎編・訳, 見山博標本画・イラスト
　　「ファーブル昆虫記 5」集英社 1996 p213
ノミとウシ（イソップ）
　◇河野与一編訳, 稗田一穂さし絵「イソップの
　　お話」岩波書店 2000 p284
のみと教授（アンデルセン）
　◇高橋健二訳, いたやさとし画「完訳 アンデル
　　セン童話集 8」小学館 2010 p216
ノミと教授〔Loppen og Professoren〕（アンデ
ルセン）
　◇福井信子, 大河原晶子訳, フレミング・B.
　　イェペセン画「本当に読みたかったアンデ
　　ルセン童話」NTT出版 2005 p71
ノミと教授（アンデルセン）
　◇天沼春樹訳, ドゥシャン・カーライ, カミ
　　ラ・シュタンツロヴァー絵「アンデルセン
　　童話全集 3」西村書店 2013 p496
ノミとすもう（イソップ）
　◇河野与一編訳, 稗田一穂さし絵「イソップの
　　お話」岩波書店 2000 p180
ノミと人間（イソップ）

◇河野与一編訳, 稗田一穂さし絵「イソップのお話」岩波書店 2000 p104

蚤と人間（イソップ）
　◇川名澄訳, アーサー・ラッカム絵「新編 イソップ寓話」風媒社 2014 p40

のらくら国の話（グリム）
　◇フェリクス・ホフマン編・画, 大塚勇三訳「グリムの昔話 1」福音館書店 2002 p423

のらくら者の国のおとぎ話〔Das Märchen vom Schlauraffenland〕（グリム）
　◇乾侑美子訳, Otto Ubbelohde, Ludwig Richter挿絵「1812初版グリム童話 下」小学館 2000 p332

のらくらものの国の話（グリム）
　◇高橋健二訳, 徳井聡司（せんべぇ）イラスト「完訳 グリム童話集 4」小学館 2009 p282

のらくら者の国の話〔Das Märchen vom Schlauraffenland〕（グリム）
　◇「完訳 グリム童話集 6」筑摩書房 2006 p172
　◇吉原高志, 吉原素子訳, Otto Ubbelohde挿絵「初版グリム童話 5」白水社 2008 p212

のらくら者の国のむかし話（グリム）
　◇橋本孝, 天沼春樹訳, シャルロット・デマトーン絵「グリム童話全集」西村書店 2013 p501

ノルウェーの茶色いクマ─西ハイランドの昔話〔出典〕〔The Brown Bear of Norway〕（ラング）
　◇杉本詠美訳, H.J.フォード装画・挿絵「アンドルー・ラング世界童話集 12」東京創元社 2009 p106

ノルカ〔The Norka〕（ラング）
　◇田中亜希子訳, H.J.フォード, L.スピード装画・挿絵「アンドルー・ラング世界童話集 2」東京創元社 2008 p174
　◇川端康成, 野上彰編訳, 上田英津子絵「ラング世界童話全集 10」偕成社 2009 p148

呪いをかけられたぶた（ルーマニア）〔The Enchanted Pig〕（ラング）
　◇川端康成, 野上彰編訳, 小松良佳絵「ラング世界童話全集 11」偕成社 2009 p106

ノロウェイの黒牛─チェンバーズ『スコットランドの昔話』〔出典〕〔The Black Bull of Norroway〕（ラング）
　◇杉本詠美訳, H.J.フォード, G.P.ジェイコム＝フッド装画・挿絵「アンドルー・ラング世界童話集 1」東京創元社 2008 p343

のんき男（グリム）

◇フェリクス・ホフマン編・画, 大塚勇三訳「グリムの昔話 2」福音館書店 2002 p141

のんきな狩人にあった〔I Saw a Jolly Hunter〕（コーズリィ）
　◇岸田衿子, 百々佑利子訳, ミーガン・グレッサー絵「おうちをつくろう」のら書店 1993 p13

のんきな若者とツバメ（イソップ）
　◇河野与一編訳, 稗田一穂さし絵「イソップのお話」岩波書店 2000 p71

のんきもの（グリム）
　◇高橋健二訳, 徳井聡司（せんべぇ）イラスト「完訳 グリム童話集 3」小学館 2008 p32

【は】

灰色グマの一代記（シートン）
　◇越前敏弥訳, 姫川明月絵「シートン動物記〔1〕」KADOKAWA 2012 p99

灰色グマワーブ（シートン）
　◇前川康男文, 清水勝絵「はじめてであうシートン動物記 2」フレーベル館 2002 p5

はいいろの童話集〔The Grey Fairy Book〕（ラング）
　◇「アンドルー・ラング世界童話集 6」東京創元社 2008

パイがふたつあったおはなし（ポター）
　◇いしいももこやく「愛蔵版 ピーターラビット全おはなし集」福音館書店 1994 p103
　◇いしいももこやく「愛蔵版 ピーターラビット全おはなし集」福音館書店 2007 p103

灰かぶり〔Aschenputtel〕（グリム）
　◇野村泫訳, テーオドール・ホーゼマン画「完訳 グリム童話集 2」筑摩書房 2006 p9
　◇吉原高志, 吉原素子訳, Ludwig Richter挿絵「初版グリム童話 1」白水社 2007 p141
　◇乾侑美子訳, Otto Ubbelohde, Ludwig Richter挿絵「1812初版グリム童話 上」小学館 2000 p112

灰かぶり（グリム）
　◇小澤昔ばなし研究所再話, オットー・ウベローデ絵「語るためのグリム童話 2」小峰書店 2007 p25
　◇山口四郎訳「グリム童話 1」冨山房インターナショナル 2004 p169

はいか

◇ウィルヘルム菊江訳, リディア・ポストマ絵
「グリム童話集」西村書店 2013 p13
◇高橋健二訳, 徳井聡介(せんべぇ)イラスト
「完訳 グリム童話集 1」小学館 2008 p246
◇佐々木田鶴子訳, 出久根育絵「グリム童話集
下」岩波書店 2007 p20
◇橋本孝, 天沼春樹訳, シャルロット・デマ
トーン絵「グリム童話全集」西村書店 2013
p93
◇フェリクス・ホフマン編・画, 大塚勇三訳
「グリムの昔話 1」福音館書店 2002 p202
◇乾侑美子訳, ルートヴィヒ・グリムさし絵
「グリムの昔話 2」童話館出版 2000 p290

灰かぶり娘(グリム)
◇菊池寛訳「読書がたのしくなる世界の文学
〔3〕」くもん出版 2014 p33

バイク―「一年中ワクワクしてた」より(ダール)
◇久山太市訳, クェンティン・ブレイク絵「ま
るごと一冊ロアルド・ダール」評論社 2000
p387

パイ君は正直だ〔The Stockbroker's Clerk〕
(ドイル)
◇山中峯太郎訳著「名探偵ホームズ全集 3」
作品社 2017 p185

パイ工場の合戦〔Goliath〕(ウェストール)
◇野沢佳織訳「ウェストールコレクション
〔10〕」徳間書店 2014 p183

歯いたおばさん〔Tante Tandpine〕(アンデル
セン)
◇天沼春樹訳「アンデルセン傑作集 マッチ売
りの少女/人魚姫」新潮社 2015 p349

歯いたおばさん(アンデルセン)
◇高橋健二訳, いたやさとし画「完訳 アンデル
セン童話集 8」小学館 2010 p307
◇天沼春樹訳, ドゥシャン・カーライ, カミ
ラ・シュタンツロヴァー絵「アンデルセン
童話全集 2」西村書店 2012 p536

パイターとペーターとペーア〔Peiter, Peter
og Peer〕(アンデルセン)
◇福井信子, 大河原晶子訳, フレミング・B.
イェペセン画「本当に読みたかったアンデ
ルセン童話」NTT出版 2005 p1

パイターとペーターとペーア(アンデルセン)
◇高橋健二訳, いたやさとし画「完訳 アンデル
セン童話集 7」小学館 2010 p144
◇天沼春樹訳, ドゥシャン・カーライ, カミ
ラ・シュタンツロヴァー絵「アンデルセン
童話全集 2」西村書店 2012 p410

はい, と言う人(エンデ)
◇田村都志夫訳「だれでもない庭―エンデが
遺した物語集」岩波書店 2002 p157

はいのうと、ぼうしと、角笛(グリム)
◇小澤昔ばなし研究所再話, オットー・ウベ
ローデ絵「語るためのグリム童話 3」小峰
書店 2007 p134

はいのうと帽子と角ぶえ(グリム)
◇高橋健二訳, 徳井聡介(せんべぇ)イラスト
「完訳 グリム童話集 2」小学館 2008 p187

背のうとぼうしと角笛〔Der Ranzen, das
Hütlein und das Hörnlein〕(グリム)
◇「完訳 グリム童話集 3」筑摩書房 2006 p94

背嚢と帽子と角笛(グリム)
◇橋本孝, 天沼春樹訳, シャルロット・デマ
トーン絵「グリム童話全集」西村書店 2013
p198

灰まみれ〔Aschenputtel〕(グリム)
◇池田香代子訳, オットー=ウッベローデ挿
画「完訳クラシック グリム童話 1」講談社
2000 p166

灰まみれ(グリム)
◇池田香代子訳, オットー・ウッベローデ挿画
「完訳 グリム童話集 1」講談社 2008 p214

這いまわる男〔The Adventure of the
Creeping Man〕(ドイル)
◇日暮まさみち訳, 青山浩行絵「名探偵ホーム
ズシリーズ 〔15〕」講談社 2012 p94

はう男のひみつ〔The Adventure of the
Creeping Man〕(ドイル)
◇中尾明訳, 岡本正樹絵「シャーロック・ホー
ムズ 10」岩崎書店 2011 p5

ハウボキー―アイスランドの昔話〔出典〕〔Hábogi〕
(ラング)
◇熊谷淳子訳, H.J.フォード装画・挿絵「アン
ドルー・ラング世界童話集 9」東京創元社
2009 p96

ハエ(イソップ)
◇河野与一編訳, 稗田一穂さし絵「イソップの
お話」岩波書店 2000 p100

ハエを狩るハナダカバチ(ファーブル)
◇奥本大三郎編・訳, 見山博標本画・イラスト
「ファーブル昆虫記 2」集英社 1996 p261

蠅取紙〔The Fly Paper〕(テイラー)
◇小野寺健訳「小学生までに読んでおきたい
文学 3」あすなろ書房 2013 p77

歯をぬかれたオオカミ(イソップ)

◇河野与一編訳, 稗田一穂さし絵「イソップのお話」岩波書店 2000 p90

墓 (モーパッサン)
　◇秋田滋訳「読書がたのしくなる世界の文学〔2〕」くもん出版 2014 p37

博士の呪文書 (プロイスラー)
　◇佐々木田鶴子訳, スズキコージ絵「プロイスラーの昔話 2」小峰書店 2003 p65

バカなカボチャの花 (イ ヒョンジュ)
　◇片岡清美訳, カン ヨベ絵「いま読もう！韓国ベスト読みもの 5」汐文社 2005 p131

バカな毒婦〔The Adventure of the Three Gables〕(ドイル)
　◇山中峯太郎訳著「名探偵ホームズ全集 3」作品社 2017 p428

はかの中のかわいそうな男の子 (グリム)
　◇高橋健二訳, 徳井聡司 (せんべぇ) イラスト「完訳 グリム童話集 5」小学館 2009 p95

墓のなかのかわいそうな男の子〔Der arme Junge im Grab〕(グリム)
　◇「完訳 グリム童話集 7」筑摩書房 2006 p109

墓の中のかわいそうな男の子〔Der arme Junge im Grab〕(グリム)
　◇池田香代子訳, オットー＝ウッベローデ挿画「完訳クラシック グリム童話 5」講談社 2000 p147

墓の中のかわいそうな男の子 (グリム)
　◇池田香代子訳, オットー・ウッベローデ挿画「完訳 グリム童話集 3」講談社 2008 p386
　◇橋本孝, 天沼春樹訳, シャルロット・デマトーン絵「グリム童話全集」西村書店 2013 p566

墓の中の子ども (アンデルセン)
　◇高橋健二訳, いたやさとし画「完訳 アンデルセン童話集 5」小学館 2010 p297
　◇天沼春樹訳, ドゥシャン・カーライ, カミラ・シュタンツロヴァー絵「アンデルセン童話全集 3」西村書店 2013 p236
　◇大塚勇三編・訳, イブ・スパング・オルセン画「アンデルセンの童話 2」福音館書店 2003 p167

馬鹿のハンス〔Hans Dumm〕(グリム)
　◇吉原高志, 吉原素子訳「初版グリム童話集 3」白水社 2008 p7

墓の盛り土〔Der Grabhügel〕(グリム)
　◇「完訳 グリム童話集 7」筑摩書房 2006 p216

パカパカパカ
　◇岸田衿子, 百々佑利子訳, ミーガン・グレッサー絵「みんなわたしの」のら書店 1991 p69

墓場のダンス (プロイスラー)
　◇佐々木田鶴子訳, スズキコージ絵「プロイスラーの昔話 3」小峰書店 2004 p19

墓守の夜〔Graveyard Shift〕(ウェストール)
　◇原田勝訳「ウェストールコレクション〔9〕」徳間書店 2014 p125

博士の左耳〔The Disappearance of Lady Frances Carfax〕(ドイル)
　◇山中峯太郎訳著「名探偵ホームズ全集 3」作品社 2017 p445

伯爵と結婚式の客〔The Count and the Wedding Guest〕(オー・ヘンリー)
　◇千葉茂樹訳, 和田誠絵「オー・ヘンリーショートストーリーセレクション 3」理論社 2007 p21

ばくち打ちのハンス〔De Spielhansl〕(グリム)
　◇「完訳 グリム童話集 4」筑摩書房 2006 p79

ばくち打ちのハンス (グリム)
　◇橋本孝, 天沼春樹訳, シャルロット・デマトーン絵「グリム童話全集」西村書店 2013 p290

博打うちハンス〔De Spielhansl〕(グリム)
　◇池田香代子訳, オットー＝ウッベローデ挿画「完訳クラシック グリム童話 3」講談社 2000 p83

博打うちハンス (グリム)
　◇池田香代子訳, オットー・ウッベローデ挿画「完訳 グリム童話集 2」講談社 2008 p221

白鳥 (イソップ)
　◇河野与一編訳, 稗田一穂さし絵「イソップのお話」岩波書店 2000 p48

白鳥 (ダール)
　◇柳瀬尚紀訳, 山本容子絵「ロアルド・ダールコレクション 7」評論社 2006 p119

白鳥王子〔Prinz Schwan〕(グリム)
　◇吉原高志, 吉原素子訳「初版グリム童話集 3」白水社 2008 p38
　◇乾侑美子訳, Otto Ubbelohde, Ludwig Richter挿絵「1812初版グリム童話 上」小学館 2000 p328

白鳥とツルについて (ペロー)
　◇末松氷海子訳, エヴァ・フラントヴァー絵「ペロー昔話・寓話集」西村書店 2008 p338

はくち

白鳥の王子たち（アンデルセン）
◇ナオミ・ルイス訳, 代田亜香子日本語版訳, ジョエル・ステュワート絵「アンデルセンの13の童話」小峰書店 2007 p94

白鳥の首のエディス（ルブラン）
◇小高美保訳「アルセーヌ・ルパン名作集 9」岩崎書店 1998 p5

白鳥の巣（アンデルセン）
◇高橋健二訳, いたやさとし画「完訳 アンデルセン童話集 4」小学館 2009 p42
◇天沼春樹訳, ドゥシャン・カーライ, カミラ・シュタンツロヴァー絵「アンデルセン童話全集 3」西村書店 2013 p154

白鳥のみずうみ—ロシア民話およびドイツ民話より
（初演 ロシア 1877年）
◇スザンナ・デイヴィッドソン, ケイティ・デインズ再話, 西本かおる訳, アリーダ・マッサーリ絵「ひとりよみ名作 バレエものがたり」小学館 2015 p32

白面の兵士〔The Adventure of the Blanched Soldier〕（ドイル）
◇内田庶訳, 岡本正樹絵「シャーロック・ホームズ 5」岩崎書店 2011 p5

ハーグレイブズの二心〔The Duplicity of Hargraves〕（オー・ヘンリー）
◇大久保康雄訳, 三芳悌吉さしえ「最後のひと葉—オー＝ヘンリー傑作短編集」偕成社 1989 p117

はげ頭のウマ乗り（イソップ）
◇河野与一編訳, 稗田一穂さし絵「イソップのお話」岩波書店 2000 p180

はげあたまの男とブヨ（イソップ）
◇川名澄訳, アーサー・ラッカム絵「新編 イソップ寓話」風媒社 2014 p110

箱のなかの王女（デンマーク）〔The Princess in the Chest〕（ラング）
◇川端康成, 野上彰編訳, 牧野鈴子絵「ラング世界童話全集 5」偕成社 2008 p161

箱船ではしかの流行（クーリッジ）
◇岸田衿子, 百々佑利子訳, ミーガン・グレッサー絵「おうちをつくろう」のら書店 1993 p79

はしばみのえだ（グリム）
◇高橋健二訳, 徳井聡司（せんべえ）イラスト「完訳 グリム童話集 5」小学館 2009 p271

はしばみの枝〔Die Haselrute〕（グリム）
◇池田香代子訳, オットー＝ウッベローデ挿画「完訳クラシック グリム童話 5」講談社

2000 p266
◇「完訳 グリム童話集 7」筑摩書房 2006 p306

はしばみの枝（グリム）
◇池田香代子訳, オットー・ウッベローデ挿画「完訳 グリム童話集 3」講談社 2008 p529

ハシバミの枝（グリム）
◇橋本孝, 天沼春樹訳, シャルロット・デマトーン絵「グリム童話全集」西村書店 2013 p625

はしばみの実の子ども（ハンガリア）〔The Hazel-nut Child〕（ラング）
◇川端康成, 野上彰編訳, アンマサコ絵「ラング世界童話全集 4」偕成社 2008 p240

はじめてであったオオヤマネコ—シートンの講演から（シートン）
◇今泉吉晴訳「シートン動物記 〔4〕」童心社 2010 p247

初めての空中戦—「単独飛行」より（ダール）
◇佐藤見果夢訳, クリストファー・ウォーメル絵「まるごと一冊ロアルド・ダール」評論社 2000 p436

初めての登校日〔First Day at School〕（マッガヴ）
◇谷川俊太郎訳, サラ・ミッダ絵「木はえらい—イギリス子ども詩集」岩波書店 2000 p192

はじめて見たラクダ（イソップ）
◇河野与一編訳, 稗田一穂さし絵「イソップのお話」岩波書店 2000 p63

はじめに〔ゴンドワナの子どもたち〕（クーロス）
◇「新しい世界の文学 2」岩崎書店 2000 p3

はじめまして
◇岸田衿子, 百々佑利子訳, ミーガン・グレッサー絵「みんなわたしの」のら書店 1991 p57

馬商の娘〔The Horse-Dealer's Daughter〕（ロレンス）
◇代田亜香子訳, ヨシタケシンスケ絵「世界ショートセレクション 2」理論社 2017 p29

走りくらべ（アンデルセン）
◇天沼春樹訳, ドゥシャン・カーライ, カミラ・シュタンツロヴァー絵「アンデルセン童話全集 1」西村書店 2011 p361

走る人〔The Rider〕（ナイ）
◇アーサー・ビナード, 木坂涼編訳, しりあがり寿イラスト「ガラガラヘビの味—アメリ

カ子ども詩集」岩波書店 2010 p82

走れ！ジャック（シートン）
◇正岡慧子文, 木村修絵「ビジュアル特別版 シートン動物記 下」世界文化社 2018 p133

バスカビル家の犬〔The Hound of the Baskervilles〕（ドイル）
◇日暮まさみち訳, 青山浩行絵「名探偵ホームズシリーズ 〔2〕」講談社 2010 p11

バスカビルの魔犬（ドイル）
◇芦辺拓編著, 城咲綾絵「10歳までに読みたい名作ミステリー 名探偵シャーロック・ホームズ バスカビルの魔犬」学研プラス 2017 p14

旗尾リスの話（シートン）
◇前川康男文, 石田武雄絵「はじめてであうシートン動物記 6」フレーベル館 2002 p5

機織りの知恵―フレデリック・マクレ『アルメニアの昔話』〔出典〕〔The Clever Weaver〕（ラング）
◇熊谷淳子訳, H.J.フォード装画・挿絵「アンドルー・ラング世界童話集 11」東京創元社 2009 p293

はだかの王さま（アンデルセン）
◇大畑末吉訳, 堀内誠一絵「アンデルセンどうわ」のら書店 2005 p94
◇木村由利子文, 米山永一, 朝倉めぐみ絵「アンデルセン童話集」世界文化社 2004 p112
◇間所ひさこ再話, 脇本有希子挿絵「教科書にでてくるせかいのむかし話 1」あかね書房 2016 p58
◇木村由利子文, 米山永一, 朝倉めぐみ絵「こどものための世界の名作 グリム・イソップ・アンデルセン―ベスト30話」世界文化社 1994 p252
◇西本鶏介文, shino絵「ポプラ世界名作童話 7」ポプラ社 2015 p41

はだかの王さま―アンデルセン童話より
◇マーリー・マッキノン再話, 西本かおる訳, ロレーナ・アルヴァレス絵「ひとりよみ名作プリンセスものがたり」小学館 2015 p21

裸の王さま（アンデルセン）
◇山本史郎訳「アンデルセンクラシック 9つの物語」原書房 1999 p1

裸の王様（ダール）
◇灰島かり訳, クェンティン・ブレイク絵「ロアルド・ダールコレクション 17」評論社 2007 p34

裸の王様―詩集「まぜこぜシチュウ」より（ダール）
◇灰島かり日本語, クェンティン・ブレイク絵

「まるごと一冊ロアルド・ダール」評論社 2000 p391

バターさん、マカロニさん、チーズさん（ショヴォー）
◇出口裕弘訳「ショヴォー氏とルノー君のお話集 5」福音館書店 2003 p235

813にかくされたなぞ（ルブラン）
◇二階堂黎人編著, 清瀬のどか絵「10歳までに読みたい名作ミステリー 怪盗アルセーヌ・ルパン 813にかくされたなぞ」学研プラス 2017 p14

813の謎〔813／Les Crimes D'Arsène Lupin〕（ルブラン）
◇南洋一郎文, 佐竹美保さし絵「文庫版 怪盗ルパン 6」ポプラ社 2005 p9

8・1・3の謎〔813／Les Crimes D'Arsène Lupin〕（ルブラン）
◇南洋一郎文, 奈良葉二挿画「怪盗ルパン全集 〔3〕」ポプラ社 2010 p15

八月の暑さのなかで〔August Heat〕（ハーヴィー）
◇金原瑞人編訳, 佐竹美保挿画「ホラー短編集 〔1〕」岩波書店 2010 p21

ハチとシャコという鳥と農夫（イソップ）
◇河野与一編訳, 稗田一穂さし絵「イソップのお話」岩波書店 2000 p50

ハチの女王（グリム）
◇佐々木田鶴子訳, 出久根育絵「グリム童話集 下」岩波書店 2007 p238

蜂の女王〔Die Bienenkönigin〕（グリム）
◇「完訳 グリム童話集 3」筑摩書房 2006 p241

蜂の女王（グリム）
◇乾侑美子訳, Otto Ubbelohde, Ludwig Richter挿絵「1812初版グリム童話 上」小学館 2000 p344

はつかねずみ〔Mice〕（ファイルマン）
◇岸田衿子, 百々佑利子訳, ミーガン・グレッサー絵「みんなわたしの」のら書店 1991 p71

ハツカネズミをこわがったネコの話（ショヴォー）
◇出口裕弘訳「ショヴォー氏とルノー君のお話集 5」福音館書店 2003 p157

はつかねずみと小鳥と焼きソーセージ（グリム）
◇高橋健二訳, 徳井聡司（せんべえ）イラスト「完訳 グリム童話集 1」小学館 2008 p270

はつか

ハツカネズミと小鳥と焼きソーセージ（グリ
ム）
　◇フェリクス・ホフマン編・画, 大塚勇三訳
　「グリムの昔話 1」福音館書店 2002 p229

初恋〔First Love〕（パテン）
　◇谷川俊太郎訳「木はえらい—イギリス子ど
　も詩集」岩波書店 2000 p106

バッサの三人のむすこ（アラビア）〔The
Story of the Three Sons of Hali〕（ラング）
　◇川端康成, 野上彰編訳, 篠崎三朗絵「ラング
　世界童話全集 12」偕成社 2009 p171

発射〔Fueled〕（ハンス）
　◇アーサー・ビナード, 木坂涼編訳, しりあが
　り寿イラスト「ガラガラヘビの味—アメリ
　カ子ども詩集」岩波書店 2010 p34

ハッセブの話—スワヒリの昔話〔出典〕〔The Story
of Hassebu〕（ラング）
　◇児玉敦子訳, H.J.フォード装画・挿絵「アン
　ドルー・ラング世界童話集 7」東京創元社
　2008 p291

バッタのくに（ファーブル）
　◇小林清之介文, 横内襄え「新版 ファーブルこ
　んちゅう記 6」小峰書店 2006 p76

葉っぱの魔法（マーヒー）
　◇石井桃子訳, シャーリー・ヒューズ画「魔法
　使いのチョコレート・ケーキ—マーガレッ
　ト・マーヒーお話集」福音館書店 2004 p25

800番への旅〔Journey to an 800 Number〕
（カニグズバーグ）
　◇小島希里訳「カニグズバーグ作品集 5」岩
　波書店 2002 p161

バッファローの風（シートン）
　◇今泉吉晴訳「シートン動物記〔7〕」童心社
　2010 p241

パディントン発4時50分〔4.50 from
Paddington〕（クリスティ）
　◇小尾芙佐訳「クリスティー・ジュニア・ミ
　ステリ 9」早川書房 2008 p1

ハトとアリ〔La Colombe et la Fourmi〕（ラ・
フォンテーヌ）
　◇大澤千加訳, ブーテ・ド・モンヴェル絵
　「ラ・フォンテーヌ寓話」洋洋社 2016 p135

ハトとカラス（イソップ）
　◇河野与一編訳, 稗田一穂さし絵「イソップの
　お話」岩波書店 2000 p297

バートとレイ—ウィリアムの話（カニグズ
バーグ）

　◇小島希里訳「カニグズバーグ作品集 7」岩
　波書店 2002 p361

ハートの7〔Le Sept de Cœur〕（ルブラン）
　◇南洋一郎文, 佐竹美保さし絵「文庫版 怪盗ル
　パン 2」ポプラ社 2005 p139

ハートの7（ルブラン）
　◇南洋一郎文, 奈良葉二挿画「怪盗ルパン全集
　〔2〕」ポプラ社 2010 p185

ハートの7（セブン）（ルブラン）
　◇長島良三訳, 大久保despite浩絵「アルセーヌ・ルパ
　ン名作集 7」岩崎書店 1998 p5

花をつんで起こったできごと—ポルトガルの昔話
〔出典〕〔What Came of Picking Flowers〕（ラ
ング）
　◇吉井知代子訳, H.J.フォード装画・挿絵「ア
　ンドルー・ラング世界童話集 6」東京創元
　社 2008 p72

花をつんでどうなった（ポルトガル）〔What
Came of Picking Flowers〕（ラング）
　◇川端康成, 野上彰編訳, 西村香英絵「ラング
　世界童話全集 2」偕成社 2008 p220

花さく島の女王（フランス）〔The Story of
the Queen of the Flowery Isles〕（ラング）
　◇川端康成, 野上彰編訳, 佐竹美絵絵「ラング
　世界童話全集 1」偕成社 2008 p145

話上手（サキ）
　◇千葉茂樹訳, 佐竹美保画「世界名作ショート
　ストーリー 2」理論社 2015 p33

花捨て場〔The Flower Dump〕（レトキー）
　◇アーサー・ビナード, 木坂涼編訳, しりあが
　り寿イラスト「ガラガラヘビの味—アメリ
　カ子ども詩集」岩波書店 2010 p130

ヒッコリーの森を育てるリスの物語 バナーテイル
〔Bannertail：The Story of A Graysquirrel〕
（シートン）
　◇今泉吉晴訳「シートン動物記 8」福音館書
　店 2006 p1

鼻の小人（ハウフ）
　◇乾侑美子訳, T.ヴェーバーほか画「冷たい心
　臓—ハウフ童話集」福音館書店 2001 p226

〈花の島々〉の女王—"Cabinet des Fées"〔出典〕
〔The Story of Queen of Flowery Isles〕（ラ
ング）
　◇菊池由美訳, H.J.フォード装画・挿絵「アン
　ドルー・ラング世界童話集 6」東京創元社
　2008 p130

花の女王のむすめ—フォン・ヴリオロキ ブコヴィナ

の昔話〔出典〕〔The Flower Queen's Daughter〕（ラング）
◇吉井知代子訳, H.J.フォード装画・挿絵「アンドルー・ラング世界童話集 4」東京創元社 2008 p257

花むこしっそう事件〔A Case of Identity〕（ドイル）
◇内田庶訳, 岡本正樹絵「シャーロック・ホームズ 9」岩崎書店 2011 p87

花嫁の奇運〔The Adventure of the Noble Bachelor〕（ドイル）
◇山中峯太郎訳著「名探偵ホームズ全集 3」作品社 2017 p231

羽がはえたら〔Wings Turn〕（オルレブ）
◇母袋夏生訳, 下田昌克絵「ショート・ストーリーズ 羽がはえたら」小峰書店 2000 p5

羽ペンとインクつぼ（アンデルセン）
◇天沼春樹訳, ドゥシャン・カーライ, カミラ・シュタンツロヴァー絵「アンデルセン童話全集 1」西村書店 2011 p521

歯の男とギリシャ人〔The Greek Interpreter〕（ドイル）
◇山中峯太郎訳著「名探偵ホームズ全集 2」作品社 2017 p109

ハ！ハ！
◇岸田衿子, 百々佑利子訳, ミーガン・グレッサー絵「みんなわたしの」のら書店 1991 p64

母をたずねて（デ・アミーチス）
◇清水たみ子文, 水沢泱絵「世界の名作 2」世界文化社 2001 p47

母の話（フランス）
◇岸田國士訳「読書がたのしくなる世界の文学 〔1〕」くもん出版 2014 p31

バビロンまでなんマイル？
◇岸田衿子, 百々佑利子訳, ミーガン・グレッサー絵「みんなわたしの」のら書店 1991 p76

パペラレッロ『シチリアの昔話』〔出典〕〔Paperarello〕（ラング）
◇児玉敦子訳, H.J.フォード装画・挿絵「アンドルー・ラング世界童話集 8」東京創元社 2009 p125

葉巻をつくるホソドロハマキチョッキリ（ファーブル）
◇奥本大三郎編・訳, 見山博標本画・イラスト「ファーブル昆虫記 5」集英社 1996 p115

ハマグリとシギ─『笛ふき岩 中国古典寓話集』

◇平塚武二編著, 川村易挿絵「こんなとき読んであげたい おはなしのおもちゃ箱 2」PHP研究所 2003 p94

浜辺にて〔The Beach〕（ウェストール）
◇原田勝訳「ウェストールコレクション〔9〕」徳間書店 2014 p7

ハムレット〔Hamlet〕（シェイクスピア）
◇小田島雄志文, 里中満智子画「シェイクスピア・ジュニア文学館 6」汐文社 2001 p11
◇斉藤洋訳, 佐竹美保絵「シェイクスピア名作劇場 1」あすなろ書房 2014 p1
◇小田島雄志文, 里中満智子絵「シェイクスピア名作コレクション 6」汐文社 2016 p1
◇ジェラルディン・マコックラン著, 金原瑞人訳, ひらいたかこ絵「シェイクスピア物語集」偕成社 2009 p95

ハムレット〔Hamlet, Prince of Denmark〕（シェイクスピア）
◇ラム作, 矢川澄子訳, アーサー・ラッカムさし絵「シェイクスピア物語」岩波書店 2001 p193

ハムレット（シェイクスピア）
◇アンドリュー・マシューズ文, 島式子, 島玲子訳, アンジェラ・バレット絵「シェイクスピアストーリーズ」BL出版 2015 p92
◇イーディス・ネズビット再話, 八木田宜子訳, 徳田秀雄さし絵「21世紀版 少年少女世界文学館 3」講談社 2010 p27

羽目板のなかのハツカネズミ〔The Mouse in the Wainscot〕（セレリヤー）
◇岸田衿子, 百々佑利子訳, ミーガン・グレッサー絵「おうちをつくろう」のら書店 1993 p69

ハメルンの笛ふき（ロバート・ブラウニング）
◇矢部美智代訳, 朝倉めぐみ絵「こどものための世界の名作 完訳 愛と感動の物語─特選14編」世界文化社 1995 p134

ハーメルンのふえふき男（グリム）
◇間所ひさこ再話, 庄野ナホコ挿絵「教科書にでてくるせかいのむかし話 2」あかね書房 2016 p50

ハーメルンのふえふき男─シャルル・マレル〔出典〕〔The Ratcatcher〕（ラング）
◇おおつかのりこ訳, H.J.フォード, L.スピード装画・挿絵「アンドルー・ラング世界童話集 2」東京創元社 2008 p245

ばら〔Die Rose〕（グリム）
◇「完訳 グリム童話集 7」筑摩書房 2006 p279

はら

ばら（グリム）
◇高橋健二訳, 徳井聡司（せんべえ）イラスト
「完訳 グリム童話集 5」小学館 2009 p250
バラ（グリム）
◇橋本孝, 天沼春樹訳, シャルロット・デマ
トーン絵「グリム童話全集」西村書店 2013
p618
薔薇（ウィード）
◇森鷗外訳「読書がたのしくなる世界の文学
〔1〕」くもん出版 2014 p77
薔薇〔Die Rose〕（グリム）
◇池田香代子訳, オットー＝ウッベローデ挿
画「完訳クラシック グリム童話 5」講談社
2000 p250
薔薇（グリム）
◇池田香代子訳, オットー・ウッベローデ挿画
「完訳 グリム童話集 3」講談社 2008 p512
ばらいろの童話集（ラング）
◇「ラング世界童話全集 2」偕成社 2008
腹をすかせて死にそうな子どもたち〔Die
Kinder in Hungersnoth〕（グリム）
◇吉原高志, 吉原素子訳「初版グリム童話集
5」白水社 2008 p178
腹をたてているライオンとシカ（イソップ）
◇河野与一編訳, 稗田一穂さし絵「イソップの
お話」岩波書店 2000 p127
パラダイスの園〔The Garden of Paradise〕
（アンデルセン）
◇荒俣宏訳, ハリー・クラーク絵「アンデルセ
ン童話集」新書館 2005 p523
◇荒俣宏訳, ハリー・クラーク絵「アンデルセ
ン童話集 下」文藝春秋 2012 p225
パラダイスの園（アンデルセン）
◇大畑末吉訳, 初山滋さし絵「アンデルセン童
話集 1」岩波書店 2000 p64
バラとケイトウ（イソップ）
◇河野与一編訳, 稗田一穂さし絵「イソップの
お話」岩波書店 2000 p138
バラとちょうちょ（イソップ）
◇ラッセル・アッシュ, バーナード・ヒットン
編著, 秋野翔一郎訳「クラシックイラストレー
ション版 イソップ寓話集」童話館出版 2002
p80
バラの暗号〔Roses, Ruses and Romance〕
（オー・ヘンリー）
◇千葉茂樹訳, 和田誠絵「オー・ヘンリー
ショートストーリーセレクション 1」理論
社 2007 p173

ばらの花の妖精（アンデルセン）
◇高橋健二訳, いたやさとし画「完訳 アンデル
セン童話集 2」小学館 2009 p152
バラの花の妖精（アンデルセン）
◇天沼春樹訳, ドゥシャン・カーライ, カミ
ラ・シュタンツロヴァー絵「アンデルセン
童話全集 1」西村書店 2011 p198
バラの妖精（アンデルセン）
◇大塚勇三編・訳, イブ・スパング・オルセン
画「アンデルセンの童話 3」福音館書店
2003 p182
バラモンとライオン─『世界昔ばなし』
◇日本民話の会訳, たなかゆうこ挿絵「こんな
とき読んであげたい おはなしのおもちゃ箱 2」
PHP研究所 2003 p177
腹わたをたべた子ども（イソップ）
◇河野与一編訳, 稗田一穂さし絵「イソップの
お話」岩波書店 2000 p72
ハリー〔Harry〕（サローヤン）
◇関汀子訳「小学生までに読んでおきたい文
学 1」あすなろ書房 2014 p59
ハリー〔Harry〕（ティンパリ）
◇金原瑞人訳, 佐竹美保挿画「ホラー短編集
〔1〕」岩波書店 2010 p211
ハリネズミ（ダール）
◇灰島かり訳, クェンティン・ブレイク絵「ロ
アルド・ダールコレクション 14」評論社
2006 p36
ハリネズミぼうやのハンス（グリム）
◇フェリクス・ホフマン編・画, 大塚勇三訳
「グリムの昔話 2」福音館書店 2002 p363
春をいろどるハナムグリ（ファーブル）
◇奥本大三郎編・訳, 見山博標本画・イラスト
「ファーブル昆虫記 5」集英社 1996 p11
春が来る（マッケンジー）
◇荒俣宏訳, ハリー・クラーク絵「ペロー童話
集」新書館 2010 p276
春っこふざける
◇岸田衿子, 百々佑利子訳, ミーガン・グレッ
サー絵「おうちをつくろう」のら書店 1993
p50
春の雨〔Spring Rain〕（シュート）
◇岸田衿子, 百々佑利子訳, ミーガン・グレッ
サー絵「おうちをつくろう」のら書店 1993
p101
春のしらべ（ヤンソン）
◇山室静訳「ムーミン童話シリーズ 〔6〕」講
談社 2013 p7

春の心臓（イェイツ）
◇芥川龍之介訳「読書がたのしくなる世界の文学　〔1〕」くもん出版 2014 p61

パレードのしくじり〔Lost on Dress Parade〕（オー・ヘンリー）
◇千葉茂樹訳, 和田誠絵「オー・ヘンリーショートストーリーセレクション 6」理論社 2007 p97

パンをふんだむすめ（アンデルセン）
◇高橋健二訳, いたやさとし画「完訳 アンデルセン童話集 5」小学館 2010 p209

パンをふんだ娘〔Pigen som trådte på Brødet〕（アンデルセン）
◇天沼春樹訳「アンデルセン傑作集 マッチ売りの少女／人魚姫」新潮社 2015 p237

パンをふんだ娘（アンデルセン）
◇大畑末吉訳, 初山滋さし絵「アンデルセン童話集 2」岩波書店 2000 p36
◇天沼春樹訳, ドゥシャン・カーライ, カミラ・シュタンツロヴァー絵「アンデルセン童話全集 1」西村書店 2011 p36
◇大塚勇三編・訳, イブ・スパング・オルセン画「アンデルセンの童話 1」福音館書店 2003 p261

パンを踏んだ娘〔Pigen som trådte på Brødet〕（アンデルセン）
◇福井信子, 大河原晶子訳, フレミング・B.イェペセン画「本当に読みたかったアンデルセン童話」NTT出版 2005 p54

半熟たまご（ショヴォー）
◇出口裕弘訳「ショヴォー氏とルノー君のお話集 5」福音館書店 2003 p332

ハンスうちのハリネズミ（グリム）
◇橋本孝, 天沼春樹訳, シャルロット・デマトーン絵「グリム童話全集」西村書店 2013 p380

ハンスのトリーネ〔Hansens Trine〕（グリム）
◇吉原高志, 吉原素子訳「初版グリム童話集 2」白水社 2007 p52

ハンスのよめとり（グリム）
◇高橋健二訳, 徳井聡司（せんべぇ）イラスト「完訳 グリム童話集 3」小学館 2008 p73

ハンスの嫁とり〔Hans heiratet〕（グリム）
◇「完訳 グリム童話集 4」筑摩書房 2006 p105

ハンスの嫁とり（グリム）
◇橋本孝, 天沼春樹訳, シャルロット・デマトーン絵「グリム童話全集」西村書店 2013

p297

ハンスばか（グリム）
◇高橋健二訳, 徳井聡司（せんべぇ）イラスト「完訳 グリム童話集 5」小学館 2009 p301

ハンスはりねずみ〔Hans mein Igel〕（グリム）
◇「完訳 グリム童話集 5」筑摩書房 2006 p73

ハンスはりねずみぼうや〔Hans mein Igel〕（グリム）
◇天沼春樹訳, ペテル・ウフナール画「グリム・コレクション 4」パロル舎 2001 p133

ハンス・はりねずみぼうや（グリム）
◇小澤昔ばなし研究所再話, オットー・ウベローデ絵「語るためのグリム童話 6」小峰書店 2007 p16

ハンスはりねずみぼうや（グリム）
◇高橋健二訳, 徳井聡司（せんべぇ）イラスト「完訳 グリム童話集 3」小学館 2008 p312

ハンス針ねずみぼうや〔Hans mein Igel〕（グリム）
◇吉原高志, 吉原素子訳, Otto Ubbelohde挿絵「初版グリム童話集 4」白水社 2008 p190

ハンスぼうやはりねずみ（グリム）
◇植田敏郎訳, オットー・ウッベローデさし絵「グリムの昔話 2」童話館出版 2000 p232

ハンス坊や針鼠〔Hans mein Igel〕（グリム）
◇池田香代子訳, オットー＝ウッベローデ挿画「完訳クラシック グリム童話 4」講談社 2000 p12

ハンス坊や針鼠（グリム）
◇池田香代子訳, オットー・ウッベローデ挿画「完訳 グリム童話集 2」講談社 2008 p447

ハンスわたしの針鼠〔Hans mein Igel〕（グリム）
◇乾侑美子訳, Otto Ubbelohde, Ludwig Richter挿絵「1812初版グリム童話 下」小学館 2000 p175

パン・デピスの子ブタ（ショヴォー）
◇出口裕弘訳「ショヴォー氏とルノー君のお話集 5」福音館書店 2003 p181

犯人と握手して〔The Adventure of the Abbey Grange〕（ドイル）
◇山中峯太郎訳著「名探偵ホームズ全集 3」作品社 2017 p470

犯人はふたり（ドイル）
◇亀山龍樹訳, 佐竹美保さし絵「名探偵ホームズ 6」ポプラ社 2009 p113

半ぺらひよこ（スペイン）〔The Half-Chick〕

（ラング）

◇川端康成, 野上彰編訳, 朝倉田美子絵「ラング世界童話全集 8」偕成社 2009 p10

ハンメルの笛ふき（フランス）〔The Ratcatcher〕（ラング）

◇川端康成, 野上彰編訳, 上田英津子絵「ラング世界童話全集 10」偕成社 2009 p10

パン屋のネコ（エイキン）

◇猪熊葉子訳, 川村易挿絵「こんなとき読んであげたい おはなしのおもちゃ箱 1」PHP研究所 2003 p78

【ひ】

ぴあの（ストリンドベリ）

◇楠山正雄訳「読書がたのしくなる世界の文学 〔3〕」くもん出版 2014 p17

ビアホールとバラ〔The Rathskeller and the Rose〕（オー・ヘンリー）

◇千葉茂樹訳, 和田誠絵「オー・ヘンリー ショートストーリーセレクション 8」理論社 2008 p65

ひいおじいさん（アンデルセン）

◇高橋健二訳, いたやさとし画「完訳 アンデルセン童話集 8」小学館 2010 p135

◇天沼春樹訳, ドゥシャン・カーライ, カミラ・シュタンツロヴァー絵「アンデルセン童話全集 3」西村書店 2013 p467

緋色の研究〔A Study in Scarlet〕（ドイル）

◇日暮まさみち訳, 青山浩行絵「名探偵ホームズシリーズ 〔5〕」講談社 2011 p9

火打ち箱〔Fyrtøiet〕（アンデルセン）

◇矢崎源九郎訳, V.ペダセン挿画「豪華愛蔵版 アンデルセン童話名作集 2」静山社 2011 p141

火打ち箱（アンデルセン）

◇高橋健二訳, いたやさとし画「完訳 アンデルセン童話集 1」小学館 2009 p6

◇天沼春樹訳, ドゥシャン・カーライ, カミラ・シュタンツロヴァー絵「アンデルセン童話全集 2」西村書店 2012 p10

◇ナオミ・ルイス訳, 代田亜香子日本語版訳, ジョエル・ステュワート絵「アンデルセンの13の童話」小峰書店 2007 p18

◇大塚勇三編・訳, イブ・スパング・オルセン

画「アンデルセンの童話 1」福音館書店 2003 p44

火打箱（アンデルセン）

◇浅木尚美語り手「子どもに語るアンデルセンのお話 2」こぐま社 2007 p11

ビー伯母さんとお出かけ〔Auntie Bea's Day Out〕（D.W.ジョーンズ）

◇野口絵美訳, 佐竹美保絵「ダイアナ・ウィン・ジョーンズ短編集 魔法！魔法！魔法！」徳間書店 2007 p7

ビー伯母さんとお出かけ（D.W.ジョーンズ）

◇野口絵美訳「ダイアナ・ウィン・ジョーンズ短編集 魔法？魔法！」徳間書店 2015 p7

干潟でふと聞いたこと（モンロー）

◇荒俣宏訳, ハリー・クラーク絵「ペロー童話集」新書館 2010 p271

光を変える（エンデ）

◇田村都志夫訳「だれでもない庭―エンデが遺した物語集」岩波書店 2002 p120

◇田村都志夫訳「だれでもない庭―エンデが遺した物語集」岩波書店 2015 p148

光る雪の恐怖〔Snow Fury〕（ホールデン）

◇内田庶訳, 福井典子絵「冒険ファンタジー名作選 19」岩崎書店 2004 p6

ひきがえる（アンデルセン）

◇高橋健二訳, いたやさとし画「完訳 アンデルセン童話集 7」小学館 2010 p241

ヒキガエル〔Skrubtudsen〕（アンデルセン）

◇福井信子, 大河原晶子訳, フレミング・B.イェペセン画「本当に読みたかったアンデルセン童話」NTT出版 2005 p13

ヒキガエル（アンデルセン）

◇天沼春樹訳, ドゥシャン・カーライ, カミラ・シュタンツロヴァー絵「アンデルセン童話全集 2」西村書店 2012 p452

ヒキガエルとダイヤモンド―シャルル・ペロー―〔出典〕〔Toads and Diamonds〕（ラング）

◇杉本詠美訳, H.J.フォード, G.P.ジェイコム＝フッド装画・挿絵「アンドルー・ラング世界童話集 1」東京創元社 2008 p237

ヒキガエルの話（グリム）

◇フェリクス・ホフマン編・画, 大塚勇三訳「グリムの昔話 2」福音館書店 2002 p430

ひきょうもののコウモリ（イソップ）

◇内田麟太郎文, 高畠純絵「ポプラ世界名作童話 19」ポプラ社 2016 p14

ピクニック（ロフティング）

◇岸田衿子, 百々佑利子訳, ミーガン・グレッ

サー絵「みんなわたしの」のら書店 1991 p49

ひげのサムエルのおはなし（ポター）
◇いしいももこやく「愛蔵版 ピーターラビット全おはなし集」福音館書店 1994 p177
◇いしいももこやく「愛蔵版 ピーターラビット全おはなし集」福音館書店 2007 p177

飛行鞄（アンデルセン）
◇菊池寛訳「読書がたのしくなる世界の文学〔4〕」くもん出版 2014 p41

美女と野獣〔La Belle et la Bête〕（ボーモン夫人）
◇立原えりか文, 牧野鈴子絵「小学館 世界の名作 13」小学館 1998 p5

美人のカトリネリエとピフ・パフ・ポルトリー〔Die schöne Katrinelje und Pif, Paf, Poltrie〕（グリム）
◇吉原高志, 吉原素子訳「初版グリム童話集 5」白水社 2008 p115

ピーター・パン〔Peter Pan〕（バリー）
◇大石真訳, 赤坂三好絵「子どものための世界文学の森 17」集英社 1994 p10

ピーターパン〔Peter Pan and Wendy〕（バリー）
◇早野美智代文, 小澤摩純絵「小学館 世界の名作 1」小学館 1997 p1

ピーター・パン（バリー）
◇森下美根子文, 朝倉めぐみ絵「こどものための世界の名作 夢と幸福の物語—代表（新訳）六話」世界文化社 1995 p94

ピーターラビットのおはなし（ポター）
◇いしいももこやく「愛蔵版 ピーターラビット全おはなし集」福音館書店 1994 p9
◇いしいももこやく「愛蔵版 ピーターラビット全おはなし集」福音館書店 2007 p9

ひつぎのなかの姫—デンマークの昔話〔出典〕〔The Princess in the Chest〕（ラング）
◇熊谷淳子訳, H.J.フォード装画・挿絵「アンドルー・ラング世界童話集 5」東京創元社 2008 p27

ビッグディッパー岬の明かり（モンゴメリ）
◇代田亜香子訳, 佐竹美保絵「世界名作ショートストーリー 1」理論社 2015 p15

ビッグバン、大きな絵、そして手にしている本（カニグズバーグ）
◇清水真砂子訳「カニグズバーグ作品集 別巻」岩波書店 2002 p275

ひっこしの日（アンデルセン）

◇天沼春樹訳, ドゥシャン・カーライ, カミラ・シュタンツロヴァー絵「アンデルセン童話全集 3」西村書店 2013 p367

引っこし日（アンデルセン）
◇高橋健二訳, いたやさとし画「完訳 アンデルセン童話集 7」小学館 2010 p209

羊飼い（メネル）
◇荒俣宏訳, ハリー・クラーク絵「ペロー童話集」新書館 2010 p242

ヒツジ飼いと海（イソップ）
◇河野与一編訳, 稗田一穂さし絵「イソップのお話」岩波書店 2000 p111

ヒツジ飼いとオオカミ（イソップ）
◇河野与一編訳, 稗田一穂さし絵「イソップのお話」岩波書店 2000 p67

ヒツジ飼いとオオカミの子（イソップ）
◇河野与一編訳, 稗田一穂さし絵「イソップのお話」岩波書店 2000 p82

ヒツジ飼いと肉屋（イソップ）
◇河野与一編訳, 稗田一穂さし絵「イソップのお話」岩波書店 2000 p162

ヒツジ飼いとヒツジ（イソップ）
◇河野与一編訳, 稗田一穂さし絵「イソップのお話」岩波書店 2000 p151

羊飼いと噴水（ロダーリ）
◇関口英子訳, 伊津野果地さし絵「兵士のハーモニカ—ロダーリ童話集」岩波書店 2012 p235

ひつじ飼いの男の子（グリム）
◇小澤昔ばなし研究所再話, オットー・ウベローデ絵「語るためのグリム童話 7」小峰書店 2007 p35
◇高橋健二訳, 徳井聡司（せんべぇ）イラスト「完訳 グリム童話集 4」小学館 2009 p262

ヒツジ飼いの男の子（グリム）
◇橋本孝, 天沼春樹訳, シャルロット・デマトーン絵「グリム童話全集」西村書店 2013 p495
◇フェリクス・ホフマン編・画, 大塚勇三訳「グリムの昔話 3」福音館書店 2002 p292

羊飼いの男の子〔Das Hirtenbüblein〕（グリム）
◇「完訳 グリム童話集 6」筑摩書房 2006 p149

ヒツジかいの子どもとオオカミ（イソップ）
◇小出正吾ぶん, 三好碩也え「イソップのおはなし」のら書店 2010 p152

羊飼いのこどもと狼（イソップ）

ひつし

◇川名澄訳, アーサー・ラッカム絵「新編 イソップ寓話」風媒社 2014 p47

羊飼いの少年とオオカミ (イソップ)
◇ラッセル・アッシュ, バーナード・ヒットン編著, 秋野翔一郎訳「クラシックイラストレーション版 イソップ寓話集」童話館出版 2002 p71

羊飼いの部屋〔The Shepherd's Room〕(ウェストール)
◇原田勝訳「ウェストールコレクション〔9〕」徳間書店 2014 p213

ひつじ飼いのポール (ハンガリア)〔Shepherd Paul〕(ラング)
◇川端康成, 野上彰編訳, せべまさゆき絵「ラング世界童話全集 3」偕成社 2008 p180

羊飼いのポール—ハンガリーの昔話〔出典〕〔Shepherd Paul〕(ラング)
◇中務秀子訳, H.J.フォード装画・挿絵「アンドルー・ラング世界童話集 8」東京創元社 2009 p298

ひつじ飼いの娘と煙突そうじ人〔The Shepherdess and the Chimney–sweeper〕(アンデルセン)
◇荒俣宏訳, ハリー・クラーク絵「アンデルセン童話集」新書館 2005 p207
◇荒俣宏訳, ハリー・クラーク絵「アンデルセン童話集 上」文藝春秋 2012 p223

ヒツジ飼いの娘とえんとつそうじ屋 (アンデルセン)
◇天沼春樹訳, ドゥシャン・カーライ, カミラ・シュタンツロヴァー絵「アンデルセン童話全集 3」西村書店 2013 p98

ひつじ飼いのむすめと、えんとつそうじ屋さん (アンデルセン)
◇高橋健二訳, いたやさとし画「完訳 アンデルセン童話集 3」小学館 2009 p88

羊飼い娘と煙突掃除屋 (アンデルセン)
◇大塚勇三編・訳, イブ・スパング・オルセン画「アンデルセンの童話 2」福音館書店 2003 p216

羊と魚〔Das Lämmchen und Fischchen〕(グリム)
◇「完訳 グリム童話集 6」筑摩書房 2006 p91

羊と狼と鹿 (イソップ)
◇川名澄訳, アーサー・ラッカム絵「新編 イソップ寓話」風媒社 2014 p90

羊になった羊飼い (ペロー)
◇末松氷海子訳, エヴァ・フラントヴァー絵「ペロー昔話・寓話集」西村書店 2008 p355

ひつじのかわをかぶったおおかみ (イソップ)
◇よこたきよし文, いたやさとし絵「読み聞かせイソップ50話」チャイルド本社 2007 p64

ヒツジのかわをかぶったオオカミ (イソップ)
◇小出正吾ぶん, 三好碩也え「イソップのおはなし」のら書店 2010 p11

羊の皮を着たオオカミ (イソップ)
◇天野裕訳, ローワン・バーンズマーフィー絵「イソップ物語」文渓堂 2005 p60

ヒッチハイカー (ダール)
◇柳瀬尚紀訳, 山本容子絵「ロアルド・ダールコレクション 7」評論社 2006 p43

ひどい目 (ダール)
◇灰島かり訳, クェンティン・ブレイク絵「ロアルド・ダールコレクション 17」評論社 2007 p82

ひどい目—詩集「まぜこぜシチュウ」より (ダール)
◇灰島かり日本語, クェンティン・ブレイク絵「まるごと一冊ロアルド・ダール」評論社 2000 p425

ひとかどの人 (アンデルセン)
◇天沼春樹訳, ドゥシャン・カーライ, カミラ・シュタンツロヴァー絵「アンデルセン童話全集 2」西村書店 2012 p249

ひとかどの者 (アンデルセン)
◇高橋健二訳, いたやさとし画「完訳 アンデルセン童話集 5」小学館 2010 p34

人食い鬼—クレトケイタリアの昔話〔出典〕〔The Ogre〕(ラング)
◇おおつかのりこ訳, H.J.フォード装画・挿絵「アンドルー・ラング世界童話集 6」東京創元社 2008 p296

人食い鬼の話 (ショヴォー)
◇出口裕弘訳「ショヴォー氏とルノー君のお話集 3」福音館書店 2003 p255

人食いヌンダ—スワヒリの昔話〔出典〕〔The Nunda, Eater of People〕(ラング)
◇杉本詠美訳, H.J.フォード装画・挿絵「アンドルー・ラング世界童話集 7」東京創元社 2008 p270

ひとこと言いたいことがある ('I Want a Word with You Lot...') (パテン)
◇谷川俊太郎訳「木はえらい—イギリス子ども詩集」岩波書店 2000 p80

人殺し（イソップ）
　◇河野与一編訳, 稗田一穂さし絵「イソップの
　　お話」岩波書店 2000 p160

人殺し城〔Das Mordschloß〕（グリム）
　◇吉原高志, 吉原素子訳「初版グリム童話集
　　3」白水社 2008 p129

一つさやから出た五つのエンドウ豆（アンデ
ルセン）
　◇平田美恵子語り手「子どもに語るアンデル
　　センのお話 〔1〕」こぐま社 2005 p11

ひとつのさやから出た五つのえんどう豆（ア
ンデルセン）
　◇高橋健二訳, いたやさとし画「完訳 アンデル
　　セン童話集 4」小学館 2009 p128

1つのサヤからとびだした5つのエンドウマ
メ（アンデルセン）
　◇天沼春樹訳, ドゥシャン・カーライ, カミ
　　ラ・シュタンツロヴァー絵「アンデルセン
　　童話全集 2」西村書店 2012 p209

一つのさやからとびだした五つのエンドウ
豆（アンデルセン）
　◇大塚勇三編・訳, イブ・スパング・オルセン
　　画「アンデルセンの童話 1」福音館書店
　　2003 p98

一つのさやからとびでた五つのエンドウ豆
〔Fem fra en Ærtebælg〕（アンデルセン）
　◇矢崎源九郎訳, V.ペーダセン挿画「豪華愛蔵
　　版 アンデルセン童話名作集 2」静山社
　　2011 p128

一つ、二つ、三つまなこ〔Einäuglein,
Zweiäuglein und Dreiäuglein〕（グリム）
　◇池田香代子訳, オットー＝ウッベローデ挿
　　画「完訳クラシック グリム童話 4」講談社
　　2000 p144

一つ、二つ、三つまなこ（グリム）
　◇池田香代子訳, オットー・ウッベローデ挿画
　　「完訳 グリム童話集 3」講談社 2008 p95

1つ目、2つ目、3つ目（グリム）
　◇橋本孝, 天沼春樹訳, シャルロット・デマ
　　トーン絵「グリム童話全集」西村書店 2013
　　p446

ひとつ目、ふたつ目、みつ目（グリム）
　◇山口四郎訳「グリム童話 2」冨山房イン
　　ターナショナル 2004 p68

ひとつ目、ふたつ目、三つ目〔Einäuglein,
Zweiäuglein und Dreiäuglein〕（グリム）
　◇「完訳 グリム童話集 5」筑摩書房 2006
　　p294

ひとつ目、ふたつ目、三つ目（グリム）
　◇矢崎源九郎訳, マルヴィン・ピークさし絵
　　「グリムの昔話 2」童話館出版 2000 p150

一つ目、二つ目、三つ目（グリム）
　◇ウィルヘルム菊江訳, リディア・ポストマ絵
　　「グリム童話集」西村書店 2013 p50

一つ目、二つ目、三つ目（グリム）
　◇高橋健二訳, 徳井聡司（せんべぇ）イラスト
　　「完訳 グリム童話集 4」小学館 2009 p115
　◇フェリクス・ホフマン編・画, 大塚勇三訳
　　「グリムの昔話 3」福音館書店 2002 p176

人とキツネ（イソップ）
　◇河野与一編訳, 稗田一穂さし絵「イソップの
　　お話」岩波書店 2000 p44

ひと飛び（トルストイ）
　◇米川正夫訳「読書がたのしくなる世界の文
　　学 〔7〕」くもん出版 2016 p5

人とライオン（イソップ）
　◇川崎洋文, 佐藤明子絵「小学館 世界の名作
　　18」小学館 1999 p40

人とライオンが旅をする話（イソップ）
　◇河野与一編訳, 稗田一穂さし絵「イソップの
　　お話」岩波書店 2000 p148

人による〔Some People〕（フィールド）
　◇アーサー・ビナード, 木坂涼編訳, しりあが
　　り寿イラスト「ガラガラヘビの味—アメリ
　　カ子ども詩集」岩波書店 2010 p42

人にはたくさんの土地がいるか（トルストイ）
　◇木村浩訳, ユーリイ・ワシーリエフ絵
　　「21世紀版 少年少女世界文学館 20」講談社
　　2011 p91
　◇北御門二郎訳「トルストイの散歩道 3」あ
　　すなろ書房 2006 p1

人にはどれだけの土地がいるか（トルストイ）
　◇岩崎京子文, かみやしん絵「トルストイの民
　　話」女子パウロ会 2006 p133

人の年（イソップ）
　◇河野与一編訳, 稗田一穂さし絵「イソップの
　　お話」岩波書店 2000 p207

一休み—「ヘンリー・シュガーのわくわくする話」より
（ダール）
　◇小野章訳, クェンティン・ブレイク絵「まる
　　ごと一冊ロアルド・ダール」評論社 2000
　　p380

一人二体の芸当〔A Case of Identity〕（ドイ
ル）
　◇山中峯太郎訳著「名探偵ホームズ全集 3」
　　作品社 2017 p378

ひとり

ひとりものの貴族〔The Adventure of the Noble Bachelor〕（ドイル）
- ◇中尾明訳, 岡本正樹絵「シャーロック・ホームズ 4」岩崎書店 2011 p83

ひとり者のナイトキャップ（アンデルセン）
- ◇高橋健二訳, いたやさとし画「完訳 アンデルセン童話集 5」小学館 2010 p6
- ◇天沼春樹訳, ドゥシャン・カーライ, カミラ・シュタンツロヴァー絵「アンデルセン童話全集 3」西村書店 2013 p210

ひとりは黒で, ひとりは赤（プロイスラー）
- ◇佐々木田鶴子訳, スズキコージ絵「プロイスラーの昔話 2」小峰書店 2003 p103

人は何で生きるか（トルストイ）
- ◇北御門二郎訳「トルストイの散歩道 1」あすなろ書房 2006 p1

人は何によって生きているか（トルストイ）
- ◇岩崎京子文, かみやしん絵「トルストイの民話」女子パウロ会 2006 p165

人はなにによって生きるか（トルストイ）
- ◇木村浩訳, ユーリイ・ワシーリエフさし絵「21世紀版 少年少女世界文学館 20」講談社 2011 p137

ひなぎく（アンデルセン）
- ◇木村由利子訳, 米山永一, 朝倉めぐみ絵「アンデルセン童話集」世界文化社 2004 p74
- ◇高橋健二訳, いたやさとし画「完訳 アンデルセン童話集 1」小学館 2009 p286
- ◇木村由利子文, 米山永一, 朝倉めぐみ絵「こどものための世界の名作 グリム・イソップ・アンデルセン―ベスト30話」世界文化社 1994 p214
- ◇木村由利子文, こみねゆら絵「小学館 世界の名作 17」小学館 1999 p26
- ◇西本鶏介文, shino絵「ポプラ世界名作童話 7」ポプラ社 2015 p89

ヒナギク〔Gaaseurten〕（アンデルセン）
- ◇矢崎源九郎訳, V.ペーダセン挿画「豪華愛蔵版 アンデルセン童話名作集 1」静山社 2011 p52

ヒナギク（アンデルセン）
- ◇大畑末吉訳, 初山滋さし絵「アンデルセン童話集 2」岩波書店 2000 p144
- ◇天沼春樹訳, ドゥシャン・カーライ, カミラ・シュタンツロヴァー絵「アンデルセン童話全集 1」西村書店 2011 p113
- ◇大塚勇三編・訳, イブ・スパング・オルセン画「アンデルセンの童話 1」福音館書店 2003 p63

ひなたでのんびり（ティベット）
- ◇岸田衿子, 百々佑利子訳, ミーガン・グレッサー絵「おうちをつくろう」のら書店 1993 p74

火に焼かれて若返った男〔Das junggeglühte Männlein〕（グリム）
- ◇「完訳 グリム童話集 6」筑摩書房 2006 p126

火に焼かれて若がえったこがらな男（グリム）
- ◇橋本孝, 天沼春樹訳, シャルロット・デマトーン絵「グリム童話全集」西村書店 2013 p489

ピノキオのぼうけん（コローディ）
- ◇間所ひさこ再話, くまあやこ挿絵「教科書にでてくるせかいのむかし話 2」あかね書房 2016 p82

火の地獄船〔The 'Gloria Scott'〕（ドイル）
- ◇山中峯太郎訳著「名探偵ホームズ全集 2」作品社 2017 p9

火の鳥―ロシア民話より
- ◇マーリー・マッキノン再話, 西本かおる訳, ロレーナ・アルヴァレス絵「ひとりよみ名作プリンセスものがたり」小学館 2015 p57

火の不始末は大火のもと（トルストイ）
- ◇北御門二郎訳「トルストイの散歩道 5」あすなろ書房 2006 p37

ヒバリと農夫（イソップ）
- ◇河野与一編訳, 稗田一穂さし絵「イソップのお話」岩波書店 2000 p295

ヒバリのひっこし（イソップ）
- ◇小出正吾ぶん, 三好碩也え「イソップのおはなし」のら書店 2010 p117

ピビとカボ―モンセロン〔出典〕〔Pivi and Kabo〕（ラング）
- ◇菊池由美訳, H.J.フォード装画・挿画「アンドルー・ラング世界童話集 9」東京創元社 2009 p171

ピミエンタのパンケーキ〔The Pimienta Pancakes〕（オー・ヘンリー）
- ◇千葉茂樹訳, 和田誠絵「オー・ヘンリーショートストーリーセレクション 8」理論社 2008 p123

秘密を明かす映画〔Le film révélateur〕（ルブラン）
- ◇平岡敦訳, ヨシタケシンスケ絵「世界ショートセレクション 1」理論社 2016 p151

ひみつをまもった子ども（ハンガリア マ

ジャール族のむかし話）〔The Boy Who
　Could Keep a Secret〕（ラング）
　◇川端康成, 野上彰編訳, せべまさゆき絵「ラ
　　ング世界童話全集 3」偕成社 2008 p40

秘密機関（上）〔The Secret Adversary〕（クリ
　スティ）
　◇嵯峨静江訳「クリスティー・ジュニア・ミ
　　ステリ 5」早川書房 2008 p1

秘密機関（下）〔The Secret Adversary〕（クリ
　スティ）
　◇嵯峨静江訳「クリスティー・ジュニア・ミ
　　ステリ 5」早川書房 2008 p1

ひみつのうた〔Secret Song〕（M.W.ブラウン）
　◇アーサー・ビナード, 木坂涼編訳, しりあが
　　り寿イラスト「ガラガラヘビの味—アメリ
　　カ子ども詩集」岩波書店 2010 p52

ひみつの海（上）〔Secret Water〕（ランサム）
　◇神宮輝夫訳「ランサム・サーガ 8」岩波書
　　店 2013 p13

ひみつの海（下）〔Secret Water〕（ランサム）
　◇神宮輝夫訳「ランサム・サーガ 8」岩波書
　　店 2013 p11

秘密のかくれが（ドイル）
　◇亀山龍樹訳, 佐竹美保さし絵「名探偵ホーム
　　ズ 5」ポプラ社 2007 p117

秘密の作戦会議（プロイスラー）
　◇佐々木田鶴子訳, スズキコージ絵「プロイス
　　ラーの昔話 2」小峰書店 2003 p43

秘密の島（ペ ソウン）
　◇金松伊訳「いま読もう！韓国ベスト読みも
　　の 3」汐文社 2005 p9

ひみつの花園〔The Secret Garden〕（バー
　ネット）
　◇中村妙子訳, 牧村慶子絵「子どものための世
　　界文学の森 4」集英社 1994 p10
　◇さとうまきこ文, 狩野富貴子絵「ポプラ世界
　　名作童話 17」ポプラ社 2016 p7

ひみつの花園（バーネット）
　◇日当陽子編訳, 朝日川日和絵「10歳までに読
　　みたい世界名作 13」学研プラス 2015 p14

姫君へ（ダルマンクール）
　◇「ペローの昔ばなし」白水社 2007 p7

姫君へ〔過ぎし日の物語集または昔話集—
　教訓つき〕（ダルマンクール）
　◇「眠れる森の美女—完訳ペロー昔話集」講
　　談社 1992 p8
　◇「眠れる森の美女—完訳ペロー昔話集」筑

摩書房 2002 p8

ヒメシマリスの楽園（シートン）
　◇今泉吉晴訳「シートン動物記 〔5〕」童心社
　　2010 p251

びゃくしんの木の話〔Von dem
　Machandelboom〕（グリム）
　◇野村泫訳, モーリッツ・フォン・シュヴィン
　　ト画「完訳 グリム童話集 2」筑摩書房 2006
　　p295

百万ドル債券盗難事件（クリスティ）
　◇花上かつみ訳, 高松啓二絵「アガサ＝クリス
　　ティ短編傑作集 2」講談社 2002 p155

百万の太陽（福島正実）
　◇御米椎絵「SF名作コレクション 9」岩崎書
　　店 2005 p5

百万ポンド紙幣〔The £1, 000, 000 Bank-
　Note〕（トウェイン）
　◇堀川志野舞訳, ヨシタケシンスケ絵「世界
　　ショートセレクション 4」理論社 2017
　　p147

ヒヤシンス王子（フランス ボーモン夫人）
　〔Prince Hyacinth and the Dear Little
　Princess〕（ラング）
　◇川端康成, 野上彰編訳, 小松修絵「ラング世
　　界童話全集 6」偕成社 2008 p10

ヒヤシンス王子とうるわしの姫 ル・フランス・
　ド・ボーモン夫人〔出典〕〔Prince Hyacinth and
　the Dear Little Princess〕（ラング）
　◇ないとうふみこ訳, H.J.フォード, G.P.ジェ
　　イコ ム =フッド装画・挿絵「アンドルー・
　　ラング世界童話集 1」東京創元社 2008 p7

比喩（エンデ）
　◇田村都志夫訳「だれでもない庭—エンデが
　　遺した物語集」岩波書店 2002 p118
　◇田村都志夫訳「だれでもない庭—エンデが
　　遺した物語集」岩波書店 2015 p145

病気〔Sick〕（シルヴァースタイン）
　◇アーサー・ビナード, 木坂涼編訳, しりあが
　　り寿イラスト「ガラガラヘビの味—アメリ
　　カ子ども詩集」岩波書店 2010 p64

病気になったシカ（イソップ）
　◇河野与一編訳, 稗田一穂さし絵「イソップの
　　お話」岩波書店 2000 p231

病気のライオン（イソップ）
　◇天野裕司訳, ローワン・バーンズマーフィー絵
　　「イソップ物語」文溪堂 2005 p18

病人と医者（イソップ）
　◇河野与一編訳, 稗田一穂さし絵「イソップの

お話」岩波書店 2000 p159

病人の話〔The Invalid's Story〕（トウェイン）
　◇堀川志野舞訳、ヨシタケシンスケ絵「世界
　　ショートセレクション 4」理論社 2017
　　p109

ひよこを生む金の大杯（プロイスラー）
　◇佐々木田鶴子訳、スズキコージ絵「プロイス
　　ラーの昔話 1」小峰書店 2003 p83

ひょっこら、どっこい（ダール）
　◇灰島かり訳、クェンティン・ブレイク絵「ロ
　　アルド・ダールコレクション 17」評論社
　　2007 p32

ひょろひょろ足のガタガタこぞう（グリム）
　◇佐々木田鶴子訳、出久根育絵「グリム童話集
　　上」岩波書店 2007 p75

ひょんひょんはとおくさん〔Mrs Peck-
Pigeon〕（ファージョン）
　◇岸田衿子、百々佑利子訳、ミーガン・グレッ
　　サー絵「みんなわたしの」のら書店 1991
　　p61

開いた窓（サキ）
　◇千葉茂樹訳、佐竹美保画「世界名作ショート
　　ストーリー 2」理論社 2015 p115

ヒラタタマオシコガネ（ファーブル）
　◇奥本大三郎編・訳、見山博標本画・イラスト
　　「ファーブル昆虫記 1」集英社 1996 p117

ひらめいた詩人〔The Poet Inspired〕（マッガ
ウ）
　◇谷川俊太郎訳、サラ・ミッダ絵「木はえらい
　　―イギリス子ども詩集」岩波書店 2000
　　p184

ビリー・ドリーマーのすてきな友達〔Billy
Dreamer's Fantastic Friends〕（パテン）
　◇川崎洋訳「木はえらい―イギリス子ども詩
　　集」岩波書店 2000 p88

ビルが「見た」もの〔Blind Bill〕（ウェス
トール）
　◇原田勝訳「ウェストールコレクション
　　〔9〕」徳間書店 2014 p99

ヒルデブラントおやじ〔Der alte Hildebrand〕
（グリム）
　◇「完訳 グリム童話集 4」筑摩書房 2006
　　p246

ヒルデブラントおやじ（グリム）
　◇高橋健二訳、徳井聡子（せんべぇ）イラスト
　　「完訳 グリム童話集 3」小学館 2008 p190

ヒルデブラントじいさん〔Der alte
Hildebrand〕（グリム）
　◇池田香代子訳、オットー＝ウッベローデ挿
　　画「完訳クラシック グリム童話 3」講談社
　　2000 p180

ヒルデブラントじいさん（グリム）
　◇池田香代子訳、オットー・ウッベローデ挿画
　　「完訳グリム童話集 2」講談社 2008 p342
　◇橋本孝、天沼春樹訳、シャルロット・デマ
　　トーン絵「グリム童話全集」西村書店 2013
　　p338

ピレートゥー〔Pirétū〕（チャンダル）
　◇謝秀麗訳「小学生までに読んでおきたい文
　　学 4」あすなろ書房 2013 p201

火は小さいうちに消さないと――（トルストイ）
　◇岩崎京子文、かみやしん絵「トルストイの民
　　話」女子パウロ会 2006 p101

ピンクのアザリア（ゾロトウ）
　◇岸田衿子、百々佑利子訳、ミーガン・グレッ
　　サー絵「おうちをつくろう」のら書店 1993
　　p50

ピンクのふわふわキノコ〔The Fluffy Pink
Toadstool〕（D.W.ジョーンズ）
　◇野口絵美訳、佐竹美保絵「ダイアナ・ウィ
　　ン・ジョーンズ短編集 魔法！魔法！魔
　　法！」徳間書店 2007 p407

ピンクのふわふわキノコ（D.W.ジョーンズ）
　◇野口絵美訳「ダイアナ・ウィン・ジョーンズ
　　短編集 魔法？魔法！」徳間書店 2015 p147

ピンケルと魔女（フィンランド）〔Pinkel the
Thief〕（ラング）
　◇川端康成、野上彰編訳、矢野信一郎絵「ラン
　　グ世界童話全集 7」偕成社 2009 p127

ビンゴ わたしの愛犬（シートン）
　◇越前敏弥訳、姫川明月絵「シートン動物記
　　〔1〕」KADOKAWA 2012 p5

ひん死の探偵（ドイル）
　◇亀山龍樹訳、佐竹美保さし絵「名探偵ホーム
　　ズ 8」ポプラ社 2011 p7

瀕死の探偵〔The Adventure of the Dying
Detective〕（ドイル）
　◇日暮まさみち訳、青山浩行絵「名探偵ホーム
　　ズシリーズ 〔13〕」講談社 2011 p231

瓶につめられたおばけ（グリム）
　◇小澤昔ばなし研究所再話、オットー・ウベ
　　ローデ絵「語るためのグリム童話 5」小峰
　　書店 2007 p168

びんの首〔Flaskehalsen〕（アンデルセン）
　◇福井信子、大河原晶子訳、フレミング・B.

イェベセン画「本当に読みたかったアンデルセン童話」NTT出版 2005 p181

びんの首（アンデルセン）
◇大畑末吉訳, 初山滋さし絵「アンデルセン童話集 3」岩波書店 2000 p25
◇高橋健二訳, いたやさとし画「完訳 アンデルセン童話集 4」小学館 2009 p246
◇大塚勇三編・訳, イブ・スパング・オルセン画「アンデルセンの童話 3」福音館書店 2003 p195

ビンの首（アンデルセン）
◇天沼春樹訳, ドゥシャン・カーライ, カミラ・シュタンツロヴァー絵「アンデルセン童話全集 1」西村書店 2011 p366

びんの中のおばけ（グリム）
◇フェリクス・ホフマン編・画, 大塚勇三訳「グリムの昔話 2」福音館書店 2002 p377

ビンの中のおばけ（グリム）
◇ウィルヘルム菊江訳, リディア・ポストマ絵「グリム童話集」西村書店 2013 p45

びんのなかの魔物〔Der Geist im Glas〕（グリム）
◇「完訳 グリム童話集 4」筑摩書房 2006 p287

貧乏とつつましい心は天国に通じる（グリム）
◇高橋健二訳, 徳井聡司（せんべぇ）イラスト「完訳 グリム童話集 5」小学館 2009 p251

びんぼうな兄と金持ちの弟—ポルトガルの昔話〔出典〕〔The Rich Brother and the Poor Brother〕（ラング）
◇熊谷淳子訳, H.J.フォード装画・挿絵「アンドルー・ラング世界童話集 12」東京創元社 2009 p144

貧乏人とお金持ち（グリム）
◇高橋健二訳, 徳井聡司（せんべぇ）イラスト「完訳 グリム童話集 3」小学館 2008 p89

びんぼう人と金持ち（グリム）
◇山口四郎訳「グリム童話 3」冨山房インターナショナル 2004 p9

貧乏人と金もち（グリム）
◇橋本孝, 天沼春樹訳, シャルロット・デマトーン絵「グリム童話全集」西村書店 2013 p304

貧乏人と金持ち〔Der Arme und der Reiche〕（グリム）
◇池田香代子訳, オットー＝ウッベローデ挿画「完訳クラシック グリム童話 3」講談社 2000 p109
◇「完訳 グリム童話集 4」筑摩書房 2006 p125
◇吉原高志, 吉原素子訳「初版グリム童話集 4」白水社 2008 p13
◇乾侑美子訳, Otto Ubbelohde, Ludwig Richter挿絵「1812初版グリム童話 下」小学館 2000 p58

貧乏人と金持ち（グリム）
◇小澤昔ばなし研究所再話, オットー・ウベローデ絵「語るためのグリム童話 5」小峰書店 2007 p37
◇池田香代子訳, オットー・ウッベローデ挿画「完訳 グリム童話集 2」講談社 2008 p253
◇矢崎源九郎訳, マルヴィン・ピークさし絵「グリムの昔話 2」童話館出版 2000 p136
◇フェリクス・ホフマン編・画, 大塚勇三訳「グリムの昔話 2」福音館書店 2002 p187

びんぼうむすこがピロ伯爵になった話—「シチリアの昔話」〔出典〕〔How the Beggar Boy Turned into Count Piro〕（ラング）
◇武富博子訳, H.J.フォード装画・挿絵「アンドルー・ラング世界童話集 8」東京創元社 2009 p252

【ふ】

ファトメの救出（ハウフ）
◇乾侑美子訳, T.ヴェーバーほか画「冷たい心臓—ハウフ童話集」福音館書店 2001 p96

ファーブル昆虫記〔Souvenirs Entomologiques〕（ファーブル）
◇舟崎克彦訳・絵「子どものための世界文学の森 20」集英社 1994 p10
◇伊藤たかみ文, 大庭賢哉絵「ポプラ世界名作童話 14」ポプラ社 2016 p7

ファーブル昆虫記（ファーブル）
◇古川晴男文, 熊田千佳慕絵「世界の名作 3」世界文化社 2001 p5

ファーマー・ウェザーバード（北ヨーロッパ）〔Farmer Weatherbeard〕（ラング）
◇川端康成, 野上彰編訳, 小松良佳絵「ラング世界童話全集 11」偕成社 2009 p212

ファーマー・ウェザービアード—P.C.アスビョルンセン〔出典〕〔Farmer Weatherbeard〕（ラ

ング）

◇熊谷淳子訳, H.J.フォード, L.スピード装
画・挿絵「アンドルー・ラング世界童話集
2」東京創元社 2008 p330

ファンレターの返事として書いた詩（ダー
ル）

◇フリッツ・ウェグナー絵「まるごと一冊ロ
アルド・ダール」評論社 2000 p325

フィッチャー鳥〔Fitchers Vogel〕（グリム）

◇池田香代子訳, オットー＝ウッベローデ挿
画「完訳クラシック グリム童話 2」講談社
2000 p73

フィッチャー鳥（グリム）

◇池田香代子訳, オットー・ウッベローデ挿画
「完訳 グリム童話集 1」講談社 2008 p411

フィッチャーの鳥〔Fitchers Vogel〕（グリム）

◇「完訳 グリム童話集 2」筑摩書房 2006
p286

◇吉原高志, 吉原素子訳「初版グリム童話集
2」白水社 2007 p118

◇乾侑美子訳, Otto Ubbelohde, Ludwig
Richter挿絵「1812初版グリム童話 上」小
学館 2000 p245

フィッチャーの鳥（グリム）

◇小澤昔ばなし研究所再話, オットー・ウベ
ローデ絵「語るためのグリム童話 3」小峰
書店 2007 p36

◇高橋健二訳, 徳井聡司（せんべぇ）イラスト
「完訳 グリム童話集 2」小学館 2008 p96

◇橋本孝, 天沼春樹訳, シャルロット・デマ
トーン絵「グリム童話全集」西村書店 2013
p166

◇フェリクス・ホフマン編・画, 大塚勇三訳
「グリムの昔話 1」福音館書店 2002 p366

風変わりな旅歩きの音楽家〔Der wunderliche
Spielmann〕（グリム）

◇「完訳 グリム童話集 1」筑摩書房 2005
p113

風車（アンデルセン）

◇天沼春樹訳, ドゥシャン・カーライ, カミ
ラ・シュタンツロヴァー絵「アンデルセン
童話全集 2」西村書店 2012 p400

風車（ふうしゃ）（アンデルセン）

◇高橋健二訳, いたやさとし画「完訳 アンデル
セン童話集 7」小学館 2010 p44

不運（グリム）

◇高橋健二訳, 徳井聡司（せんべぇ）イラスト
「完訳 グリム童話集 5」小学館 2009 p351

ふえをふくオオカミ（イソップ）

◇小出正吾ぶん, 三好碩也え「イソップのおは
なし」のら書店 2010 p68

笛を吹く漁師（イソップ）

◇川名澄訳, アーサー・ラッカム絵「新編 イ
ソップ寓話」風媒社 2014 p138

フェニックス（アンデルセン）

◇天沼春樹訳, ドゥシャン・カーライ, カミ
ラ・シュタンツロヴァー絵「アンデルセン
童話全集 1」西村書店 2011 p411

フェニックス鳥〔Vogel Phönix〕（グリム）

◇吉原高志, 吉原素子訳「初版グリム童話集
3」白水社 2008 p138

ふえのじょうずなりょうし（イソップ）

◇小出正吾ぶん, 三好碩也え「イソップのおは
なし」のら書店 2010 p140

笛のじょうずな漁師（イソップ）

◇河野与一編訳, 稗田一穂さし絵「イソップの
お話」岩波書店 2000 p154

笛吹き（オサリバン）

◇岸田衿子, 百々佑利子訳, ミーガン・グレッ
サー絵「おうちをつくろう」のら書店 1993
p51

笛ふきのティードゥ『エストニアの昔話』〔出典〕
〔Tiidu the Piper〕（ラング）

◇菊池由美訳, H.J.フォード装画・挿絵「アン
ドルー・ラング世界童話集 8」東京創元社
2009 p104

フェリシアとナデシコの鉢—オーノワ夫人〔出典〕
〔Felicia and the Pot of Pinks〕（ラング）

◇田中亜希子訳, H.J.フォード, G.P.ジェイコ
ム＝フッド装画・挿絵「アンドルー・ラン
グ世界童話集 1」東京創元社 2008 p85

フォクス氏—『ジャックと豆のつる イギリス民話選』
（ジェイコブズ）

◇木下順二訳, たなかゆうこ挿絵「こんなとき読
んであげたい おはなしのおもちゃ箱 2」PHP
研究所 2003 p180

フォーチュネータスとそのさいふ
〔Fortunatus and his Purse〕（ラング）

◇川端康成, 野上彰編訳, 佐竹美保絵「ラング
世界童話全集 1」偕成社 2008 p118

深い悲しみ（アンデルセン）

◇天沼春樹訳, ドゥシャン・カーライ, カミ
ラ・シュタンツロヴァー絵「アンデルセン
童話全集 2」西村書店 2012 p174

深く、暗く、冷たい場所〔Deep and Dark
and Dangerous〕（M.D.ハーン）

◇せなあいこ訳「海外ミステリーBOX 〔7〕」評論社 2011 p5

ふかふかくまさん〔Furry Bear〕（ミルン）
◇岸田衿子, 百々佑利子訳, ミーガン・グレッサー絵「みんなわたしの」のら書店 1991 p23

ブク・エテムスクのむすめ─ハンス・ストゥメ『トリポリの詩と昔話』〔出典〕〔The Daughter of Buk Ettemsuch〕（ラング）
◇ないとうふみこ訳, H.J.フォード装画・挿絵「アンドルー・ラング世界童話集 6」東京創元社 2008 p261

復讐（三島由紀夫）
◇「小学生までに読んでおきたい文学 3」あすなろ書房 2013 p165

復讐〔La Vengeance〕（レイ）
◇平岡敦編訳, 佐竹美保挿画「ホラー短編集 3」岩波書店 2014 p177

福の神（星新一）
◇「小学生までに読んでおきたい文学 2」あすなろ書房 2014 p73

ふく面の下宿人〔The Adventure of the Veiled Lodger〕（ドイル）
◇内田庶訳, 岡本正樹絵「シャーロック・ホームズ 7」岩崎書店 2011 p91

ふくろう〔Die Eule〕（グリム）
◇池田香代子訳, オットー＝ウッベローデ挿画「完訳クラシック グリム童話 5」講談社 2000 p92
◇「完訳 グリム童話集 7」筑摩書房 2006 p15

ふくろう（グリム）
◇池田香代子訳, オットー・ウッベローデ挿画「完訳 グリム童話集 3」講談社 2008 p319
◇高橋健二訳, 徳井聡司（せんべぇ）イラスト「完訳 グリム童話集 5」小学館 2009 p7

フクロウ（グリム）
◇橋本孝, 天沼春樹訳, シャルロット・デマトーン絵「グリム童話全集」西村書店 2013 p539

ふくろう君とねこちゃん（ダール）
◇灰島かり日本語, バベット・コール絵「まるごと一冊ロアルド・ダール」評論社 2000 p55

梟と鳥の仲間たち（イソップ）
◇川名澄訳, アーサー・ラッカム絵「新編 イソップ寓話」風媒社 2014 p52

フクロウとワシ─"The Journal of the Anthropological Institute"〔出典〕〔The Owl and the Eagle〕（ラング）
◇生方頼子訳, H.J.フォード装画・挿絵「アンドルー・ラング世界童話集 10」東京創元社 2009 p246

不幸鳥と幸福姫（レアンダー）
◇国松孝二訳「ふしぎなオルガン」岩波書店 2010 p155

無作法なアモール（アンデルセン）
◇天沼春樹訳, ドゥシャン・カーライ, カミラ・シュタンツロヴァー絵「アンデルセン童話全集 1」西村書店 2011 p62

ふじいろの童話集〔The Lilac Fairy Book〕（ラング）
◇「アンドルー・ラング世界童話集 12」東京創元社 2009

不死を求めて旅をした王子─ハンガリーの昔話〔出典〕〔The Prince Who Would Seek Immortality〕（ラング）
◇杉本詠美訳, H.J.フォード装画・挿絵「アンドルー・ラング世界童話集 8」東京創元社 2009 p187

ふしぎ
◇岸田衿子, 百々佑利子訳, ミーガン・グレッサー絵「みんなわたしの」のら書店 1991 p66

ふしぎなオルガン（レアンダー）
◇国松孝二訳「ふしぎなオルガン」岩波書店 2010 p9

ふしぎなかばの木（ロシア カレリア地方）〔The Wonderful Birch〕（ラング）
◇川端康成, 野上彰編訳, 小松良佳絵「ラング世界童話全集 11」偕成社 2009 p36

ふしぎなこじきたち（セルビア）〔The Story of Three Wonderful Beggars〕（ラング）
◇川端康成, 野上彰編訳, 佐竹美保絵「ラング世界童話全集 1」偕成社 2008 p204

ふしぎなスカラベ（ファーブル）
◇奥本大三郎編・訳, 見山博標本画・イラスト「ファーブル昆虫記 1」集英社 1996 p9

ふしぎな釣りびと（ショヴォー）
◇出口裕弘訳「ショヴォー氏とルノー君のお話集 5」福音館書店 2003 p128

ふしぎな入院患者〔The Resident Patient〕（ドイル）
◇日暮まさみち訳, 青山浩行絵「名探偵ホームズシリーズ 〔8〕」講談社 2011 p9

ふしぎな入院患者（ドイル）
◇亀山龍樹訳, 佐竹美保さし絵「名探偵ホーム

ふしぎ

ズ 4」ポプラ社 2006 p129

ふしぎなバイオリンひき（グリム）
◇高橋健二訳, 徳井聡司（せんべぇ）イラスト「完訳 グリム童話集 1」小学館 2008 p101

不思議な話〔The Riddle〕（デ・ラ・メア）
◇金原瑞人編訳, 佐竹美保挿画「ホラー短編集 2」岩波書店 2012 p93

ふしぎな羊─オーノワ夫人〔出典〕〔The Wonderful Sheep〕（ラング）
◇中務秀子訳, H.J.フォード, G.P.ジェイコム＝フッド装画・挿絵「アンドルー・ラング世界童話集 1」東京創元社 2008 p188

ふしぎな菩提樹〔Grasp All, Lose All〕（ラング）
◇川端康成, 野上彰編訳, 朝倉田美子絵「ラング世界童話全集 8」偕成社 2009 p49

ふしぎの国のアリス〔Alice's Adventures in Wonderland〕（キャロル）
◇まだらめ三保訳, 山本裕子絵「子どものための世界文学の森 25」集英社 1995 p10
◇さくまゆみこ文, 永田萠絵「小学館 世界の名作 2」小学館 1997 p1
◇石崎洋司文, 千野えなが絵「ポプラ世界名作童話 11」ポプラ社 2016 p7

ふしぎの国のアリス（キャロル）
◇石井睦美編訳, 森川泉絵「10歳までに読みたい世界名作 11」学研 2015 p14
◇まど・みちお文, 司修絵「世界の名作 4」世界文化社 2001 p5
◇原昌訳「世界名作文学集 〔2〕」国土社 2004 p6

ふしぎの森のミンピン（ダール）
◇おぐらあゆみ訳, パトリック・ベンソン絵「まるごと一冊ロアルド・ダール」評論社 2000 p168

プシケ（アンデルセン）
◇高橋健二訳, いたやさとし画「完訳 アンデルセン童話集 6」小学館 2010 p313
◇天沼春樹訳, ドゥシャン・カーライ, カミラ・シュタンツロヴァー絵「アンデルセン童話全集 2」西村書店 2012 p360

不死鳥（アンデルセン）
◇高橋健二訳, いたやさとし画「完訳 アンデルセン童話集 3」小学館 2009 p272

不死身のコシチェイの死─ロールストン〔出典〕〔The Death of Koshchei the Deathless〕（ラング）
◇おおつかのりこ訳, H.J.フォード, L.スピー

ド装画・挿絵「アンドルー・ラング世界童話集 2」東京創元社 2008 p57

ぶしょうな下男十二人〔Die zwölf faulen Knechte〕（グリム）
◇「完訳 グリム童話集 6」筑摩書房 2006 p141

ぶしょう者三人〔Die drei Faulen〕（グリム）
◇「完訳 グリム童話集 6」筑摩書房 2006 p138

ブタ（ダール）
◇灰島かり訳, クェンティン・ブレイク絵「ロアルド・ダールコレクション 14」評論社 2006 p5

ブタ─詩集「けものノケモノ」より（ダール）
◇灰島かり日本語, クェンティン・ブレイク絵「まるごと一冊ロアルド・ダール」評論社 2000 p47

ブタ飼い〔Svinedrengen〕（アンデルセン）
◇矢崎源九郎訳, V.ペーダセン挿画「豪華愛蔵版 アンデルセン童話名作集 2」静山社 2011 p94

ぶた飼い王子（アンデルセン）
◇高橋健二訳, いたやさとし画「完訳 アンデルセン童話集 2」小学館 2009 p164

ブタ飼い王子（アンデルセン）
◇大畑末吉訳, 初山滋さし絵「アンデルセン童話集 2」岩波書店 2000 p23
◇大塚勇三編・訳, イブ・スパング・オルセン画「アンデルセンの童話 1」福音館書店 2003 p156

豚飼い王子〔The Swineherd〕（アンデルセン）
◇荒俣宏訳, ハリー・クラーク絵「アンデルセン童話集」新書館 2005 p235
◇荒俣宏訳, ハリー・クラーク絵「アンデルセン童話集 上」文藝春秋 2012 p253

豚飼い王子（アンデルセン）
◇山本真基子語り手「子どもに語るアンデルセンのお話 〔1〕」こぐま社 2005 p133

ブタ飼いの王子（アンデルセン）
◇天沼春樹訳, ドゥシャン・カーライ, カミラ・シュタンツロヴァー絵「アンデルセン童話全集 1」西村書店 2011 p206

ふたつの小箱─ソーブ〔出典〕〔The Two Caskets〕（ラング）
◇中務秀子訳, H.J.フォード装画・挿絵「アンドルー・ラング世界童話集 10」東京創元社 2009 p84

ふたつの壺（イソップ）

◇川名澄訳, アーサー・ラッカム絵「新編 イソップ寓話」風媒社 2014 p94

ふたつの袋 (イソップ)
◇川名澄訳, アーサー・ラッカム絵「新編 イソップ寓話」風媒社 2014 p61

二つの袋 (イソップ)
◇河野与一編訳, 稗田一穂さし絵「イソップのお話」岩波書店 2000 p310

ブタと結婚した王女—ニート・クレムニッツ訳 ルーマニアの昔話〔出典〕〔The Enchanted Pig〕(ラング)
◇杉田七重訳, H.J.フォード, L.スピード装画・挿絵「アンドルー・ラング世界童話集 2」東京創元社 2008 p154

ブタとヒツジ (イソップ)
◇河野与一編訳, 稗田一穂さし絵「イソップのお話」岩波書店 2000 p279

ふたり兄弟〔Die zwei Brüder〕(グリム)
◇「完訳 グリム童話集 3」筑摩書房 2006 p173

ふたり兄弟 (グリム)
◇乾侑美子訳, アーサー・ラッカムさし絵「グリムの昔話 3」童話館出版 2001 p192
◇フェリクス・ホフマン編・画, 大塚勇三訳「グリムの昔話 3」福音館書店 2002 p385

二人兄弟〔Die zwei Brüder〕(グリム)
◇池田香代子訳, オットー＝ウッベローデ挿画「完訳クラシック グリム童話 2」講談社 2000 p185

二人兄弟 (グリム)
◇池田香代子訳, オットー・ウッベローデ挿画「完訳 グリム童話集 2」講談社 2008 p46
◇植田敏郎文, 渡辺三郎絵「世界の名作 12」世界文化社 2001 p27

二人強盗ホームズとワトソン〔The Adventure of Charles Augustus Milverton〕(ドイル)
◇山中峯太郎訳著「名探偵ホームズ全集 2」作品社 2017 p174

ふたりのあそび友だち (イソップ)
◇ラッセル・アッシュ, バーナード・ヒットン編著, 秋野翔一郎訳「クラシックイラストレーション版 イソップ寓話集」童話館出版 2002 p44

2人の王さまの子どもたち (グリム)
◇橋本孝, 天沼春樹訳, シャルロット・デマトーン絵「グリム童話全集」西村書店 2013 p394

2人の兄弟 (アンデルセン)
◇天沼春樹訳, ドゥシャン・カーライ, カミラ・シュタンツロヴァー絵「アンデルセン童話全集 3」西村書店 2013 p10

2人の兄弟 (グリム)
◇橋本孝, 天沼春樹訳, シャルロット・デマトーン絵「グリム童話全集」西村書店 2013 p222

ふたりの兄弟 (アンデルセン)
◇高橋健二訳, いたやさとし画「完訳 アンデルセン童話集 6」小学館 2010 p91

ふたりの兄弟 (グリム)
◇小澤昔ばなし研究所再話, オットー・ウベローデ絵「語るためのグリム童話 4」小峰書店 2007 p6
◇高橋健二訳, 徳井聡司 (せんべぇ) イラスト「完訳 グリム童話集 2」小学館 2008 p255
◇佐々木田鶴子訳, 出久根育絵「グリム童話集 下」岩波書店 2007 p264

二人の兄弟 (結末) (エンデ)
◇田村都志夫訳「だれでもない庭—エンデが遺した物語集」岩波書店 2002 p291
◇田村都志夫訳「だれでもない庭—エンデが遺した物語集」岩波書店 2015 p365

2人の旅職人 (グリム)
◇橋本孝, 天沼春樹訳, シャルロット・デマトーン絵「グリム童話全集」西村書店 2013 p372

ふたりの旅職人 (グリム)
◇高橋健二訳, 徳井聡司 (せんべぇ) イラスト「完訳 グリム童話集 3」小学館 2008 p289
◇フェリクス・ホフマン編・画, 大塚勇三訳「グリムの昔話 2」福音館書店 2002 p338
◇乾侑美子訳, オットー・ウッベローデさし絵「グリムの昔話 3」童話館出版 2001 p282

二人の旅職人〔Die beiden Wanderer〕(グリム)
◇池田香代子訳, オットー＝ウッベローデ挿画「完訳クラシック グリム童話 3」講談社 2000 p245

二人の旅職人 (グリム)
◇池田香代子訳, オットー・ウッベローデ挿画「完訳 グリム童話集 2」講談社 2008 p426

ふたりの旅人〔Die beiden Wanderer〕(グリム)
◇「完訳 グリム童話集 5」筑摩書房 2006 p47

二人の旅人とオノ (イソップ)
◇天野裕訳, ローワン・バーンズマーフィー絵

ふたり

「イソップ物語」文渓堂 2005 p23
二人のたび人とくま（イソップ）
　◇よこたきよし文, 飯岡千江子絵「読み聞かせ
　　イソップ50話」チャイルド本社 2007 p88
二人の変な男〔Two Funny Men〕（ミリガン）
　◇川崎洋訳「木はえらい—イギリス子ども詩
　　集」岩波書店 2000 p158
ふたりのむすめ（アンデルセン）
　◇高橋健二訳, いたやさとし画「完訳 アンデル
　　セン童話集 4」小学館 2009 p171
2人のムスメさん（アンデルセン）
　◇天沼春樹訳, ドゥシャン・カーライ, カミ
　　ラ・シュタンツロヴァー絵「アンデルセン
　　童話全集 2」西村書店 2012 p219
ふたりのむすめさん〔To Jomfruer〕（アンデ
　ルセン）
　◇天沼春樹訳「アンデルセン傑作集 マッチ売
　　りの少女／人魚姫」新潮社 2015 p139
二人の友人とクマ（イソップ）
　◇天野裕訳, ローワン・バーンズマーフィー絵
　　「イソップ物語」文渓堂 2005 p29
ふたりのよい干さま
　◇岸田衿子, 百々佑利子訳, ミーガン・グレッ
　　サー絵「おうちをつくろう」のら書店 1993
　　p53
ふたりの老人（トルストイ）
　◇岩崎京子文, かみやしん絵「トルストイの民
　　話」女子パウロ会 2006 p61
二人のロビンソン・クルソー（アウェルチェ
　ンコ）
　◇上脇進訳「読書がたのしくなる世界の文学
　　〔6〕」くもん出版 2015 p5
ふたりはいい勝負〔Les Deux Font la Paire〕
　（ショヴォー）
　◇「ショヴォー氏とルノー君のお話集 5」福
　　音館書店 2003
ぶち（ロフティング）
　◇河合祥一郎訳, patty絵「新訳 ドリトル先生
　　シリーズ 〔13〕」KADOKAWA 2015 p101
　◇井伏鱒二訳「ドリトル先生物語 13」岩波書
　　店 2000 p73
ぶつぶつ父さん—"Contes Populaires"〔出典〕
　〔Father Grumbler〕（ラング）
　◇吉井知代子訳, H.J.フォード装画・挿絵「ア
　　ンドルー・ラング世界童話集 9」東京創元
　　社 2009 p41
ブドウの木とヤギ（イソップ）

「イソップ物語」文渓堂 2005 p23

◇河野与一訳, 稗田一穂さし絵「イソップの
　お話」岩波書店 2000 p139
船旅をする人々（イソップ）
　◇河野与一訳, 稗田一穂さし絵「イソップの
　　お話」岩波書店 2000 p65
ブナの木館のきょうふ（ドイル）
　◇芦辺拓編著, 城咲綾絵「10歳までに読みた
　　い名作ミステリー 名探偵シャーロック・
　　ホームズ ガチョウと青い宝石」学研プラス
　　2016 p15
船乗り犬（ロフティング）
　◇河合祥一郎訳, patty絵「新訳 ドリトル先生
　　シリーズ 〔13〕」KADOKAWA 2015 p47
　◇井伏鱒二訳「ドリトル先生物語 13」岩波書
　　店 2000 p15
船乗りシンドバッドの冒険
　◇かのりゅう編訳「世界名作文学集 〔10〕」
　　国土社 2004 p7
ぶな屋敷のなぞ〔The Adventure of the
　Copper Beeches〕（ドイル）
　◇日暮まさみち訳, 青山浩行絵「名探偵ホーム
　　ズシリーズ 〔7〕」講談社 2011 p9
ぶな屋敷のなぞ（ドイル）
　◇亀山龍樹訳, 佐竹美保さし絵「名探偵ホーム
　　ズ 2」ポプラ社 2006 p7
舟はどこへいく？（スティーブンソン）
　◇岸田衿子, 百々佑利子訳, ミーガン・グレッ
　　サー絵「おうちをつくろう」のら書店 1993
　　p75
吹雪の夜〔Blizzard〕（ウェストール）
　◇原田勝訳「ウェストールコレクション
　　〔9〕」徳間書店 2014 p27
プフリーム親方〔Meister Pfriem〕（グリム）
　◇池田香代子訳, オットー＝ウッベローデ挿
　　画「完訳クラシック グリム童話 5」講談社
　　2000 p105
　◇「完訳 グリム童話集 7」筑摩書房 2006 p36
プフリーム親方（グリム）
　◇池田香代子訳, オットー・ウッベローデ挿画
　　「完訳 グリム童話集 3」講談社 2008 p334
　◇橋本孝, 天沼春樹訳, シャルロット・デマ
　　トーン絵「グリム童話全集」西村書店 2013
　　p545
プフリーム親方（グリム）
　◇高橋健二訳, 徳井聡司（せんべぇ）イラスト
　　「完訳 グリム童話集 5」小学館 2009 p29
父母懇談会〔Parents' Evening〕（アールバー
　グ）

◇川崎洋訳, フリッツ・ヴェグナー絵「木はえ
らい―イギリス子ども詩集」岩波書店 2000
p17

ふみつけられたヘビ（イソップ）
◇河野与一編訳, 稗田一穂さし絵「イソップの
お話」岩波書店 2000 p263

冬を越したハチドリ〔The Hummingbird that
lived through Winter〕（サローヤン）
◇関汀子訳「小学生までに読んでおきたい文
学 6」あすなろ書房 2013 p19

冬がすぎれば―ソロモンの歌（聖書）
◇岸田衿子, 百々佑利子訳, ミーガン・グレッ
サー絵「おうちをつくろう」のら書店 1993
p86

冬と春（イソップ）
◇河野与一編訳, 稗田一穂さし絵「イソップの
お話」岩波書店 2000 p308

冬の日曜日〔Those Winter Sundays〕（ヘイデ
ン）
◇アーサー・ビナード, 木坂涼編訳, しりあが
り寿イラスト「ガラガラヘビの味―アメリ
カ子ども詩集」岩波書店 2010 p154

冬物語〔The Winter's Tale〕（シェイクスピア）
◇ラム作, 矢川澄子訳, アーサー・ラッカムさ
し絵「シェイクスピア物語」岩波書店 2001
p45

冬物語（シェイクスピア）
◇イーディス・ネズビット再話, 八木田宜子
訳, 徳田秀雄さし絵「21世紀版 少年少女世界
文学館 3」講談社 2010 p89

ブヨと牛（イソップ）
◇川名澄訳, アーサー・ラッカム絵「新編 イ
ソップ寓話」風媒社 2014 p38

ブヨと牡ウシ（イソップ）
◇河野与一編訳, 稗田一穂さし絵「イソップの
お話」岩波書店 2000 p96

ブヨとライオン（イソップ）
◇川名澄訳, アーサー・ラッカム絵「新編 イ
ソップ寓話」風媒社 2014 p152
◇ラッセル・アッシュ, バーナード・ヒットン
編著, 秋野翔一郎訳「クラシックイラストレー
ション版 イソップ寓話集」童話館出版 2002
p83
◇河野与一編訳, 稗田一穂さし絵「イソップの
お話」岩波書店 2000 p94
◇小出正吾ぶん, 三好碩也え「イソップのおは
なし」のら書店 2010 p100

プライアリ学校誘拐事件〔The Adventure of

the Priory School〕（ドイル）
◇日暮まさみち訳, 青山浩行絵「名探偵ホーム
ズシリーズ 〔12〕」講談社 2011 p50

ブライアン・オリン
◇岸田衿子, 百々佑利子訳, ミーガン・グレッ
サー絵「みんなわたしの」のら書店 1991
p34

ブライトンへいく途中で〔On the Brighton
Road〕（ミドルトン）
◇金原瑞人編訳, 佐竹美保挿画「ホラー短編集
〔1〕」岩波書店 2010 p45

ブラーケルのむすめ（グリム）
◇高橋健二訳, 徳井聡司（せんべぇ）イラスト
「完訳 グリム童話集 4」小学館 2009 p203

ブラーケルの娘〔Dat Mäken von Brakel〕（グ
リム）
◇池田香代子訳, オットー＝ウッベローデ挿
画「完訳クラシック グリム童話 4」講談社
2000 p204
◇「完訳 グリム童話集 6」筑摩書房 2006 p86
◇吉原高志, 吉原素子訳, Otto Ubbelohde挿絵
「初版グリム童話集 5」白水社 2008 p163

ブラーケルの娘（グリム）
◇池田香代子訳, オットー・ウッベローデ挿画
「完訳グリム童話集 3」講談社 2008 p173
◇橋本孝, 天沼春樹訳, シャルロット・デマ
トーン絵「グリム童話全集」西村書店 2013
p477

ブラーケルの娘っ子〔Dat Mäken von
Brakel〕（グリム）
◇乾侑美子訳, Otto Ubbelohde, Ludwig
Richter挿絵「1812初版グリム童話 下」小
学館 2000 p305

ブラック・ピーター船長の死〔The
Adventure of Black Peter〕（ドイル）
◇日暮まさみち訳, 青山浩行絵「名探偵ホーム
ズシリーズ 〔12〕」講談社 2011 p120

フランケンシュタイン〔Frankenstein〕（シェ
リー）
◇吉上恭太訳, 千葉淳生絵「子どものための世
界文学の森 32」集英社 1996 p10

フランシス姫の首かざり（ドイル）
◇亀山龍樹訳, 佐竹美保さし絵「名探偵ホーム
ズ 8」ポプラ社 2011 p157

フランス語よさようなら（ドーデ）
◇楠山正雄訳「読書がたのしくなる世界の文
学 〔8〕」くもん出版 2016 p77

フランセス姫の失踪〔The Disappearance of

ふらん

Lady Frances Carfax〕（ドイル）
◇日暮まさみち訳, 青山浩行絵「名探偵ホーム
ズシリーズ 〔13〕」講談社 2011 p183
フランダースの犬〔A Dog of Flanders〕
（ウィーダ）
◆榊原晃三訳, ラベリー・M.ジョーンズ絵
「子どものための世界文学の森 12」集英社
1994 p10
◇森山京文, いせひでこ絵「小学館 世界の名
作 11」小学館 1998 p1
◇濱野京子文, 小松咲子絵「ポプラ世界名作童
話 5」ポプラ社 2015 p7
フランダースの犬（ウィーダ）
◇那須田淳編訳, 佐々木メエ絵「10歳までに読
みたい世界名作 19」学研プラス 2015 p14
◇神沢利子文, 中谷千代子絵「世界の名作 2」
世界文化社 2001 p5
フリーダーとカーターリースヒェン〔Der
Frieder und das Catherlieschen〕（グリム）
◇池田香代子訳, オットー＝ウッベローデ挿
画「完訳クラシック グリム童話 2」講談社
2000 p173
◇「完訳 グリム童話集 3」筑摩書房 2006
p155
フリーダーとカーターリースヒェン（グリ
ム）
◇小澤昔ばなし研究所再話, オットー・ウベ
ローデ絵「語るためのグリム童話 3」小峰
書店 2007 p171
◇池田香代子訳, オットー・ウッベローデ挿画
「完訳 グリム童話集 2」講談社 2008 p31
◇高橋健二訳, 徳井聡司（せんべゑ）イラスト
「完訳 グリム童話集 2」小学館 2008 p239
◇佐々木田鶴子訳, 出久根育絵「グリム童話集
上」岩波書店 2007 p220
◇橋本孝, 天沼春樹訳, シャルロット・デマ
トーン絵「グリム童話全集」西村書店 2013
p217
プリンセス・メーリット（リンドグレーン）
◇石井登志子訳, イングリッド・ヴァン・ニイ
マンさし絵「リンドグレーン作品集 23」岩
波書店 2008 p135
古い家〔The Old House〕（アンデルセン）
◇荒俣宏訳, ハリー・クラーク絵「アンデルセ
ン童話集」新書館 2005 p363
◇荒俣宏訳, ハリー・クラーク絵「アンデルセ
ン童話集 下」文藝春秋 2012 p55
古い家（アンデルセン）
◇大畑末吉訳, 初山滋さし絵「アンデルセン童

話集 3」岩波書店 2000 p49
◇高橋健二訳, いたやさとし画「完訳 アンデル
セン童話集 3」小学館 2009 p207
◇天沼春樹訳, ドゥシャン・カーライ, カミ
ラ・シュタンツロヴァー絵「アンデルセン
童話全集 1」西村書店 2011 p270
◇大塚勇三編・訳, イブ・スパング・オルセン
画「アンデルセンの童話 1」福音館書店
2003 p170
古い街灯（アンデルセン）
◇高橋健二訳, いたやさとし画「完訳 アンデル
セン童話集 3」小学館 2009 p128
◇天沼春樹訳, ドゥシャン・カーライ, カミ
ラ・シュタンツロヴァー絵「アンデルセン
童話全集 1」西村書店 2011 p12
古いかべかけのひみつ（ルブラン）
◇二階堂黎人編著, 清瀬のどか絵「10歳まで
に読みたい名作ミステリー 怪盗アルセー
ヌ・ルパン 王妃の首かざり」学研プラス
2016 p93
古い教会の鐘（アンデルセン）
◇高橋健二訳, いたやさとし画「完訳 アンデル
セン童話集 6」小学館 2010 p96
◇天沼春樹訳, ドゥシャン・カーライ, カミ
ラ・シュタンツロヴァー絵「アンデルセン
童話全集 3」西村書店 2013 p252
古い敵たち（バン・ローン）
◇片岡政昭訳「世界名作文学集 〔9〕」国土社
2003 p197
古い塔の話（ショヴォー）
◇出口裕弘訳「ショヴォー氏とルノー君のお
話集 5」福音館書店 2003 p151
古いトランク（レアンダー）
◇国松孝二訳「ふしぎなオルガン」岩波書店
2010 p254
プルーイネックの石（フランス ブルトン地
方）〔The Stones of Plouhinec〕（ラング）
◇川端康成, 野上彰編訳, 朝倉田美子絵「ラン
グ世界童話全集 8」偕成社 2009 p23
プルーイネックの大岩—エミール・スーヴェストル
〔出典〕〔The Stones of Plouhinec〕（ラング）
◇中務秀子訳, H.J.フォード装画・挿絵「アン
ドルー・ラング世界童話集 12」東京創元社
2009 p216
古い墓石（はかいし）（アンデルセン）
◇高橋健二訳, いたやさとし画「完訳 アンデル
セン童話集 3」小学館 2009 p303
古い墓石（アンデルセン）

◇天沼春樹訳, ドゥシャン・カーライ, カミラ・シュタンツロヴァー絵「アンデルセン童話全集 3」西村書店 2013 p149

フールキラー〔The Fool-Killer〕(オー・ヘンリー)
◇千葉茂樹訳, 和田誠絵「オー・ヘンリーショートストーリーセレクション 2」理論社 2007 p183

古づくえの宝くじ(ルブラン)
◇二階堂黎人編著, 清瀬のどか絵「10歳までに読みたい名作ミステリー 怪盗アルセーヌ・ルパン あらわれた名探偵」学研プラス 2016 p21

ブルターニュの漁師の祈り
◇岸田衿子, 百々佑利子訳, ミーガン・グレッサー絵「おうちをつくろう」のら書店 1993 p12

プルネッラ〔Prunella〕(ラング)
◇児玉敦子訳, H.J.フォード装画・挿絵「アンドルー・ラング世界童話集 6」東京創元社 2008 p347

フーレブーレブッツ〔Hurleburlebutz〕(グリム)
◇乾侑美子訳, Otto Ubbelohde, Ludwig Richter挿絵「1812初版グリム童話 下」小学館 2000 p14

ブレーメンのおんがくたい(グリム)
◇矢崎源九郎訳, ウェルナー・クレムケさし絵「グリムの昔話 1」童話館出版 2000 p50

ブレーメンの音楽隊〔Die Bremer Stadtmusikanten〕(グリム)
◇池田香代子訳, オットー=ウッベローデ挿画「完訳クラシック グリム童話 1」講談社 2000 p203
◇野村泫訳, ルードルフ・ガイスラー画「完訳グリム童話集 2」筑摩書房 2006 p77

ブレーメンの音楽隊(グリム)
◇間所ひさこ再話, 岡本よしろう挿絵「教科書にでてくるせかいのむかし話 2」あかね書房 2016 p6
◇北川幸比古文, 米山永一, 朝倉めぐみ絵「グリム・イソップ童話集」世界文化社 2004 p104
◇山口四郎訳「グリム童話 1」冨山房インターナショナル 2004 p64
◇池田香代子訳, オットー・ウッベローデ挿画「完訳 グリム童話集 1」講談社 2008 p261
◇佐々木田鶴子訳, 出久根育絵「グリム童話集 上」岩波書店 2007 p18

◇フェリクス・ホフマン編・画, 大塚勇三訳「グリムの昔話 1」福音館書店 2002 p275
◇ワンダ・ガアグ編・絵, 松岡享子訳「グリムのむかしばなし 2」のら書店 2017 p7
◇北川幸比古文, 米山永一, 朝倉めぐみ絵「こどものための世界の名作 グリム・イソップ・アンデルセン—ベスト30話」世界文化社 1994 p104
◇安東みきえ文, 100%ORANGE絵「ポプラ世界名作童話 15」ポプラ社 2016 p45

ブレーメンの町楽隊(グリム)
◇小澤昔ばなし研究所再話, オットー・ウベローデ絵「語るためのグリム童話 2」小峰書店 2007 p72

ブレーメンの町の音楽隊(グリム)
◇橋本孝, 天沼春樹訳, シャルロット・デマトーン絵「グリム童話全集」西村書店 2013 p110

ブレーメンの町の楽隊(グリム)
◇高橋健二訳, 徳井聡司(せんべぇ)イラスト「完訳 グリム童話集 1」小学館 2008 p298

フロプシーのこどもたち(ポター)
◇いしいももこやく「愛蔵版 ピーターラビット全おはなし集」福音館書店 1994 p201
◇いしいももこやく「愛蔵版 ピーターラビット全おはなし集」福音館書店 2007 p201

プロメテウスと人間たち(イソップ)
◇河野与一編訳, 稗田一穂さし絵「イソップのお話」岩波書店 2000 p115

プロメテウスの火とパンドラのつぼ(アポロドーロス)
◇高津春繁, 高津久美子訳, 若菜珪さし絵「21世紀版 少年少女世界文学館 1」講談社 2010 p39

ブロンズのゆびわ(小アジア)〔The Bronze Ring〕(ラング)
◇川端康成, 野上彰編訳, 篠崎三朗絵「ラング世界童話全集 12」偕成社 2009 p39

文化遺産(バン・ローン)
◇片岡政昭訳「世界名作文学集 〔9〕」国土社 2003 p11

文化と民主主義(エンデ)
◇田村都志夫訳「だれでもない庭—エンデが遺した物語集」岩波書店 2002 p303
◇田村都志夫訳「だれでもない庭—エンデが遺した物語集」岩波書店 2015 p380

フンコロガシ(アンデルセン)
◇天沼春樹訳, ドゥシャン・カーライ, カミ

へあく

ラ・シュタンツロヴァー絵「アンデルセン
童話全集 1」西村書店 2011 p452

【へ】

ベアグルムの司教とその一族（アンデルセン）
◇天沼春樹訳, ドゥシャン・カーライ, カミ
ラ・シュタンツロヴァー絵「アンデルセン
童話全集 3」西村書店 2013 p335
ベアグルムの司教とその同族（アンデルセン）
◇高橋健二訳, いたやさとし画「完訳 アンデル
セン童話集 7」小学館 2010 p61
ペイサーのほんとうの最後（シートン）
◇今泉吉晴訳「シートン動物記 〔11〕」童心
社 2011 p167
兵士のハーモニカ（ロダーリ）
◇関口英子訳, 伊津野果地さし絵「兵士のハー
モニカ―ロダーリ童話集」岩波書店 2012
p154
兵隊と指物師〔Der Soldat und der Schreiner〕
（グリム）
◇吉原高志, 吉原素子訳「初版グリム童話集
5」白水社 2008 p104
兵隊のむすこイアン〔Ian, the Soldier's Son〕
（ラング）
◇川端康成, 野上彰編訳, 遠藤拓人絵「ラング
世界童話全集 9」偕成社 2009 p238
塀の上のメンドリ（ショヴォー）
◇出口裕弘訳「ショヴォー氏とルノー君のお
話集 5」福音館書店 2003 p304
平和の衣〔The Robe of Peace〕（オー・ヘン
リー）
◇千葉茂樹訳, 和田誠絵「オー・ヘンリー
ショートストーリーセレクション 4」理論
社 2007 p131
ベーグル・チームの作戦〔About the B'nai
Bagels〕（カニグズバーグ）
◇松永ふみ子訳「カニグズバーグ作品集 2」
岩波書店 2002 p147
ベシュー刑事の盗難事件〔Les Douze
Africaines de Béchoux〕（ルブラン）
◇南洋一郎文, 佐竹美保さし絵「文庫版 怪盗ル
パン 16」ポプラ社 2005 p189
自由のために走る野生ウマ ペーシング・マスタン
グ〔The Pacing Mustang〕（シートン）

◇今泉吉晴訳「シートン動物記 6」福音館書
店 2005 p1
へそまがり昔ばなし〔Roald Dahl's Revolting
Rhymes〕（ダール）
◇「ロアルド・ダールコレクション 12」評論
社 2006
へたな琴ひき（イソップ）
◇河野与一編訳, 稗田一穂さし絵「イソップの
お話」岩波書店 2000 p183
ベッティーナ・フォン・アルニム夫人にさ
さげることば（グリム）
◇「完訳 グリム童話集 5」小学館 2009 p380
ペッレ、コンフセンブー小屋へ引っこす（リ
ンドグレーン）
◇石井登志子訳, イングリッド・ヴァン・ニイ
マンさし絵「リンドグレーン作品集 23」岩
波書店 2008 p123
ぺてん師（イソップ）
◇川名澄訳, アーサー・ラッカム絵「新編 イ
ソップ寓話」風媒社 2014 p149
ぺてん師とその師匠（グリム）
◇高橋健二訳, 徳井聡司（せんべぇ）イラスト
「完訳 グリム童話集 2」小学館 2008 p357
ぺてん師と大先生（グリム）
◇小澤昔ばなし研究所再話, オットー・ウベ
ローデ絵「語るためのグリム童話 4」小峰
書店 2007 p123
べにいろの童話集〔The Crimson Fairy
Book〕（ラング）
◇「アンドルー・ラング世界童話集 8」東京
創元社 2009
ベニスの商人（シェイクスピア）
◇イーディス・ネズビット再話, 八木田宜子
訳, 徳田秀雄さし絵「21世紀版 少年少女世界
文学館 3」講談社 2010 p59
蛇―永日小品より（夏目漱石）
◇「小学生までに読んでおきたい文学 3」あ
すなろ書房 2013 p7
ヘビとイタチとネズミ（イソップ）
◇河野与一編訳, 稗田一穂さし絵「イソップの
お話」岩波書店 2000 p268
ヘビとカニ（イソップ）
◇河野与一編訳, 稗田一穂さし絵「イソップの
お話」岩波書店 2000 p263
蛇と鈴蛙の話〔Märchen von der Unke〕（グリ
ム）
◇池田香代子訳, オットー＝ウッベローデ挿
画「完訳クラシック グリム童話 3」講談社

2000 p236

蛇と鈴蛙の話（グリム）
◇池田香代子訳, オットー・ウッベローデ挿画「完訳 グリム童話集 2」講談社 2008 p415

ヘビとハリネズミ（ペロー）
◇末松氷海子訳, エヴァ・フラントヴァー絵「ペロー昔話・寓話集」西村書店 2008 p342

ヘビとワシ（イソップ）
◇河野与一編訳, 稗田一穂さし絵「イソップのお話」岩波書店 2000 p291

へびの王子（インド パンジャブ地方）〔The Snake Prince〕（ラング）
◇川端康成, 野上彰編訳, 小松修絵「ラング世界童話全集 6」偕成社 2008 p140

ヘビの王子—キャンベル少佐 フィーローズブル〔出典〕〔The Snake Prince〕（ラング）
◇大井久里子訳, H.J.フォード装画・挿絵「アンドルー・ラング世界童話集 11」東京創元社 2009 p278

へびの恩がえし—メランプスの予言（アポロドーロス）
◇高津春繁, 高津久美子訳, 若菜珪さし絵「21世紀版 少年少女世界文学館 1」講談社 2010 p189

ヘビの子の話（ショヴォー）
◇出口裕弘訳「ショヴォー氏とルノー君のお話集 2」福音館書店 2003 p73

ヘビのしっぽと頭（イソップ）
◇内田麟太郎文, 高畠純絵「ポプラ世界名作童話 19」ポプラ社 2016 p101

ヘビのしっぽとからだ（イソップ）
◇河野与一編訳, 稗田一穂さし絵「イソップのお話」岩波書店 2000 p262

へびの話（グリム）
◇高橋健二訳, 徳井聡司（せんべぇ）イラスト「完訳 グリム童話集 3」小学館 2008 p276

蛇の話〔Märchen von der Unke〕（グリム）
◇「完訳 グリム童話集 5」筑摩書房 2006 p29

蛇の話、かえるの話〔Mährchen von der Unke〕（グリム）
◇吉原高志, 吉原素子訳「初版グリム童話集 4」白水社 2008 p173

へびの薬草で生きかえった子供の話（アポロドーロス）
◇高津春繁, 高津久美子訳, 若菜珪さし絵「21世紀版 少年少女世界文学館 1」講談社 2010 p254

ヘラクレス（アポロドーロス）
◇高津春繁, 高津久美子訳, 若菜珪さし絵「21世紀版 少年少女世界文学館 1」講談社 2010 p131

ヘラクレスとアテナ（イソップ）
◇河野与一編訳, 稗田一穂さし絵「イソップのお話」岩波書店 2000 p316

ヘラクレスと牛おい（イソップ）
◇よこたきよし文, いたやさとし絵「読み聞かせイソップ50話」チャイルド本社 2007 p60

ヘラクレスと富の神（イソップ）
◇河野与一編訳, 稗田一穂さし絵「イソップのお話」岩波書店 2000 p306

ヘラクレスと馬車ひき（イソップ）
◇天野裕嗣, ローワン・バーンズマーフィー絵「イソップ物語」文溪堂 2005 p28

ヘラムといっしょに謎解きの旅へ…〔秘密の島〕（ペソウン）
◇「いま読もう！韓国ベスト読みもの 3」汐文社 2005 p2

ペリクリーズ（シェイクスピア）
◇イーディス・ネズビット再話, 八木田宜子訳, 徳田秀雄さし絵「21世紀版 少年少女世界文学館 3」講談社 2010 p179

ベリャ・フロール姫—フェルナン・カバリェーロ〔出典〕〔The Princess Bella–Flor〕（ラング）
◇大井久里子訳, H.J.フォード装画・挿絵「アンドルー・ラング世界童話集 10」東京創元社 2009 p289

ベールをかけた貴婦人（クリスティ）
◇花上かつみ訳, 高松啓二絵「アガサ＝クリスティ短編傑作集 2」講談社 2002 p37

ベルーカ・サルトの歌—「チョコレート工場の秘密」より（ダール）
◇田村隆一訳, クェンティン・ブレイク絵「まるごと一冊ロアルド・ダール」評論社 2000 p262

ペルシアネコのお墓（ヴェダー）
◇岸田衿子, 百々佑利子訳, ミーガン・グレッサー絵「おうちをつくろう」のら書店 1993 p34

ヘルメスと蟻に咬まれた男（イソップ）
◇川名澄訳, アーサー・ラッカム絵「新編 イソップ寓話」風媒社 2014 p148

ヘルメスときこり（イソップ）
◇川名澄訳, アーサー・ラッカム絵「新編 イソップ寓話」風媒社 2014 p25

ヘルメスと木こり（イソップ）

へるめ

◇天野裕訳, ローワン・バーンズマーフィー絵「イソップ物語」文溪堂 2005 p34

ヘルメスと彫刻家（イソップ）
◇川名澄訳, アーサー・ラッカム絵「新編 イソップ寓話」風媒社 2014 p70
◇河野与一編訳, 稗田一穂さし絵「イソップのお話」岩波書店 2000 p185

ヘルメスの神とイヌ（イソップ）
◇河野与一編訳, 稗田一穂さし絵「イソップのお話」岩波書店 2000 p176

ベローナの二紳士（シェイクスピア）
◇イーディス・ネズビット再話, 八木田宜子訳, 徳田秀雄さし絵「21世紀版 少年少女世界文学館 3」講談社 2010 p155

ベンサダーチューの物語（シシリー）〔The Story of Bensurdatu〕（ラング）
◇川端康成, 野上彰編訳, アンマサコ絵「ラング世界童話全集 4」偕成社 2008 p110

ベンジャミンバニーのおはなし（ポター）
◇いしいももこやく「愛蔵版 ピーターラビット全おはなし集」福音館書店 1994 p55
◇いしいももこやく「愛蔵版 ピーターラビット全おはなし集」福音館書店 2007 p55

変身〔The Man with the Twisted Lip〕（ドイル）
◇日暮まさみち訳, 青山浩行絵「名探偵ホームズシリーズ 〔1〕」講談社 2010 p65

ベンスルダトゥの物語—『シチリアの昔話』〔出典〕〔The Story of Bensurdatu〕（ラング）
◇生方頼子訳, H.J.フォード装画・挿絵「アンドルー・ラング世界童話集 6」東京創元社 2008 p83

ヘンゼルとグレーテル〔Hänsel und Gretel〕（グリム）
◇池田香代子訳, オットー＝ウッベローデ挿画「完訳クラシック グリム童話 1」講談社 2000 p112
◇野村泫訳, テーオドール・ホーゼマン画「完訳 グリム童話集 1」筑摩書房 2005 p202
◇吉原高志, 吉原素子訳, Ludwig Richter挿絵「初版グリム童話集 1」白水社 2007 p88
◇乾侑美子訳, Otto Ubbelohde, Ludwig Richter挿絵「1812初版グリム童話 上」小学館 2000 p59

ヘンゼルとグレーテル（グリム）
◇小澤昔ばなし研究所再話, オットー・ウベローデ絵「語るためのグリム童話 1」小峰書店 2007 p134

◇間所ひさこ再話, 松村真依子挿絵「教科書にでてくるせかいのむかし話 2」あかね書房 2016 p58
◇北川幸比古文, 米山永一, 朝倉めぐみ絵「グリム・イソップ童話集」世界文化社 2004 p86
◇山口四郎訳「グリム童話 2」冨山房インターナショナル 2004 p85
◇ウィルヘルム菊江訳, リディア・ポストマ絵「グリム童話集」西村書店 2013 p37
◇池田香代子訳, オットー・ウッベローデ挿画「完訳 グリム童話集 1」講談社 2008 p143
◇高橋健二訳, 徳井聡司（せんべぇ）イラスト「完訳 グリム童話集 1」小学館 2008 p169
◇佐々木田鶴子訳, 出久根育絵「グリム童話集 下」岩波書店 2007 p40
◇橋本孝, 天沼春樹訳, シャルロット・デマトーン絵「グリム童話全集」西村書店 2013 p66
◇フェリクス・ホフマン編・画, 大塚勇三訳「グリムの昔話 1」福音館書店 2002 p116
◇ワンダ・ガアグ編・絵, 松岡享子訳「グリムのむかしばなし 1」のら書店 2017 p7
◇植田敏郎訳, フリードリヒ・リヒターさし絵「グリムの昔話 2」童話館出版 2000 p192
◇北川幸比古文, 米山永一, 朝倉めぐみ絵「こどものための世界の名作 グリム・イソップ・アンデルセン—ベスト30話」世界文化社 1994 p86
◇乾侑美子文, ふりやかよこ絵「小学館 世界の名作 16」小学館 1999 p4
◇安東みきえ文, 100%ORANGE絵「ポプラ世界名作童話 15」ポプラ社 2016 p21

ヘンゼルとグレーテル（ダール）
◇灰島かり訳, クェンティン・ブレイク絵「ロアルド・ダールコレクション 17」評論社 2007 p62

ヘンゼルとグレーテル—詩集「まぜこぜシチュウ」より（ダール）
◇灰島かり日本語, クェンティン・ブレイク絵「まるごと一冊ロアルド・ダール」評論社 2000 p351

ヘンゼルとグレーテルのスペアリブ—「天才ダールのとびきり料理」より（ダール）
◇そのひかる訳, クェンティン・ブレイク絵「まるごと一冊ロアルド・ダール」評論社 2000 p363

へんてこりんなサービス〔Strange Service〕（ライト）

◇谷川俊太郎訳「木はえらい―イギリス子ども詩集」岩波書店 2000 p134

弁天さまの情け（ハーン）
◇脇明子訳「雪女 夏の日の夢」岩波書店 2003 p85

ペンとインキつぼ（アンデルセン）
◇高橋健二訳、いたやさとし画「完訳 アンデルセン童話集 5」小学館 2010 p291

ペンとインク壺（アンデルセン）
◇大塚勇三編・訳、イブ・スパング・オルセン画「アンデルセンの童話 3」福音館書店 2003 p90

ベーン島とグレーン島（アンデルセン）
◇高橋健二訳、いたやさとし画「完訳 アンデルセン童話集 7」小学館 2010 p316
◇天沼春樹訳、ドゥシャン・カーライ、カミラ・シュタンツロヴァー絵「アンデルセン童話全集 2」西村書店 2012 p555

へんなこ〔Awkward Child〕（ファイルマン）
◇岸田衿子, 百々佑利子訳、ミーガン・グレッサー絵「みんなわたしの」のら書店 1991 p61

ヘンリー五世〔Henry the Fifth〕（シェイクスピア）
◇ジェラルディン・マコックラン著, 金原瑞人訳, ひらいたかこ絵「シェイクスピア物語集」偕成社 2009 p29

ヘンリー五世（シェイクスピア）
◇アンドリュー・マシューズ文, 島式子, 島玲子訳, アンジェラ・バレット絵「シェイクスピアストーリーズ」BL出版 2015 p28

ヘンリー・マールバラ〔Henry Marlborough〕（ウェストール）
◇野沢佳織訳「ウェストールコレクション〔10〕」徳間書店 2014 p73

【 ほ 】

ポイナおじさん（イ ヨンホ）
◇金松伊訳, カン ヨノベ絵「いま読もう！韓国ベスト読みもの 5」汐文社 2005 p29

ボーイフレンド〔Boy Friends〕（ローゼン）
◇谷川俊太郎訳, クウェンティン・ブレイク絵「木はえらい―イギリス子ども詩集」岩波書店 2000 p62

ほうき〔Brooms〕（オールディス）
◇岸田衿子, 百々佑利子訳、ミーガン・グレッサー絵「おうちをつくろう」のら書店 1993 p78

ほうきおばさん（ショヴォー）
◇出口裕弘訳「ショヴォー氏とルノー君のお話集 5」福音館書店 2003 p222

ほうき星（アンデルセン）
◇高橋健二訳、いたやさとし画「完訳 アンデルセン童話集 8」小学館 2010 p111
◇天沼春樹訳、ドゥシャン・カーライ, カミラ・シュタンツロヴァー絵「アンデルセン童話全集 3」西村書店 2013 p460

ぼうけん（ベーン）
◇岸田衿子, 百々佑利子訳、ミーガン・グレッサー絵「おうちをつくろう」のら書店 1993 p11

奉公人（グリム）
◇橋本孝, 天沼春樹訳, シャルロット・デマトーン絵「グリム童話全集」西村書店 2013 p478

ほうのおしえ（イソップ）
◇小出正吾ぶん, 三好碩也え「イソップのおはなし」のら書店 2010 p17

棒のおしえ（イソップ）
◇河野与一編訳, 稗田一穂さし絵「イソップのお話」岩波書店 2000 p23
◇赤木かんこ訳, 櫻井さなえ挿絵「こんなとき読んであげたい おはなしのおもちゃ箱 1」PHP研究所 2003 p164
◇川崎洋文, さくらちえ絵「小学館 世界の名作 18」小学館 1999 p24

北欧神話（コラム）
◇尾崎義訳, 川村易挿絵「こんなとき読んであげたい おはなしのおもちゃ箱 2」PHP研究所 2003 p170

牧師（ラーゲルレーヴ）
◇森鷗外訳「読書がたのしくなる世界の文学〔6〕」くもん出版 2015 p61

ぼくしらない！
◇岸田衿子, 百々佑利子訳、ミーガン・グレッサー絵「みんなわたしの」のら書店 1991 p60

ぼくたちは見た！（眉村卓）
◇寺澤昭絵「SF名作コレクション 20」岩崎書店 2006 p199

ほくち箱〔The Tinder Box〕（アンデルセン）
◇荒俣宏訳, ハリー・クラーク絵「アンデルセ

ン童話集」新書館 2005 p9

◇荒俣宏訳, ハリー・クラーク絵「アンデルセン童話集 上」文藝春秋 2012 p7

火口箱（アンデルセン）

◇山本史郎訳「アンデルセンクラシック 9つの物語」原書房 1999 p117

火口箱（ほくちばこ）（アンデルセン）

◇スティーブン・コリン英語訳, 江國香織訳, エドワード・アーディゾーニ選・絵「アンデルセンのおはなし」のら書店 2018 p159

牧童〔Das Hirtenbüblein〕（グリム）

◇池田香代子訳, オットー＝ウッベローデ挿画「完訳クラシック グリム童話 4」講談社 2000 p243

牧童（グリム）

◇池田香代子訳, オットー・ウッベローデ挿画「完訳 グリム童話集 3」講談社 2008 p218

ぼくと〈ジョージ〉〔(George)〕（カニグズバーグ）

◇松永ふみ子訳「カニグズバーグ作品集 3」岩波書店 2002 p1

ぼくのこいぬ〔My Puppy〕（フィッシャー）

◇岸田衿子, 百々佑利子訳, ミーガン・グレッサー絵「みんなわたしの」のら書店 1991 p68

ぼくの少年時代〔Le Collier de La Reine〕（ルブラン）

◇南洋一郎文, 藤田新策さし絵「文庫版 怪盗ルパン 1」ポプラ社 2005 p163

ぼくのつくった魔法のくすり〔George's Marvellous Medicine〕（ダール）

◇宮下嶺夫訳, クェンティン・ブレイク絵「ロアルド・ダールコレクション 10」評論社 2005 p5

ぼくのつくった魔法のくすり（抄録）（ダール）

◇宮下嶺夫訳, クェンティン・ブレイク絵「まるごと一冊ロアルド・ダール」評論社 2000 p266

ぼくの猫〔Story of a Cat〕（オルレブ）

◇母袋夏生訳, 下田昌克絵「ショート・ストーリーズ 羽がはえたら」小峰書店 2000 p23

ぼくの話（ショヴォー）

◇出口裕弘訳「ショヴォー氏とルノー君のお話集 5」福音館書店 2003 p92

ぼくらは世界一の名コンビ！（抄録）（ダール）

◇小野章訳, クェンティン・ブレイク絵「まる

ごと一冊ロアルド・ダール」評論社 2000 p326

ぼくは末っ子なので〔I'm the Youngest in Our House〕（ローゼン）

◇川崎洋訳, クェンティン・ブレイク絵「木はえらい—イギリス子ども詩集」岩波書店 2000 p35

ぼくはびょうき

◇岸田衿子, 百々佑利子訳, ミーガン・グレッサー絵「みんなわたしの」のら書店 1991 p52

ぼけなすの話〔Von dem Dummling〕（グリム）

◇吉原高志, 吉原素子訳, Ludwig Richter挿絵「初版グリム童話集 3」白水社 2008 p69

誇り高き王妃〔A Proud Taste for Scarlet and Miniver〕（カニグズバーグ）

◇小島希里訳「カニグズバーグ作品集 4」岩波書店 2002 p1

星からきた探偵〔Needle〕（クレメント）

◇内田庶訳, 山田卓司絵「冒険ファンタジー名作選 18」岩崎書店 2004 p6

星のお金（グリム）

◇山口四郎訳「グリム童話 1」冨山房インターナショナル 2004 p1

星のおはじき（安房直子）

◇川村易挿絵「こんなとき読んであげたい おはなしのおもちゃ箱 2」PHP研究所 2003 p98

星の金貨（グリム）

◇乾侑美子文, 藤原美穂子絵「小学館 世界の名作 16」小学館 1999 p80

星の銀貨〔Die Sterntaler〕（グリム）

◇池田香代子訳, オットー＝ウッベローデ挿画「完訳クラシック グリム童話 4」講談社 2000 p245

◇野村泫訳, フェルデナント・ロートバールト画「完訳 グリム童話集 6」筑摩書房 2006 p152

星の銀貨（グリム）

◇小澤昔ばなし研究所再話, オットー・ウベローデ絵「語るためのグリム童話 7」小峰書店 2007 p39

◇池田香代子訳, オットー・ウッベローデ挿画「完訳 グリム童話集 3」講談社 2008 p220

◇高橋健二訳, 徳井聡司（せんべぇ）イラスト「完訳 グリム童話集 4」小学館 2009 p265

◇佐々木田鶴子訳, 出久根育絵「グリム童話集 下」岩波書店 2007 p261

◇橋本孝, 天沼春樹訳, シャルロット・デマ
トーン絵「グリム童話全集」西村書店 2013
p496

◇フェリクス・ホフマン編・画, 大塚勇三訳
「グリムの昔話 3」福音館書店 2002 p313

◇北川幸比古訳, 朝倉めぐみ絵「こどものため
の世界の名作 完訳 愛と感動の物語―特選
14編」世界文化社 1995 p130

星の子〔The Star-Child〕（ワイルド）

◇西村孝次訳「幸福な王子―ワイルド童話全
集」新潮社 2003 p227

星の話（グレーヴズ）

◇荒俣宏訳, ハリー・クラーク絵「ペロー童話
集」新書館 2010 p266

ボスコム谷の怪事件（ドイル）

◇久米元一, 久米穣訳, 小原拓也さし絵「21世
紀版 少年少女世界文学館 8」講談社 2010
p135

ボスコム谷のなぞ〔The Boscombe Valley
Mystery〕（ドイル）

◇日暮まさみち訳, 青山浩行絵「名探偵ホーム
ズシリーズ 〔4〕」講談社 2011 p103

◇内田庶訳, 岡本正樹絵「シャーロック・ホー
ムズ 9」岩波書店 2011 p5

ボスコム谷の秘密（ドイル）

◇亀山龍樹訳, 佐竹美保さし絵「名探偵ホーム
ズ 1」ポプラ社 2005 p65

牡丹燈記（瞿佑）

◇岡本綺堂訳「小学生までに読んでおきたい
文学 3」あすなろ書房 2013 p185

北極ギツネ（シートン）

◇前川康男文, 清水勝絵「はじめてであうシー
トン動物記 7」フレーベル館 2003 p71

北極の白クマくん〔Polar Bear〕（ミリガン）

◇川崎洋訳「木はえらい―イギリス子ども詩
集」岩波書店 2000 p146

ホック・リーと小人たち（中国）〔The Story
of Hok Lee and the Dwarfs〕（ラング）

◇川端康成, 野上彰編訳, 朝倉田美子絵「ラン
グ世界童話全集 8」偕成社 2009 p86

ホック・リーと小人たち―中国の昔話〔出典〕
〔The Story of Hok Lee and the Dwarfs〕（ラ
ング）

◇大井久里子訳, H.J.フォード装画・挿絵「ア
ンドルー・ラング世界童話集 3」東京創元
社 2008 p280

ホットケーキ・コレクター〔The Pancake
Collector〕（プレラツキー）

◇アーサー・ビナード, 木坂涼編訳, しりあが
り寿イラスト「ガラガラヘビの味―アメリ
カ子ども詩集」岩波書店 2010 p16

ポッパーさんとペンギン・ファミリー〔Mr.
Popper's Penguins〕（R.アトウォーター, F.
アトウォーター）

◇上田一生訳, ロバート・ローソン絵
「Modern Classic Selection 3」文溪堂 1996
p9

北方の竜（エストニア）〔The Dragon of the
North〕（ラング）

◇川端康成, 野上彰編訳, 牧野鈴子絵「ラング
世界童話全集 5」偕成社 2008 p227

北方の竜―クロイツヴァルト『エストニアの昔話』〔出
典〕〔The Dragon of the North〕（ラング）

◇おおつかのりこ訳, H.J.フォード装画・挿絵
「アンドルー・ラング世界童話集 4」東京創
元社 2008 p13

没落と追放（バン・ローン）

◇片岡政昭訳「世界名作文学集 〔9〕」国土社
2003 p136

ホーティングさんの遺産〔Miss Hooting's
Legacy〕（エイキン）

◇三辺律子訳, 浅沼テイジイラスト「心の宝箱
にしまう15のファンタジー」竹書房 2006
p227

◇三辺律子訳, 浅沼テイジイラスト「ひとにぎ
りの黄金 〔2〕」竹書房 2013 p25

ポドロ島〔Podolo〕（ハートリー）

◇金原瑞人編訳, 佐竹美保挿画「ホラー短編集
〔1〕」岩波書店 2010 p127

ボニーの晴れ舞台〔Bonny's Big Day〕（ヘリ
オット）

◇村上由見子訳, 杉田比呂美絵「ヘリオット先
生と動物たちの8つの物語」集英社 2012
p81

ボビノ〔Bobino〕（ラング）

◇ないとうふみこ訳, H.J.フォード装画・挿絵
「アンドルー・ラング世界童話集 6」東京創
元社 2008 p156

◇川端康成, 野上彰編訳, 西村香英絵「ラング
世界童話全集 2」偕成社 2008 p234

ボヘミア王のスキャンダル〔A Scandal in
Bohemia〕（ドイル）

◇日暮まさみち訳, 青山浩行絵「名探偵ホーム
ズシリーズ 〔4〕」講談社 2011 p49

ボヘミア王のひみつ（ドイル）

◇芦辺拓編著, 城咲綾絵「10歳までに読みた

ほへみ

い名作ミステリー 名探偵シャーロック・ホームズ ホームズ最後の事件!?」学研プラス 2016 p15

ボヘミアのわるいうわさ事件〔A Scandal in Bohemia〕（ドイル）
◇中尾明訳, 岡本正樹絵「シャーロック・ホームズ 2」岩崎書店 2011 p77

ほほ笑み〔Smile〕（ロレンス）
◇代田亜香子訳, ヨシタケシンスケ絵「世界ショートセレクション 2」理論社 2017 p105

ホームズ最後の事件〔The Adventure of the Final Problem〕（ドイル）
◇内田庶訳, 岡本正樹絵「シャーロック・ホームズ 15」岩崎書店 2011 p107

ホームズの最後の事件!?（ドイル）
◇芦辺拓編著, 城咲綾絵「10歳までに読みたい名作ミステリー 名探偵シャーロック・ホームズ ホームズ最後の事件!?」学研プラス 2016 p91

ホームレスおじさん（パク キボム）
◇金松伊訳, パク キョンジン絵「いま読もう！韓国ベスト読みもの 4」汐文社 2005 p121

ホームレスのおばあさん（コラム）
◇岸田衿子訳, 百々佑利子訳, ミーガン・グレッサー絵「おうちをつくろう」のら書店 1993 p46

ホメロスのお墓のばら一輪（アンデルセン）
◇高橋健二訳, いたやさとし画「完訳 アンデルセン童話集 2」小学館 2009 p116

ホメロスの墓の1輪のバラ（アンデルセン）
◇天沼春樹訳, ドゥシャン・カーライ, カミラ・シュタンツロヴァー絵「アンデルセン童話全集 1」西村書店 2011 p169

ほら穴からでられなくなったきつね（イソップ）
◇いわきたかし著, ほてはまたかし画「いそっぷ童話集」童話屋 2004 p84

ボライ〔Balāi〕（タゴール）
◇牧野財士訳「小学生までに読んでおきたい文学 5」あすなろ書房 2013 p201

ほら男爵の冒険〔Die Wunderbaren Reisen, Feldzüge und Abenteuer des Freiherrn von Münchhausen〕（ビュルガー）
◇平野卿子文, ジャン＝フランソワ・マルタン絵「小学館 世界の名作 8」小学館 1998 p1

ほらふき（イソップ）
◇河野与一編訳, 稗田一穂さし絵「イソップの

お話」岩波書店 2000 p64

ほらふき物語〔'A Long–Bow Story'〕（ラング）
◇川端康成, 野上彰編訳, 矢野信一郎絵「ラング世界童話全集 7」偕成社 2009 p63

ポリーさん
◇岸田衿子, 百々佑利子訳, ミーガン・グレッサー絵「みんなわたしの」のら書店 1991 p22

捕虜になったラッパ吹き（イソップ）
◇川名澄訳, アーサー・ラッカム絵「新編 イソップ寓話」風媒社 2014 p100

九柱戯（ボーリング）とトランプ遊び〔Gut Kegel–und Kartenspiel〕（グリム）
◇吉原高志, 吉原素子訳「初版グリム童話集 1」白水社 2007 p38

ボール箱の恐怖〔The Cardboard Box〕（ドイル）
◇日暮まさみち訳, 青山浩行絵「名探偵ホームズシリーズ 〔8〕」講談社 2011 p93

ポール・ファン・ローンのじこしょうかい（ローン）
◇「新しい世界の文学 6」岩崎書店 2001 p144

ホレおばさん〔Frau Holle〕（グリム）
◇野村泫訳, ルートヴィヒ・リヒター画「完訳グリム童話集 2」筑摩書房 2006 p45
◇吉原高志, 吉原素子訳「初版グリム童話集 1」白水社 2007 p164
◇乾侑美子訳, Otto Ubbelohde, Ludwig Richter挿絵「1812初版グリム童話 上」小学館 2000 p133

ホレおばさん（グリム）
◇北川幸比古文, 米山永一, 朝倉めぐみ絵「グリム・イソップ童話集」世界文化社 2004 p24
◇山口四郎訳「グリム童話 1」冨山房インターナショナル 2004 p110
◇高橋健二訳, 徳井聡司（せんべぇ）イラスト「完訳 グリム童話集 1」小学館 2008 p274
◇橋本孝, 天沼春樹訳, シャルロット・デマトーン絵「グリム童話全集」西村書店 2013 p103
◇乾侑美子訳, ウェルナー・クレムケさし絵「グリムの昔話 1」童話館出版 2000 p210
◇フェリクス・ホフマン編・画, 大塚勇三訳「グリムの昔話 1」福音館書店 2002 p233
◇北川幸比古文, 米山永一, 朝倉めぐみ絵「こ

どものための世界の名作 グリム・イソップ・アンデルセン——ベスト30話」世界文化社 1994 p24
◇乾侑美子文、アルノルフィーナ絵「小学館世界の名作 16」小学館 1999 p34

ホレばあさん〔Frau Holle〕(グリム)
◇池田香代子訳、オットー＝ウッベローデ挿画「完訳クラシック グリム童話 1」講談社 2000 p186

ホレばあさん(グリム)
◇小澤昔ばなし研究所再話、オットー・ウベローデ絵「語るためのグリム童話 2」小峰書店 2007 p49
◇池田香代子訳、オットー・ウッベローデ挿画「完訳 グリム童話集 1」講談社 2008 p240
◇佐々木田鶴子訳、出久根育絵「グリム童話集 上」岩波書店 2007 p160

ぼろ椅子のボス〔Chair Person〕(D.W.ジョーンズ)
◇野口絵美訳、佐竹美保絵「ダイアナ・ウィン・ジョーンズ短編集 魔法！魔法！魔法！」徳間書店 2007 p421

ぼろきれ(アンデルセン)
◇高橋健二訳、いたやさとし画「完訳 アンデルセン童話集 7」小学館 2010 p311
◇天沼春樹訳、ドゥシャン・カーライ、カミラ・シュタンツロヴァー絵「アンデルセン童話全集 2」西村書店 2012 p448

盆踊り(抄)(ハーン)
◇脇明子訳「雪女 夏の日の夢」岩波書店 2003 p175

本を読む人(ネズビット)
◇岸田衿子、百々佑利子訳、ミーガン・グレッサー絵「おうちをつくろう」のら書店 1993 p83

本を朗読する少年〔The Boy Who Read Aloud〕(エイキン)
◇三辺律子訳、浅沼テイジイラスト「心の宝箱にしまう15のファンタジー」竹書房 2006 p385
◇三辺律子訳、浅沼テイジイラスト「ひとにぎりの黄金 〔2〕」竹書房 2013 p183

ほんとうに、ほんとうの話(アンデルセン)
◇天沼春樹訳、ドゥシャン・カーライ、カミラ・シュタンツロヴァー絵「アンデルセン童話全集 1」西村書店 2011 p297

ほんとうの友の見つけ方——ラウラ・ゴンツェン
バッハ『シチリアの昔話』〔出典〕〔How to Find

Out a True Friend〕(ラング)
◇生方頼子訳、H.J.フォード装画・挿絵「アンドルー・ラング世界童話集 8」東京創元社 2009 p364

ほんとうの鳥(スペイン)〔The Bird of Truth〕(ラング)
◇川端康成、野上彰編訳、朝倉田美子絵「ラング世界童話全集 8」偕成社 2009 p166

ほんとうの花嫁〔Die wahre Braut〕(グリム)
◇池田香代子訳、オットー＝ウッベローデ挿画「完訳クラシック グリム童話 5」講談社 2000 p152
◇「完訳 グリム童話集 7」筑摩書房 2006 p117

ほんとうの花嫁(グリム)
◇池田香代子訳、オットー・ウッベローデ挿画「完訳 グリム童話集 3」講談社 2008 p392
◇橋本孝、天沼春樹訳、シャルロット・デマトーン絵「グリム童話全集」西村書店 2013 p569

ほんとうはひとつの話〔Altogether, One at a Time〕(カニグズバーグ)
◇「カニグズバーグ作品集 1」岩波書店 2001 p209

ほんとのはなよめ(グリム)
◇高橋健二訳、徳井聡司(せんべぇ)イラスト「完訳 グリム童話集 5」小学館 2009 p103

【 ま 】

マイアンドロス川のキツネ(イソップ)
◇河野与一編訳、稗田一穂さし絵「イソップのお話」岩波書店 2000 p32

マイケル・フィニガン
◇岸田衿子、百々佑利子訳、ミーガン・グレッサー絵「みんなわたしの」のら書店 1991 p76

マイケル・マンデイ〔Michael Monday〕(パテン)
◇谷川俊太郎訳「木はえらい——イギリス子ども詩集」岩波書店 2000 p104

まいご(ロフティング)
◇河合祥一郎訳、patty絵「新訳 ドリトル先生シリーズ 〔13〕」KADOKAWA 2015 p169

迷子になった子羊のスマッジ〔Smudge, the

まいこ

Little Lost Lamb（ヘリオット）
◇村上由見子訳, 杉田比呂美絵「ヘリオット先生と動物たちの8つの物語」集英社 2012 p183

迷子の男の子（ロフティング）
◇井伏鱒二訳「ドリトル先生物語 13」岩波書店 2000 p287

師（マイスター）がどこにも見つからなかったから（エンデ）
◇田村都志夫訳「だれでもない庭―エンデが遺した物語集」岩波書店 2002 p158
◇田村都志夫訳「だれでもない庭―エンデが遺した物語集」岩波書店 2015 p196

まえがき〔トム・ソーヤーの冒険〕（トウェイン）
◇「世界名作文学集 〔3〕」国土社 2004 p2

まえがき〔ダールのおいしい!?レストラン〕（ダール）
◇「ロアルド・ダールコレクション 別巻3」評論社 2016 p4

まえがき―ハンシェーとウィレムに〔聖書物語〕（バン・ローン）
◇「世界名作文学集 〔9〕」国土社 2003 p3

マーカス・オブライエンの行方〔The Passing of Marcus O'Brien〕（ロンドン）
◇千葉茂樹訳, ヨシタケシンスケ絵「世界ショートセレクション 3」理論社 2017 p149

マガモ親子の陸の旅（シートン）
◇越前敏弥訳, 姫川明月絵「シートン動物記〔2〕」KADOKAWA 2013 p71

まき毛のリケ〔Riquet à la houppe〕（ペロー）
◇今野一雄訳, ギュスターヴ・ドレ挿画「ペローの昔ばなし」白水社 2007 p143

まき毛のリケ（ペロー）
◇巖谷國士訳, ギュスターヴ・ドレ画「眠れる森の美女―完訳ペロー昔話集」講談社 1992 p117
◇巖谷國士訳, ギュスターヴ・ドレ画「眠れる森の美女―完訳ペロー昔話集」筑摩書房 2002 p121
◇榊原晃三訳, ギュスターヴ・ドレ挿画「眠れる森の美女」沖積舎 2004 p139

巻き毛のリケ〔Riquet à la houppe〕（ペロー）
◇工藤庸子訳「いま読むペロー「昔話」」羽鳥書店 2013 p69
◇天沢退二郎訳, マリ林さし絵「ペロー童話集」岩波書店 2003 p113

巻き毛のリケ〔Riquet with the Tuft〕（ペロー）
◇荒俣宏訳, ハリー・クラーク絵「ペロー童話集」新書館 2010 p115

マーキュリー像の秘密〔Au Dieu Mercure〕（ルブラン）
◇南洋一郎文, 朝倉めぐみさし絵「文庫版 怪盗ルパン 13」ポプラ社 2005 p235

マークスは左きき（シュティーメルト）
◇石原佐知子訳, 川村易挿絵「こんなとき読んであげたい おはなしのおもちゃ箱 2」PHP研究所 2003 p114

まぐそこがね（アンデルセン）
◇高橋健二訳, いたやさとし画「完訳 アンデルセン童話集 6」小学館 2010 p117

マクベス〔Macbeth〕（シェイクスピア）
◇小田島雄志文, 里中満智子画「シェイクスピア・ジュニア文学館 9」汐文社 2001 p11
◇斉藤洋文, 佐竹美保絵「シェイクスピア名作劇場 4」あすなろ書房 2014 p1
◇小田島雄志文, 里中満智子絵「シェイクスピア名作コレクション 9」汐文社 2016 p1
◇ラム作, 矢川澄子訳, アーサー・ラッカムさし絵「シェイクスピア物語」岩波書店 2001 p129
◇ジェラルディン・マコックラン著, 金原瑞人訳, ひらいたかこ絵「シェイクスピア物語集」偕成社 2009 p201

マクベス（シェイクスピア）
◇アンドリュー・マシューズ文, 島式子, 島玲子訳, アンジェラ・バレット絵「シェイクスピアストーリーズ」BL出版 2005 p54
◇イーディス・ネズビット再話, 八木田宜子訳, 徳田秀雄さし絵「21世紀版 少年少女世界文学館 3」講談社 2010 p211

マーケット＝ベイジングの怪事件（クリスティ）
◇花上かつみ訳, 高松啓二絵「アガサ＝クリスティ短編傑作集 1」講談社 2001 p187

真心のあるフェレナントと真心のないフェレナント〔Ferenand getrü und Ferenand ungetrü〕（グリム）
◇「完訳 グリム童話集 5」筑摩書房 2006 p251

真心フェレナントと真心なしフェレナント（グリム）
◇橋本孝, 天沼春樹訳, シャルロット・デマトーン絵「グリム童話全集」西村書店 2013

p432

誠ありフェレナントと誠なしフェレナント
（グリム）
◇池田香代子訳, オットー・ウッベローデ挿画
「完訳グリム童話集 3」講談社 2008 p58

誠(まこと)ありフェレナントと誠なしフェレ
ナント〔Ferenand getrü und Ferenand
ungetrü〕（グリム）
◇池田香代子訳, オットー＝ウッベローデ挿
画「完訳クラシックグリム童話 4」講談社
2000 p116

マザリンの宝石〔The Adventure of the
Mazarin Stone〕（ドイル）
◇日暮まさみち訳, 青山浩行絵「名探偵ホーム
ズシリーズ 〔15〕」講談社 2012 p203

マザリンの宝石事件〔The Adventure of the
Mazarin Stone〕（ドイル）
◇内田庶訳, 岡本正樹絵「シャーロック・ホー
ムズ 1」岩崎書店 2011 p97

マジックショップ〔The Magic Shop〕（H.G.
ウェルズ）
◇金原瑞人編訳, 佐竹美保挿画「ホラー短編集
2」岩波書店 2012 p67

魔術師のおくりもの―フィンランドの昔話〔出典〕
〔The Gifts of the Magician〕（ラング）
◇おおつかのりこ訳, H.J.フォード装画・挿絵
「アンドルー・ラング世界童話集 8」東京創
元社 2009 p140

魔術師ホームズ〔The Adventure of the
Second Stain〕（ドイル）
◇山中峯太郎訳著「名探偵ホームズ全集 1」
作品社 2017 p572

魔女（ロシア）〔The Witch〕（ラング）
◇川端康成, 野上彰編訳, 牧野鈴子絵「ラング
世界童話全集 5」偕成社 2008 p126

魔女―ロシアの昔話〔出典〕〔The Witch〕（ラング）
◇杉田七重訳, H.J.フォード装画・挿絵「アン
ドルー・ラング世界童話集 4」東京創元社
2008 p292

魔女がいっぱい〔The Witches〕（ダール）
◇清水達也, 鶴見敏訳, クェンティン・ブレイ
ク絵「ロアルド・ダールコレクション 13」
評論社 2006 p7

魔女がいっぱい（抄録）（ダール）
◇清水達也, 鶴見敏訳, クェンティン・ブレイ
ク絵「まるごと一冊ロアルド・ダール」評
論社 2000 p218

魔女ジェニファとわたし〔Jennifer, Hecate,
Macbeth, William McKinley and Me,
Elizabeth〕（カニグズバーグ）
◇松永ふみ子訳「カニグズバーグ作品集 2」
岩波書店 2002 p1

魔女と召使い―クレトケロシアの昔話〔出典〕〔The
Witch and Her Servants〕（ラング）
◇武富博vă訳, H.J.フォード装画・挿絵「アン
ドルー・ラング世界童話集 4」東京創元社
2008 p200

魔女と召使い（ロシア）〔The Witch and Her
Servants〕（ラング）
◇川端康成, 野上彰編訳, 遠藤拓人絵「ラング
世界童話全集 9」偕成社 2009 p103

魔女とルパン〔La Comtesse de Cagliostro〕
（ルブラン）
◇南洋一郎文, 佐竹美保さし絵「文庫版 怪盗ル
パン 14」ポプラ社 2005 p9
◇南洋一郎文, 柳瀬茂挿画「怪盗ルパン全集
〔14〕」ポプラ社 2010 p13

魔女のパン〔Whiches' Loaves〕（オー・ヘン
リー）
◇千葉茂樹訳, 和田誠絵「オー・ヘンリー
ショートストーリーセレクション 3」理論
社 2007 p7

マスグレーブ家の儀式〔The Musgrave
Ritual〕（ドイル）
◇日暮まさみち訳, 青山浩行絵「名探偵ホーム
ズシリーズ 〔4〕」講談社 2011 p158

貧しい女の子〔Das arme Mädchen〕（グリム）
◇吉原高志, 吉原素子訳「初版グリム童話集
3」白水社 2008 p182
◇乾侑美子訳, Otto Ubbelohde, Ludwig
Richter挿絵「1812初版グリム童話 下」小
学館 2000 p54

貧しい粉屋の徒弟と小さな猫〔Der arme
Müllerbursch und das Kätzchen〕（グリム）
◇乾侑美子訳, Otto Ubbelohde, Ludwig
Richter挿絵「1812初版グリム童話 下」小
学館 2000 p161

まずしい農夫（グリム）
◇橋本孝, 天沼春樹訳, シャルロット・デマ
トーン絵「グリム童話全集」西村書店 2013
p239

まずしい人とお金もち（グリム）
◇安東みきえ文, 100%ORANGE絵「ポプラ
世界名作童話 15」ポプラ社 2016 p139

まずしい人とお金持ち（グリム）
◇佐々木田鶴子訳, 出久根育絵「グリム童話集

ますし

下」岩波書店 2007 p139

まずしさとつつましさが天国へ導く（グリ
ム）
　◇橋本孝，天沼春樹訳，シャルロット・デマ
　　トーン絵「グリム童話全集」西村書店 2013
　　p619

貧しさとつつましさは天国に行きつく
〔Armut und Demut führen zum Himmel〕
（グリム）
　◇「完訳 グリム童話集 7」筑摩書房 2006
　　p281

貧しさとつつましさは天国にいたる〔Armut
und Demut führen zum Himmel〕（グリム）
　◇池田香代子訳，オットー＝ウッベローデ挿
　　画「完訳クラシック グリム童話 5」講談社
　　2000 p251

貧しさとつつましさは天国に至る（グリム）
　◇池田香代子訳，オットー・ウッベローデ挿画
　　「完訳 グリム童話集 3」講談社 2008 p513

猫先生（マスターキャット），**または長靴をはい
た猫**〔Master Cat; or, Puss in Boots〕（ペ
ロー）
　◇荒俣宏訳，ハリー・クラーク絵「ペロー童話
　　集」新書館 2010 p77

マスターメイド―P.C.アスビョルンセンとJ.モー〔出
典〕〔The Master-Maid〕（ラング）
　◇杉本詠美訳，H.J.フォード，G.P.ジェイコ
　　ム＝フッド装画・挿絵「アンドルー・ラン
　　グ世界童話集 1」東京創元社 2008 p48

マースドン荘の悲劇〔The Tragedy at
Mardson Manor〕（クリスティ）
　◇花上かつみ訳，高松啓二絵「アガサ＝クリス
　　ティ短編傑作集 3」講談社 2002 p5

まぜこぜシチュー〔Rhyme Stew〕（ダール）
　◇「ロアルド・ダールコレクション 17」評論
　　社 2007

マダラオウ―J.モー〔出典〕〔Dapplegrim〕（ラン
グ）
　◇生方頼子訳，H.J.フォード，L.スピード装
　　画・挿絵「アンドルー・ラング世界童話集
　　2」東京創元社 2008 p296

まだらの馬（北ヨーロッパ）〔Dapplegrim〕
（ラング）
　◇川端康成，野上彰編訳，小松良佳絵「ラング
　　世界童話全集 11」偕成社 2009 p152

まだらのひも〔The Adventure of the
Speckled Band〕（ドイル）
　◇日暮まさみち訳，青山浩行絵「名探偵ホーム

ズシリーズ 〔3〕」講談社 2011 p9

まだらのひも（ドイル）
　◇中山知子訳，鈴木義治絵「子どものための世
　　界文学の森 15」集英社 1994 p10
　◇芦辺拓編訳，城咲綾絵「10歳までに読みた
　　い世界名作 6」学研プラス 2014 p15
　◇亀山龍樹訳，佐竹美保さし絵「名探偵ホーム
　　ズ 2」ポプラ社 2006 p69

まだらの紐〔The Adventure of the Speckled
Band〕（ドイル）
　◇山中峯太郎訳著「名探偵ホームズ全集 1」
　　作品社 2017 p375

まだらのひも事件〔The Adventure of the
Speckled Band〕（ドイル）
　◇内田庶訳，岡本正樹絵「シャーロック・ホー
　　ムズ 11」岩崎書店 2011 p5

まだらもようのモーモーさん〔The Good
Moolly Cow〕（フォレン）
　◇アーサー・ビナード，木坂涼編訳，しりあが
　　り寿イラスト「ガラガラヘビの味―アメリ
　　カ子ども詩集」岩波書店 2010 p122

まちがいの喜劇（シェイクスピア）
　◇イーディス・ネズビット再話，八木田宜子
　　訳，徳田秀雄さし絵「21世紀版 少年少女世界
　　文学館 3」講談社 2010 p121

街角の音楽隊―クレトケドイツの昔話〔出典〕〔The
Street Musicians〕（ラング）
　◇おおつかのりこ訳，H.J.フォード装画・挿絵
　　「アンドルー・ラング世界童話集 6」東京創
　　元社 2008 p289

まちねずみジョニーのおはなし（ポター）
　◇いしいももこやく「愛蔵版 ピーターラビット
　　全おはなし集」福音館書店 1994 p323
　◇いしいももこやく「愛蔵版 ピーターラビット
　　全おはなし集」福音館書店 2007 p323

町のねずみといなかのねずみ（イソップ）
　◇鬼塚りつ子文，米山永一，朝倉めぐみ絵「グ
　　リム・イソップ童話集」世界文化社 2004
　　p134
　◇鬼塚りつ子文，米山永一，朝倉めぐみ絵「こ
　　どものための世界の名作 グリム・イソッ
　　プ・アンデルセン―ベスト30話」世界文化
　　社 1994 p134

町のネズミといなかのネズミ（イソップ）
　◇ラッセル・アッシュ，バーナード・ヒットン
　　編著，秋野翔一郎訳「クラシックイラストレー
　　ション版 イソップ寓話集」童話館出版 2002
　　p34

◇小出正吾ぶん, 三好碩也え「イソップのおはなし」のら書店 2010 p56
◇天野裕訳, ローワン・バーンズマーフィー絵「イソップ物語」文溪堂 2005 p14

町の鼠と田舎の鼠 (イソップ)
◇川名澄訳, アーサー・ラッカム絵「新編 イソップ寓話」風媒社 2014 p98

待ちびと〔To Him Who Waits〕(オー・ヘンリー)
◇千葉茂樹訳, 和田誠絵「オー・ヘンリー ショートストーリーセレクション 2」理論社 2007 p89

マチルダの父親―「マチルダはちいさな大天才」より (ダール)
◇宮下嶺夫訳, クェンティン・ブレイク絵「まるごと一冊ロアルド・ダール」評論社 2000 p291

マチルダはちいさな大天才 (抄録) (ダール)
◇宮下嶺夫訳, クェンティン・ブレイク絵「まるごと一冊ロアルド・ダール」評論社 2000 p308

マチルダは小さな大天才〔Matilda〕(ダール)
◇宮下嶺夫訳, クェンティン・ブレイク絵「ロアルド・ダールコレクション 16」評論社 2005 p7

真っ赤な夕焼け (イ ヒョンジュ)
◇片岡清美訳, カン ヨベ絵「いま読もう! 韓国ベスト読みもの 5」汐文社 2005 p101

まっすぐ, くずかごへ! (ショヴォー)
◇出口裕弘訳「ショヴォー氏とルノー君のお話集 5」福音館書店 2003 p247

まったくほんとう! (アンデルセン)
◇高橋健二訳, いたやさとし画「完訳 アンデルセン童話集 4」小学館 2009 p35

まったく, ほんとうです! (アンデルセン)
◇大塚勇三編・訳, イブ・スパング・オルセン画「アンデルセンの童話 2」福音館書店 2003 p230

マッチ売りの女の子 (アンデルセン)
◇大塚勇三編・訳, イブ・スパング・オルセン画「アンデルセンの童話 3」福音館書店 2003 p11

まっち売りの少女 (アンデルセン)
◇鈴木三重吉訳「読書がたのしくなる世界の文学 〔3〕」くもん出版 2014 p5

マッチうりの少女 (アンデルセン)
◇大畑末吉訳, 堀内誠一絵「アンデルセンどうわ」のら書店 2005 p76

◇西本鶏介文, shino絵「ポプラ世界名作童話 7」ポプラ社 2015 p55

マッチ売りの少女〔Den lille Pige med Svovlstikkerne〕(アンデルセン)
◇天沼春樹訳「アンデルセン傑作集 マッチ売りの少女／人魚姫」新潮社 2015 p99
◇矢崎源九郎訳, V.ペーダセン挿画「豪華愛蔵版 アンデルセン童話名作集 1」静山社 2011 p5

マッチ売りの少女〔The Little Match Girl〕(アンデルセン)
◇荒俣宏訳, ハリー・クラーク絵「アンデルセン童話集」新書館 2005 p341
◇荒俣宏訳, ハリー・クラーク絵「アンデルセン童話集 下」文藝春秋 2012 p33

マッチ売りの少女 (アンデルセン)
◇山本史郎訳「アンデルセンクラシック 9つの物語」原書房 1999 p132
◇木村由利子訳, 米山永一, 朝倉めぐみ絵「アンデルセン童話集」世界文化社 2004 p8
◇大畑末吉訳, 初山滋さし絵「アンデルセン童話集 2」岩波書店 2000 p220
◇高橋健二訳, いたやさとし画「完訳 アンデルセン童話集 3」小学館 2009 p113
◇天沼春樹訳, ドゥシャン・カーライ, カミラ・シュタンツロヴァー絵「アンデルセン童話全集 2」西村書店 2012 p130
◇ナオミ・ルイス訳, 代田亜香子日本語版訳, ジョエル・ステュワート絵「アンデルセンの13の童話」小峰書店 2007 p194
◇間所ひさこ再話, 江頭路子挿絵「教科書にでてくるせかいのむかし話 2」あかね書房 2016 p12
◇荒井督子語り手「子どもに語るアンデルセンのお話 2」こぐま社 2007 p117
◇木村由利子文, 米山永一, 朝倉めぐみ絵「こどものための世界の名作 グリム・イソップ・アンデルセン―ベスト30話」世界文化社 1994 p148
◇与田準一文, 杉田豊絵「世界の名作 7」世界文化社 2001 p5

マツの木と木びき (イソップ)
◇河野与一編訳, 稗田一穂さし絵「イソップのお話」岩波書店 2000 p146

松の木の伊勢まいり―『日本のむかし話』(坪田譲治)
◇川村易挿画「こんなとき読んであげたい おはなしのおもちゃ箱 1」PHP研究所 2003 p104

マツノギョウレツケムシの行進 (ファーブル)

◇奥本大三郎編・訳, 見山博標本画・イラスト「ファーブル昆虫記 3」集英社 1996 p211

マツユキソウ（アンデルセン）
　◇天沼春樹訳, ドゥシャン・カーライ, カミラ・シュタンツロヴァー絵「アンデルセン童話全集 1」西村書店 2011 p510

祭のつぎの日（イソップ）
　◇河野与一訳, 稗田一穂さし絵「イソップのお話」岩波書店 2000 p308

マディソン街の千一夜〔A Madison Square Arabian Night〕（オー・ヘンリー）
　◇千葉茂樹訳, 和田誠絵「オー・ヘンリーショートストーリーセレクション 6」理論社 2007 p7

マデックの罠〔Deathwatch〕（R.ホワイト）
　◇宮下嶺夫訳「海外ミステリーBOX 〔4〕」評論社 2010 p5

摩天楼〔Skyscrapers〕（フィールド）
　◇アーサー・ビナード, 木坂涼編訳, しりあがり寿イラスト「ガラガラヘビの味―アメリカ子ども詩集」岩波書店 2010 p38

窓からのりだして〔Lean Out of the Window〕（ジョイス）
　◇岸田衿子, 百々佑利子訳, ミーガン・グレッサー絵「おうちをつくろう」のら書店 1993 p66

マドシャン―イグナール・クノーシュ博士『トルコの昔話』〔出典〕〔Madschun〕（ラング）
　◇ないとうふみこ訳, H.J.フォード装画・挿絵「アンドルー・ラング世界童話集 11」東京創元社 2009 p7

マドシャン（トルコ）〔Madschun〕（ラング）
　◇川端康成, 野上彰編訳, 牧野鈴子絵「ラング世界童話全集 5」偕成社 2008 p65

マドモワゼルに捧ぐ〔過ぎし昔の物語ならびに教訓〕（ダルマンクール）
　◇「いま読むペロー「昔話」」羽鳥書店 2013 p5

マドモワゼル・ペルル（モーパッサン）
　◇平岡敦訳, 佐竹美保画「世界名作ショートストーリー 3」理論社 2015 p107

真夏の頃（ストリンドベリ）
　◇有島武郎訳「読書がたのしくなる世界の文学 〔1〕」くもん出版 2014 p97

真夏の夜の夢（シェイクスピア）
　◇イーディス・ネズビット再話, 八木田宜子訳, 徳田秀雄さし絵「21世紀版 少年少女世界文学館 3」講談社 2010 p73

まぬけのハンス（アンデルセン）
　◇高橋健二訳, いたやさとし画「完訳 アンデルセン童話集 4」小学館 2009 p212
　◇天沼春樹訳, ドゥシャン・カーライ, カミラ・シュタンツロヴァー絵「アンデルセン童話全集 1」西村書店 2011 p354
　◇森田真実語り手「子どもに語るアンデルセンのお話 2」こぐま社 2007 p103

まぬけのハンス（古いお話の再話）（アンデルセン）
　◇大塚勇三編・訳, イブ・スパング・オルセン画「アンデルセンの童話 3」福音館書店 2003 p64

魔の船グロリア・スコット号（ドイル）
　◇亀山龍樹訳, 佐竹美保さし絵「名探偵ホームズ 3」ポプラ社 2006 p159

魔法をかけられたヘビ〔The Enchanted Snake〕（ラング）
　◇吉井知代子訳, H.J.フォード装画・挿絵「アンドルー・ラング世界童話集 3」東京創元社 2008 p217

魔法を信じぬ者の見つけえぬこと―「一年中ワクワクしてた」より（ダール）
　◇久山太市訳, レイモンド・ブリッグズ絵「まるごと一冊ロアルド・ダール」評論社 2000 p151

魔法をならいたかった男の子（ベヒシュタイン）
　◇上田真而子訳, 太田大八さし絵「白いオオカミ―ベヒシュタイン童話集」岩波書店 1990 p93

魔法使いガル（ロダーリ）
　◇関口英子訳, 伊津野果地さし絵「兵士のハーモニカ―ロダーリ童話集」岩波書店 2012 p108

魔法使いと弟子―デンマークの昔話〔出典〕〔Master and Pupil〕（ラング）
　◇菊池由美訳, H.J.フォード装画・挿絵「アンドルー・ラング世界童話集 5」東京創元社 2008 p177

魔法使いの馬〔The Magician's Horse〕（ラング）
　◇武富博子訳, H.J.フォード装画・挿絵「アンドルー・ラング世界童話集 6」東京創元社 2008 p99
　◇川端康成, 野上彰編訳, 遠藤拓人絵「ラング世界童話全集 9」偕成社 2009 p37

魔法使いの王さま―"Les Fées illusteres"〔出典〕

〔The Wizard King〕（ラング）
　◇西本かおる訳, H.J.フォード装画・挿絵「アンドルー・ラング世界童話集 4」東京創元社 2008 p126

魔法使いのおくりもの（フィンランド）〔The Gifts of the Magician〕（ラング）
　◇川端康成, 野上彰編訳, せをぺまさゆき絵「ラング世界童話全集 3」偕成社 2008 p164

魔法つかいのたたかい（ベヒシュタイン）
　◇上田真而子訳, 太田大八さし絵「白いオオカミ―ベヒシュタイン童話集」岩波書店 1990 p147

魔法使いのチョコレート・ケーキ（マーヒー）
　◇石井桃子訳, シャーリー・ヒューズ画「魔法使いのチョコレート・ケーキ―マーガレット・マーヒーお話集」福音館書店 2004 p67

魔法にかかった宿なしトラークさんの話（チャペック）
　◇田才益夫訳, ヨゼフ・チャペック挿し絵「カレル・チャペック童話全集」青土社 2005 p369

魔法ネコから聞いたお話〔What the Cat Told Me〕（D.W.ジョーンズ）
　◇野口絵美訳, 佐竹美保絵「ダイアナ・ウィン・ジョーンズ短編集 魔法！魔法！魔法！」徳間書店 2007 p27

魔法ネコから聞いたお話（D.W.ジョーンズ）
　◇野口絵美訳「ダイアナ・ウィン・ジョーンズ短編集 魔法？魔法！」徳間書店 2015 p31

魔法の鏡―センナの昔話〔出典〕〔The Magic Mirror〕（ラング）
　◇大井久里子訳, H.J.フォード装画・挿絵「アンドルー・ラング世界童話集 10」東京創元社 2009 p22

魔法のカナリヤ（フランス）〔The Enchanted Canary〕（ラング）
　◇川端康成, 野上彰編訳, 上田英津子絵「ラング世界童話全集 10」偕成社 2009 p163

魔法のかま―ぶんぶく茶がま（日本）〔The Magic Kettle〕（ラング）
　◇川端康成, 野上彰編訳, アンマサコ絵「ラング世界童話全集 4」偕成社 2008 p130

魔法の首―“Traditions populaires de toutes les nations (Asie Mineure)”〔出典〕〔The Enchanted Head〕（ラング）
　◇おおつかのりこ訳, H.J.フォード装画・挿絵「アンドルー・ラング世界童話集 9」東京創元社 2009 p200

魔法のさかな（スペイン）〔The Girl–Fish〕（ラング）
　◇川端康成, 野上彰編訳, 遠藤拓人絵「ラング世界童話全集 9」偕成社 2009 p137

魔法の時計〔The Enchanted Watch〕（ラング）
　◇川端康成, 野上彰編訳, 篠崎三朗絵「ラング世界童話全集 12」偕成社 2009 p158

魔法のナイフ（セルビア）〔The Enchanted Knife〕（ラング）
　◇川端康成, 野上彰編訳, 佐竹美保絵「ラング世界童話全集 1」偕成社 2008 p135

魔法の白鳥―クレトケ〔出典〕〔The Magic Swan〕（ラング）
　◇おおつかのりこ訳, H.J.フォード装画・挿絵「アンドルー・ラング世界童話集 3」東京創元社 2008 p202

魔法の花かんむり―ソーブ〔出典〕〔The Enchanted Wreath〕（ラング）
　◇児玉敦子訳, H.J.フォード装画・挿絵「アンドルー・ラング世界童話集 10」東京創元社 2009 p107

魔法の本（デンマーク）〔The Magic Book〕（ラング）
　◇川端康成, 野上彰編訳, 朝倉田美子絵「ラング世界童話全集 8」偕成社 2009 p121

魔法のゆび〔The Magic Finger〕（ダール）
　◇宮下嶺夫訳, クェンティン・ブレイク絵「ロアルド・ダールコレクション 3」評論社 2005 p3

魔法のゆびわ〔The Magic Ring〕（ラング）
　◇川端康成, 野上彰編訳, アンマサコ絵「ラング世界童話全集 4」偕成社 2008 p62

魔法の指輪〔The Magic Ring〕（ラング）
　◇中務秀子訳, H.J.フォード装画・挿絵「アンドルー・ラング世界童話集 4」東京創元社 2008 p231

魔法の指輪（レアンダー）
　◇国松孝二訳「ふしぎなオルガン」岩波書店 2010 p88

魔法の指輪―フェヌロン〔出典〕〔The Enchanted Ring〕（ラング）
　◇生方頼子訳, H.J.フォード装画・挿絵「アンドルー・ラング世界童話集 3」東京創元社 2008 p146

まぼろしの少年〔The Little Begger〕（ブラックウッド）
　◇金原瑞人編訳, 佐竹美保挿画「ホラー短編集

2」岩波書店 2012 p103

ママ〔Mum'll Be Coming Home Today〕（ローゼン）
◇谷川俊太郎訳, クウェンティン・ブレイク絵「木はえらい―イギリス子ども詩集」岩波書店 2000 p69

ママへあてたダールの手紙（ダール）
◇「まるごと一冊ロアルド・ダール」評論社 2000 p367
◇「まるごと一冊ロアルド・ダール」評論社 2000 p431

ママと天国の真珠の門のこと（カニグズバーグ）
◇松永ふみ子訳, G.E.ヘイリーさし絵「カニグズバーグ作品集 1」岩波書店 2001 p283

ママはウサギを飼っちゃだめだって〔Mum Won't Let Me Keep a Rabbit〕（パテン）
◇川崎洋訳「木はえらい―イギリス子ども詩集」岩波書店 2000 p92

マムシとイバラ（イソップ）
◇河野与一編訳, 稗田一穂さし絵「イソップのお話」岩波書店 2000 p144

マムシとヒドラ（水ヘビ）（イソップ）
◇河野与一編訳, 稗田一穂さし絵「イソップのお話」岩波書店 2000 p260

まめの上にねたおひめさま―アンデルセン童話より
◇マーリー・マッキノン再話, 西本かおる訳, ロレーナ・アルヴァレス絵「ひとりよみ名作 プリンセスものがたり」小学館 2015 p5

マメの上にねたおひめさま（アンデルセン）
◇大畑末吉訳, 堀内誠一絵「アンデルセンどうわ」のら書店 2005 p89

豆の上に寝たお姫さま〔Prindsessen paa Ærten〕（アンデルセン）
◇矢崎源九郎訳, V.ペーダセン挿画「豪華愛蔵版 アンデルセン童話名作集 1」静山社 2011 p15

豆の上に寝たお姫さま（アンデルセン）
◇茨木啓子語り手「子どもに語るアンデルセンのお話 〔1〕」こぐま社 2005 p97

魔物バニヤップ―"Journal of Antheropological Institute"〔出典〕〔The Bunyip〕（ラング）
◇大井久里子訳, H.J.フォード装画・挿絵「アンドルー・ラング世界童話集 9」東京創元社 2009 p34

真夜中の鐘がなるとき―宝さがしの13の話（プロイスラー）

◇「プロイスラーの昔話 1」小峰書店 2003

真夜中の子ネコ〔The Midnight Kittens〕（D.スミス）
◇水間千恵訳, ジャネット＆アン・グラハム＝ジョンストン絵「Modern Classic Selection 6」文溪堂 2008 p9

真夜中の電話〔The Call〕（ウェストール）
◇原田勝訳「ウェストールコレクション 〔9〕」徳間書店 2014 p187

真夜中の納骨堂〔The Adventure of Shoscombe Old Place〕（ドイル）
◇日暮まさみち訳, 青山浩行絵「名探偵ホームズシリーズ 〔16〕」講談社 2012 p194

真夜中のバラ〔The Midnight Rose〕（エイキン）
◇三沢律子訳, 浅沼テイジイラスト「心の宝箱にしまう15のファンタジー」竹書房 2006 p317
◇三辺律子訳, 浅沼テイジイラスト「ひとにぎりの黄金 〔2〕」竹書房 2013 p115

真夜中の森の口笛（プロイスラー）
◇佐々木田鶴子訳, スズキコージ絵「プロイスラーの昔話 3」小峰書店 2004 p64

マーラ・ズーレの国（エンデ）
◇田村都志夫訳「だれでもない庭―エンデが遺した物語集」岩波書店 2002 p149
◇田村都志夫訳「だれでもない庭―エンデが遺した物語集」岩波書店 2015 p185

マリアの子〔Marienkind〕（グリム）
◇池田香代子訳, オットー＝ウッベローデ挿画「完訳クラシック グリム童話 1」講談社 2000 p21
◇「完訳 グリム童話集 1」筑摩書房 2005 p30
◇吉原高志, 吉原素子訳「初版グリム童話集 1」白水社 2007 p32

マリアの子（グリム）
◇小澤昔ばなし研究所再話, オットー・ウベローデ絵「語るためのグリム童話 1」小峰書店 2007 p21
◇池田香代子訳, オットー・ウッベローデ挿画「完訳 グリム童話集 1」講談社 2008 p24

マリアの子ども（グリム）
◇高橋健二訳, 徳井聡司（せんべぇ）イラスト「完訳 グリム童話集 1」小学館 2008 p27
◇橋本孝, 天沼春樹訳, シャルロット・デマトーン絵「グリム童話全集」西村書店 2013 p14
◇フェリクス・ホフマン編・画, 大塚勇三訳

「グリムの昔話 1」福音館書店 2002 p58

マルーシャ、またね〔Маруся ещё вернётся〕（トクマコーワ）
◇島原落穂訳, レフ・トクマコフ絵「新しい世界の文学 5」岩崎書店 2000 p5

マレーンひめ（グリム）
◇高橋健二訳, 徳井聡司（せんべぇ）イラスト「完訳 グリム童話集 5」小学館 2009 p213

マレーン姫〔Jungfrau Maleen〕（グリム）
◇池田香代子訳, オットー＝ウッベローデ挿画「完訳クラシック グリム童話 5」講談社 2000 p224
◇「完訳 グリム童話集 7」筑摩書房 2006 p239

マレーン姫（グリム）
◇小澤昔ばなし研究所再話, オットー・ウベローデ絵「語るためのグリム童話 7」小峰書店 2007 p181
◇山口四郎訳「グリム童話 3」冨山房インターナショナル 2004 p188
◇池田香代子訳, オットー・ウッベローデ挿画「完訳 グリム童話集 3」講談社 2008 p482
◇佐々木田鶴子訳, 出久根育絵「グリム童話集 下」岩波書店 2007 p244
◇橋本孝, 天沼春樹訳, シャルロット・デマトーン絵「グリム童話全集」西村書店 2013 p606
◇乾侑美子訳, オットー・ウッベローデさし絵「グリムの昔話 3」童話館出版 2001 p314
◇フェリクス・ホフマン編・画, 大塚勇三訳「グリムの昔話 3」福音館書店 2002 p365

満月（クスキン）
◇岸田衿子, 百々佑利子訳, ミーガン・グレッサー絵「おうちをつくろう」のら書店 1993 p25

【み】

見えない王国（レアンダー）
◇国松孝二訳「ふしぎなオルガン」岩波書店 2010 p27

身から出たさび―クレトケ〔出典〕〔The Biter Bit〕（ラング）
◇熊谷淳子訳, H.J.フォード装画・挿絵「アンドルー・ラング世界童話集 3」東京創元社 2008 p231

みごとな化かし合い―キャンベル少佐 パンジャブの昔話 フィーローズブル〔出典〕〔Diamond Cut Diamond〕（ラング）
◇おおつかのりこ訳, H.J.フォード装画・挿絵「アンドルー・ラング世界童話集 11」東京創元社 2009 p165

水浴びをするこども（イソップ）
◇川名澄訳, アーサー・ラッカム絵「新編 イソップ寓話」風媒社 2014 p56

みずいろの童話集（ラング）
◇「ラング世界童話全集 9」偕成社 2009

湖〔The Lake〕（ブラッドベリ）
◇金原瑞人編訳, 佐竹美保挿画「ホラー短編集 2」岩波書店 2012 p159

水をあびていた子ども（イソップ）
◇小出正吾ぶん, 三好碩也え「イソップのおはなし」のら書店 2010 p76

水を浴びにいった子ども（イソップ）
◇河野与一編訳, 稗田一穂さし絵「イソップのお話」岩波書店 2000 p250

水を切って進む小さな船（ショヴォー）
◇出口裕弘訳「ショヴォー氏とルノー君のお話集 5」福音館書店 2003 p201

水をさがすかえる（イソップ）
◇よこたきよし文, 武井淑子絵「読み聞かせイソップ50話」チャイルド本社 2007 p54

水をのみにきたしか（イソップ）
◇よこたきよし文, いたやさとし絵「読み聞かせイソップ50話」チャイルド本社 2007 p10

水女〔Die Wassernixe〕（グリム）
◇天沼春樹訳, ペテル・ウフナール画「グリム・コレクション 4」パロル舎 2001 p87

水女（グリム）
◇池田香代子訳, オットー・ウッベローデ挿画「完訳 グリム童話集 2」講談社 2008 p194

水女（みずおんな）〔Die Wassernixe〕（グリム）
◇池田香代子訳, オットー＝ウッベローデ挿画「完訳クラシック グリム童話 3」講談社 2000 p62

水にうつったシカのかげ（イソップ）
◇天野裕司, ローワン・バーンズマーフィー絵「イソップ物語」文溪堂 2005 p59

水のしずく（アンデルセン）
◇高橋健二訳, いたやさとし画「完訳 アンデルセン童話集 3」小学館 2009 p225
◇天沼春樹訳, ドゥシャン・カーライ, カミラ・シュタンツロヴァー絵「アンデルセン

みすの

童話全集 1」西村書店 2011 p26
水の精〔Die Wassernix〕（グリム）
◇吉原高志, 吉原素子訳「初版グリム童話集 3」白水社 2008 p150
水の精〔Die Wassernixe〕（グリム）
◇「完訳 グリム童話集 4」筑摩書房 2006 p45
水の精（グリム）
◇橋本孝, 天沼春樹訳, シャルロット・デマトーン絵「グリム童話全集」西村書店 2013 p281
水の魔女（グリム）
◇高橋健二訳, 徳井聰司（せんべぇ）イラスト「完訳 グリム童話集 3」小学館 2008 p26
水呑どん（グリム）
◇池田香代子訳, オットー・ウッベローデ挿画「完訳 グリム童話集 2」講談社 2008 p89
水呑（みずのみ）どん〔Das Bürle〕（グリム）
◇池田香代子訳, オットー＝ウッベローデ挿画「完訳クラシック グリム童話 2」講談社 2000 p215
みそさざい〔Der Zaunkönig〕（グリム）
◇「完訳 グリム童話集 6」筑摩書房 2006 p285
みそさざい（グリム）
◇高橋健二訳, 徳井聰司（せんべぇ）イラスト「完訳 グリム童話集 4」小学館 2009 p384
みそさざいとくま（グリム）
◇高橋健二訳, 徳井聰司（せんべぇ）イラスト「完訳 グリム童話集 3」小学館 2008 p259
◇乾侑美子訳, ウェルナー・クレムケさし絵「グリムの昔話 1」童話館出版 2000 p272
みそさざいと熊〔Der Zaunkönig und der Bär〕（グリム）
◇池田香代子訳, オットー＝ウッベローデ挿画「完訳クラシック グリム童話 3」講談社 2000 p224
◇「完訳 グリム童話集 5」筑摩書房 2006 p9
◇吉原高志, 吉原素子訳, Otto Ubbelohde挿絵「初版グリム童話集 4」白水社 2008 p157
みそさざいと熊（グリム）
◇池田香代子訳, オットー・ウッベローデ挿画「完訳 グリム童話集 2」講談社 2008 p400
ミソサザイとクマ（グリム）
◇佐々木田鶴子訳, 出久根育絵「グリム童話集 下」岩波書店 2007 p68
ミソサザイと熊〔Der Zaunkönig und der Bär〕（グリム）

◇乾侑美子訳, Otto Ubbelohde, Ludwig Richter挿絵「1812初版グリム童話 下」小学館 2000 p144
ミダス王と盗賊フィロン（ロダーリ）
◇関口英子訳, 伊津野果地さし絵「兵士のハーモニカ—ロダーリ童話集」岩波書店 2012 p204
ミダス王は黄金が大好き—ギリシャ神話
◇赤木かんこ訳, たなかゆうこ挿絵「こんなとき読んであげたい おはなしのおもちゃ箱 2」PHP研究所 2003 p30
みちのく（岡本かの子）
◇「小学生までに読んでおきたい文学 5」あすなろ書房 2013 p159
みつけて、消えた宝物（プロイスラー）
◇佐々木田鶴子訳, スズキコージ絵「プロイスラーの昔話 1」小峰書店 2003 p19
みつけどり（グリム）
◇乾侑美子訳, ウェルナー・クレムケさし絵「グリムの昔話 1」童話館出版 2000 p246
みつけ鳥〔Fundevogel〕（グリム）
◇野村汯訳, フランツ・ポッツ画「完訳 グリム童話集 3」筑摩書房 2006 p40
みつけ鳥（グリム）
◇小澤昔ばなし研究所再話, オットー・ウベローデ絵「語るためのグリム童話 3」小峰書店 2007 p94
◇橋本孝, 天沼春樹訳, シャルロット・デマトーン絵「グリム童話全集」西村書店 2013 p186
三つの教え（アルメニア）〔He Wins Who Waits〕（ラング）
◇川端康成, 野上彰編訳, 朝倉田美子絵「ラング世界童話全集 8」偕成社 2009 p66
三つのかんむり—西ハイランドの昔話〔出典〕〔The Three Crowns〕（ラング）
◇児玉敦子訳, H.J.フォード装画・挿絵「アンドルー・ラング世界童話集 12」東京創元社 2009 p87
三つのことば〔Die drei Sprachen〕（グリム）
◇池田香代子訳, オットー＝ウッベローデ挿画「完訳クラシック グリム童話 1」講談社 2000 p243
三つのことば（グリム）
◇小澤昔ばなし研究所再話, オットー・ウベローデ絵「語るためのグリム童話 2」小峰書店 2007 p128
◇山口四郎訳「グリム童話 1」冨山房イン

ターナショナル 2004 p78
◇池田香代子訳, オットー・ウッペローデ挿画「完訳 グリム童話集 1」講談社 2008 p313
◇高橋健二訳, 徳井聡司（せんべぇ）イラスト「完訳 グリム童話集 1」小学館 2008 p355
◇佐々木田鶴子訳, 出久根育絵「グリム童話集 下」岩波書店 2007 p116

三つの言葉（グリム）
◇矢崎源九郎訳, オットー・ウッペローデさし絵「グリムの昔話 3」童話館出版 2001 p8

三つの宝—ルイ・レジェ訳『スラブの昔話』〔出典〕〔The Three Treasures of the Giants〕（ラング）
◇杉本詠美訳, H.J.フォード装画・挿絵「アンドルー・ラング世界童話集 10」東京創元社 2009 p176

〈みっつボタン〉の家（ロダーリ）
◇関口英子訳, 伊津野果地さし絵「兵士のハーモニカ—ロダーリ童話集」岩波書店 2012 p188

三つ目の願い〔The Third Wish〕（エイキン）
◇三辺律子訳, 浅沼テイジイラスト「心の宝箱にしまう15のファンタジー」竹書房 2006 p59
◇三辺律子訳, 浅沼テイジイラスト「ひとにぎりの黄金 〔1〕」竹書房 2013 p57

ミツバチを飼っている人（イソップ）
◇河野与一編訳, 稗田一穂さし絵「イソップのお話」岩波書店 2000 p117

ミツバチとゼウス（イソップ）
◇河野与一編訳, 稗田一穂さし絵「イソップのお話」岩波書店 2000 p98

ミツバチとヒツジ飼い（イソップ）
◇河野与一編訳, 稗田一穂さし絵「イソップのお話」岩波書店 2000 p99

みつばちの女王（グリム）
◇小澤昔ばなし研究所再話, オットー・ウベローデ絵「語るためのグリム童話 4」小峰書店 2007 p68
◇高橋健二訳, 徳井聡司（せんべぇ）イラスト「完訳 グリム童話集 2」小学館 2008 p314
◇矢崎源九郎訳, ウェルナー・クレムケさし絵「グリムの昔話 1」童話館出版 2000 p62

ミツバチの女王（グリム）
◇山口四郎訳「グリム童話 1」冨山房インターナショナル 2004 p20
◇橋本孝, 天沼春樹訳, シャルロット・デマトーン絵「グリム童話全集」西村書店 2013

p242

蜜蜂の女王〔Die Bienenkönigin〕（グリム）
◇池田香代子訳, オットー＝ウッペローデ挿画「完訳クラシック グリム童話 2」講談社 2000 p223
◇吉原高志, 吉原素子訳「初版グリム童話集 3」白水社 2008 p71

蜜蜂の女王（グリム）
◇池田香代子訳, オットー・ウッペローデ挿画「完訳 グリム童話集 2」講談社 2008 p100

みつばちマーヤの冒険〔Die Biene Maja〕（ボンゼルス）
◇高橋健二訳「世界名作文学集 〔6〕」国土社 2004 p3

みどり色のさる〔Alphege, or the Green Monkey〕（ラング）
◇川端康成, 野上彰編訳, 牧野鈴子絵「ラング世界童話全集 5」偕成社 2008 p36

みどりいろの童話集〔The Green Fairy Book〕（ラング）
◇「アンドルー・ラング世界童話集 3」東京創元社 2008

みどりいろの童話集（ラング）
◇「ラング世界童話全集 1」偕成社 2008

緑色の服を着た悪魔（グリム）
◇小澤昔ばなし研究所再話, オットー・ウベローデ絵「語るためのグリム童話 5」小峰書店 2007 p188

緑の上着の悪魔〔Der Teufel Grünrock〕（グリム）
◇吉原高志, 吉原素子訳「初版グリム童話集 4」白水社 2008 p151

みどりの騎士（デンマーク）〔The Green Knight〕（ラング）
◇川端康成, 野上彰編訳, 西村香英絵「ラング世界童話全集 2」偕成社 2008 p254

緑の騎士—エヴァルド・タング・クリステンセン〔出典〕〔The Green Knight〕（ラング）
◇児玉敦子訳, H.J.フォード装画・挿絵「アンドルー・ラング世界童話集 11」東京創元社 2009 p178

緑のサル、アルフィージ〔Alphege, or the Green Monkey〕（ラング）
◇ないとうふみこ訳, H.J.フォード装画・挿絵「アンドルー・ラング世界童話集 4」東京創元社 2008 p146

緑のドア〔The Green Door〕（オー・ヘンリー）
◇千葉茂樹訳, 和田誠絵「オー・ヘンリー

みとり

ショートストーリーセレクション 7」理論社 2008 p31

ミドリノハリ（マーヒー）
◇石井桃子訳, シャーリー・ヒューズ画「魔法使いのチョコレート・ケーキ―マーガレット・マーヒーお話集」福音館書店 2004 p129

緑の服の悪魔〔Der Teufel Grünrock〕（グリム）
◇乾侑美子訳, Otto Ubbelohde, Ludwig Richter挿絵「1812初版グリム童話 下」小学館 2000 p137

緑の魔石〔The Green Stone〕（D.W.ジョーンズ）
◇野口絵美訳, 佐竹美保絵「ダイアナ・ウィン・ジョーンズ短編集 魔法！魔法！魔法！」徳間書店 2007 p61

緑の魔石（D.W.ジョーンズ）
◇野口絵美訳「ダイアナ・ウィン・ジョーンズ短編集 魔法？魔法！」徳間書店 2015 p75

緑の目の少女〔La Demoiselle aux yeux Verts〕（ルブラン）
◇南洋一郎文, 佐竹美保さし絵「文庫版 怪盗ルパン 15」ポプラ社 2005 p9
◇南洋一郎文, 奈良葉二画「怪盗ルパン全集〔8〕」ポプラ社 2010 p13

南から来た男〔Man from the South〕（ダール）
◇金原瑞人編訳, 佐竹美保挿画「ホラー短編集 2」岩波書店 2012 p25

ミニウサギ（グリム）
◆橋本孝, 天沼春樹訳, シャルロット・デマトーン絵「グリム童話全集」西村書店 2013 p581

ミニキン〔Minnikin〕（ラング）
◇川端康成, 野上彰編訳, 小松良佳絵「ラング世界童話全集 11」偕成社 2009 p177

みにくいあひるの子（アンデルセン）
◇木村由利子訳, 米山永一, 朝倉めぐみ絵「アンデルセン童話集」世界文化社 2004 p92
◇高橋健二訳, いたやさとし画「完訳 アンデルセン童話集 2」小学館 2009 p221
◆間所ひさこ再話, 鶴田陽子挿絵「教科書にでてくるせかいのむかし話 2」あかね書房 2016 p44
◇木村由利子文, 米山永一, 朝倉めぐみ絵「こどものための世界の名作 グリム・イソップ・アンデルセン―ベスト30話」世界文化社 1994 p232

◇西本鶏介文, shino絵「ポプラ世界名作童話 7」ポプラ社 2015 p67

みにくいアヒルの子〔Den grimme Ælling〕（アンデルセン）
◇矢崎源九郎訳, V.ペーダセン挿画「豪華愛蔵版 アンデルセン童話名作集 1」静山社 2011 p22
◇山室静訳「小学生までに読んでおきたい文学 2」あすなろ書房 2014 p117

みにくいアヒルの子〔The Ugly Duckling〕（アンデルセン）
◇荒俣宏訳, ハリー・クラーク絵「アンデルセン童話集」新書館 2005 p189
◇荒俣宏訳, ハリー・クラーク絵「アンデルセン童話集 上」文藝春秋 2012 p203

みにくいアヒルの子（アンデルセン）
◇山本史郎訳「アンデルセンクラシック 9つの物語」原書房 1999 p139
◇大畑末吉訳, 堀内誠一絵「アンデルセンどうわ」のら書店 2005 p117
◇大畑末吉訳, 初山滋さし絵「アンデルセン童話集 1」岩波書店 2000 p138
◇天沼春樹訳, ドゥシャン・カーライ, カミラ・シュタンツロヴァー絵「アンデルセン童話全集 3」西村書店 2013 p68
◇スティーブン・コリン英語訳, 江國香織訳, エドワード・アーディゾーニ選・絵「アンデルセンのおはなし」のら書店 2018 p139
◇ナオミ・ルイス訳, 代田亜香子日本語版訳, ジョエル・スチュワート絵「アンデルセンの13の童話」小峰書店 2007 p122
◇大塚勇三編・訳, イブ・スパング・オルセン画「アンデルセンの童話 2」福音館書店 2003 p30
◇平田美恵子語り手「子どもに語るアンデルセンのお話 2」こぐま社 2007 p69

醜い家鴨の子（アンデルセン）
◇菊池寛訳「読書がたのしくなる世界の文学〔8〕」くもん出版 2016 p23

峰の王者クラッグ（シートン）
◇正岡慧子文, 木村修絵「ビジュアル特別版 シートン動物記 下」世界文化社 2018 p69

峰の大将クラッグ（シートン）
◇前川康男文, 石田武雄絵「はじめてであうシートン動物記 5」フレーベル館 2002 p5

身の上相談のページから〔From a Problem Page〕（ローゼン）
◇谷川俊太郎訳, クウェンティン・ブレイク絵「木はえらい―イギリス子ども詩集」岩波書

店 2000 p64

ミノタウロスセンチコガネ（ファーブル）
◇奥本大三郎編・訳, 見山博標本画・イラスト「ファーブル昆虫記 1」集英社 1996 p221

ミノン・ミネット姫—"Bibliothèque des Fées et des Génies"〔出典〕〔Princess Minon–Minette〕（ラング）
◇武富博訳, H.J.フォード装画・挿絵「アンドルー・ラング世界童話集 5」東京創元社 2008 p257

ミミズクと鳥たち（ペロー）
◇末松氷海子訳, エヴァ・フラントヴァー絵「ペロー昔話・寓話集」西村書店 2008 p295

ミミズとキツネ（イソップ）
◇河野与一編訳, 稗田一穂さし絵「イソップのお話」岩波書店 2000 p97

耳なし芳一の話（ハーン）
◇脇明子訳「雪女 夏の日の夢」岩波書店 2003 p11

耳の小包〔The Cardboard Box〕（ドイル）
◇山中峯太郎訳著「名探偵ホームズ全集 2」作品社 2017 p638

ミューチュア街のネコ（シートン）
◇今泉吉晴訳「シートン動物記 〔13〕」童心社 2011 p163

ミュールジカは、なぜとぶか？（シートン）
◇今泉吉晴訳「シートン動物記 〔15〕」童心社 2011 p167

未来からきた男〔Of Time and the Third Avenue〕（ベスター）
◇内田庶訳, ヤマグチアキラ絵「SF名作コレクション 10」岩崎書店 2005 p127

ミルク売りとミルク壺〔La Lairiere et le Pot au lait〕（ラ・フォンテーヌ）
◇大澤千加訳, ブーテ・ド・モンヴェル絵「ラ・フォンテーヌ寓話」洋洋社 2016 p107

ミルクしぼりたて〔Milking Time〕（ロバーツ）
◇アーサー・ビナード, 木坂涼編訳, しりあがり寿イラスト「ガラガラヘビの味—アメリカ子ども詩集」岩波書店 2010 p126

ミルデンホールの宝物（ダール）
◇柳瀬尚紀訳, 山本容子絵「ロアルド・ダールコレクション 7」評論社 2006 p75

ミンティたちの森のかくれ家〔Winter Cottage〕（ブリンク）
◇谷口由美子訳, 中村悦子絵「Modern Classic

Selection 7」文溪堂 2011 p9

みんな、あるべき所に！（アンデルセン）
◇高橋健二訳, いたやさとし画「完訳 アンデルセン童話集 4」小学館 2009 p61

みんなたのしい—『笛ふき岩 中国古典寓話集』
◇平塚武二編著, 川村易挿絵「こんなとき読んであげたい おはなしのおもちゃ箱 1」PHP研究所 2003 p202

みんなで手をかそう（スンド）
◇木村由利子訳, 川村易挿絵「こんなとき読んであげたい おはなしのおもちゃ箱 1」PHP研究所 2003 p176

民謡の鳥（アンデルセン）
◇高橋健二訳, いたやさとし画「完訳 アンデルセン童話集 7」小学館 2010 p120
◇天沼春樹訳, ドゥシャン・カーライ, カミラ・シュタンツロヴァー絵「アンデルセン童話全集 3」西村書店 2013 p350

民話に伝わる四つのなぞなぞ（エンデ）
◇田村都志夫訳「だれでもない庭—エンデが遺した物語集」岩波書店 2002 p155
◇田村都志夫訳「だれでもない庭—エンデが遺した物語集」岩波書店 2015 p192

【む】

夢応の鯉魚（上田秋成）
◇石川淳訳「小学生までに読んでおきたい文学 6」あすなろ書房 2013 p65

むかし〔Then〕（デ・ラ・メア）
◇岸田衿子, 百々佑利子訳, ミーガン・グレッサー絵「おうちをつくろう」のら書店 1993 p58

むかしのキツネ—『日本のむかし話』（坪田譲治）
◇川村易挿絵「こんなとき読んであげたい おはなしのおもちゃ箱 1」PHP研究所 2003 p75

むかしむかし
◇岸田衿子, 百々佑利子訳, ミーガン・グレッサー絵「おうちをつくろう」のら書店 1993 p40

麦のほ（グリム）
◇矢崎源九郎訳, ウェルナー・クレムケさし絵「グリムの昔話 1」童話館出版 2000 p104

麦の穂〔Die Kornähre〕（グリム）
◇池田香代子訳, オットー＝ウッベローデ挿

むきの

画「完訳クラシック グリム童話 5」講談社
2000 p206
◇「完訳 グリム童話集 7」筑摩書房 2006
p214

麦の穂（グリム）
◇池田香代子訳, オットー・ウッベローデ挿画
「完訳 グリム童話集 3」講談社 2008 p463
◇高橋健二訳, 徳井聡司（せんべぇ）イラスト
「完訳 グリム童話集 5」小学館 2009 p188
◇橋本孝, 天沼春樹訳, シャルロット・デマ
トーン絵「グリム童話全集」西村書店 2013
p598

麦わらと炭と豆（グリム）
◇高橋健二訳, 徳井聡司（せんべぇ）イラスト
「完訳 グリム童話集 1」小学館 2008 p204
◇植田敏郎訳, ウェルナー・クレムケさし絵
「グリムの昔話 1」童話館出版 2000 p136
◇フェリクス・ホフマン編・画, 大塚勇三訳
「グリムの昔話 1」福音館書店 2002 p153

麦わらのストロー（ルブラン）
◇森永公子訳「アルセーヌ・ルパン名作集 6」
岩崎書店 1998 p91

「無垢」ということ（エンデ）
◇田村都志夫訳「だれでもない庭—エンデが
遺した物語集」岩波書店 2002 p309
◇田村都志夫訳「だれでもない庭—エンデが
遺した物語集」岩波書店 2015 p387

無言の本（アンデルセン）
◇高橋健二訳, いたやさとし画「完訳 アンデル
セン童話集 3」小学館 2009 p288
◇天沼春樹訳, ドゥシャン・カーライ, カミ
ラ・シュタンツロヴァー絵「アンデルセン
童話全集 1」西村書店 2011 p526

虫たちの季節（ファーブル）
◇奥本大三郎編・訳, 見山博標本画・イラスト
「ファーブル昆虫記 5」集英社 1996 p9

ムジナ（ハーン）
◇脇明子訳「雪女 夏の日の夢」岩波書店
2003 p31

むしのりょうし, カマキリ（ファーブル）
◇小林清之介文, 横内襄え「新版 ファーブルこ
んちゅう記 4」小峰書店 2006 p4

虫ものがたり（ロフティング）
◇井伏鱒二訳「ドリトル先生物語 13」岩波書
店 2000 p231

むすびっこぶ（グリム）
◇山室静訳, 櫻井さなえ挿絵「こんなとき読んで
あげたい おはなしのおもちゃ箱 1」PHP研

究所 2003 p199

六つのナポレオン〔The Adventure of the Six
Napoleons〕（ドイル）
◇山中峯太郎著「名探偵ホームズ全集 1」
作品社 2017 p317

六つのナポレオン（ドイル）
◇芦辺拓編訳, 城咲綾絵「10歳までに読みた
い世界名作 6」学研プラス 2014 p57

六つのナポレオン像〔The Adventure of the
Six Napoleons〕（ドイル）
◇日暮まさみち訳, 青山浩行絵「名探偵ホーム
ズシリーズ 〔12〕」講談社 2011 p168

六つのナポレオン像（ドイル）
◇亀山龍樹訳, 佐竹美保さし絵「名探偵ホーム
ズ 6」ポプラ社 2009 p7

無抵抗人間（石原藤夫）
◇寺澤昭telse絵「SF名作コレクション 20」岩崎
書店 2006 p113

棟木〔Der Hahnenbalken〕（グリム）
◇乾侑美子訳, Otto Ubbelohde, Ludwig
Richter挿絵「1812初版グリム童話 下」小
学館 2000 p326

胸はおどる（ワーズワース）
◇岸田衿子, 百々佑利子訳, ミーガン・グレッ
サー絵「おうちをつくろう」のら書店 1993
p32

ムフタール通りの魔女（グリパリ）
◇金川光夫訳, たなかゆうこ挿絵「こんなとき読
んであげたい おはなしのおもちゃ箱 1」PHP
研究所 2003 p144

ムーミン谷の十一月〔Sent i november〕（ヤ
ンソン）
◇鈴木徹郎訳「ムーミン童話シリーズ 〔8〕」
講談社 2014 p9

ムーミン谷の彗星〔Kometen kommer〕（ヤン
ソン）
◇下村隆一訳「ムーミン童話シリーズ 〔1〕」
講談社 2014 p7

ムーミン谷の仲間たち〔Det osynliga barnet〕
（ヤンソン）
◇「ムーミン童話シリーズ 〔6〕」講談社 2013

ムーミン谷の夏まつり〔Farlig midsommar〕
（ヤンソン）
◇下村隆一訳「ムーミン童話シリーズ 〔4〕」
講談社 2013 p9

ムーミン谷の冬〔Trollvinter〕（ヤンソン）
◇山室静訳「ムーミン童話シリーズ 〔5〕」講

談社 2014 p7

ムーミンパパ海へいく〔Pappan och havet〕
（ヤンソン）
◇小野寺百合子訳「ムーミン童話シリーズ
〔7〕」講談社 2014 p7

ムーミンパパの思い出〔Muminpappans
memoarer〕（ヤンソン）
◇小野寺百合子訳「ムーミン童話シリーズ
〔3〕」講談社 2014 p9

むらさきいろの童話集〔The Violet Fairy
Book〕（ラング）
◇「アンドルー・ラング世界童話集 7」東京
創元社 2008

むらさきいろの童話集（ラング）
◇「ラング世界童話全集 10」偕成社 2009

紫色のドレス〔The Purple Dress〕（オー・ヘ
ンリー）
◇千葉茂樹訳，和田誠絵「オー・ヘンリー
ショートストーリーセレクション 4」理論
社 2007 p111
◇大久保康雄訳，三芳悌吉さしえ「最後のひと
葉―オー＝ヘンリー傑作短編集」偕成社
1989 p192

ムーン・キング〔The Moon King〕（パーキン
ソン）
◇乾侑美子訳，堀川理万子絵「新しい世界の文
学 7」岩崎書店 2001 p5

【 め 】

メアリーさんたら、メアリーさん（ダール）
◇灰島かり訳，クェンティン・ブレイク絵「ロ
アルド・ダールコレクション 17」評論社
2007 p80

メアリー・ポピンズ〔Mary Poppins〕（トラ
ヴァース）
◇富安陽子訳，佐竹美保絵「ポプラ世界名作童
話 10」ポプラ社 2015 p7

名医ポポタムの話〔Les Cures Merveilleuses
du Docteur Popotame〕（ショヴォー）
◇出口裕弘訳「ショヴォー氏とルノー君のお
話集 3」福音館書店 2003 p11

迷宮世界（福島正実）
◇寺澤昭絵「SF名作コレクション 18」岩崎
書店 2006 p5

明月（めいげつ）（ベヒシュタイン）
◇上田真而子訳，太田大八さし絵「白いオオカ
ミ―ベヒシュタイン童話集」岩波書店 1990
p189

名犬ラッシー〔Lassie Come–Home〕（ナイト）
◇邑田晶子訳，かみやしん絵「子どものための
世界文学の森 36」集英社 1997 p10

名人どろぼう（グリム）
◇小澤昔ばなし研究所再話，オットー・ウベ
ローデ絵「語るためのグリム童話 7」小峰
書店 2007 p136

名人の四人兄弟（グリム）
◇佐々木田鶴子訳，出久根育絵「グリム童話集
下」岩波書店 2007 p150

名探偵シャーベット・スコーンズの事件簿
（ロフティング）
◇河合祥一郎訳，patty絵「新訳 ドリトル先生
シリーズ 〔14〕」KADOKAWA 2016 p63

名探偵シャーベット・スコーンズ、ふたた
び（ロフティング）
◇河合祥一郎訳，patty絵「新訳 ドリトル先生
シリーズ 〔14〕」KADOKAWA 2016 p79

名探偵シャーロック・ホームズ（ドイル）
◇「10歳までに読みたい世界名作 6」学研プ
ラス 2014

名探偵ホームズ 三年後の生還（ドイル）
◇「名探偵ホームズシリーズ 〔10〕」講談社
2011

名馬グトルファフシと名剣グンフィエズル―
アイスランドの昔話〔出典〕〔The Horse Gullfaxi
and the Sword Gunnföder〕（ラング）
◇ないとうふみこ訳，H.J.フォード装画・挿絵
「アンドルー・ラング世界童話集 8」東京創
元社 2009 p312

名馬シルバー・ブレイズ号〔The Adventure
of Silver Blaze〕（ドイル）
◇内田庶訳，岡本正樹絵「シャーロック・ホー
ムズ 13」岩崎書店 2011 p5

メイフラワー号の少女―リメンバー・ペイ
シェンス・フイップルの日記〔A Journey
to the New World〕（ラスキー）
◇宮木陽子訳，高田勲絵「新しい世界の文学
3」岩崎書店 2000 p5

メイ・ブロッサム王女（フランス ドーノア
夫人）〔The Princess Mayblossom〕（ラン
グ）
◇川端康成，野上彰編訳，遠藤拓人絵「ラング
世界童話全集 9」偕成社 2009 p271

めうし

めうし（スティーヴンソン）
◇岸田衿子, 百々佑利子訳, ミーガン・グレッサー絵「みんなわたしの」のら書店 1991 p55

牝牛〔The Cow〕（レトキー）
◇アーサー・ビナード, 木坂涼編訳, しりあがり寿イラスト「ガラガラヘビの味―アメリカ子ども詩集」岩波書店 2010 p132

目をさます〔I Wake Up〕（ローゼン）
◇谷川俊太郎訳, クウェンティン・ブレイク絵「木はえらい―イギリス子ども詩集」岩波書店 2000 p52

目がよく見えなくなったゾウの話（ショヴォー）
◇出口裕弘訳「ショヴォー氏とルノー君のお話集 5」福音館書店 2003 p203

メスオオカミ（サキ）
◇千葉茂樹訳, 佐竹美保画「世界名作ショートストーリー 2」理論社 2015 p99

雌のアヒルたちと小さなスパニエル犬（ペロー）
◇末松氷海子訳, エヴァ・フラントヴァー絵「ペロー昔話・寓話集」西村書店 2008 p343

メソポタミヤの殺人〔Murder in Mesopotamia〕（クリスティ）
◇田村義進訳「クリスティー・ジュニア・ミステリ 3」早川書房 2008 p1

めだか〔The Guppy〕（ナッシュ）
◇岸田衿子, 百々佑利子訳, ミーガン・グレッサー絵「みんなわたしの」のら書店 1991 p72

めっけどり（グリム）
◇高橋健二訳, 徳井聡司（せんべぇ）イラスト「完訳グリム童話集 2」小学館 2008 p148

めっけ鳥〔Fundevogel〕（グリム）
◇池田香代子訳, オットー＝ウッベローデ挿画「完訳クラシック グリム童話 2」講談社 2000 p111

めっけ鳥〔Vom Fundevogel〕（グリム）
◇吉原高志, 吉原素子訳, Franz Pocci挿絵「初版グリム童話集 2」白水社 2007 p159

めっけ鳥（グリム）
◇池田香代子訳, オットー・ウッベローデ挿画「完訳グリム童話集 1」講談社 2008 p462

目に見えない王子〔The Invisible Prince〕（ラング）
◇川端康成, 野上彰編訳, 朝倉田美子絵「ラング世界童話全集 8」偕成社 2009 p141

目に見えない子（ヤンソン）
◇山室静訳「ムーミン童話シリーズ 〔6〕」講談社 2013 p157

目の見えない王子さま（ロダーリ）
◇関口英子訳, 伊津野果地さし絵「兵士のハーモニカ―ロダーリ童話集」岩波書店 2012 p263

目の見えない人（イソップ）
◇河野与一訳, 稗田一穂さし絵「イソップのお話」岩波書店 2000 p161

メリー・ゴウ・ラウンド（マーヒー）
◇石井桃子訳, シャーリー・ヒューズ画「魔法使いのチョコレート・ケーキ―マーガレット・マーヒーお話集」福音館書店 2004 p87

メリー・ゴー・ラウンド〔Merry-go-round〕（バルーク）
◇岸田衿子, 百々佑利子訳, ミーガン・グレッサー絵「みんなわたしの」のら書店 1991 p14

メールストロムの旋渦（ポー）
◇佐々木直次郎訳「読書がたのしくなる世界の文学 〔9〕」くもん出版 2016 p105

めんどりうた〔Hen's Song〕（ファイルマン）
◇岸田衿子, 百々佑利子訳, ミーガン・グレッサー絵「みんなわたしの」のら書店 1991 p75

メンドリが死んだお話（グリム）
◇橋本孝, 天沼春次訳, シャルロット・デマトーン絵「グリム童話全集」西村書店 2013 p282

めんどりちゃんのおとむらい〔Von dem Tode des Hühnchens〕（グリム）
◇池田香代子訳, オットー＝ウッベローデ挿画「完訳クラシック グリム童話 3」講談社 2000 p64

めんどりちゃんのおとむらい（グリム）
◇池田香代子訳, オットー・ウッベローデ挿画「完訳グリム童話集 2」講談社 2008 p196

メンドリとアヒルの話（ショヴォー）
◇出口裕弘訳「ショヴォー氏とルノー君のお話集 1」福音館書店 2002 p73

メンドリと金のたまご（イソップ）
◇小出正吾ぶん, 三好碩也え「イソップのおはなし」のら書店 2010 p145

メンドリとツバメ（イソップ）
◇河野与一訳, 稗田一穂さし絵「イソップのお話」岩波書店 2000 p216

メンドリとヒヨコたち（ペロー）

◇末松氷海子訳, エヴァ・フラントヴァー絵「ペロー昔話・寓話集」西村書店 2008 p311

めんどりの死〔Von dem Tode des Hühnchens〕（グリム）
◇吉原高志, 吉原素子訳「初版グリム童話集 3」白水社 2008 p152

めんどりの死（グリム）
◇高橋健二訳, 徳井聡司（せんべぇ）イラスト「完訳 グリム童話集 3」小学館 2008 p28

めんどりの死んだ話〔Von dem Tode des Hühnchens〕（グリム）
◇「完訳 グリム童話集 4」筑摩書房 2006 p48

メンドリの死んだ話（グリム）
◇フェリクス・ホフマン編・画, 大塚勇三訳「グリムの昔話 2」福音館書店 2002 p136

メンヘルラー王の怨霊（クリスティ）
◇花上かつみ訳, 高松啓二絵「アガサ＝クリスティ短編傑作集 2」講談社 2002 p5

【 も 】

もうひとつの存在（もの）たち（エンデ）
◇田村都志夫訳「だれでもない庭―エンデが遺した物語集」岩波書店 2002 p112
◇田村都志夫訳「だれでもない庭―エンデが遺した物語集」岩波書店 2015 p138

モガルゼアとむすこ―ルーマニアの昔話〔出典〕〔Mogarzea and His Son〕（ラング）
◇ないとうふみこ訳, H.J.フォード装画・挿絵「アンドルー・ラング世界童話集 7」東京創元社 2008 p369

木星のラッキー・スター〔Lucky Starr and Moons of Jupiter〕（フレンチ）
◇土屋耕訳, ヤマグチアキラ絵「SF名作コレクション 12」岩崎書店 2006 p5

木馬のお告げ〔The Rocking-Horse Winner〕（ロレンス）
◇代田亜香子訳, ヨシタケシンスケ絵「世界ショートセレクション 2」理論社 2017 p119

モグラー「一年中ワクワクしてた」より（ダール）
◇久山太市訳, クェンティン・ブレイク絵「まるごと一冊ロアルド・ダール」評論社 2000 p113

モグラと母親（イソップ）

◇河野与一編訳, 稗田一穂さし絵「イソップのお話」岩波書店 2000 p280

もしほうきを持ってたら（チャルマーズ）
◇荒俣宏訳, ハリー・クラーク絵「ペロー童話集」新書館 2010 p258

もしもぼくがちいさけりゃ〔If I were Teeny Tiny〕（デ・レニエイ）
◇岸田衿子, 百々佑利子訳, ミーガン・グレッサー絵「みんなわたしの」のら書店 1991 p35

もじゃもじゃけだらけ…〔Fuzzy, Wuzzy, Creepy, Crawly〕（ヴァナダ）
◇岸田衿子, 百々佑利子訳, ミーガン・グレッサー絵「みんなわたしの」のら書店 1991 p16

もしりんごだったら
◇岸田衿子, 百々佑利子訳, ミーガン・グレッサー絵「みんなわたしの」のら書店 1991 p41

もしろばがいたら（ビューラー）
◇岸田衿子, 百々佑利子訳, ミーガン・グレッサー絵「みんなわたしの」のら書店 1991 p50

モースン商会の殺人（ドイル）
◇亀山龍樹訳, 佐竹美保さし絵「名探偵ホームズ 3」ポプラ社 2006 p117

もちろん返事をまってます〔Letters for the Other Child〕（ロンフェデル・アミット）
◇母袋夏生訳, 安藤由紀絵「新しい世界の文学 1」岩崎書店 1999 p5

モティ（インド）〔'Moti'〕（ラング）
◇川端康成, 野上彰編訳, 遠藤拓people絵「ラング世界童話全集 9」偕成社 2009 p57

モティーバシュトゥの昔話〔出典〕〔'Moti'〕（ラング）
◇田中亜希子訳, H.J.フォード装画・挿絵「アンドルー・ラング世界童話集 12」東京創元社 2009 p124

もてなし〔Hospitality〕（カポーティ）
◇河野一郎訳「小学生までに読んでおきたい文学 1」あすなろ書房 2014 p121

もてなしのいい子牛のあたま（ベヒシュタイン）
◇上田真而子訳, 太田大八さし絵「白いオオカミ―ベヒシュタイン童話集」岩波書店 1990 p25

もどってきたソフィ・メイソン〔Sophy Mason Cames Back〕（デラフィールド）

◇金原瑞人編訳, 佐竹美保挿画「ホラー短編集〔1〕」岩波書店 2010 p75

物言わぬ王女—イグナーツ・クノーシュ博士『トルコの昔話』〔出典〕〔The Silent Princess〕（ラング）
◇杉田七重訳, H.J.フォード装画・挿絵「アンドルー・ラング世界童話集 11」東京創元社 2009 p327

ものをいわない王女（トルコ）〔The Silent Princess〕（ラング）
◇川端康成, 野上彰編訳, 矢野信一郎絵「ラング世界童話全集 7」偕成社 2009 p256

物置部屋（サキ）
◇千葉茂樹訳, 佐竹美保画「世界名作ショートストーリー 2」理論社 2015 p61

物語をはじめる前に〔サウンド・オブ・ミュージック〕（トラップ）
◇「Modern Classic Selection 4」文溪堂 1997 p9

ものぐさ三人兄弟〔Die drei Faulen〕（グリム）
◇池田香代子訳, オットー＝ウッベローデ挿画「完訳クラシック グリム童話 4」講談社 2000 p237

ものぐさ三人兄弟（グリム）
◇池田香代子訳, オットー・ウッベローデ挿画「完訳 グリム童話集 3」講談社 2008 p211

ものぐさ三人息子（グリム）
◇小澤昔ばなし研究所再話, オットー・ウベローデ絵「語るためのグリム童話 7」小峰書店 2007 p32

ものぐさ十二人衆〔Die zwölf faulen Knechte〕（グリム）
◇池田香代子訳, オットー＝ウッベローデ挿画「完訳クラシック グリム童話 4」講談社 2000 p239

ものぐさ十二人衆（グリム）
◇池田香代子訳, オットー・ウッベローデ挿画「完訳 グリム童話集 3」講談社 2008 p213

ものぐさな糸くり女（グリム）
◇高橋健二訳, 徳井聡司（せんべぇ）イラスト「完訳 グリム童話集 4」小学館 2009 p99

ものぐさのくにの話〔Das Märchen vom Schlauraffenland〕（グリム）
◇池田香代子訳, オットー＝ウッベローデ挿画「完訳クラシック グリム童話 5」講談社 2000 p18

ものぐさのくにの話（グリム）
◇池田香代子訳, オットー・ウッベローデ挿画「完訳 グリム童話集 3」講談社 2008 p232

ものぐさハインツ〔Der faule Heinz〕（グリム）
◇池田香代子訳, オットー＝ウッベローデ挿画「完訳クラシック グリム童話 5」講談社 2000 p43

ものぐさハインツ（グリム）
◇池田香代子訳, オットー・ウッベローデ挿画「完訳 グリム童話集 3」講談社 2008 p261
◇高橋健二訳, 徳井聡司（せんべぇ）イラスト「完訳 グリム童話集 4」小学館 2009 p323
◇橋本孝, 天沼春樹訳, シャルロット・デマトーン絵「グリム童話全集」西村書店 2013 p515

物ごいのおばあさん（グリム）
◇橋本孝, 天沼春樹訳, シャルロット・デマトーン絵「グリム童話全集」西村書店 2013 p492

ものしりはかせ（グリム）
◇植田敏郎訳, ウェルナー・クレムケさし絵「グリムの昔話 1」童話館出版 2000 p180

ものしり博士（グリム）
◇佐々木田鶴子訳, 出久根育絵「グリム童話集 上」岩波書店 2007 p139
◇フェリクス・ホフマン編・画, 大塚勇三訳「グリムの昔話 2」福音館書店 2002 p308

もの知りはかせ（グリム）
◇高橋健二訳, 徳井聡司（せんべぇ）イラスト「完訳 グリム童話集 3」小学館 2008 p224

もの知り博士〔Doktor Allwissend〕（グリム）
◇「完訳 グリム童話集 4」筑摩書房 2006 p281
◇吉原高志, 吉原素子訳「初版グリム童話集 4」白水社 2008 p134

もの知り博士（グリム）
◇小澤昔ばなし研究所再話, オットー・ウベローデ絵「語るためのグリム童話 5」小峰書店 2007 p161

物識り博士〔Wise One〕（ローゼン）
◇川崎洋訳, クウェンティン・ブレイク絵「木はえらい—イギリス子ども詩集」岩波書店 2000 p41

物知り博士〔Doctor Allwissend〕（グリム）
◇乾侑美子訳, Otto Ubbelohde, Ludwig Richter挿絵「1812初版グリム童話 下」小学館 2000 p124

ものもらいのおばあさん〔Die alte Bettelfrau〕（グリム）

◇「完訳 グリム童話集 6」筑摩書房 2006 p136

ものわかりのいいハンス〔Der gescheite Hans〕（グリム）
◇吉原高志, 吉原素子訳「初版グリム童話集 2」白水社 2007 p31

ものわかりのいいハンス（グリム）
◇小澤昔ばなし研究所再話, オットー・ウベローデ絵「語るためのグリム童話 2」小峰書店 2007 p121

モペットちゃんのおはなし（ポター）
◇いしいももこやく「愛蔵版 ピーターラビット全おはなし集」福音館書店 1994 p141
◇いしいももこやく「愛蔵版 ピーターラビット全おはなし集」福音館書店 2007 p141

もみの木（アンデルセン）
◇木村由利子訳, 米山永一, 朝倉めぐみ絵「アンデルセン童話集」世界文化社 2004 p46
◇高橋健二訳, いたやさとし画「完訳 アンデルセン童話集 2」小学館 2009 p246
◇木村由利子文, 米山永一, 朝倉めぐみ絵「こどものための世界の名作 グリム・イソップ・アンデルセン―ベスト30話」世界文化社 1994 p186

もみの木（ヤンソン）
◇山室静訳「ムーミン童話シリーズ 〔6〕」講談社 2013 p239

モミの木〔Grantræet〕（アンデルセン）
◇矢崎源九郎訳, V.ペーダセン挿画「豪華愛蔵版 アンデルセン童話名作集 1」静山社 2011 p99

モミの木〔The Fir Tree〕（アンデルセン）
◇荒俣宏訳, ハリー・クラーク絵「アンデルセン童話集」新書館 2005 p219
◇荒俣宏訳, ハリー・クラーク絵「アンデルセン童話集 上」文藝春秋 2012 p235

モミの木（アンデルセン）
◇大畑末吉訳, 初山滋さし絵「アンデルセン童話集 1」岩波書店 2000 p162
◇天沼春樹訳, ドゥシャン・カーライ, カミラ・シュタンツロヴァー絵「アンデルセン童話全集 2」西村書店 2012 p60
◇大塚勇三編・訳, イブ・スパング・オルセン画「アンデルセンの童話 1」福音館書店 2003 p198

樅の木と茨のしげみ（イソップ）
◇川名澄訳, アーサー・ラッカム絵「新編 イソップ寓話」風媒社 2014 p36

ももいろの童話集〔The Pink Fairy Book〕（ラング）
◇「アンドルー・ラング世界童話集 5」東京創元社 2008

桃と宇宙の間で（カニグズバーグ）
◇清水真砂子訳「カニグズバーグ作品集 別巻」岩波書店 2002 p186

『モモ』と『はてしない物語』ができあがるまで（エンデ）
◇田村都志夫訳「だれでもない庭―エンデが遺した物語集」岩波書店 2002 p339
◇田村都志夫訳「だれでもない庭―エンデが遺した物語集」岩波書店 2015 p421

『モモ』のさし絵ができるまで（エンデ）
◇田村都志夫訳「だれでもない庭―エンデが遺した物語集」岩波書店 2002 p38
◇田村都志夫訳「だれでもない庭―エンデが遺した物語集」岩波書店 2015 p48

森に住む3人の小人（グリム）
◇ウィルヘルム菊江訳, リディア・ポストマ絵「グリム童話集」西村書店 2013 p84

森の家〔Das Waldhaus〕（グリム）
◇池田香代子訳, オットー＝ウッベローデ挿画「完訳クラシック グリム童話 5」講談社 2000 p72
◇「完訳 グリム童話集 6」筑摩書房 2006 p267

森の家（グリム）
◇小澤昔ばなし研究所再話, オットー・ウベローデ絵「語るためのグリム童話 7」小峰書店 2007 p84
◇山口四郎訳「グリム童話 1」冨山房インターナショナル 2004 p151
◇池田香代子訳, オットー・ウッベローデ挿画「完訳 グリム童話集 3」講談社 2008 p296
◇高橋健二訳, 徳井聡司（せんべえ）イラスト「完訳 グリム童話集 4」小学館 2009 p368
◇橋本孝, 天沼春樹訳, シャルロット・デマトーン絵「グリム童話全集」西村書店 2013 p531
◇乾侑美子訳, ウェルナー・クレムケさし絵「グリムの昔話 1」童話館出版 2000 p302
◇フェリクス・ホフマン編・画, 大塚勇三訳「グリムの昔話 3」福音館書店 2002 p213
◇北川幸比古訳, 朝倉めぐみ絵「こどものための世界の名作 完訳 愛と感動の物語―特選14編」世界文化社 1995 p112
◇植田敏郎文, 渡辺三郎絵「世界の名作 12」世界文化社 2001 p5

もりの

森の家―グリム〔出典〕〔The House in the
Wood〕（ラング）
　◇ないとうふみこ訳, H.J.フォード装画・挿絵
　「アンドルー・ラング世界童話集 5」東京創
　元社 2008 p15
森のおばあさん（グリム）
　◇小澤昔ばなし研究所再話, オットー・ウベ
　ローデ絵「語るためのグリム童話 6」小峰
　書店 2007 p110
森の三人のこびと〔Die drei Männlein im
Walde〕（グリム）
　◇池田香代子訳, オットー＝ウッベローデ挿
　画「完訳クラシック グリム童話 1」講談社
　2000 p100
森の三人のこびと（グリム）
　◇池田香代子訳, オットー・ウッベローデ挿画
　「完訳 グリム童話集 1」講談社 2008 p127
森の少年（サキ）
　◇千葉茂樹訳, 佐竹美保画「世界名作ショート
　ストーリー 2」理論社 2015 p5
森の聖ヨセフさま〔Der heilige Joseph im
Walde〕（グリム）
　◇池田香代子訳, オットー＝ウッベローデ挿
　画「完訳クラシック グリム童話 5」講談社
　2000 p243
森の聖ヨセフさま（グリム）
　◇池田香代子訳, オットー・ウッベローデ挿画
　「完訳 グリム童話集 3」講談社 2008 p504
森の中のおばあさん〔Die Alte im Wald〕（グ
リム）
　◇吉原高志, 吉原素子訳, Otto Ubbelohde挿絵
　「初版グリム童話集 5」白水社 2008 p54
森の中のおばあさん（グリム）
　◇高橋健二訳, 徳井聡司（せんべぇ）イラスト
　「完訳 グリム童話集 4」小学館 2009 p53
森のなかの三人の小人〔Die drei Männlein
im Walde〕（グリム）
　◇「完訳 グリム童話集 1」筑摩書房 2005
　p178
森の中の3人のこびと（グリム）
　◇橋本孝, 天沼春樹訳, シャルロット・デマ
　トーン絵「グリム童話全集」西村書店 2013
　p58
森の中の三人のこびと〔Die drei Männlein
im Walde〕（グリム）
　◇天沼春樹訳, ペテル・ウフナール画「グリ
　ム・コレクション 4」バロル舎 2001 p31
　◇乾侑美子訳, Otto Ubbelohde, Ludwig

Richter挿絵「1812初版グリム童話 上」小
学館 2000 p50
森の中の三人のこびと（グリム）
　◇高橋健二訳, 徳井聡司（せんべぇ）イラスト
　「完訳 グリム童話集 1」小学館 2008 p150
　◇佐々木田鶴子訳, 出久根育絵「グリム童話集
　下」岩波書店 2007 p75
森の中の三人の小人〔Die drei Männlein im
Walde〕（グリム）
　◇吉原高志, 吉原素子訳「初版グリム童話集
　1」白水社 2007 p79
森の中の三人の小人（グリム）
　◇フェリクス・ホフマン編・画, 大塚勇三訳
　「グリムの昔話 2」福音館書店 2002 p108
森のなかの聖ヨセフ〔Der heilige Joseph im
Walde〕（グリム）
　◇「完訳 グリム童話集 7」筑摩書房 2006
　p268
森の中の聖ヨセフ（グリム）
　◇橋本孝, 天沼春樹訳, シャルロット・デマ
　トーン絵「グリム童話全集」西村書店 2013
　p615
森の中の聖ヨーゼフさま（グリム）
　◇高橋健二訳, 徳井聡司（せんべぇ）イラスト
　「完訳 グリム童話集 5」小学館 2009 p240
森のなかのばあさん〔Die Alte im Wald〕（グ
リム）
　◇「完訳 グリム童話集 5」筑摩書房 2006
　p227
森の中の老婆（グリム）
　◇橋本孝, 天沼春樹訳, シャルロット・デマ
　トーン絵「グリム童話全集」西村書店 2013
　p425
森のばあさん〔Die Alte im Wald〕（グリム）
　◇池田香代子訳, オットー＝ウッベローデ挿
　画「完訳クラシック グリム童話 4」講談社
　2000 p103
森のばあさん（グリム）
　◇池田香代子訳, オットー・ウッベローデ挿画
　「完訳 グリム童話集 3」講談社 2008 p43
森は生きている〔Двенадцать месяцев〕（マ
ルシャーク）
　◇宮川やすえ文, 宝永たかこ絵「小学館 世界
　の名作 12」小学館 1998 p1
モルグ街の殺人（ポー）
　◇松村達雄, 繁尾久訳, 池田浩彰さし絵「21世
　紀版 少年少女世界文学館 13」講談社 2010
　p135

モルグ街の殺人事件〔The Murders in the Rue Morgue〕（ポー）
◇金原瑞人訳、佐竹美保絵「子どものための世界文学の森 37」集英社 1997 p10

モンキーくん〔Monkey〕（ミリガン）
◇川崎洋訳「木はえらい―イギリス子ども詩集」岩波書店 2000 p148

問題児（パク キボム）
◇金松伊訳、パク キョンジン絵「いま読もう！韓国ベスト読みもの 4」汐文社 2005 p69

モンタギュー・マイケル
◇岸田衿子、百々佑利子訳、ミーガン・グレッサー絵「みんなわたしの」のら書店 1991 p27

門番の息子（アンデルセン）
◇高橋健二訳、いたやさとし画「完訳 アンデルセン童話集 7」小学館 2010 p163
◇天沼春樹訳、ドゥシャン・カーライ, カミラ・シュタンツロヴァー絵「アンデルセン童話全集 2」西村書店 2012 p416

門番の娘（ギッシング）
◇吉田甲子太郎訳「読書がたのしくなる世界の文学 〔7〕」くもん出版 2016 p71

【 や 】

焼かれて若がえった小男（グリム）
◇高橋健二訳、徳井聡司（せんべゑ）イラスト「完訳 グリム童話集 4」小学館 2009 p240

やかん（サーバン）
◇岸田衿子、百々佑利子訳、ミーガン・グレッサー絵「みんなわたしの」のら書店 1991 p70

焼きを入れて若返った男〔Das junggeglühte Männlein〕（グリム）
◇池田香代子訳、オットー＝ウッベローデ挿画「完訳クラシック グリム童話 4」講談社 2000 p229

焼きを入れて若返った男（グリム）
◇池田香代子訳、オットー・ウッベローデ挿画「完訳 グリム童話 3」講談社 2008 p203

ヤギ飼いとヤギ（イソップ）
◇河野与一編訳、稗田一穂さし絵「イソップのお話」岩波書店 2000 p244
◇川崎洋文、平きょうこ絵「小学館 世界の名作 18」小学館 1999 p70

山羊飼いと山羊（イソップ）
◇川名澄訳、アーサー・ラッカム絵「新編 イソップ寓話」風媒社 2014 p132

やぎかいと野生のやぎ（イソップ）
◇よこたきよし文、武井淑子絵「読み聞かせイソップ50話」チャイルド本社 2007 p12

ヤギ顔のむすめ―クレトケイタリアの昔話〔出典〕〔The Goat-Faced Girl〕（ラング）
◇武富博子訳、H.J.フォード装画・挿絵「アンドルー・ラング世界童話集 6」東京創元社 2008 p61

やぎ皮服を着た男（ルブラン）
◇[長島良三訳]「アルセーヌ・ルパン名作集 9」岩崎書店 1998 p119

山羊と葡萄の木（イソップ）
◇川名澄訳、アーサー・ラッカム絵「新編 イソップ寓話」風媒社 2014 p92

ヤギとヤギ飼い（イソップ）
◇河野与一編訳、稗田一穂さし絵「イソップのお話」岩波書店 2000 p252

やぎの耳（セルビア）〔The Goat's Ears of the Emperor Trojan〕（ラング）
◇川端康成、野上彰編訳、西村香英絵「ラング世界童話全集 2」偕成社 2008 p247

焼きパンを踏んだ娘（アンデルセン）
◇吉田絃二郎訳「読書がたのしくなる世界の文学 〔1〕」くもん出版 2014 p5

焼物師とロバ追い（イソップ）
◇河野与一編訳、稗田一穂さし絵「イソップのお話」岩波書店 2000 p242

ヤギュウヒラタダイコクコガネ（ファーブル）
◇奥本大三郎編・訳、見山博標本画・イラスト「ファーブル昆虫記 1」集英社 1996 p189

役に立たなかった女（アンデルセン）
◇高橋健二訳、いたやさとし画「完訳 アンデルセン童話集 4」小学館 2009 p146
◇天沼春樹訳、ドゥシャン・カーライ, カミラ・シュタンツロヴァー絵「アンデルセン童話全集 3」西村書店 2013 p175

役に立つ布切れ〔Der gute Lappen〕（グリム）
◇吉原高志、吉原素子訳「初版グリム童話集 3」白水社 2008 p189

夜光怪獣〔The Hound of the Baskervilles〕（ドイル）
◇山中峯太郎訳著「名探偵ホームズ全集 2」作品社 2017 p209

やさしい小さなねずみ（フランス ドーノワ
夫人）〔The Little Good Mouse〕（ラング）
◇川端康成, 野上彰編訳, 篠崎三朗絵「ラング
世界童話全集 12」偕成社 2009 p82

屋敷ぼっこ〔Die Wichtelmänner〕（グリム）
◇池田香代子訳, オットー＝ウッベローデ挿
画「完訳クラシック グリム童話 2」講談社
2000 p42

屋敷ぼっこ（グリム）
◇池田香代子訳, オットー・ウッベローデ挿画
「完訳 グリム童話集 1」講談社 2008 p371

安すぎるマンションの謎〔The Adventure of
the Cheap Flat〕（クリスティ）
◇花上かつみ訳, 高松啓二絵「アガサ＝クリス
ティ短編傑作集 3」講談社 2002 p107

野生のヒツジ クラッグ〔Krag, the Kootenay
Ram〕（シートン）
◇今泉吉晴訳「シートン動物記 〔7〕」童心社
2010 p1

野生のマッシュルーム―「一年中ワクワクしてた」
より（ダール）
◇久山太市訳, クェンティン・ブレイク絵「ま
るごと一冊ロアルド・ダール」評論社 2000
p399

やせっぽちのリーゼ〔Die hagere Liese〕（グ
リム）
◇「完訳 グリム童話集 6」筑摩書房 2006
p263

やせっぽちのリーゼ（グリム）
◇高橋健二訳, 徳井聡司（せんべゑ）イラスト
「完訳 グリム童話集 4」小学館 2009 p364
◇橋本孝, 天沼春樹訳, シャルロット・デマ
トーン絵「グリム童話全集」西村書店 2013
p529

やせのリーゼ〔Die hagere Liese〕（グリム）
◇池田香代子訳, オットー＝ウッベローデ挿
画「完訳クラシック グリム童話 5」講談社
2000 p70

やせのリーゼ（グリム）
◇池田香代子訳, オットー・ウッベローデ挿画
「完訳クラシック グリム童話 3」講談社 2008 p293

やせのリーゼル（グリム）
◇ワンダ・ガアグ編・絵, 松岡享子訳「グリム
のむかしばなし 1」のら書店 2017 p85

八つの犯罪〔Les Huit Coups de L'Horloge〕
（ルブラン）
◇「文庫版 怪盗ルパン 13」ポプラ社 2005
◇「怪盗ルパン全集 〔5〕」ポプラ社 2010

宿（エンデ）
◇田村都志夫訳「だれでもない庭―エンデが
遺した物語集」岩波書店 2002 p54
◇田村都志夫訳「だれでもない庭―エンデが
遺した物語集」岩波書店 2015 p67

やなぎの木の下で（アンデルセン）
◇高橋健二訳, いたやさとし画「完訳 アンデル
セン童話集 4」小学館 2009 p94

ヤナギの木の下で（アンデルセン）
◇天沼春樹訳, ドゥシャン・カーライ, カミ
ラ・シュタンツロヴァー絵「アンデルセン
童話全集 2」西村書店 2012 p189

屋根裏の音〔The Thing Upstairs〕（ウェス
トール）
◇原田勝訳「ウェストールコレクション
〔9〕」徳間書店 2014 p147

やねの上のカールソンだいかつやく
〔Karlsson på taket smyger igen〕（リンドグ
レーン）
◇石井登志子訳, イロン・ヴィークランドさし
絵「リンドグレーン作品集 22」岩波書店
2007 p7

屋根の上の子ヤギとオオカミ（イソップ）
◇河野与一編訳, 稗田一穂さし絵「イソップの
お話」岩波書店 2000 p83

やぶ医者（イソップ）
◇河野与一編訳, 稗田一穂さし絵「イソップの
お話」岩波書店 2000 p256

山犬かとらか（インド）〔Jackal or Tiger？〕
（ラング）
◇川端康成, 野上彰編訳, 小松修絵「ラング世
界童話全集 6」偕成社 2008 p114

山男〔De wilde Mann〕（グリム）
◇吉原高志, 吉原素子訳「初版グリム童話集
5」白水社 2008 p150
◇乾侑美子訳, Otto Ubbelohde, Ludwig
Richter挿絵「1812初版グリム童話 下」小
学館 2000 p298

山とリスの話〔Fable〕（エマソン）
◇アーサー・ビナード, 木坂涼編訳, しりあが
り寿イラスト「ガラガラヘビの味―アメリ
カ子ども詩集」岩波書店 2010 p112

ヤマネコ号の冒険（上）〔Peter Duck〕（ラン
サム）
◇神宮輝夫訳「ランサム・サーガ 3」岩波書
店 2012 p13

ヤマネコ号の冒険（下）〔Peter Duck〕（ラン
サム）

◇神宮輝夫訳「ランサム・サーガ 3」岩波書店 2012 p11

山のお産（イソップ）
◇ラッセル・アッシュ, バーナード・ヒットン編著, 秋野翔一郎訳「クラシックイラストレーション版 イソップ寓話集」童話館出版 2002 p52

山のやぎに逃げられたお百姓（イソップ）
◇いわきたかし著, ほてはまたかし画「いそっぷ童話集」童話屋 2004 p48

山の猟師と海の漁師（イソップ）
◇河野与一編訳, 稗田一穂さし絵「イソップのお話」岩波書店 2000 p241

山のロバと家のロバ（イソップ）
◇河野与一編訳, 稗田一穂さし絵「イソップのお話」岩波書店 2000 p194
◇川崎洋文, 原田ヒロミ絵「小学館 世界の名作 18」小学館 1999 p20

山彦〔The Canvasser's Tale〕（トウェイン）
◇瀧口直太郎訳「小学生までに読んでおきたい文学 6」あすなろ書房 2013 p179

闇のダイヤモンド〔Diamonds in the Shadow〕（クーニー）
◇武富博子訳「海外ミステリーBOX 〔8〕」評論社 2011 p5

やもめと農夫（イソップ）
◇川名澄訳, アーサー・ラッカム絵「新編 イソップ寓話」風媒社 2014 p159

ヤラの話―Folklore Brésilien〔出典〕〔The Story of the Yara〕（ラング）
◇児玉敦行訳, H.J.フォード装画・挿絵「アンドルー・ラング世界童話集 9」東京創元社 2009 p58

【 ゆ 】

ゆううつ（ショヴォー）
◇出口裕弘訳「ショヴォー氏とルノー君のお話集 5」福音館書店 2003 p264

遊園地（マーヒー）
◇石井桃子訳, シャーリー・ヒューズ画「魔法使いのチョコレート・ケーキーマーガレット・マーヒーお話集」福音館書店 2004 p43

ゆうかんな仕立て屋さん（グリム）
◇小澤昔ばなし研究所再話, オットー・ウベ

ローデ絵「語るためのグリム童話 2」小峰書店 2007 p6

ゆうかんな仕立屋さん（グリム）
◇佐々木田鶴子訳, 出久根育絵「グリム童話集 下」岩波書店 2007 p196

勇敢な仕立て屋の話〔Von einem tapfern Schneider〕（グリム）
◇吉原高志, 吉原素子訳, Ludwig Richter挿絵「初版グリム童話集 1」白水社 2007 p127

勇敢な仕立屋の話〔Von einem tapfern Schneider〕（グリム）
◇乾侑美子訳, Otto Ubbelohde, Ludwig Richter挿絵「1812初版グリム童話 上」小学館 2000 p99

ゆうかんなちびの仕立屋（グリム）
◇山口四郎訳「グリム童話 2」冨山房インターナショナル 2004 p158

勇敢なちびの仕立て屋（グリム）
◇橋本孝, 天沼春樹訳, シャルロット・デマトーン絵「グリム童話全集」西村書店 2013 p86

夕暮れ（サキ）
◇千葉茂樹訳, 佐竹美保画「世界名作ショートストーリー 2」理論社 2015 p21

勇者マコマの物語―センナの口承伝承〔出典〕〔The Story of the Hero Makóma〕（ラング）
◇ないとうふみこ訳, H.J.フォード装画・挿絵「アンドルー・ラング世界童話集 10」東京創元社 2009 p7

友情のちかい（アンデルセン）
◇高橋健二訳, いたやさとし画「完訳 アンデルセン童話集 2」小学館 2009 p95

友情の誓い（アンデルセン）
◇天沼春樹訳, ドゥシャン・カーライ, カミラ・シュタンツロヴァー絵「アンデルセン童話全集 3」西村書店 2013 p55

郵便馬車で来た12人（アンデルセン）
◇天沼春樹訳, ドゥシャン・カーライ, カミラ・シュタンツロヴァー絵「アンデルセン童話全集 1」西村書店 2011 p445

郵便馬車で来た十二人（アンデルセン）
◇高橋健二訳, いたやさとし画「完訳 アンデルセン童話集 6」小学館 2010 p107

郵便屋さんの童話（チャペック）
◇田才益夫訳, ヨゼフ・チャペック挿し絵「カレル・チャペック童話全集」青土社 2005 p281

有名な依頼人〔The Adventure of the

ゆうれ

Illustrious Client〕（ドイル）
◇内田庶訳，岡本正樹絵「シャーロック・ホームズ 1」岩崎書店 2011 p5

幽霊〔Apparition〕（モーパッサン）
◇平岡敦編訳，佐竹美保挿画「ホラー短編集 3」岩波書店 2014 p37

幽霊（モーパッサン）
◇岡本綺堂訳「読書がたのしくなる世界の文学 〔5〕」くもん出版 2014 p49

幽霊をさがす（マーヒー）
◇石井桃子訳，シャーリー・ヒューズ画「魔法使いのチョコレート・ケーキ―マーガレット・マーヒーお話集」福音館書店 2004 p153

幽霊船の話（ハウフ）
◇乾侑美子訳，T.ヴェーバーほか画「冷たい心臓―ハウフ童話集」福音館書店 2001 p43

ゆかいなおかみさんたち―デンマークの昔話〔出典〕〔The Merry Wives〕（ラング）
◇生方頼子訳，H.J.フォード装画・挿絵「アンドルー・ラング世界童話集 5」東京創元社 2008 p278

床下に秘密機械〔The Adventure of the Three Garridebs〕（ドイル）
◇山中峯太郎訳著「名探偵ホームズ全集 2」作品社 2017 p76

雪落とし〔Dust of Snow〕（フロスト）
◇アーサー・ビナード，木坂涼編訳，しりあがり寿イラスト「ガラガラヘビの味―アメリカ子ども詩集」岩波書店 2010 p148

雪女（ハーン）
◇脇明子訳「雪女 夏の日の夢」岩波書店 2003 p37

ゆきしろとばらべに（グリム）
◇高橋健二訳，徳井聡司（せんべぇ）イラスト「完訳 グリム童話集 4」小学館 2009 p289

雪しろとばらべに（グリム）
◇乾侑美子訳，ウェルナー・クレムケさし絵「グリムの昔話 1」童話館出版 2000 p284

雪白とばら紅〔Schneeweißchen und Rosenrot〕（グリム）
◇野村泫訳，ルードルフ・ガイスラー画「完訳グリム童話集 6」筑摩書房 2006 p182

雪白とバラ紅（グリム）
◇山口四郎訳「グリム童話 2」冨山房インターナショナル 2004 p55

雪白（ゆきしろ）とバラ紅（べに）（グリム）
◇ワンダ・ガアグ編・絵，松岡享子訳「グリム

のむかしばなし 2」のら書店 2017 p81

雪だるま（アンデルセン）
◇高橋健二訳，いたやさとし画「完訳 アンデルセン童話集 6」小学館 2010 p149
◇大塚勇三編・訳，イブ・スパング・オルセン画「アンデルセンの童話 1」福音館書店 2003 p220

雪だるま〔The Snowman〕（マッガウ）
◇川崎洋訳，サラ・ミッダ絵「木はえらい―イギリス子ども詩集」岩波書店 2000 p166

雪だるま―スノーマン〔The Snow Man〕（アンデルセン）
◇有澤真庭，和佐田道子訳「雪の女王―アンデルセン童話集」竹書房 2014 p173

雪の上の足あと（ルブラン）
◇二階堂黎人編著，清瀬のどか絵「10歳までに読みたい名作ミステリー 怪盗アルセーヌ・ルパン 少女オルスタンスの冒険」学研プラス 2016 p93

雪の上の靴あと〔Des Pas sur La Neige〕（ルブラン）
◇南洋一郎文，朝倉めぐみさし絵「文庫版 怪盗ルパン 13」ポプラ社 2005 p177

雪の上の靴跡（ルブラン）
◇南洋一郎文，奈良葉二挿画「怪盗ルパン全集 〔5〕」ポプラ社 2010 p174

雪の女王（アンデルセン）
◇大畑末吉訳，初山滋さし絵「アンデルセン童話集 3」岩波書店 2000 p157
◇天沼春樹訳，ドゥシャン・カーライ，カミラ・シュタンツロヴァー絵「アンデルセン童話全集 2」西村書店 2012 p74
◇スティーブン・コリン英語訳，江國香織訳，エドワード・アーディゾーニ選・絵「アンデルセンのおはなし」のら書店 2018 p193
◇ナオミ・ルイス訳，代田亜香子日本語版訳，ジョエル・ステュワート絵「アンデルセンの13の童話」小峰書店 2007 p152
◇間所ひさこ再話，にしざかひろみ挿絵「教科書にでてくるせかいのむかし話 1」あかね書房 2016 p82
◇木村由利子訳，朝倉めぐみ絵「こどものための世界の名作 完訳 愛と感動の物語―特選14編」世界文化社 1995 p280
◇与田凖一文，杉田豊絵「世界の名作 7」世界文化社 2001 p21

雪の女王―アンデルセン童話より
◇マーリー・マッキノン再話，西本かおる訳，ロレーナ・アルヴァレス絵「ひとりよみ名作

プリンセスものがたり」小学館 2015 p65
雪の女王―七つのお話からできているメルヒェン（アンデルセン）
　◇高橋健二訳, いたやさとし画「完訳 アンデルセン童話集 2」小学館 2009 p270
雪の女王―七つのお話でできたものがたり〔The Snow Queen〕（アンデルセン）
　◇有澤真庭, 和佐田道子訳「雪の女王―アンデルセン童話集」竹書房 2014 p7
雪の女王―七つの話からできている物語〔The Snow Queen〕（アンデルセン）
　◇荒俣宏訳, ハリー・クラーク絵「アンデルセン童話集」新書館 2005 p247
　◇荒俣宏訳, ハリー・クラーク絵「アンデルセン童話集 上」文藝春秋 2012 p265
雪の女王―七つの話からできている物語〔The Snow Queen／Snedronningen〕（アンデルセン）
　◇大塚勇三編・訳, イブ・スパング・オルセン画「アンデルセンの童話 3」福音館書店 2003 p232
雪の花〔Schneeblume〕（グリム）
　◇吉原高志, 吉原素子訳「初版グリム童話集 3」白水社 2008 p187
雪の花―スノードロップ〔The Snowdrop〕（アンデルセン）
　◇有澤真庭, 和佐田道子訳「雪の女王―アンデルセン童話集」竹書房 2014 p195
雪の花ひめ（グリム）
　◇高橋健二訳, 徳井聡司（せんべえ）イラスト「完訳 グリム童話集 5」小学館 2009 p236
雪の本（ビアンキ）
　◇内田莉莎子訳, いたやさとし絵「ビアンキの動物ものがたり」日本標準 2007 p63
雪の森、日の暮れに〔Stopping by Woods on a Snowy Evening〕（フロスト）
　◇アーサー・ビナード, 木坂涼編訳, しりあがり寿イラスト「ガラガラヘビの味―アメリカ子ども詩集」岩波書店 2010 p149
雪むすめ（スロバキア）〔Snowflake〕（ラング）
　◇川端康成, 野上彰編訳, 小松修絵「ラング世界童話全集 6」偕成社 2008 p212
ゆすりの王さま〔The Adventure of Charles Augustus Milverton〕（ドイル）
　◇日暮まさみち訳, 青山浩行絵「名探偵ホームズシリーズ 〔12〕」講談社 2011 p9

ユダヤ王国（バン・ローン）
　◇片岡政昭訳「世界名作文学集 〔9〕」国土社 2003 p98
ユダヤ人のむすめ（アンデルセン）
　◇高橋健二訳, いたやさとし画「完訳 アンデルセン童話集 4」小学館 2009 p235
ユダヤ人の娘〔Jødepigen〕（アンデルセン）
　◇天沼春樹訳「アンデルセン傑作集 マッチ売りの少女／人魚姫」新潮社 2015 p145
ユダヤ人の娘（アンデルセン）
　◇天沼春樹訳, ドゥシャン・カーライ, カミラ・シュタンツロヴァー絵「アンデルセン童話全集 2」西村書店 2012 p242
ユダヤの古ランプ〔La Lampe Juive〕（ルブラン）
　◇南洋一郎文, 朝倉めぐみさし絵「文庫版 怪盗ルパン 3」ポプラ社 2005 p203
指のお墓（パク キボム）
　◇金松伊訳, パク キョンジン絵「いま読もう！韓国ベスト読みもの 4」汐文社 2005 p5
夢（クリスティ）
　◇花上かつみ訳, 高松啓二絵「アガサ＝クリスティ短編傑作集 1」講談社 2001 p101
夢をしまうところ（ドリスコル）
　◇岸田衿子, 百々佑利子訳, ミーガン・グレッサー絵「おうちをつくろう」のら書店 1993 p48
夢たまご（半村良）
　◇「小学生までに読んでおきたい文学 1」あすなろ書房 2014 p209
夢ぬすびと〔The Man Who Steals Dreams〕（マッガウ）
　◇谷川俊太郎訳, サラ・ミッダ絵「木はえらい―イギリス子ども詩集」岩波書店 2000 p176
夢のソロ・ダンス〔Dream Variation〕（ヒューズ）
　◇岸田衿子, 百々佑利子訳, ミーガン・グレッサー絵「おうちをつくろう」のら書店 1993 p14
夢のブナの木（レアンダー）
　◇国松孝二訳「ふしぎなオルガン」岩波書店 2010 p201
夢みる宇宙人〔Planet of the Dreamers〕（マクドナルド）
　◇常盤新平訳, ヤマグチアキラ絵「SF名作コレクション 7」岩崎書店 2005 p5

ゆもあ

ユーモア作家の告白〔Confessions of a
Humourist〕（オー・ヘンリー）
　◇千葉茂樹訳, 和田誠絵「オー・ヘンリー
　　ショートストーリーセレクション 3」理論
　　社 2007 p139
ゆりかごの歌（コラム）
　◇岸田衿子, 百々佑利子訳, ミーガン・グレッ
　　サー絵「おうちをつくろう」のら書店 1993
　　p33
ゆり木馬〔The Rocking Donkey〕（エイキン）
　◇三辺律子訳, 浅沼テイジイラスト「心の宝箱
　　にしまう15のファンタジー」竹書房 2006
　　p7
　◇三辺律子訳, 浅沼テイジイラスト「ひとにぎ
　　りの黄金 〔1〕」竹書房 2013 p7

【 よ 】

よい一日を！〔Have a Nice Day！〕（ミリガ
ン）
　◇川崎洋訳「木はえらい―イギリス子ども詩
　　集」岩波書店 2000 p162
良い詩〔A Good Poem〕（マッガウ）
　◇谷川俊太郎訳, サラ・ミッダ絵「木はえらい
　　―イギリス子ども詩集」岩波書店 2000
　　p186
陽気な兵隊（グリム）
　◇小澤昔ばなし研究所再話, オットー・ウベ
　　ローデ絵「語るためのグリム童話 4」小峰
　　書店 2007 p177
ようこそあかちゃん〔Welcoming Song〕
（マーヒー）
　◇岸田衿子, 百々佑利子訳, ミーガン・グレッ
　　サー絵「みんなわたしの」のら書店 1991
　　p59
妖精たち〔Les Fées〕（ペロー）
　◇天沢退二郎訳, マリ林さし絵「ペロー童話
　　集」岩波書店 2003 p77
妖精たち（ペロー）
　◇巌谷國士訳, ギュスターブ・ドレ画「眠れる
　　森の美女―完訳ペロー昔話集」講談社 1992
　　p85
　◇巌谷國士訳, ギュスターヴ・ドレ画「眠れる
　　森の美女―完訳ペロー昔話集」筑摩書房
　　2002 p89

◇末松氷海子訳, エヴァ・フラントヴァー絵
　「ペロー昔話・寓話集」西村書店 2008 p218
妖精とヤマネ〔The Elf and the Dormouse〕
（ハーフォード）
　◇アーサー・ビナード, 木坂涼編訳, しりあが
　　り寿イラスト「ガラガラヘビの味―アメリ
　　カ子ども詩集」岩波書店 2010 p116
妖精のあやまち―"Cabinet des Fées"〔出典〕〔A
Fairy's Blunder〕（ラング）
　◇ないとうふみこ訳, H.J.フォード装画・挿絵
　　「アンドルー・ラング世界童話集 6」東京創
　　元社 2008 p309
妖精の乳母―パトリック・ケネディ〔出典〕〔The
Fairy Nurse〕（ラング）
　◇吉井知代子訳, H.J.フォード装画・挿絵「ア
　　ンドルー・ラング世界童話集 12」東京創元
　　社 2009 p42
妖精のおか（アンデルセン）
　◇高橋健二訳, いたやさとし画「完訳 アンデル
　　セン童話集 3」小学館 2009 p51
妖精の丘〔The Elf-Hill〕（アンデルセン）
　◇荒俣宏訳, ハリー・クラーク絵「アンデルセ
　　ン童話集」新書館 2005 p349
　◇荒俣宏訳, ハリー・クラーク絵「アンデルセ
　　ン童話集 下」文藝春秋 2012 p41
妖精の丘（アンデルセン）
　◇天沼春樹訳, ドゥシャン・カーライ, カミ
　　ラ・シュタンツロヴァー絵「アンデルセン
　　童話全集 2」西村書店 2012 p118
　◇大塚勇三編・訳, イブ・スパング・オルセン
　　画「アンデルセンの童話 1」福音館書店
　　2003 p138
妖精のおくりもの―ケーリュス伯爵〔出典〕〔Fairy
Gifts〕（ラング）
　◇おおつかのりこ訳, H.J.フォード装画・挿絵
　　「アンドルー・ラング世界童話集 3」東京創
　　元社 2008 p80
妖精のしくじり（フランス）〔A Fairy's
Blunder〕（ラング）
　◇川端康成, 野上彰編訳, 牧野鈴子絵「ラング
　　世界童話全集 5」偕成社 2008 p81
妖精より美しい金髪姫〔Fairer-than-a-
Fairy〕（ラング）
　◇杉田七重訳, H.J.フォード装画・挿絵「アン
　　ドルー・ラング世界童話集 4」東京創元社
　　2008 p158
幼虫をうみつけるニクバエ（ファーブル）
　◇奥本大三郎編・訳, 見山博標本画・イラスト

「ファーブル昆虫記 5」集英社 1996 p295

養老院のまどから（アンデルセン）
　◇高橋健二訳, いたやさとし画「完訳 アンデルセン童話集 3」小学館 2009 p124

養老院の窓から（アンデルセン）
　◇天沼春樹訳, ドゥシャン・カーライ, カミラ・シュタンツロヴァー絵「アンデルセン童話全集 1」西村書店 2011 p252

よく考えてみれば〔Point of View〕（シルヴァースタイン）
　◇アーサー・ビナード, 木坂涼編訳, しりあがり寿イラスト「ガラガラヘビの味——アメリカ子ども詩集」岩波書店 2010 p62

よくばりなイヌ（イソップ）
　◇内田麟太郎文, 高畠純絵「ポプラ世界名作童話 19」ポプラ社 2016 p24

よくばりな犬（イソップ）
　◇よこたきよし文, いたやさとし絵「読み聞かせイソップ50話」チャイルド本社 2007 p38

欲ばりなお百姓（イソップ）
　◇いわきたかし著, ほてはまたかし画「いそっぷ童話集」童話屋 2004 p96

欲ばりの丸損——キャンベル少佐 フィーローズブル〔出典〕〔Grasp All, Lose All〕（ラング）
　◇宮坂宏美訳, H.J.フォード装画・挿絵「アンドルー・ラング世界童話集 11」東京創元社 2009 p266

予言者の警告（バン・ローン）
　◇片岡政昭訳「世界名作文学集 〔9〕」国土社 2003 p119

予告殺人〔A Murder is Announced〕（クリスティ）
　◇羽田詩津子訳「クリスティー・ジュニア・ミステリ 4」早川書房 2008 p1

よこしまなクズリ——Bureau of Ethnology〔出典〕〔The Wicked Wolverine〕（ラング）
　◇おおつかのりこ訳, H.J.フォード装画・挿絵「アンドルー・ラング世界童話集 9」東京創元社 2009 p138

四つのおくりもの——エミール・スーヴェストル〔出典〕〔The Four Gifts〕（ラング）
　◇大井久里子訳, H.J.フォード装画・挿絵「アンドルー・ラング世界童話集 12」東京創元社 2009 p302

四つの署名〔The Sign of Four〕（ドイル）
　◇日暮まさみち訳, 青山浩行絵「名探偵ホームズシリーズ 〔6〕」講談社 2011 p9

夜鳴きうぐいす（アンデルセン）
　◇高橋健二訳, いたやさとし画「完訳 アンデルセン童話集 2」小学館 2009 p190

夜鳴きうぐいす（ハウフ）
　◇福原嘉一郎訳, 朝倉めぐみ絵「こどものための世界の名作 完訳 愛と感動の物語——特選14編」世界文化社 1995 p220

夜なきうぐいすと片目のとかげ（グリム）
　◇高橋健二訳, 徳井聡司（せんべぇ）イラスト「完訳 グリム童話集 5」小学館 2009 p280

夜啼きウグイスとめくらトカゲ〔Von der Nachtigall und der Blindschleiche〕（グリム）
　◇吉原高志, 吉原素子訳「初版グリム童話集 1」白水社 2007 p48

四人のうでのたつきょうだい（グリム）
　◇植田敏郎訳, ウェルナー・クレムケさし絵「グリムの昔話 1」童話館出版 2000 p196

四人のおばあちゃん〔The Four Grannies〕（D.W.ジョーンズ）
　◇野口絵美訳, 佐竹美保絵「ダイアナ・ウィン・ジョーンズ短編集 魔法！魔法！魔法！」徳間書店 2007 p73

ヨハネおばあさんの話したこと（アンデルセン）
　◇高橋健二訳, いたやさとし画「完訳 アンデルセン童話集 8」小学館 2010 p227

ヨハネス王子の話〔Vom Prinz Johannes〕（グリム）
　◇吉原高志, 吉原素子訳「初版グリム童話集 3」白水社 2008 p188

ヨハンネばあさんが語ったこと（アンデルセン）
　◇天沼春樹訳, ドゥシャン・カーライ, カミラ・シュタンツロヴァー絵「アンデルセン童話全集 3」西村書店 2013 p503

読むまえに、ちょっとひとこと〔地獄の使いをよぶ呪文——悪魔と魔女の13の話〕（プロイスラー）
　◇「プロイスラーの昔話 2」小峰書店 2003 p7

読むまえに、ちょっとひとこと〔魂をはこぶ船——幽霊の13の話〕（プロイスラー）
　◇「プロイスラーの昔話 3」小峰書店 2004 p7

読むまえに、ちょっとひとこと〔真夜中の鐘がなるとき——宝さがしの13の話〕（プロイスラー）
　◇「プロイスラーの昔話 1」小峰書店 2003

よめえ

p7

よめえらび（グリム）
　◇高橋健二訳, 徳井聡司（せんべぇ）イラスト
　「完訳 グリム童話集 4」小学館 2009 p271

嫁えらび（グリム）
　◇小澤昔ばなし研究所再話, オットー・ウベ
　ローデ絵「語るためのグリム童話 7」小峰
　書店 2007 p43

嫁選び〔Die Brautschau〕（グリム）
　◇池田香代子訳, オットー＝ウッベローデ挿
　画「完訳クラシック グリム童話 4」講談社
　2000 p249
　◇「完訳 グリム童話集 6」筑摩書房 2006
　p160

嫁選び（グリム）
　◇池田香代子訳, オットー・ウッベローデ挿画
　「完訳 グリム童話集 3」講談社 2008 p224
　◇橋本孝, 天沼春樹訳, シャルロット・デマ
　トーン絵「グリム童話全集」西村書店 2013
　p497

嫁とりハンス〔Hans heiratet〕（グリム）
　◇池田香代子訳, オットー＝ウッベローデ挿
　画「完訳クラシック グリム童話 3」講談社
　2000 p97

嫁とりハンス（グリム）
　◇池田香代子訳, オットー・ウッベローデ挿画
　「完訳 グリム童話集 2」講談社 2008 p238

ヨリンデとヨリンゲル〔Jorinde und
Joringel〕（グリム）
　◇池田香代子訳, オットー＝ウッベローデ挿
　画「完訳クラシック グリム童話 3」講談社
　2000 p19
　◇野村泫訳, ジョージ・クルックシャンク画
　「完訳 グリム童話集 3」筑摩書房 2006 p298
　◇吉原高志, 吉原素子訳「初版グリム童話集
　3」白水社 2008 p111
　◇乾侑美子訳, Otto Ubbelohde, Ludwig
　Richter挿絵「1812初版グリム童話 下」小
　学館 2000 p31

ヨリンデとヨリンゲル（グリム）
　◇小澤昔ばなし研究所再話, オットー・ウベ
　ローデ絵「語るためのグリム童話 4」小峰
　書店 2007 p129
　◇山口四郎訳「グリム童話 1」冨山房イン
　ターナショナル 2004 p118
　◇ウィルヘルム菊江訳, リディア・ポストマ絵
　「グリム童話集」西村書店 2013 p72
　◇池田香代子訳, オットー・ウッベローデ挿画
　「完訳 グリム童話集 2」講談社 2008 p144

　◇高橋健二訳, 徳井聡司（せんべぇ）イラスト
　「完訳 グリム童話集 2」小学館 2008 p362
　◇佐々木田鶴子訳, 出久根育絵「グリム童話集
　下」岩波書店 2007 p109
　◇橋本孝, 天沼春樹訳, シャルロット・デマ
　トーン絵「グリム童話全集」西村書店 2013
　p260
　◇矢崎源九郎訳, マルヴィン・ピークさし絵
　「グリムの昔話 2」童話館出版 2000 p114
　◇フェリクス・ホフマン編・画, 大塚勇三訳
　「グリムの昔話 2」福音館書店 2002 p101

夜、建築設計事務所で（エンデ）
　◇田村都志夫訳「だれでもない庭―エンデが
　遺した物語集」岩波書店 2002 p338
　◇田村都志夫訳「だれでもない庭―エンデが
　遺した物語集」岩波書店 2015 p420

夜の客（宇野信夫）
　◇「小学生までに読んでおきたい文学 4」あ
　すなろ書房 2013 p165

夜はけっしてとどまらない〔The Night Will
Never Stay〕（ファージョン）
　◇岸田衿子, 百々佑利子訳, ミーガン・グレッ
　シー絵「おうちをつくろう」のら書店 1993
　p48

喜びと悲しみを分かちあう〔Lieb und Leid
teilen〕（グリム）
　◇野村泫訳, ルートヴィヒ・リヒター画「完訳
　グリム童話集 6」筑摩書房 2006 p281

よわむしサンバ（アフリカ）〔Samba the
Coward〕（ラング）
　◇川端康成, 野上彰編訳, 矢野信一郎絵「ラン
　グ世界童話全集 7」偕成社 p

弱虫のゲイラルドがむくいを受けるまで―
『アイスランドの昔話』〔出典〕〔How Geirald the
Coward was Punished〕（ラング）
　◇大井久里子訳, H.J.フォード装画・挿絵「ア
　ンドルー・ラング世界童話集 9」東京創元
　社 2009 p80

四十人の盗賊―アラビアン・ナイト〔出典〕〔The
Forty Thieves〕（ラング）
　◇菊池由美訳, H.J.フォード, G.P.ジェイコ
　ム＝フッド装画・挿絵「アンドルー・ラン
　グ世界童話集 1」東京創元社 2008 p218

【 ら 】

ライオン（ダール）
◇灰島かり訳, クェンティン・ブレイク絵「ロアルド・ダールコレクション 14」評論社 2006 p16

ライオン―詩集「けもののケモノ」より（ダール）
◇灰島かり日本語「まるごと一冊ロアルド・ダール」評論社 2000 p115

らいおんを助けた野ねずみ（イソップ）
◇いわきたかし著, ほてはまたかし画「いそっぷ童話集」童話屋 2004 p20

ライオンを連れた王さま〔Der König mit dem Löwen〕（グリム）
◇乾侑美子訳, Otto Ubbelohde, Ludwig Richter挿絵「1812初版グリム童話 下」小学館 2000 p20

ライオンといのしし（イソップ）
◇よこたきよし文, 飯岡千江子絵「読み聞かせイソップ50話」チャイルド本社 2007 p80

ライオンとイノシシ（イソップ）
◇河野与一編訳, 稗田一穂さし絵「イソップのお話」岩波書店 2000 p130
◇小出正吾ぶん, 三好碩也え「イソップのおはなし」のら書店 2010 p38

ライオンと猪（イソップ）
◇川名澄訳, アーサー・ラッカム絵「新編 イソップ寓話」風媒社 2014 p64

ライオンとイルカ（イソップ）
◇河野与一編訳, 稗田一穂さし絵「イソップのお話」岩波書店 2000 p129

ライオンとうさぎ（イソップ）
◇よこたきよし文, 飯岡千江子絵「読み聞かせイソップ50話」チャイルド本社 2007 p28

ライオンとウサギ（イソップ）
◇河野与一編訳, 稗田一穂さし絵「イソップのお話」岩波書店 2000 p132
◇河野与一編訳, 稗田一穂さし絵「イソップのお話」岩波書店 2000 p135
◇天野裕訳, ローワン・バーンズマーフィー絵「イソップ物語」文溪堂 2005 p47
◇川崎洋文, ビビ・バラシュ絵「小学館 世界の名作 18」小学館 1999 p18

ライオンと牡ウシ（イソップ）
◇河野与一編訳, 稗田一穂さし絵「イソップのお話」岩波書店 2000 p282

ライオンとかえる〔Der Löwe und der Frosch〕（グリム）
◇吉原高志, 吉原素子訳, Johann Jacob Kirchner挿絵「初版グリム童話集 5」白水社 2008 p98

ライオンとかえる（グリム）
◇高橋健二訳, 徳井聡司（せんべぇ）イラスト「完訳グリム童話集 5」小学館 2009 p342

ライオンとカエル（イソップ）
◇河野与一編訳, 稗田一穂さし絵「イソップのお話」岩波書店 2000 p128

ライオンとカエル〔Der Löwe und der Frosch〕（グリム）
◇乾侑美子訳, Otto Ubbelohde, Ludwig Richter挿絵「1812初版グリム童話 下」小学館 2000 p267

ライオンとキツネ（イソップ）
◇河野与一編訳, 稗田一穂さし絵「イソップのお話」岩波書店 2000 p40

ライオンと狐とロバ（イソップ）
◇川名澄訳, アーサー・ラッカム絵「新編 イソップ寓話」風媒社 2014 p150

ライオンとクマ（イソップ）
◇河野与一編訳, 稗田一穂さし絵「イソップのお話」岩波書店 2000 p126
◇川崎洋文, デビット・ラム絵「小学館 世界の名作 18」小学館 1999 p26

ライオンとクマとキツネ（イソップ）
◇小出正吾ぶん, 三好碩也え「イソップのおはなし」のら書店 2010 p103

ライオンとけものたち（イソップ）
◇ラッセル・アッシュ, バーナード・ヒットン編著, 秋野翔一郎訳「クラシックイラストレーション版 イソップ寓話集」童話館出版 2002 p32

ライオンと三頭のウシ（イソップ）
◇内田麟太郎文, 高畠純絵「ポプラ世界名作童話 19」ポプラ社 2016 p130

ライオンとゼウスと象（イソップ）
◇川名澄訳, アーサー・ラッカム絵「新編 イソップ寓話」風媒社 2014 p134

ライオンとねずみ（イソップ）
◇鬼塚りつ子文, 米山永一, 朝倉めぐみ絵「グリム・イソップ童話集」世界文化社 2004 p140

◇鬼塚りつ子文, 米山永一, 朝倉めぐみ絵「こどものための世界の名作 グリム・イソップ・アンデルセン—ベスト30話」世界文化社 1994 p140

ライオンとネズミ（イソップ）
　◇ラッセル・アッシュ, バーナード・ヒットン編著, 秋野翔一郎訳「クラシックイラストレーション版 イソップ寓話集」童話館出版 2002 p38
　◇河野与一編訳, 稗田一穂さし絵「イソップのお話」岩波書店 2000 p19
　◇小出正吾ぶん, 三好碩也え「イソップのおはなし」のら書店 2010 p51
　◇赤木かんこ訳, たなかゆうこ挿絵「こんなとき読んであげたい おはなしのおもちゃ箱 2」PHP研究所 2003 p64
　◇川崎洋文, 佐藤邦雄絵「小学館 世界の名作 18」小学館 1999 p64
　◇内田麟太郎文, 高畠純絵「ポプラ世界名作童話 19」ポプラ社 2016 p93

ライオンとネズミ〔Le Lion et le Rat〕（ラ・フォンテーヌ）
　◇大澤千加訳, ブーテ・ド・モンヴェル絵「ラ・フォンテーヌ寓話」洋洋社 2016 p131

ライオンと鼠（イソップ）
　◇川名澄訳, アーサー・ラッカム絵「新編 イソップ寓話」風媒社 2014 p27

ライオンとねずみのおんがえし（イソップ）
　◇よこたきよし文, いたやさとし絵「読み聞かせイソップ50話」チャイルド本社 2007 p100

ライオンと農夫（イソップ）
　◇河野与一編訳, 稗田一穂さし絵「イソップのお話」岩波書店 2000 p247

ライオンとロバとキツネ（イソップ）
　◇河野与一編訳, 稗田一穂さし絵「イソップのお話」岩波書店 2000 p135

ライオンとワシ（イソップ）
　◇河野与一編訳, 稗田一穂さし絵「イソップのお話」岩波書店 2000 p125

ライオンの王国（イソップ）
　◇川名澄訳, アーサー・ラッカム絵「新編 イソップ寓話」風媒社 2014 p123

ライオンの皮をかぶったロバ（イソップ）
　◇川名澄訳, アーサー・ラッカム絵「新編 イソップ寓話」風媒社 2014 p54

ライオンのかわをきたロバ（イソップ）
　◇小出正吾ぶん, 三好碩也え「イソップのおはなし」のら書店 2010 p124

ライオンの皮を着たロバ（イソップ）
　◇河野与一編訳, 稗田一穂さし絵「イソップのお話」岩波書店 2000 p199

ライオンの毛皮を着たロバ（イソップ）
　◇ラッセル・アッシュ, バーナード・ヒットン編著, 秋野翔一郎訳「クラシックイラストレーション版 イソップ寓話集」童話館出版 2002 p66

ライオンのたてがみ〔The Adventure of the Lion's Mane〕（ドイル）
　◇日暮まさみち訳, 青山浩行絵「名探偵ホームズシリーズ 〔16〕」講談社 2012 p113
　◇山中峯太郎訳著「名探偵ホームズ全集 3」作品社 2017 p568

ライオンのたてがみ事件〔The Adventure of the Lion's Mane〕（ドイル）
　◇中尾明訳, 岡本正樹絵「シャーロック・ホームズ 12」岩波書店 2011 p5

ライオンの母親（イソップ）
　◇河野与一編訳, 稗田一穂さし絵「イソップのお話」岩波書店 2000 p124

ライゲートの大地主〔The Adventure of the Reigate Squire〕（ドイル）
　◇日暮まさみち訳, 青山浩行絵「名探偵ホームズシリーズ 〔11〕」講談社 2011 p50

ライゲートの大地主〔The Reigate Squires〕（ドイル）
　◇中尾明訳, 岡本正樹絵「シャーロック・ホームズ 8」岩崎書店 2011 p57

ライゲートの大地主（ドイル）
　◇亀山龍樹訳, 佐竹美保さし絵「名探偵ホームズ 4」ポプラ社 2006 p85

ラウンドのあいだに〔Between Rounds〕（オー・ヘンリー）
　◇千葉茂樹訳, 和田誠絵「オー・ヘンリー ショートストーリーセレクション 5」理論社 2007 p169

ワタオウサギの子どもの物語 ラギーラグ〔Raggylug〕（シートン）
　◇今泉吉晴訳「シートン動物記 2」福音館書店 2003 p1

楽園の庭（アンデルセン）
　◇高橋健二訳, いたやさとし画「完訳 アンデルセン童話集 2」小学館 2009 p6
　◇天沼春樹訳, ドゥシャン・カーライ, カミラ・シュタンツロヴァー絵「アンデルセン童話全集 2」西村書店 2012 p33

楽勝 初短編——一九四二年（ダール）
◇柳瀬尚紀訳, 山本容子絵「ロアルド・ダール
コレクション 7」評論社 2006 p325

ラクダとゼウス（イソップ）
◇河野与一編訳, 稗田一穂さし絵「イソップの
お話」岩波書店 2000 p273

ラクダとゾウとサル（イソップ）
◇河野与一編訳, 稗田一穂さし絵「イソップの
お話」岩波書店 2000 p274

ラグとお母さんウサギ〔Raggylug, the Story
of a Cottontail Rabbit〕（シートン）
◇谷村志穂訳, 吉田圭子絵「シートンの動物
記」集英社 2013 p7

楽な金もうけ〔Easy Money〕（マッガウ）
◇谷川俊太郎訳, サラ・ミッダ絵「木はえらい
——イギリス子ども詩集」岩波書店 2000
p196

ラザルスとドラーケン〔Herr Lazarus and
the Draken〕（ラング）
◇生方頼子訳, H.J.フォード装画・挿絵「アン
ドルー・ラング世界童話集 6」東京創元社
2008 p123

ラ・シルフィード——シャルル・ノディエ作の物語より
（初演 フランス 1832年）
◇スザンナ・デイヴィッドソン, ケイティ・デ
インズ再話, 西本かおる訳, アリーダ・マッ
サーリ絵「ひとりよみ名作 バレエものがた
り」小学館 2015 p48

ラスト★ショット〔Last Shot：A Final Four
Mystery〕（ファインスタイン）
◇唐沢則幸訳「海外ミステリーBOX 〔6〕」
評論社 2010 p5

ラッキー・ラック——ハンガリーの昔話〔出典〕
〔Lucky Luck〕（ラング）
◇熊谷淳子訳, H.J.フォード装画・挿絵「アン
ドルー・ラング世界童話集 8」東京創元社
2009 p17

ラッキーラック（ハンガリア）〔Lucky Luck〕
（ラング）
◇川端康成, 野上彰編訳, せべまさゆき絵「ラ
ング世界童話全集 3」偕成社 2008 p234

ラッパの響き〔The Clarion Call〕（オー・ヘ
ンリー）
◇千葉茂樹訳, 和田誠絵「オー・ヘンリー
ショートストーリーセレクション 1」理論
社 2007 p125

らっぱふき（イソップ）
◇小出正吾ぶん, 三好碩也え「イソップのおは

なし」のら書店 2010 p46

ラッパ吹き（イソップ）
◇河野与一編訳, 稗田一穂さし絵「イソップの
お話」岩波書店 2000 p114

ラバ（イソップ）
◇川名澄訳, アーサー・ラッカム絵「新編 イ
ソップ寓話」風媒社 2014 p128

ラバカンと王子〔The Story of the Sham
Prince, or the Ambitious Tailor〕（ラング）
◇川端康成, 野上彰編訳, アンマサコ絵「ラン
グ世界童話全集 4」偕成社 2008 p260

ラブソング〔What's in Your Head〕（ローゼ
ン）
◇谷川俊太郎訳, クウェンティン・ブレイク絵
「木はえらい——イギリス子ども詩集」岩波書
店 2000 p66

ラプンツェル〔Rapunzel〕（グリム）
◇池田香代子訳, オットー＝ウッベローデ挿
画「完訳クラシック グリム童話 1」講談社
2000 p93
◇野村泫訳, オットー・シュペクター画「完訳
グリム童話集 1」筑摩書房 2005 p164
◇吉原高志, 吉原素子訳, Otto Speckter挿絵
「初版グリム童話集 1」白水社 2007 p72
◇乾侑美子訳, Otto Ubbelohde, Ludwig
Richter挿絵「1812初版グリム童話 上」小
学館 2000 p43

ラプンツェル（グリム）
◇小澤昔ばなし研究所再話, オットー・ウベ
ローデ絵「語るためのグリム童話 1」小峰
書店 2007 p118
◇間所ひさこ再話, くまあやこ挿絵「教科書に
でてくるせかいのむかし話 1」あかね書房
2016 p66
◇山口四郎訳「グリム童話 3」冨山房イン
ターナショナル 2004 p46
◇池田香代子訳, オットー・ウッベローデ挿画
「完訳 グリム童話集 1」講談社 2008 p118
◇佐々木田鶴子訳, 出久根育絵「グリム童話集
上」岩波書店 2007 p212
◇橋本孝, 天沼春樹訳, シャルロット・デマ
トーン絵「グリム童話全集」西村書店 2013
p54
◇フェリクス・ホフマン編・画, 大塚勇三訳
「グリムの昔話 1」福音館書店 2002 p106
◇ワンダ・ガアグ編・絵, 松岡享子訳「グリム
のむかしばなし 2」のら書店 2017 p23
◇乾侑美子訳, ウォルター・クレインさし絵
「グリムの昔話 3」童話館出版 2001 p144

らんく

◇安東みきえ文, 100%ORANGE絵「ポプラ世界名作童話 15」ポプラ社 2016 p79

ラングドックサソリ（ファーブル）
◇奥本大三郎編・訳, 見山博標本画・イラスト「ファーブル昆虫記 4」集英社 1996 p133
◇大岡信編訳「ファーブルの昆虫記 下」岩波書店 2000 p271

ランプ（イソップ）
◇河野与一編訳, 稗田一穂さし絵「イソップのお話」岩波書店 2000 p107

【 り 】

リア王〔King Lear〕（シェイクスピア）
◇小田島雄志文, 里中満智子画「シェイクスピア・ジュニア文学館 8」汐文社 2001 p11
◇小田島雄志文, 里中満智子絵「シェイクスピア名作コレクション 8」汐文社 2016 p1
◇ラム作, 矢川澄子訳, アーサー・ラッカムさし絵「シェイクスピア物語」岩波書店 2001 p109
◇ジェラルディン・マコックラン著, 金原瑞人訳, ひらいたかこ絵「シェイクスピア物語集」偕成社 2009 p173

りこうなグレーテル（グリム）
◇フェリクス・ホフマン編・画, 大塚勇三訳「グリムの昔話 3」福音館書店 2002 p67

りこうな、ちびの仕立屋（グリム）
◇フェリクス・ホフマン編・画, 大塚勇三訳「グリムの昔話 2」福音館書店 2002 p435

りこうなハンス〔Der gescheidte Hans〕（グリム）
◇乾侑美子訳, Otto Ubbelohde, Ludwig Richter挿絵「1812初版グリム童話 上」小学館 2000 p180

りこうなハンス〔Der gescheite Hans〕（グリム）
◇「完訳 グリム童話集 2」筑摩書房 2006 p132

りこうなハンス（グリム）
◇高橋健二訳, 徳井聡司（せんべぇ）イラスト「完訳 グリム童話集 1」小学館 2008 p347
◇橋本孝, 天沼春樹訳, シャルロット・デマトーン絵「グリム童話全集」西村書店 2013 p127

りこうな百姓娘（グリム）
◇フェリクス・ホフマン編・画, 大塚勇三訳「グリムの昔話 2」福音館書店 2002 p287

りす
◇岸田衿子, 百々佑利子訳, ミーガン・グレッサー絵「みんなわたしの」のら書店 1991 p43

リーズのけっこん―ピエール＝アントワーヌ・ボードワンの絵画より（初演 フランス 1789年）
◇スザンナ・デイヴィッドソン, ケイティ・デインズ再話, 西本かおる訳, アリーダ・マッサーリ絵「ひとりよみ名作 バレエものがたり」小学館 2015 p84

りすのナトキンのおはなし（ポター）
◇いしいももこやく「愛蔵版 ピーターラビット全おはなし集」福音館書店 1994 p23
◇いしいももこやく「愛蔵版 ピーターラビット全おはなし集」福音館書店 2007 p23

リスのバナーテイル〔Bannertail : The Story of A Graysquirrel〕（シートン）
◇今泉吉晴訳「シートン動物記 〔5〕」童心社 2010 p1

流星の夜（カニグズバーグ）
◇松永ふみ子訳, L.シンデルマンさし絵「カニグズバーグ作品集 1」岩波書店 2001 p225

竜と鉄床（かなとこ）（ペロー）
◇末松氷海子訳, エヴァ・フラントヴァー絵「ペロー昔話・寓話集」西村書店 2008 p305

竜とそのおばあさん（グリム）
◇ワンダ・ガアグ編・絵, 松岡享子訳「グリムのむかしばなし 2」のら書店 2017 p123

竜と竜のおばあさん〔The Dragon and His Grandmother〕（ラング）
◇大井久里子訳, H.J.フォード装画・挿絵「アンドルー・ラング世界童話集 4」東京創元社 2008 p49
◇川端康成, 野上彰編訳, アンマサコ絵「ラング世界童話全集 4」偕成社 2008 p171

リュクサンブール公園のノミ（ショヴォー）
◇出口裕弘訳「ショヴォー氏とルノー君のお話集 5」福音館書店 2003 p70

リュックと帽子と角笛〔Der Ranzen, das Hütlein und das Hörnlein〕（グリム）
◇池田香代子訳, オットー＝ウッベローデ挿画「完訳クラシック グリム童話 2」講談社 2000 p137

リュックと帽子と角笛（グリム）
◇池田香代子訳, オットー・ウッベローデ挿画

「完訳 グリム童話集 1」講談社 2008 p500

リュートひき―ロシアの昔話〔出典〕〔The Lute
Player〕（ラング）
◇ないとうふみこ訳、H.J.フォード装画・挿絵
「アンドルー・ラング世界童話集 7」東京創
元社 2008 p84

リュート弾き（ロシア）〔The Lute Player〕
（ラング）
◇川端康成、野上彰編訳、西村香英絵「ラング
世界童話全集 2」偕成社 2008 p183

リューベツァール―『ドイツ人の民話』〔出典〕
〔Rübezahl〕（ラング）
◇ないとうふみこ訳、H.J.フォード装画・挿絵
「アンドルー・ラング世界童話集 9」東京創
元社 2009 p295

猟犬と兎（イソップ）
◇川名澄訳、アーサー・ラッカム絵「新編 イ
ソップ寓話」風媒社 2014 p93

猟犬と番犬（イソップ）
◇河野与一編訳、稗田一穂さし絵「イソップの
お話」岩波書店 2000 p166

漁師（イソップ）
◇河野与一編訳、稗田一穂さし絵「イソップの
お話」岩波書店 2000 p192

猟師と犬（シートン）
◇前川康男文、石田武雄絵「はじめてであう
シートン動物記 5」フレーベル館 2002 p93

漁師と大きい魚と小さい魚（イソップ）
◇河野与一編訳、稗田一穂さし絵「イソップの
お話」岩波書店 2000 p24

漁師とおおかみさん〔Von dem Fischer un siine
Fru〕（グリム）
◇乾侑美子訳、Otto Ubbelohde, Ludwig
Richter挿絵「1812初版グリム童話 上」小
学館 2000 p85

漁師とおおかみさん（グリム）
◇佐々木田鶴子訳、出久根育絵「グリム童話集
上」岩波書店 2007 p256
◇乾侑美子訳、ウェルナー・クレムケさし絵
「グリムの昔話 2」童話館出版 2000 p270
◇ワンダ・ガアグ編・絵、松岡享子訳「グリム
のむかしばなし 2」のら書店 2017 p139

漁師とおおかみさんの話〔Von dem Fischer un
siine Fru〕（グリム）
◇吉原高志、吉原素子訳「初版グリム童話集
1」白水社 2007 p114

漁師とおおかみさんの話〔Von dem Fischer un
syner Fru〕（グリム）

「完訳 グリム童話集 1」筑摩書房 2005
p249

漁師とおかみさんの話（グリム）
◇フェリクス・ホフマン編・画、大塚勇三訳
「グリムの昔話 1」福音館書店 2002 p157

漁師とかみさん〔Vom Fischer und seiner
Frau〕（グリム）
◇池田香代子訳、オットー＝ウッベローデ挿
画「完訳クラシック グリム童話 1」講談社
2000 p139

漁師とかみさん（グリム）
◇池田香代子訳、オットー・ウッベローデ挿画
「完訳 グリム童話集 1」講談社 2008 p176

漁師とその魂〔The Fisherman and His Soul〕
（ワイルド）
◇西村孝次訳「幸福な王子―ワイルド童話全
集」新潮社 2003 p161

漁師とその妻（グリム）
◇小澤昔ばなし研究所再話、オットー・ウベ
ローデ絵「語るためのグリム童話 1」小峰
書店 2007 p162
◇高橋健二訳、徳井聡司（せんべぇ）イラスト
「完訳 グリム童話集 1」小学館 2008 p208

漁師とその妻の話（グリム）
◇山口四郎訳「グリム童話 3」冨山房イン
ターナショナル 2004 p18

漁師とその女房の話（グリム）
◇橋本孝、天沼春樹訳、シャルロット・デマ
トーン絵「グリム童話全集」西村書店 2013
p78

猟人荘の怪事件（クリスティ）
◇花上かつみ訳、高松啓二絵「アガサ＝クリス
ティ短編傑作集 1」講談社 2001 p5

緑柱石の宝冠〔The Adventure of the Beryl
Coronet〕（ドイル）
◇日暮まさみち訳、青山浩行絵「名探偵ホーム
ズシリーズ 〔3〕」講談社 2011 p101

緑柱石の宝冠（ドイル）
◇亀山龍樹訳、佐竹美保さし絵「名探偵ホーム
ズ 2」ポプラ社 2006 p175

リリー・リー〔Lily Lee〕（ベスト）
◇岸田衿子、百々佑利子訳、ミーガン・グレッ
サー絵「みんなわたしの」のら書店 1991
p47

リング王子―アイスランドの昔話〔出典〕〔Prince
Ring〕（ラング）
◇大井久里子訳、H.J.フォード装画・挿絵「ア
ンドルー・ラング世界童話集 4」東京創元

世界児童文学全集/個人全集・作品名綜覧 第II期　**423**

社 2008 p301

リンクランクじいさん〔Oll Rinkrank〕（グリム）
◇池田香代子訳, オットー＝ウッベローデ挿画「完訳クラシック グリム童話 5」講談社 2000 p215
◇「完訳 グリム童話集 7」筑摩書房 2006 p226

リンクランクじいさん（グリム）
◇池田香代子訳, オットー・ウッベローデ挿画「完訳 グリム童話集 3」講談社 2008 p472
◇高橋健二訳, 徳井聡司（せんべぇ）イラスト「完訳 グリム童話集 5」小学館 2009 p200
◇橋本孝, 天沼春樹訳, シャルロット・デマトーン絵「グリム童話全集」西村書店 2013 p602

リンゴちゃん〔Apple, apple〕（ミリガン）
◇川崎洋訳「木はえらい―イギリス子ども詩集」岩波書店 2000 p154

リンドオルム王―スウェーデンの昔話〔出典〕〔King Lindorm〕（ラング）
◇杉本詠美訳, H.J.フォード装画・挿絵「アンドルー・ラング世界童話集 5」東京創元社 2008 p284

【 る 】

るっせえなあ〔Chivvy〕（ローゼン）
◇谷川俊太郎訳, クウェンティン・ブレイク絵「木はえらい―イギリス子ども詩集」岩波書店 2000 p46

ルツの話（バン・ローン）
◇片岡政昭訳「世界名作文学集 〔9〕」国土社 2003 p95

ルパン最後の恋（ルブラン）
◇那須正幹文「怪盗ルパン全集 〔15〕」ポプラ社 2016 p5

ルパン最期の冒険〔La Cagliostro se Venge〕（ルブラン）
◇南洋一郎文, 佐竹美保さし絵「文庫版 怪盗ルパン 20」ポプラ社 2005 p9

ルパン城〔L'Aiguille Creuse〕（ルブラン）
◇瑞島永添訳, 篠崎三朗絵「子どものための世界文学の森 40」集英社 1997 p10

ルパン対ホームズ〔Arsène Lupin contre

Herlock Sholmès〕（ルブラン）
◇「文庫版 怪盗ルパン 3」ポプラ社 2005

ルパンと怪人〔La Berre–y–Va〕（ルブラン）
◇佐竹美保さし絵「文庫版 怪盗ルパン 18」ポプラ社 2005 p9

ルパンとは何者？（ルブラン）
◇加藤真理子, 高橋美江訳「怪盗ルパン全集〔15〕」ポプラ社 2016 p232

ルパンの大作戦〔L'Eclat d'Obus〕（ルブラン）
◇南洋一郎文, 朝倉めぐみさし絵「文庫版 怪盗ルパン 9」ポプラ社 2005 p9

ルパンの大失敗〔Le Coffrefort de Madam Imbert〕（ルブラン）
◇南洋一郎文, 佐竹美保さし絵「文庫版 怪盗ルパン 2」ポプラ社 2005 p9

ルパンの大冒険〔Victor, de La Brigade Mondaine〕（ルブラン）
◇南洋一郎文, 朝倉めぐみさし絵「文庫版 怪盗ルパン 19」ポプラ社 2005 p9

ルパンの脱走〔L'Evasion d'Arsène Lupin〕（ルブラン）
◇南洋一郎文, 藤田新策さし絵「文庫版 怪盗ルパン 1」ポプラ社 2005 p83

ルパンの脱走（ルブラン）
◇南洋一郎文, 奈良葉二挿画「怪盗ルパン全集〔2〕」ポプラ社 2010 p98

ルパンの名探偵〔L'Agence Barnett et Cie〕（ルブラン）
◇「文庫版 怪盗ルパン 16」ポプラ社 2005

ルムペルシュティルツヒェン（グリム）
◇山口四郎訳「グリム童話 1」冨山房インターナショナル 2004 p103

ルンペルシュチルツヒェン（グリム）
◇楠山正雄訳「読書がたのしくなる世界の文学 〔4〕」くもん出版 2014 p5

ルンペルシュティルツヒェン〔Rumpelstilzchen〕（グリム）
◇池田香代子訳, オットー＝ウッベローデ挿画「完訳クラシック グリム童話 2」講談社 2000 p146
◇野村泫訳, ジョージ・クルックシャンク画「完訳 グリム童話集 3」筑摩書房 2006 p109
◇吉原高志, 吉原素子訳「初版グリム童話集 3」白水社 2008 p11
◇乾侑美子訳, Otto Ubbelohde, Ludwig Richter挿画「1812初版グリム童話 上」小学館 2000 p308

ルンペルシュティルツヒェン（グリム）

◇小澤昔ばなし研究所再話, オットー・ウベローデ絵「語るためのグリム童話 3」小峰書店 2007 p145

◇池田香代子訳, オットー・ウッベローデ挿画「完訳 グリム童話集 1」講談社 2008 p512

◇橋本孝, 天沼春樹訳, シャルロット・デマトーン絵「グリム童話全集」西村書店 2013 p203

◇乾侑美子訳, ウェルナー・クレムケさし絵「グリムの昔話 1」童話館出版 2000 p254

ルンペルシュティルツヘン（グリム）

◇フェリクス・ホフマン編・画, 大塚勇三訳「グリムの昔話 2」福音館書店 2002 p262

【 れ 】

誇り高きイノシシの勇者 レイザーバック・フォーミィ〔Foam, or The Life and Adventures of a Razor-backed Hog〕（シートン）

◇今泉吉晴訳「シートン動物記 5」福音館書店 2004 p1

レオ十世の戴冠式（ロダーリ）

◇関口英子訳, 伊津野果地さし絵「兵士のハーモニカ―ロダーリ童話集」岩波書店 2012 p244

レーゲンスブルクの橋の上で（プロイスラー）

◇佐々木田鶴子訳, スズキコージ絵「プロイスラーの昔話 1」小峰書店 2003 p12

レーシングカーの模型を取りかえっこしたくない〔I Don't Want to Swop My Model Racing Car〕（パテン）

◇川崎洋訳「木はえらい―イギリス子ども詩集」岩波書店 2000 p90

レタスろば〔Der Krautesel〕（グリム）

◇「完訳 グリム童話集 5」筑摩書房 2006 p211

列車に乗って〔On the Train〕（ローゼン）

◇谷川俊太郎訳, クウェンティン・ブレイク絵「木はえらい―イギリス子ども詩集」岩波書店 2000 p72

レベル4―子どもたちの街〔Level 4〕（シュリューター）

◇若松宣子訳, 小林ゆき子絵「新しい世界の文学 9」岩崎書店 2005 p5

レベル4・2―再び子どもたちの街へ〔Level 4.2〕（シュリューター）

◇若松宣子訳, 小林ゆき子絵「新しい世界の文学 10」岩崎書店 2007 p5

レ・ミゼラブル〔Les Misérables〕（ユーゴー）

◇榊原晃三訳「世界名作文学集 〔8〕」国土社 2003 p3

恋愛結婚〔Un Mariage d'Amour〕（ゾラ）

◇平岡敦編訳, 佐竹美保挿画「ホラー短編集 3」岩波書店 2014 p129

練達の一形式―スプレッツァトウラについて（カニグズバーグ）

◇清水真砂子訳「カニグズバーグ作品集 別巻」岩波書店 2002 p156

【 ろ 】

ロアルド・ダール語る（ダール）

◇佐藤見果夢訳, クェンティン・ブレイク絵「まるごと一冊ロアルド・ダール」評論社 2000 p443

ロアルド・ダールの父―「少年」より（ダール）

◇佐藤見果夢訳「まるごと一冊ロアルド・ダール」評論社 2000 p299

ロアルド・ダールの鉄道安8全ガイド（抄録）（ダール）

◇佐藤見果夢訳, クェンティン・ブレイク絵「まるごと一冊ロアルド・ダール」評論社 2000 p305

ロアルド・ダール、ぼくのこと（ダール）

◇「まるごと一冊ロアルド・ダール」評論社 2000 p116

老犬ズルタン〔Der alte Sultan〕（グリム）

◇吉原高志, 吉原素子訳「初版グリム童話集 2」白水社 2007 p144

◇乾侑美子訳, Otto Ubbelohde, Ludwig Richter挿絵「1812初版グリム童話 上」小学館 2000 p270

老犬ズルタン（グリム）

◇小澤昔ばなし研究所再話, オットー・ウベローデ絵「語るためのグリム童話 3」小峰書店 2007 p66

◇高橋健二訳, 徳井聡司（せんべぇ）イラスト「完訳 グリム童話集 2」小学館 2008 p124

◇橋本孝, 天沼春樹訳, シャルロット・デマ

ろうし

トーン絵「グリム童話全集」西村書店 2013
p176

老女と召使い（イソップ）
◇ラッセル・アッシュ, バーナード・ヒットン
編著, 秋野翔一郎訳「クラシックイラストレー
ション版 イソップ寓話集」童話館出版 2002
p40

老人（モーパッサン）
◇平岡敦訳, 佐竹美保画「世界名作ショートス
トーリー 3」理論社 2015 p145

老人ホームにて—フィリップの話（カニグズ
バーグ）
◇小島希里訳「カニグズバーグ作品集 7」岩
波書店 2002 p307

ろうそく（アンデルセン）
◇高橋健二訳, いたやさとし画「完訳 アンデル
セン童話集 8」小学館 2010 p146
◇大塚勇三編・訳, イブ・スパング・オルセン
画「アンデルセンの童話 2」福音館書店
2003 p22

ロウソク（アンデルセン）
◇大畑末吉訳, 初山滋さし絵「アンデルセン童
話集 3」岩波書店 2000 p135
◇天沼春樹訳, ドゥシャン・カーライ, カミ
ラ・シュタンツロヴァー絵「アンデルセン
童話全集 2」西村書店 2012 p495

老僕の心配（オー・ヘンリー）
◇吉田甲子太郎訳「読書がたのしくなる世界
の文学 〔4〕」くもん出版 2014 p83

ろくでなし（グリム）
◇橋本孝, 天沼春樹訳, シャルロット・デマ
トーン絵「グリム童話全集」西村書店 2013
p46

ろくでもない連中〔Das Lumpengesindel〕
（グリム）
◇池田香代子訳, オットー＝ウッベローデ挿
画「完訳クラシック グリム童話 1」講談社
2000 p80

ろくでもない連中（グリム）
◇池田香代子訳, オットー・ウッベローデ挿画
「完訳 グリム童話集 1」講談社 2008 p101

ロク島のグロアーク—エミール・スーヴェストル
〔出典〕〔The Groac'h of the Isle of Lok〕（ラ
ング）
◇おおつかのりこ訳, H.J.フォード装画・挿絵
「アンドルー・ラング世界童話集 12」東京
創元社 2009 p318

六人男、世界をのし歩く〔Sechse kommen

durch die ganze Welt〕（グリム）
◇「完訳 グリム童話集 3」筑摩書房 2006
p313

六人男、世界をのし歩く（グリム）
◇山口四郎訳「グリム童話 2」冨山房イン
ターナショナル 2004 p147
◇乾侑美子訳, ウェルナー・クレメケさし絵
「グリムの昔話 2」童話館出版 2000 p312
◇フェリクス・ホフマン編・画, 大塚勇三訳
「グリムの昔話 2」福音館書店 2002 p121

六人男、世界をのして歩く（グリム）
◇小澤昔ばなし研究所再話, オットー・ウベ
ローデ絵「語るためのグリム童話 4」小峰
書店 2002 p144

六人男、世界じゅうを歩く（グリム）
◇高橋健二訳, 徳井聡司（せんぺえ）イラスト
「完訳 グリム童話集 2」小学館 2008 p373

6人男、天下をのし歩く（グリム）
◇橋本孝, 天沼春樹訳, シャルロット・デマ
トーン絵「グリム童話全集」西村書店 2013
p264

六人男天下をのしてまわる〔Sechse kommen
durch die ganze Welt〕（グリム）
◇池田香代子訳, オットー＝ウッベローデ挿
画「完訳クラシック グリム童話 3」講談社
2000 p29

六人男天下をのしてまわる（グリム）
◇池田香代子訳, オットー・ウッベローデ挿画
「完訳 グリム童話集 2」講談社 2008 p155

六人の男が広い世界をわがもの顔で歩く話
〔How Six Men Travelled Through the Wide
World〕（ラング）
◇熊谷淳子訳, H.J.フォード装画・挿絵「アン
ドルー・ラング世界童話集 4」東京創元社
2008 p114

6人の家来（グリム）
◇橋本孝, 天沼春樹訳, シャルロット・デマ
トーン絵「グリム童話全集」西村書店 2013
p458

六人の家来〔Die sechs Diener〕（グリム）
◇池田香代子訳, オットー＝ウッベローデ挿
画「完訳クラシック グリム童話 4」講談社
2000 p169
◇「完訳 グリム童話集 6」筑摩書房 2006 p29
◇吉原高志, 吉原素子訳, Otto Ubbelohde挿絵
「初版グリム童話集 5」白水社 2008 p130
◇乾侑美子訳, Otto Ubbelohde, Ludwig
Richter挿絵「1812初版グリム童話 下」小

学館 2000 p286

六人の家来（グリム）
◇小澤昔ばなし研究所再話, オットー・ウベローテ絵「語るためのグリム童話 6」小峰書店 2007 p173
◇池田香代子訳, オットー・ウッベローデ挿画「完訳 グリム童話集 3」講談社 2008 p127
◇高橋健二訳, 徳井聡司（せんべぇ）イラスト「完訳 グリム童話集 4」小学館 2009 p150
◇佐々木田鶴子訳, 出久根育絵「グリム童話集 上」岩波書店 2007 p316
◇ワンダ・ガアグ編・絵, 松岡享子訳「グリムのむかしばなし 1」のら書店 2017 p125

六人の探偵たち（上）〔The Big Six〕（ランサム）
◇神宮輝夫訳「ランサム・サーガ 9」岩波書店 2014 p13

六人の探偵たち（下）〔The Big Six〕（ランサム）
◇神宮輝夫訳「ランサム・サーガ 9」岩波書店 2014 p11

六人のなかま〔How Six Men Travelled Through the Wide World〕（ラング）
◇川端康成, 野上彰編訳, 矢野信一郎絵「ラング世界童話全集 7」偕成社 2009 p113

六人のばか—M.ルモイン ベルギー・エノー州の昔話〔出典〕〔The Six Sillies〕（ラング）
◇大井久里子訳, H.J.フォード, L.スピード装画・挿絵「アンドルー・ラング世界童話集 2」東京創元社 2008 p206

六人のばか（ベルギー）〔The Six Sillies〕（ラング）
◇川端康成, 野上彰編訳, 上田英津子絵「ラング世界童話全集 10」偕成社 2009 p43

6羽の白鳥（グリム）
◇橋本孝, 天沼春樹訳, シャルロット・デマトーン絵「グリム童話全集」西村書店 2013 p179

六羽の白鳥〔Die sechs Schwäne〕（グリム）
◇池田香代子訳, オットー＝ウッベローデ挿画「完訳クラシック グリム童話 2」講談社 2000 p97
◇「完訳 グリム童話集 3」筑摩書房 2006 p15
◇吉原高志, 吉原素子訳, Ludwig Richter挿絵「初版グリム童話集 2」白水社 2007 p148
◇乾侑美子訳, Otto Ubbelohde, Ludwig Richter挿絵「1812初版グリム童話 上」小学館 2000 p274

六羽の白鳥（グリム）
◇小澤昔ばなし研究所再話, オットー・ウベローデ絵「語るためのグリム童話 3」小峰書店 2007 p73
◇池田香代子訳, オットー・ウッベローデ挿画「完訳 グリム童話集 1」講談社 2008 p445
◇高橋健二訳, 徳井聡司（せんべぇ）イラスト「完訳 グリム童話集 2」小学館 2008 p129
◇佐々木田鶴子訳, 出久根育絵「グリム童話集 下」岩波書店 2007 p217
◇フェリクス・ホフマン編・画, 大塚勇三訳「グリムの昔話 1」福音館書店 2002 p407

六羽の白鳥〔The Six Swans〕（ラング）
◇川端康成, 野上彰編訳, アンマサコ絵「ラング世界童話全集 4」偕成社 2008 p247

ロザネラ姫—ケーリュス伯爵〔出典〕〔Rosanella〕（ラング）
◇西本かおる訳, H.J.フォード装画・挿絵「アンドルー・ラング世界童話集 3」東京創元社 2008 p56

ロージーが見た光〔Rosie〕（ウェストール）
◇野沢佳織訳「ウェストールコレクション〔10〕」徳間書店 2014 p269

ロジャーおじさん〔Uncle Roger〕（マッガウ）
◇川崎洋訳, サラ・ミッダ絵「木はえらい—イギリス子ども詩集」岩波書店 2000 p172

ロスト・ワールド〔The Lost World〕（ドイル）
◇久米穣訳, 竹本泉絵「冒険ファンタジー名作選 1」岩崎書店 2003 p6

ローズマリーの小枝（スペイン）〔The Sprig of Rosemary〕（ラング）
◇川端康成, 野上彰編訳, 佐竹美保絵「ラング世界童話全集 1」偕成社 2008 p172

ローズマリーの小枝—フランシスコ・デ・S.マスポンス・イ・ラブロス博士『カタルーニャの昔話』〔出典〕〔The Sprig of Rosemary〕（ラング）
◇中務秀子訳, H.J.フォード装画・挿絵「アンドルー・ラング世界童話集 5」東京創元社 2008 p191

ロゼット姫—オーノワ夫人〔出典〕〔Princess Rosette〕（ラング）
◇生方頼子訳, H.J.フォード, L.スピード装画・挿絵「アンドルー・ラング世界童話集 2」東京創元社 2008 p127

ロックアイランドの冒険（モンゴメリ）
◇代田亜香子訳, 佐竹美保画「世界名作ショートストーリー 1」理論社 2015 p127

ろは

ろば〔Das Eselein〕(グリム)
◇「完訳 グリム童話集 6」筑摩書房 2006
p107

ろば〔The Donkey〕(チェスタトン)
◇岸田衿子, 百々佑利子訳, ミーガン・グレッサー絵「おうちをつくろう」のら書店 1993 p57

驢馬 (チェスタトン)
◇荒俣宏訳, ハリー・クラーク絵「ペロー童話集」新書館 2010 p217

ろば王子〔Das Eselein〕(グリム)
◇池田香代子訳, オットー=ウッベローデ挿画「完訳クラシック グリム童話 4」講談社 2000 p217

ろば王子 (グリム)
◇池田香代子訳, オットー・ウッベローデ挿画「完訳 グリム童話集 3」講談社 2008 p188

ロバ王子 (グリム)
◇橋本孝, 天沼春樹訳, シャルロット・デマトーン絵「グリム童話全集」西村書店 2013 p483

ろばをつれた親子 (イソップ)
◇よこたきよし文, 飯岡千江子絵「読み聞かせイソップ50話」チャイルド本社 2007 p32

ロバくん (グリム)
◇フェリクス・ホフマン編・画, 大塚勇三訳「グリムの昔話 3」福音館書店 2002 p149

ロバとウマ (イソップ)
◇河野与一編訳, 稗田一穂さし絵「イソップのお話」岩波書店 2000 p204

ろばとおおかみ (イソップ)
◇よこたきよし文, 武井淑子絵「読み聞かせイソップ50話」チャイルド本社 2007 p18

ロバとおんどりとライオン (イソップ)
◇川崎洋文, タク・ショウジ絵「小学館 世界の名作 18」小学館 1999 p54

ロバとオンドリとライオン (イソップ)
◇河野与一編訳, 稗田一穂さし絵「イソップのお話」岩波書店 2000 p195
◇小出正吾ぶん, 三好碩也え「イソップのおはなし」のら書店 2010 p73

ロバとカエル (イソップ)
◇河野与一編訳, 稗田一穂さし絵「イソップのお話」岩波書店 2000 p198

ろばときりぎりす (イソップ)
◇よこたきよし文, 飯岡千江子絵「読み聞かせイソップ50話」チャイルド本社 2007 p44

ロバとキリギリス (イソップ)
◇小出正吾ぶん, 三好碩也え「イソップのおはなし」のら書店 2010 p30

ロバと子イヌ (イソップ)
◇河野与一編訳, 稗田一穂さし絵「イソップのお話」岩波書店 2000 p201

ロバと子犬 (イソップ)
◇ラッセル・アッシュ, バーナード・ヒットン編著, 秋野翔一郎訳「クラシックイラストレーション版 イソップ寓話集」童話館出版 2002 p42

ロバと塩 (イソップ)
◇天野裕司訳, ローワン・バーンズマーフィー絵「イソップ物語」文渓堂 2005 p45

ロバとセミ (イソップ)
◇河野与一編訳, 稗田一穂さし絵「イソップのお話」岩波書店 2000 p202

ロバと荷物 (イソップ)
◇川名澄訳, アーサー・ラッカム絵「新編 イソップ寓話」風媒社 2014 p46

ロバとヤギ (イソップ)
◇河野与一編訳, 稗田一穂さし絵「イソップのお話」岩波書店 2000 p203

ロバとロバひき (イソップ)
◇ラッセル・アッシュ, バーナード・ヒットン編著, 秋野翔一郎訳「クラシックイラストレーション版 イソップ寓話集」童話館出版 2002 p79
◇河野与一編訳, 稗田一穂さし絵「イソップのお話」岩波書店 2000 p201
◇小出正吾ぶん, 三好碩也え「イソップのおはなし」のら書店 2010 p131

ロバの王子 (グリム)
◇ウィルヘルム菊江訳, リディア・ポストマ絵「グリム童話集」西村書店 2013 p27
◇佐々木田鶴子訳, 出久根育絵「グリム童話集 下」岩波書店 2007 p162

ロバの影 (イソップ)
◇河野与一編訳, 稗田一穂さし絵「イソップのお話」岩波書店 2000 p196

ろばの皮 (ペロー)
◇巖谷國士訳, ギュスターブ・ドレ画「眠れる森の美女—完訳ペロー昔話集」講談社 1992 p257
◇巖谷國士訳, ギュスターヴ・ドレ画「眠れる森の美女—完訳ペロー昔話集」筑摩書房 2002 p259

ろばの皮 (フランス)〔Donkey Skin〕(ラン

グ)
◇川端康成, 野上彰編訳, 佐竹美保絵「ラング世界童話全集 1」偕成社 2008 p225

ロバの皮 (ペロー)
◇榊原晃三訳, ギュスターヴ・ドレ挿画「眠れる森の美女」沖積舎 2004 p163
◇天沢退二郎訳, マリ林さし絵「ペロー童話集」岩波書店 2003 p163
◇末松氷海子訳, エヴァ・フラントヴァー絵「ペロー昔話・寓話集」西村書店 2008 p101

驢馬の皮〔Donkey-skin〕(ペロー)
◇荒俣宏訳, ハリー・クラーク絵「ペロー童話集」新書館 2010 p167

ろばのキャベツ〔The Donkey Cabbage〕(ラング)
◇川端康成, 野上彰編訳, 牧野鈴子絵「ラング世界童話全集 5」偕成社 2008 p209

ろばの子 (グリム)
◇小澤昔ばなし研究所再話, オットー・ウベローデ絵「語るためのグリム童話 7」小峰書店 2007 p6

ろばの耳をもった王子—『南欧童話集』(矢崎源九郎)
◇たなかゆうこ挿絵「こんなとき読んであげたいおはなしのおもちゃ箱 1」PHP研究所 2003 p64

ロバの耳になった王様 (ブルフィンチ)
◇箕浦万里子訳, 深沢真由美絵「子どものための世界文学の森 28」集英社 1995 p81

ロバむすめ—"Cabinet des Fées"〔出典〕〔Donkey Skin〕(ラング)
◇西本かおる訳, H.J.フォード装画・挿絵「アンドルー・ラング世界童話集 6」東京創元社 2008 p7

ロビンソン・クルーソー〔The Life and Strange Surprising Adventures of Robinson Crusoe〕(デフォー)
◇はやしたかし訳, 依光隆絵「子どものための世界文学の森 16」集英社 1994 p10

ロビンソン・クルーソー (デフォー)
◇芝田勝茂編訳, 小玉絵「10歳までに読みたい世界名作 18」学研プラス 2015 p14

ロビンソン漂流記〔Robinson Crusoe〕(デフォー)
◇飯島淳秀訳, 吉田純さし絵「21世紀版 少年少女世界文学館 5」講談社 2010 p9

ロビン＝フッドの冒険〔The Merry Adventures of Robin Hood〕(パイル)

◇中野好夫訳, 古賀亜十夫さし絵「21世紀版 少年少女世界文学館 2」講談社 2010 p7

カランポーのオオカミ王 ロボ〔The King of Currumpaw：A Wolf Story／Lobo, the King of Currumpaw〕(シートン)
◇今泉吉晴訳「シートン動物記 3」福音館書店 2003 p1

ロボット植民地〔Exploration Team from Colonial Survey〕(ラインスター)
◇南山宏訳, ヤマグチアキラ絵「SF名作コレクション 10」岩崎書店 2005 p147

ロミオとジュリエット〔Romeo and Juliet〕(シェイクスピア)
◇小田島雄志文, 里中満智子画「シェイクスピア・ジュニア文学館 1」汐文社 2001 p1
◇斉藤洋文, 佐竹美保絵「シェイクスピア名作劇場 2」あすなろ書房 2014 p1
◇小田島雄志文, 里中満智子画「シェイクスピア名作コレクション 1」汐文社 2016 p1
◇ラム作, 矢川澄子訳, アーサー・ラッカムさし絵「シェイクスピア物語」岩波書店 2001 p171
◇ジェラルディン・マコックラン著, 金原瑞人訳, ひらいたかこ絵「シェイクスピア物語集」偕成社 2009 p11
◇イーディス・ネズビット再話, 八木田宜子訳, 徳田秀雄さし絵「21世紀版 少年少女世界文学館 3」講談社 2010 p9

ロミオとジュリエット (シェイクスピア)
◇アンドリュー・マシューズ文, 島式子, 島玲子訳, アンジェラ・バレット絵「シェイクスピアストーリーズ」BL出版 2015 p40

【わ】

Yの悲劇〔The Tragedy of Y〕(クイーン)
◇小林宏明文, 若菜等+ki絵「ミステリーボックス 3」ポプラ社 2004 p1

ワイルド・スワン〔The Wild Swans〕(アンデルセン)
◇荒俣宏訳, ハリー・クラーク絵「アンデルセン童話集」新書館 2005 p435
◇荒俣宏訳, ハリー・クラーク絵「アンデルセン童話集 下」文藝春秋 2012 p131

若いイギリス人 (ハウフ)

◇乾侑美子訳, T.ヴェーバーほか画「冷たい心臓―ハウフ童話集」福音館書店 2001 p294

若い王〔The Young King〕（ワイルド）
◇西村孝次訳「幸福な王子―ワイルド童話全集」新潮社 2003 p99

若い大男〔Der junge Riese〕（グリム）
◇池田香代子訳, オットー＝ウッベローデ挿画「完訳クラシック グリム童話 3」講談社 2000 p138
◇野村泫訳, ジョージ・クルックシャンク画「完訳 グリム童話集 4」筑摩書房 2006 p175

若い大男（グリム）
◇池田香代子訳, オットー・ウッベローデ挿画「完訳 グリム童話集 2」講談社 2008 p288
◇高橋健二訳, 徳井聡司（せんべぇ）イラスト「完訳 グリム童話集 3」小学館 2008 p127
◇橋本孝, 天沼春樹訳, シャルロット・デマトーン絵「グリム童話全集」西村書店 2013 p318

若い巨人（グリム）
◇小澤昔ばなし研究所再話, オットー・ウベローデ絵「語るためのグリム童話 5」小峰書店 2007 p78

若い巨人の話〔Von einem jungen Riesen〕（グリム）
◇吉原高志, 吉原素子訳「初版グリム童話集 4」白水社 2008 p47

若返りの臼（レアンダー）
◇国松孝二訳「ふしぎなオルガン」岩波書店 2010 p179

若草物語〔Little Women〕（オルコット）
◇谷口由美子訳, 小林和子絵「子どものための世界文学の森 1」集英社 1994 p10
◇小松原宏子編訳, あさま基恵絵「10歳までに読みたい世界名作 5」学研プラス 2014 p14
◇中山知子訳, 日限泉さし絵「21世紀版 少年少女世界文学館 9」講談社 2010 p7
◇薫くみこ文, こみねゆら絵「ポプラ世界名作童話 13」ポプラ社 2016 p7

若く焼きなおされた小男〔Das junggeglühte Männlein〕（グリム）
◇吉原高志, 吉原素子訳「初版グリム童話集 5」白水社 2008 p197

わがままな大男〔The Selfish Giant〕（ワイルド）
◇西村孝次訳「幸福な王子―ワイルド童話全集」新潮社 2003 p41
◇中山知子文, テオ・プエブラ絵「小学館 世界の名作 10」小学館 1998 p71

わがままな大男（ワイルド）
◇谷口由美子訳, 朝倉めぐみ絵「こどものための世界の名作 完訳 愛と感動の物語―特選14編」世界文化社 1995 p74
◇楠山正雄訳「読書がたのしくなる世界の文学〔8〕」くもん出版 2016 p5

わがままな子ども〔Das eigensinnige Kind〕（グリム）
◇池田香代子訳, オットー＝ウッベローデ挿画「完訳クラシック グリム童話集 4」講談社 2000 p69
◇「完訳 グリム童話集 5」筑摩書房 2006 p166

わがままな子ども（グリム）
◇池田香代子訳, オットー・ウッベローデ挿画「完訳 グリム童話集 2」講談社 2008 p518
◇高橋健二訳, 徳井聡司（せんべぇ）イラスト「完訳 グリム童話集 3」小学館 2008 p391
◇橋本孝, 天沼春樹訳, シャルロット・デマトーン絵「グリム童話全集」西村書店 2013 p408

わがままな子どもの話〔Von einem eigensinnigen Kinde〕（グリム）
◇吉原高志, 吉原素子訳「初版グリム童話集 5」白水社 2008 p25

若者たちと肉屋（イソップ）
◇河野与一編訳, 稗田一穂さし絵「イソップのお話」岩波書店 2000 p186

若者とウマ（イソップ）
◇河野与一編訳, 稗田一穂さし絵「イソップのお話」岩波書店 2000 p251

若者と猫―アイスランドの昔話〔出典〕〔The Cottager and His Cat〕（ラング）
◇生方頼子訳, H.J.フォード装画・挿絵「アンドルー・ラング世界童話集 8」東京創元社 2009 p181

わかものよ（ロビンソン）
◇岸田衿子, 百々佑利子訳, ミーガン・グレッサー絵「おうちをつくろう」のら書店 1993 p65

わが家がモーターボートを手に入れた時―「少年」より（ダール）
◇佐藤見果夢訳, クェンティン・ブレイク絵「まるごと一冊ロアルド・ダール」評論社 2000 p319

“わが家”に帰る（カニグズバーグ）
◇清水真砂子訳「カニグズバーグ作品集 別

巻」岩波書店 2002 p96

わきまえハンス〔Der gescheite Hans〕（グリ
ム）
　◇池田香代子訳, オットー＝ウッベローデ挿
　画「完訳クラシック グリム童話 1」講談社
　2000 p237

わきまえハンス（グリム）
　◇池田香代子訳, オットー・ウッベローデ挿画
　「完訳 グリム童話集 1」講談社 2008 p303

惑星オピカスに輝く聖火〔Studium Beyond
the Stars〕（レッサー）
　◇矢野徹訳, 満場エコ絵「SF名作コレクショ
　ン 17」岩崎書店 2006 p5

わざのすぐれた四人兄弟〔Die vier
kunstreichen Brüder〕（グリム）
　◇「完訳 グリム童話集 5」筑摩書房 2006
　p284

ワシ（イソップ）
　◇河野与一編訳, 稗田一穂さし絵「イソップの
　お話」岩波書店 2000 p217

ワシとウサギとフンコロガシ（ペロー）
　◇末松氷海子訳, エヴァ・フラントヴァー絵
　「ペロー昔話・寓話集」西村書店 2008 p331

ワシとカササギとヒツジ飼い（イソップ）
　◇河野与一編訳, 稗田一穂さし絵「イソップの
　お話」岩波書店 2000 p224
　◇川崎洋文, 原田ヒロミ絵「小学館 世界の名
　作 18」小学館 1999 p78

ワシとカラス（イソップ）
　◇小出正吾ぶん, 三好碩也え「イソップのおは
　なし」のら書店 2010 p53

ワシとキツネ（イソップ）
　◇河野与一編訳, 稗田一穂さし絵「イソップの
　お話」岩波書店 2000 p59

ワシとキツネ（ペロー）
　◇末松氷海子訳, エヴァ・フラントヴァー絵
　「ペロー昔話・寓話集」西村書店 2008 p300

ワシとコガネムシ（イソップ）
　◇河野与一編訳, 稗田一穂さし絵「イソップの
　お話」岩波書店 2000 p220

鷲とコガネムシ（イソップ）
　◇川名澄訳, アーサー・ラッカム絵「新編 イ
　ソップ寓話」風媒社 2014 p140

ワシと農夫（イソップ）
　◇天野裕訳, ローワン・バーンズマーフィー絵
　「イソップ物語」文溪堂 2005 p46

わしの恩がえし（イソップ）

◇いわきたかし著, ほてはまたかし画「いそっ
ぷ童話集」童話屋 2004 p74

ワシのつぶやき（イソップ）
　◇内田麟太郎文, 高畠純絵「ポプラ世界名作童
　話 19」ポプラ社 2016 p72

ワシのまねをしたカラス〔Le Corbeau
voulant imiter l'Aigle〕（ラ・フォンテーヌ）
　◇大澤千加訳, ブーテ・ド・モンヴェル絵
　「ラ・フォンテーヌ寓話」洋洋社 2016 p87

わすれられた惑星〔The Forgotten Planet〕
（ラインスター）
　◇矢野徹訳, 若菜等＋Ki絵「SF名作コレク
　ション 3」岩崎書店 2005 p5

ワタオウサギのラグ（シートン）
　◇今泉吉晴訳「シートン動物記 〔3〕」童心社
　2010 p1

わたし〔Me〕（デ・ラ・メア）
　◇岸田衿子, 百々佑利子訳, ミーガン・グレッ
　サー絵「おうちをつくろう」のら書店 1993
　p90

わたしじゃない、わたしじゃない（プロイス
ラー）
　◇佐々木田鶴子訳, スズキコージ絵「プロイス
　ラーの昔話 1」小峰書店 2003 p118

わたしたちの愛する星の未来（北川幸比古）
　◇寺澤昭紀「SF名作コレクション 20」岩崎
　書店 2006 p147

わたしとおばあちゃん
　◇岸田衿子, 百々佑利子訳, ミーガン・グレッ
　サー絵「みんなわたしの」のら書店 1991
　p69

わたしの愛犬ビンゴ（シートン）
　◇今泉吉晴訳「シートン動物記 〔2〕」童心社
　2010 p1

わたしの人生の奇妙な特徴（エンデ）
　◇田村都志夫訳「だれでもない庭―エンデが
　遺した物語集」岩波書店 2002 p304
　◇田村都志夫訳「だれでもない庭―エンデが
　遺した物語集」岩波書店 2015 p381

わたしのなんでも屋〔General Store〕
（フィールド）
　◇アーサー・ビナード, 木坂涼訳, しりあが
　り寿イラスト「ガラガラヘビの味―アメリ
　カ子ども詩集」岩波書店 2010 p46

わたしのバンガローリさん
　◇岸田衿子, 百々佑利子訳, ミーガン・グレッ
　サー絵「みんなわたしの」のら書店 1991
　p54

わたし

わたしのほんとの友だち〔Drie Japies〕（ペルフロム）
◇野坂悦子訳, テー・チョン＝キン絵「新しい世界の文学 8」岩崎書店 2002 p3

私は誰でしょう？〔What Am I？〕（バテン）
◇谷川俊太郎訳「木はえらい―イギリス子ども詩集」岩波書店 2000 p83

わたしは無名！あなたは？〔I'm Nobody！Who are you？〕（ディキンスン）
◇アーサー・ビナード, 木坂涼編訳, しりあがり寿イラスト「ガラガラヘビの味―アメリカ子ども詩集」岩波書店 2010 p68

ワタリガラス（グリム）
◇橋本孝, 天沼春樹訳, シャルロット・デマトーン絵「グリム童話全集」西村書店 2013 p332

渡り鴉〔Die Rabe〕（グリム）
◇池田香代子訳, オットー＝ウッベローデ挿画「完訳クラシック グリム童話 3」講談社 2000 p165

渡り鴉（グリム）
◇池田香代子訳, オットー・ウッベローデ挿画「完訳 グリム童話集 2」講談社 2008 p323

わな〔The Snare〕（スティーヴンズ）
◇岸田衿子, 百々佑利子訳, ミーガン・グレッサー絵「おうちをつくろう」のら書店 1993 p89

ワニ（ダール）
◇灰島かり訳, クェンティン・ブレイク絵「ロアルド・ダールコレクション 14」評論社 2006 p12

ワニ〔The Crocodile〕（ハーフォード）
◇アーサー・ビナード, 木坂涼編訳, しりあがり寿イラスト「ガラガラヘビの味―アメリカ子ども詩集」岩波書店 2010 p118

ワニ〔Alligator〕（ミリガン）
◇川崎洋訳「木はえらい―イギリス子ども詩集」岩波書店 2000 p152

ワニ―詩集「けもののケモノ」より（ダール）
◇灰島かり日本語, クェンティン・ブレイク絵「まるごと一冊ロアルド・ダール」評論社 2000 p143

ワーニカ〔Ванька〕（チェーホフ）
◇小宮山俊平訳, ヨシタケシンスケ絵「世界ショートセレクション 5」理論社 2017 p175

ワニがうちにやってきた！〔Weg met die Krokodil〕（ローン）

若松宣子訳, ジョージーン・オーバーワーター絵「新しい世界の文学 6」岩崎書店 2001 p5

ワニと歯医者（ダール）
◇灰島かり訳, クェンティン・ブレイク絵「ロアルド・ダールコレクション 17」評論社 2007 p54

ワピチのたたかい（シートン）
◇今泉吉晴訳「シートン動物記 〔10〕」童心社 2010 p280

笑いがひきおこした災難（プロイスラー）
◇佐々木田鶴子訳, スズキコージ絵「プロイスラーの昔話 2」小峰書店 2003 p34

笑い虫のサム〔Laughing Sam〕（サローヤン）
◇吉田ルイ子訳「小学生までに読んでおきたい文学 2」あすなろ書房 2014 p85

ワラキア人のお話（プロイスラー）
◇佐々木田鶴子訳, スズキコージ絵「プロイスラーの昔話 1」小峰書店 2003 p71

笑っている目と泣いている目、または脚の悪いキツネの話―ルイ・レジェ訳「スラブの昔話」（セルビア）〔出典〕〔Laughing Eye and Weeping Eye, or the Limping Fox〕（ラング）
◇大井久里子訳, H.J.フォード装画・挿絵「アンドルー・ラング世界童話集 6」東京創元社 2008 p260

わらと炭とそらまめ〔Strohhalm, Kohle und Bohne〕（グリム）
◇「完訳 グリム童話集 1」筑摩書房 2005 p245

わらと炭と空豆（グリム）
◇山口四郎訳「グリム童話 1」冨山房インターナショナル 2004 p9

ワラと炭とそら豆（グリム）
◇佐々木田鶴子訳, 出久根育絵「グリム童話集 下」岩波書店 2007 p36

ワラと炭とソラマメ（グリム）
◇橋本孝, 天沼春樹訳, シャルロット・デマトーン絵「グリム童話全集」西村書店 2013 p77

藁と炭とそらまめ〔Strohhalm, Kohle und Bohne〕（グリム）
◇池田香代子訳, オットー＝ウッベローデ挿画「完訳クラシック グリム童話 1」講談社 2000 p136

藁と炭とそらまめ（グリム）
◇池田香代子訳, オットー・ウッベローデ挿画「完訳 グリム童話集 1」講談社 2008 p173

わらと炭とそら豆の旅（グリム）
　◇小澤昔ばなし研究所再話, オットー・ウベローデ絵「語るためのグリム童話 1」小峰書店 2007 p159

笑わせけん銃（イ ヒョンジュ）
　◇片岡清美訳, カン ヨベ絵「いま読もう！韓国ベスト読みもの 5」汐文社 2005 p113

悪い王さま〔Den onde Fyrste〕（アンデルセン）
　◇福井信子, 大河原晶子訳, フレミング・B.イェペセン画「本当に読みたかったアンデルセン童話」NTT出版 2005 p130

悪い王さま（アンデルセン）
　◇天沼春樹訳, ドゥシャン・カーライ, カミラ・シュタンツロヴァー絵「アンデルセン童話全集 1」西村書店 2011 p30

悪い王さま（伝説）（アンデルセン）
　◇大塚勇三編・訳, イブ・スパング・オルセン画「アンデルセンの童話 3」福音館書店 2003 p43

悪い王様（伝説）（アンデルセン）
　◇高橋健二訳, いたやさとし画「完訳 アンデルセン童話集 5」小学館 2010 p176

悪いことをする男（イソップ）
　◇河野与一編訳, 稗田一穂さし絵「イソップのお話」岩波書店 2000 p189

悪口の歌（メリアム）
　◇岸田衿子, 百々佑利子訳, ミーガン・グレッサー絵「おうちをつくろう」のら書店 1993 p73

作品名原綴索引

作品名原綴索引　　　　　　　　　　　　　　**ADV**

【 A 】

The ABC Murders →ABC殺人事件（クリスティ）

About the B'nai Bagels →ベーグル・チームの作戦（カニグズバーグ）

According to Their Lights →それぞれの流儀（オー・ヘンリー）

Adolf →アドルフ（ウェストール）

The Adventure of Black Peter
→黒い魔船（ドイル）
→ブラック・ピーター船長の死（ドイル）

The Adventure of Charles Augustus Milverton
→二人強盗ホームズとワトスン（ドイル）
→ゆすりの王さま（ドイル）

The Adventure of Shoscombe Old Place
→怪談秘帳（ドイル）
→真夜中の納骨堂（ドイル）

The Adventure of Silver Blaze
→銀星号事件（ドイル）
→名馬シルバー・ブレイズ号（ドイル）

The Adventure of the Abbey Grange
→アベイ荘園の秘密（ドイル）
→犯人と握手して（ドイル）

The Adventure of the Beryl Coronet
→エメラルドのかんむり（ドイル）
→銀行王の謎（ドイル）
→緑柱石の宝冠（ドイル）

The Adventure of the Blanched Soldier
→消えた蠟面（ドイル）
→白い顔の兵士（ドイル）
→白面の兵士（ドイル）

The Adventure of the Blue Carbuncle
→青いガーネット（ドイル）
→青い宝石（ドイル）
→青い紅玉（ルビー）（ドイル）

The Adventure of the Bruce–Partington Plans
→鍵と地下鉄（ドイル）
→盗まれた潜水艦設計図（ドイル）

The Adventure of the Cheap Flat →安すぎるマンションの謎（クリスティ）

The Adventure of the Copper Beeches
→なぞのブナやしき（ドイル）
→謎屋敷の怪（ドイル）
→ぶな屋敷のなぞ（ドイル）

The Adventure of the Creeping Man
→猿の秘薬（ドイル）

→這いまわる男（ドイル）
→はう男のひみつ（ドイル）

The Adventure of the Crooked Man →背中の曲がった男（ドイル）

The Adventure of the Dancing Men
→おどる人形（ドイル）
→踊る人形（ドイル）

The Adventure of the Devil's Foot →悪魔の足（ドイル）

The Adventure of the Dying Detective
→死ぬ前の名探偵（ドイル）
→瀕死の探偵（ドイル）

The Adventure of the Empty House →虎狩りモーラン（ドイル）

The Adventure of the Engineer's Thumb
→技師の親指（ドイル）
→技師のおやゆび事件（ドイル）

The Adventure of the Final Problem →ホームズ最後の事件（ドイル）

The Adventure of the "Gloria Scott" →囚人船の秘密（ドイル）

The Adventure of the Golden Pince–Nez
→怪女の鼻目がね（ドイル）
→金縁の鼻めがね（ドイル）

The Adventure of the Illustrious Client
→一体二面の謎（ドイル）
→高名な依頼人（ドイル）
→有名な依頼人（ドイル）

The Adventure of the Italian Nobleman →イタリア貴族殺害事件（クリスティ）

The Adventure of the Lion's Mane
→ライオンのたてがみ（ドイル）
→ライオンのたてがみ事件（ドイル）

The Adventure of the Mazarin Stone
→王冠の謎（ドイル）
→マザリンの宝石（ドイル）
→マザリンの宝石事件（ドイル）

The Adventure of the Missing Three–Quarter
→悲しみの選手（ドイル）
→消えたラグビー選手（ドイル）

The Adventure of the Naval Treaty →海軍条約のひみつ（ドイル）

The Adventure of the Noble Bachelor
→独身の貴族（ドイル）
→花嫁の奇運（ドイル）
→ひとりものの貴族（ドイル）

The Adventure of the Norwood Builder
→消えた建築業者（ドイル）
→無かった指紋（ドイル）

世界児童文学全集/個人全集・作品名綜覧　第II期　**437**

ADV 作品名原綴索引

The Adventure of the Priory School
→謎の自転車（ドイル）
→プライアリ学校誘拐事件（ドイル）
The Adventure of the Red Circle
→赤い輪団の秘密（ドイル）
→閃光暗号（ドイル）
The Adventure of the Reigate Squire　→ライ
ゲートの大地主（ドイル）
The Adventure of the Retired Colourman
→アンバリ老人の金庫室（ドイル）
→引退した絵の具屋（ドイル）
→引退した絵具屋のなぞ（ドイル）
The Adventure of the Second Stain
→第二のしみの謎（ドイル）
→魔術師ホームズ（ドイル）
The Adventure of the Shoscombe Old Place
→ショスコム荘のなぞ（ドイル）
The Adventure of the Six Napoleons
→六つのナポレオン（ドイル）
→六つのナポレオン像（ドイル）
The Adventure of the Solitary Cyclist
→あやしい自転車乗り（ドイル）
→美しい自転車乗り（ドイル）
The Adventure of the Speckled Band
→まだらのひも（ドイル）
→まだらの紐（ドイル）
→まだらのひも事件（ドイル）
The Adventure of the Stockbroker's Clerk　→
株式仲買人（ドイル）
The Adventure of the Sussex Vampire
→吸血鬼（ドイル）
→サセックスの吸血鬼（ドイル）
→土人の毒矢（ドイル）
The Adventure of the Three Gables
→三破風館（さんはふかん）のなぞ（ドイル）
→三破風荘の謎（ドイル）
→バカな毒婦（ドイル）
The Adventure of the Three Garridebs
→三人のガリデブ氏（ドイル）
→三人のガリデブ事件（ドイル）
→床下に秘密機械（ドイル）
The Adventure of the Three Students
→三人の大学生（ドイル）
→試験前の問題（ドイル）
The Adventure of the Veiled Lodger
→顔のない下宿人（ドイル）
→獅子の爪（ドイル）
→ふく面の下宿人（ドイル）

The Adventure of 'The Western Star'　→〈西
方の星〉盗難事件（クリスティ）
The Adventure of the Yellow Face　→黄色い顔
（ドイル）
The Adventure of Wisteria Lodge　→ウイステ
リア荘の悪魔（ドイル）
The Adventures of a Jackal　→ジャッカルの冒
険―ルネ・バセット『新・ベルベル人の昔話』〔出典〕
（ラング）
The Adventures of Covan the Brown-haired
→コーバンの冒険（ケルト地方）（ラング）
The Adventures of Sherlock Holmes
→シャーロック・ホームズの冒険（ドイル）
→シャーロック＝ホームズの冒険（ドイル）
The Adventures of Tom Sawyer
→トム・ソーヤの冒険（トウェイン）
→トム・ソーヤーの冒険（トウェイン）
→トム＝ソーヤーの冒険（トウェイン）
Advice to a Girl　→少女へのアドバイス
（ティーズディール）
Aesop's Fables　→イソップ物語（イソップ）
After a Bath　→おふろからでたら（フィッ
シャー）
After Twenty Years
→20年後（オー・ヘンリー）
→二十年後（オー・ヘンリー）
The Age of Fable　→ギリシア神話（ブルフィン
チ）
L'Agence Barnett et Cie　→ルパンの名探偵
（ルブラン）
L'Aiguille Creuse
→奇巌城（ルブラン）
→ルパン城（ルブラン）
Aladdin and the Wonderful Lamp　→アラディ
ンと魔法のランプ―アラビアン・ナイト〔出典〕
（ラング）
Alas, Alack　→きいきい（デ・ラ・メア）
Alice's Adventures in Wonderland　→ふしぎの
国のアリス（キャロル）
All You've Ever Wanted　→望んだものすべて
（エイキン）
Allerlei-Rauh
→千匹皮（グリム）
→千枚皮（グリム）
Allerleirauh
→毛むくじゃら姫（グリム）
→千枚皮（グリム）
Alligator　→ワニ（ミリガン）

438　世界児童文学全集/個人全集・作品名綜覧　第II期

作品名原綴索引　　**BAL**

Alone in Wolf Hollow　→ウルフ谷の兄弟（ブ
　ルッキンズ）
Alphege, or the Green Monkey
　→みどり色のさる（ラング）
　→緑のサル、アルフィージ（ラング）
Die alte Bettelfrau
　→乞食のおばあさん（グリム）
　→乞食ばあさん（グリム）
　→ものもらいのおばあさん（グリム）
Der alte Großvater und der Enkel
　→年をとったおじいさんと孫（グリム）
　→年とったおじいさんと孫（グリム）
　→年とったじいさんと孫（グリム）
Der alte Hildebrand
　→ヒルデブラントおやじ（グリム）
　→ヒルデブラントじいさん（グリム）
Die Alte im Wald
　→森の中のおばあさん（グリム）
　→森のなかのばあさん（グリム）
　→森のばあさん（グリム）
Das alte Mütterchen　→おばあさん（グリム）
Der alte Sultan
　→老いぼれズルタン（グリム）
　→ズルタンじいさん（グリム）
　→老犬ズルタン（グリム）
Altogether, One at a Time　→ほんとうはひと
　つの話（カニグズバーグ）
The Ambitious Ant　→大志をいだいたアリ
　（A.R.ウェルズ）
Ancient History　→おおむかしの歴史（ギター
　マン）
And Then There Were None　→そして誰もい
　なくなった（クリスティ）
Den andra kyssen　→二回目のキス（スタルク）
Andras Baive　→アンドラス・ベイヴ—J.C.ポエ
　シュティオン『ラップランドの昔話』〔出典〕（ラング）
Animal Store　→動物の店（フィールド）
Anne Lisbeth　→アンネ・リスベス（アンデル
　セン）
Anne of Green Gables　→赤毛のアン（モンゴ
　メリ）
L'Anneau Nuptial　→結婚指輪（リング）（ルブラ
　ン）
Apparition　→幽霊（モーパッサン）
Apple, apple　→リンゴちゃん（ミリガン）
April Rain Song　→四月の雨の歌（ヒューズ）
Der arme Junge im Grab
　→墓のなかのかわいそうな男の子（グリム）
　→墓の中のかわいそうな男の子（グリム）

Das arme Mädchen　→貧しい女の子（グリム）
Der arme Müllerbursch und das Kätzchen
　→あわれな水車小屋の小僧と小猫（グリム）
　→かわいそうな粉ひきの小僧と猫（グリム）
　→かわいそうな粉ひきの若い衆と猫（グリム）
　→貧しい粉屋の徒弟と小さな猫（グリム）
Der Arme und der Reiche　→貧乏人と金持ち
　（グリム）
Armut und Demut führen zum Himmel
　→貧しさとつつましさは天国に行きつく（グ
　リム）
　→貧しさとつつましさは天国にいたる（グリ
　ム）
L'Arrestation d'Arsène Lupin　→大ニュース・
　ルパンとらわる（ルブラン）
Arsène Lupin　→消えた宝冠（ルブラン）
Arsène Lupin contre Herlock Sholmès
　→怪盗対名探偵（ルブラン）
　→ルパン対ホームズ（ルブラン）
Arsène Lupin en Prison　→悪魔男爵（サタン）の
　盗難事件（ルブラン）
As You Like It　→お気に召すまま（シェイクス
　ピア）
Aschenputtel
　→灰かぶり（グリム）
　→灰まみれ（グリム）
Asmund and Signy　→アスムンドとシグニー—
　『アイスランドの昔話』〔出典〕（ラング）
Au Dieu Mercure　→マーキュリー像の秘密（ル
　ブラン）
Au sommet de la tour
　→古塔の白骨（ルブラン）
　→塔のうえで（ルブラン）
August Heat　→八月の暑さのなかで（ハー
　ヴィー）
Auntie Bea's Day Out　→ビー伯母さんとお出
　かけ（D.W.ジョーンズ）
Awkward Child　→へんなこ（ファイルマン）

【 B 】

Babes in the Jungle　→ジャングルの青二才
　（オー・ヘンリー）
Baby's Drinking Song　→あかちゃんのはじめ
　てのコップ（カーカップ）
Balāi　→ボライ（タゴール）
Ball-Carrier and the Bad One　→玉運びと魔
　物—"U.S.Bureau of Ethnology"〔出典〕（ラング）

BAN 作品名原綴索引

Bannertail: The Story of A Graysquirrel
　→ヒッコリーの森を育てるリスの物語 バナーテイル（シートン）
　→リスのバナーテイル（シートン）
La Barbe Bleue　→青ひげ（ペロー）
Der Bärenhäuter
　→熊皮（くまがわ）男（グリム）
　→熊の皮を着た男（グリム）
The Battle of The Birds　→鳥たちの戦い―『西ハイランド昔話集』〔出典〕（ラング）
Der Bauer und der Teufel　→お百姓と悪魔（グリム）
The Beach　→浜辺にて（ウェストール）
Bear　→クマ（ラング）
The Bear　→くま（ラング）
Béchoux Arrête Jim Barnett　→警官の警棒（ルブラン）
De beiden Künigeskinner
　→王さまの子ふたり（グリム）
　→王さまの二人の子ども（グリム）
　→王の子ふたり（グリム）
Die beiden Wanderer
　→二人の旅職人（グリム）
　→ふたりの旅人（グリム）
The Believing Husbands　→お人好しのだんなたち―西ハイランドの昔話〔出典〕（ラング）
La Belle au bois dormant
　→眠りの森の王女（ペロー）
　→眠りの森の美女（ペロー）
　→眠れる森の美女（ペロー）
La Belle et la Bête　→美女と野獣（ボーモン夫人）
The Bells of Heaven　→天の鐘の音（ホジソン）
La Berre–y–Va　→ルパンと怪人（ルブラン）
Between Rounds　→ラウンドのあいだに（オー・ヘンリー）
The BFG　→オ・ヤサシ巨人BFG（ダール）
Bibliotheke　→ギリシア神話（アポロドーロス）
Die Biene Maja　→みつばちマーヤの冒険（ボンゼルス）
Die Bienenkönigin
　→蜂の女王（グリム）
　→蜜蜂の女王（グリム）
The Big Six
　→六人の探偵たち（上）（ランサム）
　→六人の探偵たち（下）（ランサム）
Billedbog uden Billeder　→絵のない絵本（アンデルセン）

Billy Dreamer's Fantastic Friends　→ビリー・ドリーマーのすてきな友達（パテン）
The Biography of a Silver–Fox
　→銀ギツネのドミノ（シートン）
　→あるキツネの家族の物語 シルバーフォックス・ドミノ（シートン）
The Bird 'Grip'　→グリップという鳥―スウェーデンの昔話〔出典〕（ラング）
The Bird of Truth
　→真実の鳥―フェルナン・カバリェーロ〔出典〕（ラング）
　→ほんとうの鳥（スペイン）（ラング）
Das Birnli will nit fallen
　→梨の小僧、落ちゃしない（グリム）
　→梨の小僧は落ちゃしない（グリム）
The Birthday of the Infanta　→王女の誕生日（ワイルド）
The Biter Bit　→身から出たさび―クレトケ〔出典〕（ラング）
Den blåa kon　→青い雌牛（スタルク）
The Black Bull of Norroway　→ノロウェイの黒牛―チェンバーズ『スコットランドの昔話』〔出典〕（ラング）
The Black Cat　→黒猫（ボー）
The Black Galaxy　→黒い宇宙船（ラインスター）
The Black Thief and Knight of the Glen
　→黒いどろぼうと谷の騎士（アイルランド）（ラング）
　→黒い盗っ人と谷間の騎士―『アイルランドの昔話』〔出典〕（ラング）
Blame　→なすりあい（アールバーグ）
Blaubart　→青鬚（グリム）
Das blaue Licht
　→青い灯火（あかり）（グリム）
　→青い明かり（グリム）
　→青い灯火（グリム）
　→青い火のランプ（グリム）
　→青いランプ（グリム）
Blind Bill　→ビルが「見た」もの（ウェストール）
Blitzcat　→猫の帰還（ウェストール）
Blizzard　→吹雪の夜（ウェストール）
Blockhead–Hans　→とんまなハンス（ラング）
Blossom Comes Home　→お帰り、ブロッサム（ヘリオット）
Blue Beard　→青ひげ（ペロー）
The Blue Bird
　→青い鳥―オーノワ夫人〔出典〕（ラング）

440　世界児童文学全集/個人全集・作品名綜覧　第II期

作品名原綴索引　　　　　　　　　　　　　　　**CAR**

→青い鳥（フランス ドーノワ夫人）（ラング）

The Blue Fairy Book　→あおいろの童話集（ラング）

The Blue Mountains　→青い山（ラング）

The Blue Parrot
　→青いおうむ（フランス）（ラング）
　→青いオウム―"Le Cabinet des Fées"の短縮版〔出典〕（ラング）

Bobino　→ボビノ（ラング）

Le Bon Amant　→心優しい恋人（アレー）

The Bones of Djulung　→ジュルングの骨―A.F.マッケンジー編 昔話〔出典〕（ラング）

Bonny's Big Day　→ボニーの晴れ舞台（ヘリオット）

The Boscombe Valley Mystery
　→黒ジャック団（ドイル）
　→ボスコム谷のなぞ（ドイル）

The Bossy Young Tree　→なまいきな若木（パテン）

Die Boten des Todes
　→死に神の使い（グリム）
　→死神の使い（グリム）

The Bottle Imp　→小瓶の悪魔（スティーヴンソン）

Le Bouchon de Cristal　→古塔の地下牢（ルブラン）

The Boy and the Wolves, or the Broken Promise　→男の子とオオカミ 守られなかった約束―ネイティブ・アメリカンの昔話〔出典〕（ラング）

Boy Friends　→ボーイフレンド（ローゼン）

The Boy Next Door　→隣の男の子（ホワイト）

The Boy Who Could Keep a Secret　→ひみつをまもった子ども（ハンガリア マジャール族のむかし話）（ラング）

The Boy Who Found Fear at Last
　→〈こわいもの〉をみつけた子ども（トルコ）（ラング）
　→ついにおそれを知った若者の話―イグナーツ・クノーシュ博士『トルコの昔話』〔出典〕（ラング）

The Boy Who Read Aloud　→本を朗読する少年（エイキン）

Boys　→男の子（アールバーグ）

The Boys with the Golden Stars
　→金の星をつけた子どもたち―ルーマニアの昔話〔出典〕（ラング）
　→金の星をもった子どもたち（ルーマニア）（ラング）

Die Brautschau　→嫁選び（グリム）

Die Bremer Stadtmusikanten　→ブレーメンの音楽隊（グリム）

The Bronze Ring　→ブロンズのゆびわ（小アジア）（ラング）

Brooms　→ほうき（オールディス）

Die Brosamen auf dem Tisch
　→テーブルのうえのパンくず（グリム）
　→テーブルのパンくず（グリム）

The Brown Bear of Norway　→ノルウェーの茶色いクマ―西ハイランドの昔話〔出典〕（ラング）

The Brown Fairy Book　→ちゃいろの童話集（ラング）

Bruder Lustig
　→うかれ大将（グリム）
　→気楽な男（グリム）

Brüderchen und Schwesterchen
　→兄と妹（グリム）
　→兄さんと妹（グリム）

Bubbles　→シャボン玉（サンドバーグ）

The Bunyip　→魔物バニヤップ―"Journal of Antheropological Institute"〔出典〕（ラング）

Das Bürle
　→小百姓（グリム）
　→水呑（みずのみ）どん（グリム）

Das Bürle im Himmel
　→天国の小百姓（グリム）
　→天国の水呑百姓（グリム）

The Burp　→げっぷ（マッガウ）

Bushy Bride
　→木のはえた花嫁―J.モー〔出典〕（ラング）
　→毛ぶかい花よめ（北ヨーロッパ）（ラング）

The Butterfly　→蝶（アンデルセン）

By Courier　→愛の使者（オー・ヘンリー）

【 C 】

La Cafetiére　→コーヒー沸かし（ゴーティエ）

La Cagliostro se Venge　→ルパン最期の冒険（ルブラン）

The Call　→真夜中の電話（ウェストール）

The Canvasser's Tale　→山彦（トウェイン）

La canzone di Guerra　→戦の歌（ブッツァーティ）

La Carafe d'Eau　→ガラスびんの秘密（ルブラン）

The Cardboard Box
　→ボール箱の恐怖（ドイル）

世界児童文学全集/個人全集・作品名綜覧 第II期　**441**

CAR　作品名原綴索引

→耳の小包（ドイル）

Carmilla　→吸血鬼カーミラ（レ・ファニュ）

Carruthers　→カラザーズは不思議なステッキ
（D.W.ジョーンズ）

Le Cas de Jean–Louis　→実の母がふたりある
男（ルブラン）

A Case of Identity
→消えた花むこ（ドイル）
→花むこしっそう事件（ドイル）
→一人二体の芸当（ドイル）

The Case of the Missing Will　→謎めいた遺言
書（クリスティ）

The Castle of Kerglas
→カーグラスの城（フランス）（ラング）
→ケルグラスの城—エミール・スーヴェストル〔出
典〕（ラング）

Cat and Mouse in Partnership　→ねことねず
み（ラング）

The Cat and the Mouse in Partnership　→猫
とネズミのふたりぐらし（ラング）

The Cat–Flap And The Apple–Pie　→ネコ用
ドアとアップルパイ（エイキン）

The Cat, Spartan　→じいちゃんの猫、スパル
タン（ウェストール）

Catherine and Her Destiny　→カテリーナと運
命の女神—ラウラ・ゴンツェンバッハ『シチリアの昔
話』〔出典〕（ラング）

Cats　→ねこ（ファージョン）

Cat's Funeral　→ねこの葬式（リュウ）

Cendrillon ou la Petite Pantoufle de verre
→サンドリヨン（ペロー）
→サンドリヨン または 小さなガラスの靴（ペ
ロー）
→サンドリヨンまたは小さなガラスの靴（ペ
ロー）

Chair Person　→ぼろ椅子のボス（D.W.ジョー
ンズ）

A Chaparral Prince　→荒野の王子さま（オー・
ヘンリー）

Charlie and the Chocolate Factory　→チョコ
レート工場の秘密（ダール）

Charlie and the Great Glass Elevator　→ガラ
スの大エレベーター（ダール）

Le Chat la Belette et le petit Lapin　→猫とイ
タチとウサギ（ラ・フォンテーヌ）

The Child Who Came from an Egg　→たまご
から生まれた王女—『エストニアの昔話』〔出典〕
（ラング）

Chin Chin Kobakama　→ちんちん小袴（小泉
八雲）

Chivvy　→るっせえなあ（ローゼン）

A Christmas Carol
→クリスマス・キャロル（チェスタトン）
→クリスマスキャロル（ディケンズ）

The Christmas Cat　→クリスマスの猫（ウェス
トール）

The Christmas Day Kitten　→クリスマスの子
猫（ヘリオット）

The Christmas Ghost　→クリスマスの幽霊
（ウェストール）

The Church with an Overshot–Wheel　→水車
のある教会（オー・ヘンリー）

La Cigale et la Fourmi　→セミとアリ（ラ・
フォンテーヌ）

Cinderella; or, The Little Glass Slipper
→シンデレラ（フランス ペロー）（ラング）
→シンデレラ、あるいは小さなガラスの靴（ペ
ロー）

Clara Cleech　→お手玉名人クララちゃん（プレ
ラツキー）

The Clarion Call　→ラッパの響き（オー・ヘン
リー）

The Clever Cat　→かしこい猫—ベルベル人の昔話
〔出典〕（ラング）

The Clever Weaver
→かしこいはたおり（アルメニア）（ラング）
→機織りの知恵—フレデリック・マクレ『アルメニア
の昔話』〔出典〕（ラング）

Le Coffrefort de Madam Imbert　→ルパンの大
失敗（ルブラン）

Le Collier de La Reine　→ぼくの少年時代（ル
ブラン）

La Colombe et la Fourmi　→ハトとアリ（ラ・
フォンテーヌ）

Il colombre　→コロンブレ（ブッツァーティ）

The Colony of Cats
→ねこの国（ラング）
→猫屋敷（ラング）

The Comb and the Collar　→くしと首環—アン
トニー・ハミルトン伯爵〔出典〕（ラング）

A Comedy in Rubber　→ゴム族の結婚（オー・
ヘンリー）

The Complete Life of John Hopkins　→ジョ
ン・ホプキンズの完璧な人生（オー・ヘン
リー）

La Comtesse de Cagliostro　→魔女とルパン
（ルブラン）

Confessions of a Humourist　→ユーモア作家の
告白（オー・ヘンリー）

作品名原綴索引　　　**DEA**

Les Confidences d'Arsène Lupin　→七つの秘密（ルブラン）

A Connecticut Yankee in King Arthur's Court　→アーサー王とあった男（トウェイン）

Conscience in Art　→詐欺師の良心（オー・ヘンリー）

Contest　→かけっこ（オルレブ）

Coot Club
　→オオバンクラブ物語（上）（ランサム）
　→オオバンクラブ物語（下）（ランサム）

The Cop and the Anthem　→警官と賛美歌（オー・ヘンリー）

Le Corbeau et le Renard　→カラスとキツネ（ラ・フォンテーヌ）

Le Corbeau voulant imiter l'Aigle　→ワシのまねをしたカラス（ラ・フォンテーヌ）

Cottage　→コテージ（ファージョン）

The Cottager and His Cat
　→小屋のねこ（アイスランド）（ラング）
　→若者と猫―アイスランドの昔話〔出典〕（ラング）

The Count and the Wedding Guest　→伯爵と結婚式の客（オー・ヘンリー）

Cousin Lesley's See-through Stomach　→いとこのレズリーのすけすけ胃袋（パテン）

The Cow　→牝牛（レトキー）

The Creatures in the House　→家に棲むもの（ウェストール）

Les Crimes D'Arsène Lupin
　→813の謎（ルブラン）
　→8・1・3の謎（ルブラン）

The Crimson Fairy Book　→べにいろの童話集（ラング）

The Crocodile　→ワニ（ハーフォード）

Il crollo del santo　→天国からの脱落（ブッツァーティ）

The Crooked Man
　→背中のまがった男（ドイル）
　→謎の手品師（ドイル）

The Crow
　→からす（ポーランド）（ラング）
　→カラス―クレトケ ポーランドの昔話〔出典〕（ラング）

Crusader's Toby　→十字軍騎士のトビー（エイキン）

The Cunning Hare　→頭のいい子ウサギ―ネイティブ・アメリカンの昔話〔出典〕（ラング）

The Cunning Shoemaker　→ずるがしこい靴屋―『シチリアの昔話』〔出典〕（ラング）

Cuore　→クオレ（デ・アミーチス）

The Cupboard　→とだな（デ・ラ・メア）

Les Cures Merveilleuses du Docteur Popotame　→名医ポポタムの話（ショヴォー）

The Cybernetic Brains　→合成怪物の逆しゅう（R.F.ジョーンズ）

【D】

D is for Dahl　→「ダ」ったらダールだ！（ダール）

Daddy Fell Into the Pond　→とうちゃんが池におっこちた（ノイズ）

Daddy-Long-Legs
　→あしながおじさん（ウェブスター）
　→足ながおじさん（ウェブスター）
　→空襲の夜に（ウェストール）

La Dame à La Hache　→殺人魔女（ルブラン）

La Dame Blonde　→金髪美人（ルブラン）

Damen med den korta rocken　→スカートの短いお姉さん（スタルク）

Danger: Dinosaurs !　→恐竜1億年（マースティン）

Danny the Champion of the World　→ダニーは世界チャンピオン（ダール）

Dapplegrim
　→マダラオウ―J.モー〔出典〕（ラング）
　→まだらの馬（北ヨーロッパ）（ラング）

The Dark Stress of Kimball's Green　→キンバルス・グリーン（エイキン）

The Daughter of Buk Ettemsuch　→ブク・エテムスクのむすめ―ハンス・ストゥメ『トリポリの詩と昔話』〔出典〕（ラング）

Daumerlings Wanderschaft
　→おやゆび太郎の旅（グリム）
　→親指太郎の旅歩き（グリム）

Daumesdick
　→おやゆび小僧（グリム）
　→親指小僧（グリム）

Dave Dirt's Christmas Presents　→デイブ・ダートのクリスマス・プレゼント（ライト）

Dave Dirt's Jacket Pocket　→デイブ・ダートの上着のポケット（ライト）

The Dead Wife　→死んだ妻―イロコイ族の昔話〔出典〕（ラング）

Death in the Clouds　→雲をつかむ死（クリスティ）

The Death of Abu Nowas and of his Wife　→アブノワとおかみさん（チュニス）（ラング）

世界児童文学全集/個人全集・作品名綜覧　第II期　**443**

DEA

作品名原綴索引

The Death of Koschei the Deathless →イワン
王子の冒険（ラング）

The Death of Koshchei the Deathless →不死
身のコシチェイの死―ロールストン〔出典〕（ラング）

The Death of the Sun–Hero →太陽の英雄の
死（ハンガリア）（ラング）

Death on the Nile
→ナイルに死す（上）（クリスティ）
→ナイルに死す（下）（クリスティ）

Deathwatch →マデックの罠（R.ホワイト）

La Débutante →最初の舞踏会（カリントン）

Deep and Dark and Dangerous →深く、暗く、
冷たい場所（M.D.ハーン）

The Defeat of the City →都会の敗北（オー・
ヘンリー）

La Demeure Mystérieuse →怪奇な家（ルブラン）

La Demoiselle aux yeux Verts →緑の目の少女
（ルブラン）

The Demon Lover →悪魔の恋人（E.ボウエン）

Les Dents du Tigre →虎の牙（ルブラン）

The Destruction of Smith →スミスの滅亡（ブ
ラックウッド）

Deux ans de vacances →十五少年漂流記（ヴェ
ルヌ）

Les Deux Font la Paire →ふたりはいい勝負
（ショヴォー）

Les Deux Pigeons →二羽のハト（ラ・フォン
テーヌ）

Devatero pohádek a ještě jedna od Josefa
Capka jako přívažek →九編の童話（デヴァテ
ロ・ポハーデク）とヨゼフ・チャペックのおまけ
のもう一編（チャペック）

The Devoted Friend →忠実な友達（ワイルド）

Diamond Cut Diamond
→だましたらだまされる（インド パンジャブ
地方）（ラング）
→みごとな化かし合い―キャンベル少佐 パンジャ
ブの昔話 フィーローズプル〔出典〕（ラング）

The Diamond of Kali →カーリー神のダイヤ
モンド（オー・ヘンリー）

Diamonds in the Shadow →闇のダイヤモンド
（クーニー）

Das Diethmarsische Lügenmärchen →ディト
マルシェンのうそ話（グリム）

Das Dietmarsische Lügen–Märchen
→ディトマルシュのほら話（グリム）
→ディートマルシュのほら話（グリム）

Das Dietmarsische Lügenmärchen →ディート
マルシェンのほら話（グリム）

Dirty Beasts →こわいい動物（ダール）

The Dirty Shepherdess →きたない羊飼い―セ
ビヨ〔出典〕（ラング）

The Disappearance of Lady Frances Carfax
→博士の左耳（ドイル）
→フランセス姫の失踪（ドイル）

The Discounters of Money →金では買えない
もの（オー・ヘンリー）

La Disparition d'Honoré Subrac →消えたオノ
レ・シュブラック（アポリネール）

Do Oysters Sneeze ? →カキのクシャミ？（プ
レラツキー）

Doctor Allwissend →物知り博士（グリム）

Doctor Dolittle and the Green Canary →ドリ
トル先生と緑のカナリア（ロフティング）

Doctor Dolittle and the Secret Lake
→ドリトル先生と秘密の湖（上）（ロフティン
グ）
→ドリトル先生と秘密の湖（下）（ロフティン
グ）

Doctor Dolittle in the Moon
→ドリトル先生月へゆく（ロフティング）
→ドリトル先生の月旅行（ロフティング）

Doctor Dolittle meets a Londoner in Paris →
ドリトル先生、パリでロンドンっ子と出会う
（ロフティング）

Doctor Dolittle's Caravan →ドリトル先生の
キャラバン（ロフティング）

Doctor Dolittle's Circus →ドリトル先生の
サーカス（ロフティング）

Doctor Dolittle's Garden →ドリトル先生と月
からの使い（ロフティング）

Doctor Dolittle's Post Office →ドリトル先生
の郵便局（ロフティング）

Doctor Dolittle's Puddleby Adventures
→ドリトル先生の最後の冒険（ロフティング）
→ドリトル先生の楽しい家（ロフティング）

Doctor Dolittle's Return →ドリトル先生月か
ら帰る（ロフティング）

Doctor Dolittle's Zoo →ドリトル先生の動物
園（ロフティング）

A Dog of Flanders →フランダースの犬
（ウィーダ）

Doktor Allwissend
→なんでもお見とおし博士（グリム）
→もの知り博士（グリム）

Don Giovanni de la Fortuna →幸運のドン・
ジョバンニ―シチリアの昔話〔出典〕（ラング）

444 世界児童文学全集/個人全集・作品名綜覧 第II期

作品名原綴索引　　　　　　　　　　　　　　　　　　　　　　　　　　**DYN**

Don Quijote　→ドン＝キホーテ（セルバンテス）

The Donkey　→ろば（チェスタトン）

The Donkey Cabbage　→ろばのキャベツ（ラング）

Donkey Skin
　→ろばの皮（フランス）（ラング）
　→ロバむすめ—"Cabinet des Fées"〔出典〕（ラング）

Donkey-skin　→驢馬の皮（ペロー）

The Door of Unrest　→休息のないドア（オー・ヘンリー）

Dorani　→ドラニーキャンベル少佐 パンジャブの昔話 フィーローズブル〔出典〕（ラング）

Dornröschen　→いばら姫（グリム）

Les Douze Africaines de Béchoux　→ベシュー刑事の盗難事件（ルブラン）

Dracula　→ドラキュラ物語（ストーカー）

The Dragon and His Grandmother　→竜と竜のおばあさん（ラング）

The Dragon in the Ghetto Caper　→ドラゴンをさがせ（カニグズバーグ）

The Dragon of the North
　→北方の竜（エストニア）（ラング）
　→北方の竜—クロイツヴァルト『エストニアの昔話』〔出典〕（ラング）

Dragon Reserve, Home Eight　→第八世界、ドラゴン保護区（D.W.ジョーンズ）

Drakestail
　→アヒルのドレイクステイル—シャルル・マレル〔出典〕（ラング）
　→あひるのドレイクテール（フランス）（ラング）

Dream Variation　→夢のソロ・ダンス（ヒューズ）

Die drei Brüder　→三人兄弟（グリム）

Die drei Faulen
　→三人の怠け者（グリム）
　→三人のものぐさ兄弟（グリム）
　→ぶしょう者三人（グリム）
　→ものぐさ三人兄弟（グリム）

Die drei Federn
　→三枚の鳥の羽（グリム）
　→三枚の鳥の羽根（グリム）
　→三枚の羽根（グリム）

Die drei Feldscherer
　→三人軍医（グリム）
　→三人の軍医（グリム）
　→三人の外科医（グリム）

Die drei Glückskinder
　→運をひらいた三人息子（グリム）
　→三人のしあわせ者（グリム）

Die drei grünen Zweige
　→三本の緑の枝（グリム）
　→三本の緑の小枝（グリム）

Die drei Handwerksburschen
　→三人の職人（グリム）
　→三人の見習い職人（グリム）

Die drei Handwerkspurschen　→三人の職人（グリム）

Die drei Männlein im Walde
　→森の三人のこびと（グリム）
　→森のなかの三人の小人（グリム）
　→森の中の三人のこびと（グリム）
　→森の中の三人の小人（グリム）

Die drei Raben
　→三羽のカラス（グリム）
　→三羽のからす（グリム）

Die drei Schlangenblätter　→三枚の蛇の葉（グリム）

De drei schwatten Prinzessinnen
　→三人の黒い王女（グリム）
　→三人の黒いお姫さま（グリム）

Die drei Schwestern　→三人姉妹（グリム）

Die drei Spinnerinnen
　→糸紡ぎ三人女（グリム）
　→三人の糸紡ぎ女（グリム）

Die drei Sprachen
　→三種のことば（グリム）
　→三つのことば（グリム）

De drei Vügelkens　→三羽の小鳥（グリム）

Der Dreschflegel vom Himmel
　→天国の殻竿（グリム）
　→天のからざお（グリム）
　→天のからさお（グリム）

Drie Japies　→わたしのほんとの友だち（ペルフロム）

Dryaden　→木の精のドリアーデ（アンデルセン）

The Duplicity of Hargraves　→ハーグレイブズの二心（オー・ヘンリー）

Dust of Snow　→雪落とし（フロスト）

Dynd-Kongens Datter　→どろ沼の王さまの娘（アンデルセン）

世界児童文学全集/個人全集・作品名綜覧　第II期　**445**

EAS 作品名原綴索引

【 E 】

East of the Sun and West of the Moon →太陽の東月の西（スカンジナビア）（ラング）

Easy Money →楽な金もうけ（マッガウ）

L'écharpe de soie rouge
→赤い絹のショール（ルブラン）
→赤い絹マフラーの秘密（ルブラン）

L'Eclat d'Obus →ルパンの大作戦（ルブラン）

Edith au Cou de Cygne →古代壁掛けの秘密（ルブラン）

Un Effroyable Mystère →怪事件（ルブラン）

Das eigensinnige Kind →わがままな子ども（グリム）

Einäuglein, Zweiäuglein und Dreiäuglein
→一つ、二つ、三つまなこ（グリム）
→ひとつ目、ふたつ目、三つ目（グリム）

Der Eisen–Ofen →鉄のストーブ（グリム）

Der Eisenhans →鉄のハンス（グリム）

Eisenkopf
→アイゼンコップ（ハンガリア）（ラング）
→アイゼンコプフ—ハンガリーの昔話〔出典〕（ラング）

Der Eisenofen
→鉄のストーブ（グリム）
→鉄の暖炉（グリム）

Eletelephony →でんわだぞう（リチャーズ）

The Elf and the Dormouse →妖精とヤマネ（ハーフォード）

The Elf–Hill →妖精の丘（アンデルセン）

The Elf Maiden →エルフのおとめ—『ラップランドの昔話』〔出典〕（ラング）

Elsewhene →次元旅行（ハインライン）

The Emperor's New Clothes →皇帝の新しい服（アンデルセン）

The Enchanted Canary →魔法のカナリヤ（フランス）（ラング）

The Enchanted Head →魔法の首—"Traditions populaires de toutes les nations（Asie Mineure）"〔出典〕（ラング）

The Enchanted Knife →魔法のナイフ（セルビア）（ラング）

The Enchanted Pig
→呪いをかけられたぶた（ルーマニア）（ラング）
→ブタと結婚した王女—ニート・クレムニッツ訳 ルーマニアの昔話〔出典〕（ラング）

The Enchanted Ring →魔法の指輪—フェヌロン〔出典〕（ラング）

The Enchanted Snake →魔法をかけられたヘビ（ラング）

The Enchanted Watch →魔法の時計（ラング）

The Enchanted Wreath →魔法の花かんむり—ソープ〔出典〕（ラング）

The End →おわり（ミルン）

End of the World →この世の終わり（ローゼン）

L'Enfant de la Haute Mer →沖の少女（シュペルヴィエル）

Engelen →天使（アンデルセン）

Enna Hittims →二センチの勇者たち（D.W.ジョーンズ）

The Enormous Crocodile →どでかいワニの話（ダール）

The Envious Neighbour →うらやましがりやのとなりの人—花さかじじい（日本）（ラング）

Dat Erdmänneken
→地もぐりぼっこ（エルトメネケン）（グリム）
→地のなかの小人（グリム）
→土の中の小人（グリム）

Esben and the Witch →エスベンと魔女—デンマークの昔話〔出典〕（ラング）

Das Eselein
→ちいさなロバ（グリム）
→小さなロバ（グリム）
→ろば（グリム）
→ろば王子（グリム）

Esio Trot →ことっとスタート（ダール）

Die Eule →ふくろう（グリム）

L'Evasion d'Arsène Lupin →ルパンの脱走（ルブラン）

Eventyr af H.C.Andersen →アンデルセン童話（アンデルセン）

Eventyr og Historier →アンデルセン童話（アンデルセン）

Ever →いつも（デ・ラ・メア）

Exile →追放者（ハミルトン）

Exploration Team from Colonial Survey →ロボット植民地（ラインスター）

【 F 】

Fable →山とリスの話（エマソン）

作品名原綴索引　　　　**FIR**

Fabulae Aesopicae　→イソップ物語（イソップ）

The Face　→顔（ロビンスン）

The Facts in the case of M.Valdemar　→ヴァルドマル氏の病症の真相（ポー）

Fairer–than–a–Fairy　→妖精より美しい金髪姫（ラング）

The Fairy　→仙女（ペロー）

Fairy Gifts　→妖精のおくりもの―ケーリュス伯爵〔出典〕（ラング）

The Fairy Nurse　→妖精の乳母―パトリック・ケネディ〔出典〕（ラング）

The Fairy of the Dawn　→あかつきの妖精―ルーマニアの昔話〔出典〕（ラング）

A Fairy's Blunder
　→妖精のあやまち―"Cabinet des Fées"〔出典〕（ラング）
　→妖精のしくじり（フランス）（ラング）

Falling into Glory　→青春のオフサイド（ウェストール）

The Falling Star　→流れ星（ティーズデイール）

The False Prince and the True
　→にせの王子とほんとうの王子（ポルトガル）（ラング）
　→にせ者の王子と本物の王子―ポルトガルの昔話〔出典〕（ラング）

Family Court　→家庭裁判所（ナッシュ）

The Family Exchange　→ご不用家族交換します（パテン）

Fantastic Mr Fox　→すばらしき父さん狐（ダール）

Le fantôme de l'Opera　→オペラ座の怪人（ルルー）

Farlig midsommar　→ムーミン谷の夏まつり（ヤンソン）

Farmer Weatherbeard
　→ファーマー・ウェザーバード（北ヨーロッパ）（ラング）
　→ファーマー・ウェザービアード―P.C.アスビョルンセン〔出典〕（ラング）

The Fat Wizard　→でぶ魔法使い（D.W.ジョーンズ）

Father Grumbler
　→がみがみおやじ（フランス）（ラング）
　→ぶつぶつ父さん―"Contes Populaires"〔出典〕（ラング）

Father's Arcane Daughter　→なぞの娘キャロライン（カニグズバーグ）

Der faule Heinz

　→なまけ者のハインツ（グリム）
　→ものぐさハインツ（グリム）

Die faule Spinnerin
　→なまけ者の糸つむぎ女（グリム）
　→なまけ者の糸紡ぎ女（グリム）
　→なまけものの紡ぎ女（グリム）
　→怠け者の紡ぎ女（グリム）

Der Faule und der Fleißige
　→なまけ者と働き者（グリム）
　→怠け者と働き者（グリム）

Les Fées
　→仙女（ペロー）
　→仙女たち（ペロー）
　→妖精たち（ペロー）

Felicia and the Pot of Pinks　→フェリシアとナデシコの鉢―オーノワ夫人〔出典〕（ラング）

Fem fra en Ærtebælg
　→さやから出た五つのえんどう豆（アンデルセン）
　→一つのさやからとびでた五つのエンドウ豆（アンデルセン）

Ferenand getrü und Ferenand ungetrü
　→誠実なフェレナントと不誠実なフェレナント（グリム）
　→真心のあるフェレナントと真心のないフェレナント（グリム）
　→誠（まこと）ありフェレナントと誠なしフェレナント（グリム）

The Fight of the Year　→大試合（マッガウ）

Le film révélateur
　→映画スターの脱走（ルブラン）
　→秘密を明かす映画（ルブラン）

The Final Problem
　→最後の事件（ドイル）
　→断崖の最期（ドイル）

The Finest Liar in the World
　→世界でいちばんすばらしいうそつき（セルビア）（ラング）
　→世界で一番のうそつき―セルビアの昔話〔出典〕（ラング）

The Fingernail　→爪（アイリッシュ）

Det finns guld i gluggen　→ガイコツになりたかったぼく（スタルク）

The Fir Tree　→モミの木（アンデルセン）

First Day at School　→初めての登校日（マッガウ）

First Love　→初恋（パテン）

The First Man on the Moon　→月世界（げっせかい）最初の人間（H.G.ウェルズ）

世界児童文学全集/個人全集・作品名綜覧 第II期　**447**

FIS　作品名原綴索引

Fish Story　→魚の話—オーストラリアの昔話〔出典〕
（ラング）

The Fisherman and His Soul　→漁師とその魂
（ワイルド）

Fitchers Vogel
　→フィッチャー鳥（グリム）
　→フィッチャーの鳥（グリム）

The Five Orange Pips
　→五つぶのオレンジのたね（ドイル）
　→オレンジの種五つ（ドイル）

The Five Wise Words of the Guru　→五つの
かしこいことば（インド）（ラング）

Flaskehalsen　→びんの首（アンデルセン）

The Flaw in Paganism　→快楽主義の欠点
（パーカー）

Das Fliegende Klassenzimmer　→飛ぶ教室（ケ
ストナー）

The Flower Dump　→花捨て場（レトキー）

The Flower Queen's Daughter　→花の女王の
むすめ—フォン・ヴリオロキ ブコヴィナの昔話〔出典〕
（ラング）

The Fluffy Pink Toadstool　→ピンクのふわふ
わキノコ（D.W.ジョーンズ）

The Fly Paper　→蠅取紙（テイラー）

The Flying Ship
　→とぶ船（ロシア）（ラング）
　→飛ぶ船—ロシアの昔話〔出典〕（ラング）

Den flyvende Kuffert　→空飛ぶトランク（アン
デルセン）

Foam, or The Life and Adventures of a Razor-
backed Hog　→誇り高きイノシシの勇者 レイザー
バック・フォーミィ（シートン）

The Fool-Killer　→フールキラー（オー・ヘン
リー）

For a Bird　→小さな鳥（リヴィグストン）

The Forgotten Planet　→わすれられた惑星（ラ
インスター）

Fortunatus and his Purse　→フォーチュネータ
スとそのさいふ（ラング）

The Forty Thieves　→四十人の盗賊—アラビア
ン・ナイト〔出典〕（ラング）

Forty Years On　→この四十年（ロフツ）

Un Fou et un Sage　→狂人と賢人（ラ・フォン
テーヌ）

The Four Gifts　→四つのおくりもの—エミール・
スーヴェストル〔出典〕（ラング）

The Four Grannies　→四人のおばあちゃん（D.
W.ジョーンズ）

The Fox and the Lapp　→キツネとラップ人—
『ラップランドの昔話』〔出典〕（ラング）

The Fox and the Wolf　→キツネとオオカミ—
アントニオ・デ・トルエバ〔出典〕（ラング）

The Fox Rhyme　→きつねの歌（セレリヤー）

Foxtrot　→恋のダンスステップ（スタルク）

Fragmente　→断片（グリム）

Frankenstein　→フランケンシュタイン（シェ
リー）

Frau Holle
　→ホレおばさん（グリム）
　→ホレばあさん（グリム）

Frau Trude
　→トゥルーデばあさん（グリム）
　→トルーデおばさん（グリム）

A French Puck　→いたずら妖精—ポール・セビヨ
〔出典〕（ラング）

Der Frieder und das Catherlieschen　→フリー
ダーとカーターリースヒェン（グリム）

Friendship Poems　→友だちの詩（マッガウ）

The Frog　→かえる（イタリア）（ラング）

The Frog and the Lion Fairy
　→かえるとライオンの妖精（フランス ドーノ
ワ夫人）（ラング）
　→カエルの精とライオンの精—オーノワ夫人〔出
典〕（ラング）

From a Problem Page　→身の上相談のページ
から（ローゼン）

From the Mixed-up Files of Mrs.Basil E.
Frankweiler　→クローディアの秘密（カニグ
ズバーグ）

Der Froschkönig oder der eiserne Heinrich
　→蛙の王さまあるいは鉄のハインリヒ（グリ
ム）
　→蛙の王さま、または忠実なハインリヒ（グリ
ム）
　→かえるの王さままたは鉄のハインリッヒ
（グリム）
　→蛙の王さままたは鉄のハインリヒ（グリム）

Der Froschprinz　→かえるの王子（グリム）

The Frozen Planet　→凍った宇宙（ムーア）

Der Fuchs und das Pferd　→狐と馬（グリム）

Der Fuchs und die Frau Gevatterin
　→狐を名付け親にした狼の奥さん（グリム）
　→狐とおばさま（グリム）

Der Fuchs und die Gänse
　→きつねとがちょう（グリム）
　→狐とがちょう（グリム）
　→狐と鵞鳥（グリム）

448　世界児童文学全集/個人全集・作品名綜覧 第II期

作品名原綴索引　　　　　　　　　　　　　　　　　　　　**GLA**

Der Fuchs und die Katze　→狐と猫（グリム）
Fueled　→発射（ハンス）
Fundevogel
　→みつけ鳥（グリム）
　→めっけ鳥（グリム）
Fürdés　→水浴（コストラーニ・デジェー）
The Furnished Room
　→家具つきの貸間（オー・ヘンリー）
　→家具つきの部屋（オー・ヘンリー）
Furry Bear　→ふかふかくまさん（ミルン）
Fuzzy, Wuzzy, Creepy, Crawly　→もじゃも
　じゃけだらけ…（ヴァナダ）
Fyrtøiet　→火打ち箱（アンデルセン）

【 G 】

Gaaseurten　→ヒナギク（アンデルセン）
Die Gänsehirtin am Brunnen
　→泉のほとりのがちょう番の女（グリム）
　→泉のほとりのがちょう番の娘（グリム）
Die Gänsemagd
　→がちょう番の娘（グリム）
　→鵞鳥番の娘（グリム）
The Garden of Paradise　→パラダイスの園（ア
　ンデルセン）
De Gaudeif un sien Meester
　→大泥棒とお師匠さん（グリム）
　→泥棒とその親方（グリム）
Geirlaug the King's Daughter　→王女ゲールラ
　ウグー『アイスランドの昔話』〔出典〕（ラング）
Der Geist im Glas
　→ガラスびんの中の、お化け（グリム）
　→ガラス瓶の中のおばけ（グリム）
　→ガラス瓶の中の化けもの（グリム）
　→ガラス瓶の魔物（グリム）
　→びんのなかの魔物（グリム）
Der gelernte Jäger
　→腕ききの狩人（グリム）
　→腕ききの猟師（グリム）
　→腕のいい狩人（グリム）
General Store
　→雑貨屋さん（フィールド）
　→わたしのなんでも屋（フィールド）
（George）　→ぼくと〈ジョージ〉（カニグズバー
　グ）
George's Marvellous Medicine　→ぼくのつ
　くった魔法のくすり（ダール）

Der gescheidte Hans　→りこうなハンス（グリ
　ム）
Der gescheite Hans
　→ものわかりのいいハンス（グリム）
　→りこうなハンス（グリム）
　→わきまえハンス（グリム）
Die Geschenke des kleinen Volkes
　→こびとの贈り物（グリム）
　→小人のおくりもの（グリム）
　→小人の贈りもの（グリム）
Die Geschichte von Kalif Storch　→こうのとり
　になったカリフ（ハウフ）
Der gestiefelte Kater
　→長靴をはいた牡猫（グリム）
　→長靴をはいた雄猫（グリム）
Der gestohlene Heller
　→くすねた銅貨（グリム）
　→ごまかした銅貨（グリム）
Der Gevatter Tod
　→死に神の名づけ親（グリム）
　→死神の名付け親（グリム）
The Ghost of the Valley　→谷の幽霊（ダンセ
　イニ）
The Ghost Teacher　→女先生の幽霊（アール
　バーグ）
The Giants and the Herd Boy　→巨人と羊飼
　いの少年―フォン・ヴリオロキ ブコヴィナの昔話〔出
　典〕（ラング）
The Gift of the Magi　→賢者の贈り物（オー・
　ヘンリー）
The Gifts of the Magician
　→魔術師のおくりもの―フィンランドの昔話〔出
　典〕（ラング）
　→魔法使いのおくりもの（フィンランド）（ラ
　ング）
The Giraffe and the Pelly and Me　→こちらゆ
　かいな窓ふき会社（ダール）
The Girl-Fish
　→魚になったむすめ―フランシスコ・デ・S.マスポ
　ンス・イ・ラブロス博士『カタルーニャの昔話』〔出
　典〕（ラング）
　→魔法のさかな（スペイン）（ラング）
The Girl Jones　→ジョーンズって娘（こ）（D.
　W.ジョーンズ）
The Girl Who Loved the Sun　→お日様に恋し
　た乙女（D.W.ジョーンズ）
The Girl Who Pretended to be a Boy　→男に
　なりすました王女―ジュール・ブラントレオ・バ
　シュラン〔出典〕（ラング）
Der gläserne Sarg

世界児童文学全集/個人全集・作品名綜覧 第II期　**449**

GLA 作品名原綴索引

→ガラスのひつぎ（グリム）

→ガラスの柩（グリム）

The Glass Axe　→ガラスのおの（ラング）

The Glass Mountain
→ガラスの山―クレトケ ポーランドの昔話〔出典〕
（ラング）

→ガラスの山（ポーランド）（ラング）

The 'Gloria Scott'　→火の地獄船（ドイル）

The Goat-Faced Girl　→ヤギ顔のむすめ―クレ
トケ イタリアの昔話〔出典〕（ラング）

The Goat's Ears of the Emperor Trojan　→や
ぎの耳（セルビア）（ラング）

The Goblin and Grocer　→小さな妖精と食料
品屋―ハンス・アンデルセンのドイツ語翻訳〔出典〕
（ラング）

The Goblin's Collection　→小鬼のコレクショ
ン（ブラックウッド）

The Gold-bearded Man　→金色のひげの男―ハ
ンガリーの昔話〔出典〕（ラング）

The Gold-Bug　→黄金虫 (おうごんちゅう)（ポー）

The Gold That Glittered　→黄金のかがやき
（オー・ヘンリー）

Das Goldei　→金のたまご（グリム）

The Golden Blackbird　→金色のクロウタドリ
―セビョ〔出典〕（ラング）

The Golden Branch
→金の枝―オーノワ夫人〔出典〕（ラング）

→金の枝（フランス ドーノワ夫人）（ラング）

The Golden Crab
→黄金のカニ―シュミット『ギリシアの昔話』〔出典〕
（ラング）

→金色のかに（ギリシア）（ラング）

The Golden-Headed Fish
→金色の頭の魚―フレデリック・マクレ『アルメニア
の昔話』〔出典〕（ラング）

→金の頭をもったさかな（アルメニア）（ラン
グ）

The Golden Lion
→金のライオン（シシリー）（ラング）

→金のライオン―ラウラ・ゴンツェンバッハ『シチリ
アの昔話』〔出典〕（ラング）

Die goldene Gans
→黄金のがちょう（グリム）

→黄金 (きん) のがちょう（グリム）

→金のがちょう（グリム）

Der goldene Schlüssel
→黄金 (きん) の鍵（グリム）

→金の鍵（グリム）

Der goldene Vogel
→黄金 (きん) の鳥（グリム）

→金の鳥（グリム）

Die Goldkinder
→黄金 (きん) の子どもたち（グリム）

→金の子どもたち（グリム）

Goldkinder　→黄金の子どもたち（グリム）

Goliath　→パイ工場の合戦（ウェストール）

The Goloshes of Fortune　→幸福の長靴（アン
デルセン）

Golova professor Duelja　→いきている首（ベ
リャーエフ）

Gondwanan lapset　→ゴンドワナの子どもたち
―自分をさがす旅の話（クーロス）

The Good Moolly Cow　→まだらもようのモー
モーさん（フォレン）

Good Morning　→おはよう（サイプ）

Good Morning when it's Morning　→あさはお
はよう（ホバーマン）

A Good Poem　→良い詩（マッガウ）

Gottes Speise
→神さまの食べもの（グリム）

→神さまの食べ物（グリム）

Les Gouttes qui Tombent　→おそろしい復讐
（ルブラン）

Der Grabhügel
→土 (ど) まんじゅう（グリム）

→墓の盛り土（グリム）

Graciosa and Percinet　→グラシオーサとパー
シネット（フランス ドーノワ夫人）（ラング）

Le Grand Mystère　→大いなる謎（ロルド）

Grandad　→おじいちゃん（ローゼン）

Granny　→おばあちゃん（ミリガン）

Grantræet　→モミの木（アンデルセン）

Grasp All, Lose All
→ふしぎな菩提樹（ラング）

→欲ばりの丸損―キャンベル少佐 フィーローズプル
〔出典〕（ラング）

The Grateful Beasts　→動物たちの恩返し―ク
レトケ ハンガリーの昔話〔出典〕（ラング）

The Grateful Prince　→王子の恩がえし（エス
トニア）（ラング）

Graveyard Shift　→墓守の夜（ウェストール）

Great Claus and Little Claus　→大クラウスと
小クラウス（アンデルセン）

Great Northern？
→シロクマ号となぞの鳥（上）（ランサム）

→シロクマ号となぞの鳥（下）（ランサム）

The Greek Interpreter
→ギリシャ語通訳事件（ドイル）

作品名原綴索引　　　　　　　　　　　　　　　　　　**HAR**

→歯の男とギリシャ人（ドイル）

The Green Door　→緑のドア（オー・ヘンリー）

The Green Fairy Book　→みどりいろの童話集
（ラング）

Green Fingers　→園芸上手（クロフト＝クック）

The Green Knight
　→みどりの騎士（デンマーク）（ラング）
　→緑の騎士―エヴァルド・タング・クリステンセン
　〔出典〕（ラング）

The Green Stone　→緑の魔石（D.W.ジョーンズ）

La Grenouille et le Rat　→カエルとネズミ
（ラ・フォンテーヌ）

La Grenouille qui veut se faire aussi grosse que
le bœuf　→牛のように大きくなろうとしたカ
エル（ラ・フォンテーヌ）

The Grey Fairy Book　→はいいろの童話集（ラ
ング）

Den grimme Ælling　→みにくいアヒルの子（ア
ンデルセン）

Grimms Märchen　→グリム童話（グリム）

The Groac'h of the Isle of Lok　→ロク島のグ
ロアーク―エミール・スーヴェストル〔出典〕（ラン
グ）

The Guardian of the Accolade　→騎士道の守
り手（オー・ヘンリー）

Gub–Gub's Book, An Encyclopedia of Food in
Twenty Volumes　→ドリトル先生のガブガ
ブの本（ロフティング）

Gulf
　→弟の戦争（ウェストール）
　→超能力部隊（ハインライン）

Gulliver's Travels　→ガリバー旅行記（スウィ
フト）

The Guppy　→めだか（ナッシュ）

Gut Kegel–und Kartenspiel　→九柱戯（ボーリン
グ）とトランプ遊び（グリム）

Der gute Handel
　→うまい取り引き（グリム）
　→うまい取引（グリム）

Der gute Lappen　→役に立つ布切れ（グリム）

【 H 】

Hábogi　→ハウボキ―アイスランドの昔話〔出典〕
（ラング）

Die hagere Liese

→やせっぽちのリーゼ（グリム）
→やせのリーゼ（グリム）

Der Hahnenbalken
　→梁（グリム）
　→おんどりのはり（グリム）
　→おんどりの梁（はり）（グリム）
　→棟木（グリム）

The Hairy Dog　→毛むくじゃらの犬（アスクィ
ス）

The Half–Chick　→半ぺらひよこ（スペイン）
（ラング）

Hamlet　→ハムレット（シェイクスピア）

Hamlet, Prince of Denmark　→ハムレット
（シェイクスピア）

Hand　→手（アンダーソン）

Die Hand mit dem Messer　→ナイフを持った
手（グリム）

Hans Dumm　→馬鹿のハンス（グリム）

Hans heiratet
　→ハンスの嫁とり（グリム）
　→嫁とりハンス（グリム）

Hans im Glück
　→幸せなハンス（グリム）
　→しあわせハンス（グリム）

Hans mein Igel
　→ハンスはりねずみ（グリム）
　→ハンスはりねずみぼうや（グリム）
　→ハンス針ねずみぼうや（グリム）
　→ハンス坊や針鼠（グリム）
　→ハンスわたしの針鼠（グリム）

Hans, the Mermaid's Son
　→人魚のむすこのハンス（デンマーク）（ラン
グ）
　→人魚のむすこハンス―デンマークの昔話〔出典〕
（ラング）

Hänsel und Gretel　→ヘンゼルとグレーテル
（グリム）

Hansens Trine　→ハンスのトリーネ（グリム）

Happiness　→しあわせ（ミルン）

The Happy Prince
　→幸福な王子（ワイルド）
　→幸福の王子（ワイルド）
　→幸せの王子（ワイルド）

The Hardy Tin Soldier　→丈夫なすずの兵隊
（アンデルセン）

A Harp of Fishbones　→魚の骨のハープ（エイ
キン）

Harry　→ハリー（サローヤン）（ティンバリ）

世界児童文学全集/個人全集・作品名綜覧　第II期　**451**

HAS　作品名原綴索引

Le Hasard Fait des Miracles　→空とぶ気球の
秘密（ルブラン）
Der Hase und der Igel
　→うさぎとはりねずみ（グリム）
　→兎と針鼠（グリム）
Die Haselrute　→はしばみの枝（グリム）
Häsichenbraut
　→うさぎのお嫁さん（グリム）
　→野兎のお嫁さん（グリム）
Das Hausgesinde
　→家の子郎党（グリム）
　→うちのやとい人（グリム）
　→下男（グリム）
Have a Nice Day !　→よい一日を！（ミリガ
ン）
The Hazel-nut Child　→はしばみの実の子ども
（ハンガリア）（ラング）
He Wins Who Waits
　→がまんは一生の宝—フレデリック・マクレ『アル
メニアの昔話』〔出典〕（ラング）
　→三つの教え（アルメニア）（ラング）
The Heart of a Monkey　→サルの心臓—エド
ワード・スティアー法学博士 スワヒリの昔話〔出典〕
（ラング）
Heart of Ice　→氷の心—ケーリュス伯爵〔出典〕（ラ
ング）
Hearts and Hands　→心と手（オー・ヘンリー）
Heidi
　→アルプスの少女（シュピリ）
　→アルプスの少女ハイジ（シュピリ）
Die heilige Frau Kummerniß　→悲しみの聖女
（グリム）
Der heilige Joseph im Walde
　→森の聖ヨセフさま（グリム）
　→森のなかの聖ヨセフ（グリム）
Henry Marlborough　→ヘンリー・マールバラ
（ウェストール）
Henry the Fifth　→ヘンリー五世（シェイクス
ピア）
Hen's Song　→めんどりうた（ファイルマン）
Herlock Sholmès Trop Tard　→大探偵ホームズ
とルパン（ルブラン）
Herr Fix und Fertig
　→おやすいご用さん（グリム）
　→なんでもござれ（グリム）
Der Herr Gevatter
　→名付け親（グリム）
　→名づけ親さん（グリム）
　→名付け親さん（グリム）

Herr Korbes
　→コルベスさま（グリム）
　→コルベスさん（グリム）
Herr Lazarus and the Draken　→ラザルスとド
ラーケン（ラング）
Des Herrn und des Teufels Gethier　→神さま
の動物と悪魔の動物（グリム）
Des Herrn und des Teufels Getier
　→神さまのけものと悪魔のけもの（グリム）
　→神さまの動物と悪魔の動物（グリム）
The Higher Pragmatizm　→高度な実利主義
（オー・ヘンリー）
Die himmlische Hochzeit　→天国の婚礼（グリ
ム）
Das Hirtenbüblein
　→羊飼いの男の子（グリム）
　→牧童（グリム）
His Last Bow
　→怪スパイの巣（ドイル）
　→最後のあいさつ（ドイル）
Histoire de Roitelet　→いっすんぼうしの話
（ショヴォー）
Histoire du Gros Arbre qui Mangeait les Petits
Enfants　→子どもを食べる大きな木の話
（ショヴォー）
Histoire du Vieux Crocodile　→年をとったワ
ニの話（ショヴォー）
Historien om en Moder
　→あるおかあさんのお話（アンデルセン）
　→ある母親の物語（アンデルセン）
The History of Dwarf Long Nose
　→ながい鼻の小人（ラング）
　→長鼻の小人の物語（ラング）
The History of Jack The Giant-Killer　→巨人
退治のジャック—チャップブック〔出典〕（ラング）
The History of Whittington　→ウィッティン
トンのお話（ラング）
Die Hochzeit der Frau Füchsin
　→奥さん狐の結婚式（グリム）
　→狐のおかみさんの結婚（グリム）
L'Homme aux Dents d'Or　→金の入れ歯の男
（ルブラン）
The Hoodie-Crow　→ズキンガラスと妻—西ハイ
ランドの昔話〔出典〕（ラング）
The Hopkins Manuscript　→ついらくした月
（シェリフ）
The Horse-Dealer's Daughter　→馬商の娘（ロ
レンス）
The Horse Gullfaxi and the Sword Gunnföder
　→馬と剣（アイスランド）（ラング）

452　世界児童文学全集/個人全集・作品名綜覧 第II期

作品名原綴索引　　　IF

→名馬グトルファフシと名剣グンフィエズル
　—アイスランドの昔話〔出典〕（ラング）
Hospitality　→もてなし（カポーティ）
The Hound of the Baskervilles
　→バスカビル家の犬（ドイル）
　→夜光怪獣（ドイル）
The House Blessing　→家の祝福（ギターマン）
The House in the Wood　→森の家—グリム〔出
　典〕（ラング）
The House of Many Worlds　→次元パトロール
　（マーウィン）
The House of the Mouse　→ねずみのいえ
　（ミッチェル）
How a Fish swam in the Air and a Hare in the
　Water　→空をおよぐさかな（ラング）
How Ball-Carrier Finished His Task　→玉運
　び、つとめをはたす—ネイティブ・アメリカンの昔
　話〔出典〕（ラング）
How Do You Know It's Spring?　→どうして
　はるがきたってわかる？（ブラウン）
How Far Is It to the Land We Left?　→最初
　のあの領土はどのくらい遠かったか（ナイ）
How Geirald the Coward was Punished　→弱
　虫のゲイラルドがむくいを受けるまで—『アイ
　スランドの昔話』〔出典〕（ラング）
How Ian Direach got the Blue Falcon
　→青いたか（スコットランド）（ラング）
　→イアン・ジーリハが青いハヤブサをつかま
　えた話—『西ハイランド昔話集』〔出典〕（ラング）
How Isuro the Rabbit tricked Gudu　→ウサギ
　のイスロがグドゥをだました話—ショナ族の昔話
　〔出典〕（ラング）
How Six Men Travelled Through the Wide
　World
　→六人の男が広い世界をわがもの顔で歩く話
　（ラング）
　→六人のなかま（ラング）
How Some Wild Animals Became Tame Ones
　→馬や牛が人に飼われるようになったわけ—
　『ラップランドの昔話』〔出典〕（ラング）
How the Beggar Boy Turned into Count Piro
　→こじきの子どもときつね（シシリー）（ラン
　グ）
　→びんぼうむすこがピロ伯爵になった話—『シ
　チリアの昔話』〔出典〕（ラング）
How the Hermit Helped to Win the King's
　Daughter
　→隠者の手引きで姫をめとった男の話—『シチ
　リアの昔話』〔出典〕（ラング）
　→七人（シシリー）（ラング）

How the Little Brother Set Free His Big
　Brothers　→末の弟が兄たちを助けた話—
　Bureau of Ethnology, U.S.〔出典〕（ラング）
How to Eat a Poem　→詩の食べ方（メリアム）
How to Find Out a True Friend　→ほんとうの
　友の見つけ方—ラウラ・ゴンツェンバッハ『シチリア
　の昔話』〔出典〕（ラング）
Les Huit Coups de L'Horloge　→八つの犯罪
　（ルブラン）
L'Huitre et les Plaideurs　→牡蠣と訴訟人（ラ・
　フォンテーヌ）
The Hummingbird that lived through Winter
　→冬を越したハチドリ（サローヤン）
"Hun duede ikke"　→あの女は役たたず（アン
　デルセン）
Der Hund und der Sperling
　→犬とすずめ（グリム）
　→犬と雀（グリム）
The Hundred and One Dalmatians　→ダルメ
　シアン—100と1ぴきの犬の物語（D.スミス）
Hurleburlebutz
　→ドンチャカ騒ぎ（グリム）
　→フーレブーレブッツ（グリム）
Hvad Tidselen oplevede　→アザミの経験（アン
　デルセン）
Hyldemoer　→ニワトコおばさん（アンデルセ
　ン）

【Ｉ】

I Don't Want to Swop My Model Racing Car
　→レーシングカーの模型を取りかえっこした
　くない（パテン）
I Know Someone　→知ってるぜ（ローゼン）
I Know What I Have Learned　→いいことをお
　ぼえてきた（デンマーク）（ラング）
I Meant to Do My Work Today　→きょうこそ
　宿題をするつもり（ル・ギャリアン）
I, Robot　→うそつきロボット（アシモフ）
I Saw a Jolly Hunter　→のんきな狩人にあった
　（コーズリィ）
I Wake Up　→目をさます（ローゼン）
'I Want a Word with You Lot...'　→ひとこと
　言いたいことがある（パテン）
Ian, the Soldier's Son　→兵隊のむすこイアン
　（ラング）
If I were Teeny Tiny　→もしもぼくがちいさけ
　りゃ（デ・レニエイ）

世界児童文学全集/個人全集・作品名綜覧　第II期　453

IF　作品名原綴索引

If Once You Have Slept on an Island　→いちどでも島で夜をすごしたなら……（フィールド）

L'ile Aux Trente Cercueils　→三十棺桶島（ルブラン）

I'm Just Going Out for a Moment　→ちょっと出かけてくるわ（ローゼン）

I'm Nobody！ Who are you？　→わたしは無名！ あなたは？（ディキンスン）

I'm the Youngest in Our House　→ぼくは末っ子なので（ローゼン）

Impossible Enchantment　→ぜったいとけない魔法（ラング）

Indian Camp　→インディアンの村（ヘミングウェイ）

Infra drakova　→栄光の宇宙パイロット（グレーウィッチ）

Inget Trams！　→シェークvsバナナ・スプリット（スタルク）

The Invalid's Story　→病人の話（トウェイン）

The Invisible Man　→透明人間（H.G.ウェルズ）

The Invisible Prince　→目に見えない王子（ラング）

Is He Living or Is He Dead？　→彼は生きているのか、それとも死んだのか？（トウェイン）

The Island　→島（ウェストール）

【 J 】

Jack and the Beanstalk　→ジャックと豆の木（イギリス）（ラング）

The Jackal and Spring　→ジャッカルと泉—E.ジャコテ訳編『バスト族の昔話』〔出典〕（ラング）

Jackal or Tiger？
　→ジャッカルか、それともトラか（ラング）
　→山犬かとらか（インド）（ラング）

James and the Giant Peach　→おばけ桃が行く（ダール）

Jasper Who Herded the Hares　→野ウサギを集めたイェスパー—スカンジナビアの昔話〔出典〕（ラング）

Jeff Peters as a Personal Magnet　→にせ医師物語（オー・ヘンリー）

Jemima Jane　→ジェマイマ・ジェーン（シュート）

Jennifer, Hecate, Macbeth, William McKinley and Me, Elizabeth　→魔女ジェニファとわたし（カニグズバーグ）

Jesper Who Herded the Hares　→うさぎを飼ったゼスパー（スカンジナビア）（ラング）

Les Jeux du Soleil　→日光暗号の秘密（ルブラン）

Jim Smiley and His Jumping Frog　→ジム・スマイリーと飛び跳ねるカエル（トウェイン）

Jimmy Hayes and Muriel　→ジミー・ヘイズとミュリエル（オー・ヘンリー）

Jimmy Jet and TV set　→テレビっ子のジミー・ジェット（シルヴァースタイン）

Jødepigen　→ユダヤ人の娘（アンデルセン）

Johnny Bear
　→おかしな子グマ、ジョニー（シートン）
　→イエローストーンの子グマ ジョニーベアー（シートン）

Johnny Swanson　→天才ジョニーの秘密（アップデール）

Jorinde und Joringel　→ヨリンデとヨリンゲル（グリム）

Journey to an 800 Number　→800番への旅（カニグズバーグ）

A Journey to the New World　→メイフラワー号の少女—リメンバー・ペイシェンス・フイップルの日記（ラスキー）

Der Jud' im Dorn　→いばらの中のユダヤ人（グリム）

Der Jude im Dorn
　→いばらのなかのユダヤ人（グリム）
　→茨の中のユダヤ人（グリム）

Julius Caesar　→ジュリアス・シーザー（シェイクスピア）

Der junge Riese　→若い大男（グリム）

Jungfrau Maleen　→マレーン姫（グリム）

Das junggeglühte Männlein
　→火に焼かれて若返った男（グリム）
　→焼きを入れて若返った男（グリム）
　→若く焼きなおされた小男（グリム）

The Jungle Book　→ジャングル・ブック（キップリング）

【 K 】

Kajsa kavat　→カイサとおばあちゃん（リンドグレーン）

Kari Woodengown
　→木の着物をきたカリ（スカンジナビア）（ラング）

作品名原綴索引　　**KUP**

→木の衣のカーリ―P.C.アスビョルンセン〔出典〕
（ラング）

Karlsson på taket smyger igen　→やねの上の
カールソンだいかつやく（リンドグレーン）

Katz und Maus in Gesellschaft　→猫と鼠が
いっしょに住むと（グリム）

Katze und Maus in Gesellschaft
　→猫とねずみのともぐらし（グリム）
　→猫とねずみのとも暮らし（グリム）
　→猫と鼠の仲（グリム）

Keiserens nye Klæder　→皇帝の新しい着物（は
だかの王さま）（アンデルセン）

Kids　→子どものいいぶん（ミリガン）

The Killer's Cousin　→危険ないとこ（ワーリ
ン）

Die Kinder in Hungersnoth　→腹をすかせて死
にそうな子どもたち（グリム）

Kinder–legenden　→子どものための霊験譚（グ
リム）

Kinder–und Hausmärchen　→グリム童話（グリ
ム）

Kinderlegenden　→子どものための聖者伝（グ
リム）

Kindness to Animals　→どうぶつにしんせつな
こ（リチャーズ）

King Kojata　→コジャタ王―ロシアの昔話〔出典〕
（ラング）

King Lear　→リア王（シェイクスピア）

King Lindorm　→リンドオルム王―スウェーデン
の昔話〔出典〕（ラング）

The King of Currumpaw: A Wolf Story　→カ
ランボーのオオカミ王 ロボ（シートン）

The King of the Waterfalls　→滝の王―西ハイラ
ンドの昔話〔出典〕（ラング）

The Kingdom by the Sea　→海辺の王国（ウェ
ストール）

The Kingfisher　→カワセミ（ノリス）

Kings Came Riding　→王さまが馬で（C.ウィ
リアムズ）

The King's Horses　→王さまの馬（サンソム）

Kisa the Cat　→猫のキサ―アイスランドの昔話〔出
典〕（ラング）

The Kiss　→キス（ティーズディール）

Die klare Sonne bringt's an den Tag
　→おてんとうさまが明るみに出す（グリム）
　→お天道さまが照らしだす（グリム）
　→輝くお日さまが、明るみに出してくださる
　（グリム）

→くもりのないお日さまがことを明らかにす
る（グリム）

Ein kleiner Junge unterwegs　→小さな男の子
の旅（ケストナー）

Die kluge Bauerntochter
　→お百姓の賢い娘（グリム）
　→かしこい百姓娘（グリム）
　→賢い百姓娘（グリム）

Die kluge Else　→かしこいエルゼ（グリム）

Das kluge Gretel　→かしこいグレーテル（グリ
ム）

Der kluge Knecht　→かしこい下男（グリム）

Die klugen Leute　→かしこい人たち（グリム）

The Knights of the Fish
　→さかなの騎士（スペイン）（ラング）
　→魚の騎士―フェルナン・カバリェーロ〔出典〕（ラ
ング）

Knoist un sine dre Sühne
　→クノイストと三人の息子（グリム）
　→クノイストと三人息子（グリム）

Kometen kommer　→ムーミン谷の彗星（ヤン
ソン）

König Droßelbart
　→つぐみの髭の王さま（グリム）
　→ツグミの鬚の王さま（グリム）

König Drosselbart
　→つぐみひげの王さま（グリム）
　→つぐみ髭の王さま（グリム）

Der König mit dem Löwen
　→王さまとライオン（グリム）
　→ライオンを連れた王さま（グリム）

Der König vom goldenen Berg
　→黄金（きん）の山の王さま（グリム）
　→金の山の王さま（グリム）

Der Königssohn, der sich vor nichts fürchtet
　→こわいもの知らずの王子（グリム）
　→なにもこわがらない王子（グリム）

Die Kornähre　→麦の穂（グリム）

Krag, the Kootenay Ram　→野生のヒツジ ク
ラッグ（シートン）

Die Krähen　→からすたち（グリム）

Der Krautesel
　→キャベツろば（グリム）
　→レタスろば（グリム）

Die Kristallkugel
　→水晶玉（グリム）
　→水晶の玉（グリム）

Kupti and Imani

世界児童文学全集/個人全集・作品名綜覧 第II期　**455**

LAD　作品名原綴索引

→クプティーとイマーニ（インド パンジャブ
地方）（ラング）
→クプティーとイマーニ─パンジャブの昔話〔出
典〕（ラング）

【 L 】

The Lady of the Fountain　→泉の貴婦人─『マ
ビノギオン』〔出典〕（ラング）
La Lairiere et le Pot au lait　→ミルク売りとミ
ルク壺（ラ・フォンテーヌ）
The Lake　→湖（ブラッドベリ）
Das Lämmchen und Fischchen
→小羊とお魚（グリム）
→仔羊と小さな魚（グリム）
→羊と魚（グリム）
La Lampe Juive　→ユダヤの古ランプ（ルブラ
ン）
Lancelot Biggs　→宇宙飛行士ビッグスの冒険
（ボンド）
The Landlady　→女主人（ダール）
Die lange Nase　→長い鼻（グリム）
The Language of Beasts　→けもののことば
（ラング）
Lassie Come–Home　→名犬ラッシー（ナイト）
The Last Leaf　→最後のひと葉（オー・ヘン
リー）
Last Shot：A Final Four Mystery　→ラスト★
ショット（ファインスタイン）
Last Song　→おやすみの歌（ガスリー）
The Last Word was Love　→キングズリバーの
いかだ（サローヤン）
Laughing Eye and Weeping Eye, or the
Limping Fox　→笑っている目と泣いている
目、または脚の悪いキツネの話─ルイ・レジェ訳
『スラブの昔話』（セルビア）〔出典〕（ラング）
Laughing Sam　→笑い虫のサム（サローヤン）
Läuschen und Flöhchen
→しらみとのみ（グリム）
→シラミとノミ（グリム）
The Law of Life
→命の掟（ロンドン）
→生命の法則（ロンドン）
Lean Out of the Window　→窓からのりだして
（ジョイス）
Die Lebenszeit　→寿命（グリム）
The Lesson　→これが授業というものだ（マッ
ガウ）

Lessons　→教え（ベーン）
Letters for the Other Child　→もちろん返事を
まってます（ロンフェデル・アミット）
La Lettre d'Amour du Roi George　→国王の
ラブレター（ルブラン）
Level 4　→レベル4─子どもたちの街（シュ
リューター）
Level 4.2　→レベル4‐2─再び子どもたちの街
へ（シュリューター）
Lieb und Leid teilen
→苦楽をわかつ（グリム）
→喜びと悲しみを分かちあう（グリム）
Der Liebste Roland
→いとしいローラント（グリム）
→恋人のローラント（グリム）
→恋人ローラント（グリム）
Le Lievre et la Tortue　→ウサギとカメ（ラ・
フォンテーヌ）
The Life and Strange Surprising Adventures of
Robinson Crusoe　→ロビンソン・クルー
ソー（デフォー）
The Lilac Fairy Book　→ふじいろの童話集（ラ
ング）
Den lille Havfrue
→人魚の姫（アンデルセン）
→人魚姫（アンデルセン）
Den lille havfrue　→人魚姫（アンデルセン）
Den lille Idas Blomster　→イーダちゃんのお花
（アンデルセン）
Den lille Pige med Svovlstikkerne　→マッチ売
りの少女（アンデルセン）
Lily Lee　→リリー・リー（ベスト）
Le Lion et le Rat　→ライオンとネズミ（ラ・
フォンテーヌ）
Little　→おとうと（オールディス）
The Little Begger　→まぼろしの少年（ブラッ
クウッド）
Little Dot　→ちびネコ姫トゥーランドット（D.
W.ジョーンズ）
Little Girl　→ちっちゃな女の子（ファイルマ
ン）
The Little Girl　→少女（マンスフィールド）
The Little Good Mouse
→小さなやさしいネズミ─オーノワ夫人〔出典〕
（ラング）
→やさしい小さなねずみ（フランス ドーノワ
夫人）（ラング）
The Little Gray Man　→小さな灰色の男─クレ
トケ ドイツの昔話〔出典〕（ラング）
The Little Green Frog

456　世界児童文学全集/個人全集・作品名綜覧 第II期

作品名原綴索引　　　　**LYK**

→小さなみどり色のかえる（フランス）（ラング）

→小さな緑のカエル—"Cabinet des Fées"〔出典〕（ラング）

The Little Hare　→ちびの野ウサギ—E.ジャコテ訳編『バソト族の昔話』〔出典〕（ラング）

Little Lord Fauntleroy　→小公子（バーネット）

The Little Match Girl　→マッチ売りの少女（アンデルセン）

The Little Mermaid
→人魚姫（アンデルセン）

→人魚姫—リトル・マーメイド（アンデルセン）

Little Pippa　→ちびのピッパ（ミリガン）

A Little Princess　→小公女（バーネット）

Little Red Riding–Hood　→赤ずきん（ペロー）

The Little Sea Maid　→人魚姫（アンデルセン）

The Little Soldier
→小さな兵士—シャルル・ドゥラン〔出典〕（ラング）

→小さな兵隊さん（ドイツ）（ラング）

A Little Song of Life　→小さな人生の歌（リース）

Little Things　→小さなものたち（スティーヴンズ）

Little Thumb　→親指小僧（ペロー）

Little Tiny or Thumbelina　→親指姫（アンデルセン）

The Little Turtle　→ちいさなかめ（V.リンゼイ）

Little Wildrose
→小さな野ばら（ルーマニア）（ラング）

→小さな〈野バラ〉—ルーマニアの昔話〔出典〕（ラング）

Little Women　→若草物語（オルコット）

Lobo, the King of Currumpaw
→オオカミの王、ロボ（シートン）

→カランポーのオオカミ王 ロボ（シートン）

Locked in Time　→とざされた時間のかなた（ダンカン）

Lögnernas Mästare　→うそつきの天才（スタルク）

The Lonesome Place　→淋しい場所（ダーレス）

'A Long–Bow Story'
→そんな話があるもんか—口承伝承〔出典〕（ラング）

→ほらふき物語（ラング）

Long, Broad, and Quickeye

→のっぽとでぶと目だま（ラング）

→のっぽとふとっちょと目きき—ルイ・レジェ訳『スラブの昔話』（ボヘミア）〔出典〕（ラング）

Looking for Dad　→オヤジを探す（パテン）

Loppen og Professoren　→ノミと教授（アンデルセン）

Lost on Dress Parade　→パレードのしくじり（オー・ヘンリー）

A Lost Paradise
→うしなわれた花園（フランス）（ラング）

→失われた楽園—ポール・セビョ〔出典〕（ラング）

The Lost World
→きょうりゅうの世界（ドイル）

→ロスト・ワールド（ドイル）

The Lost World of Time　→キャプテン・フューチャーの冒険（ハミルトン）

Le Loup et la Cigogne　→オオカミとコウノトリ（ラ・フォンテーヌ）

Le Loup et l'Aneau　→オオカミと子羊（ラ・フォンテーヌ）

Le Loup et le Chien　→オオカミと犬（ラ・フォンテーヌ）

Love Match　→遠い夏、テニスコートで（ウェストール）

The Love–Philtre of Ikey Schoenstein　→アイキーのほれ薬（オー・ヘンリー）

Lovely Ilonka
→うつくしいイロンカ（ハンガリア）（ラング）

→美しいイロンカ—ハンガリーの昔話〔出典〕（ラング）

Der Löwe und der Frosch
→ライオンとかえる（グリム）

→ライオンとカエル（グリム）

Lucky Luck
→ラッキー・ラック—ハンガリーの昔話〔出典〕（ラング）

→ラッキーラック（ハンガリア）（ラング）

Lucky Starr and Moons of Jupiter　→木星のラッキー・スター（フレンチ）

Das Lumpengesindel
→ならずもの（グリム）

→ならずものたち（グリム）

→ろくでもない連中（グリム）

The Lute Player
→リュートひき—ロシアの昔話〔出典〕（ラング）

→リュート弾き（ロシア）（ラング）

Den lykkelige Familie　→幸福な一家（アンデルセン）

世界児童文学全集/個人全集・作品名綜覧 第II期　**457**

LYK 作品名原綴索引

Lykken kan ligge i en Pind →幸運は小枝のな
かに（アンデルセン）

【 M 】

Macbeth →マクベス（シェイクスピア）
Mad Drinks →超異常ドリンク（ローゼン）
Mad Meals →超異常メニュー（ローゼン）
Das Mädchen ohne Hände →手なし娘（グリ
ム）
Mädchen ohne Hände
→手なし娘（グリム）
→手のない娘（グリム）
A Madison Square Arabian Night →マディソ
ン街の千一夜（オー・ヘンリー）
Madschun
→マドシャン─イグナール・クノーシュ博士『トルコ
の昔話』〔出典〕（ラング）
→マドシャン（トルコ）（ラング）
The Magic Book →魔法の本（デンマーク）（ラ
ング）
The Magic Finger →魔法のゆび（ダール）
The Magic Kettle →魔法のかま─ぶんぶく茶
がま（日本）（ラング）
The Magic Mirror →魔法の鏡─センナの昔話〔出
典〕（ラング）
The Magic Ring
→魔法のゆびわ（ラング）
→魔法の指輪（ラング）
The Magic Shop →マジックショップ（H.G.
ウェルズ）
The Magic Swan →魔法の白鳥─クレトケ〔出典〕
（ラング）
The Magician's Horse →魔法使いの馬（ラン
グ）
Mährchen von der Unke →蛇の話、かえるの
話（グリム）
La Maison Vide →空き家（ルヴェル）
Le Maître chat ou le Chat botté
→長ぐつをはいたネコ（ペロー）
→長靴をはいた猫（ペロー）
→猫の親方あるいは長靴をはいた猫（ペロー）
→猫の親方または長靴をはいた猫（ペロー）
→猫の大将 または 長靴をはいた猫（ペロー）
Dat Mäken von Brakel
→ブラーケルの娘（グリム）
→ブラーケルの娘っ子（グリム）

Makes the Whole World Kin →同病あいあわ
れむ（オー・ヘンリー）
Mammon and the Archer
→黄金の神と恋の射手（オー・ヘンリー）
→お金の神さまとキューピッド（オー・ヘン
リー）
Man from the South →南から来た男（ダール）
The Man Higher Up →一枚うわて（オー・ヘ
ンリー）
The Man in the Brownn Suit →茶色の服の男
（クリスティ）
The Man Who Pinched God's Letter
→神さまの手紙をぬすんだ男（エイキン）
→神様の手紙をぬすんだ男（エイキン）
The Man Who Put Up at Gadsby's →ギャズ
ビーホテルに宿泊した男（トウェイン）
The Man Who Steals Dreams →夢ぬすびと
（マッガウ）
The Man with the Heart in the Highlands →
心は高原に（サローヤン）
The Man with the Twisted Lip
→口のまがった男（ドイル）
→くちびるのねじれた男（ドイル）
→変身（ドイル）
Das Märchen vom Schlauraffenland
→のらくら者の国のおとぎ話（グリム）
→のらくら者の国の話（グリム）
→ものぐさのくにの話（グリム）
Märchen von der Unke
→蛇と鈴蛙の話（グリム）
→蛇の話（グリム）
Märchen von einem, der auszog, das Fürchten
zu lernen
→こわがり修業に出た男（グリム）
→こわがることを習いに、旅に出た男の話（グ
リム）
→こわがることを習いに出かけた男の話（グ
リム）
→ゾッとしたくて旅に出た若者の話（グリム）
Un Mariage d'Amour →恋愛結婚（ゾラ）
Marienkind →マリアの子（グリム）
The Marionettes →あやつり人形（オー・ヘン
リー）
The Market Square Dog →青空市場の犬（ヘ
リオット）
The Marry Month of May →五月の結婚
（オー・ヘンリー）
The Marsh King's Daughter →沼の王の娘（ア
ンデルセン）
Mart's Advice →にんまり（ローゼン）

458 世界児童文学全集/個人全集・作品名綜覧 第II期

作品名原綴索引　　　**MOU**

Mary Poppins　→メアリー・ポピンズ（トラ
ヴァース）
The Master　→オオカミの棲む森（D.W.ジョー
ンズ）
Master and Pupil　→魔法使いと弟子―デンマー
クの昔話〔出典〕（ラング）
Master Cat; or, Puss in Boots　→猫先生（マス
ターキャット）、または長靴をはいた猫（ペロー）
The Master–Maid　→マスターメイド―P.C.アス
ビョルンセンとJ.モー〔出典〕（ラング）
The Master Thief
　→どろぼうの王さま（スカンジナビア）（ラン
グ）
　→泥棒の親方―P.C.アスビョルンセン〔出典〕（ラン
グ）
Matilda　→マチルダは小さな大天才（ダール）
Me　→わたし（デ・ラ・メア）
Das Meerhäschen
　→てんじくねずみ（グリム）
　→天竺鼠（グリム）
Meister Pfriem　→プフリーム親方（グリム）
Der Meisterdieb
　→泥棒の名人（グリム）
　→泥棒名人（グリム）
A Memory　→おぼえている（ギブソン）
The Merchant of Venice　→ヴェニスの商人
（シェイクスピア）
The Mermaid and the Boy
　→人魚と王子―『ラップランドの昔話』〔出典〕（ラ
ング）
　→人魚と子ども（ラプランド地方）（ラング）
The Merry Adventures of Robin Hood　→ロビ
ン＝フッドの冒険（パイル）
Merry–go–round　→メリー・ゴー・ラウンド
（バルーク）
The Merry Wives　→ゆかいなおかみさんたち
―デンマークの昔話〔出典〕（ラング）
Le meunier, son fils et l'ane　→粉挽きとその息
子とロバ（ラ・フォンテーヌ）
Mice　→はつかねずみ（ファイルマン）
Michael Monday　→マイケル・マンデイ（パテ
ン）
The Midnight Kittens　→真夜中の子ネコ（D.
スミス）
The Midnight Rose　→真夜中のバラ（エイキ
ン）
A Midsummer Night's Dream　→夏の夜の夢
（シェイクスピア）
Milking Time　→ミルクしぼりたて（ロバーツ）

Minnikin　→ミニキン（ラング）
Mirror Poem　→鏡の詩（ライト）
Les Misérables
　→ああ無情（ユーゴー）
　→レ・ミゼラブル（ユーゴー）
Miss Hooting's Legacy　→ホーティングさんの
遺産（エイキン）
Missee Lee
　→女海賊の島（上）（ランサム）
　→女海賊の島（下）（ランサム）
The Missing Code　→鳴らないピアノ（オー・
ヘンリー）
The Missing Sock　→なくした靴下（マッガウ）
Mogarzea and His Son　→モガルゼアとむすこ
―ルーマニアの昔話〔出典〕（ラング）
Mon oncle Jules　→ジュール伯父（モーパッサ
ン）
Monarch: The Big Bear of Tallac
　→クマ王モナーク（シートン）
　→シェラ・ネバダを支配したクマの王 グリズリー・
ジャック（シートン）
Der Mond
　→お月さま（グリム）
　→月（グリム）
Money Box　→貯金箱（ローゼン）
Monkey　→モンキーくん（ミリガン）
Moon–come–out　→こんばんはおつきさん
（ファージョン）
The Moon King　→ムーン・キング（パーキン
ソン）
The Moon's the North Wind's Cooky　→小さ
な女の子から聞いた話（V.リンゼイ）
Moonshine in the Mustard Pot　→からしつぼ
の中の月光（エイキン）
Das Mordschloß　→人殺し城（グリム）
The morns are meeker than they were　→秋の
朝（ディキンスン）
La Mort qui Rôde　→さまよう死神（ルブラン）
Moses the Kitten　→子猫のモーゼ（ヘリオッ
ト）
Moster　→おばさん（アンデルセン）
The Mother Teal and the Overland Route　→
十羽のコガモの冒険（シートン）
'Moti'
　→モティ（インド）（ラング）
　→モティ―パシュトゥの昔話〔出典〕（ラング）
The Mouse in the Wainscot　→羽目板のなかの
ハツカネズミ（セレリヤー）

世界児童文学全集/個人全集・作品名綜覧 第II期　**459**

MR 作品名原綴索引

Mr.Popper's Penguins →ポッパーさんとペンギン・ファミリー（R.アトウォーター, F.アトウォーター）

Mrs nutti's Fireplace →ナッティ夫人の暖炉（エイキン）

Mrs Peck–Pigeon →ひょんひょんはとおくさん（ファージョン）

Mum Won't Let Me Keep a Rabbit →ママはウサギを飼っちゃだめだって（パテン）

Muminpappans memoarer →ムーミンパパの思い出（ヤンソン）

Mum'll Be Coming Home Today →ママ（ローゼン）

Murder at School →学園連続殺人事件（ヒルトン）

Murder in Mesopotamia →メソポタミヤの殺人（クリスティ）

A Murder is Announced →予告殺人（クリスティ）

Murder on the Orient Express
→オリエント急行殺人事件（クリスティ）
→オリエント急行の殺人（クリスティ）

The Murders in the Rue Morgue →モルグ街の殺人事件（ポー）

The Musgrave Ritual
→奇人先生の最後（ドイル）
→マスグレーブ家の儀式（ドイル）

Muttergottesgläschen
→聖母のグラス（グリム）
→聖母の盃（さかずき）（グリム）

My Baby Brother →おとうと（プレラツキー）

My best Acquaintances are those →いちばん心が通じるのは（ディキンスン）

My Puppy →ぼくのこいぬ（フィッシャー）

My Year →一年中わくわくしてた（ダール）

Le Mystérieux voyageur
→奇快な乗客（ルブラン）
→謎の旅行者（ルブラン）

【 N 】

Das Nachtpfauenauge →クジャクヤママユ（ヘッセ）

Nad and Dan adn Quaffy →コーヒーと宇宙船（D.W.ジョーンズ）

Der Nagel
→くぎ（グリム）

→釘一本（グリム）

Nagyon könnyü történet →ある小さな物語（モルナール・フェレンツ）

Nattergalen →ナイチンゲール（アンデルセン）

The Naval Treaty
→海軍条約文書（ドイル）
→スパイ王者（ドイル）

Needle →星からきた探偵（クレメント）

Die Nelke
→なでしこ（グリム）
→ナデシコ（グリム）

The Nerrative of Arthur Gordon Pym of Nantucket →ナンタケット島出身のアーサー・ゴードン・ピムの物語（ポー）

The Nettle Spinner
→イラクサをつむぐむすめ―シャルル・ドゥラン［出典］（ラング）
→いらくさむすめ（ベルギー）（ラング）

The New Kid on the Block →近所にひっこしてきた子（プレラツキー）

The Newcomer →新顔（パテン）

Niels and the Giants
→ニールスと大男たち（ラング）
→ニールスと巨人たち（ラング）

The Night Out →最後の遠乗り（ウェストール）

The Night Will Never Stay →夜はけっしてとどまらない（ファージョン）

The Nightingale →夜なきうぐいす（ナイチンゲール）（アンデルセン）

The Nightingale and the Rose →ナイチンゲールとばらの花（ワイルド）

The Nine Pea–hens and the Golden Apples
→九羽のクジャクと金のリンゴ―セルビアの昔話［出典］（ラング）
→くじゃくと金のりんご（セルビア）（ラング）

Die Nixe im Teich
→池に住む水女（みずおんな）（グリム）
→池に住む水の精（グリム）
→池の中の水の精（グリム）

The Nixy →ニクシイ（ドイツ）（ラング）

No Difference →おなじようなもの（シルヴァースタイン）

No One →ダレモイナイ（D.W.ジョーンズ）

No Story →ありふれた話（オー・ヘンリー）

The Norka →ノルカ（ラング）

A Nose for the King →王に捧げる鼻（ロンドン）

作品名原綴索引　　　　　　　　　　　　　　　　**PET**

The Nunda, Eater of People　→人食いヌンダ
　―スワヒリの昔話〔出典〕（ラング）

【O】

Of Time and the Third Avenue　→未来からき
　た男（ベスター）
The Ogre　→人食い鬼―クレトケ イタリアの昔話
　〔出典〕（ラング）
Oily Wizard　→油まみれの魔法使い（ウェス
　トール）
L'Oiseau Bleu　→青い鳥（メーテルリンク）
Der Okerlo　→オーケルロ（グリム）
The Old House　→古い家（アンデルセン）
The Old Teacher　→年とった女の先生がいた
　（アールバーグ）
Ole Lukøje　→眠りの精オーレ・ロクオイエ（ア
　ンデルセン）
The Olive Fairy Book　→くさいろの童話集（ラ
　ング）
Oll Rinkrank　→リンクランクじいさん（グリ
　ム）
On the Brighton Road　→ブライトンへいく途
　中で（ミドルトン）
On the Ning Nang Nong　→ニン・ナン・ノン
　のくに（ミリガン）
On the Train　→列車に乗って（ローゼン）
Den onde Fyrste　→悪い王さま（アンデルセ
　ン）
The One–Handed Girl　→手を切られたむすめ
　―E.スティアー スワヒリの昔話〔出典〕（ラング）
One Perfect Rose　→美しい薔薇一輪（パー
　カー）
One Thousand Dollars　→千ドルのつかいみち
　（オー・ヘンリー）
Only One Woof　→たった一度の"ワン！"（ヘ
　リオット）
The Open Window　→開け放たれた窓（サキ）
The Orange Fairy Book　→だいだいいろの童
　話集（ラング）
Oscar, Cat–About–Town　→社交家のオスカー
　（ヘリオット）
The Ostrich Is a Silly Bird　→ダチョウ（フ
　リーマン）
Det osynliga barnet　→ムーミン谷の仲間たち
　（ヤンソン）
Othello
　→オセロー（シェイクスピア）

→オセロ（シェイクスピア）
Our Principal　→小学校の校長先生（ナイ）
L'ours et les deux Compagnons　→クマとふた
　りの友人（ラ・フォンテーヌ）
The Owl and the Eagle　→フクロウとワシ―
　"The Journal of the Anthropological Institute"〔出
　典〕（ラング）

【P】

The Pacing Mustang　→自由のために走る野生ウマ
　ペーシング・マスタング（シートン）
The Pancake Collector　→ホットケーキ・コレ
　クター（プレラツキー）
Paperarello　→パペラレッロー『シチリアの昔話』
　〔出典〕（ラング）
Pappan och havet　→ムーミンパパ海へいく
　（ヤンソン）
The Parent　→親の意味（ナッシュ）
Parents' Evening　→父母懇談会（アールバー
　グ）
La Partie de Baccara　→トランプの勝負（ルブ
　ラン）
The Partnership of Thief and Liar　→泥棒と
　うそつきのふたり組み（ラング）
Des Pas sur La Neige　→雪の上の靴あと（ルブ
　ラン）
Le Passe–muraille　→壁抜け男（エーメ）
The Passing of Black Eagle　→消えたブラッ
　ク・イーグル（オー・ヘンリー）
The Passing of Marcus O'Brien　→マーカス・
　オブライエンの行方（ロンドン）
Patapoufs et Filifers　→デブの国ノッポの国
　（モロア）
A Pavane for the Nursery　→こどもべやの舞
　踏曲（パヴァーヌ）（W.J.スミス）
The PE Teacher Wants to Be Tarzan　→体育
　の先生はターザンを夢見る（パテン）
Peiter, Peter og Peer　→パイターとペーターと
　ペーア（アンデルセン）
The People In The Castle　→お城の人々（エイ
　キン）
La Perle Noire　→消えた黒真珠（ルブラン）
Peter Bull　→雄牛のピーター（デンマーク）
　（ラング）
Peter Duck
　→ヤマネコ号の冒険（上）（ランサム）
　→ヤマネコ号の冒険（下）（ランサム）

世界児童文学全集/個人全集・作品名綜覧 第II期　**461**

Peter Pan →ピーター・パン（バリー）

Peter Pan and Wendy →ピーターパン（バリー）

Le Petit chaperon rouge
→赤ずきん（ペロー）
→赤頭巾（ペロー）
→赤頭巾ちゃん（ペロー）

Le Petit Poucet
→おやゆび小僧（ペロー）
→親指小僧（ペロー）

The Pickety Fence →くいのかきね…（マッコード）

The Picts And The Martyrs: or Not Welcome at All
→スカラブ号の夏休み（上）（ランサム）
→スカラブ号の夏休み（下）（ランサム）

Picture Book Without Pictures →絵のない絵本（アンデルセン）

Le Piège Infernal →地獄のわな（ルブラン）

Pigen som trådte på Brødet
→パンをふんだ娘（アンデルセン）
→パンを踏んだ娘（アンデルセン）

Pigeon Post
→ツバメ号の伝書バト（上）（ランサム）
→ツバメ号の伝書バト（下）（ランサム）

The Pimienta Pancakes →ピミエンタのパンケーキ（オー・ヘンリー）

The Pink Fairy Book →ももいろの童話集（ラング）

Pinkel the Thief
→泥棒のピンケル—ソープ〔出典〕（ラング）
→ピンケルと魔女（フィンランド）（ラング）

Pippi Långstrump
→長くつしたのピッピ（リンドグレーン）
→長くつ下のピッピ（リンドグレーン）

Pirétū →ピレートゥー（チャンダル）

Pivi and Kabo →ピビとカボ—モンセロン〔出典〕（ラング）

The Plague of Peacocks →クジャクがいっぱい（D.W.ジョーンズ）

Planet of the Dreamers →夢みる宇宙人（マクドナルド）

Please Explain →説明してよお願いだから（パテン）

Podolo →ポドロ島（ハートリー）

The Poet →詩人（モーム）

The Poet and the Peasant →詩人と農夫（オー・ヘンリー）

The Poet Inspired →ひらめいた詩人（マッガウ）

Point of View →よく考えてみれば（シルヴァースタイン）

Polar Bear →北極の白クマくん（ミリガン）

Portrait of a Girl in Glass →ガラスの少女像（T.ウィリアムズ）

Le Pot terre et le Pot de fer →土鍋と鉄鍋（ラ・フォンテーヌ）

The Prayer of the Little Ducks →ちびガモのお祈り（デ・ガストルド）

A Predicament →こまっちゃった（ポー）

The Prince and the Dragon
→王子とドラゴン—セルビアの昔話〔出典〕（ラング）
→王子と竜（セルビア）（ラング）

The Prince and the Pauper →王子とこじき（トウェイン）

The Prince and the Three Fates
→王子と三つの運命（古代エジプト）（ラング）
→王子と三つの運命—古代エジプトの昔話〔出典〕（ラング）

Prince Darling →いとしの王子—"Cabinet des Fées"〔出典〕（ラング）

Prince Fickle and Fair Helena →気まぐれ王子と美しいヘレナ—ドイツの昔話（ラング）

Prince Hyacinth and the Dear Little Princess
→ヒヤシンス王子（フランス ボーモン夫人）（ラング）
→ヒヤシンス王子とうるわしの姫—ル・プランス・ド・ボーモン夫人〔出典〕（ラング）

Prince Ring →リング王子—アイスランドの昔話〔出典〕（ラング）

Prince Vivien and the Princess Placida →ヴィヴィアン王子とプラシダ姫—"Nonchalante et Pappillon"〔出典〕（ラング）

The Prince Who Wanted to See the World
→王子とはと（ポルトガル）（ラング）
→世界を見たかった王子の話—ポルトガルの昔話〔出典〕（ラング）

The Prince Who Would Seek Immortality →不死を求めて旅をした王子—ハンガリーの昔話〔出典〕（ラング）

The Princess and the Pea →おまめのプリンセス—えんどう豆の上に寝たお姫さま（アンデルセン）

The Princess and the Puma →王女とピューマ（オー・ヘンリー）

The Princess Bella–Flor →ベリャ・フロール姫—フェルナン・カバリェーロ〔出典〕（ラング）

作品名原綴索引　　　　　　　　　　　　RAU

The Princess in the Chest
　→箱のなかの王女（デンマーク）（ラング）
　→ひつぎのなかの姫—デンマークの昔話〔出典〕
　　（ラング）
The Princess Mayblossom
　→サンザシ姫—オーノワ夫人〔出典〕（ラング）
　→メイ・ブロッサム王女（フランス ドーノア
　　夫人）（ラング）
Princess Minon–Minette　→ミノン・ミネット
　姫—"Bibliothèque des Fées et des Génies"〔出典〕
　（ラング）
A Princess of Mars　→火星のプリンセス（バ
　ローズ）
The Princess on the Glass Hill　→ガラス山の
　姫ぎみ—P.C.アスビョルンセンとJ.モー〔出典〕（ラ
　ング）
Princess Rosette
　→王女ロゼット（フランス ドーノワ夫人）（ラ
　　ング）
　→ロゼット姫—オーノワ夫人〔出典〕（ラング）
The Princess Who Was Hidden Underground
　→地下にかくされた王女—ドイツの昔話〔出典〕
　（ラング）
Prindsessen paa Ærten　→豆の上に寝たお姫さ
　ま（アンデルセン）
Prinz Schwan　→白鳥王子（グリム）
Prinzessin Mäusehaut　→ねずみの皮のお姫さ
　ま（グリム）
Prinzessin mit der Laus　→お姫さまとしらみ
　（グリム）
The Problem of Thor Bridge
　→金山王夫人（ドイル）
　→ソア橋事件（ドイル）
　→なぞのソア橋事件（ドイル）
The Promise　→禁じられた約束（ウェストー
　ル）
A Proud Taste for Scarlet and Miniver　→誇
　り高き王妃（カニグズバーグ）
Prunella　→プルネッラ（ラング）
Psyche and the Pskyscraper　→愛の女神と摩
　天楼（オー・ヘンリー）
The Purple Dress　→紫色のドレス（オー・ヘン
　リー）

【 Q 】

Qualcosa era successo　→なにかが起こった
　（ブッツァーティ）

【 R 】

Rabbit in the House　→ウサギのアドルフ（ロ
　レンス）
Die Rabe
　→大がらす（グリム）
　→からす（グリム）
　→カラス（グリム）
　→渡り鴉（グリム）
Raggylug　→ワタオウサギの子どもの物語 ラギーラ
　グ（シートン）
Raggylug, the Story of a Cottontail Rabbit
　→ラグとお母さんウサギ（シートン）
Rain　→雨（V.リンゼイ）
The Rainbow　→虹（デ・ラ・メア）
Ralph 124C41+　→27世紀の発明王（ガーンズ
　バック）
A Ramble in Aphasia　→記憶喪失（オー・ヘン
　リー）
The Ransom of Red Chief
　→赤い酋長の身のしろ金（オー・ヘンリー）
　→赤い酋長の身代金（オー・ヘンリー）
Der Ranzen, das Hütlein und das Hörnlein
　→背のうとぼうしと角笛（グリム）
　→リュックと帽子と角笛（グリム）
Rapunzel　→ラプンツェル（グリム）
The Raspberry Worm　→木イチゴの虫—Z.トペ
　リウス〔出典〕（ラング）
Le Rat de ville et le Rat des champs　→都会
　のネズミと田舎のネズミ（ラ・フォンテーヌ）
Le Rat et l'Huitre　→ネズミと牡蠣（ラ・フォ
　ンテーヌ）
The Ratcatcher
　→ハーメルンのふえふき男—シャルル・マレル
　　〔出典〕（ラング）
　→ハンメルの笛ふき（フランス）（ラング）
Räthsel–Märchen　→なぞなぞ話（グリム）
The Rathskeller and the Rose　→ビアホールと
　バラ（オー・ヘンリー）
Das Rätsel
　→なぞ（グリム）
　→謎（グリム）
Rätsel–Märchen　→なぞなぞ話（グリム）
Rätselmärchen　→なぞなぞ話（グリム）
Rattlesnake Meat　→ガラガラヘビの味（ナッ
　シュ）
Der Räuberbräutigam

世界児童文学全集/個人全集・作品名綜覧 第II期　463

RED　　　　　作品名原綴索引

→強盗の婿（グリム）
→盗賊のお婿さん（グリム）
→盗賊の花むこ（グリム）
→盗賊の花婿（グリム）
→どろぼうのお婿さん（グリム）

The Red Etin　→赤鬼エティン―チェンバーズ『スコットランドの昔話』〔出典〕（ラング）

The Red Fairy Book　→あかいろの童話集（ラング）

The Red-Headed League
→赤毛組合（ドイル）
→赤毛軍団のひみつ（ドイル）
→トンネルの怪盗（ドイル）

The Red House Clock　→赤い館の時計（ウェストール）

The Reformation of Calliope　→カリオープの改心（オー・ヘンリー）

Registration　→出席をとります（アールバーグ）

The Reigate Squires
→疑問の「十二時十五分」（ドイル）
→ライゲートの大地主（ドイル）

The Remarkable Rocket　→すばらしいロケット（ワイルド）

Le Renard et la Cigogne　→キツネとコウノトリ（ラ・フォンテーヌ）

Le Renard et le Bouc　→キツネとヤギ（ラ・フォンテーヌ）

Le Renard et les Raisins　→キツネとぶどう（ラ・フォンテーヌ）

Le Renard qui a la queue coupée　→尻尾を切られたキツネ（ラ・フォンテーヌ）

The Resident Patient
→黒蛇紳士（ドイル）
→ふしぎな入院患者（ドイル）

A Retrieved Reformation
→改心（オー・ヘンリー）
→改心以上（オー・ヘンリー）

The Return of Sherlock Holmes　→帰ってきたホームズ（ドイル）

Revolt on Alpha C　→アルファCの反乱（シルヴァーバーグ）

Rhyme Stew　→まぜこぜシチュー（ダール）

The Rich Brother and the Poor Brother　→びんぼうな兄と金持ちの弟―ポルトガルの昔話〔出典〕（ラング）

The Riddle　→不思議な話（デ・ラ・メア）

The Rider　→走る人（ナイ）

The Ridiculous Wishes　→愚かな願いごと（ペロー）

Der Riese und der Schneider
→大男と仕立て屋（グリム）
→大男と仕立屋（グリム）

Riquet à la houppe
→とさか頭のリケ（ペロー）
→まき毛のリケ（ペロー）
→巻き毛のリケ（ペロー）

Riquet with the Tuft　→巻き毛のリケ（ペロー）

The Roads We Take　→選んだ道（オー・ヘンリー）

Roald Dahl: A Biography　→ダールさんってどんな人？（ポーリング）

Roald Dahl's Revolting Recipes　→ダールのおいしい!?レストラン―物語のお料理フルコース（ダール）

Roald Dahl's Revolting Rhymes　→へそまがり昔ばなし（ダール）

The Robe of Peace　→平和の衣（オー・ヘンリー）

Robinson Crusoe　→ロビンソン漂流記（デフォー）

Robot AL76 Goes Astray1　→AL76号の発明（アシモフ）

The Rock　→岩（フォースター）

The Rocking Donkey　→ゆり木馬（エイキン）

The Rocking-Horse Winner　→木馬のお告げ（ロレンス）

De røde Sko　→赤い靴（アンデルセン）

De røde Skoe　→赤い靴（アンデルセン）

Rodge Said　→先公（ローゼン）

Rohrdommel und Wiedehopf
→さんかのごいとやつがしら（グリム）
→さんかのごい と やつがしら（グリム）

The Romance of a Busy Broker　→いそがしい株式仲買人のロマンス（オー・ヘンリー）

Romeo and Juliet　→ロミオとジュリエット（シェイクスピア）

Rosanella　→ロザネラ姫―ケーリュス伯爵〔出典〕（ラング）

Die Rose
→ばら（グリム）
→薔薇（グリム）

A Rose for Emily　→エミリーにバラを一輪（フォークナー）

Roses, Ruses and Romance　→バラの暗号（オー・ヘンリー）

464　世界児童文学全集/個人全集・作品名綜覧 第II期

作品名原綴索引　　　　**SEC**

Rosie　→ロージーが見た光（ウェストール）
Rothkäppchen　→赤ずきん（グリム）
Rotkäppchen　→赤ずきん（グリム）
Die Rübe
　→かぶ（グリム）
　→蕪（グリム）
　→かぶら（グリム）
Rübezahl　→リューベツァール—『ドイツ人の民
話』〔出典〕（ラング）
Rules　→規則（パテン）
Rumpelstilzchen
　→がたがたの竹馬小僧—ルンペンスティルツ
ヒェン（グリム）
　→ルンペルシュティルツヒェン（グリム）
Run a Little　→こっちへいらっしゃい（リーヴ
ズ）
Runaway Robot　→逃げたロボット（デル・レ
イ）
Rymdmänniskor, finns dom??　→宇宙人はいる
のか（スタルク）

【 S 】

The Sacred Milk of Koumongoe　→クーモン
ゴーの聖なる樹液—バット族の昔話〔出典〕（ラン
グ）
A Sacrifice Hit　→犠牲打（オー・ヘンリー）
Samba the Coward　→よわむしサンバ（アフリ
カ）（ラング）
Samson Agonistes　→お尻はつらいよ（ナッ
シュ）
The Sandgame　→砂のゲーム（オルレブ）
Sans Famille　→家なき子（マロ）
The Satin Surgeon　→繻子の医者—“Cabinet des
Fées”〔出典〕（ラング）
Le Savetier et le Financier　→靴直しと銀行家
（ラ・フォンテーヌ）
A Scandal in Bohemia
　→写真と煙（ドイル）
　→ボヘミア王のスキャンダル（ドイル）
　→ボヘミアのわるいうわさ事件（ドイル）
The Scarecrows　→かかし（ウェストール）
Schischyphusch　→シシフシュ（ボルヒェルト）
Die Schlickerlinge
　→投げ捨てたくず（グリム）
　→ぬらぬらぼい（グリム）

Der Schmidt und der Teufel　→鍛冶屋と悪魔
（グリム）
Schneeblume　→雪の花（グリム）
Schneeweißchen　→白雪姫（グリム）
Schneeweißchen und Rosenrot
　→しらゆきべにばら（グリム）
　→雪白とばら紅（グリム）
Schneewittchen　→白雪姫（グリム）
Der Schneider im Himmel
　→天国の仕立て屋（グリム）
　→天国の仕立屋（グリム）
Des Schneiders Daumerling Wanderschaft
　→仕立職人の親指小僧、修業の旅歩き（グリ
ム）
　→仕立て屋の親指小僧の遍歴（グリム）
Die Scholle　→かれい（グリム）
Die schöne Katrinelje und Pif Paf Poltrie
　→きれいなカトリネルエとピフ・パフ・ポル
トリー（グリム）
　→きれいなカトリーネルエとピフ・パフ・ポ
ルトリー（グリム）
Die schöne Katrinelje und Pif, Paf, Poltrie
　→美しいカトリネリエとピフ・パフ・ポルト
リー（グリム）
　→美人のカトリネリエとピフ・パフ・ポルト
リー（グリム）
Schoolitis　→学校病（パテン）
Die Schwiegermutter　→お姑（グリム）
The Scythe of Time　→こまっちゃった（ポー）
Die sechs Diener　→六人の家来（グリム）
Die sechs Schwäne　→六羽の白鳥（グリム）
Sechse kommen durch die ganze Welt
　→六人男、世界をのし歩く（グリム）
　→六人男天下をのしてまわる（グリム）
Second–Best　→二番がいちばん（ロレンス）
The Second Mrs.Giaconda　→ジョコンダ夫人
の肖像（カニグズバーグ）
The Secret Adversary
　→秘密機関（上）（クリスティ）
　→秘密機関（下）（クリスティ）
The Secret Garden　→ひみつの花園（バーネッ
ト）
The Secret of the Ninth Planet　→なぞの第九
惑星（ウォルハイム）
Secret Song　→ひみつのうた（M.W.ブラウン）
Secret Water
　→ひみつの海（上）（ランサム）
　→ひみつの海（下）（ランサム）

SEL　作品名原綴索引

The Selfish Giant　→わがままな大男（ワイルド）

Sent i november　→ムーミン谷の十一月（ヤンソン）

Le Sept de Cœur　→ハートの7（ルブラン）

The Serial Garden　→シリアル・ガーデン（エイキン）

A Service of Love　→愛と苦労（オー・ヘンリー）

The Seven Foals
　→七頭の子馬―J.モー〔出典〕（ラング）
　→七ひきの子馬（北ヨーロッパ）（ラング）

The Seven–Headed Serpent　→七つ頭の大蛇―
　シュミット『ギリシアの昔話』〔出典〕（ラング）

Shadow Dance　→かげのダンス（イーストウィック）

The Shadow Girl　→ぬすまれたタイムマシン（カミングス）

Shepherd Paul
　→ひつじ飼いのポール（ハンガリア）（ラング）
　→羊飼いのポール―ハンガリーの昔話〔出典〕（ラング）

The Shepherdess and the Chimney–sweeper
　→ひつじ飼いの娘と煙突そうじ人（アンデルセン）

The Shepherd's Room　→羊飼いの部屋（ウェストール）

The Shocks of Doom　→運命の衝撃（オー・ヘンリー）

Sick　→病気（シルヴァースタイン）

Die sieben Raben
　→七羽のカラス（グリム）
　→七羽の鴉（グリム）

Die Sieben Schwaben
　→シュヴァーベン人の七人組（グリム）
　→シュヴァーベン七人衆（グリム）

The Sign of Four
　→怪盗の宝（ドイル）
　→四つの署名（ドイル）

Le Signe de L'Ombre　→三枚の油絵の秘密（ルブラン）

The Silence of Murder　→沈黙の殺人者（マコール）

The Silent Princess
　→物言わぬ王女―イグナーツ・クノーシュ博士『トルコの昔話』〔出典〕（ラング）
　→ものをいわない王女（トルコ）（ラング）

Silent to the Bone　→13歳の沈黙（カニグズバーグ）

Silver　→銀（デ・ラ・メア）

Silver Blaze　→銀星号事件（ドイル）

Silverspot, the Story of a Crow　→銀の印の、あるカラスの物語（シートン）

Simeliberg　→ジメリの山（グリム）

Der singende Knochen　→歌う骨（グリム）

Das singende springende Löweneckerchen
　→歌うぴょんぴょん雲雀（グリム）
　→鳴いてはねるひばり（グリム）

Das singende, springende Löweneckerchen
　→歌って跳ねるヒバリ（グリム）
　→鳴いて跳ねるひばり（グリム）

The Sister of The Sun　→太陽の妹―『ラップランドの昔話』〔出典〕（ラング）

The Six Sillies
　→六人のばか―M.ルモイン ベルギー・エノー州の昔話〔出典〕（ラング）
　→六人のばか（ベルギー）（ラング）

The Six Swans　→六羽の白鳥（ラング）

Skarnbassen　→タマオシコガネ（アンデルセン）

Skrubtudsen　→ヒキガエル（アンデルセン）

The Skylark of Space　→宇宙のスカイラーク号（E.E.スミス）

Skyscrapers　→摩天楼（フィールド）

The Sleeping Beauty in the Wood　→眠れる森の美女（ペロー）

Sleepy–time Crime　→ねぼけたむくい（パテン）

Slippery　→つるつるっ子（サンドバーグ）

The Slum Cat　→下町のネコ キティ（シートン）

Småtrollen och den stora översvämningen　→小さなトロールと大きな洪水（ヤンソン）

Smile　→ほほ笑み（ロレンス）

Smudge, the Little Lost Lamb　→迷子になった子羊のスマッジ（ヘリオット）

The Snake Prince
　→へびの王子（インド パンジャブ地方）（ラング）
　→ヘビの王子―キャンベル少佐 フィーローズブル〔出典〕（ラング）

The Snare　→わな（スティーヴンズ）

Snedronningen　→雪の女王―七つの話からできている物語（アンデルセン）

Sneewittchen　→白雪姫（グリム）

Snow Fury　→光る雪の恐怖（ホールデン）

The Snow Man　→雪だるま―スノーマン（アンデルセン）

The Snow Queen

作品名原綴索引　　　　　　　　　　　　　STO

→雪の女王―七つのお話でできたものがたり
（アンデルセン）
→雪の女王―七つの話からできている物語
（アンデルセン）
The Snowdrop　→雪の花―スノードロップ（ア
ンデルセン）
Snowflake
→スノーフレイク―ルイ・レジェ訳『スラブの昔話』
〔出典〕（ラング）
→雪むすめ（スロバキア）（ラング）
The Snowman　→雪だるま（マッガウ）
Der Soldat und der Schreiner　→兵隊と指物師
（グリム）
Soldier, soldier　→少年兵の話（ミリガン）
Solid Objects　→堅固な対象（ウルフ）
Sølvskillingen　→銀貨（アンデルセン）
Some People　→人による（フィールド）
Somebody Calls ?　→だれかが呼んだ（レイ
ヴァー）
Someone　→だれかさん（デ・ラ・メア）
Something He Left　→彼が残したもの（ライ
ト）
Sommerfuglen　→チョウ（アンデルセン）
Somthing Told the Wild Geese　→なにかが雁
たちに（フィールド）
Song of an Old Woman Abandoned by Her
Tride　→家族といっしょに移動できなくなっ
たおばあさんの歌（ショショーニ族）
Song of the Old Woman　→おばあさんの歌
（イヌイット族）
Sophy Mason Cames Back　→もどってきたソ
フィ・メイソン（デラフィールド）
Soria Moria Castle
→ソリア・モリア城―P.C.アスビョルンセン〔出典〕
（ラング）
→ソリア・モリアの城（北ヨーロッパ アス
ビョルンセン）（ラング）
The Sound Collector　→音どろぼう（マッガ
ウ）
Soup　→スープ（サンドバーグ）
Souvenirs Entomologiques　→ファーブル昆虫
記（ファーブル）
Space Winners　→宇宙の勝利者（ディクスン）
Spaghetti Seeds　→スパゲッティのたね（プレ
ラツキー）
Der Sperling und seine vier Kinder
→親すずめと四羽の子すずめ（グリム）
→雀の父さんと四羽の仔雀（グリム）
The Sphinx　→スフィンクス（ポー）

De Spielhansl
→ばくち打ちのハンス（グリム）
→博打うちハンス（グリム）
Spindel, Weberschiffchen und Nadel　→紡錘
（つむ）と杼（ひ）と針（グリム）
Spindle, Shuttle, and Needle　→つむと杼（ひ）
とぬい針―グリム〔出典〕（ラング）
"Spørg Amagermo'er"　→アマー島のおばさん
に聞いてごらん（アンデルセン）
The Sprig of Rosemary
→ローズマリーの小枝（スペイン）（ラング）
→ローズマリーの小枝―フランシスコ・デ・S.マス
ボンス・イ・ラブロス博士『カタールニャの昔話』〔出
典〕（ラング）
Spring Rain　→春の雨（シュート）
The Springfield Fox　→スプリングフィールド
村のキツネ（シートン）
Springfyrene
→とびくらべ（アンデルセン）
→跳びくらべ（アンデルセン）
Squeezes　→ぎゅっと（パテン）
Stan Bolovan
→スタン・ボロバン（ルーマニア）（ラング）
→スタン・ボロバン―ルーマニアの昔話〔出典〕
（ラング）
Den standhaftige Tinsoldat　→すずの兵隊さん
（アンデルセン）
The Star Beast　→宇宙怪獣ラモックス（ハイン
ライン）
The Star–Child　→星の子（ワイルド）
Der starke Hans
→怪力ハンス（グリム）
→たくましいハンス（グリム）
The Starlight Barking　→続・ダルメシアン―
100と1ぴきの犬の冒険（D.スミス）
Die Sterntaler　→星の銀貨（グリム）
Der Stiefel von Büffelleder
→水牛の革の長靴（グリム）
→水牛の皮の長靴（グリム）
The Stockbroker's Clerk　→パイ君は正直だ
（ドイル）
The Stone–cutter　→石屋（日本）（ラング）
The Stones of Plouhinec
→ブルーイネックの石（フランス ブルトン地
方）（ラング）
→ブルーイネックの大岩―エミール・スーヴェスト
ル〔出典〕（ラング）
Stoppenålen　→かがり針（アンデルセン）

世界児童文学全集/個人全集・作品名綜覧 第II期　**467**

STO 作品名原綴索引

Stopping by Woods on a Snowy Evening →雪の森、日の暮れに（フロスト）

Storkene →コウノトリ（アンデルセン）

The Storks →コウノトリ（アンデルセン）

A Story about a Darning–Needle →かがり針の物語（ラング）

Story of a Cat →ぼくの猫（オルレブ）

The Story of a Gazelle →あるガゼルの物語—スワヒリの昔話〔出典〕（ラング）

The Story of Atalapha →コウモリの妖精アタラファ（シートン）

The Story of Bensurdatu
→ベンサダーチューの物語（シシリー）（ラング）
→ベンスルダトゥの物語—『シチリアの昔話』〔出典〕（ラング）

The Story of Caliph Stork →カリフのこうのとり（ラング）

The Story of Ciccu →チックの話—シチリアの昔話〔出典〕（ラング）

The Story of Doctor Dolittle
→ドリトル先生アフリカへ行く（ロフティング）
→ドリトル先生アフリカゆき（ロフティング）
→ドリトル先生物語（ロフティング）

The Story of Fair Circassians →キルカスのおとめたちの話—"Cabinet des Fées"〔出典〕（ラング）

The Story of Hassebu →ハッセブの話—スワヒリの昔話〔出典〕（ラング）

The Story of Hok Lee and the Dwarfs
→ホック・リーと小人たち（中国）（ラング）
→ホック・リーと小人たち—中国の昔話〔出典〕（ラング）

The Story of Keesh →キーシュの物語（ロンドン）

The Story of King Frost
→霜の王—ロシアの昔話〔出典〕（ラング）
→霜の王さま（ロシア）（ラング）

The Story of Little King Loc →小人の王さまロクの話—M.アナトール・フランス〔出典〕（ラング）

The Story of Pretty Goldilocks →うるわしき金髪姫—オーノワ夫人〔出典〕（ラング）

The Story of Prince Ahmed and the Fairy Paribanou →アフメド王子と妖精—アラビアン・ナイト〔出典〕（ラング）

The Story of Queen of Flowery Isles →〈花の島々〉の女王—"Cabinet des Fées"〔出典〕（ラング）

The Story of Sigurd →ジーグルド（北ヨーロッパ）（ラング）

The Story of the Hero Makóma →勇者マコマの物語—センナの口承伝承〔出典〕（ラング）

Story of the King Who Would be Stronger than Fate →運命にうち勝とうとした王さまの話—インド人からの聞き書き〔出典〕（ラング）

Story of the King Who Would See Paradise →この世で天国を見ようとした王さまの話—パターン族に伝わる話をキャンベル少佐が聞き書きしたもの〔出典〕（ラング）

The Story of the Queen of the Flowery Isles →花さく島の女王（フランス）（ラング）

The Story of the Seven Simons
→七人のシモン—ハンガリーの昔話〔出典〕（ラング）
→七人のシモン（ハンガリア）（ラング）

The Story of the Sham Prince, or the Ambitious Tailor
→にせ王子、あるいは、野心家の仕立屋の話（ラング）
→ラバカンと王子（ラング）

The Story of the Three Bears →三匹のクマの話—サウジー〔出典〕（ラング）

The Story of the Three Sons of Hali →バッサの三人のむすこ（アラビア）（ラング）

The Story of the Trapp Family Singers
→サウンド・オブ・ミュージック（トラップ）
→サウンド・オブ・ミュージック—アメリカ編（トラップ）

The Story of the Yara →ヤラの話—Folklore Brésilien〔出典〕（ラング）

The Story of Three Sons of Hali →太守の三人のむすこ（ラング）

The Story of Three Wonderful Beggars
→三人のふしぎなものごい—セルビアの昔話〔出典〕（ラング）
→ふしぎなこじきたち（セルビア）（ラング）

Story of Wali Dâd the Simple–Hearted
→心やさしいワリ・ダード—インド人からの聞き書き〔出典〕（ラング）
→すなおな心のワリ・ダード（インド）（ラング）

The Story of Zoulvisia
→ズールビジアの物語（アルメニア）（ラング）
→ズールビジアの物語—ルイ・マクレ『アルメニアの昔話』〔出典〕（ラング）

Stowaways to Rocket Ship →宇宙の密航少年（イーラム）

468 世界児童文学全集/個人全集・作品名綜覧 第II期

作品名原綴索引　　　　　　　　　　　　　　　**THI**

The Strange Case of Dr.Jekyll and Mr.Hyde
　→ジキルとハイド（スティーブンソン）
Strange Service　→へんてこりんなサービス
　（ライト）
The Strawberry Season　→苺の季節（コールド
　ウェル）
The Street Musicians　→街角の音楽隊―クレト
　ケドイツの昔話〔出典〕（ラング）
Strike–Pay　→ストライキ手当て（ロレンス）
Strohhalm, Kohle und Bohne
　→わらと炭とそらまめ（グリム）
　→藁と炭とそらまめ（グリム）
Strohhalm, Kohle und Bohne auf der Reise
　→旅に出たわらと炭とそら豆（グリム）
　→旅の途中の麦藁と炭と豆（グリム）
Studium Beyond the Stars　→惑星オピカスに
　輝く聖火（レッサー）
A Study in Scarlet
　→深夜の謎（ドイル）
　→緋色の研究（ドイル）
The Submarine Plans　→潜水艦の設計図（クリ
　スティ）
The Summer Day　→夏の一日（M.オリヴァー）
A Summer Morning　→夏の朝（フィールド）
Sunchild　→お日さまの子ども（ラング）
The Sunchild　→お日さまの子（ラング）
Suppe på en Pølsepind　→ソーセージの串の
　スープ（アンデルセン）
The Survivors　→宇宙のサバイバル戦争（ゴド
　ウィン）
Der süße Brei
　→おいしいおかゆ（グリム）
　→おいしいお粥（グリム）
Svinedrengen　→ブタ飼い（アンデルセン）
Swallowdale
　→ツバメの谷（上）（ランサム）
　→ツバメの谷（下）（ランサム）
Swallows and Amazons
　→ツバメ号とアマゾン号（上）（ランサム）
　→ツバメ号とアマゾン号（下）（ランサム）
The Swineherd　→豚飼い王子（アンデルセン）
Sylvain and Jocosa　→シルヴァンとジョコー
　サーケーリュス伯爵〔出典〕（ラング）

【 T 】

T–backs, T–shirts, Coat, and Suit　→Tバック
　戦争（カニグズバーグ）
Tain't So　→そんなこたないす（ヒューズ）
A Tale of the Tontlawald
　→トントラヴァルドのお話―『エストニアの昔話』
　〔出典〕（ラング）
　→トントラワルドの物語（エストニア）（ラン
　グ）
Talk Talk　→トーク・トーク―カニグズバーグ
　講演集（カニグズバーグ）
Tante Tandpine　→歯いたおばさん（アンデル
　セン）
Das tapfere Schneiderlein
　→勇ましいちびの仕立て屋（グリム）
　→勇ましいちびの仕立屋（グリム）
Tea–time for Timothy　→ティモシーのおやつ
　（サンソム）
The Tempest　→テンペスト（シェイクスピア）
Tepotten　→ティーポット（アンデルセン）
The Termite　→シロアリ（ナッシュ）
Der Teufel Grünrock
　→緑の上着の悪魔（グリム）
　→緑の服の悪魔（グリム）
Der Teufel mit den drei goldenen Haaren
　→悪魔の三本の黄金（きん）の毛（グリム）
　→金の毛が三本ある悪魔（グリム）
　→金の毛が、三本ある鬼（グリム）
Der Teufel und seine Großmutter
　→悪魔とおばあさん（グリム）
　→悪魔とそのおばあさん（グリム）
Des Teufels rußiger Bruder
　→悪魔の煤けた相棒（グリム）
　→悪魔の煤けた兄弟分（グリム）
　→悪魔のすすだらけの兄弟（グリム）
　→悪魔のすすだらけの兄弟ぶん（グリム）
　→悪魔の煤だらけの兄弟分（グリム）
Then　→むかし（デ・ラ・メア）
Thérèse et Germaine　→海水浴場の密室殺人
　（ルブラン）
These are Big Waves　→おおなみこなみ
　（ファージョン）
These Days　→このごろ（オルソン）
The Thing Upstairs　→屋根裏の音（ウェス
　トール）

世界児童文学全集/個人全集・作品名綜覧 第II期　**469**

THI 作品名原綴索引

The Third Ingredient →三番目の材料（オー・ヘンリー）

The Third Wish →三つ目の願い（エイキン）

The Thirteenth Floor →十三階（グルーバー）

Those Winter Sundays →冬の日曜日（ヘイデン）

A Thought about Thirsty →のどがかわいた（オルレブ）

The Three Brothers
　→三人の兄弟―クレトケ ポーランドの昔話〔出典〕（ラング）
　→仲のいい三人兄弟―グリム〔出典〕（ラング）

The Three Crowns →三つのかんむり―西ハイランドの昔話〔出典〕（ラング）

The Three Dogs →三匹の犬―グリム〔出典〕（ラング）

The Three Little Pigs →三匹の子豚（ラング）

The Three Princes and Their Beasts
　→けものを従えた三人の王子―リトアニアの昔話〔出典〕（ラング）
　→三人の王子とそのけものたち（リトアニア）（ラング）

The Three Princesses of Whiteland →白い国の三人の王女（ラング）

The Three Robes
　→三枚の着物（アイスランド）（ラング）
　→三枚のローブ―ボエスティオン・ウェイン『アイスランドの昔話』〔出典〕（ラング）

The Three Treasures of the Giants →三つの宝―ルイ・レジս訳『スラブの昔話』〔出典〕（ラング）

Throwing Shadows →影―小さな5つの話（カニグズバーグ）

Thumbelina
　→おやゆび姫（アンデルセン）
　→親指姫（アンデルセン）

Tickets Please →乗車券を拝見します（ロレンス）

The Tide in the River →川の流れ（ファージョン）

Tiger →トラさんよ（ミリガン）

Tiidu the Piper →笛ふきのティードゥー『エストニアの昔話』（ラング）

The Time Machine
　→タイムマシン（H.G.ウェルズ）
　→タイム・マシン（H.G.ウェルズ）

The Tinder Box →ほくち箱（アンデルセン）

Tischchen deck dich, Goldesel und Knüppel aus dem Sack
　→〈おぜんよ、したく〉と金出しろばと〈こん棒、出ろ〉（グリム）

　→テーブルごはんだ、金ひりろば、こん棒出てこい（グリム）

To Build a Fire →たき火（ロンドン）

To Him Who Waits →待ちびと（オー・ヘンリー）

To Jomfruer →ふたりのむすめさん（アンデルセン）

To Look at Any Thing →なにかを見るとき（モフィット）

To the Man on the Trail →荒野の旅人（ロンドン）

To Your Good Health！
　→王さまのご健康を！（ロシア）（ラング）
　→王さまのご健康をおいのりして！―ロシアの昔話〔出典〕（ラング）

Toads and Diamonds →ヒキガエルとダイヤモンド―シャルル・ペロー〔出典〕（ラング）

Der Tod und der Gänshirt →死神とがちょう番（グリム）

Das Todtenhemdchen →経かたびら（グリム）

Tommelise →親指姫（アンデルセン）

Tommy Tosh and Susie Leek →トミー・トッシュとスージー・リーク（パテン）

Das Totenhemdchen
　→きょうかたびら（グリム）
　→経かたびら（グリム）
　→死に装束（グリム）

Toto →トト（ボワロー＝ナルスジャック）

The Tragedy at Mardson Manor →マースドン荘の悲劇（クリスティ）

The Tragedy of X →Xの悲劇（クイーン）

The Tragedy of Y →Yの悲劇（クイーン）

The Tragedy of Z →Zの悲劇（クイーン）

The Trail of the Sandhill Stag
　→どこまでもつづく雄ジカの足あと サンドヒル・スタッグ（シートン）
　→サンドヒルのシカ スタッグ（シートン）

Transfusion →この宇宙のどこかで（C.オリヴァー）

Transients in Arcadia
　→桃源郷（アルカディア）の短期滞在客（オー・ヘンリー）
　→桃源郷の避暑客（オー・ヘンリー）

The Traveling Companion →旅の道連れ（アンデルセン）

The Travelling Bear →踊る熊（ローエル）

Treasure Island
　→たから島（スティーブンソン）
　→宝島（スティーヴンソン）

作品名原綴索引　　**VIC**

The Treasure Seeker　→宝さがし（ラング）

Trees
　→木（キルマー）
　→木ぎ（ベーン）

Trees Are Great　→木はえらい（マッガウ）

Der treue Johannes
　→忠義なヨハネス（グリム）
　→忠臣ヨハネス（グリム）

Die treuen Thiere　→忠実な動物たち（グリム）

Le Triangle d'Or　→黄金三角（ルブラン）

Triolet Against Sisters　→「姉っていつでも」の詩（マッギンリー）

Tritill, Litill, and the Birds
　→トリッティルとリッティルと鳥たち（デンマーク）（ラング）
　→トリティルとリティルと鳥たち―ハンガリーの昔話〔出典〕（ラング）

Les Trois Mousquetaires　→三銃士（デュマ）

Trollkarlens hatt　→たのしいムーミン一家（ヤンソン）

The Troll's Daughter
　→巨人のむすめ（デンマーク）（ラング）
　→トロルのむすめ―デンマークの昔話〔出典〕（ラング）

Trollvinter　→ムーミン谷の冬（ヤンソン）

Der Trommler
　→たいこ打ち（グリム）
　→太鼓たたき（グリム）

The Trouble with My Brother　→弟は頭痛の種（パテン）

The True History of Little Golden-hood
　→赤ずきんはほんとうはどうなったか（フランス）（ラング）
　→金ずきんちゃんのほんとうの話―シャルル・マレ〔出典〕（ラング）

A True Story, Repead Word for Word as I Heard It　→実話 一言一句、聞いたとおりに再現したもの（トウェイン）

Twelfth Night　→十二夜（シェイクスピア）

Twelfth Night; or, What You Will　→十二夜（シェイクスピア）

The Twelve Dancing Princesses　→十二人のおどる王女（ラング）

The Twits　→アッホ夫婦（ダール）

The Two Brothers　→兄と弟―ラウラ・ゴンツェンバッハ『シチリアの昔話』〔出典〕（ラング）

The Two Caskets　→ふたつの小箱―ソープ〔出典〕（ラング）

The Two Frogs　→二ひきのかえる（日本）（ラング）

Two Funny Men　→二人の変な男（ミリガン）

【U】

Den uartige Dreng　→いたずらっ子（アンデルセン）

The Ugly Duckling　→みにくいアヒルの子（アンデルセン）

Ulysses and the Dogman　→オデュッセウスと犬男（オー・ヘンリー）

Uncle Roger　→ロジャーおじさん（マッガウ）

Der undankbare Sohn
　→親不孝な息子（グリム）
　→恩知らずの息子（グリム）

The Underground Workers　→地下の鍛冶屋―『エストニアの昔話』〔出典〕（ラング）

Die ungleichen Kinder Evas
　→イブのまちまちな子ども（グリム）
　→エバのふぞろいな子どもたち（グリム）

Up from Jericho Tel　→エリコの丘から（カニグズバーグ）

Up Reisen gohn　→旅に出る（グリム）

Urashimataro and the Turtle　→浦島太郎とかめ（日本）（ラング）

The Use of Force　→力づく（W.C.ウィリアムズ）

Ut i Världen　→世界へ！（スタルク）

Det Utroligste　→突拍子もないこと（アンデルセン）

【V】

The Valley of Fear　→恐怖の谷（ドイル）

Van den Machandel-Boom　→ネズの木の話（グリム）

Vault of the Ages　→タイム・カプセルの秘密（アンダースン）

La Vengeance　→復讐（レイ）

La Venus d'Iile　→イールの女神像（メリメ）

The Vicar of Nibbleswicke　→したかみ村の牧師さん（ダール）

Victor, de La Brigade Mondaine　→ルパンの大冒険（ルブラン）

世界児童文学全集/個人全集・作品名綜覧　第II期　**471**

VIE 作品名原綴索引

Die vier kunstreichen Brüder
　→すご腕四人兄弟（グリム）
　→わざのすぐれた四人兄弟（グリム）

The View from Saturday　→ティーパーティー
の謎（カニグズバーグ）

De vilde Svaner　→野のハクチョウ（アンデル
セン）

Vingt mille lieues sous les mers　→海底二万里
（ヴェルヌ）

The Violet Fairy Book　→むらさきいろの童話
集（ラング）

Der Vogel Greif
　→怪鳥グライフ（グリム）
　→グライフ鳥（グリム）

Vogel Phönix　→フェニックス鳥（グリム）

A Voice behind Him　→後ろから声が（F.ブラ
ウン）

Vom Fischer und seiner Frau　→漁師とかみさ
ん（グリム）

Vom Fundevogel　→めっけ鳥（グリム）

Vom goldnen Vogel　→金の鳥（グリム）

Vom klugen Schneiderlein
　→賢い小さな仕立屋（グリム）
　→かしこいちびの仕立屋（グリム）
　→賢いちびの仕立て屋（グリム）
　→かしこいちびの仕立て屋の話（グリム）

Vom Prinz Johannes　→ヨハネス王子の話（グ
リム）

Vom Schreiner und Drechsler　→指物師とろく
ろ職人（グリム）

Vom süßen Brei　→おいしいお粥（グリム）

Vom treuen Gevatter Sperling
　→忠実なすずめの名付け親（グリム）
　→忠実な雀の名づけ親の話（グリム）

Von dem bösen Flachsspinnen
　→いやな亜麻紡ぎ（グリム）
　→苦しみの亜麻紡ぎ（グリム）

Von dem Dummling
　→ぬけさく話（グリム）
　→ぼけなすの話（グリム）

Von dem Fischer un siine Fru
　→漁師とおかみさん（グリム）
　→漁師とおかみさんの話（グリム）

Von dem Fischer un syner Fru　→漁師とおか
みさんの話（グリム）

Von dem gestohlenen Heller　→くすねた銅貨
（グリム）

Von dem Machandelboom
　→杜松（ねず）の木（グリム）

　→びゃくしんの木の話（グリム）

Von dem Mäuschen, Vögelchen und der
Bratwurst
　→小ねずみと小鳥と焼きソーセージ（グリム）
　→ねずみと小鳥とソーセージ（グリム）
　→鼠と小鳥とソーセージ（グリム）
　→ねずみと鳥とソーセージの話（グリム）

Von dem Schneider, der bald reich wurde　→
すぐに金持ちになった仕立て屋の話（グリム）

Von dem Schster, dem sie Arbeit gemacht　→
小人に仕事をやってもらった靴屋の話（グリ
ム）

Von dem Sommer–und Wintergarten
　→夏の庭と冬の庭（グリム）
　→夏の庭と冬の庭の話（グリム）

Von dem Teufel mit drei goldenen Haaren
　→金の毛が三本ある悪魔（グリム）
　→三本の金の髪の毛をもつ悪魔の話（グリム）

Von dem Tischgen deck dich, dem Goldesel
und dem Knüppel in dem Sack
　→『おぜんよごはんのしたく』と金貨を出す
ろばと袋の棍棒の話（グリム）
　→テーブルよ食事の支度と金のロバと袋の中
の棒の話（グリム）

Von den Tode des Hühnchens
　→めんどりちゃんのおとむらい（グリム）
　→めんどりの死（グリム）
　→めんどりの死んだ話（グリム）

Von den Machandel–Boom　→ねずの木の話
（グリム）

Von den Wichtelmännern
　→小人たちの話（グリム）
　→こびとの話（グリム）

Von der Frau Füchsin
　→狐奥さまの話（グリム）
　→きつねの奥さま（グリム）

Von der Nachtigall und der Blindschleiche
　→ナイチンゲールとメナシトカゲ（グリム）
　→夜啼きウグイスとめくらトカゲ（グリム）

Von der Serviette, dem Tornister, dem
Kanonenhütlein und dem Horn
　→ナプキンと背嚢と大砲帽と角笛（グリム）
　→ナプキンと背嚢と砲蓋と角笛（グリム）

Von einem Dienstmädchen, das Gevatter bei
ihnen gestanden　→洗礼の立ち会い人になっ
た女中の話（グリム）

Von einem eigensinnigen Kinde　→わがまま
な子どもの話（グリム）

Von einem jungen Riesen　→若い巨人の話（グ
リム）

472　世界児童文学全集／個人全集・作品名綜覧　第II期

作品名原綴索引　　　　　　　　　　　　　**WHI**

Von einem tapfern Schneider
　→勇敢な仕立て屋の話（グリム）
　→勇敢な仕立屋の話（グリム）
Von einer Frau, der sie das Kind vertauscht
　haben　→子どもを取り替えられた女の人の
　話（グリム）
Von Johannes–Wassersprung und Caspar–
　Wassersprung　→泉の子ヨハネスと泉の子カ
　スパール（グリム）
Voyage au centre de la Terre　→地底探検
　（ヴェルヌ）
The Voyages of Doctor Dolittle　→ドリトル先
　生航海記（ロフティング）

【 W 】

Die wahre Braut　→ほんとうの花嫁（グリム）
Das Waldhaus　→森の家（グリム）
Wanted　→いえさがし（ファイルマン）
The War of the Wolf and the Fox　→オオカミ
　とキツネの戦い―グリム〔出典〕（ラング）
Was It Heaven？　Or Hell？　→天国だった
　か？　地獄だったか？（トウェイン）
Wasps' Nest　→スズメバチの巣（クリスティ）
Das Wasser des Lebens　→命の水（グリム）
Die Wassernix　→水の精（グリム）
Die Wassernixe
　→水女（グリム）
　→水女（みずおんな）（グリム）
　→水の精（グリム）
The Water–Lily. The Gold–Spinners　→スイ
　レンと、金の糸をつむぐむすめたち（ラング）
The Water of Life
　→いのちの水（スペイン）（ラング）
　→命の水―フランシスコ・デ・S.マスポンス・イ・ラブ
　ロス博士『カタールニャの昔話』〔出典〕（ラング）
We Didn't Mean to Go to Sea
　→海へ出るつもりじゃなかった（上）（ランサ
　ム）
　→海へ出るつもりじゃなかった（下）（ランサ
　ム）
Weg met die Krokodil　→ワニがうちにやって
　きた！（ローン）
Die weiße Schlange　→白い蛇（グリム）
Die weiße Taube　→白い鳩（グリム）
Die weiße und die schwarze Braut
　→白いお嫁さんと黒いお嫁さん（グリム）
　→白い花嫁と黒い嫁（グリム）

　→白い嫁と黒い嫁（グリム）
Welcoming Song　→ようこそあかちゃん（マー
　ヒー）
The Wendigo　→ウェンディゴ（人食い鬼）
　（ナッシュ）
What Am I？　→私は誰でしょう？（パテン）
What Came of Picking Flowers
　→花をつんで起こったできごと―ポルトガルの昔
　話〔出典〕（ラング）
　→花をつんでどうなった（ポルトガル）（ラン
　グ）
What the Cat Told Me　→魔法ネコから聞いた
　お話（D.W.ジョーンズ）
What the Moon Saw　→絵のない絵本（アンデ
　ルセン）
What the Old Man Does is Always Right　→
　父さんのすることに間違いなし（アンデルセン）
"What You Want"　→「のぞみのものは」
　（オー・ヘンリー）
What's in Your Head　→ラブソング（ローゼ
　ン）
When I Heard the Learn'd Astronomer　→天
　文学のえらい先生の講演を聴いて（ホイット
　マン）
When the World Was Young　→世界が若かっ
　たころ（ロンドン）
Whiches' Loaves　→魔女のパン（オー・ヘン
　リー）
The Whirlingig of Life　→人生は回転木馬
　（オー・ヘンリー）
The White Cat
　→白いねこ（フランス　ドーノワ夫人）（ラン
　グ）
　→白い猫―オーノワ夫人〔出典〕（ラング）
The White Doe
　→白いしか（フランス　ドーノワ夫人）（ラン
　グ）
　→白い雌ジカ―オーノワ夫人〔出典〕（ラング）
The White Dove　→白いハト―デンマークの昔話
　〔出典〕（ラング）
The White Duck　→白いアヒル（ラング）
The White Seal　→アザラシの子守歌（キップ
　リング）
The White Slipper　→白いスリッパ（スペイ
　ン）（ラング）
The White Slippers　→白いうわぐつ―エリンケ・
　セバリョス・キンタナ〔出典〕（ラング）
The White Wolf　→白いおおかみ（ラング）
White Wolf　→白いオオカミ（ラング）

世界児童文学全集/個人全集・作品名綜覧 第II期　**473**

WHO 作品名原綴索引

Who Got Rid of Angus Flint？ →アンガス・フリントを追い出したのは、だれ？（D.W.ジョーンズ）

Who's In？ →だれかいますか？（フレミング）

Why Must We Go to School？ →なんで学校に行かなきゃならないの（アールバーグ）

Why the Sea is Salt
→海に塩のできたわけ（北ヨーロッパ）（ラング）
→海の水がからいわけ—P.C.アスビョルンセンとJ.モー〔出典〕（ラング）

Die Wichtelmänner
→こびと（グリム）
→小人たち（グリム）
→屋敷ぼっこ（グリム）

The Wicked Wolverine →よこしまなクズリー Bureau of Ethnology〔出典〕（ラング）

Wie Kinder Schlachtens mit einander gespielt haben →子どもたちが屠殺ごっこをした話（グリム）

Wild Animals I Have Known →シートン動物記（シートン）

The Wild Swans →ワイルド・スワン（アンデルセン）

De wilde Mann →山男（グリム）

The Wind, the Cold Wind →風、つめたい風（ノリス）

Wings Turn →羽がはえたら（オルレブ）

Winter Cottage →ミンティたちの森のかくれ家（ブリンク）

Winter Holiday
→長い冬休み（上）（ランサム）
→長い冬休み（下）（ランサム）

The Winter's Tale →冬物語（シェイクスピア）

Wise One →物識り博士（ローゼン）

The Wish →お願い（ダール）

Wisteria Lodge →サンペドロの虎（ドイル）

The Witch
→魔女（ロシア）（ラング）
→魔女—ロシアの昔話〔出典〕（ラング）

The Witch and Her Servants
→魔女と召使い—クレトケ ロシアの昔話〔出典〕（ラング）
→魔女と召使い（ロシア）（ラング）

The Witch in the Stone Boat →石の舟に乗った魔女—アイスランドの昔話〔出典〕（ラング）

The Witches →魔女がいっぱい（ダール）

The Wizard King →魔法使いの王さま—"Les Fées illusteres"〔出典〕（ラング）

Der Wolf und der Fuchs →狼と狐（グリム）

Der Wolf und der Mensch →狼と人間（グリム）

Der Wolf und die sieben jungen Geislein
→狼と七匹の子やぎ（グリム）
→狼と七匹の子ヤギ（グリム）

Der Wolf und die sieben jungen Geißlein
→狼と七匹の仔山羊（グリム）
→狼と七匹の子やぎ（グリム）

The Women's Hour →女たちの時間（ウェストール）

The Wonderful Birch →ふしぎなかばの木（ロシア カレリア地方）（ラング）

The Wonderful Sheep →ふしぎな羊—オーノワ夫人〔出典〕（ラング）

The Wonderful Story of Henry Sugar →奇才ヘンリー・シュガーの物語（ダール）

The Wonderful Wizard of Oz
→オズのまほうつかい（ボーム）
→オズの魔法使い（ボーム）

The Woodpecker →きつつき（ロバーツ）

The Wounded Lion
→きずついたライオン（ラング）
→きずついたライオン—カタールニャの昔話〔出典〕（ラング）

Die Wunderbaren Reisen, Feldzüge und Abenteuer des Freiherrn von Münchhausen →ほら男爵の冒険（ビュルガー）

Die wunderliche Gasterei →奇妙なおよばれ（グリム）

Der wunderliche Spielmann
→奇妙な旅芸人（グリム）
→風変わりな旅歩きの音楽家（グリム）

【Y】

The Yearling →子鹿物語（ローリングズ）

The Year's at the Spring; An Anthology of Recent Poetry →ときは春（ベロー）

The Yellow Dwarf →黄色い小人（フランス ドーノワ夫人）（ラング）

The Yellow Face →黄色い顔（ドイル）

The Yellow Fairy Book →きいろの童話集（ラング）

You Need to Have an Iron Rear →鉄のケツがひつよう（プレラツキー）

The Young King →若い王（ワイルド）

474 世界児童文学全集/個人全集・作品名綜覧 第II期

作品名原綴索引　　　　**813**

【 Z 】

Z for Zachariah　→死の影の谷間（オブライエン）

Der Zaunkönig
　→垣根の王さま（グリム）
　→みそさざい（グリム）

Der Zaunkönig und der Bär
　→みそさざいと熊（グリム）
　→ミソサザイと熊（グリム）

Die zertanzten Schuhe
　→踊ってすりきれた靴（グリム）
　→おどってぼろぼろになった靴（グリム）
　→踊りつぶされた靴（グリム）

Die zwei Brüder
　→ふたり兄弟（グリム）
　→二人兄弟（グリム）

Zwei Mütter und ein Kind　→おかあさんがふたり（ケストナー）

Die zwölf Apostel　→十二使徒（グリム）

Die zwölf Brüder
　→十二人兄弟（グリム）
　→十二人の兄弟（グリム）

Die zwölf faulen Knechte
　→ぶしょうな下男十二人（グリム）
　→ものぐさ十二人衆（グリム）

Die zwölf Jäger
　→十二人の狩人（グリム）
　→十二人の猟師（グリム）

【 キリル文字 】

Ванька　→ワーニカ（チェーホフ）

Грехът на Иван Белин　→イヴァン・ベリンのあやまち（ヨフコフ）

Дама с собачкой　→犬を連れた奥さん（チェーホフ）

Двенадцать месяцев　→森は生きている（マルシャーク）

Душечка　→かわいいひと（チェーホフ）

Зиночка　→ジーノチカ（チェーホフ）

Мальчики　→少年たち―お兄ちゃんとおともだち（チェーホフ）

Маруся ещё вернётся　→マルーシャ、またね（トクマコーワ）

Пари　→かけ（チェーホフ）

Поцелуй　→接吻―暗闇でホッペにチュッ（チェーホフ）

Репка　→大きなかぶ（チェーホフ）

Сказка об Иване–дураке　→イワンの馬鹿（トルストイ）

Тоска　→悲しくて、やりきれない（チェーホフ）

Устрицы　→オイスター（チェーホフ）

Шуточка　→いたずら（チェーホフ）

【 数字 】

The £1, 000, 000 Bank–Note　→百万ポンド紙幣（トウェイン）

4.50 from Paddington　→パディントン発4時50分（クリスティ）

813
　→813の謎（ルブラン）
　→8・1・3の謎（ルブラン）

世界児童文学全集/個人全集・作品名綜覧 第II期　**475**

世界文学綜覧シリーズ 23

世界児童文学全集/個人全集・内容綜覧 作品名綜覧 第Ⅱ期

2018 年 12 月 25 日　第 1 刷発行

発 行 者／大高利夫
編集・発行／日外アソシエーツ株式会社
　　　　　〒140-0013 東京都品川区南大井 6-16-16 鈴中ビル大森アネックス
　　　　　電話 (03)3763-5241（代表）FAX(03)3764-0845
　　　　　URL　http://www.nichigai.co.jp/
発 売 元／株式会社紀伊國屋書店
　　　　　〒163-8636 東京都新宿区新宿 3-17-7
　　　　　電話 (03)3354-0131（代表）
　　　　　ホールセール部（営業）電話 (03)6910-0519

　　　　　電算漢字処理／日外アソシエーツ株式会社
　　　　　印刷・製本／株式会社平河工業社

　　　　　不許複製・禁無断転載　《中性紙 H‒三菱書籍用紙イエロー使用》
　　　　　〈落丁・乱丁本はお取り替えいたします〉
　　　　　ISBN978-4-8169-2749-2　　**Printed in Japan, 2018**

本書はディジタルデータでご利用いただくことが
できます。詳細はお問い合わせください。

世界文学綜覧シリーズ 20～22

2005～2017年に刊行された世界文学全集46種514冊と作家79名の個人全集91種420冊、合計137種934冊をあらゆる角度から検索できるツール。全て原本を確認し、目次に記載がない項目も収録。

世界文学全集／個人全集・内容綜覧〈第Ⅳ期〉
A5・400頁　定価（本体22,500円＋税）　2017.9刊

世界文学全集／個人全集・作家名綜覧〈第Ⅳ期〉
A5・690頁　定価（本体32,400円＋税）　2017.10刊

世界文学全集／個人全集・作品名綜覧〈第Ⅳ期〉
A5・770頁　定価（本体32,400円＋税）　2017.11刊

作品名から引ける 世界文学全集案内 第Ⅲ期
A5・400頁　定価（本体8,200円＋税）　2018.8刊

ある作品がどの全集・アンソロジーに収録されているかがわかる総索引。1997～2017年に刊行した世界文学全集・アンソロジー1,500冊の収載作品1万点を調べることができる。

作品名から引ける 日本文学全集案内 第Ⅲ期
A5・940頁　定価（本体13,500円＋税）　2018.7刊

ある作品がどの全集・アンソロジーに収録されているかがわかる総索引。1997～2017年に刊行された日本文学全集・アンソロジー2,400冊の収載作品3.7万点を調べることができる。

地名から引く 日本全国 作家紀行・滞在記
A5・810頁　定価（本体13,500円＋税）　2018.9刊

日本国内の紀行・滞在記を地名で探すことができる図書目録。作家・著名人により、明治時代以降の国内各所について書かれた紀行文・旅行記、滞在生活記、登山記、探検記、巡礼記等を対象とし、1988～2017年に刊行された図書1,800点を収録。地域・都道府県別に、地名や名所、寺社、山岳、河川、街道、駅、鉄道路線等6,500件の見出しの下、図書情報を掲載。

データベースカンパニー
日外アソシエーツ

〒140-0013 東京都品川区南大井6-16-16
TEL.(03)3763-5241 FAX.(03)3764-0845 http://www.nichigai.co.jp/